박태일의 시살이 배움살이

박태일의
시살이 배움살이

한정호·김봉희 엮음

인연이란 불가에서 유래한 말이다. 인(因)이란 원인을 말하며, 연(緣)은 원인에 따라가는 것이다. 인이 씨앗이라면 연은 밭이다. 시인 박태일 교수와 우리는 스승과 제자로 학문마당에서 인연을 맺은 사이다. 마산으로 오신 첫 해 1888년과 1989년, 경남대학교 너른 교정에서 우리는 스승을 만났다.

옛말에 '홍색이 꼭두서니보다 더 붉고 청색이 쪽보다 더 푸르다'고 했던가. 박태일 교수는 우리에게 스승을 밟고 지나가야 한다고 혹독하게 가르쳤다. 서른 해를 걸쳐 배우고 익혔던 우리다. 그렇건만 청출어람이라는 말은 한낱 사자성어일 뿐이다. 그만큼 스승의 시살이와 배움살이는 높고 멀다.

이 책은 박태일 교수의 시와 논문, 저술을 두고 그때그때 발표된 2차 담론을 찾아 한자리에 묶은 것이다. 1980년 문학사회에 나섰을 때부터 2019년 12월까지 마흔 해에 걸친 글이다. 책을 내기 위해 따로 글을 청탁하거나 요구하지는 않았다. 이 책을 앞세워 정년을 축하드릴 수 있게 되어 기쁘다.

글은 모두 7부로 나누었다. 1부에는 6권 시집에 실린 해설을 묶었다. 2부는 시인 박태일 교수의 시살이 배움살이를 두고 이루어진 작품론·작가론으로 이루어졌다. 3부는 출판 저술을 중심 대상으로 삼은 서평 형식의 글 자리다. 4부에는 연속간행물의 월평, 계간평 속에서 찾은 비평글을 올렸다.

5부는 언론·출판 매체에 실린 시읽기 글로 채웠다. 빠진 것도 있을 것이다. 6부는 대담이나 좌담 가운데서 고른 것이다. 스승의 문학적 지향이나 삶의 궤적을 잘 보여 준다고 생각되어 한 자리를 마련했다. 7부는 문필 활동 죽보기다. 시와 산문, 비평과 논문, 대담을 확인되는 대로 다 기록하려 했다.

책 끝에는 박태일 연구 문헌지와 자술 해적이를 붙였다. 연구 문헌지에는 삶과 문학의 궤적에서 가볍지 않는 국면을 드러내고 있다고 여겨지는 신문 기사도 일부 반영하고자 했다. 실천적 학문의 기세를 짐작하게 해주는 자취다. 자술 해적이는 앞으로 더욱 풍성하게 보완될 것이다.

특별히 2부와 3부, 4부에서는 글의 전문을 싣지 못한 경우가 더러 있다. 책의 초점이 시인 박태일 교수에게 있는 까닭에 글 속에서 해당 부분만을 따로 들어냈다. 온전히 살리지 못한 글에 대해서는 필자의 너른 양해를 바란다. 소속과 직명은 글이 발표될 당시의 것에 따르도록 했다.

오늘도 스승은 저만치 앞서 달음질 치신다. 정년을 맞아 대학을 떠나지만, 박태일 교수의 시살이 배움살이는 활기찬 미래진행형으로 계속될 것이다. 제자 가운데서 우리 둘이 가장 오래 가까이 있었고, 앞으로도 그럴 것이다. 그런 이유로 정년 문집을 엮는 무거움은 우리 두 사람 몫이 되었다.

이 책을 준비하는 과정에서 스승과 함께했던 우리의 지난 추억도 더욱 깊어지고 단련될 수 있었다. 앞으로 각고면려를 아끼지 말라는 말씀을 이런 방식으로 주신 셈이다. 뒷날 『박태일의 시살이 배움살이』를 거듭 잇는 영광과 즐거움이 주어질 것을 믿는다.

2020. 1.
한정호·김봉희

5

목차

머리글___4

제1부 시집 풀이

시의 뿌리 ···································· 황동규___15

농촌시-전원시 ···························· 김주연___26

너에게 가는 길 ···························· 하응백___38

소리의 음악과 햇살의 광학 ··············· 오형엽___50

몽골을 살다 ······························ 이경수___64

굴불굴불, 생의 공간과 시간과 언어의 결 ······ 장철환___88

제2부 작품·작가론

화음과 불협화음 ··························· 남진우___113

80년대 연작시의 문학적 자리 ·············· 남송우___116

우주 환원의 인식적 응시와 균제의 미학 ······ 박덕규___122

서정시의 서사적 발화 ···················· 김종회___143

'나'의 자연으로부터 '우리'의 자연으로 나아가기 ········· 이경호___154

죽음에 이르는 물 ························· 하재봉___165

김용택·박태일·나태주의 정치의식 ·········· 민현기___172

언어의 원형, 음악성과 토속성 ············· 진창영___179

꽃의 산조 ······························· 홍용희___191

사람과 사람 사이 ························· 김효곤___199

경계의 미학 혹은 사랑의 만가 ················· 서석준 __ 210

시의 고고학 ···························· 구모룡 __ 233

슬픈 배달겨레, 기쁜 배달노래 ·············· 이승하 __ 241

포틀래치의 시학 ························· 맹문재 __ 253

역사·소외·죽음을 따라가는 지리학적 상상력 ······· 하상일 __ 259

따뜻한 자리에 도돌이표를 찍고 지워나가면서 ······ 송창우 __ 281

기억의 커뮤니티 ························· 권혁웅 __ 284

풍경의 내력 ···························· 권혁웅 __ 298

지역성, 개별성 그리고 보편성 ·············· 이문재 __ 306

이밥풀 푸른 심줄로 몰려다니는 종소리 ········· 손택수 __ 319

생태주의 시와 시적 감응력 ················ 김용희 __ 335

고향 그리워 봄밤 지새며 봄밤 우는 남도 시인 ····· 김정환 __ 347

박태일과 경남 합천 황강 ················· 강춘진 __ 354

지역문학의 연대를 위하여 ················· 이희환 __ 360

그리움의 시학 ·························· 권혁웅 __ 370

가난, 기억, 그리고 슬픔의 시적 지형학 ········· 손진은 __ 388

박태일 ································ 강웅식 __ 398

그리운 주막 ···························· 구경미 __ 407

합천 황강이 유장하게 흐르는 저 노래들 ········· 최학림 __ 410

박태일의 두 얼굴 ······················ 송희복 __ 424

시적 선율로 빚은 시계 바깥의 시간, 공간 너머의 장소 ······ 최영호 __ 434

공간애, 시적 풍경을 구성하는 방식 ··········· 최명표 __ 449

박태일의 지역문학 연구 서설 ··············· 최명표 __ 463

제3부 서평

언어와 자아, 그리고 세계에 대한 두 가지 전망 ····················· 김경수 __ 511

시적 형상과 진리 탐구 ·· 이은봉 __ 518

빛깔의 시, 향기의 시 ··· 이동순 __ 526

견고한 말의 심연 ·· 최영호 __ 533

마음의 풍경 ·· 전정구 __ 542

근대시 공간 연구의 역사적 차원 ··· 이광호 __ 549

해체된 농촌, 풀나라의 기억 ·· 유재천 __ 554

매개항으로서의 「황강」 시학 ·· 김윤식 __ 567

경계 위에서 시쓰기 ··· 박정선 __ 578

영혼의 깊이, 떠도는 말의 서사, 고독과 슬픔의 노래 ············ 강경호 __ 583

발굴과 답사로 문학사 재해석 ·· 유재천 __ 592

시어와 운율, 그리고 내용 ·· 이승하 __ 594

시로 만나는 몽골에서의 삼간(三間) ··· 한정호 __ 601

수시(手詩)의 경지 혹은 수시(隨詩)의 지경 ·································· 전동진 __ 612

죽음과 신생의 풀비릉내, 영속성의 시학 ····································· 정진경 __ 618

질문이면서 대답인 시 혹은 괴물의 조건 ····································· 김정배 __ 625

문학 사랑의 무게와 깊이 ··· 김봉희 __ 633

무화된 경계, 깊은 울림의 언어 ·· 이동순 __ 646

소설가 이태준, 정치선전가 리태준으로 거듭나다 ····················· 박일귀 __ 661

제4부 단평

심사평 ······································· 김용직·황동규 667

왕성한 실험정신이 용인되는 현장 ················· 윤재근 668

의미의 발견과 가락 ····························· 김용직 676

이 달의 시 ··································· 황동규 679

세 젊은 시인의 첫 시집 『오늘의 책』으로 선정 ········· 박인숙 682

향토적 서정과 생명에 대한 의욕 ················· 차한수 685

시에 있어서의 '다양성'과 열림 ··················· 이윤택 688

이야기를 변형시킨 노래시 ······················ 황동규 695

50년 만에 되살린 백석의 호흡 ··················· 이동순 698

실험의 유형과 성과 ···························· 김종길 701

우리 말결의 아름다움 재현 ····················· 홍신선 704

불교시, 서경시적 구조, 만드는 시 ················· 김선학 707

삶의 평등, 시의 평등 ·························· 김재홍 709

중심이 없는 시대의 시 ························· 강은교 713

검은 이브를 만나기 위하여 ····················· 정효구 716

텅 비어 있는 언어의 공간 ······················ 김용희 722

이원수 선생의 일제 말기 문필 활동 ··············· 이재철 727

신선함의 실체 ······························· 황동규 736

'치렁출렁' '옴실봉실' 전통 리듬으로 전통 붕괴 노래 ········· 최재봉 741

대항문학으로서의 지역문학 ····················· 김윤식 744

음악-시의 율격에 관하여 ······················ 권혁웅 747

20세기 소년과 21세기 소년 ····················· 나민애 752

한국 현대시의 품격과 미학에 대한 성찰 ············· 이동순 754

미명에 그리다 ······························· 김윤배 758

비둘기 날다 ································· 송용구 761

관점의 차이와 시의 성공 ······················ 신진 764

제5부 시읽기

여항에서 ·· 김재홍 __ 771

폐왕을 위하여 1 ··· 김재홍 __ 773

불영사 가는 길 ·· 이숭원 __ 775

김해군 주촌면 내삼 관동댁 ························ 서석준 __ 777

인각사 ··· 박덕규 __ 780

점골 ·· 강은교 __ 781

불영사 가는 길 ·· 고성만 __ 783

그리움엔 길이 없어 ····································· 강은교 __ 786

그리움엔 길이 없어 ····································· 김재홍 __ 788

법화사 ··· 고인환 __ 790

감꽃 ·· 임영석 __ 793

풀나라 ··· 김승립 __ 795

구천동 ··· 장석남 __ 797

그리움엔 길이 없어 ····································· 이윤옥 __ 798

인각사 ··· 임영석 __ 803

축산항 1-아침 기상 ····································· 배한봉 __ 805

팔조령 지나며 ··· 이종암 __ 807

꽃마중 ··· 임영석 __ 809

탑리 아침 ··· 이종암 __ 811

사랑을 보내놓고 ·· 정호 __ 813

여항에서 ·· 손택수 __ 816

그리움엔 길이 없어 ····································· 이민아 __ 818

그리움엔 길이 없어 ····································· 하응백 __ 820

풀나라 ··· 김광재 __ 821

오츨라레 오츨라레 ······································ 이상국 __ 823

달래 ·· 김민정 __ 825

달래 ·· 정호 __ 827

수호바트르 광장에 앉아 ·························· 나기철 __ 829

들개 신공 ·· 황인숙 __ 831

사막 ·· 김광규 __ 834

순천만 ··· 박상익 __ 836

을숙도 ··· 오정환 __ 838

해당화 ··· 이명수 __ 840

두실 ·· 임영석 __ 842

화룡에서 흰술을 ··································· 채상우 __ 844

붉은 여우 ·· 주영헌 __ 846

이별 ·· 최원준 __ 849

그리움엔 길이 없어 ······························· 손택수 __ 851

어머니와 순애 ······································ 나민애 __ 852

제6부 대담·좌담

정직한 시를 쓰기 위하여 ··· 857

오늘의 비평과 지역문학의 전망 ·· 873

잃어버린 시문학사의 빈틈 ··· 900

지역문학의 오늘과 내일 ··· 923

시의 지도에는 풀나라가 있다 ·· 955

우리는 여전히 진행 중이다 ··· 980

지역에서 지역으로 달리는 무궤열차, 박태일 ······································ 998

'허풍선이' 근대문학사 숨아내고 역동적 지역연구 집중했다 ············· 1019

"합천을 고향으로 섬기고 싶은 이가 많게 가꾸어 가자" ···················· 1025

박태일의 '지역문학 연구'를 되돌아본다 ··· 1032

제7부 박태일 문헌 죽보기

낸책 ·· 1079

시 ·· 1080

논문 ·· 1091

비평·서평·단평 ·· 1098

줄글 ·· 1102

좌담·대담, 기타 ·· 1108

붙임 1 박태일 연구 문헌지 ___ 1111
붙임 2 박태일 해적이 ___ 1123
붙임 3 글쓴이 죽보기 ___ 1137
책 끝에 ___ 1141

제1부 시집 풀이

시의 뿌리 __ 황동규

농촌시-전원시 __ 김주연

너에게 가는 길 __ 하응백

소리의 음악과 햇살의 광학 __ 오형엽

몽골을 살다 __ 이경수

굴불굴불, 생의 공간과 시간과 언어의 결 __ 장철환

시의 뿌리

- 박태일의 시세계 -

황동규

1.

　이즈음 발표되는 시들을 계속 읽다 보면 시의 뿌리가 노래라는 사실을 문득 잊어버릴 때가 있다. 노래 대신 사변적인 주장들을 재치 있게 강조하는 시들이 유행하고 있는 것이다. 나는 순결주의자가 아니다. 따라서 이 자리에서 이런 시들을 무가치하다고 판결 내릴 의도는 없다. 보는 시각에 따라서는 그런 시들이 시정신의 확대라고 볼 수도 있는 것이다. 문학의 장르 가운데서도 가장 절제가 가해지는 장르인 시는 오늘날에 와서 형태 파괴를 거의 생명의 조건으로 가지고 있는지도 모른다. 그것이 시대의 요구라고 주장하는 사람들도 있을 것이다.

　일리가 있는 생각이다. 그러나 거기에는 파괴의 대상이 되는 노래가 파괴되기 위해서라도 항상 존재해야 한다는 전제가 뒤따른다. 어떤 글이 노래와 아예 무관하다면, 그것은 다른 무엇일지는 모르나 적어도 시는 아닌 것이다. 이즈음처럼 산문에 가까워진 시들이 판치는 시대에 박태일의 노래가 돋보이는 이유는 바로 그것이다.

박태일의 시는 그 무엇보다도 노래이다. 비록 정형시의 형태를 띠고 있지는 않지만, 때로는 그렇기 때문에 더욱, 그의 작품은 노래의 정수를 가지고 있다. 가사가 아닌 다음에야 정형시만이 노래에 가깝다고 주장할 필요는 없다. 예로 그의 초기 작품 가운데서도 초기 것으로 생각되는 「구천동」을 읽어 보기로 하자.

사람들은 혼자 아름다운 여울, 흐르다가 흐르다가 힘이 다하면 바위귀에 하얗게 어깨를 털어버린다. 새도 날지 않고 너도 찾지 않는 여울가에서 며칠째 잠이나 잤다. 두려울 땐 잠 근처까지 밀려갔다 밀려오곤 했다. 그림자를 턱까지 끌어당기며 오리목마저 숲으로 돌아누운 저녁, 바람의 눈썹에 매달리어 숨었다. 울었다. 구천동 모르게 숨어 울었다.

끄트머리의 "숨었다, 울었다"의 반복이 언뜻 사춘기에서 별로 멀지 않은 당시 시인의 감정을 보여 주고 있는 것도 사실이겠지만, 예를 들어 "바위귀에 하얗게 어깨를 털어버린다" 같은 표현은 바위에게도 말하고 싶어 하는 사람의 마음의 상태가 바위에게 귀를 부여하고, 그 귀에 부딪혀 자신이 하얗게 물보라처럼 스러지는 것을 동시에 상상하는 독특한 표현인 것이다. 그리고 "그림자를 턱까지 끌어당기며" 같은 것은 또 얼마나 정확하면서도 절실한가?

이런 표현들은, 혹은 이런 표현들을 태어나게 한 마음의 상태는, 이 작품의 내용 파악에 앞서서 우리의 마음을 사로잡는다. 그것이 바로 노래의 성질인 것이다. 노래는 내용 파악에 앞서 우리의 마음을 울리는 것이다. 그렇다고 박태일의 시가 의미와 격리된 아름다운 운율에만 힘입고 있다고 할 수 있을까? 노래도 노래의 구조를 가지고 있는 법이다. 그렇다면 이러한 아름다운 표현들을 그러잡고 있는 구조는 무엇인가? 그것을 파악하기 위해서는 이 작품의 전제 상황으로 제시된 첫 번째 비유를 자세히 살펴볼 필요가 있을 것이다.

사람들은 혼자 아름다운 여울, 흐르다가 흐르다가 힘이 다하면 바위귀에 하얗게 어깨를 털어버린다.

자연의 냇물에서 찾는다면 이 구절에 맞는 것이 아마 폭포일 것이다. 시인은 냇물을 따라가다 폭포를 만난다. 그러나 그가 왜 "사람들은 혼자 아름다운 여울"이라고 했으며, 사람이 여울로 비유될 때 폭포는 과연 무엇일까라는 질문을 해야 할 것이다. 그것도 흐르다가 또 흐르다가 힘이 다해 바위에 하얗게 어깨를 털고("손을 털고"보다는 더 큰 덟이리라) 사라지는 존재는? 각기 흐르다가 흐르다가(살다가 살다가) 힘이 다하여 맞이하는 것, 그것은 죽음이 아니겠는가?

첫 부분이 죽음을 가리킬 때 이 작품은 돌연 의미를 획득한다. 각기(혼자) 아름다운 여울을 이루고 살던 아름다운 사람이 어느 날 죽었다. 그를 잃은 고통이 시인을(혹은 이 시의 화자를) 구천동 골짜기로 보냈다. 관광객 모습이 없는 것을 보아 비철의 구천동이었을 것이다. 거기서 그는 그림자를 턱까지 끌어당기고 돌아눕는 오리목을 보는 것이다. 그때 그는 숨어서 운다. 그 울음은 사춘기 생리 작용의 하나인 감성적인 울음인가? 아니면 성숙한 인간으로도 충분히 이해 가능한 울음인가? 후자라면 벌써 우리는 의미를 확실히 지닌 시를 읽고 있는 것이다.

다시 한번 이야기하지만 노래란 의미 없는 소리의 규칙적인 배열이 아니다. 의미의 세계가 의미를 앞세우지 않고 울림이 되는 그런 현상인 것이다. 의미와 형태가 하나가 되는 그런 현상인 것이다. 예를 찾자면 한이 없겠지만, 앞의 시보다 한참 후에 씌어진 것으로 생각되는 「연산동의 달 1」을 읽어보자.

머리를 다치면 기우뚱거린다 분가한 자식들이 기우뚱거리고 손자의 유치원이 기우뚱거린다 어머니 집에 남아 마른 발톱 썹으시고 5월부터 7월까지 어능화 몇 송이로 쪼그려앉은 슬픔.

모든 설명은 감추어지고 상황만 제시되어 있다. 모든 것이 기우뚱거리는 속에 어능화 몇 송이만 쪼그리고 앉아 있는 풍경. 그러나 자세히 보면 어머니가 머리를 다쳐(아마도 정신에 이상이 생겼다는 뜻이리라) 모든 것이 기우뚱거린다고 하는 사연이 나타난다. 어머니는 집에 남아 마른 발톱을 씹는다. 그러면 처음부터 그렇게 말할 것이지 누가 느끼는 건지 모호하게 "기우뚱거린다"를 반복할 필요가 있는가라고 질문하는 사람이 있을지도 모른다. 그러나 문제는 그리 간단하지 않다. 모든 것이 기우뚱거려 집에 남아 마른 발톱을 씹으시는 어머니를 보는 화자의 슬픔, 그 슬픔이 또 그에게 세상이 기우뚱거리도록 만들기도 하는 것이다.

　　이런 이중 삼중의 의미 재생산이 또 노래의 속성이다. 그러면서 마지막으로 보여 주는 이미지, 쪼그려앉은 어능화 몇 송이는 어머니의 상태를 보여 주기도 하지만, 동시에 기우뚱거림이 잦아들면서 만들게 되는 하나의 참혹한 광경이기도 한 것이다.

　　위의 예로 든 시 두 편은 예외적인 시가 아니다. 그의 작품 거의 모두가 시의 원래 속성인 노래의 정수를 가지고 있고 그 어느 순간에도 설명이 아닌 노래의 세계로 비상할 준비를 갖추고 있는 것이다. 그렇다면 그 노래의 틀에 스며 있는 세계는 어떤 세계인가?

2.

　　이 시집을 한번 들쳐본 사람은 이 시인이 지명을 무척이나 좋아하는구나 하고 생각했을 것이다. 제일 앞에 실린 「구천동」부터가 지명이고, 그 뒤를 한두 편 걸러끔씩 「오산 들녘」, 「영덕 일지」, 「오십천곡」 등등의 땅이름들이 계속 뒤따르고 있다. 아마도 시인이 자신의 고향으로 간직하고 있는 듯한 가야 지방의 역사와 풍물과 현실을 노래한 연작시 「가락기」까지 지명으로 친다면 이 시집의 3분의 2에 가까운 제목이 지명을 담고 있는 것이다.

　지명은 시인의 고향이나 현재 살고 있는 곳으로 추측되는 부산의 연산동 근처에서 머뭇대지만은 않는다. 구천동으로, 오산으로, 오십천으로, 축산항으로 그의 발걸음과 시선은 옮겨다니는 것이다. 그러나 그의 발걸음과 시선이 여행자의 것은 아니다. 화자의 눈이 여행자의 눈처럼 풍경의 표면에서 표면으로 옮겨 다니지 않기 때문이다. 「구천동」에서 이미 예를 본 바 있지만, 초기를 벗어난 때의 작품으로 생각되는 「축산항 1」을 살펴보기로 하자.

　　이쪽 바닥은 조용하고
　　저쪽 바닥은 따스하고
　　푸른 한켠으로 놓이는 축산항.
　　머리채 단단한 여자들의 아침이 온다.
　　이대로 한 마리 날치나 되어 마른 바다로 나갈까.
　　파도는 밀리다가
　　더 이상 밀리지 않는 자리에서 갈매기를 날리고
　　우수 뒤 며칠, 배들의 잔잔한 정박 너머로
　　팽팽히 당겼다 놓치는 수평선.
　　세월 없는 사내들은 판장(板場)으로 나와
　　멀리 축산항 여자들의 싱싱한 뒷물을 엿본다.

　이 작품에 붙어 있는 '아침 기상'이라는 부제가 여행자가 보는 아침 풍경이 아닌 그곳 생활자가 보는 아침이 나타날 것임을 시사해 준다. 그러나 그것뿐이 아니다. 보통 항구를 노래하는 시들이 항구 맛을 내려고 급급한 데 반해 이 작품은 "이쪽 바닥은 조용하고/저쪽 바닥은 따스하"다라고 그곳을 소상히 아는 자의 말을 한다. 그 말에는 정감까지 담겨 있다. 그 때문에 "이대로 한 마리 날치나 되어 마른 바다로 나갈까"도 '날치나'

의 토씨 '나'에서 오는 자기 포기적인 요소가 약해지고 마른 땅까지 바다로 만드는 상상력의 비약이 느껴지기도 하는 것이다. 그것은 또 "팽팽히 당겼다 놓치는 수평선"도, 놓쳐서 실의에 빠졌다라기보다는 놓쳐서 풀어진 곳으로까지 수평선이 확대되는 느낌을 주기도 하는 것이다.

이 시집의 수많은 지명은 표면적인 풍경으로가 아니라 실제로 살아 손때 묻은 장소로 나타난다. 사실 장소 길들이기는 시인의 일 가운데 하나일 것이다. 그리고 이 시집 제일 끝머리에 실린 열 편의 시에 '죽지사'란 부제를 붙인 것도 우연이 아닐 것이다. 당시의 한 장르인 '죽지사'는 대체로 기행시로서 어떤 지방의 경치·풍속·인정 들을 노래 불렀던 것이다.

그의 데뷔작 「미성년의 강」은 아마도 낙동강 아니면 고향의 황강을 소재로 했을 것이다. 그가 잘 아는 강, 그렇기 때문에 첫 두 행의

산과 산이 맞대어
가슴 비집고 애무하는 가쟁이 사이로 강이 흐른다.

같은 감각적인 묘사가 자연스레 나왔을 것이다. 그리고 그의 처음 연작시라고 할 수 있는 「영덕 일지」에서 다음과 같은 고갯길을 만나는 일도 이 시집 전체의 분위기와 곧 어울린다.

그리움이 사람을 못쓰게 만든다.
달산 높은 길,
사랑은 작은 번민의 새새끼들을 길러서
시도 때도 없이 넓은 산하에 휘두루 날린다.

높은 산길에서 작은 새들이 여기저기 날으는 풍경, 눈에 선한 광경이다. 그러나 여기서 "달산 높은 길"을 그냥 "높은 산길"로 바꾸어보라. 첫 구절

의 "그리움이 사람을 못쓰게 만든다"라는 발언 자체를 둥 뜨게 만들거나 감상적으로 만들 것이다. 우리는 태백산맥을 끼고 있는 영덕이라는 지명 속에 비록 낯설지만 달산을 하나의 실체로 만들어 놓고 화자의 이 시 구절을 읽고 있는 것이다. 그 달산 높은 길이 "작은 번민의 새새끼" 가득히 날으는 사랑의 이미지가 되고, 그 사랑의 번민이 산하 여기저기에 퍼지는 것을 보며 다시 "그리움이 사람을 못쓰게 만든다"라는 느낌으로 되돌아가는 것이다.

어디 「축산항」과 「영덕 일지」뿐이랴. 「가락기」 연작이나 「연산동의 달」 연작은 말할 것도 없고 「월동집」처럼 구체적인 지명이 없는 작품에서도 장소의 길들임은 계속된다. 그런 길들임 혹은 낯익힘이 「제내리」라는 시가 없는 「다시 제내리」를 만들었다고 생각된다. 이 작품에 앞서 「제내리」를 썼을 수가 있고 그것을 이 첫 시집에서 탈락시켰을 수가 있다. 그러나 그 시를 빼면 「다시 제내리」를 「제내리」로 바꾸는 게 더 나았을 것임에도 불구하고 '다시'가 남아 있는 것이다. 이 시 자체가 하나의 시가 아니고 짧은 시 네 마디로 구성되어 있기 때문에 더욱 그렇다. 여하튼 이 시 제목의 '다시'는 상징적인 의미를 지닌다. 다음 마지막 마디 이해에는 전체의 이해가 필요하겠지만, 필요한 사람은 본문을 읽기 바란다.

어느 날은 강 밖으로 도는 물줄기
까치집 구름 위의 구름 건지기
백양목 한 가지로 기운 노령.

"어느 날은"부터 우연히 만나는 풍경이 아님을 알려주고 있다. 아마 노령 근처 제내리에서 근처를 돌아가는 사행천이 날 맑은 어느 날 안 보이던 또 한 굽이를 보여 주었다는 사연일 것이다. 그 맑은 날, 까치집이 선명해지고 그 위에 뜬 구름도 전에 없이 선명했을 것이다. 그리고 노령에 서 있는 백양목들도 그날따라 환하게 보여 다른 나무들을 압도했을 것이다. 그 날 맑음이 "어느 날" 뒤에 숨어 있는 것이고, 그 숨어 있음은 장소 길들임 때문에 숨은 채 동시에 표면으로 부상할 수 있는 것이다. 숨음과 표면 부상이 동시에 일어나는 상태를 우리는 길들임이라고 부르는 것이다.

3.

박태일의 시가 노래에 근원을 두고 있고, 그 노래가 주로 삶의 부호들인 삶의 장소 길들임이라는 말을 해도 그의 시가 채 다 잡히지 않는다. 거기에는 그의 신선한, 때로는 에피그램 같은, 감각적인 표현에 대한 언급이 빠졌기 때문이다. 그는 무엇보다도 신선한 표현의 소유자이다. 우리는 앞에서 「축산항 1」을 다룰 때 "팽팽히 당겼다 놓치는 수평선" 같은 신선한 이미지를 본 바가 있다. 그런 표현을 찾자면 한이 없겠지만, 「축산항」 앞뒤에서만 찾는다 해도,

그리움처럼 애매하게 부딪치는 이물과 고물

—「축산항 2」

어딘가 환한 함정이 기다리는 밤에

—「축산항 3」

도래솔 성긴 뿌리가 새음을 가지고
나직한 물소리 고막을 채워 흐른다.

—「그리운 주막 1」

(……) 영 잊어버려서

물 위로 건너오는 구름도 보리.

—「이런 편지」

잠은 너 없는 곳에서의 내 길이다.

—「공일」

같은 것이 쉽게 뽑힐 것이다.

"그리움처럼 애매하게 부딪치는 이물과 고물" 같은 구절은 언뜻 보기에 평범한 것처럼 보이지만, 자세히 속을 들여다보면 볼수록 폭이 느껴지고 재미있는 표현이다. 조그만 항구 축산항에 조그만 배들이 매여 있다. 「축산항 2」에는 '12월'이라는 말이 부제로 붙여져 있다.

겨울이다. 사람들은 모두 집에 돌아가 성에 두텁게 내린 창을 닫고 쉬고 있다. 항구에서는 딱히 바람이랄 것도 없는데 잔물결에 배들이 수런대며 고물과 이물을 서로 부딪친다. 그 부딪침 속에서 시인은 자신의 그리움을 확인하는 것이다. 그 그리움은 확실한 목표를 가졌다기보다는 애매한 그리움이다. 살짝살짝 부딪치는 행위의 그리움. 그러나 애매하기 때문에 그리움이 그리움으로 되는 것이 아니겠는가? 확실하다면 벌써 그리움의 한계를 벗어난 어떤 감정이리라. 그러나 애매할지언정 배의 앞뒤가 서로 부딪쳐 소리와 진동을 내듯, 확실한 소리와 동작을 가진 마음의 움직임인 것도 확실하다. 서로 붙잡지 못하고 가볍게 부딪치는 상태, 그것이 또한 그리움이 아니겠는가.

그의 신선한 표현은 그 표현이 나타나는 구절만의 것이 아니다. 시 전체의 맥락에도 잘 들어가 앉은 표현인 것이다. 예로 "잠은 너 없는 곳에서의 내 길이다"가 들어 있는 「공일」을 살펴보자.

밝은 앞자리가 비었다.

의자를 당겨 앉는 그림자가 고개를 꺾었다.

이쪽에서 저쪽까지 바람은
안 보이는 끝의 더 너머 철둑까지 건너다니고
잠은 너 없는 곳에서의 내 길이다.
길은 어지럽게 굽이를 틀어 어딘가
너의 환한 웃음이 등꽃이 되어 얽힌다.

'너'가 없는 날은 '빈 날(空日)이다'라는 느낌을 내부구조로 가지고 그 빈 날이 등꽃이 피는 오월답게 환하게 그려져 있다. '너'가 없어서 앞자리 빈 것이 더욱 눈에 띄고, 의자를 당겨 앉는 사람(화자이리라) 그림자의 고개가 꺾이는 것이 드러나 보인다. 끝에서 끝까지 부는 바람의 모습이 보인다. '너' 없는 곳에서는 잠이나 잤으면 하는 생각, 그 생각 속에 너의 환한 웃음이 등꽃처럼 피어 있다. 이렇게 풀어써서 시의 맛을 내는 것은 아니지만, 적어도 내적인 짜임새를 가진 시임을 알릴 수는 있을 것이다.

4.

이성복·황지우 등의 파격적인 시가 돋보이는 흐름으로 흐르는 이 시기에 박태일의 노래에 뿌리박은 시들을 읽는 것은 독특한 맛을 준다. 다시 반복하지만, 노래는 시의 뿌리인 것이다. 물론 그 어느 문화 현상도 뿌리에만 머물러 있을 수는 없을 것이다. 우리가 보는 나무는 줄기요 잎이다. 그리고 물론 줄기나 잎을 보고 뿌리의 상태를 점칠 수도 있을 것이다.

바꾸어 말하여 지금 활력을 보여 주고 있는 시 자체가 뿌리의 건강을 확인시켜 주고 있다고 할 수도 있다. 그러나 우리는 때로 뿌리 자체의 존재를 확인할 필요도 있는 것이다. 그 확인 대상 가운데 박태일의 시가 있는 것이다.

박태일의 시가 아직 한 정신이 이룩한 높이를 그 높이로서 보여 주고 있지는 않을지도 모른다. 보다는 진행 중인 성장의 모습을 보여 주고 있는 것이다. 삶을 힘 있게 받아들이는 마음의 자세와 그것을 예술의 구조로 언어화시키는 능력을 보여 주고 있는 것이다. 시의 뿌리 가운데 한 깊으면서 넓고 환한 뿌리를 우리 정신의 일부로 가지는 날이 올 것을 믿는다.

(1984)

농촌시-전원시

- 박태일의 시 -

김주연

1.

농촌 총각들이 결혼하기 힘든 것이 오늘의 세태라고 한다. 말할 것도 없이, 처녀들이 농촌으로 시집가기 싫어하는 것이 그 원인이다. 도시 처녀든 농촌 처녀든 도대체 농촌으로 가거나 농촌에 남기를 싫어한다. 그러나 이런 가운데에서도 재미나다고 할까, 묘한 현상이 한 가지 있다. 그것은, 도시 처녀라고 하더라도, 농촌에 '전원 생활'을 하러 간다면 그것은 좋아한다는 사실이다. 사람들 많고, 공기 나쁘고, 교통 복잡한 대도시를 떠나 공기 좋고 조용한 시골에서 전원 생활을 한다면 그 아니 좋겠느냐는 생각이다. 사실이지 이즈음 산수가 괜찮다고 하는 시골에는 도시 사람들이 지은 이상한 이름들의 별장들이 하루가 다르게 들어서고 있는 것을 볼 수 있다. 그런데 잠시 생각해 보자. 그토록 좋아하는 '전원'의 현장은 바로 '농촌' 아닌가. 농촌은 싫고 전원은 좋다는 미묘한 의식 사이에 오늘의 한국인들이 숨기고 있는 허위 의식의 깊은 골이 패어 있음을 아마도 간과하기 어려울 것이다.

80년대 한국 문학에서, 특히 시에 있어서 농촌 문제는 주요한 관심의 대상이 되어 왔다. 노동 문제와 더불어 거의 이념화의 경향으로까지 올라선 농촌 문제는, 그러나 그 필요성에 관한 절박한 논의에도 불구하고 실제 작품에 있어서 큰 수확을 거두어 올리지 못한 느낌을 주고 있다. 고은·하종오·김용택 들의 작품이 거론되지만, 이들 가운데 김용택 정도가 온전히 이 문제에만 매달리고 있는 형편이 아닌가 생각된다. 농촌시의 부진은 마치 농촌 현실의 반영처럼 느껴질 정도인데, 그 원인은 여러 측면에서 분석될 수 있을 것이다. 그러나 그 중 가장 손쉽게 지적할 수 있는 점이 있다면, 오늘의 우리 농촌을 바라보는 시인들의 시각의 혼란을 말할 수 있지 않을까 싶다. 말하자면 농촌 사회의 퇴락은 비판되어야 하는가, 불가피한 것인가 하는 본질적인 문제에 대한 인식의 혼란이 그것이다. 이러한 혼란은 마치 농촌은 싫고 전원은 좋다는 처녀들의 그것과 비슷하다. 똑같은 현장을 놓고 생겨나는 이율배반 역시 어떤 인식에 대한 혼란이 원인이라면, 우리 시인에게도 어떤 혼란이 있음이 분명하다. 그 성격은 물론 처녀들의 그것과 다르지만, '농촌'과 '전원'에 대한 관념으로부터 유래한다는 점에서 새삼 생각해볼 만한 몇 가지 문제가 제기된다. 예컨대 지나간 농촌 사회에 있어서 농촌과 전원은 구별되지 않았으며, 노동의 현장인 농촌은 동시에 생활과 휴식, 향수의 공간이기도 했던 것이다. 가령 시인 아이헨도르프에게 있어서 그것은 그러했다. 그러나 오늘날 이미 그것은 그렇지 않다. 농촌은 오직 노동의 현장일 뿐 전원적 대상으로 농민들에게 인식되지 않는다. 다른 한편 노동의 현장으로 농촌에 참여하지 않는 비농민들에게 농촌은 전원으로서 바라보여진다. 다시 말해서 농촌을 바라보는 관찰자에 따라서 농촌은 농촌, 혹은 전원으로 양분된다. 따라서 농촌시가 자연스럽게 전원시가 되고, 전원시가 또한 농촌시가 되는 현실은 이미 소멸되어 버리고 없다. 이 두 가지의 분리는 이념적으로 전원시에 대한 농촌시의 압도를 가져오면서, 전원시에 대한 부정적 평가와 함께 각박한 농촌시의 출현을 가져오게 되었다. 그러나 이 두 가지는 반드시 분리되어야 하는 것이며 또 분리되는 것이 시에서 바람직한 일인가. 이 문제를 나는 최근 박태일의 시를 읽으면서 새삼 생각해 보게 되었다.

죽는 시늉 사는 시늉 그것도 재주
샛서방 본 일 없이 가슴만 울럭
자는 오뉘 등줄기 손을 넣어서
많지도 적지도 않아 스무 해에 두 해
세상 사는 일이라니 묵은 호미날
아제* 기음맬 밭 눈 들어 헤면
고간 살림 다 내고도 윤달 넘기던
님자 뚝심처럼 아슴아슴 낮은 달무리
　두 숨 돌리고 또 한 숨.

※아제: 내일

「달무리」라는 작품의 뒷부분이다. 농촌시와 전원시를 시적으로 딱 잘라 구분하는 것은 비교적 쉽지 않은 일이다. 그러나 농촌시에 대한 여러 가지 요구를 종합해볼 때, 농촌시가 농민의 소외된 삶과 농촌의 생산 관계에 대한 적극적 평가를 기본 인식으로 출발해야 한다는 당위성을 안고 있다는 사실은 부인되기 힘들어 보인다. 이런 시각에서 볼 때 전원시는 무엇보다 이 같은 요구에서 면제되어 있다는 점이 두드러지며, 그런 의미에서 시인은 농촌에 대해 훨씬 자유스러운 조망과 시선을 가질 수 있다. 전원시에 대한 부정적 평가의 원인이 되기도 하는 이러한 자유스러움은, 그러나 그것이 어떤 종류의 격정성과 연결될 때 전통적 의미의 전원시의 성격에 대해 의심받게 된다. 그런 한에 있어서 전원시 역시 노상 자유스럽다고만 할 수는 없을 것이다. 이런 점들을 고려할 때. 농촌시와 전원시는 일단 부자유스러움과 자유스러움, 그리고 격정성과 단정성 따위의 기준으로 분류될 수 있을지도 모르겠다. 박태일의 시는 이 점에 있어서 양면을 공유하고 있는 인상이 강하다. 「달무리」만 하더라도 수고 많은 농촌살이에 지친 여인의 생활을 읊으면서도 감정적인 넋두리를 최대한 절제하고, 그 생활 자체를 객관적으로 묘사하고자 애쓴 흔적을 보인다. 확실히 이 같은 양면성은 박태일 시가 내재하고 있는 가장 큰 특징처럼 생각된다.

박태일 시의 이 양면성(차라리 종합성이라고 부르는 편이 더 타당하게 여겨지기도 한다)을, 어느 한쪽에 기운 듯한 측면에서 살펴보면, 가령

> 이 몸 다시는 떠돌지 않으리
> 아이들 아내 위 아래 돌아보지 않으리
> 움박 움박움씬 살 재주도 넘기 나름
> 산그늘 그늘 따라 참꽃 개꽃 지상없이 흐드러져
> 하동도 화개에서 십 리 먼 빛 소 돼지 울고
> 오냐 오냐 오는 봄 씀바귀 설핀 움에도 몸을 보해서 오냐
> 내 손발 저린 아침 두류산 자락마다
> 장또뱅이 이 몸 올라
> 물매 맞으리.

같은 작품(「봄빛」)은 농촌시적인 성격이 현저하다. 농촌 생활의 현장이 고단함·가난·방랑 등의 암시에 의해 제대로 포착되고 있기 때문이다. 농촌시에 대한 요구의 정당성이, 이와 같은 농촌 사회의 피폐상·낙후성에 대한 고발과 비판에 있다면, 이 시는 그 같은 일반적인 조건의 수락 위에 있다. 그러나 박태일의 농촌시에는 귀중한 하나의 특징이 있다. 그것은, 시적 화자의 농촌에 대한 시각이 따뜻한 사랑 위에 기초하고 있다는 사실이다. 「봄빛」에서 보더라도 시적 화자는 "이 몸 다시는 떠돌지 않으리"라고 하면서, 낙후된 농촌으로부터 떠나 유리 방랑하던 생활에서 농촌으로

다시 돌아올 것을 다짐한다. 그리하여 그는 어려운 농촌살이지만 "움박움박움씬살 살 재주도 넘기 나름"이라고 생활의 지혜를 모색하면서, 마침내 "장또뱅이 이 몸 올라/물매 맞으리"라는 각오까지 피력한다. 이러한 자세는 가난한 농촌 생활을 그대로 수긍하고 살겠다는 소극적인 현실 순응과는 사뭇 다르다. 시인은 각박한 농촌 현실의 여러 가지 문제를 외면하거나 은폐, 혹은 받아들이는 것이 아니라, 그런 현실 속에서도 "아이들 아내", 즉 인간을 외면할 수 없는 책임감을 확인하는 것이다. 그것은 가난한 농촌 현실에의 순응이 아니라, 그 극복이라고 할 수 있다. 농촌의 모든 면을 적극적으로 수용하면서 더 높은 곳으로 올라서고자 하는 숨은 의지는 그의 시 여러 곳에 편재해 있다.

4
참새며 제비며 강남제비며
날빛 속 환한 고분돌이

돼지울 지나 배밭
손에 놓인 자식들 옷가지처럼
잠들어 마주 널린
돌담 솔가리
저녁거미 묶어주는 동남쪽 십 리

당 동 당 채를 잡자
구름도 밀자.

5
돌에 돌이 부딪쳐 불을 이루고
그 불에 다쳐 파란

돈냉이 비름 비비추 언덕

거창도 가조 들 보리밭 매운 흙 속

싸륵싸륵 총검이 녹스는 소리

한 시대가 무장 푸는 소리.

「거창노래」의 뒷부분이다. 여기서 농촌은 위대한 재생산의 힘의 현장으로 나타난다. 저 유명한 거창 사건의 유혈의 기억을 뒤에 감추고 있는 이 시는, 그 엄청난 폭력도 결국은 농촌의 흙 속에서 힘을 잃을 수밖에 없음을 말하고 있다. 그러나 그 농촌은 다만 자연 그대로만의 농촌은 아니다. "당 동 당 채를 잡자/구름도 밀자"라는 표현이 말해주듯, 올바른 그 힘은 농촌의 힘에 대한 올바른 인식 위에서 나오는 것이다.

그런가 하면 이른바 전원시라고 할 수 있는 시들이 꽤 있다. 나로서는 8편에 달하는 「명지 물끝」 연작을 이와 관련해서 흥미 있게 읽었다. 그 8편의 일부들을 조금씩 모두 살펴보자.

1.

갈잎이 덮어 놓은 길을 지나옵니다. 숨죽은 배추잎 거적대기 바닥에 닿여 도는 가마우지 인화되지 않는 몇 마리를 북쪽으로 날립니다 (……)

2.

가는 길 방둑 높고 저물어 오는 사람들 바삐 재는데 작은 돌 주워 다시 물을 향해 서면 비소리 소리 건너 무데기 물옥잠 이름표처럼 간편하게 떠 있는 부표 (……)

3.

후이후이 당집머리 피어 마른 삐삐 하얀 손등을 좇아 돌면 물낯 가득 물휘파람 흩어져 널린 가무락지 해파리 삶이 도마에 올리는 작은 물매기 (……)

4.

(……) 둥두둥 아리랑 아리랑 열두 굽이 참고 넘는 마음고개 오늘은 멀리 뭍을 벗어나는 바람소리 낮게 더 낮게 자갈밭에 물 빠지는 소리.

5.

(……) 장어발이 통발 멀리 드문드문 갈잎이 되받아 주는 청둥오리 울음소리 마지막 찌 끝에 몸을 얹고 물가 곤한 물거품처럼 홀로 밀리면 겨울은 늘 낯선 마을 첫골목이었다.

6.

산 하나 산에 떠밀려 와 물밑으로 내려선다 쇠기러기 꾸륵꾸륵 그 새로 어깨 짚고 따옴표처럼 돋았다 (……)

7.

날개짓 푸른 하늘 꿈꾼다 건너 산자락 재실 낮은 골짝 다시 돌아보며 웃을 때 발끝에 닿았다 달아나는 털게 달랑게 차운 손 호호 갈잎 젖히며 스며도 쉴 곳 어디에도 없지 (……)

8.

물 곳곳 마을 곳곳 눈 내린다 포실포실 보스랑눈 아침에 앞서고 뒤서며 빈 터마다 가라앉는 모래무덤 하나 둘 (……)

위 인용들은 각기 전체 작품이 절반에 해당되는 부분들로서, 그만큼 연작시 「명지 물끝」은 길이가 모두 짧다. 그 중 대부분이 단지 하나의 문장으로 한 편의 시를 구성하고 있을 정도다. 그러나 이 짧은 시들은 전원시가 이룰 수 있는 매우 아름다운 경지를 탁월하게 보여 주고 있으며, 독자들은 시인이 그려주는 한 폭의 산수화에 매료되고 만다. 이즈음 농촌을 소재로 해서 씌어진 시작품에서 드물게 빚어지고 있는 감동이다. 이러한 감동은 대상을 바라보는 시인의 맑은 마음 때문에 가능한 것인바, 농촌을 순수한 자연의 차원에서 관찰하는 오랜만의 문학적 체험이 모처럼 우리를 즐겁게 한다. 여기서 우리는 전원시라고 부를 수 있는 시의 내용이 가지는 의미에 대해 잠시 생각해 볼 필요가 있다. 전원시를 나는 "농촌을 순수한 자연의 차원에서 관찰"한 시라고 했는데, 이것은 전원시가 농촌 현실의 피폐상이나 농민들의 소외된 삶, 요컨대 농촌에 대한 현실 의식이나 역사 의식을 망각한 시라는 뜻으로 이해되어서는 안 된다. 이때 '순수한 자연의 차원'이라는 말은, 자연에 대한 무한한 애정의 다른 표현이며, 자연에 대한 이 사랑은 시인이 가져야 할 근본적인 마음가짐으로서, 이 사랑의 바탕 위에서 인간에 대한 애정이 가능하고, 그것을 저해하는 조건과 세력에 대한 올바른 투시와 싸움이 가능한 것이다. 물론 모든 전원시가 그 같은 잠재력을 내포하고 있는 것은 아니다. 그러나 박태일의 전원시는 그 같은 건강한 사랑의 훈련장으로서의 신선한 충일감을 포함하고 있다. 시골 저수지에 떠도는 하나의 부표, 해파리의 모습, 자갈밭 물 빠지는 소리, 정둥오리 울음 소리, 쇠기러기 울음 소리, 달아나는 털게 한 마리, 마을에 내리는 눈 따위의 범상한 자연의 사물 하나하나에 시인의 세밀하면서도 따뜻한 시선은 치밀하게 뻗친다. 이러한 치밀성은 농촌을 오직 소외된 삶의 현장이나, 낙후된 노동 현장으로만 바라볼 때 발견될 수 없는, 오직 농촌만이 지니고 있는 엄청난 생명력을 다시 환기시켜 준다. 그럼으로써 농촌이 다만 버림받고 억압된 땅만이 아니라 버리는 자, 억압하는 자를 감싸고 넘어서는 보다 높은 힘의 보고임을 조용히 알려준다. 이것이 박태일 전원시의 진보적 측면이다.

따라서 이 시인의 시에 전원시적인 요소와 농촌시적인 요소가 한 데 어우러져 있다는 사실은 매우 자연스럽다. 이 사실은 그의 농촌시에 전원시적인 분위기를, 전원시에 농촌시적인 분위기를 깔아 넣으면서 두 가지 모두에게 싱싱한 의미를 갖게 한다. 예컨대 「명지 물끝」 연작시에서 보더

라도 마지막 8의 뒷부분을 보면,

(······) 어허 넘자 어허 넘어 물에서 물로 하늘 밖으로 내 목젖 마른 자리 발톱을 세워 훌훌이 날아가는 붉은 물떼새.

가 나오는데, 여기서 '물떼새'는 아마도 시인 자신의 자기 동일화의 결정일 것이다. 이 연작시에서 시인은 물론, 시적 화자도 감추어진 경우가 많은데 이 작품에서 '물떼새'는 감추어진 시인의 얼굴을 은밀히 그러나 분명하게 내보여 준다. 그 물떼새는 뭍에서 물로, 하늘 밖으로 발톱을 세워 높이 비상한다. 시인도 물떼새와 더불어 날아가면서 이윽고 물떼새가 된다. 연작시 대부분이 자연에 대한 차분한 묘사로 시종하고 있는 상황에서 시인 자신이 개입하는 경우는 지극히 드문데, 이 개입에서 시인은 시적 묘사의 참 목적이 무엇인지 은밀하게 보여 주는 것이다. 그것은 자연의 순수성에 대한 단정한 묘사를 통해 시인 자신도 청정한 마음을 얻고 싶다는 욕망이다. 그렇기 때문에 농촌시 역시 농촌살이의 어려움과 고달픔을 구질구질하게 늘어놓지 않고, 그것을 즉물적으로 노래화한다. 고난과 수고, 한을 대명사로 삼고 있다시피한 우리 농촌의 전통적 정서가 박태일의 시에서는 전원시적 농촌시라는 단정한 모습으로 객관적인 인상을 보여 주고 있는 것은 이 때문이라고 할 수 있다.

2.

박태일의 시가 거두고 있는 이런 수확은, 많은 부분 그가 시도하고 있는 독특한 형식과도 관계된다. 우선 주목되는 점은, 그의 시가 한국의 운문이 일반적으로 답습해 온 종결어미, 즉 '~다' '~네' 등을 가능한 한 최대한으로 거부하고 있다는 사실이다. 그 대신 시인은 명사로써 문장을 끝내는 수법을 사용한다. 이러한 표현법은 현상의 기술을 기술자의 감정에 의지하지 않고, 현상 그 자체의 모습에 충실토록 묘사하겠다는 의지를 보다 효과적으로 반영한다. 앞서 살펴본 연작시 「명지 물끝」이 대체로 그러한데, 전형적인 작품 한 편을 더 읽어보자.

> 더디 넘는
> 봉산도 재넘이
> 오라버니 치상길
> 치마폭에 감겨 젖는 소발굽 요령소리며
> 사철쑥 덤불 아래
> 돌귀만 차도
> 살제비 날아가는 유월도 초사흘.

「유월」이라는 시의 전문이다. 얼마나 산뜻한가. 이러한 산뜻함은 치상길·요령소리·산제비 등의 사물을 즉물적으로 묘사함으로써 '유월'이라는 계절의 객관화가 성공함에 따라서 가능해진 것이다. 이때 명사로 끝나는 종결어미 처리는 많은 기여를 하고 있다.

그 다음 주목되는 특징으로 '~노래' 연작에서 발견되는 요소들을 들수 있다. 사실 김지하의 이른바 담시 이후 몇몇 시인들에 의해서 시도된바가 있으므로 새롭다고는 할 수 없을지 모르나, 사설시조적 분위기 속에서 이 시인 특유의 기능을 보여 주고 있는 것이 '~노래' 연작이다. 「치산거리 노래」, 「장터거리 노래」 등등 이 연작은 비단 농촌 문제만을 소재로삼지 않고 여러 가지 문제에 광범위한 관심을 보여 주고 있는데, 그 형식이 흥미롭다.

> 노름일세 노름일세 복권추첨 나라노름 댕기풀이 안방노름 세상만사 밝은
> 이치 돈이 들면 집이 서고 사람 들면 장이 서서 그 집 이름 읽어보길 롯데

스파 그 이름에 성안 태화 신세계 가야 그 장 이름 들어보길 (……) 그 이치가
살 도리요 함께 사는 마음보라 눈 굴러 눈덩이 일수 월수 증권노름 집이 서면
돈이 불고 돈이 불면 총칼 나니 두 판쓸이 나라노름

　애고 답답.

「장터거리 노래」인데, 여기서의 장터는 재래의 시골 장터가 아니다.
그 장터는 농촌을 버리고 도시화하는 장터이며, 오직 돈만 밝히는, 돈시
장이 되어 가는 장터이며, 마침내 돈 때문에 나라 전체가 도박판이 되어
버리는 끔찍한 장터이다. 그 장터의 이렇듯 한심한 풍속을 시인은 철저한
4·4조 리듬에 맞추어 야유하고 힐난한다. 이러한 형식은 앞서 말한 전원
시적 단정성과는 어느 정도 거리를 갖고 있는 듯이 보인다. 그러나 원래
4·4조 리듬이라는 것이 음절을 운율의 단위로 삼고 있는 우리 운문에서
가장 소박한 기본이라는 점을 감안하면, 사설시조적 '노래' 속에서도 시
인은 담박성을 지향하고 있음이 밝혀진다. 그 담박성을 나로서는 사물에
대한 전원시적 인식의 덕이라고 생각한다. 전원시적 묘사와 인식의 훈련
위에서, 말하자면 시인은 그 대상을 현실 전반으로 확대하고 있는 것이
아닌가 생각한다. 물론 연작시 '~노래'가 모두 4·4조의 운율로 되어 있는
것은 아니다.

　　나무 태극귀신 해원신
　　나무 문학귀신 대길신
　　나무 사월귀신 보신신
　　나무 오월귀신 오살신
　　그나마 늦은 귀신 나무 시월귀신 마하살
　　어래 태극귀신 내려온다 문학귀신 내려온다 바람과 구름 사이 푸른 중생
　　내려온다 붉은 중생 내려온다 나무 자기반성인지 나무 작위반생인지 은산
　　가서 은을 뜨고 금산 가서 금을 떠서 (……)

「문학거리 노래」 앞부분인데, 이 '노래'에는 4·4조 리듬과 더불어 "나무", "어라" 등 흥취를 돋구는 말들이 들어가면서, 시인이 즐기는 리듬의 단조로움을 깨고 있다. 이렇듯 흥을 넣어 세태 풍자적 기능을 강화하고자 하는 생각은 '~거리'라는 말 속에 이미 숨어 있다. '~거리 노래'가 시인의 폭넓은 관심을 포용한다.

그러나 역시 '~거리 노래'의 기본 율격은 4·4조이며, 이런 성격은 종결 어미를 명사로 삼은 것과 함께 이 시의 주된 형식을 구성한다. 이 형식이 불필요한 감정의 누설을 막고, 사물의 객관적 형상을 드러내는 데 유효한 기능을 하고 있음은 살펴본 바와 같으며, 이 기능으로 인하여 박태일 농촌시의 독특한 분위기가 조성되는 것이다. 그러나 이러한 형식에 따른 문제도 아주 없는 것은 아니다. 그것은 한 많은 농촌살이의 근본적 과잉 감정이 지나치게 절제되는 데에서 나오는 일종의 눌어증과 같은 현상이다. 한쪽에서는 터져나오는데 다른 한쪽에서는 철저하게 입을 막는 데서 나오는 눌어증. 그리하여 때때로 의미 연결이 이루어지지 않는 곳이 발견되기도 한다. 이러한 폐단은 지금으로서는 불가피한 것으로 여겨진다. 그러나 박태일이 앞으로 농촌이 지니고 있는 원초적 힘의 확인을 넘어서, 농촌의 사회적·역사적 기능에 보다 역동적인 전망을 제공한다면 아마도 이 눌어증은 훨씬 유장하게 풀릴 수 있을 것이라 생각된다. 그럼에도 불구하고 농촌 현실의 단정하고, 적극적인 수용을 통해 제 참 얼굴을 보여 준 공적에 대해 시인 박태일에게 치하의 말을 보내고 싶다.

(1989)

너에게 가는 길

- 박태일의 『약쑥 개쑥』 -

하응백

바람 불면 가리라 바람 불어 비 그치면 떠나가리라 마주 떠도는 산과 강을 발바닥으로 지우며 소리 죽은 물줄기를 따라가리라 둥두둥 아리랑 아리랑 열두 굽이 참고 넘는 마음 고개 오늘은 멀리 뭍을 벗어나는 바람소리 낮게 더 낮게 자갈밭에 물 빠지는 소리.

—「명지 물끝·4」

1.

'명지 물끝'의 시인 박태일의 시는 노래다. 왜 노래인가? 그는 어떤 방법으로 노래를 만드는가? 혹은 노래가 만들어지는가?

박태일의 시 몇 편을 통해 이를 구체적으로 살펴보자. 「명지 물끝·4」의 앞 부분을 문장 단위로 끊어 읽어보면,

① 바람 불면/가리라//② 바람 불어/비 그치면/떠나가리라//③ 마주 떠도는/

산과 강을/발바닥으로 지우며//소리 죽은/물줄기를/**따라가리라**//④ 둥두둥/
아리랑/아리랑//

이다. 이때 ①, ②, ③에서는 바람/바람, 불면/불어, 불면/그치면, 가리라/떠
나가리라/따라가리라의 반복이 나타난다. 문장 구조상 같은 위치에서 동
일한 소리의 규칙적인 반복은 리듬을 창조한다(음위율). 이 창조된 리듬에
는 통사 구조의 점층적인 확장으로 인해 가속도가 붙는다. 의미의 확장과
리듬의 속도감이 조화를 이루는 것이다. 또한 ② 문장은 3음보, ③ 문장은
2개의 3음보로 이루어진다. 이렇게 하여 의미의 점층적인 확장과 함께,
음위율·음보율이 동시에 성립되어 단 세 문장으로 시의 리듬은 한껏 고조
된 상태로 진입한다. 여기에 여음 "둥두둥 아리랑 아리랑"이 추가된다.
여기까지 오면 시를 따라 읽는 마음의 어깨가 들썩들썩한다. 뒷부분을
읽어보자.

④ 둥두둥/아리랑/아리랑//⑤ 열두 굽이/참고 넘는/마음 고개//⑥ 오늘은
멀리/뭍을 벗어나는/바람 **소리**//⑦ 낮게 더 낮게/자갈밭에/물빠지는 **소리**.//

④, ⑤, ⑥, ⑦은 3음보율, ⑥, ⑦은 '소리'/'소리'의 각운이 형성된다. 끝의
'소리'는 함축미를 가져서 '낮게' 들리지만, 소리, 소리, 소리, 소리……
식으로 긴 파장을 만든다.

전체적으로 이 시 각 문장의 끝맺음을 보면 동사, 동사, 동사, (여음),
명사, 명사, 명사로 되어 있다. 동사의 역동미와 명사의 함축미가 좌우
균형을 이루는 셈이다. "둥두둥 아리랑 아리랑"은 ①, ②, ③과는 리듬과
음보율과 감정의 고조로 만나고 ⑤, ⑥, ⑦과는 음보율로 만나 앞과 뒤를
연결시키는 역할을 담당한다(이것은 시조 종장 첫구의 역할과 동일하다). 이
렇게 이 시는 "둥두둥 아리랑 아리랑"을 축으로 하여 리듬의 열림과 닫힘,
상승과 하강의 교묘한 구조를 가진다.

박태일 시를 노래로 만드는 방법은 여러 가지이다. 다음 시를 분석하여 읽어보자.

1) 배 떠난/녹산나루/기름꽃 뜨고//
   먹장어/붕장어/한 소쿠리//
   어머니/대목장/바삐 가신 뒤//
   나만 보면/옆걸음 치는/똥게들 따라//
   부부 불며 온다/갈대밭/
   하얀 풍선껌.//

   ─「설대목」

2) 묵방길에/물을 만나//
   묵방 소식/묻다보면//
   얼어붙은/두 무릎 투둑//
   펴보이는 물/감내라고//

   ─「묵방은 멀다」

3) 오호라//해와 달/돌아돌아/삼동 추위/다 건너서//뒷메 뽕밭은/작년 오늘/같사온데//의젓하던/그대 모습/다시 볼 길/아득하네//그대/신왕하고/됨됨이/단아하옵기//백년해로/바랐더니

   ─「박복한 이 아낙은 네 번 절하고」

4) 도포기리 지은 두 자 두 치 넉넉//
   뒤품 지은 대자 넉넉//
   수장 한 자 넉넉//
   긴동 한 자 넉넉//앞깃
   다섯 치 답 분 넉넉//

1)은 3음보를 기본으로 한 7·5조 율격이다. 6행과 7행을 산문으로 읽어 보면 '갈대밭 (사이를) 하얀 풍선껌(을) 부부 불며 온다'이다. 율격과 함축 미를 위해 어순을 도치시킨 것이다. 2)는 2음보 혹은 4음보의 율격, 3)은 전통적인 4·4조의 율격이며, 4)는 타령조이다. (5행에 '압깃'을 배치한 것은 변화와 시적 긴장을 위한 파격이다.)

박태일이 시의 노래화에 고심한 흔적은 아래의 시에서도 잘 나타난다.

① 봄 오고 봄 간다/

② 참꽃 무더기//

③ 바윗길 붉은 능선/

④ 찬비를 맞고//

⑤ 조막조막 뒤섞인/

⑥ 마을 또 논밭//

⑦ 한 십 년 말 팔아/

⑧ 난봉 말거지, 나/

⑨ 홀로 막다른 골짝/

⑩ 숨었네 빨래터//

⑪ 내 손자/

⑫ 손자 벗들/

⑬ 하얀 콩자갈.//

8행 '난봉 말거지'까지 7·5조의 정격으로 거침없이 내려오던 이 시의 리듬은 9행 앞에 배치된 '나'를 8행 말미 쉼표 뒤에 배치시킴으로써 변화 가 일어난다. 쉼표와 '나'의 의도적인 앞행 배치는 시의 읽히는 속도를 지연시키는 효과를 가져 온다(자동차가 과속 방지턱을 넘고 나서 원래의 주행 속도를 회복하려면 일정한 시간이 걸린다는 사실을 상기해 보라). 독자는 9행 이후를 천천히 읽게 되며 10행 '숨었네 빨래터'는 도치되어 있음으로 해서 의미상의 긴장감을 가지게 된다. 이 지연과 긴장감 후에 "내 손자/손자 벗들"을 두 행으로 처리하여 11, 12, 13행은 타박타박 걸어가는 듯한 독특한 리듬을 갖는다. 11, 12, 13행의 율격미는 앞 행에서의 지연, 음절의 점층적인 증가, 명사형 끝맺기의 함축미가 함께 어우러져서 발생하는 것이다. 이렇게 하여 이 시는 비 내리는 봄날 산골짝 빨래터에 놓여 있는 자갈돌 몇 개를 정감 있게 독자에게 제시한다. "내 손자/손자 벗들"로 의인화된 자갈은 얼마나 앙증맞고 귀여운가.

박태일의 시는 노래다. 그는 음수율, 음보율, 음위율, 타령조 등등의 우리 시의 가능한 율격을 총동원하여 시를 능숙하게 노래화한다. 이렇게 획득된 그의 시의 음악성은 또한 훌륭하게 회화적 이미지와 접목된다. 앞서 인용한 「설대목」에서는 갈대밭 사이를 풍선껌 불고 오는 한 소년의 외로운 모습이, 「자굴산」에서는 산골 냇가에 널린 앙증맞은 자갈돌이 선연하게 시각화되고 있는 것이다.

1) 요오드는 언제 뿌렸나
   나락드락 외길 하나
   참숯 마을 저녁을 좇아 오른다

   —「묵방은 멀다」

2) 삼월 건너 사월 붉게 내려앉은 등성이마다
   앞서 묻힌 이들이 기어나와
   시름시름 배꽃 멍석을 편다.

   —「배꽃」

3) 백운산 빈대굴 좇아 오르면

　　어느 등성 뚝뚝

　　피가 돋는 옻나무

—「백운산」

　1)은 푸른 시내와 고즈넉한 산길 풍경이, 2)는 진달래와 배꽃이 어우러져 만개한 산골 풍경이, 3)은 가을철 옻나무의 붉은 단풍이 선명하게 제시된다. 형상미와 색채감을 충분히 활용하여 시의 회화적 이미지를 깔끔하게 재현하는 것이다.

　시를 음악시(melopoeia), 회화시(pbanopoeia), 논리시(logopoeia)로 나누는 것이 허용된다면(E·파운드), 박태일은 우선적으로 음악성과 회화성을 갈등없이 조화시키고 있다. 이것은 본질적 의미의 서정시에 충실하려는 박태일의 시적 자세에서 기인하는 것일 터이다.

2.

　박태일의 첫 시집『그리운 주막』의 해설에서 황동규는 박태일 시의 특징 중의 하나로 "삶의 장소 길들임"이라고 그의 여행벽을 지적한바 있다. 이 시집『약쑥 개쑥』에서도 박태일은 김해에서 거제도로 소록도로, 남도(南道)의 산자락과 갯가를 줄기차게 돌아다닌다. 그러나 박태일의 여행은 엄격한 의미로 여행이 아니다. 박태일의 여행은 '나'가 주체가 되어 대상을 바라보는 일반적인 여행과 달리 여행지에서 만난 대상에 몰입하여 '나'라는 주체가 사라져 버리기 때문이다. 사라진 주체 '나'는 '그'가 되어 세상을 이야기한다. 혹 시적 퍼스나가 '나'인 경우에도, 그 '나'는 최대한 감정을 절제하고 숨어서 대상을 바라본다. 여행지에서 만난 대상에 스스로를 합일시켜 버리는 것이다.

그가 김해 장터로 여행을 갔다 하자. 그는 장터에서 고구마 줄기를 파는 한 아낙을 우연히 만난다(아마도 박태일은 그 아낙과 많은 이야기를 나누었을 것이다). 그는 이제 아낙이 되어 지아비 삼우제를 앞두고 지아비에게 읊조리는 아낙의 넋두리를 시화(詩化)한다(「김해군 주촌면 내삼 관동댁」). 청도 화악산 적천사에 갔다고 하자. 그는 스물둘에 죽은 아들을 위해 해마다 찾아와 제를 지내는 한 어머니를 만난다. 이때 시인은 그 죽은 아들이 되어 어머니에 대한 그리움을 노래한다(「젯밥」). 시인은 소록도에 가면 곡상이[1]가 되고(「사슴섬」 연작, 「용호농장」 연작), 지아비 제사를 지내는 아낙을 보면 그 아낙이 되고(「박복한 이 아낙은 네 번 절하고」), 비둘기를 보면 비둘기가 되고(「비둘기 날다」), 이순신 동상을 보면 이순신이 되고(「용두산 이순신」), 마산 신부두에서 러시아 소녀를 만나면 그 소녀가 되고(「엘리나」), 관광지에서 관광 온 촌부를 보면 그 촌부가 된다(「벽한정」).

1) 시그리 시그리 푸르게 끓는 보름밤
   꼬리 문 깨장어처럼 몰려나온 손자들은
   문어발이 끝난 갯가로 나앉아
   마른 문어발 나눠 빨며
   토막손 할아버지 옛이야길 듣는다.

   ―「사슴섬 1」

2) 거제섬 물 맑은 기슭에는
   민어 미끈한 맨살에 개불 불주머니 제격이지
   말 마라 경인년 난리 한둘만 치렀던가
   피난민에 포로에 양코 누린내까지

---

1) 소록도 나병 환자가 스스로를 가리켜 부르는 말. 문둥이. 육지 사람은 열가 사람이다.

옥포 신현 배라 배 이어 띄우는 이즈음 일복도

거제 계룡 오지랖 넓은 덕이지

—「거제 계룡산」

3) 기차로 배로 묶여온 뒤 마흔 해

곡상이는 곡상이를 낳지 않는다며

칼날 바닷돌에 얼굴을 닦고

돼지 우리에서 닭장으로 일도 세월을 따랐다만

—「용호농장 2」

4) 폐왕 나드는 길 사람들이 돌을 쌓고

너구리 누런 오줌을 갈겨도

어금니 마주쳐 골골 날다람쥐를 부르며

붉은 여울돌로 책력을 짐작한다 폐왕

—「폐왕을 위하여 1」

위 시 모두 서정적 자아 '나'는 슬그머니 사라지고 대상 자체의 이야기만 남는다. 1) 시는 문둥이 할아버지와 손자들의 정담을, 2) 시는 거제섬의 파란의 역사를, 3) 시는 문둥이들의 지나간 과거를, 4)시는 금관가야 마지막 임금 구형왕의 한을 각각 서술한 것이다. 이렇게 대상과 시적 자아의 합체를 통해 박태일은 여행 중에 만난 주로 남도 지방의 인물·풍속·역사·풍광을 서정화한다. 그런데 특이한 것은 박태일이 취사 선택하는 대상이 거의 죽음과 관련되어 있다는 점이다. 이 죽음은 죽음(혹은 제사)을 직접적 소재로 하고 있는 시뿐만 아니라 다른 시에서도 거의 무의식적으로 나타난다. 그 죽음의 객관적 상관물이 바로 무덤이다.

1) 돌에 돌을 얹으니 돌은 조브장 외길을 가리켜

낱낱으로 쪽져 누운 떼무덤 등성이로 이끄는데

—「가덕 복지원」

2) 졸며 깨며 물 하늘 거듭 바꾸며
　　건너간 무덤 자리

—「모아산 바라보며」

3) 대천엔 무얼 하러 가는지
　　쭈뼛쭈뼛 일어선 무덤들

—「대천 가는 길」

4) 도란도란 엎드린 거제 옥씨 둥근 무덤
　　모난 빗돌에 발이 끌린다

—「폐왕을 위하여 2」

　　왜 박태일의 눈에는 무덤이 자주 눈에 띠는가? 혹은 무덤으로 저절로 "발이 끌"리는가? 그것은 두 가지 이유를 생각할 수 있다.

　　첫째는 시인 아버지의 죽음이다. 박태일의 첫 시집과 둘째 시집 『그리운 주막』, 『가을 악견산』에서는 개인사를 거의 노출시키지 않았었다. 그러나 세번째 시집인 『약쑥 개쑥』에는 가족사를 다룬 시가 집중적으로 나온다. 가족사를 시적 대상으로 끌어들인 까닭은 아버지 죽음의 충격으로 말미암은 것으로 보인다. 시인은 갑작스런 아버지의 부재로 인해, 떨어진 도토리 신세가 되어 "어깨부터 젖"어 떨고 있기도 하고, 어린 딸을 데리고 아버지 무덤으로 오르다가 새삼 서러움에 잠기기도 한다.

　　모두들 아버지를 놓치고 허둥거린다 멸치포 지나다 낚시도구를 챙기다 횟밥 푸른 상치를 비비다 아버지 해돋듯이 저승에서 문득문득 떠올라 환하신 아버지.

―「아버지 목마르시다」

　시인 아버지는 삶의 큰 등받이였다. 그러한 아버지의 죽음은 시인에게 정신적 충격을 가하게 되고, 아버지를 무덤에 묻은 이상 이제 남의 무덤도 시인에게는 예사롭게 보이지 않게 된 것이다.

　둘째는 박태일 시의 보다 근본적인 것으로 그것은 무덤에 대한 한국인 심성의 원형과 관계 깊다. 우리는 죽음을 '돌아갔다' 라고 표현한다. 어디로 돌아가는가? 물론 태어난 곳으로 돌아간다. 태어난 곳은 어머니의 자궁이기도 하지만, 또한 그 곳은 땅이기도 하다. 한국인에게 무덤이란 삶의 베이스 캠프다. 한국인은 죽어서 비로소 땅(자연)과 일체가 된다. 한국인이 매장에 집착하는 이유도 그러한 원형적 무의식과 관련 있을 것이다. 무덤은 사람이 자연과 일체가 된 바로 그 장소를 가리킨다. 또한 무덤은 사람이 살다가 간 흔적의 징표이며, 산 자와 죽은 자를 연결해주는 성(聖)스러운 교감의 장소이기도 하다. 산 자와 죽은 자가 무시로 만날 수 있는 곳이므로 해서 무덤은 시간을 무화시키는 초월적 공간이 된다. 사람은 타자의 죽음으로 인해 별리의 비탄에 잠기기도 하지만, 그 죽음을 통해 자신의 죽음을 서서히 길들인다. 그것은 자신과 타자, 자신과 자연의 동일화의 과정이기도 하다. 무덤이라는 공간에서 삶과 죽음은 이처럼 합치될 수 있기 때문에, 산 자는 역설적으로 죽음과 화해하고 죽음의 공포감에서 벗어날 수 있다. 이렇게 보면 초기 시에서부터 줄기차게 나타나는 박태일의 무덤과 죽음 모티브에 대한 집착은 죽음과의 친화를 통한 타자와 자연과의 동질성 회복에 대한 열망이라고 할 수 있다.

　박태일은 늘 떠난다. 떠나서 한 맺힌 삶과, 죽음과, 죽음의 증표물인 무덤을 만난다. 만나서 시인은 그들을 타자화하는 것이 아니라 타자 속으로 낮게 낮게 들어가 타자가 된다. 타자와 합일되어 그들의 한스런 삶과 죽음을 서정화한다. 자신과 타인과 죽음과 자연과의 동일화, 이것이 박태일 시의 근본 동력이다. 이것은 한편으로 고통받는 사람들의 척박한 삶에 대한 애정과 그 삶을 가능하게 한 국토에 대한 애정에서 비롯되는 것이기도 하다.

인간 생명의 메커니즘은 고유한 리듬을 가진다. 심장의 박동, 호흡 모두 리듬이다. 시가 리듬에 충실하다는 것은 인간 생명의 리듬과 상동관계를 갖는다는 뜻이다. 박태일의 시에는 이러한 리듬과 이미지화된 그림이 있다. 박태일은 이 두 가지 요소를 통해 서정시의 고유한 속성을 간직하면서 자신과 대상과의 동질화, 삶과 죽음과의 친화를 노래한다. 이 노래는 결국 토종적 삶의 자연성 회복을 위한 것이리라.

3.

이 땅에 백석(白石)이라는 시인이 있었다. 그는 일제의 파쇼적 탄압이 가열되던 1930년대 말 저 도도한 북도(北道)의 방언으로 전설과 풍광과 풍물을 노래했다. 그의 시에서 주위의 사물과 전래의 모든 고유한 것은 모두 동질의 성격을 가진다. 그는 과거로의 회귀와 조선적인 것의 탐구를 통해, 민족 동일성을 확인하여 곤궁한 시대를 견뎌냈다.

박태일의 시는 어떤가? 마찬가지로 이웃과의 친화에 노력한다. 자아는 타자화되어 이웃의 시각으로 이웃의 삶을 노래한다. '나'와 자연의 동질성을 노래한다. 박태일의 시적 대상은 주로 고유한 우리의 토속적 정서를 간직한 것, 사라져 가는 것, 과거 속에 묻힌 것, 영원히 우리 것인 우리의 국토, 그리고 이 모든 것을 상징적으로 함축하고 있는 무덤이다.

백석의 시가 민족적 동일감을 확인하여 일제의 민족 말살에 맞섰다면 박태일의 주·객일체의 서정시는 이 시대에 어떤 의미를 지니는가? 그것은 아마도 물신화되어 가는 현대 도시 문명에 대한 저항과 박래품인 "피싸리 자본주의"(「양꼬지를 구우며」)에 대한 반성일 것이다. 아니 그것보다 더욱 소박하게 개인과 개인이 서로에게 유리되고, '너'와 '나'의 의사소통이 부재하는 현실에 대한 저항일 것이다.

박태일은 '너'가 그리워 '너'에게로 가고 싶다. 그 "그리움엔 길이 없어"도 시의 길을 통해 '너'에게로 다가간다. 박태일의 부지런한 발품도 결국 동질적인 '우리'됨을 원하기 때문이다. 그러나 박태일의 시는 이러한 당위성으로 읽지 않아도 충분히 즐겁다. 왜냐하면 그의 시에는 노래와 그림과 서늘한 서정이 조화롭게 자리하기 때문에.

　　그리움엔 길이 없어
　　온 하루 재갈매기 하늘 너비를 재는 날
　　그대 돌아오라 자란자란
　　물소리 감고
　　홀로 주저앉은 둑길 한 끝.

　　　　　　　　　　　　　　　—「그리움엔 길이 없어」

한 사내의 그리움이 마음으로 만져지지 않는가. 하늘을 나는 재갈매기를 쳐다보며 둑길 한 끝에 주저앉은 한 사내의 외로운 초상이 그려지지 않는가. 그 사내가 박태일이며, 그리고 바로 당신이다.

　　　　　　　　　　　　　　　　　　　　　　　　(1995)

소리의 음악과 햇살의 광학

– 박태일의 시세계 –

오형엽

1.

박태일의 시가 노래에 근원을 두고 있다는 사실은 이미 지적되어 왔다. 첫 시집 『그리운 주막』의 해설에서 황동규는, 박태일의 시가 시의 뿌리인 노래의 정수를 가지고 있으며 이중 삼중의 의미가 재생산되는 노래의 구조를 가지고 있음을 정확히 지적하였다. 그리고 세 번째 시집 『약쑥 개쑥』의 해설에서 하응백은, 박태일 시가 지닌 운율을 세밀히 분석하면서 음수율·음보율·음위율·타령조 등의 우리 시의 율격을 총동원하여 시를 능숙하게 노래화한다는 점을 밝혀내었다. 최근 우리 시에서 찾아보기 힘들 만큼 독보적인 경지에 이른 박태일 시의 이 음악성은 네 번째 시집인 『풀나라』에서도 유감없이 발휘되고 있다. 거의 모든 시들에 의미와 적절히 조화된 음악적 리듬이 개입되어 있는데, 여기서는 이번 시집에서 두드러지게 시도되고 있는 특징들을 중심으로 살펴보기로 하자. 우선 정형시의 형식을 통해 우리 시의 전통적 율격을 차용한 경우를 들 수 있다.

1) 월명을/찾아서/월영마을로//

　월명이/바라 섰던/한길을 따라//

　월명이/물 긷던/찬 샘 옆으로//

―「월명 노래」 부분

2) 오나 가나/오가리/걷고 말고/지릿재//

　망한다/망한다/세상/망하지 않고//

　죽는다/죽는다/사람/죽지 않건만//

―「황강 4」 부분

3) 어머니/눈가를/비비시더니//

　아침부터/저녁까지/비비시더니//

　어린 순애/떠나는/버스 밑에서도//

　잘 가라/손 저어/말씀하시고//

　눈 붉혀/조심해라/이어시더니//

―「어머니와 순애」 부분

　1)은 향가의 형식과 내용을 차용한다. 3음보의 기본 율격을 유지하여 전체적 통일성을 확보하는 동시에, 각 행의 첫 단어로 '월명'을 배치하여 음위율을 형성한다. 이 시에서 '월명'은 사람의 이름이기도 하고 산과 들과 마을의 이름이기도 하다. 따라서 '월명'을 반복하여 리듬의 가속도를 만들어 내는 이 시의 음악성은 "월명을 찾아서 월명마을로/산도 월명 들도 월명 마을도 월명/외봉우리 월명산엔 묏등만 하나"에서 그 절정에 이른다. 2)는 2음보 혹은 4음보의 율격이다. 1연의 '오나 가나'에서는 '나'가 반복되고 "걷고 말고"에서는 '고'가 반복되면서 음위율을 형성하고, 2연의 "망한다"와 "죽는다"의 반복은 단순성 속에 음악적 규칙을 형성한다. 3)은 3음보의 기본 율격을 유지하면서 각 행의 말미에 '-시더니'를

중첩시켜 음위율을 만들어내고 있다.

정형시의 형식을 통해 시도되는 이러한 규칙적 리듬은 전통 양식의 현재적 재현을 통해 현대시가 상실해 가고 있는 음악성을 회복시킨다. 그러므로 현재적 상황 속에서의 이 재현은 형식 실험의 의미를 부여받는다. 이 형식 실험의 일차적 효과는 시의 본질인 노래를 통한 서정성의 회복이며, 이차적 효과는 우리 시대의 상실과 폐허에 맞서는 공동체적 유대감의 회복이다. 박태일 시의 형식 실험은 산문시의 형식을 통해 우리 전통 문학의 주변 장르를 차용하는 경우로 전개된다.

> 1) 광음이 흐르는 물과 같아 못 뵈온 지 벌써 여러 해 짧게라도 전해 올린 봉서 없사오니 어찌 동기간 알뜰한 정이라 하오리까 물 설고 사람마저 낯선 땅에서 남의 어버이 섬기고 남의 동기 따르는 아녀자 옛법이 원망스럽습니다 아지 못할 새 꽃 피고 새 우는 봄 날씨에 어머니 만강하옵시며 오라버니 오라버니댁 잘아 두 오누이 두루 무탈하온지 알고 접습니다
>
> ─「광음이 흐르는 물과 같아」 부분

> 2) 되오소서 되오소서 피고 지는 좋은 날에 다시 한 번 되오소서 어이어이 바쁜 세월 어언간 소상이라 구곡같이 맺힌 정회 깜박깜박 아뢰오니 아룀이 계시거든 흠향 흠향하옵소서 오호 애재 상 향.
>
> ─「어린 소녀 왔습니다」 부분

1)은 서간문체를 차용하여 동기간의 정과 가족 간의 친분을 형성화한다. 전통적 감수성을 지닌 여성의 어조를 빌려 "봉서" "아녀자" "만강하옵시고" 등의 예스러운 어휘를 구사함으로써, 현대시에서 찾아보기 드물게 곡진한 사연과 정서를 형성화하는 데 성공한다. 더 나아가 2)는 제문(祭文) 형식을 차용하여 출가한 딸이 아버지의 죽음을 애도하는 모습을 생생하게 들려준다. '유세차'로 시작하여 "오호 애재 상 향"으로 마무리되는 제

문의 형식은 "되오소서/되오소서/피고 지는/좋은 날에"에서 잘 나타나듯 4·4조 4음보의 기본 율격과 그 변형으로 이루어진다. 제문 형식의 시화는 전통적 문학 양식의 현대적 재생과 변용을 통해 우리 고유의 문화를 재창조하려는 박태일의 형식 실험이 얼마나 끈기 있게 지속되고 심화되는지를 여실히 보여 주는 것이다. 산문시 형식을 통한 전통 문학의 재생과 변용은 더 나아가 구어체나 사설체를 활용하는 방식으로도 변용되어 나타난다.

1) 이옥기야요 연안 이가 황해도 연백에서 피란 왔지요 여기 와서 기옥이라 올렸지만 호적 이름은 옥기 일흔둘이야요 연백군에서만 팔천 명 배 타고 내려올 때 딸 하나 데리고 여수에 내렸지요 내려와서 아들딸 다섯 둔 홀아비와 등 대고 살려고 그런데 꼬박 오 년을 살고 그 사람이 새 여자를 보아 그저 쫓겨났단 얘기지요 시방 이 마을 저 아래 살고 있어 그 이야긴 더 할 건 없고 아까 뭐 물어본 것 그래 업은 남쪽에선 모시지 않아요

—「앵두의 이름」 부분

2) 진영 용전에서 더 들어서면 청둥오리탕에 붕어찜이 좋은 주남저수지가 있어 먼 산에 해 떨어지고 찬 바람도 사르르르 철새 본다 분탕치던 사람들 훌쩍 떠나버리면 낚시줄 봉돌만한 심장이 놀라 덜컥덜컥 길룩길룩 목제비질 하던 쇠기러기떼는 그제서야 어두워진 못가로 무슨 빈 봉지 같이 떠밀리며 잠드는 것인데 포항 위로 흥해 용전에 영덕 용전 우리나라 용전이란 용전 마을은 예부터 굴뚝 밑에 나물박 좋고 마른논 수렁논 없이 봄물이 쿨렁쾅랑 넘치는 부촌으로 그 좋은 연줄 이어 내릴 것으로 귀치 않은 생각머리가 자꾸 돌아가는데 당 따그르르르.

—「용전 사깃골」 부분

1)은 황해도 연백에서 이남으로 피란 온 할머니 이옥기 씨가 자신의

생애를 다룬 사람에게 이야기하는 목소리를 그대로 옮긴 것이다. 이 시는 구어체의 목소리를 생생하게 전달하는 동시에, "피란 왔지요" "일혼둘이야요" "내렸지요" "얘기지요" "않아요"로 이어지는 '-요'의 반복에 의해 음악적 리듬을 살리고 있다. 그리고 "아까 뭐 물어본 것 그래"는 이 목소리가 대화 혹은 문답의 맥락에서 형성되고 있음을 암시하면서 현장성을 확보한다.

2)는 용전 사깃골을 찾아가는 여정 속에서 화자의 관찰과 생각을 사설체로 형상화한다. 산문시 형식의 풀어진 리듬이 드러나는 듯하지만, "잠드는 것인데"와 "자꾸 돌아가는데"의 '-데'가 흩어지는 호흡을 매듭 지으면서 음악적 규칙성을 얻는다. 또한 "덜컥덜컥/길룩길룩/목제비질하던/쇠기러기떼는//그제서야/어두워진"에 이르면 4·4조 4음보를 기본으로 하는 가사체의 현대적 변용이 이 시의 내부에 숨어 있음을 확인하게 된다.

2.

지금까지 고찰한 음악적 리듬 속에서 박태일의 시는 어떤 내용과 의미를 형상화하고 있는가? 앞에서 인용한 시들을 중심으로 살펴보더라도, 그것이 이별과 유랑과 상실과 죽음의 비극적 사건을 중심으로 형성되는 고독과 슬픔의 세계라는 것을 알 수 있다.

"월명을 찾아서 월명마을로" 가는 「월명 노래」는 "뒤늦어 님 울음도 묻힌 그 자리/한 무덤에 두 주검 찾는 이 없고//이승 저승 울먹울먹 헛디디면서"에서 '죽음'의 주제로 이어지고, 「황강 4」는 "재개나 내나 한심타/딸 셋에 씨도 못 딴 죽디기", "황강물에 불어 뜬/젖빛 왜가리"에서 자신의 처량한 신세를 황강에 불어 뜬 왜가리에 빗대어 한탄하며, 「어머니와 순애」는 "어디로 떠난다는 것인가 울산/방어진 어느 구들 낮은 주소일까"에서 어린 딸을 타지로 보내는 어머니의 안타까운 심정을 형상화한다.

「광음이 흐르는 물과 같아」는 오라버니에게 보내는 여동생의 편지 속에 "다가오는 청명 한식 아버지 산일 때는 기별 주시오소서"에서처럼 아버지의 죽음에 얽힌 애환이 숨어 있으며, 「어린 소녀 왔습니다」는 아버지를 여읜 딸의 제문 속에서 "슬프다 우리 아바 일생이 서럽도다"와 같은 인생사의 허망함과 서러움이 절절히 묻어난다. 또한 「앵두의 이름」은 이남으로 피란 와서 풍파를 겪은 이옥기 할머니의 담담하고 힘 있는 목소리 이면에 "이산 가족 찾기 할 때면 꼭 이옥기라 적어낼 생각인데"에서 암시되듯 가족과의 가슴 아픈 이별이 숨어 있으며, 「용전 사깃골」은 "용전 마을은 예부터 굴뚝 밑에 (…중략…) 넘치는 부촌으로 그 좋은 연줄 이어내릴 것으로 귀치 않은 생각머리가 자꾸 돌아가는데"에서 보듯, 과거의 풍요와 가치를 상실해버린 지역 공간의 공허함과 쓸쓸함을 은밀히 감추고 있다.

그런데 여기서 우리는 박태일 시에 나타난 이별과 유랑과 상실과 죽음의 사건, 그리고 이 사건을 중심으로 형성되는 고독과 슬픔의 세계가 대부분 어떤 구체적인 공간, 혹은 장소와 결부되어 형상화되고 있다는 사실을 발견하게 된다. 구체적인 지명이나 장소가 제목에 등장하는 「월명노래」, 「황강 4」, 「용전 사깃골」뿐만 아니라, 다른 시들에도 공간이나 장소가 내면적으로 설정되어 있다. 「어머니와 순애」에는 고향집에서 울산 방어진 어느 구들 낮은 주소로의 떠나감이 내재되어 있고, 「광음이 흐르는 물과 같이」는 낯선 시집 땅에서 친정의 오빠에게 쓴 편지라는 점에서, 「어린 소녀 왔습니다」는 부친상을 당하여 친정으로 와서 제문을 읽고 있다는 점에서, 그리고 「앵두의 이름」에는 고향인 이북에서 이남으로 피란 온 할머니의 실향을 소개로 하고 있다는 점에서 장소의 이동이 내재되어 있는 것이다.

이처럼 거의 대부분의 박태일 시는 장소 혹은 지명이 중요한 모티프로 작용하고 있는데, 황동규는 이 지명이 표면적인 풍경으로가 아니라 실제로 살아 손때 묻은 장소로 나타난다는 점에서 '장소 길들임'이라 명명한 바 있다. 또한 두 번째 시집 『가을 악견산』의 해설에서 김주연은, 박태일 시의 공간 문제와 관련하여 전원시적 요소와 농촌시적 요소가 한데 어우러져 두 가지 모두에 싱싱한 의미를 갖게 한다고 지적하였다. 이와 더불어 우리는 박태일 시의 공간, 혹은 지명이 '풍경의 묘사'와 관련되어 있다는 점을 주목해야 할 것이다. 이것은 노래로서의 음악성과 더불어 풍경의 시적 형상화가 박태일 시에서 또 하나의 중요한 시적 기법으로 작용하고 있음을 의미한다. 다음의 시를 살펴보자.

> 골짝물 얼고 시주 보살 끊기고
> 수홍루 회승당
>
> 짝신 신은 사미마냥
> 계단계단 올라서는 절집 그림자
> 극락보전 추녀마루 너머
> 휑하니 노고단 길 뚫렸으니
> 올 겨울도 턱받인가
>
> 아미타불
>
> 내일 아침 또
> 책상 물린 신중들
> 헐떡헐떡 구례 장터로 내려가
> 초발심 몸과 마음
> 마냥 버리겠고.
>
> ─「천은사」 전문

제목 '천은사'와 더불어 1연은 "수홍루 회승당"이라는 장소, 혹은 지명을 제시한다. 뒤이어 2연은 풍경의 묘사이다. 해가 기울어 절집에 그림자가 드리워지는 장면을 "짝신 신은 사미마냥/계단계단 올라서는 절집 그림자"라고 표현한 것은 참신하고 절묘하다. 3연의 '아미타불'은 이 풍경의 묘사에 소리의 음악성을 개입시켜 전체적 분위기와 주제 형성에 기여한다. 그리고 4연은 화자의 생각 혹은 상상을 제시하면서 마무리하고 있다. 이처럼 '장소 제시─풍경의 묘사─생각 및 정서의 노출'로 이어지는 시상 전개 방식은 선경후정(先景後情)의 전통적 시작법을 계승하고 있는 듯하지만, 풍경의 묘사가 단순한 차원이 아니라 '장소'와 '생각 및 정서'라는 두 영역을 연결시켜 주는 독특한 시적 방법론을 내포하고 있다는 점에서 주목할 만하다. 인용한 시에서 풍경의 묘사가 초점을 맞추고 있는 '그림자'는 이 시의 장소적 배경인 천은사 "수홍루 회승당"이라는 공간에 "초발심 몸과 마음/마냥 버리겠고"라는 안쓰러움과 회한을 드리우게 된다. 앞서 지적한, 이별과 유랑과 상실과 죽음의 비극적 사건을 중심으로 형성되는 고독과 슬픔의 세계도 이러한 '그림자'의 풍경 묘사와 관련되어 있을 것이다. '그림자'의 풍경 묘사는 박태일 시에서 '비'와 '밤'의 이미지를 중심으로 표면화되고 있다.

1) 철 보아 동무 함께 다닐 일이지
　　동고비 추윗추윗 해 떨어지면
　　홀로 슬프다 춥다
　　춥다.

　　　　　　　　　　　　　　　　　　　─「정월」 부분

2) 창밖 인조 대숲에선 빗발이 글썽거리고
　　그녀 낮은 콧등처럼
　　그녀 외로움도 저랬을까

　　　　　　　　　　　　　　　　　　　─「빗방울을 흩다」 부분

3) 옆줄이 길다 곱다 농어
    아가미로 드나들던 밤은 지치고
    지금부터 파도 소리 설레는 아침 물때다

    외로움에도 옆줄이 있어
    열 다리 오징어와 여덟 다리 문어가
    한 수족관에 갇힌 일을 혼자 웃는다

    (…중략…)

    허허바다 멀리 마름질한 위로
    치렁출렁 오늘은 비
    북쪽 머리 제비갈매기가 앞일 묻는다.

                                    ―「후리포」 부분

   인용한 시에서 공통적으로 발견되는 '비'와 '밤'의 이미지는 시의 배경
이 되는 지명, 혹은 장소에 외로움과 추위와 슬픔의 아우라를 부여한다.
그리하여 박태일 시에서 '비'와 '밤'의 이미지를 중심으로 형성되는 풍경
의 묘사는 구체적 공간과 고독·슬픔의 정서를 하나로 연결시키면서 우리
시대의 농촌 현실을 적실하게 형상화한다. "개 없는 개사육장 밭뙈기째
마른 대파/아이 끊긴 폐교의 지붕이 빨갛다"(「신호리 겨울」), "죄 떠난 탓이
다 부산에서/간이 망가져 들어온 중늙은이"(「우포」)에서 사람들이 도시로
떠나버려 공허해진 우리 시대의 농촌 현실을 묘사하며, "배롱꽃 허파꽈리
는 납덩이다/사람 끊긴 장터 이남횟집"(「적교에서」), "쓰레기 태우는 연기
가 하늘 이저곳을 그을린다 내버린 상갓집 이부자리 같다"(「양산천」), "또
한 사람 농약을 마셨는지"(「황강 3」) 등에서 훼손된 농촌과 그 속에서 고통
받는 주민들의 삶을 적나라하게 묘사한다. 박태일 시가 보여 주는 고독과

슬픔의 세계는 이러한 우리 시대의 농촌 현실과 무관하지 않을 것이다. 더 나아가 박태일 시의 중요한 모티프인 '장소'와 그것에 깃들인 '고독과 슬픔'의 비극성은 세 가지 차원의 층위를 포함하고 있다. 그것은 과거의 전통적 가치를 상실하고 있다는 차원에서 역사적 층위와, 우리 시대 농촌의 비극적 현실이라는 차원에서 사회적 층위와, 이별과 죽음의 운명에서 벗어날 수 없다는 차원에서 인간의 실존적 층위이다.

3.

박태일은 역사적, 사회적, 실존적 차원의 공간 및 그 비극성을 형성화하는 동시에 그것에 맞서는 시적 추구의 방식을 동시에 보여 준다. 그 첫 번째 방식은 앞서 지적한, 리듬과 운율을 통한 노래의 방식이다. 노래는 그 자체로 우리의 호흡이며 맥박이다. 생명의 율동인 이 노래를 통해 시인은 고독과 슬픔의 세계를 견디며 이겨내려 하는 것이다. 그런데 박태일의 시에는 노래가 지닌 리듬과 운율 이외에도 음악을 생성시키는 요소가 있어 주목을 요한다. "돌돌 돌길 따라 언덕 위로 올라서면"(「신행」), "누비질 구름은 구금실 굼실"(「황강 16」), "포족족 포족족" "지리지리 종지리" '무량무량'(「풀나라 기별」), "당기둥 당기둥당" "삐이삐아 삐" "울불구불"(「월명 옛 고을에 들다」) 등에 나타나는 의성어 및 의태어 역시 음악적 리듬을 형성하며 고독과 슬픔이 아우라를 뛰어넘는 흥겨운 율동을 만들어낸다. 이 자연의 소리들이 의미하는 바는 무엇일까? 노래는 인간이 만들어내는 것이지만 소리는 자연이 생성시키는 것이다. 박태일 시에서 노래가 지닌 리듬과 운율이 차츰 새 소리, 구름 소리, 돌 소리, 길 소리 등 자연의 소리와 결부되는 방식으로 전개되는 양상은, 시인이 공간에 깃들인 비극성을 극복하기 위해서 자아의 주인됨을 벗어나려고 시도하는 데서 기인하는 것으로 보인다.

고독과 슬픔의 세계에 맞서는 두 번째 방식은 공간과 정서의 두 영역을 연결시키는 풍경의 묘사인데, 이때 풍경의 묘사는 '비'나 '밤'의 이미지와 대비되는 '햇살'의 이미지를 중심으로 이루어진다. 다음의 시를 보자.

갯쑥이 웃자란 모래 두둑을 따라
길은 산뿌리까지 가서 끝을 둘로 갈랐다
말똥게 구멍이 머금은 건 날물인가
굴 껍질에 올라앉은 볕살이 희다

보리누름 자란바다 감성이 들고

푸른빛 단청 하늘엔
상낭상낭 배추나비

배 끊긴 솔섬에선
때 아닌 울닭 소리.

—「솔섬」 전문

이 시는 전체적으로 제목과 1연에 장소를 제시하고, 2연 이후에서 풍경을 묘사한다. 이 풍경의 묘사에서 눈에 띄는 것은 시각적 이미지와 청각적 이미지의 결합으로 형성되는 밝고 청량한 분위기이다. 2연의 "보리누름 자란바다 감성이 들고"에는 누렇게 익는 보리와 검푸른 바다의 색채 대비가 선명하며, 3연의 "푸른빛 단청 하늘엔/상낭상낭 배추나비"는 푸른 하늘과 흰 배추나비의 색채 조화가 신선한 감각을 형성한다. 여기서 '상낭상낭'의 의태어는 ㅅ의 날카로운 음운과 ㄴ, ㄹ, ㅇ의 부드러운 음운이 결합되는 동시에 4연의 "때 아닌 울닭 소리"와 함께 어울려 청신한 음악성을 만들어낸다.

이처럼 시각적 이미지와 청각적 이미지가 결합되어 밝고 청량한 분위기를 만들어내는 시적 방식에는 어떤 동인이 작용하고 있을까? 그것은 1연의 말미에 제시되고 있는 '볕살'이다. 1연의 '솔섬'이라는 공간적 배경에 2연 이후의 밝고 경쾌한 이미지를 부여하는 것은 다름 아니라 "굴 껍질에 올라앉은" 흰 '볕살'이다. '햇살'은 '밤'과 '비'의 이미지가 지닌 부정적 의미망을 동시에 극복하면서 유랑과 상실과 죽음으로 점철된 고독과 슬픔의 공간을 희망의 옷으로 갈아입힌다. '햇살'의 빛이 비춰짐으로써 '밤'에 갇히고 '비'에 눅눅해져 가라앉은 비극적 공간은 '보리누름'의 황색과 "푸른빛 단청"과 '배추나비'의 흰색으로 채색되고, 배추나비처럼 '상날상날' 떠오르며 '울닭소리'로써 생생한 생명력을 회복한다. 이와 더불어 우리는 1연의 자유시 형태가 지닌 내재율이 2연 이후 3음보와 4음보의 정형시의 운율로 전환되고 있음을 발견한다. 결국 이 시는 1연 말미의 '볕살'로 인하여 참신한 감각적 표현이 가능해지는 동시에 음악적 리듬을 획득하면서 고독과 슬픔의 세계를 넘어서는 모습을 보여 주는 것이다.

박태일 시에서 신선한 감각적 이미지는 이처럼 '햇살'에 의해 풍경이 노출되었을 때, 그것을 카메라의 눈으로 촬영하고 인화하는 과정에서 생성되는 것이다. 이 '햇살의 광학'은 박태일의 시를 두고 지적되어 온 감각적 표현이나 회화적 이미지라는 측면을 더 구체적으로 해명하면서 그 생성 근거를 설명하는 것이 된다. 이번 시집에서 이 '햇살'은 "햇살은 돌길 좋고 돌길은 골짝 좋아/키버들 가지도 우정 어깨를 잡는데"(「장륙사 지나며」), "낮잠 많은 고냥이/은빛 먹이 양푼이엔/볕살이 가득"(「가을」), "햇살은 수척한 발목을 녹이며 가라앉고"(「신호리 겨울」), "햇살 바른 어느 굽이에서 밀려 왔는지/산뽕나무 한 가족 이른 저녁밥상을 받고"(「적교에 서」) 등에서 보듯, 도처에 등장하면서 고독과 슬픔의 세계에 맞서는 '햇살의 광학'을 형성한다.

그런데 여기서 우리는 인용한 구절의 모든 '햇살'들이 단지 관찰의 대상이 아니라 스스로 행동하는 하나의 능동적 주체로서 작용하고 있는 점에 유의해야 한다. 시인이 삶을 영위하며 관찰하는 우리 시대의 공간은 완강한 폐허로 뒤덮여 있기 때문에, 이 고독과 슬픔을 극복하기 위해서는 시인 자신의 힘이 아닌 외부 세계의 구원이 필요하다. 따라서 '햇살'의 구원에 몸을 맡기고 그 광학에 의해 세계의 폐허를 견디고 이겨내려는 시적 방식은 주체로서의 자아를 벗어버리려는 시도와 관련된다는 점에서, 인간적 노래에 자연의 소리를 결합시켜 음악을 만들어내는 시적 방식과 하나로 만나는 것이다. 박태일 시를 근저에서 떠받치며 사상적 토대를 형성하고 있는 불교적 사유도 이러한 맥락에서 그 생성 근거를 유추할 수 있을 것이다.

> 신중 누이 보아
> 지장지장 비로자나 죄 몰라도
> 내 몸 한 법당 되어
> 절집 되어
> 품어 재우리니
> 업어 재우리니
>
> 팔공산 백흥암
> 다듬돌 안고 조는 괭이와
> 옴실봉실
> 봄맞이꽃.

—「봄맞이꽃」 전문

이 시의 구조는 '공간 제시-풍경 묘사-생각 및 정서 노출'이라는 박태일의 전형적인 시상 전개가 전도되어 있다. 2연의 "팔공산 백흥암"이 공간의 제시이며, "다듬돌 안고 조는 괭이와/옴실봉실/봄맞이꽃"이 풍경의 묘사이다. 이 풍경 속에는 표면화되지는 않았지만 '햇살'이 스며들어 있다. 이 '햇살의 광학'을 통과한 시적 화자의 생각과 정서가 1연에서 제시된다. "내 몸 한 법당 되어/절집 되어/품어 재우리니/업어 재우리니"는 이 시에 나타난 화자의 사유뿐 아니라 시집 전체가 지향하는 주제를 수렴하고 있다.

박태일은 이별과 유랑과 상실과 죽음으로 인해 고독과 슬픔에 빠진 현실의 공간에서 그것에 맞서며 그것을 극복하기 위해 '소리의 음악'과 '햇살의 광학'을 추구한다. 이 시적 방법론은 주체로서의 자아를 벗어나려는 태도와 긴밀히 결부되어 있다. 따라서 1연의 "내 몸 한 법당 되어/절집 되어"는 자아로부터의 벗어남, 주체로부터의 이탈을 추구하는 박태일의 시적 지향이 불교적 사유와 만나는 지점에서 생성된 표현인 것이다. 주체로서의 자아로부터 벗어날 때 비로소 "품어 재우리니/업어 재우리니"라는 '품음'이 가능해진다. 그렇다면 시인이 주체로서의 자아를 비워냄으로써 품으려는 대상은 무엇인가? 인용한 시에서는 "신중 누이 보아"의 여승이 된 누이로 나타나는데, 이는 가족이라는 개인적 차원에 한정되지 않고 인간의 실존적 차원과 사회적 차원과 역사적 차원을 포함하는 우리 시대 삶의 현실이라고 보아도 무방할 것이다. 그리하여 결국 "지장 지장 비로자나 죄 몰라도"에서 보듯, 지장보살이나 비로자나불처럼 부처 없는 이 세계에서 중생을 제도(濟度)하는 모습이야말로 박태일 시의 '소리의 음악'과 '햇살의 광학'이 추구하는 궁극적 목표인 것이다.

(2002)

몽골을 살다

- 박태일의 시 -

이경수

오늘의 몽골

일찍이 장소에 대한 각별한 사랑을 보여 준바 있는 박태일의 다섯 번째 시집은 이 땅의 자연산천을 벗어나 몽골의 광활한 자연경관을 담아내고 있다. 몽골은 우리와 역사적으로 긴밀한 관계를 맺고 있던 지역이라는 점에서, 친숙하고 아련하고 복잡 미묘한 감정을 불러일으키는 땅이다. 아직도 유목의 전통이 남아 있는 곳이라는 점에서 우리에겐 미지의 땅이기도 하다. 박태일은 2006년 2월에서 2007년 1월에 걸쳐 약 1년 간 몽골에서 연구년을 보냈는데, 그때의 체험을 『몽골에서 보낸 네 철』이라는 여행기에 담아 2010년에 출간하였다. 그리고 3년 만에 몽골 체험을 담은 시집을 선보인 셈이다. 몽골의 체험이 시로 빚어지기까지 6~7년 가량의 세월이 필요했던 것이다. 몽골의 산과 초원과 바다와 그곳에서 숨 쉬고 생활하는 사람들의 온기가 희미해진 후에야 비로소 몽골이라는 장소의 이미지가 시인에게 그려졌는지도 모르겠다.

눈으로 맞는 기차도 있고

귀로 맞는 기차도 있다

사람 내려놓고 기차 떠난 뒤

다시 새벽까지 기다려야 하리

만두를 파는 이도 삶은 양고기를 든 이도

보이지 않는다 잠시 섰던

기차는 어둠을 들쳐업고 북으로 올라간다

나도 기차에 업혀 남쪽 사막으로 내려왔다

올랑바트르 역에서 여섯 시간

어느 호수 밑바닥으로 걸어든 듯 마을은 어둡고

아이 재운 집 둘레로 검둥개만 돈다

얼굴을 맞대고 양고기탕을 나눌 벗도 없이

모랫바닥 식당 탁자에 턱을 괴고

기차가 내려놓은 늙은 불빛을 바라본다

—「밤기차」 부분

몽골은 시적 주체에게 밤기차의 이미지로 남아 있다. 밤기차는 "귀로 맞는 기차"다. 고요하고 어두운 몽골의 밤, 기차는 먼빛으로나마 눈에 보이기 전에 소리로 먼저 온다. 광활하고 적막한 땅에서 시적 주체는 "귀로 맞는 기차"를 수도 없이 만났을 것이다. 구석구석 지하철이 다니거나 버스 노선이 촘촘히 짜여 있고, 그렇지 않다면 택시를 부를 수 있는 이 땅에서는 하염없이 무언가를 기다리는 시간을 좀처럼 갖기 어려워졌다. 전국의 도시화와 함께 우리가 잃어버린 시간을 몽골 땅에서 시인은 실컷 겪었을 것이다. "사람 내려놓고 기차 떠난 뒤/다시 새벽까지 기다려야 하"는 시간 앞에서 시적 주체는 도시의 삶에서는 느끼지 못했던 경험을 비로소 하게 되었을 것이다. 도시에 길들여진 감각으로는 미처 몰랐던 것들을 체험하게 해 주는 곳. 몽골은 아마도 시적 주체에게 그런 땅이 아니었을까.

올랑바트르 역에서 여섯 시간 밤기차를 타고 남쪽 사막으로 내려온 시적 주체에겐 "만두를 파는 이도 삶은 양고기를 든 이도/보이지 않는다". 기차가 내려준 마을은 "어느 호수 밑바닥으로 걸어든 듯" "어둡고" "아이 재운 집 둘레로 검둥개만" 도는 곳이다. 도시에서는 결코 맛볼 수 없는 칠흑 같은 어둠을 그곳에서 시적 주체는 비로소 만난다. "얼굴을 맞대고 양고기탕을 나눌 벗도 없이/모랫바닥 식당 탁자에 턱을 괴고" 시적 주체는 비로소 순도 높은 외로움과 마주 선다. 이제 그는 도시의 불빛으로부터도 멀고 와자한 사람들의 소리로부터도 멀다. 머잖아 그것을 그리워하게 될 수도 있지만 온전히 혼자 있는 시간을 좀처럼 갖지 못하는 현대 도시인들에게 몽골 땅이 안겨주는 적막한 외로움의 경험은 분명 특별할 것이다. "아버지와 아들 손자 삼대가 소 양/염소를 번갈아 먹이는 들"에 시적 주체는 이렇게 밤기차를 타고 당도했다.

　　한국말이 너무 하고 싶어서요
　　더듬거린다
　　칭기스항이 어릴 적 마신 달빛 어넌 강에서 자란 어넌
　　한국 노총각 몽골 처녀 짝짓는 일을 보는 언니
　　그 언니를 거드는 인문대학교 3학년
　　여름에는 짝지을 일이 뜸한지
　　풀밭길 뛰다 받은 손전화 너머에서
　　한국말 죄인인 날 향해 웃는다
　　방학이라 한국말이 너무 하고 싶었다는 어넌은
　　노총각 짝짓는 자리를 보여 주지 않으려 했던 어넌은
　　다음주부터 한국 호텔 굿모닝에서 일한다는데
　　굿모닝 굿모닝 여름밤 쐐기나방
　　한국 손님에게 시달릴 어넌은 웃고 있지만

이 방학 끝나면 울게 될까
한국말이 너무 하고 싶었다는
그 말이 극약이다.

—「사를어넌」 전문

　대개의 여행이 그렇듯 몽골 또한 시적 주체의 기대를 충족시켜 주기만
했을 리는 없다. 이 땅에서 우리가 꿈꾸는 몽골과 오늘의 몽골은 분명
다를 테니까. 몽골에서 만난 이들은 때로는 시적 주체를 곤혹스럽게 했을
것이다. "한국말이 너무 하고 싶어서" "한국 노총각 몽골 처녀 짝짓는
일을 보는" "언니를 거드는 인문대학교 3학년" 사를어넌을 보는 시적
주체의 속내는 착잡하기만 하다. "칭기스항이 어릴 적 마신 달빛 어넌
강에서 자란 어넌"은 지금은 초라한 몽골의 현실에 노출되어 있다. 시적
주체에게 "노총각 짝짓는 자리를 보여 주지 않으려" 하는 최소한의 자존
심을 가지고 있는 사를어넌이지만 "다음주부터 한국 호텔 굿모닝에서
일한다는" 사를어넌이 그 자존심을 언제까지 지킬 수 있을지는 알 수
없다. "한국말이 너무 하고 싶었다는" 욕망으로부터 자본의 침탈이 시작
됨을 이미 겪은 우리는 잘 알고 있지만 "그 말이 극약"임을 정작 수많은
사를어넌들은 모를 것이다.
　아시아에서 우리는 도대체 무슨 짓을 벌이고 있는 것인가. 패권주의의
희생양이었던 우리는 이제 누구의 것인지도 모르는 가면을 쓰고 자본의
전위가 되어 아시아 곳곳에 침투하고 있다. "한국말 죄인인" 시적 주체는
사를어넌의 웃는 얼굴을 보는 마음이 편치 않다. 몽골에 가는 이들이
기대하는 것은 광활한 자연이겠지만 정작 그곳에서 만나는 것은 부끄럽
고 곤혹스러운 우리의 얼굴이기도 하다. 몽골에 간다는 것은 그 곤혹스러
움과 마주하는 일이기도 할 것이다.

쓸쓸한 레닌의 추억

몽골은 상실과 망각의 땅으로 박태일의 시에 종종 모습을 드러낸다. 한때 칭기스항의 점령 하에 전세계를 호령하던 광활한 몽골 제국은 이제 과거의 영화를 잃어버린 상실의 땅이 되었다. 칭기스항의 고향에 가도 지나간 몽골 제국의 역사나 칭기스항의 묵은 자취를 맛보기는 쉽지 않다. 아이막 박물관 안의 옛집에서 지난 시간의 흔적을 겨우 느낄 수 있을 뿐이다. 몽골 인민혁명을 거치며 칭기스항의 흔적은 상당 부분 지워졌을 것이다. 사회주의의 흔적은 몽골 땅 구석구석에 아직 남아 있지만 그 또한 지난 시절의 역사일 뿐 몽골의 오늘을 말해 주지는 못한다. 아직도 인구의 30퍼센트 정도가 유목민인 몽골은 과거의 기억을 품은 쓸쓸한 땅으로 박태일의 시에서 그려진다.

조국에서조차 허물어져 내린 당신을
70년이나 머물렀던 당신을 그냥 둔
몽골 사람들 깊은 속을 알 순 없으나
어릴 적 혼자 앓다 낫던 생인손처럼
이 많은 사람 속에 당신은 문득 잊혀진 사람이던가
어느덧 당신이나 나나 고향을 두고 온 사람
나는 기껏 종가집 갓김치와 진간장을 사기 위해
해발 1350미터 거리 여저기
상점을 기웃거리는 좀스런 사람이 되었고
어지러웠을 혁명의 갈피마냥 촘촘하게
둘레 산마루까지 올라붙은 판자 판잣집들
3억 원짜리 아파트와 무상의 땅 밑 맨홀 집이
중앙난방 한 온수로 함께 따뜻한 이곳
너무 멀리 맑은 초원과 하늘

너무 뚜렷한 삶의 위아래

두 세상 끝을 한 품에 안고도

아침이면 모두 평등하게 일어나는 도시

그것을 밤낮없이 눈뜬 채 지켰을 당신은

무엇을 생각하고 있는가

홀로 입술 다물고 선 당신이

한 시절 돌보지 못했던 내 청춘 같고

1970년대 흩어진 사랑 같아 쓸쓸하기만 한데

낡은 전동버스는 흐르다가 서고 흐르다가 선다

거리전화 손에 든 사람들 전화기와 전화기 사이로

낯을 훑는 북국 바람은 무더기로 밀려와도

당신은 한결같이 평안하신가

안녕 레닌

안녕 안녕 레닌

—「레닌의 외투」 부분

레닌의 동상이 몽골에 서 있다는 것은 다소 신기한 일이다. 러시아에서
도 철거된 지 오래인 레닌의 동상이 그가 몽골을 방문했을 당시만 해도
몽골 올랑바트르호텔 앞이라는 상징적인 자리에 서 있었다. 레닌의 동상
이 시적 주체의 시선을 사로잡은 까닭도 아마 거기에 있을 것이다. 1970
년대 초반 대학생 시절, 레닌과 카우츠키를 부지런히 읽었을 시적 주체에
겐 그곳에서 만난 레닌 동상이 반갑기까지 했을 것이다. 낯선 땅에서
만난 레닌 동상은 그로 하여금 옛 추억에 잠시 젖어들게 한다. 대학생이던
시적 주체에게 카우츠키의 책 『계급투쟁』 복사본을 건네주었던 친구가
서독으로 흘러가 동독 문학을 배우고 독일인 아내와 돌아왔다는 사실이
문득 떠오르고, 올랑바트르의 낮고 어두운 겨울 공기가 "그가/처음 말아
주었던 대마초 매운 연기처럼" 그의 눈을 찌른다.

그의 조국인 러시아에서조차 철거된 레닌 동상이 70년이 넘는 세월 동안 몽골 땅 올랑바트르호텔 앞에 서 있다는 사실에 감회에 젖던 시적 주체는 문득 어릴 적 혼자 앓다 낫던 생인손의 기억을 떠올린다. 어쩌면 레닌은 이곳에서 기억되고 있는 것이 아니라 잊혀진 것일 수도 있겠다는 생각에 이른다. "당신이나 나나 고향을 두고 온 사람"이라는 점에서 매한 가지임을 시적 주체는 깨닫는다. 그의 눈에 비친 레닌 동상의 모습은 "한 시절 돌보지 못했던 내 청춘 같고/1970년대 흩어진 사랑 같아 쓸쓸하기만" 하다.

시인에 따르면 이 시는 그가 몽골에 가서 체류한 후 제일 먼저 완성한 시다. 낯선 나라에서의 하루하루에 긴장해 있던 때라는 그의 고백에 비추어보건대 시적 주체가 레닌 동상을 처음 발견했을 때 느꼈을 반가움이 충분히 이해가 되고도 남는다. 그것은 이방인끼리의 유대감 같은 것이 아니었을까. 1924년에 일찌감치 몽골인민공화국으로 국호를 고치고 세계에서 두 번째로 공산주의 국가가 되었던 몽골은 1992년에 복수정당제를 원칙으로 하는 민주주의를 채택하고 시장경제정책을 도입했다. 박태일 시인이 몽골을 방문한 2006년은 시장경제가 도입된 지 10여 년의 세월이 흐른 후였으니 몽골에서 공산주의의 흔적은 이미 많이 사라진 후였을 것이다. 레닌의 동상이 남아 있다고 해도 그것은 더 이상 추모의 대상이 아닌 쓸쓸한 추억에 불과한 것으로 시적 주체에겐 느껴졌던 것 같다. 그런 그의 마음에 공명이라도 하듯 "낡은 전동버스는 흐르다가 서고 흐르다가 선다".

레닌 동상이 서 있는 올랑바트르호텔 앞을 "오가는 이 끊"겼고, "차를 닦는 아주머니나/손을 기다리는 기사들", 오가는 행인들 누구도 동상에 "눈길조차 주지 않는"다. 쌈지공원에는 레닌 동상과 시적 주체만이 "덩그러니" 서 있을 뿐이다. "무엇을 위해" "2250미터 높고 긴 벅뜨항 산을 바라보고 있는가"라는 물음은 레닌 동상을 향해 던지는 것이기도 하지만 시적 주체 자신을 향한 질문이기도 하다. 낯선 땅에서 그는 비로소 자신과 온전히 마주한다.

낙타똥 뒤섞이는 봄
동쪽 사막 기차역이 그림자 수건을 펄럭인다
어린 손녀와 주전부리 좌판을 잡고 선 뭉흐바트르
검은 두루마기 까마귀떼는 철둑길 모랫길 휘도는데
그대 무얼 껴입은 세월이었나
1950년 평양에서 기차로 흘러든 삼백 아이
더러 돌아가고 떠돌다 묻히고
어느새 꾀꼬리눈썹이 웃자란 채 그대
말도 이름도 모르는 설렁거스
오늘은 무슨 인사로 내게
거품 진 슬픔 한 병을 그저 건네는가.

—「사이다」 전문

몽골 땅에서 시적 주체는 우리의 아픈 현대사와 대면한다. "1950년 평양에서 기차로 흘러든 삼백 아이"는 이곳에서 어떻게 살았을까. "더러 돌아가고 떠돌다 묻히고" 했을 그들에 대해서 우리는 오랫동안 아무도 묻지 않고 관심을 기울이지 않았다. 식민 체험과 전쟁과 독재로 얼룩진 현대사가 곳곳에 유이민을 낳았지만 아무도 그들의 인생을 책임지거나 그들의 존재를 기억하지 않았다. 온전한 국가로서의 기능을 하지 못하는 사이에 곳곳에 이방인으로 흘러든 디아스포라적 주체들에겐 신산한 세월이 흘러갔을 것이다. "어느새 꾀꼬리눈썹이 웃자란 채 그대/말도 이름도 모르는 설렁거스"와 마주한 시적 주체는 그가 건넨 "거품 진" 사이다에서 "슬픔 한 병"을 건네받는다.

몽골 땅에 이방인으로 거주하는 시적 주체가 느끼는 외로움은 손전화를 만지며 사람들을 떠올리거나 전화번호 목록에서 이름을 지우는 슬픈

'손장난'으로 표상된다. "어떤 이는 속이고 떠났고/어떤 이는 얻을 게 없어 떠났고/어떤 이는 지레 버림받아 떠났"음을 전화번호 목록을 보며 시적 주체는 떠올린다. 우리들이 살아가면서 맺는 관계란 대개 그런 것일 게다. 외로운 시적 주체는 "그들 목소리까지 지운다"(「손장난」). 몽골은 시적 주체에게 이 땅에서 맺은 관계와 사람들을 돌아보게 하는 곳이기도 하다. 관계 속에 있을 때는 몰랐던 주변 사람들과 그들의 의미를 다시금 돌아보며 자성할 수 있는 계기를 외로운 몽골의 시간이 그에게 가져다준다.

큰 종 안에 작은 종
종 둘을 발밑에 묻은 사람들
두 소리 밟으며 배로 목으로 두 노래 부른다
올랑바트르 붉은 영웅이 말을 몰았던 곳
그의 사무실은 기념관으로 바뀌고
여든 해를 넘기며 사람 발길 끊겼지만
곧게 자란 버들 누이가
버들잎 입장권을 뜯어준다

한낮 세 시 동쪽에서 서쪽에서
마주 오가는 비행 구름을 보며
풀 따라 내려온 소들이 강두렁을 씹는 도시
언덕배기 러시아인 공동묘지엔
녹슨 바람개비가 돌고
붉은 영웅이 말에서 내렸다는 광장 가
양파 주름을 까고 앉은 노인 둘이
엽전점을 뗀다.

—「올랑바트르」 전문

몽골의 서울인 올랑바트르 중심가는 수호바트르 광장을 중심으로 이흐터이로와 바가터이로라는 두 거리로 이루어졌는데 이곳은 크고 작은 두 개의 종 모양을 본뜬 거리라고 한다. 그곳에서 몽골의 전통 노래 방식 중 하나인 흐미가 들려온다. "올랑바트르 붉은 영웅"은 몽골을 중국의 지배로부터 벗어나게 하고 사회주의 국가를 건설하는 데 디딤돌을 놓은 청년 혁명가 수호바트르를 가리킨다. 서른 살 젊은 나이에 암살당하여 짧은 생을 마감한 그는 오늘의 몽골에서도 붉은 영웅으로 기억되고 있다. 그러나 "그의 사무실은 기념관으로 바뀌고/여든 해를 넘기며 사람 발길"도 '끊겼'다. "곧게 자란 버들"잎이 무상한 세월을 보여 준다. '언덕배기'에 있는 "러시아인 공동묘지엔/녹슨 바람개비가 돌고/붉은 영웅이 말에서 내렸다는 광장 가"에서는 "양파 주름을 까고 앉은 노인 둘이/엽전점을" 떼고 있다. 붉은 혁명의 열기는 이제 어디서도 찾아볼 수 없다. 레닌도 수호바트르도 쓸쓸한 추억의 일부로 남아 있는 몽골은 붉은 열기를 기억하는 이들에게는 상실과 망각의 땅이 되어 가고 있다.

시원의 공간

한때는 칭기스항이 세계를 호령하던 제국이었고 세계에서 두 번째로 사회주의 국가를 건설한 나라였던 몽골은 지금은 시장경제와 민주주의 체제를 받아들인 국가가 되었지만, 파란만장한 역사의 변전에도 불구하고 변하지 않는 것은 몽골의 광활한 자연이다. 많은 이들이 몽골을 찾는 첫째 이유는 바로 여기에 있을 것이다.

낙타가 갈지자로 걸어온다 버버 회오리가 온다 낙타는 젖꼭지가 네 개 오른쪽 둘은 새끼가 먹고 왼쪽 둘은 사람이 짠다 새끼가 먼저 먹지 않으면 젖이 잘 나오지 않는다 이젠 젖을 짜야 하리

낙타는 눈을 감고 코담배를 들이쉰다 지난주였던가 어뜨겅 가족이 게르를
걷고 떠난 자리 보랏빛 붓꽃이 턱을 괴고 앉았다 나도 젖이 네 개 달린 낙타가
되고 싶다 물끄러미 붓꽃이 되고 싶다.

―「낙타 새끼는 양 복숭뼈를 굴린다」 전문

"낙타가 갈지자로 걸어"오고 "버버 회오리가" 오는 곳. 끝없이 펼쳐진
고비사막과 그곳을 횡단하는 낙타를 볼 수 있는 곳. 몽골은 그런 땅이다.
서쪽으로는 알타이, 항가이라고 하는 큰 산맥이 뻗어 있고, 남쪽으로는
바위와 모래가 전부인 고비사막이, 동쪽으로는 아무것도 없는 초원이,
북쪽으로는 인간이 범접하기 어려운 시베리아의 침엽수림 타이가가 끝
없이 펼쳐져 있다. 산맥과 사막과 초원과 타이가를 모두 품고 있는 이
드넓은 땅이야말로 시원의 공간이라 하지 않을 수 없다. 그곳에선 "새끼
가 먼저 먹지 않으면 젖이 잘 나오지 않는다"는 자연의 섭리가 통용된다.
사람과 낙타가 공존하는 법을 터득한 지혜로운 시원의 땅, 그곳에서 시적
주체는 자연스럽게 낙타와 하나가 되고 붓꽃과 하나가 된다. "눈을 감고
코담배를 들이"쉬는 것은 시적 주체의 모습이자 낙타의 모습이다. 공존하
며 자연스럽게 한 몸이 된 이들은 구별되지 않는다. "어뜨겅 가족이 게르
를 걷고 떠난 자리"에 "턱을 괴고 앉"은 이 또한 시적 주체인 동시에
"보랏빛 붓꽃"이다. 시원의 공간으로 몽골이 그려진 시에서 시적 주체는
낙타가 되고 붓꽃이 되는 '-되기'의 상상력을 집중적으로 보여 준다. 몽골
의 자연은 그곳에서 살아가는 이들을 자연에 동화되게 하는 놀라운 힘을
발휘한다.

겨우내 낭떠러지 추위에 떠밀려
기우뚱 뒤뚱 기름 녹고 접힌 두 등봉
털 빠져 헐거운 뱃가죽
짝과 새끼가 죽었을 때 낙타는 운다지만

오늘은 주인이 켜는 마두금 소리에
소금보다 짠 눈물을 끓이며
새끼에게 물릴 젖을 내어준다

어리석음이 어찌 덕이랴
낙타구름 떠가는 봄날
낙타는 사람을 배워 사람처럼 흐느끼고
나는 낙타를 배워
무릎을 꿇는다.

─「낙타 눈물」 부분

사막에서 더불어 살아가는 낙타와 사람은 자연스럽게 서로의 목숨을 돕고 의지하게 된다. "유황불 젊은 날 다 보내고/능선에 능선을 지고 선 낙타"에게서 시적 주체가 본 것은 자신의 모습이 아니었을까. 늙어가는 낙타를 보며 시적 주체는 연민을 느끼고, 마침내 눈물로 교감하게 된다. "털 빠져 헐거운 뱃가죽"을 한 낙타의 볼품없는 모습이나 "짝과 새끼가 죽었을 때" 운다는 낙타의 생태는 그에게 낯설지 않았을 것이다. "낙타는 사람을 배워 사람처럼 흐느끼고/나는 낙타를 배워/무릎을 꿇는다." 시원의 공간이 아니고서는 낙타와 사람이 저와 같이 교감하고 동화되기는 어려웠을 것이다.

박태일의 이번 시집에는 자연과 동물과 사람이 하나가 되어 교감하는 모습이 자주 등장한다. 사막을 걷다가 "양떼 신기루를 만난" 경험을 그린 시에서는 시적 주체가 발을 헛디딘 것을 "구름이 발을 헛디딘다"고 말하기도 한다. '휘청' 발을 헛디딘 순간 시적 주체의 "어깨가 촉촉"(「신기루」)해진다. 그는 이미 구름과 하나가 된 것이다.

혼한 전깃불 하나 없다 밤새

거울에 비친 촛불에도 신령이 깃드는 마을
모래 굴에 새끼를 숨긴 늑대 언덕을 맴돌고
달빛이 씻어 주는 불 오름 아래서
소똥만큼 흔한 이별을 흥얼거린다 남자들은
아내의 배꼽 풀무를 돌리며
펴고 두드리고 다시 녹인다 다리강가
꿈에도 금은을 입히는 이들이 오늘은
세상 한 끝에서 별똥별을 묻는다
다리강가 옛 그리움은 잊어 버렸나
국경 너머 실려간 딸들 먼
울음소리가 들리는 아침
여자들은 소젖차를 끓인다 뿌린다
이제 손거울 마저 눕힌 상갓집에서는
지난밤 죽은 처녀가 떠나리라
울지 마라 먼길 그녀 쉬 갈 수 있도록
울지 마라 어제 깎아 던진 손톱 탓에
오늘 집짐승들 길 잃지 않도록
다리강가 걸음길이 멀어도
시간 약속을 않는 사람들
엉덩이 푸른 아이들이 몰려나가는
십 리 바깥 강가 호수 물비늘은
금귀고리 금팔찌로 철렁 철렁거리는데
붉은 낙타떼는 어느 하늘을 건넜을까
우레우레 쿵쿵 마른 우렛소리
들을 들었다 놓는 다리강가
마지막 불 나라.

—「다리강가」 부분

다리강가는 몽골의 대표적 화산지대로 청나라로 오가는 사신들이 머물다 가던 옛 도시이다. 기념품이며 선물용으로 쓸 금은 세공품을 만드는 데 주력했던 이 도시는 한때 융성하다 지금은 쓸쓸한 곳이 되었다. 다리강가족이 사는 다리강가 마을은 시인의 짐작과 달리 너무 피폐했다고 그는 몽골 여행기에서 적고 있다. 그런 모습이 시인의 눈길과 마음을 머물게 했겠지만, 정작 이 시에서는 시원의 생명을 간직한 곳으로 다리강가가 그려진다. 그곳은 "높고 거룩"한 땅이자 "흔한 전깃불 하나 없"어 "거울에 비친 촛불에도 신령이 깃드는 마을"이다.

알퉁어워 불 오름은 다리강가의 대표적 경관이자 불의 정수리이다. "멀리서 보면 중년 어머니의 젖꼭지처럼 편안하고도 둥글게 돋은 불 오름"은 "잘생긴 호박을 꼭지째 반쯤 잘라 엎어놓은 것 같다"(『몽골에서 보낸 네 철』, 215쪽)고 시인은 말한다. 몽골에서는 성소에 오를 때 그곳이 눈에 보이기 시작하면 입으로 그 이름을 말하지 못한다는 금기가 있다고 한다. 금기가 많이 남아 있는 사회는 두려움을 아는 사회이다. 박태일이 그리는 몽골은 시원의 거룩한 생명을 품고 있고, 자연과 신에 대한 두려움을 간직하고 있는 신령스러운 땅이다.

한철 들을 떠돌다

깨닫느니 그대가 내 들임을

그대 두고 헤맨 부질없음을

부질없기로는 겨울 얼음이 여름까지 타는 골짝

등딱지 흰 게르 한 채 앉히고 싶다

염소 풀어놓고 낙타 몰아놓고

작은 공룡알 찾아 굴리며 그대와

얼음 불꽃 쬐고 싶다.

—「욜링암」 전문

율링암은 몽골 남쪽 사막 옴느고비로 여름에도 빙하가 남아 있으며 "독수리 깊은 입안에 갇혔다는 느낌"(『몽골에서 보낸 네 철』, 352쪽)을 주는 곳이다. 1965년부터 보호지역이 되었다가 지금은 더욱 엄격하게 통제되는 장소가 되었다고 한다. 높은 데는 거의 200미터까지 솟아 있는 이곳은 지구상에 얼마 남아 있지 않은 시원에 가까운 공간이다. 그곳에서 시적 주체는 "한철 들을 떠돌다" "그대가 내 들임을" 비로소 깨닫는다. 여행자의 모습을 띠고 있지 않더라도 현대인은 대개 방랑자다. 그들처럼 머물 곳을 모르고 나아가기만 하던 시적 주체는 몽골의 자연 속에서 "그대 두고 헤맨 부질없음을" 깨닫는다. "염소 풀어놓고 낙타 몰아놓고/작은 공룡알 찾아 굴리며 그대와/얼음 불꽃 쬐고 싶다"(「율링암」)는 그의 바람이 이곳에서는 실현 가능해 보인다.

둥근 슬픔의 땅

지구상에 존재하지 않을 것 같은 시원의 공간은 파란만장한 역사로 얼룩진 슬픔의 땅이기도 하다. "사람들 울음을 받아주고 스스로 우는 산"이어서 이곳은 울음을 품은 땅이 되어 버렸는지도 모른다. 시인은 그곳에서 "울음의 전생"과 "후생을 본다."(「어뜨겅텡게르를 향하여」) 한 가지 눈여겨볼 점은 박태일의 시적 주체가 슬픔의 이미지를 둥글게 그리고 있다는 점이다.

햇살이
햇살이 데리고 왔다
버드나무 가로수로 왔다
귓불에 처진 금귀고리와
바람이 닦은 주름 얼굴

서쪽 1400킬로미터
헙뜨 산골에서 입고 온 두루마기는 빛깔도 푸른데
돌아서서 우는 손녀
쥐여준 종이돈이
슬픔을 굴린 듯 둥글다
이제 첫 학기 시작하면
네 해 동안 만나지 못할 할머니
그새 뜨실지 모를 할머닐
햇살 사이로 만나
두 발 푹푹 빠지는 노을 속으로 보낸다
찰랑거리는 땅금
큰 키 손녀와 함께.

—「이별」 전문

　시장경제가 들어서며 급속도로 현대화가 진행되고 있을 몽골의 풍경은 오래 전 우리의 모습을 어딘가 닮았다. 그것은 우선 대가족 해체의 징후로 드러날 것이다. 할머니와 손녀가 한집에 모여 살던 풍경은 이제 이별의 풍경으로 전환된다. "이제 첫 학기 시작하면/네 해 동안 만나지 못할 할머니", 어쩌면 "그새 뜨실지 모를 할머니"와 이별하며 "돌아서서 우는 손녀"의 모습은 우리에게 친숙하다. 손녀에게 용돈을 쥐어주기 위해 손녀 얼굴을 한 번 더 보기 위해 "서쪽 1400킬로미터/헙뜨 산골에서" 두루마기를 입고 올라온 할머니의 모습은 "귓불에 처진 금귀고리와/바람이 닦은 주름 얼굴"로 형상화되어 있다. "할머니가 쥐여준 종이돈이/슬픔을 굴린 듯 둥글다". 다시 볼 날을 기약하기 어려운 저 애틋한 이별은 아련한 슬픔으로 전해져 온다. "햇살이 데리고" 온 할머니는 "두 발 푹푹 빠지는 노을 속으로" 떠나간다. 할머니의 뒷모습이 "찰랑거리는 땅금"과 함께 오래도록 여운을 남긴다.

게르는 둥글다

게르에선 발소리도 둥글다

게르 앞에서 아이가 돌멩이를 굴린다

둥글게 금을 긋고 논다

아이 얼굴도 둥글다

햇볕에 씹혀 검고

마른 꽃을 잔뜩 심었다

아이는 여자로 잘 자랄 수 있을까

더위를 겉옷인 양 걸친 양떼

헴헴헴 게르 앞을 지나간다

슬픔을 둥글게 머금은 아이가

지는 해를 본다.

—「사막」 전문

몽골은 시적 주체에게 둥근 이미지로 온다. 몽골의 유목 생활이 낳은 게르부터 둥글다. 게르는 오랜 세월 유목생활을 해 온 몽골의 생태와 날씨에 최적화된 이동식 천막으로 아코디언처럼 접었다 폈다 할 수 있는 구조를 하고 있어서 거주에도 이동에도 편리하다. 게르의 둥근 형태는 오랜 유목생활이라는 경험과 세월이 쌓여서 완성된 것이다. 시적 주체가 게르에서 둥근 슬픔을 읽어내는 것은 결국 몽골 유목민들의 슬픈 역사와 세월을 엿보았기 때문일 것이다. "게르에선 발소리도 둥글"고 게르 앞에서 노는 아이의 얼굴도 그 아이가 굴리는 돌멩이와 그어놓은 금도 모두 둥글다. 몽골 땅의 슬픔이 어느새 그곳에서 태어나 자라는 아이에게도 스며들었을 것이다. 아이에게서 그 아이가 살아갈 세월의 신산함을 미리 보아버린 시적 주체는 연민을 느낀다. "슬픔을 둥글게 머금은 아이가/지는 해를 본다." 아니 이미 여자가 된 아이가, 그리고 그들에 동화된 시적 주체가 둥근 슬픔을 머금고 지는 해를 본다. "삶은 둥근 슬픔에 찔리는 일"(「타락을 마시는 저녁」)임을 아는 그의 눈에 그들의 둥근 슬픔이 보이기 시작한다.

> 달래는 슬픈 이름
> 한 번 달래나 해보지
> 달래바위에 피를 찧었던 일은 우리 옛적 이야기
> 유월부터 구월까지
> 하양부터 분홍까지
> 어딜 가나 저뿐인 듯 피어 떠드는 달래
> 달래는 몽골 말로 바다
> 두 억 년 앞선 때는 바다였다는 고비알타이
> 소금 호수 천막 가게에서
> 달래 장아찔 카스 안주로 주던
> 달래는 열 살
> 아버지 어머니
> 달래 융단 아래 묻은.
>
> ─「달래」 전문

이 시에는 세 가지 달래가 등장한다. '달래나 보지'라는 슬픈 전설의 주인공이기도 한 봄철 우리의 밥상을 행복하게 하는 달래와 몽골 말로 '바다'를 가리키는 달래와 시적 주체가 "소금 호수 천막 가게에서" 만난 달래. 이들은 하나같이 슬픈 빛을 띠고 있다.

시인에 따르면, "가을빛이 누렇게 내리기 시작한 들에서 흔히 눈에 드는 풀은 흐믈이라고 일컫는 달래"(『몽골에서 보낸 네 철』, 202쪽)라고 한다. 무서운 생명력을 지닌 달래는 산이고 사막이고 몽골 어디에나 가득하다. 이 달래를 몽골 사람은 소금에 절여 반찬으로 삼는다고 한다. 이 땅에서는 슬프고 안타까운 짝사랑의 전설을 담고 있는 달래가 몽골에선 지천인데, "달래는 몽골 말로 바다"라고도 한다. 그곳에서 시적 주체는 "달래 장아찔 카스 안주로 주던" "열 살" 달래를 만난다. 슬픈 이름을 지닌 그 아이는 "아버지 어머니"를 "달래 융단 아래 묻"은 사연을 지니고 있다. 시적 주체가 몽골에서 만나는 사람들과 자연은 하나같이 오랜 세월에 닳아 둥글둥글해진 슬픔을 하나씩 품고 있다.

별과 별 사이 강이 흐른다 별똥별은 첨벙 어느 골짜길까 먼데 어머니가 들르러 오시나 보다 다른 별로 건너다니시는 어머니 병 다루는 솜씨가 서투신 까닭이다 어머닌 녹지 않을 가루약인 양 슬픔을 녹여 드신다 숟가락처럼 길게 휜 병상에 누우셨다 화성으로 목성으로 해왕성으로 다닐 때부터 어머닌 철길보다 더 녹스셨다 덜커덩 침목 소리를 허리로 받으신다 어느 별에서나 병을 업고 병을 반짝이신다

어머니 구완하다 먼저 떠나신 아버지 멀리 건너갈 밤이셨던 게다 천왕성 아래서 담배를 피우신다 어떤 별은 먼지를 떨면서 땅금 아래로 내려간다 아버지도 그 길을 따르신다 나는 무슨 별일까 토성 문밖까지 가보았던가 누워 사는 별 하늘 바닥에 물관을 늘어뜨리고 자는 별 살갗을 터뜨리며 갑자기 사라지는 별 차고 뜨거운 별마다 병이 다르다 은하수는 눈병 탓에 수천억 개 물방울을 반짝이는 게다

별이 기르는 슬픔은 길다 무겁다 끓는 밥 김처럼 별빛 투덜거린다 외길로 풀린 병을 묶으며 칭얼거린다 흰 별 붉은 별 앙앙 부딪친다 별자리 풀썩거린다 혼자 빛나다 문득 흐느끼는 별 허물어진 가슴을 꺼내 보여주며 주저앉는 별도 있다 북두칠성과 다투지 마라 별에는 병동도 없이 병으로 가득하다 한 해가 끝나는 십이월 끝자락이다 나는 사막 너른 밤에 앉아 두 시간 뒤에 떠날 명왕성 기차를 기다린다.

—「북두칠성과 다투지 마라」 부분

몽골 땅의 둥근 슬픔을 포착한 시적 주체의 시선은 자연스럽게 어머니에게로 흐른다. 지구상 어느 곳의 시인에게든 둥근 슬픔의 상징으로 어머니를 떠올리는 일은 자연스러울 것이다. 그 중에서도 몽골은 더욱 각별한 어머니 사랑을 보여 주는 곳이다. 시인에 따르면 몽골에서 어머니는 예나 지금이나 큰 존경을 받고 있어서 어머니를 다룬 시를 쓰지 않은 몽골 시인이 없을 정도라고 한다. 대중가요 중에서도 빠지지 않는 으뜸 주제가 어머니라고 하니 특별한 어머니 사랑을 짐작하고도 남는다.

이 세상 어머니, 그것도 나이 들어 병든 어머니를 별에 비유한 이 슬프도록 아름다운 시에 보탤 말이 무엇이 있을까. "무릎이 굽고 어깨가 내려앉아 마음까지 쏟아지는" 어머니, "철길보다 더 녹스"신 어머니, "덜커덩 침목 소리를 허리로 받으"시는 어머니를 둔 이라면 "어느 별에서나 병을 업고 병을 반짝이"시는 어머니의 모습에 마음 한구석이 저릿저릿해 올 것이다.

이 세상 모든 어머니는 별이다. "어느 별에서나 병을 업고 병을 반짝이"시는 어머니. 사막에서 쏟아지는 별을 보며 밤을 지새우던 시적 주체는 밤하늘에 반짝이는 무수한 어머니들을 만난다. "녹지 않을 가루약인 양 슬픔을 녹여 드"시던 어머니는 "숟가락처럼 길게 흰 병상에 누우셨다". 병상에 누워 별이 된 어머니. 그러므로 "별이 기르는 슬픔은 길"고 "무겁다". 몽골 땅이 둥근 슬픔으로 가득한 것은 저 별들 탓인지도 모른다. 몽골몽골, 둥근 슬픔이 굴러다니는 듯하다.

몽골에서 만난 나

몽골에서 보낸 네 철은 박태일 시인에게 자신과 대면하는 자성의 시간이자, 권력과 욕망이 부딪히는 도시의 삶에서 입은 상처를 치유하는 시간이기도 했던 듯하다. 품이 넓은 자연에 몸을 부리고 그곳에서 생활인으로서 적응해 살아가면서 둥글둥글한 몽골의 말과 생태에 그도 전염되어 간다. 결국 그도 돌아오기 위해 떠난 것이다.

> 화요일에 태어난 아이와
> 토요일에 태어난 아이 그리고 나
> 셋이 웃는다
> 화요일 햇빛 토요일 햇빛 그 이름으로 살아갈 누리
> 길어 여든 짧아 서른인데
> 어버이들은 어찌 명줄 오랠 일만 걱정했던가
> 십대 이후 나는 자주 불행했다
> 길게 흩어 태웠던 소총 화약 매운 연기처럼
> 좁은 허파꽈리 속으로 들썩이던 슬픔
> 미끄럼틀 위에서 미끄러지던 정치에 불행했고
> 비루하던 치정에 불행했다
> 자주 불행했던 나와 자주 불행할 몽골 아이 둘이
> 함께 소젖차를 마시노라니
> 벅뜨항 산 위로
> 오갈 데 없이 머문 구름
> 제 혀끝을 씹는 매화
> 낭자한 핏발.
>
> —「수흐바트르 광장에 앉아」 전문

한국 현대사의 비극은 대개 정치사로부터 연유한다. 정의를 구현하지 못한 불행한 현대사는 "비루하던 치정"으로 이 땅을 물들였고 그로 인해 이 땅에서 살아가는 평범한 이들은 '불행했다'. 몽골 아이 둘에게서 시적 주체가 보는 것은 "십대 이후 자주 불행했"던 자신의 모습이다. 파란만장한 현대사 속에서 우리네 부모들은 대개 자식의 명줄을 걱정했지만 지나고 보면 서른 생이나 여든 생이나 그리 다를 것도 없을지 모른다. 중요한 것은 오래 사는 것이 아니라 행복하게 잘사는 일임을 뒤늦게 깨닫지만 "미끄러지던 정치"와 "비루하던 치정"은 개인의 행복을 간섭해 온다. 이 땅에서 시적 주체가 "자주 불행했"듯이 몽골의 아이 둘도 "자주 불행할" 것임을 그는 예감한다. 슬픈 예감은 대개 틀리지 않는다. "자주 불행했던 나와 자주 불행할 몽골 아이 둘이/함께 소젖차를 마시"는 풍경은 그들뿐만 아니라 우리에게도 치유의 힘을 발휘한다.

미크로버스는 가득했다 늦은 저녁
톨 강 질러 동쪽 관문 건너 날래흐
늙은 카자흐족이 석탄을 캐며 세운 마을
어둠 서둘러 내려앉아 우묵하고
게르 안에 갓 피운 아이들 웃음소리 다란거렸다
남으로 탄맥이 삼각파도처럼 검게 자라도
언덕배기 절집이 배부른 라마탑을 안고 고요한 곳
거기서부터 날래흐는 양털 손수건처럼 펄럭거렸다
칭기스항 고향으로 나가는 동쪽 길에는
몇 해 앞서부터 은빛 동상 새 칭기스항이 사람을 모은다는데
유목민이라도 밤을 떠돌진 않는다
올랑바트르까지 20킬로미터
어둠을 툭툭 박으며 까마귀처럼 달려갈까
타르왁처럼 게르 밑을 쏠다 지샐 것인가
정류장 앞길로 차는 들어와 서는데
나갈 차는 오지 않았다
막차를 놓친 이국종 검둥개
나는 게르 불빛을 눈으로 캐며
왼쪽 다리를 들어올렸다

나무 울 구석에다 오줌을 질금거렸다.

—「밤차를 놓치고」 전문

"유목민이라도 밤을 떠돌진 않"음을 미처 몰랐던 시적 주체는 막차를 놓치고 홀로 낙오된다. 낯선 땅에서 막차를 놓친 당혹스러운 경험을 하며 그는 이방인의 순도 높은 고독감에 사로잡힌다. "늙은 카자흐족이 석탄을 캐며 세운 마을"에는 어둠이 서둘러 내려앉고 "게르 안에"는 "갓 피운 아이들 웃음소리"가 들려온다. 하지만 게르 안에서 들려오는 단란한 웃음 소리도 게르의 따뜻한 불빛도 그의 것이 될 수는 없다. 낙오된 경험을 통해 시적 주체는 자신이 "막차를 놓친 이국종 검둥개"에 불과함을 아프게 깨닫는다. "왼쪽 다리를 들어올"려 "나무 울 구석에다 오줌을 질금거"리는 모습에서는 고독한 이방인의 짙은 비애와 자조가 느껴진다.

몽골이라는 거대 자연 속에서 철저한 이방인으로 1년의 시간을 보낸 시인이 한국 땅으로 돌아온 지도 6년 가량이 지났다. 이제 그가 살면서 보고 느낀 몽골은 더 많이 훼손되었을지도 모른다. 그의 기억 속에서도 몽골에서 만난 사람들과 풍경들이 희미해졌을 것이다. 오랜 시간 품고만 있던 몽골 시편들을 시집으로 묶는 시인의 마음은 어떤 것일까?

『몽골에서 보낸 네 철』의 마지막 부분에서 시인은 다시 돌아온 한국 땅에서 "권력이 저를 반성하지 않고, 이익이 저를 포기할 리 없는 세월 곳곳으로" 끼어들 수밖에 없음을 자인하면서도 "그럴 때마다 내가 겪은 몽골"이 "나에게 무엇을 일깨"(447쪽)우기를 기대한다. 어쩌면 몽골에서 본 사막보다 더 막막한 사막에서 살고 있는 시인과 우리에게 몽골의 슬픔 과 쓸쓸함은 우리의 나날을 비춰보는 거울이 될 수 있을지도 모르겠다. 그곳 몽골에는 "올랑바트르 대학교 다닐 때 교수님이 지어준" "한국 이름"을 가진 조아라가 살고 있다. 스물아홉 그녀는 "나롱톨 시장 들머리서 한국인 관광객이 냄새 난다고 말하자/이러려면 몽골에 왜 왔어요 벌떡 얼굴을 세워/눈물을 찢어대던" 여성이다. "땅콩 까부는 듯한 말소리"(「조아라를 기억해 주셔요」)를 지닌 조아라를 시적 주체는 기억하고자 한다. 기억한다는 것은 잊지 않고 사랑한다는 것임을 그는 잘 알고 있다. 몽골에는 우리가 잃어버린 우리의 모습이 살고 있다. 별이 된 어머니와 많은 조아라들. 그곳에서 만난 우리의 자화상을 잊지 않는 데 박태일의 시가 기여할 것이다.

(2013)

굴불굴불, 생의 공간과 시간과 언어의 결

장철환

"이리하여 언어는 열림과 닫힘의 변증법을 자체 내부에 지니고 있는 것이다. 뜻으로써 그것은 가두고, 시적 표현으로써 열린다."[1]

1. 공간의 언어와 언어의 공간

어떻게 열리게 되는 것일까? 시적 표현은 어떻게 언어의 문을 개방하여 굳게 닫힌 의미의 세계를 펼쳐놓는 것일까? 시인만 아는 주문(呪文)이 있어, 그는 매번 은밀히 언어의 내부로 드나드는 것인가? 이런 식의 가정은 친숙하고 오래된 것이나 위험한 것이기도 하다. 시인이 언어 내부를 열고 닫는 데 능통한 자라는 것은 분명하다. 그러나 그런 능통함이 선천적으로 주어질 수는 없다. 왜냐하면 언어를 개방하는 열쇠는 결코 선천적으로 주어지는 법이 없기 때문이다. 이는 역으로 시인이 언어 내부를 개방하

---

1) 바슐라르, 『공간의 시학』, 민음사, 1990, 388쪽.

는 방법을 터득하기 위해서 각고의 노력을 기울어야 한다는 것을 보여준다. 하나의 언어 공간을 개방하기 위해 시인이 기울이는 노력은 가히 절차탁마(切磋琢磨)라 할 만하다. 언어를 끊고 닦고 쪼고 가는 분투 속에서야 비로소 시적 표현이 탄생한다.

박태일의 시는 더욱 그렇다. 그는 "문학공간이란 마침내 집짓기와 다를 바 없는 세계구축적 경험의 결과라는 사실"[2]을 누구보다도 잘 아는 시인이다. 만약 시적 공간을 구축하는 일이 '집짓기와 다를 바 없는' 것이라면, 시적 구조물은 우리의 경험이 배태되는 두 가지 한계를 극복해야 한다. 하나는 공간의 차원에서 중력의 힘이고, 다른 하나는 시간의 차원에서 죽음의 힘이다. 전자는 공간 속의 시의 배치와 시 속의 공간의 배치, 그리하여 공간 속의 공간의 배치를 구속한다. 그가 다양한 생의 공간을 주유하면서 공간의 질서를 탐색하는 것은, 바로 이러한 중력의 한계를 극복하기 위함이다. 후자는 소리의 연속과 시적 표현의 흐름, 즉 시적 언어의 운동을 구속한다. 그가 다양한 시적 형식을 통해 언어의 결(texture)을 조직하는 데 온 힘을 기울이는 것은, 시적 리듬을 통해 죽음의 한계에 대응하기 위함이다. 모름지기 시의 건축은 무너지려는 힘과 소멸하려는 힘을 견뎌내야 하는 것이다. 박태일의 여섯 번째 시집은 이를 예증한다.

2. 욕지 목욕탕에서 구름 목욕하기

우선 사물의 공간이 있다. 공간은 대상화되고 규격화된 공간이 아니다. 원근법에 의해 표현된 공간은 사물 고유의 공간을 담아내지 못한다. 사물에는 자기의 무게로 다른 사물을 끌어당기는 힘이 있기에, 그것이 점유하는 공간은 중력의 상호작용에 의해 요동칠 수밖에 없다. 하물며 그곳이

---

2) 박태일, 『한국근대시의 공간과 장소』, 소명출판, 1999, 28쪽.

생의 공간이라면 더 말할 나위도 없다. 생의 공간에는 시적 주체라는 강력한 중심이 있어 사물들을 결속하고 배치하기 때문이다. 시의 공간은 바로 이 생의 공간과 동무하여 왔다. 사물의 공간은 시적 주체의 고유한 생의 무게로 인해 시의 공간 속으로 내재화되는 것이다.

> 동묘에는 안개가 산다
> 서울서 가장 짙은 안개
> 긴 안개
> 동묘에는 동무도 없이
> 나온 안개가 골목을 돈다
> 주인 물러간 집 허물어진 벽 사이로
> 감자 고랑처럼 내려앉은 안개 가게
> 등 꺾은 군화에 낡은 전화기
> 언젠가 월남에서 건너왔을 물소 뼈도 물 발자욱 소리를 낸다
> 동묘에는 몽골 어디서 왔는지
> 자매가 게를게를 말 안개를 피우며 간다
> 관우를 닮은 사오정을 닮은 이웃나라 안개도 있다
> 겉장 속장 젖은 안개
> 시침 분침 포개 멈춘 안개
> 그리운 이름 고향 다 묻은 안개가
> 골목 끝까지 희읍하다
> 서울 동묘에는
> 안개 아닌 것이
> 안개 흉내를 낸다
> 몇 해씩 머물렀지만
> 가슴에 등에 지번을 달지 못한 안개
> 종종걸음으로 몰려들었다

막 지는 저녁을 따라

서울 바깥으로 짐을 싼다.

—「동묘 저녁」 전문

동묘(東廟)는 누구의 묘인가? 동묘는 관우의 사당이다. 여기에는 임진
왜란과 사대주의라는 아픈 역사가 고스란히 배어 있다. 이 시는 이러한
역사적 사실을 배경으로 한다. 그러나 이 시의 묘미는 역사의 장소로서
동묘가 현재 시점에서 어떻게 생의 공간으로 굴절되는지를 보여 주는
데 있다. "동묘에는 안개가 산다"는 첫 행은 이곳의 거주민이 관우가 아니
라 '안개'임을 명시적으로 보여 준다. 이때 관우는 "관우를 닮은 사오정을
닮은 이웃나라 안개도 있다"에서 보듯 '안개'의 일부일 뿐이다. 따라서
'동묘'는 관우의 사당이라는 공간 너머 또 다른 공간, 즉 생의 공간을
지시한다. '안개'가 동묘에서 나와 삶의 현장인 풍물시장의 골목을 도는
것은 이 때문이다. 이렇게 말할 수 있다, '동묘'는 그의 시에서 '중력렌즈
현상'이 개시되는 생의 공간이라고.

'동묘'의 실거주민이 '안개'로 설정된 것은 그들이 불투명한 정체성("희
읍하다")을 지니기 때문이다. '안개'는 일차적으로 월남, 몽골, 중국 등지에
서 이주해 온 자들("그리운 이름 고향 다 묻은 안개")과 중심부에서 밀려난
자들("안개 아닌 것")로 구성된다. "가슴에 등에 지번을 달지 못한 안개"는
이들의 삶이 불안하고 위태로운 것임을 암시한다. 그들의 생은 "종종걸음
으로 몰려들었다"가 "막 지는 저녁을 따라" 흘러가는 유랑과 이주의 반복
으로 구성된다.

생의 공간과 이주의 삶. 이는 박태일 시인이 지속적으로 탐구해 온
주제이다. 첫 번째 시집『그리운 주막』(문학과지성사, 1984)에서부터 다섯
번째 시집『달래는 몽골 말로 바다』(문학동네, 2013)에 이르기까지, 그는
줄기차게 생의 공간의 좌표와 이주하는 삶의 의미를 탐색해 왔다. 등단작
「미성년의 강」을 보라. 시집 어디를 보아도 좋으나, 등단작은 '안개'가

"아름다운 깊이로 출렁이며" 흐르는 생의 강임을 명시적으로 보여 준다. 이번 시집도 예외는 아니어서, 전체 65편 가운데 많은 시편들이 생의 공간에 내재한 원리를 성찰하고 있다. 여기서 공간의 세목을 정리하고 분별할 필요는 없을 듯하다. 중요한 것은 시적 주체가 생의 공간을 어떻게 재구성하고 있느냐를 가늠하는 것이다.

일찍이 황동규는 이를 "삶의 장소 길들임"3)으로 규정한 바 있다. 여기서 '길들임'이란 "숨음과 표면 부상이 동시에 일어나는 상태"를 일컫는다. 이는 바슐라르가 말한 시적 공간의 '열림과 닫힘의 변증법'과 동궤를 이룬다. "삶의 장소 길들임"은 박태일 시의 중심부를 관통하는 적확한 표현이다. 생의 공간을 구축하는 원리가 시적 주체의 '숨음과 부상'이라는 이원적 원리로 구성됨을 보여 주기 때문이다. 「동묘 저녁」의 '안개'는 이 이중의 상태를 그대로 예시한다. 마치 안개 속 사물처럼, 우리의 생은 '삶의 장소'에서 잠기고 떠오르기를 반복하는 것이다. 그러니 생의 공간을 특정 지역과 장소로 한정할 필요는 없을 듯하다. 하나의 섬, 아니 섬한편의 목욕탕이라도 상관없는 일이다. 그곳이 생의 무게로 부침하는 시적 공간이기만 하다면 말이다.

욕지에서
목욕을 한다
줄비 내리는 아침
목욕탕에 손은 없고
주의보 맵게 내렸다는 앞바다
방학이라 뭍으로 나간
주인집 방에서 여러 날 쓴
주인의 면도날을 빌리면서

---

3) 황동규, 「시의 뿌리」, 『그리운 주막』, 문학과지성사, 1984(1994), 112쪽.

하루 내내 비 올 일 걱정했는데

우체국 골목 뒤 목욕탕

더운 물 차운 물 오간 뒤

욕지 목욕탕 나서면

연속극 엄마의 노래

마지막은 어느 아침일까

젊은 안주인은 다시

배를 깔아 티브이 채널을 웃고

뱃길로 한 시간 먼저 온 통영배가

욕지배를 기다리는 선창

당산나무 당집도 먼 등성인데

떨기째 지는 능소화

붉은 길로 혼자

오른다 욕지

구름 목

욕탕

—「욕지 목욕탕」 전문

이 시는 풍랑주의보 때문에 욕지도(欲知島)에 갇힌 경험담을 그리고 있다. 욕지도라는 이름의 유래는 여러 가지일 테지만, 시적 맥락 속에서 그것이 갇힌 자의 '알고자 하는 욕구'를 환기시키는 것은 분명해 보인다. 당연하게도 섬에 갇힌 자가 가장 알고 싶어 하는 것은 바다의 날씨이다. 좋은 날씨는 섬에서 뭍으로의 탈주를 가능케 하기 때문이다. "하루 내내 비 올 일 걱정했는데"는 이를 보여 준다. 그런데 재밌는 것은 궂은 날씨로 인해 생긴 잉여 시간을 소비하는 시적 주체의 행적이다. 다름 아닌 목욕. 목욕은 무료함을 달래려는, 혹은 초조함을 떨치려는 의도에서 비롯한다. 그러면 목욕 후에 무료와 초조는 위무(慰撫)되었는가? 굳이 부재중인 "주인의 면도날을 빌리면서"까지 목욕하고 난 이후의 행적은 그렇지 않음을 암시한다. 어째서 그런가?

그 이유는 "마지막은 어느 아침일까"에서 찾을 수 있다. 이 구절은 바다의 날씨에 대한 근심이 '생의 날씨'에 대한 의문으로 대체되었음을 보여준다. "더운 물 차운 물 오간 뒤" 떠오른 것은 생의 가라앉음과 떠오름에 대한 의문인 것이다. 다시 말해 섬과 뭍의 공간적 경계가 의식의 표면에서 사라지고, 생의 침잠과 부상이라는 새로운 경계가 떠오른 것이다. 처음의 것이 수평적 차원에서 섬과 뭍 사이에 가로놓인 두 힘에 대한 질문이라면, 나중의 것은 수직적 차원에서 생의 공간 속 시적 주체를 사로잡는 근본적 두 힘, 곧 중력과 부력에 대한 질문이다. 중력이 생의 무게만큼 시적 주체를 잠기게 한다면, 부력은 그와 반대로 주체를 들어 올린다. 여기서 양자의 힘은 같다. 그러므로 목욕은 섬에서 또 다른 섬을 띄우는 일이 되고, "숨음과 표면 부상이 동시에 일어나는 상태"를 체험하는 일이 된다. '욕지 목욕탕'은 우리의 생이 중력과 부력이라는 두 힘의 길항에 의해 형성된다는 것을 깨닫는 생의 공간이다.

그러니까 '욕지 목욕탕'은 아르키메데스의 목욕탕인 셈이다. 그러나 그가 욕지에서 알아낸 것, 곧 유레카(eureka)는 해답이 아니라 새로운 질문이었다. "마지막은 어느 아침일까"는 궁극적으로 생의 '마지막 어느 아침'인 죽음을 호출한다. 여기서 "욕지배를 기다리는 선창"은 새로운 의미를 획득한다. '욕지배'는 일차적으로 '젊은 안주인의 배'와의 관계 속에서 하나의 공간이 시적 주체를 잡아당기는 힘과 밀어내는 힘의 상호작용 속에 있음을 뜻한다. 그러나 시의 마지막 네 행은, '욕지배'가 "구름 목/욕탕"과의 관계 속에서 시적 주체라는 또 다른 섬에 작용하는 중력과 부력이라는 두 힘의 길항관계 속에 있음을 보여 준다. 여기서 부력은 상승과 초월에의 의지라기보다는 생의 무게에 대한 반발력에 가깝다. 따라서 '구름 목욕탕'은 선계(仙界)의 목욕탕이 아니라, '욕지 목욕탕'의 다른 판본이다. 이것은 '구름 목욕탕'으로 오르는 길이 천상의 계단이 아니라, "당산

나무 당집"과 "떨기채 지는 능소화"가 놓인 길인 이유를 설명한다. 즉 그 길은 중력의 중심부에 놓은 '마지막 어느 아침'에 이르는 하강하는 계단이다. (위의 시에서 마지막 계단은 아직 놓이지 않았다.)

특정 장소에 '배를 깔고 눕는 일'이 근본적인 해결책이 될 수 없는 이유가 이와 같다. 동묘의 '안개'가 욕지의 선창가에 피어오르듯, '구름 목욕탕'에도 욕지의 '안개'가 피어오를 것이기에. 아니 구름 자체가 안개이지 않은가. 그러니 '안개'는 몽골이라는 이역에서도 피어오를 것이다. 이는 시적 주체의 생의 무게가 제 고유의 방식으로 무수한 생의 공간들을 '마지막 어느 아침'으로 재구성하기 때문에 생기는 일이다. 물론 몽골은 '다른 아침, 다른 하늘'을 갖는 특수한 공간임에 틀림없다. 확실히 "삶은 되새김질 할 수 없는 일"[4]이다. 그러나 그가 몽골에서 보낸 네 계절이 '삶의 장소 길들임'을 위해 "자신과 대면하는 자성의 시간"[5]이었다면, 이는 그가 여전히 몽골의 "붉은 길로 혼자/오른다"는 사실을 보여 준다. 『달래는 몽골 말로 바다』의 「자서」, "잘 가거라/다시는 다른 아침, 다른 하늘을 그리워하지 않으리라"는 이를 예증한다. 이것은 그의 귀환이 장소의 회귀이면서, 동시에 생의 공간을 구축하는 두 원리의 회귀라는 사실을 보여 준다. "드는 길과 나는 길이 하나"(「고죽을 나서며」)라는 인식.

3. '지렁장' 어둠 속에서 '쿠쿠'하기

강력한 중력은 공간을 휘게 할 뿐만 아니라, 시간마저 끌어당긴다. 이것은 시간이 규칙적이고 절대적인 단위로 측정될 수 없음을 뜻한다. 공간의 이동과 시간의 흐름은 분리되지 않는데, 강을 제재로 한 시편들은

---

4) 박태일, 「말」, 『달래는 몽골 말로 바다』, 문학동네, 2013, 78쪽.
5) 이경수, 「몽골을 살다」, 위의 책, 125쪽.

이를 잘 보여 준다. 특히 '황강' 시편들은 공간의 이동이 시간의 흐름과 잇닿아 있음을 보여 주는 동시에 생의 무게가 어떻게 시공간을 늘이고 휘게 하는지를 예시하고 있다. 한마디로 '황강' 연작시는 생의 흐름을 증언하는 수작이라고 할 수 있다. 그 속에는 유려한 시적 표현들이 '굴불굴불' 구비치고 있다.

> 옆으로 기는 버릇에 게게 게라 일컫는다지만
> 길마다 밟은 죄 다 간추리면 한 하늘 엮고도 나머지 셈인데
> 똥게 털게 없이 게젓 범벅 같던 세월
> 가로 돌다 모로 돌다 지렁장 어둠에 갇혔던 것을
> 쉬어 이십 리에 걸어 삼십 리
> 쉿쉿 구름 속 구름 딛는 소리도 들으며
> 나 간다 굴불굴불 슬퍼 추억 간다
> 접시꽃 빨간 한길
> 환한 소금강.
>
> —「황강 18」 전문

"옆으로 기는 버릇"의 주체는 '황강'이기도 하고 '게'이기도 하고 '시인'이기도 하다. 이들은 모두 생의 횡보(橫步)를 걷는 존재들이다. 횡보는 규격화되고 정량화된 단위로 측정되지 않는다. 생의 횡보는 더욱 그러하다. 그것을 가늠하기 위해서는 지나온 족적이 중심부에서 얼마나 이격(離隔)되었는지를 살펴야 한다. 이는 공간의 층위에서 "길마다 밟은 죄"를 돌아보는 일이며, 시간의 층위에서 "게젓 범벅 같던 세월"을 간추리는 일이기도 하다. 그리하여 '길'과 '세월'은 "지렁장 어둠"이라는 하나의 공간 속으로 수렴된다. "지렁장 어둠에 갇혔던 것"이라는 구절은 생의 시공간이 '조선간장(지렁장)'과 같은 칠흑의 어둠 속에서 곰삭고 있음을 예증한다. 여기서 더 큰 문제는 '지렁장 어둠'이라는 강력한 중력장이

현재와 미래의 시공간에 간섭한다는 사실이다. 이로 인해 시적 주체의 행보는 "나 간다 굴불굴불 슬퍼 추억 간다"는 횡보로 이어질 수밖에 없다. "추억 간다"는, 말 그대로 시간과 공간이 하나의 행위로 '범벅'되어 있음을 보여 주는 말이다. 이때 슬픔은 '굴불굴불' 흐르는 생의 궤적을 처연하게 만들지만("굴불굴불 슬퍼"), 역설적이게도 생의 행보가 끊이지 않고 계속되는 이유가 되기도 한다("슬퍼 추억 간다"). 이는 슬픔이라는 말이 지나온 생과 앞으로의 생, 양자에 걸리는 앙장브망(enjambment)이기 때문이다.

이렇듯 박태일의 시는 "이별과 유랑과 상실과 죽음의 비극적 사건을 중심으로 형성되는 고독과 슬픔의 세계"6)를 애절하게 형상화한다. 이 '슬픔의 세계'가 어떤 '추억'으로 이루어졌는지 들춰보는 것은 허허로운 일이다. 그가 견뎌온 "게젓 범벅 같은 세월"을 다시 휘저어야 하기 때문인데, 그때 우리가 대면하는 것은 "사랑을 보내 놓고/보낸 나를 내려다본다"(「사랑을 보내 놓고」)고 말하는 자의 슬픔이다. 죽음의 세계와 대면한 자의 먹빛 눈동자이다.

(가) 하늘로 길품 떠난 그대 찾다가
　　　오늘은 내 걸음
　　　보름달 물가에서
　　　잠을 묻는 기러기.

　　　　　　　　　　　　　　　　　　—「12월」 부분

(나) 영락 공원묘지
　　　저승에서 밟을 영원한 낙이란 어떤 것인가

　　　　　　　　　　　　　　　　　　—「처서」 부분

---

6) 오형엽, 「소리의 음악과 햇살의 광학」, 『풀나라』, 문학과지성사, 2002, 121쪽.

(다) 콩깍지 마냥 좁은 납골함 벽무덤 아래서

　　아내는 위령기도

　　조곤 조곤거리고

　　나는 어제 저녁에 씹다 만 슬픔을

　　마저 깐다.

—「영락원」 부분

(라) 문득 그가 어디론가 떠났다는 전언

　　그나 나나 어느새 달뜰 것 없을 예순 골짝인데

　　무엇이 급해 묵은 부적을 떼듯 스스로 삶에서 내렸는가

　　(…중략…)

　　나는 저승 한 곳을 보며 섰다 이제

　　이 자리도 가끔 쓸쓸하다.

—「석기시대」 부분

　네 편의 시는 모두 죽음을 다루고 있다. (가)에서는 "하늘로 길품 떠난 그대"를, (나)와 (다)는 "영락 공원묘지"에 묻힌 아버지와 어머니를, (라)에서는 "예순 골짝"의 '그'의 죽음을 다루고 있다. 각각의 시편에는 죽은 자에 대한 미련, 죽음의 세계에 대한 의문, 죽음으로 인한 주체의 슬픔, 그리고 궁극적으로 죽음을 바라보는 생의 자리에 대한 번민이 잘 드러나 있다. 이전 시집에서 부재와 죽음에 대한 서정이 드러나지 않은 것은 아니지만, 이번 시집에서 죽음의 세계는 더욱 확산되고 심화되고 있는 것처럼 보인다. 우선 양적으로도 그렇다. 「성모병원 난간에 서서」, 「기러기」, 「저녁달」, 「황강 20」, 「황강 23」, 「별나라」, 「성묘」, 「저세상에 당신에게」, 「대보름」 등의 시를 보라. 이들 시편들은 타자와 합일되어 그들의 한스런 삶과 죽음을 서정화"[7]하려는 시적 주체의 태도를 반영하고 있다. 이러한 태도는, 죽음이 세월의 흐름 중심부에 자리한 블랙홀이자 주유하는 생의 매 순간마다 체험하는 사건이라는 인식에서 비롯한다. 그가 "밤마다 그랑그랑 저승방아가 도는"(「황강 19」) 소리를 듣고, 거리에서 "부재중 주인"(「광한루 가는 길」)을 만나는 것도 이 때문이다. 그리고 마침내 아주 작고 내밀한 공간 속에 웅크린 어떤 죽음을 목도한다.

둥근 알이 알답듯
오가는 사람 발소리 둥글게 엿들으며
곤달걀은 고요하다 가게는
쪼그려 앉을 나무 의자 다섯
한때는 유정란으로 환한 횟대 구름 꿈꾸었으나
지금은 무정란보다 못해 약한 불 솥 안에 익어 쌓였다
안 생긴 것은 한 주일에 노른조시 흰조시 입술을 섞었고
생긴 것은 세 주일에 날개털 발톱이 잿빛 벌거숭이
여주인은 가끔 물기를 끼얹으며 몸을 굽힌다
논둑을 절뚝이며 가는 중닭 시늉이다
지게다리 무겁게 오는 오리 시늉이다
삼십 년 곤달걀팔이 외길이었다
앉았다 가는 이도 그렇다 신끈에서부터
허기를 묻힌 이가 소금간을 보듯
허리를 굽히고 앉아 곤달걀을 깐다
곤달걀 닮은 이가 곤달걀 씹는다
안 생긴 것은 천 원에 여덟 개 생긴 것은 네 개
곤달걀은 헤엄치듯 배를 내밀며
따뜻한 물속 해바라기라도 즐기는 것일까
어릴 적부터 들어설 문 보이지 않는 달걀이 좋았다

---

7) 하웅백, 「너에게 가는 길」, 『약쑥 개쑥』, 문학과지성사, 1995, 108쪽.

오로지 깨져야 벗을 수 있었던
그 슬픔을 나는 짐작한다 울기 앞서
조각조각 여민 웃음
대전역으로 가는 시장길 끝에는
남루를 안친 곤달걀 가게가 존다.

—「곤달걀」 전문

'곤달걀'은 바라보는 자의 기호와 문화에 따라 혐오스럽게 비쳐질 수도 있다. 그러나 중요한 것은 이런 문화적 차이 이면에 내재하는 죽음의 직접적 현시와 그것을 먹는 행위의 의미에 대한 해석이다. 이를 통해 죽음에 대한 주체의 태도를 가늠할 수 있는데, 이 시가 보여 주는 것이 바로 죽음의 시간을 생의 공간으로 포섭하려는 주체의 태도이다. 우선 시적 공간은 두 개의 세계로 분할된다. 하나는 '곤달걀' 안의 미시세계이고, 다른 하나는 '곤달걀' 밖의 거시세계이다. 전자는 한때 생의 공간이었으나 이제는 죽음의 시간이 차지한 공간이다. 후자는 현실 속 생의 공간, 곧 "대전역으로 가는 시장길 끝"에 자리한 "곤달걀 가게"이다. 시적 주체는 지극히 먼 이 두 세계를 하나의 지평 속에서 사유하는 길을 터놓고 있다. 그에게 '곤달걀' 밖의 생의 공간과 '곤달걀' 안의 죽음의 시간은 다르지 않다. 이는 여주인의 경우 "논둑을 절뚝이며 가는 중닭 시늉"과 "지게다리 무겁게 오는 오리 시늉"에 의해, 손님의 경우는 "곤달걀 닮은 이"에 의해 암시되고 있다. 결국 곤달걀 속의 '고요'와 생의 '허기' 및 '남루'는 같은 세계인 것이다.

이러한 인식은 내밀한 공간에서 죽음의 시간을 겪은 자에게서 나올 수 있는 진술이다. 즉 '곪은 슬픔'을 겪은 자의 통찰인 것이다. "오로지 깨져야 벗을 수 있었던/그 슬픔"이라는 구절은 시적 주체가 '곤달걀'과 같은 죽음의 시간을 견뎌왔음을 보여 준다. 여기에서부터 죽음의 시간이 "배를 내밀며" 나온다. 이것은 일차적으로 생의 공간 속에 죽음의 시간이 내재하고 있다는 비극적 인식으로 이해된다. 그러나 "울기 앞서/조각조각 여민 웃음"에 보다 유의한다면, 이 구절은 죽음의 시간을 대하는 시적 주체의 내적 변화를 암시한다고 볼 수 있다. 다시 말해 시적 주체는 최종적으로 생의 중심부에 따리 튼 '곪은 슬픔'을 "조각조각 여민 웃음"으로 받아들이거나 받아들이고자 하는 것이다. 마치 "따뜻한 물속 해바라기라도 즐기는 것"처럼. 이러한 인식 변화는 타인의 고통과 죽음에 대한 「쿠쿠」와 같은 태도를 가능케 만든다.

그 밥통 어디서 고쳤습니꺼 밥통

위쪽 8번 입구로 나가면……

거기서는 쿠쿠만 고칩니더 쿠쿠

곁에 할메가 방금 앉은 맞은쪽 아지메에게 묻는다

낡고 누런 보자기 밥통

지하철이 서자 쿠쿠 왼쪽으로 쏠린다

배 밖으로 나앉은 슬픔 같다

퇴근길 지하철은 기웃거리지도 않고 달리는데

쿠쿠를 내려다보며

밥 짐을 뿜는 두 사람

어디서 고장 난 밥통처럼 식어왔더란 말인가

어느 사랑 어느 발밑에서 마구 다쳤더란 말인가

쿠쿠 쿠쿠 누구 것이나

밥통은 다 쓸쓸하다.

—「쿠쿠」전문

퍽 재밌는 시다. 이 시가 소박하면서도 의미심장한 것은 "쿠쿠"와 "고장 난 밥통"에 담긴 중의적 표현에 의한 언어유희 때문만은 아니다. "고장 난 밥통"에 대한 '할메'와 '아지메'의 태도에는 "배 밖으로 나앉은 슬픔"에 대한 시적 주체의 태도가 함축되어 있기 때문이다. "지하철이 서자 쿠쿠 왼쪽으로 쏠린다"는 구절은 그녀들의 위태로운 삶을 비유적으로 표현하고 있다. 신산한 삶 속에서 다 식고 상처 입은 그들을 바라보는 시적 주체의 마음은 "밥통은 다 쓸쓸하다"에 고스란히 담겨 있다. 이 얼마나 비극적인 생인가, 늙고 병들고 실패하고 상처 입은 생이라니. 그러나 지하철에서 열심히 "밥 김을 뿜는 두 사람"이 짓고 있는 것은 "배 밖으로 나앉은 슬픔"만은 아니다. 오히려 그들이 짓는 것은 '쿠쿠'라고 해야 맞을 듯하다. '슬픈 밥통'인 그녀들이 견뎠을 엄청난 생의 압력, 그것을 녹이는 것이 배출되는 '김(짐)'이며, 동병상련 두 연인의 '쿠쿠'이다. '쿠쿠'는 생의 '짐(burden)'이 배출될 때 터져 나오는 "조각조각 여민 웃음"이다. 짐작컨대, 그 웃음은 시적 주체가 신산한 삶을 견딜 한 끼의 고두밥이 될 것이다.

4. 소리의 운동과 언어의 결(texture)

박태일 시의 시공간을 구축하는 중력과 부력은 '지렁장 어둠'과 '곤달걀' 속 곰삭은 세월의 아픔을 배태한다. 그 아픔이 부재와 죽음에 대한 시적 주체의 태도를 견인하는 한, 시적 행적은 울음과 웃음의 '굴불굴불' 횡보를 그릴 것이다. 이러한 세계 앞에서 우리는 "아픈 어금니를 혀로 달래듯"(「이별」) 아픔을 위무할밖에 다른 도리가 없다. 그렇다면, 그의 '혀'는 시적 공간에서 어떠한 형식과 리듬을 입고 나타날 것인가? 이는 시적 언어가 때로는 직정적 토로로, 또 때로는 엄격한 절제로, 그도 아니면 격정과 냉정의 이중적 병치로 표출될 수밖에 없는 이유에 대한 물음이다.

『가을 악견산』에서 김주연은 시인의 횡보를 '눌어증(訥語症)'으로 설명한 바 있다. 그는 박태일 시의 형식적 특질에 대해 "이 형식이 불필요한 감정의 누설을 막고, 사물의 객관적 형상을 드러내는 데 유효한 기능을 하고 있음"[8]을 전제한 뒤, "한쪽에서는 터져 나오는데 다른 한쪽에서는 철저하게 입을 막는 데에서 나오는 눌어증"으로 파악하고 있다. 김주연의 평가는 시의 내용과 형식, 시인의 정조와 시적 표현 사이에서 발생하는 틈과 간극에 대한 언급이다. 이것은 시작의 원리에 대한 일반론이기에 좀 더 구체화될 필요가 있는 것처럼 보인다. 다시 말해, 박태일의 시에서 은폐와 표출 사이의 이중성이 어떻게 시적 언어의 표현으로 나타나는지를 살필 필요가 있는 것이다. 이를 통해 우리는 시적 언어가 '의미와 표현의 폐쇄와 개방'이라는 이중적 병치에 의해 주조되고 있음을 확인할 수 있다.

우선, 산문시. 이번 시집에서 산문시는 그리 많지 않다. 「기러기」, 「오륜동」, 「황강 20」, 「을숙도」, 「저세상에 당신에게」가 있는데, 이중 「저세상에 당신에게」는 특별하다.

①저세상에 아름다운 꽃밭에 편히 계시는 줄 알고 잇습니다 ②우리가 스무 살에 만나서 좋은 일도 만앗지요 ③-① 그러다가 내가 잇달아 딸을 만이 나아도 당신은 한 번도 내게 성을 내지 않고 언제나 이 나를 위로하고 아껴 주섯습니다 ③-② 밥이랑 미역국 잘 먹으라고 늘 시켯습니다 ④내가 딸을 놓고 또 딸을 놓고 잇달아서 딸 놓아도 말 한마디 없어시고 기분 나뿐 소리 한 번도 하지 안 하고 좋은 말로 위로해 주시던 당신이엇습니다 ⑤그러다가 아들을 놓앗지만 장가도 보내기 전에 당신은 저세상으로 먼저 가시서 얼마나 서러윗는지 모른답니다 ⑥나는 오래 살아 아들 장가보내고 살다 보니 좋은 일도 만이 보고 자식 효도도 받고 있는데 당신이 생각날 때마다 눈물이 앞을 가립니다 ⑦언젠가 나도 당신 옆에 갈 때 이승에서 아이들 잘 키우고 왔다고 자랑 자랑할 것입니다

2003년 1월 22일 밤 아내 박악이가.

—「저세상에 당신에게」 전문(번호는 인용자)

---

8) 김주연, 「농촌시-전원시」, 『가을 악견산』, 문학과지성사, 1989, 113쪽.

이 시가 특별한 것은 초기 산문시, 특히 『가을 악견산』의 「명지 물끝·3」과 「~거리 노래」 연작시와의 변별성 때문이다. 이들 시편들이 대체로 사설조의 형식을 차용하여 4·4조와 같은 특정 음수율에 의탁하고 있는데 비해, 「저세상에 당신에게」는 그런 인위적 형식과 율격을 배제하고 있다. 이는 「기러기」, 「오륜동」, 「황강 20」, 「을숙도」도 마찬가지이다. 차라리 이 시는 내간체에 가깝다. 내간체의 근본적 특징은 문자가 음성의 발화 형식을 그대로 차용한다는 데 있다. 그 결과 시적 주체의 정조와 표현 사이의 거리는, "박악이"를 시적 주체의 대리자로 간주해도 무방할 정도로 극히 좁아진다. 내간체에 기반을 둔 시편들이 시적 정조의 흐름에 따라 구어체의 자연스런 리듬을 취하는 것은 이러한 이유에서이다. 한편, 시적 발화에서 중요한 것 가운데 하나가 호흡과 템포이다. 이것들은 발화자의 정조와 시의 어조를 표현하는 데 직접적으로 관여한다. 인용한 시에 나타난 안정적이고 자연스런 율독은 화자의 정조와 시의 어조에 적절한 호흡과 템포에서 비롯한다. 특히 문장이 종결되는 지점에서의 호흡 양상은 이 시의 리듬을 지배하는 일차적 요소이다. 문장 유형을 보면, ②의 "만앗지요"를 제외한 나머지가 '-ㅂ니다'라는 격식체 평서형 문장으로 되어 있다. 문장 종결의 유사성은 시의 전체적인 호흡과 템포의 패턴을 안정적으로 만드는데, 그 이유는 다음과 같다.

시의 내용은 크게 네 부분으로 나뉜다. 첫째, 망자에 대한 염려(①). 둘째, 망자에 대한 회상(②~④). 셋째, 화자의 슬픔과 그리움(⑤~⑥). 넷째, 재회에의 기약(⑦). 전제적으로 기-승-전-결의 구조로 되어 있음을 알 수 있다. 셋째 부분(⑤~⑥)은 화자의 정서가 집약적으로 표현된 곳으로, 여기서 시적 화자의 감정은 최고조를 이룬다("얼마나 서러윗는지 모른답니다", "눈물이 앞을 가립니다"). 그러나 이 부분의 문장 종결 유형은 격식체 평서형으로 되어 있다. 이는 경어체를 통해 망자에 대한 그리움과 애도를 표출하려는 의도를 반영한다. 일반적으로 경어체 문장의 초점은 발화자보다는 청자에게 있기 때문에, 발화자 자체의 직접적 노출을 꺼리는 경향이 있다. 즉 격식체 평서형 문장은 화자의 감정 분출을 제어하는 역할을 수행하고 있는 것이다. 이는 제문(祭文) 형식으로 되어 있는 「황강 20」과 의 대조를 통해서도 확인할 수 있다. 「황강 20」에 나타난 문장 종결 유형, 특히 화자의 감정이 고양될 때 나타나는 종결 유형("하겠습니까, 슬퍼 슬퍼라, 살았더니, 원수로다 원수로다, 애고애고 웬 일인고, 살아가리, 감으리요")을 살펴보면, 격식체 평서형 문장이 얼마나 주체의 감정 표출을 제약하는지를 가늠할 수 있다.

「저세상에 당신에게」는 '열림과 닫힘의 변증법'이 어떻게 정서 표출과 문장 종결 사이의 괴리로 나타나는지를 잘 보여 주는 시다. 그렇다면 현대시의 주류를 형성하는 자유시의 경우는 어떠할 것인가? 이는 「상추론」이 해명하고 있다.

적치마상추 뚝섬적치마상추 조선흑치마상추 청치마상추 먹치마상추가 중엽쑥갓 치마아욱 곁에 앉았다

상추와 상치를 왔다 갔다 하는 사이
치마를 입었다 치매를 벗었다 하는 사이
입맛이 바뀌고 인심이 달라졌단 뜻인가
아 조선흑치마라니 청치마라니 오늘은
알타리무가 치마아욱 곁에 쪼그려 앉았다
할매약초 중앙종묘사 부전시장 어느 새벽보다 먼저
꽃치마 주름치마 짐짓 접은 씨앗 아이들
그래서 상추는 앞뒤 모르고 찢어졌던 세월 같고
잎잎이 떠내려간 누비질 추억이었던가
무심한 무와 상추 사이에서 허전한 상치와 상처 사이에서
출근길 시장 골목 글로벌타워 높다란 커다란 상점 위로
귓불에 솜털도 가시지 않은 채

겉옷 속옷 눈물 뭉텅뭉텅 닦으며

마냥 밟힌 구름을 보는 것인데

쌈쌈을 밀어 넣다 울컥거리는 네모 밥상

저문 마을에 도로도로 놓일 한 끼

슬픔을 씹는 것인데

적치마상추 뚝섬적치마상추 조선흑치마상추 청치마상추 먹치마상추가 중
엽쑥갓 치마아욱 곁에 앉았다.

—「상추론」 전문

이 시는 처음과 끝의 반복에서 보듯 상추의 이름으로 시작해서 그것으
로 끝맺고 있다. 여기에 등장한 이름의 공통점은 상추와 치마의 결합에
있다. '치마상추'. 이는 상추의 색과 모양이 치마의 그것과 유사하다는
사실에서 비롯한다. 그러나 「상추론」이 논하는 것은 치마와 상추의 외형
적 유사성이 아니다. 양자의 유비관계는 형태적 유사성이 아니라 음성적
유사성에 토대를 두고 있다. 즉 시의 의미의 발생과 전개를 통어하는
것은 '상추'를 구성하는 소리의 운동인 것이다. 이런 의미에서 「상추론」
은 '상추'의 음성학 강의이다.
먼저, '상추'는 '상치'를 통해 '치마'를 소환한다. 여기서 '치'는 양자를
매개하는 소리이다. '상추'와 '상치'의 의미적 등가성이 '상치'와 '치마'의
음성적 등가성으로 전이되고 있는 것이다. 다음, '치마'는 '입다/벗다'라
는 의미소에 의해 '치매'로 확장된다. '치매'는 소리의 층위에서 '치마'가
모음 'ㅣ'를 입은 것이다. 이때 '치매'의 '-매'는 '할메'의 '-메'와 음성적
등가를 통해 양자를 결합시킨다. 그리고 이는 "씨앗 아이들"과 대조된다.
따라서 '치마 → 치매 → 할메'로의 음성적 변주는 "씨앗 아이들"에서 "(상
추) 할메"로의 시간의 흐름을 함축한다. 결국 '상추 → 상치 → 치마 → 치
매 → 할메'로의 소리의 운동은 '상추'가 왜 "앞뒤 모르고 찢어졌던 세월"

인지를 설명해준다. '치마상추'는 '치매 걸린 할메'의 "누비질 추억"인 것이다. 'ㅊ'을 중심으로 한 소리의 운동이 2연 전반의 의미를 구축하고 있다.

"무심한 무와 상추 사이에서 허전한 상치와 상처 사이에서"로 시작하는 2연의 후반부는 또 다른 소리의 운동이 시적 주체의 정조를 규율하고 있음을 보여 준다. 여기서 지배적인 소리의 움직임은 '무심한 무'의 'ㅁ'과 '상추'의 'ㅅ'이다. 전자는 "골목, 눈물, 뭉텅뭉텅, 마냥, 구름, 밀어, 네모" 등을 거쳐 "저문 마을"로 귀착하는 경로를 취하고, 후자는 "상처"에서 시작해 "시장, 상점, 솜털, 속옷, 쌈쌈"을 경유해 "슬픔을 씹는" 행위로 귀결된다. 두 경로가 교차하면서 '굴불굴불' 이어지는 양상을 추적하는 것은 매우 흥미롭다. 왜냐하면 "무심한 무와 상추 사이"에서 '치매 걸린 할메'의 "누비질 추억"에 대한 시적 주체의 '슬픔'을 가늠할 수 있기 때문이다. 이는 시적 주체가 '상추'를 씹으면서 '슬픔'을 곱씹는 이유를 설명한다. 곧 'ㅁ'과 'ㅅ'이라는 특정 소리의 운동은, 시적 주체의 '슬픔'이 '치매 걸린 할메'의 '상처'와 시적 주체의 '무심함'이라는 "쌈쌈"에서 비롯하는 것임을 들려주는 것이다. "치마상추"와 "무심한 무"는 서로 상치되고 있다.

참고로 「어머니의 잠」에도 이러한 상치 구조를 확인할 수 있다. "머리 한쪽을 비우고 살아도/해거리로 바뀌는 세상인심은 아시는지/맏이 집에서 둘째 집으로 다시/노인병원으로 노란 링거병 옮기셨다"는 구절은 어머니의 상처와 그에 대한 '세상인심'의 무심함을 암시적으로 보여 준다. 여기서도 특정 소리의 움직임이 시적 주체의 정조와 교묘하게 병행하고 있는데, "노인병원"과 "노란 링게르병"에 반복되는 'ㄴ'의 움직임이 그것이다. 'ㄴ'의 운동은 어머니의 '노년'의 '나날'이 "낙동강 높은음자리"처럼 위태롭다는 것, 그리고 그녀가 "누에 몸 부풀린 어머니"로 죽음의 시간을 견뎌왔다는 것을 소리의 층위에서 들려준다.

이처럼 「상추론」은 우리에게 리듬이 개방과 폐쇄의 상치 구조 속에서 시의 의미와 소리를 매개한다는 사실을 확인시켜 준다. 이러한 사실은 다음의 시에서도 확인할 수 있다.

웃자란 쑥대와 눈인사하고
당집 금빛 금줄로 마음 감발하고서
홀로 옥천사 찾는다

멀리 화왕산 불길 치미
그 아래 이마 지진 돌부처도 웃으시겠다
걸어도 걸어도 고요한 저승
혼자 되돌아와 기진했는가

탑돌 둘 우물터 하나

엄마
엄마
울며 다시 머리 깎는 아홉 살 신돈

돌복숭 여윈 가지로
하늘 때린다.

— 「마른번개」 전문

　요사채처럼 단정하다. 뺄 것이 없다는 것은 바로 이런 시를 두고 하는 말인 것 같다. 시가 이렇게 단아할 수 있는 건, 무엇보다도 "당집 금빛 금줄로 마음 감발"한 결과이다. 아마 그는 "홀로 옥천사" 어디선가 묵언수행 중인 듯하다, "이마 지진 돌부처"와 "탑돌 둘"처럼. 이렇듯 이 시는 주관적 정서를 극도로 배제하고 있다. 그만큼 침묵과 여백의 미가 돋아

보인다. 그런데 이 고즈넉한 풍경 속에도 서슬 퍼런 고뇌가 들어 있다. "걸어도 걸어도 고요한 저승/혼자 되돌아와 기진했는가"는 시의 고요가 죽음의 세계에서 돌아와 탈진한 자의 침묵임을 암시한다. 여기서 귀환한 자는 고려의 승려 신돈(辛旽)이다. 그가 "다시 머리 깎는 아홉 살" 아이로 절에 나타난 것은, 옥천사가 바로 어머니의 처소이기 때문이다. 따라서 옥천사는 이중의 공간, 육친의 정을 느낄 수 있는 세속의 공간이자 탈속을 위한 도량의 공간이다. 이것이 신돈의 씀(辛)과 밝음(旽)을 구성한다. 어린 신돈에게 옥천사는 이중적 힘이 규율하는 공간인 것이다.

그러므로 "돌복숭 여윈 가지로/하늘 때린다"는 구절은 감정과 욕망을 다스리지 못한 자에 대한 징벌을 의미한다. 이는 '마른번개'가 때리는 것이 속탈하지 못하고 귀환한 신돈만이 아니라는 것을 암시하다. 곧 "혼자 되돌아와 기진"한 자는 "홀로 옥천사 찾는" 자이기도 한 것이다. 또한 그는 욕지에서 '구름 목욕탕'에 이르는 '붉은 길'을 홀로 오른 자이기도 하다. 지금 그가 찾고 있는 것은 '마지막 어느 아침'에 이르는 하강하는 계단의 마지막 층계이다. '마른번개'가 시의 공간을 가득 울리며 '하늘을 때리는 것'은 바로 이 순간이다. 신돈에게 옥천사가 어머니와 부처라는 이중적 힘의 공간이듯, 시적 주체에게 시의 공간은 중력과 부력이라는 이중적 힘의 지배하는 공간인 것이다.

이 시가 구현하는 절제된 언어와 리듬은 바로 이러한 징벌과 관계있다. 『가을 악견산』 표지에서 시인은 "죽음은 늘 턱없이 넘치려 하는 생각이나 부풀리고 싶은 느낌을 다독거려주는 힘이 있다"고 언명한 바 있다. 이것은 죽음과 언어 표현 사이의 상관성을 보여 준다. 즉 시적 주체에게 죽음은 슬픔을 야기하는 힘이며, 동시에 발화를 억제하는 힘이기도 한 것이다. 이미 보았듯이, 그의 시는 대체적으로 부재와 죽음의 세계를 노래한다. 비록 지시하는 대상과 형식은 다르지만, 죽음의 세계에서 배태된 시적 주체의 슬픔과 상처는 제 나름의 방식으로 시적 내용을 규율하고 있다. 위의 시의 침묵과 여백 역시 이러한 힘으로부터 생성된다. 여기서 '마른

번개'는 바로 이 소멸의 힘을 상징적으로 표현하고 있다. 그것은 "우물터 하나"에 "아홉 살 신돈"의 울음만을 남겨 놓은 채, 시의 여백 속으로 도저하게 사라지는 중이다.

5. 생의 슬픔을 빗질하는 자

시의 시공간이 '굴불굴불'한데, 어찌 시적 언어가 '굴불굴불'하지 않을 수 있겠는가. 정형적 율격에 기대어 시의 언어와 리듬을 설명하는 방식이 대체로 도로에 그칠 수밖에 없는 것은 이러한 이유에서이다. 이는 시적 언어의 형식과 리듬을 대하는 우리들의 태도가 어떠해야 하는지를 반성케 한다. 보았다시피, 박태일 시의 기저에는 죽음과 슬픔이라는 강력한 중력장이 내재해 있다. 죽음과 슬픔은 분출하는 힘이지만, 그는 그 힘으로써 발화에의 욕구를 억제하고 부유하는 언어를 수렴하려 든다. 여기에 의미와 표현 사이의 긴장이 생긴다. "뜻으로써 그것은 가두고, 시적 표현으로써 열린다"는 말은 바로 그 긴장 한가운데에서 탄생하는 시적 언어의 역설을 역설한다. 그 역설의 봉두난발을 빗질하는 가운데 비로소 결이 고운 언어가 탄생한다는 사실, 그의 시가 보여 주는 바가 바로 이것이다.

그러니 우리는 무엇보다도 먼저 "슬픔을 빗질하는 솔빛 능선"(「12월」)에 올라야 한다. 그곳에서 슬픈 마음을 감발하고 생의 슬픔을 빗질하는 자의 걸음을 좇아야 한다. 그를 따라 '잘름잘름'(「산해정」) 걷다 보면, "왼발에 왼손 오른발에 오른손 어릿어릿"(「겨울 정선」) 걷기도 하겠지만, 결국 "드는 길과 나는 길이 하나"라는 사실을 깨닫게 될 것이다. 그리하여 그 걸음이 '굴불굴불' 생의 리듬을 구현한다는 것과 시적 언어란 바로 그 리듬과 동무한다는 사실 또한 더불어 알게 될 것이다.

(2014)

제2부 작품·작가론

화음과 불협화음 ── 남진우

80년대 연작시의 문학적 자리 ── 남송우

우주 환원의 인식적 응시와 균제의 미학 ── 박덕규

서정시의 서사적 발화 ── 김종회

'나'의 자연으로부터 '우리'의 자연으로 나아가기 ── 이경호

죽음에 이르는 물 ── 하재봉

김용택·박태일·나태주의 정치의식 ── 민현기

언어의 원형, 음악성과 토속성 ── 진창영

꽃의 산조 ── 홍용희

사람과 사람 사이 ── 김효곤

경계의 미학 혹은 사랑의 만가 ── 서석준

시의 고고학 ── 구모룡

슬픈 배달겨레, 기쁜 배달노래 ── 이승하

포틀래치의 시학 ── 맹문재

역사·소외·죽음을 따라가는 지리학적 상상력 ── 하상일

따뜻한 자리에 도돌이표를 찍고 지워나가면서 ── 송창우

기억의 커뮤니티__권혁웅

풍경의 내력__권혁웅

지역성, 개별성 그리고 보편성__이문재

이밥풀 푸른 심줄로 몰려다니는 종소리__손택수

생태주의 시와 시적 감응력__김용희

고향 그리워 봄밤 지새며 봄밤 우는 남도 시인__김정환

박태일과 경남 합천 황강__강춘진

지역문학의 연대를 위하여__이희환

그리움의 시학__권혁웅

가난, 기억, 그리고 슬픔의 시적 지형학__손진은

박태일__강웅식

그리운 주막__구경미

합천 황강이 유장하게 흐르는 저 노래들__최학림

박태일의 두 얼굴__송희복

시적 선율로 빚은 시계 바깥의 시간, 공간 너머의 장소__최영호

공간애, 시적 풍경을 구성하는 방식__최명표

박태일의 지역문학 연구 서설__최명표

화음과 불협화음

-풍경으로 화한 죽음: 박태일-

남진우

　박태일의 시는 아름답다. 시인은 섬세한 감수성으로 그를 둘러싸고 있는 세계를 차분히 묘사한다. 그 세계는 그가 산업사회에 살고 있음에도 불구하고 거의 그 흔적을 나타내지 않는다. 그의 시의 원공간은 바람·강·산·바다·눈·비와 같은 자연물로 이루어져 있다. 시인은 그런 공간을 시인 자신의 표현을 빌면 '느릿느릿'(「그리운 주막」) 지나가며 탁월한 운율 감각으로 노래 부른다. 바꿔 말하자면 박태일은 풍경의 시인이다. 그 풍경은 그가 살았거나, 살고 있거나 여행을 함으로써 만나게 된 풍경이다.

　그 풍경에 한 가지 특이한 점이 있다면 항상 어둠보다는 약간 옅은 어스름에 덮여 있다는 점이다. 그 어스름은 시인이 살아가다 주변에서 조우하게 된 죽음과 깊은 관련을 맺고 있는 것으로 보인다. 그러나 그 죽음은 무섭고 공포스럽게 부각되지 않고 아련한 슬픔으로 감싸여 있다. 죽음은 항상 무대 배경처럼 암시만 되어 있을 뿐 전면에 그 실체를 드러내지 않는다. 그의 데뷔작인 「미성년의 강」에서 벌써 시인은 '강안'을 "산과 들이 한가지 모습으로 무덤을 이루"고 있다고 노래한 바 있다. 그 우주적 무덤 사이로 아직 완성에 이르지 못한 시인 자신=미성년의 강이 흐르는 것이다. 우리는 왜 젊은 시인이 이렇듯 자연을 거대한 죽음의 공간 즉 무덤으로 파악하게 되었는지 확실히 알 수 없다. 우리는 무엇이 시인으로 하여금 죽음을 "하얗게 어깨를 털어버"리는 여울(「구천동」)로 형상화하게끔 했는지, 무엇이 시인으로 하여금 입관(入棺)이 행해지는 무덤을 "그리운 주막"(「그리운 주막」)으로 보게 했는지 알 수 없다. 「문림리」라는 시에서 아름답게 묘사된, 그가 어린 시절 체험했던 할아버지와 동무의 죽음이 그의 무의식 속에 드리운 그림자 탓일까. 다만 우리가 확실히 말할 수 있는 것은 그가 죽음을 상당히 긍정적으로 받아들이고 있다는 점이다. 시인은 인간의 죽음을 자연의 영고성쇠와 동일시함으로써, 즉 인간의 죽음을 낙엽이 떨어지고 강물이 흘러 바다에 닿는 것과 똑같은 차원에서 파악함으로써 죽음의 부정적 성격을 지워버린다. 그리하여 그 죽음은 죽음을 맞이한 사람이나 그 주위 사람의 슬픔이란 개인적·감정적 차원에서 벗어나 하나의 풍경으로 화해 버리는 것이다.

> 기다려도 오지 않는다. 강에는
> 누울 자리가 많아 생각이 잦고
> 아들 자랑 손자 자랑 어쩌자고 키만 자라는 갈대밭 어귀
> 키운 자식 모래무지처럼 물밑에 묻고 난 애비가
> 하릴없이 그물코 사이로 물비늘을 뜨고 있다.
>
> —「투망」

인용한 짧은 시는 우리에게 이 시인이 죽음과 그로 인한 슬픔을 어떻게 작품화하는가를 잘 보여 준다. 자식을 잃은 아버지의 슬픔이 부질없는 투망이란 행위에 의해 한 장의 선명한 그림처럼 떠오른다. 그 슬픔은 심층엔 많은 사연과 눈물을 포함하고 있는 것임에 틀림없지만 우리는 지극히 담담하고 절제된 목소리를 통해 그것을 어렴풋이 짐작할 수 있을 뿐이다(그런 면에서 그는 선배시인 중 박재삼보다는 박용래에 더 가깝다고 할 수 있다).

이처럼 그가 죽음까지도 너그럽게 포용할 수 있는 것은 그의 긍정적인 세계관과 밀접한 관련을 맺고 있는 것으로 보인다. 시인과 세계 사이의 조화로운 관계는 "괴롭고 괴로운 일 남의 일처럼 버려둔 채/저문 들 강가로나 춤추어 지나거라"(「오십천곡 2」)는 표현이나 "아버지 마시던 물을 아들이 마시고/그 물에 고인 할아버지를 손자가 찰방이는 바닥"(「선동저수지」)이라는 표현에 극명히 나타나 있다. 물론 이런 인간과 세계 사이의 조화로운 관계가 과연 현대인의 정서일 수 있는가 하는 문제점은 있다. 이 시인의 정서는 다분히 전통적인 데 그 맥을 두고 있는데 어느 정도 복고적이라는 혐의를 씻을 수 없기 때문이다. 그러나 인간과 세계와의 '화해'는 세계에의 '순응'과는 다른 각도에서 살펴져야 한다는 사실과 아울러 시인의 "시혹 내 죽은 뒤라도 나의 자식들이 아들을 길러 당신의 여자를 취하고 자식을 낳아 손손으로 끊이지 않는 인연을 이루겠습니다"(「구형왕에게」)라는 말에서 알 수 있듯 일견 평범하지만, 대다수 현대인이 상실한 건강한 정서 또한 소중한 것임에 틀림없다.

그런데 전통적인 정신은 시인의 초기 작품에서 발견할 수 있는 청년 특유의, 뚜렷한 대상이 없는 막연한 그리움 같은 정서와는 잘 어울리고 있지만 구체적인 현실을 그린 작품에서는 약간의 마찰을 일으키고 있다. 이것은 특히 「연산동의 달」 연작에서 볼 수 있는데 이때 시인의 '기우뚱거리'(「연산동의 달 1」)는 의식은 어설픈 시적 결과를 낳고 있다.

따라서 지나치게 정적이라고 할 수 있는 그의 시세계가 계속 풍경 묘사의 차원에서만 머물 때 그의 시는 "하루 내내 물매암 도는 소금쟁이"(「문림리」)처럼 제자리에서만 맴돌게 될 우려가 있다. 우리를 둘러싸고 있는 자연이 하루하루 인간의 문명에 의해 침식을 받고 있는 지금 그가 언제까지 계속 세계와 화해로운 관계를 유지할 수 있을지 궁금하다.

(1989)

80년대 연작시의 문학적 자리

남송우

80년대는 아직 끝나지 않았다. 그러나 89년의 1/4분기가 이미 잘려나가 버린 이 시점에서 바라볼 때, 80년대란 한 연대기가 마감되고 있다는 감을 떨쳐 버릴 수가 없다. 돌이켜 보면 80년대 초 암중 모색기란 미명 아래 미지근했던 문학 분위기와는 달리 그 동안 80년대 한복판을 거쳐 오면서 문학판도 많이 달아올랐다. 문학판이 열기를 더하고 달아 오른 이유는 문학 논쟁이 가열되어 왔기 때문은 아니다. 오히려 문학 논쟁보다는 전환기의 사회 정치적 변화의 물결에 문학이 적극적으로 참여해 온 역사적 현상 때문이다. 문학의 역사성 혹은 사회성이 이처럼 요구되고 강조되는 시대도 드물지 않았나 하는 생각이 든다.

역사적 전환기에 그 어느 하나 그 변화의 물결에서 예외적인 존재가 될 수는 없다. 그러므로 문학은 그러한 추세에 발맞추어 자기 영역을 확산시켜 나가는 것 역시 자연스러운 현상으로 받아들일 수밖에 없다. 이러한 80년대의 전반적 문학 풍토 속에서 시 역시 삶의 진정성을 진술하게 드러내는 한 도구로써 또한 역사적 흐름의 한 경향으로서의 성격을 확실히 지탱해 왔다. 그러나 80년대 시문학에 대한 평가는 80년대의 역사성에 너무 기울어져 단선적으로 파악함으로써 시의 다양한 모습을 놓치고 있는 우를 범하고 있다.

그래서 본고에서는 80년대에 나타난 연작시를 중심으로 80년대 시의 한 경향을 파악해 보고자 한다. 연작시를 80년대 시의 경향을 이해하는 하나의 잣대로 삼게 된 이유는 80년대 시에 나타난 장르적 특성 중의 하나가 시의 장형화 현상이기 때문이다. 장형화된 시를 장시 혹은 서사시로 명명하고 있지만, 연작시는 장편 연작시 형태로 자기 동일성을 유지하고 있을 뿐 아니라 장시 혹은 서사시에 흡수당하지 않고 많은 시인들이 즐겨 사용하는 양식이 되고 있기 때문이다.

*

장석주의 연작시에서처럼 한 개인의 정신사적 궤적을 확인해 볼 수 있는 시편이 박태일의 연작 시편이다. 박태일 시인의 관심은 우선 한국의 전통과 뿌리에 깊이 관련되어 있다. 그래서 그는 이러한 관심을 채우기 위해 방랑하고 찾아 헤매고 여행한다. 그런데 그의 관심의 진면목은 단순한 골동품 수집가의 취미벽이 아니다. 그는 과거의 것을 찾아 그대로 재현하려 하지 않는다. 그것을 현재화시키는 즉 과거의 현재라는 후기 모더니스트로서의 경향을 폭넓게 수용하고 있다.

「구천동」에서 「오산」으로 와 들을 만나고 다시 영덕에서 오십천과 합하고, 그리운 주막을 찾아 「축산항」으로, 거기에 얼마간 머물렀다 싶으면 벌써 '가락국'으로 넘어와 있다. 결국 다시 주거지인 '연산동'에 돌아와 있지만 그 곳이 영원한 정신적 안주지는 되지 못한다. 이러한 공간 이동을 통해 박 시인이 건져 올린 몇 편의 연작시 「축산항」, 「가락기」, 「연산동의 달」은 80년대 시인들 중 하나의 뚜렷한 자기 개성을 확보하고 있다는 점에서 논의에 값하는 대상이 된다.

박 시인의 정신사적 궤적의 출발지는 흐름의 시작을 알리는 「구천동」
이다. 그러나 곧 혼자 흐르는 아름다운 여울이 아니라는 것을 「바람수
업」을 통해 확인하고는 정열과 슬픔이 심연을 이루는 「미성년의 강」을
만나서 흐르기 시작한다. 그 흐름을 통해 강은 순례라는 깨달음을 얻게
되고 곧 그는 정신적 여행을 떠나게 된다. 그래서 그 여행은 「영덕 일지」
를 독자에게 남기게 되고 「오십천곡」에서 다시 자신은 흐르는 물길임
을 재차 확인하게 된다. 그리고 정착하여 연작시를 남긴 곳이 「축산항」
이다. 「축산항」은 박 시인에게 있어 중요한 지점에 해당한다. 오십천이
라는 강과 그 강이 도달하고자 하는 바다가 만나는 중간 지점이기 때문
이다. 「축산항 1」에서 밝히고 있는 "이쪽 바다은 조용하고/저쪽 바다은
따스하고/푸른 한켠으로 놓이는 축산항"의 의미가 바로 그것이다. 축산
항을 중심으로 한 이쪽 바다과 저쪽 바다, 이는 강과 바다에 다름 아니
다. 그런데 박 시인의 언표 내용 중 의미 있는 것은 이쪽 바다은 조용하
고 저쪽 바다은 따스하다는 양자에 대한 긍정적 수용 태도이다. 강이나
바다나 어느 하나 버릴 것이 못 된다. 왜냐하면 시인은 지금 강과 바다
가 만나는 축산항에 자리하고 있기 때문이다. 강은 자신을 키워 온 인생
수업의 장이었다. 그러기에 강을 저버릴 수 없다. 그러나 시인은 강에만
묶여 있고 싶지 않다. 왜냐하면 강을 통해 성숙해 온 시인이 궁극적으로
가야 할 곳은 바다이기 때문이다. 이는 시간적으로 강은 과거에 속하는
공간이며 바다는 미래에 펼쳐질 공간이다. 과거 없는 현재가 없고 현재
없는 미래가 없기에 과거와 미래를 함축하고 있는 현재의 축산항이 의
미를 더하고 있는 것이다. "이대로 한 마리 날치나 되어 마른 바다로
나갈까"라고 미래지향적 의식을 내보이기는 하나 시인의 의식은 확실
히 아직까지는 축산항에 묶여 있다. 이렇게 「축산항」을 통해 시간적으
로 과거와 현재 미래에 대한 자의식을 하고 공간적으로 강과 항구와
바다 사이에서 자신의 실존적 여행을 확인한 박 시인은 곧 다시 역사성
을 지닌 과거의 공간을 찾아 「가락기」를 남긴다. 그러나 묘하게도 「가

락기 1」에서부터 다시 바다와 만나고 있다는 것은 의미심장하다. 사람들이 만든 길이 끝나는 곳에서 바다는 시작되고 있었으며, 바다로 나간 사람들이 동리 길로 돌아오는 「양동리 고분」에서 그립고 그리운 이름이 바다가 되고 있다. 이렇게 박 시인이 강을 통해 바다와 만나고 과거성이 짙은 공간 속에서도 미래의 시간 의식이 내재해 있는 바다의 세계에 집착하는 것은 무엇인가. 그것은 두 말 할 것도 없이 「구천동」에서 시작된 좁고 닫힌 세계로부터 열린 세계인 바다에의 지향 의지 때문이다. 그것은 어떻게 보면 시인의 개인사적 성장과도 관련이 있겠지만 이와 함께 그의 시세계의 폭과 깊이와도 밀접히 연계되어 있다. 비록 바다에서 건너오는 구름에는 비가 묻어 있고(「가락기 7」) 갯가 마을로 쳐들어오는 부정적 이미지와 강포성이 있기는 하지만 가야 할 세계임을 부인하지는 않는다.

그래서 그가 여행길을 마치고 돌아온 「연산동의 달」은 "뭉개뭉개 크레용으로 그릴 수 없는 세상"(「연산동의 달 5」)임을 절감하고 있으며, 매일 밤 "개같이 누움과 엎어짐 사이 또는 입과 뜨ㄱ口 사이 멀미"를 이겨야 하는 현실과 맞닥뜨리고 있는 것이다.

이제 박 시인은 개인적으로 강이 끝나고 바다란 현실에 구체적으로 진입한 느낌이 든다. 이 파도 거칠고 바람 많은 바다의 삶을 어떻게 시어로 건져 올리느냐가 과제로 남아 있다.

*

80년대에 나타난 연작시는 이미 개관해 본 본질의 문제를 추구한 시편들과 개인사적 궤적을 그리는 작품 그리고 역사적 사건을 다루는 작품으로만 규정되지 않는다. 물질적 정신적 양면에서 피폐해져 있는 농촌의 현실을 심도 있게 그리고 있는 김용택의 「섬진강」, 자신의 실존의식을 남다른 장인 의식에 의해 추구하고 있는 이정주의 「벽」, 산업화 시대의 문제를 다룬 송재학의 「얼음시」, 독일을 중심한 구체시의 새로운 모습을 한국어로 실험하여 시의 또 다른 모습을 독자에게 제시하고 있는 박상배의 「안팎」, 일상적 삶을 자신의 예술적 삶의 공간을 형상화하고 있는 정영태의 「실크로드」, 끝없는 상상의 날개로 자신의 세계를 원색적인 이미지로 역동적으로 펼쳐 가는 하재봉의 「음유시인」, 자갈치와 녹산이라는 특수한 공간의 삶을 통해 이 시대의 삶의 단면을 건져 올리는 박현서의 「자갈치 시편」과 하현식의 「녹산 기행」, 현실의 비정성과 유년의 서정성 사이에서 새로운 '우리 시대의 서정시'를 노래하는 김수복, 역사적 인물을 현재에 새롭게 조명해 보는 권선옥의 「떠도는 김시습」과 허형만의 「공초(供草)」 등 일일이 예거하기에는 이미 지면이 한계에 와 있다.

왜 이러한 연작시 형태의 시가 각 시인들에게서 시도되고 있는가. 이 점을 생각하면서 이 원고는 끝맺음을 해야 될 것 같다. 전통적으로 시는 삶의 순간적인 이미지를 중심으로 시의 세계를 만들어 온 것이 사실이다. 이는 시가 산문과 비교하면 어쩔 수 없이 결락 사항으로 안고 있는 삶의 전체성 혹은 총체성의 파악이라는 점에서 열세에 놓인다. 그런 점에서 시인들은 자신의 시세계를 통해 세계를 단편적으로 인식하는 데 길들어질 수도 있다고 본다. 그러나 시인이 몸 담고 있는 삶의 환경들이 안정되어 있을 때(이는 다시 말하면 어느 정도 자기 동일성을 유지하고 있을 때 혹은 세계와 시인이 조화를 이룰 때)는 이러한 단편적 인식이 크게 문제 되지 않는다. 한 부분 혹은 단편을 통해서도 능히 전체를 인식할 수 있기 때문이다. 그러나 세계가 급변하여 세계와 시인과의 조화가 심하게 파괴될 때 시인은 자신의 실존을 위해서 세계를 총체적으로 전체적으로 파악하려는 무의식적 욕망을 가지게 된다. 이러한 시인의 무의식적 욕망은 단편적인 한 편 한 편의 시보다는 계속성과 연계성을 지닌 작업을 시도하게 하고 이러한 결과는 시 형식상 연작시로 그 모습을 드러낼 수밖에 없는 것이다. 이것이 80년대 시단에 연작시가 많은 시인들에 의해서 다양하게 실험된 근본적 이유라고 생각한다. 이는 80년대가 그 어느 시대보다 급변하는 시대였음을 반증하는 것에 다름 아니다.

(1989)

우주 환원의 인식적 응시와 균제의 미학

- 박태일론 -

박덕규

1. 박태일, 또는 흘러가는 절창들

1980년 중앙일보 신춘문예에 시 「미성년의 강」이 당선된 이후 시동인지 『열린시』를 중심으로 중앙 문단과 향토 문단을 넘나들며 꾸준히 시작 활동을 해 온 박태일은 1990년 5월 현재까지 두 권의 개인시집을 낸 바 있으니, 『그리운 酒幕』(문학과지성사, 1984)과 『가을 악견산』(문학과지성사, 1989)이 그것들이다. 권위와 신뢰를 자랑하는 한 시인선 중의 각각 하나로 자리한 이 두 권의 시집에 대하여 그 해설자들은, 의미-울림, 서정-서경의 조화로 이룩된 '노래로서의 시'가 가지는 건강하고 신선한 매력을 말하기도 하고(I시집, 황동규의 해설 「시의 뿌리」 참조), 자연의 순수성에 대한 단정한 묘사로써 삶의 진정성을 회복하고자 하는 따뜻한 열망의 세계로 평가되기도 한다(II시집, 김주연의 해설 「농촌시-전원시」 참조). 시와 삶의 순수성 추구를 말하는 이 견해들은 누가 보아도 온당하다 여길 만하며, 더욱이 그 시집들이 발간된 직후 거의 의례적으로 행해진 단평류의 서평·월평 들이 이 견해와 뜻을 같이하는 내용이었던바, 그러나 그 건강성,

또는 진정성 회복의 열망 들이 실은 우리 시단에서 공통된 관심의 대상이 되지 않았을뿐더러 특별히 나름의 독자층을 형성해 온 것도 아니라는 점이 상기될 필요가 있으리라 본다. 이를테면 그 건강성, 그 열망 들은 그 자체로만 소중한 것이지 당초부터 이 시대의 공동체적 감정과는 무관한 것일 수밖에 없었던 것일까. 그렇다면 그것은 단지 비시류적인 문제, 즉 시의 울림 지향, 자연 친화의 방법적 제재적 전근대성 때문일까, 아니면 그 특장들의 질적 문제 때문일까. 각 시집에서 그 특장에 걸맞은 대목을 끌어내 보자.

> 소리개 날아
> 산으로 가는 길
> 나무들이 하얗게 치아를 앓는다
> 구름 한 점 재우지 못하는 산등
> 수수리 소리소리 입에 눈발을 묻히고
> 죽여죽여 봐라고 달려오는
> 노간주 횡열(橫列). (I-74)

> 경주길 삼십 리
> 더는 볼 데 없을 때
> 일오내서 절골로 누런 동부꽃
> 호리리 휘파람도 귀에 설어서
> 목언저리 환한
> 안산 두어셋. (II-11)

7·5조 율격의 변용으로 사람의 이동이 자연 변화로 전이됨에 적절한 속도감을 부여하게 되어 음악성·회화성이 동시에 확보되고 있는, 이런 유의 인간-자연의 조화로운 친화의 세계는 기실 별로 드문 것이 아니다.

박태일에게는 물론이려니와 전통 서정시의 자연 친화의 발화 방법을 차용하는 시들에서 자주 이와 같은 절창들을 발견할 수 있었으며, 그 절창들은 조화와 절제의 아름다움을 충분히 독자들에게 선사할 수 있었다. 그런데 오늘날, 왜 그것이 대중화는커녕 검증의 대상조차 되지 않는가. 그것들이 근자에 검증의 주된 대상이 되고 있는 주류적 시정신에서부터 동떨어진 세계임을 충분히 인정하다 보니, 이제 모두 그 조화로운 형식미를 우리가 잊고 있는 것이 아닌가, 자연 친화로서의 순수한 열망의 세계가 가져다주는 정서적 환기의 순간을 문학 밖으로 내몰아 버리고 있지 않은가. 그 사이 자연을 노래하는 수많은 절창들은 다시 자연의 순환 변화처럼 우리 주변 우리 시대의 언저리를 흐르고 흘러가 버리는 것이다. 흘러가는 절창들이 아쉽다기보다 그런 현상이 너무 당연시되는 세태가 안타깝게도 다분히 시류적이라는 느낌이다. 이 사실은 또한 그 절창들이 환기해주는 시정신의 본령 같은 것에 대한 우리의 재검증이 아쉬울 때라는 점과 상관된다. 산업사회 이후에도 이러한 자연 친화의 형식적 완결미의 절창이 존재한다는 사실이 자못 흥미롭지 아니한가. 그것도 많은 시인들, 전통 서정 양식이라면 거들떠보지도 않을 것만 같았던 도시 소시민성과 일상성과 실천성의 시인들까지도 포함한 무수한 시인 부류에 의해서이다. 때맞추어 김달진문학상 제정을 계기로 정독하게 된 박태일의 시로부터 우리 시단이 한동안 소외시키고 있었던 자연 친화의 형식미가 가지는 가치와 그 본연적 제한성이 가늠되었으면 싶다.

2. 우주적 일체화와 서정적 양식의 시

2-1. 박태일의 시들은 대체로 내면의 서경화에 그 외형을 바치고 있다. 이 점에서 본다면 그것은 자아의 세계에 대한 주관을 자연 묘사로 환치하는 전통 서정시의 전형적인 발화 양태와 관련이 깊은 것으로 보인다.

일찍이 동서양의 고대인들은 자연을 우주라 부르고, 그것을 또한 코스모스로 인식하였으니, 대저 인간이란 우주라는 거대한 조응 체계 안의 티끌의 몸에 불과한 것이었다. 우주에 귀일되는 인간, 자연에 순응하는 삶이 곧 위대한 지혜인 바에야, 이별의 아픔과 지인의 죽음을 경험한 순간에도 시인은 시간의 순환과 영혼의 초월을 노래할 수 있었던 것이다. 님의 상실이라는 현상적 갈등과 모순은 대상의 주체화 또는 자아의 객체화라는 주객혼융의 정서적 전일체 속으로 한껏 편입되어 우주에의 환원을 지향하는 일체화된 목소리만이 시의 전면을 지배하게 되었다. 일체화된 목소리, 그것은 자아와 대상의 대립이 없는 비이성적 세계의 것, 다만 우주의 질서로 환원되려는 인간 영혼의 본성적 주관이 정신과 인식의 개입 없이 절로 표출되는 양태인바, 그것이 가장 '서정적인 양식'임을, 굳이 에밀 슈타이거의 지적을 빌리지 않아도 우리는 능히 인식하고 있었다. 나아가, 여기서 말하는 내면의 서경화라는 것도, 또한 주관의 자연 묘사화란 것도 기실은 방법론적으로는

사내가 빈 마을, 갯가 마을에는
바다가 쳐들어와 오래 머물다 갔다. (I-64)

에서처럼 그 자연 정경만이 표면에 나서는 경우뿐 아니라, 그 역으로

어능화 몇 송이로 쪼그려앉은 슬픔. (I-91)

에서처럼 자연이 내면화되는 경우도 있으며, 때로는

나직한 물소리 고막을 채워 흐른다. (I-40)

에서 보듯 주관과 자연이 공감각적 혼융의 관계가 되기도 한다는 사실도

덧붙여 이해하고 있는 편이었다. 어쨌거나 주관이 자연 경관에 어우러지는 이 발화 양태야말로 전통 서정시의 핵심적인 양태이며, 그것이 과연 우주에의 환원이 불가능해 보이는 카오스의 세계를 달려온 현시대에도 바람직스런 양식일 수 있는가에 대한 인식 또는 성찰 이후에도 끊임없이 재현 회복 변용되어 오고 있는 시의 중심적인 양태임에 틀림이 없다. 박태일의 시도 적어도 외형적으로는 그 재현 또는 그 회복 또는 그 변용의 세계임에 분명하다. 따라서 그의 세계를 검증하는 일은 그러한 시의 핵심 양태를 따져보는 일이기도 한 셈이다.

2-2.

> 둑 너머 좁은 길
> 초식동물의 주거가 파랗게 널려 있다.
> 장구벌레와 시든 시금치잎들이 몸 섞는 도랑 옆
> 때를 넘긴 아이들이 차올리는 고무공 하나,
> 바람이 연잎 몇 개를 더 건드려
> 아이들을 울리고
> 한길로 나서는 가로수 따라
> 구름이 흩어놓은 밝은 그림자. (I-30)

늦게까지 둑길에서 노는 아이들과 둑길 부근의 자연 경관들이 서로 "몸 섞"어 어울려 이루는 조화로운 세계, 그것은 곧 인간과 자연이 혼연일체가 된 코스모스적 통일체가 아닐 수 없다. 가령, "때를 넘긴 아이들이" 공을 차며 노는 일과 "바람이 연잎"을 건드려 울게 된 일의 시간적 변별점이 무얼까라든지 구름에 의해 '흩어놓'여진 "밝은 그림자"는 과연 어떤 실재일까 하는 현상적 문제는 이미 뛰어넘은 곳에 이 시는 와 있다. 이 시의 세계는 초시간적이며 현상 초월적이다. 이 세계는 사물의 현상적 가치보다 사물의 본질적 가치가 존중되는, 그 자체로 자족적인 세계, 그 자체로 우주의 질서와 체제를 모방하고 있는 또 하나의 우주이다. 자연이 자연을 파괴한 것('바람이 연잎을 건드리다') 때문에 우는 아이들의 울음은 사실은 자연과 자연이 이루는 질서 속에 스스로 편입되어 있음을 자축하는 기꺼운 울음이다. 이 우주 내의 사물들은 현상적 시공의 무게를 벗어던지고 무중력 무한천지를 떠돌며 여유만만하고 원대한 우주 순환의 질서 속을 유영하게 된다. 보라.

> 열목어 열목어는 온통 강물에 열을 풀고
> 무수히 잘게 말하는 모래의 등덜미로
> 우리의 사랑이란 운명이란
> 말할 수 없는 슬픔이란 그런 그런 심연을 이루어
> 인간의 아이들처럼 아름다운 깊이로 출렁이며
> 강을 흐르는 사계의 강. (I-14)

우주는 원대한 순환의 체계를 그 안에 내재하고 있다. 사계가 그렇고 물의 흐름이 그러하며, 우리의 삶이 또한 그렇다. 하늘 아래 새로운 것 어디 있으랴. 사랑도 슬픔도 우주의 "그런 그런" 모래알들이다. 이때 '강' 은 그 우주의 현시적 사물인 것이며, 그 현시적 사물을 배태시키는 정황은 "인간의 아이들"의 동심 세계이다. 아이란, 동심이란 세계와의 만남에 있어 인식과 정신으로 세계를 파악하는 것이 아니라, 거의 선험적으로 세계를 직관한다. 이 시 제목이 「미성년의 강」임을 상기하자. 아이는 상상력으로써 현상 세계를 꿰뚫고 그 현상 세계를 지배하는 우주의 본원적 질서를 간파해 버린다. 그러고는 그것을 이성적 체계도 없이, 바로 시공을 초월한 그 질량 그대로를 체득한다. 시인은 그 아이의 심성을 빌려 미성년의 인식으로써 자아의 세계와의 만남을

하늘로 트이는가, 혈맥
태를 감는가, 산악
손벌려 앉아 우리는 끝내 무엇이 되고 싶은 것일까. (I-15)

에서처럼 미지에의 설레임으로 노래한 다음, 다시금

강은 순례 (I-15)

로 우주 순환에의 깨달음을 직관적으로 드러내 보여 준다. 우주의 질서
속에 편입된 자연과 인간, 그 우주적 일체화는 '서정적인 양식'을 자랑하
는 오늘날의 서정시인 박태일에게도 더 말할 것도 없이 확연한 시적 현상
이 되고 있는 것이다.

3. 인식성의 개입과 자아의 흔들림

여기서 우리는 시인이 자주 성장기 소년의 모습을 빌리고 있음을 보게
된다.

키 큰 전봇대 귀를 대고 윙윙
윙윙 산 너머 소리를 훔치던 아이는 자라 (I-80)

삭정이 사이로 걸린 밤하늘 어디쯤에
더 깜깜한 풀섶이 있어
아이들의 자취를 훔쳐간다. (I-53)

차운 겨울날도 많이 저물어

입술에 체온계를 문 누이도 잠이 들면
눈이 내려서 오늘 밤에는 시각을 다치고
곰곰이 생각하는 청년의 감정 위로 박히는 하얀 발자국. (I-24)

자연 친화의 이 아이들이 시인의 실제 성장 환경과 밀접한 관계가 있으
리라는 짐작은 아주 손쉬운 것이다. 시인이 태어나 자라고 지금도 그리
멀리 떠나오지 않고 있는 고향은 뭉뚱그려 말해 바다 가까운 농촌이다.
농촌이란 어떤 곳인가. 인간의 삶이 자연의 질서 속에서 화해롭던 곳,
우리네 씨족 중심의 원시 공동체적 삶의 원형이 그대로 보존되던 곳 아니
었던가. 자연 속에서 감각을 틔우고 자연과 더불어 잠자던 곳, 이미 그
몸이 자연의 변환 안에서 성장하던 곳. 그 세계의 변환 사실은 그 세계에
생의 성장을 맡긴 시인에게 있어 언제나 인식 이전의 정서 차원의 경험에
불과한 것, 시인의 세계에의 눈뜸은 거의 우주 순환의 순리를 깨닫는
과정인 셈이었다.

3-1. 그런데 중요한 것은, 바다 가까운 농촌에서 살던 그 소년의 실재적
면모가 아니라 바로 그 성장 환경을 반추하고 있는 현재 시인 자신일
터이다. 시인이 성장기 소년이던 때의 모습을 빌려 자아의 세계에의 눈뜸
을 우주 순환에의 편입으로 노래하고 있다는 사실을 재음미해야만 한다.
첫 번째로 문제되는 것은 성장 환경, 즉 농촌에서의 화해로웠던 삶과
성장을 마친 현재 성년의 삶과의 차이이다. 박태일의 시에서 현재적 삶의
모습이 구체적으로 언표된 대목은 흔하지 않다. I 시집에서 「연산동의
달」 연작이 비교적 그런 내용일 수가 있고, II 시집에서는 좀더 다양하게
그런 성향이 이곳저곳에 간헐적으로 부분적으로 펼쳐져 있다. 그 현재적
삶은

개같이 누움과 엎어진 사이 또는

입과 뜨ㄱ믄 사이 멀미를 이기면서
아들은 오늘 밤
남쪽 바다 물빛과 만날 것인가
담치새끼 게새끼 곳곳에 슬어 줄 것인가. (I-95)

에서 보듯, 단순화를 무릅쓰고 말해 날로 자연의 순수성을 잃어가는 세속적인 삶이며, 당연히 그 삶은 시에 수용되면서 그 잃음 그 세속성을 안타까워하는 시적 심리를 반영하는 삶으로 자리잡는다. 이때 과거/현재의 순수성/세속성의 대비는 너무 선명한 셈이다. 날로 자연의 순수성을 잃어가는 세속적인 삶 위에서 시인은 그런 삶을 어느새 시의 한쪽 모서리에 몰아버리고 그 현재적 삶의 자리에 그런 삶 이전의 삶을 조금씩 내밀어놓는다. 그의 시에서 현재적 자아가 지극히 감추어져 있는 대신에 성장기의 그 아이가 돋보이는 것이 그 적절한 예다. 현재적 자아를 대신해 성장기적 체험 자아를 내세운다. 이 인식적 행위를 이해하자. 이 일은 주관과 외재적 현실의 만남이 화해롭던 낙원에의 희구, 우주 환원의 열망이 현시된 것이다. 우주 환원의 열망이라면, 현재 시간에서는 그 환원 자체가 불가능한 마음의 정황을 내포하고 있는 셈이다. 더구나 성장기의 체험을 되살리는, 시간의 흐름을 되살리는 일이라면 그 되살리게 되는 정서의 일면을 볼 수 있지 않겠는가. 정서의 일면이라 했으나, 그 시간의 흐름이 초시간적 혼융으로 감지되는 때의 정서와 시간의 흐름을 반추하는 때의 정서는, 엄밀히 말해 각각 정서와 인식으로 나뉘어 검토되어야만 한다. 정서라고 알고 있던 그 안에 어느덧 인식성이 내재되어 있었던 것이다.

두 번 세 번 돌을 날렸다.
원평리 가는 길은 멀고 멀어서
강 한 줄기 빈들에 남고
잡년의 갈밭머리 성긴 빗물,

떠나고 떠나 보내는 일들이 무시로

갈꽃 띠웠다. (I-56)

「원평리(遠平里) 가는 길」이라는 제목이 붙은 이 시의 공간은 도보 행로의 떠나는 것과 그를 떠나 보내는 것과의 일체화의 세계로 이루어져 있다. 그런데 그 떠남과 보냄의 일이란 현재적 정황이 아니라, 길 오가며 무심히 "돌을 날"리곤 하던 유년의 시절들과 그 시간의 쌓임 어느 지점에서부터 "떠나고 떠나 보내는 일들"에서 얻게 된 어떤 깨달음의 과정이 중첩된 시간 혼용의 정황임을 유의할 수 있다. 이를테면 "원평리 가는 길" 했을 때 그 길은 과거와 현재가 혼용된 시간 속의 길인 셈이며, 박태일 시의 무수한 지명들, 무수한 유년 체험들은 거의 그런 시간 혼용 공간 속에서의 상관물인 것이다. 이 사실은 주객혼용, 우주적 일체화의 시적 양식에서 본, 정신과 의식의 개입이 없는 정서의 발화 양태와 일치한다. 그리고 다음을 보자.

꽃밭을 가다.

흰 꽃 붉은 꽃, 슬픔을 묶어두는 칸나의 뿌리.

바람 불면 다 튀쳐나오는 꽃들인 너희

향내가 사방으로 퍼지다.

꽃밭에 가서 꽃밭에 가서 그 향내에 쓰러지다. (I-17)

모두 10장으로 구성된 「영덕 일지」 중에서 3장의 전문이다. 역시 체험적 행로를 느끼게 하면서, 자연 속에 몰아되는 격한 심정을 드러내 보인다. 왜 꽃밭에 가는가. 그 이유는 명확하지 않다. 아니, 꽃밭에 간다는 진술은 꽃 속에 묻혀 살았다는 의미 외의 다른 현실적 의미를 내포하고 있는 것 같지는 않다. 꽃 속에 묻혀 살았다는 사실의 이 같은 드러냄은 어쩌면 그처럼 꽃 속에 묻혀 살 수 없는 현재의 정황을 유추해 보아 다분히 인식적 드러냄이 아닌가. 더구나 "꽃밭에 가서 꽃밭에 가서"로 강조하게 되는 이면을, 그 자연 친화가 정서적인 것만이 아니라 인식적인 것이기도 하다는 한 증거로 내세울 수 있을 것이다. 즉, 박태일에게 있어 자연으로의 정서적 열림이란 그 자체로 정서적인 것이기도 하지만 나아가 다분히 의지적 소산일 수도 있다는 사실을 감안하지 않으면 안 되게 된다.

3-2. 자연 친화에 인식성이 개입되고 있다는 사실은 다시금 현재적 시간의 자아에 대한 성찰을 요구한다. 앞서 얼핏 지적되었듯 박태일 시에서 현재적 삶에 대한 구체적 표현은 흔하지 않다.

전세가 날까요?
평당 백만 원은 되어야지요
융자는 된대요?
어머니 그 근처 돌면서
손자의 울음 막아 가면서
슬슬 슬퍼지면서 (I-92)

에서 보듯 전세 아파트도 구하기 힘든 살림살이의 어려움이라는 매우 실제적인 사연을 말하는 중에도 그 사연이 벌어지는 현장에 대한 구체적 묘사가 쉽사리 이루어지지 않는다. 이를테면 순수성이 훼손된 현재의 삶을 드러내는 자아는 그 삶을 말하는 그 행위 자체가 이미 세속적인 일이라고 치부함으로써 세세한 묘사보다 전체적인 분위기 제시로써 당초의 소임을 다하고자 한다.

연산 가파른 길 산으로 오르면
집들도 처마를 이어 산으로 오르고
얼부푼 빨래가 바람맞는 저녁

수정상회도 김해쌀집도 문을 닫아서

구겨질 듯 가볍게 펄럭이는 동리

6동회 언덕빼기 7동회 벼랑까지

사사건건 떠오르는 창. (II-80)

시인이 살아갔음 직한 '연산동' 산동네의 가난한 정경은 어느새 자연
친화의 율격 장치에 힘입어 가난하게 살아가는 서민들의 풋풋한 삶의
정서적 모습이 되어 있다. 현실에서 훼손된 자연의 순수성이 그 순수성
회복의 열망을 안고 있는 자아에 의해 화해롭게 재현되고 있는 것이다.
그러나 여기서 중요한 것은 순수성 회복의 열망이 어떻게 반영되는가이
다. 위 시에서 보면 그 열망은 즉물적 서경화의 양태 속에 녹아 있을
뿐 그 자체로 훼손한 것들을 향해 있을 법한 분노나 혐오, 또는 회복에의
적극적 의지로 전환되지는 않는다. 오히려 그 열망을 의미로 드러내지
않는 데 묘미가 있다. 현실을 담되 그 현실의 현상적 모습보다 순수성에의
열망을 앞세우고, 그 열망이 깊되 그 열망의 내용을 의미화하지 않는
독특함이 박태일다운 구조를 가져오는 반면, 상대적으로 시의 효용적
무게를 가늠하게 하는 데는 상당한 난제가 된다는 점을 고려하지 않을
수 없게 된다. 이 점 박태일은 두 가지 타개책을 자신의 시 속에서 복합적
으로 마련해 두고 있는 듯하다. 그 하나는 사물의 현상적 의미를 더욱
지극히 배제함으로써 인위적이지 않은 자연의 순수한 질서를 감지하게
하는 일이요, 다른 하나는 그 현상적 의미를 통시적 공시적 맥락 위에서
폭넓게 인식해 보이는 일이다. 전자는 「구천동(九天洞)」「오십천곡(五十川
曲)」「겨울 보행」「강포집(江浦集)」「월동집(越冬集)」'죽지사(竹枝詞)' 연작
「주먹밥」「마산역」「간월산 돌아」 등등의 주로 여행기적 내용을 담고
있는 시편들에서 나타나고, 후자는 「의령댁」「축산항(丑山港)」 연작「~거
리노래」 연작 등등 주로 향토의 역사나 향토 이웃들의 삶을 제재로 삼는
경우에 나타나며, 더 주로는 이 두 가지 방법이 한 편의 시 안에서 거의

동시적으로 작용되고 있다.

　　더디 넘는
　　봉산도 재넘이
　　오라버니 치상길
　　치마폭에 감겨 젖는 소발굽 요령소리며
　　사철쑥 덤불 아래
　　돌귀만 차도
　　산제비 날아가는 유월도 초사흘. (II-15)

　"오라버니 치상길" 재 넘어 가는 노정의 여인이 착잡한 심경이 서경적
으로 드러나고 있는 시이다. 잃었던 농촌의 향취가 서경적 묘사에 의해
시의 표면으로 눅진하게 베어져 나오거니와, 오라버니의 죽음에 대한
여인의 심적 갈등이 "소발굽 요령소리"나 "산제비 날아가는" 모양 등 그
향취에 녹아들어 사람이 죽고 사는 일조차 자연의 정태적인 변환과 어울
리는 순응적인 농경 정서로 뒤바꾸어진다. 언표된 것은 농촌 풍물의 향취
요, 따라서 그 사물들에는 어떠한 현실적 의미도 부여되지 않으며, 단지
내포된 것은 농촌의 정태적이고 순응적인 농경 정서일 뿐이다. 농촌살이
를 이루는 사람이나 자연이나 그 행위 그 현상에 의미가 부가되는 일은
없고, 그 무의미성 자체로 우주적 일체화를 지향하는 시인의 인식적 가치
관을 표방하고 있는 셈이다. 다시 말하거니와, 박태일의 자연 친화는 그
자체로 정서적인 것이기도 하지만, 나아가 우주 환원을 향하는 인식적
응시이다.

　i) 이 몸 다시는 떠돌지 않으리
　　아이들 아내 위 아래 돌아보지 않으리
　　움박 움박움씬 살 재주도 넘기 나름

산그늘 그늘 따라 참꽃 개꽃 지상없이 흐드러져

하동도 화개에서 십 리 먼 빛 소 돼지 울고

오냐 오냐 오는 봄 씀바귀 설핀 움에도 몸을 보해서 오냐

내 손발 저린 아침 두류산 자락마다

장또뱅이 이 몸 올라

물매 맞으리. (II-28)

ii) 돌에 돌이 부딪혀 불을 이루어

그 불에 다쳐 파란

돈냉이 비름 비비추 언덕

거창도 가조 들 보리밭 매운 흙 속

싸륵싸륵 총검이 녹스는 소리

한 시대가 무장 푸는 소리. (II-18)

위 시에서는 삶의 순수성을 회복하려는 인식적 자아가 선명하다. i)에
서 "살 재주도 넘기 나름"이므로 굳이 속된 삶의 현장에서 기웃거릴 일
없이 '산그늘' 전원살이에 묻히겠다는 언술이 행해져 있다. 속의 삶을
떠나 자연의 삶을 살겠다는 이 인식이 흔히 보던 대로 갈 수 없는 유토피
아에의 염원의 차원에만 머무는 것이 아님은 "움박 움박움씬"의 현장감
있는 의태어, "오냐 오냐"의 대화적 현재성, "장또뱅이 이 몸 올라"로의
격정적 집약, 운율과 의미의 조화 등이 가져다주는 유토피아 세계의 현시
적 실체감을 통해 충분히 인정할 대목이다. 이것은 삶의 순수성을 회복해
보이려는 인식적 자아의 개입이 여느 때보다 한층 뚜렷한 예로 볼 수
있다. ii)는 그 삶의 순수성을 역사와의 화해라는 주제 안에서 회복해 보이
려는 인식이 돋보인다. 「거창노래」라는 제목이 말해주듯, 거창의 역사적
비극을 다루고 있으면서도 거창의 들 위에서 "한 시대가 무장 푸는 소리"
를 듣는, 다분히 화해적인 장면을 연출한다. 이 역시 자연 훼손 이전,

삶의 훼손 이전 세계에 대한 회원을 넘어 그 세계의 현시화로써 우주환원의 인식을 강렬하게 드러내고 있다.

3-3. 이 인식성은 그러나 필연적으로 「거창노래」 등에서 보듯 몰역사적 태도를 방임하게 되는 결과를 빚는다. 자연 친화, 우주 환원으로 나아가는 인식적 자아는 역사·현실 등이 내재하는 인위적이며 현상적인 가치에 대한 관심을 잃고 현실 초월적 세계의 절절한 재현에 매달리게 됨으로써

쇠기러기 꾸륵꾸륵 그 새로 어깨 짚고 따옴표처럼 돌았다 (II-45)

에서처럼 자연 묘사에 대한 의도성을 강하게 앞세우게 된다. 자연 묘사, 그것은 다시 우리의 서정의 서경화에 의지하게 되고, 더 극단적으로는 그 자연 그 사물이 묘사만 두드러져 그 현상의 내용적 의미는 크게 상실되고 만다.

사물을 드러냄에 있어 그 현상의 내용적 의지를 배제하게 되면 그 언어는 음성적 가치만이 두드러지게 되고, 따라서 그 시는 사물의 음성적 가치가 야기하는 회화적 정황이나 음악적 정황에 의해 주도되게 된다는 사실을 우리는 알고 있다.

새가 날았다.
저문 산길을 따라 가면
사금파리 하나로 모습 숨긴 봉황대
봉황새 날아가 버린 언덕에서
한때 털거웃 부숭하던 기마족 아이들이
재기차기로 하루를 보내고
동리 우물마다
소금물이 솟았다.

손으로 입을 막아 사람들은

가을을 건넜다.

새가 날았다, 깃털 고운

한 마리 두 마리

가락국의 자모(字母)들

노을 내린 하늘에

우수수 바람으로

몰려 나갔다. (I-59)

　「가락기(駕洛記)」 연작의 하나인 이 시에서 보면 필시 옛 가락국의 유적
이 남은 향토 마을의 정경을 노래하고 있는 자연적 삶의 역사적 의미,
민족 원형에의 반추 같은 것이 행해질 법한데도 그러한 현상 추수는 거의
보이지 않는다. 남은 것은 가락국 역사가 남긴 언어적 이미지, 문화적
이미지일 뿐이니, "털거웃 부숭" "기마족 아이들"이라는 음성적 재미나
"가락국의 자모"의 추상적 풍경에 휩쓸리게 된다. 역사를 말하고 향토의
서정이 깃들더라도 이 시는 무의미시에 가깝다. 역사성 향토성의 제재가
무의미를 지향할 때 그때 음악적 정황 회화적 정황들에는 추상성이 노정
된다. 가락국 아이들이 논다, 그것에는 현실의 무게가 실리지 않음으로써
하나의 언어 놀이에 불과한 것이다. I 시집이 II 시집에 비해 이런 무의미
성이 더 강하다는 것은 우주 환원을 지향하는 그 인식적 자아가 때때로
그 자연 친화의 정서와의 적절한 어울림을 갖지 못하고 묘사를 위한 묘사
에 그치고 있는 때문이다. 물론 이것 역시도 자연에서 인위적인 것을
제거하여 순수성 그 자체를 제시하려는 열망의 현현임을 간과할 수는
없다.

4. 정서와 인식의 균제적 형상

그렇다면, 자연 친화의 정서에 우주 환원을 향하는 인식적 자아가 개입된 박태일의 시가 열어가고 있는 참다운 시의 지평은 어떤 것인가. 그의 좋은 시들은 대체로 I시집보다는 II시집으로 몰려 있다. I시집에서 소중했던 남다른 관찰력에 뛰어난 감각적 묘사, 그리고 체질적이다시피 한 탁월한 리듬 감각이야

산과 산이 맞대어
가슴 비집고 애무하는 가쟁이 사이로 강이 흐른다. (I-14)

점점이 햇살이 찍어내는 물살 위로 바라보며 (I-99)

괴롭고 괴로운 일 남의 일처럼 버려둔 채
저문 들 강가로나 춤추어 지나거라.
어느 주막 시린 손톱 초장에 찍고
이리 실실 저리 실실 흰소리 방창(方暢) (I-22)

등으로 정평이 난 바 있거니와, 그 자질은 그대로 II시집으로 이어져 정서와 인식이 서로 화해하는 독특한 자연 친화 세계를 뒷받침한다.

오징어 다리 구우며
탄불을 쬐었다 시린 발등
안녕, 밤 기차표 입에 물고
네가 손 내밀며 일어섰을 때
때없이 밀려온 노비산 불빛
그 손 먼저 잡았다. (II-63)

역시 여행기적 내용을 담은 시에서, 길 떠나는 이의 실제 모습, 즉 인위적 정황 위에 그 정황과 어울리는 "노비산 불빛"의 자연성이 개입되고 있음을 보게 된다. 자연이 인위적 정황을 감싸고 있다는 이 엄연한 사실을 이제 시인은 때때로 내세우던 무의미성에서 벗어나 조금도 서두르지 않고 천천히, 시의 말미에 가서야 말할 줄 알게 된 것이다.

악견산이 슬금슬금 내려온다
웃옷을 어깨 얹고 단추 고름 반쯤 풀고
사람 드문 벼랑길로 걸어 내린다
악견산 붉은 이마 설핏 가린 채
악견산 등줄기로 돋는 땀냄새
밤나무 밤 많은 가지를 툭 치면서 툭
어이 여기 밤나무 밤송이도 있군 중얼거린다
악견산은 어디 죄 저지른 아이처럼 소리없이
논둑 따라 나락더미 사이로
흘러 안들 가는 냇물 힐금힐금 돌아보며
악견산 노란 몸집이 기우뚱 한 번
두 번 돌밭을 건너뛴다 음구월
시월도 나흘 더 넘겨서
악견산이 슬금슬금 마을로 들어서면
네모 굽다리밥상에는 속좋은 무우가 채로 오르고
건조실에 채곡 채인 담배잎
외양간 습한 볏집 물고 들쥐들 발발 기는
남밭 나무새 고랑으로 감잎도 덮이고
덜미 잡힌 송아지같이 나는 눈만 껌벅거리며
자주 삽짝 나서 들 너머 자갈밭 지나
검게 마른 토끼똥 망개 붉은 열매를 찾아내고

약이 될까 밥이 될까 생각하면서
악견산 빈 산 그림자를 밟아가다 후두둑
산이 날개 터는 소리에
놀라 논을 질러뛴다. (II-12~13)

악견산 그림자가 사람들의 마을을 서서히 덮어오는 과정을 담고 있는
이 시는 전체 문맥으로 보아 두 개의 산문적 의미 내용으로 나누어 생각할
수 있다.

    i) 악견산 그림자가 산마을을 덮는다.
    ii) 나는 그 그림자에 놀란다.

이 산문적 의미 내용은 많은 외부 경관을 거느리고 있기는 하지만 궁극
적으로 자연과 더불어 인간이 살고 있다는, 거의 상식에 가까운 한 가지
전언으로 모아질 수 있는 내용이다. 시의 전언이 상식에 가깝다 라는
것은 이미 그 전언 자체로 독자의 정서적 인식적 움직임을 유도할 뜻은
전혀 없다는 것을 내포한다. 문제는 i)에서 ii)로의, 자연적인 것과 인위
적인 것과의 그 전환적 합일이 얼마나 굳건하게 직조되어 있느냐일 것이
다. 여기서도, 박태일 시에 간혹 발견되듯, 7행의 '중얼거'림의 주체, 8행
의 '처럼'과 19행의 '같이'의 중복성 등이 문제가 되긴 하지만, 자연의
주체성(의인화된 악견산)과 인간의 그 자연 속의 각성이란 주객 역전의
장치를 악견산의 인간 세계로의 진입과 나의 악견산으로의 수렴, 그리고
변화에 용해시킴으로써 화해로운 우주 공간을 창출해 보인다. 자연과
인간을 도치하는 인식적 작용, 그것이 박태일의 자연 친화 정서를 적극적
인 세계 포용의 단계로 밀어올리는 커다란 힘이 되고 있는 것이다.

    뽕나무 그늘 따라 쇠파리 따라

모여 잠든 두엄 속 굼벵이 찾아가자

안녕 안녕 길섶 고들빼기 부러 골라서

죄없이 헤픈 인사 내 먼저 하자

유월 푸른 들품

배맞아 어지러운 암수 개구리소리

가자 땀내 맡은 나락처럼 고개를 들고

마음 가지 친 슬픔

뚝뚝 밟아서. (II-33)

자연을 찾아나서는 이 적극적 자세, 이것은 "죄없이 헤픈 인사"의 인위성 제거라는 인식성 위에서 더욱 참다워진다. "모여 잠든 두엄 속 굼벵이" "배맞아 어지러운 암수 개구리소리" 들의 그 방만한 자연들의 세계로 인간 스스로 그 자연을 흉내내어 "땀내 맡은 나락처럼" 나아가고 있다. 자연 친화의 정서와 그 정서에 의의와 가치를 부여하려는 인식성은 이렇듯 어울려 가히 박태일적인 서경의 세계로 발돋움하고 있다.

다시, 자연과 인간이 일체화되는 세계, 인식성에 의해 그 정서가 새로운 가치 세계로 구현되는 폭넓은 우주의 세계, 그 중에서 박태일이 건져올리고 있는 가장 폭넓은 구조는 죽음-삶이 이루는 조화로운 질서 세계이다. 특별히 죽음의 세계로 열린 시가 많은데 그중에서 「피라미가 잡히는지」(II-56~57) 「명지 물끝·8」(II-47)은 특히 뛰어난 시편이 아닌가 한다.

아버지 좋은 세상은 어제도 아니었고 오늘도 아닙니다

눈에 피눈물 함께 날 때 세상 대명할 거라 말씀 주신 줄 알겠습니다 (II-57)

죽음 앞에서의 세상일이란 한낱 하잘것 없지만 그 하잘것 없음을 노래할 수 있는 관조의 자세는 소중한 것이다. 죽음을 통하여 삶은 삶에서의 집착과 번민을 뛰어넘어 새로운 깨달음을 얻을 수 있다. 이 시는 그 관조의 길을 보여 준다. 죽음-삶이 곧 우리의 역사인데, 그 역사는 집착하는 자의 것이 아니라 제 삶을 죽음 쪽으로 열어놓을 수 있는 자의 것이다. "눈에 피눈물 날 때"의 그 공동체적 보편성을 아울러 지니면서 세속 초월의 길을 열어가고 있는 박태일 시를 의미 있게 바라볼 필요가 있다.

> 물 곳곳 마을 곳곳 눈 내린다 포실포실 보스랑눈 아침에 앞서고 뒤서며 빈 터마다 가라앉는 모래무덤 하나 둘 어허 넘자 어허 넘어 뭍에서 물로 하늘 밖으로 내 목젖 마른 자리 발톱을 세워 훌훌이 날아가는 붉은 물떼새. (II-47)

'고 김헌준'이라는 부제가 붙은 이 시는 그러니까 죽은 친구를 기리는 노래일 터이다. 뭍과 물이 연한 곳, 그 뭍과 물 위를 동시에 내려앉는 눈에서 모래무덤으로의 물질 이동에 "어허 넘자"의 치상행렬(물에 뼛가루 뿌리기)의 음악적 도움을 받아 살아서의 질곡이 암시되면서, 삶에서의 죽음으로의, 뭍에서 물로의, 그 현시적 행위가 "붉은 물떼새"로 상승되는 이 삶과 죽음의 감각적 일체화, 그것은 또 다시 그의 시가 우리 시사가 소외시킨 자연 친화의 절창들을 떠올리는 세계다.

그렇다, 박태일의 시는 이렇듯 우리의 시와 삶이 잃어버린 이 세계의 화해로운 시절을 회복하려는 우주 환원의 열망으로 가득 차 있으며, 그 정서와 인식의 균제적 형상으로, 그 열망의 방법적·집단적 성과를 껴안는 순간 이렇듯 흘러가는 절창의 목소리로 우리를 스치운다. (인용시 중 I은 『그리운 주막』, II는 『가을 악견산』을 가리키며 숫자는 그 면수를 가리킴.)

(1990)

서정시의 서사적 발화

-박태일의 『거리 노래』 연작을 중심으로-

김종회

1.

E. A. 포는 "시는 아름다움을 리듬으로 창조하는 것"이라고 말한 바 있다. 이는 개인의 감정을 표현하는 일을 위주로 하고 그 방법에서는 노래의 리듬과 선율에 기대어 정감어린 분위기를 축조하는 시, 곧 서정시 의 본질에 대한 규명이다.

비록 서정시인이 자기만의 정서를 드러내는 데 그치지 않고 일반적인 사람들의 정서를 단단하게 압축된 문면으로 조직화하는 데 이른다 할지 라도, 서정시의 예술적 보편성 확보에는 일정한 한계가 있다. 시의 감성 적 직관적인 측면에 대비되는 이성적 논리적 측면을 상정할 때 제기되는 이러한 한계는, 서사시나 극시와 같은 성격이 다른 시의 형태와 비교할 때 더욱 두드러진다. 보다 구체적으로 말하자면, 서정시의 발화 방법으로 서는 현실의 구체성을 담아내고 이를 암시하거나 상징화함으로써, 현실 에 대한 직접적인 대응력을 마련하는 데 상대적으로 취약점을 안고 있다 는 의미이다.

정론적인 리얼리즘 이론가로서 저 이름 있는 G. 루카치의 폭넓은 논리 위에서 서정시에 대한 언급이 극히 미소한 수준에 그치고 있음은 이에 대한 반증의 하나가 될 터이다. 요컨대 서정시의 운동 범주가 아무리 확장된다고 하더라도 변동하는 현실의 구체성에 맞서서 그 진면목을 추출하고 또 이를 교정하는 역동적인 힘을 획득하기란 근본적으로 어렵다는 부정적 인식이 거기에 게재되어 있는 것이다.

물론 논리의 당위성과 현실의 실상이 같은 모습으로만 공여되지 않는다. 19세기 이후의 서구 문학에 그리고 우리의 현대 문학에 있어서 여전히 서정시가 뿌리칠 수 없는 그루터기를 가지고 있고, 일반적인 향수자들에게의 수용이라는 차원에서는 변함없이 주종을 이루고 있다는 사실이 그것을 말해 준다.

역사의 합목적성과 변증법적 전개 과정을 추적하는 리얼리스트들에게 이와 같은 현실이 달가울 리 만무하다. 그들의 이념적 대중 교화론은 이 못마땅한 세태의 자기 증식에 대한 처방이며, 그 대안으로는 내세워지는 것이 기존의 서사시에 새로운 미래적 전망을 섭생시키는 일이다. G. 루카치가 서구의 사회 현상을 반영하고 있다고 보는 모든 서사시에 '부르주아지 서사시'라 명명하고 '새로운 서사시의 세계'를 지향해야 한다고 주장한 경우나, B. 브레히트가 서사시적 서술체에 필적하는 객관성을 무대에서 실현해 보려는 시도로써 그의 전위극을 '서사시극'이라 부른 경우는, 모두 동일한 맥락의 가치 기준을 반영하고 있다고 할 것이다.

그러나 서정시의 사회적 상관성을 폐기하고 서사시의 속성 가운데서 산문화된 메시지를 걸어올리려는 그들의 예술적 관점은, 엄밀하게 말하자면 현실의 현상화된 보편성에 대해 애써 눈길을 돌리려는 무모함을 무릅쓴다. 우리가 굳이 저명한 이론가들의 체계에서 연역적으로 확립되어 있는 명분론의 추수자가 되기를 원하지 않는다면, 이제 그들이 내던져버린 서정시의 입지점을 다시금 면밀하게 탐색해 볼 필요가 있다.

우리 문학의 배경이 되는 동시대가 격변의 와류를 헤쳐 왔다는 점,

그것이 서정시의 토양에서도 간과할 수 없는 성찰과 변화의 계기를 투여했다는 점, 아울러 오늘날의 서정시인들이 음풍영월의 나르시시즘에 침몰해 있는 과거의 동류들과는 매우 다른 시각을 가지고 있다는 점 등을 인정하는 것이 이 작업의 전제 조건으로 설정되어야 하리라 본다. 김소월이나 박목월의 시가 아무런 반성 없이 애창되던 시대의 문맥과 오늘의 우리 서정시가 상대적 우위의 분량으로 읽혀지는 시대의 문맥은 결코 균질한 것이 아니기 때문이다.

그렇다고 해서 이 시대의 서정시를 산출하고 있는 모든 시인들의 태도가 그러하다는 뜻은 아니다. 여기서 우리가 논의의 목표로 하고 있는 대상은, 그들의 시에 서사적 담화의 구조를 도입함으로써 자아와 세계의 접점을 유지하고 그 의미망의 표출에 임해야 한다는 경각심을 놓치지 않고 있는 시인들의 작품에 한정되어 있다. 그 경각심이 직접적으로 표면에 떠올라 있는 시인도 있겠고, 또한 그것을 시의 심층적 기저에 잠복시켜주는 시인도 있을 수 있겠다. 문제는 당대의 서정시들이 자의에 의해서든 문학의 대사회적 기능이란 선험적 의식에 의해서든, 결코 현실 감각의 수용 또는 변용이라는 멍에를 일방적으로 도외시할 수 없다는 데 있다.

지금까지 기술해 온 논리는, 기실 우리 시대의 한 시인 박태일의 시세계 그 밑바닥에 어떤 형상으로든 시인의 현실 인식을 대변하는 서사 구조가 가로놓여 있다는 사실을 지적하고, 그 존재 양식을 밝혀냄으로써 서정시의 서사적 의미태를 통해 그의 시적 자아가 어떤 정체로 숨어 있는가를 해명하려는 일의 정지 작업에 해당된다. 아울러 이 해명의 방식이 당대의 유사한 서정시들에 적용될 때, 그 서사적 의미의 추출이라는 탐사법으로 사회적 현실과 서정시의 상관성이 악수하는 자리를 조명해 줄 수 있을 것으로 생각된다.

2.

박태일은 1980년『중앙일보』신춘문예에「미성년의 강」이 당선되어 문단에 나왔고『그리운 주막』(1984년)과『가을 악견산』(1989년) 등 두 권의 시집을 상재한 바 있다.

4·4조를 중심으로 한 체질화된 음률의 차용, 절제되고 정감어린 우리 말의 선별, 토속적인 분위기에 감싸인 비감한 세계관, 한 지역의 풍광에 의지한 탈속의 의식 등은 그의 두 시집을 관류하는 기층적인 단자들이다. 그렇게 본다면 박태일은 오늘날의 우리 현실에 쉽사리 용해되기 어려운 자기 세계를 거느리고 있는 서정시인임이 분명하다. 특히 그의 첫 시집에 서는,

> 눈이 내리고 거덜난 사내처럼
> 건성의 눈바람이 불다 간다.
> 발목이 빠진 채 논두렁을 걸으면
> 날으는 칼새, 지친 나의 한 마리.
>
> —「축산항 2」

> 바다를 엿보러 다녔다.
> 가난한 세간 다 뒤집어 놓고
> 꺼이꺼이 목매이는 사내의 파산을
> 아찔하게 놓치며 다녔다.
>
> —「축산항 3」

> 영감 재운 뒤 아들 보내고
> 난리통 쌕쌕이 소리 잠만 회쳤지.
> 당산마루 돌배남개 앉은 풀꾹이

니 잠 내가 말렸나, 봉창문 걸고
가슴팍 헤쳐놓고 깎는 회리밤.

—「의령댁」

또 아파트
개를 잡던 빈터에다
연탄재를 들이붓고
뚝딱 쿵딱 내 아들의 낮잠을 찍어

전세가 날까요?
평당 백만 원을 되어야지요.
융자는 된대요?
어머니 그 근처 돌면서
손자의 울음 막아 가면서
슬슬 슬퍼지면서

—「연산동의 달 2」

등의 시편에서 볼 수 있는 것처럼 극히 초보적인 현실 인식만을 내보이고
있다. "거덜난 사내"나 "가난한 세간 뒤집어놓고 꺼이꺼이 목메는 사내",
난리통에 영감, 아들 다 잃은 '의령댁'. 새로 세워지는 아파트에 전세방마
저 구하기 어려운 '어머니'가 구체적으로 어떤 정황에 처해 있는지 우리
는 별다른 정보를 얻을 수 없다. 다만 이 개별적인 대타 관계를 근거로
시인이 펼치고 있는 비감한 정서가, "지친 한 마리 칼새", "아찔한 파산",
"헤쳐진 가슴팍", "손자의 울음 막아가면서 배회함"과 같은 심정적 고통
스러움을 환기하는 일을 목도할 뿐이다.
　아닌 게 아니라 이러한 시적 형상화의 태도가 그의 시 전편을 지배하고
있다면, 우리의 논의 중심에 박태일의 시가 놓이기는 어려웠을 터이다.

범상한 서정시인으로서 자기 몫의 시어를 집적한 하나의 범례로 치부해 버리면 그만이었을 것이다.

그의 두 번째 시집 『가을 악견산』은 이와 같은 단선적인 평가를 불식할 만한 요소를 함축하기 시작한다. 물론 이 시집에서도 「명지 물끝」 연작처럼 시적 화자가 증발해 버리고 청정한 서경을 노래하며 고적한 선시적 기품을 표방하는 시편이 주류를 이루고 있기는 하거니와 첫 시집에 비하면 분명히 한쪽 발을 현실의 한복판으로 들이밀고 있다.

돌에 돌이 부딪쳐 불을 이루고
그 불에 다쳐 파란
돈냉이 비름 비비추 언덕
거창도 가조 들 보리밭 매운 흙 속
싸륵싸륵 총검이 녹스는 소리
한 시대가 무장 푸는 소리.

—「거창노래」

너희는 말 많은 자식이 되어
울산으로 부산으로 떠나고
잘 살아야지 못 먹고 못 입힌 죄로
사십 오십 줄엔 재산인 양 너희를 바랬어도
자식도 자라면 남이라 조심스럽고
어제는 밤실 사돈댁이 보낸 청둥오리 피를 받으며
한 목숨 질긴 사정을 요량했다만
무슨 쓰잘 데 있는 일이라고
밤도와 기침까지 잦다.

—「너희는 말많은 자식이 되어」

6·25동란의 비극적 체험이 지금도 생생한 거창사건을 뒷그림자로 하여 "보리밭 매운 흙 속 싸륵싸륵 총검이 녹스는 소리"가 들려오고 선대의 관습대로 자식들에게 정성을 다한 "한 목숨 질긴 사정"을 요량해 볼 때, "돈냉이 비름 비비추 언덕"이나 "사십 오십 줄엔 재산인 양" 바란 "너희"는 당연히 목가적 경구의 대상만이 아니다. 시인의 역사의식, 현실의식이 그의 서정적인 세계 안쪽으로 들어서고 있는 셈이다.

이처럼 단편적인 형태로 박태일의 세계에 얼굴을 내민 서사적 의미들이 확고한 외형으로 증폭되는 것은, 그의 「거리 노래」 연작에 이르러서이다. 그렇다면 「구천동」이나 「미성년의 강」 같은 초기 시에서 「거리 노래」로 나아가는 시적 변모의 건너뛰기에는 어떤 징검다리가 마련되어 있을까? 있다면 그것은 무엇일까? 이 물음에 대한 대답은 아이러니컬하게도 시적 의미 구조의 변화를 통해서가 아니라 그 길목의 교통편이 되는 운율상의 새로운 기법 변화를 통해 준비될 수 있을 것 같다.

지역적 전통성의 기반을 가지고 있던 그의 시는, 초기 이래의 4·4조 운율을 확대하여 근대 이전 판소리나 평민 가사의 유희성 언어 용법을 차용함으로써 강력한 풍자적 지평을 열고 있다. 따라서 그의 지역 기반은 역사적 공간으로 전환되고, 그의 비극적 세계관은 사실에 빗대어 한결 높아진 목청으로 현실의 부당한 면모들을 공격하기 시작한다. 여기서 운율의 변화와 의미의 변화 가운데 어느 것이 우선적이며 상대방에 대한 선도역을 담당했는가에 대해서는 별개의 논의가 요구될 터이거니와, 당초 그의 시가 후자보다는 전자의 역할을 더 큰 덕목으로 받아들이고 있었다는 데서 그러한 단정은 큰 무리가 아닐 것이다.

박태일의 「거리 노래」 연작은 모두 아홉 편으로 되어 있다. 이를 시집에 게재된 순서대로 살펴보기로 하자.

애기 없는 며느리 수명장수 애기 내리고 비린 것도 마다 앓고 누린 것도 마다 앓고 결사 뻗장 주위 호위 짬짬이 고깔 쓰고 동냥 공양 받을 제……

이 내 식솔 열둘이라 소원성취 한 마음으로 비난수 하는 말이 세세년년 재물 보지 이권 보지라 비나이다.

에라.

─「치산거리 노래」

시의 가락이 지금까지 우리가 살펴본 시편들과는 완연히 달라졌음을 알 수 있다. 4·4조의 기본 율격은 그대로 고수하고 있지만 유장한 사설체의 흐름을 타면서, '재물'과 '이권'의 세세년년을 비난수하는 고래의 풍습을 가져옴으로써 은연중에 우리의 삶을 되돌아보도록 촉구한다.

돈이 들면 집이 서고 사람 들면 장이 서서 그 집 이름 읽어보길 롯데 스파 그 이름에 성안 태화 신세계 가야 그 장 이름 들어보길 3·8일 구포 창녕 1·6일 신반 고성 4·9일 진동 사람 얼려 사파는 일 이 터 저 터 맞서는데 길길이 난장 포장 거들어서 그 일 알기 아득해라…… 눈 굴러 눈덩이 일수 월수 증권 노름 집이 서면 돈이 불고 돈이 불면 총칼 나니 두 판쓸이 나라노름.

애고 답답.

─「장터거리 노래」

닷새에 한 번씩 서는 장터는 단순히 물건을 사고 파는 장소가 아니라 그 지역 사람들의 공동체적 유대의 광장이었다. '롯데'에서 '가야'까지 백화점이 그 자리를 점유함으로써 '터'가 '집'이 되고 "그 일 알기 아득"해진다. "돈이 불면 총칼 나니 두 판쓸이 나라노름"의 "두 판쓸이"는 결국 경제적·정치적 파행의 현실을 한 묶음으로 풍자하고 비판하면서, 민초들의 삶의 실상에 그 뿌리가 그악스럽게 맞닿아 있음을 민감하게 알아차리게 하는 대목이다. 판소리의 후렴처럼 한마디로 축약하자면 "애고 답답"할 수밖에 없는 현실이다.

이 나라 이씨 벼슬 저 나라 정씨 벼슬 대한국 영감님 재재걸음 오실 때……
먹고 남은 국물 주랴 말고 남은 고물 주랴 낮이면 순행 돌고 밤이면 안방
돌 제 재수 재주 챙겨 주마 쓰고 남게 챙겨 주마 널리 먹고 많이 싸게
얼씨구나 절씨구나.

—「벼슬거리 노래」

『정감록』의 감결이 지배 계급의 역성혁명을 지시한다 하더라도 그것이
서민들의 삶의 내력에서는 큰 변동 요인이 아니었듯이, '재수', '재주' 다
챙기는 벼슬아치 영감님들의 형태는 "남은 국물"이나 "남은 고물"을 남에
게 나눠줄 리 없다. 넘치는 것은 '말씀'뿐이요, "사람 짐승 사는 일"은
그러하듯 매한가지이다.

얼래얼래 비 그치고 사람 짐승 사는 일에 한재 풍재 없을소냐……고 가운
데 한심한 일 말씀으로 죄업 쌓기 흰말 군말 벌말 풍류 귀천 남녀 노소 없이
아뢰고 지껄이길 앵두밭에 앵두 따기 장날유세 신문 깔기 얼래얼래 만고열사
저리 가고 부귀염증 고관대작 이리 와서 누웠고나.

—「말씀거리 노래」

"말씀으로 죄업 쌓기"에 밀려 "만고열사 저리가고 부귀염증 고관대작
이리와서 누웠고나"와 같은 상황이 눈앞에 있다. "장날유세 신문 깔기"가
증언하듯 이는 과거 권력자들의 형태만이 아니다. 권력자들의 식언에
식상해 있는 우리는, 이 시인이 벌여놓은 한판의 흥겨운 소리 마당과
함께 그들의 형태를 이 모양 저 모양으로 들추어보면서 해학이 넘치는
비꼬기에 동참할 수 있다.

어떤 학문 날아 왔나 어떤 광대 찾아 왔나 양산이라 양학문 왜관이라 왜학
문…… 꿈틀꿈틀 놀아보세 의의 성성 화화 적적 학학거려 좋은 일은 식식거려

좋은 일 의의 성성 화화 적적 시주 시주 많이 하고 릴리리 릴리리야 아니
노지 못하리라.

　쉬.

—「학문거리 노래」

이 시편을 보면 시인의 비판의식이 우리 현실의 여러 다양한 절목들에
걸쳐 대단히 넓게 작동된다. 의, 성, 화, 적, 학, 식 등의 접미어를 두고
이를 외래의 학문이 우리의 전통성과 결부될 때 파생하는 부자연스러운
언어 현상으로 파악하고 있다. "꿈틀꿈틀 놀아보세"와 같은 언어 유희의
춤사위는 곧 우회적인 풍자성을 부각 시키고 있으며, "아니 노지 못하리
라"와 같은 단정적 결미 역시 이를 한꺼번에 얽어서 웃음 또한 '학학거려'
'식식거려'는 음률상의 효과와 그 내면의 의미를 동시에 표현하려는 중의
법의 소산으로, '학'과 '식'의 군상이 시인이 심경에 어떤 맥락으로 비추어
지고 있는가를 짐작하게 한다.

　이제껏 개략적으로 살펴본 박태일의 「거리 노래」 연작은, 그의 초기
시와는 아주 다른 방식으로 씌어지고 있음이 확인된다. 처음의 시적 발
화법에 판소리 유의 율동적인 리듬이 가미되고 더불어 풍자적 음색의
비판의식이 합류됨으로써, 시의 서정적 분위기를 그대로 유지하면서 강
도 높은 현실 인식이 그 속에 스며들고 있다. 바로 이러한 변모의 양상이
박태일을 개성적인 서정시인으로 정초해 주는 요건이 될 수 있을 터이
며, 그의 시를 읽고 있는 우리로서는 오늘날의 서정시가 온전히 순문학
의 울타리 안에서 안주하기가 예사롭지 않다는 사실을 확인하게 되는
것이다.

3.

서정시 속에 유포되어 있는 서사적 공간이란, 현실을 보는 시선이 한 방향으로 굳어져 있지 않을 때 가능한 시의 내면적 결합 형태가 아닐까?

박태일은 「기차 비둘기」라는 시에서 지문 형식으로 주어진 언술을 통해 "사람 사는 일을 우째 눈으로만 보능가"라는 표현을 사용하고 있는데, 이와 같은 수사가 그의 세계 인식 유형의 한 자락을 내비치고 있는 것으로 여겨진다. 역사와 시대와 현실을 바라보는 눈을 서정적인 시행의 행간에 감추어 두고, 계기에 따라 이를 드러내기도 하고 또 직접적으로 서술하기도 하는 박태일이, 그렇다고 해서 서사적 담화들을 서정성이라는 위장 장막 아래 포장해둔 시인이라는 말은 아니다. 그는 당초에 서정시의 주인이었고 지금도 그러하다. 다만 서정시 가운데서도 떨쳐버리기 어려운 서사성이 묻혀 있는 것이, 우리 시대 시의 한 실상이라는 점이 중요하다.

그의 시가 안고 있는 서사 구조에서 감지하나 신경림의 시가 그러하듯 계층적 대립의식과 같은 절대적인 명제를 도출할 수 없음은 물론이다. 오늘날 많은 젊은 시인들이 추종하고 있는 장르의 확산이나 의미가 「거리 노래」 연작과 같은 모습의 시를 생산해 낸 것은, 어떤 방식으로든 현실의 구체성을 외면할 수 없었기 때문으로 보인다.

시어의 부분적인 난해성과 객관화의 미흡이라든지, 사투리나 지역적 특성에 얽매여 있는 주변성의 문제라든지 하는 항목은, 여기서는 별도로 논의되어야 할 성격에 속한다. 그러나 이 항목들 또한 그가 본격적인 현실 추적의 시를 쓴 시인이 아니었다는 사실과 관련되어 있으며, 그가 보다 탁월한 서정시인으로 기록되기 위해서는 한번쯤 되돌아보아야 할 문제로 생각된다.

(1990)

'나'의 자연으로부터 '우리'의 자연으로 나아가기

이경호

1.

이 시대에 자연을 가까이 하고 노래한다는 것은 어떤 의미를 간직할 수가 있을까? 자연을 그리워하고 노래하는 마음가짐은 현실로부터 벗어나려는, 좀 더 완곡하게 말해서 삶의 이완된 자세라는 의미만을 간직하고 있는 것일까? 아니면 자연 속에서 삶이나 현실의 보다 본질적인 의미를 찾아내고 그것을 우리네 삶의 현실 속으로 끌어들이려는 뜻을 간직하고 있는 것일까? 이러한 점을 밝히기 위해서는 먼저 삶의 중심을 어느 곳에 마련하고 있는지를 살펴 볼 필요가 있다.

자연이 도피와 여유의 공간으로 다루어진 시대가 있었다. 조선시대의 사대부들이 노래한 자연 속에 그러한 태도가 잘 나타나 있다. 그들은 자연에 머물면서 자연을 찬양했지만 그 머무름은 일시적인 도피일 뿐이고 그 찬양은 중앙 관계에서의 정치적 패배로 인한 귀향을 합리화하려는 의도를 내포하고 있다. 그들의 자연 속에서는 인간이 배제되어 있다. 시인은 관찰자로서 자신의 개인적 욕망에 부합되는 아름다운 목가적 풍경만을 그려내고 있다. 자연 속에 사는 사람들의 생활과 자연의 정직한 모습이 배제되어 있다는 것 속에서 우리는 그가 삶의 중심을 자연에 두지 않고 그가 떠나온 현실에 두고 있다는 사실을 확인할 수가 있다. 자연은 잠시 머무르는 곳이기 때문에 자신이 임의로 누리고 싶은 여유에 걸맞는 풍경만을 묘사하고 있는 것이다. 삶의 중심을 현실에 두고 있기는 하지만 그 현실은 이전의 현실과 다를 바가 없다. 이렇게 볼 때 이들의 자연에 대한 자세는 매우 주관적이고 관조적이며 도피적인 성격을 지니고 있을 따름이다.

　오늘날의 자연에 대한 시인들의 자세 또한 이런 태도로부터 많은 영향을 받고 있는 것이 사실이다. 그리고 그러한 영향은 현대 산업사회의 성격에서 유래된 것이기도 하다. 산업사회에서 삶의 중심은 도시에 마련되었으며 많은 인구가 도시로 유입되었고 개인의 생활공간은 협소해졌으며 사람들은 타인들과의 뒤얽힌 이해관계 속에서 복잡한 책임과 규범을 강요당하게 되었다. 서정시란 예나 이제나 개인의 생각과 느낌을 표현하는 것이므로 집단적인 현실에 대한 책임과 의무보다는 개인적인 자유로움과 아름다움을 희구하는 내성으로부터 생겨나기가 쉬운 법인데 집단적인 현실의 압박으로 말미암아 개별적인 아름다움과 자유로움을 추구하는 인간의 내성은 집단적 현실의 영역으로부터 벗어나려는 충동으로 표현이 되기도 하였다. 자연은 바로 그러한 집단적 현실의 영역으로부터 벗어나려는 충동이 머무를 수 있는 대상이 되었다. 오늘날의 시인들 또한 이런 충동의 대상으로 자연을 노래하고 있다. 그런데 바로 여기에서 시인들은 한가지 중요한 사실을 확인하게 된다. 삶의 중심을 어느 곳에 놓을 것인가 하는 점과 관련해서 적지 않은 시인들은 자연이 개별적인 욕망의 대상이 되기만 해서는 진정하게 자연 속에 중심을 마련하기가 어렵다고 생각하게 된다. 삶의 중심은 개별적인 욕망이 집단적인 현실과 접합되는 곳에 마련되어야 하기 때문이다. 즉 '나'의 자연으로부터 '우리'의 자연에 대한 인식으로 나아가야 할 필요성을 깨닫게 된다. 따라서 자연을 노래하는 시인들은 자연 속에서 개인의 욕망이 집단적인 현실과 어울릴 수 있는 가능성을 모색하게 된다. 그 가능성은 시인이 떠난 산업사회의 현실 속에서 모색될 수 있는 것이 아니기 때문에 자연은 새로운 현실의 가능태로서의 의미를 지니게 된다. '우리'의 자연은 개인의 욕망을 이입할 수 있는 밀폐된 공간이 아니라 집단적 현실의 새로운 가능성을 모색하는 열린 공간으로서의 의미를 간직하게 되는 것이다.

2.

박태일의 자연을 대상으로 한 두 권의 시집은 바로 '나'의 자연에서 '우리'의 자연으로 나아가는 과정을 드러내고 있다. 그의 두 권의 시집에 실려 있는 시들은 내용으로는 '나'의 자연에 기울어 있지만 형식으로 '우리'의 자연에 접근해 갈 수 있는 가능성을 보여 주고 있다. 먼저 '나'의 자연에 기울고 있는 흔적들을 살펴보기로 하자. 그런 흔적들은 비교적 첫 번째 시집에서 두드러지게 눈에 띄고 있다.

① 그리움처럼 애매하게 부딪치는 이물과 고물.
　지나치는 타인의 창마다
　밝은 밤은 두껍게 성에를 키운다, 완강하다
　그리 알고 자거라
　포구의 밤은 재빨리 오고
　등대의 불빛만 흑조(黑潮)의 전역을 덮는다.

—「축산항 2」

② 사람의 일들이 빗줄기 사이로 어지러운데
　내항(內港)은 갑자기 어두워져서

아슬아슬하게 방파제로 나가는 길도 잃는다
그렇겠지, 어둠이 내리는 잠시 그 사이
바람에 바람이 빠지는 높이로 알 수 없는
젊음의 낙마(落馬)
언제나 모서리로 밀려나는
생생한 기억은 지친다.

―「축산항 4」

③괴롭고 괴로운 일 남의 일처럼 버려둔 채
저문 들 강가로나 춤추어 지나거라

―「오십천곡 2」

①의 시에서 시인은 타인과 관계 맺기 어려운 현실을 표현하고 있다. "그리움처럼 애매하게 부딪치는 이물과 고물"이라는 표현 속에서 사람들끼리의 정겨운 만남에 대한 그리움을 담아내고 있지만 그런 그리움은 "타인의 창"에 '두껍게' 낀 '성에'로 인해 차갑게 식어버리고 만다. 이때 "밝은 밤"이란 표현이 단절의 절실함을 더욱 돋보이게 한다. 밤이지만 "타인의 창"에는 불이 커져 있다. 그러니까 밝은 밤이다. 그러나 그 밝음은 '창' 안에 있는 타인만을 위한 것이다. 창 밖의 어둠 속에 있는 타인의 고독감과 단절감은 어둠/밝음의 대립에 의해 더욱 절실해진다. 이제 현실은 "포구의 밤"으로 그리고 "등대의 불빛"은 다른 세계를 그리워하는 그의 마음을 비춰주는 길잡이의 역할을 하게 된다.

②의 시는 그의 현실에 대한 불안과 좌절이 애매하고 막연한 속성을 지닌 것임을 드러내주고 있다. '어지러운데'라는 표현과 "알 수 없는/젊음의 낙마"라는 표현이 바로 그렇다. 이 시에서 뿐만이 아니라 첫 번째 시집에 있는 다른 시들 속에서도 현실에 대한 그의 슬픔과 좌절은 대체로 감수성이 예민한 청년기의 나이에 경험될 수 있는 정서적 반응 이상의

것으로 표현되지 않을 때가 많다. 그런 반응은 ③의 시에서처럼 "괴롭고 괴로운"이라는 추상적인 발언으로 표현될 때도 있다. 이처럼 현실에 대한 그의 슬픔과 괴로움이 애매하고 추상적이거나 감상적이라는 점에서 그의 현실에 대한 좌절감이 매우 혹독하고 구체적인 기반을 갖지는 않는 것처럼 보인다. 그리고 바로 이 점 때문에 그의 자연에 대한 접근은 상대적으로 가벼워 보이게 된다. 그의 자연에 대한 친화력은 그 자체로 매우 농밀하고 구체적인 기반을 갖는 것이지만 그런 친화력의 동기가 약화되어 있어 친화력 자체가 절실함을 어느 정도 상실하게 되는 것이다. 또한 현실에 대한 좌절과 자연에 대한 친화력의 불균형으로 말미암아 그의 자연에 대한 자세는 '나'의 자연에 밀폐될 가능성을 많이 지니게 된다.

③의 시는 그가 자연에 대해 갖는 친화력의 속성을 나타내고 있다는 점에서도 주목을 요한다. 그 속성은 '저문'과 '강'에 나타나 있다. ②의 시에서도 그런 속성이 암시되기는 하였다. 현실과 유리된 다른 세계에 대한 그리움을 안내해 줄 "등대의 불빛"이 바다를 향하고 있음을. 즉, 시인의 자연에 대한 친화력은 주로 '물'과 '어둠'에 관계된 이미지들 속에서 확인되고 있는 것이다.

① 우리의 사랑이란 운명이란
　　말할 수 없는 슬픔이란 그런 그런 심연을 이루어
　　인간의 아이들처럼 아름다운 깊이로 출렁이며
　　강을 흐르는 사계의 강

　　　　　　　　　　　　　　　　　　　　　　　—「미성년의 강」

② 괴롬도 외롬도 다 남의 것만 같은 나날이
　　비의 활엽수 곁으로 나를 데리고 간다.

　　　　　　　　　　　　　　　　　　　　　　　—「겨울 보행」

③ 저토록 많은 삶이 입까지 이불을 당겨 잠드는구나

　숨어라 꼭꼭, 노오란 외등의 불빛 아래 마르고 닳는 잠

　이제 잠든 너는 더 잠들지 않고

—「자갈마당」

④ 사람들의 기억은 묻어 버리라더군, 바다는

　(……)

　수평선은 큰 괄호를 이루어 아득하더군.

—「죽산항 5」

⑤ 바다가 누워 있는 곳으로

　기어가서 그 옆에 누웠다.

　바다의 속살 깊이 발을 담그고

　어둠을 쓸어모을 때

—「백석리(白石里)」

⑥ 잠들라 한껏, 내 모르는 잠

　발바닥 가까이 풍년초 말리면서

　물꼬에 고인 아버지

　어머니의 만년이 물마름 되어 흔들린다

　아버지의 아버지

　어머니의 푸른 물마름

　솟다가 자지러지는 그 곁에서

　내 잠은 깊고 어둡다.

—「잠자는 마을」

①의 시에서 '강'은 현실세계에서의 '사랑'과 '운명' 그리고 '슬픔' 같은

소극적이고 체념적인 개념들을 부드럽고 아름답게 감싸 안아주는 속성을 나타내고 있다. '물'의 이미지는 이렇듯 현실에 대한 대안적 성격보다 체념을 수용하는 의미로 활용이 되고 있다. ②의 시에서는 현실의 '괴롭'을 "남의 것"으로 돌려버리는 체념의 자세가 '비'의 이미지와 ③에서는 남과의 대화를 포기하고("입까지 이불을 당겨") 현실에 대한 관심과 집착을 버리는 자세가 '잠'의 이미지로 표현되고 있다. "이제 잠든 너는 더 잠들지 않고"라는 표현에서 우리는 현실을 포기한 자라야 자연과의 관계를 누릴 수 있다는("더 잠들지 않고") 의미를 읽어낼 수가 있다. ④에서는 다시 한번 현실에 대한 포기로부터 자연과의 교감이 비롯된다는 점을 그러면서도 자연은 자체로서의 속성을 갖지 못하는 것("큰 괄호를 이루어")으로 묘사되고 있다. ⑤에서는 자연에 접근하는 자세가 매우 수동적이고("기어가서 그 옆에 누웠다") 밀폐된("바다의 속살 깊이 발을 담그고") 것임을 그리고 ⑥에서는 자연에 대한 그리움과 친화력이 그의 사적인 성장 체험과 깊이 연루되어 있음을 표현해주고 있다.

이러한 사실들을 통해서 우리는 시인의 자세가 '우리'의 자연을 향하지 않고 '나'의 사사로운 자연을 향하고 있음을 발견하게 된다. 그의 자연에 대한 친화력은 집단적인 현실에 대한 구체적이고 혹독한 좌절과 환멸에서 비롯된 것이라기보다 유년시절의 고향에 대한 막연한 추억과 청년기의 막연한 심리적 좌절에서 비롯된 것처럼 보인다. 현실에 대한 좌절과 환멸의 절실함이 없기에 자연에 대한 친화력 또한 현실과의 철저한 단절을 나타내는 이미지보다 현실에 대한 체념이나 망각의 자세를 나타내는 이미지들을 사용하고 있다. 가령 그것은 '물'과 관계된 이미지들을 사용하고 있는 데서도 확인될 수 있다. '물'과 관계된 이미지들은 그것 자체로 매우 부드럽고 소극적인 상태에서 현실과 자연의 관계를 흐름으로 이어줄 수 있는 실마리를 간직하고 있는 것이다.

첫 번째 시집에 나타난 시인의 삶의 자세가 현실과 자연에 대하여 비교적 사사롭고 소극적인 특징들을 나타내고 있다면 두 번째 시집에 표현되고 있는 시인의 자세는 현실과 자연에 대하여 보다 객관적이고 적극적인 특징을 지니고 있다.

① 악견산이 슬금슬금 내려온다

　웃옷을 어깨 얹고 단추 고름 반쯤 풀고

　(……)

　악견산이 슬금슬금 마을로 들어서면

　네모 굽다리밥상에는 속좋은 무우가 채로 오르고

　건조실에 채곡 채인 담배잎

　(……)

　검게 마른 토끼똥 망개 붉은 열매를 찾아내고

　약이 될까 밥이 될까 생각하면서

　　　　　　　　　　　　　　　　　　　　　―「가을 악견산」

② 강너머 문촌

　문촌길 벼랑길 누운 다복솔

　후두둑 어머니 손등

　옛 빗자국.

　　　　　　　　　　　　　　　　　　　　　―「저녁에」

③ 멀리 따로 길을 닦고 터를 이루어

　사람들 마을로 가는 모든 지름길을 지워버린다 잊지말자.

　　　　　　　　　　　　　　　　　　　　　―「명지 물끝·7」

④ 세상 어딜 파도 무덤 없는 곳 없다지만

　선산 근처로는 무슨 난리가 그리 흩어져

　돌 굴리고 흙은 뒤집으면 창검이 나오는지 모를 노릇입니다

아버지 좋은 세상은 어제도 아니었고 오늘도 아닙니다

눈에 피눈물 함게 날 때 세상 대명할 거라 말씀 주신 줄 알겠습니다

(……)

장롱을 들어내고 방구들 뒤집으면

콧 속까지 매캐하던 미금냄새처럼

때로 슬픔도 풀썩거려 애를 말립니다

—「피라미가 잡히는지」

⑤ 어떤 학문 날아왔나 어떤 광대 찾아 왔나 양산이라 양학문 왜관이라 왜
학문

(……) 적적 자로 놀아보세 탁월적 생경적 참신적 첨예적 어름어름 놀아
보세

(……) 의의 성성 화화 적적 학학거려 좋은 일은 식식거려 좋은 일

—「학문거리 노래」

먼저 ①의 시는 자연을 의인화하여 자연의 관조적이고 정지된 모습을
활동적인 모습으로 바꾸어 놓는 재치를 보여 주고 있다. 그리고 마을의
서사적인 생활 모습이 구체적으로 도입되어 자연에 대한 주관적인 정취
가 많이 감추어지는 변화를 보이고 있다. 심지어 자연의 사물을 심미적인
대상으로 파악하지 않고 생활의 용도로 가치 매김을 하는 마음가짐("망게
붉은 열매를 찾아내고/약이 될까 밥이 될까 생각하면서")까지를 드러내고 있
다. 그리고 ②에서도 자연의 사물 속에서 현실의 고통에 대한 추억을
되새기는 마음가짐을 표현하고 있으며 ③에서는 자연으로 향하는 길이
현실에 대한 외면이 아니라 현실에 대한 손쉬운 접근을 회피하려는 자세
("마을로 가는 모든 지름길을 지워버린다")로 이어지는 것임을 또한 현실에
대한 새로운 길트기의 의미를 지닐 수 있는 것("따로 길을 닦고 터를 이루
어")임을 "잊지 말자"고 스스로에게 다짐하고 있다. ④에서는 그의 자연이

생활과 노동의 공간으로 치환될 때 그 공간이 다시 역사적인 현실에 대한 깨우침으로 그리고 그것은 다시 오늘날의 현실에 대한 자각을 확장될 수 있다는 사실을 자연스럽게 표현해내고 있다. '방구들'을 뒤집는 노동의 행위가 자연의 체취에 대한 연상으로 그리고 그것은 다시 삶의 구체적인 슬픔으로 이어지는 기발한 효과를 만들어내고 있다. 특히 "콧속까지 매캐하던 냄새"를 '슬픔'의 구체적인 증상으로 그리고 '방구들'을 뒤집었을 때의 냄새와 더불어 '풀썩'거리는 먼지를 결합시킨 이미지로 "슬픔도 풀썩거려"라는 공감각적인 참신한 표현을 이룩해내고 있는 효과는 얼마나 돋보이는가. ⑤의 시는 그의 시세계가 '나'의 사사로운 속성으로부터 '우리'의 집단적인 속성으로 변화될 수 있는 형식을 구현하고 있다는 점에서 주목할 만하다. 시 형식을 노래의 형식에 가깝게 함으로써 그의 시는 보다 역동적이고 공개적인 특징을 확보할 조짐을 보이게 된다. 그의 첫 번째 시집에 실려 있는 시들이 비교적 관조적이고 정지되어 있는 대상을 고여 있는 속성으로 혹은 차분하고 완만한 리듬으로 표현해 이미지와 내용의 서술에 치중해 있었다면 두 번째 시집에 실려 있는 시들은 내용의 지평을 타인 쪽으로 개방해 놓았을 뿐만 아니라 신체적인 리듬을 집단적으로 공유할 수 있는 형식을 찾아나서고 있는 것이다. 다만 그러한 리듬으로서의 효과를 갖지 못하고 말지도 모른다는 자각 속에서 리듬의 맛을 살리기 위해 오늘의 삶의 행태를 풍자할 수 있는 내용과의 어울림을 도모하고 있다. 섣부른 학문적 자세가 오염시켜 놓는 말투를 풍자하고 있는 내용은 말의 리듬감과 더불어 새로운 효과를 이룩해내고 있다. 가령 "학학거려 좋은 일은 식식거려 좋은 일"이라는 표현은 '학학거려'와 '식식거려'의 경박하면서 힘겨운 행동을 의미하는 의성어의 효과와 '배워서', '유식해지는' 본래의 한자어가 갖는 의미 사이에 엄청난 간극이 존재한다는 것을 풍자적으로 제시하는 기발함을 성취해내고 있는 것이다.

3.

박태일의 시는 이처럼 유년 시절부터 체험한 자연세계에 대한 그리움과 청년기에 막연하게 체험하고 생각한 현실에 대한 불안과 슬픔으로 말미암아 익숙하게 그의 시세계를 자연 쪽으로 몰고 갈 수 있었던 것으로 생각된다. 그의 현실에 대한 체험들이 매우 혹독한 자취로 표현되지 않고 있다는 점에서 그의 첫 시집에 표현된 자연세계에 대한 농밀한 친화력은 그다지 절실한 삶의 인식이나 느낌으로 독자들에게 전달되지 않는다. 이러한 약점들은 그의 두 번째 시집에서 자연 속에 서사적인 내용과 생활의 흔적을 마련해 놓음으로써 그리고 무엇보다도 리듬의 효과를 살리려는 형식을 도입함으로써 어느 정도 극복이 되고 있는 것처럼 보이기도 한다. 자연에 대한 친화력이 집단적인 현실의 억압적이고 왜곡된 규범과 책임으로부터 벗어나려는 개인의 욕망에서 비롯된 것이라면 그 욕망은 다시 건강한 삶을 기약하기 위한 디딤돌로 환원되어야만 할 것이다. 자연은 한 개인의 은밀한 욕망을 다독거려 줄 수 있는 밀폐된 공간이 아니라 그 자체로 생산과 소멸, 혹은 고통을 견디어가는 인내력을 보여 주는 많은 사물들의 어울림과 투쟁을 보여 주는 곳이기 때문이다. 그렇다면 박태일의 시는 자연 속의 사물들이 서로 살아가기 위해 투쟁하는 모습의 의미를 그리고 아직 다루지 못한 인간의 집단적 현실에 대한 고통의 무게를 어떻게 하면 좀 더 완숙하게 담아낼 수가 있을까? 그 과정은 시어와 이미지, 그리고 시행을 자연스럽고 익숙하게 부려놓는 그의 솜씨 안에서 계속 기약되어야만 하는 것일까, 아니면 타인의 삶과 현실에 대한 그의 속 깊은 눈매에서 비롯되어야 하는 것일까? 그의 대답을 새로운 시로 기대해 본다.

(1990)

죽음에 이르는 물

– 박태일의 「명지 물끝」 연작에 나타난 물의 이미지 분석 –

하재봉

이 글을 쓰기 전에 먼저, 지난 십 년 동안 박태일에 대한 나의 개인적 우정을 고백하는 것이 옳은 것 같다. '우정'이라고 표현했지만, 그는 나보다 두 해나 위고 또, 그에 대한 나의 관심은 일방적인 것이었으므로 짝사랑이라고 표현하는 것이 더 정확할지도 모른다. 우리는 출생 지역도 다르고(흔히들 '지역감정'이라고 매도하는, 반도의 남쪽 좌측이 나의, 우측이 그의 고향이다.) 시적 방향도 다르며 일 년에 한 번 겨우 전화 통화나 할 정도 사이이지만, 유일한 공통점이 있다면, 우리의 문단 데뷔가 동일한 시기에 이루어졌다는 것이다. 그러나 바로, 이 점이 이상하게 나와 그를 연결시켜 주는 꽤 끈끈한 고리 구실을 하고 있다. 같은 시기에 문단에 나와 풍파를 헤치며 살아가고 있다는 그 점 하나만으로도 우리는, 아니 나는, 강한 동지적 유대감을 느끼고 있는 것이다. 사실, 우리가 등단한 1980년 도는 문학적으로도 사회적으로도 역사에 지워질 수 없는 격변기였다. 10·26에서 12·12를 거치는 동안 우리는 도서관에서 혹은 단칸 셋방에서 엎드려 시를 썼다. 십 년을 통치해 온 독재자가 측근의 총알에 쓰러져도, 여전히 신춘문예 공고는 신문 1면에 등장하였고, 비어 있는 권좌를 둘러싼 치열한 암투가 벌어지면서 중앙청 앞으로 탱크가 움직이는 새벽에도, 우리는 신춘문예에 시를 접수하기 위해 신문사 계단을 오르락거렸다. '서울의 봄'이 오고 있다고, 80년대의 밝은 빛이 비출 것이라고 가슴 설레며 폭음하던 70년대의 마지막에, 우리는 각각 당선 통지를 받고 또 다른 설레임으로 폭음하였다. 그리고 80년 이후 2, 3년간 나는, 뻔질나게 그가 살고 있는 부산을 들락거렸고, 그 무렵 데뷔한 부산의 젊은 시인들로 구성된『열린시』동인들, 이윤택, 강영환, 강유정 등을 그를 통해 소개받았다. 그가 참여했던『열린시』1집이 80년 봄에, 그리고 내가 참여한『시운동』1집이 80년 가을에 각각 나온 이후, 두 동인지는 지금까지 꾸준하게 동인 활동을 하면서 12집까지 펴내고 있다. 나는 부산의 그의 집에서, 전원다방에서, 시에 대한 그의 생각을 들을 기회를 여러 번 가졌고, 내가 대학원과 군을 거쳐 잡지사를 떠돌며 밥벌이를 하는 동안, 그는 착실하게 대학원 박사과정을 마치고 대학에 자리를 잡았다.

박태일의 첫 시집『그리운 주막』은 도시 이상과 민중정서의 표현에 집착해 온 80년대 시단의 이단적인 시집이다. 그 시집 속에선, 오직 박태일만이 볼 수 있는 사물의 세밀한 움직임과 정서가, 뛰어난 운율감각에 의지되어 나타나고 있다. 그는 모든 사람들이 시의 회화성에 집착하는 동안 잊혀져버린, 사물 자체에 내재해 있는 율동감을 끄집어내 새로운 힘을 불어넣음으로써 한국시의 새로운 영역을 개척하고 있는데, 우리 모두 불행한 시대의 압력으로부터 자유로울 수 없었던 지난 80년대에, 그것은 분명 외로운 길이었다. 그의 시는, 언어 리듬에 대한 무서운 실험의식과 탁월한 감각이 결합된 뛰어난 보고서인데,『그리운 주막』에 나타난 전통정서와 운율에 대한 실험이 극대화된 것이 바로 그의 두 번째 시집『가을 악견산』이다.

나는, 박태일 시의 비밀을 해독하는 열쇠가 그의 언어 리듬 분석에 있다고 생각한다. '노래'에 대한 그의 집착이야말로 그 단적인 예에 불과한데, 그의 데뷔작인「미성년의 강」은 사실, 유장한 호흡과 장중한 문체의 힘에 의지해서 읽혀지는 것이다. 그의 뛰어난 점은, 운율에 대한 실험을 극한까지 밀어붙이면서도 아름다운 이미지와 맑은 정서를 유지하고 있다는 것이다. 그러나 이것은 우리가 이 자리에서 논의할 성질의 것이 아니므로 다른 지면을 약속하기로 하고『가을 악견산』의 아니, 박태일 시의 뛰어난 미학적 완결미를 갖춘 작품으로 기억될 「명지 물끝」 연작에 대해 살펴 보기로 하자.

「명지 물끝」은 모두 8편의 단시로 구성된 연작시이다. 8편의 시는 모두 형식적 통일감을 갖고 있는데, 그것은 시의 맨 끝에 단 하나의 마침표가 찍혀져 있다는, 즉 각편이 외형적으로는 단 하나의 문장으로 구성되어 있다는 것이다. 물론 내용적으로는 행의 중간에 '-다'의 종결어미가 중첩되어 나타나는 시들도 있지만 「명지 물끝」의 모든 시들이 맨 마지막에 단 하나의 마침표를 갖고 있다는 사실은, 시행의 진행에 대한 시인의 심리적인 완결감이 오직 마지막에 이르러서야 이루어지고 있다고 해석할 수 있다. 각 시편의 종결어를 보면 '-하는'(1), '물매질'(2), '받는다'(3), '소리'(4), '-이었다'(5), '부르는'(6), '잊지 말자'(7), '물떼새'(8) 등으로, 명사어로 끝나는 것이 3번(2, 4, 8) '-다', '-자'의 종결어가 3번(3, 5, 7) 그리고 '-는'이 2번(1, 6)으로 나타나고 있다. 시의 형식미에 대한 박태일의 관심은 언어의 리듬감각에서 비롯된 것이다. 현대 시인들의 시에서 가장 흔하게 등장하는 '-다'의 종결어미가 그의 시에서는 아주 귀하게 나타난다. '-다'의 산문성과 단순성을 그는 경멸하고 있다. 우리 언어를 이렇게까지 다룰 수 있구나 하는 찬탄을 그의 시는 경이적으로 보여 주는 것이다. 「명지 물끝·1」의 경우, 'ㅂ니다'로 계속해서 3문장이 끝나고 다음 문장은, "이응벽이 삭고 다시 사람들을 일어서고 하는."의 도치 문장으로 연결되면서 끝나고 있다. 그런가 하면 「명지 물끝·2」, 「명지 물끝·3」은 단 하나의 문장으로 되어 있으며, 극도로 생략된 조사에 의해 동사와 명사가 연이어서 부딪치면서 역동적 리듬감을 생성시키고 있다. 그의 시는, 조사가 생략된 대부분의 시들이 그렇듯이 천천히 혀끝으로 언어를 뒹굴리면서 나아가야 제대로 의미를 좇아갈 수 있는데, 시행의 중간에 언뜻언뜻 내비치는 명사들은 문장의 의미를 앞뒤로 연결시키기도 하고, 리듬의 속도감을 가속시키도 하면서 한 편의 시에 구조적 완결미를 부여하는데 큰 역할을 한다.

후이후이 당집머리 피어 마른 삐삐 하얀 손등을 좇아 돌면 물낯 가득 물휘파람 흩어져 널린 가무락지 해파리 삶이 도마에 올리는 작은 물매기 갯가에는 새로운 아이들이 몰려와 물질을 배우고 어머니 남긴 허벅에 잠시잠시 손을 담궈 밑을 요량하면서 수평선에 밀려온 몇 날 눈발을 혀로 받는다.
　　　　　　　　　　　　　　　　　　　　　　　　　　　─「명지 물끝·3」

마땅히 있어야 할 조사를 생략함으로써 물휘파람, 가무락지, 해파리, 물매기 등의 단어가 어디에 걸리는지 '요량하'기까지에는 매우 힘이 든다. 언어가 서로 숨바꼭질하면서 의미를 숨기고, 숨겨진 의미는 또 서로 중첩되면서 굴러가는 미묘한 맛을 느끼게 하는데, 그러나 두 번 세 번 거듭 읽을 때, 우리는 마력적인 언어의 리듬감에 의해 시인의 포로가 되고 만다. 박태일적인 어법에 익숙하지 않은 독자라면, 상당히 재미있는 언어표현 같으면서도 또한 매우 낯선 세계인 이들 시행 사이를 어떻게 헤쳐가야 할지 난감하리라. "물낯 가득 물휘파람/흩어져 널린 가무락지 해파리/삶이 도마에 올리는 작은 물매기" 이렇게 의미를 좇아 읽으니 '삶이'의 조사 '이'가 맞지 않는 것 같다. 그래서 우리는 다시 처음으로 되돌아간다. 아, '물휘파람'은 "물낯 가득"과 "흩어져 널린" 사이를 통풍시키는, 쉽게 말해서 양다리 걸치는 구실을 하고 있다는 생각이 들며, "물낯 가득/물휘파람 흩어져 널린 가무락지 해파리/삶이(~)"로 읽어도 될 것 같은데, 여전이 '삶이'가 어렵게 느껴진다. 그러면 역시 "가무락지 해파리"도 앞의 "흩어져 널린"과 뒤의 '삶이' 사이에서 양쪽 의미 모두에 걸리는 이중 연결고리 역할을 하고 있는가. 다시 읽어 본다. "가무락지 해파리 삶이/도마에 올리는 작은 물매기"로 즉, "가무락지 해파리의 삶"과 "도마에 올리는 작은 물매기"를 동격으로 처리할 때 의미가 원활하게 소통하는 것 같다. 그러나, 다시 한 번, '물낯', '물매기' 등의 낯선 표현은, 우리를 당혹시킨다. 박태일은, 숨어 있는 언어를 끄집어내 단순히 장식적인 차원으로서가 아니라, 그 언어의 껍질을 벗기고 속살을 부딪치게 하면서 자신의 직접적인 정서를 은밀히 삼투시켜 생명감을 부여한다. 그 자신은 철저히 언어 뒤에 숨어 있다. 기껏해야, 「명지 물끝·4」 정도가 감정이 드러나 있는 시인데, '-리라'가 반복되면서 비장하게 외치는 그의 목소리는 그러나, 중첩되는 언어와 휘몰아치는 리듬 속에 부드럽게 스며들어 있다.

바람 불면 가리라 바람 불어 비 그치면 떠나가리라 마주 떠도는 산과 강을
발바닥으로 지우며 소리 죽은 물줄기를 따라가리라 둥두둥 아리랑 아리랑
열두 굽이 참고 넘는 마음 고개 오늘은 멀리 물을 벗어나는 바람소리 낮게
더 낮게 자갈밭에 물 빠지는 소리.

—「명지 물끝·4」

사실 「명지 물끝」 연작을 일관되게 흐르는 주제는, 죽음에 대한 탐구정신에 다름 아니다. 나는, 이처럼 소멸의 미학을 전통적 정서와 결합시키면서 리드미컬하게 표현된 시를 읽어본 적이 없다. 「명지 물끝」 어디를 들쳐보아도 시인은, 우리를 죽음으로 이끌고 간다. "자갈밭에 물 빠지는 소리"로 죽음을 표현할 수 있다고는, 나는 박태일의 「명지 물끝」을 읽기 전까지 한번도 생각해보지 않았었다. 우리를 죽음의 공간으로 인도하는 '물'은 어디에 있는가. 왜 시인은 "비 그치면" 떠나겠다고 말하는 것일까.

'물'은 "낮게 더 낮게" 흘러간다. 우리의 삶도 저와 같아서 끝내는 요량할 수 없는 낮은 곳으로 가라앉는 것이다. 지상의 가장 낮은 공간, 그곳에 물이 있다. 삶의 마지막 역시 땅밑의 낮은 공간에 자리잡는다. 물과 죽음이 동일시되는 것은 아주 자연스러운 것인데, 낮은 곳을 향하여 흐르는

물의 완만한 하강의식이야말로 삶을 편안하게 죽음에 이르게 하는 원동력이 된다. 그는 수직적 초월을 꿈꾸거나 삶을 역동적인 것으로 바꿔놓으려고 생각하지 않는다. 주어진 생명의 대원칙에 순응하면서 자연의 이치를 깨닫는 것이야 말로, 가장 겸허한 인간의 자세라는 것을 그는 알고 있는 것이다.

'비'는, 움직임이 강하며 그 격렬한 역동성 때문에 삶을 적극적인 투쟁의 과정으로 인식하는 사람들에게 자주 등장하는 이미지이다. 잠들어 있는 육체를, 비는 흔들어 깨우며, 다시 삶의 전쟁터로 나가기를 종용할 것이다. 그래서 시인은 "바람 불어 비 그치면" 떠나가자고 말한다. 더 정확히 말하자면, 비 그치고 바람 불면 떠나야 될 것이지만, 그는 교묘하게 언어를 흐트려서 행간의 여백을 크게 한다. 바람에 몸을 의지해서 떠나는 여행이야말로 얼마나 자연스러운 것인가. 그 바람은, "물을 벗어나는" 것이고 그는 "소리 죽은 물줄기를 따라가리라"고 말한다. 죽음에 이른 물은 결코 요란한 소리를 내지 않는다. 고요하다. 그리고 마지막에 이르러서 "낮게 더 낮게 자갈밭에 물빠지는 소리"를 남기는 것이다. 그러나 그는, 지상에서의 아름다운 삶을 "잊지 말자"고 다짐한다.

날개짓 푸른 하늘 꿈꾼다 건너 산자락 재실 낮은 골짝 다시 돌아보며 웃을 때 발끝에 닿았다 달아나는 털게 달랑게 차운 손 호호 갈잎 젖히며 스며도 함께 쉴 곳 어디에도 없지 잊어버리자 가슴 가운데를 지르는 바람 한 끝 물오리 고개 묻은 모래등 멀리 따로 길을 닦고 터를 이루어 사람들 마을로 가는 모든 지름길을 지워버린다 잊지 말자.

—「명지 물끝·7」

죽음의 머리맡에서 만지는 물의 감촉은 차갑다. "차운 손 호호 갈잎 젖히며 스며도" 우리가 마음 편하게 "쉴 곳은 어디에도 없"는 것이다. 삶은 완성이 아니라 지나치는 과정의 하나일 뿐이기 때문에 그러한데,

진정한 삶에 이르는 길도, 혹은 죽음에 이르는 길도, '지름길'이란 없다. 지상에서의 짧은 순간의 삶을, 그 따뜻한 숨쉼의 순간을 소중하게 기억하는 이유는, 그것이 어떤 노력으로도 잊을 수 없는 아름다움이기 때문이다. 소외된 자의 쓸쓸함과 삶의 소중함을 이 시는 은밀하게 행간 사이에 삽입시켜 놓고 있다.

박태일에게 있어서 삶이란 것은, 지상에서 하늘로 이어지는 것인데 그 운반 과정에서 결정적인 역할을 하고 있는 것이 '물'로 나타난다. 그의 상상세계 속에서 삶은, 지상-물-하늘로 움직이고 있는 것이다.

물 곳곳 마을 곳곳 눈 내린다 포실포실 보스랑눈 아침에 앞서고 뒤서며 빈 터마다 가라앉는 모래무덤 하나 둘 어허 넘자 어허 넘어 물에서 물로 하늘 밖으로 내 목젖 마른 자리 발톱을 세워 훌훌이 날아가는 붉은 물떼새.

—「명지 물끝·8」

"물에서 물로 하늘 밖으로" 연결되는 공간이 박태일의 시적 공간이다. 김주연이 지적한 대로 "훌훌이 날아가는 붉은 물떼새"는, 그 자신의 변주에 다름 아니다. 물은, 지상의 끝에 있으면서, 다음 세계의 처음에 있는 것이다. 그에게 있어서 하늘은, 높이 있는 것이 아니라, 낮은 곳에 있는 물과 연결될 수 있는, 우리가 쉽게 건너갈 수 있는 어떤 공간이다. 박태일의 시는, 지상과 하늘 사이에서 서성이며, 물의 이미지를 통해 찰나에 불과한 지상의 삶을 아름답게 묘사하고 있다.

(1990)

김용택·박태일·나태주의 정치의식

민현기

'자연'의 인식 차이

김용택·박태일·나태주의 시를 한자리에 모아놓고 그것도 세 시인의 정치의식을 규명해 보겠다는 단순하면서도 다소 폭력적인 목적을 앞세우고, 내용과 호흡과 성격이 서로 다른 많은 작품들을 한꺼번에 살펴보려는 노력은 힘에 벅차고 일견 무모하게까지 느껴진다. 왜냐하면 통상 이런 종류의 개괄화 작업은 개성 있는 시인들의 작품을 자의적인 '틀'에 맞추어서 지나치게 획일적으로 분류해 버리는 과정을 거치는 동안, 작품의 다양성이나 작가의 고유한 음성이 훼손되거나 파괴되어 버리는 부작용이 생기는 경우가 많기 때문이다. 필자의 이 글 역시 이와 같은 한계에서 자유롭지 못할 것이라는 점을 미리 밝혀둔다.

김용택·박태일·나태주의 시에서 우선 찾을 수 있는 공통점은 작품의 소재들이 대부분 '자연'이라는 사실이다.[1] 이것은 세 시인이 모두 농촌

---

1) 이 글에서 인용할 시집은 김용택의 『섬진강』(창작과비평사, 1985), 『맑은 날』(창작사, 1986).

출신이라는 점과 지금도 고향에서 또는 그 고향의 체취를 쉽게 접할 수
있는 장소에서 생활하고 있다는 사실과도 밀접하다. 한편, 당연한 지적이
겠지만 이 속에는 차별성 또한 엄연히 존재한다. 이러한 차별성은 길게
설명할 필요도 없이 자연을 인식하고 형상화하는 세 작가의 서로 다른
입장과 태도로부터 비롯된다. 간단한 예를 하나 들어보자.

가문 섬진강을 따라가며 보라
퍼가도 퍼가도 전라도 실핏줄 같은
개울물들이 끊기지 않고 모여 흐르며
해 저물면 저무는 강변에
쌀밥 같은 토끼풀꽃,
숯불 같은 자운영꽃 머리에 이어주며
지도에도 없는 동네 강변
식물도감에도 없는 풀에
어둠을 끌어다 죽이며
그을린 이마 훤하게
꽃등도 달아준다.

—김용택, 「섬진강 1」 중에서

새로 단장한 원동교 교각에 가면
수영강 물빛이 엎드려 있다.
더러는 밑으로 흐르고 새로 흐르고
꽃이 흐르고 미나리밭 아래 묻힌 조개무지 옛 마을과
아이들의 웃음소리로 말리는 올고사리 늦고사리

『꽃산 가는 길』(창작과비평사, 1988)과 박태일의 『그리운 주막』(문학과지성사, 1984), 『가을
악견산』(문학과지성사, 1989), 나태주의 『우리 젊은 날의 사랑아』(청하, 1987), 『빈 손의
노래』(문학사상사, 1988) 및 『새여울』 동인지 『충청도여 시인이여』(청하, 1986) 등이다.

얼굴 뭉개진 동래 정가 정서가 흐르고

—박태일, 「수영산 수영강」 중에서

비단강이 비단강임은
많은 강을 돌아보고 나서야
비로소 알겠습니다.

그대가 내게 소중한 사람임은
더 많은 사람들을 만나고 나서야
비로소 알겠습니다.

—나태주, 「금강 가에서」 중에서

이렇게 똑같이 '강'을 노래하고 있지만, 세 시인의 입장과 태도는 분명히 다르다. 김용택은 "전라도 실핏줄 같은 개울물들"을 포용하면서, 생명 있는 모든 것들을 다독거리고 어루만지며 굽이굽이 의연하게 흘러가는 강의 모습에 중점을 둔다. 이렇게 형상화된 '강'을 통해 우리는 역사를 가로지르며 살아온 민중의 삶과 정서를 폭넓게 접할 수가 있다. 김용택은 무려 27편에 달하는 「섬진강」 연작시를 발표했는데, 이를 통해 민중의 삶을 향한 그의 관심이 얼마나 깊은가를 확인할 수가 있다.

박태일의 '강'은 이와 다르다. 삶의 원초적인 생명력과 역동성을 지닌 김용택의 강에 비해, 박태일의 강은 고요하고 잠잠한 정중동(靜中動)의 모습을 보이고 있다. 그것은 김용택의 '따라가며' 보는 강물이 아니라 다리 위에서 내려다보는 것이므로 더욱 정태적(情態的)으로 느껴진다. 때문에 박태일의 '강'에서 삶의 현장감이나 꿈틀거리는 운동성을 맛보기란 매우 힘들다. 그것은 삶의 중심부를 보여 준다기보다 그 배후의 그림자 또는 뒤에 남아 있는 흔적과 같은 모습을 많이 보여 준다. 가능한 한 호흡을 가다듬고 어느 정도의 거리를 유지한 채 차분하게 삶을 성찰하는 시인의 안정된 태도가 위의 작품에서 잘 나타나고 있다.

이에 비해 나태주의 '강'은 또 다르다. 나태주에게 '금강'은 커다란 깨달음의 계기로 작용한다. 많은 강을 보고 나서야 비로소 '비단강'의 진짜 아름다움을 깨닫듯, '그대'의 소중함 역시 많은 사람들을 만난 다음에 깨닫게 된다는 단순한 논리이다. 이러한 깨달음의 논리는 이 작품에서만이 아니라, 자연을 노래하는 나태주의 많은 작품을 통해서 일관되게 드러난다. 따라서 앞의 두 시인에 비해 자연의 인격화나 관념화가 두드러진다고 말할 수 있다.

지금까지 세 시인의 자연에 대한 인식태도를 다소간 도식화의 위험을 감수하면서 살펴본 이유는 이들의 상이한 '자연관'이 결국 서로 다른 현실감각 및 정치적 전망의 대응물에 다름 아니라는 사실을 설명하기 위해서이다. 오늘날 우리의 문학연구에서 '형상화된 자연'에 대한 '정치적 해석'이 체계적으로 가해져야 할 필요성도 이런 데 있다. 김용택은 전라도에서, 박태일은 경상도에서, 나태주는 충청도에서 개성적인 가락과 고유의 서정으로 농촌과 농민, 자연과 토속의 세계를 각각 노래하고 있다.

그렇다면 이들의 정치의식은 과연 어떠한지 구체적으로 살펴보자.

이상적 삶에 대한 그리움

박태일의 시세계는 독특하다. 절제된 감정과 군더더기 없는 언어, 감각적이면서도 단아한 묘사, 삶의 현재적 의미와 절묘하게 어우러지는 전통적 운율, 상투성이 배제된 신선한 상상력 등 그의 시가 보여 주는 형태상·내용상 특징들은 여러 면에서 두드러진다. 자연과 인간에 대한 사랑을 맑고 순수한 서정으로 노래하는 그의 많은 시들은 거칠기 짝이 없는 구호와 선전이 난무하고 온갖 정치·경제·문화적인 타락과 야합이 판치는, 그리하여 시간이 흐를수록 추하고 짐승스러운 상황만이 강고해지는 이 오염된 현실 속에서 문학 본래의 가치와 아름다움이 어떠한 것인가를 일깨워주는 소중한 기능을 한다.

황동규의 지적처럼 그의 시는 무엇보다도 노래이다. 그러나 그것은 삶을 진공상태 속에 포장해 놓은 채 오직 아름답고 순결한 시정신의 표현만을 강조하는 이른바 '문학주의'의 소산을 결코 아니다. 박태일은 우리의 현실과 역사에 대한 진지한 성찰을 게을리 하지 않는다. 또한 그의 '자연'은 개개인의 삶이 그 중심부의 절실한 사연과 함께 진행형으로 존재하는 구체적인 공간이며, 유난히 많이 등장하는 '지명' 역시 인간 생존의 여러 양태와 풍속의 의미를 아울러 형상화하려는 집요한 탐구정신의 반영에 다름 아니다. 이것은 박태일의 정치의식을 규명함에 있어서 무엇보다 중요한 요소로 작용한다.

건너 솔밭에 포클레인 먼지 기름 냄새 다섯 길 여섯 길 파엎는다 잔솔밭 솔뿌리 넘어지고 돌머리 묻히고 귀떨어진 무덤 둘 서릿발처럼 일어섰다 흩어진다.

—「하늘둥지」 중에서

세상 어딜 파도 무덤 없는 곳 없다지만
선산 근처로는 무슨 난리가 그리 흩어져
돌 굴리고 흙을 뒤집으면 창검이 나오는지 모를 노릇입니다.
아버지 좋은 세상은 어제도 아니었고 오늘도 아닙니다.
눈에 피눈물 함께 날 때 세상 대명할 거라 말씀 주신 줄 알겠습니다.

—「피라미가 잡히는지」 중에서

새가 날았다
저문 산길을 따라 가면
사금파리 하나로 모습 숨긴 봉황대

봉황새 날아가 버린 언덕에서

한때 털거웃 부숭하던 기마족의 아이들이

제기차기로 하루를 보내고

—「가락기·3」 중에서

쥐어 보낸 몇 닢이 값없이 잎만 번 논두렁 쇠뜨기 같아서

막차 보낸 마른 행길 물 한 대야 훑고 보면

앙가슴 팍팍한 세월

함께 젖는다

—「쇠뜨기」 중에서

위의 작품뿐만 아니라 박태일의 역사, 현실, 자연에 대한 인식은 "세상 불러 어지러운 세상 할 때 그 세상 어디까지 가 닿을 이름인지"(「그 무슨 력사가 대견했던지」)라든가, "산초 번한 가지로 다시/잊지 못할 아버지 적 전장은 바람되어 오는데"(「산마루 올라」), "너른 세상 높은 세상 속속들이 알 것 없다만, 어디 가진 놈 내놓는 일 봤나"(「자리거리 노래 7」), 또는 "최루가스 나는 거리 한쪽 뿌리끼리 엉겨 서로/하얀 마스크를 나누어 주는 플라타너스"(「나무들이 흔들린다」), "다 열어제친/웬 잡년의 노래하며 /콩비지 멧돌 돌리듯/내 곰보 자죽 위로 열리는 백석리"(「백석리」)와 같은 것을 통해서도 잘 나타나고 있다.

생존의 토대가 뒤흔들리고 파헤쳐지면서 황폐화·왜소화되어 가는 우리의 현실 모습은 농촌의 피폐함과 농민들의 고단한 삶을 그린 일련의 작품에서도 찾을 수 있다.

이러한 점으로 미루어 보면 박태일의 정치의식은 훼손되고 더럽혀지는 일상적 삶에 대한 섬세한 시선과 꼼꼼한 성찰을 바탕으로 하여 형성된 것임을 알 수 있다. 거기에는 과거와 현재의 불행한 삶에 대한 어둡고 비관적인 인식이 깔려 있다. 그러나 그 인식은 정체된 것이 아니라 보다

개선되고 순수한 삶을 바라는 시인 자신의 소망과 맞닿아 있다. 비록 김용택의 경우처럼 명시적이진 않지만, 박태일의 시에도 "오래 잠들지 않을 발가락 사이사이/새날 새벽이 온다"(「산마루 올라」)는 믿음과, "마음 가지 친 슬픔"을 딛고 "땅내 맡은 나락처럼 고개를 들고"(「땅내 맡은 나락처럼」) 일어서려는 삶의 의지가 내포되어 있다.

현실의 부조리나 비리를 직접 고발·비판하고 있지는 않지만, 바람직하고 이상적인 삶에 대한 갈망과 그리움이 이른바 '정치적 무의식'의 형태로 간직되어 있다. 그리고 이러한 의식은 시가 '전망의 투시물'이며, '극복의 형식'이며, '사랑의 방법'이라고 믿는 박태일 자신의 입장과 태도를 통해서도 분명하게 확인할 수 있다.

(1990)

언어의 원형, 음악성과 토속성

진창영

1.

박태일 시인의 『약쑥 개쑥』(문학과지성사, 1995. 4)을 읽은 필자는 먼저 우리 고유 정서의 현주소가 어디인가를 새삼스럽게 확인할 수 있었고, 또 필자의 정서적 취향의 위치도 확인하는 어쩌면 시 비평과는 무관한 부수적 이득도 함께 얻은 수확이었다. 그리고 우리 고유 정서의 귀착지와 그 원형이 어떤 것이었으며 그 소재가 어디인가 하는 몇 개의 주제를 한꺼번에 얻은 시읽기였다.

여기에는 다음의 몇 가지 필자의 주관적 전제가 뒤따른다.

첫째, 역시 시는 음악과 이웃한 것이며 물이나 바람처럼 자연으로 흐르는 것일 때 시다운 시구나 하는 식의 미 또는 예술지향적인 문학관 쪽에서 있음을 새삼스레 발견한 점이 그것이다. 이 점은 박태일 시인 자신도 어느 문예지의 권두 좌담(『오늘의 문예비평』 93년 겨울호의 '현 단계 우리문학 (2), 시')에서 최승호의 시를 미리 의도된 계산에 의해 생산된 '프로그램 시'라고 비판하고 있었는데 이 점이 말해 주듯이 이 시집은 그의 이 말을 다시 한 번 확인해 준 셈이다. 역시 이 시집 속의 그의 시편들로 보아 최승호 같이 사전에 계산된 현대 문명비판시를 강하게 거부할 수밖에 없으리라는 점은 당연한 얘기가 되는 것이다. 그것은 곧 이 시집에 나타난 가락과 시어의 구김살 없는 흐름으로 보여지고 있기 때문이다.

둘째, 그의 시에는 우리의 고유 정서가 가 닿는 귀착지의 원형이 있다. 조선 땅 어디에고 스며 있을 법한 시골의 토속적 정서가 환기되는 그런 류의 것이라는 점에서이다. 이를테면 그의 시에 나타나는 소재들은 우리 의 평범한 산야 어디에서건 만날 수 있는 나무 풀 기타 풍물들이지만 꼬박꼬박 제 이름을 챙겨 가지고 나타난다. 이는 시인의 예사롭지 않은 통찰력과 성실함의 소산이다. 이에 우리의 산골 또는 어촌의 풍속어 토속 어들이 시인의 유년시절에 보던 그대로의 탈색되지 않은 모습으로 등장 한다. 적어도 시인보다 한 세대 위 부모님들에게 익숙하던 그런 농어촌 풍물 모습과 이름 그대로인 채 말이다. 여기서 오늘의 이 혼돈된 세기말의 시대에 우리 본래의 원형을 되찾은 듯한 신선함을 느끼는 것이다.

2.

박태일 시집 『약쑥 개쑥』에서 읽혀지는 시편들의 의의는 역시 오랫동 안 잊혀졌던 토속과 전통의 원형을 찾아낸 신선함 그것이다. 그것은 90년 대 중반으로 접어들면서 급격히 부상하고 있는 신세대 문학, 기존 논리의 해체와 재편성의 제반 이념이 만연되고 있는 이 시점에서 나온 것이기에 더욱 주목할 만한 것이다.

이것은 먼저, 앞서 말한 '첫째'의 것으로 '음악적 가락'과 '시어의 특성' 에서 찾아볼 수 있다. 물론 그의 시의 음악적 가락을 육자배기니 타령조니 또는 3·4조, 7·5조 하면서 단편적으로 말하기 어렵다. 다만 이것은 전체 시의 총체적 차원에서 볼 수 있는 것으로서 무슨 율격이나 가락이 아니라,

그것 자체가 모두 우리의 전통 율조라는 점이다. 아울러 이것은 우리 핏속에 흐르는 전통적 서민의식에서 나온 것이고 이는 곧 시인 박태일만의 시적 개성으로 매김될 수 있는 것이다. 다음 시를 보자

배 떠난 녹산나루
기름꽃 뜨고
먹장어 붕장어 한 소쿠리
어머니 대목장 바삐 가신 뒤
나만 보면 옆걸음 치는 똥게들 따라
부부 불며 온다 갈대밭
하얀 풍선껌

―「설대목」 전문

울며 자며 옛일들은 잊었습니다
달빛 자락자락 삼줄 가르는 밤
당각시 겨드랑이 아득한 벼랑
두 낯 손거울엔 제 후생이 죄 담겼나요
해 걸러 보내주신 참빗 치마 저고리는
어느 때 어느 님 보라시는 뜻인지요
당각시 고깔 위로 오색동동 빗물 번지고
당각시 한세월에 소지장처럼 마른 가슴
골바람은 돌아돌아 당집 돌담만 허무는지
날밤 아침엔 애장터 여우 기척도 마냥 반가워
앞산 햇살 끝동 좇아 나서면
(…하략…)

―「당각시」 부분

이런 시의 경우도 마찬가지다. 이를 원래 시의 행 구분과 관계없이 음보율 중심으로 나눠 보면 "배 떠난/녹산 나루/기름꽃 뜨고//먹장어/붕장어/한-소쿠리//어머니/대목장/바삐 가신 뒤//……"로 되어 7·5조 즉 3·4·5조로 나뉘어져, 원래 개화기 때 창가 형식으로 수입되어 우리 율조에 적응된 우리 시의 전통 율격을 이은 것이다. "먹장어 붕장어 한 소쿠리"의 '한'은 수량의 많음을 나타내는 어감을 고려하면 두 음절의 기능을 한다고 보여져서 여기서도 6·5의 음수율을 보인다.

뒤의 시 역시 "울며 자며/옛일들은/잊었습니다//달-빛/자락자락/삼-줄/가르는 밤//당각시/겨드랑이/아득한 벼랑//…… 당각시/토닥토닥/발자국 위로//마른 우레/가는 소리//원추리 원추리/핍니다"로 되어 3(4)·4를 기조로 하여 7·5가 혼합된 율조를 가지는데 이것이 우리의 고유 성정에 맞는 것이라는 점은 학계의 숱한 논문에서 검증된 바 있다.

아울러 시인의 시적 정서의 바탕을 키워낸 공간적 배경인 경남 부산 일대의 자연 환경과 질박한 삶의 모습이 주로 나타나고 있는 부분이 이 시집의 제 I 부인데, 이것이 소재로 된 시 중의 하나인 「신어산」을 보자.

서림사
있으면//
동림사도
있을 테지//
어딜 가나
살 만한 곳//
교회가
담을 두르고//
쉴 만한 곳
절집 퍼질러
앉았으니//

구절초

누빈 풀숲

슬슬 밟아서//

엉덩이 까

힘 쏟고//

일어서면

시원한

신어산 바람은 노린재 굴참나무 제 벗이다

개똥쑥 사철쑥이 제 벗이다

관세음보살 나무관세음, 발 아래 멀리

낙동강 물돌이 좇아

시월 상달 이른 들불 연기가

칠산 벌을 질러 명지 쪽으로 고개도 드는데 (…하략…)

—「신어산」 부분

여기서도 율조부터 논하자면, 먼저 1연만 보아도 4, 5행이 3음보로서 다른 행의 4음보와 달리 불규칙적인 것을 제외하면 모두가 3(4)·4조를 기본으로 한 율격을 갖고 있는데, 역시 앞서의 논의를 뒷받침한다. 물론 이러한 전통 율조에 와 닿는 시인의 개성적 가락 창조는 우리말에서만이 구현시킬 수 있는 특징으로 유연성(Rhythmical) 있는 율조, 가령 자·모음의 반복에서 일어나는 음상효과(Sound bound)를 이루어 내는 특유의 시어들의 특징과 함께 합쳐져서 이루어 내는 것이다.

따라서 시의 이러한 율격성을 뒷받침하여 특유의 정서를 이끌어 내는 데 이바지하는 것이 곧 이와 같은 '시어의 특성'이다. 이는 박태일의 시에 자주 등장하는 첩어성 부사가 그것인데, 이런 시어들이 이른바 음상효과를 일으켜 시를 더욱 노래에 가깝게 하는 역할을 한다. 다시 말해 음악적 감각의 효과인 것이다. 쉽게 눈에 띄는 몇 개만 보기로 한다.

① 울며 자며 옛일들은 잊었습니다
　달빛 자락자락 삼줄 가르는 밤
　당각시 겨드랑이 아득한 벼랑
　(…중략…)
　당각시 토닥토닥 발자국 위로
　마른우레 가는 소리
　원추리 원추리 핍니다.

　　　　　　　　　　　　　　　　　　　—「당각시」에서

② 적포 가는 길 가다
　만난 강 한 줄기 속삭속삭 귀를 밟는다.

　　　　　　　　　　　　　　　　　　　—「벚꽃」에서

③ 앞서 묻힌 이들이 기어나와
　시름시름 배꽃 멍석을 편다.

　　　　　　　　　　　　　　　　　　　—「배꽃」에서

④ 늦봄 볕살 자글자글
　걷다 만 애기감자 자주감자 밟히는 들길

　　　　　　　　　　　　　　　—「그대 사는 마을까지」에서

⑤ 어느 새 우리 저와 같아서
　장물 머금은 듯 무거운 하늘 아래
　너는 고단한 세월 찬송 찬송 걸어가고

　　　　　　　　　　　　　　　　　　　—「소천」에서

⑥ 대천엔 무얼 하러 가는지

쭈뼛쭈뼛 일어선 무덤들

—「대천 가는 길」에서

밑줄 친 말들을 중심으로 보면 이러한 시어들이 특히 앞서 말한 율조와 어우러져 전체 시의 유연성과 음악화에 이바지하게 된다. 가령 「당각시」에서 "원추리 원추리"의 반복은 의성어(소리시늉말) 의태어(짓시늉말)도 아니지만 이런 식의 조사 생략과 서술식의 표현을 피한 반복적 표현은 야생 들꽃 원추리꽃이 여기저기 피어 있는 공간성도 함께 느끼게 한다. 이런 형태의 공간 표현법은 그가 만들어낸 표현법이라 할 수 있다. ④의 "애기감자 자주감자"에서도 마찬가지다. ⑤에서 "찬송 찬송"은 시적 소재의 인물에 대한 분위기와 삶의 정황 전체를 상징화시키는 하나의 모티프로 작용하기도 한다. 그리고 ①의 시에서 '겨드랑이' '벼랑'은 음상효과를 살린 표현이다. 이렇듯 원래 부사성 첩어는 음상효과, 소리, 짓, 모양 등의 시늉과 드러냄 그리고 시·공간성 확보 등 다양한 특성을 가지는 우리말의 장점이자 특성이라 할 수 있는데 박태일의 시는 이를 극히 효율적으로 활용하고 있다.

둘째로, 그의 시적 특성은 소재의 고유성이다. 여기에서 우리의 전통적 고유정서가 가 닿는 귀착지를 보게 하며 원형을 드러내게 한다. 그의 시에는 우리에게 이름 모르지만 보면 쉬 알 수 있고 낯익었을 법한 들꽃과 풀들 그리고 우리나라 시골 어디서나 쉬 만날 수 있는 토속적 풍물들이 숱하게 걸려 나온다. 물론 이것이 그의 시의 정서적 바탕을 이루고 있으니 당연한 것이기도 하지만, 문제는 이것이 현실을 향하는 시인의 시선이 항상 이쪽을 향하고 있음에 여기에서 그의 시적 특성과 본질을 캘 수 있는 것이다. 이러한 일상의 토속적 시선이 그의 시의 출발선이 되고, 따라서 이것이 곧 그의 시적 특질을 규정짓는 하나의 모티프가 되는 셈이다.

가령 「벌노래」라는 제목을 붙여 놓고 "아내는 또 장염에 걸렸다 장염은 쉬운 말로 창자가 공기는 병이다 창자가 공기면 창자가 아플까 아내가 아플까"라는 해학성도 띤다. 서민적 해학이라 할 수 있지 않을까. 그것은 '공긴다'라는 경상도 사투리를 써 놓고 창자와 아내의 내기를 "시적 자아가" 본다는 익살이기 때문이다. "창자가 공긴다"에서 '공기다'라는 말은 '곪다'의 속어인데 이를 자연스레 드러내 놓고 제목도 '일정한 테두리를 벗어난'이란 뜻의 접두사 '벌-'을 붙여 '벌노래'라고 붙여 놓은 것이다. 그리고 다음을 보자.

① 신어산 바람은 노린재 굴참나무 제 벗이다
  개똥쑥 사철쑥이 제 벗이다

—「신어산」에서

② 해 걸러 보내주신 참빗 치마 저고리는
  어느 때 어느 님 보라시는 뜻인지요
  당각시 고깔 위로 오색동동 빗물 번지고
  당각시 한 세월에 소지장처럼 마른 가슴
  골바람은 돌아돌아 당집 돌담만 허무는지
  날밤 아침엔 애장터 여우 기척도 마냥 반가워
  앞산 햇살 끝동 좋아 나서면

—「당각시」에서

③ 어머니 향불 사르시고 엎드린 깃동정 실밥이 하얗고 하얗습니다 멀리 갈치논 반짝반짝 널린 산자드락 첫차에서 내리시는 모습 뵙고부터 저 눈물 쏟았습니다 여름 산길이라 쐐기풀 발목을 찌르고 땡볕이 발등을 밟아 떼떼떼떼 앞서는 방아깨비조차 달갑지 않으셨을 텐데 청도 화악산도 높은 적천사 어머니 가슴에 제가 무슨 억한 불씨로 묻혔길래 어김없이 이날 이때면 찾아

주시는지

—「젯밥」에서

④ 나는 시외버스 차창에
   맺혔다 구르다 부서지는 파란
   빗물 가붓나리

—「소천」에서

⑤ 사철쑥 꽃대 따라 길 잡으니
   무슨 빗소린가
   늦장단인가

   연잎 빗방울 튀기고 노는 저 버마재미

—「그대 사는 마을까지」에서

위 시들의 밑줄 친 말들을 중심으로 보면 알 수 있듯이 풀과 나무 이름
을 비롯하여 시골의 토속적 풍습 또는 이와 관련된 풍물 소재들이 이미
우리 기억에서 사라진 것들까지 망라되어 있다. 마치 평안도 토속 사투리
와 풍물들이 거침없이 등장했던 1930년대 백석의 시를 연상하게 할 정도
로 경상도 중심의 남도적 풍습 풍물 중심의 소재들이 숱하게 등장함을
볼 수 있는 것이다.

②의 시에서 밑줄 친 말들은 모두가 오늘날 우리의 생활 주변에서 이미
사라진 소재들이다. 예를 들어 옛날에는 어린 아이들이 미처 성장하기도
전에 죽는 경우가 많았고 또한 좀 커도 홍역, 풍진, 호열자 등의 열병들이
한번 마을을 휩쓸고 가 많은 어린이들이 죽어 시골의 인근 야산엔 유난히
아이들의 무덤들이 많았다. 이 아이들의 무덤은 어른들의 것처럼 흙봉분
을 하지 않고 그저 돌로 엉기성기 덮어 만든 돌무덤이었다. 이러한 아이들

의 돌무덤이 많이 모여 있는 곳을 '애장터'라 했는데, 여우들이 이 아이들의 무덤을 노리는 것은 당연한 것이었다. 이것이 곧 '애장터'와 '여우'의 관계인데 이것이 이 시에 등장하고 있다.

그리고 ⑤에 있는 '가붓나리' 역시 마찬가지이다. 시적 자아인 '나'가 "버스 차창에 맺혔다 구르다 부서지는 빗물"과 동일시되면서 이것은 갑자기 소의 피부에 붙어 피를 빨며 기생하는 '가붓나리'로 그 연상이 이어진다. 연상의 이동이 이러한 곳으로 옮아가는 것 자체가 시인의 시선이 서민적이라는 것이다. 그리고 '가붓나리'는 소시적 경남의 서부 지역 시골에서 소를 치고 먹여본 사람이면 누구나 알고 있는 것으로 표준말로는 '진드기'인데 그 곳 토속어이다.

이렇듯 그의 시에 등장하는 우리의 자연 및 풍속과 관련된 시어들로는 '팔령치', '자굴산', '악견산', '청계산', '백운산', '화악산', '신어산' 등의 높고 유명하여 이름값 하는 산들이 아닌 우리 고향 이웃 산들의 이름이 숱하게 등장한다. 뿐만 아니라 '오랑캐꽃', '개꽃', '삼(麻)꽃', '약쑥 개쑥', '닥나무', '옻나무', '쇠기풀', '아주까리', '떼(잔디)', '익모초(육모초)', '안개통버섯', '할미꽃' 등의 들풀과 들꽃, '방아깨비', '풀무치', '여치', '버마재비', '가재', '먹장어 붕장어', '모래무치', '쇠파리' 등의 물고기와 벌레들, '농약병', '탈곡기', '타작마당', '앵이', '상량', '모감주', '감발', '옹이', '옥양목(천이름)', '박하사탕', '양은도시락' 등의 옛 농촌의 풍물어 그리고 '맏상주', '증조부', '왕고모', '아제(아저씨)' 등의 가족 호칭어 등등 헤아릴 수 없이 많은 토속어들이 등장하여 변화무쌍하게 구사되고 있다. 시골 서민들의 삶이 있는 곳이면 시간 공간을 뛰어 넘어 우리 고유어들이 능숙하게 구사되고 있는 것이다. 이 중에 경상도 방언 구사가 두드러진 시 한 편을 보자.

저물음에 나앉았습니다
노을 붉어 날씨 예사롭지 않고

구름 저리 한 등성이로 눌러 앉았기

눈에 헛밟히는 남자 묻힌 흙자리

낮에는 김해장 혼자 나서서

초가실 말린 고구메 줄거리 다 냈습니다

요즘 세상 젊은 것들 입 짜른 버릇

어디 때깔 고운 것에나 손이 바쁠까

아적 내내 한자리서 두 모타리 팔았는지

돈이 효자란 말도 둥실한 저 자식 자랑

삽짝 밖만 나서도 객지만 같아

삼십 년 익은 저잣거리가 눈에 설다다

내일은 삼우재 은하사 공양길 비가 올란지

다리에 심 있을 적 익은 일이라

낮살 절어 잦다 해서 숭질 맙시소

부디

—「김해군 주촌면 내삼 관동댁」 전문

이 시 외에도 이미 앞서 예로 든 시들에서 경상도 방언이 예외없이 나타나고 있음을 보았지만, 여기에는 경상도 토속 방언이 유독 심한데 이것이 시의 분위기와 주제 형성에 결정적 영향을 주고 있음을 알 수 있다. 제목부터 마치 백석의 시 「남신의주 유동 박시봉방(南新義州 柳洞 朴時逢方)」을 연상시킨다. 어느 날 밤 헛간살이 방에서 '고달픈 삶을 상념하는' 주제 역시 유사함을 보이고 있다.

이 시에서 밑줄 친 단어들을 순서대로 표준말로 옮겨 보면 '저물녘', '초가을', '고구마', '줄기', '(입이) 짧은', '아침', '(두) 모', '사립짝', '설다다'(눈에 '설다'), '힘', '흉질' 등이 그것이다. 가령 방언 토속어 풍속어 사전이 있다면 그의 시에서 이런 시어들만 추려 모아도 상당한 분량을 치지할 정도로 그의 시는 고유어를 바탕으로 하고 있다.

따라서 박태일 시의 출발선인 서민적 시선은 풍물, 풍속어, 토속어, 방언 등의 시어적 특질로 드러난다고 볼 수 있고, 이 모두는 박태일 시의 소재의 고유성이다.

3.

이상으로 박태일 시집 『약쑥 개쑥』의 시적 특징들을 음악성과 시어의 특성을 중심으로 살펴 보았는데, 이것이 시의 생기를 해치지 않았기를 바란다. 신비평(New criticism)이라는 이름의 분석비평이 가진 한계가 아닌가 한다. 따라서 그의 시에 살아있는 질박한 우리 고유의 풍토성이 토막난 것 같기도 하다. 그러나 한편의 시는 결국 총체적으로 감상되는 것인데 이를 위한 부분적 요소로서의 논의는 필수적인 것으로 볼 수 있을 것이다.

그의 시에 살아 있는 우리 언어들은 음악으로 화하고 이 음악이 신선한 바람이 되어 운동시와 신세대시와 그 외 각종 소재시 실험시 등에 불감증이 된 우리의 의식이 일깨워졌으면 하는 바람을 가진다. 시집 『약쑥 개쑥』은 언어의 고유성과 음악성이 어우러져 우리 고유 정서의 총체적 감각화를 이루어 내고 있음을 보았으며, 오랜 만의 토속적 고향을 발견하여 그 정서의 원형을 만난 기분이었다.

(1995)

꽃의 산조

– 이승하·박태일·이영진의 근작 시집의 세계 –

홍용희

꽃은 대지의 램프이다. 마치 끈적한 기름이 심지를 타고 올라가 램프의 불꽃을 피우듯, 대지의 생명의 재질이 식물의 줄기를 통해 피워낸 불빛이 꽃이다. 꽃은 대지의 심연에 응축된 생명성의 찬연한 현시이며 정점이다. 램프가 켜지면서 어둠의 공간이 따스한 환희로 싸이듯이, 꽃이 피면서 대지는 충일한 생기의 리듬으로 싸이게 된다. 고요한 개화의 떨림, 그 숭고함은 우주의 생명의 기운이 악마적인 어둠의 기운을 순치시켜 내었음을 보여 주는 소생의 의식에 비견될 수 있다. 이와 같이 한 송이의 꽃은 우주의 생명적 기운의 묘접(妙接)의 산물이다. 따라서 꽃의 내밀한 심연은 아득한 우주적 깊이로 열려 있는 것이다.

시인은 실존하는 꽃의 실체를 통해 그 속의 은밀한 내성의 울림에 귀기울이고 이를 언어로 재현하고자 한다. 시인에게 이러한 시적 작업은 일차적으로 현존하는 꽃에 대한 노래이며, 궁극적으로는 세계의 시·공간적인 비밀스런 교감의 질서에 대한 꿈꾸기이다. 그래서 꽃은 노래하는 시인에 따라 제각기 다른 형상으로 나타난다. 시인의 삶과 세계에 대한 인식의 성격에 따라 꽃은 서로 다른 빛깔로 채색되는 것이다. 따라서 시 속에서 노래되는 제각기 다른 꽃의 빛깔은 서로 다른 시인들의 섬세한 삶과 운명의 빛깔이라고도 할 것이다.

이승하·박태일·이영진 시인은 90년대의 한가운데 자리에서 제각기의 서로 다른 꽃의 세계를 시화하고 있다. 이승하의 시세계에서 꽃은 찰나적인 생명에 대한 허무와 공포의 빛으로 채색되어 있다. 그에게 세계는 직선적인 물리적 시간에 의해 지배당하고 있는 무상한 공간으로 여겨진다. 그래서 그의 꽃잎에 대한 진술은 종말을 앞에 둔 단절의 공포가 짙게 배어 있다.

박태일의 시세계에서 꽃은 존재와 비존재가 공존하는 세계이다. 그의 시에서 꽃은 시적 화자를 비존재의 세계에 대한 그리움의 길로 인도하는 빗장 열린 문이다. 그에게 세계는 생성과 소멸이 순환하는 세월의 공간으로 여겨진다. 따라서 그가 그리움의 대상을 찾아 끊임없이 길을 순행하는 것은 곧 자신의 삶과 세상을 사는 일이다.

이영진의 꽃은 열혈의 80년대를 관통하면서 생긴 상처난 몸에서 피어나고 있다. 그의 꽃은 지난 80년대의 울분·절망·고통의 두터운 퇴적층에서 피어났기에, 그만큼의 깊고 넉넉한 품을 지니고 있다. 그는 생명적 시간이란 현존하는 몸으로부터 생성·확산한다고 여긴다.

이 세 시인의 꽃의 노래에 귀기울이는 일은 현재의 삶의 지평 속에 뿌리내리고 서 있는 서로 다른 세 가지 삶의 산조를 감상하는 일이다.

*

박태일의 시집 『약쑥 개쑥』(문학과지성사, 1995)에서 꽃은 순환하는 시간이 공간의 한 자락으로 펼쳐져서 피어난 생명의 실체이다. 그는 생명의 운행에는 종말론적 단절이란 없으며, 마치 사계절의 순행처럼 새로운 탄생과 약동의 마디가 있을 뿐이라고 여긴다.

누가 모르나 봄 한철

벌통에 애벌 들고 땅 밑 사람 드는 일

삼월 건너 사월 붉게 내려앉은 동성이마다

앞서 묻힌 이들이 기어나와

시름시름 배꽃 멍석을 편다.

—「배꽃」 전문

   이 시는 배꽃의 개화의 생리를 시적 직관을 통해 매우 절제된 언어로 시화하고 있다. 시인은 이 시의 1행을 "누가 모르나"로 시작하여, 태연히 세상이 모두 알고 있는 내용을 말하겠다며 주의를 모은다. 그가 전언하는 내용은 "벌통에 애벌 들고 땅 밑 사람 드는 일"이다. 복문으로 이루어진 이 문장을 각각 단문으로 나누면, '벌통에 애벌이 든다'와 '땅 밑으로 사람이 든다'이다. 이 두 문장의 의미는 말할 것도 없이 각각 봄철에 애벌이 작은 벌통에 들어가 꿀을 치며 생장한다는 것과 땅속으로 사람이 죽어 묻히는 것을 지칭한다. 실제로 이러한 사실은 누구나 모르지 않는 매우 낯익은 자연의 질서이다. 그러나 이 두 단문이 대등한 의미로 연결되고 있어서 감상자의 시를 이해하는 정서의 흐름을 일단 긴장시킨다. 애벌이 벌통에 들어가는 것은 생성하는 생명과 연관된 일이라면, 사람이 땅속으로 드는 일은 대표적인 죽음의 표상이 아닌가. 특히 1행의 "누가 모르나"의 진술은 극단적인 대조적 요소를 대등적으로 연결한 모순 상황의 긴장을 더욱 고조시킨다. 그러나 감상자의 긴장된 호흡의 팽창은 3행의 유장한 리듬에 의해 잠시 더 유예되는 과정을 거쳐 4, 5행에 오면 신선한 흐름으로 차원 높이 해방된다. 4, 5행의 "앞서 묻힌 이들이 기어나와/시름시름 배꽃 멍석을 편다"라는 시적 통찰은 "땅 밑 사람 드는 일"이 단절의 죽음이 아니라 배꽃으로 피어날 환생의 제의적 과정에 해당됨을 알 수 있다. 박태일 시인에게 죽음의 길은 마치 벌통이 애벌을 잉태시키고 생장시키는 통로이듯이 새로운 생명적 생성으로 가는 순환 과정이다. 이렇게 해서 4, 5행에 이르러 전체적인 시상의 흐름의 교란은 독자들의 창조적 상상력을 참여시키면서 화해롭게 승화되고 있다.

박태일에게 생명의 시간은 순환하는 동심원의 형상을 띠기 때문에, 그가 인식하는 현재의 시간은 과거와 미래의 수렴과 확산의 통로이다. 그래서 시인은 현존하는 꽃의 실체를 통해 자유롭게 깊은 추억의 여행길을 떠난다.

> 할미꽃 피는 봄날
> 할머니 생각
> 할아버지 젊은 첩살이
> 법정리 할머니
> 아들 맞잡이 사위에 얹혀살다
>
> —「할미꽃」

그는 할미꽃을 통해 할머니의 이승에서의 삶을 만날 수 있다. 할미꽃은 겉으로는 "얌손하게 고개 숙였으나" 그 속은 할머니의 이승에서의 삶의 여정이 '붉디붉은' 빛깔로 배어 있는, "겉 다르고 속 다른 꽃"이기 때문이다. 그래서 할미꽃은 시인에게 할머니에 관한 추억의 비탈길로 인도한다. 시인은 이제 "무릎부터 파랗게 추억을 머금은 몸"을 이끌고 "사철쑥 꽃대 따라 길 잡으"(「그대 사는 마을까지」)며 허허로이 떠나간다. 인간의 삶의 길이 미리 주어져 있지 않듯이 그가 그리움을 찾아가는 길에도 정해진 길이 있을 수 없다.

> 그리움엔 길이 없어
> 온 하루 재갈매기 하늘 너비를 재는 날
> 그대 돌아오라 자란자란
> 물소리 감고

홀로 주저앉은 둑길 한 끝.

―「그리움엔 길이 없어」 전문

"그리움엔 길이 없어" 어디든 떠나가면 길이 된다. 마치 '재갈매기'가 허허로이 길 없는 하늘에 무수한 길을 내며 날아다니는 것과 같다. "둑길 한 끝"에 주저앉은 시인은 어느 먼 곳에서부터 아득히 들려오는 "그대 돌아오라 자란자란/물소리 감고"라는 그리움의 메아리를 듣고는 또다시 떠나야 할 새로운 방향을 정한다. 그가 그리움을 따라 끊임없이 길을 가는 것은 그의 세상의 공간과 시간을 충실히 사는 일이다. 끊임없이 길을 가는 그에게 죽음이 무엇이냐고 물으면 그는 쉽게 "땅 밑으로 흐르는 길"(「땅 밑으로 흐르는 길」)을 가는 일이라고 대답할 것이다. 그는 아버지의 산소를 다녀오면서도 "아버지 술막길은 저물었겠다"(「땅 밑으로 흐르는 길」)라고 진술한다.

삶과 죽음이 모두 이어진 한길이라고 여기며, 바로 그 "세월의 달팽이관"(「용호농장 2」)을 끊임없이 떠나는 박태일의 시적 여정은 저 깊이에서 울려오는 그늘 깊은 민요 가락의 흐름으로 펼쳐져서 더욱 높은 절조를 이룬다. 박태일의 시세계는 서정시가 그 본령의 극단에 이르면 음악이 된다는 것을 가장 극명하게 보여 준다. 그의 시는 언어의 군살이 완전히 발라내어져 있다. 그래서 그의 시세계는 시적 언어의 신경 그물망만으로 조직된 것처럼 보인다. 시인은 노래가 된 자신의 시의 의미의 강약을 음성 상징어를 통해 시적 언어의 신경 그물망을 넌출거리게 하여 조절한다.

　　1) 백운산 빈대굴 좇아 오르면
　　　어느 동성 뚝뚝
　　　피가 돋는 옻나무

―「백운산」

2) 산을 열고 들어서니
　산은 없고
　가뭇가뭇 눈길 끝

—「화악산」

3) 시그리 시그리 푸르게 끓는 보름밤

—「사슴섬 1」

　박태일은 자각적으로 전통적인 민요 가락의 율격을 동원하여 시의 음
악적 효과를 살린다. 그 중에서도 특히 그는 음성 상징어를 절묘하게
활용해서 "제 서러움에 솟았다 가라앉는"(「용호농장 2」) 정서의 맛과 멋을
효율적으로 표현하고 있다. 1)은 봄날 물이 오르는 나무의 생동성이, 2)는
화악산에 이른 설레임이, 3)은 보름날 밤의 신령스런 풍광이 각각 음성
상징어를 통해 역동적인 선율의 길을 터나가면서 시적 의미의 응축적인
결합과 확산을 이루어내고 있다. 위의 작품 외에도 도처에서 발견되는
음성 상징어의 절묘한 시적 활용은 그의 서정시의 절조를 높이는 중심
요소로 보인다. 박태일은 스스로 "오냐 오냐 울음에도 가락 있음을 내
어찌 잊으랴"(「용호농장 2」)라고 진술하며 그리운 세월의 노래를 찾아 길
을 간다. 오늘도 그는 남도 선율을 따라 그리운 대상을 찾아 '재갈매기'처
럼 어디론가 떠나가고 있다. 그러나 그가 정처없이 떠나가는 세월의 길은
동시에 어디선가부터 다시 돌아오는 길이기도 하다. 이것은 마치 "땅 밑
에 사람 드는 일"이 봄철의 '배꽃'(「배꽃」)으로 다시 피어날 것을 기약하는
것과 같은 이치이다.

한 송이 꽃은 꽃 이상이다. 꽃은 대지와 천상에서 전방위적으로 운동하는 생명의 기운들의 내밀한 묘합(妙合)의 결정체이다. 꽃의 관습적 상징이 가장 충일한 생명성 또는 그 정점의 의미로 통용되는 것도 이와 밀접하게 관련될 것이다. 그래서 시인이 노래하는 꽃의 세계는 그가 인식하는 세계의 내밀한 생명적 취산(聚散)의 질서에 대한 인식의 산물이다.

이승하·박태일·이영진 시인의 시세계에서 꽃은 각각 그들의 세계에 대한 시·공간적 질서와 가치에 대한 인식을 뚜렷하게 보여 주는 시적 이미지이다.

이승하의 시세계에서 삶의 시간은 종말을 향해 매우 빠른 속도로 치닫는 직선의 형상으로 인식된다. 그에게 생명은 거대한 물리적인 시간 질서가 연출한 명멸하는 꽃잎과 같은 찰나적 존재이다. 그의 이번 시집이 "부지런히 사라지는"(「생명에서 물건으로」) 삶들의 허무감으로 짙게 채색되어 있는 까닭도 여기에 있다. 그의 시는 자신의 체험적 진실과 결부되면서 매우 높은 시적 밀도를 확보해내고는 있지만, 독자들의 전이해(前理解)를 넘어서는 시적 상상력의 창조적인 형이상학의 차원으로 열려 있지는 못하고 있다. 시인 스스로 자신의 절박한 체험적 현실에 갇혀서, 현실에 대한 인식이 즉물적인 현상적 차원을 크게 넘어서지 못하는 아쉬움을 남긴다.

박태일의 시세계에서 삶의 시간은 달팽이관과 같은 순환적 형상을 하고 있다는 점에서 이승하의 직선적 시간관과 뚜렷이 구별된다. 따라서 그의 시세계에서 꽃은 환생하는 꽃이다. 그의 꽃의 심연이 추억에 대한 그리움의 비탈길로 열려 있는 까닭이 여기에 있다. 특히 그의 시는 하염없이 세월의 길을 떠나는 애잔한 삶의 정서를 전통적 민요 가락의 형식을 통해 깊은 미감을 살리고 있어 주목된다. 그러나 그의 이러한 시적 노래의 대부분이 매우 높은 완결성을 보이고 있으나, 살아 움직이는 신명을 느끼게 하지는 못하고 있다. 그가 인식하는 순환론적인 세계관이 현재 속에 생성하는 생명적인 시간의 가치를 너무 거시적인 우주적 질서 속에 환원시킴으로써 평면화하고 있기 때문이 아닐까. 그의 시적 생기(生氣)가 자신이 만든 견고한 성체 위로 기운차게 넘쳐흐를 때, 그의 시세계는 오늘의 우리 시를 전통적 맥락과 접목시키면서 다시 그로부터 돌아 흐르게 하는 시사적인 새로운 길을 트는 일에 중요한 기능을 할 것으로 보인다.

이영진의 시세계에서 꽃은 "제 몸의 불꽃"(「야산 낮은 풀숲에는」)이다. 그에게 몸은 생명이 서식하는 본체로서 과거에서 현재에 이르는 시간이 복합적으로 공존한다. 따라서 그에게 과거는 현재의 현상을 통해 되살아나고 해방된다. 우리 문학사에서 퍽 낯설게 보이는 몸 속에 생명의 가치의 가능성이 구현되어 있다고 여기는 그의 인식은 90년대 후반의 우리 시사의 새로운 한 출구를 제시하고 있다고 여겨진다. 그의 이러한 인식은 생명의 신성한 가치를 지금 여기에 두는 생명적 시·공간관의 한 특징적인 면모를 보여 주기 때문이다. 이제 본격적인 새로운 출발의 지점에 놓인 그의 시세계가 오늘의 현실과 좀더 구체적으로 부딪치면서 삶과 생명적 질서의 복원을 향한 길을 진지하게 탐색해 갈 것을 기대한다.

(1995)

사람과 사람 사이

-길과 틈-

김효곤

1.

작년에 귀성 선배님 두 분이 시집을 발간했다. 이미 『그리운 주막』,
『가을 악견산』 두 권의 시집을 펴낸바 있던 박태일 시인이 『약쑥 개쑥』(문
학과지성사)을, 91년 『현대시시상』으로 등단한 노혜경 시인이 『새였던 것
을 기억하는 새』(고려원)를 세상에 내놓았다. 장르 해체, 매체 다변화 등
혼란한 이 시대에는 '미적인 것', '문학적인 것' 나아가 '시적인 것'이
무엇인가 하는 것이 새삼 문제가 된다. 시에 있어 그러한 것들은 리듬이나
행 배열 등 형식적 특성에 기초하기도 하겠지만 보다 근원적인 것은 세계
관이나 판단 형식의 유사성에서 찾을 수 있을 것이다. 여태까지도 막연한
추정에 머문 비밀스런 근원을 향해 두 선배님들은 어떻게 다가가고 있는
지 간단하게나마 살펴보고자 한다.

2.

박태일 시인은 이전의 시집에서 보여줬던, 말의 갈고 닦음과 전통적 리듬에 뿌리박은 내밀하고 서정적인 표현에 치중하면서도 이번 시집에 이르러 상당한 시적 공간의 변화를 보여 주고 있다. 크게 말해 그것은 1) 여행의 공간, 2) 소외의 공간, 3) 친족의 공간이며, 이들 공간을 감도는 정서는 그리움과 죽음, 그리고 한이라 할 수 있다. 작품의 리듬이나 언어 사용의 문제는 시집 해설에서도 논의되고 있으므로, 이 글에서는 주로 2)를 중심으로 작품과 모더니티와의 관련성을 파악하고자 한다.

시인은 현대성에 가려 방치된 곳을 찾아 여행한다. 이런 의미에서 여행의 공간과 소외의 공간은 많은 부분에 겹치고 있다. 시인은 진보가 미덕이된 현대성의 시어 속에서 방치되고 잊혀져 가는 것들에 애정을 가진다. 그것은 통시적 차원에서 이른바 '우리의 것'이고, 공시적 차원에서 '가난하고 소외된 이웃'이다.

> 울며 자며 옛일들은 잊었습니다
> 달빛 자락자락 삼줄 가르는 밤
> 당각시 겨드랑이 아득한 벼랑
> 두 낯 손거울엔 제 후생이 죄 담겼나요
> 해 걸러 보내주신 참빗 치마 저고리는
> 어느 때 어느 님 보라시는 뜻인지요
> 당각시 고깔 위로 오색동동 빗물 번지고
> 당각시 한 세월에 소지장처럼 마른 가슴
> 골바람은 돌아돌아 당집 돌담만 허무는지
> 날밤 아침엔 애장터 여우 기적도 마냥 반가워
> 앞산 햇살 끝동 좇아 나서면
> 당각시 토닥토닥 발자국 위로

마른우레 가는 소리
원추리 원추리 핍니다.

—「당각시」

기다림 속에서 "소지장처럼 마른 가슴"으로 사는 우리네 여인의 전형적인 모습이 회한의 정조로 그려지고 있다. 그리고 이 모습은 자연(운명)과 대립하는 인위적인 서구의 비극과는 달리 사람과 자연이 하나의 통일된 자연으로 제시되어 잇다. 인간이 전경화되고 자연이 배경 역할을 하는 서구적 인간중심주의로는 이해할 수 없는 우리 특유의 숙명적 세계관인 것이다. 이것의 다른 이름은 '한'이다. 질서라는 이름 아래에 인간적 생기와 능동적 의식은 죄악시된 까닭이다. 따라서 비판적 입장에서 이 한은 양반 지배층이 유포한 허위 이데올로기이며, 그 희생자는 민중과 여성이라는 해석이 가능하다. 과거는 늘 현재적인 입장에서 재해석되고 평가된다. 당연한 말이지만 과거 그 자체를 알려는 것은 지나친 욕심이며 과거 또는 역사는 언제나 해석된 과거나 역사이며 재구성된 역사나 과거이다. 박태일 시인은 전략적 차원에서 이 과거를 현재 속에 부각시킨다. 그 기획의 목표는 억압된 민중 또는 "얼굴 젖은 딸들"을 드러내는 것이다.

힘든 일이다 새삼
나라 이야기 끝자락을 마무리하기간
감실에 묻은 웃대 서책에는 더
기댈 길이 없다 귓밥 긴 내림에
편편한 발바닥이 늘 부끄러웠던 폐왕

(…중략…)

동쪽 벌 김해는 한달음 눈앞인데

떠나오던 길에 밤비 산허리를 끊고
얼굴 찢은 딸들이 역사 적는 이를 울렸던가

―「폐왕을 위하여 1」 부분

백석이 그러했듯 이러한 작업은 전통 속에서 동일성을 회복하려는 노력이다. 그러나 이러한 자각도 크게 보아 모더니티라는 역사적 인식틀의 도움 없이는 불가능한 것이다. 알다시피 서구와 달리 우리의 경우, 신으로부터 인간 주체로 인식의 기본축이 옮겨지는 개인적, 인문주의적 부흥이 부활하지 못했다. 그리고 우리의 모더니티에 대한 의식은 다분히 이중적이다. 한편으로 그것은 우리 민족의 동질성과 역사를 훼손한 잔인하고 적대적인 대상으로 인식되며, 다른 한편으로 모더니티는 그것의 힘을 빌어 외부적 억압과 보수적 잔재를 분쇄해야 할 주체적 요소로 파악된다. 이런 맥락에서 박태일 시인이 애정을 쏟는 전통의 복구라는 전술은 모더니티의 주체적 수용이라는 전략 속에서만 그 의미가 파악될 것이다.

오랑캐나라 우리나라
분별 있던 옛적에 붙여진 이름
아비가 자식 얼굴에 거적대기를 덮고
나라가 그 딸들을 팔아올릴 때 붙여진

―「오랑캐꽃」 부분

바보
키다리 바보
위아래 앞뒤 없이 바퀴들 구르는
광복동에서 더 먼 광복동까지
돌을 쥐었다 놓았다
돌도 많은 태종대 자갈밭까지

둥실

둥실 둥실

하늘만 보는,

─「용두산 이순신」 전문

우리의 자생적 근대는 발생과정에서 성장을 방해받았으며 그것의 가장
큰 이유는 일제이다. 따라서 우리 민족 동질성의 기본 축은 전제 왕조에서
식민지라는 왜곡된 환경 아래에서 비틀리게 되었다. 위의 시에서도 이순
신 장군의 동상을 매개로 하여 민족의 주체성을 짓밟은 일제에 대한 분노
를 드러내고 있다. 일본의 국화인 벚꽃을 '게릴라'로 묘사한 시(「벚꽃」)이나
복을 좋아하는 왜놈에 대한 언어유희를 시도한 「안개비」에서도 시인의
깊은 적대감이 보인다.

고요가 사태지면 어딜 가는가

면사무소 담장 영세불망비

농협 뒤뜰 널브러진 농약병도

─「천성진」 부분

뒹구는 문패 흐르는 구들돌

사람 떠나버린 바람벽에 철거 철거

붉게 그러나 재빨리 뿌려놓은 글씨

─「대천 가는 길」 부분

박태기 고물꽃은 사월에만 피는가

철거민갈대엄다 칼질 글발 사이로

박태기 울컥 핏물 머금다

─「도시 통근 열차를 기다리며 2」 부분

한 민족의 수난사는 하류 계층의 생활상에서 잘 드러난다. 위의 시에서 는 농촌이 피폐함과 도시 빈민의 문제가 부각되고 있다. 현대성의 담론 속에서 배제된 서민의 황량한 얼굴이 "핏물 머금"은 "박태기"로 처절하게 묘사되어 있다.

일찍이 마르크시스트들은 변하는 역사 속에서 변하지 않는 갈등구조 내지는 착취구조가 있다고 주장했다. 그에 고개를 끄덕이는 비판적 지식 인들도 억압받는 자들에게 민중이라는 이름을 부여하고 그 이름을 부르 며 자기 구원을 모색했다. 그러나 계몽의 난폭한 자의식은 자기가 부르던 이름을 무자비하게 짓밟았다. 마르크시즘이 자기가 그토록 거부하던 파 시즘의 표정을 지을 때, 민중이 민중이기 위해서는 영원히 억압받아야 한다는 비극적 전망만이 삶의 지표가 되었다. 그리고 그러한 비극 속에서 안주할 수 있는 절망의 능력만이 신봉되었다. 자기혐오와 데카당스에 포위당한 불안한 계몽은 자기의식의 진행을 육체에게 맡겼다. 미래가 없는 나른한 육채, 현재만을 노려보는 퀭한 눈빛, 어디로 가야 할지 모르 는 발걸음들은 새롭게 발견한 육체가 질퍽한 생성력과 욕망이 거대한 아가리 앞에 자기의식의 전개를 제물로 바쳤다.

근대 이후, 상징주의 이후 시인들은 대략 두 갈래 길 중의 하나를 걷고 있다. 하나는 부르조아 모더니티의 편에 서서 나른한 육체에 부는 감미로 운 바람처럼 이미 있는 완전한 세계에 대해 자신의 화려한 수사를 덧보태 는 길이다. 이 길은 이미 우리들 앞에 훤히 열려 있음으로 더 이상 설명을 요하지 않는다. 남은 하나의 길은 자신의 모태인 부르조아 모더니티에 반발하여, 활력 지향의 육체에 맞섬과 동시에 어디에도 없는 세계의 현존 감 속에서 분열하는 길이다. 이 특이한 비탈길은 육체의 가장 즐거운 순간에 정신이 고통을 부르짖고, 정신의 가장 영민한 순간에 육체가 심각 한 고립감 속에서 자위를 행하는 모순의 길이다.

그러나 박태일 시인의 길은 내가 설정한 이 두 길에서 벗어나 있다. 이 길은 자아와 세계가 갈등하지 않고, 정신과 육체가 따로 놀지 않는다.

아니면 그렇게 의도되고 있다. 이 길은 사람과 사람 사이의 길이기 때문이다. 이 길은 세계를 드러냄에 있어 주체의 왜곡을 최소화시키려는 절제의 산물이다. 직접 느낌을 토로하지 않고 다만 인용하거나 묘사함으로써 독자가 직접적으로 상황이나 사건을 대면하는 듯 느끼게 한다. 이것은 작가의 자아도취를 방지하고 독자의 감동 극대화를 위한 노력의 결과이다.

그의 시에는 또 육체와 정신이 분열되어 있지 않다. 이것은 근대 속에 부활된 희랍식의 활력주의 육체상, 즉 완전한 육체(타자를 지배하기 위한)에 대한 모더니티의 에로스적 동경을 그가 폐기했기 때문이다. 그는 이데아화된 완전한 인간상을 추구하지 않고 구체적인 한 사람 한 사람을 만난다. 앞서 그가 역사의 희생자들이나 그 역사적 증거인 영세민들을 만났듯이 나병환자를 만난다. 시인 자신 정신과 육체가 따로 놀지 않는 것처럼 그는 타인을 대할 때도 정신과 육체를 분리시키지 않고 그냥 한 분의 사람으로 본다. 이런 점에서 그의 현실주의적 세계관이 엿보이기도 한다.

1) 진보정당 진보적인 사람 틈에도 끼이지 못하고
   기층민중 인민대중 그 어느 말품에도 들지 못하지만
   텔레비 있는 방과 없는 방
   어찌 어찌 잘 통하는 사람과 통하지 않는 사람이 살고
   이 예수 저 부처 나라 안 어느 땅보다
   섬기는 집들만은 많은 곳

   (…중략…)

   남녘바다 물길은 늘 따뜻해
   사람과 사람 사이 가라앉은 섬
   사슴슴 모래톱

   ―「사슴섬 2」 부분

2) 오마도 올 수 없어

　가마도 갈 수 없어

　문둥이는 서서 울고

　데모는 가고

—「사슴섬 3」 부분

3) 자갈돌 험한 묘자리나마 상기 더 누웠노라면 어느 겨를 해 달 또 구르고 미끄러져 흘러 오륙도 앞바다 살결 고운 감성이로 함께 떠돌 날 있겠지 생각 하고 생각해도 죽어 설움 살아 걱정 우리 두 내외 앞날 시름만 겹겹인데 보풀 보풀 작은설 저녁 하얀 눈치레가 우찌 당키나 한가.

—「용호농장 1—김아내지묘」 부분

4) 기차로 배로 묶여온 뒤 마흔 해

　곡상이는 곡상이를 낳지 않는다며

　칼날 바닷돌에 얼굴을 닦고

　돼지우리에서 닭장으로 일도 세월을 따랐다만

　지난날들은 무슨 업장으로 새삼스러운가

　눈 들면 하늘 멀리

　꼬막손 토막손 붉은 손바닥 펴보이며

　구름 밥상에 둘러앉은 옛 식구들

　오냐 오냐 울음에도 가락 있음을 내 어찌 잊으랴

　세월의 달팽이관 힘껏 돌아서

　밥과 숨의 궁상각치우

　삶과 꿈의 음아어이오.

—「용호농장 2—다락밭에 올라」 부분

5) 그대 누워 살 비우고
　나는 앉아 술잔 비운다

(…줄임…)

누런 똥이 될 바다장어 흰 살을 씹으며 본다
누런 피고름 막소금으로 씻다
닭똥 아래 묻힌 그대
어린 손자 쥐고 선
하얀 달걀 꼬지.

―「용호농장 2―장어회를 씹으며」 부분

6) 그대 볼 길 아득하네 그대 신왕하고 됨됨이 단아하옵기 백년해로 바랐더니 문득 얻은 병세로서 여러 해 고생할 제 어느 제나 떨치실까 ―(줄임)― 지난 고생 담북 지고 오는 설움 생각하니 눈물이 개울 내고 한숨이 울을 엮네 오장간장 녹는 심회 하나하나 다 못하니 어이어이 박복한 이 아낙 한잔 술을 반겨 드시옵소

―「박복한 이 아낙은 네 번 절하고」 부분

천형으로 불리는 문둥병은 육체가 녹아내리는 병이다. 곱고 건강한 몸을 선호하는 것이 사람의 본능이지만 시인은 그런 막연한 추세에 휩쓸리지 않는다. 오히려 그는 통상적인 미를 거역하고 문둥이의 삶에서 미를 드러낸다. 이러한 미는 진보와 약육강식의 부르조아 모더니티로는 도무지 볼 수 없다. 이 아름다움은 타인에 대한 무한경쟁과 지배욕을 파기하고 사람과 사람이 만날 때 비로소 나타난다. "오마도 올 수 없어 가마도 갈 수 없어"(2) "사람과 사람 사이 가라앉은 섬"(1)으로 시인은 간다. 여기서 시인은 그들의 "울음에도 가락있음"을 가슴 깊이 새기고 그것을 가락

있는 시어로 표출한다.

이 섬에 사는 사람들은 "칼날 바닷돌에 얼굴을 닦"(4)는 고통과 "오장간장 녹는 심회"(6) 속에 "살 비우고"(5) 산다. 그들은 아픈 가운데서 보통 사람이면 당연히 가지고 있는 건강한 육체를 꿈꾼다. "살결 고운 감성이"(3), "하얀 눈치레"(3), "바다장어 흰 살"(5), "하얀 달걀 꼬지"(5) 등에서 보이는 흰 색으로 상징되는 싱싱한 살이 그들이 소망하는 것의 전부이다. 이것은 기묘한 모더니티의 모순이 아닐 수 없다. 건강한 자들은 애써 부패를 꿈꾸는데, 아픈 자들은 신생을 염원한다. 정상인들은 자기가 소유한 기쁨을 못 느끼는 비정상인이고, 비정상인들은 그것이 얼마나 소중한 기쁨인지 아는 정상인이다.

시인은 이 애끓는 미의 정체를 '그리움'이라 부른다. 아다시피 그리움이란 헤어지고 찢어진 것들이 하나로 모이려는 운동에 다름 아니다. 분열된 것들을 하나로 모이게 하고 정체성을 회복하게 하는 것이 바로 그리움인 것이다.

그리움엔 길이 없어
온 하루 재갈매기 하늘 너비를 재는 날
그대 돌아오라 자란자란
물소리 감고
홀로 주저앉은 둑길 한 끝.

— 「그리움엔 길이 없어」 전무

하늘과 땅엔 높낮이가 있어도 사람과 사람 사이엔 그것이 없는 세상을 속 깊게 감추고 있는 시인은 상처받은 사람들을 부르고 있다. 상처만이 아름다운 것을 알아보고 지켜나가는 힘이 되기 때문이다. 그렇다. 미는 보는 사람의 마음속에 있는 것이지 사물 그 차제가 미를 소유할 수는 없다. 만해가 "그리운 것은 다 님"이라고 한 것도 이러한 마음의 역동적

지향성을 강조한 까닭일 것이다.

"그리움엔 길이 없어" 박태일 시인이 "홀로 주저앉은 둑길 한 끝"도 내게는 너무 높은 길이 아닌가 싶다.

(1996)

경계의 미학 혹은 사랑의 만가

- 박태일론 -

서석준

1. 한 아웃사이드의 행로

모든 예술은 당대의 역사적, 시대적 정황과 사조를 작품 속에 삼투시키는 것이 일반화된 관례이다. 문학 역시 이 범주에서 크게 예외적 존재일수 없는데, 왜냐하면 문학의 양식이란 것도 기실 삶의 텃밭이란 토양에뿌리를 내린 수많은 개체들 가운데 하나인 연유이다. 그렇지만 우리는가끔 저자 거리에서 벌어지는 잡다한 상황들에 초연한 채 자기만의 세계를 고집하며 용맹 전진하는 작가와 조우할 경우가 더러 있다. 인간의삶이란 태초 인류가 출현한 이래 온갖 다양하고도 혼란스러운 외형적변화에도, 그 근본에는 하등의 변화가 없었다는 가정 아래 인간사의 불변의 화두였던 사랑, 죽음, 별리, 정한, 구원 등 가장 원초적이면서도 근원적인 정서의 형상화에 집착하는 작가군들이 바로 그들이다. 언뜻 진부한소재들을 취급하기에 공시성의 결여라는 결정적 취약점을 가질 수 있지만 인간의 영원하고도 미제의 공안을 다룬다는 탈역사성과 통시성은 약간의 약점을 무마시키고도 남음이 있다 하겠다.

박태일은『중앙일보』신춘문예(1980년)로 등단한 이래 이제까지 3권의 시집을 상재한 바 있는 중견시인이다. 하지만 작품집 어디에도 그가 발 디뎠던 저 '80년대'의 '광주, 군홧발, 광장, 역사, 가투' 등등의 폭풍노도시대를 반추케 만드는 단어나 이미지들은 좀처럼 눈에 띄지 않는다. 더욱이 물신이란 요염한 콜걸의 짙은 화장과 싸구려 향내가 우리네 넋을 반쯤 빼놓게 만드는 후기산업시대 깊숙이 진입한 지금에도, 그의 시들은 도시적 정경과 풍물과는 상당한 거리를 두고 있다. 석양 무렵 어깨에 삽을 맨 채 농로를 터벅터벅 걸어가는 농부의 모습이나 갈대 숲 사이로 묶어 놓은 배가 한적하게 물결 따라 일렁이는 한 폭의 묵화, 혹은 전국민을 '생활보호대상자'로 분류해도 수긍이 되던 60년대 '그때를 아십니까'의 흑백필름 속의 풍속도가 그의 시세계의 주된 정경을 이룬다. 즉 그의 시에는 출세한 촌놈이 팽개치고 떠나왔던 고향에 대해 철든 뒤 으레 느끼기 마련인 애틋한 정한과 죄의식, 우리 모두가 시 속의 화자와 동일화가 가능한 유년기 서러운 추억들이 한 삽화로 처리된다.

90년대 시의 일반적 특징으로 명명되는 도시시, 해체시, 일상시, 정신주의시, 고백시 등등 그 어느 줄 세우기에도 박태일은 적확하게 편입시키기 어렵다. 아니 어쩌면 스스로 고집스러울만치 그 같은 분류에 대항, 의도적으로 차별화 전략을 구사하는 것 같이 비춰지기도 한다.『그리운 주막』(1984),『가을 약견산』(1989),『약쑥 개쑥』(1995)의 3권의 시집에 대한 평론가들의 언급이나 단편적인 월평이 적지 않았다. 하지만 지금까지 행해진 대다수 논문들은 그의 시에 내장된 음악성과 운율에 주된 포커스를 맞추었다.[1] 본고는 이 같은 점에 착안 그의 시집에 유달리 출현이 잦은 몇몇 제재에―물, 무덤, 사찰―원형적이며 신화적 차원에서의 접근을 시도하고자 한다. 주지하는 바 이 같은 연구 방식은 2차 세계대전 직후 참혹한 전란에 할퀴운 채, 생의 진정한 의미가 무엇인가 하는 실존적

---

1) 대표적으로 황동규, 김주연, 박덕규, 이경호, 하응백 등의 지적을 들 수 있다.

고뇌에 시달리던 당대 사람들에게 한 줄기 위로의 의미를 가져다주었던 사실을 우리는 기억하고 있다. 탈중심, 해체, 불확실성 등 기존의 가치관과 질서체계가 무더기로 붕괴하면서 아직껏 새로운 구심점을 찾지 못해 방황과 방황을 거듭하는 지금, 더욱이 문예 분야에서조차 자본주의 상업주의의 세균이 창궐하고 각종 영상매체들의 가공할 위력 앞에 문학의 위기, 시의 무용론이 끊임없이 제기되는 이 세기말에 이 같은 시도는 인문과학의 의미를 재검증하는 한 가닥 위안이 될 것이다.

세 번째 시집 『약쑥 개쑥』에서 드러난 '한의 형상화' 문제 역시 논의의 장으로 끌어내리려고 한다. 여기에는 많은 논자들이 지적하고 있는 전통 정서의 계승자로서 박태일의 시사적 위치 및 그것이 어떤 방식으로 확대 재생산되고 있나를 실증적으로 점검하는 기회가 될 것이다.

2. 우주 자궁으로의 회귀 열망

박태일의 처녀 시집 『그리운 주막』을 관류하는 주된 이미저리는 액체 일변도인데 우선 제목에서부터 이 같은 추측은 결코 과장된 것이 아니다. 「구천동」, 「미성년의 강」, 「오십천곡」 연작, 「물그림자」, 「축산항」 연작, 「우수」, 「서해, 너의 마량」, 「강포집」, 「선동 저수지」, 「수영산 수영강」, 「구강포에서」 등등이다. 이외 8편으로 이루어진 「가락기(駕洛記)」 연작과 「백석리」, 「문림리(文林里)」에서도 강과 바다의 물의 이미지는 작품 도처에 흥건하게 널려 있다. 여기에다 그에게 초대 '김달진문학상' 수상의 영예를 안겨 주었고 우리 시대 서정시의 한 정수로 평가 받았던 「명지 물끝」 연작 역시 충만한 물그림자로 일렁대고 있다. 그렇다면 의식적이든 무의식적이든 시인이 그토록 집착하는 물의 심연에 잠긴 원형적 심상은 무엇일까. 연작 형태로 이루어진 「축산항 3」과 「백석리(白石里)」는 그의 시 도처에서 드러나는 물의 의미를 추정하는 한 중요한 단서가 된다.

너무 멀었다, 집도 축항(築港)도
기댈 곳 없는 흔들림이 너무 가까웠다.
캄캄하게 코막고 웅크린 어로(漁撈)의 불빛
나는 두 시에 깨고 세 시에 잠 깨어
바다를 엿보러 다녔다.

—「축산항 3」

　화자에게 정착과 휴식의 공간인 집은(사람에게 그것이 '집'이라면 배는
'항구'가 해당될 것이다.) 아직 그 희미한 윤곽조차 잡히지 않는 너무도 먼
지점에 놓여 있다. 반면 '기댈 곳 없는 흔들림'으로 요약되는 삶의 스잔함,
고달픔만 항시 화자의 주위에 맴돌고 있을 뿐이다. 안식의 공간과(집/항
구) 서글프고 노곤한 일상의 공간은(의지할 곳 없는 흔들림) '너무 멀리'와
'너무 가까운', 원근의 대척 지점에 놓여 있다. 영혼의 휴양소를 여지껏
발견하지 못한 채, 여전히 길 위에 서있는 화자의 고달픈 혼은 바다를
찾는 행위로 이어진다. 적막한 밤은 삼라만상이 태초 '그때 그 시간'으로
환원되는 카오스의 시공간이다. 바로 그 오염되지 않은 원형의 시간에
'나'는 부시시 잠에서 깨어난다. 여기서 주목할 점은 화자가 두 번씩이나
기상하는 구절이다. "나는 두 시에 깨고 세 시에 잠깨어" 첫 번째 행위가
육체적 기상을 의미한다면 두 번째의 것은 혼의 깨어남을 의미할 수 있다.
그래서 혼 또는 정신의 개안 이후 화자는 바다와의 대면을 비로소 시작한
다. 바다, 더욱이 밤바다는 개벽 이래 태초의 모습을 고스란히 간직한
살아 있는 화석이다. 모든 사물이 정적과 어둠의 휘장으로 뒤덮여 있을
때 바다를 찾는 모습은 생명의 본향에 대한 짙은 향수를 의미한다. 우리가
세계와의 불화의 간극이 커짐에 비례해 모성 혹은 모성적 공간에의 희원
은 더 강렬해 질 수밖에 없지 않겠는가. 그 길만이 세파에 가위눌린 영혼
과 육체를 진무하고 재충전시켜 주는 방식인 연유이다.
　여기서의 물(바다)은 바슐라르가 지적했듯이 물질적 상상력에 해당하

는 부드럽고 온순한 속성을 내포한다. 모성적 공간으로의(우주의 자궁 혹
은 양수) 강한 회귀 열망이야말로 인용된 물의 의미에 가장 근접한 것이
된다.

3
차가운 귓밥을 만지면
등줄기를 스치는 외로움
바다로 가는 길은 자꾸 비어서
겨울초 무성한 밭가에 머물렀다.

바람은 기웃기웃 남으로 흐르고
바라보는 바다의 몇 시간
가슴 가까이에서 쓰러지는 마을
파도가 밀려와 집들의 대문을 지웠다.

4
바다가 누워 있는 곳으로
기어가서 그 옆에 누웠다.
바다의 속살 깊이 발을 담그고
어둠을 쓸어 모을 때
어떤 울음 소리가 들렸다.
눈물을 보이지 않는 얼굴
바다 깊숙한 곳은 적막이었다.

—「백석리」 부분

본문 중 '차가운', '외로움', '텅빈 길', '겨울초' 등의 하강적이고 공허한
분위기는 화자로 하여금 바다로 마음과 발길을 지향케 만드는 원인 제공

의 진원지가 된다. 화자가 바다를 응시하는 동안 '마을'과 '대문'으로 표상되는 세상사는 무화되고 있다. 더 나아가 바다와 동침하거나 피부 접촉을 시도하는 순간, 화자는 바다의 음성을 들으며 해저는 적막의 공간임을 깨닫는다. 여기서도 바다는 모성적 속성을 유감없이 드러내며 그것과의 끊임없는 미분화를 통해(바다 곁에 눕거나 발 담그는 행위) 삶의 고단함과 초라함을 넘는 한 계기를 갖게 된다. 바다는 지상에서 가장 낮은 곳에 위치하는 물이며 모든 물의 지향점이자 종착역의 의미를 내포한다. 목적지에 이미 다다른 물이기에 갈등과 생존경쟁의 치열함이 증발한 공간이자 평화와 안식으로 충일한 지점이기도 하다. 박태일 시의 바다는 모성적이며 우주의 양수이다. 그곳으로의 귀환과 접촉을 통해 화자들은 하나같이 세계와 일상의 남루함을 넘는 생명의 본향으로의 희원을 드러낸다.

3. 이승과 저승의 경계, 강물

박태일의 시에 등장하는 물은 크게 바다와 강으로 양분되며 양자 이미지의 동일성 여부에 의문을 가질 수 있다. 앞서 살핀바 그의 시 가운데 등장하는 바다의 심상은 모성내지 우주적 자궁으로서 부드럽고 온유한 속성을 지님을 살폈고, 화자들은 하나같이 그곳을 궁극에 도달해야 할 생의 안태 고향으로 간주한다. 그러기에 "그립고 그리운 이름은 바다였다"고 서슴없이 시인은 진술하고 있지 않은가(「가락기 2」). 그렇다면 박태일의 시집 상당 부분을 흥건하게 젖게 만들었던 강물은 바다와 동일한 심상을 소유할까. 약간의 단서를 확보하기 위해 초기작 「미성년의 강」을 다시 꺼내 오기로 한다.

산과 들이 한가지 모습으로
무덤을 이루어 있는 강안에 서면

우주의 능선에 달이 뜨고
까칠한 욕망의 투구를 흔들면서
나는 빛나는 스물의 갈대 밭, 혹은

―「미성년의 강」 부분

특이하게도 작자는 '강=무덤'의 등식을 설정한다. 대다수 사람들이 물을 생명의 태반으로 간주하는 데 비해 상당한 비약이 아닐 수 없다. 산과 들이 강물에 투영된 정경을 시인은 왜 하필이면 죽음의 기표인 무덤으로 상상했을까. 논의의 확산을 위해 강을 소재한 몇 작품을 더 살펴보기로 하자.

주막 가까운 북망(北邙)에 닿아라
동으로 머리 뉘이고 한 길 깊이로 다져지는 그대
도래솔 성긴 뿌리가 새음을 가리고
나직한 물소리 고막(鼓膜)을 채워 흐른다.

―「그리운 주막 1」 부분

키운 자식 모래무지처럼 물밑에 묻고 난 애비가
하릴없이 그물코 사이로 물비늘을 뜨고 있다

―「투망(投網)」 부분

세간이 떠내려오고 초가가 떠내려오고 다음날 발가숭이 동무를 구비진 물밑에 거꾸로 잠재운 뒤 나는 강으로 나가는 푸른 방천(防川)길을 영 잊었다.

―「문림리(文林里)」 부분

인용시에서 물 혹은 강물은 하나같이 죽음의 등가어이다. 「그리운 주막 1」에서 물소리는 음습한 지하 저 깊숙한 곳을 관류하는 명부의 물이며,

「투망」과 「문림리」에서 물은 무덤과 동의어에 다름 아니다. 더욱이 「문림리」에서 강은 신화 속의 홍수처럼 파괴를 수반한 물이며 공포의 대상이기에 "나는 강으로 나가는 푸른 방천길을 잊"기도 한다. 죽음과 파괴와 공포가 강의 주된 심상을 이룬다.[2] 「미성년의 강」에서도 예외없이 사신의 그림자는 어른거리는데, 주지하는 바 희랍의 미소년 나르시소스가 강물에 투영된 자신의 모습에 혹하여 익사한 사건에서 연유된 것이 심리학 용어로 나르시시즘이 아니었던가. 여기에 근거 시의 화자는 강물에서 자연스럽게 죽음의 의미를 떠올리고 있다. 이상에서 박태일 시 가운데 등장하는 강물은 '저승의 강'이란 잠정적 결론을 추출했다.

이제 포괄적이고도 종합적인 분석을 위해 충만한 물의 나라 '명지'로 발걸음을 옮겨 보기로 한다. 「명지 물끝」 연작을 살펴보기에 앞서 우선 '명지'의 지리학적 위치에 유의할 필요가 있다. '명지'는 낙동강 물끝 마을로 강(낙동강)과 바다(남해)란 서로 상충적이며 이질적 요소가 조우하는 지점이다. 다시 말해서 '명지'나 '명지 물끝'은 강의 종착역이자 바다가 열리는 곳이기도 하다. '강/바다', '종말/시작', '유한/무한', '닫힘/열림', '차안/피안', '방황/정착' 등 서로 상극적 요소들의 경계 혹은 겹치는 공간이 바로 그곳임이 드러난다. 소멸과 생성의 이중적이며 상호 모순적 성격이 배여 있으며, 최종 도착지가 아닌 계속 이어져야 하는 여로이기도 하다.

물에 물살이 부딪쳐 이루는 작은 그늘에 숭어가 썩고 멀리는 일웅둥 첫물까지 파꽃이 하얗게 피었습니다 이웅벽이 삭고 다시 사람들이 일어서고 하는.
　　　　　　　　　　　　　　　　　　　　　　　　　—「명지 물끝·1」 부분

강물은 숭어가 썩고 동시에 파꽃이 만개하는 생과 사, 소멸과 탄생의 윤회가 거듭되는 무장무애한 화엄의 공간이자 서로 상반된 세계의 경계임이 드러난다. 이웅벽이 삭고 사람들이 일어서는 분열과 생성이 혼융하는 장소이기도 하다. 「투망」에서는 자식을 묻은 한으로 점철된 공간이지만 또 다시 생업을 위해 다가가야 하는 애증이 교차하는 지점으로 나타난다. 강물이 여로의 의미를 함축하고 있음은 다음에서도 드러난다.

가는 길 방둑 높고 저물어 오는 사람들 바삐 재는데 작은 돌 주워 다시
물을 향해 서면 비소리 소리 건너 무데기 물옥잠 이름표처럼 간편하게 떠있
는 부표 한나절 겹치는 물굽이에 거꾸고 얽혀 있는 갈뿌리를 씹다 모였다
흩어지는 개개비 잦은 물매질.

ㅡ「명지 물끝·2」 부분

'물옥잠/부표'는 물과 뭍 어느 쪽에서도 정착하지 못한 부유의 상태를 의미한다. (화자는 가는 길에 방둑이 높음을 한탄한다.) 그 어디에서도 정착하지 못한 채 떠있는 물옥잠과 부표는 고단한 세상살이의 상징이라 하겠다. 그렇다면 이 같은 삶의 생채기는 어떻게 치유해야 할까. 인용시에서 '작은 돌을 쥐고 다시 물가에 ㅡ서는' 모습에 유의해야 한다. 흡사 「청산별곡」의 한 컷을 연상시키는 이 구절은 닿을 수 없지만 그러기에 더욱 더 마음의 무게 중심이 기울어지는 생명의 본향에 대한 향수의 표현이 아닐지. 강은 아직 목적지에 이르지 못한 여로이자 화자 역시 이쪽에 머물고 있다.

바람 불면 가리라 바람 불어 비 그치면 떠나가리라 마주 떠도는 산과 강을
발바닥으로 지우며 소리 죽은 물줄기를 따라가리라 둥두둥 아리랑 아리랑
열두 굽이 참고 넘는 마음고개

ㅡ「명지 물끝·4」 부분

화자는 바람이 불거나 비가 그친 연후에 여로에 나설 것을 다짐한다. '가리라/떠나가리라/따라가리라' 등 일련의 서술어들은 미래시제 일변도이다. 지금·이곳의 삶은 이주를 염두에 둔 가숙과 임시방편의 것에 지나지 않음을 은연중에 강조한다. "아리랑 열두 굽이 참고 넘는 마음 고개"에서 비춰지듯이 한과 설움으로 점철된 고개들을 (우리네 세상살이) 넘어서야 겨우 정착지에의 도달이 가능함을 묘사한다. 「명지 물끝·4」에서 강은 화자가 도정에 있음을 서술했다. 그렇다면 연작시 화자들의 최종 귀착지는 도대체 어느 지점인가. 다음의 구절들은 여기에 대한 일련의 암시가 되고도 남음이 있다 하겠다. '소리 죽은 물줄기/뭍을 벗어나는 바람소리 낮게 더 낮게/자갈밭에 물 빠지는 소리'(「명지 물끝·4」), '저녁 물마을 낮은데/낮은 길'(「명지 물끝·6」) 등이 그것이다. 여기에 등장하는 물들은 바슐라르가 분류한 이른바 '무거운 물' 혹은 '충실한 죽음의 물질'로 정의할 수 있다. 아니 좀더 우리식으로 표현하자면 '명계의 물' 내지 '황천강'이 된다.[3] '소리 죽은/뭍을 벗어나는/저녁/낮은 길'등 어둠과 하강으로 이어지는 일련의 심상은 이같은 추측이 결코 과장된 것이 아님을 드러내는 중요한 물증이다. 그렇다면 시인은 왜 강물의 심상을 동원 끊임없이 음울한 조종 소리와 구슬픈 만가를 우리에게 쉬임없이 들려주는 것일까. 이 암호 해독의 디스켓을 손에 넣는 일은 그의 시세계 상당 부분을 이해하는 중요한 엔터키가 된다.

프로이드는 인간의 본능을 생명을 지닌 유기체로서 그것을 지속시켜 가려는 생의 본능(에로스)과, 무기체로서의 평안함을 희구하는 파괴와 죽음의 본능(타나토스)으로 설명한 바 있다. 삶과 죽음은 인간의 생애를 떠받치는 중요한 두 개의 축으로, 어느 하나를 누락시키고서 생의 총체적 의미를 정의했다고 말하기 힘들다는 의미이다. 흡사 하루가 밤과 낮이란

---

3) 하재봉은 「명지 물끝」 연작에 일관되게 흐르는 주제는 '죽음에 대한 탐구정신' 내지는 '소멸의 미학'으로 단정했다. 「죽음에 이르는 물」, 『서정시학』, 1990, 127쪽.

서로 이질적 현상으로 구성되거나 동양사상의 기본축의 하나인 음양오
행설이 음과 양이란 상충된 기를 우주만물의 형성 원리로 간주하는 것과
같은 이치이다. 하지만 실상은 어떠한가. 우리는 누구나 다 저 '죽음'이란
음습한 현상을 터부시하며 은연중 염두에 두지 않으려고 노력한다. 하지
만 그 같은 사고 방식이 우리네 삶을 불구로 이해하는 태도임은 너무도
명확하다 하겠다. 박태일이 애수의 엘레지를 연주하는 이유는, 삶에 대한
애정의 역설적 표현이다.

　인생의 절반을 엄연히 차지하면서도 항시 감추어진 부분을 공개, 상기
시켜줌으로써 우리네 삶이란 유한하며 그러기에 좀더 엄숙하고 좀더 경
건하게 살라는 경구처럼 들린다.

> 물 곳곳 마을 곳곳 눈 내린다 포실포실 보스랑눈 아침에 앞서고 뒤서며
> 빈 터마다 가라앉는 모래무덤 하나 둘 어허 넘자 어허 넘자 물에서 물로 하늘
> 밖으로
>
> 　　　　　　　　　　　　　　　　　　　　　　—「명지 물끝·8—고 김헌준」 부분

　이미 고인이 되어 명계에 적을 둔 친구를 회상하면서 뭍에서 물로 다시
허공으로 비상하자고 화자는 스스로 다짐한다. 그것은 삶(뭍)에서 죽음
(물)으로 다시 이 모든 제약들을 박차고 거침없는 영원의 세계(하늘)로
비상하고픈 욕구에 대한 열망이다. 뭍과 물로 상징되는 삶과 죽음, 차안
과 피안, 구속과 자유의 경계 지점, 서로 상충적 요소들이 조우하는 공간
이 바로 '명지'(강물)인 것이다. 액체인 물의 속성을 총체적으로 이해하기
위해 그것의 변용물인 수증기와 얼음에 대해 숙지해야 한다. 동일선상에
서 우리네 삶을 보다 완전하게 알기 위해서는 생명의 변신이자, 삶의
연장선상에서 죽음의 실체 역시 인정해야 한다. 거듭 되풀이해서 말하지
만 박태일이 부르는 일련의 만가는 우리네 삶을 더욱 풍성하게 만들고,
그것의 찰나성을 일깨워 줌으로써 일회적 생에 대해 좀더 경건하고 엄숙

한 자세를 견지하라는 잠언이 될 수 있다. 「명지 물끝」 연작에서 드러난 '피안 지향성'은 역설적으로 우리네 삶은 고달픈 질곡의 연속이며, 죽음을 통해서만 삶의 진정성 획득은 물론 생의 허무를 극복할 수 있다는 보다 적극적 의미를 가진다 하겠다. 박태일의 '강물'은 죽음이란 외투를 걸치고 우리 앞에 나서지만, 역설적으로 남루한 삶의 의미를 재창조하고 때묻은 일상을 정화시키는 기능을 담당한다. 물의 원형인 '정화'와 '창조'의 역할을 그 대척의 이미지인 '죽음'과 '소멸의 미학'을 통해 역설적으로 보여 주고 있기에 그 의미는 한층 심화되고 있다 하겠다.

4. 망자와 산자의 화해 방식

박태일의 첫 번째와 두 번째 시집을 관류하는 주된 이미지가 '물'이었다면 세 번째 시집에는 광물성 이미지가 유난히 두드러진다. '신어산/화악산/백운산/자굴산/사슴섬 연작/용호농장 연작/낮달/감밭/초계길'에서의 '산/섬/달/길/밭' 등이 그것이다. 이번 시집의 주류를 이루는 정조는 우리네 전통 정서의 한 목록인 한이라 하겠다. 한이란 대저 무엇이던가. 그것은 당연히 존재해야 할 것이 부재하든가 혹은 세상의 순리가 어긋남으로 인해 발생하는 혼의 깊은 상처이다. 정상적인 삶을 박탈당한 채 살아가는 나환자들의 생활을 형상화한 「사슴섬」 연작과 「용호농장」 연작이 그러하고 「김해군 주촌면 내삼 관동댁」, 「젯밥」, 「박복한 이 아낙은 네 번 절하고」 등에서 지아비와 자식을 잃고 척박한 생을 꾸려가는 과수댁들이 그러하다. 이들이 개인사적 차원의 한을 형상화했다면, 연면히 이어져야 하는 선조의 유업을 계승치 못한 채 왕조의 단절을 통곡했던 금관가야 마지막 임금 구형왕을 노래한 「폐왕을 위하여 1」이나 무신들에게 수모를 당하고 폐위되었던 고려 의종을 추모한 「폐왕을 위하여 2」는 역사적 층위의 그것을 묘사했다 하겠다. 앞서 우리는 박태일의 시에 자주 출현하는 강과 그것의 이미지를 서로 대척에 놓인 대상의 겹쳐짐 혹은 경계임을 서술한 바 있다. 세 번째 시집에는 '공양길/제/무덤' 등이 소재로 자주 등장하는데 이것의 기의에 관해 생각해 보기로 한다.

저물음에 나앉았습니다.
노을 붉어 날씨 예사롭지 않고
구름 저리 한 등성이로 눌러앉았기
눈에 헛밝히는 님자 묻힌 흙자리
낮에는 김해장 혼자 나서서
초가실 말린 고구메 줄거리 다 냈습니다.
(…중략…)
삽짝 밖만 나서도 객지만 같아
삼십 년 익은 저잣거리가 눈에 설다
내일은 삼우제 은하사 공양길 비가 올란지
다리에 심 있을 적 익은 일이라
낫살 절어 잣다 해서 승질 마십소
부디.

— 「김해 주촌면 내삼 관동댁」 부분

화자는 지아비를 일찍 여읜 과수댁으로 집앞 조그마한 텃밭에서 생산되는 채소를 팔아 그날 그날 생계를 유지하는 시골 아낙으로 추정된다. 가족 단위에서 부성의 상실은 가족 모순과 인간 모순 그리고 생의 궁핍함을 뜻한다. 별다른 경제 능력이 없는 농촌 여인이 혼자서 식구를 부양할 수 있는 방법은 지극히 제한적일 것이다. 인근 공장의 노동자로 전락하거나 노동판의 막일꾼으로 아니면 "고구메 줄거리"를 시장에 내다 파는 일이 고작일 것이다. "아적 내내 한자리서 두 모타리 팔았는지"로 요약되는 세상살이의 고달픔은 그녀의 남루한 삶을 단적으로 드러낸다. 문밖만

나서도 타향 같고 눈에 익은 장터거리지만 생의 궁핍함과 고단함은 그녀로 하여금 항시 서러움이 북받치게 만들 뿐이다. 더욱이 서방 잡아먹은 과부 주제에 무슨 복빌 일이 많아 절간 출입이 저리도 잦은가 하는 주변의 수근거림에도 마음을 써야 하는 화자는, 인고의 화신이었던 이 땅의 전통적 어머니상을 고스란히 재현시켜 놓은 듯하다. 인용시는 내용상 두 부분으로 이루어져 있는데, '김해장'으로 표상되는 일상의 공간과 '은하사 공양길'의 초월적 공간이 그것이다. 따라서 '절간'과 '삼우제'는 성과 속, 망자와 산자가 서로 만나는 화해의 공간이자, 삶의 남루함과 누추함을 그래도 위로해 주는 매개체로 설정된다. (사찰과 제가 서로 상극적 대상의 경계선에 놓임은 강물과 유사하다 하겠다.)

박태일이 묘사하는 일련의 정경은 시중에서 범람하는 일군의 유행시들과 변별성을 지니며, 고집스럽게 자신의 창작 영역을 고수하고 있음을 지적했다. 이런 맥락에서 그의 콧대 높음을 인정치 않을 수 없는 작품 아니 박태일만의 트레이트 마크를 다시 한번 확인 가능한 감동적인 시세계와 우리는 접하게 된다.

어머니 향불 사르시고 엎드린 깃동정 실밥이 하얗고 하얗습니다 멀리 갈치논 반짝반짝 널린 산자드락 첫차에서 내리시는 모습 뵙고부터 저 눈물 쏟았습니다

(…중략…)

넉넉하게 묻혀오신 미나리 고사리 숙주 어느 것 없이 혀에 올라붙어 가슴 절로 미어집니다 길가 비명횡사 찢어져 널브러졌던 스물둘 제 몸이야 향물로 닦지도 못한 채 재 되어 흩어진 뒤 십 년 어머니 닦아주시는 사진틀 먼지로 시린 제 혼은 어머니 너른 품에 이끌려 이 절방에 깃들였으니 고맙습니다 고맙습니다 어머니 시방삼세 너른 들판에 놀다 내년 이맘때 다시 뵈러 오겠습니다.

—「젯밥」 부분

이미 진부한 글구가 되었지만 자식은 죽으면 부모의 가슴에 고스란히 한의 덩어리로 화하는 존재가 아니었던가. 자연과 세상의 법칙을 일탈한 사건들이 허다 하지만 이런 류의 일만큼 당사자나 주위 사람들의 마음에 깊은 생채기를 내는 일은 그리 흔치 않다. 화자는 약관의 나이에 교통사고로 졸지에 황천의 객이 된 젊은이다. 그는 이미 명부에 등록된 망자이며 절 한 구석의 영가로만 존재한다. 시인은 우연히 절을 순례하던 중, 대웅전 한 구석에 덩그러니 얹혀 있는 영가를 보았을 것이다. 이윽고 공수가 내린 무당처럼 자신의 육체를 망자에게 대여한다.4) 십여 년 세월을 중음신으로 떠도는 아들의 영혼과 조우키 위해 매년 기일마다 음식을 장만하여 절로 향하는 어머니의 마음은 삭아지지 않는 슬픔과 회한으로 점철된다. 한 편의 수채화를 연상시키는 전반부는 근래에 보기 드문 원액의 순연한 감동을 우리에게 고스란히 전한다. 그녀가 절을 향하는 동안 쐐기풀이 발목을 찌르고 방아깨비가 나는 정경 묘사는, 화자의 한과 시인의 탁월한 감수성의 서로 행복하게 만나는 순간이다. 「젯밥」은 내용상 「김해군 주촌면 내삼 관동댁」과 동류항으로 묶음이 가능하다. 산자와 망자의 해후가 '제'와 '사찰'을 매개로 이루어지는 점이 그러하고, 한으로 꼬인 양자의 매듭을 '제사'란 의식을 통해 주기적으로 풀어가는 점이 그러하다. 제와 사찰은 차안과 피안, 존재와 부재가 겹치는 혼융의 시공임이 드러난다. 전자의 주체가 산자라면 「젯밥」은 사자의 혼백이며 양자가 각각 원심력과 구심력으로 작용하지만 다른 차원의 존재가 궁극적으로 화해를 지향하는 점에서 동일하다 하겠다. 제문 형식을 차용해 지아비의 제사 지내는 여인의 모습을 묘사한 「박복한 이 아낙을 네 번 절하고」역시 이 범주에 속한다 하겠다.

세 번째 시집에서 자주 출현하는 목록 가운데 하나가 무덤이다. 「폐왕

---

4) 하응백은 박태일이 어떤 대상을 바라보는 시점은 시인인 '나'의 주체가 사라진 채 '그'가 되어 세상을 이야기함을 지적했다(『약쑥 개쑥』 해설, 「너에게 가는 길」, 103쪽).

을 위하여」 연작이 그러하고 이외 많은 작품에서 무덤은 즐비하다.

　　도란도란 엎드린 거제 옥씨 둥근 무덤

—「폐왕을 위하여 2」 부분

　　님자 묻힌 뒤 십년 용호 가파른 산비알 짠 바닷바람이 물매로 밀려왔다
밀려가고 헐벗은 자갈무덤

—「용호농장 1—김아내지묘」 부분

　　이리저리 산쑥 떼무덤 사이로
　　떠다니는 풀무치

—「모아산 바라보며」 부분

　　쓸 자리 없는 선산 얘기 공원묘지 터 장만도 걱정이다.

—「집들이」 부분

　　아버지 무덤길
　　밤숲 지나 애장터 지나

—「도토리」 부분

　　건너마루 손 끊긴 무덤 둘
　　슬밋슬밋 제 관 멀리 놓쳤겠다.

—「땅 밑으로 흐르는 길」 부분

　　한국인의 전통적 맥락에서 무덤은 어떻게 정의해야 하나. 그것은 우리
의 과거와 미래의 분신이자 영원한 귀향의 기표이다. 기독교에서도 무덤
(흙)은 신의 형상으로 인간을 만든 질료이자, 부활을 기다리는 예비 정거

장이 아니었던가. 이것이 일차원적으로 무덤을 정의했다면 정신사의 맥락에서 무덤은 또 다른 부호로 존재할 수 있다. 우선 보다 꼼꼼하게 그의 시를 정독해 보자.

폐왕 나드는 길 사람들이 돌을 쌓고
너구리 누린 오줌을 갈겨도
어금니 마주쳐 골골 날다람쥐를 부르며
붉은 여울돌로 책력을 짐작한다.

—「폐왕을 위하여 1」부분

처녀 속내처럼 바뀌는 남녘 물빛 위로
징검징검 내려앉은 푸른 섬
폐왕 홀로 견내량 봄바다를 감당한다.

—「폐왕을 위하여 2」부분

　전자는 금관가야 마지막 임금인 구형왕의 무덤을, 후자는 고려 의종의 유허를 소재로 했다. 두 임금은 공히 '왕'이라는 이름에 걸맞게 부귀영화와 무관하게 초라한 역사의 뒷골목에서 서성이다 가뭇없이 스러져간 존재들이다. 화자는 무덤을 매개로 지나간 역사와의 상봉을 시도한다. 즉 무덤은 탈시간, 탈역사의 매체로 설정된다. '세월은 짧아 백 년, 한은 길어 천 년'이란 구절처럼 역사의 뒤안길에 초라하게 묻혔던 비운의 왕들의 서글픔과 한은 오늘을 사는 시인에 의해 고스란히 복원된다.[5]

　자갈돌 험한 묘자리나마 상기 더 누웠노라면 어느 겨를 해 달 또 구르고

---

5) 구모룡은 우리 고유의 말, 가락, 양식, 터 등을 발굴하는 고고학자에 박태일을 비유했고, '무덤'이 많이 등장하는 이유는 불행과 한을 안고 살다간 변두리 인간들의 생애가 묻혀 있는 까닭이라고 주를 단다(『국제신문』, 국제신문사, 1995. 6. 30, 17쪽).

226　박태일의 시살이 배움살이

미끄러져 흘러 오륙도 앞바다 살결 고운 감성이로 함께 떠돌 날 있겠지 생각

하고 생각해도 죽어 설움 살아 걱정 우리 두 내외 앞날 시름만 겹겹인데 보풀

보풀 작은설 저녁 하얀 눈치레가 우찌 당기나 한가.

—「용호농장 1—김아내지묘」부분

천형이란 저주받은 삶을 영위하는 문둥이들의 집단 거주지인 용호농장

에서, 한 아낙의 한 맺힌 삶을 형상화한 인용시에서도 무덤은 어김없이

등장한다. 먼저 저 세상으로 떠난 지아비를 회상하는 이 시에서 무덤은

무엇인가. 그것은 이승에서 저승으로 혹은 피안에서 차안으로 통하는

관문이자 타임머신이다. 자갈 무덤은 망자에게 넋두리를 늘어놓거나 통화

가 가능한 망자의 분신이자, 산자의 정자나무이다. 무덤(묘지)은 이승과

저승, 생과 사란 저 아득한 심연을 이어주는 징검다리이다. 여기서 우리는

한 패러다임의 설정이 가능한데, 박태일의 소재인 제, 제사, 공양길, 무덤

등은 산자와 망자, 이승과 저승이란 서로 이원적이며 대립적 대상의 경계

이자 조우 지역이란 점이다. 이들은 외양만 다를 뿐 실상 그 기의는 언제나

동일한 일종의 기호 놀이에 지나지 않는다. 직선적이고 유한한 것으로

간주하기 쉬운 우리네 삶을 이들은 순환반복적이며 무한한 존재로 전이시

켜 놓는다. 박태일이 불러주는 일련의 만가는 단순히 망자의 진혼을 위한

행위를 넘어선다. 차원을 달리하는 산 자와 죽은 자의 만남과 화해의

공간 설정과 더불어 전자에게 더욱 위로의 손길을 내민다. 바로 이 점—살

아남은 자의 위무야말로 진혼제나 굿의 성격과 유사하면서도 확연한 변별

점—을 내장한 박태일 시세계의 한 특징이라 하겠다. 그에게 무덤은 단지

죽음의 기표가 아닌 부활과 재생의 의미를 동시에 내포하기도 한다.

선묘 앉은 귀밑볼 아침이슬 반짝입니다.

선묘 앉은 돌부리 패랭이꽃 절로 핍니다.

—「꿈꾸는 선묘」부분

흡사 소월의 「금잔디」를 연상시키는 인용시에서 무덤(선묘)은 사망의 음습한 골짜기가 아닌 사랑과 새로운 생명의 도약이 함께 어우러진 부활의 공간이자 재생의 기운이 충만한 지점이다. 그렇다면 등단 이래 끊임없이 '죽음'을 화두로 설정하고 용맹전진해 온 시인 자신이 정작 저 지하의 마왕과 대면했을 때의 정황은 어떠했을까. 다음의 시들은 이때의 심정을 적나라하게 표출시킨다.

모두들 아버지를 놓치고 허둥거린다 멸치포 지나 낚시 도구를 챙기다 횟밥 푸른 상치를 비비다 아버지 해 돋듯이 저승에서 문득문득 떠올라 환하신 아버지
　　　　　　　　　　　　　　　　　　　　　　　　　─「아버지 목마르시다」 부분

어머니 눈물 흘리지 않으신다
아버지 훌쩍 앵이에 얹혀 가셨을 때에도
너거 아버지 너거 아버지가 하시다
앞산마루 가슴으로 받은 듯
아아 한 소리로 무너지셨다
　　　　　　　　　　　　　　　　　　　　　　　　　　　　─「어둠 너른 방」 부분

친정 부스러기 형과 나는
상여꽃 명정이 탈 때 남 먼저 산을 내려선다
우리 아니면 왕고모 산소 누가 기억하겠노
여든 앉은뱅이로 방바닥 안고 돌았어도
아버지 한 분 고모 누가 기억하겠노
형은 밭두렁길로 나는 논두렁길로
휘청휘청 눈물을 쏟고
　　　　　　　　　　　　　　　　　　─「경주김씨인수배고령박씨지묘」 부분

평소 죽음이란 화두를 염두에 두고 생활한 시인이지만 막상 혈육에게 사신이 덮쳐왔을 때의 경악과 당혹스러움이 잘 표출되고 있다. '허둥거린다', "아아 한소리로 무너지셨다", "휘청휘청 눈물을 씻고"의 인용구들은 마왕과 조우했을 때 한 자연인으로서의 슬픔과 충격을 여과 없이 드러낸다.[6] 특히 감정과 정서의 극단적 절제가 시의 ABC라 할 때, 생경한 감정의 노출은 역설적으로 죽음에 대한 충격의 강도가 어느 정도였던가를 보여 준다. 아울러 이 점이야말로 시인의 진솔한 인간적 체취를 느끼게 만드는 한 계기가 된다.

> 봉숭아 열 손가락 등불 밝히고
> 딸 앞세워 아버지 산소길 오르면
> 참나무숲 가랑가랑 읽어주는 지장 옛 경
>
> 동란 뒤 한동안 묘사를 오기도 했다는
> 건너마루 손 끊긴 무덤 둘
> 슬밋슬밋 제 관 멀리 놓쳤겠다.
>
> ―「땅 밑으로 흐르는 길」 부분

인용시에서 혈육 특히나 부친의 급작스런 사망으로 야기된 시인의 내면이 상당 부분 평정된 것이 드러난다. 참나무 잎 흔들리는 소리가 독경소리로 전이되고 자손의 왕래가 끊긴 타인의 무덤을 염려하는 수준에까지 죽음과의 관조적 거리는 회복되고 있다. 박태일의 첫 번째와 두 번째 시집에서 '죽음'을 단지 하나의 현상으로 다루었다면 『약쑥 개쑥』에서는 삶과 죽음의 화해내지 공유의 문제가 제기되었다. 환언하면 시인의 내면 의식과

---

6) 전정구는 이 부분을 사사로운 개인사적 사건의 형상화로 지적했다. 하지만 이는 시인이 초기 시부터 줄기차게 탐구해 온 주제가 '죽음의 현상학'이란 통시적 관점에서의 고찰을 고려치 않은 데서 연유된 것으로 보인다(「마음의 풍경」, 『창작과비평』 가을호, 1995, 300쪽).

세계의 대한 인식지평의 확대가 그만큼 신장되었다고 유추할 수 있다.

박태일이 지향하는 또 하나의 세계를 지적하자면 사라진 왕국 '가야제국'에의 경도이다. 주지하다시피 '가야사'는 '발해사'와 더불어 우리 고대사에서 소위 '잊혀진 역사(missing link)'로 간주된다. 이 사라진 천년 왕국에의 경사는 시인의 무의식에서 중요한 영역을 이룬다. 「가락기」연작에서 "양동리 고분", "털거웃 부숭하던 기마족의 아이들", "가락국의 자모들", "유가리 조개무덤" 등과 「구형왕에게」, 「폐왕을 위하여 1」 등은 바로 사라진 고대 왕국을 향한 시인의 초혼제이다.[7] 이외 '신어산', '명지', '주촌', '서림사', '동림사', '낙동강', '칠산' 등 가락국의 후신인 김해 지역에 대한 남다른 애착도 이의 연장선상에서 해석이 가능하겠다. 그렇다면 이 같은 가야에의 경도는 어떻게 해독해야 할까. 혹 그것이 신화의 영역과 유사한 속성을 지녔기 때문은 아닐까. 신화는 신들의 행위와 영역을 서술한 것이며 일상에서 종교적 인간은 그가 신들을 모방하는 순간 영원성의 회복이 가능하다. 아울러 '그때'의 순수함과 신성으로의 귀한 열차를 타게 된다. 박태일의 시에 등장하는 사라진 왕국 가야의 유적이나 흔적들은 신화의 신성한 공간내지는 카오스적 의미를 내밀하게 담고 있다. 일상의 치유하기 힘든 상처나 삶의 유한성이 신화를 통해 치유받듯이, 사라진 유적에의 집착은 시인으로 하여금 일상의 유한함과 질곡을 뛰어 넘는 한 계기로서 존재한다. 따라서 '고대 가야=신화적 공간'의 설정도 가능하다 하겠다. 시인 자신이 가야인의 후예이기에 '가야'를 향한 연가는 기실 존재의 근원이나 생명의 노스탤지어로 해석해도 무방할 것이다. 사라진 왕국과 과거는 물리적 차원에서 단지 지금, 이곳에 부재하는 현상에 지나지 않지만, 상상의 프리즘을 통해 바라다보면 그것은 지상에서의 족적이 사라졌기에 영원이란 금빛 가운을 걸칠 수 있다. 시인이 사라진 고대

---

7) 시인의 고향인 합천이 고대사에서 '대가야'에 속한 지역인 점—가야인의 후손—도 가야국에 대한 애정을 이해하는 중요한 단서가 된다.

왕국을 향해 부르는 일련의 망향가는 인생의 유한함을 넘거나 삶의 진폭
과 의미를 보다 확장하려는 몸부림에 다름 아닐 것이다.

5. 삶의 지평 늘이기

박태일이 초기작부터 지속적인 관심을 가져왔던 대상인 죽음은 기실
한국문학사 전체를 통틀어 실로 희귀한 소재가 아닐 수 없다. 하지만
그가 다루었던 일련의 황천무가는 역설적으로 우리네 삶의 지평을 보다
확장시키려는 시도의 하나로 간주할 수 있다. 생의 영원한 타자인 죽음으
로써 삶의 길들이기를 시도한다. 마치 예방주사가 소량의 병균을 우리
체내에 투입하여 항체를 형성하듯, 우리네 삶에 죽음에 대한 항체 배양을
위한 시도가 박태일 시의 일련의 공과인지도 모른다. 미셸 푸코는 광기의
연구를 통해 인간내면의 보다 완전한 실체 규명에 기여한 바 있으며,
C. G. 융 역시 집단무의식이란 비가시적 현상을 통해 인간 의식의 규명에
한 걸음 다가섰다. 이들이 정상, 의식의 반대 명제인 광기, 무의식의 연구
를 통해 인간 실체 규명에 공헌한 것과 동일 맥락에서, 박태일이 다루었던
죽음과 그것의 소재들—강, 제, 무덤—은 우리네 삶을 더욱 의미 있고
좀더 진지하게 살리는 충고로 생각된다. 삶과 죽음은 단절된 현상이 아닌
그 끝과 처음이 순환고리형의 구조로 이루어진 점도 박태일의 작품들에
내장된 패러다임이었다. 죽음 없는 삶, 삶이 존재치 않는 죽음은 생각할
수 없는 절름발이 사고방식임이 드러난다. 황천의 강을 건넜다 돌아온
자는 아무도 없으며 모든 종교의 궁극적 지향점은 죽음에 대한 처방전을
얻기 위한 과정에 다름 아니다. 문명의 발달이란 것도 따지고 보면 죽음과
의 끊임없는 거리 넓히기의 시도가 아니었던가. 인간의 생애란 대부분
죽음이란 엄연한 절반의 몫을 염두에 두지 않은 채 살아가는 나날이 아닌
가 말이다. 삶의 자각을 위한 충격요법으로 시인이 다루었던 죽음, 망자

와의 조우 문제는 그가 우리 시사에서 이룬 한 공과로 간주될 수 있다.

우리네 전통 정서의 하나로 고려가요, 김소월, 백석, 청록파, 박재삼, 박용래로 이어져온 한의 계승과 승화 역시 박태일의 한 몫으로 정당하게 배분되어야 한다. 개인적 차원의 한을 민족 보편의 정서로 확산시킨 점이 그러하고, 육중한 역사적 차원의 한을 재발굴한 점 역시 그러하다. 즉 개인사적 층위와 역사적 층위의 한이란 특수성을 민중적 보편 정서로 환골탈태시킨 점이 박태일이 수확한 일련의 공과란 의미이다. 하지만 이같은 노획물에도 몇 가지 문제점은 여전히 남는다. 시어의 난해성으로 인한 대중성 확보 문제와 매너리즘이 그것이다. 시인이 발굴한 사전에도 없는 토속어와 남도 사투리는 독자들의 접근을 더욱 어렵게 만든다. (시의 부고장이 여기저기 날아다니는 것이 작금의 솔직한 현실이 아닌가.) 아울러 소재와 정감의 특이성에도 근작 '도미부인'은 역사의 뒤안길에서 소외된 인물을 다루었다는 점에서 '폐왕' 시리즈의 재탕인 듯한 인상을 떨쳐 버릴 수 없다. 문학 아니 모든 예술의 기본 정신은 사물에 대한 끊임없는 전복과 실험정신이다. 그것만이 불확실한 미래와 세기말 허무의 늪에서 우리를 이끌어 줄 등불의 하나가 될 것이다. 진정한 시정신과 조우하기 힘든 이 황량한 시대에 박태일이 짊어질 봇짐의 하중은 이런 의미에서 더욱 더 늘어날지도 모른다.

(1996)

시의 고고학

-박태일의 시세계-

구모룡

자연시를 재평가해야 한다는 제안이 있다. 자연시가 놓인 해석적 문맥이 달라졌다는 것이다. 그렇다면 과거의 자연시에 대한 해석적 문맥은 어떠했는가? 대체로 현실적 삶의 질곡과의 대비라는 관점에 놓여 있었던 것 같다. 이러한 관점에서 자연시가 가해지는 혐의는 컸다. 도피주의, 개인주의, 정신주의 등의 혐의가 가해진 것이다. 그런데 이것을 다시 평가하는 새로운 문맥이 만들어졌다는 것이다.

자연시를 재평가하는 새로운 문맥은 생태학적 상상력과 관련된다. 문명의 질곡이 생태학적 재난으로 나타나는 현실 속에서 자연이 새로운 모습과 의미로 다가오는 것이다. 상실과 향수의 대명사이던 자연이 대안적인 삶의 자리로 부각되고 있다. 현대 시인에게서 자연은 시학의 새로운 기반이 된다. 본래부터 시적 세계관의 등가물이었던 자연이 이제 다시 시적 세계관의 의의를 확장시키고 있다. 물론 과거의 자연시도 새로운 문맥에서 읽힐 때 전혀 다른 텍스트가 될 수 있다.

평가의 문맥이 바뀌었다는 것은 삶의 인식 지형이 바뀌었다는 것을 의미한다. 이것은 근대성에 대한 인식의 변화이다. 그 동안 가치의 중심에 있던 근대성이 자체의 모순으로 인하여 비판의 과녁이 된 것이다. 모순의 가장 중심 되는 내용은 근대성이 지닌 생산력에 대한 환상이다. 그 환상이 환멸이 되는 곳에서 시적 세계관이 자라고 꽃 핀다. 다시 말해서 근대성이 가치의 주류를 이룰 때 물가로 밀려났던 시적 가치가 복원되고 있다는 것이다. 그러나 이러한 시적 가치에 대한 인식의 새로운 맹아(萌芽)들이 잘 자라 잎과 꽃을 피우기를 바랄 따름이다.

이처럼 시적 가치는 역설적 존재이다. 그것은 그것을 죽음으로 내몬 가장 척박한 토양에서 신생(新生)을 꿈꾼다. 이 점이 과거의 자연 서정시와 현대의 서정시가 지닌 차이점이다. 전자는 그것이 뿌리를 내려 자랄 수 있는 토양을 가졌었다. 때론 나쁜 기후와 풍상이 있었지만 그런 대로 그것의 원천인 자연 속에 있었다. 그러나 근대는 끊임없이 시를 벼랑으로 내몰았다. 근대의 역사는 시인 추방의 역사이고 시의 위기의 역사이다. 그러나 시는 자기를 내몬 근대의 고갈된 터전에서 다시, 살아난다. 근대의 위기는 시의 계기이다. 자연시에 대한 재평가나 서정시의 복원은 이러한 문맥에서 가능한 것이다. 여기에 현대시의 고고학이 있다. 시인은 근대의 두터운 지층 속에 묻혀 있는 시적 가치들을 발굴하는 고고학자와 같은 존재인 것이다. 이들은 시적 가치들을 복원함으로써 근대에 반립하고 그것을 극복할 대안 세계를 모색한다.

여기서 관심의 대상이 된 박태일 시인은 고고학자로서의 현대 시인상을 잘 보여 주는 시인이다. 그는 근대의 먼지와 흙더미에 묻혀 있는 시적 제재들을 발굴해 낸다. 그러나 이러한 그의 입장과 관심이 과거의 유산에 대한 집착을 의미하는 복고주의나 상고주의를 지향하는 것이 아니다. 그보다 근대에 의해 억압된 것들을 되살려내고자 한다는 점에서 그의 태도가 적극적이라 할 수 있다. 그는 근대의 타자들을 불러내고 그들의 목소리들을 우리에게 들려준다. 그의 시들은 그가 찾아낸 타자들의 표정과 목소리들의 목록이다. 그렇다면 그가 보이는 구체적인 목록의 내용은 무엇인가. 그것은 말과 노래, 사람과 터(장소) 들이다.

뼈마디 곳곳에 통마늘 든 나날

앉아도 저리고 누워도 시려 용하다는 그 빌약*도 얻으려면 두렁길 지푸쟁

이처럼 흔하지만 댈 돈이나 있으면 쌀뒷박을 깨지 날로나 데치나 파랑기로야

홀잎나물 홀잎처럼 내 몸 늘 생생하기를 어찌 바라겠냐마는 약을 먹어 살아

나는 일보다 약을 먹어 죽어나가는 일을 많이 본 억장 세월 시집 온 날부터

이날 이때까지 가슴에 앉은 숯검정은 두고라도 서른 해 이 지랄 같은 병에는

돌미나리에 쓴고사리 앙가시에 호라지좆

산에 들에 저 풀나물

어떤 놈이 내 약 될꼬,

　　　*아편을 다르게 일컫는 말.

—「풀나라 2」 전문

　이 시의 화자는 시집 생활 서른 해에 골병이 든 한 여인이다. 시인은
이 여인의 목소리를 복원해 놓고 있다. 이 여인의 목소리를 빌려 시인이
우리에게 들려주는 것은 우선 토속적인 말들이다. 그런데 이 말들이 낯설
다. 왜 낯선가? 이 말들이 터하고 있는 삶이 변두리로 밀려났기 때문이다.
그러나 이 말들은 본디 말들이다. 또한 이 말 속에 깃든 가락도 마찬가지
이다. "산에 들에/저 풀나물/어떤 놈이/내 약 될꼬"라는 민요조에서 표나
게 드러나는 이 가락도 본래적인 삶의 가락이다. 이 시에서의 말들과
가락은 삶과 분리된 그것이 아니라 삶으로부터 생성되어 울려나온 것이
다. 시인은 낯설어진 본디 말과 가락 들을 전경화함(전면에 내세움)으로써
우리 삶의 비본질성을 비추어보게 한다. 말과 가락뿐만 아니라 여인의
삶 또한 토종이 귀하듯 희귀해진 삶이다. 이 시를 통해 우리는 오늘날
우리의 삶이 그 진단과 처방에 있어 전혀 자연과 함께 하지 않음을 상기해
볼 수 있을 것이다. 이처럼 시인은 근대에 의해 억압된 타자인 본디 말,
본디 가락 그리고 본디 삶의 모습을 들추어내고자 한다.
　그러나 이러한 그의 고고학적 태도는 근대성을 전복하겠다는 것이 아

니라 그것을 반성한다는 시적 전략에서 비롯된 것이라 할 수 있다. 시가 반성이 되는 것은, 시가 실용주의의 대상이 아니기 때문이다. 그것은 세계관이고 꿈이다. 현대시의 다양성은 이러한 꿈의 다양성이다. 그것은, 때론 악몽으로 때론 백일몽으로 우리를 놀라게도 하고 우리를 풀어 놓게도 한다. 삶이 꿈이 없다면, 그 삶에 무슨 의의가 있겠는가. 마찬가지로 시가 없다면, 삶은 곧 묘지로 변하고 말 것이다. 박태일 시인은 근대의 억압으로부터 본디 삶을 꿈꾼다. 그것은 과거로의 여행이면서 이 여행을 통해 미래의 삶을 풍요롭게 하고자 하는 꿈이다. 억압되어 있다는 점에서 불행하나 그것을 풀어 새 삶을 기획하겠다는 점에서 행복의 꿈이다. 그는 행복한 고고학자이다.

시는 근대성으로부터 불어오는 바람을 앞으로 막으면서 뒷걸음쳐 미래를 향한다. 근대성의 바람은 시라는 배를 끊임없이 난파시키고자 한다. 그럴 때마다, 시의 돛과 닻은 고향이라는 근원에 기대게 된다. 시가 뒷걸음친다는 것은 그것이 기억의 힘으로 생성하고 추억의 힘으로 생존한다는 것을 의미한다. 박태일 시인이 찾고자 한 말과 가락 그리고 사람들도 결국 고향이라는 터에 그 뿌리를 내리고 있는 것이다. 그 고향은 시인의 자전적 고향이 아니라 인간 존재의 보편적인 고향이다. 그러나 보편적이라고 하여 그것이 추상적인 공간이 아니며 구체적인 터로 존재한다. 박태일 시인의 시는 표나게 터에 대한 사랑(Topophilia)을 보인다. 이러한 그의 인간주의적 지리학은, 그러므로 그의 시적 고고학과 분리되지 않는다.

옷바위말 호랑머리 염개 뒷개
졸랑졸랑 바닷길이 올려 앉힌 마을
가끔 물기 빠진 속빨래 같지만
그래도 울컥 그리운 고향입니다

멀리 멸장 고우는 연기 한 줄기

돌돌 돌길 따라 언덕 위로 올라서면

오월 으름꽃 볼 부은 연보라

연보랏빛 향내에 나는 꿈길을 걷고

—「신행」에서

이처럼 시인이 만나는 장소는 구체적이다. 그것은 "웃바위말 호랑머리 염개 뒷개/졸랑졸랑 바닷길이 올려 앉힌 마을"과 같이 고유명사들을 주 렁주렁 달고 있는 곳이다. 시인은 이러한 터에 대한 구체적인 사랑을 보인다. 아니 이 터에 마음의 뿌리를 내린다. 이러한 터는 곧 마음의 고요 한 중심이다. 시인은 이러한 중심에 머물면서 근대의 비참과 잔혹을 뒤로 한다. 그러나 이것이 도피가 아니다. 도피라는 해석은 근대성을 미래 기 획으로 보는 관점이다. 설혹 그것을 미완의 기획으로 보더라도 마음의 중심을 찾는 행위는 미래적이다. 뒤로 찾아간 고향이 '꿈길'이 되는 까닭 이 여기에 있다.

서정의 감동은 정서의 구체성에 비례한다. 정서의 구체성에 의하여 공감의 진실된 울림이 만들어지기 때문이다. 물론 시적 구체성이라는 것이 산문적인 구체성과 다르다는 사실은 인정되어야 한다. 맥락이 만들 어 내는 것은 산문의 구체성이다. 시적 구체성은 이미지와 비유가 만들어 낸다. 이러한 점에서 박태일의 시가 구체적이다. 그의 시에서 만나는 대 상의 구체성은 정서의 구체성과 구분되지 않는다.

청명 다음날

차 앞유리에 박힌 감꽃 하나

고향집 작은어머니 잘 담그시는 우엉 깎두긴가 싶어

쓸어내지 않고 나는

입술로 자근

입천장으로 자근

두 번 씹어본다

'감꽃'과 '우엉 깎두기'는 추억의 등가물이다. 이들로써 의식은 과거와 현재를 넘나든다. 그것들은 각각 기억을 환기하는 표지이면서 그것이 현재화되고 육화된 모습이다. 이러한 사물들은 외적으로 존재하는 것이 아니며 그 자체가 이미 존재의 육체가 되어 있다. 정서의 구체성은 이러한 육체화된 기억에서 만들어진다. 그리고 시는 이러한 기억의 형상학이다.

말, 가락, 사람, 터 그리고 사물 들은, 시인이 의도적으로 찾아낸 것이든 일상 속에서 우연히 만난 것이든, 모두 시인의 구체적인 의식과 경험을 나타내는 등가물들이다. 이들로써 시인은 삶의 진실에 접근하고자 한다. 구체적이지 못한 것은 진실 될 수 없기 때문이다. 이렇게 볼 때, 박태일은 늘 찾아다니는 시인이다. 무엇을? 근대적 삶의 환상 속에 가려진 진실? 요컨대 그가 찾고자 하는 것은 근대의 억압적인 힘에 의해 생매장당한 가치들일 것이다. 생매장했다는 점에서 시인이 보는 역사는 매우 우울한 빛을 지녔다. 시적 지향이나 그 세계관이 유교적인 타락사관과 무관하지 않음을 여기서 상기한다면 지나친 비약일까? 그렇지 않을 것이다. 박태일의 시에 나타나는 시적 근원 혹은 유토피아가 생명 원리 혹은 유기론(organology)과 무관하지 않기 때문이다.

그 먼 나라를 아시는지 여쭙습니다
젖쟁이 노랑쟁이 나생이 잔다꾸
사람 없고 사람 닮은 풀들만
파도밭을 담장으로 삼고 사는 나라
예순 아들이 여든 어머니 점심상을 차리고
예순 젊은이가 열살 버릇대로
대소사 상다리를 이고 지는 마을

사람만 봐도 개는 굼실 집안으로 내빼
이름 잊혀진 채 그저 풀로만 불리는
강바랭이 씀바구 광대쟁이 독새기
이장댁 한산할베 마을회관 마룻바닥에
소금 절은 양 등줄 꺼지게 누운 마을
토광 옆 마늘 종다리는 무슨 힘으로
아침 저녁 울컥벌컥 잘도 돋는데
한때 마흔 이젠 스무집 어른들
집집 다 버리고 마을회관 두 방
문지방 내외하며 자고 먹는 풀나라
굴양식 뜰것이 아침마다 허옇게
저승길 종이꽃처럼 피는 바다
그 먼 나라를 아시는지 여쭙습니다

—「풀나라」 전문

이 시에는 시인의 시적 비전이 잘 드러나 있다. 우선 그 비전은 역설의
형식을 지녔다. 이 시의 역설은 황폐화된 '그 먼 나라'와 그것에 대한
기억을 환기하고자 하는 의지에서 생긴다. 이러한 역설은 구체적으로
두 번 반복되고 있는 "그 먼 나라를 아시는지 여쭙습니다"라는 진술이
만들어낸다. 버려진 자연의 나라 또는 문명에 의해 팽개쳐진 세계를 보는
시인의 안타까움이 이러한 진술을 만들고 있는 것인데, 오히려 이 진술로
써 진정한 가치나 구원의 가능성이 버려진 세계 속에 있음을 암시하고
있다. 물론 문명과 자연의 단순한 대비는 잘못된 인식이다. 어느 하나로
다른 하나를 대체할 수 있는 것이 아니기 때문이다. 그렇기 때문에 자연에
대한 인식은 곧 문명에 대한 인식이다. 진정한 자발성이 휘발되어 가는
현실 속에서 그것을 되찾고자 하는 노력은 걸음을 멈추고 뒤를 돌아보는
데서 시작된다. '풀나라'는 억압된 타자들의 나라이다. 그러나 그것은 우

리가 우리 속에 여전히 어둠으로 남겨두고 있는 곳이다. 거기에 볕이 들어 삶이 전환되는 길이 없을까. 문명은 돌이킬 수 없는 것일까? 시인의 고민도 아마 이러한 의문에 있을 것 같다.

박태일 시인의 시작(詩作)은, 다시 말해서 고고학자의 작업과 같다. 그는 근대의 불길한 바람들을 거슬러 그 속에 묻혀버린 삶의 진정한 모습과 가치 들을 찾아내고자 한다. 이러함에 그는 늘 길 위에 있다. 그러나 그의 길이 일반적인 의미에서의 유동성, 부유성(浮游性)을 뜻하는 것은 아니다. 즉 그는 길 그 자체를 탐구하지 않는다. 그에게 길은 과정일 따름이다. 문제는 찾아가는 주체와 만나게 되는 타자이다. 그의 시적 원리는 타자에 대한 공감과 대상과의 동화이다. 그래서 그의 시는 서정 시학의 원리에 매우 충실하다.

그의 서정이 타자를, 그것도 억압된 타자를 향해 있다는 것은 주목을 요하는 바라 생각한다. 시가 이타성이 될 수 없다면 이미 그것은 시일 수 없다. 그리고 이러한 시의 이타성은 우리의 삶에 없어서는 안 될 실핏줄과 같은 것이다. 삶에 생기를 더하는 시, 이러한 시의 반근대성이 탈근대성이 될 수 없을까? 현대시는 이러한 의문과 숙명과 과제를 안고 있다. 박태일의 시도 예외가 아니다.

(1996)

슬픈 배달겨레, 기쁜 배달노래

- 박태일론 -

이승하

박태일의 시를 읽는다는 것은 기쁜 한편으로 슬프기도 한 일이다. 왜 기쁘냐 하면, 시의 위기가 극에 다다른 오늘날 우리말의 고운 결을 박태일만큼 잘 살려서 쓰고 있는 시인도 찾아보기 어렵기 때문이다. 왜 슬프냐 하면, 이 땅 한 귀퉁이에서 비천한 목숨을 부지한 채 살아가는 가난한 이웃의 모습이 참으로 슬프게 다가오기 때문이다. 박태일 시의 속내에는 장삼이사의 고통이 배어 있어 슬프고, 시의 겉모습에는 우리 시의 전통 가락이 흘러들고 있어 기쁘다. 기쁨과 슬픔을 교차하게 하는 박태일의 시에 담긴 값어치를 따져보자.

> 전 맞아요 그리운 이도 없이
>
> 맞아서 웁니다 울면서
>
> 두 눈을 긁는 백내장 하늘도 남의 일인걸
>
> 전 알아요 웃어요 치자가 말하면
>
> 골목마다 검정 휘장을 두르던 밤
>
> 이불 홑청도 없이 견딘 어릴 적 겨울을 닮아

자줏빛 입술이 슬퍼요 소름 끼치는

행복 소름 끼치는 사랑에 대해 전 알아요

알아서 조용히 빗장뼈가 내려앉고

짓무른 목덜미로 맞이하고 싶어요

침 뱉고 싶어요 깨진 병 유리에

자근자근 밟히며 자란 제 하얀 성감대

치자 치자꽃이 말하면

전 설레요 벌써 기다려요

울면서 시드는 마당가

구름의 발길질

치자 치자.

—「치자가 말하면」 전문

「치자가 말하면」의 화자는 "두 눈을 긁는 백내장"으로 미뤄보아 시인이 아는 어떤 할머니(혹은 아주머니)가 아닐까. 시적 화자는 치자에 빗대어 자신의 고단했던 생애를 회상하는데, 생의 어느 시점부터 매맞기 시작했다는 하소연을 한다. "전 맞아요 그리운 이도 없이/맞아서 웁니다", "이불 홑청도 없이 견딘 어릴 적 겨울", "조용히 빗장뼈가 내려앉고/짓무른 목덜미", "깨진 병 유리에/자근자근 밟히며", "울면서 시드는 마당가"로 이어지는 여인의 고백은 무엇을 뜻하는가. 어린 날의 가난을 제외한다면 폭력에 대한 기억에서 지금껏 헤어나지 못하고 있음을 알 수 있다. 화자는 혹 일본군에 끌려가 모진 고통을 감내해야 했던 이 땅의 수많은 '종군위안부 할머니'를 대표하는 분이 아닐지. 이 시의 12행은 "자근자근 밟히며 자란 제 하얀 성감대"이다. 치자꽃은 흰색이므로 그때 끌려간 조선의 아가씨들이 입었을 흰 저고리 및 순결과 관련이 있다고 여겨진다. 치자를 '통치자'나 '지배자', 혹은 '대리자'로 생각하며 읽어도 한 여인의 슬픈 생애를 담은 시의 내용이 크게 달라지지는 않는다. 이 시를 역사적 문맥으로 읽지 않고 밑바닥 삶을 살아가는 여인의 한 많은 생애를 그려놓은 것으로 읽어도 무방할 것이다. 이어지는 3편의 시에도 세 명 아낙네의 고단했던 생의 이면이 그려져 있다. 「그 여자 꿈꾸지」의 '그 여자'는 구포 바닥의 리어카 상인이다.

> 콩나물 머리채 쥐고 다투지 손등 지지지 두 번 담뱃불로 화장을 고치다 울고 화장 고치지 않고 그 여자 식전부터 신을 던지지
>
> 물국수 즐기지 그 여자 삼팔장 구포 바닥 이저리 약 먹은 쥐마냥 고물 리어카로 떠돌지 머리에 바람 든 아홉과 일곱 두 딸 울리지
>
> 술잔 던지지 밟지 저녁마다 속 빠진 멍게 껍질 얼굴 붉히지 몇 해 강바람에 삭은 포장집 실눈 뜬 채 엎드린 폐선에 몸을 맡기고
>
> 알비누 냄새 진한 김해 들 하얗게 칠성판 업은 겹겹 멧줄기 따라 그 여자 꿈꾸지 고향집 눈밭 더듬다 돌아누울 굴참나무 그 남편 곁.
>
> ─「그 여자 꿈꾸지」 전문

그 여자는 우리네 전통적인 여성상과는 거리가 멀다. 성질 억세고, 생활력 강하고, 개방적이다. 구포장 바닥을 리어카로 떠돌며 행상을 해 온 그 여자의 신산했던 삶이 시의 앞 3개 연에 잘 그려져 있는데, 그 여자는 도대체 무슨 꿈을 꾸고 있는가. 노후에 고향 가서 안락하게 사는 꿈? 시의 문맥에 그 꿈은 그려져 있지 않다. 피붙이 하나 내질러놓고 죽은 남편 곁에 누워 영원히 자는 꿈을 그 여자는 꾸고 있다고 시인은 말한다. 머리에 바람 든 아홉살바기 아이까지 데리고 떠돈 세월은 누가 뭐라 해도

간난신고였을 것이다. 그 세월 동안, 일찌감치 저승에 간 남편을 생각하며 산 아낙네의 사무친 그리움이 절제된 언어, 그 자간과 행간에 은밀히 숨어 있어 독자의 가슴은 오히려 많이 아려온다.

경남 합천에서 태어나 부산에서 고등학교와 대학교 교육을 받고 마산에서 일자리를 구한 시인을 나는 아직 한 번도 만난 적이 없다. 그래서 「후리포」에 등장하는 '아내'와 「어머니와 순애」에 등장하는 두 사람이 시인의 혈육인지를 알 수 없다. 시인의 가족이든 아니든 우리 모두의 먼 친척이 이들이 아니랴. 「후리포」의 시적 화자는 '삼팔따라지', 즉 실향민이다.

> 바다 밑 여울이 산갈치를 보여 줄지
> 청어 떼를 불러 세울지는 잊기로 한다
> 젊어 떠돌았던 포구 이름도
>
> 숨 가쁜 삼팔따라지 구석 살림마다
> 물기 도는 즐거움이 하 드물었던 아내
>
> 허허바다 멀리 마름질한 위로
> 치렁출렁 오늘은 비
> 북쪽 머리 제비갈매기가 앞일 묻는다.
>
> ─「후리포」 뒤쪽 3연

고향에 갈 수 없는 시적 화자는 젊은 시절부터 포구를 떠돌며 산 어부였다. 후리포에 사는 그의 아내가 집안을 꾸려나가느라 고생을 얼마나 모질게 해 왔는지가 인용 부분의 가운데 연에 잘 나타나 있다. 남편은 그런 아내가 안쓰럽지만 어떻게 해줄 도리가 없다. 몸이 성한 어부가 어떻게 아내의 치마폭 주변을 허구한 날 맴돌 수 있단 말인가. 그래도 비가 오면

출어가 불가능하고, 그런 날 늙은 어부와 그의 아내는 하늘을 보며 딴 생각을 하리라. 비 내리는 포구의 정경을 '치렁출렁'이라는 조어를 구사, 절묘하게 그림으로써 시는 끝난다. 이 부부의 '앞일'은? 후리포의 앞날은? 시인이 그것까지 이야기할 필요는 없다.

이 시에는 이와 같이 후리포에서 살아가는 사람들의 모습이 5연 14행의 짧은 시에 모자라지도 넘치지도 않게 그려져 있다. 「어머니와 순애」는 마산 댓거리 바다 정류장에서 울며 헤어지는 모녀를 묘사한 시이다.

버스 안에서 눈을 비비던 순애
어디로 떠난다는 것인가 울산
방어진 어느 구둘 낮은 주소일까
설묻은 화장기에 아침을 속삭이는 입김
어머니 눈 비비며 돌아서시더니

— 「어머니와 순애」 11~15행

대처로 딸을 보내는 어머니의 안쓰러운 마음과 늙은 어머니를 바닷가 마을에 두고 돈 벌러 떠나는 딸의 쓰라린 마음을 그린 이 시에도 가난한 이웃이 등장한다. 박태일의 이런 시에 나오는 인물들은 하나같이 사랑하는 사람과의 이별로 인해 가슴 가득히 그리운 감정을 품고 살아간다. 『약쑥 개쑥』에서도 그러했듯이 박태일은 시인 자신의 고향과 10여 년 전부터 자리잡은 일터, 그 언저리를 지키며 살아가는 가난한 사람들에 대한 지속적인 관심과 면밀한 관찰을 통해 80년대의 민중시와는 다른 자리에서 민중의 애환을 보듬고 있다. 이렇듯 그의 시에는 가난의 이유를 따지거나 가난한 자들을 더욱 가난하게 만드는 사람들을 일깨우기 위한 분노의 목소리가 담겨 있지 않다. 있는 그대로의 모습을 아주 낮은 목소리로, 짤막하게 이야기할 뿐이다. 그의 이러한 근년의 시론이 집약되어 있는 시가 「정월」이다.

햇살은 닥나무 가지에 앉아

졸음을 나눈다 줄지어

오는 바람에 고드름빛 하늘을 짐작하고

바퀴 없이 뒤집혀진 경운기와

뽑다 만 배추들이 비닐을 감은 채

저녁 연기 깔리는 들판을 본다

무덤이 뽑혀 나간 붉은 구덩이가 셋

여름 떠내려간 강가에 반쯤 묻힌 속옷이 누렇다

비리다 굽이굽이 배곯은 저 창자의 길

철 보아 동무 함께 다닐 일이지

동고비 추윗추윗 해 떨어지면

홀로 슬프다 춥다

춥다.

—「정월」 전문

　앞 연은 겨울 농촌의 황량하고 을씨년스런 모습을 그려낸 풍경화이다. 바퀴 없는 경운기는 뒤집혀져 있고, 이장을 했는지 무덤은 셋이나 뽑혀나가 버렸고, 지난 여름 수해의 결과로 강가에 속옷이 반쯤 묻혀 있다. 무리에서 떨어져 나온 동고비 한 마리를 그려낸 뒤 연은 너무나 섬세하고 세밀하다. 큰 화폭에 담은 정월 들판과 강가의 풍경도 황량하지만 가는 붓으로 그린 동고비가 너무 애처로워 독자는 한기를 느낄 법도 하다. "철 보아 동무 함께 다닐 일이지"와 "추윗추윗 해 떨어지면/홀로 슬프다 춥다"를 통해 드러난 시인의 연민의 정은 작은 생명체에 대한 것이 아니라, 정월을 "굽이굽이 배곯은 저 창자의 길"을 걸으며 견뎌온 가난한 사람들에 대한 애정으로 확대 해석해야 할 것이다. "추운 날 해 떨어지면"이라고 쓰지 않고 "추윗추윗 해 떨어지면"이라고 쓴 시인의 언어 세공 능력은 이제 달인의 경지에 다다른 듯하다.

고향 언저리 두실을 노래한 시는 앞의 시들과는 달리 진폭이 크다. 이극로가 의령 사람이므로 '두실'은 경남 의령의 한 지명 이름인 모양이다. 시의 전반부에는 이극로·주시경·박승빈·김두봉·이윤재 다섯 분의 이름이 나온다. 이들은 모두 한글학자로, 일제 때는 물론 생애 내내 우리말을 갈고 닦는 일에 전심전력한 분이다.

> 울산 최현배는 집안이 벌고 김해 이윤재는 그 삶 또한 그득했으나
> 고루 살아 나오는 길에 기쁜 일 크게 없어
> 고루고루 눈 내리는 겨울밤 고루는 지나 나라 어디서
> 흰소머리산이며 소머리강을 생각했을까
> 배달겨레 배달말이 떳떳하고 마땅하다며 배달노래 지어 불렀던
> 고루를 만나러 가는 봄도 오월
> 고루 옛마을 땅콩잎은 파랗게
> 닿소리 또 홀소리 낙동강 물소리로 귀를 열고.
>
> ―「두실」 후반부

이극로가 "나라 사람 고루 잘살게 하는 일에 온 힘 바치겠노라"고 새로이 '고루'라고 이름을 붙인 두실 가는 길에서의 상념이 한 편의 시를 이루었다.

시인은 일제강점기 이래 여러 국어학자가 배달말을 잘 정리하여 보존하고, 후대에 고이 물려주는 일을 해 왔지만, 그것은 국어학자만의 일이 아니라 나 자신의 일이라고 두실 가는 길에 생각해본 모양이다. 훼손되지 않은 배달말로 배달노래를 지어 불러야 할 시인의 소명에 대한 성찰을 이 시를 쓰면서 해본 것이리라. '고루'는 지명을 가리키는 고유명사에서 '고르게'라는 뜻의 부사로 바뀌었고, 다시 북한에서 생의 후반기를 보낸 이극로를 가리키는 것으로 의미 변화가 이루어짐도 간과하지 말아야 한

다. 언어 유산에 대한 애정과 조탁이 없이 만민 평등이 이루어질 수 없다
고 믿은 일제하 국어학자들의 생각을 이 시는 함의하고 있는 것이다.
시의 마지막 행은 등단작 「미성년의 강」을 연상시킨다. 배달말의 가락
속에는 낙동강의 물소리가 담겨 있으며, 우리의 사랑과 운명과 슬픔도
아름다운 강의 깊이로 출렁이고 있다.

산과 산이 맞대어
가슴 비집고 애무하는 가쟁이 사이로 강이 흐른다.
온 세상의 하늬 쌓이듯 눕는 곤곤한
곤곤한 혼탁

멀어져 나가는 구름모양
한없는 나울을 깔면서
대안의 호야불을 찾아나서는 물길.
물 위로 물이 흐르듯 얼굴을 가리며
무엇이 우리의 슬픔을 데려왔다 데려가는가

열목어 열목어는 온통 강물에 열을 풀고
무수히 잘게 말하는 모래의 등덜미로
우리의 사랑이란 운명이란
말할 수 없는 슬픔이란 그런 그런 심연을 이루어
인간의 아이들처럼 아름다운 깊이로 출렁이면서
강을 흐르는 사계의 강.

산과 들이 한 가지 모습으로
무덤을 이루어 있는 강안에 서면
귀밑머리 달도록 예쁜 지평선은

우리 버려진 나이를 위한 설정이다.

아, 하면 아, 하는 하늘
오, 하면 오, 하는 산
많이 추위와 살비비는
손과 손의 가장 곱게 펴진 그림자 위에
한 방울 눈물을 올려놓고
이승은 온통 꽃이파리 하나에 실려가고
다시는 그림자 하나 세상에 내리지 않는다.

하늘로 트이는가, 혈맥
태를 감는가, 산악
손벌려 앉아 우리는 끝내 무엇이 되고 싶은 것일까.

강은 순례,
눈들면 사라지는 먼 먼 마을의 어두움도 따라나선다.
길 잘못든 한 아이의 발소리도 들리고,

산이 버린 산
사람이 버린 사람의 백골이 거품을 토해내는 것도 보인다.
죽음이란 온갖 낮은 죽음과 만나
저들을 갈대로 서 있게 한다.
실한 발목에 구름도 이제
묵념처럼 하얗게 죽는다.

돌아다보고 옆눈 주는 어두움
그 흔적 없다는 이름의 길을 따라

꽃을 배(肝)슬은

나의 기억은 여기에서 끝난다. 강이여.

산과 들이 한 가지 모습으로

무덤을 이루어 있는 강안에 서면

우주의 능선에 달이 뜨고

까칠한 욕망의 투구를 혼들면서

나는 빛나는 스물의 갈대밭, 혹은.

이 시 이후 시인은 오늘에 이르기까지 바다와 포구, 강과 강기슭을 공간적 배경으로 한 시를 꽤 많이 써왔다. 그의 시에는 시인의 유년 시절과 성장기 때의 자화상이 그려져 있으며, 가족과 친구, 이웃과 친척들의 삶의 모습이 그려져 있다. 시인을 길러낸 모태와 다를 바 없는 고향의 강 황강을 더욱 구체적으로, 희미한 기억을 되살려내며 써보고자 한 결심은 연작시의 형태를 빌려오게 하였다.

이번에 발표한 「황강」 5, 10, 11, 12번은 담백하게 그린 일종의 스케치이다. 시인이 까마득한 기억 저편에서 자연과 사람의 모습을 하나 둘 복원해내어, 그것을 모자이크하여, 어떤 그림을 보여 줄지 무척 기대된다. 강의 모습과 함께 떠오르는 이들(봉산할메, 산운 아제, 어마 아바, 형 등)의 표정과 얼굴빛은 앞 시에서 만났던 이들의 그것과 별반 다르지 않다. 생의 고단함이 깊게 그늘을 드리운, 기쁠 때 기뻐하고 슬플 때 슬퍼할 줄 아는 진솔한 우리네 서민의 얼굴을 시인은 그려내고 있다. 짧은 4편의 시에 대해서는 연작시의 완결을 기다리며 언급을 유보하고자 한다.

10편 시에는 별달리 어려운 표현도 보이지 않고 심오한 철학이 담겨 있지도 않다. 잔잔한 심상, 고즈넉한 강 마을과 어촌의 정경, 아득한 그리움, 가라앉은 슬픔, 침착한 시적 호흡. 한 가지 아쉬운 점은 자신의 다짐과는 달리 낱말 구사와 시의 흐름에 있어 배달노래의 진경을 보여 주지 못하고 있다는 것. 내용과 형식, 혹은 전경(全景)과 세목 묘사 그 어떤 것을 놓고 보더라도 앞서 낸 3권 시집에 비해 별로 나아진 바가 없다. 시인은 혹 자신도 모르는 사이에 원고지 앞에서의 긴장감을 잃어가고 있은 것은 아닐까. 새로운 탑을 쌓기 위한 남다른 공력(功力)이 필요한 시점은 바로 지금이다. 이런 주문은 슬픈 배달겨레를 기쁜 배달노래로 불러달라는 나의 기대가 너무 큰 탓인지도 모르겠다. 박태일은 모험의 길에 섣불리 나서지 않기 때문에 그의 시는 예나 지금이나 줄곧 안정된 톤을 유지하고 있다. 하지만 그의 최근작에서는 앞서 쓴 시들을 뛰어넘으려는, 그 어떤 치열함을 찾아보기가 어렵다는 인상이 든다. 예외적인 작품도 있지만 그의 시가 대체로 너무 고즈넉하고, 때로는 나약함도 느껴지기 때문일 것이다.

박태일 시에 대한 평가에 흔히 '전통적'이라는 수식어가 붙지만 이 견해는 재고를 요한다. 우리네 잡가와 무가, 탈놀음과 들놀음, 판소리와 민요에는 흥취과 도취, 풍자와 해학이 넘쳐흐르므로 박태일 시의 형식과 시정신에 있어서 전통성 운운은 지양되어야 한다. 우리 시의 원형질이 순수 서정시이고, 서정시라면 무조건 이별과 사별에서 오는 애잔한 슬픔을 들추어내야 한다고 생각하는 것은 많은 사람의 오해이다. 애상(哀傷)을 넘어서는 건강한 힘을 나는 우리말의 고운 결을 잘 살려내는 능력을 갖고 있는 박태일 시인에게서 찾아보고 싶은 것이다.

박태일 시인의 등단작을 신문에서 오려내 책 사이에 넣고 다니며 암송하던 내 대학 초년 시절이 생각난다. 강의 흐름과 시의 흐름이 아름다운 합일을 이루었던 시. 서정과 서경이 완벽한 조화를 이루었던 시. 수업 시간에 학생들에게 이 시를 낭송해준 것만 해도 10번은 더 되었으리라. (시에 한자가 10개 이상 나와 요즈음 학생들은 읽지를 못한다.) 시인의 3권 시집은 늘 내 여행길의 친구였다. 등단 이후 20년에 3권의 시집이면 그리 활발한 활동을 해 왔다고 볼 수는 없는데, 김달진문학상을 수상한 적은 있지만 매스컴이나 특정 문예지에서 그의 작품 활동을 특별히 주목한 바가 없었던 것 같다. "배달말이 떳떳하고 마땅하다며 배달노래 지어" 불렀던 사람으로 시인은 이극로를 지목하였지만 '큰 바위 얼굴'의 주인공은 바로 자신이 아니었던가. 『그리운 주막』(1984)과 『가을 악견산』(1989), 『약쑥 개쑥』(1995)으로 이어지는 박태일 시 세계의 변모를 뭇 독자와 더불어 설레는 마음으로 지켜보고 싶다.

(1998)

포틀래치의 시학

맹문재

빗발 향해 중얼거린다
어둠 속에서 맥을 놓는
더 어두운 빛을 향해
하수구로 되돌아서는
더 젖은 어 어둠을 향해

문 내린 옷수선집 여대생 주부 대출 환영
광고문이 붙은 전봇대 금반지도 받는다는
사이사이 네온 간판이 금줄을 치는 거리
버스는 가고 오고 겨울이 깊어 사람들은
어깨를 훑는 불빛에도 흠칫 발목을 들킨다
차에 밀리는 얼굴 안에서 밖에서
어디서 본 듯한 헤어진 듯한
발끝을 들어 헤어질 일 바쁜 얼굴
어둠 향해 빗물 향해 주 주르륵 중얼거린다

떨어지지 않고 않으려

밟히고 있는 아스팔트 위

꺼 껌을 향해 중얼거린다

까맣게 굳어버린 한때는

따뜻했을 누 눈물을 향해.

　박태일의 「껌」은 동일한 어휘의 반복과 눌언 사용과 율격을 위한 시행 배치 등을 통해 시의 리듬을 살리고 있다. 첫 연의 "빗발 향해", "빛을 향해", "어둠을 향해"는 물론이고 "얼굴 안에서 밖에서"와 "본 듯한 헤어진 듯한" 등의 어휘의 반복, "어 어둠"과 "주 주르륵" 및 "꺼 껌" 등의 눌언, 그리고 둘째 연에서의 4음보 율격을 살린 시행 등이 그러하다. 이러한 리듬의 추구는 시인이 지속적으로 해 온 것으로 그 깊은 의도가 있을 터인데, 아마 점점 세계로부터 자아가 분리되고 소외되어 가는 것으로부터 주체를 회복하고 세계와의 일체를 이루고자 하는 것으로 보인다. "리듬은 심장의 고동, 호흡, 신체적 운동 등 모든 생명의 기능"(김준오, 『시론』)이기 때문에 점점 생명력을 잃어 가는 현대사회에서 자기를 지키고 세계를 이해하려는 모습으로 보이는 것이다.

　그러나 나는 '솔직히' 현대시에서 이러한 가치가 제대로 살아나기는 힘들 것이라고 생각한다. 일찍이 루카치(Georg Lukács)가 『소설의 이론』에서 고대 그리스문화로부터 근대문화로의 변화과정을 "별이 빛나는 창공을 보고 갈 수 있고 또 가야만 하는 길의 지도를 읽을 수 있었던 시대"에서 "이제 어떠한 불빛도 더 이상 사건의 세계 위나 영혼이 완전히 소외된 그 세계의 미로 위를 비추지 않"는다고 비유하였듯이, 전형화할 수 있는 세계가 사라진 이 시대에 시 형식을 내세워 세계를 담아내는 데는 한계가 있다고 보는 것이다. 시 형식 역시 사회의 변화에 상응할 수밖에 없으므로 복잡하고 파편화된 현대사회를 고유한 시 형식으로 담아내는 데는 무리가 있다. 우리의 고유한 시 형식인 시조가(물론 시문학의 한 형식이 아니라 시문학 그 차제의 형식이었다) 현재에도 존재하고 있지만 현대시에서의 자리는 위축되어 있는 것이 그 단적인 예이다. 파운드(E. Pound)가 현대시의 미학 중심을 음악시(melopoeia)에서 회화시(phanopoeia)로 그리고 다시 논리시(logopoeia)로 변모되었다고 구분해 놓은 것도 같은 이치이다. 다양하고 복잡한 현대사회를 제대로 반영하는 시 형식으로는 대상과의 일체감을 직접적으로 호소하는 음악시보다 이지적이고 사색적인 논리시가 보다 적합하다고 본 것이다.

물론 논리시만이 현대시의 유일한 시 형식은 아니다. 오늘의 현대시에 있어서 보다 적합한 시 형식이라는 것일 뿐 음악시나 회화시 역시 공존할 필요가 있는 것이다. 논리시에서의 부족한 점들을 보완하는데, 특히 감수성을 일으켜 정서를 환기시키는 데 음악시는 필요한 것이다. 그러므로 현대시에서의 리듬 추구는 이 고독한 세계에서의 고통스런 삶을 인간의 가슴으로 포용하려는 모습으로 볼 수 있다. 자기 정체를 지키면서도 파편화된 인간의 삶에 합치되고 적응하려는 지난한 모습인 것이다. 따라서 논리시의 미학을 어떻게 깊이 있게 추구하느냐가 문제인데, 그것은 항상 논쟁되어 온 시의 본질에 대한 것 즉 내용과 형식의 문제일 것이다. 결국 이 세계와 총체적인 인간의 삶을 정직하게 또 자연스러우면서도 창조적으로 담아내는 일이 요구되는 것이다.

이러한 점에서 「껌」은 주목된다. 작품 자체는 단순하고 긴장감이 약한 것이 사실이지만 내용과 형식을 통합 내지 지양하려는 모습은 충분히 인정할 만한 것이다. 「껌」이라는 왜소한 소재를 통하여 시인 자신이 살아가고 있는 세계를 담아내려는 문제의식과 리듬 형식을 통해 이 세계에 한층 다가서려는 의지는 진정 의미가 있는 것이다.

시인은 "빗발 향해", "더 어두운 빛을 향해" 그리고 "더 젖은 어 어둠을 향해" "중얼거린다". 시인이 향하는 그 "어두운" 대상들은 다름 아닌 "문 내린 옷수선집"이며, 여대생이나 주부의 대출을 환영한다는 내용의 전봇대에 붙은 "광고문"이며, 잘 되지 않는 장사를 일으켜보려고 금반지까지

받는다는 "네온 간판" 등이다. 그 "어두운" 대상들에 보다 다가가 보면 복잡한 버스에 밀리며 출퇴근하는 사람들, 깊은 겨울 속에서 어깨를 떠는 사람들, "어깨를 훑는 불빛에도 흠칫 발목을 들"키고 마는 사람들과 어깨가 부딪힌다. 그들은 결코 낯설지 않는 사람들이다. "어디서 본 듯"하고 "헤어진 듯"하기도 한 사람들이고 "발끝을 들"고 살아가기에 "바쁜 얼굴"들이다. 일상생활에서 무수히 만나고 헤어지는 사람들인 것이다. 시인은 그들에게 시인으로서 즉 시인의 양심을 가지고 "중얼거"리며 다가가는 것이다.

시인이 그 사람들에게 갖는 관심은 결국 이 세계에 대한 관심이기에 가치가 있다. 사람들에 대한 애정이든 동정이든 상관없이 즉 시인 스스로 그것을 의무로 인식하고 있기 때문이다. 다시 말해 점점 이기주의화되어 가는 세계 속에서 시인으로서의 자긍심을 잃지 않고 인간 가치를 지향하고 있기 때문이다. 따라서 시인의 "어두운" 대상들에 대한 관심은 콰키틀(kwakiutle) 인디언 부족의 추장이 자기 부족민들에 대한 애정과 같은 것이다.

북미 서해안의 콰키틀 인디언들은 수확기가 되면 생산물을 추장에게 바친다. 그 결과 추장은 많은 재물을 축적하게 된다. 그렇지만 추장은 획득한 재물을 개인적으로 소유하지 않고 이웃 부족은 물론이고 자기 영역 내의 모든 인디언들을 초대해 포틀래리(potlatch) 의식을 행한다. 자신의 재물을 될 수 있는 한 많이 내놓고 성대한 잔치를 벌이는 것이다. 잔치에 초대받은 사람들은 밤낮을 가리지 않고 추장이 준비한 음식을 먹고 마시며 놀고 행사가 끝난 뒤에도 남은 음식이나 물건을 필요한 만큼 가져간다. 그래도 음식이나 물건이 남으면 추장은 모두 불태워버린다. 그리하여 추장은 빈털터리가 되는데 그래도 추장은 그것을 명예롭게 여긴다. 부족민 역시 추장의 그 넓은 아량에 고마워하고 존경하는 것이다.

포틀래치 의식은 추장 스스로 자신의 재산이 다른 사람들보다 많아지는 것을 방지하고자 한다. 부의 편차가 심화되면 위화감이 발생하고 권력이 기울게 될 것이기 때문에 이를 미연에 방지하기 위해 스스로 자신의 재산을 공개하고 재분배하는 것이다. 이는 함께 살아가는 부족민들이 그 무엇보다 소중하다고 여기고 있기 때문이고, 또 주장으로서의 자긍심이 강하기 때문이다.

부족민들을 위해 포틀래치를 벌이는 인디언 추장. 그 자긍심은 점점 물신주의화되어 감에 따라 정신 가치가 여지없이 무너지고 있는 이 시대에 진정 필요한 것이다. 지난달 우리의 고위공직자들의 1년간 재산 변동 내역이 언론에 공개되었다. 그 결과 공직자의 80%가 재산이 증가한 것으로 나타났다. IMF로 인해 일반 서민들은 이루 말할 수 없는 고초를 겪었는데, 그에 대한 책임을 지고 부끄러워해야 할 그들이 오히려 재산이 증가했다는 사실에 우리는 허탈할 수밖에 없었다. 이러한 현실에서 즉 정치적인 면을 넘어 물질주의가 이처럼 심화되어 있는 현실에서 그 인디언 추장의 자긍심은 한층 필요한 것이다.

시인은 지식 전문가가 아니라 지식인이 되어야 한다. 따라서 자기 계급의 모순을 깨닫고 그 극복을 위해 나서야 한다. 시인으로서의 신념과 양심을 잃지 않고 진실의 편에 서서 이 사회의 모순에 대항해야 하고 그러한 사람들과 연대해야 하며, 나아가 이 세계의 본질을 보다 깊게 성찰해야 한다. 그렇게 되면 시인은 이 세계를 총체적으로 이해할 것이고, 자신의 아픔을 넘어 다른 사람의 아픔을 먼저 이해할 것이다. 그리하여 포틀래치를 벌이는 인디어 추장처럼 너그럽고도 당당해질 것이다.

> 떨어지지 않고 않으려
> 밟히고 있는 아스팔트 위
> 꺼 껌

과 같은 사람들에게 시인이 "중얼거"리며 다가서는 것은 시인다운 행동이다. 오고가는 발길에 짓밟히는 '껌'과 같이 힘없고 소외당하는 사람들 편에 서서 "떨어지지 않으려고" 온몸으로 살아가는 그들의 생명력을 긍정하고 있는 것은 인간에 대한 시인다운 애정인 것이다. 따라서 시인이 리듬을 추구하면서 "한때는/따뜻했을 누 눈물을" 향하는 것은 이 세계와 인간에 대한 넓고도 깊은 이해이고 실천 행동인 것이다.

기침을 하자
젊은 시인이여 기침을 하자
(…중략…)
눈더러 보라고 마음놓고 마음놓고
기침을 하자

라고 「눈」에서 호소한 것은 새길 필요가 있다. 자긍심을 가지고 마음 놓고 기침을 하듯 이 세계에 다가서야 하는 것이다.

박태일의 시세계는 '서정시의 서사적 발화'(김종회, 『문학과 전환기의 시대정신』)라고 정리할 수 있다. 리듬을 통해 서정시를 소생시키면서 시인이 살아가는 시대나 사회를 저버리지 않고 굳건히 안으려는 모습으로 볼 수 있는 것이다. 그러므로 점점 왜소해지는 오늘의 우리시에서 「껌」은 시사하는 바가 크다.

우리는 "떨어지지 않"는 '껌'과 같은 사람들의 생명력을 소중히 여기는 시인의 인간애에 관심을 가져야 할 것이다. "따뜻했을 눈물"에 다가가 따뜻한 눈물로 닦아주는 시인의 행동에 동참해야 할 것이다. 물론 옹호할 필요도 있다. 또한 "여대생 주부 대출 환영"한다는 "광고문" 같은 대상은 더 깊은 이해로써 포용해야 할 것이다.

(1999)

역사·소외·죽음을 따라가는 지리학적 상상력

- 박태일의 시세계 -

하상일

1. 문학과 지리학

문학과 지리학이 서로 만나면 과연 어떤 풍경과 의미를 창조할 수 있을까? 인간의 삶과 주관적 의식을 예술적으로 형상화시키는 문학과, 인간이 딛고 서 있는 땅의 과학적 사실과 객관적 성격을 탐구하는 지리학의 만남은 너무도 낯설어 쉽게 그 모습이 그려지지 않는 게 사실이다. 하지만 학제간 비교연구의 중요성이 그 어느 때보다 강조되는 오늘날의 학문풍토 속에서 문학과 지리학의 만남은 분명히 새로운 형상과 인식의 깊이를 보여 줄 것이다. 특히 현대 지리학의 방향이 지리적 환경 안에서 인간의 의식작용과 잠재력을 인정하고, 지리적 세계에 대한 주관적 경험의 뜻을 이해해야 한다고 믿는 인간주의 지리학(humanistic geography)을 지향함으로써 문학에 더욱 가까이 다가서고 있음을 주목할 필요가 있다. 다시 말해 공간이나 장소와 관련된 인간의 생각이나 느낌, 인간의 지리적 행동, 그리고 인간과 자연 사이의 관계를 연구함으로써 인간 이해에 이르고자 하는 지리학의 새로운 방향이 문학의 지향점과 상당히 일치하고 있는

것이다.[1]

작가는 한 사람의 관찰자로서 다른 사람의 관심이 닿지 못하는 자연이나 환경의 어떤 특정한 현상을 통찰할 수 있는 능력이 있어서, 마음의 눈으로 환경을 관찰하고 자신들의 고유한 언어에 의해서 독특한 방법으로 환경을 기술한다. 또한 작가는 작품을 통해서 자신들의 체험은 물론 다른 사람의 경험도 소중하게 수용하므로 문학작품을 읽는 것은 다른 사람의 체험을 공유하는 것과 마찬가지이다. 즉 독자는 문학작품에 나타나는 장소의 의미를 통해서 작가의 마음속에 스며 있는 어떤 장소에 대한 특정한 의미를 공유하게 된다. 따라서 지리학적 상상력을 통한 시읽기는, 시인이 세계(환경)와 합일을 이루는 내면 풍경, 즉 서정적 비전을 발견하는 새로운 해석공간이라는 점에서 중요한 의미가 있다.[2]

박태일은 오늘의 시인들 중에서 누구보다도 지리학에 깊은 관심과 애정을 갖고 시작업을 하고 있다. 그에게 지리학적 상상력은 세상을 이해하고 비판하는 시적 전략으로, 우리가 살고 있는 이 세상의 곳곳을 찾아다니면서 '인간'의 문제를 다양하고 깊이 있게 변주해 내고 있다.[3] 즉 지나온

---

1) 인간주의 지리학이 사람과 장소의 정서적 유대를 뜻하는 장소감(sense of place), 지경외(geopiety), 또는 장소사랑(topophilia)과 같은 개념들을 만들어내고 그것을 강조하는 것은 바로 생활세계에서 이루어지는 공간 경험이나 장소감을 중시하는 그 특유의 성격을 잘 보여 주는 것이다. 장소연구야말로 삶의 연구가 된다. Asa Briggs, "The Sense of Place", *The Quality of Man's Environment*, Voice of America Forum Series, 1975, p. 96(박태일, 「김영수 시와 문학지리학」, 『한국 근대시의 공간과 장소』, 소명출판, 1999, 300쪽에서 재인용).

2) 경험은 사람들이 실재(實在)를 인식하고 구성하는 여러 가지 양식을 포괄하는 용어이다. 이러한 양식들은 후각, 미각, 촉각 등의 보다 직접적이고 수동적인 감각에서 능동적인 시각적 인지, 상징화라는 간접적 양식에 이르기까지 다양하다. 인간은 이러한 직·간접적 경험을 통하여 미지의 공간을 친밀한 공간으로 바꾸게 되는데, 즉 낯설은 추상적 공간은 의미로 가득찬 구체적 장소가 되는 것이다. 그리고 어떤 지역이 친밀한 장소로서 우리에게 다가올 때 우리는 비로소 그 지역에 대한 느낌 또는 의식, 즉 장소감을 가지게 된다. Yi-Fu Tuan(구동회·심승희 옮김), 『공간과 장소』, 대윤, 1995, 23~38쪽 참조.

3) 그는 지금까지 네 권의 시집을 출간한 바 있는데, 『그리운 주막』(1984), 『가을 악견산』(1989), 『약쑥 개쑥』(1995), 『풀나라』(2002)가 그것이다. 그의 시에는 지역의 삶터에 대한 관심과 우리말의 감각과 리듬에 대한 남다른 애정이 두드러진다. 본고는 이 중에서 특히 전자에 주목하여 그의 시에 나타난 장소사랑의 의미를 지리학적 상상력의 관점에서 논의하고자

역사지리의 은폐된 진실을 찾아냄으로써 사라지고 잊혀져버린 가치를 새롭게 복원하고, 소외된 계층과 인물의 삶과 터를 온전히 감싸안음으로써 동시대적 고통을 함께 견뎌내며, 문학 본래의 원형적 공간과 상상력의 토대인 죽음의 실존성을 찾아나섬으로써 구체적인 장소사랑(topophilia)의 의지를 드러내고 있는 것이다. 이처럼 문학과 지리학의 만남 속에서 인간의 숨결을 찾아내고 문학의 진정성을 발견하려는 것이 그의 시가 일관되게 추구하는 문학지리학4)의 뚜렷한 지향점이다.

박태일의 문학지리학적 상상력이 찾아가는 곳은 언제나 인간의 문제가 어두운 그림자로 남겨져 있는 오래되고 무거운 장소들이다. 그래서 그곳은 세상으로부터 주목받지 못하고 소외되어 온 변방의 아픔으로 가득 차 있다. 하지만 그는 이러한 아픔의 의미만을 특별히 강조함으로써 절망과 희망의 경계를 맴도는 도식적 틀을 지향하고 있지는 않다. 오히려 아픔이 뿌리 깊게 자리한 소외된 역사와 인간의 중심에 서서 그 속에 억압되어 있거나 은폐되어 있는 생생한 삶의 이야기를 찾아내고, 문명적 가치에 의해 쉽게 훼손된 인간의 상처를 소중하게 어루만지는 신생(新生)의 세계를 지향하고 있다. 따라서 그의 시에 나타난 터에 대한 사랑과 문학지리학의 세계, 즉 지리학적 상상력의 시적 전략은 우리 문학의 진정성과 정신사적 토대를 찾는 것이라는 점에서 오늘날의 시가 새롭게 열어가야 할 의미심장한 가능성임에 틀림없다.

한다. 이하 시를 인용할 때는 작품명만 밝히고 시집명은 언급하지 않을 것임을 미리 밝혀 둔다.

4) 문학에서 장소경험, 또는 장소상상력은 본질적이다. 그것은 삶에 있어서 장소경험이 본질적인 경험이며, 장소가 사람에게 정체감뿐 아니라 공동체 사회나 지역성의 뿌리를 마련해 주는 것과 마찬가지 이치다. 문학은 특정 장소나 지역에 대한 체험이나 이미지, 공공의 장소감이나 그것에 대한 통·공시적 감각을 담아낼 뿐만 아니라, 거기다 새로운 뜻을 덧붙이기도 한다. 지리학적 상상력, 곧 장소와 공간에 대한 감수성이야말로 문학창작이나 연구에 필수영역이라 할 만하다. 따라서 일찍부터 문학과 지리학 사이의 연관을 따지는 문학지리학이 제 몫을 다해 왔다. 문학지리학은 크게 말해 경관이나 장소에 대한 해설로서, 또는 지리학적 현상으로서 문학작품을 바라보는 방법이다. 박태일, 「한국 근대시와 금강산」, 앞의 책, 242쪽.

2. 지역과 현실에 대한 역사적 성찰

지역자치제를 실시한 이후로 우리의 사회·문화 전반에 걸쳐 '지역'이라는 화두가 중요한 문제로 대두되었다. '지역문학'에 대한 관심 역시 두드러진 쟁점 중의 하나로 부각되었는데, 이것은 80년대 '지역문학운동'의 성격과는 조금 다른 층위에 놓여져 있음을 간과해서는 안 된다. 즉 80년대의 지역문학운동이 중앙에 대한 지역적 특수성과 문학이라는 보편성의 변증법적 결합을 통한 '운동성'의 차원을 드러낸 것이었다면, 오늘날의 지역문학은 중앙에 대한 비교의 시각으로부터 벗어난 '지역구심주의(local centripetalism)'로서의 정체성과 독자성에 대한 고민을 드러내고 있는 것이다.5) 이는 "국가 단위의 행정, 문화 인식과 논리에서부터 벗어나 바람직한 지역 가치를 널리 찾아 섬기며, 그것을 지역공동체의 나날살이 속으로 되돌리려는 노력을 무엇보다 앞세우는 경향을 일컫는 말"6)이다.

이런 점에서 박태일의 시는 그가 살고 있는 지역에 대한 철저한 애정과 관심으로부터 출발한다. 따라서 문학지리학의 시각이나 방법을 통한 그의 시쓰기는 장소와 공간에 대한 감수성의 확장을 이루어 지리학적 상상력으로 나아가고, 이는 지역의 문제와 필연적으로 결부됨으로써 지역문학 내지는 문학지역주의의 한 양상으로 발전하고 있는 것이다. 그에게 지역의 문제는 아주 중요한 화두로, 특히 부산·경남지역의 문학에 대한 관심은 거의 절대적이라고 해도 과언이 아니다.7) 그의 시의 대부분이 부산·경남지방 일대를 중심으로 한 장소체험을 지리학적 상상력으로 형

---

5) 이 문제에 대한 자세한 논의는, 박태일, 「지역문학 연구의 방향」, 『지역문학연구』 제2호, 경남지역문학회, 1998, 115~172쪽 참고.

6) 박태일·하상일(대담), 「잃어버린 시문학사의 빈 틈」, 『오늘의 문예비평』, 1998년 봄호, 19쪽.

7) 그가 주축이 되어 1997년 여름 『지역문학연구』(경남부산지역문학회)를 창간하였다. 이를 통해 그는, 우리 문학사에서 쉽게 잊혀져버렸거나 폄하되어 온 부산·경남 지역의 문학인들의 작품에 대한 서지적 연구, 전기적 연구, 문학사적 자리매김 등 지역문학 연구의 본보기를 일관되게 실천해 나가고 있다.

이 시는, "박복한" 우리 민족의 "허무"한 삶과 "설움"의 깊이가 "눈물이 개울 내고 한숨이 울을 엮"는 아픔으로 점철되어 왔음을 구구절절이 보여 주고 있다. 여기에서 서정적 화자인 "박복한 이 아낙"의 모습은 언제나 슬픈 운명을 가슴 속 깊이 감내하며 살아왔던 우리네 여인들의 모습일 뿐만 아니라, 무수한 역사의 폭력과 지배권력의 통제 속에서 "어이어이" 통곡만 할 수밖에 없었던 힘없는 민중들의 총체적 형상을 담아낸 전형적 인물로 볼 수도 있다.

이 밖에도 지아비를 잃고 김해장에서 고구마 줄거리를 파는 고달프고 남루한 과수댁의 모습을 형상화한 「김해군 주촌면 내삼 관동댁」, "가난한 세간 다 뒤집어 놓고/꺼이꺼이 목메이는 사내의 파산"을 그린 「축산항 3—신기동」, 난리통에 영감 아들 다 보내고 "가슴팍 헤쳐놓고" 회리밤을 깎는 「의령댁」의 모습은, 그가 바라보는 역사의 시선이 진정 어디를 향하고 있는지를 분명하게 보여 주는 작품들이다. 즉 시인은 구체적 장소와 그곳에 붙박고 살아가는 민중들의 어두운 삶을 직접 찾아감으로써 문학 지리학적 상상력을 더욱 넓혀 가고 있는데, 이것은 정체된 지배이데올로기의 허위성에 대한 대항의지를 적극적으로 구현하는 뚜렷한 방법에 다름 아니다. 그의 시에 자주 나타나는 토속언어의 발굴이나 4·4조 가사체 리듬의 빈번한 채용 등은 바로 이러한 굴절된 역사에 대한 연민과 추모의 정서를 넘어서 대항이데올로기로서의 구체적 실천을 모색하는 뚜렷한 기법적 장치가 되고 있는 것이다.

3. 일상적 아픔과 소외의 지리학

주지하다시피 우리의 역사는 대체로 중심의 역사였고 권력의 역사였으며 부르주아의 역사였다. 우리에게 민중의 역사는 아직까지도 그늘에 가려진 뒷골목의 수난사 정도로 폄하되기도 한다. 그만큼 우리는 지배이데올로기의 경직성에 짓눌리고 보수로 위장된 권력에 길들여져 있는 것이 사실이다. 이 때문에 우리의 문학은 언제나 제도권에서 집중적으로 다루어지고 전경화된 것만을 문학의 장으로 이끌어내는 권력지향적인 모습을 드러낼 수밖에 없었다. 우리의 문학이 지나쳐 온 길과 땅 그리고 삶의 기록은, 지배이데올로기의 왜곡과 무분별한 재단 앞에서 가서는 안 될 곳이 너무도 많았고, 알아도 모른 척 넘어가야 했던 일이 다반사였으며, 쓸 데 없는 지엽적 논의라는 완고한 편견 앞에서는 속수무책이기 일쑤였다. 결국 이러한 왜곡과 억압의 굴레는 진정한 문학의 의미생산을 애초부터 가로막는 커다란 장애가 되지 않을 수 없었다. 이런 맥락에서 박태일의 시는 중심의 역사에 대한 철저한 반성에서부터 다시 출발하고 있다. 따라서 그는 중심의 역사가 저질러 놓은 온갖 횡포로부터 멀리 달아나버린, 때로는 힘없이 쫓겨나 버린 '소외'의 지역을 찾아 나선다.

> 밤이 되어 겨울이 깊다.
> 바람도 이따금 앞산 쪽으로 끊기고
> 때로 생각한다는 것이 안타까운 놀이인 양
> 통행금지의 어두운 밖으로 따라 나서면
> 저토록 많은 삶이 입까지 이불을 당겨 잠드는구나.
> 숨어라 꼭꼭, 노오란 외등의 불빛 아래 마르고 닳는 삶
> 이제 잠든 너는 더 잠들지 않고, 가끔
> 가두어 키우는 아이들의 웃음 소리가 비쳐 나오는 거리
> 철둑 너머에는
> ㄱ자로 몸 구부린 내 이웃의 처소가 있다.
>
> —「자갈마당」 전문

이 시는 첫 시집에 실려 있는 작품으로, 그의 시가 '소외'의 지리학으로 나아가는 출발점이 된다. 시 전문 어디에도 슬픔의 촉수를 건드릴 만한

부분은 없고, 그저 담담한 겨울밤의 풍경이 "자갈마당"이라는 구체적 공간과 어우러져 형상화되었을 뿐인데, 이러한 객관적 거리감이 오히려 '소외'의 아픔을 더욱 깊숙이 각인시키고 있다. "저토록 많은 삶이 입까지 이불을 당겨 잠"들고 아이들을 "가두어 키우는" "ㄱ자로 몸 구부린 내 이웃의 처소"는, 더 이상 대화도 없고 관심도 애정도 모조리 사라져 버린 불모의 공간으로 고통만이 들끓는 자리인 것이다. 이곳은 아마도 "노오란 외등의 불빛"이 선명하게 드리워진 유곽의 거리쯤으로 보인다. 여기에서 그는 비로소 "이웃"의 의미를 체득하게 되는데, 인간이 인간을 황폐화시키는 거리에서, '나'가 '너'를 외면하는 거리에서, 그의 시가 진정으로 무엇을 노래해야 하는지를 조금씩 조금씩 깨닫게 되는 것이다.

그리고 천천히
계단 아래 구정물이 새로 얼기 위해 모여들 때
때로 택시가 올라와 웅웅직직 더 위 절까지 들어가고
막돌벼랑 집들이 두 겹 세 겹 겨운 허리 버티며
일 나간 딸들 기다릴 때
큰길에서 20분 서동 마을회관 담배집
무더기 무더기 연탄재 밟고 딱지 펴서
비행기를 접어 날릴 때 그리고
어두운 능선 따라 몇몇 장이 서고 걷히고
하는 일들이 그리울 때 천천히
너삼대 서걱이는 소리에 귀를 비비며
숙여 걷던 진눈깨비.

—「진눈깨비」 전문

인용시는 우리의 현실 곳곳에서 어렵잖게 볼 수 있었던 달동네의 풍경을 사실적으로 형상화하고 있다. "계단 아래 구정물", "막돌벼랑 집들이 두 겹 세 겹 겨운 허리 버티며/일 나간 딸들을 기다릴 때", "무더기 무더기 연탄재" 등은 너무도 전형적인 민중들의 삶터의 풍경이어서 크게 새로울 것이 없는 게 사실이다. 하지만 이 시에 나타난 시인의 태도가 대상을 주관화시키기보다는 오히려 대상과의 객관적 거리를 유지함으로써 묘사에 치중하고 있는 점은 유심히 살펴볼 필요가 있다.[9] 그의 시에는 과장된 포즈나 거짓 수사를 조금도 찾아볼 수 없다. 그는 누구보다도 정직하게 자신의 목소리를 지키려 하고, 그의 언어로 당당하게 세상의 방식과 맞서려 한다. 세 번째 시집 『약쑥 개쑥』으로 넘어오면서부터 이러한 '소외의 지리학'은 보다 구체화되고 분명한 주제로 자리잡게 되는데, 세상 곳곳의 길들이 그에게 가르쳐 준 '소외'의 의미는 더 이상 관념의 실체가 아니라 감각으로 구체화된 경험의 실체가 되고 있는 것이다.

> 어느 젠가 요새처럼 지역 자치니 뭐니
> 돈과 힘을 새로 나누어 놀아보고 싶었을 세상
> 민의원 선거에 나섰던 아버지 여느 후보와 달리
> 그 마을로 들어가 손도 잡고 술잔도 돌려
> 문촌 몰표를 얻으셨단 이야기 곁귀로 들었던
> 까까머리 그날들도 스무 해나 더 지나
>
> (…중략…)

---

9) 박태일 시의 공간, 혹은 지명은 '풍경의 묘사'와 관련되어 있다. 이것은 노래로서의 음악성과 더불어 풍경의 시적 형상화가 그의 시에서 또 하나의 중요한 시적 기법으로 작용하고 있음을 의미한다. '장소 제시-풍경의 묘사-생각 및 정서의 노출'로 이어지는 시상전개방식은 선경후정(先景後情)의 전통적 시작법을 계승하고 있는 듯하지만, 풍경의 묘사가 단순한 차원이 아니라 '장소'와 '생각 및 정서'라는 두 영역을 연결시켜 주는 독특한 시적 방법론을 내포하고 있다는 점에서 주목할 만하다. 오형엽, 「소리의 음악과 햇살의 광학」, 『풀나라』 해설, 문학과지성사, 2002, 123~125쪽.

진보정당 진보적인 사람 틈에도 끼이지 못하고

기층민중 인민대중 그 어느 말품에도 들지 못하지만

텔레비 있는 방과 없는 방

어찌어찌 잘 통하는 사람과 통하지 않는 사람이 살고

이 예수 저 부처 나라 안 어느 땅보다

섬기는 집들만은 많은 곳

—「사슴섬 2」 중에서

「사슴섬」 연작은 저주받은 천형의 고통을 안고 세상으로부터 버려진 문둥이섬 소록도에서 그가 보고 느낀 아픔을 그리고 있다. "사람과 사람 사이" 어느 "틈에도 끼이지 못하고" 선거 때만 되면 타락한 인심의 덫에 걸려 철저하게 이용당해야만 했던, 그래서 더 이상 사람을 믿기보다는 "이 예수 저 부처"만을 섬기며 살아가는 "사슴섬" 사람들의 모습에서, 시인은 우리가 진정으로 "손도 잡고 술잔도 돌려"야 하는 참이웃의 모습을 발견하고 있다. 문둥이 할아버지와 손자들이 정겨운 이야기를 나누는 「사슴섬 1」의 정경과 "파도밭 고랑마다 봄멸치 들고/물안개 머리둔 뭍 쪽에는 장닭 울음 소리 여물었겠다"(「사슴섬 4」)는 희망의 목소리는, 인간이 인간으로서 희노애락을 누리고 "사슴섬에 사슴이" 힘차게 뛰노는, 즉 인간과 자연(세계)이 신명나게 어우러지는 세상을 꿈꾸는 자의 내면 풍경인 것이다.

「용호농장」 연작 또한 닭똥 냄새와 더불어 살다가 "닭똥 아래 묻힌 그대", 즉 문둥이들의 고통을 형상화하고 있다는 점에서 「사슴섬」 연작과 같은 맥락에 놓이는데, "똥이 하얀 날짐승들 바라보"며 부끄러워하고 괴로워하는 그들을 마주하면서, 그는 "누런 똥이 될 바다장어 흰 살 썹으며" "누런 똥 누는 사람살이"의 동질성을 역설하는 것이다. 이처럼 그는 중심의 논리에 꺾여 여기저기 소외된 상처를 안고 살아가는 사람들의 이야기를 형상화함으로써 그들의 가슴 깊숙이 묻혀 있는 한의 응어리를 하나하나 풀어내는 시적 성취를 지향하고 있다. 이는 대결의 논리가 아니라 '나/너'가 새롭게 손잡는 참된 화해의 몸짓이다. 다시 말해 중심의 논리에 무조건적으로 대항함으로써 그것을 송두리째 전복시키려는 것이 아니라, 오히려 중심과 소외된 지역이 함께 어우러져 경계가 무화되는 화합의 세계를 꿈꾸고 있는 것이다.

4. 죽음 이미지와 실존적 공간성

"병과 죽음에의 모든 관심은 단지 삶에 대한 관심의 다른 표현일 뿐이다"라는 토마스 만의 말처럼, 인간에게 있어서 '죽음'은 삶의 문제를 새롭게 환기시키는 중요한 의미가 있다. 인간의 죽음은 새로운 생명을 이어주는 원형적인 곳으로의 복귀라는 신화적 의미를 지니고 있어서 삶과 죽음은 구분되지 않고 하나의 맥락 속에 놓인다. 하지만 철저하게 현세적인 가치관이 팽배한 오늘날의 변화된 지형 속에서 삶과 죽음은 너무도 동떨어진 이질성을 드러내고 있는 것이 사실이다. 삶과 죽음의 분리는 허무의식을 조장하여 인간의 모습은 점점 더 황폐하고 절망적인 풍경으로 변화되고 있는 것이다.

박태일의 시는 죽음으로부터 너무 멀리 달아나버린 우리의 삶에 대한 철저한 반성 속에서 죽음에 대한 새로운 성찰을 이끌어 내고 있다. 그는 죽음이 지닌 현재적 의미를 문제삼고 죽음에 대한 친화력이 오히려 삶을 실천하는 활동적인 힘이 된다는 신념을 완곡하게 드러낸다. "죽음은 늘 턱없이 넘치려 하는 생각이나 부풀리고 싶은 느낌을 다독거려주는 힘이 있다. 그 죽음도 이렇게 나직나직 소리내며 사람들 사는 터로, 길로 비집고 흘러내리는 경우에랴"라고, 그는 두 번째 시집 뒷표지에서 죽음의 현재적 의미와 친화성을 분명하게 새겨놓고 있다. 그에게 있어서 죽음의 화두는 첫 시집에서부터 줄곧 의식의 한 켠을 흐르고 있는 삶의 근원적인 힘이다. 그는 "죽음"의 길을 깨달아 삶을 완성하려는 "미성년"의 모습으로 자연과 마주하고 있는 것이다.

산과 들이 한가지 모습으로
무덤을 이루어 있는 강안에 서면

(…중략…)

강은 순례
눈 들면 사라지는 먼먼 마을의 어두움도 따라나선다
길 잘못 든 한 아이의 발소리도 들리고,
산이 버린 산
사람이 버린 사람의 백골이 거품을 게워내는 것도 보인다

죽음이란 온갖 낮은 죽음과 만나
저들을 갈대로 서 있게 한다
실한 발목에 구름도 이제
묵념처럼 하얗게 죽는다

―「미성년의 강」 중에서

시인의 등단작(80년 중앙일보 신춘문예)이기도 한 이 시는, "산과 들이 한가지 모습으로/무덤을 이루어 있는 강안"에 서서 "어두움", "아이", "산", "백골", "갈대", "구름"이 "묵념처럼 하얗게 죽는" "미성년의 강"을 형상화한 것이다. 시인은 인간의 죽음을 생물이 싹을 틔우고 자라고 땅에 떨어져 죽는, 또는 냇물이 강물로 강물이 바다로 흐르는 자연 순행의 이치를 통해 발견하려 한다. 이처럼 그의 시에서 죽음은 "물"의 이미지를 통해 친숙하게 전달되고 있는데, "바위귀에 하얗게 어깨를 털어 버"(「구천

동」)리는 여울, "키운 자식 모래무지처럼 물밑에 묻고 난 애비가/하릴없이 그물코 사이로 물비늘을 뜨고 있"(「투망」)는 모습, "어디로 가나 고여 지새는 일가/이냥 작아지는 무덤으로 차례 누워"(「선동 저수지—죽지사」) 있는 풍경이 바로 그것이다. "물"은 삶과 죽음, 즉 시작과 끝이라는 이원적 의미를 동시에 함축하고 있는 원형적 공간으로, 박태일의 시에 나타난 "물"의 의미는 어머니의 자궁 속을 흐르는 양수와도 같은 생명의 힘을 지니고 있다. 그에게 죽음의 자리는 이미 새로운 삶을 기다리는 시원적 공간에 다름 아닌 것이다. 이러한 점에서 「명지 물끝」 연작은 죽음과 소멸의 의미를 깊이 있게 탐구한 만가(輓歌)로서 커다란 의미가 있다.

바람 불면 가리라 바람 불어 비 그치면 떠나가리라 마주 떠도는 산과 강을 발바닥으로 지우며 소리 죽은 물줄기를 따라가리라 둥두둥 아리랑 아리랑 열두 굽이 참고 넘는 마음 고개 오늘은 멀리 뭍을 벗어나는 바람소리 낮게 더 낮게 자갈밭에 물 빠지는 소리.

—「명지 물끝·4」 전문

뭍에서 바다로 흘러가는 낙동강 줄기를 통해 죽음을 향해 흘러가는 삶의 흔적을 그리고 있는 이 시는, "낮게 더 낮게 자갈밭에 물 빠지는 소리"와 같이 죽음의 관념성을 감각적으로 구체화하고 있다. "명지"는 부산과 김해의 중간에 위치한 낙동강 끝마을로 강과 바다가 처음으로 만나는 실제적 공간이면서 동시에 죽음과 삶이 마주하는 상징적 공간이다. 다시 말해 뭍의 끝이라는 죽음의 의미와 바다의 시작이라는 삶의 의미가 비로소 만나는 이중적 의미를 지니고 있는 곳이다. 그래서 그는 "모래무덤 하나 둘 어허 넘자 어허 넘어 뭍에서 물로 하늘 밖으로 내 목젖 마른 자리 발톱을 세워 훌훌이 날아가는 붉은 물떼새"(「명지 물끝·8—고 김헌준」)에서처럼 신산한 삶의 고통을 뒤로 하고 망자의 넋을 어루만지면서도 새로운 삶의 세계로 비상을 꿈꾸는 긴장을 잃지 않고 있는 것이다.

「미성년의 강」에서 이미 보았듯이 그의 시에서 "강"은 "무덤"을 이루고 있다. 즉 "물"과 "무덤"은 동일한 이미지로 모성적 공간으로서의 근원적 의미를 담아내고 있는 것이다. 그는 "세상에 참 무덤도 많지만 이곳같이 물소리 함께 거느린 무덤들은 유별나다"(『가을 악견산』 뒷표지)는 말을 통해 "물"과 "무덤"이 공존하는 장소의 "흔치 않은 즐거움"을 이야기한 바 있다. 그에게 "무덤"은 한 잔 술을 나누며 세상살이의 어려움을 나누던 "그리운 주막" 같은 친숙한 삶의 공간인 것이다.

> 산그늘 하나 따라잡지 못하는 걸음이
> 느릿느릿 다가서는 거기,
> 주막 가까운 북망(北邙)에 닿아라.
> 동으로 머리 뉘이고 한 길 깊이로 다져지는 그대
> 도래솔 성긴 뿌리가 새음을 가리고
> 나직한 물소리 고막을 채워 흐른다.
> 입안 가득 머금은 어둠은 차마 눌 주랴.
> 마른 명주 만장(輓章) 동이고 비틀비틀 찾아가거니
> 흐린 잔술에 깨꽃더미처럼 흔들리는 백두(白頭).
> 그대의 하관을 엿보는 마음이
> 울음을 따라 지칠 때,
> 고추짱아 고추짱아 한 마리 헤젓는 가을 하늘 저 끝.
>
> ―「그리운 주막 1」 전문

"그리운 주막"은 죽음의 성소(聖所)이다. 세상살이의 느릿한 걸음이 쉼터를 찾아 다가서듯 지친 삶의 끝을 뒤로 하고 "동으로 머리 뉘이"는 "북망"이다. "입안 가득 머금은" 술은 "어둠"이고 "쉰소리 마른소리 다 모여서"(「그리운 주막 2」) 부르는 노래는 만가(輓歌)이다. 결국 "그리운 주막"은 산자와 죽은자가 술 한 잔 돌리며 마주하는 "무덤"을 형상화한 것으로, '죽음'에 내재된 '축제성'에 대한 발견을 통해 삶의 힘을 새롭게 생성해내는 근원적 공간을 형상화한 것에 다름 아니다.

주지하다시피 "무덤"은 죽음의 객관적 상관물이다. 박태일에게 "무덤"은 관념화된 죽음의 세계를 경험적 세계로 재해석하는 지리학적 의미를 지닌다. 그는 "무덤"이라는 구체적 장소를 떠돌면서 삶과 죽음의 관념성을 지워 버리고 흙으로 변해 버린 삶의 구체성과 직접 만나게 된다. 이처럼 "무덤"이 구체적 사유의 방향으로 변모한 것은, "어느 해 봄 읍내 가는 신작로 아홉 고개를 넘고 대야성(大倻城) 아래터까지 따른 할아버지 꽃상여", "다음날 발가숭이 동무를 구비진 물밑에 거꾸로 잠재운 뒤 나는 강으로 나가는 푸른 방천길을 영 잊었다"(「문림리(文林里)」)에서처럼 어린 시절 할아버지와 친구의 죽음에 대한 기억 때문이기도 하지만, 무엇보다도 아버지의 죽음을 맞이한 실제 체험이 크게 작용했음에 틀림없다. 모든 것을 객관화시켜 절제된 목소리로 표현하는 데 익숙한 그의 시세계가, 세 번째 시집에 이르러 감성의 폭을 견디지 못하고 주관성의 세계에 깊이 빠질 수밖에 없었던 것도 바로 이러한 삶의 충격 때문이었다.

> 아버지 이승에 누우시고
> 아버지 저승길 가신다 흰 두루막
> 어느 저잣거리 갑신 숨을 고르시며
> 아버지 즐기던 돼지국밥 말고 계실는지
> 황토 축축한 골짝을 내려오면
> 가까운 능선 먼 능선이 발목을 때리고 목을 차는데
> 한입에 달려드는 황강 너른 굽이
> 붉은 맨발 저 물길은 언제 적 서러움인가.
>
> ─「아버지 누우시다」 중에서

"모두들 아버지를 놓치고 허둥거"릴 때마다 "문득문득 떠올라 환하신 아버지"(「아버지 목마르시다」)는 아직도 그의 삶을 지탱하고 지켜 주는 커다란 지주이다. 이 때문에 "아버지 저승길"을 따라가는 그의 목소리는 "축축"히 젖었고 "서러움"이 물밀 듯 밀려 올 수밖에 없었다. 삶과 죽음의 경계가 결코 멀리 잊지 않다는, 우리의 삶 가장 가까이에서 언제나 죽음은 함께 살아가고 있다는 것을, 시인은 아버지의 죽음을 통해 절실하게 체험할 수 있었던 것이다.

이 밖에도 그의 시는 죽은 아들과 어머니의 만남을 절창으로 표현하고 있는 「젯밥」, 지아비를 잃고 김해장에서 그날그날 생계를 유지하며 살아가는 「김해군 주촌면 내삼 관동댁」, 지아비의 제사를 지내는 아낙의 목소리를 제문형식으로 표현한 「박복한 이 아낙은 네 번 절하고」 등 도저한 죽음의 지리적 공간을 한풀이하듯 노래하고 있다. 즉 "물"과 "무덤"의 원형적 의미에 기대어 죽음으로부터 새로운 삶의 의지를 찾아가는 지리학적 상상력을 심화시키고 있는 것이다. 이처럼 그가 꿈꾸는 세계는 막연한 피안지향성이 아니라 구체적 장소를 매개로 한 지리학에 토대를 두고 있다는 점에서 의의가 있다. 그리고 문명적 가치에 의해 도발되는 미래적 비전이라기보다는 오히려 전통적 가치를 낡은 반근대의 자리에 놓인다는 점에서, 그의 시는 근대성(modernity)을 지향하는 오늘날의 시적 경향에 대한 반성적 공간으로서의 의미를 지닌다. 그는 근대성의 부정적 징후를 거슬러 "물"과 "무덤"의 원형성과 실존성을 통해 '신생(新生)'을 꿈꾸는 서정적 비전을 형상화하고 있는 것이다.

5. 생태학적 상상력을 향하여

문학은 특정한 환경에서의 인간적 체험을 묘사한다. 체험이란 우리가 아는 현실과 우리가 조성한 세계에 대한 의미의 총체라고 정의할 수 있는데, 이는 우리의 감각, 감정, 지각, 인지를 포함하는 것이다. 즉 인간은 시각, 후각, 촉각을 통하여 어떤 세계를 의식하고, 언어, 이미지, 비언어적인 상징을 사용하여 보다 정교하게 그들의 세계를 구성한다. 과학에서의 환경이 인간 유기체와 고립된 개념적이고 분석적인 것이라면, 문학에서의 환경은 인간적 체험과 분리되지 않는 유기체적 의미를 지닌다. 따라서 문학지리학은 문학작품을 통해 개인과 인간집단의 체험에 대한 근원적인 성찰과 이해를 가능하게 하는 것이다.

박태일의 시는 환경(세계)과 인간이 함께 어우러지는 삶의 풍경을 그가 터를 닦고 살아가는 지역 속에서 현실감 있게 그려내고 있다. 첫째, 지배 이데올로기에 의해 소외되거나 잊혀져버린 역사지리에 대한 재발견을 통해 민족공동체의 터전인 지역과 현실에 대해 역사적으로 성찰하고 있다. 둘째, 중심의 논리와 권력의 횡포에 짓눌려 변방으로 밀려난 소외된 지역의 일상적 삶의 고통을 지리학적 상상력을 통해 구체화하고 있다. 셋째, "물"과 "무덤"의 원형적 공간을 통해 죽음이 지닌 현재적 의미를 발견하고 이를 통해 죽음에 대한 친화력이 오히려 삶의 근원적인 힘을 생성한다는 역설적 의미를 전달하고 있다. 물론 이 세 가지 유형이 명확하게 구분되거나 완전히 분리되어 나타난다고는 볼 수 없다. 그에게 역사, 소외(지역), 죽음의 문제는 하나의 의식체계를 이루고 있어서 「김해군 주촌면 내삼 관동댁」에서처럼 그것이 함께 어우러질 때 더욱 큰 감동을 불러일으킨다는 점을 간과해서는 안 된다.

박태일은 자신의 시세계가 "집과 길 그리고 무덤이 따뜻한"[10] 곳을 지향하고 있음을 이미 밝힌 바 있다. 앞에서 살펴봤듯이 그의 시에 나타난 상상력의 토대는 사라지고 잊혀진 것에 대한 발굴이요 복원에서 비롯된다. "곳 곳 벽 허물어지고 발걸음 끊긴 마을"의 지도를 따라 길을 떠나는 것이 그의 시의 여정인 것이다. 무엇보다도 머리에서 무작정 그려지는 관념적 상상 공간이 아니라, 우리의 삶터를 가로지르는 구체적 현실 공간

---

10) 「시인의 말」, 제26회 국제문예광장 팸플릿, 1995년 6월 29일.

을 형상화하고 있다는 점에서 그의 시는 문학지리학에 큰 빚을 지고 있다.

그런데 그는 세 번째 시집을 내면서부터 '길'이라는 물리적 공간이 지닌 허무함과 한계를 조금씩 느끼기 시작했다. '길'은 유한한 삶의 지도를 그려줄 수 있을지 모르지만 보다 근원적인 삶의 문제와 인간의 정서를 모두 아우를 수는 없기 때문이다. '길'은 오히려 '나/너'를 구획짓는 또 다른 폭력적 경계가 될 수도 있다는 점에서 부정적 징후를 이미 내재하고 있다. 따라서 그는 드디어 '길'에 대한 새로운 성찰을 모색하는데, 물리적 공간으로서의 '길'에 대한 집착에서 한걸음 더 나아가 정신적인 공간으로서의 보이지 않는 '길'을 찾아나서는 것이다.

> 그리움엔 길이 없어
> 온 하루 재갈매기 하늘 너비를 재는 날
> 그대 돌아오라 자란자란
> 물소리 감고
> 홀로 주저앉은 둑길 한 끝.
>
> —「그리움엔 길이 없어」 전문

그는 '길 없는 그리움'을 찾아서 헤매고 있다. "그리움엔 길이 없어/온 하루 재갈매기 하늘 너비를 재는 날", "홀로 주저앉은 둑길 한 끝"에서 "그대 돌아오라 자란자란" 기다리는 모습은 바로 시인의 자화상이다. 길 없는 그리움의 실체인 "그대"는, 그가 새롭게 모색하고 있는 시세계를 조심스럽게 내비친 것이라고 할 수 있다. 이런 점에서 네 번째 시집 『풀나라』에 수록된 「풀약」은, 그의 시가 역사·소외·죽음의 지리학을 넘어서 생태학적 상상력으로 나아가고 있음을 예감하게 한다. 따라서 "뼈마디 곳곳에 통마늘 든 나날" "이 지랄같은 병에는" "산에 들에 저 풀나물/어떤 놈이 내 약 될꼬"라고 말함으로써 문명의 병폐가 인간을 위협하는 현실의 고통을 '자연'의 힘으로 치유하려는 생태학적 시각을 표방하고 있다.[11]

그는 이미 "근대 자본주의의 생산과 효율 논리로 말미암아 저질러진 생태 위기 문제에 중요한 대항담론으로 마련되고 있는 생태시의 많은 부분이 장소시라는 틀 위에서 이루어지고 있"[12]다는 점을 지적한 바 있다. 이는 장소시의 지리학적 상상력과 생태환경시의 생태학적 상상력이 만나는 지점에서 그의 시가 새롭게 출발할 것임을 분명하게 제시한 것임에 틀림 없다.

(1999)

---

11) 그는 시인이 기꺼이 맡아야 할 일 가운데 하나는 생태학적 감수성을 널리 펴는 일이라고 하면서, 시는 진공의 공간을 헤엄치는 순수한 창조물이 아니라 사회 치유의 실천방식이어 야 한다는 점을 강조한다. 따라서 그는 '쓰레기 덜 만드는 문학'을 위해 할 일과 방법을 심각하게 생각하고, 그것을 앞서 실천에 옮기는 자세가 무엇보다도 소중한 것이라고 말하 고 있다. 이는 앞으로의 그의 시세계의 방향을 짐작하게 해주는 것이 아닐 수 없다. 박태일, 「1990년대 한국시의 공간과 그 전망」, 앞의 책, 349~350쪽.

12) 박태일, 앞의 대담, 35쪽.

따뜻한 자리에 도돌이표를 찍고 지워나가면서

송창우

선생님이 찍어놓은 따뜻한 도돌이표를 찾아서 저도 오늘은 길을 나설까 합니다. 동해의 축산에서 서해의 마량까지 안녕 안녕 길섶 고들빼기 부러 불러서 죄 없이 헤픈 인사 먼저 하며 가겠습니다.

영랑이 모란 꽃잎 흩고 있는 강진에 가면 풀나라에 낳으신 선생님 안부도 전하옵고 파도가 밀려와 집들의 대문을 지우는 백석리에 가면 선생님처럼 바다가 누워있는 곳으로 기어가서 그 옆에 누워도 보겠습니다.

3·8일 구포 창녕 1·6일 신반 고성 4·9일 진동 장터 할머니들이 펼쳐놓은 산나물 들나물 수리취 곰취 애호박에도 도돌이표를 찍어두셨겠지요. 단 한 번도 그냥 지나친 적 없으시던 기억을 떠올립니다. 조교 시절 가끔은 연구실 낡은 책상 아래에서 책 냄새에 젖어 고요히 썩어가고 있던 푸성귀를 몰래 내다 버리기도 하고 오늘은 또 무슨 자루를 짊어지고 오실까 군걱정도 많았습니다.

할머님 어머님 당고모님 누이가 살았던 눈 들면 사라지는 먼먼 마을의 어두움도 따라나서는 낙동강 남강 합천땅 황강 물마을이 깜빡 저물면 그리운 주막을 짓고 고요히 물길을 따랐던 청년의 한 시절을 밀린 잠

위로 사사건건 떠오르는 연산동의 달을 돈냉이 별꽃 풀나라 아이들이 사는 그 먼 나라를 생각합니다.

기억하시는지요. 언젠가 월영대 월영지 위에 만날재 아래 십일팔 광장 아래 벚꽃이 다 떨어지고 새잎 푸를 때 따라 배운 제자들의 시전이 열렸습니다. 그날 방명록에다 이렇게 써주셨지요.

"여러분은 → ★★입니다."

그날 밤 하늘에는 참 많은 별들이 새로 태어났습니다. 그리고 반짝이기 위해 참 많은 별들이 밤을 새우고 별과 별이 부딪히고 때론 스스로를 사르고 때론 블랙홀이 되어 뭇 별들의 빛을 훔치기도 했습니다. 별이 되려는 제자들에게 또 말씀하셨지요.

"나를 밟고 넘어라."

그러나 선생님. 아직은 선생님의 키가 훤칠히도 크셔서 이야기 속의 토끼처럼 낮잠도 주무시지 않으셔서 선생님의 빛을 다 흡수하지 못하고 오래 밤들지 않을 발가락 사이 새날 새벽을 찾아서 떠납니다. 밤기차표 입에 물고 마산역에도 가보고 저녁 일곱 시부터 새벽 다섯 시 갈두 사람들 아랫배로 길 없이 밀리고 쓸리는 파도소리 군화소리 들으러 여름 땅끝에도 갑니다. 거기 멍텅구리 마른안주에 술잔을 엮으시던 주막에 도돌이표 하나 감춰두신 것을 여름 세연정 죽은 못물에 새끼를 치고 사는 모기 일가가 갓초갓초 귀띔해 줍니다.

가을 악견산으로 가셨다구요. 약쑥 개쑥 손 흔들며 간월산 돌아 간월사 만어산 돌아 만어사 구름 보내고 돌아선 골짝 불영사에 가셨다구요. 일곱 시 막차는 절밑 떠나고 비 속에 서서 도토리묵을 비비며 하늘 달 되어 오르신 관세음 자고 깨는 삶 때꼽 부질없는 그리움에 마음 겨워서 낙산바다 너른 파도 자국자국 따르시던 선생님. 노을에 올라선 부처님 나라 새로 지은 불영사 길을 다시 떠나신다구요.

거기 몸 공부 마음 공부 다 내려놓은 부처님이 사시는 불영사 그 먼 나라 어느 바닷가에 젖쟁이 노랑쟁이 나생이 잔다꾸 사람 없고 사람 닮은

풀들만 파도밭을 담장 삼아 사는 나라 문지방 내외하며 자고 먹는 풀나라
에 가면 이름 잊힌 채 그저 풀로만 불리는 강바랭이 씀바구 광대쟁이
독새기 선생님 뵈올 수 있는지요.

지름길을 지우며 선생님께서 찍어놓은 따뜻한 도돌이표를 찾아서 도
돌이표를 지우고 새로 찍어가면서 자주 차도 놓치고 배도 놓치고 방동사
니 잎사귀에 써두신 한 편의 시처럼.

갈잎이 덮어 놓은 길을 지나옵니다 숨죽은 배추잎 거적대기 바닥에 닿여
도는 가마우지 인화되지 않는 몇 마리를 북쪽으로 날립니다 물에 물살이 부
딪혀 이루는 작은 그늘에 숭어가 썩고 멀리는 일응동 첫물까지 파꽃이 하얗
게 피었습니다 이응벽이 삭고 다시 사람들이 일어서고 하는.

—「명지 물끝·1」

(1999)

기억의 커뮤니티

- 박태일의 시세계 -

권혁웅

1.

서랍 한 구석에는 대개 오래 묵은 잡동사니가 있는 법이다. 지금 내 서랍을 열어 보니 모르는 사람의 명함, 촉이 굳은 만년필, 1993년 산행 기념 사진, 세금 고지서, 라이터, 재작년 수첩, 메모지 몇 장, 지금은 다른 사람과 함께 사는 이가 보낸 편지, 다 쓴 건전지…… 같은 게 그득하다. 지나간 것들이 서랍 한 구석에 숨어 자기들끼리 속닥이며 살았다는 게 신기하다. 그것들은 내 현존 기억에서는 밀려났지만, 거기 그렇게 있음으로 해서 내 잔존 기억을 이루고 있었던 셈이다. 명함은 살아오면서 만났던 이들을, 만년필은 내 필적을, 사진은 내가 있던 곳을, 고지서는 공적인 생활을, 라이터는 금연과 흡연을 혹은 결심과 좌절을 왕복했던 빈약한 의지력을, 수첩은 한 때의 내 모든 삶의 개요를, 메모지는 만일 적혔더라면 내 기억에 편입되었을 몇몇 구절을, 편지는 지나간 모든 사랑을, 건전지는 그 후에 방전된 심사를…… 상징하는 것들이다. 이미 그것들로 비유되어야 할 원래의 관념은 탈색했으나, 그것들은 비유해야 할 의무를 지닌 채 거기에 모여 있다. 그것들이 상기하는 어휘를 맨 처음 고른다면 아마도 그리움일 것이다.

박태일의 첫 시집 제목이 마침 『그리운 주막』인데, 신기하게도 그가 말하는 "그리운 주막"은 정말 지나가 버린 주막, 곧 무덤이다.

> 산그늘 하나 따라잡지 못하는 걸음이
> 느릿느릿 다가서는 거기,
> 주막 가까운 북망에 닿아라.
> 동으로 머리 뉘이고 한 길 깊이로 다져지는 그대
> 도래솔 성긴 뿌리가 새음을 가리고
> 나직한 물소리 고막을 채워 흐른다.
> 입안 가득 머금은 어둠은 차마 눌 주랴.
> 마른 명주 만장 동이고 비틀비틀 찾아가거니
> 흐린 잔술에 깨꽃더미처럼 흔들리는 백두(白頭).
> 그대의 하관(下棺)을 엿보는 마음이
> 울음을 따라 지칠 때,
> 고추짱아 고추짱아 한 마리 헤젓는 가을 하늘 저 끝.
>
> —「그리운 주막 1」 전문

무덤이 주막인 것은 "산그늘 하나 따라잡지 못하는 걸음이/느릿느릿 다가서는" 곳이기 때문이다. 촘촘한 음절들로 이루어진 네 마디 율격은 느린 행보와 관련된 것이다. 지친 발걸음을 멈추고 몸을 눕히는 곳이 주막이며, 끝끝내 누워 다시 일어서지 않는 곳이 '북망'의 주막 곧 무덤이다. 시인은 '그대'의 죽음 앞에서 울다 지쳐 망연한데, 그럼에도 끝내 자신을 문면에 노출하지는 않는다(개인의 심사를 말하는 경우에도 박태일의 시는 대개 '나'를 드러내지 않는다, 그 까닭에 대해서는 뒤에 살피기로 한다). 게다가 제목을 이룬 "그리운 주막"을 보면, 속으로 그리운 것은 그대지만 겉으로 그리운 것은 그대가 아니라 무덤이다. 이 환유적인 이동은 아마도 시인이 "그대의 하관"을 엿보았으며, 그래서 그대 있는 곳에 마음이 오래 머물 것임을 암시할 것이다. 나는 문면에서 숨고 그대는 땅 속에 "한 길 깊이로" 숨었다. 그대와 나는 이승과 저승의 거리만큼 멀리 떨어졌다. 이제 나와 그대의 관계가 아니라 나와 무덤의 관계가 남았다. 이 무덤이 그리움이 흘러나오는 통로다. 그리움은 대상에서가 아니라 대상의 부재에서, 더 정확히 말하자면 대상에 대한 객관적 상관물 곧 흔적에서 촉발되기 때문이다. 그러니까 그리움은 기억의 내용이며, 흔적은 기억의 형식이다.

2.

박태일이 오랫동안 공들여 복원해 온 것이 그런 기억의 대상들이다. 이 대상들이 모여 한 시절의 커뮤니티를 이룬다. 공동체 대신에 커뮤니티란 말을 쓴 것은, 대체로 대상들이 지금도 자기 증식을 계속하고 있기 때문이다. 현존하는 공간이 아니라 잠재적인 공간이라는 점에서 박태일의 대상들이 이루는 공간은 인터넷을 닮았다. 인터넷 커뮤니티(공동체가 아니다) 속의 구성원들은 지금도 대화를 나누고 의견을 올리고 자료를 축적하며 성장해서는 또 다른 커뮤니티로 분기해 나간다. 박태일이 복원해낸 커뮤니티 역시 그렇다. 시인은 자신이 다닌 여러 지역을 모아 지도를 그리고 사람들을 모아 마을을 만들고 식구들을 모아 가계(家系)를 작성하며 옛일을 모아 연대기를 꾸민다. 거기서 과거와 현재가 드나들고 이곳과 저곳이 회통(會通)하며 이 이와 저 이가 만난다. 더욱이 이 회집(會集) 속에는 노래가 있다. 다른 말로 신명 혹은 처연함이 있다.

용전 사깃골은 그릇을 굽던 곳 비늘구름 사금파리 켜켜로 숨긴 그곳을 처음 밟았던 어느 봄날 봄물이 녹았다 얼었다 겨우내 지친 흙발 부드럽게 어루만지며 으쓱으쓱 흘러내리는 일이 고마웠는데 용전 사기골은 묏줄기 빠르게 내려서다 다시 깍지손한 아이 마냥 다소곳이 올라앉은 마을이라 바람도 따시하게 계신 분들 말씨 또한 경우가 밝았으니 어찌 삼가함이 없을까 보냐 조심조심 들어서는데 지지 주지주지 제비가 지끼는 소리는 무슨 쇠끝으로 하늘을 긋는 듯해서 마을엔 알 수 없을 사나운 시름이 숨겨지긴 숨겨진 까닭이리라 생각도 넣어보고,

—「용전 사깃골」 1연

지명(地名)으로 지어낸 공동체의 모습을 먼저 보자. 같은 분량의 여섯 연으로 이루어진 이 긴 시는 용전 사기골에 다녀온 내력을 단 하나의 문장으로 이야기한다(3연에 등장하는 '있으리라'는 종지[終止]가 아니라 전환이다). 여러 겹으로 얽힌 절(節)은 이 내력을 곡진하면서도 자연스럽게 풀어낸다. 예컨대 "어느 봄날 봄물이 녹았다 얼었다 겨우내 지친 흙밭 부드럽게 어루만지며 으쓱으쓱 흘러내리"듯, 문장은 의미와 소리 모두에 걸쳐 결 고운 무늬를 그려낸다(어절을 단위로 삼아 전개되는 이 문장의 리듬은 무척이나 자연스러운 것이다, 예컨대 2~3음절을 한 단위로 삼아 진행되던 박절(拍節)은 "부드럽게 어루만지며"에서 느려졌다가 '으쓱으쓱'에서 다시 솟아오른다). 긴 문장 안에 촘촘한 대상을 늘어세우는 방법을 우리 시에 처음 소개한 이는 백석이다. 백석의 시가 나란히 놓인 대상을 유사성의 원칙에 입각하여 풀어놓았다면, 박태일의 시는 순차적으로 나타나는 대상을 인접성의 원칙에 따라 풀어놓는다. 그래서 백석의 시가 자주 공간적이라면 박태일의 시는 흔히 시간적이다. 인용한 부분은 시인이 용전 사깃골에 접어드는 초입 부분이다. 그곳은 "늘구름 사금파리 켜켜로 숨긴"곳이며, "물이 녹았다 얼었다 겨우내 지친 흙밭을 부드럽게 어루만지" 흐르는 곳이다. 구름의 결, 사금파리의 켜가 이루는 무늬는 녹았다 얼었다를 반복하며 흐르는 '물' 바로 그 무늬이다. 게다가 "았다 얼었다" 봄물에도 흙밭에도 걸리는 말이다. 봄물은 얼고 녹으며(「동동」의 그 유명한 구절을

생각해 보라), 겨우내 지친 흙밭 역시 그렇게 얼었다가 봄물의 애무에 녹아든다. 자연과 인사(人事)가 닮은 꼴인 셈이다. 용전 사깃골은 "깍지손한 아이 마냥" 다소곳한 곳이고 그곳의 어른들은 "따시하게 계신 분들"이다. 자연은 겸손하며 사람들은 온후(溫厚)하다. 그래서 시인은 삼가고 조심스럽다. 제비소리만이 이곳의 생활고를 은근히 암시한다. 모든 것을 쇠와 시멘트 덩어리로 바꾸는 세상에서 용전 사깃골은 축소의 운명을 지닐 수밖에 없을 것이다. 그럼에도 아니 그렇기 때문에 그곳은 자족적이고, 스스로 충만하기에 활성화된다. 그곳을 찾은 시인의 긴 여정은 용전 사깃골의 세부에 대한 탐색이며, 이 시대의 마지막 소도(蘇塗)에 대한 헌사이다. "우리 나라 용전이란 용전 왼 마을은 예로부터 굴뚝 밑에 나물박 좋고 마른논 수렁논 없이 봄물이 콸랑콸랑 넘치는 부촌으로 좋은 연줄 이어내릴 것"이란 마지막 구절이 이를 보여 준다. 시인은 국토의 이곳저곳을 다니며 각각의 지명을 마음의 지도에 기입해 넣는다. '불영사' 가는 길은 "노을에 올라선 부처님 나라"로 통해 있고(「불영사 가는 길」), '황덕도'는 "하늘을 가두리로 삼아/내외할 것도 없이 깨끗은" 곳이다(「황덕도」). '수영산'(「수영산 수영강」), '악견산'(「가을 악견산」), '간월산'(「간월산 돌아」), '신어산'(「신어산」), '집현산'(「집현산 보현사」)…… 등은 마음의 지도에 솟은 산이며, '구천동'(「구천동」), '축산항'(「축산항」), '백석리'(「백석리」), '원평리'(「원평리 가는 길」), '안골포 왜성'(「가락기 1」), '제내리'(「다시 제내리」), '연산동'(「연산동의 달」), '궁궁동(弓弓洞)'(「궁궁동」), '구만리'(「구만리」), '연화동'(「연화동 블루스」)…… 등은 마음의 지도에 자리잡은 마을이다. 각각의 지명들은 그 지명으로 인해 구체성을 갖지만, 그 지명들의 집적으로 인해 보편성을 갖는다. 다음 지명을 보자.

새벽에 떠나 느지막이 닿는다 적교
산과 산 사이 송신탑이 더위를 나르고
무릎치 검은 개가 구름 폐차장 쪽을

짓는다 바람마다 올랐다 내렸다

베롱꽃 허파꽈리는 납덩이다

사람 끊긴 장터 이남횟집

수족관은 흰 나팔꽃 차지다

낙동강도 읍내버스가 떠나면

마을 밖으로 귀를 옮긴다

쇠뜨기 불처럼 일어선 논길

머슴살이 나온 듯 들벌레 윙윙거리고

벼포기 벼벼벼벼 속삭인다

발바닥 서로 간질이며 비비비

봇도랑물 흘러간다 슬레이트 축사

햇살 바른 어느 굽이에서 밀려 왔는지

산뽕나무 한 가족 이른 저녁밥상을 받고

노란 종이등 손에 든 달개비 이웃도 있다

풀비 먹은 삼베 눅눅한 모랫길

옥수수밭은 넓고 길고 슬프게 멀리

물아래 애막의 어린 딸이

막걸리 주전자를 흔들며 온다

두드린다

장마 오겠다.

─「적교에서」 전문

　'적교'의 풍경은 이곳의 구체성을 드러내면서 한편으로는 탈각시킨다.
우리는 산을 건너오는 '송신탑'이 서 있는 곳, '베롱꽃'이 핀 곳, 논이 펼쳐
진 곳, '산뽕나무'가 자라는 곳, '모랫길'이 나고 '옥수수밭'이 있는 곳이면
어디서나 적교의 풍광을 본다. 적교는 이 모든 것을 끌어안은 구체의
현장이며, 이 모든 것들로 확산되는 일반의 현장이다. 적교의 전형성을

떠받치는 힘은 세밀한 묘필(妙筆)의 힘이다. 조금씩 이농(離農)이 진행되는 자리를 메우는 것은 자연의 힘이다. "이남횟집/수족관은 흰 나팔꽃 차지다", "낙동강도 읍내버스가 떠나면/마을 밖으로 귀를 옮긴다"와 같은 빼어난 구절에서, 자연은 황폐함이나 적막함으로 의미화되지 않는다. 자연은 사람과 함께 살며, 그래서 사람을 닮았다. "산뽕나무 한 가족 이른 저녁밥상을 받고/노란 종이등 손에 든 달개비 이웃도 있다." 이 구절들이 자연과 인간의 동거를 표시한다. 대개 여행시는 공간의 변화에 따라 화자의 감개(感慨)를 덧붙이는 방식으로 쓰여진다. 그래서 여행시의 구성적 원리는 단순한 이동이다. 여정의 속성, 곧 한 자리에서 다음 자리로 시간의 추이에 따라 떠밀려 가는 일에 기승전결의 굴곡을 새겨 넣으면 여행시의 골격이 이루어진다. 이런 구성법은 명료함을 얻는 대신 상투성까지 따라 얻는다. 박태일은 여정을 시에 포함하면서도 풍경의 바깥에 있지 않다. 그는 풍경 바깥을 지나가는 자의 감개를 최소한으로 제한하고, 풍경의 안쪽에 놓인 삶의 기미를 읽어내려 애쓴다. 이 점이 박태일이 시의 표면에서 '나'를 드러내지 않는 까닭이다(『그리운 주막』에 실린 「연산동의 달」 연작이나 『약쑥 개쑥』의 3부에 실린 가족 시편들과 같이, 일상의 신변잡사를 이야기할 때에 구체적인 화자의 자리에 앉는 것과 비교해 볼 만하다). 첫 행이 이 시가 여로의 과정 가운데 산출되었음을 보여 주지만, 이후에 이어지는 시행들은 여행자의 시선으로 얻어질 수 있는 풍경이 아니다. 이 풍경은 전지적 시점에서 얻어낸 조망에 가깝다. 이런 시야는 풍경의 이곳저곳에 자신의 입지를 흩어 풍경과 한 몸이기를 소망하는 자가 얻어낼 수 있는 것이다. 시는 마침내 "물 아래 애막의 어린 딸이/막걸리 주전자를 흔들며" 오는 장면을 제시한 후에, "장마 오겠다"란 단순한 예측으로 끝난다. 이런 단순한 결말은 이미 그곳의 높낮이에 자신의 삶을 맞춘 이만이 할 수 있는 말이며, 그것도 아라리의 굴곡으로 삶을 집약할 수 있는 이만이 할 수 있는 말이다. 결국 여로의 한 지점을 지시하는 첫 행은 정착의 기술(記述)로 변환되며, 그로써 마음의 지도에 자연과 어울려 사는 사람들의 모습으로 편입된다.

3.

그렇다면 이 커뮤니티의 주인은 누구일까? 시인 자신은 아닐 것이다. 시인이 화자를 노출하지 않는 것은 자신이 이 커뮤니티의 지배자임을 자처하지 않음을 암시한다. 일차적으로 이 커뮤니티 안에서 삶을 영위하는 개별자들이 이곳의 주인이다. 먼저 가족들이 있다. 초기시의 가족들은 개별자라기보다는 보편자에 가깝다. 이들은 누구에게나 있는 일가붙이로서 삶의 보편적 내력을 나누어 갖는 이들이다. 가족들은 세 번째 시집에 오면 시인의 가계에 직접 포함된다.

꿈에 오르신다 회갑 맞아 며느리 셋이 사드렸던 깃 부드러운 코트 단정하게 걸치시고 아버지는 여러 아버지로 여러 자식들 꿈속을 드나드시니 행복하신 아버지 그런데 내 꿈에는 결석하신다 결석하시는 아버지 아내는 오늘 또 눈물을 흘린다 아버지만 떠올려도 글썽거리는 아내는 불치다 아버지 목마른 아버지 물을 찾으신다 아가 물 좀 다오 형수는 아버지 목마름을 재빨리 눈치 챈다 그래서 형수는 더 형수답다 아버지 시원한 샘물로 분필가루 담뱃가루 까맣게 꽃핀 폐를 닦아내신다 정년 석 달 앞두고 돌아가신 아버지 교직이 원수다 원수는 대를 이어 원수다 아버지를 기억할 수 있는 벗들 한 분 두 분 허리 종이꽃 묶인 채 산으로 공원묘지로 새 자리잡아 떠나실 때 그 뒤를 기웃거려도 보지만

—「아버지 목마르시다」 1연

그리워하는 자식들에 의해 아버지는 여러 모습으로 등장한다. "행복하신 아버지", "결석하시는 아버지", "목마른 아버지"는 모두 자식들이 불러

낸 "돌아가신 아버지"의 다른 모습이다. 정이 많은 아내, 배려할 줄 아는 형수, 직업을 이어받은 나, 아버지 뒤를 따르는 친구분들……. 이러한 가족의 내력이 그리움의 형식으로 정돈되고 있는 셈이다. 이미 돌아가신 아버지를 그리는 시임에도, 이 시의 시제를 지배하는 것은 현재형이다. 아버지가 자식들의 꿈을 통해 여전히 현현하고 있기 때문이며, 그렇게 아버지에 대한 그리움이 다하지 않았기 때문이며, 아버지의 내력을 이어 식구들이 한 나무에서 난 가지처럼 계통수(系統樹)를 이루고 있기 때문이다. 더불어 사는 이웃들, "당목 할메"(「당목 할메」), "가령 할아버지"(「남들은 가령염감이라 했다지만」), "첫 아이를 밴 옥녀"(「점골」), '관동댁'(「김해군 주촌면 내삼 관동댁」), 제문을 읽는 한 '아낙'(「박복한 이 아낙은 네 번 절하고」) ……도 이 커뮤니티의 주민이다. 주민들은 또 있다. 이미 오래 전에 이곳을 살다간 이들이 풍경의 힘을 빌어 제 모습을 얼핏 드러낸다.

> 폐왕은 여름에 떠나 가을에 이르렀다
> 나라 망가지니 묵정밭 돼지감자만 씨알이 차고
> 불알 마르는 사내를 위해 아낙들은
> 자주 돼지감자를 굽는다
>
> 힘든 일이다 새삼
> 나라 이야기 끝자락을 마무리하기란
> 감실에 묻은 웃대 서책에는 더
> 기댈 길이 없다 귓밥 긴 내림에
> 편편한 발바닥이 늘 부끄러웠던 폐왕
>
> 동쪽 벌 김해는 한달음 눈앞인데
> 떠나오던 길에 밤비 산허리를 끊고
> 얼굴 젊은 딸들이 역사 적는 이를 울렸던가

폐왕 나드는 길 사람들이 돌을 쌓고

너구리 누린 오줌을 갈겨도

어금니 마주쳐 골골 날다람쥐를 부르며

붉은 여울돌로 책력을 짐작한다 폐왕

차선책이 원칙임을 알고부터

영 말을 잃어버렸던,

—「폐왕을 위하여 1」 전문

시인이 붙인 주에 의하면, 폐왕은 금관가야의 마지막 임금 구형왕이다. 폐왕의 돌무덤은 오래 전에 버림받아 황폐해졌는데, 폐왕은 그 황폐함을 고집스레 껴안은 채 묵언으로 일관하여 마침내 풍경의 일부가 되었다. "나라 이야기 끝자락"을 마무리해야 했던 폐왕, 고귀한 혈통("귓밥 긴 내림")과 연약한 몸("편편한 발바닥")을 부끄러워했던 폐왕은 이제 '너구리'와 '날다람쥐'와 함께 산다. 첫 행, "폐왕은 여름에 떠나 가을에 이르렀다"는 말은, 한편으로는 구형왕이 나라를 내놓고 이곳에 정착하게 된 내력을 설명하면서 다른 한편으로는 그렇게 흥왕(興旺)하던 기운을 잃고 쇠락의 운명을 보듬어야 했던 운명을 표상한다. 여름과 가을은 지금도 계속되는 것이어서, "아낙들은/자주 돼지감자를 굽는다." 폐왕의 설움이 계절의 변화와 더불어 거듭되고 있는 셈이다. 폐왕은 오래 전의 역사에서는 단 한 번 쫓겨났을 뿐이지만, 그 후의 긴 역사 동안—계절이 바뀔 때마다—거듭 쫓겨난다. 그러므로 돌무덤은 폐왕의 흔적이면서, 계속해서 폐왕을 현전의 자리로 불러내는 그리움의 기호이다. 자신의 권위를 하나씩 내어 놓은 후에 폐왕은 망연히 "말을 잃어버렸"다. 무덤은 아무 말도 하지 않으며 다만 묵언으로 제 존재를 증명할 뿐이다. 이제 폐왕은 "붉은 여울돌로 책력을 짐작"할 뿐이다. 돌에 묻은 세월의 흔적이 폐왕의 연대기가 계속 되고 있음을 지칭한다. 그래서 폐왕은 망한 나라의 마지막 임금이면서,

망하지 않는 세월의 영원한 임금이다. 단 한 번의 기억과 영원한 망각, 폐왕의 무덤은 그걸 보여 준다.

4.

박태일의 시집은 노래책으로도 읽을 수 있다. 실제로 박태일의 시에는 노래가 아로새겨져 있어서, 시를 율독하다 보면 자주 악보가 떠올라온다. 노래는 처음부터 암기법의 일종이었다. 노래는 문자가 없던 시절에 문자 노릇을 했다. 민족과 나라와 일가와 개인의 일대기는 노래에 실려 언중의 뇌리에 기록되었다. 그러므로 박태일의 시가 노래를 품고 있다는 것은 그의 시가 그 노래를 통해 결속되는 기억의 커뮤니티에 거듭 속한다는 말이다. 박태일의 단형시들은 흔히 세 마디나 네 마디 형식을 갖고 있으며, 장형시들은 반복과 변주를 통해 의미의 다발을 쌓아 가는 방식으로 제작되었다(시인은 의식적으로 장타령이나 『가을 악견산』의 3부에 실린 시편들에서 보듯, 잡가의 형식을 직접 원용하기도 했다).

어머니 눈가를 비비시더니
아침부터 저녁까지 비비시더니
어린 순애 떠나는 버스 밑에서도
잘 가라 손 저어 말씀하시고
사람 많은 출차대 차마 마음 누르지 못해
내려보고 올려보시더니 어머니
털옷에 묻는 겨울바람도 어머니 비비시더니
마산 댓거리 바다 정류장
뒷걸음질 버스도 부르르 떨더니
버스 안에서 눈을 비비던 순애

어디로 떠난다는 것인가 울산

방어진 어느 구들 낮은 주소일까

설문은 화장기에 아침을 속삭이는 입김

어머니 눈 비비며 돌아서시더니

딸그락 그락 설거지 소리로 돌아서

어머니 그렇게 늙어시더니

고향집 골짝에 봄까지 남아

밤새 장독간을 서성이던

눈바람 바람.

—「어머니와 순애」 전문

이 시에는 슬픔의 리드미컬함이 있다. "눈가를 비비시"는 어머니의 손
길은 끝에 가서 "밤새 장독간을 서성이던/눈바람 바람"으로 변형된다.
결국 "눈바람 바람"은 '비비시더니'의 리듬에 실려 왔다고 해야 한다. 바
람은 음소 /ㅂ/에 의해 그 모든 걸 끌어안는다. 어머니는 눈가를 비비셨을
뿐인데, 이미 그 행동에는 너무 많은 사연이 있다. '비비다'라는 술어는
몇 가지로 변형되면서 시행을 분절하고 결속한다. 눈가를 비비다(1행)—
아침부터 저녁까지 비비다(2행)—순애가 떠나는 버스 아래서 전송하며
비비다(3~8행)의 확장은 하나의 동작(1행)에 시간성(2행)과 공간성(3~8행)
을 부여하는 확장인데, 조심하라고 말을 잇다(5행), 내려보고 올려보다(7
행), 떨다(10행), 돌아서다(15행), 늙다(17행)로 변형된다. 눈을 비비는 동작
하나에 그토록 많은 의미소가 들어 있었던 것이다. 이 분절과 변형을
지탱하는 것은 어미 '-더니'와, '어머니' 자신이다. '-더니'는 회상과 여운
을 담은 어미이며, '어머니'(이 안에는 '머니'가 들어 있다)는 그 자체로 회상
과 여운의 상징이다(어머니는 고향이며 슬픔이다). 이 시에서 소리마디 규칙
이 변형되는 곳에는 거의 항상 '-더니'나 '어머니'가 등장한다. 이 시를
노래로 만드는 음소와 음절에 의지하여 시의 배치에 주목해보자.

어머니/눈가를/비비시더니//

아침부터/저녁까지/비비시더니//

어린 순애/떠나는/버스 밑에서도//

잘 가라/손 저어/말씀하시고//

사람 많은/출차대//차마 마음/누르지 못해//

내려보고/올려보시더니//어머니//

털옷에 묻는/겨울바람도//어머니/비비시더니//

마산/댓거리/바다 정류장//

뒷걸음질/버스도/부르르 떨더니//

버스 안에서/눈을 비비던/순애//

어디로/떠난다는 것인가/울산//

방어진/어느 구들/낮은 주소일까//

설문은/화장기에/아침을 속삭이는/입김//

어머니/눈 비비며/돌아서시더니//

딸그락 그락/설거지 소리로/돌아서//

어머니/그렇게/늙어시더니//

고향집/골짝에/봄까지 남아//

밤새/장독간을 서성이던/

눈바람/바람// (고딕체 강조는 인용자의 것임)

세 마디 리듬에 기초하여, 두 마디 혹은 네 마디 리듬이 '-더니' 혹은 '어머니'의 등장에 의해 출현하는 것을 알 수 있다(물론 마지막 부분에서는 이 역할을 '바람'이 대신한다). 이 규칙에 맞지 않는 부분은 11~14행까지인데, 이 부분은 어머니에게 속한 것이 아니라 순애에게 속한 것이다. "버스 안에서 눈을 비비던"이라는 촘촘한 음절들의 주인은 '순애'이며(11행), "어디로 떠난다는 것인가"라는 긴 의문의 대답이 '울산'이며(12행), "어느 구들 낮은 주소일까"라는 나지막한 의문이 걸친 장소가 '방어진'이며(13행), "설

묻은 화장기에 아침을 속삭이는" 곤고한 삶을 집약하는 이미지가 '입김'이다(14행: 때는 겨울이다). 어머니의 슬픔 사이에 삽입된 순애의 삶은 리듬을 흩을 만큼 쓸쓸한 것이며, 그것을 알기에 어머니는 슬픈 것이다.

5.

박태일이 복원한 기억의 커뮤니티는 이처럼 유려하고 단단하다. 그러나 그가 이루어낸 세계가 기억에 속해 있다는 말이 그 세계가 과거 지향적이라는 말은 아니다. 그의 기억은 현존하는 기억이며, 그것도 끊임없이 재생산되어 실재의 세계에 스며드는 기억이다. 그의 기억은 체험의 두께를 넘어서고(상상이 이 지층에 두께를 더한다), 실제의 영역을 넘어선다(시간성이 이 영역에 중첩된다). 이번 작품선에 실린 「풀나라」, 「신행」, 「껌」과 같은 시들이 현실주의적 상상력을 기억의 커뮤니티에 포섭하는 방식을 잘 보여 준다. 그럼에도 여전히 시인의 시선이 사물들 너머에서 사물들의 사물성을 지시하는 기억의 완강함에 속해 있다는 것은 분명한 것 같다. 예컨대, "까맣게 굳어버린 한때는 따뜻했을 누 눈물을 향해"와 같은 구절이 그렇다. 체험과 상상이 긴밀하게 교호하는 시인의 작업은 아마도 이 모래 도시의 현재마저 포괄하는 데까지 나아갈 것이다. 이 점에 관해서는 내기를 걸 용의가 있다. 지금도 그 커뮤니티는 분주하고 복잡하며 여전히 진화하고 있기 때문이다.

(2002)

풍경의 내력

- 박태일의 시세계 -

권혁웅

풍경이란 사회, 역사적인 것일 뿐 아니라, 이데올로기 구성물이다. 돌보아
줄 이 없을 풍경이라, 공통의 심성에 닿아 있으리라 믿었던 풍경은 실상 일그
러진 말의 부스러기일 뿐이었다. 나를 지워 더 너른 시간 지평 위에서 한 풍경
으로 살아가게 둔다는 생각은 지나친 것이다. 그 또한 나답게 세상을 보겠다
는, 알량한 백일몽의 한 바꿔치기라는 사실을 받아들여야만 했다.

—박태일, 「시인과 풍경」에서

1.

"돌보아줄 이 없는 풍경"이란 죽은 풍경이다. 풍경은 저 혼자 펼쳐진
것이 아니다. 나의 시선이 풍경을 구조화한다. 보는 자의 시선에 의해
원근법이 결정되는 까닭이다. 그래서 나는 풍경의 바깥이 아니라 중심에
있다. 풍경은 내 시선에 의해 절단된다. 그래서 풍경의 안팎을 경계 짓는
것도 나 자신이다. 굳이 가라나티 고진에 기대지 않더라도 우리는 풍경이

내면의 어떤 등가물임을 안다. 풍경보다 풍경을 보는 시선이 먼저 있었다. 풍경에 가득한 시선의 잉여, 그것이 풍경의 '이데올로기'다. 내가 풍경의 중심에 있었기 때문에, 나를 도려낸 풍경이란 높낮이도 없고 초점도 없는, 식어버린 사물성의 죽은 양태일 따름이다. 풍경을 풍경이게 하는 것, 그것이 시선이다. 그러므로 나는 풍경의 제일원인(第一原因), 곧 부동(不動)하는 동자(動者, Unmoved mover)인 셈이다. 풍경 속의 내가 우리가 되었을 때, 다시 말해서 다중 초점이 생겨날 때 풍경은 비로소 객관화된다. 한 초점에 의해 다른 초점을 지우는 일, 곧 "나를 지워 더 너른 시간 지평 위에서 한 풍경으로 살아가게" 두는 일은 일종의 '백일몽'이다. 내 시선을 말소할 수 없으므로 그런 시도는 착란이다. 하지만 착란만이 유일한 비약의 순간을 제공한다. 착란 속에서 적어도 나는 "공통의 심성"을 끌어들여, 다시 풍경으로 돌아가기 전의 한 순간 동안 풍경을 보편적인 것으로 만든다.

박태일은 풍경의 내력에 관해 누구보다도 깊이 아는 시인이다. 앞의 인용문에서 실패를 자인하는 시인의 겸손함만을 볼 것이 아니다. 적어도 그 시도 가운데, 시인은 풍경의 내력이 곧 사람살이의 내력이었음을 본 적이 있었노라 말하고 있는 것이다. 풍경이 처음부터 "이데올로기 구성물"이라는 것은, 풍경을 이루는 사물들이 처음부터 풍경을 바라보는 시선과 분리될 수 없었다는 것을 뜻한다. 그래서 박태일의 시에서 '보다'와 '겪다'는 풍경을 대하는 두 가지 방식이 아니다. 한 풍경의 내력을 적는다는 것은 그 풍경을 접하는 시선의 역사를 기록한다는 뜻이요, 그 시선을 통해 맺어지는 물아(物我)의 소통에 관해 말한다는 뜻이다.

그대 그리운 여자는 어디 있는지

그립던 여자는

모르지? 경주 지나 안강 지나 수세미 머리 소나무 외진 마을 줄팔매질 참새도 띄우며 잔 부끄럼 많은 여자 스란치마 짧게 입고 숭시러버라 우사스러버라 웃음소리 말소리 콩자갈 밟는 듯해서 바람도 기웃기웃 젊은 아내 장화

죽자 내내 홀로 살다 곁에 묻혔다는 신라 적 흥덕 임금 옛사랑 뜬소문을 들었
나 염치없이 몰려들어 왕릉 돈다 손뼉 친다

조선솔 빼어난 골짝
서서 어지러운
구름 여자들.

—「구름 여자」 전문

"그리운 여자"를 "그립던 여자"로 교정하는 것은 그리움이 지속태이기
때문이다. 나는 어떤 여자를 그리워했고 지금도 그리워하는데, 그 여자는
"경주 지나 안강 지나 수세미 머리 소나무 외진 마을"이란 풍경 속에
들었다. 3행의 거의 전부를 떠맡은, 곡절 많은 여자의 사연이 그대로 풍경
의 사연이다. 풍경은 현실태다. 여기에 연정이 있고 설렘이 있고 추억과
그리움이 있는데, 그것들은 모두 풍경의 것이며 또한 여자의 것이다. 경
상도 사투리로 펼쳐진 풍경, 흥덕왕릉에 모여 든 "구름 여자들"은 예나
지금이나 그렇게 수선스럽다. 오래 전의 순정에 지금도 몸을 꼬는, "서서
어지러운" 여자들이 '조선솔'처럼 구름처럼 거기에 있다.

진주라 천 리 진주
노래를 들려준 아이가 있다
구… 름… 느리고 무거운 이름이다
겨울 폐교 빈 철봉
마른 허파꽈리를 부풀리며
고요히 종이 풍선 접던 아이
버드나무 한길로 햇살은 발을 치고
그 아이 걷는다
곤두기침한다

슬픔에도 앞뒤가 있는지

그 아이

열두 줄 가야금 모양 물줄기를 쥔다

남강이라 했다.

—「문산 지나며」 전문

첫 행이 벌써 노래인데, 그 노래를 부르는 아이가 진주 남강이다. 길고 짧은 시행들이 모두 남강의 흐름을, 또 한 아이의 동작을 설명한다. 강은 느리고 무거운 구름을 싣고 가고, 겨울 폐교를 지키는 철봉처럼 차갑게 흐르고, 봄날에 종이 풍선처럼 부풀어 오르고, 걸어가듯 천천히 흐르거나 기침하듯 급하게 흐른다. 남강의 여러 물줄기가 아이의 여러 모습이어서, 남강은 아주 젊은 강이다.

'구름'이나 '남강' 속에 든 '여자'나 '아이'를 발견하는 것, 그것은 여자나 아이의 이름으로 풍경의 내력을 설명하는 것이다. 이 설명을 통해 묘사와 서사가 풍경 가운데 하나로 녹아든다. 이 녹여 붙인 자리에서 이음매가 드러나지 않는 것은 그것이 처음부터 한가지였기 때문이다. 풍경의 곡절에 관해 말하려면, 풍경을 보는 것이 아니라 내면을 보아야 한다. 다르게 말해서 풍경을 겪어야 한다.

2.

박태일의 시가 단순한 서경이나 직설적인 서사의 어느 하나로 귀착되지 않는 것은 이런 이유에서다. 보통의 서경이 관찰된 대상에 대한 묘사와 거기에 덧붙는 화자의 감개(感慨)로 이루어지는 것과 다르게, 박태일의 서경 속에는 사람살이의 사연이 늘 촘촘하다. 또 보통의 서사가 전형적인 인물에 대한 서술과 거기에 덧붙는 화자의 사평(史評)으로 이루어지는

것과 다르게, 박태일의 서사 속에는 풍경의 세부 묘사가 늘 극진하다

　　그 먼 나라를 아시는지 여쭙습니다
　　젖쟁이 노랑쟁이 나생이 잔다꾸
　　사람 없고 사람 닮은 풀들만
　　파도밭을 담장으로 삼고 사는 나라
　　예순 아들이 여든 어머니 점심상을 차리고
　　예순 젊은이가 열 살 버릇대로
　　대소사 상다리 이고 지는 마을
　　사람만 봐도 개는 굼실 집 안으로 내빼
　　이름 잊혀진 채 그저 풀로만 불리는
　　강바랭이 씀바구 광대쟁이 독새기
　　이장댁 한산할배 마을회관 마룻바닥에
　　소금 전 양 등줄 꺼지게 누운 마을
　　토광 옆 마늘 종다리는 무슨 힘으로
　　아침저녁 울컥벌컥 잘도 돋는데
　　한때 마흔 이젠 스무 집 어른들
　　집집 다 버리고 마을회관 두 방
　　문지방 내외하며 자고 먹는 풀나라
　　굴 양식 뜰것이 아침마다 허옇게
　　저승길 종이꽃처럼 피는 바다
　　그 먼 나라를 아시는지 여쭙습니다.

　　　　　　　　　　　　　　　　　—「풀나라」 전문

　　풍경이 그대로 사연이 되는 걸 보여 주는 작품이다. 이 빼어난 시에서, 풀들은 이농으로 힘겨운 한 마을의 내력을 그대로 전사(轉寫)한다. "사람 없고 사람 닮은", "이름 잊혀진 채 그저 풀로만 불리는" 것들이 이 마을의

주민이다. 이 풀들에 살 곳을 다 맡기고 "한때 마흔 이젠 스무 집" 된 이들이 "집집 다 버리고 마을회관"에서 산다. "뼈마디 곳곳에 통마늘 든"(「풀약」) 사람들 역시 풀나라의 주민이다. 여러 풀이름에 얹혀, "예순 아들"과 "여든 어머니", "예순 젊은이"와 "이장 댁 한산 할베", '개'와 "토광 옆 마늘 종다리"가 함께 사는 것이다. 이들은 잊혀져가는 마을의 곡진한 내력을 그 병렬을 통해 증명한다. 풀이 무성할수록 그곳은 폐허에 가까워진다. 그러나 그 폐허는 잊혀진 것들이 "문지방 내외하며 자고 먹는" 곳이다. 쓸쓸함과 다정함이, 무섭게 자라는 것들과 겨우겨우 살아가는 이들이 거기에 함께 있다. 허두와 결구를 장식하는 시인의 공손한 질문은 독자를 향한 문제제기면서 그렇게 잊혀져가는 어른들에 대한 문안이다.

안경도 둘이면 더 환한 걸까
돋보기 졸보기 틈새로 자란 손자들
스무 해 동안 어떤 울음도 만들지 않으셨다
고개 숙인 매발톱 자줏빛 꽃대궁

아침 저녁 창문으로 날아드는
구름 깃발을 펄럭이며 아들 셋 딸 하나
어머니 노년은 띄엄띄엄 위험했다 방구석
나날은 부챗살처럼 펴졌다 접히고

안으로만 졸아들면 눈물도 더욱
무겁다 자욱한 숨 몰아쉬며 현풍으로 대구로
낙동강 높은 음자리로 어머니
친정 마을 불빛을 밟으시는가

—「어머니의 잠」 부분

어머니에 대한 결곡한 진술에 부가된 풍경을 보자. 풍상의 세월을 견뎌 내며 어머니는 울음을 보이지 않으셨다. 매발톱꽃이 선택된 것은 그 강인한 음상(音相) 때문이다. 다음으로 아침저녁 찾아드는 구름과 햇살이 그대로 광음(光陰)인데 "어머니 노년은 띄엄띄엄 위험했다." 부챗살 운동은 늙은 어머니의 굴신(屈伸)과 갈마드는 세월을 설명하는 것이다. 그 다음에 "안으로만 졸아"드는 눈물이 있다. 어머니는 눈물을 보이지 않으셨는데 그것이 곧 어머니가 울지 않으셨다는 말은 아니다. 어머니는 속으로 울었고 그래서 눈물의 무게로 더욱 무겁다. "현풍으로 대구로" 옮아 다닌 어머니의 길은 "높은 음자리"를 디디고 오르는 길이었다. 당신의 삶이 늘 조심스럽고 어려웠다는 뜻이며, 그로써 마침내 한 가계를 혹은 한 음계를 완성했다는 뜻이다.

시인은 "풍경이 사회 역사적인 것"이라고 말했다. 풍경에 기대어 삶의 내력을 서술할 수 있었기 때문이다. 풀에 빗댄 사람들의 사연이, 어머니의 사연이 그렇게 풍경에 스며들었다. 나는 그 사연을 「기억의 커뮤니티」라 이름붙인 적이 있다(「기억의 커뮤니티」, 『시와 비평』, 2002년 4호). 가족들, 이웃들, 오래 전에 이 풍경에 몸을 붙여 살았던 이들이 그 사연의 주인공들이다. 박태일은 공들여 여러 지역을 시에 되살려 냄으로써 그 풍경에 기댄 한 시대의 삶을 복원하려는 고현학적 작업을 보여 준다. 그 작업을 통해서 하나의 풍경이, 그곳에 몸 붙여 사는 이들과 그들의 삶과 세월이 고스란히 되살아나는 것이다.

3.

박태일은 시 한 편에 대한 분석만으로 평문 하나를 작성할 수 있는 드문 시인 가운데 한 사람이다. 그의 시에 풍경과 사연이 그토록 많은 것은 대체로 우리 삶의 내력이 그처럼 곡진하기 때문일 것이다. 가사에 연원을 둔 것으로 보이는 그의 발성은 자주 종지(終止)를 휴지(休止)로 대체하면서 면면히 이어지는데, 이 역시 문맥을 드나드는 곡절 많은 사연에 힘입은 것이다. 박태일의 시는 천천히 읽어야 한다. 느릿느릿한 가락에 얹혀 풍경과 사람과 삶을 거느리고 굽이쳐 나아가는 시행들에 천천히 젖어들어야 한다. 많은 일을 겪은 이가 주름이 많듯, 그의 시에는 여러 겹의 주름이 그어져 있다. 주름은 얇은 몸피로 큰 면적을 끌어안는 존재 형식이다. 그의 시집을 읽는다면, 당신은 얇은 부피 안에 주름져 숨어 있는 그토록 많은 이야기들을 들을 수 있을 것이다.

(2003)

지역성, 개별성 그리고 보편성

이문재

풍경은 한 겹이 아니다. 보여지는 것, 보이는 것, 볼 수 있는 것 등
여러 겹으로 구성되어 있다. 일찍이 일본의 한 문학평론가가 일본의 근대
화 과정을 풍경을 통해 읽어냈거니와, 박태일 시인도 풍경의 심도(深度)에
민감해 왔다. 시인에게 풍경은 그저 '눈에 보이는 것'이 아니다. 시인은
"풍경이란 사회, 역사적인 것일 뿐 아니라, 이데올로기 구성물이다"(『풀나
라』)라고 선언한다. 그러니까 시인의 눈은 보여지는 것, 보이는 것을 보는
눈이 아니다. 시인의 눈은 볼 수 있는 것을 보는 눈이다.

풍경은 한 겹이 아닐 뿐만 아니라, 고정되어 있지도 않다. 모든 풍경은
매순간 움직인다. 풍경은 바람(風)과 볕(景)이거니와, 고정불변의 평면이
나 액자가 아니다. 단 한 번의 풍경을 단 한 번 '눈'으로 보는 것이다.
같은 강물에 발을 두 번 담글 수 없다는 서양의 경구나, 부처의 눈에는
부처만 보인다는 동양정신의 가르침은 풍경에도 그대로 적용된다. 풍경
은 객관적 실재가 아니다. 풍경은 언제나 주관적인 인지 상태이다. 그리
하여 풍경은 언제나 내면 풍경이다(「세한도」는 결코 풍경화가 아니다. 추사가
그린 고송과 누옥은 추사의 '뇌파'이다).

고정할 수 없는 풍경은 보는 과정(관찰이나 응시에서 성찰을 거쳐 발견에 이르는 눈의 저 놀라운 운동들)에서 재구성된다. 시인에 의해 '고정'된 풍경은 시쓰기에서 다시 화학적 변화를 일으킨 다음, 한 편의 시로 '고정'되는데, 시 속에 담긴 풍경은 또다시 독자의 눈에 의해 해체, 종합된다. 풍경이 시를 통과하는 경로는 이처럼 복잡다기하다.

풍경이 이데올로기의 구성물일 때, 그 풍경은 시인에게 보이는 풍경이 아니고, 시인이 기어코 보고 싶어하는 풍경이다. 첫 시집 『그리운 주막』(1984)부터 두 번째 시집 『가을 악견산』(1989), 세 번째 시집 『약쑥 개쑥』(1995)에 이어 지난 여름 네 번째 시집 『풀나라』를 펴낸 박태일 시인은, 낙동강 일대의 지명(지역말)과 음악성(시인은 '가락감'이라고 말한다) 짙은 시어를 통해, 낙동강 일대에서 살다 간(혹은 살고 있는) 가족과 장삼이사의 구체적인 삶은 물론, 동식물과 옛 지역사("네 나라 시기")를 아우르며 '풀나라의 풍경'을 연출하고 있다. 그 풍경은 일단, 시인이 발품을 들여 답사한 강(낙동강) 들(김해) 바다(부산과 마산)를 복원해내는데, 그 풍경을 노래하는 시인의 어조는 요령 소리에 뒤섞이며 멀어져가는 만가 같아서 단박에 해독되지 않는다. 아지랑이 속에서 '옴실봉실' 피어나는 애잔한 봄꽃들처럼, 한눈에 들어오지 않는다.

하지만 네 음절 의성어/의태어가 발하는 리듬감에 맛들이고 나면, 그의 희미한 풍경은 어느덧 '동영상'으로 흘러가기 시작한다. 지명과 장소라는 구체성이 소리와 빛, 향기와 맛 같은 감각들과 어우러진다. 거개가 익명으로 등장하는 인물들의 지위는 높지 않다. 꽃이나 나무, 동물이나 곤충과 같은 위치거나, 인간과 자연의 위치가 역전되기도 한다. 그러나 인물들이 호명당하지 않았대서 그 인물들의 삶이 지워져 있는 것은 아니다. 초기시의 '아이들'은 아버지, 할머니, 아내, 아들, 친구와 같은 구체적 인물로 변모한다.

곡우 다음날

차 앞유리에 박힌 감꽃 하나
고향집 작은어머니 잘 담그시는 우엉 깍두긴가 싶어
쓸어내지 않고 나는
입술로 자근
입천장으로 자근
두 번 씹어본다

—「감꽃」 전문

시인이 가장 근접으로 촬영한 장면 가운데 하나다. 무심히 지나쳤을, 아니면 운전하는 데 방해가 되기 때문에 얼른 치워버려야 했을, 차창에 붙어 있는 감꽃을 집어드는 시인의 섬세한 손길이 전해져 온다. 시인의 상상력은 감꽃에서 고향집 작은어머니로 이어지고, 감꽃은 다시 우엉 깍두기로 변화한다. "입술로 자근/입천장으로 자근/두 번 씹어보"는 대목에서, 감꽃이며 고향 작은어머니, 우엉 깍두기와 시인이 행복한 합일에 도달한다.

감꽃을 씹으며(설마 다시 뱉지는 않았으리라) 곡우 지난 절기를 품어안는 시인의 표정은 네 번째 시집 『풀나라』의 맨 앞에 실린 시 「봄맞이꽃」에서 부풀어오른다.

신중 누이 보아
지장지장 비로자나 죄 몰라도
내 몸 한 법당 되어
절집 되어
품어 재우리니
업어 재우리니

팔공산 백흥암

다듬돌 안고 조는 괭이와

옴실봉실

봄맞이꽃.

—「봄맞이꽃」 전문

감꽃을 잘근 씹어대던 시인은 팔공산 백홍암에서 '법당'으로 변해 있
다. 감꽃(작은어머니)은 '옴실봉실'거리며 봄의 한가운데로 나오는 봄맞이
꽃(누이)으로 변주되어 있는가 하면, 감꽃을 몸에 들이던 시인은 법당이
되어 괭이와 봄맞이꽃, 그러니까 누이와 세상을 품어안는다. 「감꽃」에서
클로즈업하던 카메라는 「봄맞이꽃」에서 롱테이크 기법을 구사한다.

꽃은 식물성의 한 절정이다. 네 번째 시집 제목(『풀나라』)에서부터 강하
게 환기되거니와, 그 '풀나라'의 풍경은 식물성이다. 『풀나라』의 제1부에
실린 시만 들춰봐도 적지 않은 식물과 동물, 곤충이 서식하고 있다. 산수
유, 갯쑥, 산다화, 자운영, 아카시아, 밤(송이), 씀바귀, 솔숲, 연꽃, 고욤나
무, 갈대, 키버들, 모과꽃, 사과꽃, 하얀 감자꽃, 모과. 1부에 실린 13편의
시에서 뽑아본 식물(꽃) 이름들이다. 식물뿐만이 아니다. 동물과 곤충도
적지 않다. 고양이, 송아지, 말똥게, 배추나비, 울닭, 황소개구리, 참새떼,
뻐꾸기, 왜가리, 은어, 날짐승, 길짐승, 자라, 고양이, 쥐. 이 '자연'들 뒤로
하늘과 구름, 햇살이 원경(遠景)으로 자리잡고 있다. 이쯤 되면 거의 생태
다큐멘터리이다.

박태일 시인의 풍경에서 사람은 멀찌감치 물러나 있을 때가 많다. 「감
꽃」이나 「봄맞이꽃」에서 확인했듯이, 사람이 나올 때에도 식물이나 동물
과 동행한다. 1부에 네 번째로 실린 시 「불영사 가는 길」에 나타나는
시의 화자는 옆모습이거나 뒷모습이고, 「어머니와 순애」에서 전경에 보
이던 인물은 「우포」에서 멀찌감치 물러난다. 박태일 시인의 풍경에서
인물의 역할이 크지 않은 까닭은 무엇일까. 실제로 그가 발품을 들여
찾아가는 산골 오지나 바닷가에 사람이 거의 없기 때문이다. 이름하여

농촌 붕괴. 사람이 빠져나간 삶의 터에는 식물이 극성스럽게 진주해 있다. 표제작 「풀나라」에서 농촌 붕괴의 현장은 고감도 필름처럼 선명하다.

「풀나라」는 '먼 나라'이다. "사람 없고 사람 닮은 풀들만 파도밭을 담장으로 삼고 사는 나라". 한때 40가구가 모여 살던 마을이 이제 절반으로 줄어들었다. 이장댁이나 한산 할베라는 호칭은 강바랭이, 쑴바구, 광대쟁이, 독새기와 같은 풀이름과 큰 차이가 없다. 인간과 식물 사이에 거리가 없다. "예순 아들이 여든 어머니 점심상을 차리"는 인간의 행위는 식물들의 생명력 앞에서 무기력하다. 오히려 토광옆 마늘 종다리가 "아침 저녁 울컥벌컥 잘도 돋는"다. 「풀나라」에서는 인간과 풀의 관계가 역전되어 있다. 인간은 "굴 양식 뜰것이 아침마다 허옇게/저승길 종이꽃처럼 피는 바다" 곁에서 시름시름 소멸해 간다. 그 먼 나라는 인간이 있던 자리에 풀들이 왕성한 나라, 죽음의 이미지가 가득한, 아주 황폐한 풍경의 나라이다.

지난 10월 22일 저녁, 김해공항에서 내려 명지 물끝으로 달렸다. 박태일 시인의 두 번째 시집 『가을 악견산』에 실린 연작 「명지 물끝」의 그 명지. 날이 제법 어두워, 시인이 손끝으로 일러주는 낙동강 너머는 어둠에 갇힌 주홍색 불빛뿐이다. 명지는 낙동강 하구에 생긴 삼각주다. 뿌리 뽑힌 삶들이 스며들어와 허약한 뿌리를 내린 곳, 부산의 변두리. 농협 뒤쪽으로 들어서자 횟집 골목이다. 부산 인근에서 생선값이 가장 싼 곳이라고 한다. 시인은 전어회에다 소주를 시켰다(나는 이번 가을에야 '가을 전어' 맛을 처음 맛본 터여서, 공연히 달떠 있었다).

내가 군에 입대하던 그해 1월 초, 두툼한 1월 1일자 『중앙일보』에서 발견했던 시 「미성년의 강」. "열목어 열목어는 온통 강물에 열을 풀고"라는 대목을 오랫동안 나는 기억하고 있었다. 나는 그해, 1980년 3월에 군복을 입었고, 같은 해 12월, 하재봉 안재찬 박덕규 시인이 손잡고 『시운동』제1집을 펴냈다. 나는 그때 등단 전이었지만, 안재찬은 그 전해인 1979년

『한국일보』로, 하재봉 형은 그해 『동아일보』로, 박덕규는 그해 『문학과지성』으로(하지만 그의 시가 실리기로 되어 있는 호부터 폐간되고 말았다. 그래서 한때 우리는 그를 '폐간 시인'이라고 부르기도 했다.) 다들 등단한 직후였다. 박태일 시인은 그 무렵, 부산으로 찾아왔던 하재봉, 안재찬 두 시인의 근황을 물었다(그 시절에는, 어디 시 잘 쓰는 시인이 있으면, 때와 장소를 가리지 않고 쳐들어가곤 했다. 가는 차비만 겨우 구해서).

「미성년의 강」의 시인은 어느덧 사십 대 후반의 중년으로 변해 있었다. 1990년대 중반 이후, 매년 6월 서울에서 열리는 김달진문학축전에서 시인과 마주쳤지만, 오래 이야기를 나눈 적은 없었다. 사 년 전부터인가, 시인의 제자(박태일 시인은 경남대 국문과 교수로 있다) 가운데 하나인 시인 최갑수 씨가 서울에 일터를 마련해, 최 씨를 만날 때마다 박태일 시인의 근황을 접할 수 있었다. 그때 전해 들었던 것이 시인의 몇 가지 '벽(癖)'이었다. 방랑벽과 헌책 수집벽. 최근에는 달리기가 추가되었다.

그의 시는 그의 방랑의 결과이기도 한데, 그의 발길이 닿는 곳은 멀지 않고, 방랑의 기간 또한 길지 않다. 경남 합천에서 태어나 열한 살 때 아버지를 따라 부산으로 이주한 이래, 사춘기 시절을 '버스 여행'으로 보냈다. 김해, 양산 같은 곳을 털털거리는 버스를 타고 돌아다녔다. 당일치기 여행. 그의 시에서 경남 일대의 지명이 그토록 많이 눈에 띄는 것도 그 방랑벽 탓이다. 시인은 "내 못된 버릇이다. 내 시에 지명이 많이 나오는 것에 대해 구체적으로 설명할 수는 없다. 다만 지명을 사용함으로써 구체성의 일반화를 성취하고 싶었다."라고 말했다.

시인에게 지명은 인명 이전이다. 시인의 말이다. "인간과 인간 사이의 관계보다 더 근원적인 것이 인간과 장소가 맺고 있는 관계라는 생각을 갖고 있다. 나에게 장소나 지명은 그 자체로 강력한 정서적 동인이 되고 있다. 문제는 구체적이고 개별적인 장소나 지명에 대한 체험이 없는 이들에게는 그것이 매우 낯설고 어렵게 느껴질 것이라는 점이다. 그래서 가능하면 지명이나 장소를 내 시 속에서 문맥적으로 추체험할 수 있도록 배려하는 편이다. 낯선 지명과 장소 앞에서 독자들이 난해해 할지도 모르지만, 중요한 것은 체험의 구체성은 마침내 장소나 지명의 구체성에서 말미암는다는 사실이다."

그에게 첫 지명은 「구천동」이다. 첫 시집의 맨 처음에 실린 시. 그가 "숨어서 울던 곳"이다. 이어 오산, 영덕, 오십천, 자갈마당, 축산항 등으로 이어지는 그의 지도는 시간을 뛰어넘어 천 년 전 "네 나라 시기"로 여행을 떠나기도 한다. 두 번째 시집에서도 지도는 여전하다. 경주, 악견산, 간월산, 명지를 거쳐 세 번째 시집에서는 가덕도, 김해, 화악산, 백운산, 대천, 연화동, 거제를 순례한 뒤, 네 번째 시집에서 팔공산, 우포, 지리산, 팔조령, 합천 황강, 진주, 금정산 등지로 이어진다.

방랑은 곧 공간 속에서의 방랑이다. 지명에 대한 감수성은 곧 공간에 대한 감수성이다. 풍경은 지명과 장소를 떠난 공간이다. (평면을 연상시키는) 풍경에서는 곧잘 자아가 빠져나오지만, (삼차원인) 공간에서 자아는 타자와 더불어 존재한다. 박태일 시인의 지리적 상상력은 공간적 상상력이다. 시인의 아버지는 중학교에서 지리 과목을 가르쳤다. 합천읍 황강을 바라보며 자라나던 어린 시인은, 1960년 초반, 벌써 매달 집으로 날아오던 『내셔널 지오그래픽』을 탐독했다. 일어판 세계지도도 접할 수 있었다. 그의 공간적 상상력은 박사학위 논문으로까지 이어졌다. 『한국 근대시의 공간 현상학적 연구』(1991). 김광균 이육사 윤동주 백석의 시에서 국토라는 공간의 상실이 어떻게 드러나고 있는가를 조명한 것이다(이 논문은 삼 년 전, 『한국 근대시의 공간과 장소』라는 단행본으로 나왔다). 시인의 설명, "김광균은 위도 아래도 아닌 중천이라는 가상의 공간을 설정함으로써 피식민지 도시라는 현실공간으로부터 전략적 도피를 시도한다. 이육사는 피식민지 공간을 추상화해 나와 우주 사이로 극단화한다. 육사는 강한 내면적 신념으로 '나'와 우주 사이에 현실을 축소시킨다. 우주적 지리학이다. 한편 백석은 피식민지 지배자가 손댈 수 없는 과거라는 공간을 선택해 자기 자신을 지켜낸다. 윤동주는 자아의 발전이 거부되는 구체적인 피식민지 공간에 주목한다. 동주는 내면의 성숙을 통해 인간의 변화를 희망했다. 앞의 세 시인의 공간이 정적인 그것이었다면, 동주의 공간은 동적이다."

그의 방랑벽에는 두어 가지 원칙이 있다. 우선, 늘 새로운 곳을 찾는다. 최근에는 가덕도에서 가까운 외양도를 다녀왔다. 20세기 초반 러일전쟁 당시 일본군이 주둔하던 곳이어서, 지금도 포대가 남아 있다. 여름에는 욕지도에 다녀왔다(계간『문학동네』 33호에 실린 신작시 「욕지 목욕탕」은 그때 건진 것이다). 또 다른 원칙은 경상도 지역을 중심으로 삼남 지역까지 경계를 넓히되, 그 이상은 올라가지 않는다는 것이다. 지역감정을 떼어낸다면 지역주의는 매우 자연스럽고 또 아름다운 정서다. 근대화는 표준어라는 무기로, 중앙 집중이란 폐해를 낳았거니와, 지역을 강조하는 그의 시들은 저 중앙중심주의에 대한 일정한 저항이자 자기를 지키고 있다는 증거일 것이다. 시인은 지역에서 출발하되, 중앙이 아니라 보편을 지향한다. 지역말에 대한 시인의 말이다. "시인이라면 모름지기 제 나름의 말법을 갖추어야 한다고 생각한다. 내가 그러한 조건을 갖추었는지는 모르나, 경상도 말에 대해 상대적으로 관심이 많은 편이다. 규범적인 표준어법에 익숙한 이들이 독해 가능한 선에서 지역말을 끌어다 쓰면서 시어의 영역을 확장하는 동시에 정서적 공감대를 얻기 위한 전략이라고 보면 될 듯하다. 체험의 개별화와 보편화의 문제를 해결하기 위한 여러 고려 가운데 하나인 셈이다."

헌책 수집도 지역성에 대한 애착의 '곁가지'일지 모른다. 1970년대 중반, 부산대에 다닐 때부터 시작된 '매우 오래 묵은 버릇'이다. 대학 도서관에 읽고 싶은 책이 없어서 헌책방을 뒤지고 다녔다고 말할 수도 있지만, 그보다는 "시인이 시어를 수집하듯이" 옛날 책 냄새를 맡고 다니고 있는데, 아파트가 무너지지 않을까 걱정할 만큼 많은 책을 모았다. 특히 그의 전공과 관련된 근대서 수집에 관한 한 그는 '프로급 정보'를 갖고 있다. 몇 년 전, 진해에서 열린 김달진문학축전에서는 일제강점기의 희귀본, 예컨대 1930~40년대 문예지와 교과서 등을 전시했는데, 그 대부분이 박태일 시인의 서가에서 나온 것이었다. 네 번째 시집 속 「앵두의 이름」에 나오는 『보심록』이라는 딱지본 소설이나, 「어린 소녀 왔습니다」에 인용된 『배달말제문집』도 헌책방에서 마주쳤을 터이다. 한글 제문이 수록된 『배달말제문집』은 "두렵고 기뻐서 앉아 읽고 서서 읽"을 정도였다.

옛글이나 서민의 말투(「앵두의 이름」)에 대한 남다른 애정도 궁금했다. 시인은 답했다. "전통적인 언어 양식, 전근대적인 구어적 세계의 언어 또는 근대사회의 변두리 사람들이 누리고 있는, 그래서 지금은 주변화한 언어 양식을 상당히 많이 끌어다 쓰는 편이다. 정형시에 가까운 형태를 지향하는 것과도 맞물리는 방법적 고려다. 보다 더 보편적이고 뿌리깊은 말법에 대한 관심은 앞으로도 계속될 것인데, 오늘날의 산뜻한(?) 시인이나 독자들의 눈에는 장난처럼 보일지도 모르겠다. 그러나 인지상정의 세계를 그리는 데는 가장 효과적인 방법이다."

네 번째 시집에서 몇 구절 옮겨본다.

이옥기야요 연안 이가 황해도 연백에서 피란 왔지요 여기 와서 기옥이라 올렸지만 호적 이름은 옥기 일흔둘이야요 연백군에서만 팔천 명 배 타고 내려올 때 딸 하나 데리고 여수에 내렸지요

—「앵두의 이름」

유세차 갑오 정월 초이틀 임신은 우리 친가 아바 곧 이 세상 버리시고 구원천대 돌아가신 그날이라 앞날 저녁 출간 소녀 수련은 왼손으로 눈물 닦고 오른손으로 가슴 쥐고 엎드려 아뢰오니"

—「어린 소녀 왔습니다」

시인이 말한 "인지상정의 세계"의 육성이 '날것'으로 들려온다.

식물과 동물, 곤충이 지명과 장소와 함께 등장하는 한편, 박태일의 시에는 '아이들'이 유독 자주 나온다. 데뷔작 「미성년의 강」에 나오는 "길 잘못 든 한 아이"는 같은 시집에서 "울고 섰는 아이" "그리운 그리운 일들 다 가질 수 없는 나이가 되면/그냥 하얗게 죽어버릴거라고/더디며 걷는 아이"(「오십천곡 1」)로, 다시 "상심하고 있는 소년"(「겨울 보행」), "가두어 키우는 아이들"(「자갈마당」), "종일 물수제비 뜨는 아이들". "때를 넘긴 아이들"(「물그림자」), "은밀히 가슴에 섬을 세웠다 지워버리는 아이들"(「축산항 5」), "손 시린 아이들"(「잠자는 마을」), "호기심 많은 아이들"(「가락기 2」), "유가리 언덕에 희게 묻힌 아이들"(「가락기 5」)로 이어진다.

두 번째 시집 『가을 악견산』에서도 아이들의 행진은 계속된다. "악견산은 어디 죄 저지른 아이처럼"(「가을 악견산」), "강아지가 아이를 재우고 민머리 아우들이 돌려 담배를 무는 곳"(「구만리」), "갯가에는 새로운 아이들이 몰려와"(「명지 물끝·3」). 세 번째 시집에 이르러 아이들은 사라지고, 대신 아들과 손자, 조카가 나타난다. 할머니와 아버지의 죽음에 많은 시편을 할애하고 있는 세 번째 시집에서 시인은 '손자와 아들'로 돌이가 있다. 네 번째 시집에서 '아이'는 고향의 어린 시절로 돌아가 형이나 동생이 되어 있다. 초기 시에서 아이들이 그토록 자주 나타난 것은 무슨 연유일까. 시인은 이렇게 말했다. "어린 시절 합천에서 살 때, 가까운 친구가 죽었다. 아마 그 체험 때문인 것 같다." 그러고 보니 박태일의 시는 죽음의 시이기도 하다. 세 번째 시집 『약쑥 개쑥』 이후 그의 시에는 할머니와 아버지를 비롯한 가족이나 지기의 죽음, 이름 없이 살다 간 평범한 사람들의 죽음이 자주 목격된다.

어린 시절 친구의 죽음을 겪고, 또 열한 살 나이에 부산이라는 대도시로 거처를 옮겼으니, 그의 사춘기 또한 남달랐을 터이다. 그 시절에 시의 길로 접어들었던 것일까. 시인은 짧게 말한다. "의식적이고도 무의식적으로 말미암은 일이니만큼, 적절히 말하기는 어렵다. 고교 시절, '좋은 대학

진학'을 최대의 목표로 삼고 있는 현실 속에서 시쓰기는 하나의 탈출구였던 것이 분명하다. 개인적으로는 장차 이루어질 세상에서의 삶에 대한, 또는 그 앞에 놓인 막막함과 불안 따위들에 대한 내 나름대로의 관심을 표명하는 한 방식이 시였다. 어쨌든 내 청춘기는 시가 있어서, 시로 말미암아 행복했다."

그의 시는 초기 시 이래 줄곧 '노래로서의 시' 라고 명명되어 왔거니와, 그의 시를 노래이게 하는 가장 큰 요인은 부사어, 특히 의성어/의태어이다. 주로 4음절로 이루어진 의성어/의태어가 이루는 리듬은 그의 시를 노래에 가깝게 만든다. 시인은 '시의 뿌리는 노래' 라는 명제에 대해 이렇게 말한다. "시가 시일 수 있는 제도적 정당성 가운데 하나가 '노래'에 있는 것은 여러 가지 의미를 갖는다. 그중 하나가 음악이 집단성과 사회성을 확보하기 위한 방법이라는 것이다. 근대 문자시가 갖고 있는 개별성 내면성은 결과적으로 시를 시인의 고뇌에 찬 독백으로 만들어왔다. 이에 대한 한 반성의 자리에서 구술성 음악성이 확보되는 것이라고 생각한다."
　네 번째 시집 『풀나라』에서 시의 음악성을 강화하는 4음절 의성어/의태어들을 살펴보자. '옴실봉실'거리는 봄맞이꽃은 앞에서 이미 보았고, 도처에서 '소리'가 들리고 '모습'이 보인다. 돌탑 마을은 '조문조문' 모여 있고(「탑리 아침」), 배추나비는 '상날상날' 난다(「솔섬」). 설거지하는 소리는 '딸그락그락'거리고(「어머니와 순애」), 예불 소리는 낙동강 강물에 '슬쩍슬쩍' 끼어든다. 그뿐인가. 아래윗말 소가 만나 '우물우물' 콧김을 나누는가 하면, 노란 밀화부리 귀는 "왼쪽왼쪽 오른쪽" 한다(「무척산」). 부사어가 아닌 명사가 반복되면서 의성어/의태어 구실을 하는 때도 있다. "불영사 감자밭 고랑에 물끄러미 서서/서쪽 서쪽 왕생길 홀로 볼"(「불영사 가는 길」) 때의 "서쪽 서쪽"이랄지, "심심한 절마당 굴러다닌다/시님 시님 말동무한다"(「무척산」)의 "시님 시님"은 의태어/의성어의 기능까지 톡톡히 해내고 있다.

박태일 시인은 시 속에서 청각 이미지가 갖고 있는 역할을 높이 평가하고 있다. 시인의 말이다. "청각적 세계야말로 생각하지 않고도 느낄 수 있을 뿐만 아니라 온몸으로 구체성을 느낄 수 있는 세계라고 생각한다. 1980년대 해체시나 요즘의 시들에서 보이는 다양하고 파편적인 언어감각은 지극히 당연한 표현 방식의 일종이라고 생각한다. 문제는 그러한 양상과는 사뭇 다른 쪽을 지향해 왔던 내 방식이, 그러한 시들과 타자적 각성 위에 서 있다는 점이다. 그렇기 때문에 해체적인 모습이 반해체가 되고, 나의 지극히 보수적인 반해체가 오히려 해체가 될 수도 있는 것이 아닐까. 우리 시의 가능성을 넓힌다는 쪽에서."

　　해체의 기능을 수행하는 반해체의 시학. 박태일의 시는 근대성이 발명한 음흉한 무기들, 예컨대 문자중심주의, 표준어중심주의, 나아가 중앙중심주의에 대한 지속적이고도 섬세한 저항이다. 박태일의 시가 발견한 의연한 무기는 지명과 장소, 지역말과 옛글, 지역사와 지역인들의 구체적 삶을 음악화하는 동시에 풍경화하는 것이다. 모든 시인은 결국 한 편의 시를 쓰는 것인지도 모른다. 지금까지 네 권의 시집을 펴낸 시인은 자신의 시세계의 변화를 어떻게 정돈하고 있을까. 시인은 이렇게 답했다. "큰 변화는 없었으나 굳이 밝히자면, 첫 시집이 나를 개별화하는 데 초점을 맞추고 있다면, 이후 『풀나라』에 이르는 세 권의 시집들은 세상을 개별화하고 거기에 나를 담아두는 방식에 초점을 맞추고 있다. 언어적 자질도 첫 시집에 견주어 뒤의 시집들은 가능하면 토박이말로 시가 되는 모습을 구현하려고 노력한 것이다. 그런 점에서 나의 시는 거의 변화하지 않은 셈이다."

　　『풀나라』의 책 날개에는 박태일 시인을 백석과 견주는 대목이 있다. "(박태일 시인의) 언어에 대한 이러한 관심과 그것을 다루는 재능은 우리 시단에서 백석이 일찌감치 열어놓은 한 영역으로, 이 시집은 백석 이후 그 성과를 계승한 가장 탁월한 시집 가운데 하나임에 틀림없다." 백석은, 박태일 시인이 연구했듯이 피식민지 지배자가 결코 손댈 수 없는 과거,

즉 북방 정서를 시로 복원하며 암울한 시기를 견뎌냈다. 그렇다면, 박태일 시인은 한반도의 남쪽에서 이른바 '낙동강 정서'를 끌어안으며 이 근대(혹은 탈근대)의 무자비함에 맞서며 시/시인의 위의를 지키고 있는 것인지도 모른다. 벌써부터 한계를 드러내고 있는 문명의 한 결과인 '풀나라'를 품어안고 재우기 위해 스스로 '법당'이 되고자 하는 것인지도 모른다. 그리하여 그가 서 있는 낙동강 어귀는 중앙에 대한 변방이 아니라, 중심에 대한 외곽이 아니라, 스스로 하나의 중심인 '지역'인 것이다.

(2003)

이밥풀 푸른 심줄로 몰려다니는 종소리

손택수

　　고려의 문신 정서가 유배살이를 하던 곳 부근에 망미동(望美洞)이 있었다. 지금은 이름을 남일로 바꾸었지만 망고 망고 하며 학교가 빨리 망해버리길 학수고대하던 고등학교 고전문학 시간 나는 산 발치 아래 정과정로를 바라보며 「정과정곡」을 배웠다. "내 님믈 그리자와 우니나니/산 접동새 난 이슷하요이다." 이 구절이 들려올 때 나의 님은 정과정로 부근의 단골 만화방과 오락실과 가끔씩 재수를 하고 들어온 친구들과 함께 가곤 하던 막걸리집에 가 있었다. 더러는 교실 창문 너머로 드넓게 펼쳐진 광안리 해수욕장과 백사장 위에 널린 조가비, 검은 미역머리 향긋한 소녀들을 따라다니고 있었다. 그렇게 숱한 님을 눈 앞에 두고 가지 못하는 내 신세라는 게 정말 "산 접동새 난 이슷하요이다"라는 탄식을 번번히 새어나오게 했다. 그런 어느날이었을까. 얼라들아 우리 학교가 자리 잡은 터가 배산 아이가. 배산 할 때 배자, 이기 술잔 배자거든. 술잔을 들면서 미(美)를 바라보는 거, 망미동 배산에서 너거가 배워야 할 기 바로 이런 거 아이겠나. 두꺼운 돋보기 안경에 허구헌 날 술 냄새를 끼고 살며 우스꽝스런 말로 입시 스트레스를 말끔히 풀어주시곤 하던 미술 선생님이 그날은 무슨 일인지 제법 정색을 하고 수업을 하기 시작했다. 그날의 수업은 시를 들려주고 난 뒤에 떠오른 이미지를 그림으로 그리는 것이었다. 미술 선생님이 들고 있던 책은 『열린시』 동인지였다. 선생님은 어울리지 않게 잔뜩 분위기를 잡는 음성으로 시를 낭독해 내려갔다. 뒤에 안 사실이지만 그 시는 화가로도 활동하고 있던 시인 강유정의 「산방일기」였다. 지금은 한 구절도 기억나지 않지만 수도승 같은 분위기의 시였다. 누군가 시가 너무 어려우니 다른 시들도 보게 해 달라는 제안을 했고, 미술 선생님은 흔쾌히 들고 온 동인지를 돌려보게 했다. 책이 내게로 왔을 때 나는 동인들의 면면을 찬찬히 훑어보았다. 강유정, 이윤택, 엄국현, 박태일, 강영환. 내가 시인으로서의 박태일이란 이름을 처음 알게 된 게 그때였다.

> 비 속에 서서 도토리묵을 비빈다
> 너럭바위 물결 따라
> 밤꽃 해노랗게 떨어지고
> 여자는 붕어처럼 목이 말라서
> 고개를 든다 십 리 밖
> 몸 팔던 장터
> 일곱 시 막차는 절 밑 떠난다
>
> ―「밤꽃」 전문

한참 소설을 쓴답시고 문학 소년 흉내를 내고 다닐 그 무렵 나는 시인들을 좀 우습게 아는 버릇이 있었다. 시야 심심할 때 여기로 하는 거지, 뭐. 삶을 담아내려면 서사가 있어야 해. 어디서 주워들었는지도 모를 말을 뇌까리며 시를 끄적거리는 친구들에게 그렇게 매번 무안을 주곤 하였던 것이다. 그런데 박태일의 시는 그런 시건방을 쏙 들어가게 만드는 뭔가가 있었다. 일곱 줄 밖에 되지 않는 「밤꽃」처럼 그의 시는 마치 단아한 단편 소설 한 편을 읽은 듯한 여운을 주었다. 산전수전 다 겪은 여자가 어느날 절집에 든다. 여자는 세상 희노애락에 지치고 지쳐 독한 마음을 품고 비구니 아니면 보살이라도 될 생각을 했을 것이다. 그런데 "십 리 밖 몸 팔던 장터"의 비린 유혹이 여자를 가만 내버려두지 않는다. 어쩌면 여자를 찾아 누군가 찾아왔을지도 모른다. 두고 온 애인 아니면 빚쟁이일까. 달아난 여자를 용서할 수 없었던 포주라도 될까. 밤꽃이 필 무렵의 "'일곱 시 막차'"인 걸 보면 곧 날이 어두워질 것이다. 여자는 비 내리는 어둠 속에서 한 마리 붕어가 되어 환속을 한다. 붕어가 되어 떠나는 그녀의 귓가에 풍경이나 목어 소리가 울리고 있을지도 모른다. 풍경이나 목어의 탈속 대신 붕어의 비늘을 따라 환속할 수밖에 없었던 여자의 기구한 삶이 처연하게 다가왔다. 그런데 왜 하필 '밤꽃'일까. '밤꽃'의 무엇이 제목으로까지 전경화된 것일까. 알 수 없었지만 어쨌든 한 편의 서정시가 서사의 얼개를 숨기고 드러내면서 하나의 풍경으로 그려졌던 추억을 나는 갖게 되었다.

'밤꽃'의 의문은 고등학교를 졸업하고 나서도 한참 뒤, 스물다섯 늦깎이 대학생활을 시작하면서야 풀렸다. 마산의 경남대학교 부근 「시일야방성대곡」의 장지연 선생 묘가 있던 구산면 현동 쪽에 자취방을 잡게 되면서 나는 고개 하나를 넘어서 등하교를 하게 되었다. 고개 이름은 밤밭고개였다. 그런데 커다란 호수처럼 잔잔한 합포만과 돝섬을 바라보며 고개를 넘던 초여름 반쯤 열린 버스 창문으로 밤꽃 냄새가 스며들어 왔다. 잊고 있던 밤꽃 냄새의 비밀을 나는 그제서야 알 수 있을 것 같았다. 밤꽃 냄새는 몽정을 한 날 내 몸에서 묻어나던 그 비릿한 냄새와 너무도 흡사했던 것이다. 그래, 식물이면서도 동물적인 꽃. 밤꽃 냄새가 몰고 온 사내 냄새, 그 환장할 것처럼 진동하는 꽃향기가 여자의 그리움을 자극하였던 것이다. 그런데 달아오를 대로 달아오른 그리움을 식히기 위해서 시인은 '비'를 장치했다. 이런 장치는 그의 등단작 「미성년의 강」에 나오는 한 구절 "열목어 열목어는 온통 강물에 열을 풀고"에서 보았던 물의 이미지와 크게 다르지 않다. 과연 그의 시에는 얼마나 많은 수량의 물 이미지가 나오는가. 그의 시에서 물은 첫 시집부터 최근작까지 줄기차게 출렁이고 있다. 물에 관한 한 그는 수맥 탐지자들의 추나 점 막대기와 같은 예민한 촉수를 갖고 있다. 나는 그가 "일터 뒤로는 지역에 널리 그 이름이 알려진 만날재가 있어 가끔 오르기도 한다. 바다로 내려서던 두척산 자락이 슬쩍 되솟은 곳이다. 그 옆 비탈에는 그리 오래지 않은 듯싶은 작은 무덤들이 돋아 있고, 그 아래 약수터가 있어 늘 물이 넘친다. 세상에 참 무덤도 많지만 이곳같이 물소리 함께 거느린 무덤들은 유별나다."(『가을 악격산』후기)고 했던 그 물소리를 밟으며 그의 강의실로 내려갔다.

1) 사람들은 혼자 아름다운 여울, 흐르다가 흐르다가 힘이 다 하면 바위귀에 하얗게 어깨를 털어버린다. 새도 날지 않고 너도 찾지 않는 여울가에서 며칠째 잠이나 잤다. 두려울 땐 잠 근처까지 밀려 갔다 밀려 오곤 했다.
— 「구천동」 중(『그리운 주막』)

2) 바람 불면 가리라 바람 불어 비 그치면 떠나가리라 마주 떠도는 산과 강을 발바닥으로 지우며 소리 죽은 물줄기를 따라가리라 둥두둥 아리랑 아리랑 열두 굽이 참고 넘는 마음 고개 오늘은 멀리 뭍을 벗어나는 바람소리 낮게 더 낮게 자갈밭에 물 빠지는 소리.
— 「명지 물끝·4」 전문 (『가을 악견산』)

3) 그리움엔 길이 없어
　온 하루 재갈매기 하늘 너비를 재는 날
　그대 돌아오라 자란자란
　물소리 감고
　홀로 주저앉은 둑길 한 끝.
— 「그리움엔 길이 없어」 전문(『약쑥 개쑥』)

4) 성민기도원 직산마을 평해면 울진군 경상북도는 지난 밤 빗물 웅덩이에 비스듬히 올라앉았다 박태기 한 그루 붉게 목을 달구어 문간을 삐죽이 내다본다. (…중략…) 이밥풀 푸른 심줄로 몰려다니는 종소리도 있다 어머님 이밥풀 쌈으로 힘을 보태시고 오늘도 남은 시름을 갈무리하듯 비녀 단정하니 장독 마당으로 내려서면

　살풋 동해 물살이 떠밀고 온

　보름 큰 달.

—「이밥풀」 중(『풀나라』)

헤겔이 『자연철학』에서 말했듯이 물은 타자를 위한 존재이다. 그리고 물의 운명은 아직 분화되지 않은 그 무엇이다. 따라서 물은 모든 구체적인 것, 분화된 만물의 어머니라 불릴 만하다. 1) 시인에게 물은 의사 죽음으로서의 '잠'을 드나들 수 있는 매개물이기도 하고(유년시절 강변에서 자란 이들은 모두 죽음의 기억을 갖고 있다. 합천 황강변에 탯줄을 묻은 시인 역시 어려서부터 아이들의 죽음을 드물지 않게 접했을 것이다), 2) "둥두둥 아리랑 아리랑 열두 굽이 참고 넘는 마음 고개"의 지난한 삶을 견디게 하는 가락으로 흘러가기도 한다. 박태일의 시는 이처럼 삶이라는 기의의 신난을 율동하는 기표의 쾌미를 통해 자주 견뎌낸다. "그리움엔 길이 없"다는 막막함을 'ㄹ'과 'ㅈ' 음의 잦은 반복으로 다독거리고 있는 것이 3)이다. 우리는 여기서 하늘 너비를 '재'는 재갈매기와 '자란자란'대는 물소리의 상승감이 둑길 한 끝에 '주저앉은' 화자의 하강감과 환한 대비를 이루어 내면서 어느 쪽으로도 쏠리지 않고 팽팽한 연줄처럼 당겨져 있는 그리움의 실체를 만날 수 있게 된다. 여기서 길 없음의 막막함은 길 없음의 즐거움이라는 역설을 낳는다. "주저앉은 둑길 한 끝"이 있기에 재갈매기는 날아오르고 물은 솟구쳐오르는 것이다. 그래서 시인은 "그리움이 사람을 못 쓰게 만든다"(「영덕 일지」)고 하면서도 끝없이 그 몹쓸 운명을 받아들이고 있는 것이리라.

허나 그의 시가 단순히 즐거운 견딤의 형식만을 고집스럽게 구가하고 있는 것은 아니다. 물은 견딤의 형식이면서 동시에 꿈의 형식이기도 하다. 4)처럼 시인 박태일은 박태기 작심하고 목을 달군 한 그루 '불'이 되어 어머니가 깃든 땅을 들여다본다. 거기엔 '불'을 꺼트릴 '빗물 웅덩이'가 있고, "이밥풀 푸른 심줄로 몰려다니는 종소리도 있다". 빗물을 머금고 푸르게 불타는 이밥풀은 '불'과 '물'의 모순적 에너지가 동거하고 있는 곳이다. 수맥을 찾아 뿌리쪽이 늘 젖어 있던 박태기 나무 시인에게 그것은 그다지 크나큰 발견은 아니었으리라. 그러나 "이밥풀 쌈으로 힘을 보태시고" 가까워오는 죽음을 단정히 기다리며 "장독으로 내려서는" 어머니의 모습은 시인에게 가슴 저미는 감동으로 다가오지 않았을까. 이밥풀에서 불과 물이 동거하듯 기도원에 든 어머니에게서 삶과 죽음은 도란도란 살림을 차리고 있다. 그것이 하나의 종소리가 되어 시인의 가슴을 때린 것이다. "이밥풀 푸른 심줄로 몰려다니는 종소리"란 그래서 단순한 수사적 차원에 머물지 않는다. '이밥풀'의 푸름은 '동해'의 푸름으로 이어지고, 어머니의 넉넉함은 "보름 큰 달"의 둥긂으로 이어진다.

그렇다면 그 둥긂의 세계는 과연 어떤 세계를 가리키고 있는가. '성민 기도원'과 '직산마을'을 먼저 제시하고 '울진군' '경상북도' 같은 추상적 지명을 부러 뒤에 제시한 데서 해답을 얻을 수 있다. 시인이 어머니의 세계를 지향한다는 것은 곧 근대 국민국가가 마련해준 지명의 서열을 역전시키는 것이다. 경상북도라는 체험 불가능한 장소감을 뒤로 젖히면서 시인은 인간이 직접 체험할 수 있는 작고 하찮은 공간들을 애써 기억하고자 한다. 즉 구체적 실감으로서의 대지에 육체를 밀착시키는 행위를 통해서 세계의 불모성을 간신히 버텨내는 것이다. 아울러 어머니 대지와 한몸이었던 기억을 복원해냄으로써 시인은 인간의 유한성 극복을 거듭 꿈꾸게 된다. 그것은

누가 모르나 봄 한 철

벌통에 애벌 들고 땅 밑 사람 드는 일

삼월 건너 사월 붉게 내려앉은 등성이마다

앞서 묻힌 이들이 기어나와

시름시름 배꽃 멍석을 편다.

—「배꽃」 전문

에서 보듯 생성과 소멸이 서로를 되먹이는 순환적 세계에 대한 갈망을 동력으로 삼고 있다. 사람이 죽는 것은 벌통에 애벌이 드는 것과 같다. 애벌의 생과 사람의 멸이 결코 다른 것이 아니다. 그것을 표나게 강조하기 위해서 한 행으로 처리했다. 죽은 이들의 살점이 흙이 되어 피워올린 "배꽃 멍석"(「이밥풀」의 "보름 큰 달"이 지상으로 하강한 것이 아닐까.) 위에서 벌들이 잉잉거리고, 산자들은 벌꿀을 먹으며 속을 다스린다. 이와 같은 상상력은 첫 시집 『그리운 주막』의 표제시에서 이미 선보인 것이었다. 가령 "그대의 하관을 엿보는 마음이/울음을 따라 지칠 때,/고추짱아 고추짱아 한 마리 헤젓는 가을 하늘 저 끝."을 보라. 죽음의 끝없는 하강이, 그리고 하강을 따라 지친 마음이 바닥을 치고 떠올리는 고추짱아의 망사 날개 수의와 이어지지 않는가. 또한 여기서 고추짱아란 기표의 가벼운 반복은 죽음이라는 기의의 무거움을 가뿐히 상승시키고 있지 않은가. 시인은 그렇게 기표와 기의 사이에 상상의 실핏줄을 잇는다.

두척산 만날재 아래서 그와 나는 처음 만났다. 언덕 혹은 재라는 것이 여기와 저기를 연결하는 도상이라는 것을 생각할 때, 그의 카랑카랑한 강의가 들려오는 인문대학 위의 그 완만하게 휘인 곡선이 내겐 더없이 포근하게 느껴지던 날들이 있었다. 인연이란 것이 이런 것일까 싶게 면접 시험을 보는 날 면접관도 그랬고, 첫 강의도 그랬다. 나는 공연히 들떠서 강의를 기다리곤 하였는데, 곧 후회했다. 2학점 짜리 문예창작 시간 내가 과제로서 제출한 시는 늘 시들시들했다. 내게 돌아온 리포트엔 가위표나 기껏해야 세모가 그려져 있었다. 언젠가 한 번은 '용광로'라는 어휘를 선택했다가 동그라미를 받고 좋아하는 어린 동기생들 앞에서 이렇게 노골적인 노출증은 곤란하다는 핀잔을 듣기도 했다. 일부러 무안을 주기 위해 그러지 않나 싶을 정도였다. 막연하게 쌓여 있던 호감이 무너져내리면서 나는 그를 가능한 피해 다녔다. 시인이라기보단 무사에 가깝군. 무슨 걸음걸이가 저렇게 빠른가. 말은 또 왜 저렇게 속사포 같은가. 공연한 허물을 잡으면서 나는 복학생이었던 최갑수와 함께(뒤에 『문학동네』 1회 신인상으로 등단했다.) 조교로 있던 송창우 시인을 찾아다니곤 했다. 송창우 시인에게서 고두현, 성기각, 성윤석, 유경일, 우점복 같은 동문 시인들을 알게 됐다. 모두가 박태일 시인의 문하를 거쳐간 시인들이었다. 시는 쓰지 않았지만 뒤에 소설로 등단한 구경미와 판타지 소설을 개척한 이영도, 동화작가가 된 이연경, 희곡작가로 활동하는 김봉희 같은 선배들이 위 학년에 포진돼 있었다. 그들은 한결같이 자신의 스승에 대한 애증으로 똘똘 뭉쳐 있었다. 스승을 무조건 사랑하면 되나, 스승과 싸워서 스승의 배를 째야지, 배를 째고 더 큰 스승을 찾아가야지, 스승을 죽인 자리에서 일어서는 게 스승 아이겠나. 서부 경남 방언의 독특한 악센트와 함께 마냥 즐겁기만 하던 선배들의 그 발칙함은 뒤에 안 사실이지만 모두 그가 가르친 것들이었다. 그는 스승을 공경하기보단 스승과 싸우는 법을 먼저 가르쳤다. 그는 실로 편안하게 열림으로써 저 너머를 보여 주는 창문이기보단 와장창 깨어지는 소리를 내면서 그 고통스런 희열로 더 먼곳을 보여 주고자 하는 창문이었다. 그의 시를 통해 얘기하자면 일상에서 그의 삶은 '불'에 가까운 것이었다. 그는 열혈청년처럼 늘 뛰어다녔다. 어떻게 저런 사람이 시를 쓸까 싶으리만치 매사에 빈틈이 없이 철저하였다. 그런데 그런 사람이 쓰는 시는 더없이 서정적이다, 시집 갈피 갈피에 부드러운 물이 출렁이다, 이것이 내게는 모순으로 보였다. 그는 내게 도대체가 알 수 없는 문제적 인간으로 다가왔다.

그래, 서울보다 더 공기 나쁜 지옥에 가도 좋지만

소박한 술꾼들 소박하게 만나 하루 즐긴

즐기다 소박하게 쓰러져 잔 저 황강 가

시인 박태일 생가에서 하루쯤 더 자고 가련다.

장마 사이사이 햇빛 속에

강산(江山)과 간장(肝臟) 환하게 물들이는 저 7월의 녹음

길 양편 꿈결처럼 피어 있는 자귀나무꽃 속으로 달려가.

이튿날 아침 슬래브 지붕에 올라가면

용 허리로 휘어 흐르는 강

저 앞벼리 뒷벼리

벼리 위 어찔하게 이글거리는

지글지글 타며 떠오르는

저 황금사자 머리.

―황동규, 「합천에서」 전문

위 시에서 보듯 '불'(햇빛, 7월, 자귀나무꽃, 황금사자 머리)과 '물'(장마, 황강, 물들이는)은 화해롭게 공존하고 있다. 그러나 "지글지글 타며 떠오르는 /저 황금사자 머리"로서의 해를 마침표 삼아 시를 종결한 것으로 보아 황동규 역시 '물'보단 '불'에 더 무게 중심을 두고 시인을 평가한 것이나 아닌지 모르겠다. 시인은 강과 산이 어우러진 합천군 율곡면 문림리에서 3남 1녀 중 3남으로 태어났다. 주세붕 선생의 고향이기도 한 문림(文林)은 "목판본 먹빛 글씨로 찍고 흐르는 황강"(「황강 10」 중, 『풀나라』)이 감싼 문향이었다. 주씨 집성촌에 타성받이로 든 건 "영감 재운 뒤 아들 보내고/ 난리통 쌕쌕이 소리(에) 잠만" 설쳤던 그의 할머니 「의령댁」(『그리운 주막』) 의 불심 때문이었다. 아들들의 연이은 죽음에 할머니는 합천읍 동쪽에 길지가 있으니 그리로 가라는 스님의 말을 듣고 문림(文林)에 정착하게 된다. 여기서 시인의 아버지는 중학교에서 지리 과목을 가르친다. 어린

시인은 아버지 덕분에 매달 집으로 우송되어 오던 『내셔널 지오그래픽』과 일어판 세계지도 같은 것을 보게 되는데, 아마도 어린 시절에 자연스럽게 형성된 장소 상상력이 그의 시에 숱한 지명을 호명케 했을 것이다. ('구천동, 오산 들녘, 영덕, 오십천, 자갈마당, 축산항, 문림리, 백석리, 원평리, 제내리, 마량, 연산동, 경주, 악견산, 간월산, 구만리, 명지, 당목, 점골, 가덕, 천성진, 신어산, 묵방, 여항, 화악산, 백운산, 소록도(사슴섬), 용호농장, 모아산, 대천, 가포, 자굴산, 연화동, 용두산, 억만암, 계룡산, 초계, 탑리, 솔섬, 우포, 무척산, 양산천, 황덕도, 적교, 신호리, 후리포, 사깃골, 팔조령, 두척산, 황강, 금정산, 집현산'. 지명을 제목으로 하고 있는 시들만 해도 이와 같다.)

어린 시인은 아홉 살에 초등학교에 입학하고, 3학년이 되면서 부산으로 이주를 한다. 근대 대도시 공간 체험은 이후 시인에게 원형공간에 대한 끝없는 탐색을 하게 하는데, 어린 시인은 "미국제 찐 우유 덩어리로 혓바늘 다듬으며/비료부대 깜깜하던 극장으로 숨어들어/영사기 불빛 하얀 먼지길을 타박거리기도 하면서" "미카 미카 따뜻한 콧김을 뿜으며 때없이 떠나가던/부산역 증기 기관차 소리"(「연화동 블루스」 중, 『약쑥 개쑥』)를 들으며 자란다. 증기기관차 미카의 따뜻한 콧김을 보며 시인은 어디로 떠나고 싶었을까. 부산역 너머 부산항에서 들려오던 뱃고동 소리는 그의 가슴을 또 얼마나 심란하게 하였을까. 고향 상실감과 동경은 자연스럽게 그를 문청으로 만들었다. 동아중학교 다닐 무렵엔 벌써 몽테스키외의 『법의 정신』을 읽었고, 여자 친구가 선물해 준 김소월 시집을 애인처럼 끼고 살았다. 동래고등학교 다닐 무렵엔 신구출판사에서 나온 『한국전후시선집』이나 조향, 구연식 같은 초현실주의 시인들의 시집을 탐독했다. 그때 문예반 활동을 했는데 경희대, 영남대, 대구대 등의 고교생 백일장을 마구 휩쓸기도 했다. 언젠가는 『진학』이라는 입시 잡지에 대구의 장옥관 시인과 함께 실리기도 했다. 이와 같이 그는 부산 경남 도내에서 유난했던 학생문사로서 일찌감치 시인 자리를 예약해 두고 있었던 셈이다. 그러나 그는 육사를 가고 싶었다. 초등학교 땐 알아주는 달리기 선수였고,

중고등학교 시절엔 농구와 핸드볼 같은 구기 종목을 수준급으로 하였으니 유약한 문청 이미지와 그는 애초에 거리가 멀었던 것이다. (시인은 지금도 매달 크고 작은 마라톤 대회에 참가하고, 일년에 서너 번씩 풀코스를 뛸 정도의 건강을 유지하고 있다.)

그런데 육사 진학을 꿈꾸던 고3 무렵 시인에게 운명처럼 다가온 이가 있었다. 50년대의 가장 명민한 평론가 중 하나였던 고석규가 바로 그였다. 시인은 고석규를 통해서 「여백의 존재성」을 보았고 「시인의 역설」과 「시적 상상력」을 익히게 된다. 충격이었다. 고석규의 평론은 지금까지 학생 문사로서 시인이 접해 온 어떤 글보다 높은 순도를 갖고 있었던 것이다. 시인은 고석규의 석사 논문을 직접 찾아 읽으면서 뒤늦게 고석규가 다녔던 부산대학교 국문과를 지원하게 된다. 아버지는 육사가 아니면 "공대나 상대로 가 돈을 좀 벌었으면"(「내 서른이 넘고」 중, 『약쑥 개쑥』) 하셨지만 그의 외골수를 말릴 수는 없었다. 재수 끝에 입학한 대학에서 '부대문학회'와 '귀성문학회' 창단을 주도하면서 그의 습작 활동은 한층 밀도를 더해 간다. 이때 도서관에 없는 시집들을 찾아 읽기 위해 헌책방 순례라는 편집벽이 생겼다. 헌책방 기행은 중학교 무렵부터 시작됐는데 전경을 전역한 뒤엔 미모의 무용과 여학생을 헌책방 앞에 한 시간이고 두 시간이고 무작정 세워두면서까지 수그러들지 않았다. (데이트 비용을 헌책 사모으는 데 다 써버리는 그 지독한 편집벽을 무난히 잘 참아주었던 무용과 여학생은 지금의 사모님이 되셨다.) 언젠가 나는 이중 삼중으로 책장을 차린 그의 연구실과 책으로 가구를 대신한 아파트를 방문한 뒤 기가 죽은 채로 돌아왔다. 그리고 별 망설임 없이 알게 모르게 모아 두었던 책들을 미련 없이 모두 처분해 버렸다. 책은 한 사람이 모으면 된다, 란 생각이 들었던 것이다. 내게는 "마치 연금술사가 금을 만들어 내겠다는 그의 저속한 소망을 혹성들과 원소들이 화합하여 영적 인간의 상들이 생겨나는 화학약품들에 대한 연구작업과 결부시키고 있는 것처럼 수집가 푹스는, 소유라는 저속한 소망을 만족시키면서 그 속에서 생산력과 민중이 화합하여 역사적인 인간의 상들이 생겨나는 예술에 대한 연구"(발터 벤야민, 「수집가와 역사가로서의 푹스」)를 할 만한 욕망이 생기지 않았는지도 모른다. 헌책 수집가로서 그는 자타가 공인하는 서지학자 수준이다. 근대 양장본 쪽과 지역문학 사료 쪽에선 특히 그렇다. 이런 축적물이 정지용, 김정한, 이주홍, 이원수, 백석 등의 미발굴 자료 발굴이라는 성과로 이어졌다. 이런 수집벽과 발굴자로서의 면모를 시작품을 통해 통찰한 건 평론가 구모룡이다.

　　박태일은 고고학자로서의 현대시인상을 잘 보여 주는 시인이다. 그는 근대의 먼지와 흙더미에 묻혀 있는 시적 제재들을 발굴해 낸다. 그러나 이러한 그의 입장과 관심이 과거의 유산에 대한 집착을 의미하는 복고주의 상고주의를 지향하는 것이 아니다. 그보다 근대에 의해 억압된 것들을 되살려내고자 한다는 점에서 그의 태도가 소극적이라 할 수 있다. 그는 근대의 타자들을 불러내고 그들의 목소리들을 우리들에게 들려준다. 그의 시들은 그가 찾아낸 타자들의 표정과 목소리들의 목록이다. 그렇다면 그가 보이는 구체적인 목록의 내용은 무엇인가. 그것은 말과 노래, 사람과 터(장소) 들이다.

　　　　　　　　　　　　　　　　　　　　　　　　　　　—구모룡, 「시와 고고학」 중에서

　　박태일 시인은 고고학자로서의 현대 시인상을 잘 보여 주는 시인이다. 그는 근대의 먼지와 흙더미에 묻혀 있는 시적 제재들을 발굴해 낸다. 그러나 이러한 그의 입장과 관심이 과거의 유산에 대한 집착을 의미하는 복고주의나 상고주의를 지향하는 것이 아니다. 그보다 근대에 의해 억압된 것들을 되살려내고자 한다는 점에서 그의 태도가 적극적이라 할 수 있다. 그는 근대의 타자들을 불러내고 그들의 목소리들을 우리에게 들려준다.

　　구모룡의 애정어린 관찰처럼 시인은 훼손되기 이전의 공동체적 삶으로부터 생생히 울려나오는 토속적인 말들과 본디의 가락을 발굴해 낸다.

그리고 근대의 억압으로부터 잊혀진 사람들의 탈(mask lyric)을 쓰고 그들의 터를 찾아다닌다. 민요 형식이나 사설시조의 형식을 따라간다든지, 나환자나 당각시의 탈을 쓰고 나타난다든지, 민초들의 구술성을 전경화하는 시들이 그렇다. 단 한 번도 민중을 표나게 말한 적이 없지만 그의 시가 지극히 민중 지향적인 것은 바로 이 때문이다. 말을 하지 않음으로써 말하기, 라는 시 장르 본연의 역설이 80년대 상황 속에서 민중을 말하지 않음으로써 민중을 드러내기라는 방법적 자의식을 형성해 준 셈이다. 그는 구모룡의 말처럼 과거로의 적극적 퇴행을 현재화함으로써 보다 나은 삶을 꿈꾼다. 깊은 시간의 지층을 드르륵 뚫고 들어가는 그 '오래된 미래'를 향한 끝없는 도정, 그것은 잃어버린 동일성의 감각을 복원하면서 부박한 근대의 삶을 역으로 비추어준다. 여기서 가장 큰 역할을 하는 시적 장치가 리듬이다. 시인의 스승인 김준오의 말처럼 "시를 질서의 체험화라고 할 때 이 질서화는 말할 필요 없이 시의 리듬에 있는 것이다. 리듬은 통일성과 연속성과 동일성의 감각을 준다"(김준오, 『시론』). 박태일의 시를 논하면서 '말할 필요 없'는 리듬을 사람들은 너무 많이 이야기했다. 시집 해설을 쓴 황동규가 그렇고 하응백, 오형엽이 그렇다. 이 시대가 하나의 생명가치로서의 리듬을 잃어버린 시대였기 때문일 것이다. 이제 리듬은 박태일의 상표가 되어 버린 것 같다. 그러나 나는 외람되지만 감히 리듬이 시인의 올가미이기도 하다는 생각을 해본다. 시에서 리듬의 수용은 리듬의 거부를 포함하는 말이기도 하다. 시인은 줄타기 광대처럼 리듬 위에 올라서서 팽팽히 긴장하는 줄의 떨림을 조절하며 재주를 부린다. 어느 순간은 줄의 떨림을 타야 하고, 또 어느 순간은 줄의 떨림을 눌러 죽여야 한다. 줄의 떨림을 무작정 그대로 놓아두면 그 위에 펼쳐진 이미지와 상징들이 추락하기 쉽다. 시인 박태일은 그것을 누구보다 잘 알고 있다. 문제는 시인의 의도를 너무 정직하게 받아들인 나머지 리듬 속에 숨겨진 서사 읽기가 상대적으로 소홀하다는 점이다.

두렁콩 베는 날에 해가 저물어

진주로 시집간 콩점이 생각

곡식도 씨 따는데

사람이 못 딸까

내리 딸 넷에 아들

남편 상 났단 소식도 이어 들리고

콩점아 콩점아 콩 보자

사타리에 점 보자

잔불 놓던 둑너미엔

첫날 첫 봄밤

달빛 홀로 다복다복 어디로 왔나.

—「황강 7」 전문

    시인은 우선 사타구니(사타리)에 콩만한 점이 있던 유년 시절의 여자 친구 콩점이를 생각한다. 사내 아이들에게 사타구니에 점이 있다는 것을 들킬 정도라면 콩점인 좀 칠칠맞은 데가 있었나 보다. 아니면 어린 시절부터 천둥벌거숭이 사내 아이들과 황강변에서 발가숭이가 되어 물장구라도 치고 놀았나 보다. 그런 콩점이도 자라서 진주로 시집을 갔다. 내리 딸만 넷을 낳더니 간신히 아들 하나를 낳았다는 소식과 남편 상을 당했다는 소식이 들려온다. "곡식도 씨 따는데/사람이 못 딸까" 하고 짧게 분행한 데선 어린 시절의 장난기가 묻어나고, "남편 상 났단 소식도 이어 들리고"하고 한 줄로 길게 풀어 쓴 데선 비애가 묻어난다. 그 장난기와 비애는 2연에서 강한 놀이성을 띠면서 성적 유희로 옮겨간다. "콩점아 콩점아 콩 보자", 이건 성적 호기심으로 충만해 있는 아이들의 말이기도 하면서 죽은 콩점이 남편의 말이기도 하다. 여기서 '잔불'은 아이들의 쥐불놀이인 동시에 콩점이 남편의 성을 상징한다. 콩점이 남편은 죽어 땅으로 돌아가고, 두렁콩이 열린 땅은 콩점이가 되어 그를 받아준다. 남편의 죽음이 "첫날 첫 봄밤"의 기억으로 생생하게 되살아나 강한 대지성으로 확대되어 가는 것이다. 이 시는 콩점이에 대한 연민이 성적인 이미지를 매개로 하여 이미 '저물어버린' 대지를 강한 생명력으로 전환시키는 놀라움을 보여 준다. 죽음의 서사가 생명의 서사와 한 고리를 이루면서 회전하고 있는 진경을 우리는 이렇게 확인할 수 있다. 하지만 이렇게 읽고 난 뒤에도 박태일의 시에는 아직 해석을 기다리고 있는 묘한 비밀이 있는 것 같다. 해석의 욕망을 무력화시키며 지끈거리는 머리에 휴식을 주는 그런 잔잔한 감동 말이다. 좋은 시는 언제나 이처럼 비밀을 유지한다.

1980년 『중앙일보』 신춘문예로 등단한 뒤 시인은 도합 네 권의 시집을 내었다. 25년 동안의 시작 활동이고 보면 과작이라고 할 수도 있지만 다작이라고 할 수도 없는 분량이다. 그 사이 창작 쪽에선 제1회 김달진문학상과 부산시인협회상을 수상했고, 학문 쪽에선 이주홍문학상을 수상했다. 이즈음 그는 창작보단 연구에 더 몰두하고 있는 것 같다. 『지역문학연구』란 매체를 내거나 매해 김달진문학축전을 준비하면서 문학제도의 이곳저곳을 누비는 모습도 보인다. 죽은 제자의 시집을 내주고(이지은, 『설총의 저녁달』), 죽은 벗의 연구서를 내느라 분망했던가 하면(김창식, 『대중문학을 넘어서』) 월북시인 『김상훈 시전집』을 엮어내기도 했다. 얼마 전엔 '깜박 잊어버린 그 이름' 제1회 권환문학축전을 주도했고, 새로운 그의 전집을 준비 중이기도 하다. 그간 공간에 대한 탐색을 지역의 삶 속에서 구체화한 『한국 지역문학의 논리』와 『경남·부산 지역문학 연구 1』과 같은 성과물을 내기도 하였다. 틈틈이 들려오는 시인의 소식을 들으며 나는 연구자로서의 활동도 좋지만, 현장 문예지에서 그의 작품을 좀 더 많이 볼 수 있었으면 하는 아쉬움을 느끼곤 한다.

좀 뜬금없는 이야기 같지만, 추사의 제자 중에 조희룡이라는 중인 출신의 화가가 있었다고 한다. 그의 대그림이 남다르다는 것을 간파한 한

벗이 어느 날 그에게 물었다.

"그대의 대그림은 누구를 본받았는가?"

당연히 추사에게서 배웠으니 추사가 아니겠는가. 이 질문 속엔 그러니 네 묵죽(墨竹)이 아무리 뛰어난들 선생의 그늘을 벗어날 수 없는 것 아니냐. 이런 비아냥과 야유가 슬며시 뒤섞여 있다. 추사의 글씨와 그림만 잘 따라해도 한 세월 곤궁을 피할 수 있었던 시절이었으니 그 어느 누구라도 쉬 부정할 수 없었을 것이다. 그러나 조희룡은 말한다.

"내 대그림은 스승이 없다. 나는 그저 내 느낌대로 그렸을 뿐이다. 스승이 있다면 저 공산(公山)의 만 그루 대나무가 바로 나의 스승이다."

이 얘길 전해들은 추사는 조희룡을 몹시 미워했다고 한다. 오죽했으면 공개적인 자리에서 조희룡의 그림이 지닌 무절제와 속기를 호되게 나무라기까지 했을까. 아닌 게 아니라 조희룡의 그림에는 그가 속한 조선 후기 중인 계층의 자유로움과 끓어넘치는 율동이 스며들어 있었다. 그 활달한 미의식이 추사의 완고한 형이상학과 충돌한 것이다.

대학 4년을 마치고 졸업 하는 날 시인은 그 스타카토로 끊어지는 특유의 비장한 음성으로 내게 이렇게 말했다. 앞으로 세 번만 보자. 한 번은 늬 장가 갈 때. 또 한 번은 늬 첫 시집 낼 때. 마직막 한 번은 내가 죽었을 때. 그 외 가능하면 나를 멀리해라. 부처를 만나면 부처를 죽이고, 조사를 만나면 조사를 죽이면서……. 그날의 약속대로라면 그와의 만남도 이제는 두 번밖에 남지 않았다. 참 지독한 스승이다. 나는 그 지독 속에 담긴 사랑을 아직 알지 못한다.

(2004)

생태주의 시와 시적 감음력

김용희

의아심

근대 이성이 도구화되고 억압의 논리가 되었다는 사실은 명백하다. 문명의 진보가 획책하는 끝없는 명령, 이를테면 지배와 착취, 조종과 정복의 논리는 자연을 지배하고 장악해 가는 근대 기계주의적 패러다임의 결과라 할 수 있다. 생태주의로 대변되는 환경, 녹색, 생명에 대한 관심은 근대 이성이 극단적으로 감행하는 문명사에 대한 반담론이다. 생태주의는 문명의 진보와 번영을 약속했던 이성이 결국 광기였으며 문명이 야만이었음을 말한다. 생태주의 문학은 자연과 인간의 유비적 관계를 중심으로 한 일원론적 생명사상을 근간으로 한다. 이와 같은 생태주의 문학은 근대체계에 대한 역담론이라는 점에서 근대성의 타자로 부상한다.

그러나 사실 생태주의가 가지는 근대 저항의 논리는 근대 초 모더니즘의 기획과 닮아 있다. 모더니즘은 '현대성 그 자체를 반서정적인 것'으로 비난한다. 거대한 사회적인 힘의 도래와 그로 인한 주관적인 서정시의 위기를 말한다. 현대성에 대한 문학의 급진적인 공격성과 특유의 패러독스는 모더니즘 문학의 특장이라 할 수 있다. 그러나 한편 모더니즘은 이중적인 의미체계를 지닌다. 모더니즘의 기획은 미적 합리성에 의해 근대를 비판하면서 근대성을 실현한다는 이중성을 내포한다는 점이다. 이에 비해 생태주의는 근대체계에 대한 대립을 전제하지 않는다. 대립은 또다른 이데올로기적 투쟁을 담보한다. 생태주의 문학은 근대에 대한 역담론이지만 대립적 관계에 주목하기보다 우주와 인간 생명의 전일성을 통섭하고자 한다는 점에서 "근대성 체계에 대한 궁극적 극복"(구모룡, 「서정시학, 유기론, 제유의 수사학」, 최승호 편, 『서정시의 비판과 근대성 비판』, 다운샘, 1999)이라 할 수 있다. 이분법적 기계주의를 넘어서는 관계역동성의 장, 자기 조화와 근원적 실체에 대한 관심 등에 주목한다.

이 같은 점에서 본다면 자연 파괴, 공장 폐수, 현대 물질문명에 대한 극단적 고발과 풍자는 엄밀한 의미에서 생태주의 문학이 아니다. 흔히 생태주의 문학을 '민중적 생태지향시' '전통적 생태지향시' '모더니즘적 생태지향시'로 나누는 것은 현대시에 대한 일반적 분류와 다를 바 없다. 리얼리즘 시, 모더니즘 시, 전통 서정시로 분류하는 현대시 분류의 동어 반복에 불과하다. 여기서 생태주의 시가 무엇인가라는 그 개념적 접근에 대한 좀더 꼼꼼한 관찰이 필요하다. 생태주의 문학은 대립을 넘어서 생명과 우주 본질에 대한 가치 인식의 새로운 깊이를 확보하려는 탈근대적 전망을 전재한다.

김종철은 '주체' 담론에 대한 새로운 극복 대안을 이야기한 바 있는데, 그는 생태주의 자아관이 "우리가 통상적으로 이해하는 자아 개념으로는 도저히 짐작할 수 없는 인간관과 세계관이 전제되어 있"다고 말한다. 그는 "나라는 존재에 대한 생각은 육신을 경계로 하여 나와 나 아닌 것의 분별을 기초로 한다"고 언급하면서 이러한 분별심은 자아 개념이 철저하게 지배적인 서구 근대 부르주아 문화의 개인주의적 세계관이라고 설명한다. 이와 같은 '자기'라는 실체에 대한 부정, '나와 세계의 불가분리성'에 대한 주장은 연기설, 혹은 인연설로 상호의존적 관계 속에서 생멸을 이야기하는 동양적 세계관을 드러낸다. 고대 주술가 혹은 점성술사, 철학자들을 고대의 시인이라고 보았을 때 그들은 분명 자연과 우주적 연관하에서 인간 존재의 의미를 명상하였다. 밤하늘의 별을 보며 인간사를 점쳤다. 하늘은 인간의 미래를 예감할 수 있는 은밀한 소통기관이자 거대한 거울이었다. 제주도 신화 가운데 어떤 것은 귀신의 말을 사람이 알아듣고 사람의 말을 귀신이 알아듣고 새와 나무와 사람이 대화를 나누며 우주 만물과 사람이 상호소통하던 옛날이야기를 담고 있다.

이러한 상호유기설은 현대 서정시에 대한 매우 낯익은 정의를 환기시킨다. 서정시는 내적 세계와 외적 세계의 상호연관성을 가장 중요한 특징으로 한다. 서정시의 상상력은 인간 정신과 세계와의 상호작용 가운데서 나타난다. 서정시인은 감각체험이 동시에 여러 감각기관으로 전이되며 사상과 감정이 분리되지 않는 공감각의 능력을 가진 자다. 이렇게 하여 서정시에서 자아와 세계의 만남은 주체와 객체의 상호작용으로, 공동체험으로 나타난다.

그러나 분명한 것은, 서정시에서 지향하는 주객의 일체는 '이상적 관념'에 불과하다는 사실이다. 왜냐하면 언어화되어 나타나는 자연이나 사물이란 물리적이고 실제적인 물(物) 그 자체가 아니라 '의식 속에서 재현'된 '의식의 내용'이기 때문이다. 일테면 생태주의 문학에서 '윤리적 동기와 지향'을 전제하지 않을 수 없으며, 생태주의 문학의 지향점이 '윤리성'을 통해 '인간의 총체적 진실과 근원성'을 탐구하는 것이라 할 때 생태주의 문학은 결국 인간 의식이 투사된 '관념화되고 이념화된 자연'이란 사실이다.

이와 같은 사실은 생태주의 문학이 표방하는 '인위적 문명' '인공화된 문화'에 대(對)한 '우주적 생명의 도를 현시하는 과정'이라는 논리 자체가 일종의 모순이며 딜레마라는 점을 드러낸다. 생태주의 문학이 인간과 자연의 일원성, 유기적 통합 속에서 발화한다고 하지만 언어로 표현하는 과정에서 필연적으로 수반되는 주관의 관섭에서 자유로울 수 있는가 하는 문제, 과연 자연(대상)을 자연(대상) 편에서 바라보는 일은 가능한가 하는 문제가 남는다. 현상학에서 이야기하듯 '의식은 반드시 무엇에 대한 의식'이다. 모든 생태주의 문학은 스스로의 관념 속에서 다시 한번 자연을 인간적 의지대로 지배하려 하는 것은 아닌가 하는 우려를 산다.

언어를 통해 경험하는 대상은 본래의 대상과 다른 추상화된 개념일 뿐이다. 자연은 언어화과정에서 살아 있는 존재로부터 상징적 추상적 존재로, 자율성을 지닌 주체에서 단순히 재현의 객체로 전락하고 만다. 크리스토퍼 메인즈는『자연과 침묵』에서 현상세계가 물활론적 존재에서 생명력을 상실한 상징적 존재로 전락하는 과정을 설명하면서 그 주된 원인을 문자의 등장과 성서해석학에서 찾고 있다. 아담이 짐승들에게 이름을 붙여 그들의 주인이 되었다는 성서의 기록은 대상에 이름을 억지로 부과하여 그 고유성을 말살하는 언어의 속성을 단적으로 보여 준다고 설명한다. 언어 속에서 사물의 고유한 속성이 지워지고 그 생명력이 상실된다면 이로 인해 자연으로부터 소외되는 결과가 빚어진다. 언어가 자연을 포함한 인간외적 세계를 단순히 재현의 대상으로 삼을 경우 자연은 존재적 자율성을 잃고 타자화, 객체화된다. 인간이 자연에 대하여 이야기하는 것은 결국 인간이 자연을 타자로 삼아 자신의 이념을 실현하고자 하는 과정과 무관하지 않다. 그런 맥락에서 명상과 성찰을 통해 우주와 연관되는 삶의 양식에 대한 상상력은 엄밀한 의미에서 생태학적 상상력이라기보다 인문학적 상상력에 속한다. 언어야말로 인간중심주의를 가장 잘 대표하는 것이다.

그러나 시적 언어의 본질은 언어의 한계를 넘어 존재 자체의 자율성을 찾는 모색이라 할 수 있다. 시적 언어의 본질은 메타포이며 그 메타포라는 것은 근원적으로 생태적 감수성과 뿌리를 같이한다. 문학은 메타포를 통해 언어가 가진 재현의 한계를 넘어설 수 있다. 인간이 시어를 통해 자연과 소통하고 조화를 이루어 하나가 되고자 한다는 점에서, 자연 모방을 통해 자연 속의 대상에 인간 자신을 동화시키려 한다는 점에서 시는 원래부터 생태적이다. 문제는 시적 언어를 통해 생태학적 상상력을 완성하는 시적 방식이다.

그렇다면 어떤 시적 방식이 생태학적 상상력을 완성시킬 수 있을까. 생태주의 문학은 급진적 사회성을 띠는 환경 고발의 문학도 아니며 자연물에 인간 이념을 투사하는 인간중심적 자연찬양시도 아니다. 자연을 이상적 공간, 근원적 시원이라 상정하는 것부터가 인간 관념이 투사된 결과이기 때문이다. 자연은 어떤 점에서 훨씬 폭력적이고 예측 불가한 것일 수 있다. 그런 점에서 한국 현대시에서 환경파괴 현장고발 시, 전통적 자연시, 유토피아 복원의 자연시를 생태주의 시의 범주에 넣는 것은 좀더 주의가 필요하다. 생태주의 시가 주체적 소재적 차원이 되어 버릴 때 자연은 이념적 윤리적 계몽성을 띤 자연이 되고 만다. 생태주의 시가 녹색의 이념적 주장이 될 때 자연은 '인간화' '윤리화'된다. 생태주의 시가 언어와 싸워야 하는 것은 이러한 이유에서다. 이념이 투사된 언어를 끝없이 지워버리고 그 속에 우주의 여백이 들어올 수 있게 하는 것.

그런 점에서 시를 생태적으로 만든다는 것은 곧 시어를 통해 이념이 휘발되고 우주적 호흡을 통해 생명을 '환기'하게 하는 것을 의미한다. 우주적 생명에 대한 '환기력' 회복을 의미한다. 생태주의 시는 우주의 호흡이 작품 속에 스며들고 다시 독자에게 흡입되는 시적 감응력을 지녀야 한다. 나는 생태주의적 상상력이 '작품-독자-우주'가 서로의 내재적 호흡을 공통감각으로 일치시켜 가는 과정이라고 생각한다. 나는 이 글에서 생태적 감응력을 시도하는 몇 가지 시 언어의 형식에 주목하고 싶다.

가락과 숨결—박태일

시가 기계적 구조가 아닌 유기적 구조를 가진 하나의 생명체라는 생각은 식물 성장 모델을 근거로 한다. 콜리지는 위대한 문학은 시인의 상상력에서 배태되어 전체와 통합적으로 관계하는 유기체적 전체라 설명한다. 시가 가지는 유기적 생명력이 드러나는 명백한 요소가 '리듬'이다. 일테면 리듬은 시 텍스트가 유기체처럼 순환하는 육체라는 사실을 보여 준다. 낭독에서 율독은 무의식적 욕망으로의 복귀, 즉 근원적 생명성으로의 회귀를 담보한다. 생태주의적 상상력을 미학화하는 시는 전통 가락을 현실 인식에 대한 시 형식적 표명으로 드러낸다. 리듬은 시적 운율이 부분에서 전체로 전체에서 부분으로 번져가면서 정서와 의미의 결합, 기표와 기의의 통합을 이룩한다. 사실 리듬은 생명적인 것이다. 박태일의 시는 운문의 전형적인 리듬 의식, 토속적 정서로 민중적 가락과 부족 방언을 보여 준다. 집단요와 가락은 시 형식의 생명주의를 드러낸다.

마흔 해에 네 해를 더하고부터
바람은 이마, 숯불 타는 소리를 낸다
두덕길로 따라온 지난 여름
아주까리 물살

세월도 추운 마디가 져서
밤새 소금만 구웠구나
댓닢댓닢 나직이
맥을 짚는 아침 연기

그악그악 까치네
웃각시만 분답다.

─「황강 2」 전문

시인은 강물의 물살을 보며 시간을 생각하고 삶의 미세한 흔들림을 엿본다. 마흔네 해의 세상살이를 해 온 시인은 이마의 "숯불 타는 소리"를 들으며 그 세월의 흔적을 찾아낸다. 이마는 신체기관 중에서 인지의 능력을 상징하는 공간이다. 중년을 넘어선 자의 삶에 대한 서늘한 깨달음이 이마라는 신체기관으로 인지된다. 살아온 날들은 "두덕길로 따라온 지난 여름"처럼 "아주까리 물살"이다.

시인이 살아온 세월마다에 아픈 상흔처럼 마디가 져 있고 소금이 남아 있다. 소금은 눈물과 땀의 액체가 휘발되고 남은 하얀 결정체다. 견고한 항구성은 모든 고통을 정화하고 남은 최소한의 잔여물이다. 수고스러운 삶을 살아온 자는 고단한 이마의 땀을 씻으며 이마에 내려앉은 세월의 소금기를 만진다. 세월이 주고 간 깨끗한 앙금. 시간이 부식되고 남은 존재들은 자신의 손바닥 안에 하얗게 펼쳐진다. 이때 나직하게 공기의 무게를 덜며 아침 연기가 올라간다. 맥박이 조용히 뛰듯이 모글거리며 올라가는 아침 연기는 하늘로 천천히 나아가는 구도자의 길을 보여 준다. 시인은 우주의 물질감의 무게를 덜어내며 날아오르는 연기의 모습을 "댓 닢 댓닢"이라고 발음한다. '대나무 잎'을 줄인 말로서 '댓닢 댓닢'은 의성어로 변하면서 말의 은유로 빛난다. '댓닢'하고 발음할 때 입술이 닫히는 음의 단절감이 맥박의 호흡에서 단절과 이완의 반복을 암시한다. 시인은 시의 마지막에 '그악그악'이란 의성어를 대구처럼 배치한다. "댓닢 댓닢" '그악그악'이란 의성어는 만물이 스스로를 표명할 수 있는 모국어를 자기고 있음을 드러낸다. 사물들은 스스로 소리를 냄으로써 개념화되기 전의 사물의 원시성을 보여 준다.

박태일이 시에서 구사하는 부족어, 이를테면 "아주까리 물살" '웃각시'와 같은 민중적 방언은 방언이 가지는 은밀함과 불투명함, 친소성을 보여 준다. 사투리는 불투명한 친소성으로 모든 정서와 의미를 전일화(轉—化)한다. 사투리는 모국어의 음감과 내재율을 통해 민중적 정서에 호소한다.

박태일 시는 서술적 의미를 사라지게 하고 또 사라지게 함으로써 스산한 생의 의미를 환기한다. 숨김으로써 드러나는 생의 의미, 말하지 않음으로써 환기하는 시적 분위기. 3음보와 2음보 전통적 가락의 시적 리듬은 생태주의 미학을 보여 준다. 박태일 시가 가지는 부족 방언의 세련은 언어공동체 구성원의 구체적 심상에 가 닿는다. 공동체의 유기성을 환기하는 생태주의적 상상력을 내포하고 있다.

> 바람불어 소물부석
> 소갈비 저녁 연기
> 호박밭 고랑고랑 고추가 붉고
> 강너머 문촌
> 문촌길 벼랑길 누운 다복솔
> 후두둑 어머니 손등
> 옛 빗자국.
>
> —「저녁에」중에서

시의 행말이 '소물부석' "저녁 연기" '다복솔' "어머니 손등" '빗자국'과 같이 서술어의 끝맺음 없이 명사로 끝나고 있다. 이런 행말 처리는 의식 내부의 극히 억제된 감성의 편린만을 보여 준다. 시적 자아는 완강하게 숨어 있다. 자연물의 현상으로 끝맺음되는 시적 장치는 유년과 모성에 대한 향수를 불러들인다. 원형적이고 본래적인 자연성에 가닿으려는 욕망은 분명 자연과 만물에 대한 유기론적 인식을 환기시킨다. 잃어버린 순수의 공간 혹은 조화로운 공동체에 대한 향수. 시인은 규정하고 설명하는 서술어를 생략하고 사물 이미지 자체만으로 자연을 재문맥화한다. 그것은 또 다른 무언가에 대한 지칭, 즉 은유의 단순대응적 대칭이라기보다 사물들의 관계성 속에서 형성되는 환유적 세계관이다. '소물 부석-소갈비 저녁 연기-호박밭-고추-문촌-문촌길 벼랑길-어머니 손등-옛 빗자국'으로 연결된다. 사물들은 인접하여 유기적인 생존의 서사를 존속하고 있었으니 이 기억의 현상학은 명료한 체계의 질서라기보다 전통적 정서에 의한 암시적 연계성으로 가능하다. 특히 "바람불어/소물부석//소갈비 저녁 연기//호박밭 고랑고랑/고추가 붉고"의 구비적 상상력은 민족적 정한과 가락의 흥겨움을 감싸고 있다. 2음보의 대응, 민요적 형식은 우주 보편생명 본성을 시적 리듬으로 내재화한다. 리듬은 하나의 전체를 이루며 시인과 독자의 교훈적 관계를 탐색한다.

특히 박태일 시에서 젊어서 혼자 사는 할머니(「당목 할메」), 자신의 무덤 쓸 일을 미리 당부하는 가령 할아버지(「남들은 가령영감이라고 했다지만」), 참나무 장작 고른 연기 속에서 잠이 드는 순박한 사촌들(「사촌사발은 희다」), 영감과 아들을 전쟁 난리통에 먼저 보내고 신새벽 마음 공양 염불 지내는 의령댁(「의령댁」) 이야기 등은 친근한 이야기체를 보여 준다. 이야기는 형식에 구애되지 않고 사람들이 살아온 내력 혹은 자기가 경험하고 기억하고 있는 것들을 친근한 분위기 속에서 전달하는, 인간의 근원적 연민과 슬픔을 전달한다. 연민과 슬픔은 인간 내면의 빛처럼 삶의 깊이에서 우러나오는 보편화된 모성성이다. 이야기는 사람들의 생생한 직접적 경험으로 사람과 사람 사이 연속적 삶에 대한 근본적인 정감을 유발한다. 구어체의 회복은 고유한 민중적 구비 상상력이다. 박태일 시는 유기적 사회 혹은 유기적 민족과 상상적 등가를 이루면서 생명시의 비전을 제시한다.

시의 몸이 가지는 감응력

결국 시가 거친 근대 현실에 대항할 수 있는 방식은 사회학적 비판이 아닌 '미적 감응력'을 위한 형식에 의해서다. 생태주의 시는 자연을 또다시 언어로 재구성하는 인간 관념화된 자연을 뛰어넘어 시 텍스트와 독자가 생명의 호흡을 서로 나누는 시여야 한다. 생태주의 시는 시 텍스트를 통해 독자에게 생태적 생명의 연속감을 주는 시, 생명 공유의 감응력을 전달하는 시라 할 수 있다.

김지하의 시에서 여백의 호흡 속에서 생겨나는 몸과 우주의 동화, 최동호 시에서 시적 의미를 무(無)로 돌리려는 선시적 기상(奇想), 박태일 시가 보여 주는 구비적 생명 운율을 생각해볼 수 있다. 신체 상상력의 동일화, 사유 속에서의 선적 비약, 운율감 속에서의 공통감각이라는 세 가지 미적 형식이다. 생태주의의 길은 언어 매개라는 인간중심주의를 통과하면서 끝없이 언어와 투쟁해야 하는 역설적 딜레마를 겪게 된다. 언어를 매개로 의미를 휘발시키며 생명적 호흡을 전이하는 방식.

그리하여 생태주의 상상력은 이미지를 중점으로 두는 짧은 시형에 주로 몰두하게 된다. 내용을 단순화하는 것은 작품을 더욱 암시적이고 환정적으로 만들기 위해서다. 아주 짧은 동양 전통시가 가지는 말소리의 반향은 자연시로서 우주적 연민을 느끼게 하기에 충분하다. 인간은 자연 앞에 섰을 때, 자신이 우주 유기체의 한 고리라는 사실을 겸허하게 용납할 때 말을 잃게 된다. 칸트는 이성이 거대한 자연 앞에서 말을 잃고 존경을 바치는 행위를 '숭고'라고 말한다.

언어와의 힘겨운 대결 속에서 시인이 마침내 시를 생산해낼 때 시인은 샤먼이 된다. 시인이 결국 언어 이전에 인간이 잃어버린 원시성의 감각을 복원하는 자라는 점에서 생명시학은 현대인에게 새로운 감각능력을 제공한다. 고대인들은 참으로 감각이 예민해서 하늘의 별도 망원경으로 보듯 볼 수 있었다. 아프리카 부시먼들은 숲속에서 십 리나 떨어진 곳에서 바스락거리는 소리도 듣는다. 현대문명은 감각기관을 극단화하여 오히려 감각을 마비시켰다. 모든 살아 있는 것들과 사물을 감각으로 느낄 수 있는 원시적이면서 순수한 감각이 필요하다. 생태주의 상상력은 퇴화된 감각을 다시 회복할 수 있게 한다. 생태주의 상상력은 삼라만상의 근원적인 친화력에 대한 직관을 보여 준다.

이와 같은 생태주의 상상력은 여성성과 연결되면서 에코페미니즘에 대한 강렬한 요청을 불러일으켰다. 에코페미니즘은 자연과 여성을 단일하게 바라보는 데서 출발한다. 남성중심적 가치관이 이원적 사고체계로 백인, 남성, 인간을 중심에 두었다면 생명의 원리를 지닌 여성성은 삶과 포용을 지닌다는 점에서 자연을 닮아 있다. 자연을 여성과 등가로 두는 것은 이들이 문명과 남성에게 공격받는 수동적 육체라는 공통된 피해의식을 전제한다. 그러나 자연을 수동적 타자로 규정할 수도 없으며 초월적 여신이나 어머니로 볼 수도 없다. 자연 또한 문화적으로 구성되는 구성물이 아니기 때문이다. 다만 생태주의 상상력은 우주와 세계가 다양하고 역동적이며 순환적 관계에 놓여 있다는 것을 인식하는 것이며 이와 같은 부분들이 여성성의 근본과 유관하다는 사실일 것이다. 생명에 대한 여성적 직관은 생태주의적 직관과 맞닿아 있으며 동시에 시적 감응력을 불러일으키는 지점과도 연결된다. 시의 호흡에서 여백과 채워짐의 순환 구조가 여성성의 순환성, 자연의 순환성과 연결되고 다시 그것은 독자와 시작품 사이에서 호흡을 맞추게 한다. 모든 것들은 비어 있고 채워지는 것, 들고 나오는 것의 순환과 왕래 속에서 생명운동이 시작된다. 달의 몸이 차고 비어지듯 여성의 몸이 차고 다시 비어지고 시의 여백과 진술 속에서 호와 흡이 들고 난다.

생태주의 상상력은 무엇보다 근대 엘리트 예술이 소외시킨 대중과 소통할 수 있는 가능성을 열어 준다. 집단적 운율은 언어공동체 구성원의 근원적 동질감을 회복시킨다. 자연의 질서와 조화를 보여 줌으로써 순수한 생명세계에 대한 희구, 사람과 자연 사이, 사람과 사람 사이의 내면적 유대와 교감을 확인하게 한다.

그러나 한편 집단적 윤리 속에서 도덕적 진리를 추구한다는 점에서 생태주의 상상력의 독특한 복합성이 생겨난다. 생태주의 문학은 근대에 대한 반담론으로 출발하는 듯 하지만 궁극적으로는 예술의 본질적 요소, 범속한 인간 생존을 던져버리고 생에 대한 진지하고 궁극적인 탐색, 심미적 현상을 향한다는 점에서 '도덕적 진리'와 '심미적 가상' 사이의 모순을 보여 준다. 즉 생태주의 상상력은 현실과 거리를 둔 초월적 의지를 지니면서 그 같은 지향이 다시금 진리 및 현실과 관계를 맺게 된다는 사실, 다시 말하면 현실과 무관한 듯한 생명시학, 선의 세계가 현실 개선을 위한 대안으로 의미심장한 사회학적 역할을 전제하는 것은 아닌가 하는 물음이다.

요컨대 생태주의 상상력은 계몽과 반계몽, 근대와 반근대의 기획 사이에서 언어와 대결하고자 하는 시적 고투의 과정이다. 생태주의 상상력은 예술 본질에 대한 좀더 치열한 고민 가운데서, 현실과 상상력의 길항 속에서 동시대의 첨예한 예술적 문제를 담보하고 있다.

(2004)

고향 그리워 봄밤 지새며 봄밤 우는 남도 시인

김정환

  박태일 시인의 중요한 시적 모티브 중 하나는 '장소'입니다. 그 장소의 배경을 도시와 시골로 양분한다면 시인의 시는 시골을 담고 있습니다. 시인이 시에 담고 있는 시골 안에는 전원과 농촌이 구분되어 있지 않은 동일한 모습으로 그려집니다.

  박태일 시인의 고향은 강과 산이 어우러진 경남 합천입니다. 특히 그가 나고 자란 율곡면 문림은 '목판본 먹빛 글씨로 찍고 흐르는 황강'이 감싸고 있는 시골 마을입니다.

  그 마을은 주씨 집성촌인데, 그곳에서 그가 태어나고 자란 것은 "영감 재운 뒤 아들 보내고/난리통 쌕쌕이 소리 잠만" 설쳤던 시인의 할머니 때문이었습니다. 아들들의 연이은 죽음에 의령댁이었던 할머니는 합천읍 동쪽의 땅이 좋으니 그리로 가라는 스님의 말을 듣고 문림마을에 정착하게 된 것입니다. 만약 시인의 고향이 합천이 아니었다면 지금의 시인은 어찌되었을지 모를 일입니다.

  시인은 어려서 중학교 교사로 재직하던 아버지의 영향을 많이 받았습니다. 지리를 가르치시던 아버지 덕분에 『내셔널 지오그래픽』과 일어판 세계지도 같은 것을 볼 수 있는 기회를 시인은 얻게 되었습니다. 아마도 어린 시절의 그런 경험들이 그의 시에 많은 지명들을 등장하게 했을 것입니다.

'구천동, 오산 들녘, 영덕, 오십천, 자갈마당, 축산항, 문림리, 백석리, 원평리, 제내리, 마량, 연산동, 경주, 악견산, 간월산, 구만리, 명지, 당목, 점골, 가덕, 천성진, 신어산, 묵방, 여항, 화악산, 백운산, 소록도(사슴섬), 용호농장, 모아산, 대천, 가포, 자굴산, 연화동, 용두산, 억만암, 계룡산, 초계, 탑리, 솔섬, 우포, 무척산, 양산천, 황덕도, 적교, 신호리, 후리포, 사깃골, 팔조령, 두척산, 황강, 금정산, 집현산, 마산' 지명을 제목으로 하고 있는 시들만 해도 이와 같습니다.

시인은 아홉 살의 나이에 초등학교에 입학했습니다. 그리고 유년시절의 마감이 채 끝나지도 않은 3학년 때 부산으로 삶의 터를 옮기게 됩니다. 부산이란 대도시에서의 삶에 앞서 시인은 고향에 대한 상실감과 동경을 간직하게 된 것입니다.

전원과 농촌을 함께 아우르는 노래들

전원과 농촌은 '도시의 교외(郊外)'와 '도시의 반대말'로 쓰인다는 점에서 서로 다른 말이 아니라 같은 말입니다. 그럼에도 전원과 농촌이 다른 말처럼 느껴지는 것은 농촌을 노동의 현장으로만 국한지어 바라보기 때문입니다. 즉, 농사를 짓지 않는 비농민에게 농촌은 전원으로 비춰지는 것입니다.

시에 있어서도 마찬가지입니다. 전원시와 농촌시를 구분 짓습니다. 농촌시가 농민의 소외된 삶과 농촌 현실에 대해 적극적인 평가를 하는 반면 전원시는 농촌을 담으면서 거기에 적극적인 평가를 빼고 전원생활이나 자연의 아름다움을 읊은 시를 말합니다. 전원과 농촌, 전원시와 농촌시를 구분 지을 필요가 있을까 하는 의문이 듭니다.

박태일 시인의 시를 보면 이 둘은 서로가 전혀 이질적인 것이 아니라는 것을 알게 됩니다. 시인은 전원과 농촌을 달리 보지 않으며 시골의 모습을 담고 있습니다. 또 그러한 노래를 통해 시인이 시골을 통해 무언가를 지키고자 한다는 것을 알 수 있게 됩니다.

쓰레기 태우는 연기가 하늘 이저곳을 그을린다 내버린 상갓집 이부자리 같다 가라앉은 암갈색 바닥 그물에 얽혀 뜬 왜가리는 죽어서도 한뎃잠이다 폴리스티렌 하얀 꽃을 둘렀다 둑길 따라 한 떼의 아이들 저녁 햇살 속으로 건너선 뒤 울먹울먹 움파리 갈대 한 가족 털장갑 손 호호 봄 온다는 남쪽으로 길을 잡는다.

—「양산천」 전문

햇살은 닥나무 가지에 앉아
졸음을 나눈다 줄지어
오는 바람에 고드름빛 하늘을 짐작하고
바퀴 없이 뒤집혀진 경운기와
뽑다 만 배추들이 비닐을 감은 채
저녁 연기 깔리는 들판을 본다
무덤이 뽑혀 나간 붉은 구덩이가 셋
여름 떠내려간 강가에 반쯤 묻힌 속옷이 누렇다
비리다 굽이굽이 배곯은 저 창자의 길

—「정월」 중에서

시인은 시 「양산천」에서 자연생태공원과 공원이 조성되어 있으면서 양산공업단지가 자리잡고 있는 괴이한 풍경을 잔잔하게 언급하고 있습니다. 또, 시 「정월」에서는 황폐해진 농촌의 모습을 "햇살은 닥나무 가지에 앉아/졸음을 나눈다" 등의 표현으로 헐벗은 농촌의 모습에 대해 감정적인 넋두리를 자제하고, 있는 그대로의 생활을 객관적으로 묘사하고 있습니다. 이러한 양면성은 시인의 시가 전원시와 농촌시를 함께 아우르고 있다는 증거가 됩니다.

가난한 농촌 생활에 대한 적극적인 반응

박태일 시인의 시들은 그렇게 농촌시처럼 피폐한 농촌 상을 고발하면서도 명확히 농촌시라 지칭할 수 없는 이유가 있습니다. 그것은 따뜻한 사랑 위에 그러한 농촌의 삶을 바라보고 있기 때문입니다. 그렇다고 가난한 농촌 생활을 마냥 수긍하고, 그저 그러려니 하고 순응하고 있지만은 않습니다.

> 당 동 당 채를 잡자
> 구름도 밀자.
>
> 돌에 돌이 부딪쳐 불을 이루고
> 그 불에 다쳐 파란
> 돈냉이 비름 비비추 언덕
> 거창도 가조 들 보리밭 매운 흙 속
> 싸륵싸륵 총검이 녹스는 소리
> 한 시대가 무장 푸는 소리.
>
> ─「거창노래」 중에서

시 「거창노래」에 대해서 평론가 김주연은 다음과 같이 말한 바 있습니다.

여기서 농촌은 위대한 재생산의 힘의 현장으로 나타난다. 저 유명한 거창 사건의 유혈의 기억을 뒤에 감추고 있는 이 시는, 그 엄청난 폭력도 결국은 농촌의 흙 속에서 힘을 잃을 수밖에 없음을 말하고 있다. "당 동 당 채를 잡자 /구름도 밀자"라는 표현이 말해주듯, 올바른 그 힘은 농촌의 힘에 대한 올바른 인식 위에서 나오는 것이다."

그런가 하면 시인은 늘 떠다니면서 만나게 되는 대상을 말해주지 않고 자신이 직접 그 대상이 되어 그 대상의 한스러운 삶을 서정화하기도 합니다.

> 너희는 말 많은 자식이 되어
> 울산으로 부산으로 떠나고
> 잘 살아야지 못 먹고 못 입힌 죄로
> 사십 오십 줄엔 재산인 양 너희를 바랬어도
> 자식도 자라면 남이라 조심스럽고
> 어제는 밤실 사돈댁이 보낸 청둥오리 피를 받으며
> 한 목숨 질긴 사정을 요량했다지만
> 무슨 쓰잘 데 있는 일이라고
> 밤도와 기침까지 잦다
>
> 　몸 성하거라 돈은 정강키 쓰되 베풀 때는 헤푸거라 누이는 자주 내왕하느냐 큰길 박의원에서 환 지어 보낸다 술 먹는 일도 사업인데 몸 보하고 먹도록 해라
>
> 그리고.
>
> —「너희는 말 많은 자식이 되어」 전문

시골을 등지고 도시로 간 자식 걱정을 하는 우리의 어머니들은 시의

마지막을 '그리고.'로 끝낸 것과 같이 자식 걱정은 끝이 없다는 화자의 말이 너무도 애잔하게 들립니다.

전원과 농촌은 하나

평론가 하응백은 박태일 시인의 시에 대해 "1930년대말 저 도도한 북도의 방언으로 전설과 풍광과 풍물을 노래했"던 백석 시인을 견주어 다음과 같이 말하였습니다.

이웃과의 친화에 노력한다. 자아는 타자화되어 이웃의 시각으로 이웃의 삶을 노래한다. '나'와 자연의 동질성을 노래한다. 박태일의 시적 대상은 주로, 고유한 우리의 토속적 정서를 간직한 것, 사라져가는 것, 과거 속에 묻힌 것, 영원히 우리 것인 우리의 국토, 그리고 이 모든 것을 상징적으로 함축하고 있는 무덤이다. (…중략…) 박태일의 부지런한 발품도 결국 동질적인 '우리' 됨을 원하기 때문이다.

사람들은 우포를 이미 잊었다
죄 떠난 탓이다
(…중략…)
집 건너 집이 한때 반백을 넘고
대사며 장날엔 한 차로도 모자랐는데
장타령으로 즐겁던 이방 양반도
이방장도 묻혔다 그쳤다
(…중략…)
우포에 우포 사람 없고
움머움머 황소개구리만

봄밤 지샌다

봄밤 운다.

—「우포」중에서

　시인은 특정 지역인 경남 창녕의 우포를 이야기했지만 시에서 우포가
상징하는 것은 농촌입니다, 시골입니다.

　사람들이 '죄 떠난' 곳은 도시일 것입니다. 도시로 떠난 사람들이 시골
을 기억한다면 그건 아마도 농촌이 아닌 전원일 겁니다. 요즘은 전원주택
이 많이 들어서고 있습니다. 하지만 그렇게 시골로 온 사람들은 전원만을
생각하고 있는 것 같습니다. 전원의 현장은 바로 농촌이라는 것을 잊고
있는 것만 같습니다. 전원은 좋지만 농촌은 싫다고 하는 생각은 분명
우리들이 숨기고 있는 허위의식 중 하나일 겁니다.

　시인은 그런 허위의식을 버리고 전원을 생각한다면, 농촌 역시 생각하
는 것이 당연한 것이라고 말하고 있습니다.

(2005)

박태일과 경남 합천 황강

강춘진

산과 산이 맞대어

가슴 비집고 애무하는 가쟁이 사이로 강이 흐른다

온 세상의 하늬 쌓이듯 눕는 곤곤한

곤곤한 혼탁

—「미성년의 강」 중에서

"고향이 있어 좋다. 태어난 집은 허물어졌다. 그래도 '그때 그 모습'을 간직한 채 아직 존재하고 있어 좋다. 옆에는 강물이 흐르고 있다. 세월은 그렇게 흘러간다."

2005년 여름 문턱을 막 지나려는 6월 19일 경남 합천에서 문학기행을 즐겼다. 독자들은 이날 하루 종일 강물처럼 유유자적하게 짙푸른 '합천의 녹음'을 만끽했다.

황강. 경남 거창 덕유산에서 발원, 오도산 매화산 청계산의 깊디 깊은 골짝을 흘러흘러 합천 중심가를 휘감아 도는 강. 그 유유한 300리 물길은 한 시인의 '시적 인생'을 휘감고 있다. 박태일 시인이 직접 독자들을 이끌었다.

"내 고향 합천은 아름다운 곳입니다."

자기 고향에 대해 누구나 갖고 있는 자부심이다. 우리는 합천에서 정말 아름다운 풍광을 감상했다. 시인을 무척 아끼는 황동규 시인은 합천을 방문한 뒤 "전국에서 가장 녹음이 좋은 곳"이라고 하지 않았는가. 그만큼 개발이 덜 된 곳이다. 반면 살림살이가 팍팍했던 합천에서 태어난 문인들은 "세상 보는 눈이 엄하다"라는 평을 받고 있다.

"저 같은 소극적인 문학인이 합천 문학을 더럽히고 있는 것은 아닌지 항상 걱정입니다."

박태일 시인은 반골 기질을 갖고 있다. 때론 전투적이다.

시인 박태일.

그는 경남대 교수다. 학계에서는 경남·부산의 '지역학' 부문 최고권위자로 손꼽는다. 박태일 교수는 민족문학계 거두로 추앙받고 있는 요산 김정한 선생이 쓴 친일작품을 발굴, 세상에 내놓아 문단을 한바탕 회오리 속으로 몰아넣은 적이 있다. 때론 다른 교수들의 그릇된 학문적 연구 태도에 대해 준엄한 글로써 날을 세워 논쟁에 휘말리기도 했다.

"요산 선생 등을 절대 폄훼하고자 한 것이 아닙니다. 공은 공이고 과는 과, 그것을 따져보자는 것이었습니다. 있는 그대로 밝혔을 뿐입니다."

전투적인 교수, 박태일. 그는 그렇지만 시인이다. 풍경을 보는 시선이 남다른 서정시인이다.

새벽에 떠나 느지막이 닿는다 적교
산과 산 사이 송신탑이 더위를 나르고
무릎치 검은 개가 구름 폐차장 쪽을
짖는다 바람마다 올랐다 내렸다

배롱꽃 허파꽈리는 납덩이다
사람 끊긴 장터 이남횟집
수족관은 흰 나팔꽃 차지다

(…중략…)

풀비 먹은 삼베 눅눅한 모랫길
옥수수밭은 넓고 길고 슬프게 멀리
물아래 애막의 어린 딸이
막걸리 주전자를 흔들며 온다
두드린다
장마 오겠다

—「적교에서」 중에서

박태일 시인은 낙동강 본류를 가로지르는 적교를 지나갈 때쯤 얼굴이
살짝 굳어졌다. 얼핏 긴장감마저 감돌았다.

"고향에 오면 왠지 스스로 작아진다는 느낌을 받아요."
그렇다. 합천은 시인을 넉넉하게 품고 있다. 고향의 품에 그냥 안겨만
있어도 좋다. 그렇게 넉넉한 고향 땅이지만 시인의 생가는 세월의 무게를
못 이겨 폐가가 되어 버렸다. 그래도 '그때 그 모습'은 간직하고 있었다.
자기가 태어나 어린 시절을 보냈던 집, 그 현장이 50년 이상 지난 지금도
살아 있다면 당사자에게는 얼마나 행복한 일인가.
3평 남짓한 아주 작은 집. 비록 폐가로 변했지만 부뚜막, 때에 절은
아주아주 조그만 마루, 엉성하기 짝이 없는 가마솥 등이 그대로 있다.
시인은 '자궁 같은' 이 집을 그냥 방치해 놓고 있다.
그는 1954년 합천 율곡면 문림리에서 태어났다. 모국어를 체득하고

사람 관계가 형성되고 주변 풍경 하나하나가 가슴 깊이 새겨진 열 살 때 교사인 아버지를 따라 부산으로 왔다. 부산대 국문학과에서 석·박사 학위를 받은 시인은 1980년 중앙일보 신춘문예를 통해 등단했다. 그는 1980년대 『열린시』 동인으로 활동하는 등 시단을 주름잡았다. 『그리운 주막』, 『가을 악견산』, 『약쑥 개쑥』, 『풀나라』 등의 시집을 발표했다. 시의 바탕에는 고향 합천이 자리잡고 있다. 그는 또 '경남·부산 지역문학 연구' 등 왕성한 연구 활동을 바탕으로 한 많은 연구서를 내놓으며 '지역학'을 살찌우고 있는 학자다.

우보재(愚步齋).

시인의 생가 바로 옆에는 빨간 벽돌로 만든 1층짜리 양옥집이 버티고 있다. 부친의 호를 따 '우보재'로 명명했다. 이 집은 부친이 남긴 유산으로 지은 집이다. 지금은 시인의 숙모가 기거하고 있다. 그 앞에는 넓은 앞마당. 전형적인 시골집이다. 시인은 어릴 적 이 앞마당에서 여름날 간식으로 어머니가 감자가루로 만들어준 '정구지 찌짐'을 먹었을 것이다. 그곳 사람들은 '지짐'을 '찌짐'이라고 불렀다. 이날 독자들은 시인의 숙모가 내놓은 정구지 찌짐을 한 입 가득 입에 물고 한적한 시골 풍경을 감상했다. 그러나 여느 시골 마을처럼 쇠락해 가는 풍경이어서 한편으로는 입안이 씁쓸했다.

시인은 어릴 적 집 근처에 있는 호연정 누각을 누비며 호연지기를 키웠다. 조선 중기 사대부들이 귀향해 자연을 벗삼아 지내기 위해 공들여 지은 이 정자는 황강변에 자리잡았다.

"강에서 태어나 강에서 문학적 출발을 했어요."

시인은 함벽루 정자에서 독자들에게 현장 문학 강의를 하면서 강물처럼 흘러가는 삶을 살고 싶다고 말했다. 그는 문학적 인생도 강에서 마무리하고 싶어한다.

황강을 정면으로 바라보는 운치 좋은 정자에서 수많은 시인 묵객들이 풍류를 즐겼다. 이황, 조식, 송시열 선생의 글이 누각 내부의 현판에 걸려 있을 정도다. 빼어난 풍광을 자랑하는 황강이 만들어낸 자연의 선물이다. 박태일 시인도 '황강' 연작을 보탰다.

> 황강 물 굴불굴불 황강 옥이와 귀엣말 즐겁습니다
> 황강 모래 엄지 검지 발가락 새 물꽃 되어 흐르듯이
> 간지러운 옛말이 들리는 봄
> 재첩 볼우물이 고운 옥이 마을
> 이모와 고모가 한 동기를 이루며 늙어간 버들골로
> 물안개는 디딜 데 없이 아득하였습니다
> 호르르르 물잠자리 홀로 물수제비 띄우고
>
> ―「황강 9」 중에서

"철이 많은 고장 합천을 가장 잘 드러내는 황강에는 15개 나루와 19개 소가 있어요."

현지 문인 김해석(합천문인협회장) 시인의 말이다. 그는 합천댐 건설로 유명했던 황강의 모래사장이 줄어들고 강폭마저 좁아지는 등 아름다운 지형이 많이 퇴색한 점을 못내 아쉬워했다.

황강은 지금도 흐른다. 정갈한 강이다. 박태일 시인은 이곳에서 멱을 감으며 꿈을 키웠다. 강 건너로 헤엄쳐 가 '수박서리'하던 어린 시절을 지나 지금은 '글서리'를 하고 있다. 시인은 이날 첫사랑이었던 "옥이의 마을"을 황강변에서 물끄러미 바라보았다.

"고향이 없는 사람, 잃어버린 사람, 있어도 망각하고 사는 사람들을 위해 고향 만들기를 하고 싶습니다."

박태일 시인은 자신의 시 작업에 대해 "고향 만들기"라고 표현했다. 강물처럼 오랜 세월이 흐른 먼 훗날, 자신의 작품이 '고향 찾기'에 나선

사람들에게 노래로 불렸으면 좋겠다는 것이다. 한 시인으로서 너무나 당연한 희망을 갖고 있다. 그의 시 작업은 '강물처럼' 흐르고 있다. 시인의 강물은 마르지 않는 언어의 샘물이다. 박태일 시인의 고향에 흐르는 황강이 그렇다.

(2005)

지역문학의 연대를 위하여

- 구모룡·박태일·하상일의 논의를 중심으로 -

이희환

인천에서—지역문학을 둘러싼 고민들

지난 해 8월 인천작가회의에서는 「문학 관련 지원제도에 대한 인천작가회의의 의견서」라는 논평을 제출한 바 있다. 한국문화예술위원회에서 로또복권기금의 일부를 지원받아 "힘내라 한국문학!"이라는 구호 아래 진행되고 있는 문학회생프로그램 진행과정에 대한 문제제기를 담고 있는 논평이었다. 애초 이 의견서는 민족문학작가회의 사무국에 제출할 예정이었다. 그러나 언론에 노출되는 과정을 거치면서 약간의 오해와 파문을 낳기도 하였는데, 문제제기한 주요 항목은 다음과 같다.

첫째, "힘내라 한국문학!"이라는 구호 아래 실시되고 있는 상기 사업들은 서울 중심으로 편중된 문학지형 속에서 부익부 빈익빈의 문학적 편중현상을 오히려 심화시키고 있다. '문예지 구입 배포사업'과 '문예지 게재 우수작품 지원사업'이 중앙 문예지에 편중되었을 뿐만 아니라 중복되고 있다.

둘째, 지역에서 어려운 가운데 출간되고 있는 지역 문예지에 대해서는 심사에서 아무런 이유 없이 배제되고 있다. 지역 문예지가 심사에서 배제된 이유가 무엇인지 궁금하거니와, 사업취지에서 보건대 가장 먼저 고려해야 하는 것이 지역문학의 활성화가 되어야 할 것이다.

셋째, 지원사업이 대부분 명망가 위주이거나 기성의 문인 중심으로 이루어지고 있는 것도 문제이다. 열악한 문학 환경을 감내하면서 한국문학이 진정으로 힘을 내기 위해서는 신진작가가 새롭게 자라날 수 있는 환경을 조성하는 데 사업의 초점이 맞추어져야 한다.

넷째, 위와 같은 문제의식 하에서, 심사기준의 재검토가 필요하다. '문예지 구입 배포사업'에서 예시한 심사기준은 ○ 문예지로서의 대표성과 문학성, ○ 문학 분야 발전의 기여도 및 파급효과, ○ 문예지 운영의 적정성 여부(원고료 지급 여부를 중심으로), ○ 동일 조건일 경우 지역 및 장르 안배 적용, 등인데, 이렇게 되면 소수 몇몇 문예지만 나눠먹기식 사업이 될 것이다.

다섯째, 사업이 보다 객관적으로 이루어지기 위해서는 심사위원 명단 발표에 그치지 말고 심사결과에 대한 객관적 판단자료를 제출해야 할 것이다.

여섯째, 지난 5월에 역시 한국문화예술진흥원에서 실시한 '문화예술분야 청년인턴 채용 지원사업'의 경우, 전국 조직의 문화예술단체 중 한국문화의 집협회 등을 비롯한 7개 특정단체와 전문 예술법인·단체, 그리고 문화재단과 문화관광부 산하 단체만이 사업추진 주체로 한정되었다. 이들 단체는 이미 정부로부터 많은 지원을 받고 있는 단체인데, 민족문학작가회의와 같은 전국 단체조차 신청을 할 수 없는 것 또한 부익부 빈익빈의 문화현상을 초래하는 잘못된 행정으로 불합리하다.

표현이 거친 점이나 공론화 과정의 불찰이 없지 않았지만, 당시의 문제 제기는 제도의 근본취지와 함께 문학제도의 민주화를 요구했다는 점에서 지금껏 정당한 문제제기였다는 판단은 달라지지 않았다. 특히 문학회 생이라는 특단의 프로그램을 그것도 로또복권기금을 활용하여 전개하는 비정상적인 상황 아래서 진행된 사업인 만큼, 보다 전향적인 관점 아래

문학적 기초를 다지는 데 사업의 주안점이 놓였어야 했었다는 아쉬움이 크고 사업의 초기부터 보다 세심한 사업추진이 진행되었어야 했다는 생각이다.

해 묵은 문제를 다시 끄집어낸 것은 결코 논란을 다시 제기하는 데 있지 않다. 지금 돌아보건대 인천작가회의의 문제제기는 지역의 소외의식이 낳은 거친 표현으로 일면 중앙과 제도에 대한 '비난의 수사학'에 그쳤다는 한계도 없지 않다. 그 때문에 문제제기가 정당했음에도 불구하고 필자를 비롯한 인천작가회의에서는 논의를 더 생산적인 방향으로 이끌어가지 못했던 것이다. 이 글의 모두에 이를 거듭 인용한 뜻은 다른 데 있다. 바로 지역문학이 처한 곤혹스러움과 그 고민의 실타래를 솔직하게 드러내기 위함이고, 앞으로의 논의에 자료로 삼기 위해서이기도 하다.

내친 김에 인천의 지역담론과 관련한 고민을 좀 더 열거해보자. 인천 지역의 지역담론은 아직까지 인천의 도시적 정체성을 해명하는 데 많은 노력을 바치고 있다. 부산이나 대구, 광주와 같이 역사적으로나 문화적으로 각 지역에서 독자적 중심성과 정체성을 형성해 온 중핵도시와 달리 인천은 수도 서울에 인접한 항구도시로 성장해 온 인천은 분단 이후 독자적인 도시정체성을 형성하지 못한 채 서울의 배트타운 내지는 임해공업 도시로서 시민들의 정주의식마저 소거된 상태였던 것이다.

이런 가운데 1980년대부터 여러 편의 글을 통해서 '인천의 인천화'를 주창해 온 최원식 교수의 인천담론이 개진되었다.[1] 이에 직간접으로 영향을 받은 인천 지역의 젊은 연구자들이 지역을 담론의 대상으로 삼고 최근 들어 활발한 지역연구 성과를 산출하고 있기는 하다.[2] 그리고 각기 특성을 달리하는 문학 매체로『학산문학』『황해문화』『작가들』같은 계

---

1) 최원식, 『황해에 부는 바람』, 다인아트, 2001.
2) 이희환, 『인천문화를 찾아서』, 다인아트, 2003; 이현식, 『문화도시로 가는 길—지역문학과 문화에 대한 성찰』, 다인아트, 2004; 김창수, 『인천공부—인천문화와 인천학의 탐구』, 다인아트, 2005 등이 출간되었다.

간지들이 지속적으로 출간되고 있고 인천발전연구원에 이어 2000년 들어 인천학연구원이 개원하면서 『인천학연구』라는 지역학술지도 정기적으로 발간되기에 이르렀다. 그러나 아직 인천은 자기 지역을 추스르기에 여념이 없는 내적 성찰의 과정을 밟아나가고 있다는 것이 필자 나름의 판단이다.

한편 인천 지역의 지역담론이 이처럼 외연을 확장해 가는 것과 더불어 지역의 주요한 매체들이 지역문학과 관련한 이러저런 기획을 시도되기도 하였다. 인천작가회의의 기관지인 『작가들』을 통해 인천에서도 몇 차례 지역문학론을 검토해 온 바 있다. 지난 2000년 여름에는 '지역, 희망을 찾는다'는 특집 아래 좌담과 함께 각 지역 문학가들의 글을 싣기도 했다(『작가들』 2호). 2001년에는 인천 지역에서 전국민족문학인대회를 개최하는 한편 여러 지역의 지역문학 활동가들과 함께 '지역문학사, 과연 가능한가'라는 주제로 기조발제와 설문답변, 그리고 종합토론을 시도하기도 하였다(『작가들』 5호). 2003년에는 '지역문예지와 에꼴의 가능성'이라는 주제로 토론을 벌인 바도 있었다(『작가들』 8호). 그러나 그 관심이 지속되지 못했을 뿐만 아니라 문제의식도 성글어 고민과 실천이 그 이상으로 앞으로 나아가지 못했다. 앞서 인용한 '의견서'는 그러한 고민의 교착지대에서 나온 거친 항변이었던 셈이다.

인천에서의 이러한 지역문학론의 정체 속에서 필자는 다른 지역의 동향에 대해서는 둔감하였을 뿐이었다. 제주가 줄곧 4·3의 문제를 다루면서 지속적으로 지역문학의 연찬에 노력을 경주한다는 정도에 그쳤다. 지역담론과 관련해서는, 수도권에 갇혀 있는 인천과 달리 부산은 또 다른 지역적 성격을 갖고 있다는 것이 평소의 소견이었다. 분단 이후 한국 제2의 도시로서 오랫동안 한반도의 관문역할을 했던 부산은 그 지정학적 위치로 보건대도 수도권에 붙어 도시의 독자성을 확보하지 못한 인천에 비하여 상대적인 자율성과 지역성을 이미 확보하고 있고, 그러한 부산 지역의 도시적 활력이 문학 방면에서 『오늘의 문예비평』 『신생』 『작가와

사회』와 같은 매체로 분출하고 있다는 것이 필자가 평소 가지고 짐작에 불과했던 것이다.

이런 차에 『오늘의 문예비평』으로부터 받은 청탁을 계기로 마주하게 된 부산·경남 지역의 지역문학론은 필자에게 많은 자극을 던져주었다. 구모룡, 박태일, 하상일의 세 논저를 통독하면서 인천 지역에서 가닿지 못했던 구체적인 지역문학론의 실천영역을 새삼 발견하고 인천 지역에서 이를 구체화할 수 있는 계기를 떠올리게 된 것은 무척이나 고맙고 즐거운 일이었다. 세 논저는 묘하게도 지역문학론이 마땅히 갖추어야 할 이론과 실천상의 주요 영역을 각기 대표하고 있다. 구모룡의 논저가 지역문학론의 이론적 지표를 마련하는 데 바쳐지고 있다면, 박태일은 이를 실증적으로 보태면서 실천학문으로서 지역문학 연구의 영역과 방법을 구체적으로 펼쳐 보여 주고 있다. 젊은 비평가인 하상일은 이러한 이론적 성과를 확인하듯이 지역작가와 작품에 대한 성실한 실제비평을 펼쳐 보여 주었다.[3] 이하에서는 부산·경남 지역문학론의 성과를 성실히 학습하면서 아울러 향후에 도모해나가야 할 지역문학간 연대와 소통을 위한 소박한 제안을 몇 가지를 던져보고자 한다. 논의의 전개상 간행 순서를 무시하고 앞서 소개한 순서대로 살펴보도록 하겠다.

---

3) 부산·경남 지역의 지역문학론이 거둔 성과를 고찰해보려고 하는 이 글은 그러나 편의적으로 최근에 출간된 다음의 세 논저에 국한하여 살펴본 한계를 지닌다. 따라서 이 글은 부산·경남 지역의 지역문학론이 전반을 살피지 못한 것은 물론, 다른 지역의 지역문학론이 거둔 성과는 전혀 반영하지 못하였음을 물론이다. 추후 공동의 과제로 남긴다. 이하의 인용은 해당 논저의 면수만 표시하기로 한다. 박태일, 『한국 지역문학의 논리』, 청동거울, 2004; 하상일, 『주변인의 삶과 시』, 세종출판사, 2005; 구모룡, 『지역문학과 주변부적 시각』, 신생, 2005.

부산, 그리고 경남에서—부산·경남의 지역문학론

실천학문으로서의 지역문학 연구: 박태일의 지역문학 연구

미래담론으로서의 지역문학론에 대한 구모룡의 이론적 모색과는 또 다른 자리에서 지역문학론의 심화와 확대를 보여 준 논저가 『한국 지역문학의 논리』이다. 시인이면서 지역문학 연구자로서 왕성한 활동을 전개하고 있는 박태일 교수의 논저 『한국 지역문학의 논리』는 결코 적지 않은 연배임에도 불구하고 패기만만하게 지역문학의 가치를 역설한다. 『경남·부산 지역문학 연구 1』이라는 실제적 연구 성과와 함께 2004년에 동시에 출간된 이 책은 아직까지 한국의 대학 교과편제에 들어가지 못한 지역문학 연구의 중요성과 함께 그 지향과 연구방법을 아울러 제시하고 있어서 특히 국문학계에 던지는 신선한 자극이 남다르다.

박태일은 「지역문학의 현실과 과제」라는 논문에서 지역문학의 가치와 과제를 다음과 같이 부여한다.

> 지역문학은 국가문학·중앙문학의 식민지가 아니다. 단순히 거기서 소외된 문학을 뜻하지 않는다. 문제 인식에서부터 해결 방법과 전망에 이르기까지, 지역의 구체적인 자리에 서서 생활세계의 성찰·변화를 이끌어 내는 새로운 실천문학이다. 그런 점에서 지역문학은 지역 개별성과 탈지역적인 보편성이 하나로 길항하는 지역사회의 중요한 역장이다. 창작 현실과 연구·비평 현실, 그리고 제도 현실이 그 세부를 이룬다. (…중략…) 바람직한 지역 가치·지역성 창발의 역동적인 드라마를 지역문학은 온전히 떠맡을 수 있어야 할 것이다.
> —「지역문학의 현실과 과제」, 74~75쪽

구모룡 교수의 견해와도 상통하는 지역문학의 가치와 과제에 대한 이러한 견해는 곧 지역문학 연구의 가치로 자연스럽게 이월된다. "지역문학

연구는 지역 공동체에 대한 실천문학이어야 한다. 지난날의 문학연구 인습에서 벗어나려는 대항문학이어야 한다. 굳어진 문학소통 관행을 깨 뜨리는 혁신문학이어야 한다"(「지역문학 연구의 방향」, 30~31쪽)라는 선명 한 선언이 바로 그것이다. 그런데 이 선명한 지역문학 연구의 지향이 비단 선언적 차원에 그치지 않고 방법과 실제에 있어서 구체적 실체를 얻어가고 있다는 점에서 박태일 교수의 정력적 연구는 필자와 같은 젊은 연구자들이 특히 크게 본받아야 할 성과이다.

전근대와 근대, 그리고 탈근대가 함께 어울려 속결으로 발 빠르게 변모하 고 있는 오늘날, 다채로운 지역 문화 공동체를 꿈꾸며 사람다운 삶에 대한 진정한 감각을 얻기 위한 구체적이고도 실천적인 과제 앞에 지역문학 연구는 나선 셈이다. 지역문학 연구는 단순히 담론에 머무는 일이 아니다. 지역문학 을 창조하는 행위라는 새로운 자각이 필요하다. 바람직한 지역 가치와 지역 연대에 뿌리내린 지역문학과 그 연구를 위해 젊은 연구가들이 알뜰하게 공을 이룰 일이다.

—「지역문학 연구의 방향」, 32쪽

실천학문으로서의 지역문학 연구에 대한 이와 같은 강조는 아무리 강 조해도 부족함이 없다. 90년대 중반 이후 지방 자치제의 전면 실시와 함께 지역연구의 필요성이 대두되기는 하였지만, 대부분의 지역에서 지역학 연구는 향토주의를 갓 벗어난 수준에서 그리 멀지 않았던 것이다. 지역학 의 전반적 사정이 그러하니 지역문학 연구는 더 한층 빈곤할 수밖에 없었 을 것이다. 인천만 하더라도 지역문학은 비평의 대상은 될지언정 아직까 지도 본격적인 연구의 대상으로 자리 잡지 못하고 있다 할 것이다.[4]

---

4) 인천학연구원에서 2003년에 중점연구과제로 시도한 『인천학, 현황과 과제』(전 2권)에서 각 분과학문별로 인천학에 대한 본격적인 연구의 필요성이 제기된 바 있다.

지역문학 연구의 중요성에 대한 자각 아래 박태일 교수는 지역문학 연구의 이론적 검토를 개진해나간다. 「지역문학 연구의 방향」에서 지역문학 연구의 대상, 주체, 방법 그리고 목표에 대한 이론적 검토를 개진하고, 「지역시의 발견과 해석」 「인문학과 지역문학의 발견」이라는 논문들을 통해서는 지역문학 연구의 대상과 그것을 연구할 방법론적 시각을 세세히 검토하고 있다. 「지역문학의 현실과 과제」라는 논문을 통해서는 잘못된 연구 관행을 지적하면서 지역문학 연구의 바람직한 제도화 방안에 대한 제언하고 있다.

　연구 주체의 확충과 협력을 통한 기초 문헌의 간수와 갈무리를 바탕으로 전개되어야 할 지역문학 연구는 아마추어리즘과 정실주의를 극복하고 궁극적으로 해당 지역의 주인 의식과 지역 통합을 이루는데 이바지해야 한다. 이와 같이 요약할 수 있는 박태일의 지역문학 연구론은 그런데 여기에 그치지 않는다. 1994년부터 경남대 국어국문학과 대학원 과정에 '지역문학연구'라는 강좌를 개설하고 1997년부터 경남지역문학회를 만들고 학술지 『지역문학연구』를 발간해 왔던 노력들이 결실을 맺어 그 자신을 위시한 여러 연구자들에 의해 다양한 연구 성과물들이 제출되고 있는 것이다. 소지역인 합천과 거창, 밀양 지역의 지역 정체성과 문학과의 상관관계를 살펴 정책적 방향을 제시한 2부의 글들은 실천학문으로서의 지역문학 연구가 보여 주는 값진 성과라 생각한다. 잘못된 연구 관행에 대해 매서운 비판과 학문적 토론을 감행하는 것도 보기 드문 광경인데, 김대봉 연구를 둘러싼 매서운 비판은 학문적 존엄을 세우려는 엄격한 태도의 발로라 평가할 수 있을 것이다.

　지역의 정체성을 주된 지역담론의 대상으로 삼고 있으면서도 인천 지역에서는 아직 대학의 교과로 지역문학이 전연 다루어지지 않고 있다. 『인천학연구』라는 학술지가 생긴 지도 불과 몇 해 지나지 않은 현실에서 경남의 지역문학 연구의 성과는 부러움과 찬탄의 대상이 되고도 남는다. 눈길을 끄는 것은 박태일 교수의 논저 말미에 소개된 허만하 시를 둘러싼 구모룡과의 논쟁이었다. 두 이론가 사이에는 지역문학을 바라보는 보이지 않는 시각의 편차가 존재하기도 하며, 비평적 잣대의 차이를 굳이 숨기려하지 않는 듯하다. 지역문학의 지반을 다지기 위해서는 작은 차이와 오해를 넘어 협동의 관계를 유지하는 일이 절실할 터인데, 너른 소통의 통로가 이미 마련되었기에 가능한 생산적 논쟁이 아니었을까 짐작해볼 뿐이다.

다시 인천에서—지역문학의 연대를

이상에서 거칠게나마 부산·경남 지역에서 타진한 지역문학론의 선편들을 살펴 읽었다. 그 결과 현 시기 한국 지역문학론이 가닿은 정점의 자리에서 이론적, 실천적 노력을 아끼지 않는 부산·경남 지역의 세 비평가와 연구자의 논저를 통해 거듭 인천 지역의 현실과 과제를 곱씹어보게 된다.

그런데 공교로운 것인가. 세 논자는 지역문학의 지향에 생태학적 상상력을 주문해놓고 있었다. 지금 지역에는 개발주의의 열풍이 거세게 불고 있다. 지역분권을 정책목표로 제시하고 있는 참여정부의 성마른 성과주의가 특구 남발 정책을 낳고, 지역마다 각기 다른 미명으로 개발의 열풍을 불어넣고 있다. 자본의 전지구화에 따르는 자본-기술 복합체의 멈추지 않는 확장이 지역을 거듭 집어삼키는 형국이다. 인천만 하더라도 경제자유구역 개발에 더하여 구도심 개발과 도시외곽 유휴지의 개발이 동시다발적으로 일어나고 있다. 이러한 가운데 역사와 문화와 환경이 조화를 이루는 문화도시를 만들기 위한 지역의 리더십과 민주주의적 절차마저 속절없이 흔들리고 있는 것이다.

이러한 상황 아래에서 지역문학론이 생태학적 공동체운동의 지향을 포지하게 되는 것은 자연스러운 귀결일 터이다. 그러나 그 구체적 실천의 방략으로 지역문학론을 포함한 지역문화운동이 지역시민운동과 슬기롭게 연대하는 것 또한 매우 절실한 과제가 아닐까 덧붙여 첨언해본다. 이에서 더 나아가 지역문학론은 다른 지역의 문화운동 역량과의 교류와 연대에도 관심을 기울여야 할 시간에 직면하였다고 생각된다. 아직 각 지역의 지역문학은 자신의 고유한 역사와 경험을 추스르는 데 많은 노력을 기울이지고 있지만, 그 안에만 매몰된다면 결국 과거의 향토주의나 지역 중심주의의 함정에서 벗어나기 쉽지 않을 것이다.

『주변인의 삶과 시』에서 비평가 하상일이 성실하게 탐사해나간 부산의 시인들, 고석규, 박태일, 류경일, 오정환, 최영철, 이선관, 채종한, 김상균, 송유미, 강영환, 김경수, 김인권, 조성래, 조풍호, 조해훈, 김참, 정진경, 문선영 등의 시인 중 거개의 시인을 필자는 알지 못한다. 이와 마찬가지로 인천에서 활동하면서 『자연바다』라는 표제의 17인 신작시집을 이제 막 공동으로 출간한 강태열, 김금철, 김명남, 김영언, 김정희, 박성한, 박인자, 박일환, 손한옥, 신현수, 엄태경, 유정임, 정민나, 조혜영, 채수옥, 천금순, 홍승주 등의 시인들을 부산의 문인들도 잘 모를 것이다. 모든 것이 중앙으로 통하지 않으면 서로의 존재마저 알지 못하고 소통조차 하지 못하는 것이 오늘 지역에 사는 문인들의 현주소이다.

하기야 이 글을 준비하면서 부산에서 출간된 구모룡 교수와 하상일 비평가의 논저들을 서점에서는 물론 인터넷서점에서조차 구해보기가 쉽지 않았다. 이렇게 고립되어서는 지역문학이 전지구적 차원의 획일적 자본주의 문화에 맞서 대안적 미래담론으로 성숙하기 어려울 것이다. 차제에 지역간 문학의 교류와 비평의 활성화를 제안해본다. 무엇보다 먼저 지역문학간 매체의 교환과 더불어 내적 교류부터 힘써봐야 할 것이다. 여기서 더 나아가서 지역문학을 공동의 눈으로 살필 비평매체의 공동 발간도 모색해볼 수 있을 것이다.

(2006)

그리움의 시학

- 박태일의 시세계 -

권혁웅

1. 시와 그리움

박태일 시의 주조음(主調音)은 '그리움'이다. 처음부터 그랬으며 지금도 그렇다. 우리는 그의 시 어디에서나 시를 관통하는 주제음으로서의, 혹은 그 변주로서의 그리움을 접하게 된다. '그리움'이 주조음이 된다는 것은 무슨 뜻일까? 첫째, 시가 특정한 지향성을 품고 있다는 말이다. 그리움은 주체가 한 대상을 향해 정향(定向)되어 있음을 뜻한다. 대상이 없는 움직임은 단순한 욕망에 지나지 않는다. 욕망은 발원지(發源地)만을 따질 뿐, 어디로 흘러갈지를 따지지 않는다. 이것이 그리움과 욕망이 다른 점이다. 그래서 박태일의 시는, 그 외양에서는 그렇게 보이지 않을지라도, 연시의 구조를 갖고 있다. 둘째, 그럼에도 시가 어떤 결락과 부재 위에 축조되어 있다는 말이다. 현전하는 대상 앞에서 그리움은 생겨나지 않는다. 내가 찾고 있으면서도 내게 허락되지 않은 대상만이 그리움의 대상이기 때문이다. 이것이 박태일의 시에서 수많은 부재의 기호들을 만들어내는 원천이다. 셋째, 시가 '장소'가 아니라 '운동'의 형식을 갖는다는 말이다. 그리움은 실체가 아니라 움직임이다. 박태일의 시에 나오는 수많은 지명은, 지명 자체의 고유성을 탈각하고 그리움의 이동 경로를 표시하는 일종의 지표로서 기능한다. 다르게 말해서 각각의 지명은 구체성을 통해서만 도달 가능한 보편성의 정도와 자질을 표시한다. 넷째, 시가 수많은 발화자들을 품는다는 말이다. 부재와 결핍으로서의 주체는, 그 텅 빈 형식으로 인해서 여러 목소리들의 거주지가 된다. 통상의 서정시가 단일한 발화의 주체만을 허락하는 것과는 달리, 박태일의 서정시는 수많은 장삼이사의 발언들로 늘 소란하다. 주체가 다른 목소리를 끌어들이는 게 아니다. 오히려 다른 목소리들의 자리가 주체의 자리라고 말해야 한다. 다섯째, 시가 음악에 기댄다는 말이다. 그리움이 일종의 운동이라면, 신체의 박절(拍節)과 주기를 따라갈 수밖에 없을 것이다. 박태일의 시에서 현대시가 도달한 가장 높은 수준의 악보 가운데 몇몇을 채록할 수 있는 것도 이 때문이다. 여섯째, 시가 말하기와 보여 주기를 동시에 수행하는 언어를 갖는다는 말이다. 박태일의 시에서 풍경은 거기에 포함된 사람들의 사연과 구별되지 않는다. 사람살이의 고단함이 이미 박태일의 풍경 속에 녹아들어 있다. 그것은 그리움이 대상에 관한 이야기이면서 제 자신에 관한 이야기이기 때문이다. 이 그리움의 길을 따라 박태일의 시 세계를 여행해 보자.

2. 무덤—그대의 하관을 엿보는 마음이

그리움의 길을 따르자고 말했지만, 사실 이 그리움에는 길이 없다. 그렇다고 해서 그대에게 가는 길 자체가 폐색(閉塞)된 것은 아니다.

그리움엔 길이 없어
온 하루 재갈매기 하늘 너비를 재는 날
그대 돌아오라 자란자란

물소리 감고
홀로 주저앉은 둑길 한 끝.

—「그리움엔 길이 없어」 전문

그대는 이미 떠났는데, 그대를 찾아갈 길이 없다. 그리움이라는 것이, 사실은 그 부재 위에서만 성립하는 것이기 때문이다. 길이 없으므로, 새는 제 몸으로 "하늘 너비"를 잰다. 그대가 떠나간 방위(方位)를 알지 못하므로, 나는 동서남북 어디든 눈길을 주어야 한다. 그래서 하늘의 너비는 그 막막함의 표상이지만, 역설적으로 내 그리움의 크기이기도 하다. 물론 "홀로 주저앉은 둑길 한 끝"이 없을 수가 없다. 이 길의 끝은, 그대를 찾아가는 내 여정의 한계지점이자 (똑같은 의미에서) 내 여정의 출발지점이다.

박태일의 시에서 시종일관 등장하는 표상 가운데 하나가 '무덤'인데, 이 무덤이 그대의 '부재'를 증거 하는 기호다. 아니 더 정확히 말하자면, 이 무덤은 부재의 형상으로 그대의 '현존'을 증거하는 기호다. 그대가 없다는 걸 확인하는 곳이면 어떤 곳에서든, 나는 이 무덤을 본다. 다르게 말해서, 나는 그대가 있었음을 확인한다.

산그늘 하나 따라잡지 못하는 걸음이
느릿느릿 다가서는 거기,
주막 가까운 북망에 닿아라.
동으로 머리 뉘이고 한 길 깊이로 다져지는 그대
도래솔 성긴 뿌리가 새음을 가리고
나직한 물소리 고막을 채워 흐른다.
입안 가득 머금은 어둠은 차마 눌 주랴.
마른 명주 만장 동이고 비틀비틀 찾아가거니
흐린 잔술에 깨꽃더미처럼 흔들리는 백두.

그대의 하관을 엿보는 마음이

울음을 따라 지칠 때,

고추짱아 고추짱아 한 마리 헤젓는 가을 하늘 저 끝.

—「그리운 주막 1」 전문

무덤을 주막이라 했으므로, 이 무덤이 여정의 종착지가 아님을 알겠다. 그대 없음을 확인하는 마음의 그늘이, "산그늘 하나 따라잡지 못하는 걸음이" 주막을 만들었다. 제목을 이룬 "그리운 주막"을 보면, 속으로 그리운 것은 그대지만 겉으로 그리운 것은 그대가 아니라 무덤이다. 왜 주막인가? 그곳이 안식처가 아니기 때문이다. 나는 무덤에 들러 그대의 부재/현존을 확인한 후에, 다시 길을 떠날 것이다. 이 환유적인 이동을 통해서 이제 나와 그대의 관계가 아니라 나와 무덤의 관계가 부각된다. 이 무덤이 그리움이 흘러나오는 통로다. 그리움은 대상에서가 아니라 대상의 부재에서, 더 정확히 말하자면 대상에 대한 객관적 상관물 곧 흔적에서 촉발되는 것이다. 그러니까 그리움은 기억의 내용이며, 흔적은 기억의 형식이다.

"한길 깊이로 다져지는 그대"는 이미 "북망"에 들었지만, 이 죽음을 실제적인 죽음이라고도 상징적인 죽음이라고도 말할 수 있을 것이다. 실제 그대가 죽어 무덤을 이루었다고 볼 수도 있지만, 그대가 여전히 있음을 증거하는 것이 바로 그 무덤이라고 볼 수도 있다. 차라리 그 무덤을 "그대의 하관을 엿보는 마음"이 만들어냈다고 하면 안 될까. 보이지 않는 그대의 자리를 지정하는 특별한 자리라 볼 수는 없을까. 이어지는 시편들을 보면 그렇게 보는 일도 아주 잘못은 아닌 것 같다.

물 곳곳 마을 곳곳 눈 내린다 포실포실 보스랑눈 아침에 앞서고 뒤서며 빈 터마다 가라앉는 모래무덤 하나 둘 어허 넘자 어허 넘어 뭍에서 물로 하늘 밖으로 내 목젖 마른 자리 발톱을 세워 훌훌이 날아가는 붉은 물떼새.

—「명지 물끝·9—고 김현준」 전문

누가 모르나 봄 한철

벌통에 애벌 들고 땅 밑 사람 드는 일

삼월 건너 사월 붉게 내려앉은 등성이마다

앞서 묻힌 이들이 기어나와

시름시름 배꽃 멍석을 편다.

―「배꽃」 전문

그대 눈먼 그대로 묻히셨는가

새로 핀 도라지밭 남녘 물살 예사로 덮쳐도

우리 내외 더듬어 보듬어 내려온 바다

깍지 낀 섬들이 물길을 막고

징징 돌멩이를 던지던 갯가 사람들

세상 서러워도 제 땅에 나라마저 잃어

쫓겨 구르던 마음 곰나루는 여기서 먼 데

붉은 솔뿌리 한 골짝 건너서고

겹겹 조개무지 다시 텃밭 이루어도

기껏 백제정승도미처정렬부인(百濟政丞都彌妻貞烈婦人) 그 이름 지키기

위해

남아 욕된 것 아닌 줄 그대 아실 일

남녘 바다 바라보며 다시 감긴 눈

그대 바이 뜬 바 없이 두고 온 하늘 더듬나

더는 물러설 데 없이 뺏기고 앗긴

안골 옛 저자거리 젓독마냥 곰삭은 세월

마음 없으니 머문 이십 년이 매양 하룻잠

살아 서럽네

울컥울컥 솟은 흙무덤 다 고향집 같아

엎어지다 미끄러지다 여태

그대 눈먼 그대로 누워계신가.

—「눈먼 그대」전문

「명지 물끝·8」에 나오는 '모래무덤'은 여정의 지표임을 보여 준다. 그
것이 복수인 것("모래무덤 하나 둘")은 무덤이 그대를 찾아가는 내 여로에
이정표 구실을 하고 있어서다. 그 무덤들을 넘고 넘어, 나는 "뭍에서 물로
하늘 밖으로," 저 새처럼 길을 재촉해야 한다. 「배꽃」에서는 배꽃이 피는
자리가 어디나 무덤임을 말한다. 저 고운 꽃은, "앞서 묻힌 이들이" 무덤
에서 기어 나와 편 '멍석'이다. 한 죽음에서 여러 죽음으로, 한 개화에서
연이은 개화로 이행하면서, 나는 모든 현전에서 부재의 흔적을 발견한다.
저 흰 무덤이 바로 그 표상이다. 「눈먼 그대」는 녹산 안골에 있는, 도미와
아내가 묻힌 것으로 알려진 무덤을 보고 쓴 작품이다. 이제 무덤은 공시태
(共時態)를 넘어, 시간적인 전후를 아우르는 증거가 된다. 시는 '그대'를
부르는 내 호명(1행)에서 시작하지만, "우리 내외"(3행)의 시점으로 곧장
옮겨간다. 도미 내외에게 마련된 참혹한 운명은, 이 땅에 흔적을 남긴
모든 이들에게 주어진 운명이기도 하다. "울컥울컥 솟은 흙부덤"이 "다
고향집" 같다고 말하고 있어서다. 어느 무덤이나 몸 기댈 고향이다. 반대
로 말해도 똑같다. "용호농장은 또 일어서면 그만인 마흔 해 헛무덤인
데."(「용호농장 4—후박나무」) 삶이 제 근거를 잃고 허물어지는 곳 어디나
무덤이다.

그러니 다시 말하자. 그리움에 길이 없다는 것은, 그대에게 가는 길이
천지사방 흩어졌다는 말이 아니다. 오히려 그 길이 없어졌으므로, 내가
어디로 가든 다 그대에게 가는 길이 된다('새'가 자주 등장하는 것도 이 길의
자유로움과 관련되어 있다. 지상의 길은 지향이 없으나, 천상의 길은 천지사방이
훤하게 뚫렸다). 따라서 이 말은, 내 그리움에 제한이 없다는 말로 고쳐
읽어야 한다. 내가 가는 곳마다 마주치는 무덤이 바로 그 증거다(나아가
황폐해 가는 마을과 적막한 산하가 모두 무덤의 변형태로 보아도 좋을 것이다.

어디나 그대가 있었고, 지금은 그대가 없다). 무덤은 그대가 지상에서 아예 몸을 거둬갔다는 증표가 아니라, 적어도 그곳에 그대가 있었다는 것을 일러주는 지표다. 여행은 계속되어야 한다.

3. 망자와 환과고독(鰥寡孤獨)—박복한 이 아낙은 네 번 절하고

어쩌면 "그리움이 사람을 못 쓰게"(「영덕 일지」) 만드는 것도 사실일 것이다. 온 곳에서 무덤을 찾고야 마는 여정이 쉬울 수야 없을 것이다. 그러나 역설적이게도 그것이 사랑의 힘이다. "너희 사랑을 이야기하라면 /온통 달아오르는 상반신"을 한 내게 그 부재의 형식을 가진 사랑은 "세상을 밀고 밀어내는 힘"(「영덕 일지」)의 다른 이름이다. 박태일의 시가 흔히 망자를, 혹은 환과고독(과부와 홀아비, 고아와 늙어 자식 없는 노인)을 화자로 불러내는 것도 이와 관련되어 있다.

어머니 향불 사르시고 엎드린 깃동정 실밥이 하얗고 하얗습니다 멀리 갈치
논 반짝반짝 널린 산자드락 첫차에서 내리시는 모습 뵙고부터 저 눈물 쏟았
습니다 여름 산길이라 쐐기풀 발목을 찌르고 땡볕이 발등을 밟아 떼떼떼떼
앞서는 방아깨비조차 달갑지 않으셨을 텐데 청도 화악산도 높은 적천사 어머
니 가슴에 제가 무슨 억한 불씨로 묻혔길래 어김없이 이날 이때면 찾아주시
는지

넉넉하게 묻혀오신 미나리 고사리 숙주 어느 것 없이 혀에 올라붙어 가슴
절로 미어집니다 길가 비명횡사 찢어져 널브러졌던 스물둘 제 몸이야 향물로
닦지도 못한 채 재 되어 흩어진 뒤 십 년 어머니 닦아주시는 사진틀 먼지로
시린 제 혼은 어머니 너른 품에 이끌려 이 절방에 깃들였으니 고맙습니다
고맙습니다 어머니 시방삼세 너른 들판에 놀다 내년 이맘때 다시 뵈러 오겠

습니다

아침 풀비린내 어머니 베적삼 속내인 양 맡으면서
두근두근 시냇물로 흘러 흘러서 어머니.

—「젯밥」 전문

시는 스물둘에 죽은 아들이 어머니에게 건네는 말로 적혔다. 망자는, 그 자체로 부재하는 주체라는 점에서 그리움의 발화자다. 이승과 저승을 잇는 이 간절함이야말로, 그리움이 품은 간절함일 것이다. 대상을 잃은 사랑, 혹은 육신을 놓친 사랑이 여기에 있다. 박태일의 시에(「섬나라도 섬나라 나름이지」와 같은 예외적인 한두 편을 제외하고는) 풍자와 원한이 없는 것도 같은 이유다. 겨우 비판의 날을 벼릴 때조차, 그의 칼날은 제 자신을 향할 뿐이다. 그래서 풍자가 아니라 반성이 생겨난다. 한 사람이 비판과 원한을 품으면, 그 사람과 대상이 된 다른 이는 천리만리 격절된다. 그리움은 그 거리를, 둘 사이의 격절을 없애려는 마음의 움직임이다. 마지막 연이 선명하게 보여 주듯 천지에서 상대의 표식을 찾아내는 것도 이 때문이다.

오호라 해와 달 돌아돌아 삼동 추위 다 건너서 뒷메 뽕밭은 작년 오늘 같사온데 의젓하던 그대 모습 다시 볼 길 아득하네 그대 신왕하고 됨됨이 단아하옵기 백년해로 바랐더니 문득 얻은 병세로서 여러 해 고생할 제 어느 제나 떨치실라 때라 때라 조린 마음 신명도 애닯도다 달은 누웠다 일어서고 해는 빠졌다 되솟는데 미만 육십 우리 내외 홀로 슬픔 웬일일고

—「박복한 이 아낙은 네 번 절하고」 부분

제문 자체가 이런 간절함의 양식이다. 시인이 채록한 보통 사람들의 얘기가 다 이런 사연을 품었다. "욕되지 않을 그리움"(「불영사 가는 길」)을

품은 이들의 목록을 최근 시집인 『풀나라』에서만 간추려보자. "부산에서 /간이 망가져 돌아온 중늙은이"가 된 "신반댁 할머님"(「우포」), 황해도에서 피난 와 간난의 삶을 살아온 '이옥기' 할머니(「앵두의 이름」), 일흔 아내를 두고 먼저 세상을 떠나는 여든 지아비(「봄치레」), 마을회관에 모여 사는 "한때 마흔 이제 스무 집 어른들"(「풀나라」), 서른 해를 "뼈마디 곳곳에 통마늘"을 넣은 듯 앓아온 할머니(「풀약」), "도시 아들 짐 된다고 목맨 마산댁"(「신행」), 아버지에게 제문을 올리는 "어린 소녀"(「어린 소녀 왔습니다」), 오랜 시집살이로 친정 나들이를 못하고 "아버지 산일" 때에나 찾아올 기별을 전하는 누이(「광음이 흐르는 물과 같아」), "혼백 시집간 고모"(「황강 1」), 다섯을 낳은 뒤에 남편 상을 당한 '콩점이'(「황강 7」), 막걸리 장사로 일흔 해를 살다가 아들이 가산을 '들어먹고' 떠난 후에 돌아가신 '할머님' (「까치종합화장품」), "집현산 보현사 골짜기"에 묘 자리를 잡은 "김 교수 창식"(「집현산 보현사」), 광복 항쟁으로 신고의 세월을 보내다 세상을 떠난 "박차정 누이"(「날개 달린 책」), "시집 온 첫날부터 가슴에 숯검댕이만" 앉은 '이모'(「이모」), 억척으로 살다가 두 딸을 놓아두고는 고향집 "남편 곁"에 묻힌 "그 여자"(「그 여자 꿈꾸지」)…… 이들은 모두 신고간난(辛苦艱難)을 제 몸에 주름처럼 새겨두고 살았다. 불행을 품고 사는 이들일수록 그 간절함은 더욱 더했을 것이다.

이들의 이야기를 듣기 위해서는 두 가지를 양보해야 했다. 먼저 시인이 발화의 자리를 이들에게 넘겨주었다. 다음으로 이들이 제 중심을 지금은 없는, 그리움의 대상에 넘겨주었다. 한 아픔이 다른 아픔에 몸을 기대고, 한 그리움이 다른 그리움에 목소리를 양보하는 일이라고 해야 할 것이다. 아픔의 연대를 가능하게 한 힘이 바로 그리움이었던 셈이다.

4. 가족, 나, 역사—그 사람은 무슨 그리움을 가르치려 했던가

무덤이 사랑하는 이의 부재/현존을 증거 하는 일이라고 말했다. 무덤만 이 아니다. 수많은 지명이 그리움의 여로를 드러내고 있어서다. 가족사 역시 같은 방식이라고 말해야 옳다. 이 땅의 산하 곳곳에 자리한 무덤이 그리움의 강역을 보여 주듯, 가족의 내력은 이 땅의 장삼이사들이 품은 그리움의 역사를 집약하는 것이다. 다시 말해서 무덤이 특정인의 거주지 가 아니듯, '어머니, 아버지, 아내, 남편, 아이들, 이모, 할머니'와 같은 가족도 한 개인과의 관계에서만 호명되는 특칭이 아니다(앞에서 예로 든 「풀약」과 「까치종합화장품」의 할머니를 떠올려보면 될 것이다). 모든 이들이, 그렇게 엮여 있는 것이다. 다음 두 시를 보자.

자갈돌에 섞여 누운 가슴 춥지나 않을란지 익은 감 벌써 지고 까치밥 건들 거리는 오늘은 작은설 오두마니 앉아 님자를 생각하네 공회당 문 앞에서 김 씨 이씨 댁 며느리들 명절 배급 고기근이나 제대로 챙겨 받기 위해 나란나란 줄을 서는데 혹 뒤질까 붙어선 발목이 님자 한참 때 그나마 근력 있던 그 발목인가 싶어 고개 돌리고 말았네

님자 묻힌 뒤 십 년 용호 가파른 산비알 짠 바닷바람이 몰매로 밀려왔다 밀려가고 헐벗은 자갈무덤 더 키를 낮추었지만 내 잊은 적 없네 님자 묻힌 그 자리 묵은 닭똥 냄새 봄 겨울 없이 뒤덮고 줄 이은 홰틀 위 애닭들 밤 도와 잘긴 물지똥에 우리 눈물은 또 얼마나 섞였던 것인가

—「용호농장 1—김아내지묘」 부분

그대 누워 살 비우고
나는 앉아 술잔 비운다
가마우지 바다제비 철따라 떠난 자리

다닥 딱딱 부리 부딪다 떠난 자리 하얀 똥

세상 많은 짐승 가운데

똥이 하얀 날짐승들 바라보면 부끄러우냐 그렇게

괴로우냐 누런 똥 누는 사람살이가

오륙도 발치 용호농장 마을 횟집에 앉아

누런 똥이 될 바다장어 흰 살 씹으며 본다

누런 피고름 막소금으로 썻다

닭똥 아래 묻힌 그대

어린 손자 쥐고 선

하얀 달걀 꼬지.

—「용호농장 3—장어회를 씹으며」 전문

　「용호농장 1」에서, 죽은 아내에게 직접 건네는 이 조근조근한 말투는 그간의 삶의 내력을 집약하느라 고요하고 단정하되 사설이 붙었다. 이 풍경은 '님자'의 부재를 증거하는, 사랑하는 이 쪽으로 정향된 풍경이다. 언뜻 보이는 발목이 "님자 한참 때" "그 발목"을 떠올리고, 닭들이 싸댄 '물찌똥'은 우리 살았을 적 눈물로 질척하다. 반면 「용호농장 3」의 저 묵중한 말투는 살아남은 자의 슬픔을 토로하느라 막막하고 비장하되 간명하다. 이 풍경은 그대를 떠나보낸 후에 결핍으로서만 세월을 견디는 내 자신의 내면 풍경이다. 전자가 제문이나 편지글의 형식으로 홀아비의 슬픔을 객관화한다면(우리는 글 전체를 삼인칭 화자의 직접 인용으로 읽는다), 후자는 고백의 형식으로 제 자신의 슬픔을 주관화한다(우리는 절대적인 이인칭 앞에 선 일인칭 화자의 내면을 읽는다). 그 형식은 다르지만 기실 이 둘은 다르지 않은 것이다. 그리움은 관계에서 생겨나지만 관계의 형식을 만드는 것은 그 그리움 자체다.

　시인이 자신의 가족사나 개인사를 얘기할 때에도, 우리는 그 고백을 수많은 사람들의 사연 가운데 하나로 간주해야 한다.

아버지 이승에 누우시고

아버지 저승길 가신다 흰 두루막

어느 저잣거리 갑신 숨을 고르시며

아버지 즐기던 돼지국밥 말고 계실는지

황토 축축한 골짝을 내려오면

가까운 능선 먼 능선이 발목을 때리고 목을 차는데

한입에 달려드는 황강 너른 굽이

붉은 맨발 저 물길은 언제 적 서러움인가.

—「아버지 누우시다」 부분

옛 사람을 만난 봄날에는 할 일이 없다

스무 해에 다섯 해를 더 건너뛴 나날의 사람을

시장길에서 만나는 일은 통속 늘

잡지에서나 읽던 통속이 등을 떠밀면

잊었딘 옛 사람은 잠시 안타깝고

눈 밑 주름이 마음 사이를 기는 동안

더듬더듬 아이며 일터 이야기를 더듬거리다가

만날 약속도 없이 헤어졌다면

푸르게 부풀던 그 갈밭은 벌써 집 자리로 바뀌었고

납덩이처럼 밀리는 물그림자를 보며 그 사람은

한 물살에 다른 물살이 얹힐 때 그 사람은

무슨 그리움을 가르치려 했던가

—「통속에 대하여」 부분

「아버지 누우시다」에서 아버지는 이승에 눕고 저승길에 들었다. 그리

움의 지평에서 보면 이승과 저승이 다르지 않아서, 아버지는 먼 길을
가며 숨을 고르고 국밥을 드실 것이다. 내가 배웅할 수 있는 곳은 기껏
"황토 축축한 골짝"까지여서, 저 "황강 너른 굽이"가 다 서러움의 너비다
이 슬픔과 "또 한 사람 농약을 마셨는지/ (……) /누렁이 곡소리 너머/붉은
역장(逆葬)의 구름"(「황강 3」)에 나오는 슬픔은 다른 것이면서 같은 것이다.
황강 너른 굽이가 그 슬픔을 다 끌어안고 흐르고 있어서다. 여기에 옛
사람을 만난 슬픔을 더하자. 「통속에 대하여」에서, 내가 마주친 "옛 사람"
은 25년이나 지난 긴 세월의 흔적을 품고 있었다. 사랑을 속삭이던 곳은
"집 자리로 바뀌었고"(삶이 기억을 대신했다는 뜻이다), '물그림자'는 납덩이
처럼 무겁게 밀리는데(황강 물살이 이곳까지 범람했다는 뜻이다), 그 사람은
그 물살에 얹혀 "무슨 그리움을 가르치려 했던가." 지나가 버린 것을 지나
갔다고 말해야 하는 일. 그건 통속이되, 지나간 그래서 주름진 모든 삶에
주어진 통속이다. 이 통속이 또한 그리움의 다른 이름이다.

가족사와 개인사만이 아니다. 역사도 그렇다. 시인은 간혹 그렇게 폐제
(廢除)된 인물들을 찾아나선다.

  폐왕은 여름에 떠나 가을에 이르렀다
  나라 망가지니 묵정밭 돼지감자만 씨알이 차고
  불알 마르는 사내를 위해 아낙들은
  자주 돼지감자를 굽는다

  힘든 일이다 새삼
  나라 이야기 끝자락을 마무리하기란
  감실에 묻은 웃대 서책에는 더
  기댈 길이 없다 귓밥 긴 내림에
  펀펀한 발바닥이 늘 부끄러웠던 폐왕

동쪽 벌 김해는 한달음 눈앞인데

떠나오던 길에 밤비 산허리를 끊고

얼굴 찢은 딸들이 역사 적는 이를 울렸던가

폐왕 나드는 길 사람들이 돌을 쌓고

너구리 누린 오줌을 갈겨도

어금니 마주쳐 골골 날다람쥐를 부르며

붉은 여울돌로 책력을 짐작한다 폐왕

차선책이 원칙임을 알고부터

영 말을 잃어버렸던,

—「폐왕을 위하여 1」 전문

시에 붙은 주에 의하면, 폐왕은 금관가야의 마지막 임금 구형왕이다. 폐왕의 돌무덤은 오래 전에 버림받아 황폐해졌는데, 폐왕은 그 황폐함을 고집스레 껴안은 채 묵언으로 일관하여 마침내 풍경의 일부가 되었다. "나라 이야기 끝자락"을 마무리해야 했던 폐왕, 고귀한 혈통("귓밥 긴 내림")과 연약한 몸("편편한 발바닥")을 부끄러워했던 폐왕은 이제 '너구리' '날다람쥐'와 함께 산다. 첫 행, "폐왕은 여름에 떠나 가을에 이르렀다"는 말은, 한편으로는 구형왕이 나라를 내놓고 이곳에 정착하게 된 내력을 설명하면서 다른 한편으로는 그렇게 흥왕(興旺)하던 기운을 잃고 쇠락의 운명을 보듬어야 했던 운명을 표상한다. 여름과 가을은 지금도 계속되는 것이어서, "아낙들은/자주 돼지감자를 굽는다." 폐왕의 설움이 계절의 변화와 더불어 거듭되고 있는 셈이다. 폐왕은 오래 전의 역사에서는 단 한 번 쫓겨났을 뿐이지만, 그 후의 긴 세월 동안—계절이 바뀔 때마다—거듭해서 쫓겨난다. 그러므로 돌무덤은 폐왕이 가고 없음을 드러내는 부재의 흔적이면서, 계속해서 폐왕을 현전의 자리로 불러내는 그리움의 기호이다. 폐왕이 망연히 "말을 잃어버렸"듯, 무덤 역시 묵언으로 제 존재를 증명할 뿐이다. 이제 폐왕은 "붉은 여울돌로 책력을 짐작"할 뿐이다. 돌에 묻은 세월의 흔적은 폐왕의 연대기가 계속되고 있음을 보여 준다. 폐왕은 망한 나라의 마지막 임금이면서 망하지 않는 세월의 영원한 임금이다.

나와 가족과 이웃과 나라 사람들, 나아가 역사의 인물들은 박태일 시의 지평에서 동심원처럼 퍼져 있다. 그것들은 같은 그리움의 파동 아래서 함께 일렁인다. 내가 반드시 그리움의 주체인 것은 아니다. 처음에 말했듯, 그리움이 어떤 결락을 수락할 때 일어나는 감정인 까닭이다. 나는 사랑하는 이를 놓쳤고 가족 가운데 몇몇을 잃었다. 이웃들도 그랬고, 예전 사람들도 그랬다. 우리는 무엇인가를 잃었다(miss). 다른 말로 그리워하고 있다(miss).

5. 음악—울먹울먹 헛디디면서 월명 간다 월명이 간다

마지막으로 박태일 시의 음악에 관해서 말하자. 이미 시인의 시가 음악적 요소를 적극적으로 수용했음을 언급하는 논의가 여럿 있어 왔다. 이 논의들은 그의 시가 전통 시가의 율격을 어떻게 활용했는가에 초점을 맞추었다. 음보율이나 음수율, 드물게는 음위율에 관한 논의가 그것이다. 이에 더하여 그의 시가 음소의 섬세한 배열을 통해서도 음악을 끌어내고 있음을 지적하고 싶다. 음상(音相)에 대한 배려는 박태일의 시에서 흔하게 관찰된다.

> 오실보실 솔바람에 오록조록 올고사리
> 뒤늦어 님 울음도 묻힌 그 자리
> 한 무덤에 두 주검 찾는 이 없고
>
> 이승 저승 울먹울먹 헛디디면서

월명 간다 월명이 간다

구름 우에 구름 간다.

—「월명 노래」 부분

　의성어와 의태어의 절묘한 활용은 박태일의 많은 시에서 두드러지는 특징이다. 둘을 일종의 신체 언어라고 불러도 좋을 것이다. 몸의 움직임을 패턴화했을 때 직접 도출되는 언어들인 까닭이다. '오실보실'과 '오록조록'은 우리 사전에 아직 등재되지 못한 의태어들이다(안동 지방의 '놋다리놀이', 강원도의 풀베기, 역시 안동 지방의 윷놀이 민요 등에서 그 실례가 보인다). 이 의태어들이 '솔바람'과 '올고사리'와 음소를 공유하고 있음을 볼 수 있다.

　'월명'도 그렇다. 인용한 「월명 노래」에서 월명은 '울먹울먹'과 음소를 공유하고 있다. 「월명 옛 고을에 들다」의 "월명마을로 울불굴불 함양길 돌아들면 월명이 후생은 물이었을까 월명이 명줄 같은 하얀 실여울"에서는 월명이 '울불굴불'('구불구불'과 '울고불고'가 여기에 숨었다)과 '명줄'과 '여울'과, 나아가 '마을'과 '함양길'과 '돌아들면'과 '물'이 품은 유음(流音)/ㄹ/과 또한 음소를 나누어 갖고 있다. 이런 섬세함이 소리마디와 만나 시의 구조 전체에 반영되는 데 박태일 시의 음악적 탁월함이 있다.

어머니 눈가를 비비시더니

아침부터 저녁까지 비비시더니

어린 순애 떠나는 버스 밑에서도

잘 가라 손 저어 말씀하시고

사람 많은 출차대 차마 마음 누르지 못해

내려보고 올려보시더니 어머니

털옷에 묻는 겨울바람도 어머니 비비시더니

마산 댓거리 바다 정류장

뒷걸음질 버스도 부르르 떨더니
버스 안에서 눈을 비비던 순애
어디로 떠난다는 것인가 울산
방어진 어느 구들 낮은 주소일까

설묻은 화장기에 아침을 속삭이는 입김
어머니 눈 비비며 돌아서시더니
딸그락 그락 설거지 소리로 돌아서
어머니 그렇게 늙으시더니

고향집 골짝에 봄까지 남아
밤새 장독간을 서성이던
눈바람 바람.

―「어머니와 순애」 전문

　　슬픔의 리드미컬함이 시에 들었다. "눈가를 비비시"는 어머니의 손길
은 끝에 가서 "밤새 장독간을 서성이던/눈바람 바람"으로 변형된다. 결국
"눈바람 바람"은 "비비시더니"의 리듬에 실려 왔다고 해야 한다. 바람은
음소 /ㅂ/에 의해 이 모든 걸 끌어안는다. 어머니는 눈가를 비비셨을 뿐인
데, 이미 그 행동에는 너무 많은 사연이 들었다. "비비다"라는 술어는
몇 가지로 변형되면서 시행을 분절하고 결속한다. 눈가를 비비다(1행)―
아침부터 저녁까지 비비다(2행)―순애가 떠나는 버스 아래서 전송하며
비비다(3~8행)의 확장은 하나의 동작(1행)에 시간성(2행)과 공간성(3~8행)
을 부여하는 확장인데, 조심하라고 말을 잇다(5행), 내려보고 올려보다(7
행), 떨다(10행), 돌아서다(15행), 늙다(17행)로 변형된다. 눈을 비비는 동작

하나에 그토록 많은 의미소가 들어 있었던 것이다.

이 분절과 변형을 지탱하는 것은 어미 '~더니'와, '어머니' 자신이다. '~더니'는 회상과 여운을 담은 술어이며, '어머니'(이 안에는 이미 '머니'가 들어 있다)는 그 자체로 회상과 여운의 상징이다(어머니는 고향이며 슬픔이다). 이 시에서 소리마디 규칙이 변형되는 곳에는 거의 항상 '~더니'나 '어머니'가 등장한다. 나아가 '비비시더니'는 '버스'와 '밤새'로 변주되면서, 마지막 행의 '바람'을 예비한다.

음악은 신체에 기록된 청각 영상이다. 그리움이 하나의 움직임이나 흐름으로 지각될 때, 그것은 이처럼 반복적인 율(律)로 전화된다. 부재를 견디는 특별한 방식이라고 해도 좋으리라.

6. 그리움과 시

이렇게 박태일의 시를 읽었다. 이제 처음 말을 뒤집어 결론을 내야 할 것 같다. 그리움은 박태일 시의 주조음이지만, 그의 시가 그리움을 테마로 품고 있다기보다는 그리움이 그의 시를 낳았다고 하는 게 더 정확한 말일 것 같다. 이 간절함이 그의 시를 일관된 노래로 만들었으며(이십 칠 년 동안 그의 시에는 눈에 띄는 단절과 비약이 없다), 그를 이루 말할 수 없이 많은 장소와 시간으로 이끌었으며, 가시적 형상으로서의 무덤과 비가시적 목소리로서의 망자들을 만들어냈으며, 수많은 장삼이사들의 속내를 자신의 정념으로 받아들이게 했다(최근작인 「레닌의 외투」에서도 그리움은 여전하다). 앞으로도 그의 시가 그와 같을 것이라는 점은 단언해도 좋을 것이다. 충만이 거짓 화해이자 가상의 형식임을 지난 세월의 시편들이 증명하고 있으니 말이다. 그 그리움이 시종여일하기를 바라마지 않는다.

(2007)

가난, 기억, 그리고 슬픔의 시적 지형학

-박태일의 신작시 다섯 편 읽기-

손진은

박태일의 신작 다섯 편은 그 이전의 시보다 더욱 넓어진 시야를 보여주고 있다. 그것은 그의 지나온 삶과 몽골 체류 체험이 그 바탕에 깔려 있기 때문일 것이다. 실제로 다섯 편 중 「말」, 「수흐바트르 광장에 앉아」, 「사막」, 「장조림」 등 네 편이 몽골 체류 체험을 바탕으로 하고 있고, 「상추론」도 나와 타자를 아울러 보는 시선에서 창작된 시편이라 판단된다. 그는 몽골이라는 낯선 땅에서 일 년을 체류하면서(그 체류기는 올해 그가 펴낸 『몽골에서 보낸 네 철』이라는 책에 기록되어 있다.) 그곳의 풍물과 사람들과 사물들을 만나고 그것을 오랜 사유의 체로 걸러서 자신의 삶과 우리 민족의 삶으로 톺아내는 의욕적인 작업들을 진행한다. 이번의 신작시는 그 결실 중의 하나다.

이국의 풍경과 풍물에서 느끼는 정서는 처음에는 호기심으로 다가오겠지만 그것이 점점 자신의 내면 안에 뿌리를 내리는 과정을 거치면서 자신의 것으로 체화된다. 박태일은 우리와는 여러 가지 면에서 다른, 그러나 그 근저에는 많은 것이 닮아 있는 몽골인들의 삶에 자신의 젊은 시절을 가지런히 배치하는가 하면, 어떤 때는 그 생각의 프리즘으로 우리 민족의 지난 역사를 반추해보기도 한다.

다섯 편의 시에서 원형질적으로 드러나는 정서는 '슬픔'이다. "길게 흩어 태웠던 소총 화약 매운 연기처럼/좁은 허파꽈리 속으로 들썩이던 슬픔"(「수호바트르 광장에 앉아」), "슬픔을 둥글게 머금은 아이가/지는 해를 본다"(「사막」), "슬픔은 졸아드는 소리도 큰가"(「장조림」), "저문 마을에 도로도로 놓일 한 끼/슬픔을 씹는 것인데"(「상추론」). 「말」에는 슬픔이란 말이 직접 드러나지 않지만 그 정서도 슬픔을 형상화하고 있다는 점에서 동일하다.

물론 그 슬픔의 저변에는 가난과 기억이 깔려 있다. 시인은 몽골 아이들의 현재를 보며 가난을 떠올린다. 그것은 기실 그의 기억에 각인된 어린 시절의 모습이기도 하다. 그 가난은 민족의 역사로 옮아갔을 때도 여전히 드러난다. 그러나 시인은 일관되게 시를 끌어가는 틀을 '슬픔'이라는 정서로 초점화한다.

그 슬픔은 개별적인 정서(「장조림」, 「사막」, 「말」)로, 서로의 조응 관계(「수호바트르 광장에 앉아」)로, 역사적인 맥락(「상추론」)으로 확산되는 양상을 보인다. 작품들을 한 편씩 인용하면서 그 양상을 구체적으로 살펴보기로 한다.

삶은 되새김질할 수 없는 일
너희는 울며 기며 먹을거리로 내 뒤를 씹지만
나는 내 뒤를 돌아보지 않는다
서서 잠든다고 비웃지만
등 기대 지새는 버릇
소젖에 빠진 파리인 양 재갈을 물었지만
종마만 남기고 거세를 당했지만
너희처럼 핏줄끼리 몸을 섞지는 않는다
우물 곁 사람이 퍼 주는 물을 마셔야만 사는 집짐승

그래도 너희 양 낙타와 같이

사람 올 때까지 물냄새만 맡다 쓰러질 수야

염소 뿔 떨어지는 추위

갈기와 눈썹을 내려 접고

바람 가는 남쪽으로 서 있다만

이 바람 자면 달려갈

저 들 저 지옥이

내 집이다.

—「말」 전문

이 시에는 두 부류의 짐승이 드러난다. 양, 낙타, 염소와 같이 길들여진, 사람에게 의존하는 집짐승과, 말과 같이 길들여지지 않고 강한 자기 중심을 가진 짐승이다. 시인은 말의 발화로서 시를 전개한다. 말은 지나간 인생에 대해서는 곱씹지 않는다("삶은 되새김질할 수 없는 일"). 끊임없이 인생을 향해 도전하는 적극적인 운명 개척의 자세를 보여 준다. 편안한 안주나 소극적이고 무력한 삶의 자세를 취하지 않는다("서서 잠"들고, "핏줄끼리 몸을 섞지 않"고, "사람 올 때까지 물냄새만 맡다 쓰러"지지 않는다). 그보다는 위험하고 거칠지만, 눈앞의 현실보다 마음 속의 현실을 위해 모험을 던지는 생("이 바람 자면 달려갈/저 들 저 지옥이/내 집이다.")을 살고자 한다. 선지자적인 태도라 할 만하다.

몽골의 말을 보고 쓴 듯한 이 시는 단순히 말의 생리를 말하고자 함이 아니다. 박태일이라는 시인이 지금까지 살아온 혹은 앞으로 살아갈 시적 지향을 그리고 있다고 말할 수 있다. 시인은 혼자서 지옥을 집으로 삼는 자이다. 고정된 집을 갖지 않는 자이다. 시인이 외로움과 쓸쓸함을 무릅쓰고 몽골이라는 이국에서 새로운 그곳 사람들과 생물을 관찰하며 새로운 길을 열어가고 있는 것도 바로 그런 자세에서 기인한다. 야생의 삶은 누가 동행해주지 않으니 외롭고 또 슬프다. 이 시의 정서가 '슬픔'이라고

한 것도 그런 맥락이다.

　　화요일에 태어난 아이와

　　토요일에 태어난 아이 그리고 나

　　셋이 웃는다

　　화요일햇빛 토요일햇빛 그 이름으로 살아갈 누리

　　길어 여든 짧아 서른인데

　　어버이들은 어찌 명줄 오랠 일만 걱정했던가

　　십대 이후 나는 자주 불행했다

　　길게 흩어 태웠던 소총 화약 매운 연기처럼

　　좁은 허파꽈리 속으로 들썩이던 슬픔

　　미끄럼틀 위에서 미끄러지던 정치에 불행했고

　　비루하던 치정에 불행했다

　　자주 불행했던 나와 자주 불행할 몽골 아이 둘이

　　함께 소젖차를 마시노라니

　　벅뜨항 산 위로

　　오갈 데 없이 머문 구름

　　제 혀 끝을 씹는 매화

　　낭자한 핏발.

—「수흐바트르 광장에 앉아」 전문

　이 시는 ‘화요일햇빛’ ‘토요일햇빛’이라는 몽골 아이들의 이름이 시의 발상이 된 작품이다. 그들의 짧은 수명 때문에 명이 길기를 바라 이런 이름을 짓는다(“어버이들은 어찌 명줄 오랠 일만 걱정했던가”). 참고로 몽골 인들은 평균 수명이 60세라고 한다. 주로 양고기나 말고기를 먹고 채소를 먹지 않아서 생긴 현상이라고 전한다. 그들은 채소는 짐승이나 먹는 것이 지 사람은 먹을 것이 아니라고 생각한다.

나와 몽골 아이들에 대해 시인이 느끼는 감정은 슬픔이다. 나는 자주 불행했던 자신의 과거에 대한 기억에 슬프고 저 아이들의 미래의 불행을 생각하니 또 슬프다. 그 슬픔이 서로를 마주하며 연대를 형성하고 있다. 그래서 웃고 있는 셋의 모습이 마냥 즐겁지만은 않다. 나의 불행의 목록은 민주화의 실패와 같은 정치적 파행("미끄럼틀 위에서 미끄러지던 정치")과 개인의 어리석은 사랑("비루하던 치정")이다. 몽골 아이 둘의 불행의 목록은 이름에서 드러나듯 잦은 병고와 가난, 짧은 수명, 그리고 앞으로 만날 운명으로 인한 불행 등일 것이다. 그래서 함께 소젖차를 마시고 있는 나와 아이 둘의 삶은 "벅뜨항 산 위로/오갈 데 없이 머문 구름" 같은 방랑자의 삶이거나 스스로가 자초한 상처를 가진 삶("제 혀끝을 씹는 매화/낭자한 핏발.")이다. 이는 「말」에서 드러나는 야생의 삶과도 별반 다르지 않다.

　　　게르는 둥글다
　　　게르에선 발소리도 둥글다
　　　게르 앞에서 아이가 돌멩이를 굴린다
　　　둥글게 금을 긋고 논다
　　　아이 얼굴도 둥글다
　　　햇볕에 씹혀 검고
　　　마른 꽃을 잔뜩 심었다
　　　아이는 여자로 잘 자랄 수 있을까
　　　더위를 겉옷인 양 걸친 양 떼
　　　헴헴헴 게르 앞을 지나간다
　　　슬픔을 둥글게 머금은 아이가
　　　지는 해를 본다.

—「사막」 전문

소녀에 대한 연민이 느껴지는 시다. 해-게르-아이 얼굴-발소리-돌 멩이-금-슬픔 등의 둥근 이미지로 짜여져 있는 이 시에서 가장 두드러지는 것은 더위다. 여자 아이는 "햇볕에 씹혀 검고/마른 꽃을 잔뜩 심"은 얼굴을 하고 있어 "여자로 잘 자랄 수 있을"지 다 걱정이 되고 양 떼는 "더위를 겉옷인 양 걸"치고 "헴헴헴 게르 앞을 지나간다." 이 의성어는 양떼의 우는 모습과 아이를 잡으러 온 늙은 사자의 외모를 동시에 나타내는 특이한 묘사다. 그래서 아이는 "슬픔을 둥글게 머금은" 채 죽음의 부정적인 이미지를 풍기는 "지는 해"를 보고 있는 것이다. (몽골 소녀에 대한 이 관찰은 「상추론」에서 우리 역사상의 어린 소녀에 대한 성찰과 대응된다고 할 수 있다.)

네 형제 도시락을 위해
교사댁 어머니가 아끼셨던 장조림
돼지 소 없이 오른 날은 즐거웠다
어머니는 자라는 자식이
별식으로 힘을 얻기만 바라셨을까
어느 때 도시락 뚜껑을 여니 장조림에서
하얀 실구더기가 나온 것인데
젓가락으로 슬쩍 들어내고 먹었던 일은
어머니 그 마음을 헤아려서일까
이제 내가 장조림을 담근다
암소 살고기 피를 뺀 다음
인중까지 불기운을 당긴다
마늘에는 고기가 한 맛 더한다는
아내의 어제 전화 목소리를 얹고
설탕과 설탕보다 흰 바깥 눈발을 섞는다
슬픔은 졸아드는 소리도 큰가

아는 이보다 모르는 이가 즐거운

어리석은 행복을 슬퍼하면서

한 시간 두 시간

올랑바트르 둘레의 하늘과 강

지난 가을을 끓인다.

—「장조림」 전문

　시의 9행까지는 별식으로 힘을 얻기를 바라셨던 어머니가 만들어주신 장조림에 관한 추억을, 10행부터 끝행까지는 이제 이국에서 혼자 장조림을 담그면서 느끼는 슬픔의 감정을 형상화한다. 장조림은 어머니가 네 형제들의 건강을 위해 별식으로 만들어주시던 음식이다. "돼지 소 없이 오른 날은 즐거웠다"는 표현에는 우리말의 묘미를 마음껏 누리게 하는 구절로("인중까지 불기운을 당긴다"는 말도 참 재미있다.), 원 없이 기뻐하는 어릴 적의 모습이 담겨 있다. 하얀 실구더기가 나와도 "젓가락으로 슬쩍 들어내고 먹었"던 것은 어머니의 마음을 헤아렸던 기특한 마음이었던 것. 그런 사연이 들어 있는 시큰한 음식을 오늘은 내가 담근다. 지금 내가 슬픈 것은 그 어머니 생각과 함께 물 대신 "바깥 눈발을 섞어" 넣어 졸아들 때 나는 큰 소리에서 연유한다. 그러나 실제로는 그보다는 "아는 이보다 모르는 이가 즐거운/어리석은 행복" 때문이다. 고국보다 아무도 모르는 곳이 더 즐겁고 편안하니 그 감정이야 얼마나 슬플 것인가. 그러면서 시인은 "올랑바트르 둘레의 하늘과 강" 그리고 "지난 가을" 자신의 이곳 생활을 넣어 끓이듯 침잠하는 것이다. 시간이 지나도 지워지지 않는 그리움의 매개물이었던 음식이 이제는 슬픔의 음식으로 변해버린 상황이 들어 있는 시라 할 수 있다. 음식에 관한 그의 생각이 더 깊이 진전되는 것이 아래의 시다.

　적치마상추 뚝섬적치마상추 조선흑치마상추 청치마상추 먹치마상추가 중

엽쑥갓 치마아욱 곁에 있다

상추와 상치를 왔다 갔다 하는 사이
치마를 입었다 치매를 벗었다 하는 사이
입맛이 바뀌고 인심이 달라졌단 뜻인가
아 조선 흑치마라니 청치마라니 오늘은
알타리무가 치마아욱 곁에 쪼그려 앉았다
할메약초 중앙종묘사 부전시장 어느 새벽보다 먼저
꽃치마 주름치마 짐짓 접은 씨앗 아이들
그래서 상추는 앞뒤 모르고 걸쳤던 세월 같고
잎잎이 떠내려간 누비질 추억이었던가
무심한 무와 상추 사이에서 허전한 상치와 상처 사이에서
출근길 시장 골목 글로벌타워 높다란 커다란 상점 위로
귓불에 솜털도 가시지 않은 채
겉옷 속옷 밟히며 눈물 뭉텅뭉텅 닦으며
마냥 찢긴 구름을 보는 것인데
쌈쌈을 밀어 넣다 울컥거리는 네모 밥상
저문 마을에 도로도로 놓일 한 끼
슬픔을 씹는 것인데

적치마상추 뚝섬적치마상추 조선흑치마상추 청치마상추 먹치마상추가 중
엽쑥갓 치마아욱 곁에 있다.

—「상추론」 전문

지금까지 그의 시를 이끌어왔던 슬픔의 모티프는 이 시에 이르면 민족
사적인 맥락으로까지 수렴된다. 이 시의 발상은 적치마, 뚝섬적치마, 조
선흑치마, 청치마, 먹치마 등 상추 앞에 붙는 이름에서 시작된다. 그는

상추라는 사물에서 수난의 역사성을 읽는다. 그 수난의 내용은 "앞뒤 모르고 걸쳤던 세월"이며 "잎잎이 떠내려간 누비질 추억", 즉 무지와 더럽힘의 집단기억이다. 그 더럽힘은 구체적으로 "귓불에 솜털도 가시지 않은 채/겉옷 속옷 밟히며 눈물 뭉텅뭉텅 닦으며/마냥 찢긴 구름"에 대한 것이다. 조선조나 일제강점기의 전쟁에서 귓불에 솜털이 보송보송한 우리의 어린 소녀가 이민족에게 순결을 유린당한 역사를 시인은 떠올리고 있는 것이다. "쌈쌈을 밀어 넣다 울컥거리는 네모 밥상/저문 마을에 도로도로 놓일 한 끼"는 그 아비 어미의 심사를 그리고 있는 표현일 것이다. 그 상실감이 시인의 마음에 그대로 전이되고 있다. 우리가 일상적으로 먹는 상추의 맛과 빛깔 속에서 민족의 아픈 역사와 그것을 먹는 사람들의 마음이 들어 있으며 그 마음의 본질은 슬픔이라는 것이다.

우리는 지금까지 박태일 신작시 다섯 편을 '슬픔'이라는 정서를 중심으로 살펴보았다. 「말」에서는 야성적 생명력으로 충일한 시인의 모습에 도사린 슬픔을 읽을 수 있었으며, 「수호바트르 광장에 앉아」는 자주 불행했던 자신의 과거와 자주 불행할 몽골 아이 둘의 미래가 상호조응하면서 "오갈 데 없이 머문 구름"의 방랑의 이미지로 표출되었다. 또 「사막」에서는 게르 앞에서 노는 소녀에 대한 연민이 둥근 이미지로 묘사되었고, 「장조림」은 그리움의 매개물이었던 음식, 장조림이 "이제는 아는 이보다 모르는 이가 즐거운/어리석은 행복" 때문에 슬픔의 음식으로 변해버린 상황이 들어 있으며, 「상추론」은 상추의 이름 속에서 우리의 아픈 역사와 그것을 먹는 사람들의 마음을 읽어내는 시인의 예지가 들어 있다.

시인의 슬픔은 개인적인 것인가 하면 그 슬픔의 촉수는 어느새 타자에게로 뻗어 있고, 기억으로 향하는가 하면 미래로도 열려 있다. 내 쪽에서 그 쪽을 관찰한다고 생각하면 그 슬픔은 어느새 서로를 바라보며 조응한다. 그 슬픔은 일상적으로 먹는 음식물, 그 가시적 사물 뒤에 개인과 민족의 감정으로 흐른다. 시인은 아마 이 시편들을 통해 '슬픔'을 우리 속에 내재한, 우리가 간직해야 할 가장 본질적 요소로 여기고 있었던 듯하다.

(2010)

박태일

강웅식

작품 세계

박태일의 시는 소월과 영랑에서 비롯하여 서정주와 유치환을 거쳐 청
록파에 이르는 한국 현대시의 주류에 속해 있다. 시의 본질이 노래에
있다는 신념도 그렇고 자연과의 고섭에 대한 편애도 그렇다. 그러나 박태
일의 시에는 한국 현대시의 주류에 속한 시인들의 경우와는 전혀 다른
이질적인 성격도 잠재해 있다. 그것은 우리의 역사와 현실에 대한 문제의
식과 시의 현대성의 추구이다. 박태일은 전통과 역사현실과 시에 대한
그 나름의 감각과 이해를 그만의 독특한 풍경 구축을 통하여 역동적으로
종합하고자 한다.

첫 시집 『그리운 주막』에서 박태일은 '1인칭(나)'의 무기력에 대한 절망
과 '3인칭(세계)'의 완강한 타자성에 대한 경악과 '2인칭(특별한 만남)'의
공허함에 대한 허탈 속에서 고통스러워하면서도 절망과 경악과 허망이
특별한 풍경 속에서 어떤 전망으로 전환될 수 있는 자리를 마련하기 위해
애쓴다. 그 시절 박태일에게 시의 '풍경'은 "전망의 투시물"이자 "극복의

형식"이며 "사랑의 방법"이었다. 시의 풍경은 회화의 경우처럼 선과 색에 의하여 조성되지 않고 말에 의하여 구축된다. 말로써 풍경을 그려야 했던 박태일은 회화와 시의 차이를 깊게 인식하고, 선과 색의 구도가 이룩하는 총체적 전경 대신에 만인의 가슴속에 흐르는 집단적 저류로서의 리듬을 통하여 풍경의 감각적 세부들을 통합하고자 하였다.

입사식(initiation) 무렵의 혼란과 방황을 다룬 시들이 다수 포함되어 있는 첫 시집과 비교할 때 그 후의 시집들에는 생활 체험과 역사현실의 인식에서 비롯한 고뇌가 포섭되어 있다. 그런 고뇌와 함께 '전망'과 '사랑'의 매개로서 설정된 풍경의 구축에 대한 회의가 찾아온다. 박태일 시의 편력은 시의 풍경에 대한 믿음과 회의가 상호 충돌하는 긴장의 과정이다. 관념 속에서 풍경은 만인의 공통 심성에 닿아 있는 것이지만 역사와 현실의 차원에서 그것은 또 하나의 이데올로기적 구성물에 불과한 것이기도 하다. 풍경을 통하여, 그 풍경을 구축하는 말을 통하여 세상과 소통하고자 하였으나 그런 행복스런 소통의 믿음은 착각이라는 인식에 따른 절망과 회의가 박태일 시에 구축된 풍경의 배경을 어둡게 채색하기도 한다. 이러한 회의와 방황에도 불구하고 풍경의 파국을 막아준 것은 "달라지기 위한 변화의 학습이며, 자유의 중요한 드라마"라는 시의 궁극적 존재 이유에 대한 시인의 믿음이다.

박태일 시의 주요한 배경으로 등장하는 자연은 인간생활의 배경을 이루는 근원적이고 본질적인 배경을 환기하게 하지 않는다. 그렇기에 그것은 성가실 정도로 번거롭고 자질구레한 일상사로부터 일정한 거리를 두게 하는 도덕적 의미로 작용하지도 않는다. 박태일이 구축하는 풍경의 구성적 세부들은 역사현실 속에서 평범한 사람들이 입은 상처들, 우연한 순간 자연과의 만남 속에서 느끼게 되는 실존적 감각, 그리고 회의와 방황 속에서 오히려 더욱 굳건해진 극복과 사랑의 매개로서의 말과 풍경에 대한 신뢰이다. 이러한 세부들이 이 삭막한 시대를 뚫고 나갈 전망에 의하여 종합될 때 거기에서는 고전적 품격과 현대성이 행복하게 만나는 매우 특별하고도 인상적인 풍경들이 생성된다.

수록 작품 해설

악견산이 슬금슬금 내려온다
웃옷을 어깨 얹고 단추 고름 반쯤 풀고
사람 드문 벼랑길로 걸어 내린다
악견산 붉은 이마 설핏 가린 해
악견산 등줄기로 돋는 땀냄새
밤나무 밤 많은 가지를 툭 치면서 툭
어이 여기 밤나무 밤송이도 있군 중얼거린다
악견산은 어디 죄 저지른 아이처럼 소리없이
논둑 따라 나락더미 사이로
흘러 안들 가는 냇물 힐금힐금 돌아보며
악견산 노란 몸집이 기우뚱 한 번
두 번 돌밭을 건너뛴다 음구월
시월도 나흘 더 넘겨서
악견산이 슬금슬금 마을로 들어서면
네모 굽다리밥상에는 속좋은 무우가 채로 오르고
건조실에 채곡 채인 담배잎
외양간 습한 볏짚 물고 들쥐들 발발 기는
남밭 나무새 고랑으로 감잎도 덮이고
덜미 잡힌 송아지같이 나는 눈만 껌벅거리며
자주 삽짝 나서 들 너머 자갈밭 지나
검게 마른 토끼똥 망개 붉은 열매를 찾아내고
약이 될까 밥이 될까 생각하면서

악견산 빈 산 그림자를 밟아가다 후두둑
산이 날개 터는 소리에
놀라 논을 질러뛴다.

— 「가을 악견산」

「가을 악견산」은 박태일 시의 특장이랄 수 있는 독특한 풍경 구축의
정수를 보여 준다. 박태일의 시에 구축된 풍경은 언제나 정적이지 않고
동적이다. 마을을 감싸고 있을 '악견산'과 촌 마을이 가을의 리듬에 따라
풍성하고 흥겹게 움직인다. "악견산 빈 산"의 공허 속에서 산과 소년(화자)
사이에 이루어지는 교감은 죽음과 삶의 동시적 통찰에 따른 어떤 번쩍임
의 순간을 마련한다. "후두둑" 하고 산이 날개 터는 소리는 이 시에 고전
적 품격을 부여하고, 논을 가로질러 뛰는 소년의 모습과 연관된 실존적
감각은 이 시에 현대성을 부여한다.

구름 보내고 돌아선 골짝
둘러 가는 길 쉬어 가는 길
밤자갈 하나에도 걸음이 처져
넘어진 등걸에 마음 자주 주었다
세상살이 사납다 불영 골짝 기어들어
산다화 속속닢 힐금거리며
바람 잔결음 물낯을 건너는 소리
빙빙 된여울에 무릎 함께 적셨다
죽고 사는 인연법은 내 몰라도
몸이야 버리면 다시 못 볼 닫집
욕되지 않을 그리움은 남는 법이어서
하얀 감자꽃은 비구니 등줄기처럼 시리고
세상 많은 절집 소리 그 가운데

불영사 마당 늦은 독경 이제

몸 공부 마음 공부 다 내려놓은 부처님은

발등에 묻은 불영지 물기를 닦으시는데

지난달 오늘은 부처님 오셨던 날

불영사 감자밭 고랑에 물끄러미 서서

서쪽 서쪽 왕생길 홀로 보다가

노을에 올라선 부처님 나라

새로 지은 불영사 길

다시 떠난다.

―「불영사 가는 길」

「불영사 가는 길」은 불교사상과 친숙했던 지훈이나 미당의 이른바 '선미(禪味)'를 띠는 시들을 생각나게 한다. 그러나 이 시에는 그러한 '선미'도 없고 '서역 삼 만 리' 따위의 관습적 장치도 없다. 풍경을 이루는 세부들에 대한 감각적이고 구체적인 묘사가 그런 것들을 대신하고 있다. 그 세부들의 어울림 속에서 반짝이는 생의 감각과 관능과 그리움의 정서는 이 시에 구축된 풍경을 불화(佛畵)가 아닌 민화(民畵)에 가깝게 한다.

산과 산이 맞대어

가슴 비집고 애무하는 가쟁이 사이로 강이 흐른다.

온 세상의 하늬 쌓이듯 눕는 곤곤한

곤곤한 혼탁.

멀어져나가는 구름 모양

한없는 나울을 깔면서

대안의 호야불을 찾아나서는 물길.

물 위로 물이 흐르듯 얼굴을 가리며

무엇이 우리의 슬픔을 데려왔다 데려가는가.

열목어 열목어는 온통 강물에 열을 풀고
무수히 잘게 말하는 모래의 등덜미로
우리의 사랑이란 운명이란
말할 수 없는 슬픔이란 그런 그런 심연을 이루어
인간의 아이들처럼 아름다운 깊이로 출렁이며
강을 흐르는 사계의 강.

산과 들이 한 가지 모습으로
무덤을 이루어 있는 강안에 서면
귀밑머리 달도록 예쁜 지평선은
우리 버려진 나이를 위한 설정이다.

아, 하면 아, 하는 하늘
오, 하면 오, 하는 산
많이 추위와 살 비비는
손과 손의 가장 곱게 펴진 그림자 위에
한 방울 눈물을 올려놓고
이승은 온통 꽃이파리 하나에 실려가고
다시는 그림자 하나 세상에 내리지 않는다.

하늘로 트이는가, 혈맥
태를 감는가, 산악
손 벌려 앉아 우리는 끝내 무엇이 되고 싶은 것일까.

강은 순례,

눈 들면 사라지는 먼먼 마을의 어두움도 따라나선다.
길 잘못 든 한 아이의 발소리도 들리고
산이 버린 산
사람이 버린 사람의 백골이 거품을 게워내는 것도 보인다.

죽음이란 온갖 낮은 죽음과 만나
저들을 갈대로 서 있게 한다.
실한 발목에 구름도 이제
묵념처럼 하얗게 죽는다.

돌아다보고 옆눈 주는 어두움
그 흔적 없다는 이름의 길을 따라
꽃을 배슬은
나의 기억은 여기에서 끝난다, 강이여.

산과 들이 한 가지 모습으로
무덤을 이루어 있는 강안에 서면
우주의 능선에 달이 뜨고
까칠한 욕망의 투구를 흔들면서
나는 빛나는 스물의 갈대밭, 혹은.

―「미성년의 강」

　스무살 무렵을 겪은 사람이라면 누구나 한번쯤 경험했을 사적인 입사식이 다루어졌다. 인간은 두 번의 입사식을 겪는다. 제도 차원의 입사식과 개인 차원의 입사식. 대부분의 우리는 어른들의 입회 아래 치러진 입사식에서 '예'라고 대답한 다음, 자신에게 특별히 친숙한 장소에서 홀로와 고통 속에서 그 '예'를 곱씹어 보지 않았던가. 받아들여야만 하는

세상의 불의와 삶의 유한성에 절망하면서 그 시절 우리는 끝내 무엇이
되고 싶었던 것일까.

　　　그 먼 나라를 아시는지 여쭙습니다
　　　젖쟁이 노랑쟁이 나생이 잔다꾸
　　　사람 없고 사람 닮은 풀들만
　　　파도밭을 담장으로 삼고 사는 나라
　　　예순 아들이 여든 어머니 점심상을 차리고
　　　예순 젊은이가 열 살 버릇대로
　　　대소사 상다리 이고 지는 마을
　　　사람만 봐도 개는 굼실 집 안으로 내빼
　　　이름 잊혀진 채 그저 풀로만 불리는
　　　강바랭이 씀바구 광대쟁이 독새기
　　　이장댁 한산할베 마을회관 마룻바닥에
　　　소금 전 양 등줄 꺼지게 누운 마을
　　　토광 옆 마늘 종다리는 무슨 힘으로
　　　아침저녁 울컥벌컥 잘도 돋는데
　　　한때 마흔 이제 스무 집 어른들
　　　집집 다 버리고 마을회관 두 방
　　　문지방 내외하며 자고 먹는 풀나라
　　　굴 양식 뜰것이 아침마다 허옇게
　　　저승길 종이꽃처럼 피는 바다
　　　그 먼 나라를 아시는지 여쭙습니다.

　　　　　　　　　　　　　　　　　　　　　　　　ㅡ「풀나라」

　「풀나라」는 우리가 잊어버린, 그래서 잃어버린 '먼 나라'로 우리를 안
내한다. 첫 행의 "여쭙습니다"란 존대어 형식에도 불구하고 화자의 어조

는 항의와 비난의 그것이다. 엄연히 있는 이름을 잊고 그저 '풀'이라고 부를 수밖에 없는 우리의 무지와 무능처럼 우리는 우리 삶의 지반이었던 그 '나라'를 기억하고 회복할 능력을 상실해버린 것은 아닐까? 세부의 표정들에 대한 기억을 사실한 채 그저 '고향'이라고 뭉뚱그려 지시할 수밖에 없는 그 '나라'의 희생을 대가로 우리는 우리 삶의 터전을 교환법칙만이 지배하는 싸늘하고 무서운 세상으로 만들어 놓은 것은 아닐까?

주요 참고문헌

황동규의 「시의 뿌리—박태일의 시세계」(『그리운 주막』, 문학과지성사, 1984)에서는 박태일의 첫 시집을 중심으로 박태일 시의 음악성과 장소 친화적 성향에 관한 최초의 본격적인 비평이 이루어진다. 김주연의 「농촌시-전원시: 박태일의 시」(『가을 악견산』, 문학과지성사, 1989)에서는 박태일 시에서 풍경을 구축하는 두 가지 서로 다른 응시의 성격이 주목된다. 하응백의 「너에게 가는 길」(『약쑥 개쑥』, 문학과지성사, 1995)에서는 이전에 황동규가 언급한 바 있는 음악성과 장소 친화적 성향에 대한 심층 분석적 접근이 시도되고, 박태일의 시에서 반복적으로 등장하는 죽음 이미지에 대한 해명이 이루어진다. 오형엽의 「소리의 음악과 햇살의 광학」(『풀나라』, 문학과지성사, 2002)에서는 '노래'와 '풍경'이 박태일의 시에서 갖는 기능적 의미가 집중적으로 분석된다. 한 권의 시집에 한정하지 않고 전체 시세계로 확대하여 박태일 시의 미학과 상상력을 해명한 비평으로는 서석준의 「경계의 미학 혹은 사랑의 만가—박태일론」(『경남어문논집』 9·10집, 경남대 국어국문학과, 1998), 하상일의 「역사·소외·죽음을 따라가는 지리학적 상상력—박태일론」(『오늘의 문예비평』 제33호, 세종출판사, 1999) 등이 있다.

(2007)

그리운 주막

구경미

『그리운 주막』을 몇 년만 더 일찍 읽었더라면, 하는 생각을 여러 번했다. 그랬다면 뭔가가 달라지지 않았을까. 아니, 뭔가가 달라지지는 않았더라도, 적어도 선생님을 바라보는 내 시선은 좀 다르지 않았을까. 나는 『그리운 주막』을 졸업한 다음에, 그러니까 선생님 곁을 떠난 다음에 읽었고, 『그리운 주막』을 읽은 다음에야 내가 지금껏 보아온 사람이 시인 박태일이 아니라 교수 박태일이었구나, 선생님을 너무 모르고 있었구나, 뒤늦게 깨달았다.

　갓 입학한 우리 1학년들의 지도교수님. 그 지도교수님이 시인이란다. 너도나도 교수님의 시집을 사서 읽었다. 나는 읽지 않았다. 시에 별로 관심이 없기도 했지만, 더 큰 이유는 아마 시 쓰는 동기들이 부러워서 그랬을 것이다. 다수의 시인 지망생과 극소수의 소설가 지망생. (국문과가 아니라 굶을 과라고 더 많이 불리던 당시에 왜 그리도 시인, 소설가 지망생들이 많았는지!) 시인이라는 사실 하나만으로 선생님은 우리 1학년들의 지도교수가 아니라 그들만의 지도교수인 것처럼 생각되었다. 다가가기 어려울 수밖에 없었다. 머뭇거리고 쭈뼛거리고 데면데면하게 굴다 4년이 홀쩍 가버렸다.

1991년 생애 처음으로 답사라는 걸 갔다. 1, 2학년은 의무적으로, 3학년부터는 희망자에 한해, 대학원생은 인솔자의 자격으로 참가해야 하는 답사에 박태일 선생님이 동행하셨다. 우리 조의 임무는 함양군 서상면 일대의 민요 채집하기. 다행인지 불행인지 박태일 선생님이 우리 조로 편성되어 2박 3일 동안 함께 다니게 되었다. 그때 우리는 걷고 또 걷고 죽도록 걸었다. 다른 조는 어땠는지 모르겠지만 선생님이 계신 우리 조는 무조건, 앞만 보고 걸었다. 이 마을에서 저 마을로 걸어서 갔고, 산을 걸어서 넘었고, 국도를 걸어서 지났다. 선생님의 걸음은 또 얼마나 빠른지. 우리는 학생수첩을 끌어안고, 마을 어르신들께 드릴 선물과 막걸리를 들고 거의 뛰다시피 선생님 뒤를 쫓았다. 선생님이 기다려주지 않으니 우리가 뛸 수밖에 없었다. 그때 우리는 뭐라고 소곤거렸던가. 시인이 시인답게 꾀도 좀 부리고 게으름도 피우고 느긋하게 자연도 즐겨야지, 했던가. 선생님의 빠른 걸음과 빠른 행동과 빠른 말투를 두고 낭만이 없다고 했던가. 어르신들을 대하는 선생님의 예의 바른 행동과 깍듯한 말투와 전문 지식을 두고 강의실 밖에서도 여전히 학자시네, 했던가. 그런 유치하고도 일차원적인 생각이 가능했던 것은 우리가 아직은 1학년, 문학을 꿈꾸는 풋내기 지망생들이었기 때문일 것이다. 거기다 시인에 대한 잘못된 선입견도 한몫하지 않았을까.

　　답사 이틀째 저녁, 선생님이 물으셨다. 오일장 가본 적 있는 사람? 아무도 없었다. 그래서 우리는 숙소 대신 함양 읍내로 향했다. 오일장 견학이 끝난 뒤 선생님은 시장통의 국밥집으로 우리들을 데리고 가셨다. 국밥과 수육과 막걸리가 차려진 상 앞에서 선생님이 말씀하셨다. 나하고 다니느라 다들 고생했다. 또 이런 말씀도 하셨다. 인생을 알려면 시골 장에 와 봐야 한다. 이틀 동안 돌아다닌 것보다 오일장 한 번 본 게 더 도움이 될지도 모르겠다. 그러고는 무슨 말씀인가를 오래 하셨다. 국밥집에서의 선생님은 이틀 동안의 선생님과는 또 다른 모습이었다. 말이 좀 느려졌고, 조금 더 자주 웃었고, 한 사람 한 사람의 얼굴을 조금 더 오래 바라보셨다. 마치 창과 방패를 내려놓은 듯한 모습이었다. 그 모습이 어색해 나는 또 두릿거리고 쭈뼛거리고 데면데면하게 굴었다.

그 시절, 선생님의 『그리운 주막』을, 『가을 악견산』을 읽었더라면 얼마나 좋았을까. 그랬다면 견고함 이면에 도사린 따뜻한 서정을 볼 수 있었을 텐데. 한순간의 휴식도 당신에게 허용하지 않는 것이 사실은 낭만이 없어서가 아니라 시인으로서의 결벽증 같은 거였다는 것을 알 수 있었을 텐데. 그렇다는 것을 나는, 선생님의 이십 대를 읽고 나서, 그리움과 외로움이 진하게 녹아든, 때로는 청년 시절의 절망과 좌절까지도 담아낸 『그리운 주막』을 읽고 나서야 알게 되었다.

"그리움이 사람을 못쓰게 만든다."(박태일, 「영덕 일지」, 『그리운 주막』, 문학과지성사, 1989) 하지만 나는 그 시절이 그립다. 그리움이 그리운 이 시대, 그래도 나는 그리움 하나 갖고 있어 다행이다.

> 산그늘 하나 따라잡지 못하는 걸음이
> 느릿느릿 다가서는 거기,
> 주막 가까운 북망에 닿아라.
> 동으로 머리 뉘이고 한 길 깊이로 다져지는 그대
> 도래솔 성긴 뿌리가 새음을 가리고
> 나직한 물소리 고막을 채워 흐른다.
> 입안 가득 머금은 어둠은 차마 눌 주랴.
> 마른 명주 만장 동이고 비틀비틀 찾아가거니
> 흐린 잔술에 깨꽃더미처럼 흔들리는 백두(白頭).
> 그대의 하관을 엿보는 마음이
> 울음을 따라 지칠 때,
> 고추짱아 고추짱아 한 마리 헤젓는 가을 하늘 저 끝.
> ─「그리운 주막 1」, 『그리운 주막』(문학과지성사, 1989년 3판)

(2010)

합천 황강이 유장하게 흐르는 저 노래들

- 시인 박태일 -

최학림

1.

내가 박태일 시인의 이름을 처음 본 것은 문학평론가 김현의 유고(遺稿) 독서 일기인 『행복한 책읽기』(1992년)를 통해서였다. 마흔여덟 김현의 때 이른 죽음이 남겨 놓은 독서 궤적을 따라가며 부산 시인 박태일의 이름을 발견한 것은 어떤 허망함을 달래는 느꺼운 사건이었다. 나는 내 짧은 공부를 안타까워하며 박태일이라는 이름을 기억했다. 알고 보니 박태일 은 이윤택, 강영환, 엄국현, 강유정과 함께 1980년대를 빛나게 장식했던 부산의 저 유명한 시 동인 '열린시'의 일원이었다.

그러다가 2000년 5월 중순 그를 처음 보았다. 경남대 교수인 그는 『지역문학연구』라는 책을 1997년부터 출간하고 있던 경남지역문학회의 좌장을 맡고 있었다. 그 문학회를 취재하러 창원시 마산에 있는 경남대를 설레는 마음으로 찾아갔다. 문학회 회원 예닐곱 명과 교정에 앉았던 그때는 계절이 왕관을 쓰고서 한창 무르익고 있을 즈음이었다. 연못인 월영지, 붉은 영산홍 철쭉꽃과 함께 내 기억 속에 남아 있는 것은 카리스마 넘치던 박태일의 말하는 분위기다. 그렇게 만나고 싶었던 박태일, 책에서 읽었던 시인을 바로 앞에서 '실물 대조'하는 기쁨이 새로웠다.

당시 부산에 살았던 시인 손택수는 경남대 국문과 출신으로 박태일의 제자이다. 손택수는 "혹독하게 가르친 후 다 큰 새끼를 매정하게 내치는 표범 같은 분이 선생"이라고 박태일의 선비적 면모를 일러주었다. 손택수에게는 매일 도서관을 들락거리면서 '구토'의 로캉댕처럼 한국 현대시의 시집들을 모조리 독파하리라던 절치부심의 야심찬 시절이 있었다. 그는 "독한 공부를 해야 한다는 것을 내 스승(박태일)에게서 배웠다"고 말한 적이 있다.

그날 교정에서 나는 박태일에게 손택수에 대해 물었으나 그는 별다른 말을 하지 않았다. 하기야 스승이 제자를 두고 객에게 이렇다 저렇다 무슨 말을 할 것인가. 하지만 손택수가 2006년 두 번째 시집 『목련전차』를 냈을 때 그는 표사를 썼다. "그 집의 지붕 위로 막 터진 별자리 하나가 제 남은 일생을 건다"라며 속이 꽉 찬 제자를 밤하늘에 붙박고서는 시에 일생을 걸라고 북돋웠다.

『행복한 책읽기』에서 김현은 박태일을 두 번 언급했다. 그 가운데 하나는 1989년 6월 16일 자 일기이다. "나로서는 박태일의 시가 비록 백석의 영향인 것 같지만 괜찮아 보인다. 전보다 넉넉하고 차분해졌다. 그의 「김광균과 백석 시에 나타난 친족 체험」도 읽을 만하다." 밖에서 박태일의 그림만 희붐하게 보여 주는 이 짧은 언사를 어쩔 것인가. 그러나 짧지 않은 핵심이 들어 있으니 '백석의 영향'이란 구절이 문제적이다. 박태일은 1983년 백석에 대한 논문을 선구적으로 썼다. 해방 이후 다섯 손가락 안에 꼽힐 정도로 아주 일렀다. 박태일이 백석에 주목한 것은 당시 이 빼어난 시인이 온당한 평가를 받지 못하고 있었기 때문이다. 월북 시인 백석의 시에서 "조선적이며 고전적인 데가 있다"(백철)는 것보다 "한 시대 한 마을의 충실한 재현"이라는 점이 박태일을 더 당겼다고 해야 한다. 백석의 시를 '읽는' 그 각도는 박태일이 '쓰는' 시의 각도이다.

2.

박태일은 경남 합천 황강 변 문림리에서 태어나 10년을 살았다. 그리고 낙동강이 흐르는 도시 부산에서 50년을 살고 있다. 짧은 10년에서 긴 50년이 풀려 나갔다. 그의 고향 문림리는 "맑은 날의 하늘과 푸른 언덕 가까이 한 번의 사랑으로 잃어버린 마음이 그리워 하루 내내 하루 내내 물매암 도는 소금쟁이의 동리"(「문림리」)이다. 박태일의 문림리는 백석의 고향 평북 정주 같은 곳이다.

2001년 그와 함께 부산에서 차를 몰고 그의 고향인 합천 문림리에 간 적이 있다. 가는 길에 나는 놀랐다. '고산자 김정호'를 차에 태우고 있는 것 같았다. 박람강기와 발품. 그는 경남의 구석구석까지 모르는 곳, 안 가본 곳이 없었다. 그는 "장소와 지역은 삶의 문제요, 하늘과 땅의 문제"라고 했다. 그 말은 땅과 장소, 사람살이에 대한 그의 감각을 말하는 것이다. 우리는 드디어 그의 하늘과 땅이 있는 문림리에 이르렀다. 어떻게 이런 지형이 만들어졌을까 싶을 정도로 아름다운 황강이 마을을 동그랗게 감싸면서 흐르고 있었다. 그곳은 '합천의 하회(河回)마을'이었다. 17편의 「황강」 연작에서 황강은 혀를 돌돌 만 서러운 리듬의 노래로 흐르고 있다.

미태산 미타산 한 이름인데

닷 돈 닷 돈 돈 닷 돈
모퉁이마다 버꾸기

길 질다 말다 신반장
물 좋다 말다 적중장

누비질 구름은 구금실 굼실.

—「황강 16」 전문

경상도 리듬을 구사한 박목월의 짧은 시가 연상되는 시이다. 그는 그날 "내 노래의 리듬은 황강에서 왔다"고 했다.

그는 황강 변에서 쌈박질과 달음박질을 배웠고, 강변 "원두막에 숨어들어 설익은 수박을 깨고 겉껍질에다 손톱으로 이름을 찍는 심심한 놀이를 배"우기도 했다. 별이 쏟아지는 밤에 "멱감는 어른들의 말소리 웃음소리가" 자리를 바꿔 가며 들려올 때 그는 "따뜻한 물살에 목을 담그고 앉아 온통 귀 하나로 아득해지곤 했다." 하지만 홍수가 지면 강은 무서웠다. "세간이 떠내려오고 초가가 떠내려오고 다음날 발가숭이 동무를 굽이진 물밑"(「문림리」)으로 삼켜 버렸던 강이다. 며칠이 지나면 강은 이전처럼 돌아가는데 그러면 사람들은 다시 물속을 뒹굴었다. "어린 시절 강은 그 부드러운 손바닥을 폈다 접었다 하며 삶과 죽음을 함께 보여 준 스승이었다. 나는 그 부드러운 살에 물잠방이 치면서 죽음이 받쳐 주는 따뜻한 삶을 배웠다."(산문집 『새벽에 서다』, 255쪽)

그는 유년시절이 채 끝나기도 전인 열 살 무렵 부산으로 이사 왔다. "목판본 먹빛 글씨로 찍고 흐르는 황강"(「황강 10」)은 그리움으로 자리 잡아 시의 원천이 되었다. 인간은 복잡하지만 단순하고, 단순하지만 복잡하다. 몸은 떠났는데 마음이 더 큰 자리를 잡게 되는 것도 그런 일의 한 가지이다.

그는 부산에서 철이 드는 동안 자주 하단 언저리를 찾았다고 한다. 하마 고향의 물빛을 볼 수 있을까 해서였다. 낙동강이 바다와 만나는 거기는 황강이 흘러 마지막으로 이르는 곳이다. "명지 쪽 저녁 능선을 바라보며 누구에게도 말할 수 없는 목마름을 다스렸다. 고기잡이배들이 드리운 불빛이 물속으로 환한 물기둥을 이루며 스스로 깊어가는 것을 보았다. 손에 잡히지 않는 시를, 사랑을 생각하였다."(『새벽에 서다』, 256쪽)

그의 등단작 「미성년의 강」도 낙동강을 찾았던 당시 경험을 쓴 것이다. 1980년대 후반에는 「명지 물끝」 여덟 편의 연작을 발표했는데 그의 고향 황강이 마침내 도달한 '물끝'이 지금과는 사뭇 다른 정서로 아득하다. 그는 명지에서 전라도의 '땅끝'에 맞먹는 '물끝'의 아련한 정서를 빚었다. 지금도 명지를 물끝으로 생각하는 이는 별로 없다. 그는 한참이나 앞서 있었는데 그것은 직접 밟아본 자만이 이를 수 있는 것이었다.

그는 낙동강을 거슬러 오르면서 천 년을 앞서 흘러간 '잃어버린 역사' 가야도 만난다. 여덟 편의 「가락기」 연작은 가야 유적이 채 발굴도 되기 전인 1980년대 초에 이미 썼다. 아득한 낙동강 하구 일대의 느낌과 정서를 슬픈 역사를 남긴 옛 가야에 의탁해 써 내렸다.

그는 부산으로 이사 올 때 몇 시간을 꼬박 버스에 앉아 황강 물줄기가 고령으로 내려와 낙동강과 합류하고 창녕을 지나 남쪽으로 굽이를 트는 것을 분명히 지켜보았다고 한다. 이제는 어릴 적 보았던 그 물길을 거슬러 오르며 숱한 삶과 곳곳의 사연을 읽어내고 있으니 그것은 곧 황강이 유유히 흐르는 것과 같다. 박태일은 황강이 낳은 시인이다.

3.

박태일의 시는 지명 교과서이며 인문 지리지이다. 구천동, 오산, 영덕, 오십천, 축산항, 문림리, 백석리, 원평리, 제내리, 서해, 마량, 연산동, 선동, 수영강, 대암산, 처용암, 구강포. 첫 시집 『그리운 주막』(1984년)의 시 제목에서부터 보이는 이런 빈도의 지명이 이후 모든 시집에 똑 같이 나온다. 그의 시 속에서 지명은 살아 숨 쉰다. 시의 뿌리가 지명이다.

그것은 유능한 지리 교사였던 아버지의 영향이었다. 아버지 덕분에 그는 어릴 때부터 『내셔널 지오그래픽』과 일어판 세계지도 같은 것을 보면서 지지(地誌)에 대한 감각을 익혔다고 한다. "유능한 지리 교사로서 시골 합천중학교에서 부산고등학교 교사로 한참에 뽑혀 나가신 아버지셨다."(산문집 『시는 달린다』, 217쪽)

하지만 그의 아버지는 일찍 세상을 떴다. "분필가루 담뱃가루 까맣게 꽃핀 폐" 때문에 "정년 석 달 앞두고 돌아가신 아버지 사십 년 교직이 원수다"(「아버지 목마르시다」). 애달프고 안타까운 것에 어찌 말이 이를 수 있으랴. "아버지 이승에 누우시고/아버지 저승길 가신다 흰 두루막/어느 저잣거리 갑신 숨을 고르시며/아버지 즐기시던 돼지국밥 말고 계실는지"(「아버지 누우시다」). 그의 시에 나오는 숱한 지명들은 어느 저잣거리 갑신 숨을 고르시는 아버지에게 가닿는 길이라 할 것이다.

아버지에게 가닿는 지명은 장소이면서 정신이다. "장소는 그 장소를 친밀 영역으로 아끼고 사랑하는 이들의 정신까지 담아낸다. 이런 까닭에 장소는 정신의 징표다."(산문집 『시는 달린다』, 28쪽) 박태일을 온통 꿰뚫고 있는 단어가 정신의 징표로서 이 '장소'이다. 그가 백석과 긴밀하게 닿는 부분이 바로 장소이며, '장소사랑'이다. 그의 장소와 지명은 거창한 곳이 아니라 구체적인 삶이 살아 있는 작은 곳이다. '학교에서 가르치는 역사책, 지리책에서는 나올 리가 없는 곳'으로 이를테면 "시누이동세들이 욱적하니 홍성거리는 부엌으론 샛문틈으로 장지문틈으로 무이징게국을끄리는 맛있는 내음새가 올라오도록잔다"는 백석의 「여우난곬족」 같은 곳이다.

박태일은 1990년대 중반 한센병 환자 집단수용소인 소록도와 부산 용호농장을 찾아 연작시를 썼다. 여기에 고향의 옛 기억이 작용하고 있다. "고향 옛 강가 문촌 열두 집/우는 아이 집난 아이 손톱 발톱을 뽑고/술을 담가 그믐밤 약으로 마신다는 사람들/곳간 흙담 밑에 묻혔을 술독을 생각하며/멀리 논둑길 돌아 지났던/종종 걸음발 그 어린 날도 흘러가고"(「사슴섬 2」)라는 옛 사연이, 황강이 흘러 낙동강에 이르듯 소록도와 부산 용호농장에 닿은 것이다.

지금은 콘크리트 아파트 숲속으로 사라져 버린 부산 용호농장을 쓴

「용호농장」 연작 네 편은 그 누구도 쉬 쓰리라고 생각하지 못한 수준 있고 귀한 유물 같은 시이다.

> 기차로 배로 묶여온 뒤 마흔 해
> 곡상이는 곡상이를 낳지 않는다며
> 칼날 바닷돌에 얼굴을 닦고
> 돼지우리에서 닭장으로 일도 세월을 따랐다만
>
> 지난날들은 무슨 업장으로 새삼스러운가
> 눈 들면 하늘 멀리
> 꼬막손 토막손 붉은 손바닥 펴보이며
> 구름 밥상에 둘러앉은 옛 식구들
>
> 오냐 오냐 울음에도 가락 있음을 내 어찌 잊으랴
> 세월의 달팽이관 힘껏 돌아서
> 밥과 숨의 궁상각치우
> 삶과 꿈의 음아어이오
>
> ―「용호농장 2―다락밭을 올라」 중에서

그들의 서러운 삶이 리듬에 이르고 있다. 용호농장 근처 바다가 바라보이는 언덕에 천주교 묘지가 있다. "자갈돌 험한 묘자리나마 상기 더 누웠노라면 어느 겨를 해 달 또 구르고 미끄러져 흘러 오륙도 앞바다 살결 고운 감성이로 함께 떠돌 날 있겠지 생각하고 생각해도 죽어 설움 살아 걱정"(「용호농장 1―김아내지묘」 중에서). 그러고 보니 발레리의 유명한 시가 연상되는 해변의 묘지가 용호농장 근처에 있다는 사실을 나는 박태일에게서 처음 들었다. 부산에 해변의 묘지가 있다니, 나는 전율했다.

시 「연화동 블루스」는 지금은 그 이름이 없어진 부산 동구 초량동에 있던 자연마을 연화동을 노래한 것이다. "바둑판 돌 듯 골목 골목을 싸다녀도/여름은 쉬 지나지 않았다 더 위쪽 사람들은/비만 오면 똥오줌 슬쩍 슬쩍 퍼다 붓기도" 했던 곳이 연화동이다. 지금 부산고교 자리에 있던 큰 연꽃연못에서 유래한 마을 이름인 '연화동'은 박태일의 가족이 부산에 이사 와 처음 자리를 잡은 곳이다. 참 희한한 것은 나중에 '열린시' 동인으로 만나게 될 이윤택도 이 동네에서 자랐다는 사실이다. 물론 그때 둘은 서로를 몰랐다.

4.

박태일이 장소를 말하는 것은 결국 사라져 없어질 사람의 삶과, 쓰이지 않는 이야기를 쓰겠다는 것이다. 막막한 시간 속에서 삶의 구 할 이상은 쓰이지 않고 가뭇없이 사라지는 법이다. 아, 그러나 과연 '일 할'이라도 제대로 기억되는 것일까. 그것도 장담하여 알 수 없는 일이다. 그 알 수 없는 일에 박태일의 시는 육박하는 것이다.

합천에 살았던 가령영감이 누구인지 아무도 모를 것이다. 그의 시를 통해 '가령영감'을 처음 만나 입에서 귀로만 전해진 희미한 그의 말을 들을 수 있다. '가령'이란 말을 즐겨 사용해 가령영감으로 불렸던 그는 "가령말이사바른말이지 사람사는일이 제길제터공들여닦는것아닝가 제길우기면 남에터짓밟는일되능긴께"(「남들은 가령영감이라 했다지만」)를 신조로 살았던 박태일의 증조부다. 그 증조부는 어린 딸을 먼저 저 세상으로 보내고 희한하게 "그 무덤 아래 당신 무덤 쓸 일 미리 당부하셨다". 이유는 이러하다. "가령내밥이사 너희들이두고두고챙길마련이지만 홀로간저 자식 밥상제대로받것나 가령 내묻혀먼뒷날에도 내밥상챙길때잊지말고 밥한그릇더엏어다오". 박태일은 시를 빌려 가령영감과 딸 잃은 아버지의 애틋한 사연을 남긴다. 시 한 줄로 가령영감은 불멸할 수 있을까. 아니다.

그건 보장할 수 없다. 다만 가령영감은 당분간 쉬 사라지지는 않을 것이다. 그 정도면 충분하다. 지상의 삶을 누렸던 가령영감은 이제 글 속에서 또 다른 길고 짧은 삶을 누리게 될 것이다.

시 「앵두의 이름」을 쓸 당시 하동읍 이옥기 할머니는 일흔둘이었다. "시골 할머니들의 투박한 말투는 그대로 시가 될 수 있다"는 게 박태일의 지론인데 이 시에서 할머니의 말은 리듬을 입고 시가 되어 생생하게 살아 있다.

> 이옥기야요 연안 이가 황해도 연백에서 피란 왔지요 여기 와서 기옥이라
> 올렸지만 호적 이름은 옥기 일흔둘이야요 연백군에서 팔천 명 배 타고 내려
> 올 때 딸 하나 데리고 여수에 내렸지요 내려와서 아들딸 다섯 둔 홀아비와
> 등 대고 살려고 그런데 꼬박 오 년을 살고 그 사람이 새 여자를 보아 그저
> 쫓겨났단 얘기지요 시방 이 마을 저 아래 같이 살고 있어 그 이야긴 더 할
> 건 없고 아까 뭐 물어본 것 그래 업은 남쪽에선 모시지 않아요
>
> —「앵두의 이름」 중에서

이옥기 할머니는 평생 읽어온 딱지본 소설 『보심록』의 교훈대로 살고자 했다고 한다. "선한 일을 베풀면 꼭 선한 일이 되돌아온다고 이때꺼징 이 책대로만 살려고". 책대로 살려고 했던 그 할머니의 인생은 박복했다. 그것을 누가 위로할 것인가. 위로를 입에 올리는 것도 섣부르다. 원체 삐걱거리고 어긋나는 것이 삶이며, 그것이 새콤달콤한 앵두의 사연이라고 입막음할 수밖에 없다.

「니나노 금정산」이라는 시에는 골계의 뼈가 들어 있다. 이 시에는 요산 김정한, 향파 이주홍, 박태일의 은사로 부산대 국문과 교수였던 태야 최동원, 박태일의 동학 김창식이 나온다. 이들은 모두 작고한 이들이다.

> 소설에 평론에 아득한 십년 대학 강사 김창식과 앉아

개고기 뜯다 고개 들면 등신 거튼 놈들
이름 모를 꽃가지 너머로 금정산은 붉은 구름장을 띄우고
어디선가 향파 이주홍 선생까지 넘어와 자지를 꺼내든다

요즘 그 일 잘 되나 태야
요산과 낙산 사이에서.

개고기를 즐겼던 요산은 "제자들이 이름 모를 꽃이라 더듬거리면/등신 거튼 놈들 한마디를" 내뱉었단다. 박태일은 김창식과 개고기를 뜯다가 "등신 거튼 놈들"이란 옛 소리가 들리는 듯한데 마침 그 옛 소리와 짝을 이루는 "이름 모를 꽃"이 눈에 들어온다고 너스레를 떠는 것이다. 개고기를 먹으면 남자들이 힘을 좀 쓴다나. "요산과 낙산 사이에서 요즘 그 일 잘 되나"라며 향파가 요산의 호를 비틀어 태야한테 하는 농담이 그 너스레와 어울려 당대 사람들 사이의 정서적 풍경을 그리며 우리를 이리저리 웃긴다(?). 향파와 박태일은 경남 합천 동향이라고 했겠다.

의령댁, 당목 할매, 비둘기호 기차간에서 "사람사는일을우째 눈으로만 보능가" 했던 그 사람, 폐왕인 가야 구형왕과 고려 의종, 생비량 근처 집현산 보현사에 몸을 누인 김 교수 창식 영가, 수정동 산번지에 살며 넘쳐나는 여름 똥물에 자주 버선 적시던 어머니, 김해 주촌면 내삼 관동 댁……, 숱한 삶과 사연들이 그의 시를 빌려 전해지고 있다.

그는 말한다. "사람은 죽는다. 문학은 바로 죽음, 의식의 소멸에 맞서려는 의지이다. 소멸과 맞서기 위한 집짓기 또는 흘러 흘러가는 의식의 우울한 묘비명이 시이다." 그러면 시는 대단한 것인가. 그렇기도 하고 그렇지 않기도 하다. 그가 비유적으로 쓴 구절이다. "팔월 바닷가에서 땀 흘리며 열심히 모래집을 다 만든 아이가 먼 물금을 흡족하게 바라본 뒤, 조용히 그러나 단호하게 그것을 짓밟아 버리고 돌아서듯. 그렇다, 이제 시는 허무에 휘둘리지 않으면서 제 몫의 사랑과 겸손, 신생을 가르쳐

주는 작은 교실."(『시는 달린다』, 54쪽) 결국 우리는 죽을 것이다. 그러나 우리는 그 죽음의 큰 주둥이를 알고서 지켜보고 있다. 그걸 응시하면서 여기서 할 수 있는 일을 할 뿐이다. 나는 그 "작은 교실"에 겸손하게 앉아 그의 시를 읽으면서 이 땅의 우리 삶은 아무것도 아니지 않다는 것, 우리가 살아가는 지상의 이 일은 때론 정말로 깊은 것이라는 점을 소스라치게 실감한다.

5.

사라지는 것을, 쓰이지 않은 것을 쓰겠다는 시적 태도는 여러 가지로 번져 갔다. 지역문학사 연구자로서 박태일은 쉬 넘보지 못할 많은 일을 했다. 잊힌 이름을 복원한 그의 작업은 잊히지 않을 것이다. 한국과 거창 문학의 우뚝한 '느낌표'였으나 월북해 잊힌 김상훈(1919~1987)을 복원한 『김상훈 시 전집』(2003년), "즐겨 지방에 묻혀 전력하는 인민의 시인"으로 불리며 해방 이후 부산·경남 문단을 이끌었던 정진업(1916~1983)을 부활시킨 『정진업 전집—시』(2005년), 서부 경남의 토속적 풍토 위에서 시대의 긴장과 맞닥뜨려 강렬한 열정과 섬세한 고뇌를 남긴 허민(1914~1943)을 되찾은 『허민 전집』(2009년)은 그의 뱃심을 능히 짐작하고도 남는 성과이다. 그들이 배제와 망각, 허무의 늪으로 밀려나는 것을 그는 건져 올렸다. "그동안 우리 근대문학 연구는 지식을 통제하는 권력의 함구령에 묶여 명망가 중심의 학습과 명성 재생산에만 매몰돼 왔다"는 그의 말이 '우물 안 인습'의 정수리를 서늘하게 겨눈다.

나아가 그는 지역문학사와 관련해 그가 생각하기에 잊혀서는 안 되는 것들에 대한 문제 제기를 했다. 요산 김정한의 희곡 「인가지」 논쟁을 비롯해 유치환, 이원수의 부왜문학(친일문학) 작품과 그 행적을 드러냈다. 물론 그의 문제 제기는 많은 논란을 낳았다. 그는 「이원수의 부왜문학

연구」라는 글의 말미에 이런 말을 썼다. "근대문학에 대한 우리 사회의 추억과 사랑은 더 가혹하게 단련되어야 하리라."

사라지는 것을 밝혀 쓰겠다는 그의 의지는 우리말로 향하고 있다. 그는 생각의 거푸집인 언어, 특히 '배달말'(우리말)을 각별하게 찾아 쓴다. 어느 자리에서 나는 그에게 "시가 좀 어렵다"고 푸념한 적이 있다. 그는 "내 시는 때론 사전을 찾으면서 읽어야 하는 시"라며 "이런 시도 누군가는 써야 한다"고 했다. 사라지고 희미해지는 어휘를 찾아서 쓰니까 읽는 이는 사전을 뒤적거려야 하는 것이다. 물낯(수면), 아적(아침) 새첩다(맵시있다), 물밥(물에 말아 귀신에게 던지는 밥) 등 숱하다. 그는 '이곳저곳'을 '이저곳', '이리저리'를 '이저리'라고 쓴다. 사전에 없는 온갖 의성 의태어를 구사하면서 시를 노래로 만드는 그의 감각은 뛰어나다. 그는 한국사 시기 구분도 네나라시대, 나라잃은시대(왜로부역시대), 광복기, 경인년전쟁기, 대한민국시대로 쓰고, 경부선도 '서울부산철길'로 고쳐 쓰고 있다. "말에 지면 생각에 지고 생각에 지면 제 몸 제 나라 지킬 힘을 잃는 법이다."

경남 의령 두실 출신의 '잊혀진 한글학자' 고루 이극로(1893~1978)를 노래한 시 「두실」에 우리말에 내한 그의 생각이 고루 깃들어 있다.

나라 사람 고루 잘살게 하는 일에 온 힘 바치겠노라
고루라 새 이름 붙였던 이극로 나신 두실 가는 길
땅길도 물길도 고루고루 흙먼지 속에 누워 있다
애기마름에 세모고랭이 흐린 물풀 위로 주시경 김두봉
고루 이름을 붙여보아도 고루 밟을 자리가 없다
고루는 고루 세상에 이름을 남기지 못하고 오늘은 내가
고루댁 담장에 서서 탑도 없는 건너 탑골을 바라본다
울산 최현배는 집안이 벌고 김해 이윤재는 그 삶 또한 그득했으나
고루 살아 나오는 길에 기쁜 일 크게 없어
고루고루 눈 내리는 겨울밤 고루는 지나 나라 어디서

흰소머리산이며 소머리강을 생각했을까
배달겨레 배달말이 떳떳하고 마땅하다며 배달노래 지어 불렀던
고루를 만나러 가는 봄도 오월
고루 옛 마을 땅콩잎은 파랗게
닿소리 또 홀소리 낙동강 물소리로 귀를 열고.

고루는 세상에 이름을 고루 남기지 못하였지만 배달겨레에게 배달말은 떳떳하고 마땅하다며 배달노래 지어 불렀던 고루의 생각은 고루 널리 펼쳐져야 한다는 것이다. 낙동강, 황강 물소리가 닿소리 또 홀소리로 흐르고 있음에랴.

제문도 노래이다. 박태일은 한자투성이 제문(祭文)도 한글로 지어야 한다며 본을 보이고 있다. "『배달말제문집』(여지환 펴냄, 진주제일인쇄소, 1990) 백열일곱 쪽을 받들 기회가 있었기로, 두렵고 기뻐서 앉아 읽고 서서 읽는다." 전통 리듬이 구수하게 흐르는 우리말로 쓴 박태일의 제문시 「어린 소녀 왔습니다」와 「박복한 이 아낙은 네 번 절하고」를 읽고서 이를 흉내 내 나도 언젠가 우리말 제문을 지어보리라 마음먹고 있다.

박태일을 잘 아는 시인 황동규는 박태일 시의 뿌리를 노래라고 했다. "벼포기 벼벼벼벼 속삭인다"는 절묘한 표현도 있지만 박태일은 삶의 곡절이 리듬으로 묻어나는 우리 전통 말글 양식(노래)을 많이 되살려 쓴다. 우리말 제문도 이와 크게 다르지 않다. 그는 이런 말을 했다. "나는 나 자신이라고 믿고 있는 이 캄캄하고 암담한 혼돈의 밑바닥을 믿을 수 없다. 그런 것들에 질서를 주고 싶다." 그래서 '포갬에 따른 자발적 다달음'인 가락에 기우는 것이다. 이럴 때 쓸데없는 말을, 보태는 것이 아니라 자꾸 덜어내게 된다. 그것이 노래이다. 그래서 노래는 단단하다. '그 가장 먼 자리에 민요와 같은 상태가 있다.' 그의 생각 속의 민요와 노래, 우리 전통 말글 양식은 더듬어 보니 굽이굽이 흐르면서 어릴 때 그에게 삶과 죽음을 가르쳐주었던 황강에서 온 것이다. 황강이 쉼 없이 유유히 흐르는

것처럼 그의 노래도 끝나지 않을 것이다. 또한 그 노래는 박태일의 시를 넘어 황강이 흐르는 한 끝나지 않을 것이다.

(2013)

박태일의 두 얼굴

- 장소시와 지역문학 연구 -

송희복

1.

시인이면서도 지역문학 연구가로 입지를 굳건히 다져 놓고 있는 박태일 교수(경남대)는 경남 지역사회에서 없어서는 안 될 존재감의 무게를 지닌 인물이다. 그는 1954년 경남 합천에서 태어났다. 열 살 때 교사인 아버지를 따라 부산으로 이주했다. 즉 그는 유년기를 경남(합천)에서 보내고, 성장기를 부산에서 보냈다. 또 부산대학교 출신이면서 경남대학교를 재직하고 있는 것으로 보아, 그의 삶과 운명은 부산과 경남의 지역을 경계로 넘나들면서 양쪽을 오가는 것이 아니겠는가 하는 생각을 들게 한다.

2.

부산과 경남 두 지역을 가로지르는 자연 경계선은 낙동강이다. 물론 지금은 낙동강 하류 너머에까지 부산광역시에 포함되어 있다. 그는 고등학교 학생 시절에서부터 낙동강을 너머의 시골 마을인 김해에 오가곤했다고 한다. 그래서 낙동강이 그에겐 미성년의 강으로 비유되는 것이다. 문학적인 꾸밈 이전에, 그의 체험이 한 편의 극히 아름다운 시 「미성년의 강」(부분)을 유려한 언어로 빚어낼 수가 있었던 것이다.

산과 산이 맞대어
가슴 비집고 애무하는 가쟁이 사이로 강이 흐른다.
온 세상의 하늬 쌓이듯 눕는 곤곤한
곤곤한 혼탁

(······)

열목어 열목어는 온통 강물에 열을 풀고
무수히 잘게 말하는 모래의 등덜미로
우리의 사랑이란 운명이란
말할 수 없는 슬픔이란 그런 그런 심연을 이루어
인간의 아이들처럼 아름다운 깊이로 출렁이며
강을 흐르는 사계의 강.

(······)

아, 하면 아, 하는 하늘
오, 하면 오, 하는 산
많이 추위와 살 비비는
손과 손의 가장 곱게 펴진 그림자 위에
한 방을 눈물을 올려놓고

이승은 온통 꽃이파리 하나에 실려가고
다시는 그림자 하나 세상에 내리지 않는다.

전경후정(前景後情)의 전통적인 시적 기법으로 쓰인 이 시는 빼어난 서
경적인 묘사와 함께 빛나는 사유의 눈이 떠 있는 것이 자랑이다. 이 시는
1980년 중앙일보 신춘문예 당선작이다. 이때 한 분야에서 이례적으로
두 명의 입선자가 발표되었다. 당선 박태일의 「미성년의 강」과, 가작 황지
우의 「연혁」……. 심사 과정에서 한 발 물러섬이 없는 격론이 벌어졌음이
짐작되는 대목이다. 성장소설이란 게 있다면, 성장시도 있을 법하다. 이
입선작 두 편은 이를테면 일종의 성장시라고 말해질 수 있는 작품이다.
나는 언젠가 박태일 교수와 만났을 때 이런 농담을 한 적이 있다. 등단
작 「미성년의 강」은 1980년대를 대표하는 시인 천하의 황지우를 선험적
으로 누르고 우뚝 선 당선작이 아니냐고. 이 말을 들은 그는 웃기만 했다.
어쨌거나 이 시의 강은 낙동강이다. 이것은 부산과 경남을 오가는 상징적
인 의미의 경계선이다. 그의 문학적인 출발선은 강인 셈이다. 그는 강에
서 태어나 유년기에 강변에서 보냈다. 그의 생가 가까운 곳에 있는 합천
황강은 그의 탯줄이자 젖줄이다. 그렇다면 미성년의 강인 낙동강은 그에
게 정신적인 이유기를 상징하는 강이다. 그의 인격과 세계관을 형성시킨
그런 강이다.
인용시 「미성년의 강」은 거듭 말하거니와 빼어난 서정적인 묘사와 빛
나는 사유의 눈이 떠 있는 전경후정의 시다. 먼저 풍경을 묘사하고, 그
다음에 시인의 정서를 제시한다. 이런 점에서 볼 때 동아시적인 미학의
시 전통에 맥락이 닿아 있는 것이라고 볼 수 있겠다.

바람은 연잎을 끌고
연잎은 콩대를 끌고
구름은 달리고 또 달린다

머리 붉은 개여뀌 바보여뀌 모여 달리고
들깻잎 입술 움물고 달리는 저녁
저를 쳐다보고 선
자귀꽃 멀건 얼굴을

목판본 먹빛 글씨로 찍고 흐르는 황강

　이 시는 연작시 「황강」의 열 번째 시이다. 이 경우도 전경후정의 시다.
대체로 정경의 묘사에 의존하고 있다. 개여뀌와 바보여뀌는 물가에 사는
한해살이 풀이며, 자귀꽃은 제 몸 갈기갈기 찢은 듯하게 붉은 선혈로
핀 여름 꽃의 이름이다. 하지만 단행으로 된 제2련은 시인의 회고의 정서
가 함축되어 있다. 황강변에는 운치 있는 정자들이 많다. 이황, 조식, 송시
열 등의 조선조 최고 거유(巨儒)들의 글이 현판에 걸려 있다고 한다. 과거
에 시인묵객의 풍류가 깃든 곳. 이 강가의 문화적인 분위기 속에서 시인
박태일은 자랐났다. 그는 언젠가 "강에서 태어나 강에서 문학적인 출발을
했다."고 밝힌 적이 있었다. 전자의 강이 황강이며, 후자의 강은 낙동강이
다. 즉 미성년의 강인 낙동강을 소재로 한 신춘문예 등단작이 그의 문학
첫울음의 소리를 내게 한 것이다. 그는 성장기에 살아온 부산에서부터
낙동강 너머엔 가락국의 유구한 사적이 남아 있는 김해 땅이다. 김해는
글자 그대로 풍요로운 황금의 바다가 아닌가? 거기엔 가덕도도 있고,
명지 물끝도 있다.

남도식 발성으로 뒤집혔다 되짚어가는 파도
사내들은 배를 띄워 먼 바닥으로 떠나고
사내가 빈 마을, 갯가 마을에는
바다가 쳐들어와 오래 머물다 갔다.
(……)

슬픈 여자들의 치마끈이 마구 밟혔다.

—「가락기 8」 부분

　가락은 가야의 딴 이름이다. 가락이 환기하는 의미는 역사이다. 그러나 시인은 가락이라는 기호에 특별한 역사의 의미를 부여하는 것 같지 않다. 슬픈 여자들의 치마끈이 마구 밟혔다, 라는 구절에 가야국의 멸망, 왜구의 침탈, 일제말 위안부의 문제 등이 연상되는 측면이 있지만, 의미를 배제하는 것이야말로, 이 시를 위해 오히려 도움이 된다.

　바람 불면 가리라 바람 불어 비 그치면 떠나가리라 마주 떠도는 산과 강을 발바닥으로 지우며 소리 죽은 물줄기를 따라가리라 둥두둥 아리랑 아리랑 열두 굽이 참고 넘는 마음 고개 오늘은 멀리 물을 벗어나는 바람소리 낮게 더 낮게 자갈밭에 물 빠지는 소리.

—「명지 물끝·4」 전문

　우리 현대시의 성격은 한마디로 말해 의미와 무의미에 대한 음상(音相)의 굴종이라고 말할 수 있을 것이다. 의미는 관념이며, 무의미는 이미지이다. 사회 참여시나 이미지즘의 시가 의미와 무의미를 각각 중시한다. 음상을 중시하는 시는 일제강점기에 등단한(다소 전통적인 성격의 부류에 속하는) 시인들이 우리 시의 주류를 형성한 감이 없지 않다. 한때 김수영과 김춘수로 대표되는 양대 산맥이 시의 의미–무의미의 영토를 양분하였다. 박태일은 「명지 물끝·4」에서 보여 주듯이 시 전통의 음상에 대한 가치의 재발견에 방점을 찍고 있다. 문학평론가 김주연이 여덟 편으로 이루어진 박태일의 연작시 「명지 물끝」을 두고 "드물게 빚어지고 있는 감동"이라고 높이 평가한 바 있었듯이, 그가 여기에서 시의 음악성을 오랜 만에 회복하고 있는 것은 사실이라고 할 수 있다.

　박태일의 첫 시집인 『그리운 주막』에서 해설을 쓴 시인 황동규도 박태일 시 세계의 음악성에 관해 언급한 바 있었다. 황동규의 어법을 대충 빌자면, 그의 시는 삶의 부호(符號)들인 삶의 장소 길들임에 근원을 둔 일종의 노래(의 시)다. 이 대목에서 이른바 '삶의 장소 길들임'이라고 표현한 황동규의 지적은 매우 적절하고도 의미심장하다. 황동규가 던진 하나의 문제 제기는 박태일의 시가 지향해 나아가고 또 남들이 그의 시 세계를 인식하는 데 있어서 매우 긴요한 시사점이 되기도 했던 것이다. 박태일 시의 소재주의는 그 이후에 경남 지역의 사적과 향토성과 무관하지 않게 전개되어 간다.

폐왕성에서 폐왕을 기다린다
사람 드나지 않으니 폐왕은 나날살이를 잊고
도란도란 엎드린 거제 옥씨 둥근 무덤

제대로 비늘 단 물고기
눈감고 죽는 일 없다는 걸 알고부터
세월 없어도 왕은 왕이다 숲은 폐왕을 받들고
날짐승 외로 떼로 폐왕을 좇아 떠돈다

(……)

처녀 속내처럼 바뀌는 남녘 물빛 위로
징검징검 내려앉은 푸른 섬
폐왕 홀로 견내량 봄바다를 감당한다

—「폐왕을 위하여 2」 부분

박태일에게 지역의 향토사를 시의 소재로 수용하고 또 잘 이용한 사례들이 적지 않은데, 그 대표적인 것의 하나로 「폐왕을 위하여 2」를 들

수 있다. 폐왕성 사적은 문헌의 사료에 의존한 것이라기보다 구비 전승의
과정을 겪은 것으로 보인다. 여기에서의 폐왕은 고려 의종을 가리킨다.
의종은 왕위에서 쫓겨나 경남 거제에까지 숨어들었다. 경남 거제군 둔덕
면 산꼭대기에 있는 폐왕성은 규모는 크지 않았지만 견고했다. 의종이
자객들을 피해 몸을 숨긴 것이라고 전해지고 있는 이것은 객관적인 고증
보다는 정황의 개연성으로 그럴싸하고 믿음직하게 얘기되고 있다. 시인
의 말에 의하면, 그 아래 기슭에는 거제 옥씨의 무덤이 널려 있다고 한다.
물론 거제 옥씨는 개성 왕씨의 후손들이라고 한다.

3.

주지하듯이 박태일은 시인이면서도, 국문학 교수이다. 그가 교수로서
이룩해 온 실적은 경남 지역문학 연구에 관한 것이다. 이 분야의 연구
중에서 그가 제안한 기둥말 세 가지가 있다. 그 하나는 이른바 '장소시'이
다. 이 개념에 대한 탐색과 천착의 과정은 꽤 오랜 세월이 소요되었다.
우선 그의 첫 번째 연구서인 『한국 근대시의 공간과 장소』(소명출판, 1999)
책머리에 다음과 같은 간행의 소회가 밝혀져 있다.

> 공간과 장소를 문제틀로 삼아 근대시에 다가서고자 했던 생각은 일찍부터
> 지녔던 바입니다. 그럼에도 한 길로 파서 나아가지는 못했습니다. 사람과 사
> 람이 맺는 관계보다 더욱 본질적이고 지속적인 것이 사람과 장소가 맺는 관
> 계라는 말이 새삼스럽습니다. 세상과 보다 넉넉하게 만나고 싶었던 마음이
> 오래 공간과 장소 언저리를 기웃거리게 했던가 싶습니다. 지역문학이나 문학
> 지리학 쪽으로 이어진 관심은 자연스런 눈길이었던 셈입니다. (『한국 근대시
> 의 공간과 장소』, 3쪽)

그에게 있어서의 공간과 장소의 문제는 시인으로서나 학자로서 지역의 문화와 관계 맺음을 시도하는 일이었던 것이다. 그의 시집 내용 가운데 적지 않은 부분이 경남의 사적이나 지역 문화에 관련된 것이며, 그의 저서 내용 역시 마찬가지였다. 그의 논문 중에서 초기의 것에 해당하는 「김영수 시와 문학지리학」은 공간 경험이나 장소감을 중시하는 특유의 성격을 잘 보여 주는 장소연구적인 문학적인 삶의 연구이다. 논문의 표제가 문학지리학인 이유가 여기에 있다. 잘은 모르겠으나 여기에서 그가 처음으로 이른바 '장소시'라는 용어를 처음으로 사용한 것이 아닌가 한다.

> 김영수의 장소시가 김해를 중심으로 일어났다 사라진 금관가야 역사 경관이나 장소에 초점을 두고, 그것들에 대한 상식적인 인식을 펼쳐 보이고 있음을 살폈다. 이렇다 보니, 그의 시에는 신선한 장소 인식이나 기존의 장소감에 대한 재장소화가 일어나지 않아 시적 울림이 덜한 편이다. (『한국 근대시의 공간과 장소』, 317쪽)

김영수는 김해 출신의 시조시인이다. 전국적인 명성은 말할 것 없고 경남 지역에서도 이름이 그리 썩 잘 알려진 문인이 아니다. 박태일은 이처럼 연구 대상이 됨 직한 지역의 문인이라면 명성이 있고 없음을 가리지 않고 자료를 자신의 책상 위에 올려놓는다. 그에게 김해가 특별한 연고지가 아님에도 창작과 연구 부문에 김해에 관련된 소재가 많다. 경남 지역의 원형적인 공간 경험과 장소감이 깃든 곳이기 때문이리라고 충분히 짐작해볼 수 있다.

박태일은 지역문학 연구서인 『한국 지역문학의 논리』(청동거울, 2004)와 『경남·부산 지역문학 연구 1』(청동거울, 2004)을 동시에 간행한 바 있었다. 전자가 이론비평과 관련된 것이라면, 후자는 실제비평과 관련된 것이다. 우선 전자에서는 지역문학 연구의 장애 요인에 대해서 그는 목소리를 높이고 있어 이 분야에 관심을 갖고 있는 사람들에게 주의를 환기시킨다.

지역문학 연구 방법에 있어서 가장 큰 걸림돌은 아마추어리즘이 부끄럼 없이 나돌고, 지역 연고나 지역 우월을 앞세운 질 낮은 정실주의가 두텁게 뿌리를 내리고 있다는 점이다. 그러다 보니 지역 안쪽에 문학 실상과 떨어진 소지역 분권을 굳힐 뿐 아니라, 줏대도 잣대도 희미한 인사치레 글들이 지역 문학의 무기력과 정신실조 현상을 부추기게 된다. (『한국 지역문학의 논리』, 31~32쪽)

지역문학의 연구에서 자기 폐쇄적인 태도에 안주하는 것은 중앙중심 주의라는 큰 테두리 속에 들앉은 경우와 다름없다. 박태일의 생각처럼, 지역문학에의 기본적인 관심과 애정은 민족문학의 다양성을 되살리고 겨레문학의 가능성을 찾는 것으로 수렴되어야 한다. 그래서 그는 두 번째 의 기둥말을 제안한다. 즉 '지역구심주의'라는 용어인 것이다. 그는 인문 학의 새로운 주제로 부상하는 것의 하나로 "피식민 경험에 뿌리를 둔 중앙패권주의에서 벗어난 지역구심주의"(『한국 지역문학의 논리』, 97쪽)를 들고 있다. 매우 적절한 용어가 아닐 수 없다.

박태일은 지역문학을 가리켜 지연(地緣)의 문학, 해당 지역에 깊은 친밀 경험과 장소사랑을 실천한 이들이 엮어내는 문학이라고 거듭 말한 바 있었다. 다소 긍정적이고 우호적인 분위기 속에서 개념의 규정에 참여한 편이다. 그러면서도 그는 역사 경험의 가치 문제에 있어서 그것을 둘러싸고 날카로운 비판의 날을 세우기도 하였다. 그의 세 번째 독특한 기둥말이 되는 것은 소위 '부왜문학'이다. 이 용어는 '친일문학'이라는 종래의 개념보 다 더 강한 이미지를 수반한 말이다. 아마도 이 말은 그의 지역 동학(同學)의 선배인(경상대 교수였던) 려증동이 처음 사용했던 것으로 기억하고 있다.

그는 우리나라 현실주의 문학의 상징적인 존재와도 같은 김정한과 이 원수를 부왜문학의 경력이 있는 문인임을 밝히면서 이 사실을 준엄하게 비판하였다. 이 때문에 지역 지식인 사회가 발칵 뒤집어지기도 했다. 반 면에 수필가 박문하의 누이, 혁명가 김원봉의 아내로서 일제강점기 말에 처절하게 살았던(다소 무명의 광복열사인) 박차정의 문학 작품을 발굴하면서 그 가치를 재발견한 것은 부왜문학의 관점에서 역(逆)평가한 것으로 얘기될 수 있다.

하지만 유치환이 만주에 체류하고 있을 때 발표한 「수(首)」를 두고 "침략적 잔인 행위의 고발이 아니라, 항일하다가 죽어 효수당한 머리 두 개를 꾸짖은 친일시"라는 관점에서 본 임종국의 견해를 비판 없이 수용한 것은 나의 개인적인 생각으로선 좀 성급한 것이 아닌가 하는 생각이 든다. 결정적인 입증의 자료가 없이 정황의 추론만으로 결론에 도달한 것 같은 느낌이 들어서다.

어쨌든 박태일은 시인으로서나 지역문학을 천착하는 국문학자로 경남지역을 대표하는 상징적인 존재이다. 그는 시인과 학자라는 두 얼굴을 가진 지역의 지식인이다. 이 양면성이 서로 이질적이지 않고 상호보완적이라는 사실이 그를 한결 진지하고, 더욱 신뢰감 있는 것으로 뒷받침해 주고 있다.

4.

결론적으로 말해, 박태일은 강단 있는 지식인이다. 그의 고향은 남명 조식의 고향이기도 한 합천이다. 합천은 선비의 고장으로 잘 알려져 있다. 누군가 영남의 3대 추로지향을 두고, 이언적의 경주, 이황의 안동, 조식의 합천이라고 말한 바 있었다. 황강변의 누정(樓亭) 현판에 거유들의 글씨가 적혀 있는 합천에 그가 태어났다는 것은 그의 꼿꼿한 성정을 알게 모르게 말해주는 것이기도 하다. 이 시대의 강단 있는 지식인으로서의 그의 글쓰기가 선비정신을 실천해 나아가고 있는 것이라고 연상하고 짐작하기가 그다지 어렵지 않다고 여겨진다.

(2013)

시적 선율로 빚은 시계 바깥의 시간, 공간 너머의 장소

- 박태일의 시세계, 그 언저리 -

최영호

> 자기 직업에 몰두하는 무용수의 몸은 이중적이다. 그건 그들이 어떤 일을
> 하든 알아볼 수 있다. 일종의 불확정성 원리가 그들을 결정하는데, 입자성과
> 파동성이 교대로 반복하는 대신, 무용수의 몸은 선율을 주는 이와 선율 사이
> 를 오간다.
>
> —존 버거(John Berger)

　출간된 시집만 놓고 보면, 박태일 시인의 시력은 30년을 웃돈다. 그러
나 좀 더 정확히는 여기에 10년 정도를 보태야 한다. 신춘문예에 시가
당선된 1980년을 기준으로 하면 앞서 말한 시력에 5년을 더해야 맞고,
시인의 몸과 마음에 시심이 동(動)한 이후 신춘문예 당선 이전까지, 즉
시와 함께 뒹굴며 살아온 나날까지 추산하면 다시 5년 정도를 추가하는
게 맞다. 양손의 손가락을 네 번 꼽았다 펴면 얼추 그 시력이 나온다.
이런 멋쩍은 셈을 한 까닭은 갑자기 멀리서 걸려온 전화 탓이다. 멀리
몽골에서……. 짧지만 깊은 안부 인사와 함께 들려온 반가운 수상 소식,
거기에 덧붙여 글 청탁까지 두루 포함된 전화였다. 돌이켜 보니, 32년간

봉직하던 해군사관학교에서 한국해양과학기술원으로 자리를 옮긴 후 문단 활동이 뜸한 내게 '제발 공부 좀 하라'는 시인의 당부였고, 바로 그 연장선상에서 작심하고 건 따끔한 전화였다.

일단 전화를 끊고 시간을 되짚어 보았다. 시집 출간 때마다 시인이 보내준 시들을 꾸준히 따라 읽은 것 같았다. 하지만 내게 감도는 탐독의 여운은 일정치 않았다. 어렴풋이 맴도는 감응도 조각 이불 같았다. 각각의 느낌도 다른 것과 서로 뒤엉켜 원형이 달아난 상태였고, 몸 구석구석 박힌 정서와 정동(affection)의 상태도 온전치 못했다. 읽다가 공감되는 부분마다 그저 밑줄만 긋곤 하던 인상기가 전부였다. 추스르면 그것만도 다행스러웠다. 문제는 부탁 받은 글을 아니 쓸 수 없는 처지였다. 다만 언젠가 '서평'을 쓴답시고 시집 한 권을 집중해 읽은 적은 있지만, 이번처럼 시집 전체를 한꺼번에 몰아서 읽은 적은 없었다. 그래서 내겐 '공부 좀 하라'는 시인의 다그침이 괜한 소리가 살갑게 들렸다. 서가에 꽂힌 그의 시집들 중엔 빠진 게 있었다. 할 수 없이 북 카페에 내가 기증한 시집을 내가 재차 빌렸고, 그래도 없는 책은 물 좋다는 마산 산골마을 기슭에 칩거한 섬 출신 송창우 시인에게 우편으로 부탁해야 했다.

재차 들춰본 박태일 시인의 시들은 처음 봤을 때랑 상당한 시간적 거리가 있었다. 그런데도 별로 낯설지 않았다. 지루한 부분에선 읊조리며 다시 읽었다. 그런 가운데 전에 볼 수 없었던 시의 길이 새롭게 보였다. 거듭 읽다 보니 시를 읽는 재미가 쏠쏠했다. 짬짬이 메모도 하면서 6권의 시집을 사흘에 걸쳐 통독했다. 길면 길고 짧다면 짧은 시간이었다. '제발 공부 좀 하라'는 시인의 당부엔 턱없이 부족한 시간일 것이다. 문단에 널리 알려졌듯이, 박태일 시인의 시는 낱낱의 시어를 마음결로 빚어내고, 깐깐한 시적 사유로 쓴 시들이란 정평이 자자하지 않은가!

그의 긴긴 시력을 떠올리며 시로 톺아낸 길을 따라 걸었다. 내 삶의 시계 태엽도 까마득한 고교 시절까지 되감겼다. 그런데 걸으면 걸을수록 그의 시의 길이 점점 더 넓어지고, 시간의 경계도 허물어지는 게 묘했다.

그의 시가 지향하는 그 장소, 그 시간으로의 입성이 난감할 수밖에 없었다. 그런 중 두 편의 시가 뇌리를 스쳤다. "아득하면 되리라"고 한 박재삼의 시와 "보고 싶은 마음 호수 같아/눈 감을 밖에"라고 한 정지용의 시다. 지금의 내게 박재삼의 시처럼 허허로운 기다림이 필요한 것일까, 정지용의 시처럼 밖이 아닌 안으로의 길 선택이 필요한 것일까? 둘 중 어느 하나를 택해도 별로 나아질 게 없었다. 일찍이 보르헤스(J. Borges)가 설파했듯이, 일단 선택한 길도 그 자체로 끝나지 않는다. 그 뒤엔 다른 길이 기다리고, 또 그 길 뒤로도 새로운 길이 잇달아 이어진다. 각각의 시를 읽는 동안, 그 시들이 확장하는 길과 길이 끝없는 이어지는 길, 계속해 펼쳐지는 곳으로 시선과 마음 길을 함께 옮겼다. 물론, 그 과정마다 시적 의미를 나 나름대로 선택하고 또 선택하면서……. 이런 식의 시 읽기는 박태일 시인의 시세계에 가 닿으려면 택할 수밖에 없는 방법이었다. 그 결과 내가 내린 결론은 극히 간단했다. 시인이 시로 톺아낸 길을 따라 걷기 위해선 끝없이 갈라지는 두 갈래 길 사이에 나 자신을 던지지 않으면 그의 시세계로 도저히 입성할 수 없다는 것! 그러나 이런 결론을 입증하려는 이 글은 옹색하기 그지없을 것이다. 하여, 여기서는 박태일 시인의 시세계로의 입성이란 무모한 도전은 과감히 접고, 단지 그곳으로 가는 길과 그 언저리만 간단히 언급하기로 한다. 궁색하지만, 그것만 해도 참 다행스런 일 아닌가.

  박태일 시인은 첫 시집 『그리운 주막』(1984)부터 가장 최근 시집 『옥비의 달』(2014)까지 도합 6권을 출간했다.[1] 시집과 시집 간에는 짧게는 1년, 길게는 10여년의 시간적 공백이 있지만, 발간한 시집의 수는 많지 않다. 그러나 분량이 적다고 작품의 질까지 저하되는 것은 아니다. 시 창작에

---

1) 박태일의 시집은 총 6권이다. (1권) 『그리운 주막』, 문학과지성사(1984). (2권) 『가을 악견산』, 문학과지성사(1989). (3권) 『약쑥 개쑥』, 문학과지성사(1995). (4권) 『풀나라』, 문학과지성사(2002). (5권) 『달래는 몽골 말로 바다』, 문학동네(2013). (6권) 『옥비의 달』, 문예중앙(2014). 본문에선 편의상 권수와 시 제목만 적기로 한다.

몰입한 시간적 길이를 감안하면, 결실을 거둔 6권의 시집은 풍성하진 않지만, 시인 특유의 엄정한 학문적 열정과 관련 자료를 샅샅이 섭렵하는 깐깐한 집념을 감안하면 더 더욱 그렇다는 얘기다.

　박태일 시의 여러 특징 가운데 우선 두 가지에 주목했다. 오랜 시력에도 불구하고 독특하게 시적 긴장을 유지하고 있는 점, 가려 뽑은 응축된 시어들과 시적 선율을 통해 계속해 지향하려는 것, 바로 그 두 가지다. 한 시인이 자기만의 시적 기율을 유지하고 긴긴 세월 동안 계속 견지한다는 것은 자신의 실제적인 삶과 창작하는 시가 분리되지 않는, 시작 행위의 일관성이자 일상적 체화(體化)로 해석되기에 충분하다. 시인은 이미 이런 기조를 자신의 학문 영역에서 널리 입증시켰다. 탁월한 열정으로 지역문학 연구의 선구적인 길을 개척했고, 한국 근대시 연구를 포함해 손닿는 주제마다 치밀한 논리와 실증적 자료로 거둔 연구 성과를 성실히 확인시킨 바 있다. 이런 학문적 집념과 연구 의지로 수확한 결과물들은 시 창작에 투사된 시인의 독창적 일관성과 일상적 체화의 다른 버전이다.

　시인의 학문 연구에 관한 집념과 열정에 관해서는 다른 자리를 빌리기로 하고, 여기선 시작 활동과 결부된 산문집 『봉골에서 보낸 네 철』을 들어 얘기해 보겠다. 시인은 초빙교수로 몽골 올랑바트르 몽골인문대학교를 1년간 다녀왔다. 그런 후 잇달아 산문집과 시집을 출간했다. 빼어나고 힘찬 문체로 서술된 두꺼운 산문집은 시집(『달래는 몽골 말로 바다』)보다 3년 먼저 나왔다. 강의 후 잠시 쉬는 틈을 타서 집까지 달려가 어린 자식에게 젖을 먹이고 다시 부지런히 달려와 강의에 참가하는 몽골 대학생들의 열정적인 한국어 학구열을 위시해 낡은 레닌 동상 아래 퍼질러 앉아 포옹하고 즐기는 젊은 몽골인들의 일상사 등을 두루 짚어냈다. 이 산문집은 현실과 현실 이면의 삶을 산문으로 기술한 것이지만 글의 바탕은 시적 사유가 지배한다. 몽골 초원을 휘감는 수많은 바람길, 새끼가 죽거나 마두금을 들을 때만 꼭꼭 눈물을 흘린다는 낙타가 콧구멍을 파고드는 쥐 때문에 숨을 거두는 얘기에 평소 시인이 보여 준 자료 섭렵 특장까지 살려가며 몽골의 면면들을 꼼꼼히 짚었다. 또한 몽골 곳곳을 누비다가 술 취한 경찰에게 잡혔다가 풀려난 어처구니없는 일까지 들려준다. 특히, 지금의 몽골 현실을 지성과 성찰의 눈으로 천착하는 데 그치지 않고 그 이면의 역사까지 일상적 사색과 시적 사유로 사려 깊게 살폈다. 이는 쉽게 흉내 낼 수 없는 꼼꼼한 감별력이 아닐 수 없다. 우리 모두 엉덩이에 몽고반점을 갖고 있다는 말은 하면서도 몽골에서 행해지는 지금의 현실은 충분히 알지 못하며, 그 속내 얘기들은 더더욱 알 수 없다. 이 산문집이 던지는 감동과 파장이 갈수록 확산되는 이유는 여기에 있다. 여기서 그 내용을 일일이 다 거론할 수는 없지만, 5년 전에 읽다가 밑줄 그은 부분 중 한 부분만 제시한다. 이국땅 몽골에서 시인의 일상적 사색과 맞물려 생성되는 시적 사유가 어떠한지를 엿볼 수 있는 대목이다. 시공간을 초월하여 시인은 몽골의 허허벌판 운드르항에서 푸른 핫득을 여럿 감고 종이돈이 몇 장 꽂힌 채로 넓은 들 한 가운데 덩그렇게 존재하는 돌사람 게렝흐셔와 만났다.

바람도 없는 겨울 빈 들, 강 가까이 게르가 하나 떠 있었다. 저녁 준비를 하는지 연기가 솟고 개 짖는 소리까지 건너온다. 나를 보고 짖기에는 너무 먼 곳이다. 무엇을 짖는 것일까. 운드르항 돌사람은 이 들에서 일어나고 잊혔을 많은 일을 오래 혼자 겪었으리라. 아픈 사람은 아픈 사람대로, 그리운 사람은 그리운 사람대로, 헐벗은 사람은 헐벗은 사람대로 그리고 흙 밑으로 슬픈 주검을 다져넣었을 일들. 돌사람은 그들을 위로하고 그들 벗이 되어 주었을 것이다. 그래서 멀리 빈 들을 질러 들려오는 개 짖는 소리는 돌사람이 오래 운드르항 사람과 한 몸이 되어 그들 신령으로 제 몫을 다했다는 사실을 내게 일깨워 주려는 전언은 아닌가.[2]

---

2) 박태일, 『몽골에서 보낸 네 철』, 경진출판, 2010, 231쪽.

산문으로 기술된 시인의 시적 사유는 현실로부터의 탈주를 감행한다. 현실에 대한 무조건적 외면과는 다른 형태의 탈주다. 직면한 현실이 너무 힘들어서 행하는 도피가 아니다. 달아나면 당장이라도 살 것 같아서 하려는 탈주는 더더욱 아니다. 역설적이게도 시인의 사색적 탈주는 지금의 현실을 잊지 않기 위한 탈주요, 잃어버린 기억을 되찾기 위한 기억작업의 일환이다. 돌사람 게렝흐셔와의 만남은 시인에게 자신이 추구해 온 삶의 '미래적 탈주'를 부추긴다. 지금의 현실에 똬리를 틀고 살았던 존재들이 저마다의 삶의 시간과 장소를 결코 망각하지 않아야 한다는 얘기다. 이를 위해 시인 자신부터 그 탈주를 온몸으로 체득할 필요가 있다고 역설한다. 몸은 살아 있음을 환기하는 집합체다. 물론 소멸된 과거를 그대로 복원하기 위한 것이 아니다. '지금-여기'를 '자각하며' 살기 위한 것이다. 그것은 사라진 것들이 소망했던 것과 지금의 우리가 함께 살고 있다는 걸 인식하고 다시 만나기 위한 결단이다. 그렇게 해야 우리가 우리 자신으로 남아 있을 수 있다고 강조한다. 화려했던 과거를 아쉬워하거나 노스텔지어적 태도만 앞세우는 것과는 전혀 달리, 그들과 함께 존재하던 것이 '어디에' '어떻게' 있었는지를 알지 않으면 안 된다는 얘기다. 그것이 실패하면, 그들도 사라지지만 우리 자신도 온전할 수 없다. 시인은 바로 이를 자기 자신이 해야 할 오늘의 과제로 수용해 성찰한다. 이는 장차 우리가 어떻게 하면 살아남을 수 있는지에 관한, 우리의 미래를 묻고 탐색하는 것과 다르지 않다. 이런 인식의 지평에서 우리는 시·공간을 넘어 시원적인 것을 향하는 시인의 결연한 의지를 엿보게 된다. 물론 극히 일부지만……

박태일 시인의 산문이 그렇듯, 그의 시 역시 같은 차원의 패기와 결기로 일관한다. 시의 길이가 길든 짧든, 그의 시는 응축된 시어와 시어 사이가 가까우면서도 멀다. 게다가 아주 매혹적이다. 그 정서적 느낌은 마치 오선지에 그려진 음표가 만드는 선율과 같다. 선율로 들으면 각각의 음표들이 서로 이어져 있는 듯하지만, 음표와 음표 사이엔 언제나 간격이 존재한다. 선율은 음표들의 결합으로 만들어지고, 선율의 변주는 단절된 음표들이 어떻게 늘어지고 쌓이는지, 그 방법에 기인한다. 뒤집어 보면, 이것은 음표와 음표 사이의 공백에 '무언가'를 채우는 것이고, 그 요체는 다름 아닌 연주자의 삶이다. 그 공백은 연주자가 쌓은 삶의 경험과 경험에 부여하는 의미로 다시 태어난다. 다시 말해 하나의 줄 속에 있고 없음이 함께 공존하는 아페이론(apeiron)의 재현이다. 연주자가 누르는 지점에 따라 같은 줄에서도 서로 다른 소리가 난다. 그렇다면 우리 귀에 와 닿는 선율은 우리 삶의 있고 없음이 완전히 분리되거나 단절된 게 아니라 한 줄로 서로 이어져 있음을 말해준다. 연주가 시작되면 연주자는 그 경험들로 공백을 채우는 한편, 경험 속의 다채로운 의미들에 자기만의 규칙을 부여한다. 선율은 이런 경험적 의미가 유지되고 발산되는 길이고, 밖으로 퍼져나간 선율은 경험에 부여한 연주자의 의미가 청취자들도 함께 공감하는 '어떤' 공통된 속성이란 사실을 느끼게 한다.

음표가 이성적 판단의 결과라면 음표와 음표 사이의 공백은 감성적 표현이 깃드는 곳이다. 연주자의 삶에 축적된 경험과 의미는 감성적 표현의 근간을 이룬다. 이는 응축된 시어들의 의미를 잇고 결합시키는, 새로운 방법의 시험장이기도 하다. 박태일의 시의 경우, 선별된 시어들은 시인의 감성적 표현에만 그치지 않고, 이성적 판단에 팽팽한 긴장감으로 다가온다. 첫 시집부터 최근 시집까지 계속해 이어지고 있는 이런 긴장감은 최근 들어 좀 더 다양한 형태로 표출된다. 시적 긴장 관계는 팽팽해지는 데 머물지 않고, 시어 사이를 파고들며 넓어지면서 촘촘해지고, 깊어지면서 확장된다. 이 부분은 박태일의 시세계가 어떻게 축성되고 있는지를 파악하는 데 긴요하다. 여기엔 '죽음'이란 시어가 중심어로 작용한다.

가장 최근 시집에도 '죽음'을 다룬 시들이 가득한데, 「녹산에서 하루」도 그 중 하나다. 길이는 극히 짧지만, 시에 재현된 시·공간은 산자와 망자를 아우를 정도로 깊다.

쇠물닭 까만 어미를 만난 일이다

쇠물닭 까만 아들에 딸을 만난 일이다

숨어서 모이를 쪼는
쇠물닭의 상복

녹산 수문 큰물 뒤
토닥 토닥토닥

그래 내 자마 오냐
그래 내 자마 오냐

고요히 내려앉던
빗물의 만불만탑.

—6권, 「녹산에서 하루」 전문

시인의 시선은 폭우가 그친 초상집에 꽂힌다. 그런데 묘하게도 비장한
슬픔이 감도는 초상집엔 상주들의 곡소리가 들리지 않는다. 고인이 너무
일찍 숨을 거둔 탓에 상주들은 밖으로 토해야 할 곡소리를 삼키면서 운다.
그 모습이 꼭 "숨어서 모이를 쪼는" 쇠물닭과 같다. 까만 쇠물닭은 기껏
30cm 정도의 크기지만, 모이를 쪼는 모습은 몸을 움츠려 곡을 하는 상주
들 모습이다. 옆구리에 난 흰색 무늬는 베로 짠 상주의 완장 같고, 특히나
부리와 액판의 붉은색은 마음껏 토하지도 못하는 곡소리를 손으로 입을
틀어막고 삼키는, 상주들의 붉은 슬픔을 빼닮았다. 까만 쇠물닭과 까만
상주들의 시적 비유는 애절하면서도 절묘하다.
　그런데 이런 표면적 비유보다 더 큰 울림을 주는 게 있다. 삶과 죽음을
초월하는 그윽한 '선율'이다. 세 가지 소리의 중첩으로 이 선율은 비극적인
죽음의 공간을 전혀 다른 장소로 바꿔 놓는다. 어떤 소리이고, 어떤 선율이

그런 것인가? 추녀 끝의 떨어지는 낙숫물 소리가 그 하나다. "토닥 토닥토닥". 폭우가 그친 뒤 하늘이 흘리는 작은 소리다. 일정한 규칙은 있지만 갈수록 불규칙한 소리다. 두 번째 소리는 귀로 듣는 소리가 아니다. "그래 내 자마 오냐/그래 내 자마 오냐"라는, 망자의 반복된 소리다. 산자를 달래는 망자의 소리는 환청이다. 시계로는 가늠할 수 없는 시간 너머의 소리다. 느끼는 사람만 감지할 수 있는 내면의 소리다. 이 역시 불규칙한 소리다. 그리고 세 번째 소리가 있다. 앞서 말한 두 가지 불규칙한 소리가 합쳐져 나오는 소리다. 낙숫물 소리와 상주들이 내면에서 환청으로 듣는 망자의 소리의 결합된 소리. 하나는 바깥의 소리이고, 다른 하나는 안에서 울리는 소리다. 세 번째 소리는 이 두 가지가 중첩됨으로써 파생되는 복합적인 소리다. 특히 세 번째 소리는 그냥 울렸다 사라지는 소리와는 질적인 차이가 있다. 이 중첩된 소리가 뒤섞여 이채로운 선율을 만들고, 그 선율로 인해 산자들의 이승과 망자의 저승이 하나로 연결된다. 하나의 선율을 매개로 현존하는 시·공간은, 마치 선율이 같은 줄 위에 있고 없음으로 공존하는 아페이론처럼, 낯선 시·공간으로 우리를 인도한다.

시인은 이 새로운 시·공간을 '만불만탑'으로 가시화한다. 육신의 눈으로는 찾을 수 없는 불상과 불탑은 바로 이 공간에 세워진다. 세 가지 중첩된 소리가 선율로 바뀌면서 호출한 불상이고, 조문하고 곡하는 사람들의 심적 공간에 세워져 소망을 빌고 비게 하는 불탑이다. 망자와 조문객의 친밀성에 따라 불상의 형태가 다르고, 조문객을 맞이하는 상주들의 곡소리의 정도에 따라 불탑의 형태가 바뀐다. 만 명이 모이면 만 개의 불상이 등장하고, 만 개의 불탑이 세워진다. 박태일의 시는 이 오묘한 긴장관계 속에 출현하는 새로운 장소(場所)를 '만불만탑'으로 표상한다. 그리고 또 하나, '하루'의 함축적 시간의 의미다. 여기서의 '하루'는 초상집의 하루로 그치지 않는다. 시적 전개상 이 '하루'는 시적 선율로 찾아낸 '만불만탑'을 시인이 체감한 '극히 짧은 순간'일지 모른다.

죽음에 대한 시인의 시화화는 갈수록 일상 '속으로' 들어간다. 일가친척이 많고, 알고 지내는 사람들이 늘어날수록 죽음과 삶의 경계는 현실의 길이 된다. 시인의 나이 정도라면 더욱 그럴 것이다. 저 유명한 "메멘토 모리(Memento Mori: 죽음을 기억하라)"는 말의 본뜻을 생각하면 더욱 더 절절하다. 그것은 살 수 없으면 죽으라는 게 아니다. 죽음이 우리를 반드시 기다리고 있으니 살아 있는 동안 열심히 살라고 하는 얘기다. 그렇다면 시인 앞에 일상처럼 오고 가는 죽음은 남의 일일 수 없고, 그 의미 또한 남다를 것이다.

그런 점에서 시인이 겪은 죽음에 대한 경험과 그 경험에 부여하는 시적 의미는 당연하고 자연스럽다. 「기러기」의 시·공간도 이런 죽음과 결부된다. 이 시는 마지막 숨을 몰아쉬는 어머니가 자식들에게 유언을 남기는 광경을 다룬다. 그런데 여기서의 시·공간도 앞의 시처럼 매우 복합적이다. 유언을 남기는 곳은 실제적인 시·공간처럼 보이지만, 시의 끝 구절 "또 봄에 날씨가 따뜻하믄 조켓다"에 이르면, 갑자기 이런 경계가 허물어진다. 숨진 어머니가 현실이 아닌 현실로부터 벗어난 곳에서 유언을 하고 있는 것이다. 여기서도 '~고, ~라, ~고, ~라'는 반복된 선율이 슬픔을 자아낸다. 그와 동시에 시를 따라 읽는 우리의 몸을 들썩이게 만들고, 안으로 파고드는 슬픔을 더욱 더 깊은 곳까지 데려간다.

잘 살으래이 박 서방 밥 잘 해 멕이고 애비 벌이 주는 돈 야무치게 해서 아들딸 잘 키아라 나는 지금 가도 항게도 아까분 거 업다 잘 키아라 몸 아푸면 빨리 병원 가고 니 욕보는 줄 안다 니 에미 아비도 그래 한 번씩 뭐 끼리 묵는가 자주 들다보고 마 욕본다 희야 박 서방 밥 잘 해 멕이고 기러기 가튼 니 가시나 머시마 잘 키우고 또 봄에 날씨가 따뜻하믄 조켓다.

—6권, 「기러기」 전문

이렇듯, 박태일의 시의 의미는 시어에 깃든 시적 선율로 인해 훨씬 풍부해진다. 그것은 단절된 시간과 장소를 연결하고, 급기야 그 경계까지 초월하게 만든다. 그 형태는 자연적 세계에서 이루어지는 선율과는 다르다. 시인의 이성적 판단에 의해 새롭게 빚어진 선율이기 때문이다. 이를 통해, 우리는 시인의 시에 투영된 시계 바깥의 시간을 아무런 어색 없이 수용하게 되고, 시선을 공간 너머의 장소로 이동시키는 데도 거부감이 없다. 시인이 일부러 이런 삶을 택한 게 아니라 시인 스스로 몸소 살아내고 있어서다. 존 버거(John Berger)의 말을 빌리면, "자기 몸을 속속들이 알고 있는 무용수가 자신의 몸 안에 있으면서 그 몸에 앞설 수도 있고 또 넘어설 수도 있듯이",3) 박태일의 시는 시인 자신이 이런 체화된 선율로 몸소 살아가고 있음을 보여 주고 있다. 더욱이 "그런 변화가, 매 초마다 일어나기도 하고, 매 분마다 일어나기도 한다".4) 그런즉 박태일의 시는 시로 찾는 시·공간 너머의 시간과 장소를 시시각각 '살아내는' 시인의 삶 자체이고, 시세계 역시 그 연장선상에 놓인다.

시와 삶이 밀착된 박태일의 시는 가까이는 고향 합천의 황강에서부터 멀게는 몽골의 초원까지 드넓게 노래한다. 거꾸로 선 생각의 나무처럼, 시인의 시세계도 깊어지면서 점점 더 확장되고 있다. 살아 있는 세포 안에 분자와 유전 정보가 수시로 옮겨가듯, 시인의 시세계도 펼쳤다 잦아들고, 그 향방 또한 이채롭다. 원심적 사유와 구심적 신체가 서로의 몸을 비비고 의지하는 것으로서, 사유와 신체가 만나면 시가 되고, 나눠지면 새로운 긴장 관계가 형성된다. 삶의 거처가 달라짐에 따라 파생되는 이색적인 선율은 그 관계를 그때마다 변주시킨다. 그런데도 '죽음'은 여전히 시인의 주된 관심사로 따라다닌다.

　　　불쌍한 오라버니 우리는 우짜꼬
　　　안 춥구로 매매 덮어주이소

---

3) 존 버거, 김현우·진태원 옮김, 『벤투의 스케치북』, 열화당, 2012, 19쪽.
4) 같은 책, 같은 곳.

불쌍하게 살았어도 저승 가서
하고 싶은 것 다 하고 사소

저무나 새나 흔들리는
버드나무 손바닥

도로도로 마을이 몰려 앉은 초계 들
저승문을 열려는지 한 사내가
막 미타산을 넘는다

구름 손잡이를 쥐다 말고
휘청 뒤도 돌아본다.

—6권, 「황강 23」 전문

「황강 23」에도 극단의 공간이 함께 존재한다. 하나가 고인을 땅에 묻는
현실적 공간이면, 다른 하나는 땅에 묻힌 고인이 이승을 떠나 저승으로
옮겨가는 공간이다. 4연 중 1연이 이승이면, 나머지 2, 3, 4연은 이승에서
저승으로의 이동 공간이다. 시인은 시각적으로도 두 공간을 구별하도록
시의 배열을 달리해 두었다. 오른쪽이 현실적 공간을 가리키는 동쪽이면,
왼쪽은 저승 공간을 뜻하는 서쪽이다. 물론, 우리의 뇌도 창의적 비전과
이미지를 지배하는 것이 오른쪽 뇌이고, 이성과 논리를 맡은 것이 왼쪽
뇌라는 과학적 분석도 있으나, 우리 무속엔 극단의 두 세계를 시적으로
풀이하고 있다. 저승은 이승의 끝에서 다시 육로(陸路) 삼천리, 해로(海路)
삼천리 너머에 존재한다고. 하지만 이승에서 저승으로의 이동 광경을
목격한 사람은 없는데, 박태일의 시는 바로 이 부분에 초점을 맞춘다.
　공간에서 공간으로의 이동을 돕는 것은 시적 선율이다. 2연에서 버드
나무를 흔드는 '알기 힘든' 영기(靈氣), 3연 첫 행의 '도로도로'란 수식어가

이런 선율을 유발한다. 초계 들판에 모여 사는 마을을 수식하는 자리를 가리키는 '도로도로'란 시어도 가세한다. 이 시어는 1연의 영기를 한 번 더 자극하는 선율이다. 2연의 흔들림과 3연의 가벼운 선율은 뒤를 잇는 차원 다른 세계로의 진입을 자유롭게 한다. 그 결과, 지상의 경계가 확 허물어지고 색다른 시공간이 펼쳐지는 것이다. 바로 거기서 "저승문을 열려는 한 사내"가 보이고 "막 미타산"을 넘는 존재가 감지된다. 마지막으로 저승문을 여는 "구름 손잡이를 쥐다 말고/휘청 뒤도 돌아"보는 존재까지 우리에게 낯설지 않은 존재로 부각시킨다.

　시인 박태일의 시세계는 물론 여기가 최종 끝은 아니다. 그 시세계의 끝은 가늠하기 어렵다. 그곳이 "잠은 너 없는 곳에서의 나의 길"(1권, 「공일」)인 것처럼 경계 긋기가 딱히 곤란해서이기도 하고, "마을로 가는 모든 지름길을 지워버"(2권, 「명지 물끝·7」)리듯 이성적 잣대로는 구분하기 힘든 감성적 영역이기도 해서다. "산을 열고 들어서니/산은 없고/가뭇가뭇 눈길 끝"(3권, 「화악산」)만 보이는 듯, 시세계의 경계가 하나로 고정되지 않고 늘 바뀌고 움직이고 사라지며 달라져서다. 더러는 입자와 파동으로 이루어진, 생동하는 삶의 유기체적 흐름 때문일 수 있고(4권, 「후리포」), 더러는 "저승길 종이꽃처럼 피는 바다"(4권, 「풀나라」)같이 가깝지만 너무 먼 곳이라 시심이 가 닿는 곳곳마다 "노래탑을 모신"(5권, 「울리아스태는 울지 않는다」) 울리아스태처럼 하나하나 슬퍼할 수 없어서일 수 있다. 오는 비가 어디를 딛고 오는지 그 행로를 찾고 걸으며 지난날 품었던 것이 흐르는 시간과 함께 자연스럽게 버려지겠지만, 시인은 그것이 버려지길 바라는 바로 그 순간조차도 쉽게 손 놓을 수 없어서일 것이다(6권, 「해인사」). 왜냐하면 눈치 없이 울고, 대책 없이 웃을 수밖에 없는 상황에 직면하면 "소는 죽어 가죽만 남기는 게 아니다"(6권, 「소껍데기」)는 신념으로 문제의 해결책을 찾고, "내 그리움은 어디서 멈추었던가"(6권, 「목포는 항구다」)를 거듭 성찰하여 가야 할 삶이 자기 앞에 계속 지속된다는 것을 명확히 인식하기 때문이다. 시의 쓸모를 묻거나 그 허약함을 거론하는 누군가가 있거나,

눈앞에 벌어지는 어처구니없는 일을 목격하면, 그 쓸모에 의문을 제기하는 것이 가장 먼저라고 생각하기 때문이다. 거기에 침묵할 수밖에 없는 자신을 나약함으로 위안받거나 돌아서는 발길을 환멸로는 결코 용납할 수 없다는 시적인 패기를 무엇보다 원칙으로 삼고 살아가기 때문일 것이다. 단순한 섭리나 공허로 사는 것은 박태일 시인에게는 패배주의로 사는 삶이다.

박태일의 시는 읽으면 읽을수록 시적 언어로 축성한 시세계의 끝이 점점 더 멀어지면서 깊어진다. 시심이 드리운 시마다 고유의 선율이 스며 있고 울려 퍼진다. 그 선율이 데려다주는 지점에 이르면 삶과 죽음의 경계는 서로 겹쳐지고, 낯모를 시·공간도 드넓게 용틀임한다. 한 편 한 편 모두 따라 읽을 수는 있지만, 선율이 지향하는 세계 속으로는 쉽게 젖어들 수 없다. 왜냐하면 젖어 들면 들수록 거기서 빠져나올 출구가 안 보이기 때문이다. 여기엔 시계로 잴 수 없는, 시각적 공간 너머, 시시각각 변주되는 삶이 깃든 세계가 있고, 또 다른 시간과 장소로 이루어진 시의 세계가 우리를 기다린다. 「겨울 정선」은 이 시원의 장엄한 시·공간을 상징적으로 노래한다.

두 억 년 옛날에는 죄 바다 밑이었다며
밤마다 땅속으로 아가미를 여는 자작나무
카시오페이아 별자리가 와자거려도
오줌장군 아래서 눈 녹인 물로 우슬초는
수염뿌리 제대로 다듬을 생각입니다
바다 위에 세운 강마을이라 돌거북이
아홉 마리를 몰래 묻어 키우는 고을
거북이 울음소리 더듬는
두물머리 아우라지부터 읍내까지
허리 아래로 물길을 밀어 내리며

동강은 빠르고 빠르지만
읍내 시장 안골목에서는
사랑을 메밀전 굽듯 잘 뒤집는
이모들이 아직 꽃잠입니다.

—6권, 「겨울 정선」 부분

　시인의 시는 우리 가까이 존재하는 시·공간 모두가 "두 억 년 옛날에는 죄 바다 밑"이었음을 환기시킨다. 또한 그곳은 기름 성분을 껍질에 비축한 자작나무가 영하 20~30도 추위에도 견디며 "밤마다 땅속으로 아가미를 여는" 곳이다. 머리 위로는 "카시오페이아 별자리"가 한데 모여 총총하며 무화과(無花果)인 우슬초가 "오줌장군 아래서 눈 녹인 물"로 수염뿌리를 내리는 곳이기도 하다. 우리 육신이 깃들어 사는 지금 세상이, 꽃 없이 열매 맺는 무화과처럼, 설령 겉보기엔 꽃이 아닐지라도 그 열매 속엔 보이지 않는 꽃이 수없이 피고 지는 '살아 있는' 시원의 장소임을 시인은 주지시킨다. 결국, 박태일 시인의 시세계는 우리들 가까이 있되 멀리 있고, 멀리 있되 깊이 축성되고 있다. 이런 시세계로 가는 길이 외길일 수는 없으나 시인의 고유한 시적 선율에 귀 기울이지 않는다면, 길을 나서기도 어렵고 목적지도 잃어버릴 수 있다. '시란 무엇인가?'에 대해 끊임없는 근원적 질문을 던지면서 시를 쓰는 깐깐한 내공에 비하면, 지금까지 출간한 시집 전체를 다 읽었지만, 워낙 공부가 부족하고 식견이 모자란 나로선 박태일 시인의 시세계로 가는 길을 아직은 잘 찾을 수 없다. 기껏 찾았다는 것이 그의 시세계로 가는 길의 언저리다. 정녕 그 길을 잘못 든 것일까? 아니면, 시인이 들려주는 시의 선율을 가슴으로 듣지 못한 것일까? 그것도 아니라면, 시인이 체화된 삶을 몸의 선율로 펼쳐놓은 시세계 앞에서 이를 살필 이해가 부족해 다가가지 못한 내가 망설이거나 뒷걸음질하는 것은 아닐까?

(2015)

공간애, 시적 풍경을 구성하는 방식

- 박태일론 -

최명표

1.

　사람은 사회적 존재이다. 사회는 필연적으로 공간을 배경으로 삼을 수밖에 없다는 점에서 사람은 공간적 존재이기도 하다. 사회의 공간에 대한 의지는 숙명적이어서 사회의 구성원에 지나지 않는 사람은 속절없이 공간에 터하여 살아가게 된다. 그는 태어나는 순간부터 공간에 귀속될 운명을 타고난 것이다. 이 말인즉, 그는 생장하는 동안에 공간의 굴레를 벗어날 수 없을뿐더러, 공간의 보호 속에서 삶을 꾸려갈 수밖에 없다는 말을 뜻한다. 그러나 사람은 일생을 보호해주고 후견해주는 공간의 형언할 수 없는 위엄을 알아차리지 못한 채 공간에 귀의하고 만다. 그의 도저하고 일관된 공간지향적 속성은 세상을 하나의 공간으로 파악하게 한다. 하지만 사람들은 자의적으로 중심부와 주변부를 이분법적 사고방식에 기반하여 공간을 나누고 별도의 지위를 부여하기를 그치지 않는다. 이럴 제 의식 있는 사람이라면 공간의 나눔을 거부하고 원래의 상태로 되돌림으로써 대동 세상을 꿈꾼다. 그러기 위해서는 공간을 거침없이 인용하고 사람과 공간의 떨어질 수 없는 관계를 증명하여야 한다.

시인 중에서 공간에 대하여 집요한 관심을 안팎에 노골적으로 드러내는 이가 박태일이다. 1980년 『중앙일보』 신춘문예에 시 「미성년의 강」으로 당선된 뒤에 그가 지금까지 펴낸 『그리운 주막』(『문학과지성사, 1984), 『약쑥 개쑥』(문학과지성사, 1995), 『가을 악견산』(문학과지성사, 1989), 『풀나라』(문학과지성사, 2002), 『달래는 몽골 말로 바다』(문학동네, 2013), 『옥비의 달』(문예중앙, 2014) 등, 6권의 시집을 펼쳐볼 양이면 공간에 대한 시편이 즐비한 줄 단박에 파악할 수 있다. 또 그가 박사 논문을 정리하여 출판한 『한국 근대시의 공간과 장소』(소명출판, 1999)를 비롯한 연구서도 공간에 대한 학문적 관심이 배어난 여일한 증거이다. 그 결과로 그는 지역문학 연구에 타의 추종을 불허할 정도로 선구적인 업적을 남기고 있다. 그동안 그가 수상한 김달진문학상, 부산시인협회상, 이주홍문학상, 최계락문학상, 편운문학상, 시와시학상 등은 공간에 대한 시적 관심을 북돋아준 것이리라.

이런 측면에서 박태일의 시에 형상화된 공간의 의미를 구명하는 작업은 의미롭다. 그가 시단에 나온 이래 지금까지도 공간에 관한 호기심을 잃지 않았다는 사실은 결국 공간에 기대어 생명을 영위하는 사람들, 곧 "땅을 밟고 살던 이들"(「달팽이」)에 대한 관심을 표명한 것이라는 말과 다르지 않다. 그의 시편 전량에 넘쳐나는 공간 표지들이야말로 동시대의 구성원들을 향한 애틋하고 살가운 애정의 표현인 셈이다. 곧, 시작품의 전 국면을 장식하다시피 장치되어 있는 공간 요소들은 사람의 삶터에 기울이는 시인으로서의 관심을 초월한다. 그러므로 그가 공간에 절대적으로 쏟는 관심들은 사람들을 향한 일종의 메시지라고 할 수 있다. 그는 공간과 사람의 얽히고설킨 관계를 입증해줄 수 있는 효과적인 선택 방식을 작품에 드러내는 시인이다. 그는 장소와 지명을 포함한 공간을 통해서 시적 표현의 구체성과 작품의 사실성을 확인받고 싶어 한다. 이 점에서 시작품에 구체화된 공간은 그의 독특한 공간 체험에 보편적 의미를 확보하도록 기여하고 있다.

2.

    풍경은 사회적 구성물이다. 풍경은 시선의 이동에 따라 순간마다 바뀐다. 그것이 바뀔 때마다 감상자의 인식은 달라진다. 풍경은 찰나의 광경에 지나지 않는 것이라서 기록하지 않으면 기억되지 못한다. 세계와의 순간적 조우를 촌철의 시어로 낚아채는 시도 언어화되는 찰나에는 "다문다문 밀어낸 옛 기억들"(「용호농장 4」)이란 사실을 깨달아야 비로소 한 편의 작품으로 탄생하게 된다. 시는 시인의 안목에 포착된 풍경이 문자적으로 기록된 기억물이다. 기억이므로 시인의 관점에서 재구성된다. 풍경은 시인이 세계를 받아들이고 표현하는 담론인 셈이다. 그런 점에서 풍경은 시인이 구경하고 싶은 바이기도 하다. 특히 세계에 대한 주관적 반응물인 시작품에 등장한 풍경은 시인의 인식안을 굽어 살피기에 적당할 터이다. 그렇다면 풍경은 시인의 정서직 동선을 따라서 쉴 새 없이 움직이어야 맞다. 풍경은 고정물이 아니므로 때와 곳에 따라서 다양한 모습으로 변화를 거듭하며 출몰하기 마련이다. 그 모습의 달라짐이 사람들에게 공간에 대한 인식을 제고해준다.

    되풀이 말하거니와, 박태일은 공간에 대하여 지극한 관심을 쏟는다. 그가 고른 공간은 친소를 구별하지 않으며, 동서나 남북을 가리지 않는다. 그는 취택한 공간을 중심으로 사유의 영역을 확장할 뿐이다. 그의 시적 사유가 넓어지는 광경을 좇노라면, 어김없이 여러 층의 사람들을 만나게 된다. 그가 구경하는 사람들은 피를 나눈 친척들뿐 아니라, 이웃에서 흔히 만날 수 있는 평범한 군상이다. 가령 "경주 지나 안강 지나 수세미 머리 소나무 외진 마을 줄팔매질 참새도 띄우며 잔 부끄럼 많은 여자"(「구름 여자」), "드난살이 삼십여 년 홀로 조금밥 헤며 다 슦아버린 조씨 할머님"(「약쑥 개쑥」), "상주서 나신 려 선생"(「대왕바위 탈해바위」)처럼 모르는 사람들이 있는가 하면, "법정리 할머니"(「할미꽃」), "정년 석 달 앞두고 돌아가신 아버지"(「아버지 목마르시다」), "죽데기 고향집 약골 동생"(「땅 밑으로 흐르는 길」), "소 요령소리 목화꽃 풋부리 달게 빠는 조카들"(「구만 리」) 같은 피붙이도 나온다. 그처럼 출신 성분이 다양하고 무수한 이들은 박태일 시집의 처음과 끝을 채우고 있다. 그들이 출현할 적마다 새로운 공간이 시적 배경으로 펼쳐진다. 시와 사람은 공간을 떠나서 존재할 수 없다.

박태일의 시에 출현하는 인물들은 성별면에서 여자가 우위를 점한다. 더러 "술청의 군데군데 자리를 잡는 사내들"(「축산항 4」)이 나오기는 하나, 그보다는 "지난달 갈비뼈에 차바퀴 자국까지 새겼던 순옥 씨"(「여우비」) 처럼 "고만고만한 슬픔들"(「월동집」)을 지닌 채 살아가는 여자들이 많이 등장한다. 이러한 경향은 한국 근대시의 여성편향성을 이은 것이라고 볼 수도 있을 테지만, 그것보다는 산야에 새겨진 비극적 장면들이 이 나라 여성들의 삶에 지워지지 않는 상처를 남겼다는 사실에 힘입은 바라고 봐야 그럴 듯하다. 그러다 보니 자세히 들여다보면 등장인물들은 죄다 사연을 하나씩 지니고 있다. 예컨대 "난리통엔 인민군이든 국군이든 군인 나가 고생하는 자식인 양 귀히 빨래도 거들고 장조림도 꼭꼭 채워 보냈다 셨던 할머니"(「동전을 만지면서 성지곡을」)를 보노라면, 박태일의 시에 나타나는 인물들이 삼천리강산에 두루 사는 줄 알게 된다. 할머니는 피아가 총부리를 겨누고 목숨을 위협하는 상쟁 중에도 "고생하는 자식인 양" 먹을거리를 챙겨주고 빨랫감을 빨아준다. 할머니의 행위는 전후에 유행한 좌우의 나눔방식이 얼마나 터무니없는지 증명해줌과 동시에, 이 나라의 여인들이 치마폭마다 간직하고 있는 말 못할 슬픔의 참모습을 지시해준다. 이처럼 박태일의 시를 읽으면서 만나게 되는 인물들은 한국의 현대사를 증언하고 있다.

까치를 닮은 할머님

진양 강씨 씨받이로 부산에 든 뒤

바다 질척이는 일흔 해 잘도 건너와

흰머리 검은머리 까치를 닮고

아침 느지막이 까치종합화장품 옆 가게문 여신다

고구마 한 양푼이 파적에 어묵을 끓여

막걸리 장사로 다문다문 세월은 없었지만

가끔 늘그막 맞수들이 술추렴으로 떠들고

까치가 드문 망미동 한복판에서

그악그악 까치 웃음소리 내시던 할머님

며칠 전에는 조등이 걸리고

오늘 아침에는 찬가게가 들어섰다

서울 산다던 아들

당신 배 밟고 나온 그 외동이

들어먹고 떠났다는 풍문.

—「까치종합화장품」 전문

고래로 까치가 길조로 알려졌듯이, "진양 강씨 씨받이"로 들어와서 가
문의 대를 이을 '외동이'를 낳아주어 "까치를 닮은 할머님"이다. 씨받이는
안채에 들어올 엄두도 내지 못하고 뒷채에 살면서 숨소리도 내지 못하고
밥도 혼자 먹었다. 그녀의 거처는 외부 사람은 물론이고 집안사람도 맘대
로 출입할 수 없어서 "등줄기를 스치는 외로움"(「백석리」)에 치를 떨며
살지 않으면 안 되었다. 그녀의 슬픈 하루살이는 '바다 질척이는 일흔
해'로 요약되거니와, 하루도 '바다' 같은 생을 벗어나지 못하는 동안에
"흰머리 검은머리 까치를 닮고" 말았다. 그녀는 막걸리 장사로 호구하는
동안에 "시집온 첫날부터 가슴에 숯검댕이만 앉더니"(「이모」) 느닷없이
조등만 남긴 채 생을 마감해버렸다. 그 자리는 반찬가게가 들어와 할머니

의 죽음을 지워버린다. 마치 할머니의 죽음을 기다렸다는 듯이 순식간에 진행되는 자본의 이동은 "서울 산다던 아들"이 들어먹은 탓이다. 이런 광경은 "집집 다 버리고 마을회관 두 방"(「풀나라」)에 모여 여생을 간수하는 농촌 노인들의 현실과 맞물려 비애를 자아낸다.

　인용작은 박태일의 시작 방법을 살포시 보여 준다. 그는 제목을 '까치종합화장품'이라고 정해 놓고서는 정작 까치할머니로 하여금 '까치종합화장품 옆 가게문'을 열도록 움직인다. 앞에서 언급해 두었듯이, 풍경은 기억의 구성물에 지나지 않는다. 시인이 보거나 들은 할머니의 얘기는 시간적 간격을 지나서 정리되는 동안에 가장 시적 효과를 고양할 수 있도록 재배치된다. 그 과정에서 시인은 풍경의 기록자답게 대상으로부터 한 발 떨어지게 된다. 할머니가 화장품집 주인이라는 설정도 어울리지 않을 뿐만 아니라, 정실부인이 아닌 그녀의 불구한 생애를 제법 형상화하기 위해서는 화장품을 파는 가게에 부속된 옆집이라야 제격일 터이다. 그 집에 걸린 조등은 일생 동안 화려한 화장품 한 번 칠하지 못하고 "고구마 한 양푼이 파적에 어묵을 끓여" 산 할머니의 까치 웃음소리와 맞바뀌어 "당신 배 밟고 나온 그 외동이"가 찬가게를 불러들이도록 만들어주었다.

　또 이 시편에서는 박태일의 방언 구사법을 구경할 수 있다. 한 예를 들어서 '그악그악'은 사람들이 까치를 비롯한 새의 울음소리를 나타낼 때 쓰는 '까악까악'의 변용인 듯하다. 이런 예는 치렁치렁과 출렁출렁을 하나로 묶어낸 것 같은 "치렁출렁 오늘은 비"(「후리포」) 등에서 살펴볼 수 있다. 게다가 그는 "울불구불"(「월명 옛 고을에 들다」), "나 간다 굴불굴불 슬퍼 추억 간다"(「황강 18」), "두꺼비 자곰조곰 혼자 가는 것"(「집현산 보현사」), "누비질 구름은 구금실 굼실"(「황강 16」)에서 보듯이, 웬만한 사람들은 알아보지 못할 법한 말들을 애용한다. 그의 독특한 시어들은 차라리 다른 시인에게서 찾아볼 수 없는 방언으로서, 시적 리얼리티를 확보하는 일에 동원된다. 이처럼 잦게 출현하는 박태일의 방언은 공간에 대한 각별한 애정과 맞물려 있다. 방언은 본래 특정한 지역에서 어울려 살아가는 언중들의 언어를 국한하여 부르는 것이다. 그렇기에 방언에는 특정 지역에서만 찾아볼 수 있는 독특한 문화들이 올올하다. 박태일의 시에서 방언도 자신만의 시적 진실성을 확보하는 시도라고 볼 수 있다.

그와 함께 박태일은 시어에 민감하여 동일한 대상을 이칭으로 부르기를 즐긴다. 그는 고양이를 "다듬돌 안고 조는 괭이"(「봄맞이꽃」)나 "낮잠 많은 고냥이"(「가을」)처럼 단일하게 호명하지 않는다. 이런 습벽은 대상을 다양하게 인식하기 위한 그의 고뇌를 보여 주면서, 운율에 대한 고려도 소홀시하지 않는 버릇을 짐작하기에 충분하다. 두 예를 대조해 보면, 동일한 낮잠인데도 봄과 가을이라는 계절적 배경에 따라서 고양이의 낮잠이 지닌 성격이 달라지는 줄 알아차릴 수 있다. 봄의 고양이는 2음절로 축약된 짧은 오수를 즐기고 있으며, 가을에는 고양이 앞에 제시된 '많은'이라는 부사어를 따라 온식구가 가을걷이하러 나간 틈이라서 긴 낮잠을 즐겨도 무방한 시간대라는 사실을 알려주고 있다. 그처럼 박태일은 유사한 이미지의 재사용을 거부하는 것도 모자라 칭호조차 반복 사용하기를 마다한다. 이것도 앞의 것과 함께 그가 구축한 방언 사용법이라고 부를 수 있다.

3.

사람들은 따로 떨어져 살아간다. 그들은 낯선 타인처럼 별도의 공간을 터로 삼아 담을 치고 살아가고 있다. 하지만 경계선이 그어지지 않은 공간이므로 사람들이 영지를 구분하고 따진다한들 별의미가 없다. 그들은 "아버지 마시던 물을 아들이 마시고"(「선동 저수지」) 살아가는 존재들이기에 예로부터 물을 매개로 이어져 있다. 물이 사람들의 경계를 자유롭게 넘나들며 흐르듯이, 사람들은 보이지 않는 인연을 빌미로 이어진 존재이다. 그렇다면 시인이 줄곧 천착하는 공간애와 사람살이는 동전의 앞뒷

면처럼 긴밀히 상관되어 있다는 발언이라고 해도 지나치지 않다. 박태일은 사람과 공간의 어울림 혹은 기댐이야말로 시인의 예민한 촉수로 발견하고 형상화해야 할 시적 과제로 수용하고 있는 셈이다. 그가 공간을 집요하게 시화하게 된 동기는 등단작에서 찾아볼 수 있다.

박태일이 신춘문예에 투고한 작품에서 강을 순례에 비유한 점은 예사롭지 않다. 두루 알려졌다시피, 그는 산천을 주유하며 숱한 공간을 작품에 끌어들이려고 노력한다. 그가 학문적으로 지역문학에 역량을 집중하고, 그것의 기초자료를 발굴하고자 여러 곳을 더투는 습관을 가진 것도 알 만한 사람들은 다 안다. 이러한 일련의 노력들이 모여서 그의 독실한 공간사랑을 낳았을 터이다. 그의 유일한 낙이라고 할 수 있는 방랑은 특정한 지점에 머물도록 놔두지 않는다. 방랑은 이곳에서 저곳으로 이동하는 과정에서 정체성을 얻는 속성을 갖고 있기에, 작품마다 생소한 문물을 행렬로 맞추어 놓는다. 행과 행 사이를 걸어가노라면 타관 땅도 고향 땅이 되고, 낯선 이들도 금세 낯익은 이가 되어 수선거린다. 방랑은 "잘 통하는 사람과 통하지 않는 사람"(「사슴섬 2」)을 한데 묶어 도반으로 만들어버리거니와, 순례의 길도 그와 같아서 "구멍 송송 돌이 된 사람들"(「개동백」)의 사연을 찾아 나서라고 부추긴다. 박태일이 순례를 통해서 풍경을 구성하는 것은 예나 지금이나 계속되는 습벽이다.

강은 순례,
눈 들면 사라지는 먼먼 마을의 어두움도 따라나선다.
길 잘못 든 한 아이의 발소리도 들리고,
산이 버린 산
사람이 버린 사람의 백골이 거품을 게워내는 것도 보인다.

죽음이란 온갖 낮은 죽음과 만나
저들을 갈대로 서 있게 한다.

실한 발목에 구름도 이제
묵념처럼 하얗게 죽는다.

돌아다보고 옆눈 주는 어두움
그 흔적 없다는 이름의 길을 따라
꽃을 배슬은
나의 기억은 여기에서 끝난다, 강이여.

—「미성년의 강」 부분

　박태일의 등단작이다. 그가 '미성년의 강'을 노래한 작품으로 시인이
된 사실은 주목할 만하다. 그가 말하는 '미성년의 강'에는 두 가지 의미가
은닉되어 있다. 하나는 '미성년'이고, 다른 하나는 '강'이다. 미성년은 성
년이 아직 못 된 소년을 지칭하는 것이므로, 그가 시인이 되기 전의 자신
을 가리키는 줄 알 수 있다. 그 아이는 "길 잘못 든 한 아이"라서 잘못
든 길을 바로잡으려고 "그 흔적 없다는 이름의 길을 따라" 발길을 옮길
것이라고 예고한다. 아이는 '길'을 걸으면서 앞날을 열 것이다. 강은 아이
에게 순례의 터전이다. 그는 강을 따라가며 "눈 들면 사라지는 먼먼 마을
의 어두움"과 "돌아다보고 옆눈 주는 어두움"을 만나야 한다. 어두움은
어둠보다도 길어서 길의 흔적을 지워버리고, 나아가 아이의 기억마저
끝내버린다. 아이는 바야흐로 미성년자이면서도 '어두움'과 '백골'과 '죽
음'과 만나는 길을 떠나야 하는 것이다.
　그러나 아이가 걸어갈 길은 "문득 길을 벗어나는 또 다른 길"(「초계길」)
과 같아서 만만치 않다. 시인은 일찍이 "발가숭이 동무를 굽이진 물밑에
거꾸로 잠재운 뒤 나는 강으로 나가는 푸른 방천길을 영 잊었다"(「문림리」)
고 선언했거니와, 강으로 가는 길은 '푸른' 빛을 잃어버린 죽음과 결부된
길이다. 그와 같이 일찍부터 박태일의 시에는 죽음이나 어두움 따위의
부정적 이미지가 드리워져 있었다. 그가 합천 읍내를 가로지르는 모래밭

이 평퍼짐한 황강을 연작으로 그려내기를 그치지 않으면서도, 굳이 "목판 본 먹빛 글씨로 찍고 흐르는 황강"(「황강 10」)의 어두운 면을 초점화하느라 공을 들인다. 그 배면에는 등단할 때 보았던 "사람이 버린 사람의 백골"과 "발가숭이 동무"의 죽음이 자리하고 있다. 사향이란 대개 유년 시절을 향하는 법이라 "울컥 그리운 고향"(「신행」)처럼 무방비 상태로 튀어나오는 것이지만, 박태일의 경우에는 그렇지 못하다.

두렁콩 베는 날에 해가 저물어
진주로 시집간 콩점이 생각
곡식도 씨 따는데
사람이 못 딸까
내리 딸 넷에 아들
남편 상 났단 소식도 이어 들리고

콩점아 콩점아 콩 보자
사타리에 점 보자
잔불 놓던 둑너미엔
첫날 첫 봄밤

달빛 홀로 다복다복 어디로 왔나

—「황강 7」 전문

박태일은 지금까지 발간된 시집에 24편의 황강 연작시편을 수록하고 있다. 타지에서 생활하는 사람들은 나이가 들어갈수록 짙어가는 고향으로 향하는 그리움을 주체하지 못한다. 무릇 그리움은 쏜살같아서 당자의 마음쯤은 헤아리지도 않고 막무가내로 직진할 뿐이다. 그리움을 이기는 법은 그리움을 따라가는 것 외에 달리 뾰족한 수가 없다. 시인의 말을 빌리자면 "그리움이 사람을 못쓰게 만든다"(「영덕 일지」)지만, 사람들은 "애매한 그리움이 재우는 휴일"(「이런 편지」)이면 고향으로 가는 길을 찾는다. 더욱이 "그리운 그리운 일들 다 가질 수 없는 나이"(「오십천곡 1」)에 들면 "산그늘 하나 따라잡지 못하는 걸음"(「그리운 주막 1」)을 갖게 되지만, 고향에 대한 그리움은 따라잡기 힘들다. 그것은 차라리 부지불식간에 주체의 공간에 대한 경계의식을 해체시켜 버린다. 주체는 무의식 상태에 고향으로 진입하여 추억을 애초의 모습으로 소환한다.

콩점이를 소꿉동무라고 치자. 그녀는 사타구니에 점이 있어서 '콩점이'라고 불리거나, 옛 적의 촌에 살던 여자아이들처럼 이름도 갖지 못하고 그렇게 불렸을 수도 있다. 어떤 경우에도 그 호칭은 콩점이의 현재 형편과 겹쳐지면서 비극적 생애를 도드라지게 세운다. 시인의 귀에는 그녀가 "내리 딸 넷에 아들"을 낳고 살더니, 최근에는 "남편 상 났단 소식"까지 들려온다. 남편과 사별하고 5남매를 건사해야 하는 그녀의 막막한 장래가 시인의 사향심을 "목판본 먹빛 글씨"로 표현하도록 견인한다. 당초에 시인이 "달은 슬픔을 관람하는 개구쟁이"(「오산 들녘」)이라고 말했듯이, 달은 콩점이랑 놀던 "첫날 첫 봄밤"의 추억도 '관람'한 당사자였다. 달은 그 어린 시절을 증언해줄 유일한 목격자이면서, 또한 콩점이와 시인 그리고 황강과 진주를 시공간적으로 이어주는 연결항이다. 그와 같이 다종의 역할을 수행할 요량으로 달은 삼각형의 꼭대기에 자리를 잡고 관람자의 위치를 점유한 것이다. 달을 일컬어서 '개구쟁이'라고 표현한 것은 그것이 객관적 관람자라는 사실의 강조일 터이나, 시적 장면과 일정한 미적 거리를 유지하려는 시인의 전략이기도 하다.

어머니 눈물을 흘리지 않으신다
아버지 훌쩍 앵이에 얹혀 가셨을 때에도
너거 아버지 너거 아버지 하시다
앞산마루 가슴으로 받은 듯

아아 한 소리로 무너지셨다

봄 여름 너른 잎 조용히 밀쳐내리고
먼 하늘 모둠발로 올려보던 고향집 감나무 무른 속처럼
어머니 나날이 가벼워지신다

낙매 보신 엉치뼈 속에 쇠나사를 끼워넣고서도
잘 주무시는지 밤에는
저승집 아버지를 뵙고 오시는지
아침까지 베갯머리 눅눅한 잠

—「어둠 너른 방」 부분

부모는 자식들에게 늘 사모의 대상이다. 그 반면에 자식은 부모에게
문제 덩어리이다. 그러나 부모의 부재는 다 큰 자식에게 부끄러움을 가르
쳐준다. 부모의 가없는 사랑 앞에서 자식들은 옷깃을 여미며 불효를 후회
한다. 하지만 부모는 명이 다하면 자식들의 곁을 떠나가고, 자식은 부모
가 되어 배운 대로 행한다. 박태일도 예외가 아니다. 그는 「내 서른이
넘고」, 「도토리」, 「아버지 누우시다」, 「아버지 목마르시다」, 「처서」, 「영
락원」 등의 여러 편에서 아버지에 대한 지극한 효심을 드러내었다. 그만
치 아버지에 대한 효도가 남달랐을 터이다. 물론 어머니에 대한 사랑도
그와 다를 바 없어 인용작과 「어머니의 잠」 등에 자식된 도리를 그려내었
다. 그의 돈독한 효행이 시를 낳는 밑바탕일 터이다. 사실 사모곡류는
여느 시인이나 시도하는 바라서 특수한 보편성을 획득하지 못하면 아니
쓴 것만 못하기도 하다. 따라서 부모와 자식 간의 사연은 독특한 수법이나
비밀스러운 방언으로 시화되지 않으면 안 된다.

이 점에서 박태일의 부모에 대한 시는 성공적이다. 어머니는 상여의
앞에 선 작은 앵이에 지아비가 이승을 떠날 적에야 울음을 터뜨렸다.

어머니는 "'앞산마루 가슴으로 받은 듯"한 충격을 받고 "먼 하늘 모둠발로 올려보던 고향집 감나무 무른 속처럼" 지아비에 대한 그리움으로 야위어간다. 아들 시인은 어머니가 슬픔을 감당하는 모습을 공간으로 빗댄다. 어머니는 산마루, 그것도 앞에 있는 산이니 더 크게 보이는 산마루가 가슴을 치받은 듯한 충격을 이기지 못한 채 아무도 살지 않아 텅 빈 고향집의 감나무, 그것도 "무른 속"처럼 가벼워진다. 박태일의 유별난 공간애는 어머니의 "아침까지 베갯머리 눅눅함 잠"까지 간섭한다. 어머니는 꿈을 빌려서 아버지의 '저승집'에 가 안부를 확인한 뒤라서 베개에 눈물이 흥건하다. 굳이 집까지 동원하지 않아도 어머니의 부부애는 독실해질 테지만, 저승집이 들어와서 이승과 저승의 거리가 무화되었다. 이처럼 공간은 산자와 죽은 자의 거리까지 조정하는 능력을 발휘하고 있다.

4.

위에서 조감했듯이, 박태일의 시에는 공간에 대한 관심이 그윽하다. 사람이 공간적 동물이란 점에서 그가 견지하고 있는 공간사랑은 이웃한 사람에 대한 애정의 표시이다. 그는 특정한 공간, 즉 구체적 장소를 통해서 사람들의 살아가는 모습을 보여 주려고 노력한다. 그만치 사람들은 자신의 삶을 장소에 의탁하고 있다. 인생은 공간 혹은 특별한 장소를 벗어나서 존재하지 않을뿐더러, 공간은 사람들의 일상을 보위해주는 역할을 기꺼이 수행한다. 공간의 위엄은 이처럼 자잘한 나날살이에서부터 생애의 온 부면에 이르기까지 관여하는 바가 넓다. 그것이 남보다도 더 공간에 관심을 기울이는 시인의 자세라면, 결국 그가 사람들을 사랑하는 것이라고 받아들여도 무방하다.

박태일의 시편에는 초기부터 죽음을 포함한 어두운 이미지들이 도처에 똬리를 틀고 있다. 아마 어릴 적에 목격한 체험으로부터 남상한 것일

테지만, 그 탓인지 작품에는 젊어서부터 명랑하고 발랄한 재치가 거세된 채 나타난다. 이것은 공간에 대한 관심이 진지하고 엄숙하여 생겨난 영향일 수도 있다. 그는 "죽음은 늘 턱없이 넘치려 하는 생각이나 부풀리고 싶은 느낌을 다독거려주는 힘이 있다"고 보거니와, 죽음은 그에게 지적 통제의 기제로 작용하고 있는 셈이다. 그 결과로 "사람들은 혼자 아름다운 여울, 흐르다가 흐르다가 힘이 다하면 바위귀에 하얗게 어깨를 털어버린다"(「구천동」)는 싯구를 얻을 수 있었다. 죽음을 통해서 단련된 시적 제어력은 공간에 대한 적절한 절제로 구현되는 것이다. 그만치 공간애는 박태일의 시세계로 들어가기 위해 마련할 마음가짐이라고 할 수 있다.

(2017)

박태일의 지역문학 연구 서설

최명표

1. 서론

요새 들어서 지역문학에 대한 연구자들의 관심이 늘어나고 있다. 그러나 속을 들여다보면, 연구자들 중에는 지역의 문학 자료를 대상으로 소론을 전개하는 것이 지역문학 연구인 줄 오해하는 이들이 상당하다. 그들의 자만은 지역문학의 현상을 시간적, 공간적으로 조망하며 체계적으로 파악해 가느라 외롭게 공부하는 이들의 힘을 뺀다. 지역문학 연구가 그들의 일회적 접근처럼 손쉬운 작업이라면 지금까지 미답 상태로 머물러 있을리 없다. 그들의 표피적 언급과 경박한 몸놀림은 외려 지역문학 연구의방향을 뒤틀리게 한다. 모름지기 지역문학을 공부하기로 결심한 이라면,마음가짐과 몸가짐을 바로잡을 일이다. 그는 엄정한 학구열에 더하여가열찬 연구 의지로 거주 지역의 문학 현상은 물론이고, 역사와 문화에관한 식견을 두루 갖추려고 총력을 기울이지 않으면 안 된다. 지역문학연구는 각종 문학이론을 고루 구비하고 나서 주변 학문의 방법론을 익힌고도의 숙련된 연구 활동이다. 세상의 온갖 식민주의 담론을 격파하려는 대항 담론으로 지역문학 연구를 인식할 때, 비로소 그는 지역문학의 연구 현장에 발을 디딜 수 있다. 그것은 지역민들의 확호한 민주 의식과 더불어 살아가는 공동체 정신으로 숙성된 지역성의 실체적 모습을 목도하도록 이끌어준다. 이처럼 지역문학이 내함하고 있는 고유한 속살을 알아채지도 못한 채, 선술한 바처럼 유행을 따라가노라면 수박의 겉만 핥고 마는 따라쟁이가 되고 만다.

이런 측면에서 일찍부터 지역문학의 학술적 가치를 인식하고 연구하여 일가를 이룬 박태일이야말로 연구자들이 본받고 따라야 할 전범이다. 그는 남들이 다 외면하던 시기부터 지역의 문헌자료들을 갈무리하는 한편, 지역문학의 영지를 개간하고 논리를 개발하다가 학자로서의 재직기간을 다 써버렸다. 그의 분주한 답사, 폭넓은 자료 수집, 언행일치한 윤리의식 등은 지역문학의 연구자들이 필히 기본적으로 갖추어야 할 자세를 교훈한다. 사실 박태일은 1980년『중앙일보』신춘문예에 시 「미성년의 강」으로 당선된 이래, 지금까지 6권의 시집을 펴낸 중견시인이다.[1] 그 동안의 시업을 인정받은 그는 김달진문학상(1990), 부산시인협회상(2002), 이주홍문학상(2004), 최계락문학상(2014), 편운문학상(2014), 시와시학상(2015) 등을 수상하였다. 그 와중에 박태일은 여러 권의 연구서,[2] 편저,[3]

---

[1] 박태일의 시집은『그리운 주막』(『문학과지성사, 1984),『약쑥 개쑥』(문학과지성사, 1995),『가을 악견산』(문학과지성사, 1989),『풀나라』(문학과지성사, 2002),『달래는 몽골 말로 바다』(문학동네, 2013),『옥비의 달』(문예중앙, 2014) 등이다.

[2] 박태일의 연구서는『한국 근대시의 공간과 장소』(소명출판, 1999),『한국 근대문학의 실증과 방법』(소명출판, 2004),『한국 지역문학의 논리』(청동거울, 2004),『경남·부산 지역문학 연구 1』(청동거울, 2004),『마산 근대문학의 탄생』(경진출판, 2014),『지역문학 비평의 이상과 현실』(케포이북스, 2014),『유치환과 이원수의 부왜문학』(소명출판, 2015),『시의 조건, 시인의 조건』(케포이북스, 2015),『경남·부산 지역문학 연구 4』(경진출판, 2016) 등이다. 최근에 그는『한국 지역문학 연구』의 발간을 준비 중이다.

[3] 박태일의 편서는『가려뽑은 경남·부산의 시―① 두류산에서 낙동강까지』(경남대학교출판부, 1997),『크리스마스시집』(양업서원, 1999),『김상훈시전집』(세종출판사, 2003),『정진업전집 1―시』(세종출판사, 2006),『허민전집』(현대문학, 2009),『무궁화―근포 조순규 시조전집』(경진출판, 2013),『소년소설 육인집』(경진출판, 2013),『동화시집』(경진출판, 2014) 등이다.

산문집[4] 등을 펴내어 한국문학 연구자로서의 책무를 다했다. 지역문학 관련 저술이 대종을 이루는 그의 연구는 삶의 터전인 경상남도와 부산 지역을 중심으로 출발하여 인접 지역으로 넓혀가는 양상을 보였다. 최근 에는 북한 지역까지 대상으로 삼았으니, 그가 개척한 연구 영토는 광활하 다. 그는 다녀간 지역마다 주목할 만한 성과를 내놓았다. 각 지에서 수집 한 자료에 탄탄한 논리와 치밀한 분석이 가해진 책들은 그를 자타가 공인 하는 지역문학 연구의 선구자로 자리매김하도록 만들었다.

이런 점을 종합하건대, 박태일에 관한 연구는 단발적으로 끝낼 게 아니 다. 그가 쌓은 연구 업적이 워낙 방대할뿐더러, 연구의 대상마저 넓어서 여럿이 힘을 합쳐 다각도로 꾸준히 이루어지지 않으면 안 된다. 그의 연구 목록에는 시뿐만 아니라 아동문학, 희곡, 수필 따위의 문학작품을 포함하여 각종 잡지까지 들어 있다. 그처럼 그는 장르와 지역, 매체를 넘나들면서 자재한 논의로 드높은 학공을 쌓았다. 이런 성적은 지역문학 연구자들에게 "연구 대상과 관련하여 짚어두어야 될 다른 한 가지는 그 범위를 넓혀 문화연구로 나아가기 위한 터닦기를 서둘러야 한다는 점이 다"[5]고 강조했던 학자적 신념의 소산이다. 이제 그가 평생 봉직했던 교직 을 마무리하는 시점을 맞아, 그간의 연구 업적을 조감하여 객관적 평가가 뒤따르기를 촉구할 즈음에 돌입하였다. 그에 관한 연구를 통하여 장차 연구자들이 진행할 지역문학 연구의 방향과 과제를 덤으로 시사받을 수 있으리라고 기대한다.

---

4) 박태일의 산문집은 『몽골에서 보낸 네 철』(경진출판, 2010), 『시는 달린다』(작가와비평, 2010), 『새벽빛에 서다』(작가와비평, 2010), 『지역 인문학』(작가와비평, 2017) 등이다.

5) 박태일, 『한국 지역문학의 논리』, 청동거울, 2004, 20쪽.

2. 지역문학의 선구적 연구와 돌올한 학공

1) 연구의 동기와 배경

박태일이 문학에 뜻을 둔 것은 비교적 이른 나이였다. 그는 문학과 관련된 책들을 사서 모으고 읽으면서 문학에 둔 뜻을 날로 강화하였다. 그러다 보니 학업은 뒷전으로 밀려났고, 어른들의 걱정은 쌓여 갔다. 그런 버릇은 고등학교를 거쳐 대학에 들어가면서 더 심해졌다. 그는 "유능한 지리교사로서 시골 합천중학교에서 부산고등학교 교사로 한참에 뽑혀 나가신 아버지"(「바람 속에서 바람 뒤적거리기」)의 삼남답게 부산과 가까운 곳을 여행하며 지리를 익히는 한편, 헌책방 골목을 더투며 책을 구경하느라 바빴다. 이런 버릇은 그로 하여금 문학과 장소 그리고 고서에 대한 관심을 배가시켰다. 훗날에 그가 장소시의 창작에 나서고, 장소시학을 연구의 주요 과제로 정하게 된 것은 어려서부터 익힌 습관에 학문적 관심을 더한 바이다. 평소에 "사람은 익은 대로 생각하고 느끼고 행동한다"(「버릇」)고 믿는 그이고 보면, 청소년기부터 몸에 밴 버릇이 그의 장래를 결정한 것이라고 봐도 무방할 듯하다. 새삼 장소가 한 사람의 삶을 결정하는 현장을 보는 것 같다.

문학에 투신하기로 결정한 박태일의 장소사랑은 시와 논문에서 구현되었다. 그 중에서도 그의 학자적 생애를 빛내준 장소 연구는 대학원에 들어가면서 방향이 확고해졌다. 연구자들은 대학원이라는 제도권 연구기관에 적을 두는 순간부터 학자의 삶을 준비한다. 그는 논문을 쓰는 도중에 장차 공부할 바를 결정하게 된다. 그의 박사논문을 찾아보면 학문적 출발점은 물론이고, 미래의 연구 과제를 짐작하기에 용이한 까닭이다. 박태일이 1991년 2월 부산대학교 대학원에서 박사학위를 받은 논문 「한국 근대시의 공간현상학적 연구—김광균, 이육사, 백석, 윤동주 시를 중심으로」는 석사학위논문 「한국 근대시의 공간 인식에 관한 연구」를 심화하고 확대한 것이다. 1984년 2월에 학위를 받은 그의 석사 논문의 근간이 그 전 해에 쓴 「백석 시의 공간 인식」이었다. 그러고 보면 그는 제법 오랜 시간에 걸쳐 시적 공간의 연구에 매달려 학문적 독립에 필요한 소정의 절차를 밟은 셈이다. 연구에 쏟은 시일이 길었던 만큼, 그는 '시의 공간'에 대한 인식을 확장하는데 필요한 발판을 마련할 수 있었다.

박태일은 박사논문을 첫 연구서 『한국 근대시의 공간과 장소』의 제1부에 수록하였다. 그가 공간에 대한 연구를 과제로 삼겠다는 의지를 내외에 선언한 셈이다. 박태일은 논문의 대상으로 채택한 네 시인이 "어찌할 수 없는 현실의 실존적 위기 앞에 던져진 자아가 스스로의 내면을 단단하게 닫아걸고 홀로 버티려는 자세, 그러한 현실과 맞서 훌쩍 뛰어넘으려는 자세, 대항 현실을 살뜰히 되살려 지키려는 자세, 자신의 현실 안팎을 헤아려 바른 삶을 살려는 섬세한 창조적 체험을 빌어 그들은 1930년대라는 시대 현실 안에서 그 나름의 몫을 했다"[6]고 보았다. 대일항쟁기 중에서 일제의 악행이 심화되던 시대에 독자적인 서정적 자아를 내세워 맞선 네 시인의 시적 대응이 그의 연구 의지를 잡아당겼던 것이다. 박태일은 식민지의 대항인력이 일제의 회유와 강포를 이기지 못하고 하나둘 무너져 갈 즈음, 무력한 언어 밖에 가진 것이 없는 시인의 '자세'에 눈을 멈추었다. 비록 그들의 자세는 네 가지 모습이었으나, 자신이 취한 자세를 무너뜨리지 않기 위해서는 ����ꋇꛯ꛴꛴꛳한 몸가짐으로 ꋇ꛴한 마음가짐을 채찍하면서 굳건히 버티는 모습은 동일하였다. 네 시인의 입점은 다를지라도, 그들은 자신의 시적 공간을 지키고야 말겠다는 비장한 결의로 고유한 시세계를 시화한 것이다. 이 점을 높이 친 박태일은 시인들의 현실인식, 시의식, 주제의식 등이 '공간'을 점한 '자세'로부터 기원한 줄 깨닫고, 장차 진행된 시작과 연구에 삼투시킬 것을 속으로 다짐하였다.

박태일이 박사논문을 '공간현상학적'으로 탐색한 사실은 지역문학 연

---

6) 박태일, 『한국 근대시의 공간과 장소』, 소명출판, 1999, 231쪽.

구로 발걸음을 옮기는 데 결정적 계기로 작용하였다. 그가 '현실의 실존적 위기 앞에 던져진 자아'가 강고한 세계와의 대결에서 맞서는 형국을 탐색하게 된 동기는 네 시인이 취한 '자세'에서 추측해 볼 수 있다. 그가 대학원에 입학하여 논문을 제출하기까지 소요된 기간은 1980년대이다. 군사정권의 폭압이 극에 달하여 교정마다 최루탄이 쏟아지고, 동기들이 경찰에 잡혀가는 '수상한 세월'이었다. 그런 시국에 '시대 현실 안에서 그 나름의 몫'을 찾아보고 싶었던 찰나, 박태일은 마침 국문학계에 유행하기 시작한 현상학적 방법론을 받아들여 현실적 상황이 강요하는 존재론적 고뇌를 학문적 과제의 수행으로 해결하기로 마음먹었다. 그 선택은 그로 하여금 시간과 공간의 중요성을 재인식하는 계기가 되었다. 더욱이 학자들의 냉대 속에 방치되어 있었던 지역문학은 그가 학위논문의 작성 과정에서 훈련한 '공간현상학적' 방법론을 적용하기에 최적의 영역이었다. 더하여 박태일이 "길 잘못 든 한 아이의 발소리"(「미성년의 강」)에도 놀라는 여린 감수성을 소지한 시인이란 사실은 연구자들로부터 소외받고 외면당하는 지역문학에 대한 학자적 동정심을 불러일으키고도 남았을 터이다. 게다가 그의 고서점 기행은 지역문학 자료의 입수와 처리에 도움을 주었다.

공간과 장소를 문제틀로 삼아 근대시에 다가서고자 했던 생각은 일찍부터 지녔던 바입니다. 그럼에도 한 길로 파서 나아가지는 못했습니다. 사람과 사람이 맺는 관계보다 더욱 본질적이고 지속적인 것이 사람과 장소가 맺는 관계라는 말이 새삼스럽습니다. 세상과 보다 넉넉하게 만나고 싶었던 마음이 오래 공간과 장소 언저리를 기웃거리게 했던가 싶습니다. 지역문학이나 문학지리학 쪽으로 이어진 관심은 자연스런 눈길이었던 셈입니다.[7]

---

7) 박태일, 『한국 근대시의 공간과 장소』, 소명출판, 1999, 3쪽.

책의 머릿글에서 따왔다. 박태일은 이때부터 '공간과 장소를 문제틀'로 삼았다. 그의 문제틀은 '사람과 사람이 맺는 관계보다 더욱 본질적이고 지속적인 것이 사람과 장소가 맺는 관계'에 연구력을 집중하도록 견인하였다. 그러므로 그가 사람과 장소의 원초적 관계를 바탕으로 생산되는 지역문학의 연구로 방향을 정한 것은 자연스러운 발길이었다. 그는 네 시인 중에서도 백석의 시가 '사람과 장소가 맺는 관계'를 현묘하고 섬세하게 형상화하고 있다는 점에 주목하였다. 1930년대라는 절망의 시기에 독실한 장소애를 바탕으로 구비문학적 유산들을 평북방언으로 감싸서 일제라는 오염원에 물들지 않도록 보호한 백석의 시작법은 그 시대의 여느 시인들과 견주어도 뛰어나다. 박태일이 그를 가리켜 "나라잃은 시기 배달말이 노예말이 되고, 그 안에 담긴 삶이 부끄럽다 세상이 내칠 때, 거기에 질긴 심줄을 넣었던 이"[8]라고 고평하게 된 배경이다. 그처럼 백석은 박태일에게 각별한 시인으로 각인되었다. 그는 학위논문을 제출한 뒤에도 여러 번에 걸쳐 백석 시에 내장된 은밀한 비밀을 학계에 보고하였다.[9]

박태일처럼 백석 시의 미의식을 먼저 일아본 이도 드물다. 그는 여느 연구자와 달리 백석의 시작품에 만연한 변방성을 지역성으로 받아들이고, 그것의 근거가 철저히 장소성에서 발원한 줄 깨달았다. 그가 틈날 적마다 백석의 시사적 자리를 앞에 두어야 한다고 주장하는 속내도, 따지고 보면 남들이 알아주지 않아도 묵묵히 시작을 계속하여 벽향의 지역성을 미적 자질로 승화시킨 올연한 주체의식의 강조와 다르지 않다. 그는 주체의 장소에 대한 애착이 백석 시의 성공을 담보한 것으로 본 것이다.

---

8) 박태일, 『한국 근대문학의 실증과 방법』, 소명출판, 2004, 82쪽.
9) 박태일의 백석에 대한 애정은 박사논문 외에도 「장소사랑과 탈근대의 꿈」, 「백석과 장소사랑의 드라마」, 「백석 시와 명성의 사회학」, 「백석 시의 공간현상학」, 「하늘에서 빛날 겨레시의 보석상자」, 「백석의 미발굴 시 「병아리싸움」 변증」, 「백석과 신현중 그리고 경남문학」, 「백석의 미발굴 번역시 「머리오리」」, 「백석과 『만선일보』 그리고 우리 시의 북극성」 등에서 엿볼 수 있다.

하지만 주체의 장소에 대한 사랑은 저절로 길러지지 않는다. 그것은 사랑이기에 주위의 여럿으로부터 감화를 입으며 절로 체감하여 내면화되어야 오래 간다. 더욱이 장소와 문학의 상관관계에 집착하는 연구자라면 소정의 절차를 거치면서 양자의 관련 양상을 탐구하는 요령을 익혀야 할 터이다. 그렇지만 "반 백 년을 넘은 지역 대학들이 버젓한 지역학 하나 키워내지 못했다."(「정명의 길」)는 박태일의 한탄을 마주하면 우울해진다.

　　지역문학 연구 주체 가운데서 가장 앞서 일을 끌고 나가며 전공자를 길러야 할 곳이 지역대학에 마련된 국어국문학과나 관련 연구기관이다. 그럼에도 그 속을 들여다보면 관심이 너무나 미미한 쪽이다. 개인으로 보아도 연구 전통을 앞서 열어 나가고자 하는 자각이 없을 뿐 아니라, 적극성도 실험성도 찾아볼 수 없다. 그러니 제 능력은 돌보지 않고 대학에 오래 몸담고 있다는 까닭만으로 한 몫 보려는 질 낮은 호사가들이 오래도록 지역 문화마당에 버젓이 나돌아도 내버려둘 수밖에 없었다. 그들이 지역 행정기관과 이저런 이익을 주받으며, 이른바 지역문화 주도층이니 원로라는 이름을 들먹거리며 지역문학 마당을 농단해 대는 것을 두고 크게 꾸짖을 일만도 아닌 셈이다.[10]

박태일은 "지역 대학의 현대문학 영역이 지역문학에 대한 연구 앞자리에 서기를 포기한다면 어디서 누가 그 일을 떠맡을 것인가"(「지역, 참말로 직이 주네」)라고 분노한다. 그렇다고 언제까지 부레끓이고 사정이 호전되기를 바라며 마냥 기다릴 순 없다. 그는 '지역 대학의 현대문학 영역'이 지역문학을 외면하자, 자신이 '영역'을 개척하기로 결심하였다. 그는 재직 중이던 대학에 지역문학 강좌를 개설하여 지역문학의 제도권 편입과 후학의 양성에 나섰다. 또 그는 지역문학의 연구 방법을 시연하고자 여러 곳을 돌아다니며 자료의 수집 과정을 후속 연구자들에게 보여 주었다.

---

10) 박태일, 『한국 지역문학의 논리』, 청동거울, 2004, 22~23쪽.

그는 장소에 대한 유다른 애정을 갖고 있었고, 틈만 나면 헌책방을 순례하는 습관을 지녔던 차라 지역문학의 연구에 필요한 자료의 수집에 저항감이 없었다. 지역문학은 '장소에 대한 체험과 꿈'을 사실적으로 체험할 수 있는 현장이다. 그러므로 교실에서 서책으로 공부하는 버릇에 익숙한 '현대문학'의 입장에서는 굳이 낯선 곳을 찾아서 '체험과 꿈'을 목격하는 수고 대신에, 활자화된 자료를 갖고 토론하면 그만이었다. 박태일의 사례는 여전히 대학의 문학교육 현장에서 자료를 외면하고 있는 줄 알려준다. 그러나 이런 학습방식은 연구 역량을 약화시키고, 나아가 원자료의 유실을 방관하는 허물까지 저지르고 만다. 박태일은 대학에서 '현대문학'을 가르치는 교수이므로, 누구보다도 그 점을 잘 알고 개선방안을 찾느라 골몰하였다. 말하자면, 그는 '자의 반 타의 반' 지역문학 연구에 발을 들여놓게 된 셈이다.

2) 연구 윤리의 수립과 실천

1917년 막스 베버는 독일 대학생들에게 '직업으로서의 학문'에 대하여 강연한 바 있다. 그는 "눈가리개를 하고서 어느 고대 필사본의 한 구절을 옳게 판독해내는 것에 자기 영혼의 운명이 달려 있다는 생각에 침잠할 능력이 없는 사람은 아예 학문을 단념하십시오"[11]라고 요구한 뒤, 그런 능력이 없는 사람은 학문의 '체험'을 경험하지 못할 것이라고 단언하였다. 그의 말에 내포된 진의인즉, 그런 열정을 가진 이라면 학문에 문외한인 사람들로부터 조롱을 받아도 충분히 이겨낼 수 있으리라고 믿어 의심치 않았던 기대감이다. 그가 말한 학문의 열정은 순수하게 자신의 주제에 헌신할 수 있는 개성이 맘껏 발아하도록 뒷받침해준다. 그러므로 한 연구자가 필생의 주제로 제출한 업적에는 '자신의 주제'에 몰두하여 '자기

---

11) Max Weber, 전성우 역, 『직업으로서의 학문』, 나남출판, 2006, 33쪽.

영혼의 운명'에 헌신한 학자적 윤리의 '체험'이 온축되어 있다. 베버의 강연은 지금까지도 학문에 들어선 이들에게 경종을 울리고 있다. 그것은 그가 '순수하게 자신의 주제'에 몰두하여 '체험'한 바가 현저하여 타인으로부터 얻어진 정당성으로부터 나온다.

베버의 충언에 더하여 한국의 문학연구자는 일제에 의한 식민지 체험을 상시 전제하고 항시 의식하지 않으면 안 된다. 한국의 근대문학은 일제에 대한 대항담론으로 생겨났다는 문학사적 사실은 연구자로 하여금 한국의 특수한 역사적 조건을 적확히 인식하도록 강요한다. 그러므로 연구자는 일반인은 물론이고, 여타 외래 학문의 연구자들보다 엄격한 윤리의식으로 무장할 필요가 있다. 해방 후 이승만의 반민족 의식이 박정희와 정치군인들의 반민주 의식으로 이어지며 지금의 난장판을 만들었다. 두 사람이 선보인 반민족 행위와 반민주 행위는 역설적으로 한국 사회의 정체성을 선명히 밝혀주었다. 그들의 영향은 전 사회에 퍼져 최고의 지식인들이 군집한 학계에도 반민족적이고 반민주적인 의식으로 학자연하는 무리들이 상존하고 있는 실정이다. 따라서 민족 의식과 민주 의식은 '대한민국은 민주공화국이다'는 헌법적 선언을 포기하는 날까지 불멸하는 심급으로 작동되어야 한다. 양자는 나라의 국체와 정체를 뚜렷이 드러내는 정치적 자질일뿐더러, 연구자라면 공히 갖추어야 할 도덕적 덕목이다. 예로부터 배운 자의 몸가짐이나 마음가짐은 타의 모범이 되었다. 그의 언어는 민족 의식과 민주 의식에서 우러나와 추상같이 엄정하여야 하고, 행실은 뭇사람들이 우러러 본받을 정도로 사표가 되어야 한다. 그 본보기를 박태일에게서 찾아볼 수 있다.

박태일이 반민족적 행위와 반민주적 행동에 극도의 반감을 감추지 않는 것은 시민적 정체성과 관련되어 있다. 정체성은 그가 주체적 삶을 영위하기 위해서 최소한도로 갖춰야 할 실존의 조건이다. 박태일은 정체성을 유지하고자 민족 의식과 민주 의식을 내적 심급으로 작동시킨다. 그 과정에서 장소성이 출현하여 행위의 정당성에 대한 정의를 촉진한다.

박태일이 정체성을 확보해 가는 과정은 시쓰기와 글쓰기이다. 그의 시에서 장소적 특성이 유다른 것은 익히 알려진 바와 같다. 또 그의 글쓰기가 지역문학 연구로 결집된다는 것도 다들 인정하는 바이다. 두 가지를 통해서 박태일은 '내가 누구인가?'를 묻고, '나는 무엇이 될 것인가?'를 고민한다. 앞의 물음이 일회적 문답으로 그칠 사안인 데 비하여, 뒤의 물음은 끊임없이 되풀이 되면서 구성된다는 점에서 다르다. 이 점이야말로 그가 수시로 정체성과 연관된 시적 물음과 학문적 연구를 결행하는 이유가 된다. 그의 물음은 장소시의 창작과 지역문학 연구를 향한 결심이 흔들릴 적마다 다잡아준 자극제였다.

박태일의 투철한 민족 의식은 행간에 빽빽이 배어 있다. 그의 글을 읽는 이들은 문중에 튀어 나온 '왜로', '부왜', '나라잃은시대', '해적이', '경인년전쟁', '경자시민의거' 따위의 생경한 용어들을 접하고 당황하게 된다. 그가 쓰는 말 중에는 '을유광복'과 같이 해방 후에 널리 쓰이다가 뒤로 밀려난 것도 있으나, 대부분은 사람들의 대화에서 쓰이지 않는 것들이 태반이다. 이것은 박태일이 "민족의 정체성은 '우리는 누구인가'의 문제이기도 하지만 '우리는 누가 아닌가'의 문제이기도 하다."[12]는 사실을 잊지 않은 줄 알려준다. 용어의 가려쓰기는 '우리는 누구인가'와 '우리는 누가 아닌가'를 구별하는 확실한 선택이다. 그렇다면 그가 이와 같은 용어들을 만들어 쓰게 된 이유는 무엇인지, 누구의 영향으로 생겨난 버릇인지, 이 용어와 그의 시쓰기 혹은 지역문학 연구에는 어떤 연관이 있는지 자못 궁금해진다. 스스로 "시에 있어서 나는 참스승이라 부를 만한 분이 없다."(「인연의 담벼락을 비비적거리며」)던 그가 "만나 배운 적은 없으되 글로 가르침을 얻어 사숙할 분은 늘 있는 법이다."(「한국역사용어연구회」)며 짐계 려증동을 손꼽고 "경상대학교가 짐계 선생으로 우뚝하고 진주가 뒷날 짐계학으로 자랑스러우리라."(「거짓이여 물러가라」)고 송덕한 바를

---

12) Joanne P. Sharp, 이영민·박경환 역, 『포스트식민주의의 지리』, 여이연, 2011, 38쪽.

보면 짐작할 만하다. 여증동에 대한 아래의 회고로 미루건대, 그의 주체적 용어 사용은 자주적 민족 의식에서 발원한 것이 확실하다.

왜로가 썼던 '일한합방'을 '한일합방'으로 고쳐 우리말사전에 올려 퍼뜨린 사람이 서울대 교수 이희승이다. 국정화 문제로 나섰던 역사학자들만은 '한일합방'이니 '병합'이니 하는 똥말은 쓰지 않으리라. 우리 학계에서 경술국치를 학술용어로 처음 썼던 이는 짐계 려증동 선생이다. 1973년에 낸 『한국문학사』 안쪽에서다. 그때 선생은 마흔 하나. 이어서 선생은 1986년 『한국역사용어』를 내서 우리 역사용어 일컫는 원칙을 세상에 밝혔다.[13]

단어의 번역은 식민자의 언어를 해당 언어로 옮기는 일이라서 선천적으로 이데올로기성을 벗어날 수 없다. 번역자의 두 어깨에 주체의식과 역사의식이 늘 얹어져야 하는 것도, 결국 그의 용어 선택이 초래할 후속 국면을 염려하는 충정에서 우러났다. 그런즉 사전을 편찬하는 '국어'학자라면 남보다 우월한 윤리관에 기초한 관점을 지녀야 할 터이다. 더욱이 한국처럼 피식민자로서 '국어'를 빼앗기고 이민족의 언어를 '국어'로 강제습득한 나라의 국어'학자'는 의당 용어의 번역에 신중을 기해야 옳았다. 이런 점에서 박태일의 용어 사용을 두고 민족 의식의 과도한 드러냄이라고 힐난하기 힘들다. 학문하는 사람이 자주적이느냐 아니느냐의 여부는 연구의 시작부터 끝까지 중요하다. 학문의 주체가 반민족 의식과 반민주 의식에 침몰되어 있다면, 그의 학문적 성과는 거들떠 볼 필요도 없다. 그야말로 강토에 각인되어 있는 현대사와 장소의 상관성조차 파악하지 못한 사이비학자의 불량한 보고서에 지나지 않는다. 이 지점에서 민족 의식과 민주 의식이 장소애를 생육하는 거름인 줄 재확인하게 된다.

박태일의 민족 의식은 특히 반민족적 문학가들에 대한 집중 연구에서

---

13) 박태일, 『지역 인문학』, 작가와비평, 2017, 185~186쪽.

봉긋하다. 앞서 언급한 대로, 반민족적 문학 행위자는 반민족 행위자처럼 해방 조국에서도 상응한 처벌을 피하였다. 그들은 배운 지식을 무기로 각 대학에 자리를 잡고 앉아서 학문권력을 누리며 후학들을 길러 사후의 방패로 삼았다. 시일이 경과하면서 그들에게 학습한 무리들이 학연으로 성을 쌓고 호위무사를 자처하며 현재에 이르고 있다. 겉으로는 작가와 문학작품의 분리 또는 문학성에 대한 우선적 평가를 그럴 듯한 명분으로 내걸어 놓고, 그들은 소위 제자들을 동원하여 반대파들에게 학문적 숙정을 강요했다. 공부판이 뒤집어지고 만 것이다. 그 후로 오랫동안 한국문학 연구자들은 선배나 스승을 비판하지 않는 침묵의 카르텔을 물려받아 공교하고 은밀하게 지키는 '가풍'을 이어오고 있다. 그들의 침묵은 굳건한 대오를 갖추고 면면히 이어져 내려오는 통에 여간 단단한 게 아니다. 문제는 그들이 '문학성'을 앞세워 반민주적이고 반민족인 작가들에 대한 비판의식을 무화시키고, 당해 작가에 대한 학문적 성과를 물량화하여 연구의 대종을 이루도록 매조지한다는 사실이다.

다 알다시피, 한국에서 반민족 문학가들에 대한 연구의 우이를 잡은 이는 임종국이다. 그가 반민족 문학가들에 대한 단죄를 주장하며 『친일문학론』을 펴낸 해가 1966년 7월이었다. 그는 갖가지 조건이 불편한 속에서도 사방을 돌아다니고 온갖 지면을 뒤적여서 문제 저서를 내놓았다. 그러나 그에게 돌아온 것은 학계의 외면과 사회의 도외시였다. 이미 국문학계는 반민족 문학가들에 의하여 장악된 지 오래였고, 사회는 반민족 행위자들이 친일매판자본을 동원하여 혈연과 학연 그리고 지연을 구축한 뒤였다. 이런 마당에 임종국이 혈성을 다하여 출간한 연구서가 읽힐 리 만무했다. 연구자들이 더러 인용하더라도 각주 처리될 뿐, 본문에서 대놓고 반민족 문학가나 작품을 비판하기 어려웠다. 더욱이 각 대학의 학문권력을 쥐고 있는 그들에게 과거의 죗과를 추궁하는 일은 학자적 미래를 포기하지 않는 이상 묻기 사나운 질문이었다. 그런 마당에서 공부한 후학들은 반민족 문학가들이 훈육한 바를 좇아 내면화한 잣대로 자기검열을 단행하고 있었던 것이다. 그들은 상기도 스승을 닮아 비주체적인 사고로 반자주적 행위를 재연하고 있다.

박태일의 민족 의식은 반민족 문학가들에 대한 논증으로 구체화되었다. 그 중에서도 그의 『유치환과 이원수의 부왜문학』은 임종국의 유지를 계승한 역작이다. 이에 앞서 박태일은 김정한, 이원수와 같이 경남·부산 지역에서 추앙받는 작가들의 반민족 문학작품을 찾아내 실증한 바 있다. 임종국의 저서가 반민족 문학가들이 범행한 족적을 소개하여 연구를 촉발시켰다면, 박태일의 연구서는 특정 지역, 그것도 자신의 직장 소재지와 거주지를 대상으로 구체적 자료에 입각하여 반민족 문학가들의 부역행위를 고발한 각론에 해당한다. 이 자체만으로도 그의 저술은 지역문학 연구의 나아갈 바로 충분하다. 이 책은 감정적 비난과 이성적 반향을 불러일으킨 문제작이다. 그는 임종국이 '친일문학'으로 칭한 것을 '부왜문학'으로 고쳐 부른다. 임종국이 문제작을 통해서 반민족 문학론의 영역을 개간한 뒤, 박태일은 지역문학의 현장에 똬리를 튼 반민족 문학의 조사보고서이다. 박태일이 지역문학 연구자라면 누구나 당면하게 되는 반민족 문학가에 대한 평가의 선수를 쳤다는 점에서, 이 저술이 함의한 가짓수는 많다. 먼저 그가 책의 앞에 얹어둔 「머리글」을 읽어서 의도를 헤아리기로 한다.

책 제목은 『경남·부산 지역문학의 만주국 체험과 어린이문학』 정도가 알맞다. 그럼에도 『유치환과 이원수의 부왜문학』으로 굳힌다. 됨됨이를 분명히 하고 싶었던 까닭이다. 만주국 체험을 지닌 경남·부산 지역 문학인 가운데서 유치환이야말로 뚜렷한 부왜 활동에도 광복 뒤 한껏 변신에 성공한 이다. 이원수 또한 지역 어린이문학인 가운데서 시절 인연을 영리하게 탄 사람이다. 둘 모두 나라잃은시대 민족적 쟁투와는 관계없이 제 한 몸 이득을 꾀하다 살아남았다. 그럼에도 오늘날 둘 다 자신의 것이 아니라 다른 이가 겪은 고통이나 영광을 가로채 분외의 명성을 누리고 있다. 그들 문학의 실체와 명성의 뿌리를 제대로 파 들어서는 일이야말로 경남·부산 지역문학뿐 아니라 우리 근대문학사의 뼈대를 바르게 세우는 한 디딤돌이 되리라.[14]

따온 글에서 확인할 수 있듯이, 이 책에서 박태일이 어린이문학을 다루고 있는 것은 사실이다. 그러나 박태일은 유치환과 이원수라는 유명작가의 반민족 경력이 가려질 우려가 있어서 이 제목으로 정했다고 설명한다. 그 이면에는 박태일이 유치환의 반민족 경력을 논증한 자신에게 가해진 유치환을 경배하는 세력의 비난을 목도한 후, 유치환의 '됨됨이를 분명히 하'여 반민족 시인에 대한 지역사회의 단죄를 소망한 기대감이 움직이고 있었다. 작가들의 반민족 문학 행위는 전국의 어디에도 상존하는 현상이다. 그들은 자신의 글에 대한 책임은 돌아보지도 않은 채, 개인의 문학적 영예와 문단의 권력을 누리기 위해 '시절 인연'을 타느라고 물불을 가리지 않았다. 가령, 박태일이 뜨악하듯 "만주국에서 비롯하였을 김영일과 유치환과의 인연은 광복기 우파 문단에서 만나고, 1950년 전쟁기 부산에서 애국시인으로 힘차게 얽혔다."(「만주국과 통영 사이」)는 사실을 되씹어 보면, 지역에 잔재한 반민족 문학가들의 행장이 한국문학사의 올바른 기술을 저해한 원흉인 줄 알고 참담하게 된다.

그만치 반민족 문학가들의 못난 유산은 도처에 남아서 지속적으로 갈등사태를 불러일으키고 있다. 그런 이유로 '그들 문학의 실체와 명성의 뿌리를 제대로 파 들어서는 일'을 멈추지 말아야 한다. 혹자는 고등학교 교과서 편찬자의 의도에 놀아나 이항녕의 사죄행위를 양심적인 양 치지만, 동족의 가슴에 못을 박은 걸 시인할 만한 일말의 '양심'이 있었다면 그는 홍익대학교 총장은커녕 어떤 자리도 맡지 않고 은거했어야 옳았다. 반민족 행위는 일회성 말잔치로 시효가 만료될 만큼 경하지 않다. 특히 반민족 행위자와 반민족 문학가들이 배운 자라는 사실은 그들의 범법행

---

14) 박태일, 『유치환과 이원수의 부왜문학』, 소명출판, 2015, 5~6쪽.

위에 대한 단죄를 가혹하게 가중할 명분이다. 그들과 같이 "'나라잃은시대 민족적 쟁투와는 관계없이 제 한 몸 이득을 꾀하다 살아남았다.'"는 사실 말고도, 뻔뻔하게도 "다른 이가 겪은 고통이나 영광을 가로채 분외의 명성을 누리고 있다."는 사실이야말로 각 지역의 연구자들이 반민족 문학가들을 수시로 호명하여 영구히 퇴출시키지 않으면 안 되는 이유이다. 그럴 양이면 그들이 물러난 자리가 휑해질 터인데, 박태일은 그 대안을 아래와 같이 제시하였다.

나라잃은시기 광복 항쟁의 나날 속에서 하루하루 생존의 싸움을 거듭하면서 나라 안팎 그 어느 자리에도 이름을 올리지 못한 채 잊혀져갔을 적지 않은 문학인을 짐작해 본다. 경남 지역의 부왜문학에 대한 연구를 다그치는 까닭은 한때의 크작은 흠을 내세워 그에 관련된 이들의 문학을 죄 묻어버리기 위한, 집단적 가학의 도구로 끌어다 쓰기 위한 뜻이 아니다. 문학에서나 삶에서나 화려하지는 못했을망정 보다 떳떳한 문학이 있고 삶이 있다면, 그부터 제자리를 찾도록 이끌어야 할 일이라는 성찰과 결의를 거듭 드러내는 한 방식일 따름이다.15)

박태일의 의견은 반민족 문학가들이 나간 자리를 "화려하지는 못했을망정 보다 떳떳한 문학"을 찾아서 메우자는 것이다. 그 보기로 그는 조선의열단의 수령 김원봉과 혼인하여 민족해방운동에 뛰어든 애국투사 박차정을 불러온다. 그의 호명에 의하여 시, 소설, 수필 등을 발표하던 문학 소녀 박차정이 문학사의 구성원으로 편입된다. 박태일은 「광복열사 박차정의 삶과 문학」16)으로는 양에 차지 않았던지, 시 「날개 달린 책」을 써서 경의를 다시 표하였다. 그의 수범적 글쓰기는 '나라잃은시기 광복 항쟁의

---

15) 박태일, 『경남·부산 지역문학 연구 1』, 청동거울, 2004, 125쪽.
16) 박태일, 『경남·부산 지역문학 연구 1』, 청동거울, 2004, 281~308쪽.

나날 속에서 하루하루 생존의 싸움을 거듭하면서 나라 안팎 그 어느 자리에도 이름을 올리지 못한 채 잊혀져갔을 적지 않은 문학인'을 발굴하여 제자리를 찾아주고 그들의 문학작품을 뜻매김하려는 노력의 일단이다. 그것은 "구체적인 삶터로서 지역 현실을 다룬 작품이나, 기존 시사에 이름을 올리지 못한 많은 교양시인, 주류 사회에 끼어들 수 없었던 변두리 시인의 작품"(「지역시의 발견과 해석」)을 찾아내자는 이전의 주장을 실천한 예이다. 그의 작업은 "주류 사회에 끼어들 수 없었던" 지역의 작가들을 한 명이라도 더 찾아내 등재하는 일이 지역문학 연구자의 사명이라고 웅변한다.

그러나 연구자가 반민족 문학가들의 책임을 추궁하는 일은 난사에 속한다. 그것은 민족 의식의 소지 여부에 좌우되는 것이 아니다. 그보다는 민족의 일상적 체험에 대한 바른 인식과 일상의 적층현상으로서의 역사에 대한 진보를 전망할 수 있는 능력이 중요하다. 민족에 대한 경험은 일상에서 유래한다. 식민지로 전락하여 이민족에게 붙어서 사리를 취한 반민족 행위자들은 민중들의 일상을 통제하고 구속하는 일에 솔선하였다. 스스로 일제의 주구가 되어 동일 민족을 핍박하고 헐뜯은 그들의 나쁜 행각은 드러난 것보다 훨씬 심각하였다. 그러므로 반민족 행위자들의 죄악을 제대로 밝힐 양이면, 거시적 관점과 함께 미시적 시선을 작동하여 사소하고 하찮은 일상을 샅샅이 굽어보지 않으면 안 된다. 그래야만 그들이 범한 악행의 전모가 낱낱이 밝혀진다. 그러기 위해서 연구자가 미리 갖춰야 할 것이 민주 의식이다. 민중에게 주인의 자리를 돌려주지 않으면, 반민족 행위자들의 행동이 반민족적인 줄 온전하게 드러나지 않는다. 민족 의식은 필히 민주 의식과 삼투되어 하나같이 연대할 때 최대의 힘을 발휘할 수 있다. 따라서 두 의식은 민중들의 구체적 삶의 현장에서 내면화되고 외면화되어 반민족 행위와 반민주 행위를 동일한 선상에서 비판하는데 소용되어야 한다. 박태일이 남보다 강력하게 민주 의식을 주창하는 동기가 거기에 있다.

박태일의 민주 의식은 아래의 인용문을 일독하노라면 금세 알 수 있다. 그는 학창시절을 군사정권 하에서 보내고, 학생의거가 일어난 마산에서 직장생활을 했다. 이런 생존조건들이 그의 세계관에 영향을 미치지 않았을 리 없다. 그러나 한국 사회에서 대다수 식자들은 학식을 무기로 신분상 승에 매달리고, 정치적 상황에 침묵하기가 다반사였던 게 사실이다. 그들은 식자답게 상황논리를 개발하여 난처한 순간을 모면하려고 시도했다. 그러나 그들은 변명이 계속될수록 반민주적 의식이 선명해지는 줄 모른다. 이에 그들의 빈곤한 논리를 격파하기 위해서는 앞서 언급한 한국의 특수성에 상응하는 윤리적 덕목을 지니고 행동했는지 끈질기게 물고 늘어져야 한다. 대저 반민족성과 반민주성을 양손에 들고 한국에서 벌어지는 각종 사건이나 인물을 평가할 수 있는 결기를 지니고 있어야 식자라고 칭할 수 있다. 두 가지는 한국의 현대사를 관통하는 반민족성과 반민주성이 한 뿌리인 줄 알고, 그것을 역사적으로 청산하기에 최적한 심급이다. 박태일의 아랫글은 민주 의식의 내면화 여부가 지역문학의 연구 현장에 소용되는 이유를 증언한다.

자유란 무엇이며 독재타도란 무엇이며, 마침내 민주주의 문학이란 무엇이겠습니까. 민주주의란 사람이 주인 되는 큰 생각입니다. 돈 가진 사람, 자리 높은 사람, 힘 센 사람이 대접 받는 세상이 아니라 덜 가진 이, 자리 낮은 이, 힘없는 이, 예사 사람이 사람 대접 받고 주인 대접 받는 생각이라 할 만합니다. 예사 사람이 주인 되는 것인 탓에 사람 아닌 자연과 하찮은 목숨에까지 주인 된 도리로 사랑을 베풀고 살 자리는 마련해 주는 생각이라 할 만합니다. 그리고 그 일에 이바지하는 문학을 우리는 모름지기 민주문학이라 이름 붙일 수 있겠습니다.17)

17) 박태일, 『시는 달린다』, 작가와비평, 2010, 172쪽.

이름하여 「민주문학을 위하여」이다. 박태일은 독자가 주인이 되는 문학 세상을 꿈꾼다. 그것은 문학과 현실의 괴리 상태를 못마땅하게 여기는 그의 소망이다. 마치 국민이 나라의 주인으로 대접받지 못하는 형국을 힐난하듯이, 그는 "덜 가진 이, 자리 낮은 이, 힘없는 이, 예사 사람이 사람 대접 받고 주인 대접 받는" 문학을 욕망한다. 민주주의 문학을 추구하는 이는 "사람 아닌 자연과 하찮은 목숨에까지 주인 된 도리로 사랑을 베풀고 살 자리는 마련해 주는" 작가이다. 그가 수시로 "신새벽 마음공양"(「의령댁」) 올리던 '의령댁'을 호출하고 "맑은 날의 하늘과 푸른 언덕 가까이 한 번의 사랑으로 잃어버린 마음이 그리워 하루 내내 하루 내내 물매암 도는 소금쟁이의 동리"(「문림리」)를 추억하는 까닭은 '민주문학'의 원형을 제공해주었기 때문이다. 그는 '의령댁'으로부터 '덜 가진 이, 자리 낮은 이, 힘없는 이, 예사 사람'과 더불어 사는 모습을 배웠고, 자신을 낳아 기른 '문림리'가 '사랑을 베풀고 살 자리'인 줄 온몸으로 터득했다. 그간 박태일이 '덜 가진 이, 자리 낮은 이, 힘없는 이'들의 전집을 내느라고 품을 들인 사정으로부터 '의령댁'으로 대표되는 보통사람과 '문림리'로 상징되는 그들의 삶이 영위되는 장소가 연구의 탯자리인 줄 어렵지 않게 추량할 수 있다.

민족 의식과 민주 의식을 '지상의 척도'로 구비한 박태일은 말과 행동이 일치하는 학자이자 시인이다. 그의 학문적 신념과 시적 신념은 한결같다. 전자는 지역문학 연구로 실행되고, 후자는 장소시의 발표로 궁행되었다. 그가 "제 시는 한편으로 제 삶에 대한 한 알리바이"(「지역에서 지역으로 달리는 무궤열차, 박태일」)라고 선언할 때, 그 발언 안에는 자신에 삶에 대한 자긍심과 삶의 터전에 대한 애착이 배어 있다. 그는 실존적 조건을 구성하는 일상에 대하여 독신한 애정을 표한다. 일상은 그의 학자로서의 생과 시인으로서의 삶이 동시에 영위되는 장소이다. 그는 장소애를 시에 애써 육화하여 장소에 각인된 일상의 가치를 탐구하게 된 것은 학문적 소신을 실천에 옮긴 구체적 현장이라 할 만하다. 그가 자꾸 구체성을 언급하는 버릇은 현실과 이상의 일치된 모습에 주목하라는 신념으로부터 남상하였다. 그의 시쓰기가 '알리바이'일수록 장소가 지닌 일상의 체험소로서 의미는 돋아난다.

> 좋은 작품, 뛰어난 작품은 흔히 지역과 지연에 깊은 뿌리를 둔다. 좁게는 내 사는 작은 마을에서부터 고향을 거쳐 드넓은 단위에 이르기까지 크작은 지역의 풍토와 생활세계에 바탕을 둠으로써, 문학은 다른 인문학에서 맛볼 수 없는 한결같고도 생생한 감동을 마련해 왔다. 지역문학, 지연문학이란 문학 생산과 실천의 다함없을 텃밭인 셈이다.18)

박태일의 시작업은 "내 사는 작은 마을에서부터 고향을 거쳐 드넓은 단위에 이르기까지 크작은 지역의 풍토와 생활세계"에 뿌리박고 있다. 그것은 그가 시쓰기를 통해서 실존적 조건을 재삼 확인하고 있다는 발언과 같다. 박태일이 지역문학 현상에 관심을 기울이고, 기회가 날 적마다 장소를 강조하는 전후사정이다. 그가 "고향에다 자그만 집을 한 채 마련하고 싶었다."(「집과 길 그리고 무덤」)거나, "일찍이 나를 세우려는 의도를 지녔던 때가 있었다."(「시와 풍경」)고 수줍게 고백한 바를 눈여겨보면 이 말을 확인할 수 있다. 그는 자신의 실존적 조건에 대하여 중단 없이 '현상학적 환원'을 단행하고 있었던 터였다. 박태일이 '현상주의자'를 자처한다는 사실은 학위논문을 작성하는 순간부터 공포된 바이며, 그것은 '체험'을 중시하는 시작 태도를 지닌 줄 널리 알리는 일과 다르지 않다. 그의 장소 체험은 "경상남도 합천읍을 끼고 도는 황강 물줄기를 따라 남동쪽으로 십 리를 더 내려가다 멈춘 마을"(「강, 그 살과 뼈 그리고 칼」)에서 태어나 부산이라는 해양도시에서 살아가는 동안에 이골 난 타관의식으로 켜켜이 쌓인 것이다. 그가 물의 유동성에 의탁한 삶터의 일상적 현실은 '언어

---

18) 박태일, 『지역문학 비평의 이상과 현실』, 케포이북스, 2014, 169쪽.

적 현실'로 전환되어 장소시가 되고 장소시학이 되고 지역문학 연구가 된다.

지역문학 연구자가 '문학 생산과 실천의 다함없을 텃밭'에 기거할 양이면, 민족 의식과 민주 의식을 망실하지 않도록 제어해 줄 엄격한 학자의식을 필요로 한다. 학자들이 학문을 연구하는 동안에 지켜야 할 벼리를 소박하게 학자의식이라고 칭할 수 있다면, 박태일은 지나칠 만큼 결벽하고 과할 만치 정치한 학자의식을 구유하고 있다. 그는 지행일치를 실천하던 중, 2003년 두 번에 걸쳐 논쟁에 휘말렸다. 하나는 김대봉 연구를 둘러싸고 벌어진 것이고, 다른 하나는 허만하의 시집에 대한 서평을 두고 일어난 것이다. 두 번의 논쟁이 전개된 양상을 보노라면, 한국의 연구자들에게 공통적으로 산견되는 태도를 목격하게 된다. 그것은 관음증적 시선이다. 연구자들은 소위 제삼자라는 미명으로 중립을 지키는 척하며 양측의 논전을 구경한다. 그들도 명색이 식자이니 사태의 전말을 파악하고 정당성이나 사실성을 판단하는 가늠자야 당연히 갖고 있을 테지만, 개입 후의 뒷사정을 익히 알기에 팔짱을 껴서 중립을 가장하는 것이다.

다들 인정하다시피, 한국 사람들은 어려서부터 시비에 휘말리지 말라는 잔소리를 들으며 자라난다. 그것이 옳고 그름을 판가름하는 것일지라도, 사람들인 시비가 일어나면 서둘러 자리를 피하고 벌어진 판이 조용하게 정리되기를 바란다. 그런 환경에서 성장하다 보니 공부한 이들도 시시비비를 가리는 일을 꺼려 학문의 발달에 긴요한 건전한 비판마저 저해한다. 학문의 시비론은 근거에 입각한 주장의 충돌이므로 심히 권장되어야 할 텐데, 연구자들은 학연이나 지연을 꺼내들고 뒤로 숨기 바쁘다. 심지어 연구자들끼리는 동료의 부정 연구조차 눈감아 주는 봉사짓도 마다하지 않는다. 이런 사태는 지역문학의 연구판에서 무시로 돌발할 수 있다. 박태일은 2002년 봄부터 2003년 가을 문턱을 지역에서 존경받는 반민족 문학가들의 작품을 찾아서 학계에 공표하여 촉발된 논쟁과 위 논쟁의 한복판에서 맞았다.

굳이 세상에 알려서 도움이 되지 않을 일을 내가 시빗거리로 끌어다 댄 것일까. 이원수 부왜시 발굴·공개에서부터 시작하여 특정 지역을 대상으로 삼은 학계 처음의 부왜문학 활동 조감도 마련, 김정한의 부왜희곡 작품 발굴과 공개, 이원수 부왜문학에 대한 중간보고, ㄱ 시인이 낸 세 번째 시집에 대한 반성적 읽기, 이주홍 등단작에 얽힌 논란 잠재우기 그리고 대학 공동체 안에서 저질러지고 있는 비학문적 행태에 대한 반성 촉구가 그것이다. 공통점이 있다면 죄 지역문학이나 지역문학 연구와 관련한 문제라는 사실이다.[19]

박태일은 시비의 당사자로서 지역문학을 연구하는 이들이 겪을 법한 사태를 담담히 술회하였다. 그는 사건의 전말을 간명하게 정리한 뒤, 애써 자기검열한 경험을 함께 표백했다. 그것은 그에게 쏟아진 반대 진영의 반발이 컸다는 증명이고, 마음앓이가 상당했다는 증거이다. 박태일을 공격한 지역의 토호들은 반민족 문학가들을 지역의 위인으로 선양하는 일이 애향심의 실천인 줄로 왜곡하며, 그것을 거부하거나 그의 허물을 들춰내는 세력을 징치하여 "힘센 이가 힘을 휘두르고, 가진 사람이 가진 것을 뻐기는 짓"(「원로의 덕목」)이 당연한 양 위세한다. 그들의 선동적 작태가 계속될수록 반민족 문학가의 과실은 은폐되고, 토착세력의 권위는 든든해진다. 박태일이 움직일 수 없는 자료를 동원하여 반민족 작가의 오류를 개진한다손 치더라도, 그들은 단단한 '침묵의 카르텔'로 지역 유지의 편에 서서 도리어 발표자를 구박한다. 그처럼 지역문학의 현장에서는 본말이 전도된 장면을 심심찮게 목격할 수 있다. 그들을 온전하게 제압하는 길은 사태의 시말을 정직하게 빠짐없이 기록하여 문학사의 법정에 제출하는 것이 유일하다.

박태일을 다시 논전으로 끌어들인 김대봉 연구는 '대학 공동체 안에서 저질러지고 있는 비학문적 행태'를 가감하지 않고 보여 주었다. 그것은

---

19) 박태일, 『시는 달린다』, 작가와비평, 2010, 236쪽.

2003년 『한국문학논총』에 실린 고현철의 「일제강점기 부산·경남지역 시인 발굴 및 재조명 연구—김대봉 재발굴 및 재조명」이 사달이었다. 그보다 먼저 한정호가 「포백 김대봉의 삶과 문학」(『경남어문논집』 제7·8합집, 경남대 국어국문학과, 1995)과 「김대봉의 동시관과 동시세계」(『지역문학연구』 제3호, 경남지역문학회, 1998)를 발표했었다. 연구자는 앞서 나온 연구 성과를 비판적으로 수용하고, 그 바탕 위에서 새로운 논리를 전개하는 일에 익숙하다. 논문마다 선행연구를 중시하는 이유가 그것이다. 그러나 위 논쟁은 그러지 않은 채 "처음부터 지닌 바 능력에 부치는 연구 범위와 대상 그리고 내용을 다시 줄여서 연구 결과물을 서둘러 내놓은 흔적"(「지역문학의 현실과 과제」)에 불과한 것으로, 선행한 업적을 '발굴 및 재조명'한다고 나타나 발생하였다. 그것의 경과가 궁금하여 박태일과 한정호의 주장을 읽어본 이라면, 처음부터 시비거리도 되지 못한 줄 수긍할 터이다.[20]

허만하의 시집을 갖고 벌어진 논전도 마찬가지이다. 지역에서 살아가노라면 이런저런 연줄로 이어지게 되고, 그것이 빌미가 되어 연구자를 구박하게 되는 경우가 하나둘이 아니다. 시집평은 독자의 시점에 따라 평가가 여러 층을 이룬다. 그에 따라 시집은 다양한 층위를 거느리는 양 위세를 부릴 근거가 쌓인다. 그러므로 시집평을 두고 벌어진 논리전은 싸울만한 계제도 놓이지 않았던 셈이다. 이 필전은 도발자의 인맥이 만천하에 공개되었을 뿐, 지역문학 현장의 비평적 심화를 가져오지도 못하고 끝났다. 박태일은 사단이 되었던 시집평과 반론을 한데 모아두었다.[21] 그의 수록은 자신감의 발로이기도 하나, 그보다는 자신이 벌인 논쟁의 시종을 공개하여 공과를 학계의 평가에 맡기겠다는 의사표시이다. 그와 같이 연구자는 지역문학의 연구 과정에서 필연적으로 조우하게 될 논쟁을 근엄한 학자의식으로 돌파할 채비를 하고 있어야 한다. 지역에서 공부

---

20) 박태일, 『한국 지역문학의 논리』, 청동거울, 2004, 145~262쪽.
21) 박태일, 『한국 지역문학의 논리』, 청동거울, 2004, 263~289쪽.

하는 이들은 장소의 협소성 때문에 이 사람 저 사람과 학연, 지연, 혈연 등으로 얽히기 마련이다. 그 와중에서 인연으로부터 자유로울 수 없는 한국인인 만치, 연구자가 겪는 고통은 말할 게 못 된다. 그럼에도 불구하고 연구자는 학문적 연구를 위해서라면 각종 인연을 뒤로 물리라는 준엄한 이성의 명령을 받았다. 그러지 못하면 그는 인연에 포위되어 문학자료를 인연에 맞추어 편집하여 서술하기 십상이다. 그 정도로 공사 구분을 못하는 연구자라면, 그의 수명은 끝나야 맞고 기존의 업적도 부정당해싸다. 지역문학 연구에 복무하는 이들은 공부하는 중간에 부딪치게 되는 여러 가지의 문제 사태를 헤쳐갈 수 있는 만반의 준비가 필요하다.

두 사건을 겪고 난 박태일은 지역문학 연구자들이 경계할 비평으로 '아첨비평'과 '벌말비평' 그리고 '얌체연구'를 꼽았다. 얌체연구의 전형은 앞에 적은 김대봉론이다. 아첨비평은 아래로 아첨하는 주례비평과 위로 아첨하는 머슴비평으로 이분된다. 아첨비평은 문학과는 상거한 주례사와 같은 좋은 말만 늘여놓는 것이고, 머슴비평은 유명작가의 지명도나 토착 자본가의 머슴이 되기를 자처하며 일신의 안전을 도모하는 글쓰기이다. 벌말비평은 벌판에 동그마니 놓인 마을처럼 문학과 무관한 현학적이고 수련되지 못한 언어로 성찬을 차리는 것을 가리킨다. 세 가지는 학자적 양심으로 용납할 수 없는 만행이고, 앎을 수단으로 지역 유지의 반열에 오르려는 헛된 꿈을 꾼 사례라 할 만하다. 셋 다 연구자가 준수할 의무이면서, 학교와 땅 그리고 핏줄로 둘러진 지역문학의 연구자라면 당연히 지켜야 할 도리이다. 이에 대한 대안을 박태일은 세 가지로 내놓았다.

둘째, 잣대가 분명한 비평이 필요하다. 비평이란 작품을 이음매로 삼아 한 주체와 다른 주체가 만나고 맞서는 대화 언어이다. 대화하기 위해 비평하는 이가 갖추어야 할 바 첫 조건은 자신의 모자람을 받아들이는 겸손한 마음가짐과 함께 자신이 선 자리를 분명히 하는 일이다. 남들 다 해 놓은 말에 염치없이 슬쩍 한 소리 더 거들어 행세하는 안전비평, 힘있어 보이는 시인에게 빌붙어 나이를 돌보지 않고 꼬리치는 매음비평이나, 비평가 노릇을 거듭하기 위해 써 돌리는 뚱딴지 비평은 지역 시 발전에 도움을 주지 않는다.[22)]

박태일은 지역문단의 발전을 저해하는 문제점으로 비평의 부재, 잣대가 분명한 비평, 젊은 비평가의 발굴과 기회 확대를 꼽았다. 세 가지는 서로 맞물려 있다. 지역문단에는 장르에 따라 소속 작가의 수가 천차이다. 어느 지역이나 비평가들의 숫자가 적어서 박태일의 제시처럼 지역문학의 발달을 가로막고 있다. 지역마다 번듯한 건물의 대학 안에 국문과가 설치되어 운영되고 있음에도 불구하고 딱히 내세울만한 비평가가 부족하다는 점은 작금의 국문학 교실에서 이루어지는 학습 성취도를 의심하도록 충동한다. 각 대학마다 어엿하게 비평이론을 가르치는 교수가 있을 텐데, 후속 연구자가 잇지 않고 가르치는 이조차 지역문학을 외면하니 문제는 심각한 편이다. 이런 판국에서는 '자신의 모자람을 받아들이는 겸손한 마음가짐'에서 우러나는 '잣대가 분명한 비평'을 바라는 박태일의 요구가 지나칠 정도이다. 설사 그럴지라도 문학비평가라면 최소한 '안전비평, 매음비평, 뚱딴지 비평'은 삼가하여 최저의 윤리라도 지켜야 한다.

아울러 지역문학 연구자의 윤리의식은 장르 부문까지 연장되어야 한다. 만약 그가 장르에 따라 작가나 작품의 서열을 구분하고 자리를 배정한다면 '민주문학'에 복무할 수 없다. 지역이 중앙으로부터 차별받았던 서러움을 떨치자고 행하는 지역문학일진대, 옛 버릇을 버리지 못하고 장르를 차별적으로 대한다면 '민주문학'에 종사할 자격이 없다. 박태일은 이에 대하여 바른 자세를 선보였다. 그는 "중세시대부터 누려 왔던 노래 전통이라는 까닭에 엄연히 오늘날에도 꾸준히 인쇄시로 거듭나 창작되어 읽히고 있는 시조를 '현대' '시'에서 뺄 까닭이 없고, 동시가 아동을 주 대상으로 삼은 유통회로를 보여 주는 세대문학의 성격이 강한 양식이

22) 박태일, 『지역문학 비평의 이상과 현실』, 케포이북스, 2014, 176쪽.

라 해서 '시'에서 뺄 까닭이 없다."(「잃어버린 시문학사의 빈틈」)고 답한다. 실제 그는 소년문학과 관련된 여러 편을 발표하였다.[23] 학자의 윤리는 관념적 탐구의 차원에서 운위되는 게 아니라, 실제적 현장에서 구체적 장면으로 실천되어야 하는 행동규범인 줄 수범한 것이다.

박태일의 균등한 안목은 지역문단의 숙제로 상존하는 장르별 빈부차를 고려한 비평적 배려이다. 이것은 그가 지역문학의 영성한 연구판을 선도할 책무감을 늘 인식하고 있다는 사실을 입증한다. 그의 자세는 한국 문학 연구자들에게 만연되어 있는 장르 차별, 지역 차별에 대한 엄중한 일갈이다. 연구자의 윤리의식은 글쓰기 과정에서 발동하는 찰나적 잣대로만 작동하는 게 아니라, 연구의 모든 과정에서 상시 전제되고 적용되어야 하는 규준인 셈이다. 지역문학 연구자의 윤리의식은 주변장르에 대한 왜곡된 시선을 교정하는 데서 그치지 않는다. 그것은 각 지에서 생산되어 소비되는 문학작품들에게 고루 시선을 돌리고 관심을 쏟아 지역문단에 훈기를 불어넣는 활력소로 작용할 수 있다. 이런 측면에서 박태일이 견지하고 있는 윤리적 염결성은 지역문학 연구자들에게 귀감이 된다.

3) 연구 자료의 발굴과 조명

문학연구뿐만 아니라 학문의 우선적 임무는 "그것의 자료들을 수집하여 시간의 영향들을 신중하게 분리시키고 저자의 신원, 신빙성, 출판 날짜 등을 검토하는 일"[24]이다. 자료는 연구를 시작하기에 앞서 시급히 필수적으로 구해져야 한다. 자료 중에서도 일차자료에 해당하는 원자료를 손에 넣지 못하면, 이차자료의 확보는 말할 나위도 없고 연구의 신뢰도

---

23) 박태일의 「이주홍의 초기 아동문학과 『신소년』」을 위시하여 「나라잃은시대 어린이잡지로 본 경남·부산지역 어린이문학」, 「나라잃은시대 후기 경남·부산 지역 어린이문학」, 「나라잃은시대 후기 이원수의 어린이문학」 등이 예이다.

24) René Wellek & Austin Warren, 이경수 역, 『문학의 이론』, 문예출판사, 1987, 75쪽.

도 확보하기 힘들다. 그런 연구는 보나마나한 성과로 귀결되기 십상이다. 그만치 자료가 지닌 값어치는 중요하다. 그러나 자료는 휘발성과 소멸성을 숙주로 삼아 연명하는 물질이라서 온전한 형상을 야기기 전에 재빨리 거두어야 한다. 문학연구자가 수많은 자료 중에서 원자료를 우선시하는 이유인즉, 그것이야말로 당대의 문학현상을 증언하는 절대적 가치를 지니고 있기 때문이다.

하지만 대부분의 한국문학 연구자들은 원자료를 소홀히 취급한다. 그들의 무관심과 도외시가 원전비평의 약화를 가져왔다. 물론 한국이 해방정국과 남북전쟁, 그 후로 이어진 군사독재로 인하여 어느 나라에 뒤지지 않을 정도의 정치적 후진성이 진탕이었던 조건을 감안한다면, 문학자료는 물론이고 여느 자료도 안심하고 보존하기에는 사방의 조건이 열악한 것을 인정하지 않을 수 없다. 그럴지라도 연구자들의 도덕적 무의식, 방법론적 미숙, 자료의 가치에 대한 미인식, 선학의 지도성 부족 등이 어우러져 자료 수집의 부실을 야기한 것은 부인하기 힘들다. 연구자라면 어떤 조건 하에서도 자료를 확보하려고 발버둥칠 학문적 의무를 저버려서는 안 된다. 그들의 허물은 천추의 과오이다. 연구자가 생전에 구하지 못한 자료를 후학이 거두기는 더 어렵다. 말할 것도 없이, 지역문학 연구는 자료와의 싸움이다. 지역의 자료는 그 지역을 떠나면 자료로서의 가치를 잃어버린다. 연구자들은 이 점을 앞세워 자료의 유출을 막아야 한다. 그러지 못하면 그 지역의 문학현상을 제대로 기술할 전거가 사라지고 만다. 박태일은 이 지경이 되고 만 배경으로 "본데없고 겪은 바가 적으니 많은 쪽에서 왜로의 식민지 책략에 따라 얽어둔 틀 위에서 놀아나거나, 잡다한 서양 쪽 지식 부스러기나 섬기는 학풍"(「지역문학 연구의 방향」)을 지목하고, 다음과 같이 우려를 표명하였다.

근대시 연구의 일차 사료는 물론 문자로 된 기록문헌이다. 시집과 동인지, 시 전문잡지와 같은 문학매체에서부터 종합 교양지의 문예면과 지역신문의 문화면, 기타 기록문헌이다. 거기다 당사자의 구술 기록, 참여관찰의 자료가 덧붙여진다. 그러나 우리 근대 지역시의 전개 속에서 위와 같은 기초문헌은 거의 갈무리되고 간추려져 있지 않다. 보존과 관리 상태가 생각보다 훨씬 뒤떨어졌다.

지역시 담론 구성의 첫 조건이 이렇게 나빠진 데에는 중앙집중적인 사회 통념 탓에, 오래도록 지역사료들이 지역의 기관이나 공교육 제도 안에서조차 값어치 없이 다루어진 데 원인이 크다. 소중하게 갈무리하고 간추려 뒷날을 내다보는 원려가 모자랐다. 그러다 보니 지역사료는 심각한 망실을 거쳤다. 자료 부족은 그런 사정이 오래도록 거듭된 당연한 결과다.[25]

지역문학 연구에 소요되는 자료는 "시집과 동인지, 시 전문잡지와 같은 문학매체에서부터 종합 교양지의 문예면과 지역신문의 문화면, 기타"에 이르기까지 손닿지 않는 곳이 없을 만치 무수하고 무량하다. 그것들은 곳곳에 흩어진 채 연구자들의 눈길을 기다리고 있다. 그 중에서 마멸, 산화, 망실, 소각된 것들의 양은 셀 수조차 불가능하다. 그래도 어서 나서서 서둘러 모을 일이다. 소문나 있다시피, 박태일의 자료 수집욕은 타의 추종을 불허한다. 그가 놀라울만한 연구 업적을 축적하게 된 이면에는 전국을 돌아다니며 자료를 수소문하며 구입한 수집벽이 작동하고 있다. 헌책을 모으는 그의 습벽은 "논산훈련소 입대 앞날 대전에서 사 부친 헌책을 받아 놓고 어머니는 많이 우셨다."(「헌책방, 홀로 가라앉은 먼지의 마을」)거나, "연애시절부터 헌책방에서 마냥 기다리게 했던 아내"(「책머리에」, 『한국 근대문학의 실증과 방법』)에게 표한 미안함에서 충분히 엿볼 수 있다. 이런 취미가 그의 옷깃을 지역문헌의 정리로 이끌었을 터이다. 사실 지역의 자료들은 자료의 지위조차 얻지 못한 채 이곳저곳에 널브러져 있다. 그나마 수집한다손 난삽한 것들을 정리하고 분류하여 제자리를

---

25) 박태일, 『한국 지역문학의 논리』, 청동거울, 2004, 36~37쪽.

찾을 수 있도록 돕는 작업은 아무나 할 수 없으리만치 팍팍하고 복잡하다. 이런 일은 중학생답지 않게 공차기를 그만두고 도서실 바닥에 죽치고 앉아서 독서로 소일하여 자란 박태일에게 제격이었다.

스스로 "내 수서 취향은 문학에 뜻을 둔 고교 시절부터 자리를 닦았다."(「책꽂이 사잇길로 걸어가면」)고 고백한 바에 기대면, 박태일의 책 수집벽은 사춘기적부터 시작된 고질이다. 그의 병력은 "대학 국어국문학과 1학년 주제에 단과대 교지 특집으로 「부산의 시문학」을 내걸었을 뿐 아니라, 간직하고 있었던 부산의 시집을 죽보기로 내보이는 만용"(「책머리에」, 『지역문학비평의 이상과 현실』)에서 다시 확인 가능하다. 그의 습벽을 부추기고 도와준 것은 부산의 지역적 조건이었을 법하다. 부산은 대일항쟁기에 일본으로부터 문물이 들어오는 항구였다. 또 부산은 남북전쟁 중에 피난한 작가들로 인하여 문예부흥을 이루었던 곳이다. 그 영향으로 부산에는 타 지역보다 문학자료가 많이 남아 있었고, 고서를 거래하는 서점들이 다른 지역보다 즐비했다. 거기에 더하여 박태일의 개인적인 고서벽은 자연스럽게 원자료의 중요성을 일찍 깨닫도록 도왔고, 훗날에는 지역문학 연구자로 거듭나도록 이끌었을 터이다.

헌책방이 문을 닫는다. 새 책방이 잘 될 것 같지만 그렇지가 않다. 무엇보다 책 사 읽는 일이 불편해지고, 사람들은 책과 더욱 멀어질 마련이다. 마침내 남는 것은 많은 자본을 지닌 이들이 꾸리는 큰 서점 몇 뿐이다. 그리되면 출판업자도 그나마 지닌 자율권을 지키기가 어렵다. 빠른 속도감과 강한 말초자극을 버티는 힘으로 삼는 전자영상매체 문화가 세상을 뒤덮고 있다. 그러하기에 더욱 책을 아끼지 않고, 책을 읽지 않는 겨레에게는 생각하는 힘도, 밝은 앞날도 내다보기 힘들다. 안타까운 일이다.[26]

---

26) 박태일, 『새벽빛에 서다』, 작가와비평, 2010, 157쪽.

위 글은 「헌책방이 사라지고 있다」로, 박태일이 『부산매일신문』에 연재했던 컬럼 중의 일부이다. 그는 헌책방을 다룬 「묘한 헌책방」을 포함하여 여러 편의 산문을 썼다. 고서점이 사라지고 나면 "마침내 남는 것은 많은 자본을 지닌 이들이 꾸리는 큰 서점 몇 뿐"이고, 나아가서는 "출판업자도 그나마 지닌 자율권을 지키기가 어렵다."고 그는 우려한다. 사실 그의 말대로 신자유주의권에 편입되어 있는 한국 사회에서 지역 서점이나 고서점의 소멸은 시간 문제이다. 이 점을 걱정하는 박태일은 "귀중 문헌의 보존과 재생을 위한 연구·투자를 시작하고 그 결과를 실용화하여 실제 처리에 들어서도록 할 일이다"(「옛 문헌에 새로운 관심을」)고 서두르기를 재촉하건만, 행정기관이나 관료들이 선제적으로 대응하기를 기대하는 것은 난망하다. 그들보다는 지역의 뜻있는 사람들이 솔선하여 자료를 사들여 건사하기를 고대하는 편이 나을 것이다. 그러나 그것도 사람의 일이라 무작정 손을 놓고 기다릴 수는 없다. 그 동안에 자료는 사위어 가고 일실될 것이기 때문에, 가능한 한도 내에서 자료를 수습하려는 연구자의 노력이 요청된다.

하지만 지형적으로 넓지 않은 한국에서도 온 데를 돌아다니며 헌책을 모으는 일은 쉽지 않다. 먼저 그는 자료를 볼 줄 아는 안목을 갖추어야 한다. 그렇지 않으면 자료의 가치를 가늠하기 힘들고, 자료의 경중을 작량하기도 터덕거린다. 그는 자료의 소장자를 만나기 위해서라면 원근을 마다하지 않아야 할 뿐 아니라, 구매에 소요되는 금액을 감수할 만한 재정적 여력이 있어야 한다. 박태일은 어려서부터 고서를 수집한 덕분에 낡고 헌 자료들을 끌어 모으는 일에 능숙하다. 그의 눈에 들어온 자료들은 발굴자료로 소개되거나 논문으로 발표되면서 낯을 드러낸다. 그로서 연구자들은 소문으로만 전해 듣던 자료의 실물을 만나게 되고, 옛 자료에 문학사적 의미를 부여할 책임감을 의식하게 된다. 아래에 인용한 바를 살펴보노라면, 시시하다고 치부한 잡지가 고이 간직하고 있는 문학사적 사실이 민족해방운동사와 맞물려 있는 줄 알게 된다.

1934년 박문하는 핍박과 감시를 견딜 수 없어 문호 형과 함께 맏형, 누나가 있는 상해로 건너갔다. 거기서 왜경에 체포되어 문호 형은 옥사하고, 그는 두 해 남짓 고초를 겪었다. 기댈 곳 없었던 박문하는 운문사로 들어가 승복을 입기도 했다. 그러다 생계를 좇아 의원 조수로 일하기 시작했다. 첫사랑과 같았던 문학을 묻은 것이다. 그런데 그가 『별나라』 동래지사를 꾸렸다는 사실이 갖는 뜻은 예사롭지 않다. 왜냐하면 그 무렵 『별나라』 지사는 해당 지역 청소년, 청년 조직 활동의 합법적/비합법적 활동 장소였기 때문이다.[27]

『별나라』는 한국문학 연구자들이라면 거개가 거들떠보지도 않는 소년 문예지이다. 그러나 이 잡지는 대일항쟁기 소년문학의 한 축을 담당했던 카프측 기관지로서, 카프문학의 연구에 끽긴한 자료로 취급되어야 맞다. 나아가 『별나라』 동래지사를 운영한 박문하의 생애가 이육사 형제의 행로와 비견된다는 사실을 알고 나면, 그간 연구자들이 채택한 자료의 영세성이 명료해진다. 이런 경우에 닥쳤을 때, 지역문학 연구자는 지사를 드나들었을 사람들이 그 지역의 변혁 운동가였을 공산이 크다는 점을 놓치지 말고 연구의 영역을 확장하지 않으면 안 된다. 그처럼 자연스럽게 연구의 폭이 넓어지면서 연구자는 세상의 온 자료가 연구물일 줄 알게 되고, 인접 학문을 공부한 이들과 무리지어 연구하여야 소기의 성과를 거양할 수 있으리라고 절감한다. 박태일은 이 말을 설하고자 무명의 수필가와 잡지사의 관련상을 끌어들였다. 이처럼 그의 글은 '안광이 지배를 철'하도록 세밀히 읽지 않으면 포착해내지 못하는 사실이 허다할 만치 공부거리로 가득하다.

그 동안에 박태일이 공개한 자료들은 대부분이 지역문학사나 한국문학사적으로도 조명되어야 할 것들이 많다. 예컨대, 논제만 보아도 문학사적 가치를 짐작할 수 있는 「부산의 첫 장소시 「봉래유가」」, 「부산 지역

27) 박태일, 『지역 인문학』, 작가와비평, 2017, 170쪽.

근대 첫 문예지 『종』, 『『국제신문』의 기자 문인과 동인지 『이인』, 「광복기 부산의 첫 종합지 『신조선』」, 「광복기 부산의 첫 문예지 『문예조선』」, 「부산 근대 첫 어린이청소년 잡지 『학생동무』」 등은 박태일이 헌책방을 뒤적여 찾아낸 자료들이다. 위 잡지들은 그간 실체가 전혀 알려지지 않았거나 연구자들끼리 입소문을 주고받으며 존재를 인정하던 것이었는데, 그의 발품을 빌려 세상 밖으로 나오게 되었다. 따라서 이런 자료들은 문학사나 매체를 연구하는 이들의 관심으로 사계에 알려지지 않으면 안 된다. 박태일의 노력에 힘입어 부산 지역의 문예잡지사, 문학사 등이 새로 집필될 필요성을 얻게 된 것이다.

아울러 이러한 자료들은 한국 현대문학사나 한국 현대아동문학사도 다시 쓰도록 만든다. 이것만 보아도 지역 자료를 발굴하는 일의 중요도와 함께, 지역문학 자료가 한국문학 자료로 재활용되어야 할 당위성을 확인하게 된다. 이런 줄도 모르면서 "지역문학이 민족문학과 양립하기 어렵다고 판단한다"[28]고 공공연히 말하는 이들이 꽤 많다. 그들은 공통적으로 현재 문학교실에서 교재로 사용되는 한국 근대문학사의 오류에 둔감하다. 다 알다시피, 근대문학사는 명망가 위주로 서술된 근대사를 모방하여 철저히 유명작가를 중심으로 기술되어 있다. 또 객관적 자료를 토대로 서술한 것도 아니다. 그것들은 해방 후의 혼란기에 교재로 사용하고자 빨리 집필하는 통에 대가들이나 유명작품을 나열하듯 서술되었을 뿐만 아니라, 집필자들이 문학사의 서술에 필요한 방법론적 훈련조차 받지 않은 채 자신의 '편집된 기억'에 의존하여 기술하였다. 더욱이 그것들은 반민족 문학과 반민주 문학에 대한 엄정한 평가와 제척이 전혀 이루어지지 않았기에 선천적으로 반민족적이고 반민주적이다. 이런 판국에 지역문학의 중요성을 알지도 못한 자들이 소견을 발표한답시고 지역문학 연구자들의 사기를 꺾는 일이 다반사로 벌어지고 있는 중이다. 그들의 발언은

---

28) 최원식, 『생산적 대화를 위하여』, 창작과비평사, 1997, 70쪽.

문학교육 현장에서 자료의 중요성에 대한 체계적 수업이 대대적으로 이루어지지 않으면, 앞으로도 유사한 발언이 재차 도질 것이라고 알려준다.

지역문학사의 한국문학사적 가치를 폄훼하는 무리들은 세계문학에 대하여 한국문학이 지역문학인 줄 인정하면서도 국내의 지역문학은 인정하기를 마다한다. 입으로는 민주주의와 민족문학을 운위하면서도, 지역문학에 새겨진 민주성과 민족성의 참값을 보지 않는다. 그들은 한국문학사의 기초자료로 지역문학 자료들이 활용되어야 하는 당위성조차 알지 못하면서 문학사의 서술에 따르는 자료의 중요성은 재차 설명하는 모순을 범한다. 지역의 문학 자료들이 발굴되고 사적 정리 단계를 거친 후에 한국문학사가 서술되어야 맞다. 그러나 한 번도 한국문학사는 이 마땅한 절차를 밟지 않고 서술된 탓에 부끄러운 줄도 모르고 정전인 양 행세하고 있다. 그것을 교과서로 배운 자들은 '지역문학이 민족문학과 양립하기 어렵다'고 으스대며 지역문학사의 간행이 필요한 이유도 깨닫지 못한다. 무지처럼 연구자를 결박하는 형벌이 없으며, 계몽처럼 연구자를 충격하는 죽비가 없다. 자신의 앎이 천박한 줄도 모르고 지역문학을 무시하는 편벽된 관점이 상존하는 한, 한국문학사는 앞으로도 불만족스러운 서술을 결코 청산하지 못할 것이다. 그것을 바로잡기 위해서라도 지역문학 자료는 꾸준하게 발굴되어 체계적으로 정리되고 정확히 서술되어야 한다. 자료도 없이 자신의 억설을 내세우는 그들을 격파하기 위한 효과적인 전략은 객관적 자료로 발언하는 것이 능률적이다.

그러므로 지역문학의 연구자들은 원하는 연구 결과를 얻을 양이면 "작가 한 사람에 닫힌 실증 사료를 얻는 일에서 더 나아가 예사 사람들의 다양한 문필 활동, 곧 일기나 서간·자서전과 수필을 비롯한 여러 출판물, 예와 오늘에 이르기까지 갖가지 삶과 그 행태를 보여 주는 여러 단위의 문서나 기록문헌까지 갖추어야"[29] 한다고 박태일은 주장한다. 연구자들

---

29) 박태일, 『한국 지역문학의 논리』, 청동거울, 2004, 20쪽.

에게는 '예사 사람들의 다양한 문필 활동'으로 생산된 자료들이 지닌 의의가 결코 소소하거나 가볍지 않다. 그것들은 지역문학사의 그릇된 서술 부분을 광정하는 근거 자료로 기능하고, 나아가서는 한국문학사의 결락 부위를 보전하는 보충 자료로 활용될 수 있다. 한국문학과 지역문학은 상하위로 구별되거나 주종관계로 묶일 성질이 아닌 것이다. 둘은 태어날 적부터 서로 돕고 어울리지 않으면 하나는 불구가 될 운명을 점지받고 태어났다. 박태일은 양자의 상호관계를 앞서 알고 여가를 고책방의 주유에 쏟아 헌 자료와 빛바랜 책들을 찾아내어 학계에 보고해 왔던 것이다. 그의 계량할 수 없는 헌신에 따라 지역 자료가 지닌 의미가 밝혀지고 의미가 입혀졌다. 곧, 지역 자료의 확보 여부가 지역문학 연구의 성패를 결정한다는 자명한 이치를 박태일은 실체적 문건으로 증명해 오고 있다.

4) 연구 성과의 공개와 공유

무릇 공부하는 이라면 연마하여 거둔 성취물들을 공표하지 않으면 안 된다. 설령 그가 골방 속에서 홀로 공부했을지라도, 성과는 여러 사람들에게 공인받아야 한다. 대중들에게 공개되지 않은 연구는 도로이고, 활자화되지 않은 공부는 허사이다. 공부한 결과는 필히 공개되어 다른 이들과 나눠 가져야 한다. 연구자가 성과를 공유하는 방안에는 크게 두 가지가 있다. 하나는 학회라는 학문 공동체를 통해서 자신의 연구 결과를 발표하는 것이고, 다른 하나는 연구한 바를 저서로 출판하는 것이다. 양자 모두 다중을 겨냥한 공개라는 점에서 여럿이 공유하기를 바라는 속뜻을 감추기 어렵다. 이 점에서 매체가 지닌 전달력은 중요하다. 그것은 지역문학처럼 각 지에서 이루어지는 성과들이 전지역으로 확산되도록 이바지한다. 매체를 통한 지식의 확산은 학술 집단에게도 긴요하다. 학자들이 생산한 학술 성과들은 학회지라는 매체에 실어 인쇄되어야 일반화될 수 있다. 공부하는 이들이 저마다 학회를 조직하고 학회지를 발행하느라고 재정적 부담마저 지는 까닭이다. 이 점에서 지역의 연구자들은 이중의 고통을 받고 있다. 그들은 지역의 영세한 여건 때문에 공부한 바를 발표할 지면을 구하지 못해 서울을 기웃거리게 된다.

이와 같은 딱한 사정을 먼저 알아차린 박태일은 젊은 연구자들이 의욕을 잃지 않도록 학회를 만들고 기관지를 확보하는 일에 두 팔을 걷어붙였다. 그것이 1997년 경남 지역의 뜻 있는 연구자들을 결집하여 그가 결성한 '경남지역문학회'이다. 학회는 같은 해 8월 15일에 『지역문학연구』라는 학술지를 창간했다. 학회지의 발행일을 광복절로 박은 것은 다분히 의도적이었다. 이민족의 압제로 강제된 어둠 속에서 빛을 다시 찾았듯이, 박태일은 "우리 근대문학을 대상으로 지역문학 연구라는 방법을 끌어와 꾸준히 논점을 찾고 담론을 창발"[30]할 것을 다짐하며 택일한 것이다. 그의 학문적 독립 선언은 지역문학 연구가 주체적 방법론을 개발하고, 연구 논리를 다지는 대항담론이라는 사실을 학계에 천명한 것이나 다름없었다. 학회지는 지역문학 연구를 표방하고 한국에서 발간된 최초의 학술지이다. 학회지의 창간 의도를 살피기 위해서 「옛과 오늘에 걸친 지역문학 연구와 그 실천을 위해 앞장서고자」라는 제목의 창간사를 조금 길게 인용한다.

드디어 지역문학을 머리에 올린 학회지가 세상에 첫 선을 보인다. 지역문학 연구의 필요성을 떠들어대는 말과 그것을 바라는 문화마당의 욕구야 어제 오늘의 일이 아니었지만, 그것이 실질을 얻은 적은 그리 많지 않았다. 이제 경남지역문학회에서 이 일을 맡고 나서 그 첫 성과를 책으로 묶어내게 되었다. 발은 작고 걸음은 더디나 그 울림소리는 멀 것이다.

경남지역문학회는 올해 봄 경남·부산 지역 젊은 연구자들이 뜻을 모아 지역문학 관련 자료의 발굴, 정리와 연구, 비평뿐 아니라 지역문학 창작과 교육

---

30) 박태일, 『경남·부산 지역문학 연구 4』, 경진출판, 2016, 35쪽.

활동을 홍보, 지원하기 위한 뜻으로 마련되었다. 첫 술에 배부를 수는 없겠으나, 이 일을 위해 회원 한 사람 한 사람이 지닌 바 각오는 남다르다. 뜻이 옳고 일이 도리에 마땅하다면 쉬 휘둘리지는 않을 것이다.

지역문학은 문학제도의 가장 구체적이면서도 실천적인 현실이다. 문학은 지역문학이라는 터 위에 살아 있을 때, 그 창작과 향수뿐 아니라 평가까지도 생생한 현실로 거듭날 수 있다. 그럼에도 지역문학에 대한 관심과 대접이 제대로 이루어졌다고 할 수 없다. 다른 무엇을 탓하기 앞서 지역문학인들 스스로 지닌 바 게으름에 그 까닭이 있었다.

지역문학이 지역 사람들의 현실 삶으로 되살아나도록 하는 데 따라야 할 준비와 노력이 턱없이 모자랐던 셈이다. 그렇다고 그 책임의 많은 부분을 지역 대학의 문학연구와 교육풍토가 지니고 있는 인습 탓으로 돌리거나 지역 행정부의 무소견 탓으로 돌리고 말 일도 아니다. 스스로 한 발 한 발 거듭하는 실천궁행이 무엇보다도 필요하다는데 우리 회원들은 생각을 같이 했다.[31]

위에서 알 수 있듯이, 경남지역문학회는 "지역문학 관련 자료의 발굴, 정리와 연구, 비평뿐 아니라 지역문학 창작과 교육 활동을 홍보, 지원하기 위한 뜻"을 모아 결성된 것이다. 지역문학과 관련된 다양한 사업을 실시할 요량으로 학회를 세웠다는 취지야말로 한국의 온 지역에 두루 해당한다. 비록 경남 지역이라는 서울의 변방문학에 대한 연구일지라도, 그것이 "지역 사람들의 현실 삶으로 되살아나도록 하는" 일이라면 경향을 가릴 게 아니며 지역의 중심부나 주변부와 같은 자리를 탓할 것도 아니다. 경남이 한국의 한 지역이듯이 서울도 한국의 일부 지역일 뿐이기에, 지역문학의 연구자들이 지역문학을 "지역 사람들의 현실 삶"으로 구현되는 일은 한국문학의 연구폭을 확대하는 것이다. 그 지점에서 문학사가가 지역문학의 연구 성과를 한국문학사의 서술자료로 활용하여야 할

---

31) 경남지역문학회, 『지역문학연구』 창간호, 1997, 2~3쪽.

당위성이 도드라지게 된다. 이전의 문학사가 안고 있는 고질적인 유명작가 중심의 서술 행태를 바로잡은 제대로 된 문학사를 기술할 양이면 지역문학 연구자들의 성과를 적극적으로 반영하지 않으면 안 되는 것이다. 만약 그렇지 않은 채 종전의 방침대로 중앙의 이름난 작가들을 중심으로 문학사를 기술하게 된다면, 그것은 쓰나마나 복제한 것이고 보나마나 값어치 없는 보고서에 지나지 않을 터이다.

박태일은 2003년에 연구 영역을 넓히고 연구자들을 더 포섭하기 위할 목적으로 학회명을 '경남·부산지역문학회'로 바꾸고 소장 연구자들과 초지를 일관하던 중, 2006년 『지역문학연구』 제13집을 끝으로 발걸음을 멈추고 말았다. 그러나 그들의 헌신적 업적은 지역문학에 대한 편견의 붕괴, 지역문학 연구의 확산, 지역문학 자료의 수습 분위기 조성, 지역문학 연구 공동체의 가능성, 서울과 지역의 문학적 괴리에 대한 개선, 매체 확보의 중요성, 지역문학 연구자와 지역사회의 협력체제 구축, 각 지역문학 연구자의 네트워크화 등에 지워지지 않는 공으로 남았다. 그것은 2012년 창설된 '한국지역문학회'에 박태일과 '경남지역문학회'의 회장을 맡았던 한정호가 참여하고 있는 것을 보면 단박에 알아차릴 수 있다. 박태일은 전국에서 지역문학을 연구하는 이들이 모여 만든 새 학회의 평의원으로 추대되어 지금까지 학회의 방향을 조언하면서 회원들을 지도하고 있다.

이처럼 열심히 연구 이력을 채워 온 박태일이지만, 세월의 무게를 견디지 못한 채 정년을 앞두고 있다. 그는 평생을 헌신한 일터를 그만 두는 기념으로 『한국 지역문학 연구』를 기획하였다. 여느 연구자들이 후학들이나 제자들을 졸라 문집을 봉정받는 판에, 자신의 퇴근길조차 학술적 저술로 정리한 박태일의 사례는 연구자의 모범이라 할 만하다. 그의 심사는 교직을 그만두는 판에 기왕에 발표했던 논문들을 단행본으로 내놓음으로써, 제도권에서 쌓은 자신의 학문적 발자취를 정리하는데 중점을 두었을 터이다. 학계에 발 빠른 수집과 재바른 정리에 수완을 가진 연구자라고 소문난 박태일이라지만, 이번에 낸 책의 규모나 질을 보면 놀라운 역량에 경악하지 않을 수 없다. 박태일은 물경 200자 원고지로 6,000장에 가까운 31편의 논문을 책 한 권에 꿰어 놓은 것이다. 그가 준비한 다음의 인용문은 한 연구 과제에 20여 년 동안 매달리느라 쏟았던 혈안을 보는 듯하다.

지역문학 연구를 과제로 삼아 첫 글을 내놓은 때가 1997년이다. 경남·부산 지역을 중심으로 처음 결실을 묶은 것이 2004년에 낸,『한국 지역문학의 논리』와『경남·부산 지역문학 연구 1』이었다. 두 번째 매듭은 2014년, '경남·부산 지역문학 연구 2'로 낸『유치환과 이원수의 부왜문학』과『마산 근대문학의 탄생』, 그리고 2015년에 냈던『경남·부산 지역문학 연구 4』이다. 처음 결실 뒤부터 나는 이미 관심 지역을 제주와 경북·대구, 그리고 전라·광주 쪽으로 넓혀 나가고 있었다. 2014년 두 번째 매듭을 묶을 때도 경남·부산 지역문학만을 범위로 삼았던 까닭에 바깥 지역 성과물은 그냥 손에 남아 있었다. 2010년부터 지역문학 공부 자리를 북한과 재외 지역까지 넓힌 뒤였다. 이제 경남·부산 지역문학을 넘어서서 그동안 마련했던 지역문학 연구를 겨레 단위로 통합하는 첫 결과물『한국 지역문학 연구』를 낸다. 이 책의 출판을 기획하고 본격적으로 깁기 시작한 때는 2015년이었다. 세 해에 걸친 한국연구재단의 도움이 직접적인 동력이었다. 그러다 보니 이 책에 실린 31꼭지 가운데서 20꼭지가 2015년 이후에 쓴 글이다. 내 삶의 60대 들머리부터 칙폭칙폭 함께 달려왔던 자취다.[32]

말미에 밝히고 있듯, 박태일은 '31꼭지 가운데서 20꼭지'를 2015년부터 2018년까지 썼다. 지역문학에 대한 그의 학문적 열정이 교직을 마감하는 시점에 다다를수록 더해진 것이다. 1997년에 시작한 그의 지역문학 연구 활동은 2020년 2월말로 제도권에서 마무리된다. 그 역시 여느 교수들처

---

32) 박태일, 「지역문학과 지역문학 연구의 길」, 『문예연구』 통권 제100호, 2019년 봄호, 87~88쪽.

럼 학문적 성과에 상관없이 기계적으로 정년 조치를 이행하는 교육부의 처사에 따를 수밖에 없다. 물론 그는 그 뒤로도 연구를 죽 이어나갈 것이지만, 제도권이냐 비제도권이냐에 따라 운신폭이 판이하게 달라지는 한국의 연구판에서 그의 퇴직은 안타깝다. 그는 교직을 그만두는 순간까지, 허다한 개인 일정을 뒤로 물리고 잡다한 지역을 돌아다니며 자료를 확보했다. 그 자료들이 그를 지역문학 연구의 대열에서 물러나지 못하도록 제어할 것이 확실하다. 마침내 "지역문학 연구를 겨레 단위로 통합"하려고 시도한 결과물이 『한국 지역문학 연구』이다. 통합의 의도를 드러내고자 '한국'을 책제의 앞에 적었다. 아울러 박태일의 의도는 지금까지의 성과를 정산하고, 앞으로의 계획을 천명하는 것에 있었을 법하다. 그는 여전히 지역문학을 공안으로 삼아 날마다 참구하고 달마다 기행하며 해마다 성과보고서를 제출할 것으로 믿는다.

박태일의 연구 이력을 추적해 보면, 이러한 기대는 낙관적이다. 그의 연구는 삶터인 경남·부산 지역문학의 연구를 시작으로 제주, 경북·대구, 전라·광주, 북한, 재외 지역까지 넓히고, 경남 지역으로 재귀하는 양상을 보였다. 그가 마산 외에 울산, 합천, 거창, 창원 지역의 문학을 연구한 결과를 『경남·부산 지역문학 연구 4』에 집성하는 자리에서 "빠른 시일 안에 역외 지역으로 나아갔던 발걸음을 다시 경남·부산으로 되돌릴 것을 다짐"(「머리글」)한 것이 기대의 근거이다. 그의 학문적 천착은 국경을 넘나들고 작은 곳까지 파고드는 열정으로 후원되었다. 박태일이 공간의 범주를 따라가며 연구의 폭을 넓히고 좁히기를 되풀이하자, 겨레가 터전을 마련한 곳마다 문학작품이 생산된 줄 알려졌다. 그의 신념처럼 지역문학은 사람들이 뿌리를 내린 장소에서 싹터서 한국문학의 토양을 기름지게 만들어준다.

지금까지 박태일이 제출한 성과 중에서 『경남·부산 지역문학 연구 1』은 지역문학 연구의 총론격이었다. 그는 이 저작을 만들어내는 도중에 자료의 민첩한 수합과 차분한 정리가 추수되어야 하는 이유를 절감하였다. 또 그는 지역문학이 대중소 단위로 치밀하게 접근되어야 하고, 그것들이 종국에는 상호 대차대조되어야 하는 당위성도 깨달았다. 그가 마산의 자료들을 정리한 『마산 근대문학의 탄생』이 각별한 값을 매겨져야 하는 이유이다. 이 책은 한국 최초로 특정 지역의 문학 현상을 정밀하게 고구한 성과물이다. 이 책은 경남 지역의 범주에서는 각론이나, 마산 지역의 테두리에서는 총론의 역할을 떠맡는다. 이와 같이 지역문학의 결과물들은 각자 맡은 역할이 다르고, 따로 수행한 임무가 겹치기도 한다. 박태일은 이 사실을 타인보다 먼저 문건으로 제시하였다. 이러한 양상은 그가 치밀하게 수립한 연구 계획을 차질 없이 실천하고 있는 줄 알려준다. 그만한 준비성과 철저성이 그로 하여금 다대한 학공을 쌓도록 이끌었을 터이다.

이상의 실적이 박태일이 홀로 이룩한 것이라면, 현재까지 25권이 발행된 '지역문학총서'는 뜻을 같이 한 연구자들과의 연대를 엿볼 수 있다. 그의 시도는 지역문학의 연구 성과를 단행본으로 출판하여 다른 연구자들과 공유하려는 정성의 산물이다. 지역문학은 1997년에 박태일이 연구에 뛰어들면서 학문적 연구 영역으로 편입되었다고 봐야 옳다. 아직 단기간에 지나지 않은 탓에 연구와 관련된 정보나 결과물이 상기 성글고, 연구 속도도 더딘 편이다. 이런 마당에 기획한 총서들은 박태일의 연구와 그의 지역문학 연구에 동조하는 경남·부산 지역의 연구자들이 힘을 합쳐 거둔 실적이기에 아름답다. 대개의 문학 연구는 독립적이고 자율적인 분위기 속에서 진행된다. 그러나 지역문학 연구는 연구자들끼리의 협력, 보조, 공유, 연대가 이루어지지 않으면 원하는 성적을 내기 힘들다. 지역문학 연구가 생리적으로 원자료의 수집에서 비롯되는 까닭에, 뜻 맞는 연구자들끼리 힘을 합치고 돕기를 권장한다. 그들은 자료와 관련된 정보를 공유하고, 공동으로 수집하여 상호 관심사에 따라 나누어 연구하는 협동적 분위기 속에서 결과를 산출하게 된다. 나아가 모아진 자료의 처리 결과를 놓고 토론하는 과정에서 학제간 연구의 필요성이 제기되기도 하므로,

지역문학 연구는 필연코 지역문화 연구와 연동하지 않을 수 없다. 그런 이유로 '지역문학총서'는 개인의 연구물이자 공동의 성과이기도 하다.

① 박태일 엮음, 『김상훈 시전집』, 세종출판사, 2003; ② 한정호 엮음, 『김상훈 문학 연구』, 세종출판사, 2003; ④ 한정호 엮음, 『포백 김대봉 전집』, 세종출판사, 2005; ⑤ 박태일, 『한국 지역문학의 논리』, 청동거울, 2004; ⑥ 박태일, 『경남·부산 지역문학 연구 1』, 청동거울, 2004; ⑦ 박태일 엮음, 『정진업전집 1—시』, 세종출판사, 2006; ⑧ 한정호 엮음, 『정진업전집 2—창작, 산문』, 세종출판사, 2006; ⑨ 김봉희 엮음, 『신고송문학전집』(1~2), 소명출판, 2008; ⑩ 김봉희, 『계급문학, 그 중심에 서서』, 한국학술정보, 2009; ⑪ 박태일 엮음, 『허민전집』, 현대문학, 2009; ⑫ 한정호 엮음, 『서덕출전집』, 경진출판, 2010; ⑬ 한정호, 『지역문학의 이랑과 고랑』, 경진출판, 2011; ⑭ 김봉희 외, 『파성 설창수문학의 이해』, 경진출판, 2011; ⑮ 박태일 엮음, 『무궁화—근포 조순규 시조전집』, 경진출판, 2013; ⑯ 박태일 엮음, 『소년소설육인집』, 경진출판, 2013; ⑰ 이순욱, 『근대 부산지역 문학사회와 매체』, 경진출판, 2014; ⑱ 하강진, 『진주성 촉석루의 숨은 내력』, 경진출판, 2014; ⑲ 박태일, 『마산 근대문학의 탄생』, 경진출판, 2014; ⑳ 박태일 엮음, 『동화시집』, 경진출판, 2014; ㉑ 이순욱 엮음, 『근대 부산지역 동인지문학 집성 1』, 케포이북스, 2014; ㉒박태일, 『지역문학 비평의 이상과 현실』, 케포이북스, 2014; ㉓ 박태일, 『유치환과 이원수의 부왜문학』, 소명출판, 2015; ㉔한정호, 『지역문학의 씨줄과 날줄』, 경진출판, 2015; ㉕ 박태일, 『경남·부산 지역문학 연구 4』, 경진출판, 2016; ㉖ 박태일, 『지역인문학』, 작가와비평, 2017.[33]

---

33) '지역문학총서'에는 ③이 빠져 있다. 그러나 ④부터 결번없이 이어진 것으로 보아 사정상 누락한 듯하다. 참고로 박태일이 펴낸 『경남·부산 지역문학 연구 1』(청동거울, 2004)의 뒷날개에는 '③『권환문학전집』(근간)'이라고 표시되어 있다. 이 총서에는 박태일의 정년기념맞이 『한국 지역문학 연구』가 추가된다면 ㉗이 될 터이다.

출판 목록의 내용이 전집, 연구서, 자료집 등으로 다채롭다. 연구서는 연구자의 학문적 고혈이 온축된 것이라서 귀중하고, 전집은 수집에 따르는 시간이 화석으로 굳어진 것이라서 소중하다. 성과의 대소나 경중을 가려 값을 매겨서는 안 되는 이유이다. 특히 전집의 편찬은 자료의 수집과 유가족이나 친지의 수소문과 면담 등에 상당한 시일을 요한다. 전집은 당해 작가를 학계에 소개하여 연구자들의 관심을 최촉할뿐더러, 한국문학사의 두께를 더하는 작업이기에 연구서 못지않게 상찬받을 일이다. 그럼에도 불구하고 학계에서는 전집의 출판을 가볍게 대한다. 그러다 보니 연구 성과의 계량화에 목매는 연구자들 사이에 전집의 편집을 꺼리는 분위기가 팽배하고, 그들의 원본비평 능력은 딱할 정도로 저급하다. 한국 독자들이 가장 좋아하는 김소월의 전집조차 완전하지 못한 형편이니, 대학의 시교실에서조차 현대어로 표기된 그의 시를 공부하는 모습이야말로 전집의 발간을 소홀시한 응분의 결과이다. 이런 현실 속에서 쉬지 않고 전집을 엮어내는 박태일과 그 도반들의 손길이 가상하기 가없다.

그렇다고 박태일이 지역문학과 관련한 논문에만 정력을 쏟은 게 아니다. 그는 '한국 근대문학의 실증과 방법'을 고민하는 한편으로 '지역문학 비평의 이상과 현실'을 좇느라 부심한 마음앓이를 책제로 표출한 바 있다. 그의 저술들을 일감하노라면, 시교육이나 시평 그리고 서평 등도 상당한 줄 알 수 있다. 그밖에도 모두에 적어 둔 여러 권의 산문집도 귀중한 자료들과 작가들에게 얽힌 비화를 소장하고 있어서 자료로서의 가치가 높다. 일례로 그가 펴낸 『지역 인문학』은 '경남·부산 지역 따져 읽기'라는 부제에서 눈치챌 수 있듯이, 경남과 부산 지역의 문학 외 부문까지 관심을 넓힌 성과물이어서 연구자들이 필독할 만하다. 사정이 이러하므로, 박태일을 연구할 양이면 산문집까지도 부지런히 바지런하게 읽어서 지역문학과 관련한 정보를 챙겨야 한다. 그런 독법이야말로 지역문학 자료를 대하는 바람직한 자세이다. 박태일의 전공 외 저술들은 지역에 산재한 자료들을 꼼꼼하게 수습하고 촘촘하게 엮어서 가치를 매겨야 의미를 획득한다는 사실을 문자로 교시하고 있다.

덧붙여 박태일의 연구물들을 섭렵하노라면, 지역문학 연구자들이 '문학에서 문화연구로' 나아갈 채비를 하지 않으면 안 되는 줄 알게 된다. 지금까지 출현한 문학이론이 "미학이라는 양식 안에 모습을 감추고 있는 이데올로기에 깊숙이 뿌리박고 있다"[34]는 점은 문학연구가 필연적으로 미학적이고 도덕적인 잣대를 전제한 부르주아적 세계관을 재생산한다는 익명의 사실을 폭로한다. 하지만 앞에서도 강조했듯이, 지역문학 연구는 기층 민중들의 구체적 삶의 터전에서 우러나온 문학 현상을 대상으로 삼는 까닭에 일상적 문화 현상에 대한 관심을 거둘 수 없다. 박태일이 시창작 과정에서 무명의 보통사람들을 호명하고 그들의 생활장소를 소환하는 것만 보아도, 문학이 민중들이 생성한 문화의 숨소리와 손금을 형상화하는 작업과 흡사한 줄 깨달을 수 있다. 문학은 문화의 사리인 셈이다. 따라서 지역문학 연구자들은 지역민들의 삶의 결이 다채로운 무늬로 각인된 문화연구까지 영역을 넓혀갈 역량을 갖추어야 한다.

3. 결론

위에서 일별한 바와 같이, 박태일의 지역문학과 관련한 업적은 실로 방대하다. 그는 백석을 공부하면서 장소의 중요성을 재확인한 바를 확대하여 장소시를 창작하고, 필생의 학문적 과제로 장소에 관한 연구를 기획하였다. 그것은 숙명이었다. 그의 남다른 장소사랑은 '덜 가진 이, 자리 낮은 이, 힘없는 이'들의 삶에 대한 시적 관심과 학문적 정열로 승화되어 지역문학 연구로 이어졌다. 어려서부터 버릇 든 수서 취미는 그의 손을 잡고 지역문학의 연구에 필요한 기초문헌을 갈무리하도록 종용했다. 처

---

34) Anthony Easthope, 임상훈 역, 『문학에서 문화연구로』, 현대미학사, 1996, 24~25쪽.

음에는 삶터인 경남·부산 지역의 자료들을 정리하며 시작하더니, 그는 시일이 넘어갈수록 이웃한 고을로 관심폭을 넓혔다. 사람이 사람을 만나서 사람을 부르듯, 자료가 자료를 불러 그로 하여금 도계를 월경하도록 부추긴 것이다. 그의 주유로 각 지에 은일하던 자료들이 상응하는 값을 부여받고 되살아났다. 그가 수집한 허다한 자료는 다종다양한 글쓰기의 도움을 입고 세상 밖으로 나올 수 있었다.

박태일은 지역문학의 정체성을 '지역을 삶의 친밀 영역으로 사랑하고 추억을 가꾸며 섬기는 이의 문학'에서 찾았다. 그에게 '삶의 친밀 영역'은 장소시로 형상화되었고, '추억'은 지역 자료의 수집과 정리로 궁행되었다. 양자는 그의 장소애에 바탕한 시창작과 연구가 일치한 사례이다. 박태일은 지역문학을 연구하는 도중에 주변의 연구자들과 논쟁에 휘말리기도 했고, 학자적 양심에 반하여 반민족 문학가들의 행태를 묵과하지 않았다고 비난에 시달렸으며, 학문적 신념의 차이로 학연에 손상을 입기도 했다. 그렇지만 박태일은 외부의 압력으로 초래된 난관에 봉착할 때마다 순정한 초지를 굽히지 않았다. 그의 헌신적 노력과 솔선한 연구에 힘입어 지역문학 연구는 새로운 연구 영역으로 어엿하게 자리를 틀 수 있었다. 그는 후학들이 나아가기 편하도록 지역문학 연구의 방향을 설정하였고, 앞으로 공부할 과제를 제시하였으며, 연구를 수행하는 도중에 지켜야 할 윤리의식과 학문 공동체의 구성원들끼리 성과를 나눠 갖는 방법들을 명명히 지시하였다.

이런 측면에서 박태일은 '독옹(獨翁)'이다. 그는 순간의 안락을 밀치고 영원한 '체험'을 찾아 "하관이 빠진 듯한 행색"(「자화상」)을 일으킨다. 그의 발길은 '민주문학'을 올바로 세우기 위해 떼는 것이라 불편하고, 그릇된 학문 질서를 바로잡는 보행이라서 주위와 서먹해진다. 그럼에도 불구하고 시간이 지나면서 그가 벌이는 '외롭고 높고 쓸쓸한' 연구판에 여러 명의 지지자들이 이름을 더하였다. 그의 소망대로 지역문학을 연구하는 동네는 날이 갈수록 커지는 판이고, 혼자서 헤치던 가시숲은 후학들의 가세로 전지되는 중이다. 그간 지역문학은 실체도 없는 중앙문학에 치여 천대받고 변두리로 밀려나 궁핍하게 연명했으나, 그의 독공에 힘을 받아 '사람이 주인 되는 큰 생각'을 실천하는 '민주문학'의 발원지로 재평가될 날이 멀지 않았다. 이 점에서 그는 세인들의 입방아에 아랑곳하지 않은 채 묵묵히 새로운 연구 분야를 개척한 독옹으로 추앙받아 마땅하다. 그가 교직에서 물러나는 지금이야말로 학문적 업적에 관한 연구가 착수되어 야 할 시점이다.

(2019)

제3부 서평

언어와 자아, 그리고 세계에 대한 두 가지 전망 ___ 김경수

시적 형상과 진리 탐구 ___ 이은봉

빛깔의 시, 향기의 시 ___ 이동순

견고한 말의 심연 ___ 최영호

마음의 풍경 ___ 전정구

근대시 공간 연구의 역사적 차원 ___ 이광호

해체된 농촌, 풀나라의 기억 ___ 유재천

매개항으로서의 「황강」 시학 ___ 김윤식

경계 위에서 시쓰기 ___ 박정선

영혼의 깊이, 떠도는 말의 서사, 고독과 슬픔의 노래 ___ 강경호

발굴과 답사로 문학사 재해석 ___ 유재천

시어와 운율, 그리고 내용 ___ 이승하

시로 만나는 몽골에서의 삼간(三間) ___ 한정호

수시(手詩)의 경지 혹은 수시(隨詩)의 지경 ___ 전동진

죽음과 신생의 풀비릉내, 영속성의 시학 ___ 정진경

질문이면서 대답인 시 혹은 괴물의 조건 ___ 김정배

문학 사랑의 무게와 깊이 ___ 김봉희

무화된 경계, 깊은 울림의 언어 ___ 이동순

소설가 이태준, 정치선전가 리태준으로 거듭나다 ___ 박일귀

언어와 자아, 그리고 세계에 대한 두 가지 전망

- 박태일 시집 『가을 악견산』, 김정란 시집 『다시 시작하는 나비』 -

김경수

1.

비록 전형적인 예는 아닐지라도, 지금부터 살펴보려는 김정란과 박태일의 시집은 시와 언어와 자아, 혹은 그들의 상호 연관 양상에 대해서 전혀 상이한 태도를 견지함으로써, 그러한 주제에 대한 기존의 우리의 전망을 심화시키거나, 혹은 아직까지는 낯설은 이질적 전망에 대한 새로운 이해를 촉진한다는 점에서 무척 암시적이다. 그럴 것이 박태일의 시세계는 전원시적 세계를 관조함으로써 동양적 서정을 탐구하고 있으며, 반면에 김정란의 시는 누구에게나 자명한 것으로 보이는 자아(존재)에 대한 인식론적 전제를 뒤엎음으로써, 미지의 땅이라고도 할 수 있을 의식 내부의 모습을 다각도로 그려 보이고 있기 때문이다. 말을 바꾸어 우리에게 친숙한 시와 낯설은 시로 대별되는 이 두 시인의 시들은, 또한 전통적인 전망과 바야흐로 문제적이 되기 시작한 새로운 전망을 대표한다고도 이룰 수 있을 것이다.

그러나 이러한 두 개의 전망을 두고 그 우열을 따지는 것은 아무 의미가 없다. 왜냐하면 시에 있어서 우리에게 문제가 되는 것은 그러한 전망이 한 편 한 편의 시에 어떻게 변용되어 자리잡는가 하는 것과, 우리의 독서과정에 어떠한 새로운 비전을 제공하는가 하는 점이기 때문이다. 오히려 우리는 전혀 이질적인 두 시집이 드러내는 전망의 상호 교차 속에서 시에 대한 보다 능동적인 독서를 통해 자아와 자아를 둘러싼 유·무형의 공간에 대한 새로운 이해에 다다를 수가 있는 것이다. 두 전망을 전망대로 존중하면서 개별적으로 이들의 시세계를 살펴보기로 하자.

2.

박태일의 두 번째 시집 『가을 악견산』에 들어 있는 시편들은 대부분 자연에 관한 시편들이다. 말하자면 시인의 시선에 포착되는 자연의 세세한 모습들을 감정을 절제한 채 정태적으로 그리고 있는 것이다. 그러나 자연과 시인이 주고 받는 교감은, 전원시나 전통적인 강호가도의 시편에서 읽게 되는 은일 등의 그것과는 조금은 차이가 있다. 즉, 서구의 전원시나 전통적 강호가도의 시가 자연을 어떤 비의를 간직한, 인간의 본성이 찾고자 추구하지만, 아직은 발견되지 않은 그 무엇을 간직하고 있는 것으로 인식하고 있다면, 박태일은 자연을 철저히 인격적 존재로 파악한다. 그의 시가 자연을 거의 의인화해서 곁으로 데려온다는 점에서도 이 점은 확인되는데, 그러나 그렇게 인격화한 자연은 시의 화자와 동격은 아니다. 오히려 자연은 자연을 바라보는 존재로 하여금 스스로의 유한성에 눈뜨도록 암시를 주는 한 단계 위의 인격체가 되는 것이다. 시집의 제목이기도 한 「가을 악견산」은 바로 그러한 자연과 그 속에서의 인간의 모습을 단적으로 드러내고 있다.

악견산이 슬금슬금 내려온다

웃옷을 어깨 없고 단추 고름 반쯤 풀고

사람 드문 벼랑길로 걸어 내린다.

(…중략…)

덜미 잡힌 송아지같이 나는 눈만 껌벅거리며

자주 삽짝 나서 들 너머 자갈밭 지나

검게 마른 토끼똥 망개 붉은 열매를 찾아내고

약이 될 까 밥이 될까 생각하면서

악견산 빈 산 그림자를 밟아가다 후두둑

산이 날개 터는 소리에

놀라 논을 질러 뛴다.

「가을 악견산」에 그려진 산의 모습은 인간과 다를 바 없다. 심지어 시인의 눈에 비친 산(자연)은 "어이 여기 밤나무 밤송이도 있군"하고 중얼거리기도 한다. 반면에 그 모습을 바라보는 시의 화자는 "덜미 잡힌 송아지같이" "눈만 껌벅거리"거나 "산이 날개 터는 소리에" 놀라서 달아나는 그런 존재로 그려져 있다.

물론 박태일의 시에서 「경주길」이나 「간월산 돌아」, 그리고 「유월」에서 보듯이 자연을 객관적 대상으로 보고 그 정경을 공감각적 이미지를 통해 형상화한 시편이 없는 것은 아니다. 그러나 방금 살펴본 것처럼 박태일이 지니고 있는 기본적인 자연관은, 인간이 자연의 존재 앞에서는 (혹은 자연을 인식한 순간부터는) 미소한 짐승처럼 왜소해지고 또 외경에 놀라지 않을 수 없다는 것이다.

이것은 박태일의 시에서 자연이, 그 모든 정치적·사회적 현실 따위를 무화시키면서, 인간과 진지하게 교섭하는 유일한 리얼리티로 기능하고 있다는 것을 암시한다. 그렇다면 그 이유는 무엇인가?

여기서 우리는 두 가지 측면에서 해답을 마련할 수 있는데, 그 하나는 자연과 인간의 교섭이 유일한 리얼리티로서 다가오는 차원의 문제이며,

다른 하나는 그러한 어떤 특정 차원에서 자연과 교감을 하는 시인의 정신적 기반에 대한 것이다. 이 서로 연관된 두 질문에 답함에 있어서, 현실적 (역사적) 맥락을 환기시키는 다음과 같은 구절들은 무척 암시적이다.

돌에 돌이 부딪쳐 불을 이루고
그 불에 다쳐 파란
돈냉이 비름 비비추 언덕
거창도 가조 들 보리밭 매운 흙 속
싸륵싸륵 총검이 녹스는 소리
한 시대가 무장 푸는 소리.

—「거창노래」에서

부석부석 성에 낀 흙이
논둑으로 흘러내리고 있었다
아이들이 버린 연꼬리와
어른들이 남긴 탄피가 일쑤 차이고

—「주먹밥」에서

세상 어딜 파도 무덤 없는 곳 없다지만
선산 근처로는 무슨 난리가 그리 흩어져
돌 굴리고 흙을 뒤집으면 창검이 나오는지 모를 노릇입니다

—「피라미가 잡히는지」에서

위에 인용한 세 편의 시의 구절들은 한결같이 총검이나 탄피 등의 단어로써 모종의 비인간적 상황('거창'이라는 말과 연결시키면 그 맥락은 금방 잡힌다)을 환기하고 아울러 풀이 돋는 토양을 대비시킴으로써 이질적인 대립을 상정하고 있다. 금속석/흙(의 속성)의 대립으로도 이를 수 있는

이러한 구절들은 그대로 역사적인 삶과 본질적인 삶의 대립을 환기시키고, 더 나아가 일회적 삶의 과오와 보편적인 우주적 법칙의 대립을 불러일으킨다.

그러나 그 대립은 그다지 첨예한 것은 아니다. 왜냐하면 금속성의 탄피나 총검은 최소한 땅에 묻혀 있거나, 「거창노래」에서 보듯 토양에 의해 부식되는 속성이기에 실질적으로는 무력한 그룹을 대표하기 때문이다. 금속성이 시간이 흐름에 따라 녹슨다는 것은 자명한 이치며, 그런 우주적 이치에 따라 위 시들은 시간의 흐름에 따라 흙으로 동화되고 말 유한한 삶의 과오를 암시하고 있는 것이다. 그리고 그것이 끝내는 새로운 삶을 잉태하는 땅의 지력, 곧 생생력에 의해 쉬 정화되리라는 확신을 또한 그려보이고 있는 것이다.

이렇게 현상을 바라보는 시인의 의식은 인간의 기본적인 삶의 조건은 자연과 불가분리의 삶이 되어야 하며, 또 그렇게 조응하고 혼융할 때에 진정한 삶의 성취가 가능하다는 것을 드러낸다. 말하자면 시인은 이러한 대지적 상상력(혹은 순환적 질서) 속에서 삶을 바라봄으로써 주체인 인간 존새와 자연과의 건강한 관계를 새로이 정립하고 있는 것이다.

물론 한 시인의 이러한 인식론적 틀을 두고 도식적이라고 질타할 수도 있을 것이다. 그러나 우리에게 보다 소중하게 다가오는 것은 그 이분법적 대립 체계가 아니라, 현실의 국면을 시의 표면에 두드러지게 나타내지 않고도 그 맥락을 환기시키며, 아울러 그것을 거시적인 자연의 이법 속에서 바라보도록 해주는 시인의 전망이며, 이 점에서 그의 전망은 격려되어도 좋을 전망임이 인정되는 것이다.

다음으로 우리는 그러한 세계 인식의 저변에 시인의 순진무구에 대한 갈망이 놓여져 있음을 지적할 수 있는데, 바로 이 점에서 그의 시가 지닌 전원시적 속성을 거론할 수 있다. 예컨대 시인이 「여름 땅끝」에서

읍으로 송지로 장날 장보고 오는 날에는 사촌끼리 술잔을 던지며 깨며 먼

데 땅안 사람들이 더위를 피해 오면 머리감자 손감자를 쑥쑥 먹이며 까며 까장 땅밖인지 물밖인지 어느 세월 아랜지 잠도 없이 멍텅구리 마른 안주에 술잔이나 엮는 일도 참 재미입니다.

라고 노래할 때, 그는 자신이 추구하고자 하는 바가 바로 순진무구와 행복임을 분명히 드러내고 있는 것이다. 이러한 측면은 사회라는 메카니즘으로부터 퇴각해 자연 속에서 시인 자신의 절실한 비전을 획득하려 했던 전원시적 속성과 거의 동궤에 속하는 것이다.

  자연의 이법에 대한 순응에의 갈망이 시인으로 하여금 개체의 유한한 삶에 눈뜨게 하고, 끝내는 죽음과도 친화하도록 해준다는 점 또한 지적되지 않으면 안 된다. 앞서도 언급한 「유월」이라는 시는 이 점을 단적으로 보여 준다.

    더디 넘는
    봉산도 재넘이
    오라버니 치상길
    치마폭에 감겨 젖는 소발굽 요령소리며
    사철쑥 덤불 아래
    돌귀만 차도
    산제비 날아가는 유월도 초사흘.

  단 7행으로 되어 있는 이 시는, 자연의 순리 속에서 죽음은 결코 낯설거나 뜻밖의 것이 아니며, 삶 또한 결코 소란스러운 것이 아니라는 점을 잔잔히 보여 주고 있다. 이러한 인식의 태도는 끊임없이 삶을 내주고 죽음을 거둬들이는 자연의 순환적 생명력에 대한 전원시적 비전 없이는 획득되기 어려운 것이다.

  인간의 원초적인 공간으로서의 자연세계에 대한 확신 위에서 박태일

의 시는 비롯한다. 그러한 자연과 직면한 인간의 인식 행위를 그의 시는
그리고 있으며, 그의 시각 속에서 우리는 안온한 귀속감을 공유하는 것
이다.

(1990)

시적 형상과 진리 탐구

-윤동재 동시집 『서울 아이들』, 박태일 시집 『가을 악견산』, 박선욱 시집 『다시 불러보는 벗들』-

이은봉

　90년대의 현금에 이르러서도 우리 문학은 여전히 현실 변혁의 중요한 방법적 장치로 자리하고 있다. 그러나 문학과 현실의 관계는 그리 단순하지만은 않아 매우 다양한 쟁점으로 얽혀져 있는 것이 사실이다. 이들 문제가 본래 복잡한 것이기도 하지만, 근원적으로 민족의 현실 자체가 두루 중첩된 모순을 함유하고 있기 때문일 것이다. 그리하여 최근에 이르러서는 계급성 및 민중성과 함께 당파성이 문학운동의 핵심적 슬로건으로 되고 있는가 하면, 사상성과 예술성의 통일도 또한 심도 깊은 논의의 대상으로 되고 있는 형편이다.

　특히 사상성과 예술성의 통일은 창작과정의 과학성 제고라는 면에서 90년대 문학운동의 핵심적 목표로 성숙할 것으로 보인다. 문학운동이 그저 단순한 변혁운동의 톱니바퀴일 수는 없다고 하더라도, 민족현실의 다양한 모순을 타파하는 일에 일정한 기여를 하고 있는 것이 사실이고 보면, 그것을 위해서라도 사상성과 예술성의 통일은 핵심적 관건이 되어야 할 것이다. 단지 부르주아적 미학 취미가 아니라면, 문학에 있어서의 예술성은 때로 대중적 친화력을 바탕으로 한 선전·선동성의 다른 이름일 수도 있을 것이기 때문이다.

주지하다시피 작품이 내포하는 바의 사상적 내용, 즉 창작주체에 의해 인식되는 세계의 진리(진실)가 반드시 문학적 언어형식에 의해서만 포착되는 것은 아니다. 여타의 언어형식에 의해서도 그것이 충분히 가능하다는 것인데, 그 대표적인 것은 사회과학의 언어형식일 것이다. 그럼에도 불구하고 구태여 우리가 문학이라는 언어형식을 택하는 것은 그것이 갖는 특수성, 즉 형상성이라고도 불리는 예술성에 기인할 것이다. 예술적으로 인식돼 진리(진실)가 대중과의 관계에서 한층 밀도 있는 설득력을 갖는다는 것은 사실 재론할 바가 못 된다. 따라서 지난 80년대까지의 문학운동이 상대적으로 사상성의 확보, 즉 객관현실의 진리(진실)의 확보에 진력해 온 감이 있다면, 그것은 그것대로 지속적으로 추진되어야겠지만, 이제 문학이 문학으로 되는 근본 특성이기도 한 예술성의 확보도 또한 강력히 추구되어야 할 것이다.

여기서의 진리(진실)란, 개괄하여 말하면, 사회현실의 보편적 질서, 즉 변혁운동의 보편적 법칙을 뜻한다고 할 수 있다. 그러나 그것은 세계 내에 객관적 존재 그 자체로 자리해 있을 경우 아무런 의미를 갖지 못한다. 인간에 의해 인식되고 실천되지 않는 진리(진실)란 결국 존재하지 않는 것과 마찬가지이기 때문이다. 또한 그것은 인간의 언어에 의해 매개될 수밖에 없다는 점에서도 일정한 한계를 갖는다. 언어는 근본적으로 얼마간 발화자의 개별성을 함유하지 않을 수 없는데, 그러한 점에서 보면 사실 인간에게 있어서 완벽한 보편성의 구현, 즉 완벽한 진리(진실)의 구현은 불가능한 일인지도 모른다. 따라서 실제의 사람살이에 있어서 세계의 진리(진실)는 오히려 개별성과 보편성의 깨어 있는 통일 속에서 구체화될 수 있다고 해야 할 것이다.

그런데 이러한 논의는 심지어 세계의 진리(진실)가 문학의 언어를 매개로 할 때 오히려 정작 옳게 인식될 수 있다는 발상까지를 가능하게 해준다. 본래 문학은 특수성을 매개로 하여 개별성과 보편성을 접합시키는 과정에서 이루어지는 것이 아닌가. 이러한 점에서 보면, 문학은 결국 특수하고도 개별적인 형상을 통해 일반적이고도 보편적인 진리(진실)를 드러내는 언어형식이라고도 요약할 수 있다. 그렇다면 형상과 진리(진실)의 통일, 다시 말해 예술성과 사상성의 통일은 오늘날 가장 화급하게 요청되는 문학운동의 핵심적 관건이 되어야 마땅하다고 할 것이다.

*

시인 박태일은 자신의 시적 형상을 통해 탐구하는 세계의 진리(진실)를 그다지 적극적으로 드러내지 않고 있다. 그는 이 시집 『가을 악견산』을 통해 사회현실의 명확한 진리(진실)를 개괄하기보다는 그 자체의 형상을 그저 있는 그대로 포착하고자 노력하고 있을 따름이다. 말하자면 그는 시를 통해 사상성보다는 예술성을, 진리보다는 형상을, 그리하여 표현 방법 자체를 함축하고자 애쓰고 있다는 것이다. 그러고 보면 시인 박태일은 우리 시대로서는 매우 보기 드문 스타일리스트인 셈이다.

그런데 그의 시의 표현 방법은 대개 다음의 두 축을 통해 구체화되고 있음을 알 수 있다. 첫째는 대상인식의 축이고, 둘째는 어휘 및 문장 처리의 축인데, 요약해서 말하면 인식론적 축과 문체론적 축이라고 할 수 있다.

인식론적 축으로 살펴볼 수 있는 그의 시의 표현 방법도 또한 크게 두 가지의 특징을 포괄하고 있다. 하나는 '이야기의 객관화'요, 둘은 '관찰 및 체험의 소묘'인데, 각각의 것은 소박하나마 그가 파악하는 삶의 진리(진실)를 충분히 함축하고 있어 주목된다.

시에 있어서 이야기는 기본적으로 이미지 및 감정(리듬+어조) 등과 함께 형상 창출의 핵심적 자질이 된다. 그런데 그의 시의 표현 방법과 관련하여 정작 중요하게 생각해야 할 것은 이야기 자체가 아니라 그것의 객관화이다. 사실 박태일은 그가 인식하는 어떠한 시적 대상에 대해서도 쉽사리 주관적 가치를 부여하지 않는다. 그는 그의 예술적 시각에 의해 포착되는 삶의 이야기를 그저 담담한 어조로 절제해내려고 노력할 따름이다.

바람재 너머 점골
쇠부리터 옛적 불무질 소리
저녁마다 검은 먼지 생철수레가 바람재를 넘어갔다
돌아오지 않았다 첫 아이를 밴 옥녀
귓밥 엷은 남편은 돌아오지 않았다
옥녀, 터밭 구르던 막사발

초겨울 눈발이 드문드문 바람재를 내려설 때
옥녀 가랑잎 밑에서 두근거렸다.

—「점골」전문

이 시는 파괴되고 일그러진 농촌의 삶을 바탕으로 하고 있다. 무너진 가족 공동체, 즉 집나간 "귓밥 엷은 남편"을 기다리는 "첫 아이를 밴 옥녀"의 이야기가 중심 내용이 되어 있는 것이다. 그러나 이러한 이야기는 극도로 절제되고 객관화되어 있어 그 구체적인 원인까지 포괄하지는 못한다. 따라서 얼마간은 모호한 구석이 없지 않다고 할 수 있는데, 어쩌면 많은 경우 그의 시는 이와 같은 모호한 분위기 그 자체의 창조에 목적이 있는지도 모른다.

기본적으로 그의 시는 고향의 재현 혹은 전원적 삶의 복원을 지향하고 있다. 그의 생각으로는 오늘의 삶의 고통이 전원적 공동체의 파괴에서 비롯되는데, 그러니까 그는 그것을 회복하는 것이 진리(진실)를 실현하는 길이라고 받아들이고 있는 것이다. 그런데 그의 이러한 시적 의지는 대개 일종의 여행의식 속에서 구체화되고 있다. 그의 경우 나날이 일상보다는 의도된 여행을 통해 시적 형상을 발견하고 있다는 것인데, 이 시집 속에 나타나는 수많은 지명도 다름 아닌 그러한 맥락에서 이해해야 할 것이다.

하지만 여전히 간과해서 안 될 것은 그의 시의 표현 방법이다. 말하자면 그의 경우 또 다른 대상 운용의 방식을 보여 주고 있다는 것인데, 물론 그것은 앞에서 말한 바 있는 '관찰 및 체험의 소묘'를 뜻한다. '관찰 및 체험의 소묘' 역시 여행의 과정에 이루어지는 것으로서 여행이 그의 시의 원천적 자양분이 되고 있다는 것은 새삼스럽게 강조할 것이 못된다. 이때 그의 시는 이야기의 속성이 점차 약화되고 이미지의 속성이 한층 강화되어 드러나게 된다.

> 간월산 돌아
> 간월사 있는 곳까지
> 아홉사리 석남고개 청살모 바삐 울고
> 술도 그 중 조선술
> 짙은 북 너머
> 늦가을 고사길
> 옷자락만 희끗희끗.
>
> ─「간월산 돌아」 전문

몇 행이 되지 않지만 이 시에는 그가 여행 중에 만난 서정이 깔끔하게 소묘되어 있다. 그러나 이 시는 그것 외에는 이렇다 할 것이 담겨 있지 않아 미흡한 감을 씻지 못하게 한다. 말하자면 사람살이의 구체적 형상이 지나치게 절제되어 있어 그가 궁극적으로 지향하는 바가 무엇인지를 알기 어렵게 한다는 것이다. 물론 그가 이러한 유형의 시를 통해 전통적 서정의 풍광 그 자체를 재현하려고 한다는 것까지 알기 어려운 것은 아니다. 그렇다고는 하더라도 이 시의 그것이 지향하는 바가 다소간 막연하고 추상적인 것은 사실이다. 요약해서 말하면 그의 이들 유형의 시는 앞의 유형의 시들, 즉 '이야기의 객관화'로 분류될 수 있는 시들만큼 삶의 진리 (진실)가 함유되어 있지 못하다는 것이다. 그렇다면 그는 이제 좀더 과감 하게 자기 시대의 제반 모순을 시적 대상으로 받아들여야 할 것인데, 물론 「창」, 「하늘둥지」, 「하남 지나며」 등의 작품을 통해 이미 그 징후를 읽고 있기는 하다.

다음으로 살펴볼 수 있는 박태일 시의 표현 방법은 '어휘 및 문장 처리' 의 축이다. 시어 및 시문장에 대한 그의 관심은 자못 남다른 바가 있는데, 그가 그것을 통해 이루려고 하는 것은 전통 형식의 재발견이라고 해야 할 것이다. 그런데 그것은 오늘날 민족문학 수립의 핵심적 관건이기도 해서 두루 관심을 모은다. 물론 그에게 있어서 전통 형식의 재발견이란 과거의 시가 형식, 즉 노래 형식의 재발견이라고 할 수 있는데, 최근 우리 시의 과도한 서구 지향과 비교하여 보면 그의 이러한 노력은 자못 소중하 다고 아니 할 수 없다.

박태일의 시어는 우선 철저하게 관념을 배제하고 있다는 점에서 주목 의 대상이 되고 있다. 그는 항상 구체적이고 실제적인 사물어를 채용하고, 그것을 통해 형상을 추구하려고 한다. 수많은 식물명이며 동물명, 그리고 인물명 등도 같은 맥락에서 이해해야 할 것인데, 이러한 사물어들이 좀더 폭넓은 상상력을 포유한다는 것은 익히 잘 알려져 있는 사실이다. 하지만 그의 시의 사물어 지향은 이에서 그치지 않는다. 그는 이미 사어화(死語化) 된 고유어 및 토착어까지도 적극적으로 찾아 쓰는 가운데에 우리 말을 갈고 닦는다. 시렁·고방·이랑·불무질·동이·바래기·막사발·장종지·추짓 물·산배기 등의 어휘가 그 구체적인 예일 것이다.

다음으로 살펴볼 것은 박태일의 시가 함축하고 있는 시문장의 운용 면이다. 이와 관련하여 우선 먼저 드러나는 특징은 거듭되는 명사형 문장 의 활용이라고 할 것인데, 여기서는 일단 고대 국어문장의 원천적 형태가 바로 그러했음을 상기할 필요가 있다. 조금쯤 비약해서 말하면, 그러니까 그는 자신의 시가 갖고 있는 이러한 특징의 응용을 통해 우리 민족의 좀더 상고적인 감성을 담아내려고 하고 있는 셈이다. "목언저리 환한 안산 두어셋"(「경주길」), "산제비 날아가는 유월도 초사흘"(「유월」) 등이 그 구체적인 예로, 이는 또한 그가 자신의 시에서 전통 형식의 재발견에 얼마나 주력하고 있는가를 잘 알 수 있게 해준다. 이러한 지적은 그런데 그의 시의 경우 대부분 어휘들의 결합 관계가 충실히 전통적 4음보격을 복원하고 있다는 것이 되기도 한다. 이러한 점에서 보면 전통적 4음보격의 재발견 역시 그의 시문장이 이루는 다른 하나의 특성이라고 해야 할 것이다.

새삼스러운 지적이지만 박태일 시의 표현 방법과 궁극적 지향은 기본적으로 백석 시의 그것에 뿌리를 내리고 있다. 그의 시가 함유하고 있는 이러한 백석 지향은 우리 시의 전통적 자양분을 능동적으로 수용·섭취하고 있다는 점에서 일단은 소중하게 생각해야 할 것이다. 하지만 그것이 이렇다 할 발전을 보여 주지 못할 때 한갓 상투형으로 전락하고 말 수도 있다는 점을 간과해서는 안 된다.

90년대로의 문턱을 넘어서고 있는 요즈음 문학의 역할을 위해 사상성과 예술성의 통일을 논의하는 것은 짐짓 즐거운 일이다. 민족의 현실이 여전히 제반 모순으로 뒤얽혀 있고, 따라서 그것의 타파를 위해 문학이 일정하게 기여를 해야 한다면 참다운 형상의 창출을 통해 참다운 진리를 인식하는 것 외에는 이렇다 할 방법이 없기 때문이다. 두루 잘 알려져 있는 바이지만 문학에 있어서 형상성은 예술성의 또 다른 이름일 것인데, 그것이 바탕이 되어야 선전·선동성도 제고되는 것이 아닌가. 따라서 창작주체의 능동적인 노력이 없이는 실제의 작품에 있어서 진리(진실)에 대한 형상적 인식의 증진이 거의 불가능하리라는 점을 염두에 두지 않을 수 없다. 개념적 인식과 마찬가지로 형상적 인식도 역시 진리 탐구의 핵심적 틀이라고 할 것인데, 그렇다면 형상적 인식도 또한 개념적 인식과 마찬가지로 절차탁마하는 가운데 성숙되어 가게 마련일 것이다. 이러한 면에서 살펴볼 때 지금까지 점검해본 세 사람의 시는 여러모로 유효한 반성을 보여 주고 있다고 생각된다. 그렇기는 하지만 이들은 아직 젊은 시인이고, 따라서 무한한 가능성을 내포하고 있어 섣불리 가벼운 평가를 내릴 수는 없다. 그들의 시가 좀더 실천적인 삶 속에 뿌리내리기를 바란다.

(1990)

빛깔의 시, 향기의 시

- 김영태 시집 『매혹』, 박태일 시집 『가을 악견산』 -

이동순

시를 쓰는 사람이면 누구나 한 편의 절창을 갖고 싶어한다. 그러나 대개의 경우 자신의 일생을 시에 모조리 바치고도 한 편의 절창을 얻는 일에 실패한다. 그것은 무엇 때문일까. 절창을 경험하지 못한 대부분의 시인들은 자신이 시에 쏟뜨린 시간의 분량에 비해 절창을 얻지 못한 사실을 퍽 안타까워하지만, 그들은 생애의 많은 시간을 시의 어느 한쪽 성질이나 방법에만 편집광처럼 탐닉해 온 사실이 자기자신을 볼썽사납게 위축시켜 왔다는 점을 미처 깨닫지 못한다. 그러므로 절창을 뽑아 내지 못한 대부분의 시인들의 시작품은 거의 시의 빛깔이나 향기 어느 한쪽에 치우쳐 있는 모습을 나타내 보인다. 절창이란 시의 빛깔과 향기의 가장 조화로운 총화의 순간에 생겨나는 것이기 때문이다. 이때 시의 빛깔이란 표현, 형태, 외형미, 내용 부재의 율격, 과격한 형식주의, 탈내용적 경향 따위와의 관련으로 설명된다. 또한 향기만을 탐닉하는 시의 모습이란, 사상, 도덕, 철학, 정치, 종교 등의 관념이나 이념성, 혹은 편내용주의, 반형식주의 따위와 관계되는 현상일 터이다. '어느 한쪽에 치우쳐 있다'는 태도는 그것의 지나친 편향성으로 말미암아 오도된 독선과 아집이 생겨나고,

이 결과 편향성을 드러내는 대부분의 시작품들이 주는 안팎으로부터의 울림(반향)은 시를 쓰는 시인 자신은 물론이거니와 독자들에게도 하나의 허전함으로 남게 된다. 최근에 출간된 김영태 시집 『매혹』과 박태일 시집 『가을 악견산』은 이러한 보편적인 문제점을 동시대의 다른 평범한 시인들의 경우들과 마찬가지로 내포하고 있으면서도 그것을 자신의 강한 개성으로 납득하고, 고독하게 시적인 작업을 이끌고 가려는 유달리 집요한 노력을 보이고 있다는 점에서 우리들의 시선을 끈다.

*

박태일 시집 『가을 악견산』에 실린 67편의 시작품 전반을 압도하고 있는 것은 시인 특유의 관찰의 힘이다. 이 대목에서 우리는 옛 설화 속의 한 에피소드를 떠올릴 수 있다.

한 무리의 장사꾼들이 들판에서 스님 하나를 만났다. 상인들이 "우리는 한 마리의 나귀를 잃었소. 혹시 본 일이 없는지요?" 하고 묻자, 스님은 "그 나귀는 오른쪽 눈이 안보이고 왼쪽 앞발을 절고, 앞니가 부러졌지요? 또 잔등의 한쪽에는 밀가루, 또 한쪽에는 꿀을 지고 가지요?"라고 반문했다. 장사꾼들은 깜짝 놀라서 그 스님이 나귀를 감춘 줄 알고, 고을 현감에게 끌고 갔다. 스님은 관리 앞에서 이렇게 말했다. "길의 한쪽만 풀이 뜯겨진 것을 보고 오른쪽 눈이 없는 것을 알았고, 길바닥의 모래 위에 왼쪽 앞발자국이 다른 발자국보다 희미하게 나 있으니 왼쪽 앞발이 절름발이이고, 뜯어먹힌 풀잎이 가운데가 남아 있으니 앞니가 부러진 증거입니다. 또 길 한 편에는 밀가루가 흘려져 있어 개미가 달라붙어 있고, 다른 한쪽에는 꿀이 흘려져 있어 파리가 붙어 있으니 밀가루와 꿀을 지고 가는 줄 알았습니다. 그 나귀 앞뒤에는 사람의 발자국이 없으니, 나귀를 누가 훔쳐간 게 아니라 반드시 길을 잃어 헤매고 있으니, 가서 **빨리 찾으시오**"

탄복한 관리가 스님에게 어떻게 해서 그런 지식을 얻었느냐고 물으니 그는 "모든 것을 관찰하는 것으로 얻었습니다."라고 대답했다.

모름지기 시를 쓰는 시인이라면 옛 설화 속의 스님처럼 사물을 세심하게 관찰하는 태도를 지녀야 할 것이다. 시인 박태일은 자신의 시적 사물을 면밀하게 관찰할 뿐만 아니라, 그것을 그의 시의 가장 커다란 힘으로 떠올리려고 노력한다. 굳이 로망 롤랑의 말을 빌지 않더라도 예술가란 근본적으로 사물을 관찰하는 사람일 것이다. 그것도 세상 사람들이 범속한 일생에서 그냥 지나치고 마는 자질구레한 사물들까지 따뜻한 시선으로 세심하고도 정밀하게 관찰하는 사람일 것이다. 시집의 표제가 되어 있는 작품 「가을 악견산」에서의 시인의 관찰력은 비상하다.

> 악견산이 슬금슬금 마을로 들어서면
> 네모 굽다리밥상에는 속좋은 무가 채로 오르고
> 건조실에 채곡 채인 담배잎
> 외양간 습한 볏짚 물고 들쥐들 발발 기는
> 남밭 나무새 고랑으로 감잎도 덮히고
> 덜미 잡힌 송아지같이 나는 눈만 껌벅거리며
> 자주 삽짝 나서 들 너머 자갈밭 지나
> 검게 마른 토끼똥 망개 붉은 열매를 찾아내고
>
> ─「가을 악견산」에서

이 작품의 작중 화자인 '악견산'은 기실 또 다른 시인 자신의 모습이다. '악견산'의 세상 나들이를 통해서 관찰되는 모든 시점들을 시인은 매우 중시한다. 이 시집의 전반적 관점과 사물관을 알려 주는 단서가 시집의 후기에 진술된 짧은 산문이다. 시인은 이 글 토막에서 현재 그가 거주하고 있는 남도 마산의 두척산 언저리의 산책 경험과, 그 과정에서 사려 깊은 응시 속에 새롭게 떠오르는 무덤들의 모습, 혹은 그것들의 따뜻한 의미를 피력한다.

　　바다로 내려서던 두척산 자락…… 그 옆 비탈에는 그리 오래지 않은 듯
싶은 작은 무덤들이 무리지어 돋아 있고, 그 아래 약수터가 있어 늘 물이 넘친다.
세상에 참 무덤도 많지만 이곳같이 물소리 함께 거느린 무덤들은 유별나다.
아마 무덤 속 누운 주검들은 복숭뼈가 하얗게 씻겨 있으리라. 아니면 가라앉은
도토리묵처럼 가슴이 홀렁 비었던지, ……그렇다. 죽음은 늘 턱없이 넘치려
하는 생각이나 부풀리고 싶은 느낌을 다독거려 주는 힘이 있다. 그 죽음도
이렇게 나직나직 소리내며 사람들 사는 터로, 길로 비집고 흘러내리는 경우에랴.
　　　　　　　　　　　　　　　　　　　　　　　　　　—『가을 악견산』 뒤표지에서

(시인의 확신에 찬 어투를 빌어서 말하자면) 그렇다! 박태일 시의 출발은
인용문에서 보듯 죽음이라는 의미의 일상성을 극복하는 지점에서 시작
된다. 죽음이 결코 슬프다거나 우울하다거나 흉하고 불결하다는 단순한
의미의 위상을 뛰어넘어, 그것의 가슴이 '도토리묵'처럼 아주 완전히 텅
비게 되었음을 느낄 때, 죽음은 어느덧 현실세계에서의 불안정, 세속적
욕망과 근본의 흔들림을 차분히 안정시켜 주는 구실을 한다. 시인은 땅
속의 주검과 땅 위의 생명이 결코 서로 다른 세계로 분리되어 있는 사물이
아님을 보여 주려 한다. 시 「거창노래」, 「구만리」, 「봄빛」, 「주먹밥」, 「저
녁에」, 「명지 물끝 3·5·7」, 「이사」, 「장터거리 노래」, 「쇠뜨기」, 「점골」
등의 시에서 다루어지는 주제들도 이러한 사물관의 애틋함과 진실함으
로 줄곧 지속되는 것에 다름 아니다. 이처럼 생사합일(生死合一)의 사물관
을 보다 투명하게 나타내기 위한 시적 장치의 소도구들로서 시 「가을 악견
산」에서의 세밀한 관찰과 응시가 적극적으로 채택이 되는 것이다. 좀더
예를 들어보면 시 「유월」에서의 "치마폭에 감겨 젖는 소발굽 요령소리"
"돌귀만 차도/산제비 날아가는 유월", 시 「꿈꾸는 선묘」에서의 "귀밑볼
아침이슬 반짝", 시 「저승꽃」에서의 "초병에 새끼치는 초벌레", 시 「달무

리」에서의 "가랑파 아욱줄기 샛길 터밭", 시 「명지 물끝」 연작에서의 희게 솟다 가라앉는 "꼬리 문드러진 준치" "발끝에 닿았다 달아나는 털게 달랑게" "빈터마다 가라앉는 모래무덤" "발톱을 세워 훌훌이 날아가는 붉은 물떼새", 시 「진눈깨비」에서의 "너삼대 서걱이는 소리에 귀를 비비며/숙여 걷던 진눈깨비" 등 시집 도처에서 무작위로 찾아보아도 부지기수이다. 따뜻하고 정겨운 시어들로 이루어진 그 대목들은 곧 무덤에 관한 응시, 관조의 과정에서 이루어진 시인의 차분한 내적 정리이다.

김영태 시집 『매혹』의 세계가 외형미에 몰두해 있는 것이라면 박태일의 시작품들은 내면의 미를 오랜 관찰을 통하여 응시, 관조한다. 그리고 박태일은 자신이 관조한 대상의 의미를 굳이 표면에 떠올리려고 노력하진 않는다. 이것은 시적 스타일에 대한 그의 기질적인 겸손과 소박성에 기인한 것으로 여겨진다. 그러나 그가 애써 의도적으로 관조 대상의 의미를 떠올리려고 노력하진 않지만 그가 즐겨 채택하는 서민적인 시어들, 주로 농촌 주변의 극히 평범한 일상어를 재치 있게 활용, 구사함으로써 독자들로 하여금 자연스럽게 음악적 율동감을 느끼게 한다.

> 등구 마천 지리산길 돌밭도 많아
> 돌밭마치 붙어 피는 세 치 바위손
> 지중지중 헛지중 도랑도 타고
> 마소 마소 한 시름에 등대 애장터
> 이로 함양 저로 산청
> 초병에 새끼치는 초벌레처럼
> 딴손 놓고 오내린 함양 산청장
> 할베 할베 상제할베 입도 없는지
> 무덤 건너 무덤 너머 뫼등만 돋고
> 먹머구리 우는 여름 모기도 제철
>
> ─「저승꽃」에서

앞서 본 바 있는 '무덤'에 관한 따뜻한 응시와 관조는 우리들로 하여금 시인 박두진이 일찍이 1930년대 후반에 경험한 시 「묘지송」에서의 무덤 인식, 즉 "동그만 무덤들 외롭지 않어이" "무덤 속 어둠에 하이얀 촉루(髑髏)가 빛나리" "향기로운 주검의 내도 풍기리"라는 대목을 떠올리게 한다. 시인 김영태의 정신적 뿌리를 김종삼, 김춘수 등의 선배 시인과 서양화의 세련된 세계에서 찾는다면 박태일 시의 정신적 뿌리는 30년대의 민족 시인 백석(白石)과 청록집 시절의 박두진, 60년대의 시인 박용래 등에게서 그 정서의 원형을 찾을 수 있을 것이다. 특히 시집 『사슴』(1936) 시절의 백석 시에서 「정주성(定州城)」, 「주막」, 「여우난골족(族)」, 「통영」, 「가즈랑 집」, 「모닥불」, 「초동일(初冬日)」 등의 시편들은 90년대의 시인 박태일의 시에서 「경주길」, 「간월산 돌아」, 「유월」, 「거창노래」, 「구만리」, 「봄빛」, 「주먹밥」, 「저녁에」, 「남들은 가령 영감이라 했다지만」, 「밤꽃」 등의 구체적 작품으로 더욱 폭넓게 육화(肉化)되고, 또한 계승되어져 있다. 박용래의 시작품과는 「그 봄비」, 「겨울밤」, 「저녁눈」, 「두멧집」, 「삼동(三冬)」 등에 나타난 작품의 정서와 좋은 대비를 이룬다.

비 속에 서서 도토리묵을 비빈다
너럭바위 물길 따라
밤꽃 해노랗게 떨어지고
여자는 붕어처럼 목이 말라서
고개를 든다 십 리 밖
몸 팔던 장터
일곱 시 막차는 절밑 떠난다

—「밤꽃」

시인 박태일이 백석, 박두진, 박용래의 시작품을 비롯하여 전대의 문화적 성과들을 각별한 애착으로 돌보며, 그것을 자신의 작품 속에 폭넓게 끌어안고 수용하려는 방법은 순전히 문화와 민족 정신사를 인식하는 그의 역사의식의 적극적인 태도를 말해 준다. 특히 분단 이후의 정치 이데올로기와 그것의 편향성에 의해 오랫동안 (부당하게) 금기시당해 온 문인들 중의 하나인 백석 시에 대한 그의 애정은 남다르다. 실제로 시인은 「1940년 전후 한국시에 나타난 공간인식의 문제」(1984)라는 산문을 통해서 백석의 시에 대한 각별한 관심을 나타낸 바 있거니와, 이러한 그의 관심은 오로지 전대의 의미 있는 문화적 성과를 자연스럽게 본래의 질서 속에 회복 계승시켜 놓으려는 시인의 의지에 다름 아니다. 시집 『가을 악견산』의 상당수의 작품들은 아마도 백석 시를 정독한 경험이 바탕이 된 것으로 여겨진다. 백석 시의 형태적 독특함은 첫째로 산문적 서사성을 담아 내는 효과적인 내부장치와 그 구조, 둘째로 소멸되어 가는 역사적 사물(또는 정신)을 따뜻하게 보듬으며, 그것을 일그러진 현실 세계에다 복원시켜 놓으려는 강한 의지를 나타내고 있다는 점, 셋째로 결코 의미의 단순성으로 한정되지 않는 서경적(敍景的), 즉물적 소품 형태의 긴장효과 따위로 설명될 수 있는데 박태일은 이와 같은 특성을 이미 모두 간파하고 있는 듯하다. 이러한 노력 끝에 결정된 박태일의 시는 시인 특유의 향기를 머금는다. 그러나 그의 시는 자칫 향기만 강한 꽃이 될 우려가 있다. 왜냐하면 시에 있어서의 진정한 향기란 빛깔을 겸비하였을 때 더욱 배가 되어질 수 있는 것이니까. 그가 앞으로 90년대 한국 사회구조에서의 농촌의 최근 백년사를 보다 면밀히 고구(考究)하는 등의 별도의 경험을 갖게 된다면, 대체로 계면조(界面調)가 지배하고 있는 그의 시가 넘실거리는 우조(羽調)의 가락까지도 공유할 수 있게 될 것이다. 대저 모든 시인들이 누구나 마음속으로 갈망하는 한 편의 절창이란 애잔한 계면에서 넘실거리는 우조의 세계에까지 자유자재로 넉넉히 드나드는 역량 속에서만 가능한 경지이리라.

(1990)

견고한 말의 심연

−박태일 시집 『약쑥 개쑥』, 고재종 시집 『날랜 사랑』, 고영조 시집 『감자를 굽고 싶다』−

최영호

한 사물의 개념은 그 사물의 감각적 생명이 상실된 창백한 심적 모사가
아니라, 일련의 사회적 실천들이다.

　　　　　　　　　　　　　　　　　　−테리 이글턴, 『미학사상』 부분

불상을 조각할 때 한번 쪼고 세 번 절하듯 목수들은 절을 지을 때 못 하나
박고 세 번 절하면서 천년 동안 지탱해주기를 빕니다

　　　　　　　　　　　−전우익, 『호박이 어디 공짜로 굴러 옵디까』 부분

최소한의 거처조차 불안한 시대가 도래했다. 사람들은 모일 때마다
이번엔 또 어디가 터지고 어느 곳이 주저앉을지를 걱정한다. 김지하 시인
의 말대로, 우리의 삶은 결국 "섧으나/참/한 번 삶/가도 무궁 죽어도/죽지
않는/무궁"(「인생무궁—진혼 삼풍(三豊)의 죽음」, 『한국일보』 95. 7. 6)일지 모
른다. 그렇다고 해도 대명천지 자기 명을 제 손으로 마감하지 못하는
시대에 산다는 것은 말이 안 된다. 언제부턴가 우리의 삶은 불안이란
현대병에 걸려 있다. 한쪽에선 면역 혈청이 없는 이 병의 출처와 처방을

찾느라 분주하고, 다른 쪽에선 벌써 다음 번 사고 예정지가 어딘지 해괴한 내기를 건다.

크든 작든 사건은 있기 마련이다. 그러나 잇달아 터지는 굵직굵직한 사고는 국민소득 1만불 시대의 예견을 무색케 한다. 머리가 잘린 사람들, 다리를 잃은 사람들, 시신조차 없는 사람, 갓난아이를 품에 안고 검게 탄 채 죽어간 어머니······. 왜 이 시대는 사람들이 죄를 짓지 않고도 많은 고통을 느껴야 하는 것일까? 오늘날의 위기는 일상적인 삶의 창조성과 능동성이 한꺼번에 주저앉은 결과이다. 그것은 삶에 대한 인간의 기본적인 합의와 원칙에 관한 위기라 하겠다.

더불어 살아가는 삶의 질서, 그 질서에 따라 개개인의 창조성을 유지·발전시키며 사는 것은 분명 아름다운 삶이다. 날카로운 냉소주의보다 쾌활한 개방성이 수놓고, 내용 없는 허세나 허풍보다 정상적인 삶의 건강성이 빛나며, 빈곤과 혼란 따위로 격노하는 삶이 아닌, 감추어진 명예와 드러나지 않은 견고함으로 인간이 지닌 고요한 존엄성을 살아 숨쉴 수 있게 하는 사회. 그곳은 서로를 절대로 지치게 하지 않고서도 서로의 발전을 가져올 수 있는 곳일 것이다. 불행히도 지금의 우리 현실은 그것과는 거리가 멀다. 인간에 대한 신뢰는 갈수록 무너진다. 물질 숭상의 한계를 절실히 체감하는 지금, 필자는 저 무너진 건물의 파편보다도 더 나약해 보이지만 그보다 훨씬 더 견고한 정신의 구축물인 세 시인의 시집을 읽는다.

먼저, 박태일의 『약쑥 개쑥』에는 한 시인의 기억과 죽음, 상승과 일탈의 세계가 담겨 있다. 절제된 시어로 일관된 시는 규칙적인 음의 질서를 이루고 있고, 여기엔 시인이 다루는 대상의 안쪽 삶까지 그대로 녹아 있다. 그래서 그의 시는 독자의 조용한 인내를 요구한다. 정교하게 훈련되고 발빠른 세태에 맞춰 사는, 다시 말해 시(時)와 초(秒)를 다투며 사는 자의 사유로는 박태일의 시를 따라 읽을 수 없다. 왜냐하면 그런 자세로는 읽음에 앞서 기다림을 요구하는 시인의 저 웅숭깊은 권유를 따르기 힘들기 때문이다. 아니, 그러한 태도는 시인의 그런 요구 자체부터를 의심하고, 이를 시대착오적인 것으로 폄하할지 모른다. 박태일 시인의 요구는 자기중심적 사고가 지배적인 오늘의 현실에도 시효성을 잃지 않는다. 우리 앞에 던져진 사태는 하나의 물음이나 하나의 해답만 갖고는 덤벼들기 어렵다. 오늘날은 수많은 정보를 요하는 시대다. 시인이 상대방의 내면세계에 먼저 천착해 보라고 권유하는 것도 바로 이런 이유에서이다. 주어진 삶을 아무리 자기중심적으로 사유한다 하더라도 우리의 삶 자체는 무수한 사람을 만날 수밖에 없는 구조로 되어 있기 때문이다. 따라서 자신의 생각을 펼치기에 앞서 만나는 사람마다의 삶에 미리 천착해 보고, 또 그들의 삶을 제대로 주시하려면 던지는 말 하나하나에 마음의 귀를 열어놓는 기다림이 있어야 할 것이다. 그래야 느닷없이 다가온 표정 하나로도 그 사람이 가장 소중히 간직해 온 것을 감지해 낼 수 있고, 그 속에 깃든 곡절 깊은 내력까지를 제대로 간파해 낼 수 있는 것이다. 한 존재가 주체적인 사유로 살고자 하는 삶의 모습은 바로 이런 만남을 두고 하는 말이 아닐까?

살아 있는 사람끼리의 만남이 이럴진대, 하물며 사라진 것들과의 만남은 오죽하랴. 흔적을 통해 그때 당시의 존재들이 공들여 추구하려 했던 삶의 핵심을 헤아리는 데는 적지 않은 시간과 적요로운 기다림이 요구된다. 기다림에 대한 시인의 각별한 당부는 여기서 비롯된다.

이렇듯 박태일 시의 한 특징은 바로 그 기다림이 살아 있는 자들끼리의 만남에 한정되지 않는다는 것이다. 그의 시는 시간의 폭이 깊고 넓다. 가깝게는 가족과 형제, 멀리는 죽은 아버지를 포함해 금관가야의 마지막 임금인 구형왕에까지 거슬러 올라간다. 그 사이엔 하루 내내 "고구메(……) 두 모타리" 팔면서도 자식 자랑을 빼놓지 않는 "김해 주촌면 내삼 관동댁", "드난살이 삼십여 년 홀로 조금밥 헤며 다 숡아버린 조씨 할머님", 수재민으로 탈향해서 사는 "우리 사촌"이 함께 존재한다. 또 그 가운데는 "병원에서 거듭 늙으시다" "병만 남겨둔 채 병원을 빠져 나오신"

아버지가 있고, "바람 났다 늙어 돌아온 왕고모부"가 보기 싫어 살아생전 아버지의 등에 업혀 "눈길 마지막 친정가시던" 왕고모가 있으며, 나중엔 관리인들의 손때가 묻어 애초의 불심조차 사라지고 말았지만 큰물 진 뒤 봇도랑 치우다 발견한 돌미륵을 "절집에 있는 게 마땅"하다며 옮긴 "동네 일꾼 정미소 억만이"도 들어 있다. 이 모두는 박태일의 시가 바라는 진정한 만남의 대상들이다.

기다림엔 대상에 대한 곡진한 배려와 그 대상을 품는 심적 고요가 포함되어 있다. 모두가 잊지 말아야 할 것을 재현하는 동안, 시인은 바로 그 고요 속에서 우리가 자신의 오랜 시간의 껍질을 깨고 그것들과 정담을 나누길 원한다. 정담은 호들갑스런 대화가 아니다. 그 정담을 시인의 말대로 '그리움'으로 부를 수 있는 이유도 여기서 생긴다. 하지만 그것과의 만남은 지난하기 그지없다.

> 그리움엔 길이 없어
> 온 하루 재갈매기 하늘 너비를 재는 날
> 그대 돌아오라 자란자란
> 물소리 감고
> 홀로 주저앉은 둑길 한 끝.
>
> —「그리움엔 길이 없어」 전문

"그리움엔 길이 없"다고 한 것은 그리움의 생성적 한계를 말한 것일 수 있다. 마음먹고 집중해도 다가오지 않는 게 그리움이요, 전혀 예상 밖의 곳에서 만나는 게 또한 그리움이다. 기투하는 열정에 비해 유난히 작아 보이는 그것의 자리는 다가가면 갈수록 그윽하다. 하지만 그 거처가 어딘지는 딱히 알 수 없다. 알기 어려운 만큼 발견하기도 쉽지 않다. 그럼에도 그것은 살갗의 소름처럼 한시라도 상황만 갖춰지면 나타난다. 그것은 찾고자 하여 찾아지는 성질의 것이 아니고, 오히려 우리 나름대로 살다보면 우리의 삶에 알게 모르게 늘어 붙는 것이다. 찾았다 하면 금방 사라지고, 돌아보면 어느새 쫓아와 있는 게 바로 우리네 그리움 아닐까? 그렇다면 시인이 염원하는 그리움의 실체와 이것은 어느 정도 가까울까?

적어도 박태일 시인이 말하는 그리움은 아무렇게나 나타났다 뜬금없이 사라지는 것은 아니다. 우리가 과거에 대한 명확한 판단을 할 수 있고, 현실에 대한 냉혹한 인식을 할 수 있는 데는 그러한 심적 기반을 우리 모두 공유한다는 것을 그 역시 잊지 않는다. 때문에 따로 그것과의 기다림을 요하는 시인의 당부 속엔 이를 고심한 혼적이 세월의 인으로 박혀 있어 보인다.

10년 전, 그는 첫 시집 『그리운 주막』을 통해 "산이 버린 산"은 물론이요, "사람이 버린 사람의 백골까지" 찾아내었다. 거기서 그는 자신의 기억과 그리움의 길이 어디까지 당도하는지를 보여 주었다. 그리고 두 번째 시집 『가을 악견산』에 와서는 우리가 사는 삶의 밑둥지에 천착했다. 이때 그는 "최루가스 나는 거리 한 쪽 뿌리끼리 엉겨 서로/하얀 마스크를 나누어주는 플라타나스"와 "쇠부리터 옛적 풀무질 소리"가 서로 맞붙어 있다는 사실을 알아낸다. 이번 시집은 바로 그 연장선상에 놓인다. 시인이 말하는 그리움은 사람의 냄새를 고스란히 지닌 것과 만나고파 하는 시인의 응결된 희망이자 홀연히 사라질 수밖에 없는 것 간의 결합체다. 시인은 그러한 그리움이 사라진 자리, 말하자면 부재의 안쪽까지 재현해 내는 것이다.

박태일의 시의 또 다른 특징은 절제된 시어 속의 농축된 그리움과 더불어 일정한 소리를 간직한 데 있다. 그 소리의 배음과 연속을 우리는 시의 음악성이라 할 수 있다. 어느 시를 봐도 그 가락은 울려난다.

도포기리 지은 두 자 두 치 넉넉
뒤폼 지은 대자 넉넉
수장 한 자 넉넉
압폼 다섯 치 넉넉

긴동 한 자 넉넉 압깃

다섯 치 답 분 넉넉

할아버지 젯날 아침

까치 또 까치.

—「감밭」 전문

이 시는 눈으로 소리를 듣게 한다. 일반적으로 한 편의 시에 실린 가락
의 유무만으로 시의 눈(眼)은 찾아지지 않는다. 문제는 그것의 있고 없음
을 떠나 시인의 의도가 그 가락과 더불어 얼마나 잘 드러나고, 그 의도가
시의 부분에만 치우치지 않고 시의 전체적 맥락과 찰진 조화를 이루었냐
이다. 시의 음악성은 그 시의 본질과 결코 분리되지 않는다.「감밭」의
시행 끝과 중간에 놓인 '넉넉'이란 시어는 이런 판단을 돕는다.

수의(壽衣)는 죽은 자의 옷이다. 바느질을 하지 않는다는 그 옷은 산
자가 죽은 자를 위해 베푸는 마지막 선물로서, 아무리 옷감이 없어도
그 옷만큼은 넉넉하게 재단한다. 그런데 직접 주검을 더듬으며 죽은 자의
몸길이를 재야 하는 자의 심정은 즐거운 일일 수만은 없다. 속에서부터
터지는 울분을 가까스로 참아낸다. 이 시는 이러한 울분을 '넉넉'이란
시어로 탁 잘라내고, 죽은 자와 산 자 간의 삶의 간격을 냉혹할 정도로
구분해 보인다. 요컨대 '넉넉'이란 시어는 주검에 닿는 손길 바로 이어
나오는 슬픔과 속내 사정을 더 이상 밖으로 나오지 않게 만드는 것이다.
시인이 보기에, 그때의 울분은 내뱉는 것이 아닌 안으로 삼키는 슬픔이다.

또한 발음상으로도 '넉넉'이란 말 다음에 곧이어 올 말은 있기 어렵다.
그럴 때는 잠시 공백을 두는 게 상책이다. 시인은 바로 그 휴지를 통해
산 사람은 살아야 한다는 것을 주지시킨다. 우리 삶의 상식적인 질서를
상기하면 이는 실팍한 울림을 준다. 이러한 점들은 되풀이해서 사용된
'넉넉'이란 시어가 전혀 뜬금없이 사용되지 않았음을 입증시킨다.

이를 좀더 천착해 보기로 하자. 위의 시에서 1연의 5행에 쓰인 '넉넉'은 앞서 네 번씩이나 반복된 동일한 시어와는 성격이 좀 다르다. 물론 그 시어는 앞의 반복적 사용을 통해 의미가 창출된다. 그러나 그것은 1연에서 사용된 '넉넉'과는 전혀 달리, 1연의 중심인물인 죽은 자의 삶을 2연의 중심인물인 산 자의 삶으로 옮겨놓는 징검다리다. 마치 음악에서 청취자로 하여금 마지막임을 알게 하는 신호, 바로 '카텐자'와 같은 구실을 반복된 시어가 수행하고 있는 것이다.

따라서 그 다음에 이어지는 1연과 2연 사이의 행가름은 반드시 있을 수밖에 없다. 그것은 죽은 자와 산 자 사이의 시간의 간격이 '넉넉'이란 시어로 조정된 상태인지라 당연히 그 다음엔 새로운 시적 전개가 일어나서이다. 그 간격은 시적 화자의 시선에 변화를 준다. 이런 맥락에서 볼 때, 박태일의 시는 시의 외형을 음악성에 입각해 주조하지만 그 규칙적인 소리가 시의 내용과 불가분의 관계를 유지함으로써 시의 전체적인 의미에 새로움을 더하는 경우라 하겠다. 「감밭」의 경우, 시인이 죽음을 앞에 두고도 우리가 살아야 하는 현실을 기껍게 보여 주는 데는 삶을 정연한 순리로 대하는 한 시인의 자세로 다가온다.

물론 그의 시가 도입한 시의 음악성을 이 하나로 줄여 말할 수는 없다. 시의 중심 시어는 물론이고—시인이 보기에—마땅히 살아 있어야 할 가치를 지닌 존재들을 주목할 때도 그는 그런 반복적 효과에 기댄다. 그 효과는 주로 대상의 본질을 환기하는 데 맞춰진다. 가령, "자란자란 물소리", "기억 아슴아슴 짐짓 흔들리는 구리종 소리", "당각시 토닥토닥 발자욱", "징검징검 내려앉는 푸른 섬", "백 마리 천 마리 출렁출렁 하늘 밑동을 옮기는 기러기 쇠기러기", "두근두근 시냇물", "강줄기 속삭속삭", "쭈뼛쭈뼛 일어선 무덤들", "볕살 자글자글", "가랑가랑 읽어주는 지장 옛경", "재갈재갈 새벽을 달려온 소화물", "구구 꾸륵꾸룩 헛배", "건들건들 선걸음", "쉬리쉬리 보리피리", "꾸벅꾸벅 맨드라미 조는 서녘" 등이 모두 그것이다. 시인은 앞말의 반복적 사용으로 뒷말의 가치를 창조한다.

우리가 주목할 것은 이러한 것들이 늘 우리들 곁에 있으면서도 진즉 소리조차 없이 있는 바람에 마치 없는 것처럼 여겨져 온 것들이란 점이다. 게다가 그 대상들은 눈앞에 그려진 그림을 보는 듯하여 마치 손에 쥘 듯한 느낌을 준다. 그의 시가 갖는 시적 회화성은 음악성과 따로 분리되지 않는 다. 그리고 그 안쪽엔 과시적 허영 없이 우리의 나날의 삶을 주시하는 시인 의 순연한 정서가 들어 있다. 이는 그의 시가 형식적 음악성과 시적 회화성 이 삶의 구체적인 감각을 떠나 있지 않다는 말로서, 음악의 현상이 인간과 사물 간의 새로운 질서를 수립하고, 인간과 시간, 사물과 시간 사이에도 서로가 어울릴 수 있는 질서가 생성될 수 있다는 것을 예시해 준다.

그의 시의 음악성은 "사람의 오장"으로부터 나오는 소리와 결합되어 있다.

> 지난날들은 무슨 업장으로 새삼스러운가
> 눈 들면 하늘 멀리
> 꼬막손 토막손 붉은 손바닥 펴보이며
> 구름 밥상에 둘러앉은 옛 식구들
>
> 오냐 오냐 울음에도 가락 있음을 내 어찌 잊으랴
> 세월의 달팽이관 힘껏 돌아서
> 밥과 숨의 궁상각치우
> 삶과 꿈의 음아어이오
>
> ─「용호농장 2─다락밭을 올라」 부분

거문고의 음률과 사람의 오장에서 비롯되는 음이 하나같다는 말은 그 의 시구 하나하나의 음악성이 그와 동체적 질서를 이루고 있음을 말하는 듯하다. 그의 시가 음악성과 결부될 수밖에 없는 중요한 근거는 여기에 있다. 그의 시가 음악성이 부재하는 듯한 현실을 그릴 때나 아버지의 죽음으로 "어둠 너른 방"에 남겨진 어머니의 삶을 되짚어 볼 때도 한결같이 그 특유의 음악성이 뻗쳐져 있는 데는 소리가 삶과 불가분의 관계에 있어서이다.

봄비 이틀
철길 너머 모를 길로 집으로
꼬리 끊고 달아나는 차들 불빛 축축해라
빗발 지렁이 고물고물 기어들어
대합실 비닐 꽃잎 먼지를 닦고
늙어 저자 걸음에 짐 가벼운 것도 허물일까

—「도시통근열차를 기다리며 3」 부분

이 시에서 지렁이가 '고물고물' 기어가는 모습은 시인과 함께 귀가할 열차를 기다리는 할머니의 지친 모습과 상호 조응한다. 이는 아버지의 죽음 후 홀로 생신을 맞으신 어머니를 축하차 와서 "소곤 소곤소곤" 좋은 말벗이 되어주며 말하던 '누이'의 그것과 전혀 다른 것이 아니다. 박태일의 시의 음악성은 그래서 기억과 죽음, 상승과 일탈의 세계의 통하고 있는 것이다. 그렇다고 그의 시가 남달리 우주적 음악관을 갖고 있는 것도 아니다. 요는 그의 시가 우리 삶의 움직임이 만드는 규칙적 질서를 단절 없이 그려 보이고자 하는 데서 그런 음악성이 발견될 뿐이다.

궁극적으로 그의 시적 음악성은 자신의 관심 대상과 미적 감상, 현실 인식과 미적 사상의 현현일지 모른다. 그의 시가 상승과 일탈의 세계로 지향하는 것은 바로 이런 음악적 울림이 있기 때문이다. 박태일의 시에는 바탕이 일렁이기는 하지만 오히려 그 규칙적인 일렁임으로 쉽게 주저앉지는 않을 견고함이 비축되어 있다.

(1995)

마음의 풍경

―심호택 시집 『최대의 풍경』, 박태일 시집, 『약쑥 개쑥』―

전정구

　박태일(朴泰一) 시는 예술의 참된 미에 대하여 적대적인 시대에 크게 유행한 적이 있던 조악한 시들, 예컨대 하찮은 의미를 건져내기 위해 시인의 주관에서 환기된 혼잡한 환상의 편린들을 결합시킨 상징시, 시 내용을 시인에게 직접 물어봐도 의미가 알송달송한 추상시, 아무도 알아들을 수 없는 시어를 중얼거리며 모호한 환상의 논리에 매달렸던 민중시, 모국어가 얼마만큼 타락할 수 있는가를 시험하듯 마구 휘갈겨 쓴 대중시와 날카롭게 대조된다. 그는 이제까지 천대받아 온 독자의 진정한 미적 감수성을 구출할 여지가 있는 시인이다.

　박태일의 시를 처음 대한 독자조차도 어느 땐가 들었거나 느껴본 일이 있다고 생각할 만큼 그의 세 번째 시집 『약쑥 개쑥』의 정서와 내용은 전통민요의 그것처럼 단순하고 소박하며 이해하기 쉽고 친근하다. 그는 독자에게 익숙한 향토의 풍습과 일상생활 감정에서 소재를 구하고 선별한다. 그리하여 박태일은 고요하고 그윽이, 요란스럽지 않고 조용히 우리 민족 정서가 어떤 것이고, 그것이 얼마나 소중하며 아름다운가에 대하여 깨우친다.

그리움엔 길이 없어

온 하루 재갈매기 하늘 너비를 재는 날

그대 돌아오라 자란자란

물소리 감고

홀로 주저앉은 둑길 한 끝.

—「그리움엔 길이 없어」 전문

이 시는 '온 하루를 날고 있는 재갈매기, 자란자란 흐르는 물, 둑길 한 끝' 등 언어로 묘사한 자연풍경의 극한을 느끼게 한다. 시인은 자신의 삶을 통해 자연을 보지만, 그 울타리 속에 자연을 가두려 하지 않고 하나의 정감으로 살려낸다.

자연풍경을 시각화한 시인의 독특한 기법으로 인해 여태까지 평범했던 자연풍경이 아득한 삶의 저편에서 우리를 뒤돌아보게 하는 아름다운 조국의 강산으로, 지금까지 예사로웠던 들녘 풍경이 우리의 먼 과거시절을 회상시키는 정감어린 '마음의 풍경'으로 뒤바뀌며 선연히 독자의 눈앞에 다가온다. 이 평범한 자연풍경에 박태일은 자신의 미적 이상을 실어놓은바, 독자는 들녘의 풍경에 짙게 배어 있는 그윽하고 안타까운, 그러나 약간 처연하고 슬픈 듯한 감정을 불러일으키는 그리움의 정서를 읽어내야 한다.

"홀로 주저앉은 둑길 한 끝"이란 짧막한 구절이 얼마나 많은 그리움을 불러내는가? 적막한 가운데 더욱 사무치는 들녘 아름다운 자연풍경이 자아내는 그리움의 이중적 의미를 간과한다면 그의 시의 매력은 사라진다. "그대 돌아오라 자란자란" 그윽하게 청각을 자극하는 물소리를 휘감고 홀로 주저앉은 둑길의 분위기는, 떠도는 나그네가 잠시 발걸음 멈추고 "그리움의 길" 끝에서 망연히 느끼는 고독이나 허허로운 심정, 혹은 쓸쓸한 애수에 가까운 감정 바로 그것이다. 둑길이라는 들녘의 구체적 풍경을 통해 외롭게 명상에 잠긴 서정적 자아의 모습을 뚜렷이 부각시킨 「그리움엔 길이 없어」의 그리움은, 그러나 그리움 그 자체로 머무는 것이 아니라, "홀로 주저앉은 둑길"의 그것처럼 고독한 서정적 자아의 심사 저쪽 너머에 있을 법한 그 어떤 기대를 하염없이 갈망한다. 시적 분위기를 이와 같이 조성할 수 있었던 것은, 소월과 영랑 등 과거의 탁월한 서정시인들이 축적한 전통을 그가 꾸준히 천착해 왔음을 뜻한다.

박태일은 우리 서정시의 한 줄기를 이루어 온 민족정서를 특유의 감각·시각으로 구현한다. 우리는 그의 시에서 조선적 정감·정조와 조화를 이룬 시각 이미지를 확인할 수 있다. 아름다움 서정미와 그윽한 파토스를 짙게 전해 주는 그의 시의 미적 본질을 구성하는 요소는 회화성이다. 마치 그림을 보듯이 시 속에 표현된 정경을 그윽하게 떠올리기만 하면 그의 시는 선명하고 간결한 풍경화의 그것처럼 독자에게 쉽게 어필한다. 특별한 시 읽기 훈련과 예술적 감수성이 필요 없을 만큼, 그의 시는 잃어진 향토의 모든 것들에 대한 강렬한 인상을 선명한 시각 이미지를 이용하여 간결한 형식으로 살려냈다.

마당집 담벼락 따라
갯지렁이 옛길.

—「가포」 부분

나락드락 외길 하나
참숯 마을 저녁을 좇아 오른다.

—「묵방은 멀다」 부분

부부 불며 온다 갈대밭
하얀 풍선껌.

—「설대목」 부분

'옛길'의 꼬불꼬불한 모습을 갯지렁이의 그것에 비유한 「가포」, 참숯 연기처럼 '나락드락' 가물가물한 오르막 '외길'의 모습을 형상화한 「묵방은 멀다」, "하얀 풍선껌"으로 '똥게'의 행진을 시각화한 「설대목」은 간결한 형식 속에 향토의 정서를 함축한 수많은 의미를 내포한다. 작은 형식 속에 커다란 내용을 응축한 잘 만들어진 서정시란, 시인이 경험한 어느 한 부분을 언어로 옮긴 것이 아니라, 그 경험을 총체적으로 압축하여 일정한 시상을 부여하고 그것을 간명하게 축소한 형식 속에 응결시킨 것을 말한다. 간결하고 짧게 쓰려고 노력하면 할수록 힘드는 참된 서정시는 기교를 통해 내용을 더욱 명료하게 하고 더 많은 의미를 함축하게 하는 일종의 예술 형식을 지칭한다. 시각 이미지를 이용하여 '옛길, 외길, 똥게'의 모습을 부각시킨 「설대목」, 「묵방은 멀다」, 「가포」는 형식의 기교가 자기만족적인 것이 아니라 항상 표현대상의 의미를 뒷받침해야 한다는 시 이론의 기초에 매우 충실한 시들이다.

　　　울며 자며 옛일들은 잊었습니다
　　　달빛 자락자락 삼줄 가르는 밤
　　　당각시 겨드랑이 아득한 벼랑
　　　두 낯 손거울엔 제 후생이 죄 담겼나요
　　　해 걸러 보내주신 참빗 치마 저고리는
　　　어느 때 어느 님 보라시는 뜻인지요
　　　당각시 고깔 위로 오색동동 빗물 번지고
　　　당각시 한 세월에 소지장처럼 마른 가슴
　　　골바람은 돌아돌아 당집 돌담만 허무는지
　　　날밤 아침엔 애장터 여우 기척도 마냥 반가워
　　　앞산 햇살 끝동 좇아 나서면
　　　당각시 토닥토닥 발자국 위로
　　　마른우레 가는 소리

원추리 원추리 핍니다.

—「당각시」 전문

"달빛 자락자락 삼줄 가르는 밤"의 '아득한 벼랑, 손거울, 참빛 치마
저고리, 마른 가슴, 당집 돌담, 애장터 여우 기척, 앞산 햇살, 원추리' 등
잊고자 하나 차마 잊을 수 없는 토속적 삶의 풍경이 「당각시」에 감동적으
로 각인되어 있다. 시인은 그 삶의 풍경에서 받은 강한 인상들을 감각에
호소하여 표현한다. 대상에 매달리는 것이 아니라, 그 대상이 자아내는
풍경 앞으로 스치는, 그리하여 그 스침을 통해 다시 되돌아본 바로 그
순간의 느낌을 감각으로 재현한 박태일 특유의 작시의식(作詩意識)이 「당
각시」에 잘 나타나 있다. '자락자락' 달빛, '토닥토닥' 발자국 등 시인의
감각이 스치는 짧은 그 순간을 포착한 이 모든 특징적 디테일은 고유한
향토적 정서로 속도감 있게 통합되면서 잊혀진 조선인의 삶에 대한 무한
한 그리움을 자아낸다.

"산 겹겹 물 망망 세월 건너온 기러기…… 샛강물 안개도 두근두근
부딪다 물러서는…… 백 마리 천 마리 출렁출렁 하늘 밑둥을 옮기는 기러기
쇠기러기"를 노래한 「여항에서」에서 우리는 「당각시」와 유사한 정서를
만난다. '샛강물 안개, 기러기 쇠기러기'와 완벽한 친화를 이룬 "산 겹겹
물 망망"한 강산의 분위기는 '두근두근' 가슴죄게 '출렁출렁'거리는 그리움
의 정서를 내재율에 담아놓은바, 우리는 리드미컬하게 마음에 와 닿는
조국의 '그리운' 자연을 실감한다. 자신도 모르는 사이에 우리는 그 자연의
율동에 실린 조국의 참모습을 발견한다. 「여항에서」의 그것처럼 박태일은
자연풍경에 율동감을 부여하여 조선인의 숨결을 느끼게 한다. 그리하여
그는 자연의 그 숨결을 통해 우리를 그리움의 분위기로 끌어들인다.

닥껍질 삶은 물이 돌돌 도랑을 데우는 골짝 마을
이름도 성도 자식 없어 나선 시집살이 욱동이 동생 친정 일도

드난살이 삼십여 년 홀로 조금밥 헤며 다 슀아버린 조씨 할머님은

마당귀에 다소곳 숨이 죽는 약쑥을 보면서

콩나물시루 삼발이 마냥 굽은 허리로 집안을 도시는데

한 해 한 번 마을에 약쑥 공양 베푸시는 할머님

머리 검불 허연 귓가로 앞집 며느리 새로 치는 꿀벌 소리가

저승마루인 듯 아득하게 이엉을 얹고

장독대 함박꽃 뚝 지는 날

테메운 물두무 곁으론

지난해 장대비 소리 다시 후드득

눈 따갑게 이 봄날

손금을 파고드는 따듯한 쑥뜸 연기

할머님 저녁 끼니는 어떠실는지.

—「약쑥 개쑥」부분

"돌돌 노랑을 데우는 닥껍질 삶은 물"과 "눈이 따가운 봄날"은 "쑥뜸 연기"의 아련한 감각처럼 "손금을 파고드는" 평안하고 아늑했던 할머님 모습을 표현하기 위해 동원한 향토의 자연풍경이다. '데우는, 따가운, 따듯한' 등 감각·촉각의 온기(溫氣)를 느끼게 하는 시어들은 약쑥 공양을 베푸시는 할머니의 '따뜻한' 마음을 구체적으로 형상화하는데 기여한다. 시인은 "약쑥 개쑥"이라는 토속적 소재로 전형화한 할머니 마음을 통해 단절된 인간관계를 소통으로 냉혹한 이기주의를 너그러운 공동체의 연대감으로 치유하려는 소망을 피력한다. 그러나 『약쑥 개쑥』에 수록된 몇편의 작품들은 시창작 기술을 습득한 시쟁이들이 범하기 쉬운 서정시의 함정에 빠진 듯한 인상을 준다. 상당한 수준의 「화악산」 같은 작품에서 우리는 퇴락한 리리시즘으로 굳어버린 서정시의 한 전형을 목격할 수 있다.

산을 열고 들어서니
산은 없고
가뭇가뭇 눈길 끝
절집 아궁이
뉘집 홀며느리가 새 공양주로 들었나
솔가리 한 짐
연기 한 줄기.

— 「화악산」 부분

한시(漢詩)나 선시(禪詩)의 발상과 일맥상통한 「화악산」은 소재나 대상을 지나치게 조작한 느낌을 준다. '화악산' 그대로를 진실되게 보여 주지 않고 아름답게 수식하여 과장하면, 시 내부의 언어를 아무리 조탁해도 독자의 공감을 얻기 어렵다. 적막의 분위기가 향토·민족 정서를 압도한 이 시는 독자의 감동을 자아내기보다는 단순한 현실도피나 복고취미의 재현으로 보인다. 오늘의 상황에서 과거를 되돌아보는 것이 어떤 의미를 가져야 하는가에 대한 전망이 불투명한 「폐왕을 위하여」를 비롯하여 3부의 사사로운 개인 생활에 연루된 시들은 감상적 회고에 그칠 위험이 있다. 4부의 잡다한 일상사를 다룬 시들은 자칫 현대판 음풍농월의 서정주의로 타락할 징후가 보인다. 개인사적 삶을 보편화하고, 과거의 것을 오늘의 절실한 이슈로 탈바꿈하는 치열한 시정신으로 음풍농월의 서정주의를 경계할 때, 허황된 수사의 시대의 세상과 진실한 화해를 도모하기 위한 "먼 산 솔숲 어딘가 빗소리"를 닮은 그의 언어들이 "두렁 가 콩잎 같은 결기"로 새롭게 일어설 것이다.

(1995)

근대시 공간 연구의 역사적 차원

– 박태일 『한국 근대시의 공간과 장소』 –

이광호

박태일의 『한국 근대시의 공간과 장소』는 공간과 장소의 문제틀로 근대시를 연구한 노작이다. 책은 1부와 2부로 나누어져 있는데, 1부의 글들은 「한국 근대시의 공간현상학적 연구」라는 제목의 학위논문이라고 저자는 소개한다. 그 논문에서 그는 김광균, 이육사, 백석, 윤동주의 시에 나타난 공간 체험 현상을 살피고 그 의미를 탐구한다. 이들은 "1930년대 왜로 제국주의자들에 의해 저질러졌던 민족공간의 지배와 파괴로 말미암아 겪었을 자기정위의 어려움을 독특하고도 뜻있는 시적 공간으로 되돌려 놓은 본보기"라고 밝히고 있다. 2부는 근대시의 공간과 장소를 문제삼은 개별 논문들을 묶어 놓았다. 금강산과 낙동강의 시적 의미를 탐색한 글로부터 김영수의 시와 1990년대의 한국시의 공간을 문제삼은 글들이 한데 모여 있다.

1부의 논문의 경우, '현상학적 공간 연구방법 가운데서도 실존적 장소론을 그 틀로 빌려' 1930년대 시의 공간 문제를 연구한다. 여기서 저자는 김광균, 이육사, 백석, 윤동주의 시를 분석하면서 "개인의 체험을 힘있는 시적 공간으로 마련하고, 그것을 우리의 값진 체험 현실로 다시 되돌려놓고 있는 1930년대의 네 시인의 한결같은 노력을 읽"고 있다. 저자는 다음과 같이 각 시인들의 공간 체험의 의의를 정리한다.

이러한 네 시인의 독특한 공간 체험은 체계세계와 생활세계 사이의 분리를 꾀했던 그 무렵 왜로제국주의 공간 지배에 맞서는 하부 정치적 의의를 지닌다. 김광균의 시는 중심 상실에 맞닥뜨린 시각적 자아가 사적·감각적 표현공간으로 물러나 소극적 자기 버팀에 머물고자 해 순응적 사생활주의로 떨어짐으로써, 제국주의 체계세계의 강고한 폭력에 힘있는 대응을 보여 주지 못했다는 그 성과와 한계가 새로웠다. 이육사의 시는 예속 현실 속을 떠도는 자신의 운명과 제국주의 폭력 이데올로기라는 개별과 전체 사이의 대립을 우주적 순환질서에 가탁한 전통 유교 이데올로기라는 하부 이데올로기와 제국주의 전체 이데올로기의 대립으로 바꾸어 힘껏 맞서려는 제도적 저항을 보여 준다. 백석 시는 그 무렵 제국주의 지배문화, 식민문화가 손 댈 수 없는 든든한 토착농경 현실이라는 하부문화를 빌어 그것과 거꾸로 대거리하겠다는 옹골찬 시간 역전의 의도를 구체적인 아름다움으로 담아냄으로써, 식민화된 생활세계 안쪽에서 겨레 동일성을 지키고자 한 대응 전략으로 올라선다. 과거를 가치화하는 앞의 세 시인과 달리 윤동주의 시는 바른 삶의 길과 그것에 이르기 위한 희망이 사라지고 좌절된 예속 생활세계 안쪽에서 어렵사리 창조적 체험 가능성을 열어나감으로써, 식민지 예속 현실의 인간가치 실추 현상에 맞서 인격주의를 완성해 가는 모습을 오롯이 보여 준다. (237~238쪽)

위와 같은 결론은 공간 체험을 통해 시인들이 어떻게 당대의 경험현실을 문학화했는가를 드러낸다. 이로써 저자는 "시가 무엇보다 어려운 시대를 겪어나간 체험의 기록이며, 그것을 오늘날 자신의 체험과 하나로 묶어내는 행복한 시읽기"(23쪽)를 실현하고 있는 셈이다. 한국현대시 연구가 시의 의미내용과 역사적 맥락과의 단선적 대응관계만을 부각시키기거나 정반대로 시를 하나의 완결되고 닫힌 구조로 상정하는 형식주의적 편향

사이에서 이론적 왕복을 거듭해 왔음을 상기할 때, 이와 같은 연구의 의미는 한결 두터워질 수 있다. 역사주의적 편향과 형식주의적 편향의 이론적 균열을 시인의 공간 체험 분석을 통해 메꿀 수 있는 가능성을 보여 주는 것이다. 그리고 그 가능성은 저자의 성실한 분석과 진지한 입론을 통해 상당한 성과를 이룬 것으로 판단된다. 더구나 공간에 관한 저자의 관심이 토착적인 어휘들을 살려내려는 문체로 논리화되고 있는 것은, 평가 받아야 할 대목이다. 그런데 저자의 분석 방식과 이론적 입장 이 기존의 현대문학 연구의 문제틀과 얼마만한 차별성을 갖는가 하는 것은 좀더 면밀한 검토를 요구한다. 이 책을 관통하는 저자의 문제의식의 핵심은 다음과 같이 요약될 수 있다.

1) 삶이란 바탕에서부터 역사·사회적 존재인 사람이 그 시·공간 속에서 자신이 좇는 의미와 사회적 가치를 합일시키고, 자신의 실존을 사회적 가능 성 속에 열어놓는 자아 동일성 획득의 드라마, 지속과 변화의 역장이다.

2) 그런데 문제 삼고 있는 1930년대 현실은 나라잃은시대 그 어느 때보다 도 바람직한 사회통합을 통한 자아 동일성 획득의 가능성이 거의 무너져 있 었다.

3) 그러나 이 속에서도 우리의 시인들은 나름의 시적 현실을 마련함으로써, 그러한 거짓 힘에 대응하는 노력을 게을리 하지 않았다. 제국주의 공간지배 라는 현실 안쪽에서 시적 공간이라는 의도된 현실을 마련해 그러한 예속 현 실로부터 오는 고통과 괴로움에 여러 길로 마주하고자 한 셈이다.

4) 따라서 김광균, 이육사, 백석, 그리고 윤동주 시가 보여 주고 있는 유다 르게 틀 잡힌 공간 체험의 의의를 그러한 예속 현실 아래서 부딪친 자아 동일 성 혼란과 그것을 벗어나기 위한 대응 전략이라는 쪽에서 힘써 읽어내려는 노력이 새삼스럽게 요구되는 것이다. (223~224쪽)

'그런데', '그러나', '따라서'라는 접속사로 연결되어 있는 위의 문장들은 저자의 이론적 기반에 어디에 있는가를 선명하고도 명쾌하게 보여준다. 1)에서 저자는 인간을 역사·사회적 존재로 규정하고 삶은 자신의 실존적 의미와 사회적 가치를 합일시키는 동일성 획득의 과정으로 보고 있다. 이러한 전제는 물론 보편적이고도 자명한 것처럼 보이지만, 이러한 견해 역시 역사적·이데올로기적으로 특수하게 형성된 인간이해의 한 형태이다. 현대 비평이론에서는 인간 정체성이 의식적인 마음에 현전한다는 믿음에 대해 회의적이며, 언어나 이데올로기에 의해 구성되는 주체는 언제나 유동적이고 불안한 상태로서 나의 전체성과 외부세계와의 동일성은 도달할 수 없는 환상이라고 분석한다. 2)에서 저자는 식민지 시대에는 그 어느 때보다도 바람직한 사회통합을 통한 자아 동일성의 획득 가능성이 무너져 있었다고 주장한다. 이 주장 역시 당연한 것으로 생각될 수 있으나, 자아 동일성의 좌절은 반드시 식민지 체제의 문제가 아니라, 근대 이후의 보편적인 체험이라고 볼 수도 있다. 3)에 오면 저자는 그 식민지 체제 내에서의 자아 동일성의 좌절에 대응하는 노력으로서 시인들이 '시적 공간'을 마련했다고 말한다. 물론 이러한 논리는 1)과 2)의 전제 하에는 논리적 일관성을 갖는 것이지만, 시 내부에 상상적으로 구성된 시적 공간을 식민지 현실에 대한 대응 공간으로만 의미화하는 것은 시 공간에 관한 해석을 풍요롭게 하기 어렵게 만든다. 결국 4)와 같이 저자는 이들 시인들의 공간 체험은 예속 현실에서의 자아 동일성의 혼란을 벗어나려는 대응 전략으로 이해하고 있으니까 말이다.

저자는 "이 시대의 시를 두고 낱낱의 시적 현실이 담아내고 있는 나약함이나 수동성을 꼬집으면서 그것을 섣불리 소박한 반영론으로 몰아붙일 수 없"(225쪽)다고 주장하고 있다. 그런데 이들 네 시인에 관한 저자의 미학적 평가는, 물론 상당한 해석적 세밀함을 동반하고 있기는 하지만 '소박한 반영론'의 평가와 크게 벗어나지 않는다. 가령 저자가 김광균의 시를 두고 "이러한 자세는 예속 현실에 대한 힘있는 대응일 수는 없었다. 제국주의의 체계세계의 폭력 앞에서 고착된 사적 경험 현실을 빌어 내보인 자기 버팀이라는 의도는 오히려 예속 현실의 조작된 만족과 순응을 받아들이는 사생활주의의 결과다"(225쪽)라고 평가할 때, 그 평가의 코드는 사실상 저 해묵은 역사주의와 반영론의 미학적 테제들을 고스란히 이어받고 있는 셈이다. 이러한 미학적 평가의 준거는 네 시인에게 공히 적용되고 있으며, 2부의 공간 연구에서 작동된다.

박태일의 『한국근대시의 공간과 장소』는 한국 현대문학 연구의 새로운 영역을 가늠할 수 있는 저서이다. 필자가 아쉽게 생각한 것은, 시인의 개인적 공간 체험을 식민지 현실에 대한 대응이라는 문맥으로만 의미화한 나머지 공간 독해의 새로운 가능성을 해석자 스스로 닫아두고 있다는 점이다. 만약 그 공간의 역사적 의미와 동일성의 훼손이라는 문제를 고려해야 한다면 '식민지 현실'이라는 조건 이외에 '근대' 혹은 '식민지 근대'라는 보다 탄력적인 문제설정이 필요했을 것이다. 이것은 저자가 '근대성' 혹은 '현대성'에 관한 문제의식을 상대적으로 누락하고 있음을 보여준다. 저자는 기본적으로 공간 문제를 민족 문제와 연관시키는데, 만약 공간 문제를 '땅'과 '피'의 문제에서만 본다면, 그것은 공간이 갖는 현대성의 문제를 축소하는 논리에 귀결될 수 있다. 이런 의미에서 이 책의 마지막에 실려 있는 「1990년대 한국시의 공간과 그 전망」은 저자가 이런 문제의식으로부터 벗어날 수 있는 가능성을 시사하는 글이라는 측면에서 흥미롭다.

(2000)

해체된 농촌, 풀나라의 기억

- 박태일 시집 『풀나라』 -

유재천

1.

박태일은 백석의 연구자이면서 백석의 뛰어난 해석자이기도 하다. 이번에 나온 『풀나라』는 그 동안 시인의 백석 연구의 결과물이라고 해도 과언이 아니다. 많은 시인들이 백석의 시를 흉내내고 있지만 형태만 모방하는 데 그쳤을 뿐인 데 비해 박태일의 『풀나라』는 백석 시의 근본을 꿰뚫고 그 방법을 그대로 이어받았다는 점에서 의미 있는 작업이라고 할 수 있다.

백석은 1930년대 유년기 체험과 설화적 세계, 음식물을 소재로 한 뛰어난 서정시를 남겼던 시인이다. 그의 시는 표면적으로 당시 시대적인 문제와 관련이 없는 순수시로 보이기도 하지만 그는 일제 말기 남다른 시대인식을 바탕으로 시를 통해 일제 말기의 강압적인 식민정책에 맞서려고 했던 인물이기도 했다.

일제 말기는 우리의 민족성마저 지켜내기 힘들었던 문자 그대로 민족성 위기의 시대였다고 할 수 있다. 30년대 일제의 극심한 수탈로 우리 민족은 고향을 등지고 만주 등지로 유랑의 길을 떠나지 않으면 안 되었고 농촌은 해체 위기에 직면하게 된다. 농촌의 해체는 바로 우리 민족 정신의 바탕을 이루는 공동체 문화의 해체를 의미했으며 그것은 바로 우리 민족 정신의 해체를 뜻하는 것이기도 했다. 여기에 일제말기의 민족말살정책은 나라를 빼앗은 데서 나아가 우리의 민족성마저 빼앗으려는 책략으로 민족의 대를 끊어놓으려는 것과 같은 모욕적인 것이었다.

이러한 시대에 시인의 임무는 일제의 강압적인 정책 앞에서 어떻게 민족성을 지켜내느냐 하는 문제일 수밖에 없었다. 백석은 이러한 민족성 위기의 시대에 우리 민족의 공통적인 체험 공간인 설화적 세계와 유년기 체험, 그리고 음식물을 소재로 한 서정시들을 통해 고향을 상실하고 떠도는 유랑민들에게 핏줄을 확인시켜 주고 그들이 떠돌 수밖에 없는 이유를 되돌려보게 하려고 했던, 시를 통해 일제와 맞서려 했던 시인이다.

『풀나라』는 제목만 보면 자칫 자연생태 시집으로 읽히기 쉬운 시집이다. 그러나 이 시집은 자연생태와는 거리가 먼 농촌의 해체 문제를 다루고 있는 시집이다.

일제 말기가 유랑의 시대, 민족성 위기의 시대였다면 오늘날 우리는 또 다른 차원에서 같은 위기를 겪고 있다고 할 수 있다. 급격한 산업화, 도시화의 물결 속에서 젊은이들은 모두 떠나고 농촌은 떠날 수 없는 노인들만 남아 겨우 그 명맥을 유지하고 있는 것이 오늘의 현실이다. 마지막으로 농촌을 지키고 있는 노인들마저 세상을 떠나게 되면 농촌은 그야말로 아무도 살지 않는 빈 마을로 변해버릴 것이다. 30년대 마을 사람들이 모두 떠나고 마지막 남은 병든 노부부마저 굶어 죽음으로써 한 마을이 공동화되어 가는 현실을 그리고 있는 백석의 『마을의 유화』의 현실과 오늘날 박태일이 그리는 우리 농촌의 모습은 크게 다를 바 없다.

그 먼 나라를 아시는지 여쭙습니다
젖쟁이 노랑쟁이 나생이 잔다꾸
사람 없고 사람 닮은 풀들만

파도밭을 담장으로 삼고 사는 나라
예순 아들이 여든 어머니 점심상을 차리고
대소사 상다리 이고 지는 마을
사람만 봐도 개는 굼실 집 안으로 내빼
이름 잊혀진 채 그저 풀로만 불리는
강바랭이 씀바구 광대쟁이 독새기
이장댁 한산할베 마을회관 마룻바닥에
소금 전 양 등줄 꺼지게 누운 마을
토광 옆 마늘 종다리는 무슨 힘으로
아침저녁 울컥벌컥 잘도 돋는데
한때 마흔 이젠 스무 집 어른들
집집 다 버리고 마을회관 두 방
문지방 내외하며 자고 먹는 풀나라
굴 양식 뜰것이 아침마다 허옇게
저승길 종이꽃처럼 피는 바다
그 먼 나라를 아시는지 여쭙습니다

—「풀나라」

　「풀나라」는 한 때 40호 되던 마을이 이제 20호로 줄어들고 그 20호마저 노인들만 남아 마을회관 두 방에 할머니, 할아버지 내외하며 모여 먹고 자는 마을로 변한 오늘의 어촌 마을 모습을 그리고 있다. 이 마을이 원래부터 이랬던 것은 아니다. 집집마다 고향을 등지고 도시로 떠났기 때문이다. 시인은 첫행과 마지막 행에 "그 먼 나라를 아시는지 여쭙습니다"를 배치하여 이 마을들이 먼 나라, 이미 남의 나라나 옛날처럼 우리들의 머리 속에서 까마득히 잊혀져 가고 있다는 것을 충격적으로 보여 주고 있다.
　풀나라는 사람들이 다 떠나고 풀들만 남아 있는 또는 이름 없는 풀들처럼 존재마저 잊혀져가는 노인들만 남은 황폐해진 우리의 고향을 가리키는 것이다.

> 타고 목포 걸어 우포
> 사람들은 우포를 이미 잊었다
> 죄 떠난 탓이다 부산에서
> 간이 망가져 들어온 중늙은이
> 옴마니반메훔 옴마니반메훔
> 진언만 넘나드는 신반댁 할머님
> 한 등성이 사이로 저녁 불빛을 나눈다
> 집 건너 집이 한때 반백을 넘고
> 대사며 장날엔 한 차로도 모자랐는데
> 장타령으로 즐겁던 이방 양반도
> 이방장도 묻혔다 그쳤다
> 자운영 붉은 꽃빛은 언덕까지 치벋고
> 아카시아 내린 무덤들은 벌써
> 아래위 뗏밥 서로 뒤섞는다
> 타고 목포 걸어 우포
> 우포에 우포 사람 없고
> 움머움머 황소개구리만
> 봄밤 지샌다
> 봄밤 운다.

—「우포」

　「우포」 역시 한 때 오십여 호나 되던 마을이 이제 간이 망가져 들어온 중늙은이와 신반댁 할머니 두 집만 남은 해체된 농촌 모습을 보여 주고 있다. 한 때 큰 일 때나 장날은 한 차로도 모자랐던 마을이 등성이 너머로 두 집만 불빛을 나누는 적막강산으로 변한 것은 마을 사람들이 모두 다 떠나버렸기 때문이다.

그런데 사람들이 떠났다는 것은 마을의 축소만 문제되는 것이 아니다. 그들과 같이했던 이방장도 그치고 이방 양반의 장타령도 사라지게 되는 것이다. 마을의 해체와 더불어 이 마을이 가지고 있던 전설과 문화, 역사도 사라지고 마는 것이다.

자운영 풀들은 언덕까지 치뻗고 사람들이 찾아와 돌보지 않는 무덤에는 아카시아가 뿌리를 내리고 무덤과 무덤은 떼를 섞어 구분이 되지 않는다. 우포는 우포 사람들이 살지 않고 외래종 식물과 이국종 황소개구리의 울음이 뒤덮은 산업사회의 우리의 모습을 적절하게 보여 주는 시이다.

마을이 해체되고 공동화될 때 그 곳의 공동체 문화도 사라지고 자운영, 아카시아, 황소개구리가 상징하는 이국종 문화가 그 자리를 대체한다. 아카시아가 무덤까지 뿌리를 뻗고 무덤과 무덤이 떼를 섞은 우포는 우리 전통문화의 해체를 섬뜩하게 보여 준다.

2.

박태일의 『풀나라』는 이곳 저곳을 여행하면서 본 노인들만 남은 해체된 농촌과 그들의 삶, 그리고 시인이 어렸을 적 경험했던 농촌의 기억을 담고 있는 시집이다.

농촌의 공동화 문제는 단지 경제적 인구의 이동 문제에 그치는 것은 아니다. 농촌은 우리 문화의 뿌리이고 그것의 해체와 그 기억의 상실은 바로 우리 민족정신의 단절과 해체, 그리고 뿌리 없는 이질적인 도시 문화로의 이동을 의미하는 것이기도 하다. 박태일이 『풀나라』에서 농촌에 대해 집중적인 관심을 보이는 것은 바로 이 때문이다.

일제의 수탈로 고향을 등질 수밖에 없었던 것이 일제 말기의 유랑민이라면 오늘날 농촌을 떠나 도시에 살고 있는 중·장년층 역시 고향을 떠난 유랑민들이라고 할 수 있다. 도시 유랑민들인 현대의 중·장년층들에게 농촌은 자신들을 키워준 삶의 뿌리이자 정신적 토대인 것이다. 그러나 불행하게도 그 정신적 토대인 농촌은 도시 유랑민들의 머리 속에서 잊혀져가고 먼 나라로 기억될 뿐이다. 뿌리에 대한 기억이 없는 도시인들은 영원히 유랑민일 수밖에 없는 것이다.

박태일의 시집은 과거를 잊고 도시적 삶에 젖은 현대인들에게 현재 황폐해진 농촌의 모습과 과거의 기억을 되살려 줌으로써 그들의 뿌리를 확인시켜 주고 과거와 현재를 통시적으로 연결하여 자신들을 재구조화할 수 있게 해준다는 점에서 의미 있는 작업이라고 할 수 있다.

어머니 눈가를 비비시더니
아침부터 저녁까지 비비시더니
어린 순애 떠나는 버스 밑에서도
잘 가라 손 저어 말씀하시고
눈 붉혀 조심해라 이어시더니
사람 많은 출차대 차마 마음 누르지 못해
내려보고 올려보시더니 어머니
털옷에 묻은 겨울바람도 어머니 비비시더니
마산 댓거리 바다 정류장
뒷걸음질 버스도 부르르 떨더니
버스 안에서 눈을 비비던 순애
어디로 떠난다는 것인가 울산
방어진 어느 구들 낮은 주소일까
설문은 화장기에 아침을 속삭이는 입김
어머니 눈 비비며 돌아서시더니
딸그락그락 설거지 소리로 돌아서
어머니 그렇게 늙으시더니

고향집 골짝에 봄까지 남아
밤새 장독간을 서성이던
눈바람 바람.

—「어머니와 순애」

「어머니와 순애」는 어린 딸을 객지로 떠나보낸 어머니의 심정과 그 후 가슴 속의 납덩이를 안고 평생을 살아야 했던 어머니를 회상하는 형식을 취하고 있다. 어린 딸을 공장이나 식모살이로 떠나보내야 했던 60, 70년대 기억들을 간직하고 있는 시이다. 숟가락 하나 덜기 위해 딸자식을 객지로 보내고 다른 자식들에게 눈물 보이지 않으려고 뒤돌아서서 딸그락 딸그락 설거지 소리만 내며 눈물을 삼키던 어머니의 모습은 60, 70년대 어린 시절을 보낸 장년층들의 기억 속에 숨겨져 있다. 그러나 이러한 기억들은 각박한 도시생활 속에서 무의식 깊숙이 남아 있을 뿐이다.

이 시의 마지막 부분 "어머니 그렇게 늙으시더니/고향집 골짝에 봄까지 남아/밤새 장독간 서성이던/눈바람 바람"에서 보이는 것처럼 이 시 속의 어머니는 이미 이승 사람이 아닌 것처럼 보인다. 시의 화자는 밤새 장독간을 서성이는 눈바람을 죽어서도 순애 생각에 서성이는 어머니로 생각하고 북받치는 설움과 죄책감을 "-비비시더니, -이어시더니, -돌아서시더니, -늙으시더니"로 이어지는 회상조 넋두리 형식으로 쏟아내고 있는 것이다.

옷바위말 호랑머리 염개 뒷개
졸랑졸랑 바닷길이 올려 앉힌 마을
가끔 물기 빠진 속빨래 같지만
그래도 울컥 그리운 고향입니다

멀리 멸장 고는 연기 한 줄기

돌돌 돌길 따라 언덕 위로 올라서면
오월 으름꽃 볼 부은 연보라
연보라빛 향내에 나는 꿈길을 걷고

두 집안 정지 밟지 않겠다고
친정에 허물 남기지 않겠다고
청상 마흔 해 잘도 건넜는데
도시 아들 짐 된다고 목맨 마산댁

웃바위말 호랑머리 염개 뒷개
뱃길 차례로 동무 마을 기별하면서
오늘 아침 무테
마산 화장장으로 신행 가는 길

강씨 묘각 큰 소나무 큰 가지 아래 서서
돈냉이 별꽃 풀나라 아이들과 배웅했습니다
땡그랑 땡그랑
아침밥도 안 먹고 배웅했습니다.

—「신행」

　역시 죽음을 소재로 한 「신행」은 마산에서 섬으로 시집와 자식 하나 낳고 청상으로 사십 년을 지내다가 도시 아들 짐 된다고 목맨 한 여인의 슬픈 생애를 다루고 있는 시이다. 섬으로 시집간 새댁의 답답함이야 이루 말로 다 할 수 없는 것이었겠지만 출가외인 두 집안 정지 밟지 말라는 엄격한 가르침 때문에 눈물 날 때 산에 올라 고향 쪽을 바라볼 뿐 신행 한번 다녀오지 못하고 남편을 여의고 청상으로 살다가 목매어 죽어서 화장장으로 가는 길, 그 길이 신행길이 된 고달픈 삶속에서도 자식에게까지 의존치 않으려는 망자의 정결함이 시 속에 고스란히 담겨져 있다. 반면에 웃바위말 호랑머리 염개 뒷개 뱃길에 이어지는 동무 마을 이별하고 돈냉이, 별꽃 풀나라 이이들과 배웅하는 망자의 가는 길은 쓸쓸하기 짝이 없다.

「어머니와 순애」, 「신행」에 나오는 이야기는 도시 장년층에게 먼 나라 이야기가 아니다. 바로 도시로 나와 고향과 어머니를 잊고 지내고 있는 그들의 이야기이고 그들의 어머니의 이야기인 것이다.

시인은 도시 중·장년층이 가진 그러한 기억들을 불러냄으로써 먼 나라로 인식되고 있는 농촌과 어촌이 바로 자신의 뿌리라는 것을 인식시키고자 한다. 이러한 과거에 대한 기억은 기억 그 자체로 의미 있는 것은 아니다. 그 속에 묻어 있는 사람들의 정신과 자신들의 현재를 가능하게 했던 것들에 대한 기억을 통해 우리가 결코 남이 아니고 하나였다는 것을 확인시키고 개인화, 비인간화되어 가는 도시문명 속에서 인간다움을 회복하는데 궁극적인 목적이 있는 것이다.

3.

객지를 떠도는 사람들에게 어느 날 우연히 식당에서 마주친 어릴 때 먹었던 고향의 음식은 가슴을 울컥 치밀어 오르게 하는 힘을 가지고 있다. 이 때 음식은 그냥 음식이 아니라 바로 고향 그 자체요, 어머니인 것이다. 음식물 하나가 우연히 발굴된 구석기시대 그릇조각처럼 과거를 복원시켜 주는 것이다.

박태일의『풀나라』는 대부분 시인이 이곳 저곳을 여행하면서 보고 듣고 체험한 것들을 바탕으로 한 이야기시로 꾸며져 있다. 이 시집에서 박태일은 탁월한 이야기꾼으로서 잊혀진 풀들의 삶과 기억을 재현해내고 그것을 매개시켜 주고 있다. 박태일의 시는 독자들에게 과거의 기억을 매개시키기 위해 여러 가지 기법을 사용하고 있다. 풀나라에서 흔히 볼 수 있는 민요 형식이나, 대화체, 옛 서한체나 사설투, 넋두리, 옛 제문 형식 등은 그러한 방법들 중의 하나이다. 이러한 문체들은 현재는 사용되지 않지만 도시 중·장년층들이 어린 시절 겪어봤던 문체들이다. 그 문체들은 각각 그 문체들의 기억을 간직하고 있다. 시인은 그 옛 문체들을 현대시에 도입하여 도시 중장년층들로 하여금 순간적으로 도시의 각박함 속에서 어린 시절의 순박하고 꾸밈없는 인정의 공동체 세계로 돌려놓는다.

유세차 갑오 정월 초이틀 임신은 우리 친가 아바 곧 이 세상 버리시고 구원 천대 돌아가신 그날이라 앞날에 저녁 출가 소녀 수련은 왼손으로 눈물 닦고 오른손으로 가슴 쥐고 엎드려 아뢰오니

(…중략…)

하물며 임종시에 약 한 첩 못 달이고 화급총총 가신 날에 말씀 한 번 못 들으니 딸자식이 자식인가 출가외인 분명하다 눈에 삼삼 우리 아바 저 세상 왕랫길은 얼마나 멀고 멀어 다시 올 줄 모르시나

되오소서 되오소서 피고 지는 좋은 날에 다시 한번 되오소서 어이어이 바쁜 세월 어언간 소상이라 구곡같이 맺힌 정회 깜박깜박 아뢰오니 아룀이 계시거든 흠향 흠향하옵소서 오호 애재 상 향

—「어린 소녀 왔습니다」

시집간 딸이 아버지 소상을 맞이하여 올리는 제문이다. 살아생전 병으로 누워 계신 아버지께 약 한 첩 못 달여들이고 아버지를 떠나보낸 자식의 아버지를 그리는 마음이 구구절절 넋두리 형식으로 표현되고 있다. 오늘날의 형식화된 제례 속에서는 도저히 발견될 수 없는 애틋한 마음이 제문

형식을 통해 자연스럽게 드러난다. 이러한 옛 양식들은 「앵두의 이름」,
「광음이 흐르는 물과 같아」, 「용전 사깃골」, 「집현산 보현사」 등 많은 시에
서 시도되고 있는데 이런 문체들은 이 문체들이 가진 과거의 기억들과
더불어 그 속에 남아 있는 놀랍도록 다감했던 옛 사람들의 마음들을 오늘에
복원시켜 충격적으로 보여 준다는 점에서 흥미로운 시도라고 할 수 있다.

이러한 방법들 외에 또 하나 주목할 만한 것은 유년기 기억을 환기시켜
주는 언어와 장소, 또는 이름들을 전경화시키는 방식이다.

박태일은 『풀나라』에서 지역어(방언)와 옛말, 옛날 어렸을 때 사용했던,
지금은 잘 사용되지 않는 단어들을 즐겨 사용한다. 박태일의 시를 읽을
때 단어의 의미가 알 듯 알 듯 하면서 정확히 생각나지 않아 사전을 찾아
보고 싶은 욕구를 문득 문득 느끼게 되는 것은 그 때문이다. 박태일이
이런 말들을 즐겨 사용하는 이유는 그런 말들이 유년기의 기억들을 매개
하고 있고 이런 말들은 그것을 사용했던 사람들에게 즉각적인 반응을
불러일으킬 수 있기 때문이다.

>
> 가죽 지는 잎은 지면서
> 구름 흔들고
> 노을 훌쩍 건너서는
> 쇠오리 가창오리
> 돌대추 가지에 종아리 긁히며
> 혼백 시집간 고모는 어느 길로 들었을까
> 물모래 땅콩밭 십 리 더 위엔
> 오포 불던 옛 장터
> 나루도 있다.
>
> ─「황강 1」

이 시에서 가죽 지는 잎, 돌대추, 물모래, 땅콩밭, 장터, 나루 같은 말들

은 유년기의 체험이 묻어 있는 말들이다. 오포 역시 마찬가지다. 모든 독자들이 시인과 똑같은 환경과 경험을 가지고 있지는 않을 것이다. 그러나 이 시 속의 추억들은 과거의 독자들이 일반적으로 경험할 수 있었던 공통된 체험들이다. 따라서 독자들은 이 시 속의 낱말들을 매개로 자신들의 유년기를 떠올릴 수 있게 되는 것이다. 이를테면 오포라는 단어는 정오에 오포 소리와 관련된 기억들을 아련하게 떠올리고 그 시절의 삶을 재구성하고 돌아보게 하는 효과를 갖는 것이다.

두렁콩 베는 날에 해가 저물어
진주로 시집간 콩점이 생각
곡식도 씨 따는데
사람이 못 딸까
내리 딸 넷에 아들
남편 상 났단 소식도 이어 들리고

콩점아 콩점아 콩 보자
사타리에 점 보자
잔불 놓던 둑너미엔
첫날 첫 봄밤

달빛 홀로 다복다복 어디로 왔나.
—「황강 7」

「황강 7」의 콩점이라는 이름 역시 마찬가지다. 입성이 충분치 못했던 시절 어린 아이들은 벌거벗은 채 형이나 누이들 등에 업혀 자랐다. 벌거벗고 크다보니 누가 어디에 점이 있는 것까지 다 알 수 있다. 콩점이는 사타구니에 콩알만한 점이 있어서 콩점이라고 불린 것이다. 화자는 콩베는 날 콩점이에 대한 기억을 해내고 시집가서 평탄치 못하게 살고 있다는 소문을 문득 떠올리고 잔불 쬐며 놀던 시절 등을 기억해낸다. 콩점이가 아니더라도 독자들은 유사한 기억들을 가지고 있고 이 시를 매개로 어릴 적 동무들에 대한 기억을 되새겨 볼 수 있게 된다.

4.

박태일은 「니나노 금정산」에서 제자들이 이름 없는 풀이라고 하면 "등신 거튼 놈들" 하고 한마디로 대꾸조차 하지 않던 스승에 대한 기억을 보여 준다. 아마 한마디 덧붙였다면 "이 등신같은 놈들아, 세상에 이름없는 풀이 어디 있어? 너희가 이름을 모를 뿐이지" 하는 내용이었을 것이다.

박태일의 『풀나라』에서 시도하고 있는 작업은 어떤 의미에서 이름 없는 풀들에 이름 붙이기라고 할 수 있을 것이다. 이름 없는 풀들처럼 보이지만 모든 풀들은 제 나름의 삶과 기억을 가진 당당한 우주의 일부분이다. 다만 사람들이 제 눈에 색안경을 끼고 있어 그것을 보지 못할 뿐이다.

오늘날 젊은이들이 모두 떠나고 노인들만 남은 농촌은 먼 나라처럼 우리의 기억 속에서 잊혀져가고 있다. 그러나 그곳은 우리들이 태어나고 자란 우리의 기억의 보고이며 우리 문화의 정신적 뿌리이다. 그 속에는 우리의 아픈 기억들과 삶, 공동체 문화의 기억들이 여전히 살아남아 있다. 마지막으로 농촌을 지키고 있는 노인들이 이 세상을 떠나면 우리의 기억들도 사라질 위기에 처해 있다.

박태일의 『풀나라』는 사람들이 모두 떠나버리고 풀나라로 변해 가는 우리의 농촌과 그 속에서 해체 위기에 직면한 공동체 문화의 기억들에 대한 위기의식 속에서 그것을 복원시켜 우리 문화와 정신적 줄기를 잇고자 하는 소중한 작업이다.

(2002)

매개항으로서의 「황강」 시학

- 시집 『풀나라』에 부쳐 -

김윤식

1. '등신거튼 제자놈들'과 스승 요산(樂山)

P형, 시집 잘 받았소. 제13회 김달진문학상 시상식(6월 5일)장에 형의 모습이 뵈지 않기에 바쁜가보다 했는데, 시집을 받고 보니 제 짐작이 빗나가지 않았음을 알았소. 시집을 읽다가 잠시 미소가 떠올랐소. 그 연유를 조금 밝혀보고자 붓을 들었소.

요산 김정한 선생은 이름 모를 꽃이라 더듬거리면
등신 거튼 놈들 한 마디를 끝으로 고기를 뜯으셨다
삼천 원이 육천 원 한 그릇으로 바뀌어도 바깥 수업
그때처럼 보신탕은 맛이 깊다

그때 함께 공부했던 소설가 김창식은
좋은 평론가 못되어 섭섭하고
평론가 김창식은 좋은 소설가가 못 되어 유리 술잔을 씹는다

뱉는다 아버지 아내 좁은 아파트에서 기다리는 저녁끼때

스무 해 공부 뒤 끝에 얻은 대장염 사이로 꼬르륵
새삼 헛디디는 금정산 바람소리

(…중략…)

소설에 평론에 아득한 십 년 대학 강사 김창식과 앉아
개고기를 뜯다 고개 들면 등신 거튼 놈들
이름모를 꽃가지 너머로 금정산은 붉은 구름장을 띄우고
어디선가 향파 이주홍 선생까지 넘어와 자지를 꺼내든다

요즘 그 일 잘 되나 태야
요산과 낙산 사이에서
— 「니나노 금정산」, 박태일 시집 『풀나라』(문학과지성사, 2002. 6)

보신탕 깊은 맛을 음미한 뒤, 화장실쯤에서 자지를 꺼내든 사람 숫자를
세어볼까요. 대학 동창 김창식의 자지가 그 하나, 두 번째는 시인 자신의
자지. 셋째는 향파 선생의 것, 그리고 끝으로 요산(樂山) 선생의 것. 실상인
즉 동창생 김창식과 시인 자신 둘이 보신탕을 먹은 뒤 잠시 환각에 빠진
장면이겠지요. 향파 선생까지 불러 모셨지만 실상인즉 요산 선생과의
대화에 지나지 않는 것. "요즘 그 일 잘되나 태야"라고 서슴없이 말할
사람은 요산 선생뿐이기 때문입니다. 제자놈들을 모조리 "등신거튼 놈
들"이라 부를 수 있는 스승이란 국어사전 종이를 염소모양 한 장씩 씹어
삼킨 요산뿐이기에 그러합니다.

그렇기는 하나, 아니 그렇기에 사제 간의 자지 물줄기 세기 경합이란
그 자체가 어쩌면 '요산'과 '낙산' 사이가 아니었겠는가. 그런데 좋아하기,

즐기기 그 다음의 장면 '악산', 곧 기뻐하기를 시인이 삼가고 있음은 웬 까닭일까.

P형, 제가 감히 헤아려 보아도 괜찮겠습니까. 그 까닭을 형께서 시집 속에 은밀히 감추어 놓았기에 가능합니다. 감추어 놓았다고는 하나 그것도 '은밀히'라고 했으나 이는 제 부주의한 탓입니다. 감추기는커녕 형께서는 이 시집 전체가 떠나갈 듯이 우뢰처럼 외치고 있군요.「집현전 보현사」가 그것. 다섯 페이지에 걸치는 이 숨막히는 악보에다 형은 시집 전체의 무게 중심을 두고 있는 형국입니다. 두 페이지만 옮겨볼까요.

함양 산청 옛길이라 생비량은 비량 무슨 비린 민물 피라미 껍질 싱싱한 배때기를 떠올리는 것이지만 생비량은 일찍이 네나라 시기 가야 나라 끝 임금 구형이 망가진 식솔을 끌고 걸어 건넜던 길이라 물길 또한 깊은 터이서 생비량 사람들 바라보면 발갛게 익은 얼굴로 비량 생비량 고요히 제 마음 맑진 바닥으로만 마냥 잦아드는 듯싶어 지나는 이를 더욱 그윽하게 이끄는데

먼 날에도 조선 나라 생비량에 비량이라는 어벙벙한 스님 있어 빈대 잡다 절집 부처 다 태우고 쫓겨가면서도 비량 제 이름에다 생자 한 자 더 얹어 땅 이름으로 삼고 두고두고 뒷날 욕심을 낸 터인데 이즈음 대한 나라 시기에도 그런 위인이란 봄날 못물에 개구리밥처럼 흔한 것이어서 어 여기가 그런 곳인가 지나치자 지나가 지나쳐 듣는 이마다 입공양을 아끼지 않는 것인데

생비량은 부산에서 두류산 들고 대구에서 두류산 들 때 의령 지나 대의 지나 쫠쫠 조르르 지나칠 수 있도록 두 바다 건너온 서양 기름똥으로 검게 다듬은 널찍한 이등 길바닥인 셈인데 사람들은 팔팔길로 남해길로 일등 길만 오가다 가끔 모를 이 속살 훔쳐보듯 아찔한 재미로 생비량 비량길로 운전대 잡고서 한낮에도 한 백이십 킬로로로 슬슬 생땀 함부로 흘려도 보는데

음음 그 길에 무슨 인연 두터워 내 이기지 못할 슬픔 손으로 훔치고 어금니로 뿌리며 윽물며 생비량길로 날 잡은 날 아침인데 생비량길은 비량 들어서기 삼십 리 바깥 의령 월촌 정암에서부터 망가지고 무너지고 끊긴 길이 된 것인데 함께 길을 엮어준 사람들도 뒷자리에 앉아 오늘 뒤로 다시는 비량 생비량을 찾지 않으리라 콧물 눈물로 함께 맹세하는 것인데 생비량 비량

사람 비운 집들이 제 그림자를 키워 저 있는가 없는가 물끄러미 짐작하다 보면 하루 해가 간데없을 생비량으로 왼길로 집현산으로 생비량 집현산이란 본디 이만 오천 분의 일에도 오만 분의 일에도 제 얼굴을 지도에 크게 올리지 못한 못난 멧줄기 가운데 하나인 셈인데 그래도 앞만 바라고 오르다 보면 평론가 김 교수 창식 영가가 자리 잡은 보현사 골짜기에 이르는 것인데

—「집현사 보현사」 부분

기름진 보신탕으로도 막아보지 못한 동창생의 죽음이 이만 오천 분의 지도에도 오르지 못한 집현산 보현사에 가 있습니다. 옛 가야땅이지요. 죽음은 스승 요산이나 향파 등의 그것과 판이하게 다릅니다. 안타까움인 까닭이겠지요. '요산'과 '낙산'일 수는 있어도 '악산'일 수 없는 곡절이 여기 은밀히 숨쉬고 있어 보입니다. 대행(大行) 보현보살로서도 누르기 어려운 죽음이라는 것. 동시에 보현보살만이 거둘 수 있는 죽음이라는 것. 형께선 이 죽음에 대한 격정을 스스로 억누르지 못하는데, 어째서 그러할까요. 감히 헤아려 보건대 그것은 동창생의 죽음이기에 앞서 P형 자신의 청년다운 야망과 포부의 뜻밖의 꺾임에 대한 안타까움과 분노 그것이 아니었던가.

P형, 어째 시집 제목이 『풀나라』인가를 제 나름대로 헤아려 보았습니다. 시집 제목을 「집현산(集賢山) 보현사」로 내세웠다가는 독자들이 감당치 못하리라는 배려이기에 앞서, 시인 자신을 위한 방패였을 터이지요. 이는 모두 동창생이라든가, 스승이라든가 또는 고유명사스런 것들, 그러

나 겉으로는 개인적인 요소를 아주 녹여서 풀잎스런 자연에로 승화시키기라는 이른바 명분론이 아니었겠는가.

2. 매개항을 드러내는 방식의 역설스러움

P형, 짐작하시겠지만 고유명사스러움의 승화 과정을 예술의 지향성이라고 감히 제가 말했지만 실상은 이런 표현이 일종의 오만함임을 드러내기 위해입니다. 고유명사와 보편명사 사이엔 매개항이 있고, 또 있지 않으면 안 됩니다. 매개항 없이 막바로 보편명사에 이른 경우란 원리적으로 불가능하기에 그러합니다. 이 사실을 형이 깊이 알아차리고 있음이 시집 제목 『풀나라』에 잘 나타나 있어 인상적입니다. 말을 바꾸면 형께서 붙인 『풀나라』란 표제는 일종의 위장된 것인데, 문제는 형께서 이 사실을 스승 요산을 빙자한 누구보다 잘 알고 있다는 사실에서 옵니다. 이런 제목을 내세웠다는 사실. 짐짓 그렇게 행한 곡절이란 무엇인가. 잠시 「풀나라」를 잠시 볼까요.

그 먼 나라를 아시는지를 여쭙습니다
젖쟁이 노랑쟁이 나생이 잔다꾸
사람없고 사람 닮은 풀들만
파도밭을 담장으로 삼고 사는 나라
예순 아들이 여든 어머니 점심상을 차리고
예순 젊은이가 열 살 버릇대로
대소사 상다리 이고 지는 마을
사람만 봐도 개는 굼실 집 안으로 내빼
이름 잊혀진 채 그저 풀로만 불리는
강바랭이 씀바구 광대쟁이 독새기
이장댁 한산할베 마을회관 마룻바닥에

소금 전 양 등줄 꺼지게 누운 마을

토광 옆 마늘 종다리는 무슨 힘으로

아침저녁 울컥벌컥 잘도 돋는데

한때 마흔 이젠 스무 집 어른들

집집 다 버리고 마을회관 두 방

문지방 내외하고 자고 먹는 풀나라

굴 양식 뜰것이 아침마다 허옇게

저승길 종이꽃처럼 피는 바다

그 먼 나라를 아시는지 여쭙습니다.

—「풀나라」 전문

스승 요산으로 하여금 "등신 거튼 놈들" 소리 듣지 않기 위해 시인이 얼마나 공부했는지 한 눈에 드러나지 않겠는가. 그런데 시인은, 썩 부주의하게도 그 "등신 거튼 놈들"이 안 되기 위한 노력에서 벗어나 막바로 '사람'에다 적용하고 있지 않겠는가,

"사람 없고 사람 닮은 풀들"이라 했거니와 이를 두고, 오늘의 농촌이탈 현상의 고발이라 한다면 스승 요산이 웃을 일이겠지요. 제가 이 시의 제목 「풀나라」가 그대로 시집 제목으로 사용되었음을 두고 품위없이 위장되었음이라 했던 것은 이 때문이지요.

P형. 형께서 개인적으로 그러니까 박태일, 태, 태삼 등의 한 개인으로서는, 시집 이름을 「집현산 보현산」로 했을 터이고 그래야 마땅한데, 자연인으로서는 그것이 인간스럽기 때문이지요.

그렇지만 시인으로는 그렇게 할 수 없지요. 보편성에의 지향이 지평선이 되어(?) 저만치 서 있으니까. 고유명사의 보편명사화의 유혹이 그것. 이 유혹이 건너뛴 함정은 무엇이었을까. 매개항 건너 뛰기가 그것.

형께선 이 대목을 용케 피해 가고 있습니다. 매개항의 소중함들 은밀히 감추기가 그것.

P형, 고요명사스런 것과, 보편명사스러움, 그 한 가운데 놓인 매개항이 야말로 시인으로서의 형의 출발점이 아니었던가.

물 곳곳 마을 곳곳 눈 내린다 포실포실 보스랑눈 아침에 앞서고 뒤서며 빈 터마다 가라앉는 모래무덤 하나 둘 어허 넘자 어허 넘어 뭍에서 물로 하늘 밖으로 내 목젖 마른 자리 발톱을 세워 홀홀이 날아가는 붉은 물떼새.
　　　　　　　　　　　　　　　　　　　　　—「명지 물끝·8—고 김헌준」 전문

김달진문학상 제1회 수상작(1990)이 「명지 물끝」 1·4·5·6·7·8이었습니다. P형의 출발점이 여기 아닙니까.

'명지 물끝'이란 대체 무엇인가. 낙동강 기슭의 물줄기가 이룬 한 작은 갈래가 그 정답. 거기 갈대숲이 있고, 철새가 깃들고, 붕어도 수염 긴 그래서 어린 시인을 놀라게 한 메기도 살던 곳이 인용된 「명지 물끝」 8이 유독 P형다움은 거기 시인의 개인사적 친지의 죽음이 용해되었음에 관련됩니다. 「집현산 보현사」의 김창식 평론가의 죽음 그것처럼. 그렇지만 「명지 물끝」 시리즈가 지닌 의의는 그것이 매개항이란 사실에서 옵니다. '낙동강스러움'이 그것, '가야국(伽倻國)스러움'이 그것.

이번 시집의 진짜 제목이란 무엇인가. 여기까지 오면 그 정답이 선연하겠지요. 곧 「황강」 1~17의 시리즈가 그 정답이라 함은 또 무엇인가. 실상 시인이 이 시집에서 정말 하고 싶은 노래는, 「황강」 17편이었던 것. 이를 교묘히 드러내기 위해 실로 유치하기까지 한 제목 「풀나라」를 내세웠지 않았던가. 「집현사 보현사」가 지닌 개인적인 그런 격정을 「풀나라」와 대치시킴으로써 중화시키고자 했던 것이겠지요.

이 중화시킴이 가능했던 것은 무엇이었던가, 황강이 그 정답.

황강이란 무엇인가. P형의 출발점인 「명지 물끝」 시리즈가 아니었던가. '황강=명지 물끝'이 바로 시인 P형의 승부처가 아니었던가.

잠시 몇 편만 엿볼까요.

가죽 지는 잎은 지면서
구름 혼들고
노을 훌쩍 건너서는
쇠오리 가창오리
돌대추 가지에 종아리 긁히며
혼백 시집간 고모는 어느 길로 들었을까
물모래 땅콩밭 십 리 더 위엔
오포 불던 옛 장터
나루도 있다.

—「황강 1」 전문

다시는 돌아보지 않으리
돌아보면 해오라기 강턱으로
애기똥풀 괭이밥은 노랗게 피고

잎마다 남이 분이 이름 붙여보는 봄날

허리 끊긴 밤길이다가 한때
땅버들 골짝이다가 간밤
이랑 고랑 허물어지던 빗소리

다시는 돌아보지 않으리
지게째 얹고 다닌 징검돌 세월도
황강 굽은 활대 물살도

세상 길바닥은 어디라 다 문지방

아지랑이 밥물 끓는 모랫길 따라
봄사람 울음소리 서럽네
봄사람 울음소리 서럽네 오호이

햇살 천지 온 산엔 소피 진달래
길 그친 하늘엔 구름 발자국.

─「황강 8」 전문

바람은 연잎을 끌고
연잎은 콩대를 끌고
구름은 달리고 또 달린다
머리 붉은 개여뀌 바보여뀌 모여 달리고
들깻잎 입술 옥물고 달리는 저녁
저를 쳐다보고 선
자귀꽃 멀건 얼굴을

목판본 먹빛 글씨로 찍고 흐르는 황강.

─「황강 10」 전문

"목판본 먹빛 글씨로 찍고" 흐른다는 '황강'이란 새삼 무엇인가.

3. 「황강」의 가능성과 함정

P형. 제가 너무 말이 많지요. 조금은 나이 탓이라 하면 안 될까.

지난해 제가 「황선하론」(『시와비평』 제3호)을 썼습니다. 요점은 간단명료했지요. 설악산을 우러러보며 동해 낙산사 해수관음을 정신적 지주로 삼은 이성선 시인의 그 시학과 황선하 시학을 제간엔 비교했다고 했던 것입니다. 풀과 이슬밖에 없는 용지못 가에서 이슬을 받아 가까스로 시를 쓴 황선하 시학이 지닌 소재 빈곤성(옹색함)에 기울인 시인의 노력(핸디캡)을 제딴엔 지적한다고 했지요. 순백의 잔 백설을 머리에 이고 병풍처럼 쳐진 대관령 저쪽에서 시를 쓴 이성선 시학과의 비교까지 한 제 의도도 바로 여기에 있었지요. 이러한 제 혼자의 멋대로의 생각은, 보신탕을 들며 자지를 함께 꺼내 놓고 야외수업을 한 '등신거튼 놈들'과 스승에게도 그대로 적용되는 것이라면 어떠할까요. 「모래톱 이야기」(1966)로 재출발한 요산의 대표작이 「수라도」(1969)이라 저는 생각하고 있습니다. 가야 부인의 일대기를 다룬 작품이지요. 그러나 과연 가야 부인이 주인공일까요. 진짜 주인공은 따로 있지요. 김해 벌판이 참 주인공, 가야 땅이 바른 주인공이 아니었던가. 이 작품이 한때 서울의 제일 큰 모 여자대학 교양 국어책에 실린 바 있었거니와. 아마 가야 부인의 생애에서 여성주의를 배우기 위함이었을 것으로 추측되오(거)나(?), 그들은 과연 '가야'의 의의를 짐작이라 했을까. 혼자서 멋대로 생각한 적이 있었습니다. 만주 벌판을 헤매는 시부 모시기, 무능한 남편 감싸기, 그리고 격동기 속에서 가문을 이끌어오기 등을 통해 드러나는 가야 부인의 거인다운 모습이란 새삼 무엇인가. 한 가지 분명한 것은 그것이 서사문학이란 점이겠지요. 거기엔 가야국들의 서사시가 있어야 하고, 낙동강이 있어야 하고, 인도 황후 허씨와의 왕래가 있어야 하는 것, 요컨대 역사가 있어야 하는 법.

그렇다면 서정시에선 어찌해야 할까.

이 물음에 모든 것이 걸려 있지 않았을까. 혼자 또 멋대로 생각해 봅니다. 곧 황선하 시학엔 낙동강이 '용지못'으로 줄어들어 용이기는커녕 미꾸라지로 응축된 그런 것이 아니었겠는가. 진주 남강의 설창수 시학은 또 어떠할까. 『남해찬가』(1952)의 김용호 시학은 또 어떠할까. 근대 상공업주의가 스며들기 이전의 낙동강 어법(語法)은 과연 어떠했을까. 매개항으로서의 이 '가야스러움'이야말로, 혹시 저 '명지 물끝-황강'이 지닌 최강점이 아닐까. 아니 차라리 그것은 운명적인 것이 아닐까.

　P형. 형께선 실로 무책임한 지적이라 저를 탓하시겠지요. 저도 압니다. 통일신라 이전의 거대한 가야문화권(생활권)에 대한 고고학적 자료 발굴도 미흡한 상태인 데다, 고분군 외엔 역사 서적 한 권 없는 가야국이 아니겠는가. 임나일본부(任那日本府)의 쟁점 속에서 이제 겨우 고고학의 도움으로 그 진상이 밝혀지고 있는 수준이니까. 이런 판국에 어디다 매개항을 삼는다 말인가. 이런 소리를 하고 있는 제 자신이 갈 데 없는 허풍쟁이일 수밖에요. 실로 민망스럽네요. 나쁘게 말해 무슨 지방주의 선동꾼이라 비판 받을 법도 하고요. 그렇지만 분명한 것, 그러니까 과학적인 것으로는 바로 매개항 설정이 아니겠는가. 형도 알다시피 제가 제법 헤겔을 읽었으니까요. 「집현산 보현사」와 「풀나라」 사이에 놓인 매개항으로서의 「황강」이 놓여 있습니다. 형께서 숨겨 놓은 이 꽃 한 송이는, 아마도, 모르긴 해도, 형에겐 멍에일지도 모를 일. 서정시로서의 이 양식상의 걸림돌이 형이 짊어져야 할 맷돌이니까. 고유명사스러움으로 이루어진 풍경의 묘사가 그것입니다. 고유명사를 매개항으로 한 이른바 육화된 역사로서의 서정시(풍경 또는 자연)야말로 형이 짊어진 맷돌이거니와, 또 거기서 고운 가루가 나오고 있습니다. 이 점에서 보면 세속의 형에 대한 평가는 조금은 왜곡되어 있지 않았던가.

　내친 김에, 고언 한마디. 「명지 물끝」에도 「황강」에도 죽음의 그림자가 너무 짙다는 점이 그것. 이승, 저승의 거리내기를 매개항 없이 행사하고 있어 보임이 그것. 형께선 항의하실지 모르긴 합니다. '리듬'을 보라고. 바로 그 점입니다. '리듬'이야말로 자고로 이성을 마비시키는 시적 장치의 주범이 아니겠는가. 스스로에게 최면을 걸고 있는 그런 형국이 아니었을까. 「추억속에서」의 시인 박재삼에서도 그러하지 않았을까. 이런 제 느낌이 한갓된 노파심이길. 늘 건필하소서.

(2002. 8. 26)

경계 위에서 시쓰기

박정선

들어가며

근대적 공간에서 자연은 주체로부터 분리된 타자로서 자리한다. 근대적 배치는 자연을 주체에 대한 대상의 자리에 위치 지웠고 이에 따라 자연은 분석과 탐구의 대상이 되거나 이용하고 개발해야 할 무엇이 되었다. 오늘날의 담론은 이러한 근대적 사유를 끊임없이 반성하고 이분법적 경계를 허무는 일을 통하여 인간과 자연의 새로운 관계를 모색한다. '경계'를 문제삼는다는 것, 그리고 이를 넘어서거나 해체하려고 한다는 것은 그것이 하나의 구분으로 작용함으로써 가져다주는 용이함보다는 그것이 행사하는 폭력적이거나 억압적인 속성이 보다 크게 자각되고 있음을 지시한다. 동시에, 다양한 사항들을 함께 인식하고 논의하고자 하는 의도 속에서 보다 넓은 범위를 아우르는 새로운 경계를 필요로 하게 되었다는 것을 또한 지시한다. 원근법적 구분과 경계가 해체의 대상이 되고 넘어서야 할 무엇으로 인식되면서 시인들은 주체와 객체, 자아와 대상이 이전과는 다른 방식으로 만나는, 보다 포괄적이고 확장된 시적 공간을 탐구한다.

소월이 「산유화」에서 '저만치 혼자서' 피어 있는 꽃을 노래함으로써 자연과 인간, 자아와 대상이 이루는 거리와 간극에 대한 자각을 보여 주었다면, 그리고 그 안에서의 소외와 고독 혹은 좌절을 보여 주었다면, 현대의 시인들은 이러한 거리와 간극을 해체하는 방식을 통하여 주체와 객체의 새로운 관계를 모색한다. 시인들이 어떠한 방식으로 경계를 허물고 있는가를 살펴보는 일은 그러므로 현대의 시인들이 이전 시대를 어떻게 극복하고 있는가에 대한 부분적인 지도를 그리는 일에 해당될 것이다. 최근에 출판된 이재무의 『위대한 식사』(세계사, 2002)와 박태일의 『풀나라』(문학과지성사, 2002), 그리고 채호기의 『수련』(문학과지성사, 2002)은 주체와 자연, 삶과 자연 혹은 언어와 자연의 경계에서 시적 사유를 전개한다.

저승길 종이꽃처럼 피는 바다—박태일, 『풀나라』

박태일의 새 시집 역시 도처에 자연에 대한 묘사와 진술을 포함하고 있다. 그러나 시인은 자연 풍경을 인위적인 것 혹은 도시적인 생활에 대한 대척점에 자리하게 하는 것이 아니라 자연 풍경 안에 가난하고 쓸쓸한 현실을 겹쳐놓는다. 이재무가 도시적인 현실의 반대편에 자연의 조화로운 공간을 놓았던 것과는 달리 박태일은 현실적 삶을 자연 풍경에 투영한다. 그의 작품에서 자연은 그리움의 대상 혹은 이상향으로서 그려지기보다는 그 안에 현실의 아픔과 고통을 이미 포함하고 있는 풍경으로서 그려진다.

그 먼 나라를 아시는지 여쭙습니다
젖쟁이 노랑쟁이 나생이 잔다꾸
사람 없고 사람 닮은 풀들만
파도밭을 담장으로 삼고 사는 나라

예순 아들이 여든 어머니 점심상을 차리고
예순 젊은이가 열 살 버릇대로
대소사 상다리 이고 지는 마을
사람만 봐도 개는 굼실 집 안으로 내빼
이름 잊혀진 채 그저 풀로만 불리는
강바랭이 쏨바구 광대쟁이 독새기
이장댁 한산할베 마을회관 마룻바닥에
소금 전 양 등줄 꺼지게 누운 마을
토광 옆 마늘 종다리는 무슨 힘으로
아침 저녁 울컥벌컥 잘도 돋는데
한때 마흔 이젠 스무 집 어른들
집집 다 버리고 마을회관 두 방
문지방 내외하며 자고 먹는 풀나라
굴 양식 뜰것이 아침마다 허옇게
저승길 종이꽃처럼 피는 바다
그 먼 나라를 아시는지 여쭙습니다.

―박태일, 「풀나라」 전문

인용한 작품의 첫 문장은 신석정의 대표작 「그 먼 나라를 알으십니까」
의 첫 부분을 떠올리게 한다. 신석정의 '아무도 살지 않는 그 먼 나라'는
고요하고 평화로운 공간이며 현실 공간의 고통으로부터 자유로운 순수
하고 이상적인 관념의 공간이다. 이에 비하여 박태일의 '그 먼 나라'는
현실 공간 안에 자리하지만 소외된 자들의 공간, 그래서 어쩔 수 없이
멀어진 공간에 해당된다. "사람 없고 사람 닮은 풀들만/파도밭을 담장으
로 삼고 사는 나라", "한때 마흔 이젠 스무 집 어른들/집집 다 버리고
마을회관 두 방/문지방 내외하며 자고 먹는 풀나라"는 힘없고 가난한
노인들만이 남은 쓸쓸하고 황량한 바닷가 마을의 풍경과 겹친다. '풀나

라'는 "사람 없고 사람 닮은 풀들만" 사는 스러지기 쉬운 풀과 같은 사람들의 공간이고, "이름 잊혀진 채 그저 풀로만 불리는" 익명성의 소외된 공간이며, 사라져가는 사람들의 자리를 "울컥벌컥 잘도 돋는" '풀'이 채우는 공간이다. "굴 양식 뜰것이 아침마다 허옇게/저승길 종이꽃처럼 피는" 쓸쓸함과 덧없음이 이 공간을 채운다.

이 작품에서 나열되는 다양한 풀들의 이름은 풍성하고 생명력이 넘치는 자연을 구성하지 못하고 오히려 생명력을 상실한 "저승길 종이꽃"이 '허옇게' 뜬 공간에 자리한다. '풀나라'는 사그라져 들어가는 목숨이 '이름'도 "잊혀진 채" 살아가고 있는 나라이다. '풀나라'는 아름다운 고향도 아니고 생명력이 넘치는 풍요로운 자연도 아니다. 훼손되고 잊혀져 가는 마을의 풍경을 통해 시인은 친근했던 풍경이 '먼 나라'로 밀려 나가는 현실에 대하여 노래한다. 석정의 '그 먼 나라를 알으십니까'라고 묻는 물음에 그리움과 친근함이 묻어 있는 것에 비하여 박태일의 "그 먼 나라를 아시는지 여쭙습니다"에는 살아가는 것의 아픔과 슬픔이 묻어 있는 것도 이 때문이다.

그러나 박태일의 작품에서 아픔이나 슬픔은 일정한 아름다움을 지닌다. 그의 작품들이 현실의 황폐함을 폭로하는 것으로 의미화되지 않을 수 있는 것은 "사람 닮은 풀"이 처연하고 슬픈 사람살이를 닮아 있기 때문이며 개인의 삶이 유려한 음악성 속에서 노래되고 있기 때문이다. 시인은 "청상 마흔 해 잘도 건넜는데 기어이/도시 아들 짐 된다고 목멘 마산댁"(「신행」)의 사연이나 피난 와서 질곡 많은 생을 산 '이옥기' 할머니의 사연(「앵두의 이름」) 혹은 "울산 방어진 어느 구들 낮은 주소"로 떠나는 '순애'와 '어머니'의 이별(「어머니와 순애」) 등 구체적인 삶의 한과 아픔들을 자연 풍경 속에 혹은 음악적 가락 속에 스미게 한다.

나오며

　이재무, 박태일, 채호기의 최근 시집은 동일하게 자연을 시적 대상으로 삼아 타자로서의 자연에 대한 반성적 사유를 보여 준다. 이재무가 자연과 인간의 합일을 통해 풍요롭고 조화로운 세계에 대한 지향을 보여 주었다면 박태일은 인간이 빠져나간 공간을 자연이 채움으로써 그리고 인간 삶의 처연한 슬픔을 자연 안에 담아냄으로써 또 다른 방향에서 자연과의 화해를 모색한다. 채호기는 언어와 사물과의 관계에 대한 시적 탐구를 통해 주체와 자연의 관계에 대하여 모색한다. 이들 세 시인은 전통적인 시적 공간과 구별되는 공간 속에서 주체와 대상의 관계를 모색함으로써 시적 주체가 놓인 자리를 새롭게 배치하고 이전의 경계를 넘어설 수 있는 가능성을 보여 준다.

(2002)

영혼의 깊이, 떠도는 말의 서사, 고독과 슬픔의 노래

- 허형만 『영혼의 눈빛』, 박이도 『민담시집』, 박태일 『풀나라』 -

강경호

평자들이 몇몇 성격이 다른 시집을 평가할 때 흔히 그 내적 질서나 체계를 시인 심상의 단일한 궤적으로 범주화하거나 '은유와 환유의 기표'로써 시적 동질성을 발견하려 한다. 그러나 서로 각기 다른 시세계를 가지고 있을 때는 곤혹스럽다. 그렇다고 편의적으로 부분만을 잘라내어 분석과 해석을 가할 수는 없다. 이럴 경우 부분만 도드라져 보이게 해 전체의 조망에 이르지 못하는 경우가 될 수밖에 없다.

지난 계절에 나온 신간 시집인 허형만의 『영혼의 눈빛』과 박이도의 『민담시집(民譚詩集)』, 그리고 박태일의 『풀나라』는 특히 각개 시인이 추구하는 전체(통합)가 서로 유사하다든가 부분적으로 엇비슷하다고 보기 힘든 경우이다.

세 시집에서 보여 준 세 시인의 시적 성취의 지향점을 굳이 찾자면 못 찾을 바도 아니지만, 그러나 억지로 동일성을 찾는 데에는 무리가 아닐 수 없다. 특히 '좋은 시'를 말할 때 그 기준은 조금씩 다를 수는 있겠지만 크게 말해 '내용과 형식'에서 찾을 수 있다. 내용이 새롭다든가 개성이 있어야 한다. 그것을 규정짓는 것은 말할 것도 없이 '상상력'과

'언어'이다. 즉 새로운 언어가 참신한 시를 꾸밀 수 있다. 그리고 기존의 형식을 벗어나 참신함을 추구해야 한다.

박이도의 『민담시집』은 서사성을 토대로 우리 시의 한 전통양식을 새롭게 구현해내고 있으며, 박태일의 『풀나라』는 그가 꾸준하게 추구해 온 음악성과 더불어 이별과 유랑과 상실과 죽음의 사건, 그리고 이 사건을 중심으로 형성되는 고독과 슬픔의 세계를 그려내고 있다. 한편 박이도가 사투리와 엮어내는 화법과 어투를 서사적으로 담아내며 언어의 결에 관심을 집중시키고, 박태일은 시가 노래였다는 기억을 환기시키며 독특하게 서사의 노래를 부르고 있는 등 시 외적인 부분에 노력을 투자하고 있다. 허형만의 『영혼의 눈』은 서정시의 본령이기도 한 삶의 깊이를 제시하며 성찰의 모습을 보여 주고 있어 앞의 두 시인들과 내외적으로 다른 양상을 보여 준다.

고독과 슬픔의 노래

시는 노래였다. 아니 시는 노래여야 한다. 단순히 노래였다는 기억만으로는 오늘날 유행처럼 난무하는 시의 산문화 경향을 극복하기 힘들기 때문이다. 그렇다고 산문시 자체를 나무라는 것은 아니다. 이유 없이 시가 길어지고 리듬을 잃어가기 때문이다. 이 리듬으로 살아나는 음악성은 산문시에서도 그대로 적용될 수 있다.

넓은 강의 강물처럼 느리게 흐르다가 갑자기 협곡의 강물처럼 소리를 내며 빠르게 흐르기도 하는 것이 시의 강물이다.

박태일은 그의 시의 출발에서부터 시가 노래에 뿌리를 두고 있음을 보여 준 시인이다. 노랫속에서 이중 삼중으로 의미가 재생산되는 노래의 구조를 가지고 있음을 일찍이 박태일의 첫 시집인 『그리운 주막』 해설에서 지적한 바 있다. 또한 세 번째 시집 『약쑥 개쑥』 해설에서 하응백도 박태일의 시가 음수율·음보율·음위율·타령조 등 우리 시의 율격을 이용하여 시를 능숙하게 노래화한다고 분석하였다. 이처럼 능숙하게 구사하는 박태일 시의 음악성은 이번 시집 『풀나라』에서도 잘 나타나고 있다.

먼저 『풀나라』 시집 해설을 쓴 오형엽의 분석을 통해 우리 정형시의 형식을 통해 우리 시의 전통적 율격을 차용한 경우를 살펴보자.

① 월명을/찾아서/월명마을로//

　월명이/바라 섰던/한길을 따라//

　월명이/물 긷던/찬 샘 옆으로

—「월명 노래」 부분

② 오나 가나/오가리/걷고 말고/지릿재//

　망한다/망한다/세상/망하지 않고//

　죽는다/죽는다/사람/죽지 않건만

—「황강 4」 부분

①은 3음보의 율격을 유지하여 전체적으로 통일성을 확보하는 동시에 각 행의 첫걸음을 '월명'을 배치하여 음위율을 형성한다. 따라서 '월명'을 반복하여 리듬의 가속도를 만들어 내기에 이른다.

이것은 우리 시인 정형시의 형식을 통해 규칙적인 리듬으로 전통양식의 재현으로 오늘날 현대시가 상실해 가고 있는 음악성을 회복시키고 있다.

산문시에서도 박태일 시의 형식 실험은 적용되고 있다. 쉽게 말해 그의 대부분의 산문시를 읽게 되면 3·4조, 4·4조 또는 3음보나 4음보의 기본율격과 그 변형으로 리듬이 살아난다.

그 예가 될 수 있는 것이 「어린 소녀 왔습니다」이다.

유세차 갑오 정월 초이틀 임신은 우리 친가 아바 곧 이 세상 버리시고 구원
천대 돌아가신 그날이라 앞날 저녁 출가 소녀 수련은 왼손으로 눈물 닦고
오른손으로 가슴 쥐고 엎드려 아뢰오니

　　　　　(……)

되오소서 되오소서 피고 지는 좋은 날에 다시 한 번 되오소서 어이어이
바쁜 세월 어언간 소상이라 구곡같이 맺힌 정회 깜박 깜박 아뢰오니 아룀이
계시거든 흠향 흠향하옵소서 오호 애재 상 향.

—「어린 소녀 왔습니다」 부분

「어린 소녀 왔습니다」는 제문 형식을 차용하여 출가한 딸이 아버지의
죽음을 애도하는 모습을 생생하게 들려준다. '유세차'로 시작하여 "오호
애재 상 향", '아뢰오니', '되오소서', '하옵소서' 등의 예스러운 어휘를
구사함으로써 곡진한 정서를 형상화시키고 있다.
　이렇듯 박태일의 시는 전통의 현대적 변용 또는 재생이라는 차원에서
시의 음악성을 살리고 있다.
　박태일의 시가 노래였음을 환기시키며 특히 전통적 정서를 되살리고
있음의 소중한 성과와 더불어 또 한 가지 의미 있는 작업은 오형엽의
분석에서 나타났듯이 이별과 유랑과 상실과 죽음의 비극적 사건을 중심
으로 형성되는 고독과 슬픔의 세계이다.

　햇살은 닥나무 가지에 앉아
　졸음을 나눈다 줄지어
　오는 바람에 고드름빛 하늘을 짐작하고
　바퀴 없이 뒤집혀진 경운기와
　뽑다 만 배추들이 비닐을 감은 채

저녁 연기 깔리는 들판을 본다

무덤이 뽑혀 나간 붉은 구덩이가 셋

여름 떠내려간 강가에 반쯤 묻힌 속옷이 누렇다

비리다 굽이굽이 배곯은 저 창자의 길

철 보아 동무 함께 다닐 일이지

동고비 추윗추윗 해 떨어지면

홀로 슬프다 춥다

춥다.

—「정월」 전문

위의 작품 「정월」은 비록 들판과 산과 강가의 '정월' 풍경을 그려내고 있지만, 유랑민의 슬픔을 비유하여 그려내고 있음을 짐작할 수 있다. 특히 이 작품이 슬프고, 춥고 마치 쓸쓸한 폐허처럼 느껴지는 것은 "바퀴없이 뒤집혀진 경운기", "뽑다 만 배추", "무덤이 뽑혀 나간 붉은 구덩이", "여름 떠내려간 강가에 반쯤 묻힌 속옷", "비리다 굽이굽이 배곯은 저 창자의 길"이 보여 주는 처연한 정서 때문이다.

다음의 작품들은 각각 유랑민의 떠돎과 상실의 아픔을 그려내고 있다.

① 사월 오월 안산 당산

조팝 진달래 희어 붉어 비린 속살 포족족 포족족 우듬지마다 여우귀 새순을 달고 골짝 등성이 지리지리 종지리 흩고 날리며 옆눈 없이 내빼는데 허둥둥 지둥둥 마냥 잦은 화냥질이어서 마음은 찔레밭 그늘에도 길을 맡기지

사월 오월 안산 당산

무량무량

꽃지옥 길

울며 울며 지쳐 걸으며.

—「풀나라 기별」 전문

② 세상 서러워도 제 땅에 나라마저 잃어

쫓겨 구르던 마음 곰나루는 여기서 먼 데

붉은 솔뿌리 한 골짝 건너서고

겹겹 조개무지 다시 텃밭 이루어도

기껏 백제정승도미처정렬부인(百濟政丞都彌妻貞烈婦人) 그이름 지키기

위해

남아 욕된 것 아닌 줄 그대 아실 일

남녘 바다 바라보며 다시 감긴 눈

그대 바이 뜬 바 없이 두고 온 하늘 더듬나

더는 물러설 데 없이 뺏기고 앗긴

안골 옛 저잣거리 젓독마냥 곰삭은 세월

마음 없으니 머문 이십 년이 매양 하룻잠

살아 서럽네 울컥울컥 솟은 흙무덤 다 고향집 같아

엎어지다 미끄러지다 여태

그대 눈먼 그대로 누워계신가.

—「눈먼 그대」 부분

①은 1연에서 꽃이 피고 새싹이 돋아난 생명의 봄을 형상화시키고 있다. 그러나 화자의 마음은 '찔레밭' 같은 고통스러움을 안고 있다. 특히 2연에서는 1연에서의 생명의 봄이 무색할 정도로 유랑민의 애환을 제시해 전복시키고 있다. 시절은 꽃피고 새가 우짖는 봄이지만 화자는 그 꽃과 새가 있는 풍경을 지쳐 울며 가고 있다.

②에서 화자는 관찰자 시점에서 녹산 안골 언덕바지의 무덤들을 바라보고 있다. 화자가 바라보고 있는 것은 백제에서 쫓겨난 도미와 그 아내가

함께 묻힌 무덤이다. 화자는 아름다운 아내 때문에 눈이 먼 도미의 떠돌이 생활을 생각하며 그의 무덤을 애잔하게 바라보고 있다. 역시 유랑과 상실의 서사를 중심으로 시로 형상화하였다.

오형엽은 박태일의 시에서 이별과 유랑과 상실과 죽음의 사건, 그리고 이 사건을 중심으로 형성되는 고독과 슬픔의 세계가 대부분 어떤 구체적인 공간, 혹은 결부되어 형상화되고 있다는 사실을 발견하였다. 구체적인 지명이나 장소가 제목에 등장하는 「월명노래」, 「황강 4」, 「용전 사깃골」 그리고 공간이나 장소가 내면에 설정된 「어머니와 순애」, 「광음이 흐르는 물과 같아」, 「어린 소녀 왔습니다」, 「앵두의 이름」 등에서처럼 박태일 시에서 장소 혹은 지명이 중요한 모티브로 작용하고 있다. 황동규는 이 지명이 실제로 손때 묻은 장소로 나타난다는 점에서 '장소 길들임'이라 명명한 바 있고, 김주연은 박태일 시의 공간에 대해 전원시적 요소와 농촌시적 요소가 어우러져 두 가지 모두에 싱싱한 의미를 갖는다고 지적하였다.

또한 박태일의 시의 장소와 공간을 생각할 때 '바다'와 그 주변, 또는 '강'이 많이 등장하고 있음을 발견할 수 있다. 이를테면 「황덕도」, 「신호리 겨울」, 「후리포」, 「신행」, 「그 여자 꿈꾸지」, 「눈먼 그대」 그리고 16편의 「황강」 연작시가 그것이다.

① 차라리 하늘을 가두리로 삼아
　내외할 것도 없이 깨벗은 황덕도
　마른 불가사리 굴쩍 더미로 풀칠한 골목
　기울어진 삽짝문을 바깥에서 잠근 채
　다시 섬으로 나가는 뱃머리
　두 물째 놓친 갈매기 사공이 길을 묻는다
　너 어찌 갈래?
　이 섬에서 다른 섬으로

이 삶에서 다른 삶으로.

－「황덕도」 부분

② 바다 밑 여울이 산갈치를 보여 줄지
청어떼를 불러 세울지는 잊기로 한다
젊어 떠돌았던 포구 이름도

숨 가쁜 삼팔따라지 구석 살림마다
물기 도는 줄거움 하 드물었던 아내

허허바다 멀리 마름질한 위로
치렁출렁 오늘은 비
북쪽 머리 제비갈매기가 앞일 묻는다.

－「후리포」 부분

③ 바람막이
둑길 탓에
물살은 예사 턱질이다
콩에 팥에 봉산할메
돌림장 채비는 어떠시던가
가랑눈 온다기
왔다 간다 새벽
연호사 풍경 소리.

－「황강 5」 전문

위의 작품은 바닷가나 강을 배경으로 하던지 그와 관련된 내용의 시들이다. ①은 '황덕도'라는 공간을 삶터로 해 살아가는 황덕도 어민들의 삶을 그려내고 있다. "이 섬에서 다른 섬으로/이 삶에서 다른 삶으로"가 암시하듯이 곡진한 삶을 이어가기 위해 생활의 터전을 찾아 떠나는 모습을 형상화하고 있는 '삶'은 곧 '섬'에서 '섬'을 찾아다니는 유랑과 고독의 연속임을 말하고 있다.

②에서도 유랑의 역사를 적고 있는데, 비오는 날, 후리포 포구 횟집을 배경으로 한 풍경을 보여 주고 있다. 젊은 시절 물고기를 찾아 바다를 삶의 터전으로 살고 있는 화자가 수족관의 오징어나 문어를 바라보고 있다. 자신의 과거와 오늘을 물으며 지나온 삶을 회상하는 화자는 궁색하고 편치 않았던 자신의 고단한 삶을 드러내고 있다. 역시 바닷사람들의 지난한 삶의 모습 그리고 있다.

③에서는 제목이 암시하는 '황강'의 구체적인 상황이 표면에 나타나 있지 않다. 그러나 황강을 배경으로 하여 사는 사람들의 삶의 한 단면을 보여 주고 있다. 즉 "물살은 예사 턱질이다"가 말하고 있듯이 홍수져서 넘치거나 가뭄으로 마른 것이 아니라 알맞게 흘러가며 장돌뱅이 '봉산할메'의 안부를 묻고 있다.

이처럼 박태일의 시에서 바다나 강 등이 시적 소재나 주제로 자주 등장하는 것은 그의 내면에 바다나 강의 정서가 잠재해 있기 때문이라고 볼 수 있는데 그것은 시인의 유년의 정서적 사건과 무관하지 않을 것으로 본다.

(2002)

발굴과 답사로 문학사 재해석

-『한국 근대문학의 실증과 방법』-

유재천

문학 연구에 있어서 실증적 연구의 중요성은 아무리 강조해도 지나치지 않는다. 그러나 그러한 중요성에도 우리 문학 연구는 지나치게 해석학적인 측면에 기울어져 온 것도 사실이다.

박태일 교수의 '한국 근대문학의 실증과 방법'은 그 동안 박 교수 자신의 학문에 대한 자기반성의 결과이자 실증적 연구를 바탕으로 하지 않는 해석학적 연구가 얼마나 허망할 수 있는가를 여실히 보여 주는 책이다.

이 책은 총 3부로 이뤄져 있다. 1부 백석과 정지용은 백석과 정지용의 미발굴 시와 전기적 자료를 다루고 있고 2부는 문학과 전쟁, 3부는 문학의 방법에 대한 관심으로 구성돼 있다.

글에 따라 다소 차이는 있지만 이 책을 전체적으로 관류하고 있는 정신은 실증주의적 정신이다. 박 교수는 기존의 해석학적 연구들이 가질 수 있는 한계와 문제점들을 새로운 자료의 발굴과 철저한 현장답사에 근거해 해결하려는 노력을 보여 주고 있다.

그 한 예로 1부의 「백석과 신현중, 그리고 경남문학」에서 박 교수는 백석의 『조선일보』 친구 신현중의 수필과 통영 지역 답사를 통해 백석의 두 차례 남행길이 신현중이 소개한 박경련(후에 신현중과 결혼)과 관련돼 있고, 「남행시초」 연작에 나타나는 연인 역시 박경련이라는 사실을 실증적으로 밝혀내고 있다.

이러한 성과는 그 동안 해석학적 연구에서 백석 시에 나타나는 여인이 자야 여사 하나였다는 생각을 수정해주는 것으로 백석의 문학과 삶을 총체적으로 이해하는 데 중요한 단서를 제공해준다고 할 수 있다.

「새 자료로 본 정지용의 광복기 문학」은 정지용의 수필과 시, 심사평 등 10여 편의 글들을 새롭게 발굴해 해방기 정지용의 문학적 궤적을 추적하고 있는 글이다. 시간적 간격을 두고 씌어진 심사평들의 차이를 통해 해방기 정지용의 문학관의 변화나 혼란을 드러내는 데 초점을 맞추지 못한 부분은 아쉬움으로 남지만 자칫 소홀히 넘기기 쉬운 심사평 같은 자료까지 찾아내 분석 대상으로 삼은 것은 이 책의 실증적 방법을 더욱 돋보이게 하는 부분이다.

그 외 2부의 경인년전쟁기 출간된 시집 문헌을 정리해 놓은 부분도 연구자들이 반드시 참고해야 할 부분이라고 할 수 있을 것이다. 대수롭지 않은 일 같지만 그 동안 한국전쟁 시를 연구하면서 단편적인 몇몇 자료에 의지했던 학계에 새로운 연구 토대를 마련할 수 있는 계기가 될 수 있다고 생각된다.

박 교수는 그 동안 학술 논문에서 우리 말 용어를 정착시키기 위해 많은 노력을 기울여온 학자이기도 하다. 이번 저서에서 그 동안 기울여온 주체적 글쓰기 노력들이 완숙 단계에 도달한 것 같다는 생각을 갖게 한다. 저자는 이 책에서 많은 용어와 표현들을 순 우리말로 바꾸고 있다. 그러나 그의 책을 읽으면서 일반적으로 한글 전용을 추구하는 학자들의 논문에서 느껴지는 어색한 표현이나 용어들은 발견하기 어렵다.

(2000)

시어와 운율, 그리고 내용

– 박태일의 『풀나라』를 읽고 –

이승하

    등단한 지 22년 5개월 동안 딱 4권의 시집을 낸 박태일의 네 번째 시집 『풀나라』가 문학과지성사에서 나왔다. 그는 그 동안 신작 발표도 함부로 하지 않았지만 시집도 조심스럽게 내온 시인이다. 7년 만에 낸 이번 시집 의 시들에서도 언어 세공사의 신중함을 느낄 수 있어 나는 박태일이 시를 남발하는 나 같은 사람과는 다른 유의 시임임을 확인할 수 있었다. 박태일 은 우리 시단에서 다음 세 가지 점에서 확실한 개성을 보여 주고 있다.

    첫째, 시어의 측면. 박태일은 순우리말, 옛말, 한자어, 사투리, 스스로 만들어낸 낱말 등을 수다히 구사한다는 면에서 김영랑을 연상시킨다. 순우리말의 용례는 엄청나다. 그나마 신중·매지구름·날물·뗏밥·움파리· 활대 등은 내가 갖고 있는 3086쪽짜리 『민중 엣센스 국어사전』에 나와 있어 이해할 수 있었지만 아주 많은 시어의 뜻을 알 수 없어 시 이해에 어려움이 있었다. 사전을 찾지 않고 '신중'이 愼重·身中·神衆 가운데 하나 가 아니라 '여승'임을 알아차린 독자가 몇이나 될까? 작은 가게를 예전에 는 '애막'이라고 썼고 '고지기'는 관아의 창고를 지키던 사람이었다고 하 는데 다행히도 내 국어사전에 나와 있었다. 내가 끝내 이해 못한 낱말은

50개가 넘는다. 자란바다·감싱·물낯·된여울·새첩다·멧발·늘쫓이는·굴쩍·지렁장·까장·딱분·멸장·종지리·꽃지옥·웃각시·배도라지다……. 내 어휘력이 부족함에 대해 시집을 읽는 내내 한탄하였고, 가장 많은 낱말이 실려 있는 국어사전을 구입할 필요성을 느꼈으며, 경남 지방의 사투리를 모은 사전도 있으면 꼭 구해보고 싶은 마음이 들었다. 시어 '창회'는 '暢懷'일 것이며, '상림'은 '霜林'일 것이다. '누문'은 '樓門'이고 '비량'은 '鼻梁'이지 싶다. 다 한글로 되어 있으니 사전을 찾아 확인해야만 알 수 있었다. 또 의성어와 의태어를 자유롭게 조합하거나 만들어서 쓰고 있는데 국어사전에 안 나오는 것이 역시 30개가 넘는다. 다행히 뜻은 거의 이해가 갔다. 옴실봉실·조문조문·상낟상낟·치렁출렁·볼곰볼곰·한들건들·오실보실·불쌍불쌍·울불구불·그악그악·구렁구렁·굴불굴불·다풀다풀·호동동……. 구불구불 대신에 울불구불이나 굴불굴불을 쓰고, 치렁치렁 대신에 치렁출렁을 쓰고 있으니 박태일은 언어의 연금술사이다. 말똥성게를 경남 합천 지방에서는 말똥게라고 하고 지껄이다를 지끼다라고 하는 모양이다.

토속적인 낱말과 시인 스스로 만들어낸 낱말을 이토록 많이 구사한 이유는 바로 그 자리에 그 시어를 써야만 시의 맛을 살릴 수 있었기 때문일 것이다. 그러나 아주 두꺼운 국어사전을 옆에 놓고도 이해할 수 없는 시어가 속출할 때, 독자는 무엇을 느끼게 될까. 시가 난해하다고 느끼는 독자도 분명히 있을 것이고, 이 시인은 왜 이렇게 고풍스런 낱말만 골라 쓰는가 하며 화를 내는 독자도 있을 수 있다. 우리말의 확장을 꾀한 시인의 노력에 찬사를 보내는 한편으로 독자를 위한 배려가 없는 것이 무척이나 아쉽다. 경상북도 북부에서 1960년에 태어나 유년기와 성장기를 경상도에서 보낸 내가 시어의 벽에 막혀 시집을 읽으며 처음부터 끝까지 쩔쩔맸으니, 다른 독자는 어떨 것인가. 다음과 같은 대목은 정말 무슨 뜻인지 모르겠다.

보리누름 자란바다 감성이 들고

─「솔섬」 제2연

산다화 속속닢 힐금거리며
바람 잔걸음 물낯을 건너는 소리
빙빙 된여울에 무릎 함께 적셨다

─「불영사 가는 길」 부분

밍가 낙민 길 버드나무가
양버들이 아니고 미류라 해도
고지기는 고지기 한 몸 여우볕 삶이었다고
산운아제 희미하게 웃는다

─「황강 11」 부분

　둘째, 운율의 측면. 여기에 대해서는 첫 시집의 해설자 황동규, 세 번째 시집의 해설자 하응백, 이번 시집의 해설자 오형엽이 논의를 했으므로 길게 할 필요는 없을 것이다. 나는 그 동안 우리 시의 침체가 노래성의 상실에 있다고 일관되게 주장해 왔다. 요즈음의 시들을 보면 시인이 '시는 운문이 아니고 산문이어야 합니다'라고 주장하고 있는 듯하다. 좋은 산문시는 그 나름의 내재율이 있는 법이다. 외형이 산문시이든 아니든 많은 현대시가 운문임을 부정하고 노래성을 파괴하고 있어 안타까움을 느끼고 있었는데 박태일의 시는 그렇지 않다. 시가 노랫말이다. 한 편만 보자.

공산도 팔공산 봄나들이는
환성사 부도밭 돌부처님 구경
문중도 끊기고 공부도 약하신지

목부터 위론 날짐승 떼 주고

배꼽 더 아랜 길짐승 따 주고

연노랑 진진분홍 연등으로 벅신거리던

사월도 초파일 다 지났는데도

시주 보살네들 육보 공양이 없었던지

보렴보렴 보름밤에 잠 없이 깨어

별 하나 깜박 눈물을 닦고

별 둘 깜박 부레 끓이며

길 바쁜 나더러 꽃가지 마중

모과꽃은 자라좆 사과꽃은 물좆

산 아래까지 쫓아와 꽃가지 마중.

—「꽃마중」 전문

시의 내용이야 별것이 없다. 팔공산 환성사의 봄밤 풍경이 한 폭의
수묵담채화로 펼쳐져 있을 따름이다. 하지만 시어의 적절한 배치로 말미
암아 풍경이 잔물결을 이루며 내 가슴에 다가온다. 시의 제3행부터 10행
까지 무려 8행이 한 개의 문장으로 되어 있는데 '산문치고도 너무 길다'는
느낌이 들지 않고 '운율이 정말 잘 살아 있다'는 느낌만 든다. "연노랑
진진분홍 연등으로 벅신거리던"의 3·4, 4·5조도 그렇지만 "보렴보렴 보
름밤에"의 '보렴보렴'은 절묘한 첩어이다. 시가 시종일관 2음보 연첩인데
다 구절은 거의 전부 아래와 같이 대구를 이루고 있다.

공산도 팔공산 봄나들이
환성사 부도밭 돌부처님 구경

문중도 끊기고

공부도 약하신지

목부터 위론 날짐승 떼 주고
배꼽 더 아랜 길짐승 따 주고

사월도 초파일 다 지났는데도
시주 보살네들 육보 공양이 없었던지

별 하나 깜박 눈물을 닦고
별 둘 깜박 부레 끓이며

길 바쁜 나더러 꽃가지 마중
산 아래까지 쫓아와 꽃가지 마중

모과꽃은 자라좆
사과꽃은 물좆

셋째, 내용의 측면. 나는 언젠가 박태일의 신작시 10편을 읽고 해설의 글을 쓰면서 다음과 같이 언급한 바 있다. (그때 다룬 시편이 모두 이번 시집에 수록되어 있다.)

시인은 등단작 이후 오늘에 이르기까지 바다와 포구, 강과 강기슭을 공간적 배경으로 한 시를 꽤 많이 써왔다. 그의 시에는 시인의 유년시절과 성장기 때의 자화상이 그려져 있으며, 가족과 친구, 이웃과 친척들의 삶의 모습이 그려져 있다. 시인을 길러낸 모태와 다를 바 없는 고향의 강 황강을 더욱 구체적으로, 희미한 기억을 되살려내며 써보고자 한 결심은 연작시의 형태를 빌려오게 하였다. 이번에 발표한 「황강」 5, 10, 11, 12번은 담백하게 그린 일종의 스케치이다. (……) 생의 고단함이 깊게 그늘을 드리운, 기쁠 때 기뻐하고 슬플 때 슬퍼할 줄 아는 진솔한 우리네 서민의 얼굴을 시인은 그려내고 있다.

박태일이 갖고 있는 큰 강점은 시인의 체험이 시에 무르녹아 있다는 것이다. 참으로 많은 시에 경남 일대의 지역명이 나오고 사람 이름이 나와 구체성을 띤다. 그 지역에서 누대로 살아온 그 농투성이들과 어민들의 체온과 체취가 느껴진다는 점에서 시인은 누구도 범접할 수 없는 영역을 확보하였다. 다만 정서가 꽤나 회고적이어서 복잡다단한 현대를 사는 사람들의 모습은 간혹 보일 따름이고, 과거의 아무개, 기억 속의 그곳이 그려져 있어 이 점이 조금은 아쉽다. 물론 「통속에 대하여」 「까치종합화장품」 「껌」 등 지금 이곳의 이야기를 들려주는 시도 없지는 않다. 현실감이 확실히 느껴지는 시의 예로 들고 싶은 것은 표제작인 「풀나라」이다.

> 예순 아들이 여든 어머니 점심상을 차리고
> 예순 젊은이가 열 살 버릇대로
> 대소사 상다리 이고 지는 마을
> (……)
> 이장댁 한산할베 마을회관 마룻바닥에
> 소금 전 양 등줄 꺼지게 누운 마을
> 토광 옆 마늘 종다리는 무슨 힘으로
> 아침저녁 울컥벌컥 잘도 돋는데
> 한때 마흔 이젠 스무 집 어른들
> 집집 다 버리고 마을회관 두 방
> 문지방 내외하며 자고 먹는 풀나라
> 굴 양식 뜰것이 아침마다 허옇게
> 저승길 종이꽃처럼 피는 바다

그 먼 나라를 아시는지 여쭙습니다.

—「풀나라」 부분

이 시를 보고 가슴이 뭉클해지는 감동을 느끼지 못한다면 그는 이 나라 사람이 아닐 것이다. 풀나라를 버리고 다들 대처로 떠난다면, 우리는 모두 고향 없는 떠돌이가 되지 않으려나. 스무 집이 다 떠나고 스무 집이 남은 어촌 마을에서 '어른들'이 마을회관 두 방을 할아버지 방과 할머니 방으로 나눠 양로원처럼 쓰고 있다. 예순 아들이 여든 어머니 점심상을 차리는 마을, 굴 양식을 하던 자취만이 남아 있는 마을 풍경이 눈물겹고, 그 풍경을 추호의 감정 노출도 없이 차분하게 그린 시인의 관찰력이 한없이 부럽다. 기억 속에 감추어져 있던 합천, 마산 근처의 사물과 사람, 풍경과 사건이 이렇듯 시인의 손에 의해 하나씩 복원되고 있다. 소설 『토지』가 있어 경남 하동이 멋지게 현현하여 우리 앞에 다가왔듯이 박태일의 시가 있어 경남의 오지와 어촌이 우리 문학사에서 훌륭하게 복원되고 있다.

(2002)

시로 만나는 몽골에서의 삼간(三間)

－박태일 시집 『달래는 몽골 말로 바다』－

한정호

1.

삶을 이루는 핵심요소는 삼간(三間)이다. 이를테면 우리는 인간(人間)·시간(時間)·공간(空間) 속에서 존재 의미를 만들어가고 있다. 흔히 시간은 역사를 구성하고, 공간은 사회를 구성한다. 이는 '누가 언제 어디서 어떻게' 사는가의 문제와도 연관되어 있다.

우리의 아름다운 삶은 의미 있는 시간과 공간에서 사는 것, 이를 극복하기 위한 방법 가운데 하나가 예술이다. 그런 점에서 예술이란 사람살이를 아름답게 만들려는 노력이다. 시(詩)도 마찬가지, 시인이 만들어가는 아름다운 세상이다.

박태일 시인이 최근에 상재한 시집 『달래는 몽골 말로 바다』(2013)는 몽골에서의 삼간, 곧 몽골의 아름다운 세상을 펼쳐내고 있다. 그는 1980년에 등단하여 『그리운 주막』(1984), 『가을 악견산』(1989), 『약쑥 개쑥』(1995), 『풀나라』(2002) 등 네 권의 시집을 냈다. 물론 그는 시집 말고도 산문집과 연구서를 여럿 펴냈다.

앞서 박태일 시인은 몽골에서의 체험을 기행산문집 『몽골에서 보낸 네 철』(2010)에 담아낸 바 있다. 그 책의 발문격인 「몽골몽골」에서 시인은 "삶이 장소에 길들어가는 일이라면 어느새 나는 몽골에 길들여졌다. 풍경이 장소가 되고 장소가 추억이 되는 즐거운 변화의 드라마가 마음에 둥근 물방울을 날리기 시작했다. 풍경을 끌어 쥐는 아귀힘이 문제일까. 장소의 추억을 다시 글의 풍경으로 세상에 되돌려 놓는 일은 마냥 어렵다. 시는 익명의 세상을 향해 날카롭게 쪼아대는 말의 입질"이라고 적었다.

이 글에서 소개할 『달래는 몽골 말로 바다』는 박태일 시인의 다섯 번째 시집이다. 여기에는 몽골시 60편이 5부로 나뉘어 실렸다. 1~4부는 한 해에 걸친 몽골 체류 체험을, 5부는 잠시 두 차례의 몽골 여행 체험을 담아내고 있다. 그는 이 시집으로 제24회 편운문학상을 받았다. 심사위원들은 그의 시집 『달래는 몽골 말로 바다』에 대해 "몽골의 삶과 풍습과 언어를 우리말의 호흡과 리듬에 자연스럽게 용해시켜 서정을 만들어냈다"는 평가를 내리고 있다.

2.

우리는 시간 속에서 만나는 인간과 공간으로 의미 있는 삶을 이어간다. 어느 누구도 지나간 시간을 되돌릴 수 없지만, 시인은 특정 시간에 겪었던 사람과 장소를 시로 추억한다. 박태일 시인의 몽골시는 2006년 2월부터 2007년 1월까지의 체류 체험과 2011~12년 잠시의 여행 체험에서 만난 사람들과 찾아간 장소들로 채워져 있다. 다시 말해서 몽골에서의 각별한 삼간이 시로 형상화되어 있다.

•人•人•

박태일 시인은 몽골시 속에 많은 인물들을 불러오고 있다. 그가 '몽골
에서 보낸 네 철' 동안 인연을 맺은 사람들은 아주 많을 테지만, 그의
몽골시에는 일상 또는 역사 속의 인물과 길에서 스치듯 만난 사람들을
시적 대상으로 끌어들이고 있다. 이를테면 달래, 조아라, 사를어넌, 레닌,
수호바트르, 단증라브자, 그리고 남녀노소, 걸인, 설렁거스, 어뜨껭 가족
등을 들 수 있다. 이들 가운데 각별한 인연으로 다가왔을 인물에 대해서는
시의 제목으로 내세우고 있다.

> 달래는 슬픈 이름
> 한번 달래나 해보지
> 달래바위에 피를 찧었던 일은 우리 옛적 이야기
> 유월부터 구월까지
> 하양부터 분홍까지
> 어딜 가나 저뿐인 듯 피어 떠드는 달래
> 달래는 몽골 말로 바다
> 두 억 년 앞선 때는 바다였다는 고비알타이
> 소금 호수 천막 가게에서
> 달래 장아찔 카스 안주로 주던
> 달래는 열 살
> 아버지 어머니
> 달래 융단 아래 묻은.
>
> —「달래」 전문

이 시는 시집의 표제로 삼은 작품으로, 몽골 말로 바다라는 뜻을 지닌
'달래'와의 인연을 형상화하고 있다. 몽골에 머물면서 시인은 고비알타이
에서 '달래'를 만났다. 달래는 "열 살"의 어린 나이에 "소금 호수 천막
가게에서" 안주 심부름을 하던 부모 없는 아이였다. 시인은 "슬픈 이름"을

가진 몽골의 달래를 우리나라의 달래바위 전설과 "어딜 가나 저뿐인 듯 피어 떠드는" 몽골의 달래 군락에 접목시켜 풀어내고 있다.

한편, 박태일 시인은 "고비 헙스걸"의 "바잉주르흐 시장"에서 '달래'라는 이름의 또 다른 여인을 만났다. '마흔' 살의 그녀는 시장에서 '양배추'를 파는 상인이었다. 그녀도 마찬가지로 "눈가에 질척이는 식구들"을 위해 아픈 몸을 이끌고 장사를 하는 '슬픈 이름'이다. 이에 시인은 '쿨럭쿨럭'거리며 '맨발'로 자는 그녀를 시로 위무하고 있다. 시 「헙스걸 달래」가 그것이다.

어쩌면 박태일 시인이 불러온 '달래'는 본디 이름이 아닐지도 모른다. 그저 서몽골 들판 어디서나 볼 수 있는 야생파 '흐믈'의 상징적 표현일 수 있다. 시인에게 그들의 이름은 그다지 중요하지 않다. 시인이 만난 몽골의 사람들은 "두 억 년 앞선 때는 바다"였을 슬픈 이름의 '달래'이기 때문이다.

> 방학이라 한국말이 너무 하고 싶었다는 어넌은
> 노총각 짝짓는 자리를 보여 주지 않으려 했던 어넌은
> 다음주부터 한국 호텔 굿모닝에서 일한다는데
> 굿모닝굿모닝 여름밤 쐐기마냥
> 한국 손님에게 시달릴 어넌은 웃고 있지만
> 이 방학 끝나면 울게 될까
> 한국말이 너무 하고 싶었다는
> 그 말이 극약이다.
>
> —「사를어넌」 가운데서

이 시는 박태일 시인이 초빙교수로 지냈던 몽골인문대학교 한국어과 학생이었던 '어넌'과의 인연을 풀어놓고 있다. 어넌은 '한국 노총각 몽골 처녀 짝지는 일을 보는 언니'를 거들고 있다. 시인은 여름방학 때 그녀를

만났다. 그때 어넌은 "방학이라 한국말이 너무 하고 싶었다"며 웃음으로
대했다. 그리고 "다음주부터 한국 호텔 굿모닝"에서 일할 것이라며 자랑
하기도 했다.

하지만 시인은 "한국 손님에게 시달릴 어넌"을 마음 한 켠에서 염려하
고 있다. 왜냐하면 웃고 있는 어넌의 지금 모습이 "방학 끝나면 울게 될"
지 모른다는 걱정이 앞섰기 때문이다. 그래서 "한국말이 너무 하고 싶었
다"는 어넌의 말이 시인에게는 '극약'처럼 인식되고 있는 것이다.

박태일 시인이 만난 몽골 사람들은 오랜 슬픔으로 다가오고 있다. 그의
몽골시에서 그들은 한결같이 슬픈 사연을 간직한 대상으로 들앉아 있다.
이에 시인은 그들과의 각별한 인연을 연민의 서정으로 형상화하고 있다.
그런 점에서 그의 시는 몽골 체험에서 갖는 인정(人情)의 세계를 시로
풀어내고 있는 것이다.

●空●空●

이푸 투안(Yi-Fu Tuan)은 막연하고 추상적인 공간(space)과 구체적인 감
각적 경험을 통해 의미가 부여된 장소(place)를 개념적으로 구분하고 있다.
그에 따르면, 공간은 구체적 행위나 상호작용을 통해 가치 있는 장소로
바뀐다. 다시 말해서 인간은 직·간접적인 다양한 경험을 통해서 미지의
공간을 친밀한 장소로 만든다고 할 수 있다.

박태일 시인이 한결같이 내세웠던 시 가운데 하나가 장소시이다. 그는
장소에 얽힌 사적·공적 기억을 되살려내는 일이야말로 장소시가 겨냥할
주요 몫이라고 말했다. 시인은 몽골에서의 걸음길을 기행 산문집 끝의
지도에 그려두었다.

특히 그는 올랑바트르 역내와 둘레 장소에서부터 몽골의 동서남북 여
러 장소들을 시로 불러오고 있다. 이를테면 올랑바트르의 톨강·수호바트
르 광장, 올랑바트르 둘레의 벅뜨항·날래흐, 동몽골의 다리강가·헤를릉

강, 서몽골의 고비알타이·어뜨겅텡게르·울리아스태·헙뜨, 남몽골의 돈드고비·만들고비·욜링암, 북몽골의 헙스걸 등을 들 수 있다.

이들 땅이름은 사람들이 공간을 장소로 되겪는 중요한 공공의 표지이다. 개인적 시간과 공적 공간이 하나로 만나는 삶의 자리가 땅이름인 셈이다. 박태일 시인은 구체적인 땅이름들을 시의 주요 대상으로 불러옴으로써, 친밀한 장소감을 느끼게 한다. 이처럼 그가 찾아간 공간은 더욱 많을 테지만, 시인은 특별한 인연으로 다가왔을 장소들을 시로 형상화하고 있다.

> 큰 종 안에 작은 종
> 종 둘을 발밑에 묻은 사람들
> 두 소리 밟으며 배로 목으로 두 노래 부른다
> 올랑바트르 붉은 영웅이 말을 몰았던 곳
> 그의 사무실은 기념관으로 바뀌고
> 여든 해를 넘기며 사람 발길 끊겼지만
> 곧게 자란 버들 누이가
> 버들잎 입장권을 뜯어준다
>
> —「올랑바트르」 가운데서

박태일 시인이 가장 많이 시로 그려낸 장소는 몽골의 수도인 '올랑바트르'이다. 이 시의 주석에서 덧붙이고 있듯이, 그곳은 수흐바트르 광장을 중심으로 크고 작은 종의 모양을 본뜬 '이흐터이로와 바가터이로'라는 두 거리로 이루어져 있다고 한다.

여기서 시인은 올랑바트르의 장소성, 역사와 문화, 그리고 현재의 생활상을 보여 주고 있다. 이른바 "올랑바트르 붉은 영웅"인 수흐바트르의 "사무실은 기념관으로" 바뀌었고, 수흐바트르 광장에는 '양파 주름을 까고 앉은 노인 둘이 엽전점'을 떼고 있다. 이를 통해 시인은 추억으로 묻혀버린 올랑바트르의 역사와 더불어 그곳 사람살이의 모습을 담아내고 있다.

소젖차를 쏟는다
누가 어깨를 쳤나 보니
팔짱 낀 채 늘어선 벼랑
웅성웅성 서녘이 붉다
낙타가 푸른 늑대를 쫓는다는 골짝은 어제 지났다
막 어른이 된 듯한 여자아이가
늙은 아버지와 소똥을 줍는다
휘파람을 부는 뱀
건너 느릅나무가
무릎을 굽힌 채 본다
하늘 옆구리를 조용히 내딛는 초생달
저승 문지방은
누구하고 건넜을까.

—「고비알타이」 전문

박태일 시인의 몽골시에 '올랑바트르' 다음으로 많이 등장하는 공간은 '고비알타이'다. 올랑바트르에서 고비알타이까지는 일천 킬로미터의 먼 거리, 시인은 여름방학을 틈타 서몽골로 나들이를 떠났다.

그곳에서 시인은 노을 지는 알타이의 능선과 묏줄기, 곧 "늘어선 벼랑"을 보았다. 그리고 시인은 '소젖차'를 팔거나 "소똥을 줍"는 가족들을 만났다. 또한 시인은 "휘파람을 부는 뱀", 낮게 자란 '느릅나무'와 하늘 기슭에 '초생달'이 뜬 고비알타이의 저녁 풍경을 보았다.

이처럼 박태일 시인의 시에는 장소사랑이 가득 담겨 있다. 이는 시인의 눈에 비친 단순한 여행 체험을 넘어, 사람과 생활, 역사와 문화, 자연과 풍광에 대한 장소감으로 채워져 있다. 그런 점에서 시인은 울고 웃는,

서럽고 따뜻한, 우리네 세상살이의 모습들을 장소시에 실어 보여 주고 있다. 이렇듯 그의 시는 몽골 체험에서 갖는 물정(物情)의 세계를 시로 담아내고 있는 것이다.

•時•時•

어제는 오늘이 되고, 오늘은 내일이 되듯, 흘러가는 시간은 인간과 공간 속에 다시 모인다. 박태일 시인은 몽골을 떠난 뒤에도 두 차례에 걸쳐 몽골을 찾았다. 아마도 몽골에서의 숱한 그리움이 그를 가만두지 않았나 보다. 비록 짧게 다녀온 여행이었지만, 그는 몽골의 삼간을 다시 만났다.

박태일 시인이 몽골을 다시 찾아간 때는 떠나온 지 다섯·여섯 해가 되던 봄과 여름이었다. 그리고 특별히 시로 만난 사람은 어린 보르테, 제자였던 바트졸, 헌책방 주인 바쏭 등이었다. 그밖에도 셸브 강가 가족, 입장료 받는 여인, 요절시인 보양네메흐 등도 시적 대상이 되고 있다.

> 그사이 혼인을 하고 첫아들을 낳았다는 바트졸
> 한결같이 팔목이 가늘었다
> 내가 처음 만난 몽골은 술에 얹힌 그녀 아버지였다
> 아버지를 일으켰다 눕히는 어머니 약시였다
> 관광객 안내 다섯 해
> 땅금이 밀리도록 뚝 떨어져 누운 몽골 들에서
> 바트졸은 어느새 강이었다
> 셸브 강 어귀에 아파트를 마련하고
> 오늘도 선듯선듯 한길로 들어서는 아침 해.
>
> —「바트졸은 힘이 세다」 전문

다시 찾아간 몽골, 박태일 시인은 헌책방 주인 '바쏭'을 만났고, 또 인문대학교 제자였던 '바트졸'을 만났다. 예전의 몽골 체류 때 시인이 처음으로 만난 사람은 바트졸의 "술에 얹힌 아버지"와 "약시 어머니"였다. 이 시에서 보듯, "팔목이 가늘었던" 바트졸은 "그사이 혼인을 하고 첫아들을 낳았"고, 다섯 해 동안 "관광객 안내"를 해서 "셀브 강 어귀에 아파트를 마련"했다고 한다.

또한 박태일 시인이 다시 찾아갔던 공간은 올랑바트르와 그 둘레, 그리고 남몽골의 사막길이었다. 그가 각별하게 체험한 시적 장소는 올랑바트르의 셀브강·톨강·수호바트르 광장·나룽톨·벅뜨항, 남몽골의 만들고비·돈드고비 등이었다.

> 다섯 해만에 들른 올랑바르트
> 전신 마사지 발 마사지 마구 주무르는 도시
> 칭기스항 공항으로 나가는 길 따라 차들 바쁠 때
> 좁은 3층 21세기 마사지 가게 복도에 서서
> 손님 순서를 기다리는 칭기스항 어머니 허엘룬 아내 보르테
> 처음으로 마사지를 위해 몸을 맡기고 누운 내 발목을
> 어린 보르테가 마구 꺾을 때
> 오츨라레 오츨라레
> 밥알 같은 슬픔이 튀어나왔다.
>
> ―「오츨라레 오츨라레」 가운데서

시의 첫줄에서 일러주듯, "오츨라레는 몽골 말로 미안합니다"라는 뜻이다. 박태일 시인은 "다섯 해만에 들른 올랑바르트"에서 처음으로 발 마사지를 받았다. 어린 '보르테'는 마사지에 능숙하지 않아서 손님들에게 거듭 미안하다고 표현했을 것이다. 그런 보르테의 모습을 보면서 시인은 도리어 자신에게 미안한 생각이 들었나 보다. 이에 시인은 "오츨라레 오츨라레" 말을 자신의 "밥알 같은 슬픔"으로 환치시키고 있다.

박태일 시인은 몽골을 미지(未知)의 세상, 한결같이 '낯선 그리움'이라
했다. 그리고 부쩍 달라진 환경에서 시 또한 '너무 큰 미지', 그 미지의
시는 그가 몽골에서 본 숱한 낯설음과 한가지라 했다. 그렇게 시간을
거슬러 다시 찾아간 몽골, 그의 몽골시는 여행 체험에서 갖는 사정(事情)
의 세계를 시로 엮어내고 있는 것이다.

3.

사람 사이의 관계보다 사람과 공간이 맺고 있는 관계를 더욱 근원적이
라 생각하는 시인, 작고 소외된 장소에 더 많은 관심과 각별한 사랑을
표현하는 시인, 박태일 시인에게 있어 장소성은 그의 창작이나 연구의
핵심어로 자리잡고 있다. 그의 몽골시는 새로운 세계를 만나는 소중한
체험이었다.

박태일 시인의 제5시집 『달래는 몽골 말로 바다』는 몽골에서의 삼간,
인간·공간·시간적 체험을 담아내고 있다. 다시 말해서 그의 시는 몽골
체험에서 만난 사람과 장소, 그곳의 생활과 문화를 그리움으로 부려놓고
있다. 그만큼 시인의 몽골 사랑이 지극했음을 알 수 있다. 결국 그의 시에
담긴 속살은 몽골 체험에서 느낀 인정(人情), 물정(物情), 사정(事情)의 세상
살이라 하겠다.

박태일 시인이 시집으로 풀어내지 못한 사람들, 담아내지 못한 장소들,
엮어내지 못한 이야기들도 많을 터이다. 이에 대해서는 앞서 펴낸 기행산
문집 『몽골에서 보낸 네 철』을 함께 읽으면 좋을 일이다. 시인의 표현처럼
"동쪽 초원도 돌아보고, 서쪽 옛 도시도 둘러본다. 하늘을 마냥 내려앉힌
북쪽 호수, 남쪽 사막 게르의 탁 트인 천정으로 내려온 별이 나에게 건네
는 진공의 말씨를 듣는 것만으로도 설렌다. 시가 되지 못한 그 즐거움"을
느꼈으면 한다.

그는 시집 『달래는 몽골 말로 바다』를 엮으면서 "쉰 살 무렵 내가 나에게 쥐여준 작은 꽃다발이었다. 몽골. 여러 해 내 안에 가두어두었던 그들을 그만 돌려보낸다. 잘 가거라. 다시는 다른 아침, 다른 하늘을 그리워하지 않으리라"고 간결하게 「시인의 말」을 적었다. 이는 서문으로 시집의 맨 처음에 실린 글이지만, 사실은 시집을 엮으며 맨 끝에 쓰는 글이다. 물론 반어적 표현으로 몽골에서의 삼간을 오래도록 잊지 않겠다는 뜻으로 다가온다. 아마도 시인은 몽골을 가슴에 품고 영원히 그리워할 것이다.

(2014)

수시(手詩)의 경지 혹은 수시(隨詩)의 지경

- 이재무 『슬픔에게 무릎을 꿇다』, 박태일 『옥비의 달』 -

전동진

시의 언어는 움츠리면 작아지는 것이 아니라 안으로 넓어진다. 펼쳐지면 흩어지는 것이 아니라 밖으로 깊어진다. 산문(散文)의 散은 '흩어지다, 풀어 놓다'는 의미를 담고 있다. 글자대로 산문의 언어가 품고 있는 언어의 힘은 흔히 원심력에 비유한다. 이 힘은 구심력과 짝을 이뤄 강렬한 원환 운동을 한다. 우주가 이런 팽팽한 긴장 속에 있으니 그 안에서 이루어지는 우리의 사랑도 매한가지, 온갖 사랑을 노래하는 서정의 언어 역시 그러해야 한다. 너무 오랫동안 서정의 언어는 깊어지는 데만 몰두한 것 같다.

아주 이른 나이에 시나 소설에서 빼어난 성취를 이룬 이는 어렵지 않게 들 수 있다. 그러나 수필에서 어린 나이에 성취를 이룬 이는 드물다. 시, 소설에서 모두 천재적인 쓰기로 빼어난 성취를 거둔 이상의 수필은 읽을 만하다. 수필이라는 글쓰기는 손가는 대로 쓰는 글이기 때문에 천재성의 발현이 어려운 것인가.

수필은 흔히 무형식의 글이라고 말한다. 시처럼, 소설처럼, 극처럼, 보고서처럼, 또 무엇처럼도 쓸 수 있다. 그래서 따를 수'隨'를 써서 붓이

가는 대로 따른다고 하고, 또 수'手'를 써서 손 가는 대로 쓰면 된다고도 한다. 그런데 생각해보면, 붓 가는 대로, 손 가는 대로 써 내려가는 것이 쉬운 일인가. 썼다고 하더라도 제대로 된 글이 나오는 것이 쉬운 일인가. 붓이 가는 대로 썼는데 한 편의 작품이 되어 있다는 것은 경이로운 일이다. 이런 지경에 이르기 위해서는 한 분야에서 최소 20년을 매진해야 한다고도 하고, 10,000시간의 수련을 말하는 사람도 있다.

시(詩)라는 말은 간결하고 아름답지만, 시를 쓰는 사람이나 시를 연구하는 사람에게는 그 무게가 천근만근이다. 그 무게를 털고 손 가는 대로, 붓 가는 대로 시를 다룰 수 있게 된 연치(年齒)의 시인 그리고 그의 시를 만날 수 있게 된 것은 시도 쓰고 싶고, 연구도 게을리 하고 싶지 않은 내게는 꿈만 같은 일이다.

박태일 시인은 1980년에 등단했다. 여섯 번째 시집으로『옥비의 달』을 상재했다. 그 사이 다수의 연구서를 집필해 학계에도 큰 기여를 하였다. 이재무 시인은 83년에 등단해서 10번째 시집으로『슬픔에게 무릎을 꿇다』를 상재했다. 우리 시대 참 '순수' 시인이라고 할 수 있다. 두 시인 모두 30년을 넘게 시 쓰기, 글쓰기에 매진해 왔다. 이제 마음을 드러내거나 세상을 끌어오지 않은 것 같다. 드러나는 마음은 억지로 꾸미지 않고, 또 안겨오는 세상은 따로 치장하지 않고 그대로 쓰기로 밀고 나간다. 그들의 손을 따라서 마음이 비로소 제 말을 갖기 시작하고, 그들의 붓을 따라서 세상이 다시 자리를 잡는 듯하다.

수시(隨詩)의 지경

학위를 마치고 나는 논문쓰기도 좀 더 자유로웠으면 좋겠다는 생각에 사로잡혀 있었다. 정제되지 않는 생각, 그리고 논리적으로 입증할 수 없는 언어들을 모아서 논문을 학회에 투고했다. 운이 좋아 등재의 영광을 누리기도 했다. 그러던 중 한 학회의 논문 심사서를 받아들고 정신을 번쩍 차린 일이 있었다. 정말 호된 심사평이었다. 글쓰기가 전면적으로 바뀐 것은 아니지만, 학자로서의 마음가짐을 새롭게 할 수 있는 계기가 되었다. 나중에 알게 된 일인데, 그 심사평을 해준 이가 바로 박태일 시인 이었다.

시집 『옥비의 달』은 부드러운 감성의 언어와 예리한 관찰력의 언어가 조화를 이루고 있는 언어들의 향연장이다. 시인의 감성과 시선은 특별할 것도 없는 시간, 공간, 인간을 포착한다. 시적 대상들은 마치 그러기를 기다렸다는 듯이 시를 빌어 역으로 세상에다 특별한 제자리를 잡는다. 표제시의 '옥비'에 대한 궁금증이 제일 먼저 이 시를 찾아 읽게 만든다.

> 독도 너머 동해
> 겨울엔 눈이 눈물처럼 쑥쑥 빠지는 항구
> 치렁출렁 아버지의 무게를 옥비는
> 어떻게 이며 지며 왔던 것일까
>
> 달 뜬다 달이 뜬다
> 달 속을 울며 걷는 아이가 있다
> 기름질 옥(沃) 아닐 비(非)
> 간디같이 욕심 없는 사람 되라셨던 아버지
>
> 아버지 여읜 네 살 옥비
> 세상 여느 달보다 환한 낮달
> 일흔을 넘겨다보는 한 여자가
> 동쪽 능선 위에 고요히 떠 있다
>
> ―「옥비의 달」 뒷부분

'옥비'는 "1904년 음 4월 4일에 난" 이육사 시인이 "1941년 서른 일곱 때 낳은 고명딸"이다. "1944년 네 살 적 아버지"를 "북경 감옥으로 여읜 아이"이기도 하다. 이육사 '탄신 백 주년'에 맞춰 문학관을 연 날, 일흔을 넘겨다보는 옥비가 시인 앞에 서 있는 것이다. 그런 옥비를 시인은 바라만 보지 않고 말을 건넨다. "어디 사시느냐" 이 시는 이렇게 시작한 것이다.

자칫 감정이 격해질 수도 있는 상황이다. 민족 시인, 항일 시인 이육사의 고명딸을 이 땅에서 살지도 않고 혹은 못하고 일본에서 사는데, 친일파의 후손들은 이 땅에서 너무도 떵떵거리며 살지 않느냐. 그런데 시인은 역사적 사실과 지금 여기의 진실을 덤덤하게, 꼼꼼하게 직조한다. 의미를 길어 올리는 것은 독자의 몫이 된다. 정말 어렵게 한국을 찾은 옥비 씨가 그때 그 자리에서 시인을 만나 우리가 이렇게 그녀를 만날 수 있게 된 것은 얼마나 다행인가. 독자들마다 건져 올릴 의미는 다르겠지만 이런 안도의 마음은 한결 같을 것이다.

시인에게 포착되어 특별한 제자리를 찾게 되는 것은 사람만이 아니다. 우리가 직면하게 되는 시간, 공간, 인간으로 버무려진 장면들은 이번 우주에서는 처음이자 마지막인 것이다. 이 장면을 가장 잘 포착할 수 있는 시 쓰기의 한 전형을 박태일 시인은 이 시집 전체에서 보여 주고 있다.

언덕 위에 성당이
언덕 깎여 나간 자리에 서서
언덕을 한 차례 더 높여준다
성당은 흐린 회벽에 붉은 창문을 달았는데
성당의 딸인 오리나무 가지가 창문을 올려다본다
언덕은 옆구리 아래로도 깎여 비어
산제비를 불러들이고
바다로 나서는 강물이 느릿느릿
제 발목을 푸는 다대포 모래톱

끝자리까지 한눈에 살핀다 보꾹보꾹

떠 있는 작은 배도 내려다본다

장마가 오기 앞서 들마꽃 인동 아이들이

성당으로 찾아들어 성당 기둥을 타고 내린

지난해 장마 흔적을 두드린다

성당에 당동 종소리

상당에 당동 종소리

언덕 위에 성당이

언덕 깎여 나간 자리에 서서

오늘은 발밑까지 노을을 불러 앉힌 뒤

내 아내 아내 벗 둘이

내려서는 언덕길을

한참 동안 지켜준다

—「언덕 위에 성당이」

언덕은 세월에 깎여 나가고 있는 것인지, 도시 개발로 그러는 것인지 알기는 힘들다. 어찌되었건 개발로 발밑까지 내어준 성당이 위태롭게 서 있는 풍경을 이 시는 담고 있다. 이 성당은 앞으로도 몇 차례의 장마를 무사히 견뎌낼 것이다. 그러나 수백 년을 장담할 수는 없다. 물론 신의 은총도 함께 하겠지만, 이 시가 있어서 성당은 위태한 발밑을 느긋하고, 의연하게 견뎌낼 수 있을 것이다.

인식론적 사유의 주제가 인간에서 시간으로 옮겨 왔나 싶더니, 이제 공간으로 건너오고 있는 것 같다. 언젠가 다음 차례로는 인간에 대한 인식론적 물음을 다시 앞세우게 되겠지만, 문화라고 하는 것의 속성은 공간적인 것이다. 박태일의 시는 문화의 지경(地境)을 서정적으로 확장하고 있다. 그래서 세상에 위태하게 서 있는 것들에게 위안과 안식을 준다. 뒷표지에 실려 있는 세 줄의 글이 긴 여운으로 남는다.

11시 40분에 멈춘 구포역 커다란 원반 시계 아래서

빨간 장화 비둘기들이 국국 울음을 쪼며 앉아 있다

이 비 그치면 낙동강으로 나갈 요량인가

근래 들어 장소의 기억을 호출하고 기록하는 문화지(誌)적인 시가 많이 발표되고 있다. 그런 시들은 시적 성취와는 무관하게, 특정 장소에 걸리거나 지자체의 문화 행사에 등장하는 호사를 누리기도 한다. 그러나 시는 어디까지 시여야 한다. 문화와 문학을 함께 생각하는 독자라면 박태일 시인의 『옥비의 달』을 '서정적 문화지(誌)' 혹은 '문화적 서정시'의 한 전범으로 읽어도 좋을 것이다.

(2014)

죽음과 신생의 풀비름내, 영속성의 시학

-박태일 시집 『옥비의 달』-

정진경

'나는 누구인가?' '인간은 어디에 있는가?' 하는 질문은 살면서 누구나 한번쯤은 가져보았을 것이다. 어떤 누군가는 실존적 의미를 역사적 맥락 속에 찾기도 하고, 어떤 누군가는 현재의 삶 안에서 찾기도 한다. 인간이 연속(連續)적인 존재인지, 단속(短續)적인 존재인지에 대한 해답은 여전히 눈에 보이지 않는 창조주와 우리의 마음속에 은닉되어 있다. 그런데 이 해답 없음이 수많은 철학자나 예술가에게는 축복으로 작용을 한다는 사실은 얼마나 아이러니한 일인가? 시를 쓴다는 것 또한 이러한 질문에 대한 나름대로의 해답을 찾는 일일 것이다. 노회한 시인일수록 실존적 의미 맥락을 찾는 시안(詩眼)이 넓다. 그들은 과거와 미래의 맥락 사이에서 현재의 의미를 찾는 예지적인 혜안(慧眼)을 가졌다. 반면에 여전히 생의 중심에서 고뇌하는 젊은 시인들은 순간을 잘 포착하는 영리한 매의 눈을 가졌다. 이런 점에서 노회한 시인인 박태일은 우리에게 또 다른 의미의 실존 찾기로 다가온다.

박태일의 시집에서는 강렬한 사람의 향내가 풍겨 나온다. 그의 시안에는 혈육의 매듭에서 풍겨져 나오는 진한 피의 냄새뿐 아니라, 역사적

인물이 남기고 간 인류의 냄새 그리고 스쳐 지나가는 이름 모를 사람의 체취까지 포착이 되어 있다. 그런데 그가 포착하고 있는 사람의 향내는 살아 있는 생명체의 냄새가 아니라 과거나 혹은 미래적 공간에서 환기되는 실존적 냄새이다. 인간이 만든 현재의 실존과 과거의 실존이 교차되면서 의미 맥락을 찾는다. 시인이 시간과 공간의 연속성 속에서 실존적 의미를 찾는 것은 아마 주위의 사랑하는 이들을 떠나보내면서 혹은 학자로서 역사적 인물들의 영향을 받는 과정에서 화두로 자리잡지 않았나 싶다.

이러한 면은 시에서 현재의 실존 공간을 죽음과 신생을 동시적 현상으로 인식하는 시적 의식으로 나타난다.

명절이라 마을 안까지 가을이 썩 들어서서
산 번지 따시한 햇살 아래 오리불고집 화신슈퍼 간판은 마냥 두렷하여
일찍 벌초 끝낸 떼무덤 본 듯이
풀비룽내 은근하고 환하게 끼쳐오는데
건너 솔잎도 차츰 누런빛을 띠니
땅 속 깊은 제 입술 앙다문 것

—「구름 마을」부분

아득하게 웃었다 웃음에는 늘 뒤가 뚫렸다는 느낌
함께 지냈던 오 층 양회 집에서는
가끔 석기시대 풀비룽내가 났고
말수를 줄인 사람들 돌빛 살결도 지녔다
(…중략…)
문득 그가 어디론가 떠났다는 전언
그나 나나 어느새 달뜰 것 없는 예순 골짝인데
무엇이 급해 묵은 부적을 떼듯 스스로 삶에서 내렸는가

(…중략…)

나는 저승 한곳을 보며 섰다 이제

이 자리도 가끔 쓸쓸하다.

ㅡ「석기시대」 부분

　「구름 마을」에서 시인은 인간이 사는 실존적 공간을 '떼무덤'으로 인식한다. 물론 명절과 연상되어 떠오른 단어였을 것이기는 하지만 마을을 들어서면서 본능적으로 환기되고 있는 '무덤'이나 '풀비룽내' 같은 언어들은 이 시의 공간적 배경인 안창마을에 대한 인식의 잠재적인 상징이라 할 수 있다. 부산에 가장 못사는 동네 중의 하나인 안창마을, 세속적으로 많은 것이 결핍되어 있는 그곳에서 그는 죽음과 생명이 창궐하고 있는 동시적 현상을 본능적으로 직감한다. 세속에서 사회적 약자로 살아가는 이들에게는 그들이 둥지를 틀고 있는 실존적 공간마저 안식처가 되지 못한다고 본다. 시인은 강한 생명력을 가진 그들의 실존적 상황을 '풀비룽내'라는 후각으로 의미화하고 있는데, 비룽내는 비린내의 경상도 사투리인 듯싶다. 후각적 의미에서 비린내는 생명이 탄생하거나 신체가 부패될 때 풍기는 냄새를 말한다. 월경이나 젖비린내, 정액에서 나는 비린내는 생명의 잉태와 관련이 되지만 생명체가 훼손되는 과정에서 풍기는 비린내는 생명의 비건강성을 의미하며, 죽음의 전 단계를 의미한다. 시인이 비린내를 굳이 풀 비린내라 한 것은, 풀이 민중을 표상되는 의미를 가졌기 때문이다. 사회적 약자들이 군집한 실존적 공간을 보면서 짓밟히면서도 강한 생명력을 가진 민중의 실존적 상황을 죽음과 신생의 의미로 후각화한 것이다.

　실존적 공간 속에서 죽음과 신생의 기운을 감지하는 후각적 감각은 「석기시대」라는 시에서도 보인다. '어디론가' 떠난 '그'와의 추억이 있는 공간인 "오 층 양회 집"에서 시인은 "석기시대 풀비룽내"를 맡는다. 시간이 흐르고 실존적 공간의 형태는 바뀌었지만 시인은 후각적 환기를 통해 시간과 공간이 가진 영속성을 끄집어낸다. 공간을 점유하는 존재들은 시간의 연대기에 따라 바뀌었지만 물질적 존재로서의 유전적 대물림과 역사와 문화의 전승은 세대성을 가지면서 영속성을 가진다. 석기시대의 냄새를 환기하는 것은 과거의 실존이 현재의 나에게로 계승되는 순간이다. 이러한 시·공간을 초월한 실존적 의미 찾기는 현세의 공간이 아닌 내세의 공간을 좇는 의식으로도 나타난다. 일반적으로 내세의 세계를 지향하는 의식 속에는 현실적 실존에 대한 불안이나 결핍이 내재되어 있다. 이러한 것들을 해소하기 위한 공간의 환기가 '저승'이다. 폐쇄된 이승의 공간과는 다른 내세의 공간을 환기하는 것은 새로운 실존을 잉태할 수 있을 거라는 융합의 과정을 내포하고 있다. 인간 실존에 대한 영속성의 향수가 죽음과 신생의 의식으로 표출된 것이다. 영성적(靈性的) 차원의 실존을 추구하는 한 측면이라 할 수 있다.

이러한 존재의 영속성은 영성과 같은 비가시적인 면뿐 아니라 소멸된 존재가 다른 존재로 전환되어 영속된다는 현실의 논리로도 나타난다.

소는 죽어 가죽만 남기는 게 아니다
소껍데기회 남긴다 청도 풍각장

초등학교 들목 신라 적 돌탑이
잠자리 눌러주는지 낯빛 점잖은 사람들

소시장은 두 십년 사이 그치고
장거리 오가는 손살림 자주 줄어서

소껍데기처럼 눅눅한 길 뒤우뚱
소껍데기회 자신 어른은 소걸음이다

소가 죽어서도 타 내릴 이승인 양

멀리 가까이 만발한 화악산 푸름

―「소껍데기회」 부분

식구도 동무도 없이 두만강 건너와

고요히 내 방에 이마 눕힌 책

400쪽 낡은 『레닌과 민족문제』한 권

얼음 박힌 네 발가락 움찔거리며

떠돈 길 무엇을 증명하기 위해

엇구수한 표지가 머리로 걸은 듯 무겁다

―「두만강 건너온 레닌」 부분

너는 빈 머리로 누워 나를 본다

(…중략…)

핏줄끼리 낯설어졌는지 정태일

네 성과 내 이름을 묶어 부르면서

내 앉을 자리를 더듬거리는데

―「성모병원 난간에 서서」 부분

존재는 죽은 후 어떠한 형태로든 존재의 전환을 가진다. 우주적 존재로서의 생명들은 물질적 차원에서는 먹이사슬의 구조에 의해 서로에게 식량이 되거나 아니면 부패되어서 자양분이 되지만 정신적 차원에서 시·공간을 초월하여 후대에 영향을 미친다.

「소껍데기회」에서 시인은 물질적 존재의 실존 전환을 '소'라는 생명체의 죽음과 변이 양상을 통해서 보여 준다. 소의 죽음은 인간에게 '가죽'이나 '소껍데기회' 같은 형태의 식량으로 제공되면서 인간 신체의 일부로 융합되고 있다. 이러한 융합의 과정과 실존적 양상을 보여 준 것이 "소껍데기회를 자신 노인은 소걸음", 그리고 "소가 죽어서도 타 내릴 이승인 양/만발한 화악산 푸름"이다. 인간 신체의 일부가 된 소의 속성이 노인의 행동으로 나타나고 있으며, 이로 인한 실존적 양상의 전환을 만발하는 산의 푸름에 비유하고 있다. 물질적 차원에서 존재는 어떠한 형태로든 다른 존재의 일부로 융합된다는 것을 보여 준 것이다.

이러한 물질적 존재의 전환과는 달리 정신적 실존은 역사와 문화 등의 사회적 관습과 질서의 의식을 통해서 계승되는 방식으로 다른 존재와의 관련성을 가진다. 「두만강 건너온 레닌」이란 시에서 시인은 자신의 민족과 관련된 레닌의 실존적 고민에 대해 생각을 한다. 레닌은 러시아 공산당을 창설한 혁명가로 마르크스 이후 가장 중요한 사람으로 평가되고 있다. 역사적 평가가 옳은 것이든 그른 것이든 간에 혁명가의 고민과 삶의 무게를 시인은 가늠하고 있다. 현 실존자의 이러한 고민은 단순히 고민에서 끝나는 게 아니라 현재와 미래의 실존 방향성을 정하는 데 영향을 미칠 것이다.

그가 이러한 것에 주목하는 것은 그 또한 언젠가는 소멸하고, 누군가에 영향을 미칠 존재일 거라는 인식에서 온 것이다. 「성모병원 난간에 서서」에서 보듯, 죽음을 목전에 둔 누군가의 앞에서 자신의 이름과 그의 성을 바꾸어 부른다. 이러한 그의 행동은 그의 죽음과 미래에 다가올 나의 죽음을 동일시 한 것으로, 누구도 피해 갈 수 없는 인간의 운명적인 실존을 의식하고 있기 때문이다. 인간과 인간의 관계가 단속적으로 존재하는 게 아니라 연속적으로 존재하고, 또 그것을 통해서 영속성을 가진다는 사실을 알고 있다.

박태일의 이번 시집은 인간 실존이 시간과 공간을 초월하여 영속성 속에서 이루어지고 있다는 것을 보여 준 것이다. 현 존재의 완성이 과거와 미래의 실존과의 상호관계 속에서 이루어진다는 그의 의식은 인간 실존은 확실히 집단적이라는 의미로도 이해가 된다. 또한 누군가 영향을 받게 될 현세의 내 실존을 생각하면 생의 무게를 더 신중하게 저울질하라는 전언일 듯도 싶다.

(2015)

질문이면서 대답인 시 혹은 괴물의 조건

-박태일 비평집 『시의 조건, 시인의 조건』-

김정배

1.

모든 질문은 대답을 향한다. 대답을 기대할 수 없다면, 질문의 의미 또한 기대하기 어렵다. 대답 자체가 가변적일 경우 때로 질문은 그 자체로 답이 되기도 한다. 박태일의 두 번째 비평집 『시의 조건, 시인의 조건』은 시와 시인에 대한 질문이면서 동시에 자신을 향한 자문의 성격을 띤다. 시인과 문학평론가의 업을 동시에 수행하고 있는 저자에게 시나 시인의 조건을 따져 묻는 일은 어쩌면 창끝을 돌려세우는 일과 같다. 창끝이 날카로울수록 그 책임은 막중하며, 스스로에 거는 기대는 절박해진다. 따라서 이 비평집의 질문과 대답의 합은 일차적으로 자신에 대한 일침으로 귀결된다.

이번 비평집에서 질문과 답의 간극을 좁히는 일은 오로지 독자의 몫이다. 저자는 그 독자들을 향해 일침을 가할 뿐이다. 그는 사뭇 깐깐하고 진지한 태도로 한국시단의 방향성에 대해 자문하고 대답한다. 시 하나로 대동단결(?)하는 문학 정치집단을 향해 던지는 저자의 충고는 자신의 비평적 소신과 문학의 조건과도 상보하지만, 근본적으로는 시에 대한 올바른 질문만이 올바른 대답을 불러온다는 확신을 그는 가지고 있는 듯하다.

올바른 대답은 질문 속에 근거한다. 올바른 대답은 질문을 먹고 산다. 상식에 따르면, 대답이 질문을 없앤다고 하지만, 이러한 가벼운 주장은 별 의미가 없다. 진정한 대답은 언제나 질문에 달려 있다. 대답이 질문을 가둘 수는 있다. 하지만 그것은 질문을 열려 있게 함으로서 질문을 질문으로 보전하기 위해서이다. (모리스 블랑쇼, 『문학의 공간』)

이번 비평집의 출간이 반가운 이유가 여기에 있다. 예리한 일침으로 가득 찬 이 비평집을 통해 누군가는 조금 불편할 수도 있겠다. 그 불편함 속에서 위와 같은 모리스 블랑쇼의 전언을 생각했다면 무리일까. 『시의 조건, 시인의 조건』이 내세운 조건은 독자에게 건네는 '올바른 질문'인 동시에 '올바른 대답'이라고 할 수 있다. 이미 언급했듯 진정한 대답이란 질문을 없애는 것이 아니라 오히려 대답이 질문을 더욱 부각해 줄 때 그 가치는 배가 된다. 이는 열린 질문으로서의 가능성과 그 조건에 대해 숙고할 필요성을 의미한다.

2.

이번에 출간한 박태일의 『시의 조건, 시인의 조건』은 첫 번째 비평집 『지역문학 비평의 이상과 현실』을 펴낸 이후 다섯 달 만이다. 첫 번째 비평집이 지역문학의 가능성과 그 당위론에 대한 비평적 견해였다면, 두 번째 비평집은 시창작 방법이나 한국문학 현장 일반에 걸친 실천적 비평과 관련한 내용들로 구성된다. 특히, 박태일의 두 번째 비평집 『시의 조건, 시인의 조건』은 시를 짓고 쓰는 이에게도 도움이 되는 비평집이라는 점에서 대중의 시선도 함께 사로잡는다. 총 4부로 나누어져 있는 이 비평집은 기본적으로 시창작방법과 실천비평의 언저리를 모두 아우른다. 큰 틀에서 보자면 2부는 책의 전체적인 뼈대 역할을 하는 셈이지만, 시창작에 관심이 있는 대중적 독자라면 1부의 내용이 마음에 더 와 닿을 것이다.

글의 흐름상 1부와 2부는 한국시단이 가지고 있는 하나의 병적 징후에 대한 진단이면서 앞으로 나아가야 할 시적 방향성의 조건을 피력한다. 3부와 4부는 저자 자신이 한쪽으로 밀어두었던 백석에 관한 글과 개별 시인들의 작품에 대한 서평이나 짧은 글로 구성하고 있다. 박태일은 이번 비평집의 3부와 4부를 통해 당대의 좋은 시를 읽는 즐거움을 독자에게 선사하고 싶었다는 의도도 내비친다. 이러한 저자의 숨은 의도는 두 번째 비평집의 중심축 역할을 하면서, 1부와 2부에 실린 비평글과 조건반사를 이룬다.

1부에서는 좋은 시와 나쁜 시에 대한 올바른 조건이 제시된다. 박태일에게 좋은 시란 "좋은 시를 좋은 시인이, 겨레 말글의 가능성을 극대화하려는 자리 위에서, 어쩌면 될성부르지 않은 반복 불가능한 표현을 겨냥하며, 세계를 개방해 주는 쪽으로, 멀리 독자를 묶어 두는 힘이 강한 작품"으로 규정된다. 이러한 규정을 전제로 볼 때 저자는 좋은 시의 첫째 요건을 좋은 시인으로부터 말미암는다고 이야기한다. 당연한 말이지만, 좋은 시인은 끊임없이 시와, 말글과 다투기 때문이다. 둘째 요건은 언어를 중심으로 한 말글의 특이성과 가능성의 극대화에서 찾아낼 수 있다고 주장한다. 좋은 시는 말글의 진폭이 넓고, 다채롭게 활용될 수 있는 가능성이 내재되기 때문이다. 셋째 요건은 무엇보다 언어의 긴밀성을 요구한다는 점에 주목한다. 다시 말해 다르게 쓰일 수 없을 상태의 반복 불가능성을 실천함으로써 언어의 긴밀성을 유지할 수 있다는 점을 상기하는 것이다. 넷째 요건은 낯설게 하기라는 개념을 통해 전달됨을 강조한다. 이는 단순히 형식주의자의 언어일탈뿐 아니라 시단의 주류에 대한 문제제기이며, 관습에 대한 반기로서의 역할을 자처한다. 마지막으로 늘여서 읽기 어려운 시, 뻔하고 빤하지 않아 한 번에 쉽게 뜻이 잡히지 않은 시, 무엇인가를 거듭 고심하게 만드는 힘이 큰 작품을 두고 저자는 좋은 시의 가능성이 있음을 평가한다.

이에 덧붙여, 박태일은 좋은 시의 다섯 가지 요건을 길손이 지닐 네 가지 덕목에 빗대어 설명한다. 이 대목은 시를 쓰는 사람이 갖춰야 할 최소 요구 조건이면서 저자의 시론적 역할을 담당한다. 박태일은 그 네 가지 덕목에 대해 '겨레 말글에 대한 이바지', '웃음의 정신과 웃음시', '평균 문학에 대한 거부', '사회시학과 이타 언어'로 구분 짓는다. 이 중 특히 눈길을 끄는 것은 우리 문학 전통 속에서의 '웃음의 가변성'과 시적 언어가 추구해야 하는 '언어의 이타성' 부분이다.

근대시는 무거운 주제와 내용을 무겁게 표현하는 일에만 눈길, 손길이 자주 갔다. 웃어넘기기 위한 가벼운 웃음이 필요하다. 웃음이 목표인 시가 시일 수 있을까 하는 의심은 버리는 것이 좋다.

시가 가벼워지면 그만큼 세상을 보는 눈은 다면적이 된다. 가벼워서 훨씬 더 너른 삶자리를 오갈 수 있다. 삶의 뿌리와 둥치를 온 마음으로 어루만져 주는 작은 웃음이 곳곳에서 필 때가 되었다. (29쪽)

박태일은 '세련된 말놀이로서 시가 새로운 창조적 영향력을 지닌다면 웃음이 주요 디딤돌이 되는 것'은 어쩌면 한국시단이 나아갈 새로운 방향성의 다른 조건으로 인식한다. 한무학·전영경·이상화로 나아간 흐름은 웃음의 터가 좁았고, 당대의 김지하·박남철·김영승 등의 웃음은 명분에 치우쳤거나 보다 가볍지 못했다는 저자의 지적은 알게 모르게 타당하다. 사실 한국 시단은 줄곧 웃음을 전제하였지만, 저자의 주장처럼 격식문화와 규범문화 속에서 웃음의 미학적 향유를 제대로 누리지 못한 게 사실이다. 이러한 근본에는 숭문주의 전통과 상층 엘리트의 의식이 하나의 그릇된 조건으로 자리했음을 저자는 지적한다.

시는 이타 언어다. 우리 근대시는 오래도록 개인의 내면 감정 찌꺼기 배출이나 알 수 없을 허깨비 관념 놀음에 빠져 있었던 것은 아닌가. 시인에게 있어서는 그런 작품이 시대나 바깥 세계로부터 밀려오는 긴장을 맞받아치는 일정한 방법이 된 것이 사실이다. 그러나 우리시는 아직까지 개인 정서 표출만을 시의 외길인 양 한결같이 뒤따르고 있다. 낭만주의 인격적 상상력이 지닌 소극성을 벗어나서 드넓게 사회적 이타성을 얻기 위한 노력이 새삼스러운 때다. (32~33쪽)

누구나 인정하듯 박태일 또한 시는 본래 노래였음에 주목한다. 공동체를 지향하는 노래로서의 시의 역할이 무엇이었는지를 통해 서정이 갖는 담론의 조건이 달라질 수 있음을 예시한다. 근대시사에서도 개인과 집단이 하나로 얽혀 이루는 집단적 동일성을 전제로 삼으면서 현실주의의 시가 객관성과 집단성을 겨냥해야 한다고도 덧붙인다. 그러기 위해서는 새로운 소재론과 주제론의 심화·확대는 당연한 조건임을 분명하게 명시한다. 더불어 세상을 향한 수직·수평적 교직 위에 이루어질 창조적 모험심이야말로 우리시에 대한 집단 외부성을 더욱 가꾸어 주는 일임을 강조한다. 이것이 하나의 가능성으로 자리하기 위해서는 거시 주제나 추상적 내면 놀이가 아닌 구체 현실, 전방위적으로 생명 가치를 구현하는 이타 언어, 모두가 함께 누릴 수 있는 노래의 사회성을 되찾아야 한다고 서술한다.

2부에서는 책의 제목이 명기된 비평문이 실려 있다. 박태일이 내세운 '시의 조건과 시인의 조건'은 단순한 수사 차원이 아닌 실제 한국시단에서 활동을 하고 있는 현역시인들의 시창작 활동의 문제를 다각적으로 조명한다. 그 속에서 '조건이 되지 않는 시와 시인들'의 시성(詩性)의 문제점을 비판한다. 그 비판을 딛고 제 나름의 성찰을 통해 오늘날 한국 현대시가 고심해야 할 명제는 무엇인지 자문한다.

박태일은 그 해결의 실마리를 크게 셋으로 나누어 제시한다. 그것은 첫째, 시는 전통이라는 전사로 이루어지는 연속성의 결과라는 점. 둘째 시는 말글 가운데서 가장 고도한 형태라는 점. 셋째, 시는 다른 갈래가 갖추지 못한 자유로움을 지닌 담론 도구라는 점을 강조한다. 주목할 부분은 모든 시인을 일류 시인으로 만들 필요가 없다는 그의 주장이다.

> 모든 시인이 일류가 될 수는 없다. 모든 시가 명작일 수는 없다. 일류니 명작이니, 모두 사회적 학습의 결과거나 제도적 구성물일 따름이다. 그러니 시의 운명은 사실 텍스트의 실재와는 관계가 멀다. 넓게 보아 독자사회에서 결정하고 결정되는 텍스트 바깥의 일일 따름이다. 거기에는 이해관계도 따르고, 지연·학연과 같은 문화자본력도 따른다. (139쪽)

박태일의 말처럼 시는 문화정치라는 큰 틀 안에서 재생산되고 소비된다. 그러나 그가 보기에 가장 큰 문제는 시인 자신에게서 시의 조건을 찾지 못하는 태도에서 발생한다. 물론 요즘 한국시단 혹은 문학사회에서 입살을 타고 있는 시인 범람의 문제와 시인으로서의 자격을 갖추지 못한 사람들의 문학정치의 활동은 저자가 말하는 시의 조건 혹은 시인의 조건에서 다소 빗겨서 있는 것도 사실이다. 저자가 내세운 시의 조건은 그래서 단순명쾌하다. '열심히 쓰고 즐기면 되는 일'이기 때문이다. 물론 그것의 배경은 '배우고 닦아야 함'이 전제가 되어야 하겠지만 말이다.

3.

박태일의 비평문 속에 감춰진 일침은 이제 한국시단으로 향한다. 문학권력이라는 게 세력을 이루면 하루아침에도 전통이 되거나 괴물이 되는 곳이 한국시단이라는 것은 이제 공공연한 사실이다. 그 점에 대해 박태일은 이렇게 적고 있다.

시는 괴물 같다. 아니 시는 괴물이다. 보기 흉하다. 무섭다. 황당하다, 슬프다. 1990년대 중반 지역자치제가 명목상 이루어진 뒤로 크작은 지역마다 예술문화 경영이니 진흥이니 하며 적지 않은 문학관을 세웠다. 기명 문학상도 늘었다. 그런데 속살을 따지면 마땅치 않은 경우가 한둘 아니다. 입에 담기 어려운 패륜을 저질렀던 시인도 있다. 세상을 잘 만난 까닭인지 한쪽은 묻히고 다른 쪽은 마냥 부풀릴 기회를 탄 셈이다. 정도는 덜하지만 근대사 속에서 자신이 이룬 일과 다른 행운을 적지 않은 문인이 입었다. 제 한 몸 살기 위해 겨레를 버린 이에게도 어처구니없이 겨레라는 이름을 내세워 면류관을 씌워준다. (190쪽)

선택적인 소수 먹물의 허깨비 문학, 유흥 문학에도 무거운 공공적 명망을 씌워 부풀리는 인습과 몽매에 대해 박태일은 위와 같은 전언을 통해 한국시단의 경종을 울린다. 문학 모리배로 일컬어지는 그들의 행태를 두고 저자는 "늙고 젊음에 관계없는 그들의 탐식과 모리에는 제동장치가 없어 보인다"고 꼬집기도 한다. 시를 붙잡고 사는 괴물 같은 시인들의 혐오는 그에게 시를 쓰는 일 자체가 괴물 같지 않느냐고도 반문한다. 갖은 비리와 모리, 파렴치, 배임으로 뒤덮인 시단에서 이미 통째로 괴물이 된 시나 시인만이 괴물인지 저자는 자문 섞인 질문을 하고 있는 것이다.

그러나 역설적이게도 그의 자책은 더 많은 괴물 시인의 손에서 더 많은 괴물 시가 쏟아지기를, 악마 같은 세상에 '마구마구 깊은 똥침 놓아 주기'를 희망한다. 만약 이 부분에서 니체의 잠언 한 구절을 반드시 덧붙여야 한다면 이런 것은 아니었을까. "괴물과 싸우는 사람은 그 싸움 속에서 스스로도 괴물이 되지 않도록 조심해야 한다. 우리가 괴물의 심연을 오랫동안 들여다본다면 그 심연 또한 우리를 들여다보게 될 것이다."(니체, 『선악의 저편』)

박태일의 두 번째 비평집은 이래저래 한국시단의 심기를 불편하게 건드려놓고 있다. 이런 불편이라면 우리시단은 백번이라도 감수해야 할 것이다. 그 불편이야말로 저자가 독자에게 말하고픈 시의 조건이자 시인의 조건이다. 행여 이를 두고도 마음 편치 못한 괴물시인이 있다면 반드시 다음과 같은 구절을 읽어보라. 위로치고는 꽤나 괜찮은 위로가 될 것이다. "먼 뒷날 시를 운명처럼 받아들일 수밖에 없었던 자신을 용서할 수 있기를."

(2015)

문학 사랑의 무게와 깊이

- 박태일 산문집 『새벽빛에 서다』 -

김봉희

1. 깊은 산속 샘물을 담아 물동이에 지고 가는 발자국 소리

인간이 만든 세상은 그들의 가치와 잣대에 따라 변화한다. 그것들은 때로는 낯선 이에게는 새로운 길이 되고, 때로는 공포와 불안이 따르는 두려움의 대상이 되기도 한다. 그리고 이 모든 인간의 나날살이를 그저 물 흘러가듯 지켜보는 이가 있는 반면 애써 외면하는 이도 있다. 혹은 단호하게 손사래 치는 이가 있을 수 있고, 거대한 몸짓으로 자신을 표명하는 이가 있을 수 있다.

박태일은 그의 산문집 『새벽빛에 서다』를 통해 세상의 가치 변화를 주목하면서도 인간의 나날살이를 애정 깊게 껴안고 있다. 모름지기 글을 쓰는 사람이라면 당연히 갖추어야 할 자세라고 할 수 있지만 그의 자세는 다른 이와 사뭇 다르다. 마치 이른 새벽 깊은 산속에서 샘물을 담아 물동이에 지고 가는 이의 발자국 소리와 같다. 누구보다 먼저 눈을 떠서 깊은 산속의 맑은 샘물을 길어오기 위해 그는 걸음을 재촉한다. 그리고 맑고 투명한 샘물을 담아 물동이에 지고 또박또박 걸어간다. 한 치의 흔들림

없이.

물동이를 지거나 이어본 사람은 알 수 있을 것이다. 똬리를 얹고 걸어도 머리맡은 어느 정도의 고통이 따른다. 그리고 물 항아리를 이고 흔들림 없이 걷기 위해서는 수없이 반복되고 단련된 수고가 필요하고, 균형을 잡을 수 있는 몸놀림도 필수적이다. 박태일의 글 속에 담긴 마음이 그렇다. 그는 오래도록 책을 사랑하여 헌책방을 섭렵하며 다니면서도 책 속에 갇힌 생활을 하지 않았다. 직접 책 속의 길을 찾아 나섰다. 그 속에서 만났던 장소와 숨겨진 인물의 삶과 정신을 읽어내려고 했다. 그것이 시가 되고, 그것이 그가 물동이를 이고 지고 걸어가야 하는 길이 되었다.

이러한 그의 정신은 그가 펴낸 산문집 『몽골에서 보낸 네 철』(경진출판, 2010), 『시는 달린다』(작가와비평, 2010), 『새벽빛에 서다』(작가와비평, 2010)라는 세 권에 오롯이 담겨져 있다. 그 가운데 『몽골에서 보낸 네 철』은 몽골에서 생활하면서 겪은 일상의 이야기와 몽골 여러 지역의 다양한 인물과 풍습을 담았다. 『시는 달린다』는 대부분 시 창작에 대한 풀이와 이저런 시집 발간에 대한 축사를 담았다. 이 글은 박태일의 말처럼 자신의 산문 가운데 "더 자유로운 것"만 묶은 『새벽빛에 서다』를 주목하여 그의 물동이 속을 들여다볼까 한다.

2. 소박한 기쁨과 사라져 가는 것들에 대한 스케치

누군가는 인생은 헛되이 흘러가는 것이 아니라 무언가 채워나가는 것이라 했다. 그 채워나가는 것이 무엇인지 알 수는 없지만 우리에게 찾아온 작은 것 하나하나를 그냥 무심코 지나칠 순 없다. 그러기에 우리는 길가에 작은 꽃을 보고 미소를 짓기도 하고, 가던 걸음을 멈춰 서서 하늘을 바라볼 여유를 가진다. 그 속에서 우리는 잔잔한 기쁨과 행복감을 느낀다. 그렇다면 박태일은 무엇으로 자신의 인생을 채워나갈까?

할머니 한 분이 갓 버스에서 내려 누군가 등에 업히고 있다. 다리가 불편해 보인다. 옆에 가족인 듯싶은 젊은 아주머니 한 분이 서서 그 광경을 지켜보고 있다. 할머님은 한 눈에 병색이 완연하다. (…중략…) 그들이 움직이자 비로소 곁에 있던 아주머니도 다른 길로 자리를 떴다. 할머님과 같은 버스를 탔었는지 모른다. 할머님이 걱정이 되어 곁을 지킨 것이다.

—「노을의 무게」

그는 사상 서부시외버스 종점에서 병색이 완연한 어머니를 업고 있는 아들, 그 옆을 지켜 주는 아주머니를 통해 함께 살아가는 서민들의 인정을 새삼 느낀다. 어느 시인의 곤궁한 삶을 함께해 온 시인의 아내의 묘비명을 바라보며 그들의 삶의 여정에 대한 연민을 가져보기도 한다. 시창작반 제자에게서 '마중물'이라는 낱말을 알고, 그 뜻을 접했을 때 그는 더 없는 기쁨을 느끼고 있다. 그리고는 그는 "또 한 스승을 만났다"고 스스럼없이 얘기한다. 그는 성당복지관에서 열리는 바자회를 기웃거려본다. 먹거리 앞에서 어릴 때 남의 집 묘사에 친구들과 몰려다녔던 즐거운 회상을 한다. 그는 "남의 축전에 끼여드는 일은 늘 재미있다."며 개구쟁이 같은 미소를 지어 보인다. 때로는 늦게 배운 운동인 달리기, 산사에서 버려진 낡은 대접을 주워 씻고 벗겨내서 대접 밑바닥에서 한 송이 연붉은 진달래꽃을 발견했을 때 그는 소박한 기쁨에 젖어든다.

오늘 하루 아이들 마음이 다치지 않기를 빌자. ……(줄임)…… 지금 같이만 늘 행복하라.

내일부터 할머님의 병이 부산 어느 크고 친절한 병원에서 부쩍 나아지기를. 아들과 아주머니, 그들의 가족의 삶도 보다 가벼워지기를.

오래 넉넉하고 오래 따뜻하라.

그러나 그는 단지 소박한 기쁨을 느끼는데 그치지 않는다. 그는 자신에게 기쁨을 준 이들에게 건강한 축사와 격려를 보낸다. 마치 그들에게 답례로 선물을 안겨주는 것같이 말이다. 가을 운동회를 하는 아이들에게 오늘처럼 늘 행복하기를 기원하고 병환이든 어머니를 업고 가는 아들과 인정으로 그 옆을 지켜 주던 낯선 아주머니에게도 넉넉한 인사를 전한다. 그리고 곤궁한 삶을 살다간 시인과 그의 시인의 아내에게 저승에서는 좀 더 풍족하게 행복하게 지낼 것을 축원한다.

또한 박태일의 글에서는 사라지는 것에 대한 아쉬움을 마치 한 장, 한 장 스케치하여 보여 주는 듯하다. 특히, 문학에 뜻을 두어 부단히도 발품을 팔았던 헌책방에 대한 추억과 묘사, 고향 합천의 변화와 그 속에 오롯이 서 있는 자신을 모델로 삼고 있다.

헌책방을 드나들었던 기억 탓에 내 지난 시절은 여러 길 여러 풍경으로 아기자기하다. 각별한 책은 그것을 얻었을 무렵, 그 서점의 모습까지 고스란히 살아 있다. (…중략…)

헌책방은 도시 안에 가라앉은 마을이다. 웅숭깊은 먼지의 길이 있고 먼지의 가족이 모여 산다. (…중략…) 밤늦도록 환히 등불을 밝혀 둘레 풍경을 제 속으로 끌어안는 활자의 다락방이 있다. 왜 그 마을로 가는 걸음은 늘 조바심 쳤을까. 문이 닫혀 어쩌면 들어설 수 없을지도 모른다는 강박에 시달렸을까. 나는 어느새 완연히 날 저문 그 마을 바깥을 서성거린다. 쓸쓸한 일이다.

—「헌책방, 홀로 가라앉은 먼지의 마을」

그의 스케치북을 넘기면 헌책방에서 눈에 드는 책을 발견하고 기뻐하는 청년 박태일의 모습과 헌책방이 사라진 도시의 이방인마냥 서성이는 장년의 박태일의 모습을 바라볼 수 있다. 그리고 그의 스케치는 황강이 흐르는 고향 합천의 옛 기억에 대한 풍경을 여러 장 그려놓고 있다.

즐거움과 두려움으로 가득 찼던 어린 날 조바심 많던 시간은 이미 메워진 동구 밖 샘물처럼 까마득한 물소리를 낸다. 할머니 밭은 기침소리가 들리는 뒷마루, 사백 년 대대로 합천 땅에서 삶을 베푸신 고령 박가 집안 선영이 황강 가까이 멀리 앉았다.

　　　　　　　　　　　　　　　　　　　　—「황강 굽이굽이 날개 편 고을 합천」

　내 고향은 강을 끼고 있다. 여름 한낮 뜨겁게 달아오른 방둑 너머 모랫벌과 꽃잎을 훑던 물총새에 놀라 가슴이 뛰던 물벼랑 가까이에서 나는 자랐다. 저녁 무렵 이따금 아버지께서는 흘러내리는 강물 한가운데서 피라미를 낚으셨다. 그 그늘 속에서 나는 쌈박질, 달음박질을 배웠다.

　　　　　　　　　　　　　　　　　　　　—「강, 그 살과 뼈 그리고 칼」

　누구에게나 고향은 있지만 그에게는 합천의 옛 기억은 각별하다. 그의 모든 자양분이 되었던 곳. 그 애정이 클수록 예전 바라보던 자연 풍경들이 사라지는 것에 대한 쓸쓸함이 더욱 진하게 묻어날 수밖에 없다. 하지만 그는 사라지는 것들에 한숨만 내쉬지 않는다. 그의 스케치는 더욱 뚜렷하게 황강 주변과 고향 합천의 모습을 연필 자국으로 남겨두고 있다. 여전히 도도히 물결 이는 황강의 굽이처럼.

3. 장소와 인물을 품은 문학지도

　박태일의 장소사랑은 학계뿐만 아니라 문단 안팎에서 널리 알려진 사실이다. 그는 그를 둘러싼 장소와 그 곳에서 살아가는 이들의 모습을 정성껏 품는다. 그것은 학자로서 단순한 탐구의 대상으로서 호기심만은 아니다. 그는 장소를 통해 그곳을 스쳐간 혹은 나날을 이어온 인물들의 마음을 읽어내려 한다. 이것은 바로 장소를 통한 사람에 대한 깊은 배려에서 비롯되는 박태일의 문학정신이다.

　　권환은 이은상보다 몇 해 늦긴 했으나 1920년대 동시대에 작품 발표를 시
작했다. 조선프롤레타리아예술동맹을 중심으로 활동하면서 갖은 고초를 겪
었다. 이은상과 달리 문학 생애 내내 역사의 응달로만 떠돌았다. 권환은 우리
현실주의 문학사에서 뛰어난 이론가며, 올곧은 실천가였다. 마산 지역시 안
에서만 보더라도 정진업과 김태홍, 그리고 올해 이승을 떠난 이선관으로 이
어지는 큰 전통의 줄기는 그가 물꼬를 트고 있다.

—「권환의 절명 수필을 읽으며」

　　이옥비. 1944년 네 살 때 아버지 이육사를 중국 북경감옥에서 여읜 아이.
육사의 유일한 직계 혈족이다. 2004년 지난해 7월 31일 이육사 탄신 백주년
기념행사 가운데 하나로 제1회 이육사시문학상 시상식과 이육사문학관 개관
식이 있었다. 예술문화 기획이 나라 곳곳에서 봄풀 돋듯 마련되는 가운데서
도 육사에 대한 세상 대접이 마땅찮아 보였던 터였다. 안동시청 시문학상 시
상식을 본 뒤 바로 문학관 개관식이 있을 원천으로 달려갔던 것이다.

—「옥비의 달」

　　그는 마산의 대표 문인 권환의 미발굴 수필 「병상독서수상록」을 읽으
며 시린 마음을 드러낸다. 1954년에 쓴 권환의 마지막 수필 속에는 병상
에서 참혹한 삶을 기록해 놓았다. 박태일은 권환의 곤궁하고 처량했던
생애를 생각하며 그가 문학사에 끼친 업적을 비해 제대로 평가하지 받지
못하는 아쉬움을 드러내고 있다. 우리의 문학사나 지역문학사에서 마산
의 대표 문인으로 우뚝 세운 이은상과는 대조적으로 제대로 평가받지
못하고 잊혀진 권환에 대한 올바른 대접이 필요함을 강조하고 있다. 그의
지도는 안동으로 이어지고 있다. 안동시 도산면 원천리 이육사 시인 고향
마을 언덕에 세워진 이육사문학관에서 육사의 하나뿐인 혈육인 이옥비

여사를 만난다. 광복항쟁가의 딸이라는 훈장 뒤로 쓸쓸하고 외로운 말년 원수의 나라에서 지내는 이옥비의 뒷모습에 서글픔이 전해져 온다.

독도너머 동해
겨울엔 눈이 눈물처럼 쑥쑥 빠지는 항구
치렁출렁 아버지의 무게를 옥비는
어떻게 이며 지며 왔던 것일까

달 뜬다 달이 뜬다.
달 속을 울며 걷는 아이가 있다
기름질 옥(沃) 아닐 비(非)
간디같이 욕심 없는 사람 되라셨던 아버지

아버지 여읜 네 살 옥비
세상 여느 달보다 환한 낮달
일흔을 넘겨다보는 한 여자가
동쪽 능선 위에 고요히 떠 있다.

—박태일의 시 「옥비의 달」 부분

박태일은 산문 속에서 만난 옥비를 그의 시 「옥비의 달」로 옮겨 놓고 있다. 그의 글 속에서 만난 무명의 인물들은 모두 시의 주인공이 되어서 등장한다. 그의 각별한 인물에 대한 배려이다. 그는 송몽규의 시 「밤」을 발굴하여 펼쳐 읽으며 북간도 명동촌으로 마음을 향한다. 어릴 적부터 문학을 같이하며 같은 뜻을 지니며 살아온 윤동주와 송몽규의 거룩한 일을 보살피지 않은 역사에 대한 일침을 가하기도 한다. 그의 지도를 따라가 보면 대구 달성군에는 환산 이윤재의 묘소가 있다. 이윤재 선생이 왜로에게 옥고를 치루고 영면에 들면서 뿔뿔이 흩어진 가족들. 그 가족들이 겪을 고초는 눈에 뻔하다. 박태일은 그 마음을 "환산이 걸은 길은 너무나 높다. 그 가족이 머문 삶은 너무 낮고 가파르다."라고 표현했다. 그의 문학지도에는 부산의 이형기 시인, 울산의 아동문학가이며 장애문학가인 서덕출의 삶과 그가 문학세계를 제대로 평가하지 않은 지역 문화행정에 아쉬움을 전하고 있다.

그의 문학지도는 올곧게 무명한 삶을 살다간 문학인에만 한정되지 않는다. 우리 지역에서 혹은 우리 학문 연구에서 후대에게 새로운 족적을 남긴 이들에 대한 정회도 담고 있다. 이것은 바로 우리의 뜻있는 나날살이들이 생활문학 곧 살아있는 문학 자료가 됨을 나타내고 있는 것이다.

> 한 선배의 권유로『한국어문교육』(1985)을 읽은 일이 선생이 낸 책과 만난 처음이었다. 뿌리도 모를 남의 나라 용어를 주워 담는 데 휘둘려 얻는 것 없이 바빴던 그 무렵 나로서는 큰 뚫림이 있었다. 그 뒤 십 년을 지나면서『한국역사용어』와『고조선사기』에 이르는 선생의 책 열 두 권이 내 책장 한 자리를 든든하게 지키게 된 까닭이다.
>
> ―「려증동 선생이 지은『배달겨레 노래말』」

그에게서 짐계 려증동 선생은 그야말로 학문의 본보기이자 크고 우뚝한 나무이다. 숱한 종이를 낭비하면서 자신의 얼굴을 내밀고 싶어 하는 이들이 많은 시대. 겨레말의 소중함을 일깨우며 배달겨레의 정신을 심어주는 짐계 선생에 대한 존경을 여러 낱글에서 옮겨 놓고 있다. 뿐만 아니라 그는 "어느 때부터 저는 진주를 좋아하고 알뜰히 생각하는 버릇"이 생겨났다고 수줍은 고백을 하고 있다. 그 이유는 당연히 진주에는 짐계 선생이 계시기 때문이다. 그리고 합천문학의 기틀을 잡기 위해 무던히도 애썼던 김해석 회장을 회상하며 쓸쓸함을 전하고 있다. 한 지역의 문학의 초석을 마련하기 위해 발품을 팔고 애를 썼던 그 마음을 기리고 있다.

박태일은 그의 산문에서 지역이라는 장소와 그곳을 살다간 인물에 대한 깊은 배려를 드러내고 있다. 올곧게 무명으로 한평생을 살다간 그들에게 올바른 자리를 채워주고 싶은 마음을 담고 있다. 그리고 그는 "한 지역이 거기에 몸담아 사는 이들에게 진정으로 살만한 장소로, 안온한 고향으로 자리 잡는 일"은 뜻있고 아름다운 일임을 강조하고 있다. 곧, 박태일은 그의 산문집에서 장소와 인물을 품은 문학지도를 그려나가고 있는 것이다.

4. 지역사회에 대한 올곧은 비판정신

지역자치제 실시를 통해 예술문화 행정에 대한 관심이 전국 지역에서 봇물일 듯 일어났다. 그 빈틈을 비집고 들어서서 문학축전과 문학관 관련해서 자신의 이속을 다지는 이들이 속내를 내비쳤다. 그 과정에서 중앙 관제 관료의식에서 벗어나지 못하는 문화행정에 대한 여러 문제점을 드러냈다. 이러한 지역화라는 흐름 속에서 박태일은 그의 산문을 통해 문단 안팎에 대한 곧은 일침을 가하고 있다.

> 경남 문학관 운영 충실을 위하여 두 가지 고언으로 마무리한다. 첫째, 지역 망명가 중심의 현재 '운영위원회'는 '문학관건립위원회'의 역할에 머물고, 하루바삐 지역문학·문화행정 전문가로 짜인 실질적인 '문학관운영위원회'를 구성, 움직여 나갈 일이다. 둘째, 성가시겠지만 시민 공청회, 아니면 문학인 공청회만이라도 열어 바람직한 개관과 운영에 따른 문제를 점검하고 지역사회의 이해와 협조를 얻는, 공론화 과정을 거치기 바란다.
>
> —「경남문학관이 제대로 기능하려면」

그의 글에서는 경남문학관 건립 이전에 경남문학사에 대한 전반적인 이해와 정리가 우선되어야 함을 힘주어 말하고 있다. 경남 문학의 지나온 시기 중요한 문학인이나 작품을 빠트리고 경남문인협회의 회원들의 작품을 대다수 실은 『경남문학대표선집』에도 문제점이 있음을 내비치고 있다. 곧, 경남문학관의 보여 주기 위한 외형적인 운영 안을 비판하며 지역사회의 이해와 협조를 얻는 공청회를 거치는 과정을 제시하고 있다. 게다가 그는 「경남문학관 건립에 따른 세 가지 공개 질의」라는 글을 통해서 경남문학관 건립 계획안에 대한 구체적 방안을 공개 질의 하는 등 지역문학에 대한 올바른 방향을 강구하고 있다.

또한 지역에서 세워지는 문학관이나 문화예술축전에 관한 문화행정에 대한 책망도 잊지 않고 있다. 지역문학에 대한 새로운 이해 정립보다 오만한 관료와 일부 기관의 이속을 넘겨버리는 문화행정의 폭력문제를 다루기도 한다.

> 지역문화와 지역 삶에 대한 인식과 그 해결을 위한 공론 자리는 뜻 깊은 일이다. 문제는 지역문화 담론과 실천이 지나간 시기 관행과 인습의 고리를 어떻게 끊고, 현실 정합성을 얻어 나가면서 지역 문화자치에 어떻게 이바지할 것인가 하는 줄기를 잃지 말아야 한다는 점이다.
>
> ―「'지역문학의 해'에 거는 기대」

그는 지역 문화예술의 발전과 성장을 위해서는 지나온 시기 중앙에 편제된 관행을 버려야 할 것이며 지연·학연으로 담합하는 인습에서 벗어나야 한다고 주장한다. 이러한 관행과 인습에서 벗어나지 못한다면 지역 사회 안에서 새로운 신화가 창조되는 어처구니없는 일이 일어날 것이며 오로지 눈요기, 겉치레에 중심을 둔 행정이 반복될 수 있음을 상기시키고 있다. 더불어 그는 지역민 위에 군림하고 소지역 행정부의 꼭두각시 역할을 하는 지역 신문에 대한 우려와 함께 바람을 담기도 하였다.

그의 지역사회에 대한 비판 가운데 가장 헛웃음을 치게 하는 부분은 문학사에 끼친 업적에 비해 지나치게 그 세를 불리는 이들에 대한 글이다.

지역 대학이나 언론, 문학행정의 힘을 등에 업고 자신의 문학관을 세우고, 지역에서 새로운 신화를 쓰고 싶은 이들을 향한 조소다.

　　나도 욕심을 좀 내어 볼 생각이다. 문단에 몸담은 지 벌써 스무 해인 데다, 좋은 제자까지 몇 두었다. 뒷날 내 이름을 앞세운 문학관이 전혀 무망한 일만은 아닐 터이다. 때가 되면 이곳저곳 기별하여 회갑 잔치도 본때 있게 떠벌려야겠다. '문학의 존재'니 '존재의 문학'이니 필생의 역작임을 힘주어 축하해줄, 이른바 저명인사들을 앞세워 제대로 된 출판기념회도 자주 열어 두어야겠다. 모름지기 너그러운 지역사회 문화 풍토가 그때까지 간직되기만을 바랄따름이다.

—「너그러운 문학, 너그러운 사회」

박태일은 자신의 산문을 통해 지역문화 창달에 대한 소신 있고 뱃심두둑한 비판정신을 드러내고 있다. 누군가는 그에게 대학에서 학문 연구나 창작에 힘을 쏟을 일이지 지역 문화행정에 지나치게 관심을 보인다고할 수 있을 것이다. 하지만 이것은 잘못된 인식이며 시샘일 수밖에 없다. 지역문화에 방향에 대한 문제는 지역 대학이나 지역 언론들이 분명히따져 보아야 할 중대사이다. 또한 이러한 문제는 지역사회가 귀를 기울여여러 사람들의 의견을 경청해야 한다. 오랜 시간 지역문학 연구에 힘써온 그가 마땅히 해야 할 일이다. 결국, 그의 비판 글은 오로지 문학에대한 깊은 애정에서 우러러 나온 것이라고 말할 수 있다.

5. 그가 걸어가는 길—새벽빛에 서다

박태일이 지고 가는 물동이가 무거워 보인다. 물동이를 이고 진 머리맡도 어깨도 아파 보인다. 하지만 그의 산문집 『새벽빛에 서다』에서는 그는 이러한 수고로움과 고통을 즐거이 감내하고 있다. 왜냐하면 그는 지금 걸어가는 길을 사랑하고, 소명으로 생각하기 때문이다.

그의 물동이 속에는 일상생활 속에 느껴지는 소박한 기쁨을 담고 있다. 그에게 찾아온 소박한 기쁨은 인정, 연민, 작은 발견이나 깨달음에서 온다. 그 기쁨이 지극히 작은 것에서 오기 때문에 행복감은 더할 수밖에 없다. 그는 소박한 기쁨을 준 이들이나 대상에게 건강한 축사와 격려를 아끼지 않는다. 그 자신 나름대로 그들에게 선물을 주고 싶은 소박한 마음일 터이다. 그리고 이제는 쓸쓸한 뒷모습을 남기고 사라지는 것에 대한 스케치를 해나가고 있다. 이제는 볼 수 없는 헌책방의 풍경이나 고향 합천 여기저기 모습을 열심히 스케치해 두고 있다.

또한 그의 물동이 속에는 장소와 인물을 담은 문학지도가 숨겨져 있다. 그의 문학지도 한 곳 한 곳을 짚을 때마다 시대를 올곧게 무명으로 살다간 인물들의 뜻있는 길이 들여다보인다. 그 길은 우리가 걸어 보지는 못했지만 그것을 통해 지금의 우리의 모습을 찾아 볼 수 있다. 게다가 그는 우리에게 의미 있는 생활의 모든 족적들이 살아있는 문학임을 보여 주고 있다.

마지막으로 그의 물동이 속에는 지역사회에 대한 올곧은 비판정신이 출렁이고 있다. 지역사회의 관행으로 이어진 잘못된 인식을 바로잡고 자신의 이속이나 행정 겉치레에 사로잡혀 있는 이들을 조소하는 뱃심 두둑한 그의 자세를 엿볼 수 있다. 때로는 그의 단호하고 강력한 제안은 지역 문단 안팎에 있는 이들에게는 경종을 울리기도 한다. 때로는 지역사회에서 자신의 세를 늘리고 싶은 이들에게는 미운 털일 수밖에 없다.

이처럼 박태일의 산문은 모두 문학 사랑이라는 정신에서 비롯된다. 이러한 정신은 그의 시창작과 학문연구로 온전히 채워나가고 있다. 그래서 그는 샘물을 찾기 위해 깊은 산속도 마다하지 않고 발품을 팔 수 있었으며 누구보다 이른 하루를 시작 할 수 있었던 것이다. 그리고 여기저기에서 들려오는 시샘의 눈초리와 숙덕거림을 뱃심 두둑한 비평정신으로 넘어설 수 있었던 것이다.

그는 오늘도, 내일도, 다음날도. 그 다음 날도, 누구보다 먼저 새벽빛에 설 것이다. 그리고 깊은 산속으로 걸음을 재촉하여 맑은 샘물을 담아 물동이를 지고 갈 것이다. 그가 가야 할 길을 걸어 갈 것이다. 또박또박 발자국 소리를 내며 걸어 갈 것이다. 한 치의 흔들림 없이. 한 치의 두려움 없이.

(2017)

무화된 경계, 깊은 울림의 언어

– 박태일 시집 『옥비의 달』을 중심으로 –

이동순

1. 시인의 이름으로

시는 다름 아닌 표현 가치에 깃들어 있다. 시를 끄적이는 일과 시로 완성해 내놓는 일은 다르다는 뜻이다. 마치 뇌 생리학에서 자유로운 오른 뇌가 하는 일과 냉철한 왼 뇌가 하는 일이 다른 것과 같은 이치다. 그 둘이 마련하는 통합적, 상승적 작업이 시 쓰기며 시 다듬기다. 어느 한쪽에 치우쳐서는 좋은 결실을 맺기 힘들다. 말하고 싶은 강조하고 싶은, 처음 내 것이었던 경험은 어느새 내 것이 아니다. 시인은 시 쓰기 안쪽에서 일어나는 그러한 변화와 이율배반을 감당해야 한다. 자신의 경험 가치를 어떻게 작품의 표현 가치로 되돌려 놓을 것인가. 그러한 가치 정향력이야말로 시 쓰는 이를 다시 소박한 시 호사가와 전문 시인, 둘로 나뉘게 하는 갈림길이다.

—「시라는 괴물과 더불어 살기」 부분1)

---

1) 박태일, 『시의 조건, 시인의 조건』, 케포이북스, 2015, 196~197쪽.

시는 무엇인가. 시를 쓴다는 것은 무엇인가. 왜 시를 쓰는가. 시를 쓰는 자는 누구인가. 시인이 된 자는 누구인가. 어떤 자가 시인이어야 하는가. 질문과 질문 사이를 드나든다. 사이를 드나들면서 의미를 해체하고 새로운 의미를 생성한다. 그리고 낯섦과 기대로 유목한다. 시가 시일 수 있는 것, 그 중심에 '가치'가 있다. '가치'도 그냥 가치가 아니다. '표현 가치'에 있다. '표현 가치'도 '경험 가치'를 자유롭되 냉철하게 통합하여 상승하는 안쪽의 변화를 감당한 것이어야 한다. 그런 능력의 소유자가 '전문 시인'이다. 그러므로 '시 호사가'가 되기는 쉽지만 시인되-기란 어렵고 어렵다.

시 쓰는 자들이 많아졌다. 시-쓰기를 취미나 여기로 여기는 자들이 수천 명에서 수만에 이른다는 오르내림이 틀린 말은 아닌 요즘, 시 쓰는 자들이 많아진 것은 좋은 현상이다. 그런데 '가치'의 문제로 접근하게 되면 문제는 달라진다. 시인된 자는 '경험 가치'를 '표현 가치'로 자유롭고 냉철하게 통합하여 상승하는 안쪽의 변화를 감당하는 자여만 한다면, 그런 측면에서 '시 호사가'는, 그런 자들은 시인이 아니다.

시인되-기를 꿈꾸는 자들, 시인되-기에 성공한 자들은 지금 어디쯤에 서 있을까. 시인되-기의 문턱을 넘는데 성공했으나 시를 쓰지 않은 자가 된 자들, 시인되-기에 머물고 만 자들, 문단권력의 자리에서 시인되-기를 포기한 자들, 그리고 시인되-기를 지나 시인된 자로 시를 쓰는 자들, 이들 사이 어디쯤에서 진정한 '전문 시인'을 만날 수 있다. 진득하게 진실하게 시를 쓰는 자들이 많아지기를.

시인되-기를 지나 시인된 자, 즉 '전문 시인'으로 사는 자들 중에도 꾸미는 자들이 있다. 시를 꾸미는 자는 눈감은 자다. 눈감은 자는 '시 호사가'일 뿐 '전문 시인'이 아니다. '전문 시인'은 시를 산다. 시를 사는 자는 눈감지 않은 자이다. 눈감지 않고 눈뜬 자는 모든 감각과 세포를 깨워 놓고 산다. 그러므로 시인은 눈감은 자들의 감각과 세포까지도 일으켜 세운다. 시를 사는 자가 진정한 시인이다. 그런 시인 중에 박태일이 있다.

그는 눈뜬 자이다. 눈뜬 자로서 '경험 가치'를 '표현 가치'화하기에 게을리 하지 않는다. 그의 시는 살아 있다. 시집 『옥비의 달』(문예중앙, 2014)을 보면 알 수 있다. 눈뜬 자의 시선, 눈뜬 자의 '경험 가치'가 어떻게 '표현 가치'화되는지, 시와 시론의 일치는 어떤 것인지 만나보기로 한다.

2. 눈뜬 자의 이타언어

먼저 눈뜬 자로서 세운 시론, 시인되-기를 넘어 시인된-자로서 지켜온 시정신과 자세가 고스란한 글을 읽는 것으로 시인은 어떤 존재이어야 하는지 확인하고 가자. 그의 시를 오롯이 읽을 수 있는 방법 중에 하나니까.

> 시인을 시인답게 만드는 유일한 힘은 모름지기 자신과 벌이는 싸움이다. 자신의 시를 끝까지 '사건'으로 단련시키려는 오롯한 자기 헌신과 창조적 긴장, 어차피 패배가 예정된 일이라 하더라도 그 일을 스스로 선택한 시인의 황홀은 아름답다. 그래서 시인은 돌연변이 좋다. 그가 뱃가죽으로 걸어간 긴 싸움의 흔적이 시다.
>
> ―「시론시의 자리, 창조와 수사 사이에서」 부분[2]

그는 "시인을 시인답게 만드는 유일한 힘은 모름지기 자신과 벌이는 싸움이다"라고 명명한다. 설령 그 '싸움'에서 패배했을 지라도 '아름답다'. '아름다운 싸움'의 자리가 돌연변이 종, 시인이 서 있는 자리다. 시인된-자로 사는 것, 시인된-자의 자리는 '오롯한 자기 헌신'이 있는 '창조적 긴장'을 늦추지 않은 자리다. 그러므로 끝나지 않은 자신과의 싸움을 스스로 선택한 자, 끝까지 눈뜬 자로 살아야 하는 자리, '뱃가죽으로 걸어'가

---

2) 박태일, 앞의 책, 124쪽.

닿은 지점에서야 비로소 '시'를 만날 수 있다. 시론에서처럼 고통과 마주한 자리에서 만나게 되는 것이 시라면 차라리 눈감은 자, '시 호사가'로 사는 것은 얼마나 편한 자린가. 자신과 싸우지 않아도 되는, 그래서 '자기 헌신'이나 '창조적 긴장'이 없는 그래서 꾸미기에 치중하고, '표현 가치'가 없는 그런, 시 아닌 시를 쓰는 자리 말이다. 그러나 박태일은 그런 자리를 처음부터 버렸기에 그의 시는 읽을수록 깊고 깊다. 기억할 것을 기억하게, 잊어버린 것을 잊지 않게, 그래서 독자까지도 눈감은 독자까지도 눈뜨게 한다.

땅콩밭 푸르러
땅콩잎 고랑은 낙동강을 건너선다
물길이 감돌아 나가며 불러 앉힌 기슭은
푸른빛 더 푸르게 당기고

서서 웃는다 옥비
여름 묏줄기들이 한 차례
키를 낮추는 늦은 한낮
세상 여느 달보다 먼저 뜬 달

1904년 음 4월 4일 난 시인이
1941년 서른일곱 때 낳은 고명딸
1944년 네 살 적 아버지
북경 감옥으로 여읜 아이

열일곱 번에 걸친 투옥과
고문이 짓이기고 간 이육사
곤고한 몸 맘을 끌고 요양 아닌

요양을 떠돌 수밖에 없었을 것인데

육사 가고 난 원천
탄신 백 주년 오늘 문학관이 서고
집안 어른에 묻혀 네 살 옥비 걷는다 울며
예순네 살 옥비 웃는다

어디 사시느냐 물었더니
일본 신사
어떤 팽팽한 인연이 놓치듯 옥비를
아버지 죽음으로 몬 나라에 머물게 했을까

형제 여섯 가운데
일찍 옥사한 육사에
둘은 광복기 월북하고 한 분은
경인년 전쟁 때 소식이 불탄 집안의 딸

독도 너머 동해
겨울엔 눈이 눈물처럼 쑥쑥 빠지는 항구
치렁출렁 아버지의 무게를 옥비는
어떻게 이며 지며 왔던 것일까

달 뜬다 달이 뜬다
달 속을 울며 걷는 아이가 있다
기름질 옥(沃) 아닐 비(非)
간디같이 욕심 없는 사람 되라셨던 아버지

아버지 여윈 네 살 옥비

세상 여느 달보다 환한 낮달

일흔을 넘겨다보는 한 여자가

동쪽 능선 위에 고요히 떠 있다.

―「옥비의 달」 전문

   그는 이 시를 쓰기 위해 2004년 8월부터 「옥비의 달」을 매만지기 시작해 마무리하기까지 1년이 넘도록 안으로 삭이는 시간을 가졌다. 그가 2004년 이육사 탄신 100주년 행사 때 이육사문학관 개관식 날, 이육사의 유일한 혈족인 이옥비를 만난 이후 쓰기 시작했다. 그 과정에서 "마무리하기 힘들지 모른다. 그럼에도 틈틈이 내 속에서는 옥비의 달이 뜬다. 마음 또한 어김없이 함께 달뜬다. 그 달 속을 울며 걷는 한 아이가 있다"고 토로했다. 그럼에도 그는 '뱃가죽으로 걸어간 긴 싸움'을 멈추지 않고 완성해 냈다. 이를 통해 '경험 가치'를 '표현 가치'로 자유롭고 냉철하게 통합하고, 그 상승하는 안쪽의 변화를 감당했는지, 그것이 눈뜬 자로 살아가기 위해 고통과 대면하고 있는지, 그가 걷고 있는 시인의 길을 목도한다. 시인 윤동주가 「쉽게 씌어진 시」를 썼지만 시를 쉽게 쓰지 않았다는 것을 우리가 알듯이, 그 또한 시를 쉽게 쓰지 않는다.

   그 쉽지 않은 시 쓰기의 여정은 시집에 등장하는 많은 인물과 공간 속으로 들어가 보면 더 여실하게 드러난다. 그 여정은 구도의 여정이다. 그는 섬세한 감각으로, 그리고 오염되지 않은 진실함으로 인물과 공간을 만나 기억할 것, 잊지 않을 것들에 대한 경외를 담아냈다. 지역사회로 모든 감각을 열어 놓고 밤에도 눈감지 못하는 치열성을 거두지 않고, 말하자면 '뱃가죽으로 기어서 긴 싸움'을 한다. 그래서 기표의 나열이 아닌, 기표가 기의 안으로 미끄럽게 든다. 그가 불러내 기억할 것을 기억하게, 잊은 것을 잊지 않게 한 시 속에는 지사적인 풍모가 있다.

비계산과 박유산 사이
우두산과 미녀봉 사이
장군봉과 오도산 사이
가조 들품에 일부리가 앉아서

2003년 8월 15일
김상훈 시비가 일어선 날

함지박 안고 밥 빌러 나간
시인의 어머니가 이제사 돌아왔는지
구기자 빨간 사립이 휘청
박 넝쿨 낮은 담장이 출렁

이승 이쪽을 보고 계신다.

—「저녁달」 전문

　　경남 거창군 가조면 일부리 662번지에서 출생한 시인 김상훈의 문학적
위상을 정리한 바 있는 그가 시비 제막날 풍경을 '저녁달'로 호출해 낸
시다. 대부분의 행사시가 그렇듯이 김상훈의 삶에 대하여, 혹은 시비가
들어서게 된 배경에 대해서도 드러냄 직도 하다. 그런데 시비가 위치한
대략의 공간과 시간을 불러낸 다음 가난한 살림살이가 '휘청'이고 '출렁'
인 삶의 흔적은 '저녁달'로 호출하였을 뿐이다. 그럼에도 불구하고 정적
인 고요 속으로 독자를 불러들인다. 그것은 무엇보다도 시인된 자로서
시인을 호명하고, 시인을 바라보는 그의 시선이 이타적이며, 어떤 명제보
다도 시적 실천을 우선한 시를 쓰고 있음을 확인케 한다. 지역의 문화적
시간적 지리를 놓치지 않고 써내려가는 시작의 여정은 화려한 수사가
아니라 '경험 가치'를 '표현 가치'화하는 것에 있다.

시인의 손자와 앉아

별나라를 걷는다

어떻게 오셨는지 할아버지 함자가

시인이셨습니까 아 예

(…중략…)

아버지가 말씀 안 하셔서

이름 없는 교사로 함양 김해로

시인은 어느 별나라 가 사는지

시인의 손자가 할아버지였다.

—「별나라」 부분

　그는 부지런한 시인이다. 그는 바쁜 시인이다. 그는 잠을 자지 않는 시인이다. 그래서 더 냉철한 시인이다. 그는 전국 어디라도 마지막 한 구절을 위해 멈추지 않는다. 「별나라」 역시 하동 출신의 시인 김병호(필명 김탄)를 쓴 시다. 그는 김병호를 찾는 데서 머물거나 그것으로 끝나지 않는다. 시인을 기억하고 호명하는 것을 너머 그들의 정신을 배우고 몸에 새긴다. 제목 「별나라」로만 보면 어린이가 시적 화자로 등장할 것 같지만 사실 여기서 '별나라'는 중의적이다. 일제강점기의 어린이 잡지 『별나라』를 의미함과 동시에 김탄의 작품 세계를 의미하고, 또한 시인 김탄의 사후 세계를 의미하기도 한다. 그리고 손자가 사는 달동네를 의미하기도 한다. 이렇게 하나의 시어 안에 다각적으로 해석될 기제로 작동하게 하는 것, 그것이 그가 잠을 자지 않고 있음을 증명하는 것이자, 눈뜬 자, 진정한 시인임을 해명한다.

　「시인의 손」도 시인 김종길의 고향을 찾았다가 쓴 시이며, 「두 딸을 앞세우고」는 소설가 표문태를 찾아서 쓴 시다. 시 「발해를 꿈꾸며 동해에 지다」는 또 어떤가. 발해뗏목탐사대 '발해 1300호' 대장으로 발해의 흔적을 찾아 파도와 맞섰던 통영사람 '장철수'가 "발해를 꿈꾸다 동해"에서

"독도 하얀 용오름"이 된 역사적 사건을 눈 뜬 자의 눈으로 쓰고 있다. 또 「비 내리는 품천역」에서 일본 유학생들이었던 임화, 권환, 이주홍을 만나는 시인의 역사적 감각은 '경험 가치'가 '표현 가치'로 승화된 것이다. 이 시들은 눈뜬 자로서 마다하지 않은 발걸음을 옮겨 발로 쓴 시들이다. 사실 박태일 같은 시인이 흔치 않다. 더욱이 눈뜬 자로서 걷는 길은 다른 이들이 가지 않은 길이기에 그의 자리가 더 특별하다.

3. 경계를 풀고, 잇고

시는 이타언어다. 우리 근대시는 오래도록 개인의 내면 감정 찌꺼기 배출이나 알 수 없을 허깨비 관념놀음에 빠져 있었던 것은 아닌가. 시인에게 있어서는 그런 작품이 시대나 바깥 세계로부터 밀려오는 긴장을 맞받아치는 일정한 방법이 된 것은 사실이다. 그러나 우리시는 아직까지 개인 정서 표출만을 시의 외길인 양 한결같이 뒤따르고 있다. 낭만주의 인격적 상상력이 지닌 소극성을 벗어나서 드넓게 사회적 이타성을 얻기 위한 노력이 새삼스러운 때다.

—「시의 길손이 지닌 네 가지 덕목」 부분[3]

그에게 시는 "개인 내면 감정 찌꺼기 배출"이 아니다. "허깨비 관념놀음"도 아니다. 시는 '사회적 이타성'을 드러내야 하는 '이타언어'다. 그가 올곧게 세운 시의 명제가 그렇다. 그가 좋은 시의 요건(「좋은 시 나쁜시」)으로 내세운 첫 번째가 좋은 시인이다. 그도 분명 좋은 시인이다. 좋은 시인은 눈뜬 시인, 이타성을 얻기 위해 노력하는 시인이다. 그래서 그런 시인의 시는 자연스럽게 독자를 끌어들인다. 이것이 다섯 번째 요건이다. 두 번째로 내세운 언어의 진폭과 다채로운 활용은 앞서 시론에서 주장한

---

3) 박태일, 앞의 책, 32~33쪽.

'표현 가치'의 다름 아니다. 세 번째 요건인 표현의 압축과 생략은 감정을 절제하고 노출하지 않는다. 시 「저녁달」이 좋은 예가 된다. 네 번째로 낯설게하기다. 익숙한 것, 친숙한 것, 진부한 것으로부터 자유로운, 그의 시에 감정 노출이 없음에도 감정이 깊이 전달되는 이유이기도 하다.

사실 많은 시인들이 시론에 입각하여 시를 쓴다. 그런데 시론에 입각한다고 하지만 주장한 시론과 쓴 시가 동상이몽인 경우가 허다하다. 즉 시가 시론보다 못하거나, 시론보다 시가 못할 때가 많다. 그것과 달리 박태일은 철저하게 시론과 시의 일치를 보여 준다.

그가 말한 대로 시는 이타성을 갖고 있어야 하며, 좋은 시의 요건을 충족해야 한다. 그의 시론은 시정신과 닿아 있다. 그래서 세상을 살 만하게 만드는 데 일조하고 있는, 눈뜬 자다. 눈뜬 자의 시선은 냉철하면서도 따뜻하다. 비교적 빈도가 높은 나타나는 '물'과 '안개'와 '구름'에 주목하고 있는지도 모른다.

> 만리산 이름부터 멀기만 한 산
> 만 리 극락 한 봉우릴 인 안창마을은
> 세상에서 십 리는 더 올라선 듯
> 내려가는 마을버스에 앉은 사람들 얼굴이
> 구름 자욱 닮은 것도 한 풍속이다.
>
> —「구름마을」 부분

경계가 있으나 경계가 없는, 그럼에도 그 경계 짓기에 나서는 것이 현실이다. 시의 제목이 「구름마을」이다. "가슴에 등에 지번을 달지 못한 안개/종종걸음으로 몰려들었다"(「동묘 저녁」)는 것처럼 어쩌면 '구름'은 섞이지 못하고 떠도는 자의 비애감을 나타내고 있는지도 모른다. 그러나 그것이 전부가 아니라는 것을 금방 알 수 있다. '구름'은 지상에서 괴리되어 있는, 우리와 가깝지 않은, 아니면 먼 공간에 있는, 혹은 물질이다.

그러나 '구름'의 본래적인 속성이 '물'이다. '구름'이 '비'가 되어 내리면 지상과 하나가 되고, 우리와 가까운 것이 되며, 멀리 존재하는 것이 아니라 함께 존재한다. 여기서 전문 시인 박태일은 '안창마을'을 '만 리 극락 한 봉우리'를 이고 있는 마을로 불러내 우리가 머물러야 하는 공간으로 설정한다. 특히 "사람들 얼굴"이 "구름 자욱 닮은 것"의 국면에 이르면 자본의 논리로부터 배제된 삶이 무겁게 내려 앉아 있다. "이름부터 멀기만 한 산/만 리 극락 한 봉우릴 인" 마을을 '구름'을 매개로 경계를 허물고, 경계를 잇는다. 이것이 이타의 언어다.

구름 구들장 띄워놓고 고요한 물가 혼자 걷는다 꾀꼬리눈썹에 튼살 주름에 나비길로 오내리는 벼랑 따라 흔들 간다 얼금뱅이 느티 당목 지나

가마 오마 말도 없이 여우비 지나간다 강새이 한 마리 꼬리 물고 돈다 나팔꽃 범벅꽃이 늦더위에 돌돌 말리고 앞물 뒷물 잉어 버선발로 뛴다

가지 많은 가지 형제처럼 대처 나간 아들 손자는 어느 고랑에서 익고 있을까 부엉이 자는 부엉산 가을볕 아래 해 걸린 벌초 무덤 다북쑥 자북한데

속눈질하듯 어둑살 내린다 새벽부터 장고방에 무씨래기 뒤설레더니 텃밭에 가랑잎 발자국 소리 바쁘더니 원왕생 원왕생 첫 눈깨비 오는구나.
　　　　　　　　　　　　　　　　　　　　　　—「오륜동」 전문

자연의 모든 것은 돌고 돌아서 결국은 제 자리로 돌아오는 것이다. 이것이 자연의 이치며 우주의 원리다. 이 시는 '오륜동'이라는 지명을 통해 읽어내는 그것, 경계와 경계는 있으나 없는 어떤 상태로 무화시키는 힘, 그것이 경계 없음이며, 경계의 탈주다. '오륜'과 '동'이 합해진 '오륜동'은 오륜으로 상징되는 올림픽을 떠올리게도 하며, 결코 떨어질 수 없는

관계, 그 경계의 탈주를 이룬 마을의 이름으로 '구름'이 '여우비'가 되고 '첫 눈깨비'가 되었다. '구름'과 '여우비'와 '첫 눈깨비'의 원형은 '물'이다. '구름'은 기체화된 물이고, '여우비'는 물이되 다른 형체의 물이며, '첫 눈깨비'는 고체화된 물이다. 그런데 2연의 "강새이 한 마리 꼬리 물고 돈다"와 4연의 "원왕생 원왕생"은 리듬감을 고조시켜 돌고 돌아서 제자리로 돌아옴으로써 경계를 풀고 경계를 잇고, 경계를 무화시킨다. 우주의 원리, 철학적 심미성이다.

비는 숲으로 온다 어디를 딛고 오는지
보이지 않다가 붉솔 숲에서 천천히 걷는다.

골짜기 두 옆으로 부챗살처럼 담을 친 빗소리
고개 돌리니 풀썩 무너진다

낮 한 시 수업을 시작했는지
디딤돌 아래 열네 켤레 학인 하얀 고무신

콧등마다 연비 자국이 곱다
나비가 법당으로 알았나보나 앉았다 날았다.

—「해인사」 전문

바다와 육지에 있는 물이 증발하여 대기 중의 수증기가 되고, 이 수증기가 응축·집적되어 구름·안개가 된다. 그리고 다시 비·눈·우박 등의 상태로 지표면에 내리는 물의 순환은 물의 물질성이다. 이 물질성이야말로 불교의 윤회설에 가까운 것이 아닌가. 형상과 형체를 달리하지만 갖고 있는 물질적인 속성이 무변하며, 현세와 내세가 분리되지 않는, 불교철학의 윤회설, 그가 주장한 시론의 '이타성'도 결국은 불교의 윤회설에 바탕한 것이리라. 위의 시 「해인사」가 선시에 가깝게 느껴지는 이유도 거기에 있다. 1연과 2연에서 '비'가 내리는 해인사 주변의 풍경을 제시한 후, "하얀 고무신"을 '법당'으로 안 '나비'의 몸짓, 이 대목에서 그의 사상적 토대인 불교적 사유, 깨달음의 경지에 이르렀는지를 알 수 있다. 그의 불교적 사유는 이타적인 마음, 따뜻한 마음으로 거의 모든 시에 나타난다.

넘어진 맏이 처지에 집안 건사나 되었으랴
내일은 까치설 네 고향 언양 쪽에는
며칠 앞서 내가 어머님을 묻고 온 공원묘지가 있고
오늘은 그 길목 식당에서 먹은
순두부 맑은 간수와 같은 비가 내렸는데
설도 설 같지 않아 너는 누웠다 앉았는가
살아온 날 살아갈 날 셈하듯
네 아내는
점심을 떠 주고
나는 성모병원 칠 층 난간에 서서
용호동 아랫길을 본다

아픈 다리로 네 아내와 교대하기 위해
병원에 들어서는 어머니를 본다

—「성모병원 난간에 서서」 부분

설날을 앞두고 찾은 고향 친구의 병실 풍경을 무심한 듯 묘사하고 있다. 화자는 "설도 설 같지 않아 너는 누웠다 앉았는가" 친구의 모습을 바라보고, 아들을 간호하기 위해 아픈 다리로도 병원을 찾는 어머니의 모습을 무심한 듯 바라본다. 감정이 노출되지 않았다. 그러나 친구와 친구의 살림을 걱정하는 따뜻한 마음을 깊다. '경험 가치'가 '표현 가치'화되기까지 시인이 뱃가죽으로 긴 고통과 객관적인 묘사 뒤에 숨어 있는 절제된 감정, 시인이 들키고 싶지 않은, 내면이 더 잘 보인다. 이렇게 눈뜬 자는 보이지 않은 섬세한 감정을 격정 없이 읽어내고, 그 깊이를 담는다. 그래서 "저승에서도 아버지 어머니/나이 드셨을까 (……) 콩깍지마냥 좁은 납골함 벽 무덤 아래서/아내는 위령기도/조곤조곤거리고/나는 어제 저녁에 씹다만 슬픔을/마저"(「영락원」) 까며 부모에 대한 애정도 조용하게 드러낸다.

그는 시를 통해 이타의 언어로 "말하고 싶은 강조하고 싶은, 처음 내 것이었던 경험"으로, 세상을 향해 걸어 왔다. 경계를 풀고, 잇고 이어서 다시 하나가 되게 하면서 말이다. 그는 시를 통해 "좋은 시는 작은 날갯짓으로, 작은 목소리로도 두고두고 되울리는 아름다운 혁명"으로, "세상이 막무가내 흘러가고 취향이 마구잡이 바뀌는 것처럼 보여도 건강한 사회는 좋은 시를 포기하지 않는"(「시의 조건, 시인의 조건」)다는 것을 믿게 한다. 그가 걸어온 시적 여정과 성취는 이타적 언어로서 두고두고 울리는 아름다운 혁명이다. 눈뜬 자로 산, 그의 이름은 시인이다.

4. 깊은 울림, 긴 여운

시인은 잠들지 못하고 눈뜬 자로 산다. 눈뜬 자만이 이타의 언어로 묘사하고 감정을 절제하여 표현 가치를 극대화한다. 박태일이 그렇다. 박태일의 시가 그렇다. 그의 시는 눈감은 자들의 감각과 세포까지 일으켜 세우는 힘이 있다. 시론인 「시라는 괴물과 더불어 살기」에 썼던 것처럼 시인된 자로서 진득하게 진실하게 자리를 지키며 순일하게, 자유롭되 냉철하게 통합하고 상승하는 변화와 이율배반을 감당해 왔다.

뿐만이 아니다. 박태일은 헌책방 순례를 멈추지 않으며 눈뜬 자로 흩어진 자료를 사멸되는 자료에 혼을 불어 넣어 문학적 공백을 채운다. 시쓰기의 연장이다. 그가 눈뜬 자로 걸어온 시인의 길, 새로운 길이 되고 있다.

그는 지금도 시인 된 자로서 엄혹하게 시어를 갱신하고 있다. 뱃가죽을 밀어 자신과 온몸으로 싸우면서, 고통을 감당하면서 꺼내놓은 언어, 그 따뜻한 시선(視線)은 깊은 울림과 긴 여운을 남긴다. 그는 시인되-기를 지나 시인된 자, 눈감은 자들을 깨워 눈뜨게 한다. 그것이 박태일의 시다.

> 지하철 공사 기중기가 밤새 끌어올렸나
> 흰 초생달
> 쉰 살 무렵 아버지
> 등덜미 같다
>
> 서부정류소 시계탑
> 왕벚나무 가지마다 혀를 깨물어
> 봄봄봄 흩어진다
> 내 슬픔의 일용 노동자

—「새벽빛」 전문

(2017)

소설가 이태준, 정치선전가 리태준으로 거듭나다

- 박태일 교수의 재북 시기 리태준 돌아보기 -

박일귀

상허 이태준(1904~?)은 김동인과 현진건의 뒤를 잇는 한국 근대 단편 소설의 완성자로 잘 알려진 인물이다. 중고등학교 국어 교과서에도 그의 단편 소설 「달밤」(1933), 「복덕방」(1937) 등이 실려 있다. 이태준은 1930년 대 정치사상적으로 기울어진 경향 문학과 노선을 달리해 순수 예술을 추구하는 방향으로 나아간다. 그때 뜻을 같이 하던 문인 아홉 명이 '구인 회'를 창립한다. 문장 자체에 관심이 많았던 이태준은 『문장강화』(1940)라 는 책을 내놓기도 한다. 오랜 세월이 지난 지금도 그의 정제된 문장론은 많은 사랑을 받고 있다.

하지만 광복 후 이태준은 「해방전후」(1946)를 발표하면서 지금까지와 다른 행보를 보이기 시작한다. 좌익 계열의 문학 단체에 가담해 활동하고 급기야 1946년 7월~8월경에 벽초 홍명희와 함께 월북하기에 이른다. 북 한에서도 문필 활동을 활발히 이어 가지만 1953년 박헌영과 한 무리로 몰려 숙청당한 걸로 추정되고 있다.

여기까지가 우리가 보통 알고 있는 이태준의 일대기다. 북한으로 넘어 간 뒤 그의 활동에 대해 알려진 바가 많지 않다. 1988년이 되어서야 남한

정부는 월북·납북 작가들에 대해 해금 조치를 내렸기 때문에 그전까지 이태준은 일반에 거의 잊혀진 존재였다. 지금도 여전히 월북·납북 예술문화인에 대한 재북 시기 활동에 대한 연구가 미진한 상태다. 그동안 월북에 대한 부정적인 인식이 크게 작용한 점도 있겠지만, 남북이 갈라진 상황에서 주요 자료들을 구하는 일도 만만치 않았을 것이다.

하지만 남북의 이념 갈등을 떠나 역사적 인물의 전체 생애를 그리는 작업은 연구자들의 중요한 과제다. 이러한 소명과 문제의식을 바탕으로 박태일 경남대 국어국문학과 교수는 「재북 시기 리태준의 문필 활동 실증」(『외국문학연구』 제61호, 2016. 2.)에서 월북 이후 이태준의 작품 활동과 움직임에 대해 살펴보고자 했다. 이미 알려진 작품 몇 편에 대한 문헌지를 새로 보충하고, 새로 발굴한 22편을 통해 재북 시기 이태준의 삶과 문학 연구의 외연을 넓히려고 했다. 여기서는 주로 후자의 연구 성과를 간략하게 소개해 보려고 한다.

스물두 편은 어떤 작품인가

상허 리태준(현재 남한에서는 '이태준'으로 부르지만, 저자는 논문이 재북 시기의 활동에 맞추어져 있으므로 '리태준'으로 표기한다.)이 1946년 월북한 뒤 1952년까지 남긴 문필 활동 가운데 이제까지 알려진 작품은 44편이다. 저자는 이에 더해 22편(1948년에 발표한 「북조선의 찬란한 민족문화 발전」부터 마지막 1952년에 발표한 「세계평화이사회 특별회의의 결정들을 인민들 열렬히 지지」까지 총 22편의 리스트가 논문에 소개되어 있다. 148~149쪽)을 더 발굴했고 이들을 범주화해서 재북 시기 리태준의 활동 경향을 파악하는 데 주안점을 두었다. 크게 네 가지로 범주화해 보았다.

첫째, 연대별로 나누어 보았다. 1949년 1편, 1949년 11편, 1950년 4편, 1951년 3편, 1952년 3편이다. 짧은 기간이었지만 리태준은 북한에서 꽤 적극적이고 꾸준히 문필 활동을 거듭했다는 사실을 알 수 있다.

둘째, 매체별로 살펴보니, 총 22차례 가운데 17차례를 『로동신문』과 『민주조선』에 올렸다. 『로동신문』은 조선로동당 기관지이고 『민주조선』은 최고인민회의 상임위원회와 내각의 기관지로 두 신문은 북한 사회에서 가장 노출도가 높은 핵심 일간지다. 북한 중앙 기구의 홍보, 설득, 선전 매체에 17차례나 글을 올리고 자신의 이름을 선보였다는 점은 작가보다는 정치가나 선동가로서의 면모를 보여 준 것으로 해석될 수 있다.

셋째, 유형별로 보면 크게 평론 2편, 정론(토론문 포함) 16편, 수필(기행문 포함) 3편, 보도문 1편으로 나눌 수 있다. 정론(政論)이 압도적으로 많다. 그만큼 언론을 통해 정치적·사회적 발언을 많이 했고 기회도 많이 주어졌음을 시사한다. 재북 시기 리태준의 정치적 행보와 영향력을 가늠해 볼 수 있는 대목이다.

스물두 편을 통해 본 리태준의 활동

저자는 22편을 내용별로도 살펴보았다. 모두 일곱 가지로 나누어 훑었다. 죽 나열해 보면, 북한의 명절을 기리고 이를 빌미로 북한 체제의 발전상, 우월성을 홍보·선전하는 글, 1949년 두 번째 소련 방문과 관련된 소련 찬양과 이른바 '조쏘친선'의 뜻을 담은 글, '조국통일민주주의전선'의 대표 가운데 한 사람으로서 대남 통일 전선 책략과 평화 공세를 지지한 글, 미제국주의와 이승만 행정부를 향해 비방하는 글, 수령에 대한 헌신과 이를 바탕으로 전쟁 승리를 장담하는 글, '평화옹호전국민족위원회' 부위원장 자격으로 북한의 대남 평화 공세를 강조한 글, 끝으로 문예 작품평과 영화 단편 등이다.

저자는 다시 이 일곱 가지를 예술 문학 안쪽과 바깥쪽의 것으로 분류해 보았다. 이 중 앞에 것 여섯 가지가 예술 문학 바깥쪽에 해당하는 글이다.

북한의 체제 우월성과 쏘련 찬양, 수령주의에 대한 헌신, 북한 통일 책략에 대한 지지 등이 20편에 해당하고, 예술 문학 쪽은 단 2편에 불과하다. 이는 리태준이 재북 시기 작가로서의 활동보다 정치적·정략적 행보가 훨씬 돋보였다는 사실을 반증한다. 여느 월북 문인과 달리 활발한 문필 활동을 이어 가며 북한 체제를 선전하고 강화하는 데 충실한 역할을 했다. 저자는 22편을 분류하고 분석한 결과 다음과 같이 결론을 내리고 마무리한다.

> 따라서 새로 발굴한 22편을 놓고 볼 때 작가 리태준보다 적극적인 현실 참여자로서 면모를 두드러지게 살필 수 있었다. 문학 외적인 현실 정치나 사회 변화에 리태준이 지니고 있는 영향력과 상징성을 힘껏 활용하고자 했던 북한 매체의 전략과 리태준의 열성적인 노력이 맞물린 결과라 하겠다. (155쪽)

> 이 글은 글쓴이가 본 일부 문헌에 바탕을 둔 조사와 구명이다. 찾기에 따라서 아직까지 적지 않은 재북 시기 리태준의 문필을 확인할 수 있을 것이다. 이 글이 그리로 나아가는 데 적극적인 동기가 되리라. 눈 밝은 이가 더하고 바로잡아서, 빠른 시일 안에 재북 시기 리태준의 문필 활동에 대한 보다 완벽한 문헌지와 됨됨이 구명이 이루어지기를 바란다. (157쪽)

저자는 기존 작품 44편에 새로 22편을 더해 리태준 연구의 실증적 기반을 크게 넓혀 놓았다. 이제 리태준 연구에 문학 창작뿐 아니라 현실 정치에 몸담고 체제를 선전하는 정치사상가, 운동가로서의 면모까지 지평을 넓혀 살펴야 할 때가 된 것이다. 앞으로도 새로운 작품들에 대한 심층적 연구가 이어지고, 좀 더 많은 문필이 발굴되어 보다 보완되고 발전된 연구가 이루어지길 기대해 본다. 더불어 다른 월북 예술가들에 대한 연구도 활발하게 진행되는 계기가 되길 바란다.

(2016)

제4부 단편

심사평 ___ 김용직·황동규

왕성한 실험정신이 용인되는 현장 ___ 윤재근

의미의 발견과 가락 ___ 김용직

이 달의 시 ___ 황동규

세 젊은 시인의 첫 시집 『오늘의 책』으로 선정 ___ 박인숙

향토적 서정과 생명에 대한 의욕 ___ 차한수

시에 있어서의 '다양성'과 열림 ___ 이윤택

이야기를 변형시킨 노래시 ___ 황동규

50년 만에 되살린 백석의 호흡 ___ 이동순

실험의 유형과 성과 ___ 김종길

우리 말결의 아름다움 재현 ___ 홍신선

불교시, 서경시직 구조, 만드는 시 ___ 김선학

삶의 평등, 시의 평등 ___ 김재홍

중심이 없는 시대의 시 ___ 강은교

검은 이브를 만나기 위하여 ___ 정효구

텅 비어 있는 언어의 공간 ___ 김용희

이원수 선생의 일제 말기 문필 활동 ___ 이재철

신선함의 실체 ___ 황동규

'치렁출렁' '옴실봉실' 전통 리듬으로 전통 붕괴 노래 ___ 최재봉

대항문학으로서의 지역문학 ___ 김윤식

음악-시의 율격에 관하여 ___ 권혁웅

20세기 소년과 21세기 소년 ___ 나민애

한국 현대시의 품격과 미학에 대한 성찰 ___ 이동순

미명에 그리다 ___ 김윤배

비둘기 날다 ___ 송용구

관점의 차이와 시의 성공 ___ 신진

심사평

김용직·황동규

　대상이 신인이기 때문에 우리는 손에 쥐어진 작품 그 자체는 물론이거니와 그 뒤에 숨어 있는 가능성을 엿보려고 노력했다. 박태일의 「미성년의 강」을 당선작으로 택한 것은 우선 패기에도 있지만 동봉한 나머지 두 편의 시가 적지 않은 가능성을 보여 주었기 때문이다. 언어를 다루는 솜씨가 돋보이고 감정을 가다듬는 훈련도 눈에 띈다. 그러나 때론 자칫하면 수사 취미에 그칠 말재치가 거슬리기도 한다. 상투적인 표현도 더러 나타난다. 이런 것을 경계하면서 신선함을 잃지 않고 계속 치열하게 삶을 느끼고 또 생각을 키워나간다면 진정한 시인 하나를 갖는 기쁨을 누릴 수 있으리라 우리는 믿는다.

(1980)

왕성한 실험정신이 용인되는 현장

윤재근

굳어진 매듭 풀기

시는 분명히 묘한 존재이다. 시에 관한 무수한 말들이 있어도 그 말들이 시를 결정하지 못한다. 시는 무한히 표현한다. 거기서 시는 묘하게 된다. 노자(老子)가 도(道)를 현현(顯現)하다고 했듯이 시의 표현도 그렇다. 우리의 시단에서 표현도 그렇다. 우리의 시단에서 표현의 밀도가 가장 치열한 시들을 신춘문예가 선을 보여 준다고 하여도 과언은 아니다.

신춘문예에서 당선된 시들은 하나같이 모두 표현이 치열하고 강렬하다. 이 점이 가장 두드러진 신춘문예 시의 한 특징을 이루고 있는 셈이다. 여기서 신춘문예의 틀이 형성되어졌다고 볼 수도 있다. 그러나 그러한 틀을 어떻게 극복할 것인가의 문제가 앞으로 신춘문예의 시들이 풀어 주어야 할 매듭일 것이다. 그 매듭은 먼저 신춘문예에 응모하려는 신인들이 풀어야 할 것이며 다음으로 선자들이 갖기 쉬운 자기 나름의 시기질(詩氣質)을 앞세우지 말고 응모된 시 그 자체의 시품(詩品)에 철저하게 임하여 접해 주어야 신춘문예의 투로 굳어진 매듭을 풀어 주게 될 것이다.

시상(詩想)을 크게 잡아서 화려하게 끌어가야 선자의 호감을 살 수 있다는 생각을 응모자들이 갖는 모양이다. 시의 흐름에 허세가 자주 드러나는 것을 보면 그러한 생각이 든다. 화사한 빛깔일수록 보는 이의 시선을 순간적으로 끌 수는 있겠으나 오래 가지는 못하는 것처럼 시상을 화려하게 맞추어 가려는 생각에 사로잡힐 때 그러한 강박 관념은 시상을 허망하게 하여 줄 수도 있음을 신춘문예의 시에서 엿보게 된다. 응모할 신인은 영웅 심리 같은 허영이 자신의 시심(詩心)에 곁들여 있지 않은가를 신중하게 자문하여 볼 필요가 있을 것 같다. 시인이 먼저 진실하여야 시도 진실하게 된다. 응모 심리에 영합된 신춘문예의 시들을 앞으로는 경계할 필요가 있다. 터질 듯한 고무풍선을 대하듯 한 시들이 화려하게 지면에 나타날 때마다 신춘문예의 시들이 보여 주는 허장성세의 겉멋을 면치 못하게 하고 있음을 왕왕 느끼게 된다. 시는 겸허한 것들로 엄청난 표현의 힘을 간직함으로써 묘한 존재가 된다.

　그러나 신춘문예의 시들에서 가장 높이 사야 할 것은 시의 상(像, image)에 있을 것이다. 기성의 시인들을 섬뜩하게 할 만큼 쇄락한 상들이 번뜩임을 누구나 접하게 된다. 시인이 시의 상을 어떻게 잡느냐에 따라서 그 시인의 개성이 드러나게 된다. 이 점에서 신춘문예의 시들은 먼저 강렬한 개성을 보여 준다. 동시에 그 점을 높이 사고 있다는 인상을 받게 된다.

　시는 하나의 상으로만 되지 않는다. 많은 상들이 겹쳐서 시의 세계를 형성하게 된다. 그러한 형성에서 시의 상징(sybolization)은 이루어지는 법이다. 상이란 본래 인식이나 관념의 매체가 아니라 지각의 현장이기 때문에 시인에게 보다 날카롭고 섬세한 언어의 선택을 요구한다. 신춘문예의 시들은 그러한 선택의 성패로 우열이 갈라진다고 보아도 될 것이다. 시인이 많은 상을 시에 도입하면, 정비례하여 시의 표현층이 두터워지고 깊어지며 시의 호흡이 길어지게 된다. 요사이 신춘문예의 시들은 호흡이 길어지는 양상을 보이고 있다. 이러한 예의 시가 1979년 『조선일보』에서, 그리고 1981년 『동아일보』에서 당선한 시들일 것이다. 물론 이 시들은 한 사람의 것이 아니라 각각 다른 응모자의 시들이지만 신춘문예의 응모시에 만족될 만한 전형적인 틀을 갖추고 있는 시들이다. 시의 제목부터가 길고 시선을 끌려는 의도가 다분히 잠겨져 있음을 보여 주고 있다. 상의 흐름도 엇비슷하게 비슷한 체취를 느낄 만큼 시질(詩質, Poetic quality)이 염염하고 있다. 이 점을 감안할 때 1981년도의『동아일보』신춘문예의 당선 시는 1979년도의『조선일보』신춘문예의 당선 시에서 작시(作詩)의 어떤 암시를 받았다고 보아도 될 것이다. 여기서 신춘문예의 시라는 유형의 틀이 하나의 타성처럼 생성되는 경우가 될 수도 있는 것이다. 즉 하나의 시 속에 많은 상들을 점층시켜서 시의 흐름을 숨차게 끌어가려는 것이 신춘문예의 응모 작품이 보여 주는 경향이라고 할 수 있을 것이다. 그 결과 신춘문예의 시들은 많은 시행(詩行)을 간직하게 되었다.

하나의 시가 많은 행을 가지게 될 때 시의 연을 어떻게 결정지어 하나의 시로 마감할 것인가의 문제에 부딪치게 된다. 뒤에서 다시 언급하겠지만 시의 행을 결정지어 시의 연을 이루고 시를 완성하여 가는 과정은 신인에게 가장 어려운 작시의 행위에 속한다. 특히 하나의 시에서 연을 결정짓는 일은 어느 시인에게나 몹시 어려운 일이며 그러한 연유로 시인이 작시할 때 그의 정직성을 가장 강하게 요구하는 부분이 바로 시의 연을 결정하는 작업이다. 이러한 결정을 어느 정도 쉽게 넘어갈 수 있는 작시의 방법이 번호를 다는 것으로, 나타날 수 있다. 시의 연은 시상이 어떻게 변주(variation)하여 가는가를 보여 주는 구실을 하게 된다. 즉 시의 주제가 어떻게 변주 되느냐의 제시이다. 그러한 제시가 작시에서 가장 어려운 단계인 셈이다. 주제의 변주에서 유기성(有機性, organicism)이 결여될 때 연의 가름이 실패하게 되며 이러한 실패는 주제의 변주(thematic variety)가 잘못되었음을 말해 준다. 그러므로 시의 연을 가름하는 일은 대단한 부담을 시인에게 느끼게 한다. 이러한 우려를 감소시킬 수 있는 방법이 하나의 시가 하나의 연작시처럼 그 속에 'Ⅰ, Ⅱ, Ⅲ' 등의 번호가 붙여지게 되는 것이다. 이것은 작시의 한 편법일 뿐으로 피하는 것이 옳은 것이다. 그러한 편법으로 잘되어진 시가 흠집을 얻게 되는 경우가 있게 된다. 1981년도 『동아일보』의 당선 시를 보면 1~7가지 순번이 붙여져 있다. 만일 응모자가 순번을 지르지 않았더라면 7에서 보여 주는 흠을 피했을는지도 모른다. 6까지 가름하고 보니 시의 상들이 점층되어 왔으나 무엇인가 허하다는 느낌을 가진 결과 단언적인 네 개의 시행을 덧붙여 시의 흐름을 이상하게 맺어 버리게 된다. 6까지의 호흡과는 달리 시인의 의도가 전언(傳言, message)인 것처럼 드러나 깨어진 종처럼 시의 여운을 끊어 버리고 있다. 시도 하나의 금이라도 가게 되면 운을 잃어버리는 종처럼 하나의 연을 잘못 가르면 시에 금을 가게 한다. 시를 왜 수정거울 같다고 했을까? 금이 가서는 안 된다는 속뜻을 새겨 둘 필요가 있다. 예부터 시에서 기운생동(氣韻生動)을 강조한 것 역시 같은 속셈이다. 「로트레아몽 백작의 방황과 좌절에 관한 일곱 개의 노트 혹은 절망 연습」은 '여섯 개의 절망 연습'으로 끝나는 편이 더 시의 표현을 두텁고 깊게 하였을 것이다. 이러한 흠집은 많은 상들이 점층되었을 때 그 상들을 묶어서 압축할 수 있는 욕심을 시인이 탐하려고 할 때, 7과 같은 속정이 드러나 버리게 된다. 시인은 탈(mask)을 벗으면 안 된다. 그는 개성으로써 자신의 존재가 있음을 언제나 인식해야 하기 때문이다. 탈은 개성이다. 7은 그러한 탈을 벗게 하고 있는 셈이니 이러한 것은 이 시의 흠일 것이다.

시의 구조와 감각

1980년 『동아일보』의 당선 시 「유년시절」과 1981년 『조선일보』 당선 시 「우리의 숲에 놓인 몇 개의 덫에 대한 확인」과 비교해 보아도 신춘문예의 시들이 어떤 틀을 모방하고 있다는 우려를 보게 될 것이다. 이 시들의 틀은 하나의 큰 틀 속에다 몇 개의 소제목들을 붙인 짧은 시들을 묶어서 넣어 둔 셈이다. 이러한 시 구조는 꼴라쥬처럼 처리되고 있음을 알게 된다. 소제목이 붙은 하나하나를 갈라서 보게 되면, 의외로 호흡이 짧은 시들임을 발견하게 된다. 시의 상들을 점층시켜 시상을 변주시키는 표현력이 미약함을 접하게 된다. 이러한 약점은 여러 시들을 함께 모아볼 수 있는 하나의 방법으로 될 수도 있다고 생각할 여지는 있다. 시인이 시에다 여러 개의 상을 축적시켜 가는 과정이 바로 시를 구조하는 행위인 것이다. 이러한 행위의 측면에서 1981년『조선일보』당선 시인「우리의 숲에 놓인 몇 개의 덫에 대한 확인」, 1981년『한국일보』의「채광기(採鑛記)」와 비교하여 보면『한국일보』의 당선 시가『조선일보』의 당선 시보다 시의 구조력이 강하다는 인상을 단번에 받게 될 것이다. 물론 시의 상을 처리하는 질감이 서로 다르므로 직접 시와 시를 비교하는 것은 부당하겠으나 시인의 시 구조력을 전제로 한다면「채광기」가 육중하면서도 안정되고 깊숙하나「우리의 숲에 놓인 몇 개의 덫에 대한 확인」은 감각이 승한 데 비하여 상과 상의 유기적 관계는 소홀하게 처리되어 있음을 보게 된다. 특히 신인에게 무엇보다 시인으로서 바탕일 수 있고 매장력일 수 있는 것은 바로 시의 구조력이다. 이러한 점에서 볼 때 감각이 승한 산뜻한 시보다는 탄탄하면서 육중하게 시를 완전하게 끌어가는 쪽에다 역점을 두고 신춘문예의 시를 심사하여 갈 필요가 있다고 본다. 그러나 1981년의『한국일보』「채광기」는 1980년『중앙일보』의「미성년의 강」과 비교하여 보면 시 표현이 어떻게 처리되어야 새로울 수 있는가를 접하게 된다.「채광기」는 거의 타성화된 신춘문예의 틀을 벗어나지 못한 점을 지적할 수가 있다. 반면에「미성년의 강」은 시인의 매장력이 만만치 않게 드러나고 있어서 신인으로서 만족스러운 시를 만들어 놓고 있음을 보게 된다. 이는 시의 상을 구축하는 작업에서 시인의 감각과 필연적인 관계로 상과 상을 융합하는 구조력이 동시에 갖추어져 있어야 된다는 작시의 비밀을 엿보게 한다.「미성년의 강」이 신춘문예의 시로서 빼어난 당선작이라고 할 수 있는 것은 시의 상들을 필연적으로 융합시켜 시상을 연주하여 갈 수 있는 능력 때문일 것이다. 특히 "열목어 열목어로 온통 강물에 열을 풀고"로 시작되는 셋째 연은 시의 구조력이 손에 잡힐 듯이 선연하다. 신인으로서 시인은 이러한 힘을 갖추어야 할 것이다. 그러므로 앞으로 응모할 신춘문예의 미래의 시인들에게는 개성이 뚜렷한 감각으로 시의 상들을 단편적으로 제시하려고 할 것이 아니라 필연적으로 융합시킬 수 있는 구조력을 정직하게 시로써 발휘하려고 해야 할 것이다. 이러한 점을 강조하는 것은 교묘한 수업을 환골탈태(換骨奪胎)하려는 약은 짓들을 사전에 동결시킬 수 있는 방편이 될 수 있기 때문이다.

귀가 밝은 시인

신춘문예의 시는 기성 시단의 모방을 철저하게 피해야 할 것이다. 기성 시인들을 흉내내려는 의도를 철저히 막아주어야 신춘문예의 존재 이유가 성립될 것이다. 신춘문예는 우리 시문학을 위하여 왕성한 실험 정신이 용인되는 현장이 되어야 할 것으로 누구나 기대하고 있다. 신춘문예의 당선작을 얻고 싶은 신인은 앞으로 이 점에 무엇보다 더 관심을 두어야 할 것이다. 신춘문예는 기성의 시단에 충격을 주어야 한다. 어떻게 하면 그러한 충격을 줄 수 있을까? 이 점은 귀가 밝은 응모자에 의하여 가능할 수 있다고 생각된다.

신인으로서 시인은 어느 시인보다 귀가 밝아야 한다. 시인은 의미를 찾은 사람이 아니라 소리의 의미를 쫓는 사람이다. 말을 들을 줄 알고 들려 줄 줄을 알아야 한다. 이 점을 알고 있는 시인은 시를 어떤 의도에 따라 사용하지 않는다. 시를 시로서 있게 하는 비밀은 시인의 목소리에 있는 법이다.

「미성년의 강」은 신인 박태일(朴泰一)이 그 해에 신춘문예로 등장한 여타의 신인들보다 밝고 세밀하며 정확하게 말을 듣고 들려주는 귀를 간직하고 있음을 보여 주었다. 시인은 운율로 말을 듣고 운율로 말을 한다. 본래 운율이란 어떤 법전처럼 정해지거나 국어학의 음운론 지식으로 얻어질 수 없는 소리의 생리를 시인에 의하여 얻게 된다.

> 열목어 열목어는 온통 강물에 열을 풀고
> 무수히 잘게 말하고 모래의 등덜미로
> 우리의 사랑이란 운명이란
> 말할 수 없는 슬픔이란 그런 그런 심연을 이루어
> 인간의 아이들처럼 아름다운 깊이로 출렁이면서
> 강을 흐르는 사계의 강.

이러한 시의 소리는 현대시가 이 시대에 들려줄 수 있는 운율의 한 형질(形質)일 것이다. 신인 박태일은 이러한 운율을 들을 수 있는 귀를 가졌기에 「미성년의 강」에서 시의 독특한 소리를 얻게 되었다. 그리고 시의 행을 소리로 결정하려는 의도가 엿보이고 있으니 이 점 역시 이 시의 강점일 것이다. 지금 기성시단에서 가장 긴요하게 요구되고 있는 사항이 현대시의 소리이다. 이는 현대시의 시인들이 보다 밝고 날카로운 귀로 시대를 소리로 먼저 담아야 숨이 긴 시가 될 수 있다는 사실을 똑바로 인식해야 한다는 것을 요구하고 있다. 물론 시인에 따라 현대시는 운율에 상관없다고 주장할 수도 있다. 그러나 신인들은 이러한 말에 기웃거려서는 안 될 것이다. 시인은 생각하는 사람 이전에 듣는 사람이 되어야 한다. 시인이 듣는 것은 보는 것이요, 감각하는 것이요 생각하고 판단하는 것이다. 시인은 철인의 대명사도 아니며 사상가의 한 부류도 아니다. 시인은 듣는 사람이기 때문이다. 앞으로 신춘문예의 시는 이 시대에 호흡하는 말소리를 어떻게 시화시킬 수 있느냐에 고민하고 있어야 할 것이다. 우리의 현대시가 진정한 우리의 시로 있게 되려면 무엇보다도 귀가 밝은 시인이 필요하기 때문이며 이러한 시인을 신춘문예가 환영해야 할 입장에 있다. 신춘문예는 창작의 실험 정신이 왕성해야 할 작시의 현장처럼 지금 구실을 다해야 될 형편에 놓여져 있기 때문이다.

(1981)

의미의 발견과 가락

-「선동 저수지」-

김용직

　박태일의 「선동(仙洞) 저수지」(『문예중앙』 가을호)는 그의 연작시 「죽지
사(竹枝詞)」의 셋째 마리에 해당되는 작품이다. 한시의 관용어에 따르면
죽지사란 연가를 뜻한다. 이로 미루어 보면 「선동 저수지」는 좀 느긋한
가락에 실린 현대의 애정송 또는 남녀 간의 사랑노래를 뜻한 것인가 짐작
해볼 수 있다. 그러나 박태일은 이 작품에서 한문투 어귀의 느긋하고
점잖은 말씨 대신 상당히 수다스러운 우리말을 사용하고 있다. 또한 그가
노래한 것은 이성의 친구나 애인이 아니라 그의 피붙이들이거나 이웃들
이다.

　　선동은 푸른 동리
　　버들숲 푸른 물가로 물방개 빙빙 돌고
　　찔레꽃 골담초 사래 아래
　　고령박가 내 사촌들 발을 씻는 곳
　　발을 씻다 흘러가는 닭털을 건지고 우는
　　두돌내기 조카 저수지 안기슭에 지붕 올린

고모 작은아버지 볼우물 이쁜 작은엄마

선동 오르는 길 올랐다 물줄기로 떠돌면

이제는 고인 물 하얗게 물때 낀 사금파리

길을 이루어 물자새 새끼들 물가로 오르고

방기 당기 물수제비 잠기는 사이사이

강갈매기 발 접어 하늘 건너

어디로 가나 고여 지새는 일가

이냥 작아지는 무덤으로 차례 누워

베롱나무 베롱꽃 흩는 버릇을 어쩔까

아버지 마시던 물을 아들이 마시고

그 물에 고인 할아버지를 손자가 찰방이는 바닥

날개짓 요란하게 솟는 까마귀 한 마리

오후 내 선동 물가에 가서

꿈같이 한 세월이 다시 일가를 이루어

저들의 마을로 돌아가는 것을

점점이 햇살이 찍어내는 물살 뒤로 바라보며

내 아들과 이별한다.

　우리가 제재를 다루는 태도에는 두 유형이 생각될 수 있다. 그 하나는 그것을 예각적으로 파헤치고 그 바닥 깊숙이 눈길을 닿게 하는 경우다. 이런 경우를 우리는 지적인 시라고 부른다. 그리고 다른 하나는 제재에 새로운 의미가 부여될 수 있는 정도로만 포착한다. 그러면서 그들을 입심 좋은 말들로 주워섬긴다. 전자가 지적인 입장이라면 이것은 다분히 흥취가 중심을 이루는 방법이다. 물론 양자는 서로 장점과 함께 한계를 지닌다. 우선 전자는 대결이나 추구의식을 통해 그 나름대로 깊은 속뜻을 지닌 작품을 만들어낼 수가 있다. 그러나 그것이 빚어내는 내면 공간은 대개 명증스럽고 견고한 느낌을 준다. 그리하여 우리는 거기서 시의 다른 단면으로 생각되는 멋이나 흥취, 가락을 느낄 수가 없다. 그에 반해서 후자는 손쉽게 어떤 상태에 안주하려는 경향이 있다. 말하자면 그 의미 내용에는 감정과의 타협이 이루어지는 것이다. 그러나 이런 유형의 작품은 말을 이것저것 구사할 수 있는 편리를 얻을 수 있다. 그리고 그를 통해서 일종의 선율감을 자아내게 할 수 있는 것이다. 박태일의 「선동 저수지」는 후자와 같은 유형에 속하는 시다. 구체적으로 그 시는 아주 예각적인 솜씨로 대상을 다루지는 않았다. 그러나 그럼에도 그 사이사이에는 소재와 소재를 독특한 관계로 엮어낸 발견의 장이 있다. 그리고 그들을 주워섬긴 말들은 매우 멋스러운 것이다. 아마도 이 작품의 제작자는 선동 저수지와 같은 자연에 대해 남다른 애정을 가진 성 보인다. 그 결과 그는 남녀가 주고받는 애정의 노래가 아니라 물방개나 찔레꽃과 그것을 벗하여 사는 사람들에게 바치는 연가를 만든 것이다.

(1984)

이 달의 시

황동규

박태일의 『그리운 주막』(문학과지성사)은 시의 뿌리가 노래라는 사실을 확인시켜 주는 시집이다. 요즈음 와서 주장을 앞세우는 시가 범람하고 있기 때문에 그의 작품은 돋보인다.

예를 들어 연작시 「축산항」의 첫 번째 작품 첫 머리를 살펴 보자.

이쪽 바닥은 조용하고
저쪽 바닥은 따스하고
푸른 한켠으로 놓이는 축산항.

한 고장을 소상히 아는, 그리고 그 앎을 느낌으로 바꿀 수 있는 자의 작품임이 금방 드러난다. 바로 이 앎을 느낌으로 바꿀 수 있는 힘이 노래의 힘 가운데 하나인 것이다.

노래의 틀 속에서 박태일은 신선한 발견들을 한다.

"그리움처럼/애매하게/부딪치는/이물과 고물"(「축산항 2」), "잠은/너 없는 곳에서의/나의 길이다"(「공일」)와 같은 표현은 이 시집 도처에서 만날 수 있다. 그 신선한 발견들은 삶의 통찰력과 치환될 수도 있는 이미지들이다.

노래의 시가 반드시 정도라고 할 수는 없을 것이다. 노래의 파괴도 시의 확대인 것이다. 그러나 시의 뿌리가 노래라는 사실을 잊어서는 곤란한 것이고 또 파괴를 위해서도 파괴 대상인 노래는 존재해야 하는 것이다. 그 점에서 우리는 박태일, 혹은 그와 같은 길을 걷고 있는 젊은 시인들을 주목해야 하리라 생각된다. 박태일은 인간의 죽음을 "사람들은/혼자/아름다운/여울/흐르다가/흐르다가/힘이/다하면/바위귀에/하얗게/어깨를/털어버린다"(「구천동」)로 아름답게 변형시킬 수 있는 능력도 보여 주고 있다.

이명주의 「시 2편」(『현대문학』)도 노래다. 그중 첫 번째 시 「눈 위를 걸으며」만 읽어도 그 사실은 명확해진다. 언뜻 사변적으로 보이기도 하지만 밑에서 바치고 있는 것은 어떤 주장이 아니라 노래이다.

> 눈 위를 걸어본 사람은 알 것이다.
> 발 밑에서 무언가 부서지거나 쌓이는 소리가 나는 것을
> 무슨 고생을 많이 해서가 아니라
> 눈 위를 상처없이 걷고 싶을 때가 있다.
> 발자국마다 53킬로그램의 체중이 낙엽져 있지만
> 덜어내거나 나누어 가지려고 할수록
> 점점 더 무거워지는 무게도 있다는 것을 알고부터는
> (…중간 7행…)

삶의 일상사와 상처를 어루만지는 듯한 손길이 느껴지지 않는가? 그러면서도 어루만짐은 논리적인 발언이 아니라 삶을 들여다보는 눈길을 통해 이루어지고 있는 것이다. 시에 있어서 주장은 타인과의 싸움이고 노래는 자기 자신과의 싸움이라는 사실을 다시 음미하게 되는 시다.

『우리 세대의 문학』제4호에 「모기와 사람」외 4편이 실린 김용민은 주목받아야 할 신인이다. 그의 시에는 도처에 재치가 번득인다. 그러나 그 재치를 재치로 끝나게 하지 않는 것이 있다. 그것은 삶과 살아 있는 것들에 대한 그의 사랑이다.

모진 한풍이 덜덜 떠는 대추나무들과 겨우 유리창 하나 사이로 적당하게 물 좀 주고 난로도 피워주면 기막히게도 방안에선 무꽃이 핀다. 두 동강난 허리쯤 제 살점 파낸 곳에 물 가득 찬 것 아랑곳없이 거꾸로 매달려서도 무꽃은 핀다.

—「겨울 풍경」첫 부분

이런 사랑의 시선 또한 시의 뿌리라 불러야 할 것이다.

(1985)

세 젊은 시인의 첫 시집 『오늘의 책』으로 선정

박인숙

세 젊은 시인의 첫 시집이 최근 『오늘의 책』 선정협의회가 가린 제7차 오늘의 책으로 뽑혔다. 인문·사회·자연과학을 망라해 모두 27종 가운데서 문학류가 4권, 그중 3권을 젊은 시인들의 시집이 차지한 것이다. 이 가운데 부산에서 『열린시』 동인으로 활동 중인 박태일 씨(31세)의 처녀시집 『그리운 주막』은 시류에 쏠리지 않는 독자적인 시세계를 담아 눈길을 끌고 있다.

단번에 쉽게 읽어내리기가 좀 힘든 박 씨의 시는 말과 말을 기묘하게 엮어내는 가운데 절제된 서경을 빼어난 서정으로 잘 조화시켜 낸 점이 우선 이채롭다. 여기서 이뤄내는 신선하며 감각적인 표현, 뜻과 가락을 통합하는 솜씨로 '노래'라는 시의 뿌리에 긴밀히 닿아 있는 '근래에 보기 드문 시인'(황동규 시인·서울대 교수의 평에서)으로 평가받고 있다.

이 같은 평가는 시집 맨 첫 머리에 수록돼 있는 산문시 「구천동」에서 잘 읽힌다.

사람들은 혼자 아름다운 여울, 흐르다가 흐르다가 힘이 다하면 바위귀에 하얗게 어깨를 털어 버린다. 새도 날지 않고 너도 찾이 않는 여울 가에서 며칠째 잠이나 잤다. 두려울 땐 잠 근처까지 밀려갔다 밀려오곤 했다. 그림자를 턱까지 끌어당기며 오리목마저 숲으로 돌아누운 저녁, 바람의 눈썹에 매달리어 숨었다. 울었다. 구천동 모르게 숨어 울었다.

―「구천동」 전문

『그리운 주막』에 실린 58여 편의 시 가운데는 축산항 오십천 문림리 백석리 제내리 강포 등 고장을 가리키는 고유명사가 많이 등장한다. 이들 고장의 모습을 형상으로 그리면서 박 씨는 그 자신의 내면 울림을 서정으로 담아낸다. 그 서정 속엔 죽음 또는 강. 바다의 소리, 물그림자들의 이미지가 자주 등장하기도 한다.

나를 보다 큰 복수(複數)의 나로, 즉 공동체의 감동으로 편입한다는 생각으로 시를 씁니다. 공동체의 의미 속엔 대사회적인 접근이 크나, 나로서는 그 공동체의 주장을 진술하기보다는 공동체 자체를 떠올려 보여 주는 작업에 더 배려하고 있지요. 죽음의 이미지가 많이 등장하는 이유는 70년대의 사회·정치·문화적 상황에서 인식에 눈뜬 세대로서 젊음의 황폐감을 많이 느꼈기 때문으로 생각되는군요. 도처에 죽음이 깔린 상태에서 젊음은 어느 정도 그 패기와 열기를 상실당하게 마련 아닙니까.

박 씨는 시가 '비전, 전망과 희망을 제시하는 매체여야 한다'는 생각을 갖고 있다. 이 속에는 정치적 전망이 민감하고 크게 자리하나, 그 면이 너무 과도할 때 상대적을 위축돼 보이는 '삶의 정신 확대 작업'이 시인으로서 박 씨에게는 더욱 더 절실하게 다가온다고.

삶의 정서를 폭넓게 수용코자 하는 박 씨의 내면 속에서 우러나오는 노래는 「그리운 주막 2」에서 다음과 같이 읊어진다.

거랑가에 앉아서 노래 불렀다.
쉰 소리 마른 소리 다 모여서
가버린 사람을 노래 불렀다.
울울이 차 넘기는 바람 보릿대
까맣게 씨 털며 파꽃이 매워
이 산등 온통 한 무덤으로
가차이 가차이 닿이는 하늘.
빚진 사내 곱은 사내 섭섭한 사내
어허 달구 무릉 달구
어둠이 그물처럼 죄어들었다.

(1985)

향토적 서정과 생명에 대한 의욕

차한수

박태일의 시 「가을 악견산」 「남도라 진주」(『현대문학』 1월호) 등 2편은 향토적 서정 위에 대지적 생명의 뜨거운 의욕을 제시한 시편이라 이해된다.

악견산이 슬금슬금 내려온다
웃옷을 어깨 얹고 단추 고름 반쯤 풀고
사람 드문 벼랑길로 걸어 내린다
악견산 붉은 이마 설핏 가린 해
악견산 등줄기로 돋는 땀냄새
밤나무 밤 많은 가지를 툭 치면서 툭
어이 여기 밤나무 밤송이도 있군 중얼거린다
악견산은 어디 죄 저지른 아이처럼 소리없이
논둑 따라 나락더미 사이로
흘러 안들 가는 냇물 힐금힐금 돌아보며
악견산 노란 몸집이 기우뚱 한 번
두 번 돌밭을 건너뛴다 음구월

시월도 나흘 더 넘겨서

악견산이 슬금슬금 마을로 들어서면

네모 굽다리밥상에는 속좋은 무우가 채로 오르고

건조실에 채곡 채인 담배잎

외양간 습한 볏짚 물고 들쥐들 발발 기는

남밭 나무새 고랑으로 갈잎도 덮이고

덜미 잡힌 송아지같이 나는 눈만 껌벅거리며

자주 삽짝 나서 들 너머 자갈밭 지나

검게 마른 토끼똥 망개 붉은 열매를 찾아내고

약이 될까 밥이 될까 생각하면서

악견산 빈 산 그림자를 밟아가다 후두둑

산이 날개 터는 소리에

놀라 논을 질러뛴다.

—「가을 악견산」

27행 모두를 옮겨 보았다. 가을 단풍으로 단장한 산의 웅자를 배경으로 평화로운 마을의 정경을 리얼하게 그리고 있다.

"악견산 붉은 이마가 설핏 가린 해"를 따라 산그늘이 내리는 가을 산의 체취가 싱그럽다. "어이 여기 밤나무 밤송이도 있군" 하고 중얼거리는 의인화법의 구사는 그러한 정취를 더욱 선명히 표상할 뿐만 아니라 역동적인 생동성을 유발하게 하였다.

그리고 악견산이 "밤송이"를 보고 "논둑을 따라 나락더미 사이로" 흘러가는 "냇물"도 보면서 가을이 저물 무렵 마을로 들어선다. 거기에 등장한 "네모굽다리 밥상" 위에 오른 "속 좋은 무우채"나 "엄나무 산대추" "채곡채곡 채인 담배잎" "남밭 나무새 고랑" "삽짝" "자갈밭" "검게 마른 토끼똥" "망개 붉은 열매" 등과 같은 시어가 암유하고 있는 향토적 정서는 자꾸만 경직되어 가는 현대인의 가슴에 프리미티브한 미각을 새롭게 환기시켜 주고 있다고 파악된다.

또한 전체적인 시의 구조도 유장한 톤을 유지하면서 내용과 형식이
조화를 이루어 메시지를 전달하고 있다.

> 물살 멀리 물살 접는 햇살 손그늘 가려 남도라
> 진주 너른 강바닥 이마 가웃 가슴 가웃 댓닢 받아서
> 어허 이승 한 누리 지녀 고운 뜻도 물길 이루나
> 한 눈에 산을 보고 한 눈에 물을 보니 갈날 먼 생각
> 젖어 도는 싸락눈소리 쑥대머리 파란 물살에
> 지리산 골골 물끝 좇아 흐르다
> 남도라 진주 강바닥 서서 눈물 없으랴.
>
> ―「남도라 진주―곽동훈 님」

「남도라 진주」 역시 의미의 표출보다 시의 흐름을 주로 한 시편이다.
"물살 멀리 물살 접은 햇살"과 같은 가락은 "햇살 손그늘 가려 남도라
진주"로 이어지면서 자연 심상을 통한 아름다움의 빛깔은 현상의 무잡한
세태를 날카롭게 조명하고 있다.

(1987)

시에 있어서의 '다양성'과 열림

-『열린시』-

이윤택

이 땅에서 문학의 집단운동이 뿌리내리기 시작한 시기는 1920년대까지 거슬러 올라간다. 주로 동인 운동을 중심으로 한 문학의 집단 운동은 크게 두 가지 측면에서 분석될 수 있다. 그 첫째가 시의 의미성과 관련된 문학 사회학적 접근, 그리고 방법론과 관련된 『삼사문학』 등의 초현실주의 문학운동이다. 80년대에 들어서서 문학사회학적 집단 운동은 더욱 첨예화되고 있고, 초현실주의 에꼴은 그 방법론 자체가 보편적 기능으로 편입됨에 따라 독립된 의미는 보여 주지 못하고 있는 실정이다.

참여문학, 민중문학 등으로 지칭되는 문학의 대사회적 집단 운동은 항상 상극적인 대립개념에 의해 서로 상보적 관계를 유지하면서 성숙되어 왔다. 60년대 이후 소위 순수 참여로 불리워진 이분법적 대립이 한국시의 범위를 확대시키는 역할은 수행한 공헌은 부인할 수 없는 사실이다. 오늘날 유행병처럼 번지고 있는 시와 삶의 동질성 문제는 사실 김춘수와 같은 무의미론자가 존재함으로써 그 의미가 분명해지기도 한 것이다.

그러나 이미 순수·참여의 이분법은 그 의미를 잃고 있다. 순수·참여는 시를 바라보는 자의 관점이 낳은 편의적 용어이지 시 그 자체의 본질과 특성은 아닌 것이다. '순수+참여=바람직한 시'의 이론이 시작 과정에 있어서 실제적으로 성립되기 어려운 이유도 이 때문이다. 근래에 이르러 이 이분법적 대립은 상황, 유래없이 대두된 대중 인식, 시의 딜레땅뜨화―이 문제는 시인의 위치가 예전처럼 소박한 독립성, 선택된 희소성에 의한 자존적 우월의식, 장인적 전문의식의 감퇴를 의미한다. 아울러 오늘날 횡행하고 있는 여기성(餘技性) 문학 분위기, 비판적 지식계층의 강단주의를 포함한다―에 힘입어 소위 참여 계열에 서 있는 시인들이 일방적으로 분위기를 압도해 나가는 느낌을 준다. 문학의 집단 운동이 비로소 성숙기를 맞은 듯 한데 이러한 집단 에꼴은 모종의 거부반응 또한 유발시키고 있는 것이다. 집단적 에꼴 운동에 대한 거부반응은 주로 폐쇄적 물개성적 방법론에서 기인한다. 여기서 우리는 집단적 에꼴 운동에 대한 대립적 위상으로 '다양성'이란 의미가 대두되고 있음을 느낄 수 있다.

'다양성'이란 의미는 사실상 문학적 기류를 형상하는 독특한 이념으로 성립되기는 어려운 용어이다. '다양성'이란 말 자체가 보편적 의미망을 갖추고 있기 때문이다. 아울러 다양성이란 의미는 같은 이념을 추구하는 시인들 자체에서도 방법론적인 측면에서 성립될 수 있는 것이다. 그러나 이 다양성 의미의 대두는 '오늘의 시단이 간과하고 있다'는 문학적 기류에 대한 비판적 단서로서의 의미를 지닌다. 사실 한국 현대문학사의 논쟁을 근원적인 새로운 개념대립이었다고 보기는 어렵다. 상대적 부정에 의한 자기 강화의 논쟁이 되풀이된 한계를 지니고 있는 것이다. 순수·참여 논쟁만 하더라도 보편적 개념의 단면을 무기 삼아 서로의 극단성을 주장한 결과 이상의 깊이는 보여 주지 못했던 것이다.

다양성의 의미는 먼저 '시는 개인적 사유에서 출발한다'는 전제조건을 가지고 있다. 아울러 시는 철저하게 시인의 종합적인 상상력에 맡겨져야 하기 때문에 '예고된 의미'가 그대로 나타날 수 없다는 시작 과정상의 자유가 뒤따른다.

작자 자신의 지적 사고로 주제의식(subject matter)이 결정되지도 않으며,

독자들의 반응 또한 평준화를 기대할 수 없다는 의식이 다양성을 내세우는 시인들의 기본 태도이다. 여기서 그들은 시의 의미편향 집단주의에 대해 '객관적 거리'를 설정하는 것이다.

여기서 그들은 타인과 구별되는 독특한 자기방식으로서의 시—편재특성(pervasive)이 분명한 새롭게 사물을 인지하는 방식으로서의 시의 개념을 구축하는 것이다. 여기서 우리는 '상상력의 자유로움이 보여 주는 역동적 힘'이라든지, '삶에 대한 새로운 시적 탄성의 획득'으로서의 의미를 제시할 수 있는 것이다. 순수와 참여의 대립적 위상이 시의 대상인식에서 출발한 관점이었다면, 집단에꼴—다양성의 위상은 시의 주체인식에서 비롯되는 관점일 것이다.

그러나, 이상과 같은 다양성의 문학 관점 역시 본질적이고 새로운 비평적 대안은 될 수 없다. 상식성에서 벗어나지 못하는 비판적 단서일 뿐이다. 한국문학의 비평적 쟁점이 상식성에서 벗어나지 못하고 있는 딜레마를 또 한번 보여 주는 현상이다. 집단 운동을 제시하는 시인들이 시의 의미 목적성 이전에 분명한 각자의 편재특성을 갖추어야 하듯이, 다양성의 의미를 추구하는 시인들은 피상적, 상대적 부정에 의한 자기강화의 졸속한 이론적 근거에서 벗어나야 할 것이다. 다양성이란 범위 자체에 대한 깊이 있는 천착이 필요하다. 의식의 확대, 사회적 열림, 다양한 방법론이 모여서 구축하는 '집중된 시선'—『열린시』 동인은 이러한 난제를 안고 있다.

『열린시』 동인은 1980년 3월 부산의 20대 시인들에 의해 탄생되었다. 강영환·박태일·엄국현·이윤택 등 이미 고교·대학 시절부터 알고 지내던 문사들의 모임이었다는 점에서 강력한 인간적 결속이 밑받침이 되었다. 2집부터 강유정이 참가하면서, 부산의 20대 시인 그룹이 자연스럽게 형성되었다. 그러나, 2집 이후부터 동인의 고유성을 지킨다는 명목 아래 일체의 신규 동인은 받아들이지 않는다는 불문율이 세워졌다. 이런 의미에서 『열린시』 동인은 모종의 폐쇄적 특성을 안고 있다. 자기 개성이 분명한 젊은 시인들이 지역적·인간적 결속을 기본 토대로 모였을 때,

단순하고 명료한 에꼴을 내세운다는 것은 애당초 틀린 일이다. 여기서부터 분명한 자기 개성을 고수하되, '집중된 시선'을 보여 줄 수 있는 공유의 성격을 찾기 위한 노력이 시도되었는데, '열림' '다양성'의 의미가 제시된 것과 때를 같이 한다.

그러나 『열린시』 동인의 공유개념 획득 시도는 엄국현의 부분적인 노력 외에는 별다른 성과를 얻지 못하고 있는 듯이 보인다. 박태일은 동인 각자의 부조화 자체를 다양성으로 수용하려 하고, 강유정은 동인 작품을 모으면 그 자체가 오늘 이 땅의 시 전반을 수용할 수 있다는 낙관론을 펴고 있다. 『열린시』란 동인명을 제시했던 이윤택은 '열림'의 의미, 그리고 동인 에꼴 형성을 시도하지만, 강유정·박태일 등에 의해 '집단적 도식성에 떨어질 우려가 크다'는 이유로 그 시도가 번번이 봉쇄당하고 있다. '드러남'과 '숨음'의 시적 태도가 팽팽히 맞물려 있는 『열린시』의 현상태를 정과리는 "방법의 모색이 애매모호함으로 감싸여져 있다. 그래서 시인의 위치는 불안하다."(『우리가 있어야 할 자리를 찾아』 중 「소집단 운동의 양상과 의미」에서)는 진단을 내린다. 정과리의 꼬집음에 대해서도 동인 내에서 수긍하는 쪽과 "모르는 소리다" 일축하는 의견으로 나눠진다.

『열린시』는 당분간 묘한 부조화를 그대로 안은 채, 자기중심적 시 작업은 계속될 것이다. "열린시가 아니라 바로 닫힌시 아닌가" 하는 힐난 역시 계속될 것이다.

그러나, 이러한 부정적 견해 속에서도 『열린시』 동인들의 태도는 의외로 느긋하다는 사실을 눈치채야 한다. 그들은 동인 운동이 집단적 이념으로 구축되면서 개성이 묽어져 몰매 맞는 한국의 동인 문학사를 탐지하고 있기 때문이다. 유행에 휩쓸리지 않고, 말초적 평가에 연연하지 않겠다는 태도가 비교적 뚜렷하게 드러나지만, '몰매 맞는 장(將)'이 안 되려다 '살아남는 졸(卒)'이 될 위험성을 간과할 수 없다. 집단주의의 허실을 꿰뚫어 보는 시선으로 새로운 다양성의 개념 구축이 시도되어야 할 것이다. 상대적 부정의식만 승하고 자기의식이 약한 한국 동인 문학사의 딜레마를 극복하기 위해서도 새로운 에꼴 형성은 필연적이다.

감정의 제어에서 아름다움까지—박태일

1

해와 달이 바뀌고
바뀌는 옆으로
많은 일 그 중 아름다운
숲의 여행을 바라보는 일생.

2

길 하나 저 이끌어
많이도 흘렀다 하겠네
눈물 조금 사랑 조금
세월 조금씩
내 아내 사립 닫고 저녁 물릴 때
저문 밖으로 헛되이 떠돌아
가슴 안 차오르던 겨울 가래톳.

12

눈 내리어 저무는 이 풍진 산에 들에
시린 손끝 하늘로 물벅구 넘는
한번은 일어설 칠백 리

낙강(洛江).

—「월동집(越冬集)」(『열린시』 6집)에서

　박태일은 전형적으로 유년 시절부터의 성장 기억에 의존하는 시인이
다. 그의 소년 청년시절의 산하와 사건들이 작품의 중요한 모티브로 작용
하면서 독특한 자기인식을 세운다. 그의 기억 반추는 상당히 섬세한 신경
으로 와 닿는다. 이는 감상의 찌꺼기를 제어하기 위해서 펼쳐는 예민한
수사학에서 연유된다.

　　밤마다 수은주는 빨간 입술을 빨며
　　무슨 추운 나라의 동화를 생각하고 있는데
　　나의 마음은 여리고 여려서 큰 일은 못할 거라고
　　상심하고 있는 소년의 털장갑이 창턱에 놓인다.

—「겨울 보행」(『열린시』 1집)에서

　섬세한 감수성으로 전개되던 시행이 마지막 행에서 보여 주는 절묘한
이미지 배치에 의해 감정의 제어가 이루어지는 현상을 보여 준다. 그러나
박태일은 이러한 제어기제로서는 자신의 방법론으로 뿌리 박기 힘들다
는 사실을 빠르게 눈치챈다. 그는 곧 한국적 정조, 토속적 언어에 천착하
면서 대상 인식과 언어의 폭을 넓힌다.

　　영감 재운 뒤 아들 보내고
　　난리통 쌕쌕이 소리 잠만 회쳤지
　　당산 마루 회나무에 숨은 풀꾹이
　　니 잠 내가 말렸나, 봉창문 걸고
　　가슴팍 헤쳐 놓고 깎는 회리밤.

—「의령댁」(『열린시』 4집)에서

이 짧은 5행 속에 박태일의 방법론은 모두 들어 있다. 우리 정시에 익은 3·3, 4·4조의 율격 실험, 한국적 정조를 의식한 대상 인식—의령댁과 고유의 농촌 분위기(이 또한 박태일의 유년 기억과 관련되어 있다). '풀꾹이' '회리밤' 등 고유의 토속어 발굴. 2행, 4행에서 보여 주는 유니크한 서민 가락, 여기서는 박태일의 감정 제어가 한국적 언어미에 의하여 성공하고 있는 듯이 보인다. 시의 주체 의식도 비교적 선명하게 부각되고 있기 때문이다.

그러나 「월동집」에 와서 박태일의 시세계는 모종의 파경을 초래하게 된다. 주제재의 지나친 '숨음'으로 인한 감동의 무화, 여기서 빚어나오기 시작하는 감상성, 감상을 제어하기 위해 도식성의 위험 수위까지 치닫는 수사학—박태일이 오랫동안 지켜 왔던 자기인식의 내부반란이 진행되고 있는 느낌이다.

행의 기하학적 배치는 오래 전에 미국 등에서 보편화된 방법이다. 한국 적 토양에서도 시도해 보겠다는 의도는 긍정적으로 받아들여진다. "눈물 조금/사랑 조금/세월 조금씩"은 언어의 뉘앙스로 감상성을 제어하려고 의도하였지만 실패한 것 같다. 그러나 이 작품의 가장 큰 문제점은 '시인 의 의식이(우린 이것을 주제의식이라고 부를 수도 있다) 묘사에 압도당해 있 다'는 현상이다. 정밀한 풍경, 나·아내·아들의 이미지는 배치되어 있는데 시적 테마가 무엇인지 가늠하기 어렵다. 어쩌면 지나치게 가족의식의 사적 감정에 경도되어 있어서 작자 스스로 객관화시키는 데 실패하고 있는지 모른다.

그러나 박태일의 이러한 형식 실험은 새로운 자의식을 구축하기 위한 과정으로서의 의미를 지님으로써 상당한 가능성을 동반하고 있는 것 또 한 사실이다.

(1988)

이야기를 변형시킨 노래시

– 박태일의 『가을 악견산』 –

황동규

보석 하나가 묻혀 살고 있다. 시인 박태일이다. 이번에 두 번째 시집 『가을 악견산』(문학과지성사)을 상재한 그의 시는 간결하고 간절하고 아름답다. 구호시와 이야기시가 판을 휩쓰는 이즈음, 그의 노래시가 눈에 잘 띄지 않는 것은 어쩌면 당연한 일일지도 모른다. 아니 어쩌면 바로 그렇기 때문에 그의 시가 보석이 되었는지도 모른다. 우선 제일 앞에 실려 있는 6행뿐인 「경주길」을 읽어 보자.

경주길 삼십 리
더는 볼 데 없을 때
일오내서 절골로 누런 동부꽃
호리리 휘파람도 귀에 설어서
목언저리 환한
안산 두어셋.

언뜻 보면 박용래의 시에서 만날 수 있는 한 폭의 풍경처럼 보인다.

대담한 생략과 끄트머리의 강한 이미지, 그리고 한없는 노래로의 접근 같은 것이 특히 그렇다. 그러나 박용래의 시는 박태일보다는 훨씬 정적이고, 뒤에 숨어 있는 이야기가 적다.

박용래의 화자와는 달리 이 시의 화자는 우선 움직인다. 이제 더 볼 곳도 없다고 했으니 경주를 온통 누비고 다닌 몸이다. 피곤감과 허탈감이 그를 일오내와 절골(지명으로 보아 경주 북쪽 안강 근처인 것 같다)로 이끈다. 딴 곳의 절골이 흔히 그렇듯이 절이 있다가 없어진 외진 골짜기일 것이다.

때는 누런 동부꽃이 핀 것으로 보아 몸과 마음을 지치게 하는 여름이다. 화자는 하도 한적해서 휘파람을 분다. 인적이 드문 곳이다. 휘파람소리도 귀에 설게 들린다. 그 서먹서먹함이 목 언저리에 햇빛을 받아 환한 저녁산 몇 채를 돋보이게 만들고 화자의 마음도 환해지는 것이다.

다른 시간이라면 '고달픔' '외로움' '고적함' 같은 생각 꾸러미들을 어디엔가 끼어넣었을 것이다. 그러나 박태일은 노래를 향한 충동으로 그런 것들을 억누른다.

두 번째로 실린 「가을 악견산」도 좀 길지만 처음부터 끝까지 노래이다. "악견산이 슬금슬금 내려온다/웃옷을 어깨 얹고/단추 고름 풀고/사람 드문 벼랑길로 걸어내린다."로 시작되는 이 시는 전형적인 한국 산촌 마을의 가을을 노래하고 있다. 대체로 화자 '나'의 등장이 필요 없는 정경이다. 그러나 끝에 가서 화자가 "덜미잡힌 송아지같이 나는 눈만 껌벅거리며" 등장해서 이 시가 그냥 풍경이 아니라 화자가 하려는 이야기의 노래로의 변형임을 보여 주는 것이다.

이야기의 노래화는 「치산거리 노래」「장터거리 노래」「가문거리 노래」「벼슬거리 노래」 그리고 「문학거리 노래」 등에 더욱 뚜렷해진다. 뿐이랴. 「말씀거리 노래」도 있고 「운동거리 노래」도 있다. 그의 '이야기-노래'에는 산촌의 풍경만이 아니라 최루가스도 등장하고 공해 때문에 꼬리 문드러진 준치도 나온다.

그러나 이야기를 노래로 변형시킨 예를 하나만 더 들자면 「거창노래」

가 될 것이다. 시 제목 그대로 이 시는 '거창사건'을 이야기로 가지고 있다. 짧은 시 다섯 편으로 되어 있는 이 작품의 마지막 부분 5를 읽어 보자.

돌에 돌이 부딪쳐 불을 이루고
그 불에 다쳐 파란
돈냉이 비름 비비추 언덕
거창도 가조 들 보리밭 매운 흙 속
싸륵싸륵 총검이 녹스는 소리
한 시대가 무장 푸는 소리.

시대의 아픔 하나를 아픔으로 가진 채 이렇게 아름다운 노래로 만든 예는 정말 흔치 않을 것이다.

이야기시가 범람하고 있다. 시대적인 필연성이 있을 것이다. 그러나 그것을 완강하게 노래로 변형시키려는 시도는 시의 생명줄 가운데 하나이고, 그 시도가 열매를 거둘 때 보석이 되는 것이다.

(1989)

50년 만에 되살린 백석의 호흡

- 박태일 시집 『가을 악견산』 -

이동순

한 시대를 살아가면서 이루어진 시인들의 창작 성과는 그것의 품질 여부를 막론하고 결코 당대의 의미로만 고정되지는 않는다. 무릇 인간의 문화와 역사가 그러하듯 전대의 모든 영고성쇠를 후대는 그대로 떠안아서 키울 것은 키우고, 간추릴 것은 간추려 가는 것이다. 한용운과 이상화, 김기림과 정지용, 이상과 임화, 김수영과 신동엽 등의 많은 시인들은 그들의 육신이 진작 세상을 떠나 백골조차 한 줌 흙가루가 되어 버렸지만, 그들의 시정신은 후대의 시인들에 의해 대대로 계승되어져 가고 있지 아니한가.

민족사의 암흑기에 수년간 친일시를 발표했던 시인들은 자신의 개인사에서 할 수만 있다면 그 부분을 영구히 소멸시켜 버리고 싶은 심정일 것이다. 하지만 그처럼 일그러질 대로 일그러진 정신 파탄의 작품들은 묵은 역사의 책갈피 속에서 모조리 엄존해 오면서 오늘날에도 줄곧 우리들 정신의 흐트러짐을 매서운 경각심으로 일깨워 주는 매우 유익한 교육적 자료로 살아 있음을 본다.

이렇듯 지난 날의 시작품은 선과 악을 뛰어넘어, 반드시 그 정신의 인자와 질료를 후대에 고스란히 넘겨주는 것이다. 그런데 마땅히, 자연스럽게 이루어져야 할 이 계승을 거의 40여 년 동안 정치 이데올로기가 담당해 오며, 사사건건 간섭하고 그것을 금지해 왔다. 독점적 정치 지배가 교육과 문화의 모든 것까지 장악하여 이데올로기에 의한 선별적 계승을 강요한 것이다. 그 결과 한국 현대문학사는 분단의 혼미한 상황 속에서 북쪽을 선택한 문인들의 작품에 관한 자료를 전혀 수용하지 못하는 불구와 기형의 문학사로 전락하고 말았다.

근년에 와서 역시 정치 권력의 결정에 의해 월북문인 해금이 어느 정도 이루어지긴 했지만 여전히 선별적 계승의 혐의를 말끔히 씻어내지 못하고 있다. 그러나 그것이 비록 불충분한 해금이긴 하지만, 해금 조치 이후로 우리 문단에는 그동안 금지되어 온 영역에 대한 정신적 계승 작업이 개별적, 혹은 집체적으로 이루어지고 있는데, 이는 퍽 다행한 일이다. 실제로 몇몇 시인들에 의해서 임화와 이용악, 오장환과 김창술 등을 비롯한 여러 시인들의 시작품들이 주의 깊게 재검토되고, 또 그들의 시정신이 발전적으로 계승되고 있음을 본다.

이번에 출간된 박태일의 시집 『가을 악견산』을 읽으며, 우리는 그가 1930년대 시인 백석의 시적 호흡과 창작 원리를 80년대 후반의 한국 시단에다 성공적으로 계승시켜 가려는 남다른 의지를 품고 있음을 발견한다. 이러한 집중적 관심과 의지는 전적으로 전대의 문화적 성과를(더구나 정치 이데올로기의 편향에 의해 오랫동안 금기시되어 온 성과들을) 자연스럽게 본래의 질서로 회복 계승시켜 놓으려는 시인의 각별한 복원 의지와 무관하지 않다. 시인 박태일이 일찍이 백석 시인의 시적 성과를 문학 연구의 중요 테마로 설정했던 사실을 한 예로 들더라도, 그의 이번 시집의 정신적 기반이 되는 복원 의지는 이미 그러한 작업을 실천해 온 축적 경험이 있었기에 가능한 일일 것이다.

박태일뿐만 아니라, 시인 김명인 송수권 이시영 최두석 안도현 등이 백석시의 창작 원리를 토대로 하는 상당한 형태적 실험을 계속해 오고 있다. 이런 관점에서 박태일의 이번 시집에 시린 도합 67편의 시작품들 중 특히 주목을 끄는 것들은 「거창노래」, 「구만리」, 「봄빛」, 「주먹밥」, 「명지 물끝(1~8)」, 「이사」, 「쇠뜨기」, 「점골」 등의 계열이다. 시인 특유의 맑고 투명한 시각으로 주로 농촌 부근의 고적한 삶과 시간들을 그려내는 심정적 데생 작업이 주조를 이룬다. 이러한 그의 시를 굳이 농촌시, 혹은 전원시의 어느 한 쪽 범주에 편입시키려 애쓸 필요는 없을 것이다. 어차피 시인의 작품 소재는 특정 공간에 구애받지 않고 모든 쪽으로 자유롭게 열려진 것이니까.

하지만 우리는 시인이 기왕에 농촌 쪽으로 포커스를 맞추고 있는 이상, 그가 한국 사회 구조에서 특히 농촌의 최근 백년사를 보다 면밀히 고구하는 경험을 갖게 되기를 소망한다. 이 성찰의 경험은 일견 섬약한 듯 느껴지는 그의 시에다 역동성을 첨가시키는 계기가 될 뿐 아니라, 시적 화자를 다양하게 변용시켜 표현 구조상의 단조로움을 극복할 수 있는 자신감을 가져다주기 때문이다.

(1989)

실험의 유형과 성과

김종길

　박태일의 「명지 물끝」 5·6·7·8을 읽고 오랜만에 시다운 시를 만난 기쁨을 맛보았다. 그것은 이를테면 양담배곽 속의 은박지에 부젓가락으로 지져서 그린 이중섭의 소품을 만났을 때의 기쁨 같은 기쁨이다. 시와 그림 사이의 차이에도 불구하고 그것들은 비슷한 감동을 자아내는 것이다. 그것은 그것들이 다 같이 순수하고 치열한 예술정신의 결정체들이기 때문이다.

　「명지 물끝」 5·6·7·8은 연작으로 된 소품들로서 각각 두 개 내지 세 개의 문장들이 구둣점 없이 연속되다가 끝에 가서 종결 구둣점으로 끝난다. 그러나 형태상으로는 한 개의 문장이 내용상으로는 두 개, 세 개 또는 네 개의 문장들의 몽타지로 볼 수 있는 경우가 있다. 이 연작 중의 「명지 물끝·5」를 예로 들어보자.

　　꼬리 문드러진 준치가 희게 솟다 가라앉았다 장어발이 통발 멀리 드문드문
　　갈잎이 되받아 주는 청동오리 울음소리 마지막 찌 끝에 몸을 얹고 물가 곤한
　　물거품처럼 홀로 밀리면 겨울은 늘 낯선 마을 첫 골목이었다.

이것은 형태상으로는 "꼬리…… 가라앉았다"가 한 개의 문장이요 나머지가 또 하나의 문장이니 도합 두 개의 문장으로 구성되어 있는 셈이다. 그러나 두 번째 문장은 형태상으로만 한 개의 문장일 뿐 "장어발이……홀로 밀리면"이라는 그것의 종속절은 적어도 세 개 정도의 문장으로 풀어 써야만 그 내용이 분명해질 만큼 복잡하고 애매한 이미지들의 몽타지가 되어 있다. 이것을 애매하다고 하는 것은 특히 "몸을 얹고…… 홀로 밀리면"이라는 이 절의 끝부분을 두고 하는 말로 이 경우의 '몸'이 무엇의 몸인지 분명치 않은 것이다. 그것이 '장어발'의 몸이라면 구문상으로는 말이 되지만 "장어발의 몸"이라는 것이 있을 수 없기 때문에 의미상으로는 말이 되지 않는다. 그러므로 이 몸은 '청동오리'의 몸으로 보는 것이 자연스러운 것이다. 그러나 그것은 환각상태의 작중 화자의 몸일 수도 있을 것이다.

이처럼 애매한 구문도 이 작품에서는 큰 흠이 되지 않는다. 그것은 이 작품이(그리고 이 연작 전체가) 이른바 '의식의 흐름'이라는 방법의 주된 기교인 '내적 독백'의 양식을 취하고 있기 때문이다. J·T·쉬플리의 『세계문학용어사전』에 의하면 '의식의 흐름'은 "(1) 우리의 의식적 과정의 앞뒤가 맞지 않는 요소를 활용하며, (2) 공간과 시간의 경계를 무시하거나 우리의 일상의 깨어 있는 상태의 움직임 대신 새로운 형식을 설정하며, (3) 동기와 충동의 내면적 분석을 추구하며, (4) 특히 감각적 인상을 강조한다." 쉬플리의 이 설명은 박태일의 「명지 물끝」 연작의 방법적 특성을 더할 나위 없이 잘 말해 주는 것으로 볼 수 있다.

그러므로 이 연작과 같은 성질의 작품들에 있어서의 통사론적 내지 의미론적 혼란 내지 애매성은 오히려 당연한 현상으로 보아야 할 것이다. 그러나 같은 '의식의 흐름'의 방법을 채택하는 경우에도 그 성과에 차등이 생기는 것 또한 당연한 일이다. 이 연작 중 8은 '고 김헌준'이라는 부제가 붙어 있는 것으로 보아 이 시인이 작고한 친구를 생각하는 작품임을 알 수 있다.

물 곳곳 마을 곳곳 눈 내린다 포실포실 보스랑눈 아침에 앞서고 뒤서며 빈터마다 가라앉는 모래무덤 하나 둘 어허 넘자 어허 넘자 어허 넘어 물에서 물로 하늘 밖으로 내 목젖 마른 자리 발톱을 세워 훌훌이 날아가는 붉은 물떼새.

이 소품의 끝부분 "……내 목젖 마른 자리 발톱을 세워 훌훌이 날아가는 붉은 물떼새"의 섬세한 아픔은 또한 이중섭이 닭이나 새를 그릴 때 붉은 물감으로 그은 그것들의 눈에서 느끼는 아픔과도 비슷하다. 사물의 겉모습만을 그리는 엉성한 시가 범람하는 현재의 우리 시단에서 비록 소품들이지만 밀도 높은 시적 진실을 건져낸 박태일의 「명지 물끝」 5·6·7·8은 유형이나 성과에 있어 현재의 괄목할 만한 실험적 업적이라 할 만하다.

(1990)

우리 말결의 아름다움 재현

홍신선

만일 우리시에 '영랑(永郎)학교'가 있다면 그 주요 교재는 한과 리듬이 될 것이다. 그 동안 한은 우리시에서 극복의 대상으로 인식되었고 또 실제로 극복된 것으로 여겼다. 그러나 한의 정서는 그 세계관적 기반과 함께 다시 한번 진지하게 검증되어도 좋을 것이다.

한은 이미 알려진 대로 절대나 초월의 공간에 도달할 수 없는 인간의 한계 때문에 빚어지는 정서다. 그 정서에는 도달할 길 없는, 그러나 한편 으론 쉽게 버릴 수도 없는 이중 틀의 마음이 내장되어 있다. 따라서 거기 에는 이중 틀 사이를 오가는 반복의 형식이 잠기어 있고 그 탓에 리듬이 생겨나고 노래가 끊임없이 분출한다.

실제로 한이나 한스러움은 노래로 풀어진다. 지난날 기층 민초들은 좌절과 분노 등을 이른바 과학적 세계인식이나 역사적 전망이 없는 자리 에서 흔히 노래로 풀어왔다. 이성을 근간으로 한 근대와 동 떨어진 터나 판에서 한은 노랫가락, 율동 혹은 예(藝)나 풍류로 자기표현 방법을 삼은 것이다. '영랑학교'는 바로 이와 같은 한의 정서와 노래(리듬)를 교재로 삼아 고도의 상징미학을 가르쳐 왔다. 그 미학에서는 음상징류의 음악성과 분위기가 두드러진다. 허나 보다 두드러진 것은 우리말의 결과 정감을 갈고 닦는다는 점. 이 달의 시를 읽으며 필자는 문득 '영랑학교'의 이 미덕들을 떠올렸다. 신작특집으로 묶인 박태일, 서정주 씨의 시들에 서였다.

우선 박태일 씨의 「여항에서」나 「할미꽃」(『현대문학』, 1994년 3월호)은 앞에서 말한 '영랑학교'의 여러 미덕들을 잘 터득한 자리의 작품으로 읽힌다. 이를테면 "산 겹겹 물 망망 세월 건너온 기러기는…… 백 마리 천 마리 출렁출렁 하늘 밑둥을 옮기는 기러기 쇠기러기"와 같은 엮음이나 "산 머너 산꽃 재 너머 재꽃"과 같은 묘한 반복으로 만든 리듬, "쥐불자리 쥐불냄새", "늘비늘비 햇살지기" 등 우리 말결의 빼어난 되살림이 그것이다.

이른바 90년대에 들어와 우리의 많은 시들이 깜박 잊고 있는 것이 하나 있다면 바로 이 같은 우리 말결의 아름다움이다. 오히려 일부 시들은 실험이란 미명 아래 잡박스런 상말이나 말의 폭력적 왜곡으로 치닫고 있다. 그런데 희한하게 박 씨의 시는 우리 말결의 어여쁨과 그 동안 삶의 알맹이로 가꾸었던 세계를 자기 것으로 만들어 갖고 있다. 작품 「여항에서」는 여행시 형태를 빌렸지만 그 진술은 "옛 길에 떠밀려 새 길로 나서는" 기러기의 단순 이야기가 아니다. 그 기러기의 정황은 요즈음 새 길만을 찾아 정신의 본거지 없이 떠도는 부랑하는 세대의 비극이다. 이는 세기말의 도시적 삶에 간접 비판으로 읽어도 좋을 터이다.

우리 말결의 완성과 우리네 삶의 알맹이가 무엇인가를 보여 주기는 서정주 씨의 신작시들의 경우도 마찬가지다. 벌써 오래전 독자적인 시인 학교로까지 불린 서 씨 시의 여러 미덕은 이미 널리 알려져 있다.

노시인의 이 달의 시 「산청, 함양의 콩꽃」 외 4편(『작가세계』, 1994년 봄호)은 사투리시라는 부제를 달고 있다. 이들 작품의 진술은 '~사', '우얄꼬', '~지라우' 같은 사투리 말투에 크게 기대고 있다. 사투리에는 우리 특유의 정서나 율동, 그리고 혼이 잠겨 있는 것. 세계화의 구호나 상업성이 판치는 세태에서 한국적인 것들의 현주소로 서 씨는 사투리를 짚고 있는 셈이다. 곧 기층 모어(母語)인 순수 우리 말결을 통해 고유정서를 짜올리는 것이다. 특히 그의 시들은 안동소주나 콩꽃 같은 것을 통해 우리가 오래 가꾸어 온 삶의 본질들을 넌지시 일러 주고 있다.

(1994)

불교시, 서경시적 구조, 만드는 시

김선학

박태일의 신작시 5편(『현대문학』 3월호)은 시인의 새로운 시어 개척이 무엇보다 눈에 뜨이는 작품이다.

박태일의 시들은 객관적 상관물을 통해 압축적인 이미지 제시가 뛰어난 특성을 가지고 있었다. 그의 시어들은 섬세하고 조탁되고 압축된 견결한 것이었다. 이러한 사어들이 엮어내는 이미지는 집약적이고 참신한 것이었다.

산 겹겹 물 망망 세월 건너온 기러기는 새로이 깃들일 땅을 내려다본다 사람의 뼈와 왕모래가 섞여 빛난다 앞다퉈 몰려오던 샛강물 안개도 두근두근 부딪다 물러서는 기스락이다 하얗게 터진 별 부릴 다듬어주던 갈기구름의 추억도 먹빛 죽지에 묻었는가 백 마리 천 마리 출렁출렁 밑둥을 옮기는 기러기 쇠기러기

옛길에 떠밀려 새길로 나선다 얼부푼 논둑 따라 따뜻한 쥐불자리 쥐불냄새 외우 선 당집 홰나무 비알에서 된바람은 지나온 골골 상처를 핥고 늘비늘비

햇살지기 먼 능선이 금줄처럼 늘어선다 신갈나무 가장이마다 차운 맨살이다
금빛 얼음꽃이 박혔다 타타타타타 타타타타타 어디랴 동서남북

기러기 나라 물마을이 깜박 저문다.

—「여항에서—남녘 기행·1」

「여항에서—남녘 기행·1」의 전문이다. 분류하면 서경시에 더 가까운
이 작품은 박태일의 시가 종래 갖고 있던 언어의 조탁과 압축 그리고
이미지의 견결성을 모두 가지고 있다. 뿐만 아니라 '기스락' '얼부푼' '외
우' '비알' '늘비늘비' 등의 시어는 일반적으로 사용하지 않는 언어의 개발
이다. 이미 사어처럼 된 한국어를 새롭게 시 속에서 조명하고 있다.

시인이 언어를 다루는 장인이라는 말은 너무 진부하다. 그러나 시인이
언어의 연금술사가 아니고 무엇이란 말인가라고 한다면 할 말이 없다.
시인은 무엇보다 언어와 함께 그 생명력을 가지게 된다. 여기에 시인이
새로운 언어의 개척에 혼신의 정력을 쏟아야 하는 근거를 찾게 된다.

박태일은 이것을 누구보다 확실하게 인식하고 있다. 예시한 시에서
보는 바로 그는 한국어의 새로운 조명을 통해 시어로서의 한국어 가능성
을 한 단계 끌어 올려놓고 있다. 이러한 그의 노력은 집약적인 이미지
제시로 시의 성취도 역시 수준을 올려놓는다.

그러나 「천성진—남녘 기행·2」, 「가덕 복지원—남녘 기행·3」, 「할미꽃」,
「시월」 등의 작품은 예로 든 작품처럼 이미지의 제시가 탁월한 만큼 서경
시적 범주에서 벗어나지 못하고 있는 아쉬움을 갖게 한다. 역사인식, 상
황과 자아의 갈등, 대사회적인 자아의 고뇌를 이러한 서경시적 구조로
담아내기는 어렵다. 세계 속에 던져진 인간 존재의 모습을 정서적인 그릇
으로 담아내기에 서경시적 구조는 열세다. 박태일의 시가 시어의 새로운
개척과 함께 이러한 것을 담아낼 수 있게 된다면 분명 새로운 모습의
시인으로 우뚝 설 수 있을 것이다.

(1994)

삶의 평등, 시의 평등

김재홍

오늘날 이 땅에서 가장 간절한 명제는 무엇인가? 생명 운동으로서의 환경보호 운동 또는 공해추방 운동인가, 아니면 민족·민주 운동인가? 그도 아니면 평화통일 운동인가? 이들 모두가 중요한 과제들이 아닐 수 없다. 그렇지만 다른 무엇보다도 평등 운동이야말로 이 시대의 중심명제가 아닐 수 없다. 정당한 부의 축적과 정의로운 분배 문제는 후기자본주의 시대에 접어든 오늘의 현실에서 초미의 관심사로 대두하고 있기 때문이다.

평등이란 무엇인가? 한마디로 그것은 지상 위의 만물이 스스로의 존재 원리와 의미를 지니며, 자연의 일부로서 서로 대등한 위치에 놓일 수 있고 놓여야만 한다는 당위성을 의미한다. 특히 생명 있는 모든 것들은 스스로가 주체적인 존재이며 생명의 우주를 지니고 있기에 생명 앞에서 평등한 이치를 지닌다. 이러한 평등에는 사회적·민족적·인종적 평등은 물론 신체적·성적·지역적 평등의 여러 측면이 포함될 수 있으리라.

특히 지금 이 땅에서 문제가 되고 있는 것은 지역적 평등의 문제이다. 오늘날 지방자치 시대가 열려가고 있다는 것은 그 동안의 과도한 중앙집

권이 야기하는 구조적 모순과 부조리를 시정하고 극복해 나아감으로써
이 땅에서 올바른 평등을 실천해 나아가고자 하는 뜻과 다르지 않다

문학의 경우도 마찬가지이다. 그 동안 문단의 중앙집중화로 말미암아
지방에 거주하면서 문학 활동을 전개하려면 유형무형의 제약 또는 한계
가 없지 않았다. 그러나 근년에 들어 전국이 일일생활권에 접어들고 지역
간 평등에 대한 자각과 인식이 확대·제고되면서 지방에 거주하면서도
수준 높은 문학 활동이 전개되고 있는 것은 고무적인 일이 아닐 수 없다.
수준 높은 지방 문예지들이 속속 창간되고 격조 있는 시집들이 간행되어
이제 지방 문학권이 독자적으로 형성되고 전개돼 가고 있다는 점에서
그러하다.

이 점에서 이 달에는 지난 계절 지방 거주 시인들이 펴낸 주요 시집들을
몇 권 살펴보기로 한다. 광주 조태일의『풀꽃은 꺾이지 않는다』를 비롯하
여 목포의 허형만의『풀무치는 무기가 없다』, 김성춘의『겨울 극락 앞에
서』(울산), 박태일의『약쑥 개쑥』(마산), 엄원태의『소읍에 대한 보고』(대
구), 이명주의『집은 상처를 만들지 않는다』(대구), 그리고 장석남의『지금
은 간신히 아무도 그립지 않을 계절』(인천) 등이 그 예에 해당한다.

삶의 객관적 상관물, 물과 길의 상징 체계—박태일

1980년 등단하여 제1회 김달진문학상을 수상한바 있는 박태일의 신작
시집『약쑥 개쑥』도 사물의 내면을 깊이 있게 바라보면서 삶에 대한 슬프
면서도 따뜻한 애정을 드러내고 있어 관심을 끈다.

> 그리움엔 길이 없어
> 온 하루 재갈매기 하늘 너비를 재는 날
> 그대 돌아오라 자란자란

물소리 감고

홀로 주저앉은 둑길 한 끝

— 「그리움엔 길이 없어」 전문

딸 곁에 앉아

딸 이마를 짚는다

저무름 바람 청소차 요령 소리 멀리 사라진 뒤

어린 딸 나비잠 위로 뜬 보름달

오 놀라워라 그 속에 핀

간 봄 오동꽃의 연보라.

— 「시월」 전문

　박태일의 시에서 물과 길은 하나의 상징 체계를 이룬다. 앞의 시가
그 한 예이다. 물과 길은 두 가지 다 삶 또는 인생길의 상관속에 해당한다.
그것들은 시간 속을 흘러 공간 속으로 펼쳐져 나아간다는 점에서 시간의
존재이자 공간의 존재로서 인생의 원리를 반영한다. 이러한 시간적·공간
적 존재로서 인생은 '홀로'로서의 고독과 그리움, 그리고 '하늘' 또는 '끝'
으로서 허무 내지 영원성을 그 한 본성으로 한다. 이 점에서 "그리움엔
길이 없어/온 하루 재갈매기 하늘 너비를 재는" 모습이란 그대로 그리움
또는 허무로서 삶의 한 객관적 상관물이 된다고 하겠다. 그만큼 박태일의
시에서 자연물 또는 전원 상징이란 인간의 삶 속으로 삼투되어 내밀한
조응을 이루는 것이 특징이다.
　뒤의 시에는 이러한 면모가 보다 내밀하게 드러난다. 그것은 딸의 나비
잠과 보름달, 그리고 오동꽃의 연보라가 이루는 교감과 화응으로 제시된
다. 인간의 삶과 자연, 그리고 세계가 하나의 그윽한 교감과 조응 및 통일
을 이루면서 삶의 근원으로서의 쓸쓸함과 적막함을 슬프면서도 아름답
게 형상화하고 있는 것이다. 특히 박태일의 시편에서 '자란자란' '저무름'

'나비잠' 등과 같이 개인 시어나 토박이말을 갈고 닦아 사용하는 것과 더불어 우리말의 율감을 최대한 살려 쓰려고 노력한다는 점에서 민족어의 완성을 지향하는 시인의 사명을 충실히 수행하고 있어 주목을 환기한다. 나고 자란 지역에 머물러 살면서 소외된 사물들에 애정을 기울이고 우리말의 혼결과 숨결, 살결과 무늬결을 깊이 있게 탐구함으로써 지난 날 백석 시인이 보여 준바 있던 진정한 문학적 평등의 실현을 창조적으로 계승하려 노력한다는 점에서 의미 있는 작업이기 때문이다.

이제 바야흐로 지방자치의 시대가 열리고 있다. 또한 각종 정보통신 매체와 교통 기제의 비약적인 발전에 의해 중앙과 지방은 물론 우리와 세계와도 점점 거리와 격차가 좁혀지고 있는 게 사실이다. 따라서 이제 시인은 그가 어느 곳에 거주한다거나 어느 지역을 중심으로 활동하느냐 하는 것이 그다지 큰 문제가 될 수 없을 것이 자명한 이치이다.

그러하다. 자기 앞의 삶에 얼마나 충실하고 최선을 다하느냐에 따라 삶의 질과 가치가 논의될 수 있듯이, 시에 있어서도 시인이 어떻게 최선을 다해 수준 높은 시를 써내느냐 하는 것이 관건이 된다고 하겠다. 삶에서 최대의 적이 바로 자기 자신인 것처럼 시인에게 있어서도 최후의 적은 자기의 시 그 자체일 뿐이기 때문이다.

(1995)

중심이 없는 시대의 시

강은교

박태일의 「약쑥 개쑥」도 이러한 사회에의 전망을 언어를 찾아 헤맴으로써 일정 부분 성취하고 있다. 그의 시의 코드는 우리의 잃어버린 언어 속으로 열려져 있으며, 이러한 잃어버린 언어의 회로를 통해 우리는 우리의 정체성을 찾을 수 있으리라. 그의 시집 『약쑥 개쑥』의 표제시가 되고 있는 「약쑥 개쑥」에서 이러한 사회성과 개인의 합일은 잃어버린 언어의 찾기를 통해 잘 구조화되고 있음을 우리는 볼 수 있다.

닥껍질 삶은 물이 돌돌 도랑을 데우는 골짝 마을
이름도 성도 자식 없어 나선 시집살이 욱동이 동생 친정 일도
드난살이 삼십여 년 홀로 조금밥 헤며 다 슓아버린 조씨 할머님은
마당귀에 다소곳 숨이 죽는 약쑥을 보면서
콩나물 시루 삼발이마냥 굽은 허리로 집안을 도시는데
한 해 한 번 마을에 약쑥 공양 베푸시는 할머님
머리 검불 허연 귓가로 앞집 며느리 새로 치는 벌꿀 소리가
저승마루인 듯 아득하게 이엉을 얹고

장독대 함박꽃 뚝 지는 날

테 메운 물두무 곁으론

지난 해 장대비 소리 다시 후드득

눈 따갑네 이 봄날

손금을 파고드는 따뜻한 쑥뜸 연기

할머님 저녁 끼니는 어떠실는지.

―「약쑥 개쑥」 일부

　이 시집에 실려 있는 또 한 편의 시 「당각시」에서도 우리는 우리의
잃어버린 아름다운 언어의 구조화를 통하여 시의 사담화(私談化)를 지양
하고 있는 세계―그 세계에서 우리는 우리의 미정성(未定性)의 공간이 보
상받음을 깊이 느낄 수 있다고 생각되어 여기 제시하기로 한다.

울며 자며 옛일들은 잊었습니다

달빛 자락자락 삼줄 가르는 밤

당각시 겨드랑이 아득한 벼랑

두 낮 손거울엔 제 후생이 죄 담겼나요

해 걸러 보내주신 참빗 치마 저고리는

어느 때 어느 님 보라시는 뜻인지요

당각시 고깔 위로 오색동동 빗물 번지고

당각시 한 세월에 소지장처럼 마른 가슴

골바람은 돌아돌아 당집 돌담만 허무는지

날밤 아침엔 애장터 여우 기척도 마냥 반가워

앞산 햇살 끝동 좇아 나서면

당각시 토닥토닥 발자국 위로

마른우레 가는 소리

원추리 원추리 핍니다.

—「당각시」

(1996)

검은 이브를 만나기 위하여

정효구

6월호 『현대시』를 통하여 만난 두 명의 시인―정한용과 박태일의 작품에 대하여 살펴보기로 한다. 정한용이 6월호 『현대시』에 발표한 작품은 그 제목이 「어둔 강을 건너 1」「어둔 강을 건너 2」「어둔 강을 건너 3」이고, 박태일이 역시 6월호 지면에 발표한 작품은 그 제목이 「불영사 가는 길」「풀나라 1」「풀나라 2」「풀나라 3」「풀나라 4」「감꽃」「구름 여자」「밤밭고개」다. 외형적으로 보면 정한용이 이 달에 발표한 작품은 길이가 상당히 긴 편이고, 형식적 파격을 구사하는 정도도 대단하며, 말하기의 방법도 일반적인 서정시의 문법을 적지 않게 벗어나 산문성을 강하게 띠고 있다. 이에 반하여 박태일이 발표한 작품은 길이가 대체로 짧고, 형태적 파격도 그리 대단하지 않으며, 말하기의 방식도 기존 서정시의 문법을 따르고 있는 편이며, 무엇보다 음악성이 최대한 존중된 경우라 하겠다.

그러나 내가 이 두 시인의 작품을 이 달의 화제작으로 선택한 것은 그런 외형적인 특징 때문이 아니다. 그보다 나는 이 두 시인의 발표작 속에 들어 있는 정신세계가 상당히 문제적이라는 판단을 하였기 때문이다. 말하자면 이 두 시인의 발표작 속에 들어 있는 정신세계는 우리 시대의 문명사 속에 닥쳐온 어둡고 절박한 문제를 우리로 하여금 직시하도록 만들 뿐만 아니라 그것을 해결해야 할 과제 속에 있는 우리들에게 중요한 시사점을 제공해 주기 때문이다.

*

정한용의 발표작에서 '검은 이브'가 중심적인 상징으로 등장한다면, 박태일의 발표작에서는 자연 속의 뭇 '식물'들이 중심적인 상징으로 등장하고 있다. 박태일은 식물성의 시인처럼 온갖 식물들을 그의 작품에 이끌어들이고 그들에게서 의미를 찾음으로써 자신의 작품을 완성한다.

박태일의 시를 논하기 전에 잠시 그 예비적 단계로 다른 말을 하자면, 나는 개인적으로 요즈음 우리 시단에서 큰 흐름을 형성하고 있는 이른바 '생태시'라고 불릴 만한 것들을 보면서, 민중시가 세력을 떨치던 지난 연대의 단순한 이분법적 구도가 또다시 우리 시단의 장애요인으로 나타나는 것은 아닌가 적지 않게 염려하고 있다. 그것은 '민중/비민중'이라는 도식을 만들어놓고 민중에게는 전폭적인 긍정을, 비민중에게는 극단적인 부정을 가하는 새로운 이분법적 구도로 변한 것처럼 보이기 때문이다.

말할 것도 없이 이 시대는 자연의 의미를 재평가할 때이다. 그러나 이런 사실이 바로 자연에 대한 무조건적인 찬사와 인간에 대한 무조건적인 비판을 가해야 한다는 식으로 전개된다면 그것은 너무나 단순한 논리로 끝나고 말 것이다.

박태일의 시를 읽으며 나는 그가 지난 시대에 민중으로 분류되며 관심의 대상이 되었던 농촌 사람들과 지금 이 시대에 인간과 대비되면서 또한 관심의 대상으로 떠오른 자연을 향해 공히 따뜻한 긍정적 시선을 아낌없이 주는 걸 본다. 그러므로 박태일의 시는 어찌 보면 아주 구시대적인 것 같고, 어찌 보면 이 시대의 문제점을 매우 앞선 자리에서 파헤쳐 나가는 것처럼 보이기도 한다. 그러나 솔직히 말하자면 이렇게 구성된 그의 시세계는 처음부터 신선한 느낌을 주며 다가온다고 보기 어렵다. 어디선가 많이 본 듯한 소재, 어디선가 많이 본 듯한 세계가 그의 시를 구성하고 있기 때문이다.

하지만 다시금 찬찬히 그의 시를 읽어가다 보면 묘한 매력이 그 속에 숨어 있는 것을 발견할 수 있다. 나는 그 매력이 어디서 오는가를 한동안 생각하다가 두 가지 점에서 그 매력의 원인을 찾아내게 되었다. 먼저 그 하나는 이 글을 시작하는 앞자리에서 아주 짧게 언급하기도 하였는데. 그의 시에 남다른 음악성이 내재돼 있다는 점이다. 최근 들어 우리시가 잃어가고 있는 것 가운데 하나가 음악성이다. 그러므로 시인들의 시를 읽으면서 음악성을 제대로 인식하거나 그 흥취에 빠질 수 있는 경우가 아주 적다. 그만큼 우리 시대의 시는 산문화되었고, 의미를 전달하는데 급급하다. 그런데 박태일의 시에는 음악성이 살아 있고, 그 음악성은 뭐라 표현하기 어려운 감칠맛을 시에 더해주고 있다. 그의 시는 언어가 가질 수 있는 화음의 상태를 드높게 추구하고 있는 것으로 보인다. 그의 시에 나타난 이런 화음의 상태는 소음과 불협화음으로 가득찬 세계를 알게 모르게 자정시켜 주는 역할을 할 수 있을 것이다.

그러나 이것은 사실상 내가 여기서 집중적으로 논의하고자 하는 내용과 조금 떨어져 있다. 그러므로 자연히 나의 관심은 다른 하나의 원인이라고 말할 수 있는 것에 돌려질 수밖에 없다. 그러면 그 다른 한 가지 원인은 무엇인가. 그것은 바로 박태일의 긍정적 시선을 받고 있는 농촌 사람들이나 자연이 구체적 생명감에 바탕을 두고 있다는 점이다. 민중도, 그것이 관념적인 민중일 때는 호소력이 없다. 민중의 구체적인 실감도 느끼지 못하는 사람이 민중 운운 했을 때 그 시가 얼마나 허약해지고 허술해지는지를 우리는 잘 알고 있다. 마찬가지로 자연에 대한 구체적인 실감을 진정으로 삶 속에서 느끼지 못한 사람이 자연 운운 할 때 그것 역시 허술한 관념이나 추상적인 자연의 세계에 불과하여 아무런 힘을 가질 수 없다.

그런 점에서 나는 구체적인 실감 혹은 생명감이라는 것을 중요시한다.

박태일의 작품을 읽어보면, 그 중에서도 '농촌'과 '자연'에 관련된 작품을 읽게 되면, 일견 어디서 많이 본 작품 같으면서도 실은 어디서 그렇게 쉽사리 찾아볼 수 없는 작품 같다는 두 가지 느낌을 동시에 받는다. 그 까닭은 바로 그가 소재로 택하고 있는 농촌이니 민중이니 자연이니 하는 것들이 한편 지금까지 우리 시사 속에서 너무나도 흔하게 보았던 것들이기 때문이며, 그러나 다른 한편 그가 보여 주고 있는 이런 세계가 남다른 구체성과 실감에 토대를 두고 있기 때문이다.

이번에 발표된 작품 중 한 편을 예로 들어 본다.

> 곡우 다음 날
> 차 앞유리에 박힌 감꽃 하나
> 고향집 작은어머니 잘 담그시는 우엉 깍뚜긴가 싶어
> 쓸어내지 않고 나는
> 입술로 자근
> 입천장으로 자근
> 두 번 씹어본다
>
> ─「감꽃」

어린 시절 시골에서의 생활 체험이 있는 사람이라면 대부분 감꽃을 주어 먹고 그 감꽃으로 목걸이를 만들어 목에 걸고 다니던 기억이 있을 것이다. 그들은 어린 시절, 감나무 아래 지천으로 떨어진 감꽃을 입안 가득 넣고 씹어보며 그 감꽃에서 우러나는 단물의 깊은 매혹에 마음을 빼앗기던 기억을, 그리고 감꽃으로 만든 목걸이를 목에 두르고 그것의 아름다움에 도취되어 마음을 빼앗기던 기억을 아마도 생생하게 삶의 밑바닥에 간직하고 있을 것이다. 그런데 박태일은 그런 감꽃을 지금 도시의 한복판에서, 그것도 자동차 앞유리에서 예기치 않게 발견한다. 하지만 이때 그의 몸속에 숨어 있던 어린 시절의 기억은 습관이나 본능처럼 되살아나, 차 앞유리에 박힌 감꽃을 고향집 작은어머니가 잘 담그는 우엉 깍두기처럼 생각하며 자근자근 씹어보도록 이끈다. 감꽃을 입 안에 넣고 "입술로 자근/입천장으로 자근" 씹어볼 때 하나의 생명과 다른 또 하나의 생명이 서로 교감하는 데서 오는, 황홀감을 박태일은 아마 느꼈을 것이다.

나는 이런 박태일의 시를 보면서 먼저 구체적 생명감을 갖추는 데서부터 세계 인식을 하는 일이 소중함을 말하고자 한다. 요즘 우리가 살고 있는 이 시대의 큰 문제거리 중의 하나는 바로 이런 구체적 생명감을 갖추지 못한 채, 기호로, 관념으로, 이차 자료로 세계를 먼저 인식하기 시작하거나 그것을 세계의 본질이라고 오인하는 데 있다고 본다. 나는 무엇보다 중요한 것이야말로 구체적인 인간의 몸과 구체적인 생명들의 직접적인 만남과 교감이 삶의 바탕을 이루는 일이라고 생각한다. 이것이 부재할 때, 몸(생명)을 가진 인간은 가짜 생명이나 죽은 세계와 동침하는 꼴이 될 것이기 때문이다. 다음으로 나는 박태일의 시를 보면서 구체적인 생명과 몸 속 깊은 곳에서 서로 교감하는 일의 중요성을 말하고자 한다. 요즘 우리들이 사는 세상을 보면 모든 것들이 말초적인 감각에 직접적으로 호소하는 걸 지향한다. 그러므로 얼핏 보면 매우 구체적인 세계를 만나고 있는 것 같으면서도 실은 몸속 깊은 곳까지 하나의 생명이 살아서 스며드는 기쁨을 느끼지 못하고 그저 그것들이 몸의 감각적인 표면만을 스치고 사라져버리는 허탈감을 맛보는 게 일반적이다. 뿐만 아니라 최근에는 가상 현실이라고 하는 것까지 등장하여 우리는 구체적 생명으로서의 현실이 아닌 가짜 현실을 마치 현실처럼 오인하며 그것에 감각적인 반응을 즉각적으로 보이며 살아간다. 이런 시점에, 박태일이 그의 작품들에서 보여 준 한 인간과 구체적인 생명과의 깊숙한 교감은 하나의 생명과 다른 생명이 온 몸으로 깊이 만나는 일의 소중함이 무엇인지를 우리에게 알려준다.

우리의 삶은 구체적인 생명을 만나고, 그들에게서 생명감을 느끼고,

그 생명들과 몸 전체로 깊이 교감하는 일을 익히는 것으로부터 시작되어
야 할 것이다.

(1996)

텅 비어 있는 언어의 공간

－박태일 「인각사」·「황강 2」－

김용희

    우리는 박태일의 시를 읽으면서 그 간단함에 쉽게 몸이 눕혀지는 것을 체험한다. 그러나 이것은 바로 박태일 시가 갖는 환상적인 속성이다. 박태일의 시는 우리의 욕망을 일깨운다. 우리는 얼마나 인생에 관조하면서 그 인상을 단 한 순간의 스케치로 그려보고 싶어하는가. 간결성이 완벽성을 보장하며, 단순성이 심오함을 입증해 준다. 박태일의 시는 아주 간단한 풍경을 제시하고 있을 뿐만 아니라 쉽게 읽힌다. 그러나 실상 아무것도 의미하지 않는다. 이러한 이중적 양면성 속에서 박태일의 시는 자유롭다. 의미에서 개방되어 있다. 이는 마치 친절한 집주인인 당신으로 하여금 당신이 좋아하는 것들이나 가치, 또는 상징을 충분히 이용하게 하는 것과 같다. 시의 집으로 들어온 당신은 그 속에서 자유롭다. 이것이 그의 시가 갖는 자유로움이며 자유로움이 주는 일깨움이다.

    인각사 아침 법문은
    버꾸기 뻐꾹 제 전생 얘기
    소복 단장 나비는 기왓골만 남실거리고

비 실러 가나

말간 물밥 저 구름.

『동서문학』1997년 가을호에 실린 「인각사」를 읽는다. "인각사 아침
법문은/뻐꾸기 뻐꾹 제 전생 얘기"에서 전생과 현세를 넘나드는 그 영혼
의 오고감이 소리로 현시되고 있다. 그 곁에 "소복 단장 나비"는 현실의
공간에서 나풀거리는 죽음 너머의 영혼이라 할 수 있다. 비를 실러 떠나는
구름은 '물밥'처럼 말갛다. 고려 적 일연 스님의 잔기침 소리가 들린다.

이 시에서 시인이 오가는 그 사유의 거침없는 경계를 보라. 죽음의
경계를 자유롭게 날고 있는 나비와 뻐꾸기의 울음 소리, 땅의 물이 뭉쳐져
물밥이 된 구름이 여행하는 땅과 하늘의 공간, 고려 시절로 거슬러 오르는
시간의 역류와 확산, 시의 지경은 죽음과 삶의 실존적 조건을 가볍게
넘고 공간과 시간의 경계를 평화롭게 나돈다. 소리는 조용하고 그윽하며
색깔은 무채색에 가까운 흰빛과 말간 빛깔이다.

박태일의 시는 이러한 '죽음/삶' '공간/시간'이라는 모든 개념 지움에서
부터도 자유롭기를 희망한다. 그가 지향하는 것은 오히려 언어가 멈추는
순간에 있다. 메아리도 없는 이러한 단절에 의해 불교적 선(禪)의 진리와
간결하고 텅빈 형식은 동시에 완성된다. 충일하고 심오한 삶의 침묵 앞에
서, 또는 신과의 교감에서 열리게 되는 영혼의 공허함 앞에서 언어는
저절로 중단되기 때문이다.

그러나 박태일의 시에서 나타나는 언어의 간결성은 형식의 문제가 아니
다. 시인의 여러 생각들이 간결한 형식 안에서 응축되어 있는 것이 아니라,
그의 시는 딱 맞는 형식을 단번에 발견해내는 간결한 사건이다. 언어의
간결성, 은유의 무한성 속에서 의미는 녹아 흐르지도 은폐되지도 않는다.
그런 점에서 그의 시는 어떤 목적도 이루지 않는다. 무의미해진 박태일의
시가 어떻게 교육과 표현 그리고 오락의 기능을 수행할 수 있는가.

오히려 박태일의 시의 집은 비어 있다. '부재', 그의 시는 수사적 장치나

교훈에 값을 치르지 않는다. 그의 시는 단 몇 개의 이미지의 숲과 나무와 정서의 샘물이 있을 뿐이다. 그의 시는 우리가 가볍고 단순하면서 평범해질 수 있는 권리를 우리에게 알려 준다. 그러면서 이미지 안에서 충만해질 수 있는 법을 가르쳐 준다.

횔덜린은 "시를 쓴다는 일은 모든 업무 가운데서 가장 죄 없는 일이고 악의 없는 일일 뿐만 아니라 근원에의 접근을 마련하는 성스러운 일이다"라고 말한 바 있다. 사람들이 시를 아름답다고 말하는 것은 시가 초월의 아름다움, 무용성의 아름다움을 느끼게 하기 때문일 것이다. 그것은 한계 지어진 인간 조건, 타산적인 인간 현실을 뛰어넘어 근원적인 평화, 근본적인 행복감을 우리들로 하여금 누리게 한다.

이렇게 볼 때 박태일 시는 시가 갖는 텅 빈 행복감이 있다. 아무 말 없이 그 어떤 의미에서도 자유롭기 때문에 편안하다. 그의 언어는 우리의 무의 상태를 위해서만 완성된다. 사실 우리는 말의 과잉 상태, 기호의 과잉 상태 속에서 살아간다. 기호의 교환이 풍요롭게 이루어지는 속에서 박태일의 시는 의미를 배제한 미묘한 머뭇거림, '말의 순수한 부재'를 보여 주는 것이다. 이것이 근원적 자유를 가져다 준다.

마흔 해에 네 해를 더하고부터
바람은 이마, 숯불 타는 소리를 낸다
두덕길로 따라온 지난 여름
아주까리 물살

세월도 추운 마디가 져서
밤새 소금만 구웠구나
댓닢댓닢 나직이
맥을 짚는 아침 연기

그악그악 까치네

웃각시만 분답다.

—「황강 2」

그러나 『현대시』 1997년 5월호에 실린 박태일의 시 「황강 2」에서는 시인의 삶이 남루한 속옷자락이 언뜻 겉으로 펄럭거린다. 황강은 경남 합천에 있는 강 이름이다. 시인은 강물의 물살을 보며 시간의 물살을 환기하면서 미세한 삶의 흔들림을 엿본다. 어느덧 마흔네 해의 세상살이를 해 온 시인은 이마의 "숯불 타는 소리"를 들으며 그 세월의 흔적들을 찾아낸다. 이마는 신체기관 중에서 인지의 능력을 상징하는 공간이다. 중년을 넘어서는 자의 서늘한 허전함이 이마라는 신체기관으로 인지된다. 살아온 날들은 "두덕길로 따라온 지난 여름"이며 "아주까리 물살" 같다.

이렇게 시인이 살아온 세월마다에 아픈 상흔처럼 마디가 져 있고 소금이 남아 있다. 소금은 모든 눈물과 땀의 액체가 휘발되고 남은 하얀 결정체의 진정한 형상이다. 그 견고한 항구성을 모든 고통을 정화하고 남은 상상의 힘을 지니고 있다. 수고스러운 삶을 살아온 자는 고단한 이마의 땀을 씻으며 이마에 내려앉은 세월의 소금기를 만진다. 세월이 주고 간 깨끗한 앙금, 시간이 부식되고 남은 존재들은 자신의 손바닥 속에 하얗게 펼쳐진다.

이때 나직하게 공기의 무게를 덜며 아침 연기가 올라간다. 맥박이 조용히 뛰듯 모락모락 올라가는 아침 연기는 하늘로 천천히 나아가는 구도자의 길을 보여 주는 것 같다. 여기서 시인은 우주의 물질감의 무게를 덜어내며 날아오르는 연기의 모습을 '댓닢댓닢'이라는 의성어로 나타낸다. "대나무 잎"을 줄인 말로서 '댓닢댓닢'이라는 말의 은유가 빛난다. '댓닢' 하고 발음할 때 입술이 닫혀지는 음의 단절감이 맥박의 호흡에서 뛰는 단절과 이완의 반복을 여실히 드러낸다.

마지막 연에서 '그악그악' 까치네가 분답게 울고 있지만 박태일의 시는 고요하기만 하다. 그것은 황강을 물살을 바라보며 느끼는 시인의 적요함을 더욱 확인시키는 소리에 불과한 것이다. 박태일의 언어의 풍경은 적요하고 때로 평화롭게 느껴지지만, 그러나 그 안에는 삶의 남루와 막막함이 배어 있다. "밤새 소금만 구"운 세월의 한 귀퉁이에 서 있는 시인의 시선에는 흘러간 시간들에 대한 약간의 글썽거림이 스며 있는 듯 하다.

이렇듯 박태일의 시는 우리에게 무언가를 '숨김'으로써 무언가를 '엿보게' 한다. 그것은 때로 의미의 부재 속에서 텅 비어 있는 자유로움이다. 그리고 그것은 우리 안에 흐르는 강물 소리와 같은 내밀한 흔들림이기도 하다. 그럼에도 그의 시적 정점은 소모적인 삶의 표류 가운데서 몸과 마음, 영혼과 정신이 모아지는 그 접점의 지대로 우리를 이끈다는 사실일 것이다. 박태일의 시적 우주는 삶의 한 장면 혹은 초월의 순간이다. 그는 그런 세계를 창조해내며 또 그는 그런 삶을 시(詩) 속에서 사는 셈이다.

최근 우리 시에서 유행하는 생태주의 시와 정신주의 시의 서정은 자본이 압도하는 세계에 대한 저항으로서 정신의 우월성을 지키려는 자세라고 볼 수 있다. 그러나 그러한 시들은 일상적 현실의 불모성에 대한 냉정한 관찰에서 자기 시의 방향성을 진지하게 찾지 못하고 있다는 비판을 받기도 한다. 그러나 박태일의 경우 이런 혐의에서 벗어난다고 생각된다. 그의 자연친화 시가 현실에서 패배를 보상받으려 하는 대체주의적 사고와 자기 위안의 욕구에 결박되었다고는 보여지지 않기 때문이다. 오히려 그의 시는 생명적 실감에 대한 시인의 사랑을 비어 있는 언어로 드러낸다. 그것은 마음의 현을 울리며 지나가는 삶에 대한 고즈넉한 관조와 성찰일 것이다.

(1998)

이원수 선생의 일제 말기 문필 활동

- 남쪽에서 들려온 소식 -

이재철

1. 이 글을 쓰게 되기까지

나는 1992년 봄호(62호) 『아동문학평론』 권두언에서 「일제 식민지 잔재 아동문학의 청산을 위한 각서─윤극영·정인섭·김영일의 경우를 중심으로」란 평론을 써서 일 년여 일이나 협박과 공갈에 시달린 바 있다.

이미 1966년에 임종국 씨의 『친일문학론』(평화출판사)이 출간되어 식민지 시대 친일문학의 양상이 밝혀지고, 1980년대부터는 '반민족문제연구소'(소장 김봉우)가 활발한 진상 규명 작업을 전개하고 있을 때여서 나는 연구가와 평론가로서 아동문학계의 친일문학 행위를 한번은 짚고 넘어가지 않을 수 없어서, 가장 적극적이고 대표적인 세 사람의 행적을 객관적 자료 제시 차원에서 언급한 것이다.

그러나 개인적으로는 그런 글을 쓰지 않을 수 없었던 내 형편이 무척 못마땅했다. 윤극영 씨의 괴뢰 만주국 간도성협화회 회장 활동은 중국과 국교가 터진 1990년 소설가 조정래 씨가 연변을 방문해 쓴 「만주벌 기행 ⑵」(1990년 6월 12일자 『한국일보』)에서 밝혀져, 까마득히 모르고 있던 우리를 놀라게 했으며, 정인섭 씨의 일제시대 '조선문인협회(조선문인보국회, 1939)' 간사로 대표적인 친일문학가로 활동한 사실은 익히 알고 있었으나 임종국 씨의 저서로 좀더 구체적으로 밝혀졌고, 김영일 씨의 서대문경찰서 고등계 형사 근무 상황은 시인·도예작가였던 조애실 여사의 수상집 『차라리 통곡이기를』(전예원, 1977)의 증언 「눈을 맞으며 '송국(送局)'되던 날」에서 서대문형무소로 송치한 고등계 형사가 김영일 씨였음을 밝혀 구체적으로 알려져서 나는 그 자료들을 객관적으로 정리한 것이다.

사실 35년간의 일제 강점기란 식민지 시대에 학교를 다니고 사회 생활을 이 땅에서 한 사람치고 일본이 지배하였기에 싫든 좋든 일제의 통치 방침이나 그들이 만든 법에 의해 규제당하거나 타협하지 않고는 살기가 매우 어려운 것은 엄연한 사실이었고, 그것이 식민지 백성의 어쩔 수 없는 비극이었다.

광복 후 우리가 문제시한 것은 생존을 위한 최소한의 소극적 협력이 아니라 보다 적극적으로 친일하고 많은 겨레들을 친일하게끔 선동하고 못살게 군 행위자에 대한 진상 규명에 있었다. 그리고 그것은 민족 정기를 되찾고 민족의 정체성을 회복할 수 있기 때문이었다.

2002년 연말 조간신문인 『한국일보』(11월 29일자)를 읽고 있던 나는 참으로 놀라운 기사를 접하고 참으로 어처구니없고 황당스러웠다. 그것은 「아동문학가 이원수 선생 '엇갈린' 평가」란 제하에 요약 기사로 "배달말학회 오늘 학술대회 '부왜문학' 했다". 창원문인협회 8월 세미나 "일제하 우리말 닦아"란 기사를 발견했기 때문이다.

마침 그때 필자는 창원대학의 전문수 교수의 부탁으로 경남문인협회 후원 경남문학관 주관으로 '제2회 경남 작고문인 문학심포지움'(2002년 11월 23일)에서 「이원수의 문학세계—학위 논문을 중심으로 한 사적 점검」이란 강연을 하고 돌아온 직후여서 그 곤혹스러움은 격심했다.

나는 기왕에 필자의 『아동문학개론』(1967)·『한국현대아동문학사』(1978)·『세계아동문학사전』(1989)의 이원수론을 요약 소개하고, 그간에 발표된 이원수 문학 연구의 석사학위 논문의 저자인 채찬석(1986)·김용순(1988)·공재동(1990)·나까무라 오사무(仲村 修, 1993)·김성규(1995)·조은숙(1996)·이균상(1997)·박종순(2002)의 논문들을 점검하고 결론에서 이원수 문학의 특징과 평가를 6개 항목으로 정리하고는 한 마디로 비판적 리얼리즘의 아동문학임을 밝힌 다음, 다음과 같이 마무리했다.

그는 성장기와 그후 생활 체험에서 얻어진 불의와 부정, 그리고 빈부 격차에 대한 거부자였으며, 시대 환경의 영향으로 사회주의적 의식구조를 바탕에 깔고 있었다. 그리고 생리적으로 관주도 정책이나 반공주의 교육을 외면했다. 그러나 십여 년간 그와 접촉한 경험에서 그가 획일성, 전체주의를 거부하는 철저한 시인적 자유주의자였음을 증언할 수 있다. 따라서 그는 계급주의 아동문학가도, 또는 사회적 리얼리즘자도, 나아가 공산주의자도 아니었다. 따라서 그를 좌파적 문학가로 치켜세우는 것은 온당치 않으며, 그에 대한 칭송이 되지 못할 것이다. 굳이 그의 사상을 한마디로 표현한다면 진보적 민족주의자요 휴머니스트였다고 할 수 있다. 그는 지금보다 '통일조국'에서 '통일아동문학사'에서 더 높이 평가될 것이다.

그런데 이게 어이된 일인가. 2002년 11월 29일 경남대학교 사범대학 세미나실에서 발표된 경남대 박태일 교수의 논문 「이원수의 부왜문학 연구」(2002년 가을 배달말학회 전국학술대회 발표논문집논문집)가 실린 『친일문학 연구의 성과와 과제』(180~193쪽)를 어렵게 입수하고는 어안이벙벙했다.

2. 박태일 교수의 논문 요지

논문에 의하면 작년 3월 5일 경남·부산 지역에서 박 교수가 이원수의 부왜동시 「지원병을 보내며」(『경남도민일보』)를 공개했고, 4월 11일엔 경상대학교 인문과학연구소에서 「경남 지역문학과 부왜 활동」(『한국문학논총』 30집, 2002)을 발표한 다음, 「김정한 희곡 「인가지」 연구」(8월)에 이어 이 논문을 쓰게 된 것으로 되어 있다. 이 글에서 이원수의 글 다섯 편이 연구·소개되어 있는바 그것을 박 교수의 언급대로 정리하면 다음과 같다.

우선 글머리에 일제시대의 금융조합이 천황제 전체주의의 식민지 농민 통치기구로서 제국주의 수탈의 실천 기관이었음을 밝히고, 4만 7천 부나 찍은 기관지 『半島の光』(『반도의 빛, 1936~1941)이 내선일체와 황민화를 위한 도구였음을 지적한 다음, 중요 문인필자가 최정희·채만식·이원수·이석훈·김동인·정인택·안회남·주요한·김동환·이하윤·이헌구· 박계주·이기영·이광수·정비석·장혁주·차상찬이었음을 밝혀 많은 문인이 집필하고 있음을 알게 해 주고 있다.

1) 동시 「지원병을 보내며」

이 작품은 『半島の光』(언문판, 1842년 8월호, 조선금융조합연합회) 37쪽에 발표된 것이다.

지원병 형님들이 떠나는 날은
거리마다 국기가 펄럭거리고
소리 높이 군가가 울렸습니다.

정거장, 밀리는 사람 틈에서
손붓쳐 경례하며 차에 올으는
씩씩한 그 얼굴, 웃는 그 얼굴.

움직이는 기차에 기를 흔들어

허리 굽은 할머니도 기를 흔들어
'반자이(萬歲)' 소리는 하늘에 찼네.

나라를 위하여 목숨 내놋코
전장으로 가시려는 형님들이여
부대부대 큰 공을 세워주시오.

우리도 자라서, 어서 자라서
소원의 군인이 되겟습니다.
굿센 일본 병정이 되겟습니다.

박태일 교수는 이 작품을 "'지원병'을 격려하고, 이른바 '성전(聖戰)'을 위한 '총후(銃後) 병역봉공(兵役奉公)'을 다하고자 하는 뜻"(184쪽)이라고 풀이하고 있다.

2) 동시 「낙하산」

역시 『半島の光』(반도의 빛)에 「지원병을 보내며」와 함께 발표된 작품이다.

푸른 하늘 날르는 비행기에서
뛰어나와 떠러지는 사람을 보고
'앗차'하고 놀래면 꽃송이처럼
활작 피여 훨훨, 하얀 낙하산.
오오, 공중으로 사람이 가네.
새들아 보아라
해도 보아라,

우리나라 용감한 낙하산 병정,
푸른 하늘 날려서 살폿 내리는
낙하산 병정은 용감도 하다.
낙하산 병정은 참말 조쿠나.

—방공비행대회에서

박태일 교수는 "이원수의 두 동시는 『半島の光』에 싣고 있는 자신의
다른 동시에 견주어 그 부왜 빛깔과 강도가 너무 완연하다. 게다가 『半島
の光』에 실은 다른 이의 동시와도 뚜렷이 구별된다. 그의 부왜동시가 뚜
렷한 문학적 자의식을 거친 것이라는 점을 알 수 있다"고 지적하고 있다.

3) 농민시 「보리밧헤서—젊은 농부의 노래」

이 시는 『半島の光』(1943년 5월호) 권두 축시로 발표된 것으로 전문 6연
중 끝 연만 소개한다.

모다 나와 밭골을 매고 또 매자
올해야말로 결전의 해!
승리를 위하여 피 흘리는 일선의 장병을 생각하며
생산의 전사들, 우리도 익여내자
올해야말로 풍작과 승리의 즐거운 해 되리라.

박 교수는 소위 '농업보국'의 시라면서 "미곡매상이라는 이름으로 강
제 공출을 합법화하면서 1940년부터 가혹한 강제 약탈제도를 획책하였
다. 이 작품은 그러한 강제 수탈을 두고, 온 정성을 다해 '내선일체'를
실천하고, '성전'에 병역봉공을 다하는 일이라 해 부왜적 빛깔을 감추지
않았다"고 모질게 힐난하고 있다.

4) 기행수필 「고도회감(古都懷感) – 부여신궁(扶餘神宮) 어조영(御造營) 봉사 작업에 다녀와서」

이 기행수필은 『半島の光』(1943년 11월호)에 발표된 글로 박 교수는 1943년 후반기에 2박 3일간 '근로봉사'를 위하여 부여에 다녀와서 쓴 글로 "논산에서 내려 부여에 도착해서 겪은 일과, 둘쨋날 '근로봉사'를 하고 잠에 이르는 데까지 걸치는, 이틀의 경험을 순차적으로 적고 있다."고 썼다.

5) 편지글 「전승(戰勝) 신춘(新春)의 농촌의 벗에게 붓치는 편지」(7인 편지 모음 중 한 편)

이 글의 내용은 "김 형이 보내온 '아동문화에 관한 탁월하신 의견'에 대한 답장" 형식으로, 요약하면 "전시하 농촌 아동과 아동문화"에 대한 소견을 담고 있다.

박 교수는 "이원수의 수필은 '대동아성전' 아래서 '내선일체'를 이루고, '황민연성(皇民鍊成)'과 '황민문화'의 발흥을 위하여 노력하자는 권고의 뜻을 담고 있다"고 풀이하고 있다.

3. 이 글을 마무리하면서

이원수(1911~1981) 선생은 마산공립상업학교를 마치고 1930년 함안금융조합에 취직을 했지만 1935년 함안독서회 사건으로 일경에 체포되어 일 년 동안 옥고를 치르고 1936년 1월에 출옥한 다음 6월에 최순애와 결혼하고 마산 건재약방에 서기로 근무한다. 그리고 우여곡절 끝에 1937년 함안금융조합에 복직하는데 1927년 그해에 장남 경화가, 1939년 차남

창화가, 1941년 장녀 영옥이가 출생하여 부양가족이 늘어간다. 왜 그는 부왜작품을 발표할 수밖에 없었는가에 대하여 박태일 교수는 다음과 같이 해명 겸 비판을 하고 있다.

이원수가 '함양금융조합'에서 '전표와 주판과 묵직한 장부를 만지며 몇 해'를 보내며, 부왜작품을 내놓았을 때는 나이 삼십 대 초반이었다. '강제노역'과 '강제사찰'이 늘 저질러지고 있었던 그 무렵, 아무리 대표적인 국책기관에서 일하는 지역 엘리트였다 하더라고, 한 차례 투옥 경험을 지닌 '사상전과자' 이원수의 삶이 매끄러웠을 리는 없다. 그런 가운데서 1942과 1943년에 그는 부왜작품을 내놓고 있다. 이른바 '생계형 부왜'의 전형으로 몰아가 버리는 길도 한 방편일 수 있다. 그러나 그의 작품이 지니고 있는 부왜의 뜻과 열정이 사뭇 극진하고 수사적인 차원을 뛰어넘고 있다는 데 문제가 있다.

한편 박 교수의 발표에 대하여 '논평'을 쓴 경상대학교의 곽동훈 교수는 "그가 나약한 심지 탓이겠지만 다른 쪽으로 원인을 돌리자면 처자 때문이었네" 하고 망자의 입을 빌어 변명을 시키고 있다.

세상에는 법조계가 있고 그곳엔 검사와 판사만 있는 게 아니라 변호사도 있다. 그런 점에서 광복 후 아동문학계에서 비중 있는 원로를 모실 수밖에 없는 그의 문학적 공로를 위하여 몇 가지 생각을 해본다.

1) 그의 30대 초반의 부왜활동은 글의 내용상으로는 변명의 여지가 없지만, 식민지 시대를 살아온 선배 문인 가운데 친일의 흔적을 남기지 않은 문인이 소수에 불과하다는 상황에서는 필자가 지적한 윤극영·정인섭·김영일과는 어떤 차이가 있는가라고 물을 때, 결코 의도적인 적극적인 행위라고 볼 수 없는 것은 아닐까?

2) 지금까지 밝혀진 부왜작품의 발표 시기가 소위 1937년 만주사변을 지나 1941년 태평양전쟁이 발발했던 일제 군국주의 압박이 가장 최고조

에 달했던 시기이며, 독서회 사건 이후 사상전과자(?)로 간신히 복직하여 어떤 형태이든 일제에 협력하는 모습을 보일 수밖에 없었고, 결혼 후 부양가족이 네 명이나 된 형편에 가족을 위해서는 생계형 친일을 할 수밖에 없지 않았을까?

미당 서정주 선생의 친일 작품에 대하여 여러 논의가 있지만, 몇 번인가 심사를 함께하면서 술좌석이 되면 의례히 "나는 그렇게 일본이 빨리 망할 줄 몰랐어"라는 말을 듣고 처음엔 선비로서 민족적 긍지가 그렇게 약했나 하고 생각했지만, 두 번 이상 그런 말을 들으니 왜 우리 민족이 식민지 백성으로 살 수밖에 없었나 하고 나는 결코 거부감만을 앞세울 수가 없었다.

이원수 선생의 교과서에도 실린 대표 동시 「밤중에」가 그의 부왜작품 발표 시기였던 것을 생각할 때 참으로 안타까운 흠이라고 볼 수도 있다. 왜 우리는 이토록 "추억과 사랑은 더욱 가혹하게 단련되어야"(박태일 교수의 마무리 글)하는 것인지, 그저 안쓰럽다는 생각 밖에 나지 않는다. 진정 그에게 일제시대는 "보람없는 청춘 봉사"였다는 것인가.

(필자 주)
이원수 선생이 일제시대를 되돌아본 글에 웅진출판사에서 1993년 간행된 『이원수아동문학선집』에 실린 회고담이 참고가 될 수 있다.
① 「보람없는 청춘 봉사」(26권, 『이 아름다운 산하』, 121~124쪽)
② 「군가를 부르는 아이들에게」(27권, 솔바람도 그날 그 소리』, 130쪽)

(2003)

신선함의 실체

- 김달진문학상 10년 -

황동규

1990년에 제1회 상이 주어진 후 금년까지 10회에 이르렀으니, '김달진 문학상'은 90년대 우리 시 흐름의 한 중요한 자취를 보여 주게 되었습니 다. 이번 강연을 위해 열 분의 작품 전부를 다시 읽어본 후 느낀 것은 우선 열 분 모두가 신선하다는 사실이었습니다. 한 분을 빼고 모두가 상을 탈 때 앞서 다른 상을 탄 적이 없는 '신인'들이었기 때문에 그렇겠지, 하고 치부하기에는 너무도 두드러진 사실이었습니다.

그것은 무엇보다도 미리 주어진 이데올로기에서 벗어나 있었기 때문 이었을 것입니다.

다시 말해 철저하게 90년대의 상이었기 때문일지도 모릅니다. 그것은 그 전에 제정된 상, 예컨대 '김수영 문학상'과 대비되는 현상이었습니다. 물론 설립자 측에서 의도를 가지고 심사위원을 뽑았을 터이니 당연하다 고 생각할지도 모르나, 80년 중반을 거쳤다면 이런 거의 예외 없는 성향은 없었을 것입니다.

대상이 시이니까 산문 검토와는 달리 우선 실제로 한 조각씩이나마 맛보기로 하겠습니다. 주어진 시간이 너무 짧아 다 맛보지는 못하고 처음

여섯 분의 작품만 맛보겠습니다. 그것도 다 읽지 못하고 어떤 작품은 부분만 읽기도 하겠습니다.

미리 밝힐 것이 있다면, 이 글의 논지에 맞는 것을 골라 뽑지 않으려 노력했다는 사실입니다.

각 시인의 수상 작품집에서 가장 특징적인 시나 우수한 시를 뽑았습니다. 지면 관계로 어떤 시는 전체가 아닌 부분밖에 다룰 수밖에 없는 것이 유감입니다.

물 곳곳 마을 곳곳 눈 내린다 포실포실 보스랑눈 아침에 앞서고 뒤서며 빈 터마다 가라앉는 모래무덤 하나 둘 어허 넘자 어허 넘어 뭍에서 물로 하늘 밖으로 내 목젖 마른 자리 발톱을 세워 훌훌이 날아가는 붉은 물떼새.

　　　　　　　　　　　　　—박태일, 「명지 물끝·8—고 김헌준」

나무 등걸에 앉아 하늘을 본다. 하늘이 깊이 숨을 들이켜
나를 들이 마신다. 나는 가볍게, 오늘 밤엔
이 떡갈나무숲을 온통 차지해 버리는 별이 될 것 같다.

떡갈나무숲에 남아 있는 열매 하나.
어느 산짐승이 혀로 핥아보다가, 뒤에 오는
제 새끼를 위해 남겨 놓았을까? 그 순한 산짐승의
젖꼭지처럼 까맣다.

　　　　　　　　　　　　　　—이준관, 「가을 떡갈나무숲」 부분

모감주 숲길로 올라가니
잎사귀들이여, 너덜너덜 낡아서 너희들이
염주소리를 내는구나, 나는 아직 애증의 빛 벗지 못해
무성한 초록 귀떼기마다 퍼어런

잎새들의 생생한 바람소리를 달고 있다
그러니, 내 빚 탕감받도록
아직은 저 채색의 시간 속에 나를 놓아다오
세월은 누가 만드는 돌무덤을 지나느냐, 흐벅지게
참꽃들이 기어오르던 능선 끝에는
벌써 잎지운 굴참 한 그루
늙은 길은 산맥으로 휘어지거나 들판으로 비워지거나
다만 억새 뜻없는 바람무늬로 일렁이거나

　　　　　　　　　　　　　　　　　　—김명인, 「가을에」

계류와 더불어 칭얼대며 내가 숨긴 길, 동굴의 숲가엔
엘레지 꽃들이 고개숙인 채 나의 그림자를 응시한다.

그 짧은 생애들의 외롭고 강렬한 눈길 따돌리며 산등성이에 올라서자 조릿
대숲이 앙칼지네 울며 열린다. 큰바람이 내 욕망을 뒤집느라 웅성거린다.

　　　　　　　　　　　　　　　　　　—이하석, 「가야산」 부분

폭포 안팎에 쇳물 끓는 소리 울린다
허나 마음 어디 폭포를 걸 만한 곳이 있으랴
붉은 절개지와 푸른 소나무 사이 꽃그늘로
아쟁을 떠매고 가는 사람과 만난다
물의 몇 십리를 보고 싶으면 아쟁의 높은 현을 뜯으면 되는 것을
발걸음은 몹쓸 목청만 뒤쫓는다.

　　　　　　　　　　　　　　　　　—송재학, 「다시 철아쟁」 부분

그대로 키낮은 골목에는 사람이 아직
살겠거니, 했다, 북한산 그늘이 깊은 수유리

목을 빼면 셋방 가구 등속이 보이는 골목들

고개 숙이며 드나드는 사람들 속에는 아직

사람 같은 그 무엇인가 깃들여 뜨겁거나

때로 덜컹댈 것이었지만, 살 부벼댈 오래된

마음들 있겠거니 했다, 해서 등꽃 파랗게 피면

삶은 아직 삶아진 것이 아니라고

—이문재, 「골목에도 사람은 살지 않는다」 부분

이데올로기 문제를 빼고 다음으로 특징적으로 눈에 띄는 것은 '노래'입니다. 지난 십 년간 잡지나 시집에 실린 다른 시인들도 그들의 앞 세대보다는 시의 본령인 노래에 가까워지려고 애쓴 흔적이 역력합니다만, 그들의 시들과 비교할 때마저도 이 사실은 더 명백히 드러납니다. 한을 노래로 승화시키려는 박태일은 말할 것도 없고, 겉으로 보아서는 산문적으로 보이는 이문재의 시까지 모두 노래를 향하고 있습니다. 지난 80년대까지 우리 시는 넓은 의미로 산문 쪽으로 흐르고 있었습니다. (예를 들어 구호시는 노래가 아닙니다.) 이 점이 앞의 시인들을 신선하게 만들고 있으며 그 신선함이 어쩌면 우리 시가 앞으로 가야 할 길을 보여 주고 있다고 할 수 있겠습니다.

세 번째로 위 시인들은 머리로 시를 쓰고 있지 않습니다. 어떤 아이디어를 생각해내고 그 아이디어를 재미있게 짜서 시를 만들고 있지 않은 것입니다. 언젠가 글로 쓴 덕도 있지만 아이디어 시는 우리 삶의 근원을 이루는 무의식의 도움을 받지 못하는 경향이 있습니다. 그래서 아이디어 시들은 재미있는 산문으로 풀이를 해도 별로 다치지 않습니다. 「명지 물끝·8」도 그렇지만, 「가을에」 같은 시를 산문으로 바꾸려고 해보십시오. 노래를 산문으로 바꿀 때 잃는 것 이상으로 새로 잃는 것이 많을 것입니다. 정도의 차이는 있겠지만 「가을 떡갈나무숲」 「가야산」 「다시 철아쟁」도 마찬가지일 것입니다. 이문재의 시도 머리보다는 온몸으로 쓴 시이고 몸이 몸담고 있는 의식과 무의식 모두의 힘을 얻고 있는 시입니다. 이 점은 인용하지 않은 다른 시인들에게도 적용됩니다. 예를 들어 금년 수상자인 최정례의 시들을 보십시오.

마지막으로 이들의 신선함은 50년대부터 지금까지 유행하고 있는 뻔한 실험시가 아니라는 데서도 옵니다. 자기 자신도 잘 모를 이즈음 대부분의 실험시들은 사실 역사적으로 낡은 시들입니다. 그리고 덧붙이자면 대부분이 머리로 만든 시들입니다. 그러나 이 점만은 약간의 유보가 필요합니다. 진짜 새로운 실험시도 있을 수 있기 때문이고, 우리 정신의 새로운 활력을 위해서는 진짜 실험시의 출현이 필요하기 때문입니다. 김달진 문학상도 이 '진짜' 실험시들을 위해서는 늘 문을 열어놓고 있어야 할 것입니다.

(1999)

'치렁출렁' '옴실봉실' 전통 리듬으로 전통 붕괴 노래

최재봉

마산의 시인 박태일(48·경남대 국문과 교수) 씨가 네 번째 시집 『풀나라』(문학과지성사)를 냈다.

  미태산 미타산 한 이름인데

  닷 돈 닷 돈 돈 닷 돈
  모퉁이마다 버꾸기

  길 질다 말다 신반장
  물 좋다 말다 적중장

  누비질 구름은 구금실 굼실

　　　　　　　　　　　　　　　—「황강 16」 전문

박태일 씨의 시는 말의 능란한 부림과 물처럼 흐르는 가락을 큰 특징으로 삼는다. 이번 시집에서도 시인은 전통 정형시의 율격을 즐겨 동원하는 동시에 '치렁출렁' '수근소근' '옴실봉실' 같은 나름의 조어를 효과적으로 사용하고 있다. 그 결과는? 유랑과 이별, 그리고 전통 공동체의 붕괴라는 비극적 상황이 노래됨에도 시종 밝고 긍정적인 분위기를 잃지 않게 된다.

> 그 먼 나라를 아시는지 여쭙습니다
> 젖쟁이 노랑쟁이 나생이 잔다꾸
> 사람 없고 사람 닮은 풀들만
> 파도밭을 담장으로 삼고 사는 나라
> (…중략…)
> 한때 마흔 이젠 스무 집 어른들
> 집집 다 버리고 마을회관 두 방
> 문지방 내외하며 자고 먹는 풀나라
>
> ─「풀나라」 가운데서

박 씨의 시에서 구체적인 지명이 자주 등장하는데, 그 가운데서도 절은 그의 시적 자아가 가장 친연성을 느끼는 장소로 보인다. 그러나 그 절은 종교적 수련과 구도의 장이라기보다는 사람과 짐승이 격의 없이 어울리는 자연친화적 공간으로 제시된다. 박 씨의 '노래시'가 궁극적으로 지향하는 이상향이 바로 그런 곳들이다.

> 어정 어정칠월 손자 불알처럼
> 매달린 파르란 고욤
>
> 심심한 절마당 굴러 다닌다
> 시님 시님 말동무한다.
>
> ─「무척산」 가운데서

인각사 아침 법문은

버꾸기 뻐꾹 제 전생 얘기

소복 단장 나비는 기왓골만 남실거리고

비 실러 가나

말간 물밥 저 구름.

―「인각사」 전문

(2002)

대항문학으로서의 지역문학

- 경남·부산 지역문학의 경우 -

김윤식

지난 9월 18일, 경남문학관 회의실에서 『시와비평』 주최 세미나가 있었다. 제목은 '경남·부산 지역문학'. 배울 점도 많았지만 할 말도 적지 않았다. 할 말은 훗날로 남겨도 되지만 배울 것은 당장 해두는 것이 좋다. 맨 먼저 배울 점은 이 지역 문학인과 그 연구진이 지닌 열정이다. 그 열정의 성격은 다음 세 가지 항목으로 정리된다.

첫째, 경남·부산 지역이 이른바 4·19의 주체성을 확보하고 있다는 것. 4·19란 새삼 무엇인가. 우리 교육부의 규정에 의하면, (1) 대구의 2·28, (2) 마산의 3·15, (3) 4·19 고대 시위, (4) 전국적인 4·19, (5) 4·26의 이승만 하야 등의 총칭으로 되어 있다. 그렇다면 4·19의 중심체는 어디인가. (1)은 너무 이르고, (2)는 고비였고, (3)은 추상적이며, (4)는 일반적이었고, (5)는 결과론일 뿐, 그 중심체는 단연 (2)가 아닐 수 없었다. 마산시엔 '3·15과'라는 행정직제가 설치되어 있음이 이를 잘 증거한다.

둘째, 이 지역 거물급 문인들에 대한 남다른 연구진의 애착. 그들이 가장 아끼던 김정한, 이원수 등의 친일문학 행위를 발굴, 고발한 것도 이곳 연구진이었다. 애와 증의 동시적 표출이 거기 있었다.

셋째, 정지용의 육필 원고 「시집 『얼굴』을 보며」의 발굴(2003). 이곳 시인 정진업의 시집 서문 격으로 쓴 이 원고가 뜻하는 바는 실로 의미심장하다. 관점에 따라서는 시집 『하늘과 바람과 별과 시』(윤동주)에 비견되는 바 있기 때문이다.

이 세 가지는 범박하게는 독재권력, 친일문학, 좌경문학으로 요약될 터이다. 이러한 특성 앞에 전면적으로 노출된 연구진이 내세운 방법론은 어떠했던가.

"지역문학 연구는 실천적이어야 하며 대항문학이어야 하고 혁신문학이어야 한다."(박태일)

자못 선언적이며 가파르고도 단호하다. 실천과 혁신을 양쪽에 거느린 '대항문학'이란 대체 무엇에 대항하는 문학인가. 중심부 문학에 대한 대항이리라. 그렇기는 하나 이런 인식은 정확치 않을 뿐 아니라 비논리적이다. 중심부 문학이란 원리적으로는 한국 근대문학이기 때문이다. 일찍이 도남(조윤제)이 국문학에 대한 대항문학으로 중국 문학을 상정했음이 이 점을 일깨워준다. 만일 경남·부산 문학이 한국 근대문학에 대항하는 문학이라면 이는 기껏해야 오이디푸스적 과제일 수밖에 없으리라. 그래봤자 지방문학이란 중심부 문학에 내속(內屬)되는 개념이기에 그러하다. 그럼에도 경남·부산 지역문학이 중심부 문학에 대한 대항문학이어야 한다는 이 가파른 주장에는 필시 그 나름의 곡절이 있음에 틀림없다. 중심부(아비) 문학이 이런저런 이유로 건너뛴 대목이 엄연히 있음을 염두에 둘 때, 비로소 그 곡절의 성격이 선명해진다.

한국 근대문학사는 두 개의 공간을 갖고 있다. 첫 번째가 이른바 이중어 글쓰기 공간(1942. 10~1945. 8). 일제가 한국 근대문학을 식민지 제도 속으로 편입한 것은 1942년이었다. 조선어학회 사건(1942. 10. 1)이 이를 잘 말해주고 있다. 이로부터 해방될 때까지의 공간이란 한국 근대문학(중심부)의 시선에서 보면 갈데없는 암흑기(백철)이리라.

두 번째 공간은 이른바 해방 공간(1945~1948). 모두가 아는바 이 공간은 세 가지 이념으로 정리된다. (A) 부르주아 독재권력형, (B) 노동계급 독재권력형, 그리고 (C) 연합 독재권력형이 그것들. 대한민국 정식정부가 (A)형이라면 북한은 (B)형. 그렇다면 제3세력으로서의 인민민주주의 민족문학인 (C)형은 어디로 갔는가. 땅으로 스몄는가 하늘로 솟았는가 아니면 공중 분해되었는가. 중심부 문학이 그동안 적절히 정리, 평가해 오지 못한 데가 이 두 공간이었다. 어째서 한국 근대문학은 이 두 공간에 그토록 주눅 들고 머뭇거리며 오늘에 이르렀을까. 흡사 집 안에 불치의 환자를 둔 심사를 앓아야 했을까. 대항문학이 거듭 이 점을 충격하고 있는바 그 충격의 중요성은 윤리적 과제에만 국한시키지 않음에서 온다. 말을 바꾸면, 그들의 좌표축은 실증적 과제와 윤리적 과제의 동시적 추구에 놓여 있었다. 훈련받은 전문적 연구진의 역량 발휘라 해도 될 터이다.

그러나 여기에는 그들의 역량만으로는 넘을 수 없는 일정한 한계가 있다. 위의 두 공간에 대해 한국 근대문학사가 먼저 풀어야 할 윤리적 실증적 과제가 그것. 가령 글쓰기의 원본성을 염두에 두면서 이중어 글쓰기 공간을 세밀히 검토해보면 거기엔 적어도 여섯 가지 이상의 글쓰기 유형이 있어 싸잡아 친일문학이라 몰아세우기 어렵다. 해방 공간의 사정은 어떠할까. 제3노선으로서의 (C)형 글쓰기를 문제 삼을진댄, 그것은 좌·우 어느 쪽에도 속하지 않지만 동시에 그 어느 쪽에서도 은밀히 작동하고 있지 않았을까. 내면화의 과제였던 까닭이다.

이 두 공간이 안고 있는 윤리적 실증적 과제는 지역문학의 대항성에 앞서, 이 나라 문학의 성숙도에 관련된 문제계라 할 것이다.

(2007)

음악-시의 율격에 관하여

권혁웅

세 편을 예로 들어 음악을 만들어내는 세 가지 율격자질을 상세히 검토했다. 최근 시의 경우를 살펴보자.

그대 그리운 여자는 어디 있는지
그립던 여자는
모르지? 경주 지나 안강 지나 수세미 머리 소나무 외진 마을 줄팔매질 참새도 띄우며 잔부끄럼 많은 여자 스란치마 짧게 입고 숭시러버라 우사스러버라 웃음소리 말소리 콩자갈 밟는 듯해서 바람도 기웃기웃 젊은 아내 장화 죽자 내내 홀로 살다 곁에 묻혔다는 신라 적 흥덕 임금 옛사랑 뜬소문을 들었나 염치없이 몰려들어 왕릉 돈다 손뼉 친다

조선솔 빼어난 골짝
서서 어지러운
구름 여자들.

—박태일, 「구름 여자」 전문

1연 3행의 거의 전부를 떠맡은, 곡절 많은 여자의 사연이 그대로 풍경의 사연이다. 풍경은 현실태다. 여기에 연정이 있고 설렘이 있고 추억과 그리움이 있는데, 그것들은 모두 풍경의 것이며 또한 여자의 것이다. 경상도 사투리로 펼쳐진 풍경, 흥덕왕릉에 모여든 "구름 여자들"은 예나 지금이나 그렇게 수선스럽다. 오래전의 순정에 지금도 몸을 꼬는, "서서 어지러운" 여자가 "조선솔"처럼 구름처럼 거기에 있다.

1연의 1~2행과 2연이 가진 음운의 반복을 보자. "그대 그리운 여자" "그립던 여자"는 "조선솔"과 "구름 여자"와 관련된다. 유음들이 그 말들을 엮어내고 있다. 2연은 산문처럼 보이지만, 정확히는 운문으로 시작해서 산문으로 전환된다.

경주 지나/안강 지나: 도입부로 "지나"를 반복한다.

수세미 머리/소나무/외진 마을: 비슷한 말소리("수세미"와 "머리", "수세미"와 "소나무")가 반복된다. "외진 마을"은 바로 다음 부분("줄팔매질")과 소리를 공유하면서, 세 토막 형식을 공유하기도 한다.

줄팔매질 참새도 띄우며/잔부끄럼 많은 여자/스란치마 짧게 입고: 등량화된 소리 마디의 반복

숭시러버라/우사스러버라/웃음소리/말소리: "시러, 스러, 소리"와 "숭시, 우사, 웃음(/우슴/)"의 반복

콩자갈 밟는 듯해서 바람도 '기웃기웃 젊은 아내 장화 죽자 내내 홀로 살다 곁에 묻혔다는 신라 적 흥덕 임금' 옛사랑 뜬소문을 들었나: 여기까지는 산문으로, 빠른 사설이 들었다. 특히 ' ' 부분에서 두 음절로 빠르게 읽게 만들었다는 점에 주의하라(기웃-기웃-젊은-아내-장화-죽자-내내-홀로-살다-곁에-묻혔-다는-신라-적-흥덕-임금).

염치없이/몰려들어/왕릉 돈다/손뼉 친다: 다시 처음의 음악으로 돌아와, 네 음절 네 마디로 정돈된다.

박태일은 음악에 깊이 주의를 기울인 시인이다. 한 편을 더 읽는다.

어머니 눈가를 비비시더니
아침부터 저녁까지 비비시더니
어린 순애 떠나는 버스 밑에서도
잘 가라 손 저어 말씀하시고
사람 많은 출차대 차마 마음 누르지 못해
내려보고 올려보시더니 어머니
털옷에 묻는 겨울바람도 어머니 비비시더니
마산 댓거리 바다 정류장
뒷걸음질 버스도 부르르 떨더니
버스 안에서 눈을 비비던 순애
어디로 떠난다는 것인가 울산
방어진 어느 구들 낮은 주소일까
설문은 화장기에 아침을 속삭이는 입김
어머니 눈 비비며 돌아서시더니
딸그락 그락 설거지 소리로 돌아서
어머니 그렇게 늙어시더니
고향집 골짝에 봄까지 남아
밤새 장독간을 서성이던
눈바람 바람.

—「어머니와 순애」 전문

이 시에는 슬픔의 리드미컬함이 있다. "눈가를 비비시"는 어머니의 손
길은 끝에 가서 "밤새 장독간을 서성이던/눈바람 바람"으로 변형된다.
결국 "눈바람 바람"은 "비비시더니"의 리듬에 실려 왔다고 해야 한다.
바람은 음소 /ㅂ/에 의해 그 모든 걸 끌어안는다. 어머니는 눈가를 비비셨

을 뿐인데, 이미 그 행동에는 너무 많은 사연이 있다. "비비다"라는 술어는 몇 가지로 변형되면서 시행을 분절하고 결속한다. 눈가를 비비다(1행)－아침부터 저녁까지 비비다(2행)－순애가 떠나는 버스 아래서 전송하며 비비다(3~7행)의 확장은 하나의 동작(1행)에 시간성(2행)과 공간성(3~7행)을 부여하는 확장인데, 조심하라고 손을 젓다(4행), 내려보고 올려보다(6행), 떨다(9행), 돌아서다(14행), 늙다(16행)로 변형된다. 눈을 비비는 동작하나에 그토록 많은 의미소가 들어 있었던 것이다. 이 분절과 변형을지탱하는 것은 어미 "-더니"와, "어머니" 자신이다. "-더니"는 회상과여운을 담은 어미이며, "어머니"(이 안에는 "머니"가 들어 있다)는 그 자체로회상과 여운의 상징이다(어머니는 고향이며 슬픔이다).

이 시에서 마디 규칙이 변형되는 곳에는 거의 항상 "-더니"나 "어머니"가 등장한다. 이 시를 노래로 만드는 음소와 음절에 의지하여 시의 배치에주목해보자.

어머니/눈가를/비비시더니//

아침부터/저녁까지/비비시더니//

어린 순애/떠나는/버스 밑에서도//

잘 가라/손 저어/말씀하시고

사람 많은/출차대//차마 마음/누르지 못해//

내려보고/올려보시더니//어머니

털옷에 묻는/겨울바람도//어머니/비비시더니//

마산/댓거리/바다 정류장//

뒷걸음질/버스도/부르르 떨더니//

버스 안에서/눈을 비비던/순애//

어디로/떠난다는 것인가/울산//

방어진/어느 구들/낮은 주소일까//

설문은/화장기에/아침을 속삭이는/입김//

어머니/눈 비비며/돌아서시더니//

딸그락 그락/설거지 소리로/돌아서//

어머니/그렇게/늙어시더니//

고향집/골짝에/봄까지 남아//

밤새/장독간을/서성이던

눈바람/바람// (고딕체 강조는 인용자)

세 마디 리듬에 기초해 두 마디 혹은 네 마디 리듬이 몇몇 반복되는 음소에 의해 지탱된다는 것을 알 수 있다.

"(어)머니"와 "더니"의 반복: 어머니의 사랑이 눈가를 비비는 행위로 나타난다.

"-시더니"와 "버스"와 "바람"과 "밤새"의 반복: 어머니는 눈가를 비비고, 순애는 버스를 타고 떠난다. 남은 어머니의 밤을 지키는 것이 "눈바람"이다.

"순애"와 "울산'의 교차: 음운에 기댄다면 순애는 반드시 울산으로 갔을 것이다.

이 규칙에 맞지 않는 부분은 10~13행까지인데, 이 부분은 어머니에게 속한 것이 아니라 순애에게 속한 것이다. "버스 안에서 눈을 비비던"이라는 촘촘한 음절들의 주인은 "순애"이며(10행), "어디로 떠난다는 것인가"라는 긴 의문의 대답이 "울산"이며(11행), "어느 구둘 낮은 주소일까"라는 나지막한 의문이 걸친 장소가 "방어진"이며(12행), "설문은 화장기에 아침을 속삭이는" 곤고한 삶을 집약하는 이미지가 "입김"이다(13행: 때는 겨울이다). 어머니의 슬픔 사이에 삽입된 순애의 삶은 리듬을 흩을 만큼 쓸쓸한 것이며, 그것을 알기에 어머니는 더욱 슬프다.

(2010)

20세기 소년과 21세기 소년

- 박태일의 「붉은 여우」 -

나민애

경상도 방언은 상황에 따라서는 매우 정겹지만, 그다지 아름답게 들리지는 않는다. 그래서 미학적인 시를 만드는 시어로 활용하기에 적합하지 않다는 편견이 있다. 이 편견을 깬 첫 공로는 박목월 시인에게 있다. 그리고 박태일 시인의 『풀나라』 역시 편견은 편견일 뿐이라는 점을 여실히 보여 주었다.

박태일 시인은 모국어 중에서도 자기 지방어의 토속적 입맛을 제대로 활용해 내는 작품을 보여 주었다. 경상도 방언을 맛깔나게, 구성지게, 그러면서도 재미나게 시에 들여온 예는 많지 않다는 점에서 이 시인의 작업은 주목될 수 있다.

가을을 벗어 둔 채 기러기 가족도 떠났습니다 낮으면 낮은 대로 높으면 높은 대로 모자를 쓴 듯 무덤에 들겠습니다 바람발에 흙발에 차이고 밀리면 뒷날 그 아니 좋은 꽃밭일지요 마른내 따라 자작나무 산울타리 밀어두고 사슴 늑대 다 잠든 뒤에도 달리겠습니다 한 걸음 두 걸음 울컥울컥 내딛는 어둠 속에서 도마뱀처럼 꼬리를 씹겠습니다 가다 저물겠습니다 보름달도 혀를 물

고 성에꽃처럼 얼어붙는 겨울 별똥별에 태운 무릎뼈를 핥겠습니다

　저는 붉은 여우
　이승 저승에 별승까지 있다 하니
　몇 삶 더 떠돌다 오겠습니다
　두 백 년은 기다려 주시기 바랍니다

—「붉은 여우」 전문(『서정시학』 여름호)

　이번 신작은 토속어의 활용과는 별 상관없어 보인다. 그럼에도 이 작품에서 시인이 사용하는 언어 감각은 매우 탁월하다. 그의 전작들과 함께 놓고 본다면, 박태일 시인은 토속어 활용 역시 언어 전체에 대한 관심과 고민이라는 주제 안에서 이루어졌음을 미루어 생각할 수 있다. 그리고 이 시인은 언어 자체를 중시해서 말과 말이 이루는 자장을 최대화시키려는 유형의 시인으로, 사전을 옆에 끼고 공부하는 시인이 아닐까 상상하게 된다. 신작 시에서 재미있는 부분은 관습적 표현을 보기 힘들다는 점이다. 가을을 벗은 기러기라든가, 무덤에 들겠다든가, 도마뱀처럼 꼬리를 씹는다든가, 보름달이 혀를 문다는 부분들은 모두 신선해서, 시의 풍취를 고취시킨다. 시인의 이 새로운 표현이 무엇을 의미하는 것일까. 독자의 관심을 자극할 뿐 아니라 두 번 세 번 생각하고 유추하게 만들어 읽는 재미가 있다.
　마지막 연에 "이승 저승에 별승까지 있다 하니"라는 구절은 간단한 언어 유희가 아니라 '붉은 여우'의 영역을 확장해서 그것의 가치를 확대하는 역할을 하고 있다. 우리가 모르던 어떤 신기한 생물체가 있어, 그것의 숨겨진 전설을 보여 주는 듯하다. 새로운 언어 표현법을 발굴해서 하나의 대상이 지닌 의미의 진폭을 넓혀 주는 예라고 할 수 있다. 시인이 주목한 '붉은 여우'의 전후 사정이 더욱 궁금해지는 가운데 그의 다음 작품을 찾아 읽어볼 이유가 생겼다.

(2011)

한국 현대시의 품격과 미학에 대한 성찰

이동순

단순성과 순진성의 미학

나는 오늘 단순성의 미학에 대해서 먼저 이야기하려고 한다.

일찍이 프랑스의 시인이자 비평가였던 폴 발레리(Paul Valery)는 세상에 존재하는 두 가지 단순성을 진작 주목해 왔다. 그 중 하나는 결핍에서 오는 소박한 단순성이고, 다른 한 가지는 과잉과 탐닉에 대한 환멸 때문에 빚어지는 단순성이다. 이 두 가지 단순성 가운데서 우리는 나중엣 것을 눈여겨볼 필요가 있다.

가만히 성찰해 보라. 작금의 한국 문단 주변에는 필요 이상의 병적인 과장, 과민, 과열 상태를 양산하는 자들로 인하여 얼마나 피로와 현훈(眩暈)을 느끼고 있는가? 그들은 표현, 시적 기교, 창작 스타일, 문체, 비유라는 허울 좋은 명분을 앞세우며 문단 분위기를 얼마나 위선과 기만의 도가니로 급격히 빠져들게 하고 있는가. 이러한 현상은 비단 어제 오늘의 일이 아니다. 이것은 오랜 세월 동안 식민지와 분단을 겪어 온 문단이 필연적으로 봉착하게 되는 위기였다.

하지만 여기에 대하여 우리가 갑자기 충격을 받을 필요는 전혀 없다. 고대 그리스의 예술품들이나 한국 고대의 토우(土偶)들이 지니고 있는 독특한 단순성, 순진성을 보라. 표면적으로는 얼마나 소박하고 단순하며 순진한가. 그러나 그 속에 내재된 깊고 풍부한 철학성은 세월이 경과할수록 서서히 신선한 울림으로 작용하게 되는 것이다.

문학과 예술에 있어서의 진정한 단순성이란 깊고 풍부한 철학성은 세월이 경과할수록 서서히 신선한 울림으로 작용하게 되는 것이다.

문학과 예술에 있어서의 진정한 단순성이란 깊고 풍부한 철학성을 겉으로 강하게 드러내려는 의지를 전혀 갖고 있지 않다. 오히려 존재의 본질 속에 고도로 농축된 철학성을 암묵적으로 담백하게 보여 줄 뿐이다. 이 계절에 발간된 다수의 문학지, 시 전문지, 시집들을 두루 일별하는 경험을 가졌는데, 읽고 난 느낌은 번잡(煩雜)과 훤소(喧騷)란 두 단어로 압축된다. 발표되는 시 작품은 많아도 시의 진정한 맛을 느끼게 하는 좋은 작품을 발견하기란 심히 어렵다. 그래도 앞에 말한 단순성과 순진성에 적절히 부합되는 시 작품을 몇 편 만날 수 있어서 그나마 다행스러웠다.

시간의 단순성, 삶의 순진성을 가장 절실하게 체험할 수 있었던 것은 바로 몽골 여행이었다. 나의 여권에는 몽골 비자가 무려 14장이나 붙어 있다. 그러지 않아도 몽골은 그 매력 때문에 차츰 빠져드는 늪이라 표현하는데, 한 나라를 이렇게 빈번히 다녀오게 하는 동력은 과연 무엇일까? 한반도보다 무려 여섯 배나 넓은 광대한 영토를 가진 몽골의 전체 인구는 고작 300만 명 정도밖에 되지 않는다. 몽골에서 울란바토르라는 수도권을 벗어나면 거의 사람 구경을 하기가 어렵다. 어쩌다 대초원 저 끝에서 드물게 시야에 들어오는 유목민의 양털 천막집 게르가 이따금 보인다. 그 게르의 내부는 또 어떠한가. 꼭 필요한 기본 살림만 있을 뿐이다. 우리처럼 너무나 많은 살림이 집 안 가득 쌓여 있는 경우란 상상도 하지 못한다. 척박하고 열악한 환경 속에서 모든 것이 아쉽고 불편하기만 한 몽골을 여행해 다니며 나는 시간의 단순성, 삶의 담백성이 지니는 깊은 철학을 뼈저리게 깨달았다.

그런데 시인 박태일은 이러한 몽골에 가서 거의 일 년 열두 달을 강풍과 황사, 모진 추위와 폭양 속에서 인내하며 살았다. 뿐만 아니라 시인은 자기 숙소에만 틀어박혀 있지 않고 몽골의 구석구석을 찾아다니며 사람들이 살아가는 형편, 그들의 마음속 풍경을 두루 살피고 시적 재료를 수집하였다. 그 과정에서 더러는 낯선 곳에서 심각한 위기에 봉착하기도 하였다. 시인이 몽골에서 돌아와 그 시절을 떠올리며 한 편 두 편씩 발표하는 몽골 테마시를 대할 때마다 나는 몽골을 익히 경험한 사람으로서 남다른 감회를 느끼며 시인의 작품을 주의 깊게 읽었다. 이번에 발표된 시 「여름」(『시와시학』 여름호, 2011)에는 하루 온종일 대초원을 달리는 시간의 경과가 멋진 압축으로 그려진 한 폭의 풍경화로 집약되어 있다.

널찍하니 높다라니 뿔이 쌓여 있다 아이가 지나간다 검둥개가 섰다 간다 아침에도 두 마리 양가죽을 벗겼다

잿빛 뿔 무더기는 가시관에 남루를 걸쳤다 어디서 보았을까 이제 들쥐들 자러 오리라 이부자리 펴고 달래꽃 섶으리라

신기루를 글썽거리는 길 사막으로 내려가는 차는 끊기고 게르 위에 널어 둔 저녁 끼때 양고기는 벌써 노을빛이다

—박태일, 「여름」 전문

시에 그려진 바로 이러한 풍경이 몽골 대초원의 전형적인 그림이다. 척박한 환경에서 그 악조건을 극복해 가며 살아가는 몽골 사람들의 꿋꿋하고 당찬 모습이 잘 그려져 있다. 그 어떤 시적 기교와 풍부한 표현 욕구, 혹은 그러한 충동을 겉으로 전혀 나타내지 않고 있다. 하지만 그 행간의

배면에 짙게 깔려 있는 것은 결코 범상치 않은 단순성과 순진성의 철학적 울림이다. 한국 문학사에서 그 호흡을 비견하자면 백석(白石, 1912~1995)의 시 「광원(曠原)」에서 느낄 수 있는 시적 표현의 담백한 맛, 혹은 분위기와 매우 유사한 문체나 전개 방식을 채택하고 있다는 사실이 이채롭다.

(2011)

미명에 그리다

– 황강의 박태일 시인에게 –

김윤배

창으로 희붐한 새벽이 옵니다. 새벽안개가 금광호수를 자욱하게 덮고 있습니다. 마침내 봄입니다. 그 때도 봄이었습니다. 우리 일행이 남도를 여행하는 일정 속에서 박 시인을 만나게 되었던 것입니다. 나와는 첫 만남이었습니다. 남해의 물빛이 감청색으로 푸르렀습니다.

소주잔을 기울이는 자리였던 것으로 기억됩니다. 나는 박 시인 어깨너 머로 보이는 남해의 물빛을 보고 있었습니다. 물빛은 시간이 흐르며 여러 번 바뀌었습니다. 연옥에서 옥색으로 청색에서 감청색으로 몸빛을 바꾸 던 남해는 암청색에 이르러 하늘을 가로지르던 해를 수평선 위로 끌어내 렸습니다. 수평선 위에서 붉게 타오르는 해를 보며 우리들은 소주잔을 빠르 게 돌렸습니다.

그 때 나는 박태일 시인의 옆얼굴에 비낀 붉은 바다를 보았습니다. 참 아름다운 모습이었습니다. 조용히 마시며 조용히 웃으며 조용히 말하 며 조용히 응시하는 박 시인은 시와 사람이 저렇게 같을 수도 있구나, 저 고즈넉한 표정에서 맑고 깊은 그리움의 시편들이 고여 넘치는 것이구 나, 생각하며 다시 남해 바다를 보고 있었습니다. 물빛은 이미 검붉어 원근이 사라지고 봄밤이 바다로 나서고 있었습니다.

그 후 나는 박 시인을 만날 수 없었습니다. 남쪽 지방을 여행 할 기회가 없었습니다. 다시 남행을 하게 된다면 나는 박 시인의 고향인 합천의 율곡면 문림마을에 가보고 싶습니다. 황강이 마을을 감싸 흐르는 곳, 그 곳에 박 시인의 유년의 발자국들이 찍혀 있을 것입니다. 그 작은 발자국들을 만나보고 싶습니다. 유년의 발자국이 찍힌 자리는 문림리, 백석리, 원평리, 제내리, 마량, 연산동, 간월산, 명지, 당목, 점골, 가덕, 신어산, 황강 등입니다. 모두 박 시인의 시에 등장하는 공간들입니다. 지금쯤 황강은 꽃비를 얹어 문림마을에 닿을 것입니다. 백석이나 원평의 하늘은 어떤 빛깔로 깊을지요. 수많은 지명이 호명되는 곳에 박 시인의 그리움이 강물처럼 흐르고 있는 것을 느낍니다.

우리들의 우정은 서로의 시집이 나올 때마다 나누어 갖는 것으로 돈독 했습니다. 지난 해 나는 1937년 연해주의 한인 강제이주의 비극적인 역사를 배경으로 한 장시 『시베리아의 침묵』을 상재했고 박태일 시인은 2006 년부터 1년간 머물렀던 몽골의 체험을 감동적으로 그린 다섯 번째 시집, 『달래는 몽골 말로 바다』를 상재해서 서로 나누었습니다. 이런 교류가 오랜 동안 만나지 못하면서도 늘 박 시인이 옆에 계신 것 같은 착각을 하게 하는지도 모릅니다.

세월이 참 빠르게 흐릅니다. 만나뵌 지 10여 년이 훌쩍 넘었습니다. 나는 안성의 금광호수 옆에 작은 작업 공간, 〈시경재(詩境齋)〉를 마련하고 그곳에서 음악을 듣기도 하고 대학이나 대학원에서 가르쳤던 제자들을 만나기도 하고 가끔 찾아주는 시인들과 술잔을 기울이기도 합니다. 호수에 잠기는 차령산맥의 산색에 넋을 놓는 일이 자주 있습니다. 시간이 창밖으로 조용히 흐르는 모습을 보는 일이나 호수를 붉게 물들이며 서산으로 지는 해를 보는 일은 조금은 쓸쓸한 일입니다. 그 쓸쓸한 시간이 내겐 사유의 시간이기도 하고 청람의 시간이기도 합니다. 홀로 견디는 쓸쓸함 뒤에는 그리움이 봄밤처럼 부드러운 촉감으로 서 있습니다. 그

때 읊조리는 시가 박 시인의 「그리움엔 길이 없어」입니다. "그리움엔 길이 없어/온 하루 재갈매기 하늘 너비를 재는 날/그대 돌아오라 자란자란/물소리 감고/홀로 주저앉은 둑길 한 끝"을 읊조리고 나면 가슴이 서늘해집니다.

이 봄은 아무래도 『달래는 몽골 말로 바다』의 둥근 그리움에 취해야 할듯 합니다. 황무한 땅의 사람들이 둥근 겔을 별자리처럼 이동시키며 사는 이야기 속에는 흰 말머리뼈도 서럽고 낙타의 눈물도 서럽고 재빛 어둠을 건너오는 늑대들의 눈빛도 서럽습니다. 그러나 박태일 시인의 서러움은 결국 그리움에 닿습니다. 그 그리움 속에 내 벗은 발을 밀어넣고 싶은 봄입니다. 봄이 깊어집니다. 박태일 시인의 눈빛이 더욱 깊어질 계절입니다.

(2014)

비둘기 날다

- 서양 철학의 눈으로 읽는 한국시의 생태의식 -

송용구

오스트리아의 철학자 마르틴 부버(Martin Buber)는 그의 저서 『나와 너』에서 자연을 '그것'이나 '대상'으로 보지 말 것을 강조하였다. 마르틴 부버의 '관계' 철학의 관점으로 바라본다면 김현승이 노래한 '나무'는 '나'와 동등한 위치에서 서 있는 '너'로서 존중받아야 한다. 상대주의 관점에서 출발하는 부버의 '관계' 철학은 데리다의 해체주의 철학과 정신적 혈연관계를 맺고 있다. 부버와 데리다의 시작으로 바라본다면 한 그루 나무, 한 마리 새, 한 송이 꽃은 고유성과 독립성을 갖춘 타자(他者)로서의 '너'를 뜻한다. 그러나 '나'와 '너'의 차이를 인정할 때 '나'는 '너'에게, 그리고 '너'는 '나'에게 "온 존재를 기울여" 도움을 줄 수 있다. 비로소 나와 너 사이의 바람직한 '상호관계'를 이룰 수 있는 것이다.

데리다가 말했던 '나'와 '타자' 사이의 '차이'를 인정한다면, 부버가 강조했던 '나'와 '너'의 '상호관계'는 자연스럽게 이루어질 수 있다. 사람과 자연의 존재양식, 역할, 능력이 서로 '다르다'는 것을 인정한다면 사람의 문화가 바뀔 수 있다. 자연친화의 생활방식과 생명존중의 생활방식이 이루어지는 '생태사회'에서 살아갈 수 있다. 사람으로서의 '나'는 자연으로서의 '너'로부터 공급받는 맑은 공기, 의식주의 혜택, 녹색의 평화에 대해 감사할 수 있다. 그 고마움에 대한 보답으로써 마르틴 부버의 말처럼 "온 존재를 기울여" 한 그루의 나무를 보살필 수 있다. 보살핌을 일상의 문화로 정착시킬 수 있다.

그러나 한국 시인들이 노래해 왔던 자연과 사람의 동반자 관계는 대도시의 문명사회 안에서 점점 더 이완되고 있다.

독일 시인 마르가레테 한스만은 자신의 시 「도로공사」에서 "살점을 파고드는 도로에/소리 없이 으스러지는/나무들//숨통을 끊는 것이 이토록 간단할 줄이야!"라고 비탄의 울음을 토해내지 않았던가? 자본과 과학 기술을 우상처럼 숭배하는 대도시의 공간 속에서 '자연'은 도시인들의 소유와 편리를 만족시켜 줄 도구로 전락하고 있다. '나무'는 생명이 없는 물건으로 타락해 간다. 나무와 나의 동반자 관계가 헐거워진다. 그러므로 '나무'라는 녹색의 미디어를 통하여 만날 수 있었던 '세계'와 나의 관계도 단절된다. '잿빛'이 드리워가는 자연과의 단절된 현상을 박태일의 시에서 읽어보자.

구구 꾸룩꾸룩 헛배를 다독거리며
식은 네온 간판 위나 전깃줄에 붙어앉아
깃털을 씹다가 솎다가 부비다가
로터리 투자신탁 상업은행 빌딩까지 기웃거리는 비둘기
새끼 비둘기는 드물다 어느새 몸이 붙어
어른스럽다 플라스틱 좁쌀이며 껌 부스러기
사람들이 찢어버린 가계수표 긴급대출
빳빳한 비닐 종이 신맛으로 모이주머니를 다듬기도 하면서
어쩔 수 없지 맑은 유리날에 밟히는 식도
사람 가까이로 도시로 몰려들어 먹이를 빌어온
모진 조상들 버릇 탓에 어쩔 수 없지

목덜미에 죽지에 제법 화려한 잿빛 기름때를 뽐내며

어느새 내 몸을 누비는 싱싱한 암 덩어리

서면 육교 위를 살풋 날아올랐다

덕용 돈표 성냥할 만한 눈을 빨갛게 밝히면서

구구 꾸르륵 제 아비가 갈겨놓은 마른 똥을

잽싸게 쪼아먹는 새끼 비둘기.

—박태일의 「비둘기 날다」 전문

　　마르틴 부버의 눈으로 박태일의 시를 읽는다면 자연과 사람의 '상호관계', 즉 '너'와 '나'의 상호관계가 깨졌다고 말할 수 있다. 도시인들이 자연을 '그것'이나 '대상'으로 취급하면서 자연을 기능적 도구로 사용하는 데 익숙해졌기 때문이다. 박태일의 시에 등장하는 퇴화된 '비둘기'의 모습은 현대 도시인들의 잘못된 자연관(自然觀)을 있는 그대로 드러낸다. 지금 '도시' 안에서 거주하고 있는 비둘기의 움직임을 살펴보자. '새'의 본성대로 날아가는 모습을 찾아보기 어렵다. 몇 끼를 굶은 걸인처럼 "네온 간판 위나 전깃줄에 붙어 앉아" 아스팔트를 내려다보고 있다. '헛배'를 채워줄 사람들의 과자 조각을 기다리며 "투자신탁 상업은행 빌딩" 주변을 '기웃거리는' 데 여념이 없다. 마르틴 부버의 관계 철학과 자크 데리다의 해체주의 사상을 융합시킨 생태주의 편지를 '비둘기'에게 띄워 보자.

　　나의 이웃으로 나와 함께 살아왔던 '너' 비둘기여! 너는 사람이 휘두르는 기술문명의 폭력으로 인해 산(山)이 아닌 아스팔트 위로 내몰렸다. 너는 숲이 아닌 빌딩의 정글 속으로 추방당하였다. 너는 집이 아닌 간판과 전깃줄 위로 퇴출되었다. 비둘기여! 너는 풀벌레가 아닌 플라스틱을, 곡식알이 아닌 유리 날을 쪼아 먹는 부랑아가 되었다. 잿빛 도시의 감옥에 유폐되어 날아오르는 본능이 녹슬어가는 너의 모습은 나를 포함한 도시인들의 자화상인가?

(2016)

관점의 차이와 시의 성공

신진

혼히 표현론을 객관론과 대척적인 관점으로 이해한다. 하지만 실제에 있어 둘은 연동되어야 할 상호보완적인 입장에 있다 할 수 있다. 아무리 개성적인 표현이라 할지라도 나름의 질서, 이미지, 리듬의 통일성을 갖추어야 하고, 역으로 객관론적 언어조직에 성공한 시라 할지라도 독창적 표현을 갖추지 않으면 성공적인 시 쓰기에 이를 수는 없는 것이다.

형식보다는 내용을 중시하는 것이 동양에서의 전통이라면, 객관론 또는 구조론적 관점은 형식 중심의 시관으로 서양의 전통적인 시관이라 할 수 있다.

앞의 모방론, 표현론, 효용론 등의 논리적 한계에 대한 대응책으로 시를 시 자체로만 놓고 보려는 입장이 객관론이다. 자족적 실체로서의 리듬, 이미지, 의미 등 언어 조직을 존중한다. 이 입장에서 서구 비평가들에 의해 형성된 이론이 러시아형식주의, 뉴크리티시즘, 구조주의 등. 이들은 시를 시인과 독자 그리고 현실세계와 독립한 자족(自足)하는 존재(being of sufficient)로 본다. 문학작품이 모방의 대상, 표현주체, 독자와의 관계를 떠나 그 자체 독자적으로 존재하는 자율성을 가지고 있다는 것이다. '포괄의 시'(I. A. Richards)니, '형이상학의 시'(J. C. Lansom)니, '비순수의 시'(R. P. Warren)니 하는 분류도 모두 시의 형식적 가치를 표현한 것이다. 도시건축에서 가장 아름다운 모양을 심플한 소재의 개성적인(복잡한) 형태에서 찾는 것과 같은 이치라 할까? 우수한 시는 복합적인 체험을 새로운 질서라는 소통로를 열어둔다 할 것이다.

역사의 뒤로 사라진 묵은 주변부 양식을 빌어 현재에 대응하는 것도 차이 나는 세계로 가는 방안의 하나일 것이다.

고문체와 지방어로 자신의 주체적 세계관−자아와 공동체가 호혜적 연대감 속에서 아름답게 빛나는 세계를 표현하는 시인도 있다.

광음이 흐르는 물과 같아 못 뵈온 지 벌써 여러 해 짧게라도 전해 올린 봉서 없사오니 어찌 동기간 알뜰한 정이라 하오리까 물 설고 사람마저 낯선 땅에서 남의 어버이 섬기고 남의 동기 따르는 아녀자 옛법이 원망스럽습니다 아지 못할 새 꽃 피고 새 우는 봄 날씨에 어머니 만강하옵시며 오라버니 오라버니댁 질아 두 오누이 두루 무탈하온지 알고 접습니다 아버지 환중이실 때 이리 구완 저리 구완 쓰라렸을 일들 차마 저에게 보이지 않으려 하시던 마음 쓰심이 해를 건너 눈물 더하게 합니다 민물장어국이 오지다 하여 끼때 맞추어 올리시던 오라버니댁 손길이 더욱더욱 도타왔습니다 오라버니 한 번 친정 걸음이 매양 어렵더니 이제금 용기를 내었습니다 다가오는 청명 한식 아버지 산일 때는 기별하여 주시오소서 하로라도 열흘처럼 기다릴까 합니다 남은 말씀은 뵈온 뒤로 미루옵고 이만

동생 총총

—박태일, 「광음이 흐르는 물과 같아」 전문

서문, 본문, 결문을 갖춘 내간체 서신 형식이다. 오늘의 도시사회에서 보기 어려운 봉서(封書)가 아닐 수 없다. 진정어린 혈육지정이며 병구완이

며 민물장어국에 얽힌 토속의 정성이며, 산(山) 제사(祭祀) 날을 맞아 혈육과 함께할 친정 나들이가 젊은 부인 화자에겐 여간 그립고 귀하고 마음 설레게 하는 일이 아니다.

민중 공동체적 연대감과 예의범절, 삶의 기쁨과 슬픔이 어우러진 체험을 부녀자간의 내간체를 빈 방언들로 곡진하게 빚어낸다. 그로써 산업사회적 증상들—서구화, 파편화, 해체, 합리화 등에 대응한다고도 할 수 있다. 근대시 양식을 기준으로는 탈장르적 표정으로 읽을 수도 있겠거니와 이는 만해 한용운이 일제의 어두운 날을 견디며 그 속에 개체 헌신적, 공동체적 절대 화해의 세계를 담았던 양식이요, 백석 시인이 줄기차게 조명하고 목 놓아 불렀던 전통 민중 생활 언어라는 주변부 양식의 중심화 전략이기도 할 것이다.

전반적으로 소극적 고백 같기도 한 시이지만 전통적 연대사회를 향한 자아의 진정어린 체험을 형상화한 예가 된다. 사회적 성공 여부는 역설적으로 만해나 백석과의 차별성, 그리고 실제 오늘의 독자에게 받아들여지는 현실감의 정도에 달려 있을 것이다.

이 시뿐 아니라, 앞에 든 예시들도 자족적 존재로서의 자질과 반영성, 교훈·쾌락의 효용성, 독특한 정서와 표현을 나름 갖추고 있다 할 수 있다. 성공 여부와 정도는 일반에 대한 특수성, 표현 속 맥락의 진정성과 적합성에 달린 문제라 할 것이다.

존재란 무릇 차이에 의해 존재한다. 실존은 새로운 상황, 새로운 지향성 속에서 실재한다. 우수한 시는 차이 나는 맥락과 표현을 이루고 있다. 다른 각도에서 보면, 차이 나는 표현에서 창의성과 진정성이 담보될 때 감동의 계기가 일게 된다 할 수 있다.

차이는 공통성 밖에 있지만 공통성을 바탕으로 존재하는 것이다. 성공한 시는 매순간 해당 시각의 시적 체험에 걸맞는 차이와 공통의 황금비율에서 탄생한다. 언어로, 논리로 온전히 닿을 수는 없는 자기의식(自己意識)의 인격체이다. 시는 매순간의 인식, 감정, 의지, 미학 등으로 이루어진 언어 생명체인 것이다.

사회의 공평한 평가와 독자들의 열린 의식 또한 현재적 통념을 넘어서는, 성공한 시를 수수(授受)할 수 있게 하는 또 하나의 요건이 된다 할 것이다.

(2018)

제5부 시읽기

여항에서 —— 김재홍

폐왕을 위하여 1 —— 김재홍

불영사 가는 길 —— 이숭원

김해군 주촌면 내삼 관동댁 —— 서석준

인각사 —— 박덕규

점골 —— 강은교

불영사 가는 길 —— 고성만

그리움엔 길이 없어 —— 강은교

그리움엔 길이 없어 —— 김재홍

법화사 —— 고인환

감꽃 —— 임영석

풀나라 —— 김승립

구천동 —— 장석남

그리움엔 길이 없어 —— 이윤옥

인각사 —— 임영석

축산항 1-아침 기상 —— 배한봉

팔조령 지나며 —— 이종암

꽃마중 —— 임영석

탑리 아침 —— 이종암

사랑을 보내놓고 __ **정호**

여항에서 __ **손택수**

그리움엔 길이 없어 __ **이민아**

그리움엔 길이 없어 __ **하응백**

풀나라 __ **김광재**

오슬라레 오슬라레 __ **이상국**

달래 __ **김민정**

달래 __ **정호**

수호바트르 광장에 앉아 __ **나기철**

들개 신공 __ **황인숙**

사막 __ **김광규**

순천만 __ **박상익**

을숙도 __ **오정환**

해당화 __ **이명수**

두실 __ **임영석**

화룡에서 횟술을 __ **채상우**

붉은 여우 __ **주영헌**

이별 __ **최원준**

그리움엔 길이 없어 __ **손택수**

어머니와 순애 __ **나민애**

여항에서

김재홍

산 겹겹 물 망망 세월 건너온 기러기는 새로이 깃들일 땅을 내려다본다 사람의 뼈와 왕모래가 섞여 빛난다 앞다퉈 몰려오던 샛강물 안개도 두근두근 부딪다 물러서는 기스락이다 하얗게 터진 별 부릴 다듬어주던 갈기구름의 추억도 먹빛 죽지에 묻었는가 백 마라 천 마리 출렁출렁 밑둥을 옮기는 기러기 쇠기러기

옛길에 떠밀려 새길로 나선다 얼부푼 논둑 따라 따뜻한 쥐불자리 쥐불냄새 외우 선 당집 홰나무 비알에서 된바람은 지나온 골골 상처를 핥고 늘비늘비 햇살지기 먼 능선이 금줄처럼 늘어선다 신갈나무 가장이마다 차운 맨살이다 금빛 얼음꽃이 박혔다 타타타타타 타타타타타 어디랴 동서남북

기러기 나라 물마을이 깜박 저문다.

박태일 시의 한 장점은 자연을 육화하면서 심도 있게 내면화한다는 점이다. 자연을 대상으로 하되 그 속에 인간의 뼈와 살을 육화하고 혼의

숨결을 스며들게 하여 무게와 깊이를 더해 주는 것이다. 아울러 감각적 형상도 내밀하게 갖추고 있어서 이 땅 신서정시의 가능성을 확대하고 심화하는 데 이바지하고 있다. 이 시에서도 이러한 가능성을 읽을 수 있어서 관심을 환기한다.

(1994)

폐왕을 위하여 1

김재홍

폐왕은 여름에 떠나 가을에 이르렀다
나라 망가지니 묵정밭 돼지감자 씨알만 차고
불알 마르는 사내를 위해 아낙들은
자주 돼지감자를 굽는다

힘든 일이다 세삼
나라 이야기 끝자락을 마무리하기란
감실에 묻은 웃대 서책에는 더
기댈 길이 없다 귓밥 긴 내림에
편편한 발바닥이 늘 부끄러웠던 폐왕

동쪽 벌 김해는 한달음 눈앞인데
떠나오던 길에 밤비 산허리를 끊고
얼굴 젊은 딸들이 역사 적는 이를 울렸던가

폐왕 나드는 길 사람들이 돌을 쌓고
너구리 누린 오줌을 갈겨도
어금니 마주쳐 골골 날다람쥐를 부르며
붉은 여울돌로 책력을 짐작한다 폐왕

차선책이 원칙임을 깨닫고부터
영 말을 잃어버렸던,

*경남 산청 두류산 기슭 왕산에는 김해를 중심으로 번성했던 금관가야 마지막 임금 구형왕의 능으로 일러오는 돌무덤이 있다. 양왕릉이라 불리는 그 속을 들여다본 이는 아직까지 없다.

1980년 『중앙일보』로 등단하여 제1회 김달진문학상을 수상한 바 있는 박태일은 사물의 내면을 깊이 있게 바라보면서 삶에 대한 슬프면서도 따뜻한 애정을 드러내고 있어서 관심을 끈다. 시 「폐왕을 위하여 1」은 소외된 것들, 사라져가는 것들에 대한 애정을 기울이면서 우리말이 지닌 살결과 혼결, 숨결과 무늿결을 깊이 있게 탐구하고 있는 것이 특징이다. 근자에 펴낸 시집 『약쑥 개쑥』이 그 한 성과에 해당한다.

(1995)

불영사 가는 길

이숭원

구름 보내고 돌아선 골짝

둘러 가는 길 쉬어 가는 길

밤자갈 하나에도 걸음이 처져

넘어진 등걸에 마음 자주 주었다

세상살이 사납다 불영 골짝 기어들어

산다화 속속닢 힐금거리며

바람 잔걸음 물낯을 건너는 소리

빙빙 된여울에 무릎 함께 적셨다

죽고 사는 인연법은 내 몰라도

몸이야 버리면 다시 못 볼 닫집

욕되지 않을 그리움은 남는 법이어서

하얀 감자꽃은 비구니 등줄기처럼 시리고

세상 많은 절집 소리 그 가운데

불영사 마당 늦은 독경 이제

몸 공부 마음 공부 다 내려놓은 부처님은

발등에 묻은 불영지 물기를 닦으시는데
지난달 오늘은 부처님 오셨던 날
불영사 감자밭 고랑에 물끄러미 서서
서쪽 서쪽 왕생길 홀로 보다가
노을에 올라선 부처님 나라
새로 지은 불영사 길
다시 떠난다.

　박태일은 최근에 이르러 토속적 소재를 토속적 어휘로 표현하는 작업에 힘을 기울여 왔다. 거기에 비해 이 작품은 전통적인 시형식을 그대로 유지하면서 일상적 어법을 채용하고 있어서 편안하게 시의 세계 속으로 다가서게 한다. 그러나 대상을 바라보고 그것을 묘사하는 시인의 감각은 여전히 날카롭고 섬세하다. 그리고 시를 소리내어 읽어보면 자연스럽게 운율의 아름다움이 솟구치는 것을 감지하게 된다. 편안한 언어와 편안한 형식을 유지하고 있지만 만만치 않은 시적 전략이 도사리고 있음을 확인할 수 있다. 시인은 골짜기를 휘돌아 불영사 계곡을 올라간다. 자갈에 치여 걸음이 처지면 등걸에 걸터 쉬기도 하고 골짜기에 핀 산다화 속잎을 보기도 한다. "바람 잔걸음 물낯을 건너는 소리"는 고유어의 미감을 최대로 살린 역동적 표현이다. 이런 표현의 아름다움만으로도 이 시의 가치는 이미 높은 반열에 오르기에 충분하다. 이 시는 이러한 표현의 심미적 단계를 넘어서서 정신적 깨달음의 단계로 이행한다. 불가의 인연법에 따르면 육신이야 죽으면 버리게 될 토담집처럼 허망하고 덧없는 것이지만, 그대로 지상에 그리움만은 남게 되지 않겠느냐고 시인은 자문한다. 자연의 아름다움을 음미하고 그것을 연모하는 마음만은 허망한 세상의 인연이 다해도 지상에 남을 것이라는 시인의 생각은 은은한 감동을 불러 일으킨다.

(1996)

김해군 주촌면 내삼 관동댁

- 한국적 모성의 원형 -

서석준

저물음에 나앉았습니다
노을 붉어 날씨 예사롭지 않고
구름 저리 한 등성으로 눌러앉았기
눈에 헛밟히는 님자 묻힌 흙자리
낮에는 김해장 혼자 나서서
초가실 말린 고구매 줄거리 다 냈습니다.
요즘 세상 젊은 것들 입 짜른 버릇
어디 태깔 고운 것에나 손이 바쁠까
아적 내내 한자리서 두 모타리 팔았는지
돈이 효자란 말도 등실한 저 자식 자랑
삽짝 밖만 나서도 객지만 같아
삼십 년 익은 저잣거리가 눈에 설다
내일은 삼우제 은하사 공양길 비가 올란지
다리에 심 있을 적 익은 일이라
낮살 절어 잦다 해서 숭질 맙시소

부디.

　시인 박태일이 다루는 소재에는 우리 전통적 정서 중 하나인 한이 곳곳에 스며들어 있다. 한이란 무엇이던가. 그것은 당연히 존재해야 할 것이 부재하든가 혹은 세상의 순리가 어긋남으로 인해 발생하는 혼의 깊은 상처이다. 그의 세 번째 시집 『약쑥 개쑥』에서 정상적인 삶을 박탈당한 채 살아가는 나병환자들의 모습을 그린 「사슴섬」과 「용호농장」 연작이 그러하고 「잿밥」에서 비명횡사한 아들의 제를 올리는 어머니가 그러하다.

　이 시 역시 지아비를 여의고 어렵게 그날 그날을 살아가는 한 아낙네의 고달픈 삶을 형상화하고 있다. 내용상 크게 두 부분으로 나눌 수 있는데, 전자가 '김해장'으로 상징되는 저잣거리의 서글픈 공간이라면 후자는 '공양길'로 상징되는 초월적 공간으로 표상된다. 가족 체계 내에서 부성의 상실은 인간모순과 생의 궁핍함을 뜻한다. 별다른 경제 능력이 없는 농촌 여인이 혼자서 식구를 부양할 수 있는 방법은 지극히 제한적일 것이다. 인근 공장의 노동자로 전락하거나 아니면 노동판의 막일꾼으로 아니면 "고구매 줄거리"를 내다 파는 일이 고작일 것이다. 이 같은 인고의 화신인 이 시의 화자는 우리 전통적 어머니의 모습 바로 그것이 아니겠는가.

　코흘리개 시절, 치마를 걷어올리고 고쟁이 속에서 때가 끼인 채 꼬깃꼬깃 접어둔 돈을 우리에게 건네거나, 아들이 입대라도 할 것 같으면 언제나 부엌 한쪽을 먹지도 못하지만 아들 몫의 밥을 젯밥처럼 수북하게 담아두던 어머니의 잔영이 고스란히 이 작품에서 재현되고 있다.

　문 밖만 나서도 객지같이 느껴지고 삼십 년 익은 장터거리지만 늘 서러움만 북받치는 이 시의 아낙네가 해묵은 서글픔과 궁핍함을 그래도 홀홀 털고 일어설 수 있는 비법은 시의 결구 부분서 발견된다. "은하사 공양길"로 상징되는 초월적 공간으로의 지향의식이 그것이다. 즉 '저물음' '노을' '섧다'의 비극적이고 하강적 이미지는 "은하사 공양길"이란 탈세속적인 방식을 통해 중화되고 있다. 많은 평론가들은 김소월, 백석, 청록파, 박재삼, 박용래로 이어지는 한국적 서정의 금맥을 박태일의 시들은 계승한다고 지적한다. 여기서 한 걸음 더 나아가 그의 시는 비극적 삶의 극복 내지는 그것의 적극적 승화에 한몫을 단단히 하고 있다.

(1997)

인각사

박덕규

인각사 아침 법문은
뻐꾸기 뻐꾹 제 전생 얘기
소복 단장 나비는 기왓골만 남실거리고

비 실러 가나
말간 물밥 저 구름.

기린이 놀다가 뿔이 암벽에 걸려 떨어진 곳이라는, 경북 군위 인각(麟角)마을의 인각사는 고려 때 일연 스님이 『삼국유사』를 완성하고 입적한 절입니다. 한때는 그곳에 댐 건설 계획이 있어 수몰될 뻔도 했지만, 그대로 남아 옛 정취를 고스란히 전하고 있습니다. 유적지에 서린 시간의 결을 즐겨 더듬는 박태일(1954~) 시인이 이곳을 놓칠 리가 없지요. 뻐꾸기 울음과 소복단장 나비의 날갯짓 사이로 말간 구름이 와서 머물다 가는 고즈넉한 절 마당을 오롯이 떠올리게 합니다. 정말 잔기침으로 아침을 맞는 일연 스님의 모습도 저기 보입니다.

(2000)

점골

강은교

바람재 너머 점골

쇠부리터 옛적 풀무질 소리

저녁마다 검은 먼지 생철 수레가 바람재를 넘어 갔다

돌아오지 않았다 첫 아이를 밴 옥녀

귀밥 엷은 남편은 돌아오지 않았다

옥녀, 텃밭 구르던 막사발

초겨울 눈발이 드문드문 바람재를 내려설 때

옥녀 가랑잎 밑에서 두근거렸다.

신경림 선생님, 저 소리가 보이세요?

　오늘 아침 무섭게 불어대는 저 바람의-속에 들어 있는 소리, 웅덩이를 밟은 듯 진흙 투성이가 다 된 저 구두 속에 들어 있는 소리, 살풋 아스팔트에 떨어져 제 피빛 살(肉)을 문대고 있는 동백꽃 속에 들어 있는 소리, 저 출렁이며 가는 가방들의 소리…….

선생님 시에선 가끔 소리가 보여요.

그런데 '돈황'에 가면, 어느 동굴이던가—천정에 바람을 그려놓았지요. 바람의 시각화(視覺化)…………. 이 시대의 재미있는 주제 아니예요?

강은교 드림

(2002)

불영사 가는 길

고성만

구름 보내고 돌아선 골짝

둘러 가는 길 쉬어 가는 길

밤자갈 하나에도 걸음이 처져

넘어진 등걸에 마음 자주 주었다

세상살이 사납다 불영 골짝 기어들어

산다화 속속닢 힐금거리며

바람 잔걸음 물낯을 건너는 소리

빙빙 된여울에 무릎 함께 적셨다

죽고 사는 인연법은 내 몰라도

몸이야 버리면 다시 못 볼 닫집

욕되지 않을 그리움은 남는 법이어서

하얀 감자꽃은 비구니 등줄기처럼 시리고

세상 많은 절집 그 가운데

불영사 마당 늦은 독경 이제

몸공부 마음공부 다 내려놓은 부처님은

발등에 묻은 불영지 물기를 닦으시는데

지난 달 오늘은 부처님 오셨던 날

불영사 감자밭 고랑에 물끄러미 서서

서쪽 서쪽 왕생길 홀로 보다가

노을에 올라선 부처님 나라

새로 지은 불영사 길

다시 떠난다.

　자기가 가본 곳은 익숙하다. 불영 계곡이 그런 곳이다. 산 높고 물 설어 머나먼 경북 울진, 내 바로 위 누이가 시집가 사는 곳, 멀지만 친근하다. 누이를 찾아 여러 번 가보았는데, 대개는 동해안을 타고 포항에서 영덕을 거쳐 오고 갔으나, 지금부터 오 년 전쯤 늙으신 어머니 아버지 모시고 처자식과 함께 불영 계곡을 지나 왔다. 색다른 풍경이었다. 한반도의 남쪽에서 보기 힘든 깎아지른 벼랑, 힘차게 솟은 봉우리들, 잘 생긴 조선소나무가 울창한 곳. '구름 보내고 돌아', '둘러 가는 길 쉬어 가는 길'.

　이 시는 최근 발간된 『풀나라』(문학과지성사)에도 실려 있고 『한국의 젊은 시인들』(시와반시사)에도 실려 있다. 좋아하는 시인의 것이고 이미 알던 곳을 시화(詩化)하였으므로 내 손에 걸려든 것이다. 박태일 시인은 내 시의 유년에 영양을 제공한 분이다. 일찍이 나는 1980년 중앙일보 신춘문예 당선작 「미성년의 강」부터 박태일 시인의 시를 좋아했었다. "열목어 열목어는 온통 강물에 열을 풀고/무수히 잘게 말하는 모래의 등덜미로/우리의 사랑이란 운명이란" 이런 구절로 인하여 나는 '열목어'가 민물고기란 사실을 알았으며, 30센티 내외의 큰 몸집을 가진 이 고기가 폭포수를 향해 뛰어 거슬러 오른다는 사실을 알았으며, 천연기념물에 속한다는 것도 알게 되었다.

　나는 박태일 시인이 열목어 같다고 생각되었다. 시인이란 모름지기 "강물에 열을 푸"는 존재이며, 그가 풀어내는 자잘한 이야기들 예컨대,

"상남에서 마시고 하남에서 취한다/늦은 물가 늦토마토 마른 줄기 밑으로/타다 만 비닐 파라치온병이 밀리고"(「하남 지나며」)와 같은 정겨운 시들은 현대적이면서 우리 정서를 담은 희귀한 존재라고.

　「불영사 가는 길」의 화자는 여행에 충실하다. '불영사'에 가보았으며 ('불영'은 부처의 그림자란 뜻일 게다), '담집'이 있고, "하얀 감자꽃"이 있다. 그곳에서 '사나운' 세상을 반추한다. "늦은 독경"으로 "몸공부 마음공부"를 하는 화자는 부처님처럼 되고 싶지만 "부처님 오신 날"은 이미 "지난 달"의 일, "새로 지은 불영사 길"을 떠난다. 애초에 품고 있던 불영사에 대한 감상이 헛되지는 않았지만, 사는 데 직접적으로 도움을 주지 못한다는 것을 깨닫고 새로운 각오를 다짐한 후, 그곳을 떠난다는 뜻으로의 해석이 가능하다. 대개의 여행시가 그렇듯이 이 시도 문맥 자체로 보아선 크게 새로울 것이 없다.

　그러나 나는 시인의 유장한 가락이 좋다. 시가 마음의 노래라면, 이처럼 자연스럽게 흘러나왔으면 좋겠다. 조금은 '시골스럽'지만 시인이 살려 쓰는, '등걸', '물낯', '된여울' 같은 우리말의 어감을 음미할 수 있어서 더욱 좋다. 언젠가 꼭 시인을 만나서 소주 한 잔 기울이며 많은 이야기를 듣고 싶다.

(2002)

그리움엔 길이 없어

강은교

그리움엔 길이 없어
온 하루 재갈매기 하늘 너비를 재는 날
그대 돌아오라 자란자란
물소리 감고
홀로 주저앉은 둑길 한 끝

소리가 도르르 보이는 시이다. "그리움엔 길이 없어"라는 성찰이 "자란
자란 물소리 감고"라는 소릿길 속에 전이되어 흐른다. 한국어, 그것이
이렇게 아름다운가, 하는 느낌을 지우지 못하게 하는 시.

그의 다른 시 어딘가에는 "달빛 자락자락 삼줄 가르는 밤/당각시 겨드
랑이 아득한 벼랑"(「당각시」 부분)이라는 표현도 보인다. 언젠가 몽골에서
그를 만났었다. 몽골의 밤하늘 가득한 별들을 바라보면서 그는 과연 어떤
소리들을 보았을까. 유성 떨어지는 소리? 바람, 삼줄을 가르는 소리? 소
리가 보이는 시, 그립다. 세상 변하여 소릿길이 시에서 사라지고 있기에
그의 시 더 귀하다.

시인은 보이지 않으나 그 객관화된 사진틀 속에서 출렁거리는 시인의 심장 소릿길은 보이는 시, 그런 시 하나 오늘 당신의 가방에 넣기를.

(2003)

그리움엔 길이 없어

김재홍

그리움엔 길이 없어
온 하루 재갈매기 하늘 너비를 재는 날
그대 돌아오라 자란자란
물소리 감고
홀로 주저앉은 둑길 한 끝

그리움의 넓이, 그리고 깊이를 잴 수 있나요?

그리움엔 길이 없는 것이라구요? 사실은 길이 없는 것이 아니라 너무나 그리움에 갇혀서 그리움에 이르는 길을 찾지 못하고 온종일 방황하는 심정을 노래한 것이겠지요.

그래서 재갈매기는 하루 종일 끼룩끼룩 구름 하늘을 물고 날면서 하염없이 하늘의 너비, 그리움의 깊이를 재고 있는 것 아니겠습니까? 불러도 불러도 그대에게 가 닿지 못하는 안타까운 그리움을 하소연하고 있다는 뜻이지요.

이처럼 박태일의 시는 자연과 인간의 내면을 깊이 있게 바라보면서

삶에 대한 슬프면서도 따뜻한 애정을 밀도 있게 표현하는 특징을 지닙
니다.

특히 그의 시는 토박이 말이나 개인 조어를 적극 개척하고 활용하여
민족어 완성의 길을 지향한다는 점에서 소중한 의미를 지닙니다. 인간의
삶과 자연, 그리고 세계가 하나의 그윽한 교감을 이루면서 그 근원으로서
쓸쓸함과 적막함을 노래하고 있다는 뜻이지요.

(2003)

법화사

- 무심한 풍경에 대한 사족 -

고인환

산수유 노란 꽃잎이
꼭 바로 하늘 향해 낭자한 까닭은

비탈 탓만 아니다 위쪽 도토리 동굴
물 듣는 소리에 귀를 빼앗긴 마음

혁명지사 이주민 손손녀
돌바위 글발 위로 저녁 햇살 바르게 바르게

나 왔다 말도 없다
떠나는 구름

하풀하풀 비닐 지푸라기 깔고 앉아
밑에서부터 썩고 있는 새알 둘.

법화사 주변의 고즈넉한 풍경을 수놓은 작품이다. 이 풍경의 의미를 찾기 위해 '법화사'를 인터넷 검색창에 쳐보기도 하고, 책을 뒤지며 '법화사'와 '혁명지사 이주민'의 연관을 추적해보기도 했다. 문득, 조바심 내고 있는 나의 처지가 처량해졌다. 시인의 무심한 시선이 떠올랐다. 시를 그 자체로 감상하지 못하고, 늘 쪼개고 분석하고 의미에 짜 맞추려는 비평가의 치졸한 자의식이, 울컥 밀려왔다.

시인은 애써 감정을 절제하고 무심하게 대상을 응시하고 있다. 시인의 무심한 표정을 그늘지게 하는 표현이 '낭자', "혁명지사 이주민 손손녀", "썩고 있는 새알 둘" 등이다. 이 세 이미지를 중심으로 상상의 나래를 펴보도록 하자.

시인은 "산수유 노란 꽃잎"이 흐드러지게 피어 있는 모습을 "마구 흩어져 있어 어지럽다"는 의미의 '낭자'와 연결시키고 있다. '낭자'는 피를 연상시키며 희생의 이미지를 불러온다. "위쪽 도토리 동굴/물 듣는 소리"는 고요하고 평화로운 내면의 풍경을 환기하며 화자의 "귀를 빼앗"는다. 특히, "물 듣는 소리"는 물방울 튀기듯 상큼한 산수유 꽃잎의 경쾌한 이미지와 연결된다.

2연의 '혁명지사 이주민 손손녀'는 동학농민전쟁이나 여순항쟁의 비극을 끌어오며, "산수유 노란 꽃잎"에, '희생/한(낭자)'과 '올곧은 내면/상큼한 처녀(도토리 동굴/물 듣는 소리)'라는 이질적인 이미지를, "바르게 바르게" 비치는 저녁 햇살로 시침질한다.

상상의 날개를 더 높이 펴서, 지리산 자락의 작은 마을에 전해 오는, 산수유 꽃에 얽힌 슬픈 이야기를 겹쳐 읽어보자. 여순항쟁 당시 산동 마을에는 한 처녀가 살고 있었다. 오빠들이 좌익 이념에 연루되어 잡혀가고, 마지막 남은 셋째 오빠마저 가족과 이별하고 처형을 당해야 하는 상황에 이른다. 가문을 이어가야 한다는 절박한 처지에서 오빠를 살리기 위해 자기 목숨을 던진 열아홉 처녀의 슬프고도 아름다운 사연이 메아리 친다.

잘 있거라 산동아 산을 안고 나는 간다
산수유 꽃잎마다 설운 정을 맺어놓고
회오리 찬바람에 부모 효성 다 못하고
갈 길마다 눈물지며 꽃처럼 떨어져서
노고단 골짝에서 이름 없이 스러졌네

"산수유 꽃잎마다 설운 정을 맺어놓고" "노고단 골짝에서 이름 없이 스러"져간 처녀와 '혁명지사 이주민 손손녀/돌바위 글밭'이 겹쳐지는 이유는 무엇일까. "바르게 바르게" 비치는 저녁 햇살로 이들의 삶을 위무하고 싶은 욕망 때문은 아닐까.

그러나 미쳐 펴보지도 못한 꽃다운 청춘, 혹은 혁명의 꿈은 "새알 둘"로 변주되어, "비닐 지푸라기 깔고 앉아/밑에서부터 썩고 있"을 뿐이다. 시인은 무심한 구름처럼 말없이 지켜볼 따름이다.

(2005)

감꽃

임영석

곡우 다음날
차 앞유리에 박힌 감꽃 하나
고향집 작은어머니 잘 담그시는 우엉 깍두긴가 싶어
쓸어내지 않고 나는
입술로 자근
입천장으로 자근
두 번 씹어본다.

꽃이 피는 것을 보면 참으로 신기하다. 덩치 큰 감나무에서는 손톱만한 꽃이 달리고 손가락 크기만한 장미 넝쿨에서는 손바닥만한 장미꽃이 핀다. 꽃들을 유심히 보면 꽃의 크기가 큰 것이나 화려한 것들은 열매를 달아 놓지 못하고 시선만 끄는 것 같다. 감꽃은 연초록 감잎이 아기 손바닥처럼 솟아나고 새롭게 뻗은 새순에서 사이에 핀다. 감꽃은 감나무 가지에 손톱 같은 감을 달고 난 후에야 떨어진다. 제 몫을 다하고 떨어진 감꽃은 땅에서 솟아난 꽃 같다. 박태일 시인은 그런 감꽃 맛이 작은어머니의 우엉 깍두기 맛처럼 기억하고 있다. 세월이 지나도 입맛처럼 길들은 추억은 한두 번으로 그 맛이 확인되는 것을 보면 사람 삶은 꽃들이 자기 모습을 기억하며 해마다 새로 피듯이 기억의 촉수가 지워지지 않는 것 같다.

(2006)

풀나라

김승립

그 먼 나라를 아시는지 여쭙습니다
젖쟁이 노랑쟁이 나생이 잔다꾸
사람 없고 사람 닮은 풀들만
파도밭을 담장으로 삼고 사는 나라
예순 아들이 여든 어머니 점심상을 차리고
예순 젊은이가 열 살 버릇대로
대소사 상다리 이고 지는 마을
사람만 봐도 개는 굼실 집 안으로 내빼
이름 잊혀진 채 그저 풀로만 불리는
강바랭이 씀바구 광대쟁이 독새기
이장댁 한산할베 마을회관 마룻바닥에
소금 전 양 등줄 꺼지게 누운 마을
토광 옆 마늘 종다리는 무슨 힘으로
아침저녁 울컥벌컥 잘도 돋는데
한때 마흔 이제 스무 집 어른들

집집 다 버리고 마을회관 두 방

문지방 내외하며 자고 먹는 풀나라

굴 양식 뜰것이 아침마다 허옇게

저승길 종이꽃처럼 피는 바다

그 먼 나라를 아시는지 여쭙습니다.

　　그 먼 나라를 아시는지요? 신석정의 「그 먼 나라를 알으십니까」는 낭만적 이상향에의 염원을 노래하고 있지만, 박태일의 "그 먼 나라"는 전혀 분위기가 다릅니다. 신석정이 호젓하면서도 평화로운 낙원에의 동경을 그리고 있는 반면, 「풀나라」는 아연 쓸쓸하고 고즈넉합니다. "그 먼 나라"는 사실 멀리 있거나 상상 속에 존재하는 나라가 아니랍니다. 바로 우리가 눈만 돌리면 그냥 맞닥뜨리게 되는 우리의 원초적 고향인 시골이랍니다. 그곳에는 이제 젊은이들은 다 떠나버리고 늙으신 우리 어머니, 아버지들만 잊혀진 풀꽃처럼 생을 견디고 있을 뿐이지요. 그러나 도시의 네온 속에 자리잡고자 하는 우리의 욕망은 어쩌면 불나방과도 같은 것일지도 모릅니다. 하찮은 풀꽃들에 이름을 불러주면 풀꽃들의 은은한 향기가 새롭듯이, 잊혀진 고향 그 먼 나라를 다시 마음에 새기는 것이 우리 생을 보다 아름답게 만들지 않을까요?

(2006)

구천동

장석남

사람들은 혼자 아름다운 여울, 흐르다가 흐르다가 힘이 다하면 바위귀에 하얗게 어깨를 털어버린다. 새도 날지 않고 너도 찾지 않는 여울가에서 며칠째 잠이나 잤다. 두려울 땐 잠 근처까지 밀려 갔다 밀려 오곤 했다. 그림자를 턱까지 끌어당기며 오리목마저 숲으로 돌아누운 저녁, 바람의 눈썹에 매달리어 숨었다. 울었다. 구천동 모르게 숨어 울었다.

사람이 '혼자 아름다운 여울'이라고 한다. 흐르다가 하얗게 바위귀에 어깨를 털어버린다고 한다. 가슴 떨리지 않는가. 이쯤에서 숨 한번 내리쉬고 소(沼) 만나면 잠이나 잔다고 한다. 차고 맑은 잠이리라. 바람 불면 숨어 운다. 울음 안 나오고 배길 수 없으리라. 아홉 하늘 내려와 아홉 굽이 울며 내려가는 물소리. 맑디맑은 그 걸음걸이 배우고 싶으나.

(2006)

그리움엔 길이 없어

이윤옥

그리움엔 길이 없어
온 하루 재갈매기 하늘 너비를 재는 날
그대 돌아오라 자란자란
물소리 감고
홀로 주저앉은 둑길 한 끝

1.

시와 산문의 장르적 특성이나 차이는 다양한 항목으로 제시될 수 있다.
디이터 람핑(Dieter Lamping)은 그 중에서도 행갈이를 시의 주요 특성으로
보았다. 행갈이와 관련된 시어, 시행, 연의 분할과 조합은 작시법에서
매우 중요하다. 이런 분할과 조합의 기법 중에 시인들이 많이 애용하는
행간 걸침(enjambement)이 있다. 행간 걸침은 글자 그대로 하나의 시구가
의미상 한 행에서 끝나지 않고 다음 행까지 영향을 미치는 것이다. 행간

걸침의 **빼어난** 예로 자주 인용되는 황진이의 작품을 보자.

어져 내일이야 그릴 줄을 모르다냐
이시랴 하더면 가랴마는 제 구타야
보내고 그리는 정을 나도 몰라하노라

중장의 끝에 있는 "제 구카야"는 '자기가 구태여'라는 뜻이다. 바른 통사 구조라면 중장은 "제 구타야 가랴마는"이어야 한다. 그럴 때 중장은 구태여 님이 떠났겠냐는 단일한 의미만 지닌다. 그런데 "제 구타야"와 '가랴마는'이 자리바꿈을 함으로써 세 가지 해석이 가능해진다. '자기가 구태여'의 '자기'가 떠난 님과 시적 화자 모두를 지칭하거나 어느 하나를 가리킬 수 있게 되는 것이다.

행간 걸침은 통사 구조는 물론 운율에도 영향을 미친다. 그런데 잘 쓰인 행간 걸침은 무엇보다 다양한 해석을 가능하게 하는 다중 의미를 낳는다. 의미의 확장이 없는 행간 걸침은 시어와 행갈이에 대한 단순하고 거친 실험일 뿐 무의미하다.

2.

좋은 시가 그렇듯이 「그리움엔 길이 없어」 역시 잘 읽히고 잘 기억된다. 익숙한 음수율을 활용하고 모음과 자음의 조화도 뛰어난 덕택이다. 예를 들어 2행은 '하루, 재갈매기, 하늘, 재는 날'의 시어가 3, 4, 5, 3의 음수율로 배치되었다. 그런데 이 시의 기막힘은 '자란자란'이라는 시어에 있다. 소리의 아름다움이 살아 있는 이 단어 하나로 빛나는 효과가 창출된다.

'자란자란'은 ① 그릇에 가득한 액체가 잔에서 넘칠 듯 말 듯한 모양이나 ② 물체의 한끝이 다른 물체에 가볍게 스칠락 말락 하는 모양을 나타내는 말이다.

'자란자란'은 넘칠 듯 말 듯, 요란하지 않은 그리움에 맞게 조용히, 알 듯 모를 듯, 스칠락말락, 소리 없이, 거기에 그렇게 그대가 돌아오기를 바라는 마음을 잘 표현한다. '자란자란'의 뛰어난 쓰임은 여기서 그치지 않는다. '자란자란'은 의미상 3, 4행과 관련된 행간 걸침이 된다. 이처럼 3, 4, 5행에 영향을 미치는 연쇄적인 이중의 행간 걸침이 다중 의미를 낳는다. 앞서 행간 걸침이 효과적으로 쓰이려면 문장이나 단어의 단순한 분할을 넘어 반드시 의미의 확장이 있어야 한다고 했다. 이 시에서는 먼저 '자란자란'이 앞뒤 행에 걸쳐지고, 이어서 '물소리 감고'의 시행 전체가 앞뒤 행에 걸쳐지면서 총체적으로 의미가 확충된다.

그렇다면 두 번의 행간 걸침은 얼마나 많은 의미의 확장에 기여했을까. 행간 걸침이 없게 시를 임의로 고쳐 써보면 그것을 분명히 알 수 있다.

그대 자란자란 돌아오라
홀로 물소리 감고
주저앉은 둑길 한 끝.

위의 예문에서 통사적 혼란이나 그에 따른 다중 의미는 볼 수 없다. '자란자란'은 오직 '그대'에게 걸리고 '물소리 감고' 역시 화자에게만 걸릴 뿐이다. 하지만 '자란자란'과 '물소리 감고'가 본래의 시에서처럼 자리를 옮겨 행간 걸침이 되면 사정은 달라진다. 행간 걸침의 복잡한 연쇄 효과로 얻어진 의미망 한가운데 그대와 물소리와 시적 화자가 있다. '자란자란'은 그대와 물소리 모두 혹은 어느 하나와 결합할 수 있다. '물소리 감고' 역시 그대와 화자 모두 혹은 어느 하나와 연결될 수 있다. 시어 자체의 변화 없이 단지 적절한 자리 옮김만으로 새롭고 풍성한 의미망이 형성된다.

이 시에서 다중 의미는 행간 걸침에만 있는 것이 아니다. '감다'는 또 어떤가. '물소리 감고'에서의 '감다'는 '목도리를 감다'처럼 감싸다, 둘러싸다는 뜻일 것이다. 그런데 '감다'에서 '멱을 감다', '머리를 감다'처럼 물에 몸을 담가 씻는다는 의미를 읽을 수는 없는 것일까.

3.

「그리움엔 길이 없어」는 1, 2행과 3, 4, 5행의 두 부분으로 나뉠 수 있다. 둑길 한 끝에 주저앉은 화자가 눈에 들어온 재갈매기를 1, 2행에서 그리고 있다. 재갈매기는 화자, 더 구체적으로는 그가 품은 그리운 마음의 객관적 상관물이다.

화자는 재갈매기가 하늘을 나는 강둑길 한 끝에 하루 종일 앉아 있다. 그는 왜 그렇게 하염없이 앉아 있는가. 그대가 그립기 때문이다. 그런 화자의 눈에 하늘을 나는 재갈매기가 보이고 그 순간 그는 재갈매기가 된다.

일정한 목표나 방향 없이 강 주변의 하늘을 나는 재갈매기는 마치 하늘이 얼마나 큰지 알아보려고 온종일 그렇게 하늘을 이쪽저쪽 오락가락하는 것 같다. 재갈매기가 하늘 너비만 재고 있는 것은 길을 모르기 때문이다. 그 길은 그대에게 닿는 길이다. 그리움을 따라 나 있는 그 길을 가다 보면 그대가 있을 것이다. 그런데 화자는 그 길을 모르는 것이 아니다. 그 길은 처음부터 아예 없다. 길이 없으니 화자는 노력해도 갈 수 없다. 종일 이렇게 그대를 기다릴 수밖에. '홀로'와 '한 끝'이 화자의 외로움을 배가시킨다. 또한 '한 끝' 다음의 마침표는 그가 앉아 있는 그곳이 더 이상 나아갈 데 없는 길의 끝이라는 분명한 느낌을 준다. 그러니 이제 방법은 하나다. 세상 한 끝에서 둑길을 따라 그대가 돌아오라. 나 홀로 주저앉아 있는 다른 한 끝으로.

× ×

「그리움엔 길이 없어」는 박태일의 세 번째 시집 『약쑥 개쑥』의 이를테면 서시다. 꼭 그래서는 아니지만 이 시의 '그대'를 사랑하는 사람으로만 읽을 필요는 없다. 좋은 연애시를 읽을 때, 다양한 층위의 '님'을 발견하는 것도 즐겁다.

(2007)

인각사

임영석

인각사 아침 법문은
뻐꾸기 뻐꾹 제 전생 얘기
소복 단장 나비는 기왓골만 남실거리고

비 실러 가나
말간 물밥 저 구름.

이 세상의 모든 자연은 자신의 마음의 집이 있다. 스님에게는 절이 있을 것이고 평범한 사람에게는 집이 있을 것이고 새들에게는 나뭇가지의 품이 있을 것이고 구름에게는 드넓은 하늘이 있을 것이다. 박태일 시인께서는 인각사에 가서 듣는 아침 뻐꾸기가 법문처럼 들렸나 보다. 특히 흰 구름을 보고 비 실러 가는가라며 반문을 던진다. 이 반문이 우리 인생의 화답을 말해 주는 말이다. 우리가 평상시 평상심으로 살아갈 때는 흰 구름처럼 맑고 고운 마음으로 살아가나 악하고 찌든 세상을 살아가며 마음의 때가 끼면 무거워지며 먹구름이 되어 비를 내리게 된다. 박태일

시인에게 인각사는 그런 마음의 때를 씻고 돌아오거나 또는 마음의 때를
바라보는 푸른 하늘과 같은 청동거울쯤 되었던가 보다.

(2007)

축산항 1 - 아침 기상

배한봉

이쪽 바다은 조용하고
저쪽 바다은 따스하고
푸른 한켠으로 놓이는 축산항.
머리채 단단한 여자들의 아침이 온다.
이대로 한 마리 날치나 되어 마른 바다로 나갈까.
파도는 밀리다가
더 이상 밀리지 않는 자리에서 갈매기를 날리고
우수 뒤 며칠, 배들의 잔잔한 정박 너머로
팽팽히 당겼다 놓치는 수평선.
세월 없는 사내들은 판장(板場)으로 나와
멀리 축산항 여자들의 싱싱한 뒷물을 엿본다.

생생한 경험에 절제미 있는 신선한 표현이 가미된 서정을 읽는다. 겉만
훑는 감각이 아니라 삶의 깊숙한 곳에 뿌리박은 감각이다. 사변에 가까워
진 시가 시의 새 물결인 것처럼 오해되는 판에 그런 이미지로는 결코

얻을 수 없는 날 비린내가 물씬 깔린 삶의 풍경을 만나는 일은 즐겁다. 해현경장(解弦更張)이라 했던가. 팽팽히 당겼다 놓치는 수평선의 탄력이 잘 고쳐 맨 거문고의 줄 같다. 이 가을, 시를 읽으며 우리 마음속의 수평선은 어떠한가를 되새겨 보자.

(2007)

팔조령 지나며

이종암

차창 밖에서 손뼉 치는 빨간 돌복사꽃

어릴 적 동무 같다

팔조령 긴 허릿길

굽이굽이 등짐 진 마을

지렁종지만한 못이

한 둘 둘 셋

반짝반짝

반짝.

　박태일의 시에는 소리(노래)가 한껏 살아있다. 시의 리듬감이라는 이 음악성은 그의 첫 시집 『그리운 주막』(문학과지성사, 1984)에서 넷째 시집 『풀나라』에 이르기까지 시종일관 유지되어 온 박태일 시의 특질 가운데 가장 중요한 요소이다. 박태일의 노래에는 모양이 덧붙여져 그야말로 생생한, 생동감 넘치는 리듬이 실려 있다. 시 「팔조령 지나며」에서도 사물의 모양과 노래는 선명하다. 팔조령은 대구시 달성군 가창면에서 청도로 넘어가는 높은 고갯길이다. 시인이 그 꼬불꼬불한 "팔조령 긴 허릿길"을 올라가면서 본 풍경이 8행의 짧은 시에 그림처럼 또렷하게 새겨져 있다. 그리고 시 종결부의 "한 둘 둘 셋/반짝반짝/반짝."에 솟아나는 가락은 또 어떠한가. 근경(近景)에서 원경(遠景)으로 시상이 전개되면서 점점 짧아 지는 독특한 시행 처리와 종결부의 강렬한 리듬감이 이 시의 내용을 더욱 뚜렷하게 부각시키고 있다. 또 박태일의 노래에는 고달픈 삶을 살아가는 우리 시대 민초들을 향한 젖은 눈빛이 담겨져 있어 그 서정의 물살은 더욱 크다. 이러한 박태일 시인의 노래를 자주 만나고 싶은데 과작(寡作) 인 탓에 그의 노래를 자주 들을 수 없는 것이 우리를 안타깝게 한다. 박태일 시인의 다음 시집을 빨리 보고 싶다.

(2009)

꽃마중

임영석

공산도 팔공산 봄나들이는
환성사 부도밭 돌부처님 구경
문중도 끊기고 공부도 약하신지
목부터 위론 날짐승 떼 주고
배꼽 더 아랜 길짐승 따 주고
연노랑 진진분홍 연등으로 벅신거리던
사월도 초파일 다 지났는데도
시주 보살네들 육보 공양이 없었던지
보렴보렴 보름밤에 잠 없이 깨어
별 하나 깜박 눈물을 닦고
별 둘 깜박 부레 끓이며
길 바쁜 나더러 꽃가지 마중

모과꽃은 자라춧 사과꽃은 물춧
산 아래까지 쫓아와 꽃가지 마중.

세상에 떠도는 먼지나 산속에 암자처럼 앉아 있는 바위나 근원을 찾는 마음에는 한 가지일 거다. 먼지라 하여 세상을 다 보았다고 말할 수 없고, 바위라 하여 한 치 앞을 바라보지 않았을 리 없다. 그럼에도 사람은 먼지나 바위가 한 통속의 마음이 아니라 바라본다. 「꽃마중」을 읽으며 재미와 함께 우리가 사는 세상의 삶의 걸음이 어디에 있는가라는 생각을 해 본다. "목부터 위론 날짐승 떼 주고/배꼽 더 아랜 길짐승 따 주고", "모과꽃은 자라좃 사과꽃은 물좃/산 아래까지 쫓아와 꽃가지 마중." 얼마나 운치 있고 재치 있는 세상 모습인가. 꽃마중 가는 마음이란 배꼽 아래엔 길짐승에게 목부터 위론 날짐승에게 내어주고 그 사이 가슴으로 담아내야 하는 마음이 꽃 마중이라니……. 그것도 모과꽃은 자라좃 사과꽃은 물좃이라며 세상을 여과없이 풍자하고 있다. 모과는 향을 만드는 꽃이고 사과는 단맛을 만드는 꽃이니 그 의미도 남다를 것이다. 그러나 그러한 동물적 마음을 이끌고 나와서 꽃가지마다 꽃이 피는 것이라 하였다. 꽃이라 하여 제 모양 아름다움을 뽐내는 것은 아닐 것이다. 암수 마음을 찾기 위한 것이니, 꽃마중도 제 짝 찾는 마음일 거다. 그러나 부도밭 돌부처 지긋이 눈 감고 그 봄을 지켜볼 것이다. 세상일이 다 마음의 짝 찾는 일임을 꽃 마중을 통해 배우라는 뜻을 암시하고 있다고 본다.

(2009)

탑리 아침

이종암

송아지가 뜯다 만 매지구름도 있다
소시장 지나 회다리 건너
첫 기차는 들을 질러 북으로 가고
마지막 배웅은 산수유 노란 꽃가지 차지다
탑리는

다섯 층 돌탑 마을
조문조문
문짝 떨어진 감실 안에서
태어나지 않은 탑리 아이들 경 읽는 소리를
귀 세워 듣고 있는
저 금성산.

　경북 의성군 금성면에 가면 탑리라는 이름의 마을이 있다. 마을 한쪽으
로 우람하고 잘 생긴 5층 석탑이 있어 유래된 것이다. 내 사는 데서 삼백

리도 넘는 거리의 이 탑을 보러 나는 너댓 차례나 달려간 적이 있다. 함께 간 다섯 살 난 내 아이도 탑의 감실 안에 들어가 한참 후에 나왔는데 무슨 경(經)을 읽다가 나온지 나는 잘 모른다. 내게 알려주지 않았다.

박태일의 근작 시집 『풀나라』는 평단에서 순우리말(특히 첩어)의 구사력과 시의 노래적 성격이 드높다는 찬사를 받은 바 있다. 위 시에서도, 비를 머금은 조각구름을 뜻하는 '매지구름'과 탑의 감실 안에서 이이들 경(經) 읽는 소리를 '조문조문'이라 한 표현은 뛰어나다. 시상 전개도 간결·깔끔하면서도 매우 안정되어 있다. 모든 시의 구문이 1연에서는 '탑리는'에, 2연에서는 "저 금성산"이라는 주어적 성격의 마지막 행에 모여 있다. 이 짧은 시를 거듭 읽다 보면 신생(新生)의 신화적 숨소리가 들려오는 듯한 환상에 젖게 된다. 시의 조용한 힘이다.

(2010)

사랑을 보내놓고

정호

사랑을 보내놓고
보낸 나를 내려다본다
동리 간이 우편취급소는 새로 바뀌었고
바뀐 사무원은 손이 작다 몸집이 작다
아아 이별도 작게 하리라
사랑은 특급으로 떠났다 특급이 못 된 사랑은
행낭에 물끄러미 포개져 존다
특급 사랑을 못 해 본 내가 특급 우편을 부친다
사랑이 떠난 뒤에도 사랑 가게를 볼 수 있을까
사과를 깎고 비 내리고 차들 오가고
나는 사랑과 이별을 나눈다
침대 위에서 침대 아래서 나눈다
이별은 멍든 구석이 어디쯤일까
사랑을 보내고 한 달 사랑에게 전화를 건다
출타 중, 기별해야 할 다른 이별이 남았나 보다

저녁 술밥집처럼 축축한 목소리로

다른 사랑을 만나나 보다

사랑은 멀고 나는 사랑을 잊는다

길에서 잊고 지하철에서 잊는다

사랑이 떠난 뒤에도 사랑 가게를 볼 수 있을까

사랑 많이 버세요 다른 사랑이 웃는다

나도 사랑을 별만큼 많이 벌고 싶다

사랑을 보내놓고

사랑 가게 문을 닫는다

어느 금요일까지 기다리리라

토요일 일요일에는 전화를 걸 수 있으리라

은행나무가 수화기를 내려놓는다

수루루 사랑이 떨어진다.

금년 4월은 잔인했다. 눈처럼 피어나는 꽃송이 위로 꽃송이 같은 눈이 쌓이기도 했다. 그렇게 봄 같지 않은 봄날이 잠시 우리 곁에 머무르는가 싶었는데 금방 무더운 여름날로 건너간다. 금년 봄은 그렇게 짧다.

박태일의 시 「사랑을 보내놓고」에서도 사랑은 한순간이다. 이별도 한순간이고 그래서 사랑도 잊고 "사랑 가게도 문을 닫는다." 여기서 사랑 가게에 잠시 눈을 돌려보자. 시에서 제일 흔하디흔한 게 사랑이다. 가게도 사람들 발길 닿는 곳마다 있다. 그런데 뜻밖에도 "사랑 가게"라니? 그 흔한 사랑과 가게를 가지고도 저렇게 새로운 이미지를 증폭시키는 작자의 상상력이 놀랍기만 하다.

사랑은 어디에서 오고 어디로 가는가. 그보다 사랑은 어떻게 오고 어떻게 가는가. 그런 건 중요하지 않다. 아니, 사랑이란 말 자체만을 되새겨 보자. 무엇을 사랑이라 부르는가? 지나가 버린 봄날일 수도 있고 잃어버린 청춘일 수도 있고 이루지 못한 꿈일 수도 있고 회한과 체념으로 얼룩진 삶일 수도 있다. 우리 모두는 그렇게 "사랑은 특급으로 떠"나보내고 "특급이 못 된 사랑은 행낭에 물끄러미 포개져" 졸고 있다. 그마저 깨워서 떠나보내야 하리라. 그리고 언젠가 떠나보낸 사랑들의 안부가 궁금해지기도 하리라. 그러다 보면 모르는 새 은행알처럼 "사랑이 수루루 떨어지"는 날이 올지도 모르겠다.

　본문의 시에서 "사랑"이란 말을 "꿈"으로 바꾸어 읽어보자. 아무래도 작자의 의도엔 미치지 못한 것 같다. 이번엔 "(잃어버린) 봄날"로 대체해 본다. 여전히 거리가 있지만 그냥 맘 편하게 읽히는 것은 금년 봄만큼이나 짧았던 내 생의 봄날 때문이리라. 더 늦기 전에 어디 싸구려 "사랑 가게"라도 하나 찾아보아야겠다.

(2010)

여함에서

손택수

  산 겹겹 물 망망 세월 건너온 기러기는 새로이 깃들일 땅을 내려다본다 사람의 뼈와 왕모래가 섞여 빛난다 앞다퉈 몰려오던 샛강물 안개도 두근두근 부딪다 물러서는 기스락이다 하얗게 터진 별 부릴 다듬어주던 갈기구름의 추억도 먹빛 죽지에 묻었는가 백 마리 천 마리 출렁출렁 밑둥을 옮기는 기러기 쇠기러기

  옛길에 떠밀려 새길로 나선다 얼부푼 논둑 따라 따뜻한 쥐불자리 쥐불냄새 외우 선 당집 홰나무 비알에서 된바람은 지나온 골골 상처를 핥고 늘비늘비 햇살지기 먼 능선이 금줄처럼 늘어선다 신갈나무 가장이마다 차운 맨살이다 금빛 얼음꽃이 박혔다 타타타타타 타타타타타 어디랴 동서남북

  기러기 나라 물마을이 깜박 저문다.

  '산 겹겹 물 망망' 식으로 말을 다듬는 데서도 리듬이 생기지만, 사람의 뼈와 왕모래가 조화롭게 섞여 빛나는 곳을 지키기 위하여 금줄을 치는

마음에서도 풍경은 맥박 소리를 갖는다. 저물고 저물어서 물소리로 남은 물마을이 어디인가. 이런 시는 마땅히 귀로 읽어야 하겠다.

(2010)

그리움엔 길이 없어

이민아

그리움엔 길이 없어
온 하루 재갈매기 하늘 너비를 재는 날
그대 돌아오라 자란자란
물소리 감고
홀로 주저앉은 둑길 한 끝.

폭염으로 전력수요가 급증한다는 보도. 부산 중앙동 더운 집필실을
나와 주말마다 갈맷길을 걸었다. 기장 수산과학관 전망대, 수영만 요트경
기장, 이기대 해안 산책로, 오륙도 선착장, 송도해수욕장 거북섬, 영도
남항동 방파제. 낯선 풍경의 해안 길을 섭렵하며 더위 속으로 뛰어들자
더위는 잠시 잊혔다. 해풍에 땀을 씻으며 방파제 "둑길 한 끝"에 앉아
지난 시간을 돌아본다. 더 늦기 전에, 늦었다고 생각할 때 그리움을 충전
하는 거다. 우리는 얼마나 멀어지고 가까워져 가는가. 유년의 재기 발랄
함으로부터, 두근거림으로부터, 설렘으로부터……. 그대도 길 끝에 앉아
우주의 맥박에 귀 기울이는 자신을 만나보라. 푸른 청춘의 시간을 이쯤에

서 갸륵해 하는 일로, 한여름이 문득 서늘해질 것이다. 당신이 멀어져 간 어딘가로 되돌아갔으면 하는 생각이 한 계절을 여미고 다시 펴는 동안, 벌써 입추다.

(2012)

그리움엔 길이 없어

하응백

그리움엔 길이 없어
온 하루 재갈매기 하늘 너비를 재는 날
그대 돌아오라 자란자란
물소리 감고
홀로 주저앉은 둑길 한 끝

　박태일 시인의 말대로 '그리움엔 길이 없'다. 시인은 온종일 둑길 한 끝에 홀로 앉아 누구를 기다린다. 누구를 기다렸을까. 그 기다림의 배경에 오락가락하는 재갈매기와 자란자란 소리 내며 흐르는 물소리가 있다. 시인이 기다리던 '그대'는 돌아왔을까. 이제 시인도 그 자리를 떠나 또 누군가가 둑길에 주저앉아 '그대'를 기다리지 않을까. 그렇다고 시인은 이제 기다림을 멈추었을까.

　시는 먼 곳으로 시간을 관통한다.

(2012)

풀나라

김광재

그 먼 나라를 아시는지 여쭙습니다

젖쟁이 노랑쟁이 나생이 잔다꾸

사람 없고 사람 닮은 풀들만

파도밭을 담장으로 삼고 사는 나라

예순 아들이 여든 어머니 점심상을 차리고

예순 젊은이가 열 살 버릇대로

대소사 상다리 이고 지는 마을

사람만 봐도 개는 굼실 집 안으로 내빼

이름 잊혀진 채 그저 풀로만 불리는

강바랭이 쏨바구 광대쟁이 독새기

이장댁 한산할베 마을회관 마룻바닥에

소금 전 양 등줄 꺼지게 누운 마을

토광 옆 마늘 종다리는 무슨 힘으로

아침저녁 울컥벌컥 잘도 돋는데

한때 마흔 이제 스무 집 어른들

집집 다 버리고 마을회관 두 방

문지방 내외하며 자고 먹는 풀나라

굴 양식 뜰것이 아침마다 허옇게

저승길 종이꽃처럼 피는 바다

그 먼 나라를 아시는지 여쭙습니다.

첫 구절과 마지막 구절은 신석정의 "그 먼 나라를 알으십니까"에서
가져온 것 같습니다. 신석정의 시에서 "그 먼 나라"는 이상향으로 그려지
지만 이 시에서 "그 먼 나라"는 오늘날의 시골입니다. "사람 없고 사람
닮은 풀들만 (……) 이름 잊혀진 채 그저 풀로만 불리는" 나라입니다.
땅은 좁아도 길은 잘 뚫려 있는 이 땅에서 "그 먼 나라"는 사실 가까이에
있습니다. 시인은 지나치게 공손한 태도로 그 먼 나라를 아는지 묻고
있습니다. 비아냥거리는 것 같기도 하고 반성을 촉구하는 것 같기도 한
말투입니다. 그렇지만 그 질문 혹은 비난이 누구를 향한 것인지, 무엇을
향한 것인지는 불분명합니다. 그래서 "자, 이제 우리 모두가 나서야 할
때입니다."라는 훈훈한 마무리용 방송 멘트처럼 허전합니다.

(2013)

오츨라레 오츨라레

이상국

오츨라레는 몽골 말로 미안합니다

톨 강가 이태준열사기념공원 턱까지 아파트가 들어서고

벅뜨항 산 인중까지 관광 게르 식당이 번져 올라

봄부터 가을 양고기 반달 만두가 접시째 떠다니는데

오츨라레 허리 세게 눌러서 아픈 발가락 당겨서

당신 나라와 당신 말씨와 당신 복숭아뼈를 밟아서

미안합니다 수호바트르 광장 쌈지공원 옆으로

스키 보드 배운 아이들이 낮술에 어른들 걸음을 밟고

긴 봄날 레닌 동상은 어디로 다시 떠날 채비일까

다섯 해만에 들른 울랑바트르

전신 마사지 발 마사지 자꾸 주무르는 도시

칭기스항 공항으로 나가는 길 따라 차들 바쁠 때

좁은 3층 21세기 마사지 가게 복도에 서서

손님 순서를 기다리는 칭기스항 어머니 허엘룬 아내 보르테

처음으로 마사지를 위해 몸을 맡기고 누운 내 발목을

어린 보르테가 마구 꺾을 때
오츨라레 오츨라레
밥알 같은 슬픔이 튀어나왔다.

내게 천박한 우쭐함이 있는 것이, 우리보다 좀 못산다 싶은 나라에 가면 문득 졸부가 된 양 괜히 으쓱해지는 걸 봐도 알 수 있겠다. 몽골에 가서 시커먼 얼굴을 한 그 나라 사람들과 먼지투성이의 낡은 옷을 보면서 주머니에 든 푼돈이라도 쥐어주고 싶은 충동을 느낀다. 더구나 쭉 찢어진 눈에 광대뼈와 튀어나온 입술이, 내 고유의 신체적 식별코드였다는 생각을 버리게 만드는, 먼 친인척 같은 얼굴을 한 그들을 보며, 갑자기 시간의 멀미를 느꼈다. 조금 야윈 말이긴 했지만, 우리 돈으로 20만원이면 살수 있다는 붉은 말 한 마리를 어루만지며 턱도 없는 지름신까지 느끼기도 했다. 박태일의 시를 읽으며, 광대한 사막에 먼지처럼 날리던 긴 여행들이 다시 떠올랐다. 시인은 거기서도 마사지 가게를 간 모양이다. 원나라에 끌려간 고려의 공녀들이 팔목이 시끈거리도록 몽골인들의 발목을 꺾어댔을 역사를 뒤집어, 시인은 징기스칸의 어린 아내의 서비스를 받고 있는 것이 아닌가.

(2013)

달래

김민정

달래는 슬픈 이름

한번 달래나 해보지

달래바위에 피를 찧었던 일은 우리 옛적 이야기

유월부터 구월까지

하양부터 분홍까지

어딜 가나 저뿐인 듯 피어 떠드는 달래

달래는 몽골 말로 바다

두 억 년 앞선 때는 바다였다는 고비알타이

소금 호수 천막 가게에서

달래 장아찔 카스 안주로 주던

달래는 열 살

아버지 어머니

달래 융단 아래 묻은.

내 부모한테 별 불만 없이 입때껏 살았는데 굳이 하나 진짜로 서운한

거 예로 들어보라고 하면 얘기랄 수 있는 게 제 이름이예요. 작명소 가서 크게 될 이름이라고 많은 돈 주고 강잉하다 민(勉)에 조정 정(廷)자를 받아 왔다지만 칼 차고 장군 노릇할 것도 아닌데 그런 의미 무슨 소용이라고요. 내가 달래였다면 몽골말로 바다라는 뜻의 달래였다면 아련한 게 가련한 게 연애편지에 썩 어울렸으련만 나이 마흔이 코앞인데 글세 여전히 제 별명은 씩씩입니다 그려.

(2013)

달래

정호

달래는 슬픈 이름

한번 달래나 해보지

달래바위에 피를 찧었던 일은 우리 옛적 이야기

유월부터 구월까지

하양부터 분홍까지

어딜 가나 저뿐인 듯 피어 떠드는 달래

달래는 몽골 말로 바다

두 억년 앞선 때는 바다였다는 고비알타이

소금 호수 천막 가게에서

달래장아찔 카스 안주로 주던

달래는 열 살

아버지 어머니

달래 융단 아래 묻은.

짧지만 여운이 깊다. '달래'나 해보지, 저뿐인 듯 피어 떠드는 '달래',

'달래'는 몽골 말로 바다, 부모 모두 '달래' 융단 아래 묻은 '달래'는 열 살, 이렇게 여러 '달래'들이 짧은 시 안에 설켜 있다. 항간에 떠도는 유머에 '진달래'가 있다. 그에 대한 답은 '물안개'다. '진짜로 달래면 줄래?' '물론 안 되지 개새끼야!' 이 시를 읽으며 문득 떠오르는 유머다.

(2014)

수흐바트르 광장에 앉아

나기철

화요일에 태어난 아이와

토요일에 태어난 아이 그리고 나

셋이 웃는다

화요일햇빛 토요일햇빛 그 이름으로 살아갈 누리

길어 여든 짧아 서른인데

어버이들은 어찌 명줄 오랠 일만 걱정했던가

십대 이후 나는 자주 불행했다

길게 흩어 태웠던 소총 화약 매운 연기처럼

좁은 허파꽈리 속으로 들썩이던 슬픔

미끄럼틀 위에서 미끄러지던 정치에 불행했고

비루하던 치정에 불행했다

자주 불행했던 나와 자주 불행할 몽골 아이 둘이

함께 소젖차를 마시노라니

벅뜨항 산 위로

오갈 데 없이 머문 구름

제 혀 끝을 씹는 매화
낭자한 핏발.

몽골에 간 시인은 수도 울란바토르의 중심 수호바트르 광장에서 그곳 사람 둘과 함께 있다. 그들 이름은 우리말로 '화요일햇빛', '금요일햇빛'인데, 화요일과 금요일의 거리처럼 인간의 삶도 30이나 80이나 그게 그거다.

그는 이 드넓은 시원(始原)의 땅에 와서 비로소 삶을 깨우친다. 어쩔 수 없는 친연감, 나와 하나도 다를 것 없는 모습이다.

십여 년 전 여름, 여럿이 울란바토르 공항에 도착하여 증축하기 전의 우리 광주공항만 한 청사를 나오자, 김광림 시인이 "꼭 김천 쯤 온 거 같네" 하시던 것과 언덕의 코스모스들. 김천 쯤이었던 거기가 지금 변했을까. 단출하지만 불행하지 않게 보였던 그들이었다.

그 드넓은 초원의 나라, 우리 모태일 그 곳에 다시 가고 싶다.

(2014)

들개 신공

황인숙

벅뜨항 산 꼭대기 눈

어제 비가 위에서는 눈으로 왔다

팔월 눈 내릴 땐 멀리 나가는 일은 삼간다

게르 판자촌 가까이 머물며 사람들

반기는 기색 없으면 금방 물러날 줄도 안다

허물어진 절집 담장 아래도 거닐고

갓 만든 어워 둘레도 돈다

혹 돌더미에서 생고기 뼈를 찾을 제면

다 씹을 때까진 떠나지 않는다

누가 보면 어워를 지키는 갸륵함이라 하리라

공동묘지를 돌면 소풍 나섰다 생각하라

울타리 아래 아이 똥을 닦아 먹고

비 온 뒤 흙탕물로 목을 축이며

물끄러미 발등을 핥는다

우리는 대개 검다 속살은 붉지만

시루떡처럼 부푼 석탄광 잡석 빛깔이다

때로 양떼 가까이 갔다 집개에게 쫓겨난다

그래도 사람 가까이 머물러야 한다

야성은 숨기고 꼬리는 내려야 한다

집 없고 가족 없는 개라 말하지 마라

들개는 본디 가족을 두지 않는다

사람 가운데도 더러 개를 닮은 이가 있으나

우린 마냥 들개다 잉걸불 이빨을 밝히고

짖는다 두려워 마라 물기 위한 일이 아니다

다만 사람과 거리를 둘 따름

어금니 빠지고 벽돌을 삼킨 양 속이 무겁지만

고픈 일이 배뿐이겠는가 길가 장작더미 지날 땐

피어오를 저녁 불꽃을 떠올릴 줄도 아는

나는 들개다 그런데 사실을 밝히자면

목줄이 문제다 걷기도 힘들다

어려서 주인을 떠날 때부터 두른 목줄

풀지 못한 목줄이 몇 해 나를 졸라왔다

지나는 일족을 보며 나는 주로 앉아 지낸다

동정하지 마라 이렇듯 숨가쁜 슬픔도

들개의 신공이다.

　기행시는 시적 완성도가 떨어진다는 내 편견을 깨뜨린 시집 『달래는 몽골 말로 바다』에서 옮겼다. "달래는 몽골 말로 바다/두 억 년 앞선 때는 바다였다는 고비알타이/소금 호수 천막 가게에서/달래장아찔 카스 안주로 주던/달래는 열 살/아버지 어머니/달래 융단 아래 묻은"(시 「달래」 중에서). 몽골의 여기와는 완연히 다른 풍토와 생김새나 성정이 우리와 닮은 사람들이 시 한 편 한 편에 생생하게 담겨 있다. 에두르지 않으면서 담담히, 정밀하게 그린 시들을 읽으며 총천연색 영상이 흑백 영상보다 더 절묘하고 가혹하게 풍광과 사람살이의 정조를 보여 줄 수도 있다는 걸 알겠다.

벅뜨항은 탄광촌이었던 곳으로 몽골에서도 한층 가난한 마을인 듯. 그런 곳에서 들개로 살아가자니 허구한 날 배를 곯을 테다. "고픈 일이 배뿐이겠는가." 개는 유전자 깊이 사람에 의탁해 살도록 길들여졌는데 아무도 그를 받아들이지 않는다. 더욱이 이 들개는 길가 장작더미만 봐도 "피어오를 저녁 불꽃을 떠올릴 줄 아는", 집에 살던 개였건만 강아지 적에 버려졌다. "풀지 못한 목줄"은 개의 굵어진 목뿐 아니라 목줄을 해준 사람에 대한 그리움으로 가슴을 조였으리라. 이 '숨가쁜 슬픔'은 시인의 신공이기도 한 듯. 모든 숨 탄 것들의 고단함과 쓸쓸함과 슬픔을 시인은 따뜻하고 웅숭깊은 품으로 그러안는다.

(2014)

사막

김광규

게르는 둥글다

게르에선 발소리도 둥글다

게르 앞에서 아이가 돌멩이를 굴린다

둥글게 금을 긋고 논다

아이 얼굴도 둥글다

햇볕에 씻혀 검고

마른 꽃을 잔뜩 심었다

아이는 여자로 잘 자랄 수 있을까

더위를 겉옷인 양 걸친 양떼

헴헴헴 게르 앞을 지나간다

슬픔을 둥글게 머금은 아이가

지는 해를 본다.

    사막은 우리에게 소설 혹은 영화에서나 볼 수 있던 먼 땅이었다. 그러나
얼마 전부터 사막이 아파트공화국 주민들에게 체험 관광 상품으로 떠올

랐고, 이제는 자본 투자 대상으로 오르내리게 되었다. 하지만 관광객 가운데 '낙타의 젖꼭지가 네 개인데, 오른쪽 둘은 새끼가 먹고 왼쪽 둘은 사람이 짠다'는 사실을 기억하는 사람은 많지 않을 것이다.

교환교수로 몽골에서 체류했던 박태일 시인은 자신의 체험 속에서 사막을 '둥근 이미지'로 포착했다. 우선 몽골의 주거 형태가 둥근 천막 '게르(Ger)'다. 신산한 세월을 살아갈 아이들의 얼굴 모습이 둥글고, 지평선으로 사라지는 유목민의 해도 둥글다. 몽골 여행 중에 혹시 슬픔을 둥글게 머금은 아이를 본 적이 있으신지.

(2014)

순천만

박상익

걸을수록 먼 길
서쪽 길

기럭기럭 기러기 노래 속 기러기는 없어도
오리탕집 바람개비와 유람선이 한 척
허리를 가라앉힌 대대포

꿈이야 다
뚱뚱하지

세상은 일곱 빛깔로도 겨운 파도밭이라서
누군가 기진개 한 무더기
저녁 하늘로 뿌린다.

      *기진개: 칠면초의 전라도 지역어.

여름 휴가철도 어느덧 막바지입니다. 몸과 마음의 휴식을 찾는다는 휴가는 끝나가지만 내 마음속 순천만 같은 곳 하나 간직해두는 것은 어떨까요. 열심히 일하다 한숨 돌리고 싶을 때면, 마음만이라도 그곳으로 달려가 쉴 수 있을 테니까요.

(2015)

을숙도

오정환

새벽에 떠난 구름 거룻배가 높다 세월이 제 몸에 왝짓거리하듯 강이었다
바다였다 굴삭기 파도가 찍어대는 뻘밭

은박지 아파트가 빛난다 바람이 맥박을 쥔다 무릎까진 대파가 웅성웅성
멀다 내장을 녹인 폐선들 선창은 어디였을까

눈 감고 눈 내린다 깨벗은 발톱으로 뜬 기름을 쪼고 쫀다 오라 어서 오라
한 시절 가라앉을 하늘을 지고 나는 달린다

모래등 지도를 밟고 달린다

'을숙도(乙淑島)'는 새들이 많고 물이 맑은 섬이라는 뜻으로 붙여진 이름
이라 한다. 낙동강 하구에 토사가 퇴적되어 형성된 하중도(河中島)인데,
갈대와 수초가 무성하고 어패류가 풍부하여 한때 동양 최대의 철새도래
지였다. 섬이 모두 공원화되면서 대부분의 갈대밭은 훼손되고 생태계
파괴가 가속화되었다.

이에 이 일대를 핵심보전구역으로 지정하여 을숙도 복원사업을 추진
하고 있다.

‘을숙도’에서 ‘새벽’ 일찍부터 "나는 달린다". "굴삭기 파도가 찍어대는 뻘밭", "은박지 아파트" "내장을 녹인 폐선들" "무릎까진 대파" 그리고 "깨벗은 발톱"으로 오염된 "뜬 기름"의 강물을 ‘쪼고’ 또 쪼는 새들을 보면서 "한 시절 가라앉을 하늘을 지고 나는 달린다".

　철학자 마크 롤랜즈도 "달리기가 삶의 의미와 가치를 이해하는 하나의 방법"이며, 달리면서 깊은 지혜와 성찰을 얻었다 한다.

(2015)

해당화

-오래 함께 있어주기-

이명수

나 먼저 저승 가서 아침 둑길 따라 걷다
그대 생각나면 어이하나

섰다 서성이다 함께 머물렀던 세월에 마냥 떠돌다
나 없이 살아온 인연 나 없이 살아갈 인연 행복하라고 활짝 피라고

나 먼저 저승 가서 어느 물가
연붉은 그대 만나면.

아무리 좋은 기도 많이 해주면 뭐해.
먼저 가지 않는 것보다 더한 사랑과 덕담이 어딨어.
열다섯에 아버지를 여읜 어떤 중년이 그랬어.
세상에 돈 많은 아버지, 존경받는 아버지, 훌륭한 아버지,
자랑스러운 아버지…… 종류도 많지만
자기에게 가장 좋은 아버지는

오래 함께 있어주는 아버지라고.
얼마나 절절할까 싶어 가슴이 쿵!
하기야 그런 사랑을 놓고 먼저 간 사람 심정이야……
말해 뭐할라고.
누구 말처럼 혼자 떠난다 생각하지 말고
먼저 가서 기다린다 생각하면 조금 나을라나.

(2017)

두실

임영석

나라 사람 고루 잘살게 하는 일에 온 힘 바치겠노라

고루라 새 이름 붙였던 이극로 나신 두실 가는 길

땅길도 물길도 고루고루 흙먼지 속에 누워 있다

애기마름에 세모고랭이 흐린 물풀 위로 주시경 김두봉

고루 이름을 붙여보아도 고루 밟을 자리가 없다

고루는 고루 세상에 이름을 남기지 못하고 오늘은 내가

고루댁 담장에 서서 탑도 없는 건너 탑골을 바라본다

울산 최현배는 집안이 벌고 김해 이윤재는 그 삶 또한 그득했으나

고루 살아 나오는 길에 기쁜 일 크게 없어

고루고루 눈 내리는 겨울밤 고루는 지나 나라 어디서

흰소머리산*이며 소머리강**을 생각했을까

배달겨레 배달말이 떳떳하고 마땅하다며 배달노래 지어 불렀던

고루를 만나러 가는 봄도 오월

고루 옛 마을 땅콩잎은 파랗게

닿소리 또 홀소리 낙동강 물소리로 귀를 열고.

*백두산

**우수리강

    시에 나오는 두실이라는 마을은 이극로 선생의 고장 경남 의령 어디인 듯하다. 시에 나오는 분들의 면면이 모두 국어학자이시다. 우리들의 말소리를 글로 표현한다는 의미는 대단히 중요한 것이다. 두실이라는 곳에서 시인이 느꼈던 것은 세상이 "떳떳하고 마땅하다며 배달 노래지어 불렀던" 그 혼불 같은 꽃잎을 바라보았다는 것이다. 한 해에 봄은 두 번 찾아오지 않는다. 세월 또한 그렇게 봄꽃을 마구 피워내지 않는다. 세상이 아무리 흉해도 나라말을 맘대로 쓰지 못하는 것만큼 흉한 것은 없을 것이다. 그 흉한 세상을 다시 만들지 않기 위해서 우리말의 소중함을 항상 간직해야 할 것이다. 박태일 시인은 두실이라는 시를 통해 우리 기억에서 사라져 가고 있는 우리말을 위해 일생을 사셨던 이극로, 주시경, 최현배, 김두봉 같은 국어학자들을 기억하게 한다. 세상에는 멸종되는 동식물도 숱하지만, 사라지는 말도 그만큼 많다고 한다. 우리는 우리 말을 우리글로 기억하고 있다는 것은 그만큼 많은 학자들의 노력이 있었다는 걸 기억하게 한다.

(2017)

화룡에서 흰술을

채상우

화룡시장 식당가

낮은 탕집

두 집안 젊은이가 선을 본다

그 아버지와 어머니는 아들을 사이 앉히고

어미 없이 큰 듯한 딸은 고개 숙여 탕을 뜬다

아버지는 사위가 될지 모를 그 아들

맥주 첫 잔이 즐겁다 어머니는

앞자리 딸이 며느리로 좋이 차는 듯

젓가락질 가볍다 두 집안은 몇 대째

화룡에서 연길에서 모른 듯 살아 왔겠지만

앞으론 연길 한 공원묘지에서 만날 일을 꿈꾸는지 모른다

세 병째 맥주가 비고 웃음이 길어져

딸의 동생까지 와 늦은 인사를 올린다

선자리가 혼롓날 같다 그 어머니는 양탕을 더 시키고

딸은 부끄러움을 젓가락처럼 쥐고 앉았다

딸 손등으로 아들 눈길이 자주 얹힌다

고추 장아찌에 절임김치 차림이지만

포기포기 달리아 꽃자리

화룡도 인천 허 씨일 듯한 아들네와

은진 송 씨일 듯한 딸네 혼롓날은

돌아오는 시월일까 이제 두 집안은

화룡 연길 한길처럼 죽 곧을 것인가

그 아들과 딸은 백두산 어느 들목

산양삼에 석이를 키우고 집안 처마 밑을

재갈재갈 삼꽃 아이들이 오갈 것인가

화룡시장 식당가

낮은 탕집

향초 그윽한 개탕을 비우며 나는

흰술 벌써 두 잔째다

　얼마나 좋을까, 은진 사람 송 씨. "낮은 탕집"이면 어떻고 "고추 장아찌에 절임김치 차림"이면 또 어떤가. 아내 없이 금이야 옥이야 기른 딸, 안사돈 되실 분 자꾸 곁눈질하며 웃는 걸 보니 기분이 좋구나. "딸 손등으로" 부끄러운 줄도 모르고 두툼하게 내려앉는 사위 될 녀석 눈길도 흐뭇하고. 그래 맥주가 술술 들어가는구나. 잘 살아야 한다. 아비 원은 그거 하나뿐이다. 곁에서 대놓고 훔쳐보던 시인은 아마도 좀 샘이 났나 보다. 그 독하다는 고량주를 "벌써 두 잔째" 들이키고 있으니.

(2017)

붉은 여우

주영헌

    가을을 벗어둔 채 기러기 가족도 떠났습니다 낮으면 낮은대로 높으면 높은대로 모자를 쓴 듯 무덤에 들겠습니다 바람발에 흙발에 차이고 밀리면 뒷날 그 아니 좋은 꽃밭일지요 마른내 따라 자작나무 산울타리 열어두고 사슴 늑대 다 잠든 뒤에도 달리겠습니다 한 걸음 두 걸음 울컥울컥 내딛는 어둠 속에서 도마뱀처럼 꼬리를 썹겠습니다 바람이 떠밀어올린 모래산 주름 위에서 부우부우 버마재비 되어 울겠습니다 가다 저물겠습니다 보름달도 혀를 물고 성에꽃처럼 얼어붙는 겨울 별똥별에 태운 무릎뼈를 핥겠습니다

    저는 붉은 여우
    이승 저승에 별승까지 있다 하니
    몇 삶 더 떠돌다 오겠습니다
    두 백 년은 기다려 주시기 바랍니다.

이것을 무엇이라고 얘기해야 합니까. 슬픔입니까. 외로움입니까. 고독입니까. 느끼는 방법에 따라 또는 느끼려는 주체에 따라 바뀌는 감정입니

까. 어떤 노래를 들을 때 슬프기도 기쁘기도 하고 편안하기도 하고 처량하기도 합니다. 그 감정의 중심에는 그 무엇을 달리 느끼는 무엇인가가 있는 것입니까?

고독이란 저는 '제가 저를 느끼는 방식'이라고 생각합니다. 나의 내부에는 타자가 존재합니다. 타자, 그것은 내가 아니라는 의미입니다. 나의 마음속에 내가 아닌 무엇이 존재한다는 것은, 어떤 의미입니까. 단순한 '낯섦'입니까. 그것이 아니면, 거울 속의 나를 보며 "너는 누구야?"라고 묻는 것을 말합니까.

존재의 관점에서 사람은 '주체'와 '타자'로 구분됩니다. 이것은 마치 컴퓨터 언어와 같습니다. 컴퓨터 언어는 오직 '0'과 '1'만 있습니다. 이것은 이렇게 표현되기도 합니다. '옳음'과 '그름' 또는 너와 나. '너와 나'를 합쳐 '우리'라고 하지만, 이때 우리는 배제되어 있습니다. 배제되어도 큰 문제가 없습니다. 그 까닭, '우리'는 '너와 나'로 구성된 것이기 때문입니다. '우리'라는 말 대신 '너와 나'라고 표현해도 의미 전달에 큰 문제가 없습니다. 이렇게 표현할 수 있는 까닭은 우리란 새로운 개념이 아닌, '0'과 '1'을 또는 '너'와 '나'를 배열한 것에 불과한 것이기 때문입니다.

단순한 배열이지만, 그 내부의 의미는 너무나도 다릅니다. 단순히 '너와 나'를 통칭하는 것이 아닙니다. 집합으로 표현하면 '공집합'이 아닌 '합집합'입니다. 이것은 'U'로 표시됩니다. 합집합의 특징 교환법칙$\{(A \cup B = B \cup A)\}$과 결합법칙$\{(A \cup B) \cup C = A \cup (B \cup C)\}$가 성립합니다. 이것의 의미는 그 내부에서 '어떤 화학적 반응'이 일어나는 것입니다. 이것은 긍정적인 또는 부정적인 반응일 수도 있습니다. 단순한 개체의 결합이 아닌, 그 결합을 통해 새롭게 탄생하는 무엇을 의미하기도 합니다. 'A∪B'는 '좋음'을 의미하기도 하고 A∪B는 그 반대가 될 수도 있습니다. 'A∪B'는 C가 되기도 하고 D가 되기도 E가 되기도 합니다. 'C≠A∪B'가 되기도 합니다.

이것은 관계의 문제로 발전합니다. 고독 속에서 나는 또 다른 나를 만납니다. 이것을 타자라고 느낄 수도 있고, 나라고 느낄 수도 있습니다. '고독'이란 나를 온전히 생각할 수 있는 어떤 시공간을 말합니다. 고독을 느끼는 순간 나는 지금 이 세상의 어느 공간이 아닌, 어떤 타지로 옮겨진 것입니다. 붉은 여우가 됩니다. 황야를 묵묵히 걷는 붉은 여우.

내가 되든 타자가 되든 우리가 되든, 그것은 스스로 결정할 문제입니다. 그러나 생각해보니 그 어느 것 하나만으로는 살 수 없을 것 같습니다. 저 셋 중에 어느 하나만을 골라서, 평생을 살아야 한다면 참 난처할 것 같습니다. 아니요, 그렇게는 살 수 없을 것 같습니다.

(2017)

이별

최원준

산산이 하늘 따로 높고
골골이 물길 따로 멀듯

사랑이여 우리
그렇게 헤어지자

바깥으로만 닳는 뒷굽과
기우뚱거리는 그리움

아픈 어금니를 혀로 달래듯
나는 그대 밀어낸다.

이별의 징후는 상대에게 기대하는 바가 따로 놓고, 함께 하고자 하는
마음은 따로 멀기에 시작된다. 사람이라는 이름으로 '함께 걷는 길'이라
하더라도, 자칫하면 '바깥으로만 닳는 뒷굽'처럼 겉돌기도 하고, 기우뚱

거리기도 한다.

"아픈 어금니"처럼 금이 간 사랑을 '혀'로 살살 달래보기도 하지만, 결국 혀는 어느새 어금니를 밀어내는 형국일 수밖에 없다. 그렇게 사랑은 늘 이별을 예비하고 있는 감정이다. 그만큼 투명하면서도 깨지기 쉬운 유리잔과 같은 존재이기에, 항상 조심히 배려하고 아껴야 할 감정이기도 하다.

(2019)

그리움엔 길이 없어

손택수

그리움엔 길이 없어
온 하루 재갈매기 하늘 너비를 재는 날
그대 돌아오라 자란자란
물소리 감고
홀로 주저앉은 둑길 한 끝

왜 '괭이갈매기'가 아니고 '재갈매기'인가. 왜 '출렁출렁'이 아니고 '자란자란'인가. '쓰러지다'나 '무너지다' 대신 '주저앉다'를 선택한 이유는 무엇인가. '재갈매기-재다-자란자란-주저앉다'로 연결되는 음의 연쇄는 재갈매기가 다른 말로 대체할 수 없는 필연의 결과물이라는 걸 알게 한다. 한발짝 더 나아가 자음 'ㅈ'이 뜻에 기대지 않고 스스로 뜻을 뿜어내는 장면을 보라. 하늘을 '재는' 상승과 '주저앉은' 하강을 동시에 품고 운동하는 '자란자란'에 이르면 넘칠 듯 말 듯한 그리움의 밀도까지 생겨난다. 소리내어 외워야 맛이 나는 시가 있다.

(2019)

어머니와 순애

나민애

어머니 눈가를 비비시더니
아침부터 저녁까지 비비시더니
어린 순애 떠나는 버스 밑에서도
잘 가라 손 저어 말씀하시고
눈 붉혀 조심해라 이어시더니
사람 많은 출차대 차마 마음 누르지 못해
내려보고 올려보시더니 어머니
털옷에 묻는 겨울바람도 어머니 비비시더니
마산 댓거리 바다 정류장
뒷걸음질 버스도 부르르 떨더니
버스 안에서 눈을 비비던 순애
어디로 떠난다는 것인가 울산
방어진 어느 구들 낮은 주소일까
설문은 화장기에 아침을 속삭이는 입김
어머니 눈 비비며 돌아서시더니

딸그락그락 설거지 소리로 돌아서

어머니 그렇게 늙으시더니

고향집 골짝에 봄까지 남아

밤새 장독간을 서성이던

눈바람 바람.

이 시는 박태일 시인의 『풀나라』라는 시집에 실려 있다. 묻혀 있던 우리 고유의 말을 맛깔스럽게 살리고, 묻혀 있던 우리나라 풀잎 이름과 사람들 이야기를 담은 시집이었다. 그 시집에서 다른 시를 제치고 「순애와 엄마」 이야기를 들고 온 것은 내 이름이 민애여서만은 아니다. 언니 이름이 신애여서도 아니고, 친구 이름이 근애여서도 아니다. 이유는 지금이 추워서다. 추워질 때엔 누구든 뜨끈한 것이 필요하다. 어묵 국물은 손을, 우동 국물은 배 속을 따뜻하게 하지만 영혼을 따뜻하게 하는 것은 따로 있다. 그것은 사람이고 말이다. 엄마라는 사람, 엄마라는 말은 우리가 평생 뜯어먹고 사는 영혼의 양식이다.

순애가 어디로 왜 떠나는지 알 수 없지만 저 풍경이 낯설지는 않다. 가고 싶어 가는 것이 아니고 보내고 싶어 보내는 것은 아닐 테다. 어머니를 놓고 가는 딸의 마음은 메어 오고, 딸을 보내는 엄마 마음은 미어진다. 안타까운 손짓으로 말을 대신하고, 눈을 비비는 행동으로 마음을 대신하는 장면이 그 심정을 고스란히 전달하고 있다.

순애의 이름 대신 당신의 이름을 넣어보자. 세상 모든 순애에게는 걱정하는 어머니가 계신다. 이것이야말로 순애가 잘살아야 할 이유다.

(2019)

제6부 대담·좌담

정직한 시를 쓰기 위하여
오늘의 비평과 지역문학의 전망
잃어버린 시문학사의 빈틈
지역문학의 오늘과 내일
시의 지도에는 풀나라가 있다
우리는 여전히 진행 중이다
지역에서 지역으로 달리는 무궤열차, 박태일
'허풍선이' 근대문학사 솎아내고 역동적 지역연구 집중했다
"합천을 고향으로 섬기고 싶은 이가 많게 가꾸어 가자"
박태일의 '지역문학 연구'를 되돌아본다

정직한 시를 쓰기 위하여

김정환·박태일·안재찬

젊은 동인들의 성격

김정환: 먼저 각자가 속해 있는 동인지의 소개부터 하기로 하죠. 저부터 시작할까요. 저희 『시와경제』 동인들은 각자 나이 차이도 많이 나고, 자라온 환경의 차이도 대단하며 시를 쓰는 '주의'랄까 하는 것도 다르지만, 그럼에도 저희가 함께 모인 것은 뭐랄까 시가 시일 수 있기 위해서는 시 아닌 것과의 관계를 맺어야 한다는 것에 기본적으로 동의했기 때문입니다. 사실 『시와경제』라는, 어떻게 보면 좀 몰상식해 보이는 표제는 저희 동인들이 가지고 있는 의식의 방향이 어디를 가리키고 있는가를 암시하고 있습니다. 『시와경제』라 했을 때 그 '경제'는 먹고 사는 것이고, 생활이고, 정직성, 현장성이며, 경세제민(經世濟民)을 의미하는 것입니다. 따라서 시와 일상 삶과의 거리를 없애자는 것이 저희 동인들이 당면한 제일의 과제입니다.

홍일선, 정규화, 황지우, 박승옥, 라종영, 김정환, 김사인이 저희 동인들인데 이 중에는 소위 명문대학이라는 서울대 출신이 반, 고졸 출신의 상업인들이 반을 이루고 있어요. 학문의 세계라는 드높은 담장 안에서 의식과 이론에만 훈련된 사람들과 영등포 정육점에서 도살된 소의 내장을 주물럭거리는 사람, 고향을 떠나와 뿌리 뽑인 도시 부랑자의 생활을 하는 사람들과의 만남이라고 할 수 있겠죠. 피차 상호 보충적인 관계를 맺고 있다고 말할 수 있겠죠.

안재찬: 저희 『시운동』은 박덕규, 이병천, 하재봉, 한기찬, 안재찬이 동인으로 참여하고 있습니다. 일견 대체로 80년도 신춘문예를 거친 사람들의 모임으로 보여지겠는데, 현재까지 3집을 발간하는 동안 분명한 하나의 '에꼴'을 형성하고 공유성을 획득할 수 있었던 것 같아요. 저희 『시운동』은 이렇게 믿습니다. 문학이, 시가, 현상적인 상태에 머물러서는 안 된다. 이 말은, 시가 낮은 땅 위로 내려와 일상적인 것 속에 함께 섞일 때 일단의 만족은 느낄 수 있어도, 보다 중요한 시의 예술성은 잃게 된다는 것입니다. 저는 저희 『시운동』의 입장을 한마디로 이렇게 표현하고자 합니다. 즉, 우리의 참여는 상상력이다, 라고 말입니다.

박태일: 저희 『열린시』 동인은 부산에 생활근거를 둔 시인들입니다. 부산이라는 지역적인 의미가, 저희 동인들의 모임이 지연(地緣)이나 학연으로 이루어졌다는 인상을 주기 쉽게 만들겠지만, 『열린시』가 모인 동기는 오늘의 문학 현실을 닫힌 세계로 파악하고 그것에 대한 반성이라는 분명한 동기에서 출발했습니다.

엄국현, 이윤택, 강영환, 강유정, 박태일이 자리를 함께하면서 현재 4집까지 나왔습니다. 저희들의 '에꼴'이라면 '에꼴'을 부정하는 것 자체가 하나의 '에꼴'을 이룬다고 할까요? 무한한 정신적 자유가 요망되는 문학 세계에서조차 서로가 서로를 단죄하고 이단시하는 경직된 사고를 저희는 거부합니다. 저희의 입장은 닫힌 시의 세계에서 서로의 내용, 형식, 사상 등을 변증법적으로 종합하자는 것입니다. 그리고 그것에서 모순이 노정된다면 그 모순을 짊어지자는 것입니다.

『열린시』의 '열린'의 의미도 바로 여기에 있습니다. 저희는 내용의 자유, 형식의 자유, 그리고 정신의 자유를 추구합니다.

지난 세대에 팔매질할 것인가

김정환: 저로서는 우리가 80년대와 함께 시쓰기를 시작했다는 사실이 참으로 중요한 의미가 있다고 생각합니다. 우리가 지난 세대에게서 물려받은 것은 우리 문학의 젊은 전통, 그와 더불어 우리 자신들이 해결하고 갚아 나가야 할 숱한 문제와 우리 시문학에 대한 채무 같은 것이죠. 이 시점에서 우리가 우리의 몫으로 찾아야 할 것은 찾아야겠고, 지난 70년대에 대해 반성하고 비판해야 할 것에 대해서는 마땅히 냉정하고도 날카로운 안목이 필요하리라 생각합니다. 안 형부터 말씀을 해 주시죠.

안재찬: 사실 우린 70년대를 거쳐 온 사람들이 아닙니까? 그것은 곧 우리의 습작기가 70년대였다는 사실, 다시 말하면 70년대의 상황, 70년대의 의식 등등으로 우리가 형성되었다는 얘기가 되는 거죠. 전 우리가 과연 지난 세대에 대해 팔매질할 마땅한 자리에 서 있는가 의심이 되는군요.

박태일: 저 개인적으로 보자면, 우리가 80년대에 시를 쓴다는 그 밑바닥엔 자조적이고 체념적인 감정이 상당히 두텁게 깔려 있는 것 같습니다. 우리에게 남겨진 지난 세대의 시 전통에서 김춘수 씨와 김수영 씨를 두 극단으로 놓는 어떤 것을 상상할 수 있겠는데, 그 양쪽의 극단화라는 것이 다 씁쓸한 결과로 나타나고 만 것 같은 탓입니다. 소위 참여시라는 것이 그 맹목적인 관념 위주, 의식 위주가 결국 많은 시 작품들을 구호시의 차원으로 전락시키고 말았지요. 또한 순수 지향의 시에서도, 최근에

저는 '에즈라 파운드'를 다시 생각하게 되었습니다. 이런 저런 느낌에서 소위 '순수'라는 것의 허구를 들여다보는 기분이 들었어요.

이러한 자조적인, 체념적인 것에 대한 역반응으로 시 자체에 대한 관심 곧 상상력이나 시 본래적인 것에 대한 관심이 더욱 필요할 것 같습니다.

김정환: 저는 지난 70년대가 대중에게 읽히는 시, 쉬운 시로 가려는 과정이 아니었나 생각합니다. 물론 김춘수, 정현종, 황동규 제씨의 시들이 난해시의 경향을 띠고 있습니다만, 역시 50년대 말의 '모더니즘'이 횡행했을 때의 난해시와는 차원을 달리 했다고 여겨집니다. 말하자면 쉬워지려는 노력, 전달하려는 노력을 그들이 게을리 하지 않았다는 얘기죠. 보다 대중에게 밀착되고 함께 호흡하는 시로서 신경림의 『농무』를 예로 들고 싶습니다. 흔히 쉬운 시라면 평면적이고 도식화되었다는 비판을 면키 어려운데 『농무』의 경우는 다양함과 복잡함이 구비된 어떠한 난해시보다 결코 평면적이거나 단순하다고 볼 수가 없죠. 이른바 '모더니즘'의 시가 극히 강조하는 회화성이란 것도 오히려 『농무』의 세계가 풍경화적으로 잘 드러내고 있단 말예요. 또한 그것이 민중의 얘기이고, 살아가는 얘기이고, 경험의 얘기인 것 같지만 거기에는 또 다른 차원의 예술주의가 있다고 봐요. 사는 게 고달파서 결국 농무를 춘다는 것인데, 70년대의 우리 시가 걸어왔던 과정이 말하자면 그 시 속에 집약된 것이 아닌가 생각해요. 동인지로는 『반시』 동인들의 역할과 성과도 결코 간과할 수 없는 것이죠. 각자 나름대로의 독특한 개성을 지닌 채 그 다양성 속에서 어떤 총체성을 보여 준 것이 퍽 인상적이었어요. 70년대 초에 김지하 씨가 판소리 사설이나 풍자시를 통해 전해 주었던 충격도 **빼놓**을 수 없는 것이겠고, 아까도 말했지만 난해시 자체에서의 노력도 50년대식의 무모함은 아니었다고 생각됩니다. 저희 『시와경제』로서는 시의 대중화 작업을 멈추지 않을 작정입니다. 대중의 시대에 시가 선민의식에 젖은 일부 호사가들의 독점물일 수는 없는 것이죠. 따라서 저희는 정직성, 치열성,

성실성을 그의 뼈대로 한 삶의 시에 주력할 것입니다.

왜 시는 읽히지 않는가

박태일: 쉬워지려는 노력에 대해서 저는 약간 다른 각도의 시선을 가지고 있습니다. 제 개인적으로는 얼마 전에 작고하신 박용래의 세계를 70년대의 한국시가 채 극복하지 못했다고 생각합니다. 박용래 같은 분의 조용한 한국시를 향한 기여가 어떤 의미에서는 목소리 높은 시보다는 훨씬값 나가는 것이라는 얘기죠. 목소리 높은 시들이, 한국적인 현실, 특히 산업구조가 다양화되고 정치적인 관심이 높아짐에 따라서 평론가들에 의해 편의적으로 이용되었다 할까 하는 측면도 전연 배제할 수 없지 않아요? 또 그만큼 구호화되고 상투화되어 결과적으로 시의 형식으로나 내용에 있어 경직되고 편협해진 것이 사실이고요. 저는 오히려 단시 형태의 평이하고 담담하면서도 우리의 가슴에 큰 울림을 일으키는 박용래 같은 분의 시 세계를 높이 사고 싶습니다.

안재찬: 제가 듣기에는 박 형께서 박용래 씨의 예를 든 이유가 굳이 쉬운 시, 읽히는 시의 예가 『창비』나 『반시』 쪽에서 노력한 이른바 민중의 시밖에 없느냐, 다른 측면에서도 얼마든지 있지 않느냐는 뜻인 것 같군요. 저 역시 의심을 가지는 것은 민중에게 밀착되고 함께 호흡하는 시, 읽히는 시, 쉬운 시라는 것이 반드시 공동체적인 관심사에만 쏠려야지 가능하느냐는 겁니다. 저는 인간 정신의 가장 순수한 결정체인 시에 있어서까지도 효용 가치에 의해서 그 성과를 구별짓는 것에 상당히 회의를 느끼는 입장이예요. 상투성과 획일적 사고에 의해 양산되는 모든 문학의 산물이 과연 진정한 가치를 가지겠는가 하는 것이죠. 사회 현실에 깊은 시선을 주고 시로써 보다 많은 사람들과 함께 호흡하려는 시인들의 힘겨운 노력에

경의를 표하지 않는 것은 아니지만, 그들의 시도 이미 상투화되어 버린 것을 지난 70년대를 통해 너무나 뚜렷이 보아왔지 않습니까? 차라리 더욱 참다운 것은, 나의 모든 것을 응시하고 정직하게 그것을 표현하는 데 있을 것입니다. 나의 아픔을 뜨겁게 바라보고 그것이 곧 우리 모두의 아픔이라는 것을 확인할 때, 스스로 그 상처를 매만지며 언어로 형상화시키는 어려운 작업을 통해서 우리는 진실한 의미의 성장을 계속할 것이란 얘기죠. 볼록렌즈로 종이를 태우기 위해서는 한 곳으로 초점이 모아질 때까지 알맞은 거리가 필요하지 않습니까? 우리가 속해 있는 모든 것들로부터 눈 돌리지 않고 오히려 정확히 보기 위하여 우리는 역시 알맞은 시점의 거리를 필요로 한다는 얘깁니다. 시는 본질적으로 예술이며, 언어의 예술입니다.

무엇을 표현하든지 그것이 언어로써 효과적으로 형상화되어야 하겠어요. 이 기본적인 명제가 지금은 너무나 잊혀져 있는 것을 저는 안타깝게 생각합니다. 어디까지나 '시는 시'인 것이죠.

김정환: 쓴다는 것은 자기가 집에서 자위 행위를 하거나 꿈을 꾸거나 하는 것과는 엄연히 구별된다고 봐요. 쓴다는 것은 남을 의식하는 행위이고, 남겨 두고자 하는 행위이고, 또 남기기 위한 행위이며, 전달하고자 하는 행위란 말예요. 모든 문학 행위 자체가 어떤 선정성 내지 목적성을 띠는 것이란 얘기죠. 시라는 장치가 나 자신을 향한 것이 아니고 민중을 향해 열려 있는 것이라면, 민중이 고통스러울 때 그 고통을 함께 나눌 수 있다는 것은 바로 그 시와 민중이 공감대를 형성하고 있다는 얘기거든요. 상처와 상처를 맞대고 고통과 고통을 나누는 것 이상의 공감이라는 것이 어디 있겠어요? 그리고 우리는 공감대의 폭이 두터운 시를 쉬운 시, 읽히는 시라고 말하죠. 저희 동인지 서문에도 명시되어 있지만 저는 시 작업의 궁극적인 목표로서 사람들에게 만남의 언어를 제시할 수 있기를 소망하며, 우리들의 말과 몸이 시대에 대한 증언으로서 영원히 현장에

있기를 바라고 있습니다. 그것은, 시란 삶의 모든 문제와 만나는 현장이며 그렇게 해서 생겨난 자연스러운 피와 땀의 결정임에 다름 아니란 믿음이죠.

그러기 위해서는 현실과 밀착된 언어가 무엇인지 거듭 되묻는 자세를 멈추지 않아야 하겠습니다. 시가 궁극적으로는 그 사회 모든 구성원의 공통 자산으로 환원되어야 한다는 명제를 믿으면서, 시인은 도처에 널려 있는데, 왜 시는 여전히 읽히지 않는가고 반문할 필요가 있다는 것입니다.

일상의 삶에서 멀어진 시인들이 고답적인 태도로 객기와 호사 취미에서 언어놀이를 일삼고 있음에서 그것이 비롯된다고 보는 거죠. 자기 부정의 정신이 결핍된 시인의 허위의식은 시를 민중으로부터 외면 당하게 하는 데 크나큰 몫을 해 오고 있어요.

광장의 시는 쉽고 밀실의 시는 어렵다?

박태일: 쓴다는 것 자체가 이미 독자를 염두에 두게 된 행위라 하셨는데, 물론 그런 측면도 있겠지요. 일종의 공리적인 측면인데, 전 그러한 대타적(對他的)인 면보다 자득적(自得的)인 측면도 있다고 봅니다. 한 개인이 경험할 수 있고 가질 수 있는 세계는 참으로 좁은 것이거든요. 실제로 한 개인의 삶에서 진정한 질의 체험은 결국 자신이 짊어져야 할 문제가 아닐까 생각합니다. 즉 자신이 충실하다면 그것은 곧 대타적인 효과를 가질 수 있다, 가령 진정한 시민의식을 갖추었다면 자기라는 것이 소아적인 자기가 아니고 보다 더 폭넓은 자기가 될 수 있다는 얘깁니다. 아까 김 형이 민중이란 말을 많이 쓰셨는데 사실을 말하면 저는 민중이란 말에 상당히 거부감을 갖고 있습니다. 과연 '민중'이란 무엇인가. 적어도 시에 있어서 그것은 이미 실체 없는, 포괄적인, 개념으로 오염되고 말았다고 생각합니다. 저는 80년대에 자리를 같이 하면서 과연 우리가 '민중'이라

는 말에 개념상 어느 정도 동의하고 있는가에 의심하고 있어요. '민중'뿐만 아니라 말 하나하나가 오염되고 의인화되어 버린 것에 우린 마땅히 깊이 우려해야 할 것입니다. 가령 '민중'이란 말을 씀으로써 자기를 그것에 귀속시켜 버리고 말거든요. 그러면서 진정으로 자신이 한 민중으로서 느끼고, 생각하고, 쓴다는 자각이 오히려 더 불철저해질 수 있다는 얘깁니다.

김정환: 그 책임은 민중이란 말을 자주 사용한 사람이 반져야 하고, 또한 '민중'이라면 무조건 색안경을 쓰고 본 사람이 그 나머지 반을 져야 하겠지요. 아주 소박하게 얘기하자면 우리들이 해야 될 작업이란 것도 사실은 오염된 언어를 세척시키고 그 본래의 싱싱한 방향감각을 되살려 주는 것이라고 볼 수 있겠습니다. 그런데 70년대에 민중, 풀잎, 등등의 언어들이 오염됐다고 해서 그냥 버린다면 우리나라 말은 그만큼 빈약해질 것 아닙니까? '민중'을 단순한 허구적인 이상으로 삼아 놓고 시를 쓸 경우에는 구호적인 시가 될 것은 뻔한 일이지만, 실제로는 민중과 직접 만나고 참여하면서 민중에 대한 생각이 달라지고 형성되는 그런 치열한 과정 자체가 중요한 것이 아니겠습니까? 시를 쓴다는 사람이면 민중에 대한 막연한 공동선에 대한 이상이나 열망 같은 것이 당연히 있지 않겠어요? 그것을 시에서 구체화시킬 때, 허구적이고 고정된 것으로 보는 것이 마찬가지의 편견이 될 수도 있다고 봅니다. 물론 70년대의 구호 위주 시들에 대한 자기 비판, 반성은 철저하게 이행되어야 하겠지요.

안재찬: 시가 대중에게 밀착되기 위해서는 시가 갖고 있는 재료들, 언어라든가, 그 언어가 분출해내는 리듬, 말하자면 형식적인 것에 대한 다각적인 고찰이 탐구된다면 시의 난해성은 극복할 수 있다고 봐요. 즉 시가 다루고 있는 문제가 무엇이냐 하는 것이 난해성을 결정짓지 않는다는 얘기죠. 말을 바꾸면, 광장의 시는 쉽고 대중과 가까우며, 밀실의 시는

어렵다는 도식은 성립하지 않는다는 말입니다. 또 그러한 이분법적 구별은 사실 가능하지도 못하고요. 전 어떤 역사적인 사건을 놓고, 그것이 우리를 지배한다고 해서 우리 시인들이 모두 그쪽으로 촉수를 기울여야 한다, 이렇게 규정짓는데 문제가 있다고 봐요. 역사성이란 것은 사회적인 역사성도 있지만 개인적인 역사성도 있을 수 있다는 겁니다. 또 그 역사성이란 것은 한 개인, 즉 시인이라는 통로를 반드시 지나야 되는 것이죠.

그래야 시가 됩니다. 70년대의 사회 의식적인 시의 문제는 바로 그런 것에 있다고 봅니다. 그 어떤 사회적인 문제들이 시인이라는 시적 자(尺)의 통로를 지나지 않고 그냥 현실 복사, 사건의 나열에만 급급하지 않았는가 하는 겁니다. 저는 역사성 자체를 비판하거나 부정하자는 것이 아닙니다. 문제는 그것이 시로 나타날 때, 즉 시인을 거쳐서 나타날 때 어떻게 표현이 되어야 하는가 그것이 문제지요.

삶의 정직성과 얼굴을 맞대며

김정환: 결국 시를 '어떻게 쓰느냐' 하는 과정에서 정직성은 상실되고 만다는 얘기일 것 같은 데 그거야 당연히 옳은 말이죠. 그런데 조금 각도를 달리 해서 얘기하자면 역사성을 중요시한다고 개성이란 것이 함몰이 되어 버린다고 볼 수는 없는 것이지요. 역사성을 전제 조건으로 하는 시들은 오히려 각자 삶의 체험, 자기가 사는 바탕에 튼튼한 뿌리를 내리기 때문에 오히려 개성이 시로 형상화되어 나타나는 반면에, 처음부터 개성을 너무 강조하고 상상력이라든가 형식을 들고 나오는 시를 보면 오히려 이게 누구 시인지 구분할 수 없을 정도로 몰개성적인 시가 많은 것도 부인할 수 없는 사실이거든요. '발레리' 흉내나 내고 하는 데서 오히려 그들이 얘기하는 '개성적'이란 것에 평범함 내지 상투성이 배어 있단 말이지요. 결국 어느 쪽이나 자신의 노래가 제대로 육화되지 못한 미숙성의

결과이기 때문에 그런 것을 가지고 그 이론 자체를 몰아칠 수는 없다고 생각합니다. 역사성에 관한 문제도 마찬가지죠.

박태일: 두 분이 상당히 대조적인 말씀을 하시는 것 같은데, 제가 보기에는 어쩌면 표현이 다르다 뿐이지 같은 이야기를 하고 있는 것으로 여겨지는군요. 실제로 70년대에 들어서 더욱 심화된 순수와 참여의 대립만하더라도 서로 도저히 손닿을 수 없는 먼 거리에 있다고는 저는 생각하지않습니다. 어떻게 보면 그것은 서로가 등을 맞대고 서 있는 모습인지도모릅니다. 등을 맞대고, 앞으로만 손을 내저을 것이 아니라 등을 돌리고마주 보기만 하면 쉽게 손과 손을 나눌 수 있을 것이라고 생각합니다.실지로 목소리 높은 시는 상당히 상투적이고 '알레고리'화된 언어를 사용하면서 그 언어 자체의 힘에 끌려가는 식이 되었던 것 같아요. 그것은삶의 정직성과 멀어진 또 하나의 감상주의에 가깝다고 보고 있습니다.안 형이 이야기하신 개인 역사를 굴절시킨 시도 하나의 극단은 있습니다.그러한 시 역시 삶의 정직성과 필연적으로 얼굴을 맞대어야 할 것 같아요.자기가 느끼고 체험할 수 있고 아픔을 느끼는 이야기가 되어야지 단순히가상적인 상황이라든지 미학 자체에만 매달려 있는 시들, 아마 우리 80년대의 시는 그러한 양극단의 시가 종합되고 보다 더 진지한 삶의 총체성이드러난 시들이 나와야 하지 않겠나 생각됩니다. 김 형이 이야기한 시들도나름대로 상투성을 벗어나면서 자신과의 만남 자체가 성실히 나올 수있다면 좋으리라 여겨집니다.

또한 시 자체가 상상력만은 아닙니다. 이미 행위하는 것 자체가 하나의역사성을 띠고 있는 것이고 윤리적인 문제가 개입되어 있는 것이지요.순수랄까, 시의 상상력을 얘기하더라도 이미 그 자체가 삶의 대응방식인것입니다. 저는 두 분의 이야기를 종합할 수 있다면 시인의 정직성이란각도에서 매듭이 가능하다고 봅니다.

안재찬: 부언한다면 이런 얘기가 가능하겠어요. 어느 시대건 우리가 살아가는 현실의 삶은 가파른 계단이라고 봐요. 그러면 우리가 계단에서 굴러 떨어지지 않기 위해서 난간의 손잡이가 필요한 것 아니겠어요? 그 난간의 손잡이가 무엇이냐, 하는 문제인데…… 저로서는 시의 상상력이고 언어라고 말할 수 있다는 겁니다.

김정환: 결국 정직성이란 문제를 피할 수가 없게 되었군요. 정직성이 나왔으니 응당 감상주의가 얘기 되겠는데, 저는 나름대로 감상주의란 것을 이렇게 정의하고 싶어요. 즉, 감상주의란 정직성의 반대개념이다. 그것은 구호적인 감상주의로 나타나든가, 상상력적인 감상주의로 나타나기도 한다고 말이죠.

박태일: 사실 정직하지 않은 목소리는 다 감상주의죠. 가령 목소리 높은 시들을 살펴보면 그 언어 자체가 추상적이고 허구적인 언어입니다. '핏기', '흉년', '고통', '잡초' 등 알레고리화된 언어들이 오히려 시의 정서를 막아 버리는, 열린 입장에서 보자면 '닫힌 시'들이거든요. 그런 언어 하나 하나가 깊은 정서적인 차원에서 여과될 수 있는데, 그것이 여과되지 못하니까 시에 표출되는 의식 자체가 치열하지 못하다는 느낌을 주게 됩니다. 그러한 언어들을 보다 더 미세하게 분해시켜서 진정한 감동을 줄 수 있고 상상력의 공간을 만들 수 있는 치열한 시를 창조할 수 있는데도 그러한 단어의 조립에 의해 오히려 정서 자체가 추상화되고 말았다는 겁니다. 정서가 추상화되어 버리면 아무런 감동도 기대할 수가 없습니다. 그것은 감상주의의 한 극단적인 예를 보여 줄 뿐이지요.

의식의 치열성과 형식의 치열성

김정환: 저는 의식의 치열성이 형식의 치열성과 거의 동시에 이루어진다고 봅니다. 그런 규범을 보여 준 시들이 있어요. 말하자면 75년도에 김지하 씨가 『창비』에 발표한 시라던가 양성우의 숱한 서정시들이 그것인데, 그것이 목소리가 높다거나 아니면 형식하고 할 말 하고 어긋난다거나 하는 것이 아니라 오히려 목소리가 가라앉았으면서도 형식하고 어우러져 가지고 굉장한 감동을 자아내고 있거든요. 아, 시라는 것이 가장 양심적이고 가장 정직할 수 있을 때 가장 감동적이로구나, 그것이 형식과 내용이 분리되는 것이 아니라 일치되는 순간에 이루어지는구나, 하는 걸 직감하게 해주는 시의 규범이라 할 만한 것이죠. 시의 진실성이나 의식의 치열성 같은 것이 치열하면 치열할수록 형성된 내용 자체가, 예술적 감명 효과라든가 어떤 충격 효과도 동시에 수반하기 때문에 감명을 주는 것이 아닐까 하고 생각합니다.

박태일: 의식이 치열하면 형식 자체가 내용에 구속된다는 말씀으로 받아들여지는데, 반면에 미숙한 시라는 것이 있습니다. 아까 정서의 추상화라고 얘기했죠. 그게 바로 미숙한 시인 거죠. 시에서 형식과 내용을 따로 떼어서 말할 수는 없는 문제 아닙니까. 시가 한 문학 양식으로 존재하면, 그 자체로 존재 이유가 있고 존재하는 방향이 있을 겁니다. 시의 존재할 수 있는 근거를 형식이라고 본다면, 그것에 대한 고려 없이 오직 의식의 치열성만 가지고 따진다면 차라리 시가 아니라 다른 문학 갈래라도 좋고, 나아가 정치 이야기라도 가능하지 않겠어요? 시인의 사명 하나가 모국어를 이끄는 첨단적인 역할까지도 하고 있다고 생각하는데, 언어에 대한 탐구, 형식에 대한 탐구, 문학 자체에 대한, 존재 근거에 대한 탐구없이 의식 일변도로 밀고 나간다면 결국 시는 파탄되고 말 것이라 생각합니다.

김정환: 조금 부언을 해서 제 입장을 말하자면 시가 구호적 감상주의로 머물렀다면 의식은 치열하되 형식에 대한 정성이나 성의가 부족해서가 아니라 결국은 의식이 치열하지 못했기 때문에 생겼다는 얘깁니다. 의식의 치열함과 형식의 치열함은 어느 것이 먼저고, 어느 것은 나중이라는 식으로 구별할 수 있는 것이 아니라 양쪽으로 머리를 두고 있는 머리가 둘이면서도 몸은 하나인 그런 것이죠.

구호적인 감상주의 자체 비판을 했으니까 안 형께서 상상력적인 감상주의라고 할까요, 아픔 고통의 극대화라든가 하는 유의 시를 자체 비판해 주시면 좋겠습니다.

안재찬: 아까 박 형께서 상투화된 단어를 지적하셨습니다만 우리 역시 그런 것은 있습니다. '살', '뼈', '고통'…… 등의 말이 굉장히 많이 쓰여졌죠. 그렇지만 저는 같은 방식으로 얘기할 수 없는 측면이 있다고 봐요. 아까의 '잡초'든가 '풀'라든가 하는 것은 직접적으로 우리에게 와 닿는 것은 '민중'으로 환원이 된단 말예요. 그러나 가령 '살이 흐느적거린다'는 귀절을 읽으면 그것은 그의 내면 의식의 고통이라든가 혹은 그가 사회를 살아가는데 만나는 고통 등 적어도 한 가지에 집약되지 않고 다른 여러 가지로 확산된다고 봐요. 저는 그런 입장입니다. 언어를 단순한 대치, 하나의 알레고리로만 끌어 온다면 시를 읽는 재미라는 것은 대폭 경감될 것이 뻔한 사실이죠. 하나로 대치시킬 수가 없음. 그래서 재미있음. 이걸 인정해야 되지 않겠어요? 그런 측면에선 구호적 감상주의의 유죄를 구형해도 마땅하리라고 봐요.

상상력적인 감상주의라면 이런 것이겠지요. 광장에서 떠나 자기의 좁은 밀실로 갇혀 혼자서 자학적인 감상이라든가 혹은 요설 속에 빠지는 경향 말이죠. 여기에서도 형식의 단순성은 여전히 문제가 됩니다. 자기의 의식을 자기가 다스리지 못하고 말의 재치와 요설 속에 빠져버릴 때 이것 역시 하나의 지독한 감상주의가 될 수밖에 없죠.

상상력, 끝없는 실험정신

박태일: 제가 『시운동』을 보면서 느낀 게 바로 그겁니다. 요설화 경향인데, 요설은 또 다른 상투형이라고 저는 보고 있습니다.

안재찬: 감상주의란 정직성을 저버리는 데서 온다는 점에 저도 동감입니다. 자기가 자신의 의식, 말하자면 어떤 빚 자기가 짊어지고 있는 짐을 스스로 다스리지 못하고 그냥 손놀림에 빠져버리는 데서 감상주의가 시작된다고 봅니다. 물론 그 나름대로는 정직하겠죠. 난 감당할 수 없다, 이것 역시 정직성 아니에요? 그러나 우리는 보다 큰 것을 요구하니까 이런 얘기가 나오는 거죠. 그런데 여기서 제가 경계를 게을리 하고 싶지 않은 것은 정직성, 역사성이라고 했을 때, 그것이 곧 우리의 의식을 사회 속으로 집어넣자는 의미로 받아들이는 통념에 대한 것입니다. 70년대에 대한 문제 중의 하나는 어떤 개념을 너무 고정화시켜 버렸다는 생각이 들어요. 그것은 받아들이는 사람이 그 개념을 단순히, 아픔 없이 받아들였다는 얘기도 되겠죠. 그것은 문학하는 사람의 잘못이라기보다 정보 전달 수단을 독점하고 있는 부류들의 잘못이 큰 것 같아요.

김정환: '세상에 변하지 않는 것은 세상이 변한다는 사실뿐이다'란 말이 있듯이, 역사성이란 현실에 대처하기 위하여 자기 자신의 자각과 그 현실에 대한 대안을 마련한다는 점에서 상당히 탄력 있는 용어인 것 같아요. 저는 상상력이란 것에 대해 이렇게 생각합니다. 그것은 시에 있어서 없어서는 안 될 요소이기는 하죠. 또한 시 쓰는 행위 자체가 상상력의 행위이기도 하고요. 그러나 그것을 지나치게 강조할 때, 즉 삶에 뿌리를 내리지 못하고 허공 중에서 이루어지는 상상력일 때 문제가 있다는 것입니다. 진짜 '꿈꾸고 있는'것이 아닌가 하고요. 삶과 유리된 꿈이란 그야말로 '개꿈'이 아니겠어요?

안재찬: 저는 지난 70년대의 시가 상상력의 고갈을 보여 주었다고 믿습니다. 현실적이거나 이데올로기의 문제에 지나치게 집착했었고, 시에 있어서 언어의 메마름, 스토리의 메마름 등의 징후를 도처에서 발견할 수 있었지요. 결국은 우리 문학의 빈약성이란 한탄에 이어지는데 저는 이러한 것을 극복하기 위해서 상상력의 개발이 반드시 필요하리라고 믿습니다. 상상력이란 또한 끝없는 실험 정신을 내포하고 있는 것이죠. 한 가지 예를 들어 보겠습니다. 내게 '플롯'이 하나 있습니다. 그렇지만 내가 돈을 주고 그 '플롯'을 샀다고 해서 그것이 내 것이 될 수는 없을 것입니다. 누군가 와서 그 '플롯'을 아주 멋지게 불었다면 그 순간 그 '플롯'은 내 것이 아니고 바로 그의 것입니다. 상상력이란 언어, 의식이 나의 것이 되게 해주는 좋은 도구라고 생각합니다. 상상력은 무조건 비현실적이라고 보는 것은 편견일 수 있습니다.

비극성 속에 있는 희망

박태일: 오늘의 얘기는 대체로 역사성과 정직성, 그리고 상상력의 문제로 모아진 것 같군요. 또한 각 동인지의 나아가고자 하는 방향도 뚜렷하게 제시가 된 것 같고요. 사실 시라는 것은 시인이 겪는 아픔이라든가 의식이 시인이라는 프리즘을 통해서 어떠한 분광색(分光色)으로 나타나는가 하는 것이지요. 그런데 그 아픔이나 의식이 치열하지 못할 때, 정직성을 저버릴 때 감상주의의 차원에 떨어지는 것이고요. 시인이 추상적인 현실 의식이나 또는 도피적 비현실 세계에 머물지 않고 자신이 겪는 아픔을 어떻게 받아들이고 대응해서 싸워야 할 것인가에 끝없이 고민하고 반복하고 아파한다면 진정한 의미의 서정성이란 것도 성취할 수 있다고 봅니다.

김정환: 공리적으로 무엇을 얻는가 하는 효용 가치보다 쓴다는 행위

자체가 현실에 대한 깊은 반응이죠. 시 쓰는 행위란 허망한 낙관의 자리에서는 이루어질 수 없는 것이죠. 그것은 아픔의 자리, 비극성 속에 있는 희망의 자리 아니겠습니다. 진정한 작가란 그 시대가 그것을 통해서 아픔을 느끼는 커다란 상처와 같다는 누군가의 말이 생각나는군요.

안재찬: 저 역시 오늘 이 자리에서 우리 사이에 내재하고 있는 많은 아픔을 느낄 수 있었습니다. 아마 오늘 밤은 이 아픔 때문에 괴로워하고 몸을 뒤척이다가 또 한 편의 시를 쓰게 될지도 모르겠습니다.

(1982)

오늘의 비평과 지역문학의 전망

참석: 조갑상·박태일·민병욱
사회: 남송우

사회: 문화의 발전, 나아가서 삶의 질적 향상을 위해서는 무엇보다도 각 문화 영역에서 온당한 비평 작업이 필요하다고 봅니다. 그래서 본 좌담에서는 우선 문학 영역에 국한해서 우리 문단의 비평이 제대로 이루어지고 있는지 한번 살펴보고자 합니다. 90년대 초반에 서서, 한국 문학 비평의 어제와 오늘의 개관을 통해 90년대 비평이 지향해야 될 그 방향성을 한번 탐색해 보려합니다. 우선 문학에 있어서 비평이 가지는 일반적인 기능에 대해 논의가 있었으면 합니다. 먼저 비평을 하고 있는 민 선생님부터 말씀을 좀 해주십시오.

민병욱: 비평에 대해서는 시인, 소설가 쪽에서 할 얘기가 많은 게 일반적 현상인데 제가 먼저 얘기를 해도 될런지 모르겠습니다.

원론적으로 얘기하면 비명이 가지고 있는 기능은 세 가지 정도로 나눌 수 있습니다. 첫 번째로 입법적 기능, 소위 비평의 지도성을 강조한 것이고, 두 번째로는 해설적 기능, 즉 독자에게 작품의 좋은 점을 알리는 기능이며, 세 번째로는 비평이 문학 자체의 올바른 이해에 기여해야 한다는 해석적 기능을 들 수 있습니다.

이렇게 비평의 기능을 세 가지로 나누어, 이들을 한국 문학비평에 연계시키면 과연 그것이 올바르게 행해졌느냐 하는 점에는 저도 상당히 의문을 가지고 있습니다. 왜냐하면 늘 시인, 소설가, 비평가들이 지적하는 붕당의 문제와 비평의 윤리성 문제, 그리고 비과학성의 문제 때문입니다. 그런데 저는 붕당의 문제는 크게 심각하다고 보지 않습니다. 그건 우리가 강조하고 있는 어떤 해석학적 공동체라든지 하는 개념으로 충분히 극복이 가능하지마는 비평의 윤리성 문제, 그 윤리성이 과연 이 시대에 적합하게 행해지고 있는가 하는 문제와 비평의 비과학성 문제는 심각하다고 봅니다. 가령, 나는 A라는 작가를 좋아한다 혹은 A작가 작품을 연구한다 할 때 그 연구 자체에는 이미 가치 평가가 개입되었다고 볼 수 있고 이것은 곧 비평의 비과학성 문제와도 직결되며 이 때문에 붕당 조성이 문제로 제기된다고도 볼 수 있습니다.

박태일: 민 선생님께서는 비평이 가지는 전반적인 성격과 기능 그리고 그 문제점까지 폭 넓게 말씀해 주셨는데 저는 기능적인 측면보다는 본질적인 면으로 접근해서 살펴보겠습니다.

비평 작업이란 크게 보아 문학을 대상으로 다시 생각하기, 다시 느끼는 일일 터이지요. 이런 점에서 비평은 다른 글쓰기 갈래와 다른 이차행위라고 일컬어지고 있습니다. 그런데 이 입장만을 강조하다 보면 결국 문학비평과 문학 창작 사이 선후관계를 계속 문제 삼지 않을 수 없게 되고, 자칫 그것은 비평과 창작 사이의 우열논리로 건너뛰기 십상입니다. 흔히 비평이 지도적이어야 한다는 생각이 이런 폐해를 잘 보여 주고 있는 일이겠습니다.

비평은 다른 글쓰기와 마찬가지로 문학 글쓰기라는 커다란 역장 속의 한 갈래로 놓는 입장이 무엇보다 긴요하리라 생각됩니다. 이렇게 보면 비평의 역할, 곧 비평이 문학 글쓰기에서 맡아야 할 몫은 어느 정도 명백해지는 셈입니다. 그것은 삶의 뜻을 묻거나 삶의 방법을 제시하는 문학 가운데서 무엇보다 그것을 반성하는 일을 바탕으로 삼는다는 점입니다. 삶을 반성한다는 점에서 비평쓰기는 따지거나, 꾸짖는 일, 또는 풀이하는 일 뿐 아니라 견주는 모든 일들을 아우르고 있는 셈입니다.

그런데 무엇보다 반성한다는 것은 반성하는 주체, 곧 비평가와 반성 대상, 곧 삶이나 작품 사이의 대화를 전제로 할 때 가능한 일입니다. 대화란 대화 주체와 대화 객체 사이의 유동적 상태를 전제로 한 일입니다. 이 점에서 비평가가 지녀야 할 태도는 자기 변화의 가능성과 그 가능성으로 자신을 열어놓는 일입니다. 문학과 삶 사이에서 비평은 이런 대화 가능성으로 놓여 있어야 할 터입니다. 다만 비평은 그러한 대화를 보다 추상적으로, 보다 일반화시켜 보여 준다는 점에서 논리적인 글쓰기가 되어야겠지요. 줄여보면 비평이란 마침내 삶과 문학 사이의 대화를 매개하는 일, 삶을 반성하는 논리적인 쓰기라는 점으로 모아집니다.

조갑상: 앞서 민 선생님과 박 선생님은 비평의 본질과 관련해서 비평의 기능을 말씀해 주셨는데 저는 현실 독자와 관련해서 말씀드리겠습니다.

일반론적인 얘기 같지만 오늘날처럼 다량으로 작품이 생산되는 시점에서 민 선생님께서 얘기하신 비평의 해설적 기능은 더욱 더 확대되지 않겠느냐 하는 생각을 해봅니다.

그런데 이런 상태에서 비평의 기능을 생각해 본다면, 사실은 비평가만큼이나 중요한 게 신문 기자들, 서점 판매원들이라 할 수 있겠습니다. 가령, 계획적으로 서점에 가는 사람은 문인과 같은 전문적인 독자들이지, 소위 평범한 독자들은 그런 경우가 거의 드물고 그들은 서점에 들어가서 판매원에게 읽을 만한 책을 묻고 그들에 의해 의도적으로 권해 받은 책을 선택하게 됩니다.

이런 점에서 비평가의 발언이 독자에게 미치는 영향력을 볼 때 신문

기자나 광고 혹은 서점 판매원들의 영향력보다 현실적으로 크다고는 할 수 없습니다. 실질적으로 어떤 생산의 과정을 전제한 소비나 구매의 과정에서 보면 비평가의 영향력은 그만큼 적어지고 있는 게 오늘날 현실이 아닌가 싶습니다.

따라서 비평이 전문성에만 국한되어 비평의 기능과 역할을 생각할 때와 현실적 삶과 관련해서 비평의 기능을 독자와의 영향 관계에서 생각할 때는 차이가 있는 게 오늘의 현상이 아닌가 하는 생각이 듭니다.

사회: 자본주의 체제 속에서 상업성과 관련된 문제 즉, 비평의 대중성 문제, 비평가의 책 가치평가에 대한 수용 정도를 조 선생님께서 지적해 주셨습니다. 현실적으로 가치평가가 제대로 되지 않은 상태에서 일반 서점에 의해 베스트셀러가 조작되는 것과 같은 병폐를 막기 위해서라도 비평의 중요성이 요청된다고 봅니다. 이런 점에서 오늘 이 토론의 의의가 있지 않나 싶습니다.

이번에는 앞서 논의한 기본적인 비평 기능을 바탕으로 하여 90년대에 들어선 지금에서 지난 80년대를 회고해 볼 때 과연 우리의 문학비평이 자기 길을 제대로 걸어왔다고 생각하시는지 좀더 구체적으로 짚고 넘어가야 할 필요가 있을 것 같습니다. 비평에 대해 많은 불평을 할 수 있는 자리라는 점에서 시 창작을 해 오신 박 선생님께서 먼저 정리를 해 주십시오.

박태일: 저로서는 80년대 시쪽 비평을 두루 회고하거나 묶어서 되짚어 볼 능력도 없고 그럴 만한 처지도 아닙니다. 저의 좁은 독서범위 속에서 한정된 이야길 수밖에 없다는 점을 분명히 하며 몇 가지 짚어 보겠습니다.

첫째, 80년대 시비평이 뚜렷하게 이론 추수현상을 보였다는 점입니다. 아마 이 일은 비평일반에 두루 걸리는 일이리라 생각됩니다만, 이론을 내놓고 그 이론을 뒤따르면서 그 논리의 타당성을 펼쳐놓은 글들을 흔하게 볼 수 있었습니다. 나쁘게 말해 상품복제와 같은 이론복제랄까 하는 일이 그것입니다. 이렇다보니 그 이론의 구체적인 검증이 이루어지지 않았고, 내 논에 물대는 식의 글들이 흔하였습니다.

둘째로는 매스컴 추수 현상의 득세입니다. 매스컴이 지닌 가장 큰 병폐가 상업성과 그것을 지속적으로 확보하기 위한 속도감이라 볼 때, 80년대 시비평이 문단 가십이나 상업적인 문학 소영웅을 양산하고 그 일을 부추긴 점은 재미있는 반성거리가 될 듯합니다. 사람에 따라서는 그러한 모습을 비평이 갖는 기동성이라는 쪽에서 긍정적으로 볼지 모르지만, 넓게 보아 쓰나마나한 시시한 글들을 자주 만나게 된 까닭이 여기에 있지 않았나 생각됩니다. 한 문제, 한 작품이라도 좀더 심각하게 생각하고 되짚어 보는 글들을 만나기 어려웠습니다.

셋째로는 비평의 직능화 현상 또는 비평 틀의 확대를 짚어 볼 수 있을 듯합니다. 80년대를 이른바 사회학적 상상력의 시대라 일컫고 있습니다만, 특별히 이런 쪽에서 시 이해의 틀이 넓어지고 깊어진 점이 좋은 본보기가 되겠습니다. 이 점은 일방향적 경직성이라는 역기능을 세련되게 벗어나면서 90년대 시 비평의 좋은 자산으로 자리잡아야 할 방향이라 생각됩니다. 그리고 이 일은 80년대 들어 중요한 문단현상의 하나로 드러나고 있는 문학인의 양적 증가와 맞물리면서 90년대에는 다양한 전문 비평, 부문 비평을 예고하는 것이라 하겠습니다.

넷째로 오랫동안 문학 활동을 해 왔던 이른바 중견 이상의 시인들에 대한 관심과 그들의 궤적에 대한 조명이 전무했다 해도 지나친 말이 아닐 정도로 무심했다는 점입니다. 우스운 보기가 되겠습니다만 요즘 유행노래의 소영웅들 대부분을 10대나 20대 초반의 젊은이들이 차지하고 있고 그렇게 끌고 가고 있으니 다른 말이 필요 없을지 모르지만, 문학이 우리의 다양한 삶의 문화로 올라서기 위해서는 질적 지속성과 양적 편재, 그리고 해당 집단의 기호가 아울러 만족되어야 할 터입니다.

크게 네 가지로 묶어 80년대 시 비평의 흐름이 지녔던 문제를 살폈습니다만 이러한 현상들이 바람직한 비평의 결과였던가 아니었던가 하는 점과는 별도로 앞으로 올 비평 작업의 바탕이 된다는 쪽에서 새로운 비평 세대들에게 한 반성의 자료는 될 수 있을 터입니다. 왜냐하면 비평이 맡을 몫이란 고정된 것이 아니고, 삶의 새로운 이해나 사회 전반의 변화와 맞물려 동적 연관 속에서 제 자리가 끝없이 바뀌는 것이기 때문입니다. 문제는 비평가가 얼마나 성실하게 삶을 생각하고 느끼면서 자신을 작품 속에서 살펴 헤아려 나가는가에 있겠습니다.

조갑상: 비단 80년대뿐만 아니라 근대사가 지나치게 굴절되어 왔고 현실의 거울로서의 문학작품, 그 자체를 조명하는 비평작업은 지대한 역할을 했다고 봅니다. 특히 소설의 경우, 근·현대사의 문학적 복원을 이룩할 수 있었던 것도 비평의 역할이 컸다고 생각합니다.

70년대부터 이어져 온 노동현장 소설과 80년대 '광주'를 다룬 소설에 대한 조명은 시대적 필연성이었지요. 그러나 그만큼 비시사적인 주제의 작품들에 대해 소홀했다는 점도 지적될 수 있겠습니다. 또 하나 우리 문학사에 숙제로 남겨 오던 해금·월북 작가의 문학적 복원 문제가 80년대 후반에 쏟아져 나왔기 때문에 이것도 비평의 한 특성이 되지 않았나 싶습니다.

민병욱: 개인적인 이야기가 개입되긴 하지만 사실, 제가 '비평의 비평'을 하게 된 동기가 이러한 80년대 비평 현상을 얘기해 주는데, 80년대 비평은 80년대의 시대적 과제에 적합한가 아닌가를 판정하는 즉, 적합성과 비평가의 상관관계를 밝히는 작업이었고 그를 위해서는 그 비평의 괄호 속에 묶인 이데올로기를 드러낼 수밖에 없었지요. 또한 비평이 지나치게 한쪽으로 흐르는, 다시 말해 경직화, 고착화, 유행화되는 경향이 있었는데 그 자체도 하나의 현상으로 본다면 그 현상에 담긴 그 이면적 의미나 이데올로기가 있다고 볼 수 있습니다. 현상은 항상 그것을 내포하므로 이 두 가지 의미에서 80년대 '비평의 비평'이 출발했다고 생각하니

다. 지금 비평의 비평이 안 되는 이유는 시대적 적합성을 상실했기 때문이라고 봅니다.

해금에 관련된 문제도 제 생각으로는 지금 우리가 지나치게 한쪽으로만 몰려 있기 때문에 어느 정도 시간이 지나야 보다 객관적인 시작을 가질 수 있는 조건이 된다고 봅니다.

또 하나 비평의 가장 큰 문제로는 깊이 있는 논쟁적 토론이 없었다는 겁니다. 거의 일방적이었지요. 민족문학 논쟁을 본다 하더라도 그것이 구체적 작품을 바탕으로 하지 않았다는 측면에서 비생산적으로 지적될 수 있습니다.

그리고 비시사적인 작품 평가도 소홀했지만 지나치게 시사적인 것도 인정되지 않았거든요. 예를 들어 김홍신의 작품은 거의 인정되지 않고 있거든요. 사실, 독자들의 입장에서 보면 그러한 작품이 필요한데 말입니다. 훗날 문학사에 이러한 작품도 수용의 입장에서 거론되어야 한다고 보는데, 이 점을 80년대 비평가는 포기하지 않았나 싶습니다.

너무 결정론적인 얘기 같지만, 비평가들이 충실했던 하지 않았던 그 탐구 자체는 80년대 모습이고 80년대의 한계이자 또 성과라고 봅니다. 저 개인적 입장에서는 이러한 반성이 부족했는데 그것은 저의 잘못이라기보다는 변명 같지만 저의 세계관의 한계였다고 말할 수 있겠습니다.

박태일: 하지만 그러한 한계를 직시하고 반성했는가 하는 문제를 두고서는 80년대가 적당히 편중되고 적당히 이론에 기대어 삶과 문화를 끌고 가지 않았는가라 여겨져 회의적입니다.

비평가는 지적 생산자로서의 우월성을 가지고 있어서 그러한 문제점이 나타나는데 진정 비평가는 작품을 통해 삶을 배우는 겸손한 자세로서 독자에게 논리적으로 보여 주고, 쉽게 알려서 작품과 비평과의 대화가 원활히 이루어지도록 해야 합니다. 흔히 비평은 재미없고 시시하다고 하는데 이것은 비평가의 글쓰기에 있어서의 진정성, 냉혹성 혹은 책임감의 회복이라는 점에서 제기되는 문제로 봅니다.

그리고 민 선생님께서 비생산적이라고 하신 민족문학 논쟁이 분파주의로 나아갔지만 나름대로 섬세한 면도 있었고 시대적 적합성에 따른 문학적 사유의 진폭이 넓어짐에 따른 바람직한 모습도 있었다고 봅니다. 실제 창작과 관련된 역기능이 있었지만 그것을 바탕으로 90년대 포스트모더니즘 논의라든지를 볼 때 바로 그 적합성에서 보면 연결되지 않겠는가 생각합니다.

민병욱: 한편 문학 전반에 걸친 현상들을 점검해 보면 80년대가 문학사에 있어서 중요성을 띤다는 긍정적인 기능을 지적할 수도 있지요.

관념화된 문인의 생산화 개념 즉, 중산층 개념의 생산을 허물었다는 겁니다. 무크지나 잡지를 통해 창작 발표가 쉬워졌고, 시인, 소설가의 권위를 인정해 주는 전형적인 방식인 신춘문예나 추천 등의 관념화된 방법이 허물어졌다고 볼 수 있기 때문입니다.

박태일: 그런데 저는 출판 언론 매체의 확대에 의해 문학의 수용이 넓어짐으로써 문학 생산의 민주화가 이루어졌다고는 할 수 있을지 모르나 소비유통면에서까지 민주화가 이루어졌다고는 보지 않습니다. 편파적이고 아직 고·저 수준의 문학 들이 나뉘어 존재하고 있으니까요. 나아가 삶의 질의 민주화, 문화의 민주화가 이루어졌느냐에 대해서는 부정적입니다. 단지 재편성된 것에 불과하다고 봅니다.

사회: 지금까지 80년대 비평이 지닌 긍정 혹은 부정적인 측면을 전반적으로 개관해 보았는데 이제는 80년대 문학운동과 관련해서 정리를 좀 해봤으면 합니다.

지난 80년대를 우리는 변혁기 혹은 격동기, 전환기 등 여러 가지 용어로 설명하고 있는데 이러한 사회적 분위기 속에서는 언제나 비평의 선도성 혹은 지도성이 상당히 요구되는 시기라고 생각됩니다. 그래서 우리 문단에서도 80년대는 이런 점에서 소위, 민중문학, 민족문학 또는 이에 상응하는 문학운동이 성행 했는데 이러한 점들이 지닌 강점과 약점이 분명 있을 것입니다. 즉, 비평의 지도성이 창작과 조화롭게 엇물리지 못할 때 오는 이론과 창작의 괴리 등 말입니다. 이와 관련된 우리 문학의 그 동안의 문제와 성과를 좀 정리해 보았으면 합니다.

민병욱: 80년대의 비평의 지도성은 시대적 요청이라고 볼 수 있지요. 어떤 사회에서든 일치된 하나의 방향으로 나아가지 못하거나 미래의 전망이 불투명할 때 문학 쪽에서는 비평의 지도성이 강화된다고 봅니다. 이 점이 또한 80년대의 특성이 아닐런지요. 한편으로 이것은 반체제 문학의 상업화라는 측면을 잉태했다고도 할 수 있습니다.

80년대 민중문학의 논의는 거세게 일었다고 볼 수 있으나 그 대립쪽의 세계관을 가진 자의 소리는 그렇지 못했다는 것을 알 수 있습니다. 사실은 다양한 방향의 제시가 이루어져야 했음에도 불구하고 그렇지 못한 게 80년대 비평의 문제점이라고도 볼 수 있습니다.

그리고 민중문학 또한 부정적 영향을 끼쳤는데 하나는 상업화라는 문제와 또 하나는 가치와 이데올로기 사이의 상관관계에 대한 논쟁이 없었다는 점을 지적할 수 있습니다. 즉, 우리가 주장하는 가치가 그 이데올로기를 넘어서느냐 혹은 종속되느냐 하는 논쟁까지는 관심을 갖지 않았다는 점에서 반성하고 넘어가야겠습니다.

박태일: 80년대를 말할 때 변혁의 요구가 컸고, 그와 맞물려 적절하게 자신의 기득권을 확보해 나가기 위한 사회 확대와 삶의 형태의 분화가 급속히 이루어졌다는 점에서 변혁기 또는 전환기라는 말을 쓰는 것에는 생각을 같이 합니다. 그러나 생각을 달리 해서 바람직한 사회, 사람다운 길의 제시라는 삶의 전망을 염두에 두고 볼 때 이 시기는 그에 대한 동의

와 합의가 모자랐던 시기가 아니었나 생각됩니다. 따라서 집단적 의미로 보면 정신적 공황과 그에 따른 방향 모색 작업이 다극화되었던 시기였다고 봅니다. 체제와 반체제가 어느 정도 열려진 자리에서 각자의 목소리를 드러낼 수 있었던 시기였다는 점도 새삼스럽습니다. 70대와는 또 달리 반체제의 상업화가 성공했던 시기이기도 했습니다.

그런데 이 시기 민족문학 논의는 앞 시기 나라잃은시대의 광복문학이나 70년대의 전통 논의와는 또 달리 분단 극복이라는 뚜렷한 지향점으로 모아졌습니다. 따라서 민족문학의 수립이라는 명제는 분단 극복의 문학적 방향이라는 쪽에서 새롭게 살펴질 수 있겠습니다. 이 점을 분명히 하지 않을 때 시류적인 말 되풀이나, 번잡하나 실상은 논리의 단순 재생산에 떨어지고 말 위험이 있다고 봅니다. 90년대 문학에서 비평의 지도성이나 선도성을 이야기할 때 저는 이러한 앞 시기의 민족문학 논의가 보다 넓어지고 작품을 통해 심화되기를 희망합니다.

조갑상: 소설을 쓰는 작가에게서 한편의 작품은 전체로서 바둑돌 하나이겠지만 비평가에게 그것은 바둑판에 놓여진 한 점일 것입니다. 그런 점에서 비평의 기능으로서의 선도성을 인정할 수 있다고 봅니다. 특히 민중문학이나 민족문학의 개념이 우리 소설의 폭을 넓힌 것도 사실입니다. 그러나 지나친 이론적 당위성에 잡혀 문학작품 자체의 검증을 간과한 면도 있지 않을까 싶습니다. 제 경우의 예를 든다면 80년대에 발표한 「사육」이라는 단편소설의 평을 두 평론가가 했는데 한쪽에서는 '민중'이라는 이론에 바탕을 두고 민중문학의 범주 속에서 작품을 평가했고 다른 쪽에서는 '일탈성'이라는 문학 기법으로써 작품을 해석했습니다. 작품을 쓰는 저의 입장에서는 후자 쪽이 더 긍정적으로 받아 들여졌습니다. 이렇게 볼 때 비평이 시대적 당위성에 너무 집착해 지도성을 내세운다면 작품은 본래의 모습을 훼손당할 염려가 있다고 봅니다. 이런 점에서 80년대는 비평의 지도성으로 인해 이론과 창작의 괴리를 실감한 연대였다는

생각도 듭니다.

사회: 지금까지의 이야기는 비평의 큰 흐름이었는데 이제는 구체적인 사항들을 놓고 좀 이야기를 나누었으면 합니다. 비평의 형태는 여러 가지가 있지만 우선 월평, 서평, 작품평, 작가론 등의 실제비평과 이론비평, 논쟁 등으로 구체화해 볼 수 있는데 가장 시사성이 많은 월평, 서평의 문제점과 그 해결방안을 한번 들어 봅시다.

조갑상: 적어도 외형적인 측면에서 각 문예지는 물론 신문마저도 월평이나 서평의 지면을 할애한다는 점에서 달마다 작품 자체의 성과에 대해 논의가 된다고 볼 수 있습니다. 그러나 그것이 관례적인 면에 흐른다는 안타까움도 있습니다. 신문은 그렇다손치더라도 문예지는 실제비평을 더 강화해야 한다고 봅니다. 만일, 한 작가가 80장의 원고를 쓰는데, 80장만한 평론이 문예지에 실리지 말라는 법은 없지 않습니까. 그런데 지면 할애에 있어서의 문제는 실제 작품을 읽는 독자보다 비평을 읽는 독자가 적다는 상업성 때문이라든지 혹은 비평을 지나치게 관례화하는 면 때문에 제약을 받는 게 사실입니다. 우리나라에 있어 비평의 또 다른 문제는 강단비평과 저널비평과의 거리가 일정하게 유지되어야 하는데도 불구하고 너무 가깝다는 점도 논의될 필요가 있다고 봅니다. 그리고 월평과 서평을 다루는 비평의 안목도 보다 전문적이거나 냉정해져야 한다고 봅니다.

박태일: 이론비평 실제비평의 분류는 결국 작품을 풀이하거나 견주거나 끈을 이어주는 일과 꾸짖거나 끌어가는 일로 바꾸어 볼 수 있을 터입니다. 그 가운데서 월평이니 서평이니 하는 것은 엉거주춤하게 자리잡고 있는 것입니다. 다양한 문학활동이 한 자리에서 뒤섞여 크게 양적으로 늘어나 있는 요즘 상황으로 볼 때 그 많은 작품이나 문학 현실을 이리저리

갈라 붙이고 무리지어 두거나 짚어두는 월평의 필요성을 새삼스럽게 부정할 생각은 없습니다. 문제는 일반 독자들에게 월평이란 당대 문학 경향이나 작품의 높낮이에 대한 은근한 잣대로 작용할 가능성이 크다는 데 있습니다. 특히 이 점을 고려하다 보니 "이밖에 누구누구의 작품이 있지만 지면 관계상 다음으로 미룬다"는 투의 어처구니없는 끝맺음이 월평류의 뼈대의 하나로 자리잡지 않았나 싶습니다. 문학적 인정주의, 패거리주의의 결과라 할까요. 이런 점을 벗어나기 위해 계간지 같은데서 다루고 있는 합평 형식이나, 본격적인 서평 형식이 나타나고 있음을 볼 수 있습니다. 말을 줄이면 요즘 우리 문학마당에서 필요한 일은 문학매체들이 이념별로 갈래별로 더욱 전문화하는 것일 터이며, 그러한 매체를 통해 특정한 잣대에 의한 본격 서평들이 좀더 많아졌으면 하는 바람입니다. 좀더 기능적인 공부를 해서 대중 매스컴의 시류적인 사건 만들기 작업에 끌려다니지 말고 적어도 작품을 대할 때는 나랏말 사전이라도 옆에 두고 읽는다든지 하는 겸손하고도 올바른 태도를 갖도록 해야 하겠습니다.

민병욱: 월평의 경우 원고 매수가 한정되어 있어서 할 수 있는 이야기의 양이 한정되어 있는 것은 사실입니다마는 이야기의 질이 한정된 것이라고는 보지 않습니다.

제 경우에는 작품을 나열하는 것보다는 한 작품을 초점으로 잡아서 가능한 한 해설식의 얘기를 했었는데 그것은 이 월평의 수용자를 전문 문인으로 두지 않고 일반 독자로 두었기 때문에 한 작가를 분석한 것입니다. 즉, 월평의 가장 바람직한 형태는 원고량 제한이라는 면을 염두에 둔다면, 한 작품을 분석하여 문인들보다는 독자에게 도움을 주어야 한다고 생각합니다.

서평의 경우 우리나라에는 '서평 문화'라는 단어를 쓰기가 어색할 정도로 서평이 발달되어 있지 않습니다. 사실, 서평이란 치열한 토론과 논쟁이 있어야 하는데 현 실정은 다분히 주관적이고 편파적입니다. 치열한 토론의 장으로서의 서평을 통해 독자에게 그 책의 가치를 평가하는데 기능하도록 도움을 주어야 하며, 결국 독자가 좋은 책을 선정하는 토대를 마련하는데 이바지해야 한다고 봅니다.

사회: 일반적으로 서평을 두 가지로 나눌 수 있는데, 내용을 비판적인 안목 없이 객관적으로 설명하여 독자들에게 그 내용을 알림으로써 선택에 도움을 주는 기술적 서평과 주관적인 가치판단이 내포되어 있는 비평적 서평이 그것입니다.

그런데 오늘날 절실하게 요청되고 있는 항목이 이 비평적 서평이라 할 수 있겠습니다. 이러한 비평적 서평이 행해질 때 서평자에 따라 동일한 책에 대해 각기 다른 평가가 나타날 가능성도 배제할 수 없습니다.

서평이나 월평에서도 비평가의 관심이나 세계관에 따라 동일한 작품에 대해서 각기 다른 평가가 나타나기도 하지만 특히 작품평이나 작가론에서 이런 점은 더욱 뚜렷이 나타나고 있는데 실제비평에 있어서의 동일 작품에 대한 비평가의 다양한 해석에 대해서는 어떻게 생각하시는지 그 점을 같이 논의해 보았으면 합니다.

조갑상: 한 작품의 생명력은 다의성과도 관계될 수 있습니다. 비평가는 비평가대로의 문학적 신념이나 취향에 따라 작품을 평가하는 것 또한 당연한 일입니다.

그러나 작품을 쓰는 자의 입장에서는 비평가가 자신의 신념에 맞다고 해서 이론의 틀에 작품을 무조건 대입시키는 것에는 한계가 있다고 봅니다. 여기서 나타나는 것이 과대평가와 무시라 생각됩니다. 문학성과 관계없는 과대평가는 작품에 대한 무시나 홀대와 꼭 같다고 생각합니다.

박태일: 작품에 대한 다양한 해석을 달리 표현하면 문학 이해 혹은 해석의 잣대 문제라고 생각합니다. 그런데 이 점은 너무나 마땅하고도 필요한

일입니다. 물론 일편향적인 관점만을 양산하고 독자들에게 유포시킬 때 그 문제점이 예사롭지 않은 일이지만, 우리 비평이 안고 있는 문제가 뚜렷한 잣대에 대한 자각과 그에 따른 바른 작품 이해가 모자랐던 데 있습니다. 그런 점에서 이론적으로 보다 섬세하게 무장된 비평 작업이 더욱 많아져야 되겠습니다. 문제는 그러한 잣대로 문학현상이 전부 풀이되거나 값 매겨지지 않는다는 데 있습니다. 앞에서 비평 작업이 삶의 반성이라는 점을 강조했는데, 반성하는 이가 지녀야 될 가장 큰 미덕은 스스로가 모자란다는 데 대한 솔직한 인정입니다. 작품과 아름답게 말을 주고받는 비평, 작품을 통해 비평가 자신의 삶이 성숙하고 열려가는 비평을 만날 수 있기를 기대해봅니다. 대화의 가능성이란 바로 진정한 변화 가능성과 다르지 않을 터이기 때문입니다.

민병욱: 해석의 다양성에 관한 문제는 저로서는 어쩌면 그럴 수밖에 없지 않느냐는 입장입니다. 그런 것을 유파, 운동, 유형 혹은 해석의 공동체라고도 하지만 문학비평 방법이란 결국 해석의 방법이거든요. 그런데 여기서 중요한 것은 가령 A가 형식주의적 방법으로 문학작품을 해석하고 B가 역사주의적 방법으로 해석했다 했을 때 객관적 잣대 자체가 과연 형식적이거나 역사적인 방법 내에서 객관적이었는가 혹 인상적이거나 주관적인 것은 아니었는가 하는 문제입니다.

그리고 또 하나 문학작품 자체가 이미 어떠한 방법을 요구하고 있다고 본다면 과연 어떤 방법이 타당할 것인가 하는, 작품과 해석방법과의 타당성 문제 또한 중요하다고 봅니다. 제 생각에는 형식 혹은 내용 속의 잣대가 있어야 하고 그 작품이 요구하는 방법과 잣대가 맞아 떨어졌을 때가 가장 이상적인 결합이 아닐까 생각합니다. 이것은 곧 작품 자체가 초점이 되어야 하고 그로부터 사회적 문맥 혹은 문학적 문맥을 이끌어내야 한다는 말과 상통합니다.

박태일: 여기서 짚고 넘어가야 할 것이 문학이 삶을 반성하는 작업이듯이 비평도 그렇다고 보면, 작품에 반영된 현실 자체만 강조하지 말고 끝없이 삶의 현장, 실체와 접근을 시도해야 한다는 점입니다. 이런 노력 없이는 작품과 삶, 비평이 따로 겉돌게 되는 현상이 나타난다고 봅니다. 이것이 추상화의 문제라 하더라도 찾고 반성해야 하며 다양한 것이 모인 문학의 고형화된 점을 풀어서 비평가의 삶 속으로 녹여 좀더 바람직한 삶이 성숙하는 비평이 되도록 해야 하겠습니다.

사회: 작품 해석의 타당성을 확보하기 위해 그 타당성을 가능하게 해주는 잣대의 문제에서 결국 해석자의 삶의 문제로까지 번져왔는데 이는 작품 해석의 측면에서 보면 자연스런 귀결인 것 같습니다.

해석의 대상에 관심이 쏠리면 대상 자체를 이해하고 해석할 잣대를 구하는 데로 기울여지고, 주체에 관심을 두면 해석 주체가 서 있는 상황 (삶)이 강조될 수밖에 없는 것이죠. 그러므로 바람직한 해석은 너무 원론적인 이야기지만 해석 주체와 객체의 변증법적 만남이 강조되어야 하지 않을까 봅니다. 이제 80년대 다양하게 논의되었던 민족문학 논의로 이야기를 넘겨보도록 하겠습니다.

박태일: 민족문학이란 민족 구성원 한 사람 한 사람이 사람 대접 받으며 사람답게 행복스럽게 사는데 이바지하기 위한 문학일 터입니다. 그러나 그 목표는 사람 사람의 삶의 길이 다르듯이 문학의 길도 달라질 수밖에 없습니다. 80년대 민족문학 논의는 정치, 경제적 민족의 행복과 그에 이르는 길이라는 쪽에서 논의가 한정된 느낌입니다. 물론 삶의 기본 뼈대로서 경제, 정치적 문제가 현대 산업화 사회에 있어 가장 크고 핵심적인 문제임으로 해서 이 시기 민족문학이 이 점과 관련된 사회학적 지식과 당파성, 특히 갈등논리보다 투쟁논리가 과도하였다는 점은 비평의 기동성과 우리 사회의 근간 문제에 대한 전면적인 반성이라는 점에서 마땅하

고도 바른 논의였다고 봅니다.

그러나 민족이란 실체라기보다 유동적인 관계입니다. 따라서 끝없이 민족이란 무엇인가, 바람직한 민족 단위 삶의 길과 그 문학적 실천의 전망은 무엇인가에 대한 지속적인 헤아림 없이 외곬로 이론적 선명성이나 정통성을 내세우는 것은 바람직스럽지 못합니다. 따라서 민족이라는 원칙에만 매이지 말고 삶에 대한 다양한 이해와 검증이 무엇보다 필요한 일일 것입니다. 민족시를 말하면서 전통 시 양식을 받아들였다고 대단한 것인 양 부추기는 우스꽝스러운 일이나, 노동자 농민을 다루었다는 소재론 쪽 측면에서 문제삼는 일만을 되풀이할 때 문학은 그저 문학쟁이들의 들내기 좋아하는 짓거리에 불과하게 됩니다. 그와 달리 포스터모던이니 탈장르니 해서 말만 바꿔 날뛰는 문학을 바람직한 문학인 양 떠벌리는 짓 또한 우스꽝스러운 일입니다. 문학은 놀이라는 점에서 놀이 담당자에 의해 규칙은 끝없이 바뀌기 마련이지만, 아이들 놀이와 달리 삶 그 자체를 텍스트로 읽는 심각한 놀이입니다. 따라서 좀더 생각하고 느끼는 문학이어야 할 터입니다. 이런 점에서 앞 시대 민족문학 논의가 마련해 둔 부문문학을 보다 활성화시키고, 이론적 쟁점들을 보다 깊이 있게 검증해 내면서 그 한계를 분명히 하는 작업이 있어야 하리라 생각됩니다. 겨레 구성원 다수를 소외시키는 민족이라는 개념은 정치권력이든 문단권력이든 힘의 우열을 확보하기 위한 명분에 떨어질 위험이 있음은 너무나 잘 알려진 사실입니다.

사회: 박 선생님의 입장이 온 겨레의 다양한 계층을 포괄할 수 있는 민족문학의 개념 입장으로 정리된 것 같은데 조 선생님의 입장은 어떻습니까.

조갑상: 소설을 쓰는 작가가 경우에 따라 다를 수 있겠지만 민족문학이란 말은 다 알지만 작가가 작품을 쓰는 입장은 과연 그런 논리나 개념을

염두에 두고 쓸 수 있겠는가. 물론 작가에 따라서 출발할 때부터 자신의 작품관이 확립된 작가가 많다고 보여집니다.

그러나 일반적으로 보면 개인의 테두리에서 점점 바깥으로 확대될 것이고 되돌아 볼 수도 있는 것이지만 맨 처음부터 작품을 시작할 때 민족문학의 확고한 신념이 확립되지 않는 작가의 경우엔 민족문학이라는 그 자체가 작가에게서는 압박감으로 다가오는 수도 있을 것 같습니다.

가령 50~60대쯤에 작가관이 확립됐을 때는 괜찮겠지만 소설의 경우 그런 것이 과연 빨리 확립되는 것이냐 하는 점입니다. 물론 한 작품 한 작품 쓰면서 작품관이 형성되어졌거나 형성되어 가는 것이기도 하지만 민족문학이라는 그런 개념 앞에서는 작가는 좀 당황하는 것이 아닌가 합니다.

사회: 조 선생님 말씀이 작가의 입장에서는 민족문학이라는 것이 거창하게 전제되었을 때는 작품세계가 너무 편협될 수도 있고 어떤 때는 부담이 될 수도 있다는 입장이었는데, 비평가의 입장에서는 그동안 민족문학을 어떻게 바라보아왔고 또 그 토대 위에서 우리가 바람직한 민족문학의 방향을 짚어 본다고 하면 어떤 방향이 될 수 있는지 민 선생님께서 얘기해 주십시오.

민병욱: 민족문학이라고 했을 때 개념을 어떻게 정의할 것인가가 중요하며 가장 구체적으로 정의할 수도 없습니다. 그래서 '어떤'이란 말을 붙일 수밖에 없는데 일반적으로 민족에 대해 여러 가지로 이야기하는데 먼저 민족주의라 하면 온건한 민족주의, 낭만적인 민족주의 등 많이 있습니다. 따라서 민족문학이라 할 때는 과연 어떤 종류의 민족문학인가가 가장 중요한 초점이라 생각합니다. 또 어떤 종류의 민족문학인가는 현재 민족의 삶의 형태와 어떤 관계가 있는가라는 측면을 생각하게 합니다.

80년대 민족문학이 분파주의로 보이는 것은 그것이 '어떤'의 차이이며 분파적인 것은 당연하다는 것이 나의 입장입니다. 요는 민족의 구체적 현실을 드러내는데 어떤 현실을 드러내느냐는 측면이 가장 중요하며 그래서 민족문학은 보다 세분되게 정의될 필요가 있다고 생각합니다. 특히 사회 변동기에 있어서 민족문학이란 말 자체는 아주 추상적이면서 강한 응집력을 가져다줍니다. 피는 물보다 진하다는 논리가 이런 형태인데 온건주의 혹은 낭만주의적 민족주의 형태입니다. 예를 들면 아랍 민족주의는 객관적으로 보면 민족이라는 혈연의 묶음으로 이런 면에서 어떤 민족주의냐는 아주 중요하다고 생각합니다.

사회: 80년대 문학 성과 중 하나는 지역문학에 대한 눈뜸인데, 여기에 대한 비평의 역할과 앞으로의 방향 그리고 전망을 앞서 논의된 민족문학의 위상 정립이란 점에서 좀 이야기를 나누었으면 합니다.

민병욱: 제일 안타까운 것은 지역문학의 좌절입니다. 개인적으로 보면 지역문학을 전개할 만한 작품이 없었고 비평가와 작가의 행복한 결합을 상실했다는 것이고, 사회구조 측면으로 보면 지역문화가 활성화될 사회적 구조가 아니라는 판단이 들 때가 있기 때문이죠. 문학과 사회관계 속에서 보면 구조의 호환성 문제가 있는데 지금 우리나라의 구조가 지역문학을 전개할 사회구조인가라는 지역문학의 사회적 적합성의 문제란 생각이 듭니다. 그것은 역으로 말하면 지역문학의 요청을 뜻하는데 문제는 작가와의 행복한 결합이 아니었다는 것입니다. 또 개인 욕망 같은 부수적인 문제가 사회 전체적인 문제를 호도하고 있기 때문에 가장 중요한 문제라고 생각합니다.

박태일: 민 선생님의 얘기는 일반적인 지역문학 이야기가 아니고 당파적인 지역문학 이야기인데 사실은 한국처럼 꾸준히 지역문학 쪽이 강한데도 없습니다. 다만 현재 그것이 부정적으로 나아가고 있고 인정하기를

싫어하며 또 젊은 세대가 운동 차원으로 끌고 갔기 때문에 달라지는 것입니다. 이런 차원에서 이야기해 보면 우선 지역문학에 대한 당위성에나 필요성을 새삼스럽게 이야기하고 싶지는 않고 지역자치나 지역문화에 대한 관심이 서울문화의 새로운 확대나, 상대적으로 작품이 좋지 못한 지역 문학인들의 집단적 지역 배타성을 얻기 위한 논의여서는 안 된다는 점을 짚어두고 싶습니다. 80년대 우리문학에서 지역 문화에 대한 논의는 그 출발이 문학의 부문 활동이나 이데올로기 혼란과 일정하게 연관된 하부문화 활동의 하나였다고 생각됩니다. 그러나 그 결과는 서울문단이나 출판매체의 상대적 우월감을 더욱 높였고, 지역문단에서는 새로운 세대교체나 문단 재편성의 결과를 가져왔습니다. 문제는 이러한 현상이 바람직한 문학, 오래 남을 만한 작품들의 생산과 맞물렸더라면 90년대 벽두의 이 시점에서 지역문화의 논리가 훨씬 설득력이 있었을 것이라는 생각입니다.

지역문학의 논리가 우리 겨레문학의 기반을 든든하게 다지는 데 이바지할 것임은 틀림없는 일이지만, 실제 사정이 논리를 선점한 이들에 의한 문단 재편성 정도의 몫만을 지닐 때 그 정당성이 줄어들 것은 뻔한 이치입니다. 따라서 지역문화가 제자리를 잡기 위한 일로 두 가지만 짚어두고자 합니다. 먼저 지역문학 작품에 대한 사랑어리고도 가혹한 비평이 이루어져야 한다는 점입니다. 물론 이럴 때 지역 안에서의 감정적 논쟁까지도 각오하여야 할 터입니다. 둘째로는 지역문화에 대한 정리 작업입니다. 부산 지역만 들더라도 앞 시기의 문단이나 문학 부문활동에 대한 기초자료에 관심을 가지고 정리하거나 관심이 매스컴 수준에 떨어져 있습니다.

조갑상: 지역문학에 대해서 생각한다는 것은 어려운 일이었습니다. 어쨌든 80년대에 지역문학에 대한 각성과 조명에 비평이 큰 역할을 했다고 생각합니다. 지역문학의 좌절의 일단은 매체의 부실에 이유가 있다고 하겠습니다만 지역문학에 대한 눈뜸, 그것은 곧 작품의 발견인데 그 점에

있어서는 미미한 측면이 많다고 봅니다. 문학적 보편성을 갖춘 지역문학의 발견에 대한 노력은 계속되어야 된다고 봅니다.

그런데 어떤 면에서 보면 지역문학은 중앙집권적인 정치사회의 역사성 같은 사회구조에 뿌리를 두고 있기 때문에 문제가 있지 않는가 생각합니다. 이것이 운동으로 끝나지 않고 계속될 수 있는 가능성을 되짚어 볼 필요가 있을 것 같습니다.

민병욱: 앞서 제가 말한 것은 좌절론이면서 희망론인데 지금은 좌절의 순간이면서 그것을 계기로 희망의 순간으로 가는 것입니다.

기본적으로 지역문학의 위상정립에 있어서 가장 중요한 것은 민족문학이라 생각합니다. 요는 우리가 가진 기본적인 모순을 가장 첨예하게 드러내는 것은 지역 모순이라고 본 것입니다. 그런데 이 지역 모순을 강조하다 보니까 다른 사람들이 보기에 나머지 모순도 제기하지 않을까 라고 보여질 수도 있지만 지금도 그 생각에는 변함이 없습니다. 그 당시 지역문화를 제기할 때 대항집단의 차원에서 제기했다는 것인데, 지금도 대항집단의 차원에서 지역문화는 계속되어야 된다고 생각합니다.

초점은 그런데 지금은 왜 계속되지 않는가인데 그것을 개인적 사정으로 설명하는 것은 변명에 지나지 않는다는 것입니다. 이것은 운동의 차원에서 시작되었는데 운동을 지속할 만한 집단 내적인 문제와 지역적 문제들이 불일치했다 생각합니다. 쉽게 말해서 지역문화를 통한 문학적 이념을 지역적 문학적 현실에 맞지 않게 너무 선도적으로 이끌어 가지 않았느냐는 생각이 듭니다. 결국 작품은 변함이 없고 비평가들만 앞에서 떠들었다는 측면입니다.

박태일: 약 10여 년 전에 부산을 중심으로 해서 광주 대구를 축으로 했던 운동들을 직접 담당한 이가 좌절 쪽의 이야기를 끄집어내시는 것은 겸손으로 보이고, 사실은 많은 성과를 이루었다고 봅니다.

문제는 그런 운동 자체가 문단 재편성 쪽에 머무르고 말았고 또 비평가들이 작품을 보려고 하는 노력이 지속적으로 이루어지지 않았다는 것입니다. 특히 비평 분야인 경우는 시와 소설보다 더욱 대중성을 확보하기 힘든데 이점에 대한 난제 극복의 방법은 어떤 것이 있을 수 있을까요.

민병욱: 이 문제는 제가 먼저 이야기해 보겠습니다. 상식적인 이야기지만 잘 지켜지지 않는 것이 대중성과 통속성이 잘 구분되지 않는다는 것입니다. 이 둘은 서로 다른 차원의 문제인데 이론적으로는 구분되지만 실질적으로는 구분되지 못합니다. 지역문학의 이 세대가 가장 부실했던 것은 대중성의 문제라고 생각합니다. 대중성의 문제에서 가장 중요한 것은 통속성의 문제와 구별되어야 한다는 측면이 있습니다.

대중성 확보의 흔한 예로 독자와의 만남이라는 게 있는데 지금은 그것을 원활히 할 수 있는 방법이 가장 급선무라고 생각합니다. 지금까지의 만남의 형태는 거의 일방적인 전달이었지 상호의견, 교환은 없었거든요.

사회: 그럼 시인의 입장에서 박 선생님께서 이야기해 주십시오.

박태일: 옛날과 같이 시각인쇄문화가 지닌 문화 중계 기능이 줄어들고 있는 이 시점에서 문학의 대중화만을 운위하는 것은 바람직스럽지 못합니다. 역설적으로 문학이 대중화되어서는 안 될 문화 양식으로 남으려는 노력이 필요하다고 여겨집니다. 더욱 기능적인 양식으로 나아가 일정한 부분의 독자들을 계속 확보해 나가는 일일 것입니다. 우리가 심각하게 관심을 가져야 될 점은 바람직한 민족 삶을 위한 전망의 창출과 그것의 확산을 위한 문화 활동에 있습니다. 대중적인 문학이 필요한 게 아니라 마땅하고 바른 삶에 대한 깊이 있는 반성과 그것의 기능적인 확산이 문제되어야겠습니다.

비평 쪽을 들어 이야기한다면 쉬워져야 한다는 점을 짚어두고자 합니다. 쉬워진다는 것은 단순히 씌어지는 말이 쉬워진다는 것에 국한된 것만은 아닙니다. 어름어름하게 자신의 삶을 숨기는 비평이 아니라, 명확하게 보여 주는 비평글이어야 할 것입니다. 우스꽝스러운 이야기가 될지 모르겠지만, 비평 쓰는 이들이 한 십 년만 자신의 모든 글쓰기의 독자를 초등학교 저학년 학생들의 바른생활 교과서로 상정하고 써보기를 권합니다. 논리의 어려움은 특권의식에 그 바탕을 두고 있다고 단언할 수 있습니다. 글이 쉬워지고 생각이 발라지면 글 맵씨는 자연스레 만들어지게 될 것입니다.

사회: 박 선생님께서 상당히 구체적인 지적을 해 주셨는데 비평가들한테는 꼭 와 닿는 화살처럼 느껴지는 부분입니다. 조 선생님의 입장은 어떠하신가요.

조갑상: 지역문학 중 시의 경우는 독자와의 관계나 수용면에서 소설보다 행복할 것 같습니다.

그 지역에 사는 지역작가가 다른 작품세계도 지역적이면 좋겠지만 그렇지 않더라도 비평가에 의해 대중적으로 될 수도 있다고 생각합니다. 문제는 비평의 대중성인데 비평이 시와 소설보다 대중성의 확보가 어려운 것은 비평의 성격상 거의 본질적이라 생각됩니다. 본격적인 지연으로뿐만 아니라 문학 강연회나 독자와의 대화를 통해 비평이 독자와 가까이 있다는 것을 증명할 수 있겠지요.

그러나 비평이 일반 독자로부터 어렵다는 의식을 주는 것은 비평 쪽에서 자기반성의 여지로 볼 필요가 있다고 봅니다. 지나치게 이론, 이념 위주이거나 어려운 전문 용어에 집착한다는 겁니다. 독자에게 비평은 무엇보다 우선 왜 작품이 읽을 만한가 또 왜 아닌가 하는 잣대의 제시거나 해설 기능일 것입니다.

앞으로는 매스컴 활용이 많아진다고 생각되는데 특히 신문, TV 등에서도 문학 쪽에서 차지해야 할 비중이 높아져야 할 것이 아닌가 생각합니다.

박태일: 대중성 문제의 초점은 자본 증식이 핵심인 이 시대에 있어서 어떻게 하면 중간 유통 과정을 문학 생산자와 소비자에게 유리하게 끌어 가느냐 입니다.

지금 이 시대는 유통 과정이 매우 복잡하게 되어 있습니다. 쉽게 말해 중간 유통 과정에 거간꾼이 더 늘어나 교묘하게 그들의 이익이나 자본 증식을 위한 과정으로 재편성해 버리거든요. 이렇게 볼 때 이것은 단순한 문제는 아닌 것 같습니다. 우스꽝스런 얘기 하나 해보겠습니다. 비평가가 하는 일이 뭡니까. 결국 남에게 글 읽히는 것인데 200원짜리 팸플릿을 만드십시오. 거기에다 좋은 작품과 나쁜 작품을 선별해서 각 서점으로 돌리면 됩니다. (일동 웃음) 이렇게 5년만 하면 지역문화 활성화, 지역문화 대중화는 다 되게 되어 있습니다. 문제는 알면서 안하는 것이죠. 너무 길의 당위성만 찾는 게 아닌가 하는 생각이 듭니다.

민병욱: 그러다가 출판사로부터 생명의 위협을 당하는 거 아닙니까. (한바탕 웃음)

사회: 지방 자치제의 실시란 한국사회의 변화를 앞두고 있긴 하지만 시시각각으로 우리의 문화적 양상도 변하고 있고 문학적 상황도 급변하고 있는 것이 사실입니다. 이런 새로운 변화에 대해 비평가의 태도는 어떠해야 한다고 보십니까?

민병욱: 지역문학 운동을 할 때 제1의 현실적 전제 조건은 지방 자치제 입니다. 그러나 지역문학에서 말하는 지방 자치제와 현행 지방 자치제는 외형은 같을지 모르나 내용은 다른 것 같아요. 만약 지금처럼 지방 자치제 가 실시된다면 문학 환경이나 독자나 작가의 환경이 더 나아지리라고는

기대하지 않습니다. 왜냐면 현행 지방 자치제는 실질적으로 지역적인 문제에 적합한 정치적 형태는 아니지 않는가라는 막연한 추측을 합니다. 즉 내포가 다르다는 점이 가장 중요한 문제인 것 같습니다.

지역문학 운동은 정치적 제도에 의해서 결정된다기보다는 사회의 역사적 구조에 의해 결정된다고 봅니다. 예를 들면 미국의 뉴크리티시즘이 대표적입니다. 지역문학 운동이 역사적 사회구조에 의해 결정된다고 할 때 지금 실시되는 지방 자치제가 과연 사회구조를 변혁시킬 만한 제도인가가 의문입니다.

이런 측면에서 생각하면 지역에서 문학 활동을 할 때는 옛날과 다를 것이 하나도 없습니다. 이런 상황에서 중앙 또는 한국의 전반적인 문학적 흐름 또는 유형과 서구에서의 문학적 유형을 어떤 식으로 수용할까 하는 것은 중요한 측면입니다. 결국은 지역문학 쪽에서 보여 주는 문학적 현상은 한국이라는 사회구조 현상의 하위현상이지 그것과 대립, 별도로 존재한다고는 생각지 않습니다. 마찬가지로 한국적 현상은 세계 현상의 하위구조라 생각하고 있습니다. 따라서 이 문제는 원론적으로 말하면 주체적 수용이라는 애매모호한 말로 표현 할 수밖에 없습니다.

저는 회의론자는 아닙니다만, 모든 사람들이 우리 현실에 맞는 문학을 만들어야 한다는 등으로 강력하게 이야기하고 있지만 그것은 잘 이루어지지 못하고 있습니다. 그 이유는 문제의 초점이 틀렸기 때문이라고 생각합니다. 어떤 이론이든 그것을 적극적으로 변형시켜서 지금 나오고 있는 문학 작품을 올바르게 해석해 내는데 도움만 된다면, 또 이 사회가 가지고 있는 문학관의 관계를 올바르게 추출해 내는 데 도움만 된다면 우리가 논의하는 문제 자체는 그리 중요하다고 생각하지 않습니다.

사회: 조 선생님은 어떻게 생각하십니까.

조갑상: 작가들은 외국소설을 읽습니다. 그것은 상상력의 확장이라는

의미 외에도 문학적 흐름을 파악하려는 의도도 있을 겁니다.

하지만 어떤 사조가 한 작가에게 체질화되어 구체적 작품을 낳는다는 것은 유행을 좇는 일시적 충동이 아니라면 매우 지당한 일이라고 생각합니다. 기법상의 변화와 소재를 해석하는 안목을 주기는 하지만 아무래도 새로이 작품을 만들 사람들에게 그것은 매우 유익한 것이라 생각됩니다.

박태일: 두루뭉술하게 묶어서 말씀드리자면, 특정 이론의 언어체계도 재빨리 배우고, 한두 마디씩 걸치고 싶어지고 또 그렇게 될 것입니다. 스포츠의 상업화와 마찬가지로 지식의 상업화에 종사하는 비평가들로서는 더욱 그렇습니다. 그러나 그 가운데서 몇 사람쯤은 변하지 않는 생각, 변하지 않는 자기 몫을 이루어나가는 사람이 있기를 저는 바랍니다.

그들은 변하는 세상보다 변할 수 없는 사람다운 값이나 겨레다운 꿈을 생각하겠지요. 변화를 말하고 변화하고 있다고 생각할 때 실상은 변화의 두려움, 변화를 틈탄 자기 기득권의 강화가 함께 이루어진다는 것을 조심스럽게 읽어낼 줄 알아야 할 것입니다. 진정한 변화는 삶의 질이 변하는 것이고, 생각과 행동이 함께 변하는 것입니다. 우리 시대는 변화를 말하면서 실상은 더욱 모순을 고착시키는 쪽으로 방향을 잡아나가고 있습니다. 비평가들이 눈여겨 볼 점은 변화를 말하는 사회 안쪽에서 끝까지 변화하지 않고 있는 비인간적 요소들을 들추어내는 것이지요. 그리고 그것들과 싸움은 한 두 편 글로 되는 것이 아닐 터입니다. 한 세대를 두고 이루어져야지요. 요즘같이 자기 몫을 생각하지 않고, 자기 당대에 모든 것을 다 이루려는 조급한 분위기에서는 힘들겠지만.

포스트모던 논의만 하더라도 그것을 통해 오늘날 문화 현상의 많은 부분이 밝혀지고 풀이될 수 있음은 틀림없는 일입니다. 그러나 그것이 일과성 논의로만 되거나 거대한 문화산업의 지면을 메꾸는 상품으로 전락하고 있다는 데 우려를 갖지 않을 수 없습니다. 게다가 나라잃은시대 30년대의 모던 논의의 활성화나 50년을 앞뒤로 한 시기의 이른바 후반기

모더니즘의 행태가 결과적으로 특정 이념이나 사회 체제화를 위한 전초적인 문화 첨병의 몫을 다했다는 선례에서 보듯이 오늘날 포스트모던 논의가 자못 의심스럽습니다. 그러한 논의를 통해 상대적으로 무력화하거나 소외되는 삶이 무엇인가에 대해 관심을 지속적으로 가지지 않는 비평은 갓똑똑이 비평이 될 뿐입니다. 저로서는 비평보다 비평가가 많아지기를 바라는 쪽입니다.

사회: 우리가 지금 지향하고 있는 매체의 역할은 이 지역에서 어떻게 지역문학을 한국문학 속에 자리잡게 하느냐 하는 점인데 그 방향에 대해 좋은 의견이 있으면 제시해 주셨으면 합니다.

조갑상: 지역 또는 지방문학이라는 말을 앞에서부터 사용해 왔습니다만 작가가 서울이 아닌 지방에 산다고 지역 작가라고는 말하기 어렵다고 봅니다. 작가 개개인에게 지역문학이라는 의식도 제 개인적 생각으로는 아주 희박한 게 아닌가 합니다. 이 점이 문제가 된다고 봅니다. 작가가 성장하고 살고 있는 독특한 문화, 사회 풍토를 실제적으로 그 언어적 기반 위에 옮겨 놓을 때 지역문학이라는 이름을 붙여 줄 수 있을 것입니다. 그러기 위해서는 작가의 성과 못지않게 비평가의 시선이나 관심도 중요하리라 봅니다. 발견을 하는 사람은 결국 비평가일 것이기 때문입니다.

지역에서 발간되는 매체는 우선적으로 우리가 사는 곳의 정신적 문화적 바탕이 다른 지역과 무엇이 다른가, 그럼으로 해서 왜 이 지역을 다루는 매체에 관심을 가져야 하는가 식의 호소력으로 독자에게 접근해야 하며, 그로 인해 작품과 비평작업이 한국문학의 독특한 일면으로 남을 것입니다.

박태일: 지금까지 상당수의 문학지가 명멸했으나 그 명분과 역할은 또렷했다고 봅니다. 그러한 현상들을 보면서 느낀 점과 당부와 격려의 뜻에

서 세 가지로 나누어 지적해 볼까 합니다.

우선 어떤 형태로라도 자본에서 버텨 주기를 바라는 바입니다. 적어도 문학하는 사람이 자본주의 논리에 대한 명확한 인식 없이 20~30년대 문학과 같은 내면적 문학을 계속한다는 것은 단순하고도 순진한 생각이 아닐까요. 오늘날에는 사회 변화에 맞는 대응과 그 속에서 살아남을 수 있는 전략적인 노력이 요청되는 시기가 아닐까 합니다.

다음으로는 잡지를 내는 사람들의 마음가짐에 관한 바람입니다. 책을 통해 독자를 끌고 간다는 생각보다 베푼다는 생각으로 삶의 부끄러움을 느낄 줄 아는 겸손한 마음가짐이 계속되어야 한다고 봅니다.

마지막으로 편집에 관한 지적입니다. 아예 처음부터 구체적으로 50% 정도는 지역문학을 싣는다는 편집 방침을 세우고 나아가야 지역 문학인들에게 사랑 받을 수 있지 않겠습니까. 또한 허용된다면 지역작가 작품의 재수록 방침도 재고되어야 한다고 봅니다.

민병욱: 제 경험으로 본다면 '집단 윤리'만 있다면 자본이나 그 외의 문제는 충분히 극복 가능하리라 봅니다.

부산의 출판 형태가 전근대적이라지만은 집단윤리만 있었더라면 그렇게 쉽게 명멸이 반복되지는 않았을 겁니다. 이것은 간단한 문제 같지만 가장 힘든 문제이며 우리 모두 극복해야 할 문제로 지적해 두고 싶습니다.

사회: 앞서 논의한 문제들도 중요하지만 마지막 이 항목의 이야기는 지역문학에 대한 입장과 앞으로 지역문학을 통해 민족문학 나아가 한국문학에 어떠한 기여를 할 수 있느냐 하는 시험대로서 중요하다고 봅니다. 이를 계기로 앞으로의 부산 문화 풍토가 좀더 새로워질 수 있었으면 하는 바람이 간절합니다. 오랫동안 유익한 말씀 감사합니다.

(1991)

잃어버린 시문학사의 빈틈

-『두류산에서 낙동강에서―가려뽑은 경남·부산의 시①』-

사회: 하상일

사회: 지역 자치제를 실시한 후, 지역문학에 관한 논의가 더욱 활발해지고 있습니다. 그러나 그 논의는 지나치게 형식적 수준이거나 추상적 단계에 머무르는 한계를 드러내고 있습니다. 이런 상황에서 부산 경남의 지역문학을 정리한 시선집이 발간된 것은 여러 가지 의의를 갖는다고 볼 수 있습니다. 사실 이런 발간 작업 자체는 지역문학 논의에 하나의 방향성을 제시하는 것으로 보겠는데, 이러한 점에서 이번 대담은 특별한 의미를 부여할 수 있지 않을까 합니다.

선생님께서 이번에 엮으신 시선집 『두류산에서 낙동강에서』는 한국문학사에 대한 반성에서부터 출발하고 있습니다. '나라잃은시대', '광복', '경인년동란' 등의 시대구분 용어뿐만 아니라 지역문학의 복원이라는 측면, 소외되거나 배제된 문학을 제대로 자리매김함으로써 한국문학사의 새로운 지형을 그리고자 하는 선생님의 독특한 시각을 엿볼 수 있습니다. 먼저 한국문학사의 문제점과 올바른 방향성을 말씀해 주시면 좋겠습니다.

박태일: 먼저 제가 엮었던 소박한 책에 대하여 관심을 가져 주시고,

이런 자리를 마련해 주서서 고맙습니다. 비평을 이음매로 삼아 부산이라는 지역 바탕 위에서 쉬 넘볼 수 없을 일과 독특한 자리매김을 이룩해 나가고 있는 『오늘의 문예비평』이야 말로 지역문학을 몸소 실천하고 있는 좋은 본보기여서 그 느낌이 새삼스럽습니다. 질의자께서는 먼저 제가 지니고 있는 지역문학에 대한 관심과 관련시켜 우리문학사 연구의 문제점과 올바른 방향을 물으신 것으로 생각됩니다. 지역문학 담론의 발생 요인에 대해 짚어 봄으로써 그 큰 물음을 감당하도록 하겠습니다.

오늘날 드높아 가고 있는 지역에 대한 관심을 저는 한마디로 '지역구심주의'라는 말로 뭉뚱그려 보고자 합니다. 국가 단위의 행정, 문화 인식과 논리에서부터 벗어나 바람직한 지역 가치를 널리 찾아 섬기며, 그것을 지역 공동체의 나날살이 속으로 되돌리려는 노력을 무엇보다 앞세우는 경향을 일컫는 말이겠습니다. 이것은 지역 분리나 지역 이기를 꾀하는 부정적인 지역주의와는 다른 것입니다. 이러한 지역구심주의가 알게 모르게 우리 사회에서 길다란 흐름으로 자리 잡게 된 까닭은 지역자치가 행정, 제도 장치로 시작된 데에만 있는 것은 아닐 터입니다. 그것은 근현대 우리 사회가 겪어 온 사회·정치·경제·문화 경험에서 말미암은 자연스런 흐름이라고 생각합니다.

나라잃은 국치 기간 동안 제국주의자 왜로는 우리에 대한 저들의 지배와 수탈을 영속시키기 위하여 '중앙'에 의한 '지방'의 통제를 강화하여 지역을 무너뜨렸을 뿐 아니라, 광복 뒤 우리 스스로 가부장적 정치권력과 계획경제 논리에 따라 지역을 획일화·규격화함으로써 그 일에 속도를 붙였습니다. 이런 바탕 위에서 발 빠르게 진행되어 온 도시화·정보화는 지역사회의 이동성과 동질성을 드높였고, 이제 하나의 지역은 더 이상 일정하고도 고유한 영역으로 남아 있을 수 없게 되었습니다. 보호받고 사랑받고 있다고 느끼며 진정한 행복에 대한 감각을 꿈꿀 수 있을 장소나 영역을 잃어버리게 된 일은 오늘날 우리 사회 구성원 모두가 지니고 있는 공통 현상이라 하겠습니다. 지역사회와 그 삶에 대한 반성과 새로운 전망에 대한 논의가 지역사회 안쪽에서부터 높아지게 되는 것은 필연적인 흐름이겠습니다. 따라서 오늘날 우리 사회에서 일어나고 있는 지역구심주의 물결은 단순히 옛 풍속이나 더듬고 찾아내는 민속 취향이나, 지역을 명분으로 삼아 또 다른 이익을 좇으려는 자본시장의 논리와는 다른 자리에 있는 것이고, 또 그러해야 마땅하다고 생각합니다. 문학 창작이나 그 연구 또한 이런 사정에서 멀지 않을 것입니다.

우리의 문학사 연구자들도 이름에 걸맞은 겨레문학사를 바란다면, 담론을 독점적으로 생산해 가며 문화 권력과 교육, 매체, 그리고 자본을 차지하고 있는 국가 중앙의 평가나 명성에 주눅이 들어 앵무새처럼 그것을 되풀이하고 말 일이 아닙니다. 다양한 겨레 구성원의 문학 성과와 경험을 속속들이 찾아 가리고, 새로운 자리를 개척해 나가는 역동적이고 시도적인 기획이 많아져야 될 터입니다. 오늘날 그 숱한 대학의 국어국문학과가 무기력해져 학습자의 욕구와 사회적 수요를 제대로 따르지 못하고, 사회 구성원이 꾸준히 관심을 가질 만한 새로운 담론 생산 주체로 거듭 나지 못하고 있는 까닭이 어디에 있는가를 곰곰 생각해 볼 일입니다. 그런 점에서 우리 근현대문학사는 늘 새롭게 고치고 기워 새로운 전통을 쌓아 나가야 할 일이고, 그 가운데서도 지역구심주의 물결과 나란히 하는 지역문학에 대한 관심과 연구가 시급하다는 데에는 두 말을 필요로 하지 않을 듯싶습니다. 제가 엮은 책도 그러한 관심을 우리 지역에서 실천하고자 했던 작은 한 본보기로 읽히길 바랍니다. 이미 지역문학은 우리문학의 중요한 현장이자, 둘러 갈 수 없는 학문 대상으로 자리 잡았다고 생각합니다. 일이 어렵고 낯설 뿐 아니라, 남의 눈에 쉬 뜨이지 않을 일이라 해서 버려두고 말 일은 아닙니다. 저로서는 여러 지역의 대학에서부터 지역문학 강좌를 만들고 따져 드는 일이 하루바삐 이루어져야 한다고 생각합니다.

문학사 기술 용어 또한 마땅히 반성이 있어야 할 문제입니다. 물론 이 자리가 그것을 길게 짚어 나갈 곳은 아닙니다만, 이미 질문자께서 제가 쓰고 있는 시대구분 용어를 문제 삼으셨으니, 짧게라도 말씀드리는 것이 옳을 듯싶습니다. 역사 용어란 우리가 흔히 생각하는 바와 같이 만국공통의 보편 기호나 변함없을 초시간적 부호가 아닙니다. 역사용어란 과학 용어와 달리 자기 나라에 이롭고, 제 나라 잘 되는 길로 부려 쓰는 일방통행어입니다. 1910년 경술국치를 보기로 들어 보겠습니다. 왜적들로서는 저들이 우리나라를 침략해서 빼앗았으니, 그러한 침략 실상을 숨기고 저들의 침략이 정당한 것인 양 세상을 속이기 위해 일본과 한국이 사이좋게 하나로 합쳤다는 뜻으로 된 '일한합방'이라는 용어를 쓰는 것이 당연한 일이고, 우리로서는 경술년에 섬나라 오랑캐에게 나라를 빼앗기는 씻지 못할 치욕을 겪었으니, 경술국치가 되는 것은 마땅하고도 올바른 것입니다. 이른바 '일한합방'이라는 어처구니없는 말에다 한국을 앞에 세워 '한일합방'으로 친절하게 고친 이름을 내돌린다고 그 잘못이 바로잡힐 리가 없습니다. 오히려 한국이 앞장 서 일본과 나라를 합쳤다는 뜻이 되니 더욱 어처구니없다 하겠습니다. 첫 들머리가 이러니 그 다음 광복까지 이어지는 다른 역사용어뿐 아니라, 그 뒤를 이은 현대사 기술 용어는 더 물어볼 것도 없습니다. 이런 원칙을 모르고 앞선 시대에 잘못 붙여진 역사용어를 우리 문학사 기술에 그대로 되풀이하는 잘못을 저지르지 않았으면 합니다.

사회: 지역문학의 개념과 그 범위를 어떻게 생각하고 계십니까? 사실 지역문학이란 용어가 갖는 개념은 무척 모호합니다. 지역문학의 반대개념이 있는지, 있다면 그것은 무엇인지, 더 나아가 지방문학이라는 개념과는 어떤 차이가 있는지에 대해서도 설명해 주십시오. 그리고 지역문학의 범위도 너무 애매한 것 같은데, 예를 들어 동일 인물이 부산 지역에서도, 서울 지역에서도 활동한 경우라든지, 태어난 지역과 문학 활동을 한 지역이 다른 경우라든지, 활동한 지역과 작품을 발표한 지역이 다른 경우 등에 대해서는 어떤 설명을 할 수 있겠습니까? 또한 지역에 치우치다

보면, 민족문학과 같은 보편성을 확보하는 데 한계를 가질 수도 있지 않겠습니까?

박태일: '지역문학'과 맞선 개념은 국가문학입니다 제도권력 장치로서 가장 위쪽에 놓이는 국가적 발상과 규범에 의해 이끌리고, 하나로 묶이고, 거듭해 온 문학적 인식과 그 인습에 대한 반성 위에 지역문학이 자리합니다. 따라서 지역문학이란 정태 개념이 아니라 앞으로 만들어 나가고 이루어 나갈 형성 개념이며, 당위 개념이라 말씀 드릴 수 있겠습니다. 이와 달리 지방문학이란 중앙에 종속된 하위문학을 일컫는다 하겠습니다. 지방문학은 중앙에 대한 선망이나 열등감을 내면화해 나가거나, 그렇지 않으면 배타적인 지역 연고주의나 정실주의를 바탕으로 지역 주도권을 재생산하려는 부정적 경향이기 쉬웠습니다. 이제껏 우리가 보아 온 지역문학의 행태는 많은 쪽에서 지방문학 요소가 두드러졌던 점을 부정할 수 없을 듯싶습니다.

그러나 새로이 떠오르고 있는 지역문학은 그와 다른 방향에 자리하고 있습니다. 지역의 문학 전통과 인습을 찾아 가리고 나누어서 그 전통을 지역사회에 되돌리고자 함으로써, 나아가 겨레문학에 이바지하고자 하는 한결같은 방향을 좇아가는 문학입니다. 무엇보다 지역공동체 생활세계 속에서 실천하는 문학이라는 방향이 강조될 필요가 있겠습니다. 그리고 그 대상이나 범위를 잡아 나가는 일에서는 지역문학은 지연문학이라는 명제를 받아들이고 있습니다. 단순히 그 지역에서 태어났다는 태생적 생애가 문제가 될 것이 아니라, 그 지역에서 이루어온 삶과 문학이 얼마나 중요한 것이었던가 하는 질의 깊이와 강도가 중요한 판단 잣대가 되어야 한다고 생각합니다. 태어난 곳과 자란 곳이 그 지역이라 해서 지역문학으로 지닌바 중요도가 높다고 말할 수는 없습니다. 그 점은 필요조건도 충분조건도 아닌 셈입니다.

경상도에서 태어나지는 않았지만 경인년동란기에 마산으로 피난 내려와 머물다 간 이원섭 시인의 경우는 마산 지역에 끼친 영향이나 그 시인의 문학 생애에서 갖는 마산 지역의 무게로 볼 때, 마땅히 마산 소지역 문학의 주요한 자산 가운데 하나로 보아 잘못이 없다 하겠습니다. 이렇듯 행정, 법적 연관이 아니라, 문화적 연관 속에서 지역과 맺고 있는 지연이 중요하게 다루어져야 하며, 그 중심에 지역을 위한다는 전제를 올려 세울 수 있다면, 지역문학의 범위와 대상에 관련한 여러 문제들이 자연스레 풀려지리라 생각합니다. 지역 토박이라고 좋은 지역 시인이 될 수 있는 것은 아닐 것입니다. 이런 생각 아래 오늘날 우리 지역 문학인들과 그 경향, 그 작품이 어떠한가라는 물음을 던져 본다면 지역문학으로서 지닐 바 값어치 또한 보다 분명한 모습을 드러내리라 생각합니다.

그러니 지역문학은 적극적으로 열려진 문학이어야 할 터입니다. 그 지역 사람의 삶 속으로 되돌리고 이어 나갈 값어치가 있다고 생각되는 작품은, 그 작품을 발표한 자리와 관계없이 중요 지역문학의 대상이 되어야 합니다. 저 북녘 사람 백석의 「고성가도」, 「통영」과 같은 기행시도 기꺼이 끌어들이지 못할 까닭이 없습니다. 태생이나 주거의 문제를 지역문학의 경계로 강조하다 보면, 자칫 지역문학을 발 빠르게 달라져 가는 문화 환경 속에서 지역 문화 주도층의 기득권 강화와 새로운 배분을 위한 명분 쌓기로 떨어뜨릴 위험이 도사리고 있습니다. 바람직한 지역문학은 거짓 지역 가치를 제도화하고, 소비적인 문화 권력을 구조화하는 문학이나 문인들의 행태에 대한 매서운 비판문학이며, 그들과 대거리해 나가는 실천문학이어야 할 것입니다.

그리고 지역문학을 강조하다 보면 민족문학과 같은 보편성을 확보하는 데 문제가 있을 수 있지 않겠는가라는 물음을 주셨습니다. 효율 있는 통치와 편의를 위해 지역을 망가뜨리고 항상적 권력과 자본을 좇아온 국가장치와, 그 국가의 대리자가 되거나, 구체적인 생활공간에서 발을 빼 하늘 높이 날아다니며 이른바 '보편적'이니 무어니 떠들어 댐으로써 그로부터 일정한 이익을 나눠 받아 온 관변문학이나 연고주의 문학이

지역문학일 수 없습니다. 바람직한 국가문학은 민족문학일 수 있으나, 바람직한 민족문학은 국가문학을 뛰어 넘는 자리에 놓입니다. 지역문학 또한 민족문학의 한 영역이며, 하위 분야일 수는 있어도 국가문학사의 한 부분이 되어서는 안 될 것입니다. 민족문학이 지역문학의 구체성에 도움 받지 못할 때, 당연히 국가문학에 이용되거나 억눌릴 수밖에 없을 것이라는 것이 이제까지 우리가 보아 온 문학사의 경험입니다. 게다가 민족문학의 보편성이라니요? 민족문학이야말로 다른 어떤 문학보다 구체적이고 개별적인 거대 지역문학의 또 다른 이름은 아닌지 오히려 되묻고 싶습니다.

사회: 이 시선집이 갖는 가장 큰 의의는 잃어버린 시문학사의 빈틈을 메우는데 있을 것입니다. 여기에는 문학사 기술의 대상을 어떤 작품으로 선정해야 하는가가 중요한 문제로 제기될 수 있습니다. 특히 그 작품의 미적 성취도나 시인의 문학적 기여도 등에 대해서는 많은 이론이 존재할 수 있을 것입니다. 이러한 점에서, 이 시선집에 수록된 모든 작품이나 시인이 그 대상으로서 타당성을 갖는가. 만약 가진다면, 그것의 기준은 무엇이며, 또한 그 기준의 근거는 무엇인지 밝혀 주십시오.

박태일: 이 책을 엮으면서 대상 시인을 가려 뽑는 데에는 겉으로 두 가지 잣대를 적용했습니다. 먼저 이때까지 이루어져 온 지역시 담론이 마땅하고도 충분한 검증 없이 지역시의 전통을 좁히거나 문단지를 문학지로 끌어다 붙이는 잘못을 되풀이하는 정도에 머물고 있다는 반성 아래, 이 책은 그러한 자세나 시각에서 될 수 있는 대로 벗어나고자 했다는 점이 그 하나입니다. 그리하여 뒷날 다른 이가 제가 한 것과 같은 종류의 일을 하려 하거나, 연구에 들어서고자 할 때, 한 지침이 되거나, 지역 구성원들이 지역시의 전통에 대해 갖고 있는 편견이나 단견을 벗어던지게 하는 좋은 이음매가 되었으면 하는 기대를 저는 숨기지 않았습니다.

그리고 부산과 경남이 다른 행정 지역으로 나뉘기 앞선 때인 1962년까지 작품 발표라는 제도를 거친 경남·부산 지역 근현대 지역 시인들로 시기를 묶는다는 점이 그 두 번째입니다. 일을 준비하는 과정에서 알게 모르게 주류 문학이나 문단에서 잊히고 지워졌던 많은 시인들이 가려졌고, 결과를 놓고 볼 때, 이번 일로 그들을 되알리는 계기를 마련한 셈입니다. 따라서 저로서는 대상 시인을 가려 뽑는 일 자체가 제가 태어나 살아온 경남·부산 지역 삶의 줄거리와 속내를 읽어 내는 즐거운 경험이기도 했습니다.

그리고 많은 이들을 가려 뽑을 경우 그들 사이에 작품의 미적 성취도나 시인의 문학적 이바지가 다를 터인데, 이 점을 어떻게 다루었느냐는 물음도 주셨습니다. 먼저 '미적 성취도'니 '문학적 기여도'라고 하는 것이 형성 개념이거나, 상대 개념이지 법칙이 아니라는 말로 답변을 대신하고자 합니다. 게다가 지역문학은 이미 굳어지고 규격화된 미학 규준이나 문학 바깥 쪽 명성과 같은 선입견이나 풍문으로부터 한발 물러서서, 또는 그것과 맞서 지역문학의 실상과 값어치를 찾아 나가려는 혁신문학이라는 점을 강조하고 싶습니다. 따라서 이 작품들을 속 좁게 교과용 책 속에서나 갇혀 있는 지식 나부랭이로 보지 않게 되기를 바랍니다. 진정한 문학의 값어치와 높이는 그것을 바람직스럽고 높은 삶의 양식으로 받아들이고 나날살이 속에서 실천해 나가는 평균독자의 상식과 앎 속에 든든하게 살아 있는 어떤 것일 거라는 믿음이 엉뚱하지만은 않을 듯싶습니다. 그렇다고 여기에 실린 많은 시인이 죄다 지역 시문학지뿐 아니라 민족문학사에서 중요도를 크게 지니는 이들이라는 말은 아닙니다. 이미 많은 부분 지나간 옛날로 묻혀 버린 이들을 힘이 닿는 대로 많이 찾아내고, 잇대어서 앞으로 올바른 '미적 성취도'와 '문학적 기여도'를 검증, 연구와 교육에 쓰일 수 있을 밑자리는 제 힘으로 다져 두어야겠다는 뜻이 앞섰다는 점을 말씀 드린 셈입니다. 사랑스런 눈길로 들여다본다면 이번 책 속에서만도 앞으로 지닌 바 값어치를 알리고, 살려 나가야 할 중요한 시인과 시 경향이 뜻밖에 많다는 것을 알 수 있을 터입니다. 따라서 알게 모르게 빠지게 된 분들이 있었음에도 이번 시인 선정에 저는 어느 정도 만족스럽습니다.

사회: 편자가 박태일 선생님 한 사람인데, 그렇다 보니 한 사람의 기준과 판단으로 많은 작품들이 재단되었을 가능성도 배제할 수 없을 듯합니다. 더구나 대상작들을 보면 많은 시인들의 작품이 망라되어 있어 자료주의에 빠질 위험성이 있고, 또한 이 많은 작품들을 선별하고 배열하는 데 있어 자의성을 드러낸다면, 시대별 선정을 통해 문학사적 맥락을 유지하고자 한 편자의 의도마저 위태로워질 가능성이 있다고 보는데, 이에 대해서는 어떻게 생각하십니까?

박태일: 이런 범위와 규모에서 이루어진 시선집은 지역문학에서는 흔치 않은 일이라 대상 작품을 하나하나 일차 문헌에서 옮기려 했고, 작품은 원전주의를 따라 원 모습에다 손을 대지 않고, 뒷사람의 평가나 주석을 기다리기로 했습니다. 그리고 이미 나와 있는 평판에 눈을 돌리지 않으려고 애썼습니다. 그러다 보니 해당 시인의 작품 모두에 대한 읽기나 검토가 필연으로 뒤따르는 일이 되었습니다. 그 까닭에 얻어 보아야 할 문헌이 많이 늘어났고, 그것을 찾아내고 작품을 읽어내려 가는 일만으로도 저에게는 큰 공부가 된 셈입니다. 실린 작품 수는 출판에 따르는 부담 탓에 본디 생각과 달리 시인 수를 늘이는 대신 작품 수를 많아도 세 편을 넘지 않도록 줄일 수밖에 없었습니다. 작품을 가려 뽑은 잣대는 책 들머리에서도 밝혔습니다만, 해당 시인의 경향을 잘 보여 준다고 여겨지는 작품, 시인이 지니고 있었던 작품의 높낮이를 잘 드러내 주는 작품, 지역문학으로 지닐 바 값어치가 있다고 믿어지는 작품에 눈을 둔다는 셋이었습니다. 제 스스로는 턱없이 모자라는 우리 문학 연구 환경을 새삼 느끼면서도, 여러 자료를 뒤적거리는 동안에 지역시의 굳건한 전통을 새삼 발견하여 큰 즐거움을 느꼈습니다.

그리고 작품 경향에서 보면 흔히 알려져 있는 모습보다 그 시인의 가려져 있었으나, 앞으로 더욱 뜻을 찾아 나가야 한다고 믿어지는 그런 쪽 작품을 뽑아 전체 균형을 맞추려고 하였습니다. 보기를 들어 향파 이주홍의 경우는 좌파 경향의 작품과 개인 서정시, 그리고 동시를 아울러 실어, 시인의 너비가 사뭇 넓게 잡혀 있는 탓에 읽는이들이 혼란을 겪을 수도 있도록 한 것이 그런 까닭이었습니다. 이원수나 김대봉, 홍두표 시인과 같은 경우도 비슷한 보기가 되겠습니다. 어쨌든 대상 작품 하나하나가 빼어난 작품이거나 지역시지에 오래도록 남을 만한 값어치를 지닌 작품이라는 뜻은 아닙니다. 값어치라는 것은 앞으로 우리가 밝히고, 마련하고, 찾아낼 문제이고, 여기서는 그 작가의 높낮이를 골고루 드러내 지역 시문학지의 밑자리를 처음으로 잡아 그 다음 일로 나아가기 위한 디딤돌을 놓는다는 뜻이 컸다는 점을 다시 한번 말씀드립니다. 지역문학 창작과 연구의 실질은 이런 일을 길라잡이로 삼아 쌓여 나가게 될 터입니다.

사회: 시선집에는 자유시뿐만 아니라, 시조와 아동시 등까지 수록되어 있습니다. 물론 시조나 아동시와 같은 경우 자료를 독립시켜 배열할 만큼 풍부하지 못하다는 한계가 있지만, 그렇더라도 이런 류의 시들을 아무런 설명 없이 함께 수록한 것은 장르적 문제를 유발할 수 있지 않겠습니까? 물론 머리글에서 '현대시라는 더 높은 자리에서는 함께 다루어져야 할 것이라는 생각을 지녔기 때문'이라고 밝히셨습니다만, 이에 대해 더 구체적이고 깊이 있는 논의가 필요할 것 같습니다. 한 가지 예를 든다면, 제가 생각하기에는 수록 작품 중 그 형식이나 내용적 측면 모두 전형적인 시조 작품인 탁상수의 「추야장(秋夜長)」을 현대시로 분류한다는 것은 상당한 무리가 있을 것 같은데요.

박태일: 제가 생각하는 '현대시'는 근대성, 또는 현대성을 드러내는 시라는 뜻의 미학적 개념은 아닙니다. 오히려 그것들을 끌어안은 더 위쪽에서, 오늘날 시라는 담론으로 받아들여지고 있는 행위 자체를 뭉뚱그려

보고자 하는 큰 개념입니다. 중요한 점은 서양시의 경험이나 그들의 미학 프로그램을 우격다짐으로 끌어다 붙이는 일이 아니라, 더 큰 틀 위에서 앞선 시대의 전통, 곧 구술시와 필사 문자시 그 둘의 병행 전통에서 인쇄 문자시 전통으로 옮겨 온 점을 큰 고리로 시에 대한 관점을 마련해야 한다는 제 생각이 갈래 선정에서 드러나고 있는 셈입니다. 중세시대부터 누려 왔던 노래 전통이라는 까닭에 엄연히 오늘날에도 꾸준히 인쇄시로 거듭나 창작되어 읽히고 있는 시조를 '현대'시에서 뺄 까닭이 없고, 동시 가 어린이를 주대상으로 삼은 유통 회로를 보여 주는 세대문학의 성격이 강한 양식이라 해서, '시'에서 뺄 까닭이 없다 하겠습니다. 왜냐하면 그것 을 우리 스스로 시라는 문학관습 속에 하나로 받아들이고 있기 때문입니 다. 욕심 같아서야 국권회복기 애국지사나 의병장의 한시까지 넣고 싶었 습니다만, 그 일은 제 힘을 벗어나는 일이라 1920년대 안자산의 시조부터 출발로 잡을 수밖에 없었습니다.

그리고 시의 외연을 좁혀 다룸으로써, 학문 경계를 두텁게 하고 있는 인습을 벗어나고자 한 뜻도 기꺼이 시조와 동시를 이른바 '현대시'라는 이름으로 묶도록 부추겼습니다. 현대 시조는 변두리 갈래로서 이른바 '현대 자유시'와 나뉘는 것으로 잡아, 대학에서조차 주요 학습 연구 영역 으로 들지 못하고 있는 것은 어제 오늘 일이 아닙니다. 노래 가사로서 시조와 읽히는 시조는 그 성격이 크게 다릅니다. 오늘날 인쇄시각문화 전통 위에서 읽히는 시조는 훌륭한 '현대시' 갈래입니다. 게다가 동시는 본격문학에서 다룰 것이 아니라는 잘못된 생각이 알게 모르게 퍼져 있습 니다. 그러다 보니 기껏해야 교육대학에서나 다룰 영역으로 굳어지게 된 셈입니다. 앞으로 대학의 국어국문학과에서는 마땅히 동시를 주요한 창작, 연구, 교육, 영역으로 다루어야 한다고 저는 생각합니다. 연구자의 무능력이나 무지, 또는 잘못된 연구 인습 탓에 시조가 현대시 바깥으로 밀려나거나, 격 낮게 매겨지는 편견에서 이제는 벗어나야 할 때라 생각합 니다. 그러한 편견이 든든한 우리 시문학의 영역과 환경, 그 실상을 많은 쪽에서 그르친 점이 사실입니다. 문학을 맡고 있는 교수자나 연구자가 앞 시대에 배우지 않았고, 지금도 모르고 있다고 해서, 그것이 학문 대상이 될 수 없다는 그러한 생각이야말로, 대학의 문학연구를 제 울타리를 높이 쌓고 해 대는 깔짝 재주의 말장난으로 만들어 버린 주범이었습니다. 새롭게 영역을 개발하고, 문제를 헤쳐 나가는 모험적인 태도가 시문학 연구에도 필요한 때라 여겨집니다. 오늘날 크게 힘을 떨치고 있는 담론연구니 문화연구니 하는 방법 자체가 우리에게 요구하는 바도 이런 것일 터입니다. 중요한 점은 몇 되지 않는 전문독자의 시에 대한 공교롭고도 번화한 '지식' 체계가 아니라, '보통' 사람의 문학능력과 그들 마음속에 드넓게 시라고 내면화하고 있는 마음자리일 터입니다. '미적 주관성'이니 '모더니즘'이니, '환유'니 하면서 현실 정합성을 따지지 않고 교실에서 떠들어 본들, 학문 공동체의 제도적 정당성을 뒷받침하기 위한 현학이나 새로이 제 담장 더 높이 쌓는 데에서 얼마나 멀리 떨어져 있는 일인지 생각해 볼 나머지는 많다 하겠습니다. 학문이라는 제도적 틀을 빌려 세상을 바르게 이해하고 문학 실상을 제대로 배우겠다는 뜻을 지닌 이라면 모름지기 시라고 인지해 온 여러 양식과 움직임을 두루 끌어들이는 적극적 노력이 꼭 따라야 할 일입니다.

　탁상수 시인은 일찍이 통영에서 일어났던 시조 동인지 『참새』의 주요 동인 가운데 한 사람으로서, 같은 동인이었던 황산 고두동 시인만큼 널리 알려지지는 않았으나, 『참새』 동인들의 높낮이를 대표한 만한 작품을 남긴 사람입니다. 우리의 시조가 노래 부르는 구술시에서 읽는 문자시로 옮겨 가는 과정부터 어느 지역보다 앞서 활발한 시조 활동이 있었고, 그러한 전통 아래 널리 알려진 이은상과 김상옥으로, 다시 『율』 동인으로 이어지는 경남·부산 현대 시조문학지의 유별나고도 뛰어난 앞길이 닦일 수 있었다 하겠습니다. 옛 투의 벗 그리는 생각과 느낌을 담아내고 있음에도, 이 작품은 탁상수의 경향을 잘 보여 주는 작품인 탓이 실리게 된 것입니다.

사회: 이번 시선집을 발간하게 된 동기가 여러 가지 있겠습니다. 그 중 하나가 최근 몇몇 이와 유사한 자선집의 발간에 대한 비판이 그게 작용한 것처럼 보입니다. 그런데 최소한 거기에 수록된 작품들은 자선의 형식인 만큼 작품성은 훨씬 뛰어나다고 봅니다. 그런데도 이 시선집을 발간한 것은 그러한 자선집이 갖는 어떠한 결함을 극복하고자 한 의도가 강하게 작용했을 것입니다. 그것의 극복 방안이 무엇이었는지, 그리고 그 방안이 실효성을 거두었다고 보는지에 대해 말씀해 주십시오.

박태일: 이 책을 엮도록 이끈 몇 가지 요인 가운데는 지역 시문학지의 전통에 무지하여 범위나 대상을 어처구니없이 좁혀 잡거나, 왜곡시키고 있는 글들과 선집이 예사로 나돌고 있는 가까운 시기 우리 지역 시문학지의 잘못된 연구 경향이나 태도도 물론 들어 있습니다. 앞선 질문, 곧 엮은 이가 저 한 사람이어서 자의성이 그게 들어섰을 가능성은 없는가 하는 데 대해서 충분히 답변을 드리지 못하였습니다만, 이번 물음과도 이어져 있다고 생각되어 묶어서 말씀 드리겠습니다.

이미 질의자께서도 알고 계시다시피 시선집이란 창작집 간행과는 또 다른 자리에서 매우 중요한 뜻을 지닙니다. 왜냐하면 일차 발표한 작품들을 다시 가려내는 일 스스로가 분명하게 문화 권력을 부려 쓰는 일이기 때문입니다. 또한 선집 행위는 문학 교과서를 내는 일과 비슷하게 문학관습의 제도적 정당성을 재생산해 내는 일이기도 합니다. 각별한 노력과 능력이 뒷받침되어야 할 일입니다. 아무나 대들어 벌일 일도. 자료를 많이 모았다고 될 일도, 책 낼 돈을 마련했다고 쉬 뛰어들 일도 아닌 점만은 분명합니다. 우리 근대문학도 백 년을 훨씬 넘겼기 때문에 이제는 새롭게 선집의 정치학을 따져 볼 때가 되었다고 저는 생각하고 있습니다.

중요한 점은 제가 엮은 선집이 자료주의에 빠지고 있는가, 자의적 배열에 떨어지고 있는가, 엮은이의 의도가 무엇 무엇이었던가 하는 물음에 대한 저의 답변은 아닐 것입니다. 이런 선집 일은 앞으로도 여러 수준과 방식, 그리고 영역에서 되풀이 마련해야 할 일이고, 마련될 일이라는 믿음을 새삼 짚어 두고자 합니다. 물론 이 선집을 엮으면서 여러 가지 사항을 고려했습니다. 가까이는 지역에서 나온 특정 관변 문인단체의 시선집이 지역 시문학지의 실상과 전통에는 아랑곳없이 그 단체 회원이 손수 골라낸 작품들을 엮어 놓고 지역 '대표' 선집이라 부끄러움 없이 내돌리는 데 대한 놀라움도 한 몫 거들었을 듯싶습니다. 아마도 뒷날 누군가가 제가 한 일과 비슷한 일을 하고자 할 양이면, 제가 역은 이 책이 마땅하건 못 마땅하건 참조대상이 될 것입니다. 그리고 아마 이 책이 영리를 목표로 삼는 일반 출판사에서 나오게 되었더라면 작가 수나 작품 수에서 많이 줄어들었을 게 뻔한 까닭에 그 점도 고려 사항에 넣어야 할 것 같습니다.

덧붙이고 싶은 점은 작품이 지녔다고 여겨지는 값어치, 곧 '작품성'과 관련한 문제입니다. 어느 대상을 말씀하시고 계신지는 알 수 없으나, '최근 이와 유사한 자선집' 경우에는 시인 스스로 자기 작품을 골라낸 까닭에 작품성이 '훨씬' 더 뛰어나다고 하신 말씀에 저는 생각을 같이할 수 없습니다. 되풀이하는 말입니다만, 작품성이란 어디에 초점을 두어 작품을 보느냐에 따라 달라질 수 있고, 그러한 점이 문학이 지니고 있는 중요한 특장인 것은 잘 알려져 있는 사실입니다. 오랜 세월 여러 문학관이 이어져 내려오면서 길항을 거듭하고 있는 것이 그 점을 잘 보증해 주고 있습니다. 작품성이란 고정되거나 확정된 것이 아닐 뿐더러, 작가뿐 아니라 당대 미적 규범이나 향유자들의 문학관습이나 독서능력에 영향을 받는 극히 유연한 관점이나 기획 가운데 하나일 따름입니다.

저로서는 오히려 제가 가려 뽑는 가운데서 그 시인이 의도하거나 흔히 알려져 있는 작가 명성과는 달리 앞으로 개발해야 할 양상이나. 연구거리가 될 만하다고 여겨지는 부분을 의도적으로 작품 선정에 개입시키려 했습니다. 그러한 작품 선정의 전략을 두루 옮길 수는 없지만, 보기를 들이 김윤, 이숭자 시인의 경우는 재외 교민의 이민시라는 쪽에서 터무니로 삼을 수 있을 작품을 골랐고, 서정봉 시인의 경우는 광복지사로서 그의 삶을 널리 알려 줄 수 있을 계기를 마련하기 위해 일부러 「옥중음」을 골라내 앞으로 옥중시 연구에서 빠뜨림 없이 다루어질 뿐 아니라 그의 삶과 문학이 제값을 받기를 바라는 뜻을 알게 모르게 드러내기도 했습니다. 물론 그러한 점이 뒷사람의 읽기나 평가에 영향을 미칠지 그렇지 않을지는 다른 자리에서 다루어져야 될 문제로 여겨집니다.

사회: 박태일 선생님은 누구보다도 지리학에 관심을 갖고 시작임을 하고 있는 분으로 알려져 있습니다. 선생님의 지리학적 상상력은 세상을 직시하고, 이해하고, 비판하는 시적 전략으로, 우리가 살고 있는 이 세상의 곳곳을 찾아다니면서 '인간'의 문제를 다양하고 깊이 있게, 변주해 내고 있습니다. 인간주의 지리학(humanistic geography)이라든지, 장소사랑(topophilia) 등의 표현을 통해 짐작할 수 있듯이, 그 동안의 적지 않은 연구 활동에서 공간성의 문제에 깊이 천착해 오셨고, 이번 시선집도 그러한 작업의 일환으로 보여집니다. 그러나 이번 시선집은, 그 지역을 생활공간으로 살아가는 시인의 현장성과, 그곳에 대해 회고나 유추로써 형상화하는 것은 상당한 차이가 있을 뿐만 아니라, 어쩌면 근본적인 차별성을 지니고 있다는 점을 놓치고 있어서 다소 아쉬움이 남습니다. 최근의 지리학적 연구 성과를 우리 문학과 연계시키려는 선생님의 시각, 즉 문학지리학 내지 문화지리학과 아울러서 이러한 문제점을, 가능하다면 구체적 시인을 대별하면서 말씀해 주십니다.

박태일: 저는 삶의 문제는 장소 문제라 믿는 사람 가운데 한 사람입니다. 따라서 제 시에서도 지리학적 상상력이라 할 부분들을 두드러지게 드러내고 있습니다. 그러나 그러한 장소에 대한 관심이 하루아침에 생겨난 것은 아닐 것입니다. 제가 일찍부터 공간의 문제를 학문 대상으로 삼았다는 사실은 질의자께서 말씀해 주신 부분 그대로입니다. 그런데 공간의 문제에서 장소의 문제로 눈길을 옮겨 세운 일은 추상에서 구체의

문제로, 담론세계에서 생활세계로 내려서는 것과 같은 뜻을 지닌다 하겠습니다. 시를 이해하는 일에서 장소 문제를 중요시하는 것은 시를 개인의 내면 행위로, 고도한 미적 언어로 이해하려는 눈길로부터 발을 빼, 공공의 문제로, 공간정치적 관점에서 보려는 태도와 맞닿아 있는 것이기도 합니다. 그렇다고 소박한 모방론 쪽에서 시의 장소 문제를 보고 있는 것은 아닙니다.

물어 주신 점은 장소 경험에 있어서 바라보며 거쳐 가는 눈길에 갇혀 있는 시인이나 그것을 추억하는 이와, 장소를 생활공간으로 삼아가고 있는 시인 사이에는 근본 차별이 있을 터인데, 그것을 모른 체하고 지역을 멀리서 회고하거나 추억에 젖어 드는 회고시류까지 아울러 실은 것은 진정한 장소 경험에서 벗어난 것이 아닌가, 왜 그런 시들까지 실었는가 하는 물음으로 이해하면 될 일이라 여깁니다.

시인의 장소 경험이라는 쪽에서는 그곳을 생활공간으로 살아가고 있는 이인가, 그렇지 않은가 하는 행정적, 법적 주거 문제가 중요하지 않을 수도 있다는 말로 물음에 답하고자 합니다. 장소감 또는 장소 머그림(이미지)란 그곳을 진정한 삶의 감각, 곧 보호 받고 있고 사랑 받고 있다고 여기지는 친밀 장소로 사랑하고, 꿈꾸고 있는가 하는 점이 더욱 중요할 것입니다. 말하자면 추억이 없는 장소는 장소가 아닙니다. 기간으로 보아 부산에서 오래 살았다 해서 부산이 친밀 장소가 되는 것은 아닙니다. 어떤 일의 주인이 되기 위한 됨됨이란 그 일을 제 것으로 알고 힘쓰며, 그 일이 잘 되는 길을 위해 기꺼이 자신의 손해를 받아들이는 태도에서부터 시작한다고 볼 수 있습니다. 장소에 대해서도 마찬가지 태도를 요구한다 하겠습니다. 부산은 부산 거주민들의 것이 아니고, 창원은 창원 토박이들의 것이 아닙니다. 오히려 부산과 창원을 진정한 삶의 감각을 지닌 장소로 가꾸고 꾸미기 위해 노력하는 이들의 것이라 할 것입니다. 그런 사람들에 의해 장소는 다른 공동체 구성원에게도 즐거이 꿈에 젖을 수 있을 자리로 나날이 새로워질 수 있다 하겠습니다. 그리고 누구보다 장소의 꿈을 가장 잘 드러내고 우리에게 새삼스럽게 장소감을 심어 주는 이들이 시인이며, 지역시가 나아갈 새롭고도 중요한 방향이 장소시라는 믿음을 저는 가지고 있습니다. 바람직한 장소시란 바로 지역 구성원을 하나의 문화 공동체로 묶어 주고, 바람직한 생활세계의 변화를 이끌어 내고자 하는 전략으로 이해할 필요가 있습니다.

그렇다면 특정 장소를 회고하거나 깃들어 살거나 하는 관점의 문제가 작품의 높낮이나 체험의 깊이와 무관하다는 점을 알 수 있을 것입니다. 장소를 건너다보는 눈길이나 장소 안에 몸담아 나날살이를 겪는 듯한 몸놀림을 보이는 시나 그 둘은 얼마든지 시의 전략으로 시인이 선택하고, 마련할 수 있는 장치일 뿐입니다. 장소시라는 쪽에서 이 시선집을 바라보면 많은 시들이 경남·부산 지역의 특정 대상이나 장소를 노래하며 그리고 있는 시로 채워져 있어 의도적이라는 느낌을 주기에 모자람이 없을 것입니다. 구체적인 시인을 들어가면서 말씀 드리기에는 충분한 자리가 아니라고 여겨집니다만. 제 선집 속에서는 귀향시의 짜임을 지닌 이유경, 박철석 시인의 작품과 붙박이의 눈길을 보여 주고 있는 박민, 박현서 시인의 장소시를 서로 견주어 보시면 일이 그리 간단하지 않다는 것을 느낄 수 있을 듯싶습니다. 오늘 특정 장소에 몸 담아 산다는 사실이 바로 그곳에 대한 좋은 장소시를 쓰는 일과는 거리가 있음을 알게 될 것입니다. 제가 앞에서 지역문학은 지연문학이라는 명제를 받들고 있다고 말씀 드린 까닭도 이 점과 무관하지 않습니다.

어쨌든 하나의 시 유형으로서 장소시란 읽는이를 텍스트에 힘 있게 묶어 두려는 속성을 지니는 것이기에 언뜻 소박한 모방론에 마음자리를 둔 일차독서에서는 낯설고 오리무중일 경우가 많을 수 있습니다. 그러나 그것이 이차독서로 독자를 시 속으로 끌어들일 만한 유인요소를 지니고 있다면, 멀리 보아 강력한 울림과 공감 영역을 차지할 수 있다고 믿습니다. 오늘날 시의 중심 향유 방식인 인쇄시 전통 속에서 시가 개인주의에 떨어지지 않고, 더불어 함께할 수 있는 구체적인 경험 자리, 실천 자리가 되기 위해 지녀야 할 큰 미덕 가운데 하나가 장소시 전통이라 저는 생각하고 있습니다. 근대 자본주의의 생산과 효율 논리로 말미암아 지질러진 생태 위기 문제에 중요한 대항담론으로 마련되고 있는 생태시의 많은 부분이 장소시라는 틀 위에서 이루어지고 있는 점이 좋은 보기가 되겠습니다. 따라서 우리 지역의 시인들뿐 아니라 오늘날 시인들은 무엇보다 1950년대 우리말과 일본말 사이에서 오락가락하다 만 이른바 '혼혈 모더니즘시'를 거쳐, 1960년대 '현대시' 동인의 가장 부정적인 측면만을 끌어안고 끈질기게 요즈음까지 몽매를 거듭하고 있는 '몽롱 모더니즘시'와 같은 세계에서 불끈 떨치고 일어서서 지역 구성원의 바람직한 문화심리 공간, 두루 같이할 장소의 꿈과 앞날을 아로새기는 일에 공을 들일 필요가 있다는 제 생각은 아직까지 달라지지 않았습니다.

사회: 안확, 김소운, 이극로, 최현배, 조연현 등은 시인으로서보다는 국학자, 수필가, 국어학자, 평론가로 이미 잘 알려진 분들인데, 이 분들의 시작업이 과연 한국시사에서 조명받을 만한 것인지, 일종의 여기(餘技)를 지나치게 확대해석하는 것은 아닙니까? 이 분들의 시 작품들이 수록될 경우, 혹은 거의 문학 활동이 없었던 인물들의 시를 수록했을 경우, 생길 수 있는 문제는 없을까요? 그렇게 작품을 선정하게 된 동기가 무엇이며, 그 결과는 어떠하리라고 보십니까?

박태일: 이 선집에는 잊혀 있다 이번에 새로이 찾아 올린 시인 경우 말고도, 흔히 시인으로 알려져 있기보다는 다른 영역에서 널리 알려진 사람도 많이 실려 있습니다. 그 경우는 그게 둘로 나뉘겠는데, 첫째 시가 아닌 다른 영역, 곧 학문이나 사회활동 영역에서 널리 알려진 이들이 그 한 무리입니다. 안확, 박차정, 최현배, 이극로, 손풍산, 홍두표와 같은 이들이 이에 든다 하겠습니다. 둘째, 같은 문학 영역 안에서도 시인으로서보다는 다른 갈래 작가로 더욱 알려진 사람이 또 한 무리를 이룹니다.

김소운, 조연현, 오영수, 조진대, 최근덕 들이 그들입니다.

그런데 여기서 앞세워 두어야 할 생각은 오늘날 우리가 안다고 믿고 있고, 그렇게 알려져 있는 옛 사람의 모습이 그가 지녔던 또는 지녔을 법한 가장 값어치 있는 부분, 중요한 모습이 아닐 수도 있다는 사실입니다. 이 점은 우리가 이미 알고 있다고 믿고 있는 앎에서부터 잘못된 까닭에 그런 경우도 있겠고, 비록 자잘한 것이나 앞선 세대의 삶의 값어치를 엿볼 수 있는 흔적이라는 믿음에 따라 얼마든지 다른 평가 대상이 될 수 있다는 사실을 인정하도록 우리를 이끌어 들입니다. 각별히 그가 값있는 삶을 살다 간 사람일 경우는 크고 작음, 많고 적음에 걸림이 없이 그 삶을 밝히고, 알려 주는 주요한 유물이나 넋을 얻을 수 있다면 마땅히 소중하게 다루어져야 할 것입니다.

물론 첫째 경우든 둘째 경우든 이들을 '확대 해석'하거나 재미를 자극하기 위한 까닭에 책에다 작품을 올린 것은 아닙니다. 우리시가 내면화해 있는 드넓은 모습을 알려 줄 뿐 아니라, 그 시인이나 작가의 문학을 보다 깊이 있게 볼 수 있게 하는 터무니로서 작용하게 되기를 바랐던 까닭입니다. 따라서 읽는 이들은 이 선집을 빌려 전문문학의 회로 속에 갇혀 좁직하게 오그라들어 있는 시의 모습에서 뛰쳐나와 더 넉넉한 눈길로 우리시의 자리를 느낄 수 있었으면 좋겠습니다. 우리가 '무엇'을 그 '어떤' 것으로 알고 있다는 것은 큰 문젯거리가 아닐 수도 있습니다. 왜냐하면 그 '무엇'은 그 스스로도 달라져 갈 뿐 아니라 그 '무엇'을 '어떻게' 보고자 하는 이의 눈길에 따라 위아래, 크작음은 어느 때나 쉬 달라질 수 있기 때문입니다. 시의 독서를 두고 말한다면. 중요한 독자나 연구가, 비평가들은 그러한 변화와 모험을 즐거이 받아들이고, 더 나아가 그 일을 떠맡고자 하는 이 속에 있는 법입니다. 다시 말해 작품을 '여기'로 쓴 듯이 보이거나, '전문' 시인 자격으로 쓴 것으로 여겨지거나 정작 중요한 점은 그것을 뜻이 있고, 값어치가 있다고 믿고 사랑하는 사람의 믿음의 강도와 그것을 다른 이에게 납득시키기 위해 기울이는 노력과 장치의 효율에 있을 따름입니다.

보기를 들어 말씀 드리자면, 안확과 같은 분도 한마디로 국학자라 이름 불리고 말 분이 아닙니다. 오히려 나라잃은시대 종합적이며 대표적인 계몽 지식인으로 꼽을 만한 분입니다. 게다가 마산, 창원 지역에서 벌였던 교육 활동과 광복 항쟁은 지역문화지란 쪽에서 섣불리 보아 넘길 수 없는 값어치를 지닙니다. 그가 쓴 『시조시학』은 중요한 책으로, 노래 부르는 시조와 읽는 시조의 변화, 교체 과정에 놓인 현대시조의 고민을 두루 감당하고자 한 독특하면서도 대표적인 시조학 업적으로 바르게 값 매겨져야 되리라 생각합니다. 널리 알려지지는 않았지만 창작시조만도 양으로 따져 110편을 넘게 발표한 시조시인이었다는 점도 덧붙이고 싶습니다.

이극로 경우는 앞으로 그를 보는 눈길이 바뀌기를 바라며 실었습니다. 그의 시가 세련되지 못하고, 이른바 문단 등용이라는 제도를 거치지 않았다 해서, 그를 단순히 국어학자로 묶어 놓고 말 분은 아닙니다. 학자라기보다는 실천가였고. 항왜 민족주의자였습니다. 특히 그의 문학 가운데서 기행문학과 한시, 그리고 토박이말을 뛰어나게 부려 쓴 대종교 찬송노래인 한얼노래 스물여섯 편은 광복항쟁 자리에서 쓰인 중요한 노래시로서 다루어져야 할 것이라는 생각을 저는 가지고 있습니다. 광복공간에 있었던 한글시론의 앞선 구체적인 성과를 우리는 이미 이극로 선생의 찬송노래에서 엿볼 수 있는 셈입니다. 그리고 최현배는 몇 편의 시조밖에 남기지 않았으니, '여기'로 지었다 한들 할 말이 없겠습니다. 그러나 제가 최현배의 시조를 굳이 실었던 뜻은 그 작품이 나라잃은시대 중요하고도 뜻있는 전통으로 씌어졌던, 좋은 옥중시 가운데 한 편이라는 데 있습니다. 이른바 조선어학회박해폭거로 겪은 고초와 경험이 꾸밈없이 녹아 있는 이 시를 빌려 이름뿐인 한글학자가 아니라 언어민족주의자로서 지닌 바 그의 사람됨을 읽는이들이 엿볼 수 있기를 바랍니다.

사회: 지역문학이 살아야지 우리문학사가 제자리를 잡을 수 있다는

선생님의 기본적인 문학사적 시각을 염두에 두고 볼 때, 이번 작업 자체는 역설적이지만 중앙문단을 인정한다는 데 대한 부러움이나 선망의 표현으로 읽힐 수도 있다고 봅니다. 이러한 비판적 시각에 대해 선생님은 어떤 논리를 펼치시겠습니까?

박태일: 다양한 경제 사회 자본과 문화 자본, 넘볼 수 없는 문학시장을 지니고 있는 '중앙 문단'은 엄연히 현실로 존재하고, 그곳이 천만 인구가 살고 있는 서울·경기 문단인 것은 의심할 수 없는 사실입니다. 따라서 그 사실만으로도 부러움을 지닐 만합니다. 그러나 우리가 막연히 어림하고 있는 그 중앙문단이라는 것이 어떤 실체로 이루어져 있는가 하는 점을 다시 한 번 곰곰이 따져 볼 필요가 있습니다. 단순하게 보자면, 몇 개의 대학 문학 담당 학과의 문화·사회 자본, 편집·출판권과 대중매체의 천덕꾸러기(?) 문학 영역, 이름마다 한국을 버젓이 내세운 문인 단체의 믿음직스럽지 못한 대표성과 같은 것들로 이루어져 있습니다. 그러니 중앙 문단이란 구체적인 실체로 통합되지도, 통일되지도 않은 채 썩 '위험'하게 떠돌고 있는 힘의 '관계'일 뿐이거나, 상징 조작이라는 사실을 곧 깨닫게 될 터입니다. 상징이란 그것을 상징으로 받아들이는 사람에게만 뜻을 지니는 것입니다. 서울·경기 문단이 일찍부터 중앙 문단이었던 것은 사실이지만 서울·경기 문학을 어찌 중앙 문학이라고 말할 수 있겠습니까? 일류의 작가나 일류의 문학이야말로 그 스스로가 '중앙'의 자리임은 오랜 문학사가 잘 깨우쳐 주고 있습니다.

따라서 지역문학의 바람직한 방향이란 '중앙' 문단을 뒤따르는 일이 아니라, 지역 공동체 속에서 지역문학이 '중앙' 문학으로 설 수 있도록 하려는 다양한 노력에서부터 비롯해야 한다고 생각합니다. 행정관청 가까이에서 문화 거간꾼으로 설치거나, 사회 지위를 문학 지위로 증폭시켜 거짓 명성을 꾀하는 관료 문단과 맞서며, 지역민의 문학능력을 키우기 위해 애쓸 뿐 아니라, 지역 속에서 실천하는 문학이야말로 바른 지역문학이라 할 만합니다. 바른 지역문학은 중앙 문단에 대한 대항문학이며, 지역공동체에 대한 실천문학임과 아울러, 지난날의 소모적인 제도와 인습에서 벗어나려는 혁신문학이어야 한다는 믿음은 달라지지 않았습니다. 어느 정도 사변에 머물 표현이 될 수 있겠습니다만, 그러한 지역문학의 전통이 지역끼리, 또는 겨레 문학사와 길항 작용을 하면서 제자리를 찾아 나갈 때, 지역의 개별성과 보편성이 하나로 살아 움직이는 구체적인 역장으로서 지역문학의 자리는 더욱 굳건해지리라 생각합니다.

사회: 마지막으로 이번 시선집을 엮으면서 선생님 나름으로 여러 가지 문제점을 발견하시고 반성을 하셨으리라 생각됩니다. 이 부분에 대해 말씀해 주시고, 아울러 앞으로 간행될 후속 작품집의 체제나 방향성, 그리고 수록될 작품들의 전반적 특성이나 주목할 만한 시인들에 대해서 미리 말씀해 주실 수 있겠습니까? 덧붙여 이러한 작업이 우리 시단이나 학계에 어떠한 전망을 던질 수 있을 것으로 보는지, 선생님의 기탄없는 자평을 부탁드립니다.

박태일: 이번 선집 다음에 해야 할 일로 저는 2000년을 앞뒤로 한 시기에 『가려뽑은 경남의 시 1』과 『가려뽑은 부산의 시 1』을 생각하고 있으며, 더 나아가서는 이번 선집과 그 두 권을 다시 간추려 한 권으로 줄여 묶는 일까지 생각하고 있습니다. 지나간 시기의 지역문학 작품을 갈무리하고, 앞서 나가는 새로운 문학 경향을 널리 지역 일반 속으로 내면화시켜, 전통을 이어 주고 새로운 전통을 만들어 나가는 일은 지역시 연구자로서 누군가 해야 할 마땅한 의무라 여겨집니다. 다만 앞으로 할 그 일들은 자료 선택이나 정보 양이 더욱 많아지고, 그만큼 뽑는 이의 선별안이 중요해져 더 꼼꼼한 노력이 필요할 것입니다.

　그러한 일이 우리 학계나 시단에 던질 효용이나 전망을 물으셨습니다만, 저로서는 소박한 희망 사항만을 말씀 드릴 수밖에 없겠습니다. 먼저 생생히 살아 있는 지역문학의 교육, 홍보용으로 널리 쓰일 수 있다는 현실적인 점 말고도, 새롭고도 값있는 연구 영역과 대상으로 지역시에 대한 관심이 자리 잡아 우리 시사 연구의 한 모험적인 방향을 열어나갈 수 있기를 바랍니다. 아울러 다른 지역과도 그런 경험을 나눌 수 있는 기회 또한 잦아지기를 희망합니다. 그런 점에서 마땅한 지역문학의 발전과 그 연구, 실천에 뜻을 모아 움직이며 이미 두 권의 학회지를 내고 있는 '경남지역문학회'와 같은 모임에 우리 지역 젊은 연구가뿐 아니라, 뜻있는 분들이 관심을 가져 줄 것을 기대하고 있습니다.

그리고 이저런 겉치레 말을 버린다면 한 시인으로서 이번 일은 저에게, 오늘 이 자리의 저와 마찬가지로 두류산 정기와 낙동강 물빛을 느끼며 '문학' 탓에 영욕을 거듭했을 경남·부산 지역의 앞선 시인들에게 뒤선 시인으로서 품어 왔던 경의를 드러내는 한 방식이었다고 말씀드리겠습니다. 이미 그 후손은 찾을 수도 없고, 이름마저 지워져 있던 시인들을 찾고. 그 작품을 읽을 때마다 그러한 생각은 더해 갔습니다. 잊히고 사라지고 작아져 가장자리로 밀려날 수밖에 없는 것들에게서 값어치를 찾아내고 그들에 공감하려는 노력이야말로 문학이 다른 어느 영역보다 많이 기울어야 할 값진 품성이라는 제 소박한 생각에는 아직까지 달라짐이 없습니다. 대담을 하는 과정에서 지역문학에 대해 지니고 있었던 생각을 다시 간추려 볼 수도 있었고, 모자란 점도 스스로 깨닫게 되었습니다. 도움 큰 자리였습니다. 긴 시간 고맙습니다.

(1997)

지역문학의 오늘과 내일

참석: 박명용·허형만·박태일
사회: 강경호

지역문학의 개념과 자생력 확보 방법

사회:『서정과상상』역시 여느 문예지들처럼 근대극복과 탈근대에 초점을 맞추고 있습니다. 현실에 대한 문학적 대응방식으로 '서정의 귀환', 또는 '서정의 회복'을 내세우고 있습니다. 문학을 통해 우리 사회에 상존하고 있는 다양한 억압에 대해 저항하고 비판하고 그것을 극복하고자 합니다. 그리고 새로운 세계를 꿈꾸어 그러한 세상을 이루고자 하는 것이 『서정과상상』이 추구하는 문화운동이라고 말할 수 있습니다.

이러한 운동을 이제 막 시작하는『서정과상상』의 이념적 토대 위에서 지역문학을 살펴보는 시간을 갖도록 하겠습니다.

오늘 좌담회를 위해 경남대학교 박태일 교수님과, 대전대학교 박명용 교수님, 그리고 목포대학교 허형만 교수님이 참석해 주셨습니다. 세 분께서는 우리나라 지역문학 연구와 활성화를 위해 오랫동안 노력을 경주하신 분들입니다.

우선 '지역문학', 또는 '지역문인'의 개념에 대해 이해하고 대담에 들어가는 것이 순서일 것 같습니다. 먼저 박태일 선생님부터 얘기를 해 주십시오.

박태일: 귀한 자리에 불러주셔서 고맙습니다. 『서정과상상』의 새 출발을 축하드립니다.

통시적으로 살필 때 우리 근대 문학사 속에서 지역문학을 일컫는 말에는 몇 차례 변모가 있었습니다. 1920년대 '향토문학'이라는 말이 맨 처음 쓰인 것이 아닌가 생각합니다. 이때는 새로운 서울 도시 환경 속의 신문학과 다른, 지역의 민속문학·전통문학이라는 뜻이 강하게 드러납니다. 지역 전통과 풍토 속에서 활동하고 있는 지역의 토착문학이겠습니다. 중앙/지역 사이의 대립각이 중심이 아니었다 하겠습니다. 그 뒤 오래도록 '지방문학'이라는 말이 일반적인 용어였습니다. 거듭 강화된 국가주의의 기획과 운영 속에서 나라잃은시대건 광복된 뒤건 이 점은 경우가 다르지 않았습니다. 중앙패권주의에 의한 지방의 식민화와 획일화라는 문제가 핵심이었던 시기였습니다. 그러다 1990년대 후반부터 '지역문학'이라는 용어로 굳어졌다 하겠습니다. 사회, 행정, 산업, 문화 변화와 더불어 일어난 지역구심주의라 할 만한 경향과 나란히 나타난 현상입니다. 말하자면 자지역을 중심으로 타지역과 수평적 연대를 겨냥하는 중립적 용어가 지역문학인 셈입니다. 따라서 저는 '지역문학'을 제 지역 잘 되는 길로 나아가는 데 도움이 되는 문학이라 넓게 잡고, '지역문인'이란 바로 그러한 지역문학을 실천하는 문인이라 규정하고자 합니다. 그러니 지역문인을 다룰 때 흔히 범하기 쉬운 잘못, 곧 지역 태생주의에서 더 나아가 지역 연고주의 입장에서 지역문인을 바라보는 열린 태도가 필요합니다.

문제는 오늘날 지역문학은 그 방향에 있어서 앞선 시기 경험 가운데서 두 가지 부정적인 요소가 한결같이 중심에 남아 있는 까닭에 그 발전에 걸림돌이 되고 있는 일입니다. '지방적 인식'과 '향토적 인식'이 그것입니다. 지방적 인식이란 중앙패권주의에 대한 열등감이 표출된 바로, 서울을 올려다보고 서울과 견주어 나타나게 되는 편차에만 일방적으로 부끄러움을 갖게 되는 태도입니다. 이와 달리 향토적 인식이란 오히려 지역 안쪽에서 중앙에 맞서서 지니게 된바, 지역의 배타적 가치를 과장하고 담장을 둘러쳐 버리는 인습입니다. 이 둘 다 지역패배주의의 양면일 따름입니다. 한결같이 중앙에 끈을 대어 지역 패권을 항상적으로 누리고자 하는 지역 위임이나 거꾸로 지역 개별성을 과대평가하는 지역 우월이 그 모습인 셈입니다.

오늘날 지역문학 현장에서는 이러한 지역패배주의에서 벗어나 어떻게 명실이 하나인 지역문학이 될 것인가가 큰 화두입니다. 중앙의 패권에 종속되지 않으면서, 지역의 개별성과 구체성을 어떻게 얻어 지역 잘 사는 길로 이바지할 것인가를 고심하는 바람직한 지역문학이 뿌리내리고 그 일에 몰두하는 지역문인이 지역마다 많아지기를 바랍니다.

박명용: 박태일 선생님과 거의 같은 견해입니다. 이 문제는 먼저 '지역'에 '대한 개념 정리가 되면 '지역문학' '지역문인'에 대한 정의가 내려지리라 생각됩니다. 이미 한글사전에도 나와 있습니다마는 '지역'이란 어느 공간이건 일정한 땅의 구역이나 구획된 토지를 지칭하는 말로, 공간구조상 일정하게 나누어진 구역을 말하는 것이죠. 따라서 지역은 중앙의 대립 개념인 '지방'과는 엄연히 다른 개념인 것입니다. 그래서 '지역'이라 함은 서울이나 지방 또는 국가까지도 구분 없이 동일하게 '일정한 구역'을 의미한다고 하겠습니다. 그렇다면 '지역문학'이나 '지역문인'은 '일정한 구역' 내에서의 '문학'과 '문인'이 될 수 있겠죠. 이를 테면 '광주 지역' '서울 지역' '대전 지역' '부산 지역' 등으로 일정한 구역을 지칭하고, 서울의 '강남 지역', 광주의 '동구 지역', 충북의 '옥천 지역' 등으로도 지칭할 수 있는 것이죠. 그래서 '지역문인'은 '일정한 구역' 내에서 활동하고 있는 문인을 말한다고 할 수 있겠습니다. 이럼에도 불구하고 일부에서는 아직도 '지역'을 '중앙'과 대립 개념인 '지방'으로 착각하여, 즉 종속개념인

'지방'으로 사용하는 것을 종종 볼 수 있습니다. 꼭 이를 구분해야 할 필요가 있다면 '서울'과 '지방'으로 써야 되겠고, '지역'은 서울이나 지방이나 똑같이 쓸 수 있는 일정한 공간의 개념으로 써야 될 줄 압니다. 그래서 우리는 중앙에 종속개념인 '지방'보다는 '지역'이라는 말을 써야 되지 않을까 생각합니다.

허형만: 저는 '지역문학' 또는 '지역문인'이란 용어 자체가 별로 반갑지 않습니다. 서울이나 광주나 다 매 한 가지 '지역' 아닙니까. 서울도 '송파문학' '강남문학' 식으로 말하지 '송파 지역문학' '강남 지역문학'이라고 부르지 않지요. 국가 권력이 중앙에 집중되어 있다고 문학도 그러해야 한다는 논리는 아마 지구상에 우리나라밖에 없을 겁니다. 1988년에 발간된 『시와 역사인식』이라는 제 평론집 안의 글 「로컬리즘과 인식의 세계」는 바로 이 점을 명백히 하고 있습니다. 즉, 문인은 어디에서든 자기가 숨쉬고 있는 땅에 뿌리를 내리며 꽃 피우고 열매를 맺는다는 말입니다. 그런 측면에서 우리 '지역문학' 우리 '지역문인'으로 이해하면 어떨까요.

사회: 지역에서 발행되는 문예지들이 대부분 시전문지가 많습니다. 시는 삶의 문제와 긴밀한 연관을 가지고 시 생산이 이루어지고 있고, 소설가들의 작품에도 리얼리티가 있다고 봅니다. 그러나 서울 지역의 경우 판매량은 많을지 모르나 지역 리얼리티가 떨어지는 경향이 있다고 보여집니다. 지금은 서울에서 발행되는 문예 출판물들이 상업적인 유통구조 속에서 어느 정도 유통되고 있으나 장기적으로 보았을 때는 문학적 전망이 있는 것은 아니라고 봅니다. 점차 식상해질 것입니다. 또한 그들은 타지역 문학을 흡수하려 들 것입니다. 이에 지역적 자생력을 기르는 것이 어느 때보다 중요하다는 생각이 듭니다. 어떤 방안이 필요하다고 생각하십니까?

박명용: 내가 보기에는 오래전부터 서울 지역 문예지들이 타 지역 문학에 직·간접으로 손을 대고 있습니다. 심지어 광고까지도 손을 대고 있는 실정입니다. 이러니 지역문학은 점차 왜소해질 수밖에 없죠. 따라서 지역문학의 자생력을 기르기 위한 방안은 참 어려운 문제입니다마는 몇 가지를 생각해 볼 수 있습니다. 무엇보다도 먼저 지역 문예지가 기획부터 철저한 '지역성' 중심으로 되어져야 하리라 생각합니다. 서울의 문예지가 어떠한 이슈를 들고 나오면 지역 문예지가 그것을 그대로 답습하는 것이 아니라, 그 지역의 특수성을 내세워야 된다는 이야기입니다. 그것은 도시성이나 농촌성을 막론하고 그 지역문학만이 담당할 수 있는 지역성을 내포한 내용을 말합니다. 또 널리 알려진 사실입니다만 질 낮은 작품의 취급입니다. 되지도 않는 작품을 신인상이라는 명목으로 등단시킨 후 이를 발표해 주는 경우는 지역 문예지 자생에 큰 장애가 된다는 사실입니다. 옥석을 철저히 구분해야 되리라 생각합니다. 다음은, 원고료 문제입니다. 지금도 보면, 서울 지역 문예지보다 그 외 지역 문예지들이 원고료를 더 잘 지급하고 있습니다. 이것은 역설이죠. 이런 것은 고무적인 일로 많은 문인들이 알고 있어요. 또 그래야만 좋은 글이 나오니까요. 여기에 덧붙일 것은 아직도 많은 문인들이 서울 지역 문예지만 좋다고 바라보는 경향이 있어요. 그렇기 때문에 이런 인식을 하루아침에 바꿀 수는 없지만 점차 바뀌도록 지역 문예지가 앞장 서야 되리라 생각합니다. 그리고 지역 문예지에 당면한 것은 경제적 문제가 있어요. 그래서 이를 타개하기 위해서는 앞으로 문학도 철저한 문화예술 경영 개념 도입이 필요하다는 생각입니다. 후원회 또는 창작 모임 같은 것을 시행해 보는 것도 생각해 볼 필요가 있고, 특히 메세나 운동을 적극적으로 펼치는 것을 생각해 볼 수 있습니다. 메세나의 주 목표는 상업적 의도가 배재되어 있다고 해도 사실상 기업의 가치를 높이는 데는 문학이 그 임무를 충분히 떠맡을 수 있기 때문입니다.

허형만: 지역 문예지들이 살아남는 길. 제가 알기로는 거대 자본으로 만들어지는 몇몇 잡지(그래서 그 힘으로 문단 권력, 문학적 우월성을 행사한다고 들었지만)를 빼고는 서울 지역에서 발간되는 잡지들도 매우 힘들어하는 걸로 압니다. 그러다 보니 자연 서울 외 지역으로 손을 뻗칠 수밖에요. 따라서 서울이 아닌 타 지역에서 발간되는 문예지들이 서울 지역 문예지들과의 보이지 않는 싸움에서 이기는 길은 지역 메세나운동 차원에서 뜻있는 기업가들과의 유대와 협조가 이루어졌으면 좋겠습니다. 또한 지역의 대표적인 서점과 언론사를 최대한 활용하거나 문예지 특유의 장점을 개발해서 애독자 그룹(예컨대 독서회, 글쓰기회 등)을 확장시킴으로써 지역민들의 관심과 사랑을 배가시킬 수도 있구요.

박태일: 이 문제는 지역문학 작품의 리얼리티 확보 문제와 지역문학 작품의 출판, 유통의 성공이나 자생력 확보 문제로 나누어 보아야 하겠습니다.

먼저 지역문학의 리얼리티는 '지역성'이라는 말로 바꿔볼 수 있을 것입니다. 대전제는 모든 문학이 철학이나 사회과학과 달리 구체적인 삶의 현장을 구체적으로 그리는 가장 뛰어난 담론 형태라는 점입니다. 그런 까닭에 모든 좋은 문학은 죄 지역문학, 또는 특정 지역의 장소에 뿌리내린 장소문학이라 해도 무리가 아닐 듯싶습니다. 이런 까닭에 지역 잘 되는 길로 나아가는 문학, 곧 그 창작 주체가 지역 태생 작가이든 다른 지역 작가든 관계없이 지역의 경험 가운데서 널리 함께할 수 있을, 뜻있는 지역 가치를 담아내고 형상화하는 문학 창작이 중요하다 하겠습니다. 지역의 개별성과 특수성을 어떻게 일반 문학사회 독자의 뜻있는 향유 경험으로 되돌려 놓을 것인가라는 다양한 문제 인식과 방법 개발이 필요한 것이라 하겠습니다. 지역문학 작품의 성공적인 리얼리티, 바람직한 지역성 확보는 고스란히 한국 문학의 리얼리티요 성공이라 하겠습니다.

다음은 출판과 유통 문제입니다. 오늘날 지역문학은 그 이름과 실제에서 엄청난 거리를 가지고 있습니다. 행정적, 법적 지역자치 경험이 20년을 내다보고 있는 이 시점에 한국의 경제, 사회, 문화, 산업 기타 모든 부분에서 서울경기 지역의 패권은 더욱 굳어지고 독점적 지위는 더욱 커졌습니다. 통탄할 만한 반어인 셈인데, 이런 가운데서 문학 출판에서 서울경기 지역의 독점적 지위 또한 가위 블랙홀과 같은 형국입니다. 지역의 문학 출판이 자생력을 기르는 일은 거의 불가능하다 하겠습니다. 필진 관리와 자본, 그리고 정보력에서 현저하게 모자라는 지역 문학 출판 주체들로서는 무엇보다 편집진의 신선한 기획력말고는 기대할 것이 없는 상황입니다. 지역 문학 출판이 지역 바깥으로 널리 유통될 수 있도록 좋은 기획력을 확보하고 거대 출판자본의 빈 틈새를 예리하게 파고 드는 수밖에 없겠습니다. 출판 뒤의 홍보와 출판사 이미지 관리 또한 체계적으로 하기 어려운 지역 출판의 영세성은 하루 이틀에 해결될 문제가 아닌 셈입니다.

결국 지역문학의 지역성 확보와 출판 유통의 자생력 확보는 좋은 작품과 필진의 발굴과 후원이라는 한 가지로 얽혀드는군요. 현실독자든 잠재독자든 좋은 지역문학의 실제독자는 모든 지역 사람들입니다. 다른 지역 작가나 독자도 과감하게 지역문학을 위한 일이라면 끌어들이는 열린 출판 기획력이 더욱 필요해지는 이즈음입니다.

지역 잡지의 역할과 정체성

사회: 지역 잡지가 서울에서 만들어내는 잡지와 변별성이 없다면 잡지를 출간할 필요가 없을 것입니다. 그 지역의 특정한 사항을 실었을 때 그 지역의 정체성이 나타나는 것이며, 그러한 역할을 지역 잡지가 맡아야 합니다. 보다 구체적으로 지역 잡지의 역할과 정체성에 대해 말씀해 주십시오.

박태일: 지역 잡지, 특히 문학을 매개로 삼은 잡지의 역할이란 바로 지역문학의 역할과 맞물려 있는 것이라 하겠습니다. 몇 가지 나누어서 이야기해 볼 수 있을 터입니다. 첫째, 바람직한 지역 가치 생산과 확산을 위한 담론 창발의 역할입니다. 한결같이 지켜나가야 할 근본 역할이라 하겠습니다. 이것은 두 방향으로 나누어 생각해 볼 수 있습니다. 지역 재현적 역할과 지역 조절적 역할입니다. 지역 재현적 역할은 지역의 현황과 상태에 대한 정확한 진단, 지역 여러 계층의 다양한 의견과 관심을 담아내는 일을 뜻합니다. 지역 조절적 역할이란 지역성 생성의 앞자리에서 지역 구성원들을 이끌어 나가는 선도적인 역할을 뜻합니다. 이 둘은 서로 맞물려 있는 것입니다. 하지만 다양한 이해 관계가 서로 얽혀 있는 지역 문학사회와 지역문단 환경 아래서 이 둘은 서로 균형을 잡고, 절충해야 할 문제라기보다는 문제 인식과 문제 해결이라는 쪽에서 같이 보아야 할 듯합니다.

이런 점에서 지역 잡지의 정체성이란 자명해 지는군요. 바로 지역 개방과 지역성 창출의 일선에 서려는 자세가 아닌가 싶습니다. 오늘날 지역이란 오랜 중앙의 식민지로서 피폐하기 이를 데 없습니다. 더 큰 문제는 중앙으로부터 온 폐해라기보다 그것을 끌어들여 지역 안쪽에서 항상적으로 지역 지배권을 확보하고 확대해 나가고 있는 계층이나 조직, 또는 집단이 문제입니다. 게다가 지역이라도 그 이해관계가 실로 민감하고 다채롭습니다. 그러니 지역문학의 문제는 고스란히 지역의 문제입니다. 따라서 연고망이 두텁고 감정적 이해 관계의 영향력이 직접적인 지역 안에서 지역 문학잡지는 문학을 이음매로 삼은 지역 형성의 도구로서 전투에 나서는 듯한 자세가 필요하리라 생각합니다. 물론 전술적인 측면에서는 여러 경로가 열려 있겠습니다. 직접적인 감정 충돌을 감내하더라도 바람직한 지역 가치 생산과 지역 형성을 위한 도구로서 잡지의 진정성을 지키려는 한결같은 자세가 최소한 '지역 잡지의 정체성을 지니게 해 줄 것이라는 원론적인 믿음만을 말씀드리고 싶습니다.

박명용: 지역에서 발행된 문예지의 정체성을 알아보기 위해서는 창간사를 훑어보면 대충 드러납니다. 그러나 대부분의 문예지가 얼마나 정체성을 가졌는지는 독자가 먼저 판단하지 않을까요. 각 지역에서 발행되는 중요 창간사를 보면 청주의 D문예지는 '시의 내밀성'을 내걸었고, 대전의 E지는 '한국문학의 이론'의 정립을 위한 '논쟁의 문화'를, S지는 21세기에 걸맞는 '새로운 시정신'을 내세웠으며, M지는 '조화와 상생의 문학'을, 전북의 M지는 '이 혼란의 시대에' 전통의 비판과 문학의 비전 제시, P지는 진실의 '인간적 저 깊은 곳의 표현', 부산의 S지는 "중앙문학/지방문화에 대한 항체가"되어 건강한 문화와 토양을 위해, 마산의 D지는 디지털시대에 있어 "디카시(Dica Poem)의 실험과 모색, 제주의 D지는 자연과 문명과 인간이 조화를 이루는 세상" 등을 내걸고 있습니다. 모두가 나름대로 문예지의 정체성을 갖고자 했습니다만은 과연 얼마나 정체성을 찾고 유지하고 있는가에 대해서는 이 역시 독자가 먼저 알지 않을까요. 문예지의 역할이 비슷비슷한 내용을 단순히 발표해 주는 '발표의 장'에 그치고 있어서는 문학 발전에 아무런 도움이 되지 않는다는 생각입니다.

허형만: 우선 잡지들이 어떻게 해야 독자들 속으로 파고 들 수 있을 것인가에 대해 진지하게 고민해야 할 겁니다. 너무 학술적이지는 않는가, 담론 중심으로 너무 현학적이지는 않는가, 등등 말입니다. 사실 제가 보기에는 우리나라 문예지들이 언제부턴가 너무 이론화되고 고급 두뇌연하더란 말입니다. 읽기 편하면서도 감동적이고 그래서 저마다 그 문예지한 권씩 손에 들고 다니면서 읽고, 때 되면 또 기다려지고, 그런 문예지만들면 질이 낮다고 욕할까요.

잡지 권력의 견제와 지역 문예지의 역할

사회: 잡지의 문학 권력화를 견제하기 위한 방법으로는 어떤 것이 있는 지요? 예를 들어 필자 선정, 잡지사 간의 필자 교류를 하다 보면 작품성보다는 편집위원회의 구미에 맞는 필자들을 선정하는 경우가 있습니다. 또한 신인상 제도를 가지고 문화 권력을 휘두르는 경우도 있습니다. 이를 방지하기 위해서는 어떤 장치가 필요하겠습니까?

허형만: 매 계절 대부분의 문예지를 보면 그 이름이 그 이름인 경우가 참 많습니다. 그런가 하면 어떤 문예지는 (이건 극히 일부입니다만) 학연이나 지연, 친분, 자기 잡지 출신, 또는 발행인이나 편집자와 함께 놀지 않으면 아예 사람 취급도 안하는 거 같기도 하구요. 글쎄요. 잡지사의 문화 권력 행사를 방지하기 위한 장치가 있기는 하는 건가요.

박명용: 문학의 권력화는 한국 근대문학 탄생 이후부터 있어 왔습니다마는 최근 20년 동안이 가장 심하지 않았을까요. 이런 현상은 앞으로 더욱 심해지리라 생각됩니다. 이것도 사회현상의 일부이니까 아예 없어지지는 않겠지만, 각 문예지가 두고 있는 편집위원을 연령, 성향, 지연, 학연 등을 종합적으로 고려하여 다양성 있게 위촉하면 다소 '편중성'에서 벗어나리라고 봅니다. 신인상 역시 심사위원들을 위와 같은 기준을 적용하고, 각종 문학상 심사에는 문예지 관계자, 신인상 심사위원에 빈번히 참여한 자 등을 제외시키는 방법도 있겠죠. 나 같은 경우, 아무런 연고도 없는 광주예술상 또는 타 지역의 신춘문예 심사 등에 참여해 보면 문학성에 우선을 둘 수밖에 없었습니다. 사실, 문학 권력이란 것이 발표지면 확보, 문학상 선정, 단체장 선거, 기타 각종 수혜대상 선정 등에 막강한 힘을 행사 하고 있는 것을 말하는데 문학상만 보더라도 심사위원이 누구냐에 따라 결정된다는 것은 주지의 사실이 아닙니까. 아무리 좋은 작품을

써도 문학 권력에 들어가지 않으면 소용이 없어요.

박태일: 잡지도 바탕은 자본입니다. 자본이 그 자본 증식을 위해 잡지를 이용하겠다는 태도는 지극히 자연스러운 모습입니다. 나무랄 수만은 없는 일입니다. 말하자면 문학잡지든 다른 것이든 매체는 나름의 지향하는 바 매체 권력을 지니려 하고, 그것을 행사하게 된다는 것입니다. 문제는 그것이 지역문학 발전과 지역 형성이라는 중요한 가치를 도외시하고 자본의 증식, 특정 이념 전파나 왜곡, 또는 특수 집단의 명리를 키우는 쪽으로만 오용하는 일이겠습니다. 그럴 경우 매체가 지니고 있는 것이란 기껏 권력 조금 가진 이가 권력 신나게 휘두르는, 볼썽사나운 모습일 따름입니다.

모든 권력은 속성상 그것을 휘두를 대상을 운명적으로 필요로 합니다. 그러니 그 권력이 먹힐 곳을 기웃거릴 수밖에 없고 그들의 자발적 복종을 통해 힘을 유지하는 것 아니겠습니까. 문학 권력에도 여러 층위, 여러 높낮이가 있다는 뜻입니다. 모든 매체 발행자나 편집진은 자신의 매체 권력이 겨냥하는 계층이나 집단을 분명히 설정해 나갈 필요가 있습니다. 비웃음을 받을 매체들이 버젓이 존재하는 환경도 이런 점에 까닭이 있습니다. 그 물에 그 나물이듯 끼리끼리 누리고 따르는, 매체를 중심으로 한 자위극들이 여기저기서 벌어지게 되는 것입니다. 공간적으로는 넓은 현실 독자에게, 시간적으로는 멀리 많은 내포 독자를 향해 바람직한 권위로 동의할 수 있을 잠재 권력을 갖추는 일에 노력을 아끼지 말아야 할 것입니다.

이런 점에서 편집회의의 선명성과 실질 권한은 중요할 것입니다. 필자 선정에서 편집위원의 문학사적 이해의 깊이나 양식이 중요할 것은 누구나 짐작할 수 있는 일입니다. 그러나 좋은 편집위원이나 기획위원을 찾기가 힘들고, 찾았다 한들 그들의 역량에만 언제까지고 기댈 수도 없는 형편입니다. 지역 매체별 필자 교환이라는 방법도 한계가 있으리라 생각합니다. 그런 것보다는 차라리 문학매체의 작품 인증제도를 확 바꾸어

보는 것도 한 방법일 수 있습니다. 아예 기존의 추천이니, 당선이니 하는 해묵고도 우스꽝스러운 한국적인 인습과는 무관하게 일정량의 작품은 널리 공모하고, 가능성 있는 작가를 발굴하여 지속적으로 관리, 격려하는 방법과 같은 것입니다.

좋은 작가, 또는 재능을 키워내는 게 지역문학을 위해 바람직하다고 여겨지는 작가의 경우는 단기간, 일회적인 작품 발표에 머물지 않고, 2~3년의 중기간에 걸쳐 일정한 발표 기회를 미리 보장하고 그 결과에 대해 냉정하게 중간점검을 포함하여 포폄하는 자리를 통해 작가와 매체가 같이 변화해 나가는 기획도 생각해 볼 수 있습니다. 물론 출판 운영자 쪽에서는 직접적인 이익 창출에 대한 보증이 없어 선별이나 선택에 어려움이 있겠습니다. 그런 문제도 저자와 알맞은 계약 조건을 제시하는 방식으로 풀어나가면 되리라 생각합니다.

좋은 문학잡지의 핵심은 좋은 문학작품에 있다는 불변할 대전제 위에서 학연, 지연, 파벌, 개인적 친소관계 같은 것들로부터 자유롭게 바람직한 문학 권력(?) 행사를 기꺼이 할 수 있도록 도와주고 길을 제시하는 운영자와 편집위원들이 많아지기를 희망합니다.

사회: 우리나라 지역 문예지들이 10년 전을 전후로 많이 창간되어 명멸을 거듭하고 있습니다. 어느 정도 시간이 지나면 알곡과 쭉정이가 점차 가려질 것으로 전망합니다. 그러나 수백 종에 이르는 문예지들이 문예지를 통해 무엇을 말하고, 어떻게 소비와 유통이 되는지 참으로 궁금합니다. 특히 지역에서 발행되는 문예지들은 지역중심주의가 아닌 지역성을 바탕으로 발행되어야 한다고 생각합니다. 이른바 '비판적 지역주의'라고나 할까요? 이에 대해 말씀해 주십시오.

박명용: 앞에서도 언급했습니다마는 지역 문예지가 공간개념인 '지역중심주의'로 나간다면 현재의 서울 지역 중심주의와 무슨 차이가 있겠습

니까. 이런 면에서 지역문학은 지역문학 중심이 바탕이 되는 것이 아니라 어디까지나 지역성이 바탕이 되어야지요. 지금까지 세계문학이나 한국문학을 보더라도 뛰어난 문학은 '지역중심'이 아니라 '지역성'을 내용으로 하였습니다. 세계화란 용어가 애매모호합니다마는 '문학의 세계화'를 위해서도 그것이 국가건, 지역이건 간에 지역의 지닌 삶의 본 바탕이 중심이 되어야 한다는 생각입니다.

박태일: 오늘날 문학의 취향은 매우 다양해졌습니다. 그에 걸맞게 숱한 단체와 구성원들의 발표장, 친교장으로서 많은 문학 매체들이 타오르고 있는 형국입니다. 생태, 생명 가치의 시대에 가장 반생태적인 종이 낭비가 극에 달한 느낌입니다. 그 편차도 매우 다양해졌습니다. 그런데 먼저 이러한 매체 남발의 현상 자체를 바라보는 시각을 좀더 넓게 보아야 하겠습니다. 결국 이러한 매체나 매체 게재자들이야말로 아직까지 남아 있는, 또는 계속 문학사회 구성원으로서 문학작품을 지속적으로 소비하지는 않는다 하더라도 최소한 문학의 사회적 필요성은 계속 증명할 사람들인 까닭입니다.

그러니 쭉정이와 알곡이 따로 있다는 인식보다는 하나하나를 쭉정이가 아니라 알곡이 되기 위한 노력을 다하는 모습으로 보아줄 필요가 있습니다. 오늘날 지난 시기 몇몇 알곡으로 일컬어졌고 스스로 정전 생산의 중심이라고 오연했던 매체들이 결국은 자본의 시녀거나, 그것을 위한 필자 관리/문학 의제 선점에 영악하게 매달린 편집 권력이었을 뿐이라는 사실이 확연히 드러난 이즈음입니다. 우리 문학사회의 다양한 계층, 다양한 취향을 수용할 주도 매체의 역량이나 안목이 문제가 된다면 그들 매체의 자장 바깥에 놓여 있는 군소 매체의 취향도 인정할 필요가 있습니다.

문제는 그들 사이 바람직한 경기규칙에 따른 차별화와 긴장된 서열화를 이끌 만한 상위 매체들조차 더 이상 자신의 진정성이나 매체의 권위를 내세울 만한 변화, 역동적인 전기를 마련하지 못하고 있다는 사실입니다.

다채롭게 변화하는 사회 안에서 기껏 고립된 섬처럼 떠서 많지도 않은 문학 독자를 갈기갈기 찢어먹고 있을 따름입니다. 이른바 중심 매체들과 주변 매체들, 거대 출판 자본에 지지를 받고 있는 중앙 매체와 지역 매체, 상위 매체와 하위 매체 사이의 차별화, 영향력 확대를 위한 노력이 끊임없이 이루어져야 한다고 생각합니다. 예술문화 부문의 국가적, 지역적 행정 지원이라는 '국가동원' 방식에 기대어 매체의 수월성을 향한 긴장을 잃어버린 매체들이 범람하고 있는 이즈음 행태는 분명히 문제란 뜻입니다. 지역 문학 매체가 살아가는 가장 빠른 길은 지역 행정이나 사회의 지원에 기댈 수밖에 없겠는데, 문학이 지원 대상으로만 남게 되면 결국 지원 주체로부터 자유로울 수 없다는 것은 불변의 진리입니다. 오늘날 숱한 지역 매체들이 그만그만한 문학 취향 소집단의 자위적 발표 욕구를 녹이고 사회적 인정을 얻는 피난처로 남아 있는 까닭입니다.

사회자가 말씀하신 지역주의를 다른 지역을 배타적으로 바라보는 자 지역중심주의를 뜻한다면 그 극복 방법으로서 바람직한 지역성 창출에 앞서는 문학잡지라는 이상은 참으로 길을 잘 잡은 것입니다. 그런데 지역이란 여러 이해와 모순이 겹과 켜로 얽혀 있는 실체라는 점을 다시 한 번 떠올릴 필요가 있습니다. 지역 안에서, 언론 권력과 문화 독점, 행정 독재와 같은 장치로부터 벗어나 바람직한 지역성을 창출하기 위해서는 비판정신은 필수적인 것입니다. 아마 '비판적 지역주의'라는 사회자의 용어는 이런 점과 관련되리라 생각합니다. 멀든 가깝든 갈등이 세상을 달라지게 만드는 것인지, 화합이 그렇게 하는 것인지 매체 스스로 고심이 깊어야 하리라 생각합니다. 저는 '화이부동'이라는 오래고 오랜 전고 덕목을 따르지 않을 수 없습니다.

지역과 지역문학 안에서 다층다기한 여러 이해관계를 드러내고 공론화하는 기능뿐 아니라, 새로운 지역 담론을 생산하고 재생산하는 맨 앞자리에 서 있는 지역 문학잡지의 모습을 이상적인 모습으로나마 그려봅니다.

허형만: 안타깝게도 각 지역에서 발행되는 많은 문예지들이 서울에서 발행되는 잡지와 별반 차이가 없어 보입니다. 다시 말해 뚜렷한 로컬리즘을 갖지 못한다는 뜻입니다. 몇몇 잡지는 서울의 잡지보다 기획이 돋보인 것이 사실입니다만, 대부분 적당히 편집하여 작품을 싣고 있는 실정이지요. 또한 서울의 문예지들이 지역의 문제를 이슈화시키지는 않을 것입니다. 그렇기 때문에 지역의 잡지들이 지역성을 담아내어야 합니다.

사회: 어떤 문예지는 출신 문인들을 볼모로 삼기도 합니다. 작품 발표 기회를 주면서 무슨 특혜를 주는 것 마냥 행세를 합니다. 만약 등단 문예지를 일탈하면 괘씸죄를 적용하고 불이익을 줍니다. 그러기 때문에 잡지를 펴내는 출판사에서 작품집을 출판하지 않을 수 없습니다. 더불어 잡지사 발행인이 문학단체장으로 나서는 경우도 종종 있습니다. 잡지사에서 배출한 수많은 문인들이 잡지 발행인을 단체장으로 뽑는 것은 식은 죽 먹기입니다. 그렇다면 그런 문단 구조로 이루어진 지역 문단이 공정하게 운영이 될지 삼척동자에게 물어봐도 뻔한 대답입니다. 이처럼 크게 왜곡되고 깊이 곪은 지역 문단 또는 지역문학을 치유할 방법은 무엇이겠습니까?

허형만: 문학은 역시 혼자서 작품을 쓰는 일입니다. 문학 외적인 일 때문에 문학 본질이 훼손되어서는 안 됩니다. 문학이라는 것이 '자유'로운 정신을 그 바탕에 두고 있는 것이기에 누구에게 구속된다거나 종속된다는 것은 작가에게는 치욕적인 일입니다. 작가는 모든 것으로부터 제약받지 않고 자유로워야 합니다. 문학 활동 역시 자유로워야 합니다.

박명용: 어느 지역이건 이러한 수치스러운 일이 가장 큰 문제로 대두되고 있습니다. 경제, 명예, 권력을 자행하기 위해 엉터리 문예지를 창간하여 수준 이하도 되지 않는 것들을 신인상이라 하여 준다거나 서울 지역에서 발행되는 4, 5류 잡지에 정실로 신인상을 받게 하여 단체장에 선출되

고, 또 이를 관리하기 위해 온갖 상을 주거나 해괴한 상을 만들어 나누어 준 다음 회장을 몇 번이나 하는 경우도 있어요. '문인의 장'이 되어야 할 문단이 이렇고 보니 뜻있는 문인들은 그런 문단을 아예 외면하고 있어요. 여기에 더욱 한심스러운 일들은 이러한 엉터리 신인상 제도에 한마디도 하지 않는 소위 원로들과 평론가들의 작태입니다. 더구나 이런 부류들의 연습장 같은 자비 출판 작품집(?)에 해괴망측한 글을 써 버젓이 붙여준다는 사실입니다. 그래서 우스갯소리로 "문인들을 매년 심사하여 단체에 재가입시켜야 한다"는 말까지 나오고 있는 실정입니다. 이 같은 문단을 정화하기 위해서는 원론적 이야기는 접어두고 뜻있는 문학인들만이라도 문학성이 깊은 작품을 생산하여 독자들에게 다가가 이들과의 차별성을 두는 간접 방법이 하나의 치유 방법이 되지 않을까 생각합니다.

문학과 문화운동의 관계

사회: 한때는 문학과 문화의 대결구도가 논의된 적이 있었습니다만, 문학도 문화라는 사실입니다. 오늘날은 문학적인 문화가 필요로 하고 있습니다. '문학과 생명', '문학과 문화'라든지 그런 방향으로 넓혀가야 할 것입니다. 문학과 지역도 마찬가지라고 생각합니다. 다시 말해 문학이 문화운동을 통해 위상을 넓혀가야 한다고 생각합니다. 선생님의 생각은 어떻습니까?

박태일: 이제까지 정통적이고 전통적인 생각은 문학의 중심은 작가며, 작품에 있다는 것이었습니다. 그런데 문학 소비가 곧 생산이 되는 다극화 시대, 쌍방향적 디지털 문화는 그것을 독자사회로까지 넓혀 놓았습니다. 따라서 이러한 변화가 가지고 있는 긍정적인 환경 변화를 받아들이고 그에 따라 매체나 문학인의 관심이 맞물려 드는 것은 지극히 바람직하니

다. 이를 틈타 독자사회의 일방적인 작품 구매 쪽에만 매몰되어 버린다면 한국 문학의 다양성이나 발전을 위해서도 큰 잘못을 저지르는 일이 되겠지요. 독자들의 계층이나 취향, 세대 또한 다양하고 다채롭습니다. 그러니 독자사회를 앞세우는 입장이 단순히 돈벌이로만 귀결되지 않는다는 것을 금방 알 수 있는 일입니다.

중요한 점은 이러한 문학 소통에서 무게가 독자 쪽으로 많이 이동되었다고 해서, 독자를 위한 문학을 겨냥해서는 아니 된다는 것입니다. 좋은 작품을 독자들이 쉽게 찾고 향유할 수 있도록 배려하는 친절한 태도가 필요하다는 쪽에 생각을 모아야 하겠습니다. 따라서 문학잡지가 해야 할 첫 일은 좋은 작품을 발표하도록 이끄는 것이고, 둘째는 그것을 독자들에게 손쉽게 다가갈 수 있도록 다채롭고도 뜻있는 방식을 개발해야 한다는 것입니다. 문학이 실천 활동과 관련되는 부분은 이 자리입니다.

문학인이나 문학 매체에서 이 과정을 죄 맡을 수 없다면 대학이나 시민단체, 문화단체들과 연대 가능성을 찾아보는 일이 좋겠습니다. 그런 과정 자체가 문학의 사회적 필요성을 드높이는 일이 될 것입니다. 문학성의 높낮이란 취향의 문제고, 취향은 곧 사회 학습, 문화학습의 문제입니다. 좋은 문학, 좋은 작품을 소비할 수 있는 좋은 문학 취향을 키우기 위해 지역문학 잡지의 역할이 점점 커지고 있습니다. 지역 대학이 한결같이 지역의 구체적인 문학 현장으로 내려갈 역량도 역동성도 잃어버렸고, 지역의 문인단체 또한 행정 기관의 위임행사나 버릇처럼 떠맡으면서 '당신들의 천국'이나 겨냥하는 소모적인 집단 수음문학, 사교문학을 즐기고 있는 현실입니다. 지역문학 매체는 실천 활동을 위한 구체적인 대상과 장소를 지니고 있습니다. 문화 실천이라는 쪽에서 보면 지역 매체가 좋은 조건 위에 있다고 할 수 있습니다.

그러나 거듭하거니와 그것이 지역문학이든 일반문학이든 모든 문학의 창작과 향유 활동의 처음과 끝은 작품일 것입니다. 좋은 작품 창작이라는 기본에 충실할 때 나머지 실천 부분의 몫도 커질 수 있을 것입니다. 자칫 작가나 매체가 문학 난봉꾼이나 아전, 또는 문단 어깨(?)로 떨어지지 않게 하는 최소한의 양식이 이 점일 것입니다.

박명용: 사회자의 질문에 공감합니다. 문학은 이제 문학 그 자체에 국한된 것이 아니라, 다양한 문화에 이미 들어가 있다고 생각합니다. '문학과 정치', '문학과 생명', '문학과 경제' 등 이러한 것들은 이미 문학정신을 받아들이고 있다는 증거입니다. 가령, 대전만 해도 도시환경상 과학문화, 군사문화, 교통문화 등을 마치 유행어처럼 쓰고 있습니다마는 사실 이를 구체화시키기 위해서는 '문학과 과학' '문학과 군사' 등으로 문학이 각 문화에 접맥되어 모든 문화의 향도가 되어져야 한다는 생각입니다. 이는 머지않아 실현되어 문학이 활성화되리라고 믿습니다. 그래서 나는 오래 전부터 '문학과 과학' '문학과 군사' 등을 강조하고 있습니다.

지역문학의 성과와 기여방법

사회: 박태일 선생님께서는 누구보다도 지역문학에 큰 관심과 노력을 투자하셨고 지금도 계속 에너지를 쏟고 계십니다. '경남·부산지역문학회'는 어떤 일을 하는 곳이며 그 동안의 성과를 말씀해 주십시오. 그리고 그것이 다른 지역의 문학연구에 어떻게 적용되기를 바라시는지 한 말씀해 주십시오.

박태일: '경남·부산지역문학회'는 1997년에 발족했습니다. 경남·부산 지역문학의 전통의 발굴과 연구, 홍보, 실천 활동을 목표로 삼은 학회입니다. 인적 구성은 제가 일하고 있는 경남대학교 대학원 현대문학 영역을 중심으로 경남·부산 지역대학의 뜻을 같이 한 젊은 연구자들이었습니다. 외형적으로는 그 동안 학회지 『지역문학연구』 12집을 내고 지역문학총서

를 9권 발간하였으며, 몇 차례 지역 작가 현양 사업에 힘을 싣는 일을 했습니다. 내용 쪽으로는 활동 기간 동안 비어 있거나 잊혀져 있었던 많은 지역문학 사료와 작가, 새로운 정보들을 발굴하고 공개했고, 경남·부산 지역문학 전통에 대한 새로운 내용을 확대하거나 시각을 교정하여 성과를 거두었다고 자평하고 싶습니다. 그 과정에서 지역 안쪽에 바람직한 지역성 창출을 위해 몇 차례 논란을 이끌어낸 것도 기억할 만하군요. 학회 자체적으로는 1960년대 이전의 주요 지역 매체와 작가의 기본 자료 확보, 특히 어린이문학과 계급문학, 그리고 주변 작가의 문헌 사료들을 확보하고 활용할 수 있는 역량을 갖추었다는 점이 큰 성과입니다. 그 과정에서 경남·부산 지역 사회에 긍정적이든 부정적이든, 대자적이든 대타적이든 지역 담론 형성에 끼친 바 적극적인 역할을 기억해 두고 싶습니다. 그리고 개인적으로 보자면 무엇보다 지역문학 연구라는 영역을 경남·부산 지역 안쪽뿐 아니라, 지역 바깥쪽까지, 우리 근대문학 연구의 한 방법으로 자리잡게 하는 일에 힘을 보탤 수 있었다는 보람입니다. 처음 경남·부산 지역문학 연구를 하고자 했을 때 참여하려고 했던 젊은 연구자들이 자신의 지도교수나 둘레로부터 받은 빈정거림과 암묵적 비난을 생각하면 지금은 상전벽해라 할 만합니다. 문제는 지역문학 연구에 대한 당위성은 받아들이면서도 뛰어들어 뜻을 같이 할 연구 주체들이 점점 줄어든다는 사실입니다. 그것은 전반적인 대학의 인문학 전통 축소와 길을 같이 하는 것이겠습니다만, 적극적인 활동을 하는데 결정적인 걸림돌입니다.

다른 지역과 나눌 만한 경험이라면, 무엇보다 경남·부산지역문학회 활동을 하는 과정에 각별히 제주, 경북, 호남 지역 연구자들의 도움과 수평 연대가 심심찮게 이루어졌습니다. 그 지역 연구자들에게 많은 고마움을 느끼고 있습니다. 그리고 이런 경험은 앞으로 한국지역문예학회와 같은 학술단체의 발족을 내다보게 하는 좋은 뿌리로 작용할 것입니다. 지역문학 연구가 우리나라 모든 지역에서 일어날 수 있다면 같이 나누고 고심해야 할 일거리가 많다고 말씀 드릴 수 있습니다. 그리고 크게 내세울 만한 업적들이 그 사이 여러 지역에서 이루어진 것을 볼 수 있습니다.

지역문학 연구는 너도 나도 나설 일거리는 아니지만 해당 지역에서 문학연구를 하는 이들이라면 모름지기 기본적으로 갖추어야 할 학문 자세와 관련되는 일이라는 말씀을 덧붙이고 싶습니다. 지역은 무엇보다 구체적인 실체라기보다 지역 담론으로 이루어지는 담론 공동체입니다. 그리고 그 담론 생산을 책임질 첫 자리에 지역 대학의 연구자들이 놓입니다. 지역문학의 발전은 바로 작가나 작품뿐 아니라 문학행정으로까지 나아가는 지역문학 연구로 시작한다는 믿음을 더욱 가다듬을 때입니다.

사회: 박명용 선생님께서도 '충청문학'에 대해 많은 관심을 가지고 충청문학을 자주 살피신 것으로 압니다. 선생님께서 충청문학에 대해 어떤 관심을 가지셨는지요? 그리고 충청문학에 대해 하고 싶은 말씀은?

박명용: 사실, 충청 지역에 대한 문학이 성과에 비해 낮게 평가되고 있어요. 그래서 80년대 초부터 이 지역 문인들의 이론과 작품을 통해 충청문학의 정체성이 무엇인가에 관심을 두기 시작하였습니다. 그동안 충북, 충남, 대전 등 충청 지역 문인들에 대하여 『작고문인연구』, 『전기』, 『시선집』, 『대전문학과 그 현장』(상·하), 『대전문학사』, 『문단사』 등 여러 권을 썼어요. 충청 지역에는 지역과 문학적 관련이 직접은 없습니다마는 한용운, 신석초, 윤곤강, 심훈, 신채호, 김형원, 신동엽, 김관식, 정지용, 권구현, 오장환 등 숱한 문인들이 있었고, 박재륜, 정훈, 한성기, 신동문, 박용래 등이 직접 이 지역과 밀접한 관련을 맺고 있었는데 이들에 대한 관심이 적어요. 더구나 자료가 오래전에 밝혀진 것 밖에는 거의 없고, 그래서 후학이나 후배 문인들을 위해서 시작한 것이 여기까지 온 것입니다. 충청문학 전체를 이야기하기에는 벅차고, 어쨌든 이 지역에는 젊고 유능한 문인들이 많이 있습니다. 이들만이라도 곁눈질하지 말고 오로지

문학으로 모든 것을 판가름 내면 좋겠다는 생각입니다.

사회: 허형만 선생님 역시 목포 지역을 중심으로 많은 제자들을 길러내면서 '목포현대시연구소'를 통해 목포 지역문학 발전에 기여하고 계십니다. 그동안 제자들을 길러낸 이야기와 목포현대시연구소가 하는 일, 그리고 앞으로의 계획을 말씀해 주십시오.

허형만: 예, 제가 목포 지역에서 활동하기는 1982년부터입니다. 처음엔 알게 모르게 텃새도 좀 받았지요. 그러나 80년대 중반 저희 목포대학교 국문과 출신이 조선일보 신춘문예와 중앙일보 신춘문예에 소설과 시조가 각각 당선되자 목포문단의 상황이 달라지기 시작했습니다. 우리 국문과 출신이 꾸준히 신춘문예와 좋은 문예지의 신인상으로 등단하기를 릴레이식으로 끊이지 않자 목포를 비롯 무안, 함평, 영암, 강진 등 서남해 지역 일반인을 상대로 목포대학교에서 평생교육원을 운영함으로써 지역민들의 문학적 욕구를 충족시키기 시작했습니다.

초창기에는 시, 소설, 수필을 전공 교수들이 강의했지만 11년 전부터는 '현대시'만 운영되어 지금 그 출신들이 『살아있는 시』 동인 활동을 하고 있는데요, 내년이면 동인지 지령 10호를 맞습니다.

차제 제가 운영하고 있는 '목포현대시연구소' 말씀인데요, 지역문학의 활성화와 시사랑운동 그리고 시창작 지도 및 학문적 지원을 위해 2004년 7월 1일 개소식을 갖고 그해 가을 학기부터 이듬해까지 두 차례에 걸쳐 15주간의 커리큘럼으로 '시인학교'를 운영했더랬습니다. 그런데 하다 보니까 지역문학을 위한 저의 순수성을 주변에서 많이 훼손시키더라구요. 그래 시인학교는 그만 두고 지금은 뜻있는 사람들을 상대로 초청 특강 형식으로 운영하고 있습니다. 매회 강의실이 꽉 차요. 지금까지 정진규, 오탁번, 임승빈 시인을 비롯해서 수필가, 철학가 등 장르에 구분 없이 좋은 문학을 하기 위한 시간을 마련하고 있답니다. 물론 그 중에는 등단하신 분들도 많구요. 물론 앞으로도 그렇게 운영하겠습니다.

문인 단체에 대한 비판과 타개책

사회: 지역에서 발행되는 단체의 기관지 또는 동인지를 보면 한숨이 저절로 나옵니다. 지역성이 드러나기는 고사하고, 고답적인 양식에다 낡아빠진 내용으로 가득 차 있습니다. 또한 단체에서 하는 일도 기관지 발행, 백일장, 시화전, 시낭송회 등 제반 문학행사를 연례적으로 하는데 그러나 이러한 것들이 매너리즘에 빠져 고루하고 지겨워 비생산적인 행사라는 생각이 듭니다. 이에 대한 타개책을 말씀해 주십시오.

박태일: 국가 차원의 문인 단체가 이렇게 오래도록, 그것도 많은 회원수를 자랑하면서 제도화되어 있는 나라가 이 대한민국 말고 또 어디에 있는가 궁금합니다. 물론 사회주의 국가 쪽은 젖혀두고. 물론 우리의 근대사 경험으로 말미암아 문학 외부적이든 내부적이든 집단적 이익 보장과 대응이 가장 유리하다는 판단에 따른 오랜 인습이라도 하더라도 이제는 바뀔 때가 되었다고 생각합니다만, 아마 쉽게 바뀔 것 같지는 않습니다.
　이런 점에서 보자면 이즈음 숱한 군소 단체에서 나오는 숱한 기관지나 매체들을 바라보는 눈길을 좀더 따뜻하게 가져 갈 필요도 있습니다. 어차피 1940년대 나라잃은시대 말기 조선총독부에 의한 이른바 '국민정신총동원적' 기획을 닮은 문학 단체나 그들의 인정제도 안에서 굴종적이든 자발적이든 끼어 있다는 점이 마땅치 않거나 끼어들 마땅한 길이 없다면 자기들끼리 문학 취향을 가꾸고 나누는 일은 매우 바람직합니다. 그러니 그들의 작품 수준이나 문학성을 엄격하게 들이대기보다는 취향문화라는 쪽에서 넓게 이해할 필요가 있습니다. 시를 발표하면 시인이라는 너그러운 눈길로 보는 것도 한 방법입니다.

어차피 일반 시민들은 수준 높은 작품을 쓰는 문학쟁이나 이름뿐인 문학쟁이나 다 대단찮거나, 하다못해 시정잡배보다 무엇이 다를 것이냐는 반문을 은연중에 하고 있을지 모를 일입니다. 또한 별로 관심도 없습니다. 끼리끼리 모여 저들 잘나고 저들 뻐기는 길로만 가는 문학인이니 그들의 작품에 직접적인 연고가 없다면 어찌 힘을 들여 사볼 엄두가 나겠습니까. 문제는 문학쟁이들이 나라나 지역의 곳간에서 일반 시민들의 세금을 야금야금 끌어다 먹고 배를 두드리고자 하는 일입니다.

오늘날 여러 지역 문학 단체나 문학 취향 계층이 만들어지고 그들에 의해 많은 행사가 이루어지고 있습니다. 이들은 해도 그만, 하지 않아도 그만인 행사를 거듭하거나 보통 시민들도 죄 할 수 있을 행사를 거듭하면서 최선의 문학행사를 한 양 나돌고 있습니다. 모든 취향 계층이나 단체의 행사들이 문학제도를 존속시키고 문학이 세상에 필요한 문화로 남아 있게 하는 학습장이 되므로 그것이나마 더 자주 더 많이 마련되어야 한다고 자조적인 생각을 갖습니다만 안타까운 일입니다.

어쨌든 그것의 옥석을 가릴 수 있을 쪽에서 옥의 모습을 손수 보여주고 석을 내치는 각고의 노력이 필요하겠습니다. 어차피 교양 문학이거나 상업 문학은 사람들 모이고 재미있는 곳에 돈이든 명예가 따른다는 사실을 뼈저리게 알고 있습니다. 문학 취향의 생산성이라는 문제로 놓고 볼 때 돈과 명예로부터 보다 자유롭고자 하는 쪽이, 그것을 문제로 인식하는 쪽이 일반 사회로 향하건 문학사회 안으로 향하건 긴장과 갈등의 빌미를 이끌어낼 수밖에 없습니다.

문학 매체 쪽에서 보자면 뜻밖에 그 일은 간단할 수 있습니다. 그러한 '저질의' '낡아빠진' '문학행사'를 하는 쪽을 향해 본때 있게 문제를 제기해 공론을 일으키는 것입니다. 한 십 년 안볼 듯이 얼굴 붉히는 일까지 이어지겠지만, 그러면 최소한 지역사회 안쪽에 문학이 살아 있다는 점은 지속적으로 학습시킬 수 있습니다. 그런 가운데서 지역사회에 지역문학에 대한 학습의 기회도 함께 많아지고 문학 역량 또한 자랄 것입니다.

박명용: 이 문제는 먼저 단체나 동인회에 책임이 있으나 내가 보기에는 지자제가 이를 부추기는 형국입니다. 지자제 실시 이후 가장 두드러진 것이 무조건 이들에게 일괄적으로 진흥기금을 배분하기 때문에 거의가 의례적으로 행사를 치러 지역문학은 매너리즘에 빠졌고, 독자들은 이를 철저히 외면하고 있습니다. 그래서 지자제는 단체나 동인회의 활동을 순수 전문가들에 심사토록 하여 진흥기금 지원 여부를 결정하도록 하여 경쟁력을 키울 때 보다 향상된 문학행사가 되리라 믿습니다. 솔직히 지금으로서는 예산 낭비일 뿐입니다.

사회: 어느 지역이든 문학 단체들과의 갈등과 반목이 있는 것 같습니다. 물론 문학 본질 자체가 중요하지만 문학사회의 화합 역시 중요하다고 생각합니다. 이를테면 우리나라의 대표적인 문학단체인 문인협회와 작가회의의 갈등 원인은 무엇이고, 교류와 연대 그리고 상생의 방법은 무엇입니까?

박명용: 우리나라의 각 문학 단체는 사실, 상대 단체를 서로가 인정하지 않고 있는 분위기입니다. 문학의 이념, 성향, 인연 등으로 모인 문인 단체이고 보니 상호 유대는커녕 모든 면에서 상대를 인정하지 않고 반목하고 있습니다. 이 점 역시 관계 당국의 눈짓이 큰 역할을 하고 있다고 봅니다. A당이 집권할 때는 우선적으로 B단체, C당이 집권하면 우선적으로 D단체를 우선시 하는 병폐가 이를 증명하고 있지 않습니까. 만일 그런 편향된 의식이 없고 공정하다면 A단체와 B단체 간의 갈등이 그리 크지 않을 것이라는 생각입니다. 한때는, 우리나라 시단을 대표하는 양대 단체가 어느 뜻 깊은 행사를 합동으로 치러 많은 문인들은 물론 타 장르에서조차 박수를 보냈으나 최근에는 또 제 각각 행사를 치루고 있어 안타깝게 하고 있는데 이 역시 문단의 헤게모니 다툼 때문이 아닌가 싶습니다. 그래서 문학 단체들은 우선 상대를 인정하면서 문학을 한다면 문학의 다양성이

란 의미에서도 부합되고 상생의 방법이 되지 않을까요. 가령 종교에서 불교와 천주교의 교류와 연대가 이를 증명하고 있지 않습니까. 이런 것을 배워야 하죠. 그리고 예산을 다루는 관계 당국에서도 편향적 의식에서 과감히 벗어나 공명정대하게 일을 처리할 때 이런 부조화는 극소화되리라는 생각입니다.

박태일: 어느 지역이든 문학 취향을 서로 즐기는 단체들이 있게 마련입니다. 극단적으로 말하면 지역마다 자생적인 문학 단체들이 숱하게 만들어져서 아예 문학 단체 공화국이 되었으면 좋겠습니다. 그 안에는 바람직하든 그렇지 않든 문학을 중심으로 다양한 이해 관계를 서로 나누며 얽히고설키리라 생각합니다. 그런데 우리의 경우는 그것이 유례가 없이 국가적 기획에 의해 비대해진 채 독과점적인 상태에 있다는 것이 문제입니다. 그것의 직접적인 뿌리는 1945년 이전으로 내려가니 이런 자리에서 따져들 내용은 아니라 생각합니다. 다만 현재의 우리 문학사회는 국가적 기획에 따른 중앙 단체와 그에 맞서 이제는 새로운 국가적 기획 아래 주도권을 쥐고 있는 단체 사이, 정치적으로 말하면 이른바 2당 체제의 어정쩡한 권력 분점이 문제입니다. 무엇보다 창조적인 자발성이 살아 있어야 할 문학사회에서도 지난 시기 근대화, 산업화 시대의 인습인 규모의 문단, 패거리 문단이 한결같이 큰소리를 치고 있는 셈입니다.

모든 단체는 그 발생 시기의 차별화 전략, 선명성 경쟁과 같은 티내기를 통해 자신의 존재 근거를 분명히 하려고 합니다. 따라서 우리의 험했던 역사적 경험 과정에서 문인 단체의 발생과 전개는 나름의 역사적 정합성을 지닌 점도 있습니다. 그렇지만 시대가 달라지면 그 방법과 전략도 바뀌게 마련인데, 그 인습이 너무 오래도록 계속되고 있다는 점이 문제라는 뜻입니다. 저야 어느 거대 단체에도 들어 있지 않고 그들의 깊은 속내를 들여다 볼 문화 권력을 갖추고 있지 않으니 그들 사이에 어떤 갈등이 어떤 양상으로 놓여 있는 것인지, 그리고 단체 상호 교류와 연대 방법에 대한 것들을 따져들 힘이 없습니다. 다만 확실한 점은 모든 조직이든 단체든 사람들이 무리지어 움직일 때는 무슨 이익을 얻고자 한다는 것일 터입니다. 오늘날 문학 단체들이 화려한 명분은 젖혀두고 그 실제에서 얻고자 하는 이익이나 얻고 있는 이익이 무엇인가를 냉정하게 추적해 보면 그 답이 쉬 나올 수도 있으리라 생각합니다.

질문과 관련한 마무리로 문인이 문학과 조직 사이에 놓여 있을 때 늘 새기고 헤아려야 할 점을 들어보겠습니다. 첫째, 작품이 조직에 앞선다. 둘째, 조직 안의 명성보다 작품의 개성이 값지다. 셋째, 힘있는 조직은 조직의 문학을 강조하기보다 조직 바깥의 문학을 돌아볼 줄 알아야 한다. 이런 세 가지 정도가 되겠군요.

지역문화 주체로서 지역 문예지의 역할

사회: 조선시대에는 각 지역에 고유한 문화가 많이 있었습니다. 일제강점기를 거치면서 근대화되고 자본주의화되면서 지방문화가 중앙으로 빨려들어가기 시작했습니다. 지역의 능력 있는 작가들도 서울로 빨려가곤 했습니다. 자본주의와 근대를 극복한다는 것은 문화나 권력이나 지식이 분산되어 문화나 권력이나 지식을 생산하는 일이 각 지역에서 주체적으로 이루어지는 일이라고 생각합니다. 지역의 문화적인 주체를 건설해야 합니다. 이런 측면에서 지역 문예지들의 역할이 매우 중요하다가 생각합니다. 허형만 선생님의 견해는?

허형만: 각 지역에 전통 있는 축제와 민속놀이가 있듯이 문학 역시 그 지역의 역사와 풍토에 맞는 전통이 있어야 합니다. 지역 문예지가 주축이 되어서 독특한 문학 풍토를 이룬다거나 그 지역 출신 작가를 기르는 문학축전을 개최한다거나, 백일장을 실시하는 것도 의미 있는 일이라고 생각

합니다.

박명용: 문화를 비롯하여 정치, 사회, 경제 중 각 분야의 서울 집중화는 결국 서울과 지방이라는 간극을 크게 벌려 놓았습니다. 앞서 말씀드렸습니다마는 이 현상은 서울을 상위 개념으로, 지방을 서울의 종속 개념으로 인정하도록 만든 원인이 되었다고 생각합니다. 그러나 이제는 국내는 물론 국외까지도 1일 생활권이 되었고, 더구나 지자제가 실시됨으로써 서울 중심에서 과감히 탈피하여 각 지역이 주체적으로 모든 분야를 형성해 나가고 있지 않습니까. 이런 면에서 지역 문예지들도 서울 지역 문예지들을 의식하지 말고 각 지역이 지역성을 내세워 주체를 이룰 때 지역문학이 서울 지역 문학과 같은 반열 내지는 우위에 서게 되지 않을까 생각이 합니다. 이것은 시대의 흐름에 따라 필연적인 것이기도 하여 지역 문예지들의 역할은 막중합니다.

박태일: 지역에서 지역의 바람직한 문화 주체를 형성하기 위한 일은 두 가지 문제와 맞닥뜨려 있습니다. 첫째, 지역 바깥으로는 국가주의 기획에 오래 길들여진 채 매체의 편집권과 문학제도 관리권을 독점적으로 꾀하고 있는 서울경기 지역의 지배권에 어떻게 길항하면서 지역 잘 되는 길을 찾을 것인가 하는 문제입니다. 둘째, 지역 안쪽으로는 다양한 연고와 이해 관계가 구체적인 층위로 얽혀 있는 지역 사회 안쪽이나 다른 문화 주체를 향해 얼마나 냉정하게 직접적인 비판적/반성적 거리를 띄울 수 있는가 하는 문제입니다. 그 어느 쪽도 지역문인 한 두 사람이나 특정 단체가 감당하기에는 어렵습니다. 따라서 지역문학에 관한 한 지역 문예지의 역할은 바로 이 두 문제에 대한 끝임 없는 질문과 답변을 이론과 창작에서 아울러 내놓을 수 있는 공론장이 되는 것일 터입니다. 지역의 바람직한 문화 주체는 그런 가운데서 형성되고 훈련되고 대를 물릴 것이라 생각합니다. 지역이라는 실체 자체가 끝임없이 만들어져가는 형성

개념인 것과 마찬가지로 바람직한 지역의 문화 주체 또한 그 속에서 진화하는 것일 터입니다.

지역문단의 고질병에 대한 극복방안

사회: 서울을 제외한 지방문단을 말할 때 양적 팽창과 질적 저하를 이야기할 수 있습니다. 여기에는 잡지사의 상업적 논리로 인해 무분별하게 함량미달의 문인들을 대량생산한 데에 기인합니다. 한때는 유명문인으로 문학적 성과를 이룬 작가들이 이른바 주변잡지의 신인상 심사를 아무런 죄의식 없이 하고 있기도 합니다. 그 결과 자본과 작가가 거래를 하게 됩니다. 그러다 보니 사방에 시인이나 작가가 넘쳐나고 있습니다. 이러한 지역문단뿐만 아니라 한국문학의 고질병을 극복할 방법은 있는지요?

박태일: 오늘날 사회는 다양한 취향과 이해관계가 얽혀 있습니다. 거기다 그것을 향유할 수 있는 방법들이 매우 편리하고 값싼 형태로 제공되고 있습니다. 그래서 지난 시기의 고급문화나 대중문화니 하는 나눔 자체는 수직적인 위계의 문제라기보다 수평적인 취향의 차이에서 나타나는 문제일 따름입니다. 그런 점에서 특정 취향을 가진 이들이 다른 취향을 가진 쪽을 놓고 자신의 잣대로 평가하는 일은 문제에 바로 다가서는 일이 아닐지 모릅니다. 물론 자신의 취향에 따라 다른 취향 문화에 대한 호오는 밝힐 수 있겠지만. 따라서 문학사회 안에서 시인이니 작가의 양적 팽창도 이런 관점에서 보자면 문제로만 보기보다는 더욱 격려 받아 마땅한 부분도 있습니다. 작품을 쓰면 너도 나도 다 작가가 될 수 있다는 드넓은 사회적 인식 전환을 통해, 문학이라는 문화관습에 더욱 많은 이들이 즐겨나서 취향을 닦을 수 있는 문화민주주의의 길이 열린다면 문인들이 반대

할 까닭이 없습니다. 아마 새로운 문학의 가능성은 그런 가운데서 나올지도 모르는 일입니다. 문학제도나 문학 자체를 향해 작품을 쓰는 전문문학, 일반 대중매체나 대중 독자를 행해 작품을 쓰는 대중문학, 그리고 가까운 지인들의 인정을 향해 작품을 즐기는 교양문학, 이 세 취향은 높낮이의 문제가 핵심이라기보다 얼마나 열정적으로 임하는가가 핵심입니다. 우리 사회의 많은 문학 독자들은 이 세 취향의 문학을 다양하게 맞보고 누릴 권리가 있습니다.

그런 까닭에 좋은 비평가의 역할이 이 자리에서 새삼스럽게 중요해지는군요. 온라인의 쌍방향적 정보처리 방식은 문학의 소통 방식 가운데서 중계자인 비평가의 역할을 많이 약화시켜 버렸습니다. 그러나 일이 그러하다고 주저앉아 있을 일이 아니라, 다양한 문학의 취향을 향해 보다 넓고 높은 시각에서 성실하고 진지하게 좋은 작품을 찾아내고 격려하는 고객만족(?) 비평에 힘을 쏟을 때입니다. 아직까지 내부 집단인 비평가마저도 읽어주지 않고, 읽더라도 무슨 말인지 소통이 어려운 말무더기나 질러놓고 다니는 비평, 출판자본의 전속가수처럼 그들의 담론 주도권에만 이바지하는 글이나 낭독하고 있는 비평글을 거듭하고 있는 것은 아닌지 살펴 헤아려야 할 때입니다. 비평정신의 첫 출발이 거리 띄우기, 부정하는 정신이라는 점부터 새로 깨달을 필요가 있습니다.

허형만: 작가는 좋은 작품으로 말해야 합니다. 작품의 질이 떨어진다면 아무런 말을 할 수 없을 것입니다. 또한 신인상을 심사할 때도 작가의 정신적 건전성을 지켜야 합니다. 무분별하게 아무나 신인으로 뽑을 수는 없는 일이기 때문입니다. 만약에 신인을 대량생산한 작가가 열심히 작품을 생산한들 무슨 소용이 있겠습니까. 이미 그 정신은 독자들을 속이고 있기 때문에 그의 작품은 거짓된 작품이 된 것입니다.

박명용: 이 문제는 어느 지역뿐만이 아니라 서울을 비롯한 전 지역이

똑같은 현상이 아닐까요. 현재 한국문협에 등록된 문인이 9천명에 달하고 여기에 등록하지 않은 문인 약 3천 명을 포함하면 1만 2천 명의 문인이 있는데 현재와 같은 상태라면 앞으로 매년 4, 5백 명씩의 문인이 탄생할 것으로 보여집니다. 이러한 문인의 증가 요인은 함량미달인 사람들을 정실이나 이해관계에 따라 마구잡이로 등단시키고 있기 때문입니다. 여기에 이름이 올려진 심사위원들을 보면 대체적으로 한때나마 명성을 얻었던 원로들인데 심지어는 작품을 보지도 않고 발행자나 편집자의 요청에 따라 이름만 빌려주는 사람들도 있다고 해요. 오히려 5, 60대 중견들이 작품을 제대로 보려고 해요. 그래서 각 문예지에서는 심사위원에 자주 오르내리는 원로보다 가급적 양심적 중견들에게 심사를 맡기는 게 더 좋지 않을까 생각합니다. 그리고 각 문예지에서는 정실로 등단한 사람이나 함량미달의 작품은 발표지면에서 철저히 제외시키는 것도 이 같은 고질병을 치유하는 데 한 방편이 되겠죠.

중심에 대한 저항

사회: 지역 문예지들이 중앙의 독점에서 벗어나는 데는 치중하였지만 중심에 저항하며 우리 문학을 새롭게 세우는 것과 현대성의 성취에는 그 역사도 짧지만 아직 이르지 못했다고 생각됩니다. 어떤 묘안이 있겠습니까?

박명용: 지방문학이 중앙문학에서 벗어나고자 노력한 역사는 짧습니다. 제가 알기로는 대략 1990년대부터가 아닌가 싶습니다. 이렇게 짧은 기간에 지방문학이 지역문학의 개념으로 발돋움하여 이룬 성과는 많은 난관에도 불구하고 역사에 비해 상당하다는 생각입니다. 지역문학이 새로운 정체성 확보에는 아직 미흡한 점이 많으나 오늘 우리들의 담론이

하나씩 실천되어진다면 지역 문예지들은 더욱 단단히 자리를 굳히게 되리라 믿고 싶습니다.

박태일: 사실 예술문화라는 쪽은 언제나 개별성이 중요하기 때문에 중심/중앙이라는 것도 그 안쪽으로 따지고 들어가 보면 뜻밖에 별 실체가 없거나, 멀리 내다보면 있어도 허망할 경우가 많습니다. 서로 사이좋게 이익을 나누어 먹으면서 합종연횡의 신사협정을 맺고 있는 형국이라 할까요. 이른바 중심/중앙이 권력을 확인하는 것은 자기 권력 경계 안쪽의 하부 문인이나 지역에서 지방적 인식에 갇혀 중심/중앙을 마냥 올려다보는 문인들의 자발적인 예속화를 누릴 때입니다. 타자의 굴종을 직간접으로 은밀하게 기획하고 먹으면서 불가살이처럼 권력은 힘을 키우게 되는 것입니다. 문학 또한 거기서 멀지 않습니다.

지역 문예지의 성공은 지역이라는 구체적인 장소 위에서 다른 지역으로 넓혀갈 수 있을 개별성과 독자성을 만들어가는 방향에서 나올 확률이 높습니다. 그리고 그 묘안이란 중앙/지방, 중심/주변의 수직적 이원론에 바탕을 둔 근대적 기획에서 벗어나 지역/지역의 수평적 이원론을 형성하고 키워갈 수 있을 탈근대적 시선과 방향을 고심할 때 마련될 것이라는 당위론을 잊지 않는 길일 터입니다.

사회: 끝까지 성실하게 설문에 응해주셔서 감사합니다. 선생님께서 따로 하고 싶으신 말씀이 있으시면 첨언해 주시면 감사하겠습니다.

박명용: 지역 문예지들의 고민은 경제에 이어 필진 구하기가 상당히 어렵다는 이야기들이 많습니다. 그래서 지역 문예지들은 각 지역 문예지들과 상호 협력하여 필진들을 연계시켜 주는 방법을 모색해 보는 것도 좋을 것 같습니다. 그리고 지역 문예지들의 위상을 높이기 위해서도 정기 구독 대체를 제외하고는 적은 액수라도 꼭 원고료를 지급해야 하리라고

생각합니다. 이럴 때 필자들로부터 좋은 글이 나오고, 그것이 곧 지역 문예지들의 위상을 높여주는 일이기 때문입니다. 마지막으로 지역 문예지는 지역에 묻혀 있는 좋은 문인들의 글을 적극 발굴하여 소개할 때 지역 문예지의 역할뿐 아니라 또 하나의 지역 문예지를 극복하게 될 것이기 때문입니다.

박태일: 『서정과상상』에 당부할 말입니다.

지역은 단순히 중앙의 타자가 아니라, 지역 내부의 타자들과 긴장 관계에 있을 때만 진정한 주체로 거듭날 수 있습니다. 그 과정에서 바람직한 지역문학과 지역 가치가 만들어지리라 생각합니다. 여러 가지 어려움이 많을 터이지만 또 다른 서울경기 지역에서 송신된 주도 담론의 2차 케이블방송이나 거듭하거나 지역의 골목대장이 되지 않도록 늘 신중하고도 적극적으로 한국 당대 지역문학의 중요 축으로 자리하시기 바랍니다. 저로서는 매체의 제목인 '서정'을 삶과 문학에 대한 순정한 열정으로, '상상'을 창조적 담론으로 읽고 싶습니다. 지역에 뚜렷하게 터를 두고 지역 안팎으로 열정적으로 우리 시대 창조적 삶과 문학을 이끌어가는 즐거운 마당이 된다면 얼마나 좋겠습니까. 노회한 거대 출판자본이나 문학사회를 중등학교 교무회의장으로 만들어 버린 문인단체들의 인습에 끌려 들어가지 마시고, 문학을 사랑하는 여러 지역의 독자들을 향해 오래 각고하고 오래 행복하시기를 바랍니다. 발전을 빌어드립니다.

(2007)

시의 지도에는 풀나라가 있다

- 박태일 시인 -

진행: 한정호

한정호: 선생님, 무탈 안녕하십니까? 엎어지면 코 닿을 듯 지척에 살면서도 바쁘다는 핑계로, 무소식이 희소식이라는 자위로 스스로를 다그치곤 합니다. 고래 심줄보다 질긴 스승과 제자로서 인연일진대, 자주 안부 여쭙고 들락날락 찾아뵙지 못해 죄송스럽습니다. 선생님 근황은 어떠신지요?

박태일: 잘 지내고 있습니다. 다시 새 글을 준비 중입니다. 지난 연말에 끝낸 것들은 주로 영남권 작가나 매체를 대상으로 삼은 연구여서 큰 어려움을 겪지 않았습니다. 지금 준비하고 있는 글은 북한 쪽입니다. 북한 지역문학사 연구 가운데서 하나인데, 생각보다 구정보가 많지 않아 힘이 듭니다. 그 일로 서울과 경기도 안산을 다녀오기도 했습니다. 어느 때보다 바쁜 겨울을 보내고 있는 셈입니다.

한정호: 지금부터 제가 드리는 질문은 이웃에 사는 어느 독자의 소리라고 여겨주십시오. 먼저, 선생님의 문학 입문기에 관한 질문입니다. 저는

고등학교 시절 첫사랑의 여인처럼 시가 찾아왔고, 연애편지 적듯이 시를 만나곤 했습니다. 그런 과정에서 저도 모르게 습작기를 보내면서 시를 더욱 사랑하게 되었습니다. 선생님께는 언제 어떻게 시가 다가왔는지 궁금합니다. 아울러 습작 시절에 좋아했던 시인이나 영향을 받았던 문학인이 있다면 말씀해 주십시오.

박태일: 글쎄요, 답하기가 간단치 않은 물음입니다. 왜냐하면 동기란 여러 가지 복합적으로 작용하지 어느 한 요인으로 이루어지지는 않기 때문입니다. 게다가 세월 흐름에 따라 바뀌기도 합니다. 섣불리 한두 가지로 말해 버리고 말 일은 아닐 것 같습니다. 그래도 중학교 2학년부터였던가, 사춘기를 겪으면서 맹목적인 독서에 빠졌던 게 제가 문학과 가까워지는 큰 걸음걸이가 아니었던가 싶습니다. 앞 시기까지 활달하게 운동장에서 보내다 180도 바뀐 셈입니다. 틈만 나면 도서관에 박혀 이 책 저책 높낮이를 가리지 않고 읽었습니다. 겉멋이 잔뜩 들었고 호기심도 많던 시기였습니다. 그때 누구 책 서문이었던가, 자신은 세상의 지식이란 지식은 다 알고 싶었다고 쓴 글을 읽고 큰 울림을 얻은 적이 있습니다. 송욱 시인이 낸 『시학평전』 머리말로 기억하고 있었는데 뒷날 살펴보니 아니었습니다. 그래도 그 글을 쓴 사람은 아마 송욱 시인이 맞을 겁니다. 무슨 뜻인지 모르고 이저런 읽기에 골몰했던 시기였습니다. 햇살 내려쬐는 도서관 탁자에 턱을 괴고 책을 읽다 고개 들면 벽에 걸린 김영랑의 시화 「돌담에 속삭이는 햇발같이」가 눈에 들곤 했습니다. 도덕 첫 시간이었을 겁니다. 선생님께서 무슨 뜻으로 그랬는지 엉뚱하게 아뽈리네르의 시 「미라보 다리」를 길게 칠판에 써 놓고 풀이를 한 뒤 같이 읽게 하셨습니다. 재미있는 경험이었습니다. 그런 속에서 이저런 시집을 찾아 읽는 버릇도 들었고, 시가 자연스럽게 제 안에 들앉았을 겁니다.

제가 샀던 첫 시집은 누군가에게 선물로 주기 위해 부산 초량동 경남여고 들머리 조그만 서점에서 샀던, 빨간 비닐 표지로 겉표지를 꾸민 김소월 시집 『못잊어』였습니다. 저희 집이 그 길을 따라 올라간 개울가에 있었습니다. 여름비가 오면 대문까지 물이 흘러 넘쳤던 곳입니다. 고교에 들어가서는 자연스럽게 문예반에 들었습니다. 2학년 때에는 장차 꿈을 시인에다 고교 교사로 굳혔으니 문학에 뜻을 둔 시기가 빨랐던 셈입니다. 그런데 무엇보다 중요한 내적 동기는 열등감 많았던 청소년 무렵, 어디로 튈지 모를 상처 난 자존심을 다독거려 준 가장 든든한 방편이 시였다는데 있을 것 같습니다. 그 무렵 제가 다녔던 동래고교는 1차에서 2차로 입시를 바꾼 뒤 몇 해째 학교 중흥이라는 목표를 향해 엄하게 밀어붙일때였습니다. 문예반을 거쳐 부산 지역 고교 문예반원 모임이었던 '전원'과 같은 데를 기웃거리지 않았더라면, 저 같은 청소년은 더 크게 다쳤을지 모를 일입니다.

제 시에 영향을 준 분으로는 딱히 떠올릴 만한 이가 보이지 않습니다. 시의 영향이란 겉과 속으로 다 받는 까닭입니다. 다만 습작기 때인 1970년대 초반부터 그 앞 시기인 1950년대에서 1970년대까지 걸치는 작품을 유무명을 가리지 않고 집중적으로 읽은 게 많은 도움이 되었습니다. 독서 폭이 넓었던 셈인데, 그 무렵 나왔던 문예지란 문예지는 다 찾아 읽었습니다.

한정호: 오늘날 우리 사회에서 시인은 어떤 존재라고 생각하십니까? 그리고 선생님께 있어 시란 무엇이고, 추구하는 시적 대상과 주제는 어떠한지요?

박태일: 시인? 잘 먹고 잘 사는 사람들이지오……. (웃음) 그런데 단순히 웃고 말 일은 아닐 것 같습니다. 시를 쓰고 발표하는, 또는 습작기 작품을 쓰고 있는 이들까지 모두 묶어서 오늘날 시를 향유하고 있는 이들은 어떤 사람이겠습니까? 1968년 1월 현재 한국문인협회 시분과 회원은 306명, 부산문인협회 시인 회원은 26명이었습니다. 지금 한국문인협회 시분과

회원은 5745명입니다. 43년이 지나는 동안 19배나 늘어났습니다. 작가회의나 그밖에 비소속 시인까지 합하면 그 수가 두 배 이상 늘어날 것입니다. 부산에서도 문인협회나 시인협회, 작가회의니 일컫는 조직 회원을 모으면 아마 1000명을 넘을 것입니다. 어떻습니까. 부산 지역만 하더라도 38배나 늘어난 셈입니다. 단순 비교가 어렵지만 그 사이 인구 증가율을 감안한다면 상대적으로 엄청난 증가입니다. 여기에 습작기 시인까지 합하면 그 수는 놀랄 만할 것입니다. 부쩍 늘어난 교양시인들 덕분인데, 그들 나름의 문학사회는 끈끈하게 이루어지고 있습니다.

단적으로 말해 오늘날 시인은 시 쓰는 자세로 볼 때 두 가지 유형이 있습니다. 첫째, 잘 먹고 잘 사는 사람입니다. 그런 점에서 시에 삶을 걸 필요도 없고, 시를 빌려 시간을 보내며 끼리끼리 지내는 게 목표인 이들입니다. 시와 힘겨루기를 할 필요가 없는 이들입니다. 시인 노릇이 주말 산악회 비슷한 예사 취향 활동 가운데 하나가 된 셈입니다. 이들 속에서 좋은 시, 소름끼치는 시가 나올 일도 없고 그런 작품을 바라보기도 어렵습니다. 우리시 전통과 싸워서 새로운 자기 시를 조금이나마 이루겠다는 긴장은 처음부터 없는 시인입니다. 이런 이들이 모여 시 집단을 이루고 이저런 상을 만들어 주받고 서로 추켜 가면서 문학 취향을 한껏 누리고 있는 형국입니다. 그들이 이루고 있는 작품 높낮이가 우리 근대시 전통으로 보아 그만그만하더라도 생활문학으로서는 존중하고 또 격려해야 마땅한 일입니다. 잘 먹고 잘 사는 그런 이들이 그나마 시를 쓰지 않으면 남은 시간에 정치꾼 뒤나 따라 다니며 이속이나 챙기거나, 우리가 모를 범죄로 세상을 더 어지럽힐지 알 수 없는 일입니다. 세상에 다른 죄를 짓기보다 시를 앞세워 몰려다니거나 시집 내는 일에 시간을 보낸다면 세상은 그래도 조금은 나을 거라 생각합니다. (웃음) 다만 이들이 잘 먹고 잘 사는 자기 처지를 좀 더 자각하여 시라는 문화 관습으로 자신을 드러낼 길을 갖지 못한 채 살고 있는 세상에 대하여, 공인으로서 지닐 최소한 자긍심과 염치 정도는 가지고 행동하길 바랄 따름입니다.

두 번째, 시가 아니면 살아가기 힘들 이입니다. 어떤 요인에서 비롯하였든지 개인 심리로나 집단 심리로 볼 때 우리 사회에서 가장자리로 밀려나 있는 소수자입니다. 이들이 시를 쓰는 일은 세상에 살아남기 위한 안간힘일 수 있습니다. 한 번도 세상에 자신을 드러낼 길을 갖지 못했던 그들이 살아갈 중심 장소가 시인 셈입니다. 문제는 이런 이는 문학 제도 안에서 드러나기 힘들다는 데 있습니다. 이들이 자기 표출을 가능하도록, 자기 위안에 이를 수 있도록 도와주는 제도 장치가 필요한데 그것이야말로 사회 시창작 학습의 중요 목표 가운데 하나여야 합니다. 어쩌면 큰 돈 들이지 않고, 크게 싸우지 않고 세상 속에서 더불어 살 수 있을 방식이 시입니다.

모든 시인은 이 두 극단 사이 어느 곳에 놓일 터인데, 우리 시문학 사회의 중심은 정도 차이는 있으나 불행하게도 한껏 첫 번째에 쏠려 있습니다. 말하자면 잘 먹고 잘 사는 유흥 분위기 형국입니다. 저 같은 사람도 예외가 아니지요. 그나마 젊은 시절 시가 아닌 다른 것에 삶을 걸었더라면 무엇을 하고 있을까? 이런 아쉬움을 지닌 채 살고 있지 않다는 점에서 저는 행복한 쪽입니다. 제가 선택한 문학으로써 살고 있으니 얼마나 복 받은 일입니까. 다만 더 미치지 못했다는 자괴감은 뒷날까지 짊어지고 가야 할 아픔입니다. 시가 저에게 구원이었던가에 대해서 말할 입장은 아니지만, 세상과 더 크게 다투거나 불화하지 않고 버틸 수 있도록 이끌어 준 점에서 시는 제 삶에서 가장 큰 터무니입니다. 시라는 방편이 있어 저는 행복했고, 앞으로도 행복하리라 생각합니다.

그리고 중심 되는 시적 대상과 주제라는 것은 간추려 말하긴 어렵습니다. 중요한 점은 저 개인에게 시는 대단한 것이지만 세상에서는 그리 대단한 것이 아니라는 사실을 늘 잊지 않는 일입니다. 산업 현장이나 논밭에서 생업을 잇는 이의 생산 활동에 견준다면 시 쓰는 일은 참으로 허황한 노릇입니다. 시는 말장난일 뿐입니다. 세상에 대단치 않은 그 말장난을 대단한 것인 양 내돌려 세상을 속이려(?) 들려니 얼마나 시에 골몰해야 하겠습니까. 제가 참으로 골몰했던가라는 물음에 대한 답변과 무관하게, 적어도 대단치 않은 시를 쥐고 살아가는 사람으로서 세상에 대한 부끄러움과 고마움을 놓치지 않으려 애썼다는 점만은 말씀드릴 수 있습니다.

한정호: 선생님의 시 가운데 「유월」은 고등학교 문학 교과서에 수록·소개되고 있습니다. 그런 점에서 학생 또는 일반 독자들은 이 작품을 대표작으로 여길 수 있을 텐데, 이에 대해서는 어찌 생각하시는지요? 선생님께서 특별히 애착을 느끼는 작품이 있다면 소개해 주십시오.

박태일: 제가 곤혹스러움을 느끼는 경우는 무슨 축시를 쓰라 할 때와 대표시를 내놓아라 요구할 경우입니다. 제 시에 대한 평가와 선정은 쓰는 제 몫은 아니니 난감한 까닭입니다. 저는 이야기를 겉으로 드러내는 보다 긴 시와 그것을 녹여버린 짧은 시를 뒤섞어 써 왔습니다. 「유월」은 저의 짧은 쪽 경향을 보여 주는 시입니다. 작품 뽑는이 쪽에서는 전통적인 속살을 전통 가락으로 담아낸 시라는 뜻에서 눈길을 주었을 것입니다. 겉으로 드러난 가락 밑에 담긴 이야기를 떠올리는 틀을 지닌 작품입니다. 제 할머니는 일찍이 의령 신반에서 합천으로 시집을 오셨습니다. 가마에 실려 합천 들머리에 있는 아홉사리재(현지에서는 아등재라 일컬음)를 넘어 오셨다는 말씀에 대한 기억이 첫 동기가 되었을 겁니다. 저도 이른 나이에 합천을 떠나 부산에서 자라고 공부하는 동안, 가끔 고향에 갈 때면 거치는 고개입니다. 차 사고도 잦아 합천 사람에게는 위험한 고개로 알려져 있습니다. 지금은 새 길을 내서 옛길은 버려두었지만 그 길을 지날 때마다 할머니를 떠올립니다. 그런 고개에 대한 정황을 밑그림으로 가져 왔습니다.

봉산은 합천 가운데서도 깊은 서북쪽에 있는 곳. 전통적이었을 오누이 사랑, 그런 것이 담긴 셈입니다. 예전에는 한 번 시집간 딸이 친정에 오기란 대사가 아니면 어려웠습니다. 그것도 가까울 곳일 경우에 말이지 먼 거리였다면 몇 십 년 친정 걸음도 얻기 힘든 때였습니다. 그런데 참으로 오랜만에 얻은 친정 걸음이 오라버니가 죽어, 그 치상의례를 위한 걸음이라니. 그 누이의 복잡 미묘할 마음을 느껴 보시기 바랍니다. 「유월」은 그런 속살을 겉으로 드러나는 가락에 얹은 작품입니다. 전통 2음보를 밑에 깔고 그것을 이어 붙이며 변형시킨 가락입니다. 「유월」은 제 대표시라기보다 풀이하기 쉬운 작품이었을 것입니다. 시인에게 대표시는 아직 쓰지 못한 채 남아 있는 것, 그런 믿음을 갖는 자세가 정신 건강에도 도움이 됩니다. 제가 특별히 애착을 느끼는 작품이야 있지만 굳이 찾으려 들 필요는 없을 것 같습니다. 애착이 가는 작품에 들지 못한 놈들이 불쌍하지 않습니까. 그나마 잊혀질 것들인데. (웃음) 사실 발표한 뒤 시에 대해 시인이 가진 생각은 아무런 뜻이 없습니다. 발표하기 앞까지 최선을 다하는 게 눈입니다. 뒷날에라도 독자사회에서 관심을 받는 작품 한 두어 편 남길 수 있기를 바랄 따름입니다.

한정호: 선생님께서는 1980년 『중앙일보』 신춘문예에 시 「미성년의 강」이 당선하여 문단에 나선 뒤, 지금껏 네 권의 시집을 상재하셨습니다. 첫 시집 『그리운 주막』(1984)을 비롯하여 『가을 악견산』(1989), 『약쑥 개쑥』(1995), 『풀나라』(2002)가 그것입니다. 물론 각 시집마다 고유의 특성이 담겨 있겠으나, 이 모두를 관류하는 선생님의 시세계를 간추려 들려줄 수 있으신지요? 그리고 등단 이후 5년 남짓한 시기로 시집을 내셨는데, 다섯 번째 시집은 너무 늦는다고 생각됩니다. 언제 펴낼 계획이신지, 어떤 내용으로 묶어질 것인지 궁금합니다. 미리 귀띔해 주시면 좋겠습니다.

박태일: 아, 시집요? 제 또래 햇수를 가진 시인이라면 아마 10권 가까이 냈어야 할 세월입니다. 그러고 보니 벌써 30년이 넘었군요. 제가 한때 가지고 있었던 쓸데없는 생각은 적어도 5년 남짓 터울로 시집을 한 권씩

낼 수 있으면 좋겠다는 것이었습니다. 다작인 시인은 두 권도 낼 수 있을 짧지 않은 시일입니다. 산술적으로는 한 해에 10편 이상만 발표하면 가능한 일입니다. 그런대로 5년 남짓 터울을 지켜 온 셈입니다.

그런데 네 번째 『풀나라』를 2002년에 낸 뒤 올해가 벌써 11년째로 접어들었습니다. 2006년 몽골에 일 년 동안 초빙교수로 갈 때 계획에는 다섯 번째 시집을 엮을 나머지 기행시 창작과 기행 산문집도 들어 있었습니다. 그 시집 속에 상당 자리를 몽골 기행시로 채울 생각이었습니다. 그런데 몽골에서 만족할 만하게 쓰질 못했습니다. 몽골 갔다 와서 다섯 번째 시집을 바로 냈어야 했는데…… 2007년에 돌아와서는 다시 바쁘게 돌아가는 업무에 매달렸고……. 2000년대 초반, 제 50대 10년은 무엇보다 더 늦기 앞서 학문살이에 방점을 찍겠다는 자세로 연구 쪽에 무게 중심을 두었던 피해를 거꾸로 시창작 쪽에서 본 셈입니다. 시집도 산문집도 더 늦어질까 싶어 부랴부랴 몽골 기행 산문집 『몽골에서 보낸 네 철』부터 2010년 봄에 먼저 묶어냈습니다. 속도를 붙여 그해 겨울에 산문집 두 권 『시는 달린다』와 『새벽빛에 서다』까지 펴냈습니다.

그러다 보니 시집 일은 더 밀려나게 되었습니다. 지금은 그 동안 써왔던 일반시와 몽골 기행시를 따로 떼어내 두 권으로 펴낼 생각을 굳혔습니다. 더 여유가 생긴 셈입니다. 계획대로 된다면 내년 봄까지 시집 두 권을 한꺼번에 낼 수 있기를 바랍니다. 한 선생께서 열심히 부추겨 주시면 일이 더 빨라질 수도 있겠군요. (웃음) 사실 몽골 기행 산문집도 몽골에서 돌아온 뒤, 자꾸 미루어지는 걸 본 아내가 넌지시 언제 내요? 하고 부추기는 바람에 속도를 냈고 그 기세로 한 해에 산문집 세 권을 갖게 되었거든요. 어느새 시 발표만 400편을 내다보는 단계에 이른 세월입니다. 무어니 해도 제 나이가 되면 단순히 시집 수만 불리는 간행은 뜻이 없습니다. 나름대로 매만지고 있습니다만 몽골 기행시편은 그렇다 쳐도 일반시에서 『풀나라』보다 더 나아간 자리가 보이질 않아 불만스럽습니다.

한정호: 한때 저는 '현대시의 이해와 감상' 강좌에서 선생님 시에 나타난 땅이름을 지도에 하나하나 표시하며, '시와 지도'라는 주제로 학생들과 선생님의 장소 체험을 토론한 적이 있습니다. 특히 선생님께서는 「한국 근대시의 공간현상학 연구」로 박사학위를 받으셨습니다. 그만큼 공간과 장소, 그리고 지역에 깊은 관심과 애정을 보여 주고 계십니다. 의도적으로 시에서 구체적인 땅이름을 밝히는 이유가 있는지 궁금합니다.

박태일: 재미있는 토론을 하셨습니다. 아마 그 지도는 경상도에 집중되어 있을 것이고, 나머지 전라도나 충청도 쪽이 드물게 끼어들었을 것 같습니다. 경상도 안에서는 부산 가까운 김해 쪽이 가장 많았을 터이고……. 공간, 장소, 지역 이런 자리는 제 창작이나 연구에 핵심어입니다. 제가 석사, 박사 논문을 공간이나 장소를 핵심 틀로 삼은 것도 일맥상통한 셈입니다.

본디 근대시에 있어서 공간에 대한 욕구는 질서/무질서에 대한 의식에서 말미암은 것입니다. 공간에 개별 체험이 깃들면 장소가 됩니다. 땅이름은 개인과 집단이 공간을 장소로 되겪는 중요한 공공 표지입니다. 개별 체험이 집단으로 넓혀지고 집단이 개인 속에 녹아드는 상상적 드라마가 땅이름을 빌려 이루어집니다. 사적 시간과 공적 공간이 한 덩어리로 살아가는 구체적인 투쟁과 생존의 자리가 땅이름인 셈입니다. 시인 개인으로 보자면 시가 막연한 사변이나, 허황된 자기 토로로 그치지 않고 바깥과 속속들이 만날 수 있는 최소 장소가 땅이름입니다. 제 시가 쉽게 와 닿는다면 그것도 땅이름일 터이고, 제 시가 어렵게 여겨진다면 그것도 처음부터 땅이름에 막힌 까닭일 것입니다.

제가 한결같이 주장했던 시 가운데 하나가 장소시입니다. 시가 공동체 문화로 남아 있기 위한 밑자락 가운데 하나가 장소에 대한 체험과 꿈, 그리고 특정 장소의 재장소화를 위한 노력입니다. 그런 장소시 창작에서 땅이름은 핵심 요소입니다. 장소론에서 볼 때 우리 근대는 제국주의 일국의 통치 권력과 자본에 의한 장소 파괴와 왜곡, 장소 획일화를 뜻합니다. 그 아래서 묻힌 사적, 공적 기억을 되살려내는 일이야말로 장소시가 겨냥할 주요 몫입니다. 성공적인 장소시를 쓰지는 못했지만 땅이름에 온축된 장소 체험의 구체성이야말로 오래도록 독자사회에 울림을 줄 수 있기 바랍니다.

한정호: 앞의 질문에 덧붙여 여쭙겠습니다. 선생님 시의 지도 속에는 장소사랑이 담겨 있다고 여겨집니다. 이는 시인의 눈에 비친 단순한 장소 체험을 넘어, 가족과 이웃의 삶을 노래한 가족 체험, 장소성을 가슴에 묻고 사는 지역민들의 역사 체험, 나날살이를 꾸려가는 서민들의 생활 체험, 여행길에서의 풍경과 장소사랑이 깃든 기행 체험으로 가득 채워져 있습니다. 그런 점에서 선생님의 시는 울고 웃는, 서럽고 따뜻한, 우리네 사람살이의 기억들을 애절한 가락에 실어 담아내고 있다고 봅니다. 저의 견해를 어떻게 받아들이시는지요?

박태일: 예, 투안이라는 서양 사람이 쓴 토포필리아(topophilia)를 옮긴말이 장소사랑입니다. 첫 소개자인 이규목 선생이 장소애라 옮겼는데, 마음에 들지 않아 제가 장소사랑으로 바꿔 옮겼습니다. 요즘에는 다른 사람들도 그렇게 따라오는 것 같고……. 풍요롭고 안온한 중심 경험을 지닌 특정 장소에 기울이는 사람의 남다른 애착과 사랑을 뜻합니다. 참된 삶 가운데 거의 모두는 장소 추억과 맞닿아 있으며, 그것에 대한 구체적인 공유야말로 문학이 지닌 특장입니다. 시는 그 점을 보다 섬세하게 보여 줍니다. 시가 철학이나 물리, 또는 경전이나 신문기사와 다른 자리에서 살아남을 수 있는 터무니가 시의 장소성입니다.

제 장소시 안에 담긴 속살을 무어라 이름 붙일까 저도 막연합니다. 저로서는 일반적인 다반사, 곧 한마디로 인정이라고 부르곤 합니다. 장소 체험에 얽힌 인정어린 세계. 그러고 보니 제 시의 주제란 소박할 따름이군요. 멋스러운 비평적 수사를 끌어다 댈 자리가 아닌 셈입니다. 중요한 점은 그것에다 어떻게 나다운 표현성을 얻게 하는가라는 문제입니다. 제 시가 당대에 널리 읽힐 만한 선정성도, 폭발력도 지니지 못했지만 바라건댄 뒷날에 되돌아볼 만한 뜻있는 울림 자리 가운데 한 구석을 기우는 데는 도움이 되기 바랍니다.

한정호: 선생님께서는 30년 넘는 시력을 이어오고 계십니다. 그런 만큼 시를 대하는 마음가짐도 남다를 테고, 시에 대한 생각도 각별한 것으로 여겨집니다. 선생님의 시쓰기 태도, 이를테면 창작 방법이나 과정에 대해 듣고 싶습니다.

박태일: 시 쓰는 태도에는 두 가지 극단이 있습니다. 떠오르는 대로 쓰는 꼴이 처음입니다. 다른 하나는 쓴 다음에 끝까지 다듬어 내놓는 꼴입니다. 한마디로 구술어법과 문필어법이라 할 수 있을 둘 사이에 시인들이 자리하고 있는 셈입니다. 첫째 꼴은 입말과 글말 사이에 틈을 느끼지 않는 사람에게나 가능한 일입니다. 오늘날에는 거의 불가능한 일이 되어 버렸던 옛날 방식입니다. 근대시는 뿌리부터 입말과 글말 사이에 틈을 느끼고 그것을 하나같이 메우려는 불가능한 노력으로 말미암은 결과물입니다. 언문일치란 근대 시인에겐 꿈일 따름입니다. 따라서 두 번째, 입말과 글말 사이 뚜렷한 경계와 분열적인 거리 앞에서 갈등하면서 오히려 그 거리 놀이를 즐기는 방식을 취하는 시인들이 있습니다.

저는 두 극단 가운데서 뒤쪽에 닿아 있는 사람입니다. 저는 일찌감치 빠른 쓰기를 위해 타자기를 배웠고, 워드프로세서를 익혔습니다. 그래서 지금은 다듬는 일이 너무 편해졌습니다. 저에게 시는 무엇보다 다듬어 나가는 과정입니다. 다른 사람이 손을 댈 데가 없을 단계까지 고치는, 시의 변형 불가능성을 염두에 두는 글쓰기가 초점입니다. 오롯하게 내 것인, 그것으로도 최상의 표현성을 얻은 것 같은 시. 그래서 저는 어떤 외적 명성을 지닌 시인의 것이라도 거리를 두고 따져 읽어본 뒤, 제가 손댈 데를 가진 작품과 시인은 인정하지 않습니다. 시인은 무엇보다 말을 잘, 그리고 뜻있게 다루는 사람입니다. 다른 사람이, 다른 시대가 손댈 수 없을 상태로 오롯이 만들기 위한 힘과 노력 과정이야말로 시인이 겪어야 할 불행이며 행복입니다.

제 시가 그런 상태에 이르렀는가 하는 결과와는 무관하게 저로서는 그러한 심리적, 문화적 겨루기를 소중하게 여깁니다. 창작에만 매어 있지 못하고 연구와 창작 사이를 왔다 갔다 하지만 저로서는 즐겁게 그 긴장 속에 머물러 있습니다. 제 역량이나 잠재력에는 분명 한계가 있을 터이지만, 그것을 낭비하지 않고 오래도록 잘 부려 쓸 수 있기만을 바랍니다. 결과로 볼 때, 시인은 마침내 두 종류만 남기 마련입니다. 좋은 시를 쓴 시인과 시인 흉내만 내다 가는 시인입니다. 시 말고 나머지는 모두 변수일 따름입니다. 좋은 시 한 편, 일생일편의 꿈을 향한 막막한 여행이 그치지 않기만을 바랍니다.

한정호: 선생님의 시세계를 값매김하고 자리매김한 평론들에서도 알 수 있듯이, 선생님의 시는 여러 관점에서 우리 문단의 주목을 받고 계십니다. 그런가 하면 일반 독자들은 선생님의 시가 난해하다고 더러 말합니다. 이 자리를 빌려 평론가와 애독자들에게 도움 될 수 있는 견해를 들려주십시오.

박태일: 제 시는 어려운 시가 아닙니다. 시를 읽으려는 노력을 더 기울이게 할 만한 유인 요소, 이익 요소를 제가 갖고 있지 않기 때문에 시가 어렵게 여겨질 따름입니다. (웃음) 한식 문화에 젖어 있는 이들에게 양식은 배워야 할 일거리입니다. 그런 학습을 무시한 채 음식문화를 제대로 누릴 수는 없습니다. 시도 문학 취향 가운데 하나입니다. 읽는 방법을 배워 몸에 익혀야 합니다. 개별 시인의 작품 또한 마찬가지입니다. 단순

히 특정 독자가 느끼는 쉽고 어려움의 문제가 아니라, 작가와 작품, 또는 경향이 읽을 만한 값어치가 있는가 없는가라는 물음 앞에 독자사회가 얼마나 진지하게 적극적으로 서 있는가라는 문제가 가로놓여 있습니다. 쉽고 어려움은 텍스트의 문제가 아니라, 텍스트 바깥에 놓인 독자사회의 동향이나 이해 방향, 곧 독자사회학의 문제입니다. 어쨌든 시의 난해성이라는 문제에 대해 더 일반론 쪽에서 말씀 드리겠습니다.

본디 시는 읽기 어려움을 운명으로 지닌 담론입니다. 시가 어렵지 않으려면 수필로 내려서거나 더 넓혀 소설이 나아가야 합니다. 문제는 그 경우 시라고 하는 갈래가 굳이 남을 필요가 없다는 점입니다. 시가 시다울 수 있을 특성이 무엇인가, 그것을 시성(詩性)이라 이름 붙여 봅시다. 거기에 대해 많은 생각들이 있지만, 중요한 한 가지는 시는 수필이나 소설과 같은 경험적 현실의 모방에 초점이 놓이는 1차 언어가 아니라, 더 높은 자리의 언어적 현실 자체에 초점이 놓이는 2차 언어라는 사실입니다. 이 말이 무슨 말인가를 거듭 되새기게 하는, 곧 리빠떼르라는 서양 사람 식으로 말하면 간접화하는 언어가 시입니다. 짧고 간결한 언어인 시가 소설이나 수필보다 오래 읽히고 자꾸 읽히게 되는 역설적인 힘이 여기서 비롯합니다. 시의 논리는 경험의 논리가 아니라 언어 논리입니다. 텍스트 안쪽에 읽는 길이 있습니다. 시가 드러내고자 하는 것은 명료한 주제나 명제일 수도 있지만 막연한 정감이나 분위기일 수도 있습니다. 분위기를 드러내는 시임에도 자꾸 단일 주제만을 뽑아 읽으려 하는 독서법에 갇혀 있다면 그 시읽기는 어려울 수밖에 없을 겁니다. 시는 다른 문학 갈래와 다르게 읽는 힘을 길러야 한다는 뜻이 거기에 있습니다. 보기를 들어 보겠습니다

잠자리 앉아 날개 꺾듯 비가 그친다 승가대학
용마루 너머 키다리 상왕봉이 섰다 가고

낮 한 시 수업을 시작했는지
디딤돌 아래 열네 켤레 학인 하얀 고무신

콧등마다 연비 자국이 곱다
나비가 법당으로 알았나 보다 앉았다 날았다.

—「해인사」 가운데서

　지난 해 『시와사람』 여름호에 발표했던 「해인사」라는 제 시 가운데
뒷부분입니다. 아마 불교문화에 익숙한 이가 읽는다면 "학인 하얀 고무
신" "콧등마다 연비 자국"이라는 말을 금방 읽어낼 것입니다. 상상력의
폭이 좁은 시인 셈입니다. 어렵게 여겨질 까닭이 없습니다. 승가대학 학
인 스님들이 고무신을 신는데, 고무신의 콧등마다 낱낱이 무늬를 찍어
자신의 것임을 표시해 둡니다. 그래야 뒤섞일 일이 없습니다. 제가 2010
년도에 1년 동안 문학 강의를 위해 일주일에 한 번씩 해인사승가대학에
갔었는데, 이 시는 그 경험 가운데 하나를 옮긴 것입니다. 그때 학인들이
벗어놓은 고무신의 콧등에 켤레마다 다르게 찍힌 표시가 너무 인상적이
었습니다. 그런 경험을 바탕으로 나비에게는 고무신이 법당으로도 보일
것이라는 비유적 깨달음을 담은 셈입니다. 고무신을 신는 스님들의 생활
을 아는 신도라면 금방 알 구체적이고도 쉬운 경험 세계를 그리고 있을
따름입니다. 그리고 그러한 불교문화에 익숙지 않은 예사 독자라도 시의
내적 문맥을 따지면 큰 그림은 어렵지 않게 그릴 수 있도록 짜여 있습니
다. 이게 무슨 말인가? 되새겨 읽기를 하지 않으려는 심리적 거리를 지닌
독자에게 이 시는 그저 재미없고 어려운 불교시일 따름입니다. 시를 소설
이나 수필 읽듯이 소박한 외적 맥락에 견주어 읽으려고 하면 무슨 소린지
알기 힘들 것입니다.
　1980년대 백석 시가 세상에 알려지지 않았을 때, 제가 의도적으로 학생
들에게 백석 시를 읽혔습니다. 거의 모든 반응은 이상하고 괴상한, 알기

어려운 시라는 것이었습니다. 시 속에 등장하는 낯선 집안 풍경 묘사나 무속 체험, 그리고 엮음 방식의 말씨와 같은 요소가 그렇게 만들었을 것입니다. 어떻습니까? 요즘도 백석 시를 어려운 시라고 여기는 이들이 많을지 궁금합니다. 백석 연구자 가운데 한 사람으로 볼 때, 백석 시는 결코 쉬운 시가 아닙니다. 그럼에도 그 사이 바뀐 것은 백석 시를 값어치 있는 시로 보아야겠다는 독자사회의 커다란 관점 변화와 동향일 따름입니다. 백석 시를 꼼꼼히 읽어본 경험이 없는 것은 그제나 이제나 마찬가지인데 말입니다.

한정호: 한편, 선생님께서는 개인 시집 말고도 여러 권의 선집과 전집, 그리고 연구서를 내셨습니다. 특히 지난해에는 몽골 기행문『몽골에서 보낸 네 철』(2010)에 이어『새벽빛에 서다』(2010)와『시는 달린다』(2010)라는 세 권의 산문집을 발간하셨습니다. 그동안 시와 논문 말고는 다른 글쓰기에 눈길을 준 적이 많지 않은 것으로 알고 있습니다. 산문집 발간에 특별한 동기나 의도가 있으셨는지 궁금합니다.

박태일: 아, 몽골 여행 갈 때, 기행문집과 기행시집 계획을 했습니다. 그러나 돌아올 때 시집을 낼 만한 작품을 얻지 못했고, 순서가 시집보다 산문 쪽으로 밀렸던 것입니다. 한 권 내고 나니 그 동안 써왔던 기존 산문들을 묶고 싶었습니다. 사실 저는 시와 연구물, 평론 말고는 일반 수필에 속하는 글은 청탁이 있어도 사양하곤 했습니다. 그런데도 오랜 세월 책으로 묶을 만큼 양이 되어, 그것을 묶다 보니 두 권으로 나뉘었습니다.『새벽빛에 서다』는 일반 산문이,『시는 달린다』는 제 시의 해설집 같은 것입니다. 두 권을 내고 보니 괜찮았습니다. 시나 논문 쓰기에서 얻지 못한 가벼움이 좋았습니다. 시인이 쓰는 산문이라는 독특한 자리를 즐겼던 셈입니다. 제 글은 늘 어깨에 잔뜩 힘이 들어가는 쪽 아닙니까. 요즘은 산문 청탁에도 쉽게 응합니다. 제 시는 어렵다 하는데, 산문은

쉽다 하니 그나마 다행이라 생각하고 열심히 쓸 생각입니다. 아마 언젠가는 산문집을 두어 권 더 낼 수 있으리라 생각합니다. 제가 2010년에 냈던 세 권의 산문집이 좀 읽혔으면 좋겠는데, 출판사 젊은 양정섭 사장에게 미안할 따름입니다. (웃음) 내자마자 묻혔을 것입니다, 따로 광고한 적도 없으니.

한정호: 이번에는 질문의 방향을 문학연구로 옮겨보겠습니다. 연구서로 『한국 근대시의 공간과 장소』(2000), 『한국 근대문학의 실증과 방법』(2004), 『한국 지역문학의 논리』(2004), 『부산·경남 지역문학 연구 1』(2004) 등이 있습니다. 그렇듯 학술논문을 꾸준히 발표하며 문학 연구자로 크게 활동하고 계십니다. 특히 지역문학 연구에 있어 선구적 역할을 다하신다고 감히 말씀드릴 수 있겠습니다. 지역문학 연구에 대한 관심은 언제 어디서 어떻게 가졌으며, 무엇에 중점을 두고 연구하시는지 말씀해 주시길 바랍니다. 내친 김에 지역을 연구하는 후학들을 위해 연구 방향도 함께 일러주십시오.

박태일: 지역문학 연구에 관해서는 남달리 할 말이 있는 쪽입니다. 지역문학 연구라는 용어를 학계에서 확정한 곳이 경남·부산 쪽이군요. 지방문단, 지방문학 탐방 수준에서 연구 수준으로 끌어 올리는 데는 한 선생도 큰 몫을 다했던 경남·부산지역문학회 활동이 빌미였습니다. 그 뒤에 학문 공동체 안쪽에 지속적으로 연구 성과를 내놓았고, 이제는 10년을 훌쩍 넘겨 곳곳에서 지역문학 연구에 관심을 가지거나 집중하는 젊은 연구자가 생겼습니다.

지역문학 연구는 어느 날 갑자기 이루어질 수 있을 영역은 아닙니다. 제 경우 일찍부터 다른 이가 거들떠보지 않았던 지역 사료를 하나하나 챙겼고, 그것이 오랜 세월 쌓인 바탕 위에서 연구를 겨냥할 수 있었던 셈입니다. 교과서나 통념으로 쥐어 주는 정전이나 강요된 평가에 대해 제 식으로 납득할 만한 답변을 마련하는 과정에서 읽기 시작했던 적지 않은 사료에 대한 이해 위에서 지역문학 연구가 가능했습니다. 따라서 지역문학 연구는 출발부터 대항 연구며 대안 연구로서 도발성을 지닐 수밖에 없었습니다. 제 20대부터 오늘날까지 지역문학에 대한 관심은 한결같은 힘이었습니다.

이제까지 우리 근대문학 연구에서 썼고 쎈 방법론이 소개되고 검증되기도 했으나, 바깥에서 들어온 새 연구방법론을 기계적으로 흉내 내는 해묵은 버릇을 벗어나기 힘들었습니다. 지역문학 연구는 제가 살아왔던 오늘 이 자리 장소와 공간에서 살아 숨 쉬는 가장 구체적인 문학을 연구 대상으로 삼자는 의도에서 시작한 셈입니다. 대상이나 사건은 어떻게 보느냐에 따라 그에 대한 판단과 이해 방향이 엄청나게 달라질 수 있다는 사실은 한 선생께서도 잘 아시시라 믿습니다. 근대 일국주의 산업화, 물량화, 대중주의 문화 속에서 사회적으로나 국가적으로 기억 투쟁에서 밀려나거나 왜곡된 문학이나 문학인은 적지 않습니다. 우리 근대 문학사에서 드러나는 그러한 선택과 배제의 정치학과 논리를 읽어내는 일은 그 자체 우리 삶을 머리가 아니라 가슴으로 누리는 감각적인 경험이라 말할 수 있습니다. 지역문학 연구를 빌려 우리 근대문학의 밑자리가 얼마나 두텁고 다채로운가를 일깨울 수 있을 것입니다. 인문학의 위기니 말은 많았지만, 정작 문학연구 안쪽에서조차 무기력할 따름입니다. 그래놓고 무슨 위기를 극복하자는 노릇인지?

지역문학 연구는 시쓰기의 원리와 한가지입니다. 시에서 창조적인 개성이 중요하듯, 학문 공동체 안에서도 창조적 담론이 필요했던 셈인데, 지역문학 연구는 그런 모색의 큰 줄기라 할 수 있습니다. 남들이 이미 만들어 놓은 담론에 앵무새처럼 기대거나 젓가락 하나 더 얹어 행세하려는 머슴 학문, 비렁뱅이 학문의 자세를 벗어나기 위한 몸부림입니다. 현학적인 직무 유기나 무지를 학문살이로 오해하고 있는 이들은 다가서기 힘든 자리일 겁니다. 하늘에 별 같은 새 거시 이론 체계를 만드는 일도 중요하지만, 그러한 고공비행을 되풀이하기보다 실질적인 현장의 미시적 역동과 담론 생산이 절실한 때입니다. 지역문학 연구는 바로 그 자리를 지렛대로 삼았습니다. 기존 학계의 대상과 방법, 관행에 대한 반성적인 자리. 쓰도 그만 쓰지 않아도 그만일 그런 번지르르한 글 100편보다는 작은 1편이라도 더불어 나눌 이야깃거리가 있을 새 담론 생산이 초점입니다. 지역문학 연구가 지니는 공공성과 외부성이 거기에 있다 하겠습니다. 지역문학 연구를 소박한 실증주의자의 발굴학처럼 여기는 눈길은 일의 앞뒤를 모르는 무지에서 말미암았을 따름입니다. 지역문학 연구는 대상에서부터 방법에까지 도전학이며 미시학입니다. 모방 담론이 아니라 창조 담론, 재생산 담론이 아니라 생산 담론을 겨냥합니다. 그것의 소통 가능성을 드높이기 위해 실증주의라는 전통적인 방편이 강조될 따름입니다.

한정호: 선생님은 자료 소장가로 널리 알려져 있습니다. 제가 봐도 상상을 초월할 만큼 엄청난 책들을 소장하고 계십니다. 언제부터 무슨 까닭으로 책을 모으게 되었는지요? 주로 어떤 분야의 자료들입니까? 요즘 들어 더욱 궁금한 점은 그 많은 책들을 어떻게 활용할 생각이신지 듣고 싶습니다.

박태일: 부풀린 말씀이십니다. 한 선생께서 책에 빠진 이의 삶을 잘 모르셔서 그런 표현을 하는가 싶습니다. 문학을 공부하고 시를 쓰는 사람으로서 제 글쓰기 하는 데 기본서 정도는 남에게 아쉬운 소리 하지 않고 해결하겠다는 뜻으로 모아 온 셈입니다. 그러다 도를 넘어섰고, 제 관심 분야에 몰두하거나 엉뚱한 학문적 상상(?)을 하는 데 도움이 될 만한 책을 상대적으로 많이 지니게 된 점은 사실입니다.

책 구입이 문학 창작 공부를 하는 사춘기 때부터 몸에 익은 버릇인데다, 잘 버리지 못하는 됨됨이가 거든 결과입니다. 본격적으로 돈을 들인 수집가들과는 차원이 다른 셈입니다. 그래서 세상 사람들이 귀하다 여기는 것들보다는 오히려 남들이 돌보지 않았던 사료가 쏠쏠한 쪽입니다. 오랜 세월 책은 제 삶의 든든한 뒷받침이었습니다. 사람과 만나는 일보다 책 만나는 일에 더 행복을 느끼니 벽에 가깝다 하겠습니다. 아직까지는 편집 증 수준이지만. 시인은 말에 대한 편집증자이고, 책수집가는 책에 대한 편집증자, 학문은 이론에 대한 편집증자일 겁니다. 제 경우는 셋에 다 걸려 있군요. (웃음) 그러나 우리가 편집증 환자처럼 집중하지 않고서 남달리 이룰 수 있을 일이 얼마나 있겠습니까.

제 책 수집 앞뒤 이야기는 산문집에 몇 편 글로 올려져 있으니, 그쪽으로 미루는 게 좋겠군요. 핵심은 많이 지닌 게 아니라, 어떻게 잘 활용하는 가라는 문제입니다. 지금으로서는 그 일을 쫓아가는 데만도 힘이 부칩니다. 둘레 사람들의 학문적 지평이 쑥쑥 자라 더 많이 활용하기 바랍니다. 뒷날 제 자식 둘에게 책이 짐이 되지는 않도록 하겠다는 생각은 굳히고 있습니다. 책 탓에 고통 받은 사람은 아내 한 사람으로 족합니다. 뒷날에 는 책 가운데 특별한 것에 대한 기억과 속살을 소개하는, 책에 관한 책을 써볼 생각입니다. 아마 정년 뒤가 되겠습니다만.

한정호: 저는 지난여름부터 배드민턴 동호회에 들어 배드민턴의 마력 에 빠져들고 있습니다. 직업(?)은 못 속인다더니, 셔틀콕을 톡톡 치면서도 배드민턴 관련하여 시창작을 꿈꾸곤 합니다. 선생님께서는 오래 전부터 마라톤에 열심인 것으로 알고 있습니다. 아마 '마라톤 하는 시인'으로 알려지지 않을까요. (웃음) 흔히 마라톤은 인생에 비유되고 있는데, 마라 톤에 대한 선생님의 견해를 듣고 싶습니다. 두세 시간을 헉헉 달리면서 무슨 생각을 하시는지요? 그리고 선생님의 산문집 제목에 '시는 달린다' 는 표현도 있던데, 마라톤과 시의 닮은 꼴이 있는지요? 혹시 마라톤에 관한 시를 창작하고 계시지는 않는지요?

박태일: 몸이 건강해야 건강한 문학을 할 수 있다. 오랜 세월 잊지 않았던 일깨움 가운데 하나입니다. 그래서 평소에도 운동을 즐기는 쪽이었습니다. 그러다 40대 후반에 들어서면서 보다 규칙적인 운동을 지속적으로 할 필요에 따라 고른 것이 마라톤입니다. 앞선 시기까지는 주로 농구를 즐겼습니다. 2002년도 봄부터 마라톤 시합장에 나가 5킬로미터부터 뛰기 시작했습니다. 지금은 울트라까지 즐기는 정도가 되었으니 많은 발전입니다.

　　재미있는 점은 마라톤이야말로 저에게 딱 맞는 운동이라는 사실을 깨달은 것입니다. 바깥으로 마음이 열려 있을 때는 싸움 대상이 세상이었습니다. 그런데 마라톤은 무엇보다 싸움 대상이 오로지 자기 자신임을 일깨워 주는 운동입니다. 한 선생도 알다시피 제40대는 실천이라 생각하며 바깥으로 다소 떠돌지 않았습니까. 그걸 접고 제50대 십 년은 학문이라는 생각을 지닐 때였습니다. 그 일을 이루는 길에 가장 걸맞은 운동이 마라톤이었습니다. 가장 큰 싸움은 자신과 벌이는 싸움이라는 사실을 늘 온몸으로 일깨워 줍니다. 또 마라톤만큼 정직한 운동이 없습니다. 왜냐하면 연습한 만큼 뛸 수 있기 때문입니다. 그러면서 아무데서나 아무 때나 마음 내키는 대로 달릴 수 있는 자유로움. 마니아가 될 정도로 빠져 들지는 않았지만, 질보다는 양이라 생각하며 꾸준히 공식시합 참여 수를 늘리는 즐거움을 겨냥하며 달리고 있습니다. 풀코스 최고 기록이 3시간 50분대인데 10년 달린 경력으로는 느린 쪽입니다. 그래도 아직까지 큰 부상은 당하지 않고 달리고 있습니다.

　　요즈음 거의 모든 제 여행이 마라톤 시합과 관련되거나 여행지 달리기를 필수로 삼습니다. 현재는 공식시합 200회를 내다보고 있습니다. 그것이 끝나면 공식시합 300회, 그리고 풀코스 100회 돌파 이런 식으로 계획을 세우고 있습니다. 달릴 수 있을 때까지 달린다는 믿음이 오래도록 지켜지기를 바랍니다. 글쓰기도 마라톤과 마찬가지일 겁니다. 몸이 건강해야 건강한 시도 쓸 수 있습니다. 다음 시집에는 마라톤 시가 몇 편들어갈 예정입니다. 이번 대표시 자리에 올린 「가을은 달린다」도 그 가운데 하나입니다.

한정호: 선생님은 10여 년 전부터 평생교육원 강좌에서 '시창작반'을 이끌고 계십니다. 나이 지긋한 수강생들이 대부분일 텐데, 대학교수로서 젊은 학생들에게 시를 가르칠 때와는 어떤 차이가 있는지요? 생활문학 차원에서 시창작 지도의 중점은 무엇에 두십니까?

박태일: 예, 2001년 가을부터 시작했으니 벌써 10년이 넘었습니다. 학교에서 평생교육원을 마련하고 교수의 사회봉사를 권하던 분위기였습니다. 그 무렵 학내 학부생을 대상으로 삼은 창작 수업은 개설을 내다볼 수 없는 상태였고. 교수들 나눠먹기식 강좌 배정에 구차스럽게 시창작이 끼이기는 어려웠습니다. 게다가 학부제로 바뀐 뒤부터 전문 창작에 뜻을 둔 학생 입학도 드문 때였습니다. 제가 잘 할 수 있을 일 가운데 하나가 시창작 지도였는데, 지역사회에 할 수 있는 최소 봉사가 그것이라 생각해 운영에 나섰습니다. 십 년 가까이 있는 듯 없는 듯 끌어 온 셈인데, 어느새 그럴 수 없는 단계에 이르렀습니다. 지난 해 두 사람이 첫 시집을 내고 출판기념회까지 여는 것을 지켜보면서 한 단락을 지었습니다. 이제 제 2기를 준비할 시점입니다. 그 사이 다양한 문학 취향을 지닌 분이 드나들었습니다. 좋은 추억을 많이 심어 준 이들입니다.

현재는 교내반과 창원반, 두 반을 두고 있습니다. 운영하는 데 몇 가지 원칙을 지키고자 했습니다. 두 가지만 말씀드리겠습니다. 첫째, 오는 사람이라고 쉽게 받지 않는다는 원칙입니다. 참으로 제 도움이 필요한 사람인가를 살핀다는 뜻입니다. 요즘은 마음만 먹는다면 시창작을 배우고, 시인이라며 등단해 이름을 낼 데는 많이 열려 있습니다. 굳이 그런데 가서 배우면 될 사람이 저에게 와서 소모될 까닭이 없습니다. 저는 최소 5년에서 10년 정도 중장기 학습 과정을 염두에 둡니다. 그 정도가 되어야 시집 한 권 낼 만한 작품을 함께 누릴 수 있습니다. 시를 쓰면 스스로 시인인데, 자기 바깥의 사회적 인정 제도나 기웃거리며 조바심치는 사람은 어차피 그런 과정을 버티기 힘듭니다.

둘째, 무엇보다 자신이 가장 잘 쓸 수 있을 시쓰기를 강조합니다. 자신이 가장 잘 아는 삶에 뿌리 내린 시쓰기야말로 글쓰기를 행복한 경험으로 바꾸는 지름길입니다. 자신이 스스로 위로하고 위로 받을 수 있는 자긍심이 거기서 비롯합니다. 문학사니 당대 유행이니 다 삼차적인 것입니다. 자기 삶에 뿌리를 내린 글쓰기라는 틀이 자리 잡히지 않으면 몇 학기가 걸리더라도 같은 충고를 되풀이 들을 수밖에 없습니다. 자신의 경험을 오롯한 작품으로 다듬어 나가는 과정을 맛보는 일이야말로 건강한 시쓰기의 핵심입니다. 평생교육원에 시간을 내어 오가는 분들은 나이가 들었지만, 뒤늦게 어렵게 찾아왔지만, 시쓰기가 아니라면 삶이 달라질 가능성이 거의 없을지 모르는 이입니다. 어쩌면 삶에 처음이자 마지막으로 선택했을지 모를 그 분들의 문학 취향과 용기를 어찌 소중하고 무겁게 다루지 않을 수 있겠습니까.

그러고 보니 저희 국문과 학생들 글쓰기 모임 '가로쓰기'에서 문집을 낸다며 부탁해 오늘 새벽에 썼던 추김글이 생각납니다. 젊은 교수가 새로 오셔서 새해부터 모임을 그 분에게 맡기기로 한 까닭에 마지막 기회일 것 같아 올해에는 약간 무겁게 한마디 했습니다. 짧으니 이 자리에 소개해도 될 성싶습니다.

삶은 스스로 귀하거나 천한 게 아니다. 살아가는 사람의 생각과 행동이 삶을 천하게도 만들고 귀하게도 만든다. 문학은 스스로 귀하거나 천한 게 아니다. 천한 사람이 천하게 쓰면 천한 문학이 되고, 귀한 사람이 귀하게 쓰면 귀한 문학이 된다. 한 편이라도 귀한 작품을 쓰다 삶을 마감하겠다는 자세로 애쓰는 귀한 문인으로 자라기 바란다.

대학교 초년생을 위해 쓴 것이지만, 시를 사랑하거나 글밥을 먹으며 살고자 마음을 다지는 모든 이에게 걸리는 말이기를 바랍니다. 귀하다는 데에 대한 정의는 차이가 날 터이지만, 상식에 맡기면 될 일입니다. 무엇보다 자기 삶과 자기 시를 사랑하시기 바랍니다. 그런 태도야말로 마침내 자기 밖 세상으로 나아가는 첫 걸음이자 제대로 만나는 마지막 자리일 겁니다.

한정호: 오늘날의 시와 시인, 시단 풍토, 나아가 문학사회에 대해 쓴소리를 부탁드려도 되겠습니까? 그리고 선생님을 중진시인이라고 하면 실례일지 모르겠으나, 현대사회에서 시의 기능과 시인의 역할, 나아가 후배 시인에게 건네고 싶은 격려의 말씀이 있다면 이번 기회에 해주시길 바랍니다.

박태일: 자본주의 세상에 이해관계가 오갈 일이란 뻔합니다. 돈 아니면 명예? 어차피 참에 이르는 길은 다양한 데, 남을 향해 이래라 저래라 할 나이는 저도 벌써 지났습니다. 살아온 궤적이 고스란히 다른 이에게 본보기로 열려 있는 마당 아닙니까. 세월이 무서운 심판관입니다. 그럼에도 거들라 하니 몇 마디 붙여 보겠습니다.

우스운 비유가 될지 모르지만 시문학 사회도 절집과 같이 이판과 사판으로 갈라볼 수 있습니다. 문제는 이판사판 다 기웃거리는 데 있습니다. 사판이 이판인 양 속이려 들고, 이판이 사판 자리를 넘보며 삶을 소모하지 않기만을 바랍니다. 이판이든 사판이든 모두 부처님 법에 이르는 방편이긴 하지만 제 일을 제대로 하라는 뜻입니다.

요즈음 세상은 이판 시인보다 사판 시인이 날뛰기 좋은 조건을 갖추었습니다. 지역자치에다 문화 복지에 대한 생각도 적극 바뀌었을 뿐 아니라, 대중매체도 방만하다 할 정도로 열려 있습니다. 이래저래 기웃거릴 자리가 많아진 셈입니다. 조금만 정치력이 있는 이라면 잇속을 채우기 좋은 환경입니다. 그런 가운데서도 이판 자리에서 끝장을 보려는 이가 많아졌으면 좋겠습니다. 어려운 일일 터이지만 어찌 세상사는 보람이 쉬운 길에만 있다 하겠습니까. 힘든 선택을 요구하는 쪽에 서는 용기도, 자해도 필요합니다. 무리를 너무 믿지 마십시오. 자신의 시로 낙망하고 자신의 시로 위로 받으시기 바랍니다. 누구보다 먼저 자신으로부터 인정받는 시인에 이를 일입니다. 그런 긴 싸움 과정을 소중하게 즐기시기 바랍니다. 바깥에 널려 있는 손쉬운 욕망에 문학적 재능을 낭비하지 않으려는 자세야말로 행복한 글쓰기로 들어서는 첫걸음입니다.

시인에게는 시 말고 남을 게 아무 것도 없다는 절망스런 사실에 더 익숙해지길 바랍니다. 연필을 쥐든 자판을 두드리던 홀로 쓸 수밖에 없는 고독을 선택한 이상 끝까지 고독을 밀어 붙여야 할 일입니다. 좋은 것은 외로울 리가 없습니다. 독불고(獨不孤). 왜냐하면 그것을 세상은 홀로 놓아 두지 않기 때문입니다. (웃음) 핵심은 오로지 한 가지, 가장 잘 쓸 수 있을 시를 꾸준하게 쓰는 긴 싸움입니다. 천 명 가운데 한 사람쯤은 제대로 용맹정진하는 이판 시인이 나오기를 바랍니다.

한정호: 마지막으로 선생님의 창작 또는 연구 방향에 대해 알려주십시오. 그리고 선생님께서 따로 계획하고 계신 일은 무엇입니까?

박태일: 제 연구는 지금껏 해 오고 있는 지역문학 쪽을 국가 단위에서 마무리할 일이 남았습니다. 틀거리는 짜였으니 쓰기만 남은 셈입니다. 『한국 지역문학 연구』라 이름을 붙일 생각입니다. 경북·대구, 전남·광주 그리고 제주 쪽과 북한 지역문학까지는 멍석을 가져다 놓은 셈이니, 이제 충청도와 강원도 쪽으로 나아갈 일입니다. 『경남·부산 지역문학 연구 2』를 비롯해 연구서 몇 권을 한참에 볼 수 있을 것입니다. 지역문학총서 또한 걸음을 빨리해 20번을 달고, 50번을 달 수 있기 바랍니다. 한 선생도 함께 노력해 주실 것이라 믿습니다. 3월부터 일터를 마산문학관에서 경

남대학교로 옮겼으니 새 싸움을 시작하는 셈이군요. 경남·부산 지역문학 연구 영역에서도 좋은 기폭제가 되리라 생각합니다. 창작 쪽에서는 다섯 번째, 여섯 번째 시집 두 권이 제 손 앞에 놓여 있습니다. 더 나이 들기 앞서 글밥 먹고 사는 이의 '비극적 황홀'을 열심히 누리고자 합니다.

한정호: 말씀 잘 들었습니다. 긴 시간 정말 많은 것을 듣고 알게 되어 고맙습니다. 조만간 저도 직장을 옮겨, 더욱 가까이에서 선생님을 뵐 수 있을 것 같습니다. 앞으로 많은 지도편달 부탁드립니다. 언제나 건승하시고 건필하시길 빌겠습니다.

(2012)

우리는 여전히 진행 중이다

- '열린시' 지상 좌담 -

사회: 최영철

'열린시'는 시의 시대로 명명되는 80년대의 서막을 연 시동인이다. 열린시 결성은 70년대 후반부터 시작된 이윤택의 집요하고 열정적인 '동인 포섭'과, 거의 동시다발로 일군의 젊은 시인이 부산 지역에서 태동할 수 있었던 모처럼의 호황에 힘입은 바 컸다. 그들 각자는 다른 봉우리와 섞여 그 갈래가 되기를 원치 않는 아주 특별한 봉우리들이었다. 그 뚝심으로 80년대식의 일방주의에 매몰되지 않고 80년대를 넘었고, 90년대식의 수렁에 빠지지 않고 지금 여기에 이르렀다. 한시절의 무용담을 들어볼 작정이었으나 그들 모두는 아직 현재진행형이었다.

사회: 스무살 전후의 파릇한 문청을 찾기가 힘든 시절입니다. 사십여 년 전이 되겠습니다만 선생님의 스무살 시절, 그때 문청들의 문학수업 방식은 어땠는지, 또 선생님은 어떻게 문학수업을 하셨는지 궁금합니다.

강유정: 나는 마산에서 생활하고 있었다. 문학 모임(동인) 같은 걸 만들어 서로 발표하고 감상하고 때로 평가하고 그런 것으로 아는데, 나는

모임에 든 적이 없다. 도리어 중국시를 열심히 읽거나 승려들의 선시에 매료되어 있었다. 스무 살 때의 나는 소설에 빠져 있었고, 습작을 열심히 하고 있었다. 전후 프랑스 문학전집에서 읽은 알랭 로브그리에의 소설에 충격을 받은 것이 기억난다. 글 쓰겠다는 마산 친구들과 가끔 만나기도 했지만 구체적인 결과를 낸 적이 없다.

박태일: 스승은 없고, 스승은 있다. 이전에 쓰인 모든 텍스트, 당대 텍스트가 내 스승이다. 그런 생각으로 문예지며 시집들을 마구 구해 읽고, 그들을 흉내내기보다 다른 시, 다른 길을 찾기 위해 혼자서 헤쳐 나가기를 즐겼다.

강영환: 그때는 누구에게 작품을 보여 준다는 생각은 아예 갖지 못했다. 나같이 국문학을 전공하지 않는 사람이라면 더더구나 그랬다. 부산에 시인이 몇 명 되지 않던 시절이었다. 시인 만나기도 어렵고 내 시를 보여 줄만한 시인을 알지도 못했다. 그저 비슷한 또래끼리 모여 작품 토론을 하거나 『현대문학』, 『시문학』, 『현대시학』 같은 문예지를 탐독하는 것이 유일한 공부법이었다. 그때는 누구나 독학이었다.

엄국현: 릴케와 보들레르와 랭보와 셰익스피어와 당시를 읽고, 서정주 시인의 시집을 베끼고. 그러다 아메리칸 인디언들의 시를 읽고 충격에 빠진 적이 있다. 다시는 그런 시가 나올 수 없다는 느낌 때문에 한 동안 힘겹게 지냈다. 향가에 빠져 오랫동안 한국의 고대시가를 공부하고 있지만, 그것이 나의 시에 어떤 영향을 미칠지 나는 모르고 있다. 내가 가야 할 시는 어디에 있나, 그런 시가 있기는 한가, 나는 아직도 나의 시를 만나지 못하고 있다.

이윤택: 연극을 하다 패가망신하고 학교도 중퇴하고 부산 국제시장 입

구 오아시스다방이란 고전음악을 들려주는 곳에서 한 5년 정도 아무 일도 하지 않고 고스란히 죽치고 살았다. 무언가 생산적으로 하는 일이 없었으므로 온종일 들려오는 음악 속에 몽롱히 앉아 있다가 하릴없이 끄적거리게 된 것이다. 초중고 시절 문예반이었는데도 시를 전문적으로 쓰지 않았다. 그러나 그냥 끄적거린 내 습작이 과연 시가 될 수 있는가 싶어 『현대시학』 신풍시집이란 신인 작품 투고란에 시를 보냈는데, 전봉건 선생 눈에 든 것이다. 그때 작품이 「시작 1」, 「시작 2」였다. 그리고 몇 년 후 제1회 방송통신대 문학상 시부문에 당선했는데, 그 당선작이 「천체수업」, 「도깨비 불」이었고, 황동규 선생이 심사하셨다. 이 당선작이 바로 『현대시학』 추천 완료작으로 넘어갔다. 전봉건 선생이 군말없이 나를 시인으로 밀어내어 주셨다. 아, 내 스승으로 또 한 분이 계신다. 부산 백조다방에서 무명시인 지망생의 습작 「천체수업」을 읽어주시고, "이왕이면 한 줄 더 빼 버리지……." 지적해 주셨던 이형기 시인. 내 스승은 그렇게 세 분이다. 그러나 수업을 받은 적도 개인적으로 지도를 받은 적도 없다.

사회: 책을 내는 일이 무척 귀하고 힘들었던 시절이라 그 시절은 시낭송 시화전 등이 주요 발표공간이었습니다. 그와 얽힌 재미있는 일화를 들려주십시오.

강유정: 시낭송, 시화전 같은 데 내 본 적이 없다. 남들 행사에 기웃거리면서 구경은 했다. 정진업 선생께 가끔 시를 들고 갔지만 이렇다 할 시적 가르침을 주신 적은 없다. 군에 갔다 와서 24살에 대학 1학년이었고, 그해 여름 『현대문학』으로 등단했기 때문에 문청 시절이라는 게 내게는 고등학교 다니던 시절과 등단 시기 전인데, 그저 혼자서 쓰고 쓰고, 읽고 읽고 한 정도이다.

박태일: 부산대학교 국문학과 입시에 떨어지고 재수생 시절이었던

1973년, 더벅머리 장발로 전원문학회의 벗 정진국, 손정란들과 함께 『앙뉘』(불어로 '권태') 동인을 만들어 프린트판 동인지를 내고, 용두산공원 아래 EBS회관에서 시낭송회를 할 때……. 그 뒤풀이 고갈비 주점에는 누가 누가 왔더라.

강영환: 오래된 일이라 별스런 일화가 생각나지 않는다. 내가 처음 시낭송을 한 것은 광복동 입구 피노키오 다방에서였다. 당시 다방은 문화 생산지 역할을 톡톡히 해냈다. 백조다방이나 무아음악실에서 듣기 어려운 클래식 음악을 듣거나 다방에서 전시하는 시화전, 시낭송을 커피값을 내고 가서 보는 일이 대부분이었다. 피노키오 다방에서 시낭송을 끝내고 2차 술집에 갔을 때 이윤택 씨가 따라와 함께 동인하자고 집요하게 설득하던 일이 기억에 남아 있다.

이윤택: 김인환이란 시인이 『시인들』이란 잡지를 내었고, 중앙동에서 광복동으로 가는 길목에 있었던 스타다방에서 정기적으로 시낭송과 시화전을 열었다. 그 다방에서 시낭송을 하는 내 모습이 옛 사진첩에 남아 있다. 나는 그 당시 문학 연극 미술 하는 젊은이들과 함께 딜레땅뜨 아티스트란 그룹을 만들었다. 이름 그대로 젊은 예술 애호가들이었다.

사회: 70년대 말에서 80년대 초의 암울했던 정치현실이 자신의 삶과 시에 어떤 영향을 미쳤다고 생각하십니까.

강유정: 시를 통해 현실을 말하기보다 간접적인 표현을 선호했고, 당시의 지독한 가난이 정치 현실 따위에 눈돌릴 수 있는 여유도 주지 않았고 도리어 그런 저항을 기피하게 한 것 같다는 생각이 든다. 참여시 등에 심정적으로 동의하고 분노를 같이 했지만 막상 내가 시를 쓸 때는 그런 태도로 시를 대하지 않았다. 소설가로 등단했다면 어쨌을까 하는 생각도

해본다. 그러나 나는 그 시절 여전히 내 자신의 존재, 세계, 삶과 죽음, 불교적 각성 따위에 관심이 집중되어 있었다. 사실, 그 당시에는 몰랐지만 예술작품을 이해라는 기본적인 태도로서 사회와 예술이라는 관계가 학습된 시기이기도 하다.

박태일: 김춘수와 김수영(한무학·전영경), 두 흐름 사이에서 어떻게 시로서 걸을 것인가를 고심했다. 그저 철없고 내세울 것 없어 더욱 문학에 매달릴 수밖에 없었던 축축한 젊은이였을 따름이다.

강영환: 유신세대, 데모로 점철된 시기여서 학점도 레포트로 대체하는 유신학점을 받고 학창시절을 마감했다. 연일 데모를 나가고 또 붙들려서 훈계 방면되는 일이 반복되었다. 77년도 동아일보 신춘문예 상금도 그 당시 광고 탄압을 받아 반토막 수령했고, 80년 소위 '서울의 봄'이 왔다고 떠들다가 갑작스럽게 등장한 신군부 세력에 의한 절망, 현실위주의 시를 쓰는 내겐 끝없는 저항과 풍자와 위트로 그것들을 재구성해 보여야 했다. 2010년대에 들어선 지금도 그 때의 암울한 상황이 지속되고 있다는 생각을 멈추지 못한다. 어쩌면 그때 받았던 피해의식인지도 모른다.

엄국현: 사회의식을 어떻게 시에 잘 녹일 것인가 고민했고, 그것이 몇 편의 시에 흔적을 남겼을 것이다.

이윤택: 신문사 편집기자 생활을 하면서 행간의 의미를 익힌 것 같다. 상징, 알레고리, 새타이어, 파라독스, 아이러니……. 온갖 비틀린 조롱과 야유를 시 속에 집어넣고 지랄발광을 하던 시절이었다.

사회: 열린시 결성은 어느 분의 주도로 어떤 동기와 과정을 거쳐 이루어졌습니까.

강유정: 이윤택과 박태일 등이 발의를 한 것 같았고, 나는 5명 중 맨 나중에 뜻을 같이 한 것으로 안다. 결성 동기와 과정 등을 들었는데 그런 문제에 개의치 않았다. 그래서 소상하게 기억하지 못한다. 박태일, 엄국현, 강영환, 이윤택 그런 시인이 있는지조차 몰랐다.

박태일: 1979년 가을, 구덕산 공원에서 만나 한잔하면서, 이른바 등단하지 않고 있었던 나를 슬슬 긁었을 때……. 엄국현, 이윤택, 강영환. 그렇다면 등단해 보이겠다는 호기가 발동해, 써 두었던 시를 바로 투고하여 1980년 중앙일보 신춘문예 당선, 첫 신춘문예 투고에 당선을 했다. 그리고 그해 3월에 첫 동인지가 나왔다. 열등감과 자만심이 뒤섞인 호기가 하늘 밑을 찔렀던 무렵이다.

강영환: 열린시 결성은 이 형이 주도했다. 75년도 내가 군에 있으면서 대학 동인이었던 자정문학회가 개최하는 시화전에 작품을 걸었는데 거기에서 이윤택 씨가 나를 찾아 와 대뜸 "우리 동인 한번 해 보지 않겠느냐"고 했다. 나는 아직 등단도 하지 않았기에 거절했지만 이 형은 이미 밀양에 있을 때 엄국현 씨를 포섭해 놓은 상태였다. 내가 77년도 동아일보 신춘문예로 등단하고, 77년도에 『현대시학』으로 엄 형이 등단하고, 78년도 이 형이 『현대시학』으로 등단, 거의 비슷한 시기에 등단하게 되었다. 이 형도 밀양에서 돌아와 부산일보에 입사하게 되고 79년도 봄부터 다시 동인 이야기가 솔솔 무르익었다. 누구와 함께할 것인가와 동인 이름을 어떻게 정할 것인가에 대한 토론이 있었고 동인 이름을 정하는 게 어려웠다. 왜냐하면 세 사람이 서로 공통되는 부분이 없었기 때문이다. 그래서 이 형이 생각해 낸 것이 'Open poetry'였다. 논의 과정에 박태일 씨가 함께 했는데 미적거렸고 그 후 80년 신춘문예에 박 형이 중앙일보로 나오자 부산일보에서 좌담회를 하였는데 끝난 후 술자리에서 박 형을 영입하는 데 성공했다. 강유정 씨는 77년 『현대문학』으로 등단했는데 수소문해

도 연락이 닿지 않아 우선 네 명이 동인지를 발간하면 소식이 올 것이라 믿고 작품을 모아 3월 25일 「열린시」 첫 호를 냈다. 내가 아는 것은 이정도다. 이 형이 주도했기에 그의 말을 들어보면 더 정확한 사실을 알 수 있을 것이다.

엄국현: 강유정 시인은 내가 다리를 놓아 동인이 되었다. 그를 처음 만났을 때 자신이 쓴 시를 기억하지 못하고, 시도 정신적인 면에 치우쳐 있어 나로서는 첫인상이 별로 좋지 않았으나, 이 형이 워낙 강 형의 시를 고평하여 자주 만나게 되었고, 나중에는 그 누구보다 마음을 터놓고 지내게 되었다. 그의 처녀시집의 발문도 내가 쓰게 되었지만, 그의 시를 나로서는 온전히 파악할 수 없었고, 그 역시 나의 발문에 불평을 늘어놓았다. 그의 삶이 지닌 굴곡을 시에서 살려주기를 바랐지만 그는 지금까지 나의 바람을 저버리고 있다.

이윤택: 원래 나와 시를 논하던 이름 없는 동인은 이정주, 이진용과 나였다. 이정주는 약대 출신이었고, 이진용은 부산상고를 나와 송월타올에 사무원으로 일하던 청년이었다. 이정주는 김춘수에 가까운 난해한 경향이었고, 이진용은 한국의 랭보라 불리었다. 그러나 이 3인의 동인은 어처구니없이 깨어졌다. 이진용이 연애를 하면서 애인과 여호와의 증인 교회에 다니기 시작하면서 시를 쓰지 않겠다는 것이다. 시를 쓰지 않는다고 애인과 하나님께 약속했다는 것. 하나님이 보기에는 시 쓰는 일이 같잖은 일일지 모르지만, 내가 보기에는 정말 이 무슨 개 같은 절필 선언인가 싶었다. 그렇게 깨어지고 나서 혼자였는데, 『현대시학』이란 잡지에 엄국현의 시 「돌이」가 추천완료작으로 실린 것을 보고 찾아갔다. 기가 막히게 아름다운 시라서 주소를 물어 물어 찾아갔는데, 그곳이 바로 지금 나와 최영철 시인이 살고 있는 도요에서 10분 거리에 있는 삼랑진이었다. 쾌이강의 다리라 불리우는 다리 밑에서 잉어회를 시켜 놓고 시를 논하기

시작했다. 그 다음부터 나는 내 또래의 시 쓰는 친구들을 찾아 다녔다.

사회: 동시대의 타 동인과 어떤 면에서 달랐습니까.

강유정: 이념적 일관성을 추구하는 성격이 강한 시절이었다. 그런 성격의 동인들이 많았다. 우리는 그런 이념적 동질성보다 각자의 세계를 인정하고 시적 다양성이라는 입장에서 다섯 개의 다리로 서 있는 동인이기를 바랐다. 시대를 버릴 수 없지만 시대에 휘둘리기도 싫었다. 이런 성격이 내부 갈등을 만들기도 했지만 심각하지는 않았다.

박태일: 죽이거나 밥이거나 자신의 색깔을 찾아 나가기를 빌었던, 그리고 노력했던 오각형의 무지개 시절이었다. 그래서 유행과 시절에 휩쓸리지 않았던 힘과 다양성을 갖출 수 있었던 점이 특성이다.

강영환: 80년대 문지와 창비가 강제 폐간되는 충격 속에 그 후 많은 동인이 나타났다. 열린시는 79년도에 태동을 했으니 그 충격과는 상관없는 일이었다. 열린시는 중앙이라고 하는 서울 지역과 달리 우리식대로 해보려 했다. 동인이라면 에꼴을 지녀야 하는데. 다섯 시인을 모아놓고 보니 방향이 제각각이었다. 한두 사람이라도 같으면 그게 중심일 수도 있었는데. 그렇지 못해 다섯 사람이 다 중심이 되는 특이한 형태의 동인이었다. 우리가 내세울 수 있는 강점이자 약점이 될 수도 있었다. 그러나 작품들이 탄탄해 누가 시비 거는 사람은 없었다. 그것이 동인을 10년 이상 끌고 올 수 있었던 힘이 아니었을까. 각자 수준 높은 작품성을 견지해 온 것이 아직도 열린시가 인구에 회자되는 이유일 것.

이윤택: 개성과 다양성이 열린시의 유일한 슬로건이었다. 결코 시류에 편승하지 않았다. 순수란 미명 아래 세상을 등진 언어 유희를 경계했고,

그렇다고 시가 사회변혁의 무기가 될 수 있다고 믿지 않았다. 열린시 동인들에게 시란 세상과의 싸움이기 이전에 자신과의 싸움이었고, 긴장, 그리고 버팀이었다.

사회: 작품 토론은 어떤 방식으로 이루어졌습니까. 누가 가장 신랄했습니까. 기억에 남는 일화가 있다면.

강유정: 이윤택, 박태일이 신랄한 발언들을 했고, 엄국현은 말없는 가운데 날카로운 지적들을 했다. 강영환과 나는 별다른 의견이 없었다. 산문투의 구절이나 자신의 입장을 너무 드러내는 데 대해 거북해하는 입장을 밝혔던 것 같다.

박태일: 이 부분은 조금 미안하다는 생각, 아마 내가 고함 많이 지르고, 고집을 많이 부렸던 듯…….

강영환: 첫 호를 내기 전에 이윤택 씨 자취방에서 작품을 취합하여 서로 돌려 가며 읽고 느낌을 말한 적이 있었는데 그 뒤로는 사전에 작품을 읽고 검토하며 토론한 기억은 없고 동인지 출간 후 작품보다는 시에 대한 생각들을 가지고 토론을 벌였다. 가장 열정적인 토론은 주로 이윤택, 강유정, 박태일 씨 등이 중심에 있었고 엄국현 씨는 늘 관망하는 자세로 일관하다가 이 형이 엄 형에게 응원을 요청하면 그제서야 논리를 펴 결론을 내곤 했다. 나는 시에 관한 이해가 깊지 않은 때였기에 그닥 토론에 참가하지 않고 나중에 엄 형이 어떻게 대처하는가에 관심을 가지는 정도였다. 토론이 격하여 한 때 동인이 와해될 지경에까지 이르렀을 때가 있었는데 엄 형의 기지로 화해하고 간 적이 있다. 추측하건데 그때의 감정으로 동인 활동이 시들해졌는지도 모르겠다.

엄국현: 동인 활동을 하면서 가장 신경을 썼던 것이 좋은 시를 쓰는 것이었다. 그래서 동인의 시에 대해 좋은 점과 그렇지 못한 점에 대해 많은 의견을 나누었다. 지금도 박태일 시인에게는 그의 산문이 시보다 더 시답다는 말을 하기도 한다. 강영환 시인과는 사는 곳이 가까웠던 때가 있어서 동인과의 만남 이후에도 시간을 따로 내어 한 잔 더 하면서 그의 시세계에 대해 많은 이야기를 나누었던 기억이 있다.

이윤택: 나와 박태일은 서로의 작품을 읽어주고 지나칠 정도로 신랄하게 지적하고, 심지어 남의 시 몇 줄을 '이건 필요없지' 하면서 막 지우고 그랬는데, 엄국현 형은 그런 난도질을 부분적으로나마 경청하고 수용하는 입장이었고, 두 강 씨는 소귀에 경 읽기였다. 아마 두 강고집의 성향 탓이 아닌가 여겨졌다.

사회: 어떤 내용으로 토론이 격해지고 갈등이 생겼는지 기억나십니까.

엄국현: 이 형의 어떤 시를 읽고 내가 '시인이 이런 고민까지 할 가치가 있나'라는 말을 한 적이 있고, 강유정 시인이 그 말에 동조했다. 자신이 모색하던 시세계에 태클당한 이 형을 위해, 이 형의 시는 한, 두 편을 읽는 것보다 여러 편의 시를 한꺼번에 읽어야 시세계가 잘 이해될 것이라는 말을 언젠가 건넨 적이 있다. 그 후 이 형은 그런 시도를 하였고, 시단에서 인정받게 되었다. 김춘수 시인조차 이 형의 시에 대해 평하는 것을 보았으니 말이다. 이 형의 시에 때때로 보이는 아슬아슬한 균형감은 그때의 논전에서 사무라이의 날카로움으로 재빨리 그 무언가를 낚아챘기 때문은 아닐까.

이윤택: 시가 과연 사적인 언어인가 공적인 언어인가. 시가 불립문자에 가까운 사적 세계로서 누구도 이해할 수 없다면 도대체 시를 왜 써야

하는가? 시는 그 자체 객관적인 상징으로서 해석의 대상이 되어야 한다는 것이 나의 입장이었고, 이런 나의 입장을 약간 일탈적이고 전복적인 것으로 보는 경향이 있었다.

사회: 동인 활동이 개인적으로 어떤 면에서 도움이 되었고 어떤 면에서 방해가 되었습니까.

강유정: 발표무대로 중요했고, 다른 매체에 발표할 여유도 없었다. 가끔 동인지 외 다른 문학잡지, 『현대문학』, 『외국문학』, 『시문학』 등에 발표를 했지만 동인지에 발표할 작품만으로도 언제나 힘들었다. 등단 이후 내 시를 다듬는 중요한 역할을 했다.

박태일: 문단 시류에 신경 쓰지 않고, 끼리끼리 힘껏 서로 돕고 밀어내면서 자신의 시세계를 지킬 수 있도록 격려, 반면교사가 된 점이 도움이 되었다.

강영환: 열린시 동인을 함께 하면서 행복했다. 문청 시절에 가까이 지낼 수 있는 친구들이 없었던 차에 열정적인 동인들을 만나 정말 살맛났다. 시에 대한 다양한 생각들을 얻을 수 있었고 독서량이 대단한 동인들로부터 새로운 정보도 많이 얻을 수 있었다. 시에 전력투구하는 동인들로부터 자극을 받았고 부족한 내 자신을 발견할 수 있었다. 오늘의 나를 있게 한 튼튼한 기초를 놓아준 거라 생각한다. 방해가 되는 점은 없었다.

엄국현: 개성이 강한 동인의 시를 묶을 수 있는 에꼴을 모색하는 데 상당한 시간을 보냈다. 언젠가 양왕용 선생님이 열린시가 서양의 열린시와 다르다는 말씀을 하신 적이 있다. 서양의 열린시가 어떤 것인지 읽어보았지만, 잘 알 수도 없었고, 공감이 가는 것도 아니어서, 내 나름대로

만들어 본 것이었다. 그렇다고 동인들이 내 의견을 따랐다는 것은 아니다.

이윤택: 시작 이전에 시를 쓰는 젊은이들로서 자긍심을 유지할 수 있었다. 5인 모두 달라도 너무 달랐고, 그러면서도 끝까지 상대의 세계를 존중해 주는 신사들이었다.

사회: 『열린시』가 계속 지속되지 못한 이유는 무엇이었다고 생각하십니까.

강유정: 10년이면 많이 한 것 아닌가? 장수한 동인이 어떤 게 있을까? 다들 직장이 생기고 나서 조금 소원해졌고, 그런 상황이 지속되면서 결속력이 약해졌던 것도 이유의 하나일 것이다. 시 쓰기와 발표가 타성에 젖었다는 반성도 그 하나였던 것으로 생각된다.

박태일: 각자 문학사회 곳곳에서 자신의 색깔을 분명히 하기 시작했고, 더 큰 물에서 싸움을 해야 할 시기에 이르렀던 탓이었을 것이다. 학계로, 연극계로, 예단으로, 교직으로. 오각형의 별들이 너무 멀리 달라졌다고 느꼈고, 그래서 각자 힘껏 싸워야 할 마당 또한 달리 바뀐 세월이었다.

강영환: 동인지에 대한 흥미가 반감되었기 때문일 것. 동인 각자 나름대로 성장했고 홀로서기가 가능했기 때문, 그리고 시에 대한 열정이나 시를 생각하는 방식에 차이가 나면서 신뢰가 반감되었던 게 아닐까.

엄국현: 박태일 시인은 늘 동인을 하려면 적어도 10년은 해야 한다고 주장하였다. 나는 그 주장에 동의하기도 했지만, 그보다는 동인들과 만나 그들의 시에 대한 이야기를 듣는 것이 좋아서 가능하면 오랫동안 동인이 유지되기를 희망하고 있었다.

이윤택: 오래 지속되지 못한 게 아니라, 너무 오랫동안 동인지를 내지 않고 있는 것 아닌가? 우리들 누구도 열린시 동인 해체를 정식으로 논한 적이 없었다. 책을 내지 않았을 뿐 열린시는 지금까지 저마다 나름대로 건재하지 않나?

사회: 최근 시들을 얼마나 읽는 편입니까. 요즘 활동하는 후배 시인 중 좋아하는 시인과 그 이유는.

강유정: 시, 읽지 않는다. 읽지 않고 쓰려고 한 탓이기도 하다. 열린시 해체 후 10여 년 간 어떤 곳에도 발표하지 않은 작품들로 출판사 없이 묶은 『바람과 다투다』가 그 결과이다. 일 년에 한번 신춘문예 당선시를 모은 시집을 사서 읽는 정도이다.

박태일: 많이 읽지만, 건성건성 넘긴다. 후배 좋아할 시간에 자기 시 잘 쓸 고민을 하는 게 멀리 보면 후배들에게 더욱 도움이 될 일이라 생각하면서.

강영환: 많이 읽지는 않지만 문예지에 실리는 최근 젊은 시인들의 작품에 관심을 가지는 편이다. 역시 시가 영혼의 울림이라는 본질에서는 다소 벗어난 느낌을 갖는다. 작년에 보내온 시집 중에 깜짝 놀란 시인이 우리 지역에 있었다. 권정일 시인과 박춘석 시인의 시집이었다. 상상력의 폭이 참신하고 신선했다.

엄국현: 최근 부산의 모 일간지에 실린 손택수 시인의 시를 우연히 읽었다. 그는 원래 좋은 시를 쓰는 시인이니 이런 말은 불필요하겠지만 그래도 그의 명성을 확인할 수 있어서 기뻤다. 송희복 시인의 시집 『저물녘에 기우는 먼빛』은 최근에 읽은 시집 중에 가장 훌륭한 정신적 경지를 보여

준 것이라 생각된다.

　이윤택: 예전에도 남의 시는 그냥 건성으로 힐끗 보는 습관이었고, 연극하는 동안에도 그저 그렇게 시를 힐끗 보면서 살았다. 지금은 없어져 버린 계간 『게릴라』 잡지 창간호에 김참, 손택수 두 젊은 시인의 시를 실었었다. 내 눈에 좋게 읽혔다.

　사회: 최근 시의 일부가 소통 불능이고 감동이 없다면 그 이유는 무엇이라 생각합니까.

　강유정: 시가 언어규범 밖의 언어를 찾아가는 것이라면 시는 근본적으로 소통불능이어야 하지 않은가. 소통불능에 감동하지 않는다면 그게 시 읽는 일인가. 소통 불능할 정도로 세계를 읽어내지 못한다면 그게 시인가. 신춘문예 정도의 시를 기준을 삼는다면 소통불능이라 말하는 것은 시를 산문으로 생각하는 수준일 뿐이다.

　박태일: 다양한 문단 이해관계와 문학장의 분화에 따라 규범적인 시 읽기가 불가능할 정도로 문학사회가 피상적이고도 산만해졌다. 거기다 개나 소나 시인, 나나 내나 문학상……. 같이 먹고 같이 물똥 나누어 싸는 분위기여서 문화 관습으로서 시의 수월성을 주장할 만한 여지가 많이 사라진 세태도 한 몫을 하는가 싶다. 그리고 무엇보다 시인 스스로 우뚝한 자기 시를 이루지 못한 탓이 아닐까.

　강영환: 시는 리듬, 의미, 표현이 적절한 균형을 가져야 한다고 생각한다. 요즘 시들은 의미보다 표현에 치중되다 보니 전달이 용이하지 못하다. 결국 시인 자신의 카타르시스 해소에만 열중하고 있는 것 같다.

엄국현: 최근의 시는 거의 읽지 못하고 있다. 다행히 오형엽 교수의 비평집 『환상과 실재』를 읽을 기회가 있어 최근의 시에 대한 이해를 어느 정도 할 수 있었다. 좋은 시를 발굴하기 위해 귀한 시간을 내는 비평가에게 박수를 보낼 일이다.

이윤택: 내적 율격이 느껴지지 않는다. 노래로 읽혀지지 않으니까 공감하기 힘들어진다.

사회: 요즘은 1년에 몇 편 쯤 시를 쓰십니까. 대표작 1편을 꼽으라면.

강유정: 한 해 서너 편 정도, 어떤 때는 한 달에 다섯 편도 쓰는 경우도 있지만 시에 열중하지 못하고 있다. 대표시는 무슨?

박태일: 50대 십 년은 '공부'라는 생각으로 주로 논문 쓰기에 힘이 많이 쏠린 세월을 보내고 있어 시 창작에는 상대적으로 전력투구하지 못했다. 한 해 논문은 4편 이상 발표하고 시는 보통 10편 안팎에 그친 것 같다. 그러나 지난해는 올해 상반기에 나올 두 시집을 한꺼번에 마무리하느라 많은 시를 썼다. 미발표작까지 아마 30편이 훨씬 넘었을 것이다. 대표작? 아무래도 많이 알려진 「풀나라」, 「가을 악견산」일까?

강영환: 시를 살고 있기에 일 년에 백여 편 정도는 쓴다. 그러나 발표되는 건 30여 편 정도. 촌집에서 텃밭 가꾸면서도 시 생각에 빠져 있고, 부산 집에 있을 때도 딴 생각 없이 그저 시를 읽는다든가 하여튼 시에 올인하다시피 하고 있다. 자연적으로 에스프리가 내 영혼을 감싸고 있다. 내가 다작인 이유는 아마 젊었을 때부터 시에 올인해 온 결과일 거다. 대표작은 독자들에 따라 달라지는 것 같다. 대표작을 굳이 꼽아보라면 독자들이 생각해 주는 것 몇 편, 「황씨의 카메라」, 「칼잠」, 「생선장수—산

복도로·10」 등.

엄국현: 거의 시를 쓰지 않는다. 이번의 시는 한 동안 도요에서 함께 살았던 최영철 시인이 전화로 자꾸 괴롭히기도 했고, 내가 시를 쓸 수 있는지 시험해보고 싶기도 했다.

이윤택: 지난해부터 다시 시를 쓰기 시작했다. 청탁을 받아야 쓰게 되므로 한해 두 번 4, 5편 정도 쓰게 되는 셈이다.

사회: 시라는 장르가 영원할 것이라 보십니까. 시의 기능은 무엇이어야 한다고 생각합니까.

강유정: 시는 영원하지 않을까? 언어가 전달에 완벽하지 못하다는 것에 동의한다면, 시는 세계를 언어로 규정하려는 것에 대한 흔들기 아닌가. 시는 나에게 있어 하나의 '사건'이고 그런 면에서 역사이고 사회적 반응이라고 생각한다. 그런 맥락으로 시의 기능을 생각한다.

박태일: 시는 영원하다, 말글을 인류가 쓰는 한. 시는 말글을 빌린 창조적 세계 개방의 노력과 가능성의 핵심 방식인 까닭에.

강영환: 나는 시를 영혼이라고 생각한다. 영혼에서 울려 나오는 말씀이 곧 시다. 그래서 시는 어떤 형태로든 남아 있을 것이며 형태는 끝없이 변모하겠지만 시가 가진 본질은 변하지 않을 것이다. 시는 도구가 아니라고 생각한다. 그러니까 행복을 가져다준다거나, 아니면 혁명을 불러오는 수단이라든가, 그동안 도구로 생각하는 시들이 성공을 거두지 못하고만 그런 경험이 있지 않는가. 시가 어떻게 탄생하게 되었는가가 바로 시가 가진 기능이 아닐까. 그래서 영원할 거라 본다. 그렇지 않다면 내가

올인해야 할 이유가 없겠지.

엄국현: 시는 창조다. 창조가 필요 없는 시대가 온다면 시도 사라지겠지.

이윤택: 시는 모든 예술의 출발이고 중심이다. 비록 언어로 쓰여지지 않는다 하더라도 인류는 끝까지 시를 쓰고 있을 것이다.

사회: 『열린시』가 우리 한국시사에 기여한 바가 있다면 무엇이라 생각하십니까.

엄국현: 열린시 동인에 대한 자부심을 가지고 동인 활동을 했고, 또 동인들에게도 그런 말을 하면서 결속을 도모했다. 시사의 문제는 역사의 판단에 맡길 일이다.

이윤택: 80년대 소집단 문화운동의 한 독자적 영역을 획득했다고 본다. 소위 일컫는 중앙에 대한 변방의 운동성, 그리고 순수와 참여 사이에서 개성과 다양성을 내세운 자유시인들로서 열린시의 존재는 분명했다. 이제 남은 것은 열린시 동인들의 각개전투가 어느 지점에서 끝날 것인가일 것이다. 그 점에서 아직 한국시사를 논할 때는 아닌 것 같다. 좀 더 두고 보아야 알 것 같다. 지리멸렬의 모래바람으로 사라질 것인지, 시간을 버텨내는 묘비명을 세울 것인지…….

『열린시』 발간 약사

『열린시』 창간호, 신한출판사, 1980. 3. 25(46배판, 500부 한정판). 강영환, 박태
　　일, 엄국현, 이윤택.

『열린시5인집』제2호, 신한출판사, 1980. 9. 9(변형국판, 신한출판사). 강유정, 강영환, 박태일, 엄국현, 이윤택.

『열린시』제3호, 시로출판사, 1981. 4. 18(변형국판). 강영환, 강유정, 박태일, 엄국현, 이윤택.

『열린시』제4호, 신한출판사, 1981. 9. 20(변형국판). 강영환, 강유정, 박태일, 엄국현, 이윤택.

『열린시』제5호, 신한출판사, 1982. 4. 10(변형국판). 강영환, 강유정, 박태일, 엄국현, 이윤택.

『열린시』제6집, 부산문예사, 1982. 11. 30(변형국판). 강영환, 강유정, 박태일, 엄국현, 이윤택, 표지화 안창홍.

『열린시』제7집, 시로출판사, 1983. 9. 10(변형국판). 강영환, 강유정, 박태일, 엄국현, 이윤택.

『열린시』제8집, 지평출판사, 1984. 9. 23(변형국판). 강영환, 강유정, 박태일, 엄국현, 이윤택.

『열린시』제9집, 청하, 1985. 12. 30(변형국판). 강영환, 강유정, 박태일, 엄국현, 이윤택.

『열린시』제10집, 청하, 1987. 7. 30(변형국판, 청하). 강영환, 강유정, 박태일, 엄국현, 이윤택, 산문/정과리.

『빛에 관한 명상』제11집, 책펴냄 열린시, 1989. 5. 30(변형국판). 강영환, 박태일, 엄국현, 초대/하재봉 외. 논문/이윤택, 박태일, 엄국현.

『낯선 풍경』제12집, 책펴냄 열린시, 1990. 12. 20(변형국판). 초대/최영철 외. 평론/홍홍구. 논문/박태일. 서민극 대본/이윤택.

『지하철나무』제13집, 책펴냄 열린시, 1991. 12. 18(변형국판). 강영환, 강유정, 이윤택, 초대/김태수 외. 논문/박태일, 엄국현.

『종이의 뼈』(열린시선집), 책펴냄 열린시, 1992. 6. 23(변형국판). 강영환, 강유정, 이윤택, 엄국현, 박태일.

『투명한 밑 위에』제14집, 책펴냄 열린시, 1992. 12. 18(변형국판). 강영환, 강유정, 엄국현, 초대/김형술 외. 논문/박태일.

(2013)

지역에서 지역으로 달리는 무궤열차, 박태일

진행: 이순욱

이순욱: 오랜만에 뵙습니다. 『오늘의 문예비평』이 선생님과 대담을 제게 의뢰한 데에는 각별한 이유라 있으리라 여깁니다. 아마도 시인으로서 연구자로서 선생님의 삶과 문학 활동, 학문의 거점과 지향을 비교적 잘 안다고 여긴 까닭이겠지요. 또한 제 학문의 바탕이 선생님과 강한 연대와 결속 속에서 이루어지고 있다는 나름의 인식에 기초하고 있는 듯 보입니다. 이러한 선입견을 벗어나야 그야말로 선생님의 시작(詩作)과 연구 활동을 객관적으로 짚어낼 수 있을 텐데 말입니다. '박태일이라는 상징자본'의 속살에 깊숙이 다가서고자 하는 점에서 저와 『오늘의 문예비평』 동인의 생각은 크게 다르지 않을 것이라 봅니다.

작년 9월에서 최근에 이르기까지 벌써 6권의 책을 내셨습니다. 6시집 『옥비의 달』(문학동네, 2014. 9)과 백석의 번역시편을 묶은 『동화시집』(경진출판, 2014. 9), 지역문학의 현장을 다룬 『지역문학 비평의 이상과 현실』(케포이북스, 2014. 9), 그리고 연구서 『마산 근대문학의 탄생』(경진출판, 2014. 9), 『시의 조건, 시인의 조건』(케포이북스, 2015. 1), 『유치환과 이원수의 부왜문학』(소명출판, 2015. 2)이 그것입니다. 이들은 독자적인 아우라를 내

뽑고 있으면서도 연구자와 시인으로 살아온 세월을 증명이라도 하듯 서로 관련을 맺고 있습니다. 몇몇 글들은 30년 묵은 세월을 헤아리기도 합니다. 올해 들어 벌써 갑(甲)으로 되돌아 온 연치를 살고 계신데, 이렇게 가파르게 책을 발간한 데는 '정리'의 뜻이 강하게 느껴집니다. 선생님의 학문의 뿌리에 대한 애정, 시와 시인에 대한 인식, 지역문학의 존재방식과 방향, 한국문학사에 대한 반성과 성찰 등 삶과 학문을 가로지르는 글들을 마주하면서 뒷날 누군가 쓰게 될 '박태일론'의 일차자료를 마주한다는 느낌 또한 지울 수 없습니다. 이렇게 한꺼번에 출간한 뜻이 있으신지요. 혹시 지금이 아니라면 내일은 없다는 식의 어떤 절박함이나 조바심이 작용한 것은 아닌지 모르겠습니다.

박태일: 반갑습니다. 어려운 대담 자리를 허락해 주셔서 고맙습니다. 지난해 9월부터 올해 2월까지 모두 6권의 책을 냈습니다. 올해 1, 2월에 낸 2권은 사실 지난해 낼 계획으로 원고를 넣었던 것인데, 출판사 사정으로 해를 넘겼습니다. 이렇게 책들이 몰리게 된 것은 각별한 절박함이나 조바심이 있어서 그리 된 결과는 아닙니다. 저 같은 지역 조그마한 대학의 문학 교수가 무엇을 얻고자 조바심을 치겠습니까? 게다가 당장은 읽히지도 않을 책인데. 그런데 절박함이라는 쪽에서는 몇 마디 거들 게 있습니다. 지난 십 년 남짓 공부하고 관심을 가져온 결과들을 일부나마 정리할 시점에 이르렀던 까닭입니다.

지난 세월 거듭 마음을 다졌던 생각은 사람 나이 오십을 넘어서면 남에게 이래라 저래라 할 입장이 되지 않으리라는 금과옥조였습니다. 살아오고 쌓은 그대로 삶이 고스란히 세상에 훤하게 드러나는 마당 아닙니까. 그러니 제 깜냥의 길을 걸을 도리밖에 없다 생각했던 것입니다. 그나마 뒷날 제가 제 자신을 비웃고, 돌아보며 후회하는 참담함을 겪지 않기 위한 일이었습니다. 그래서 지난 오십대 십 년은 공부에 더 방점을 찍으며 살고자 했습니다. 기본적인 역할과 업무 외에는 각별히 소모되지 않기 위해 경계를 했습니다. 그리고 그 결과물 가운데서 지금쯤 내야 마땅하리라 여겨지는 것들로 한 매듭을 지었습니다. 한꺼번에 공부 결과물을 낸 경우는 2004년 한 해 연구서 세 권을 냈던 때에 이어 두 번째군요. 다음 단계로 넘어가기 위한 징검돌은 놓은 셈입니다.

이번에 낸 책들은 그간 공부 결과물 가운데서 경남·부산 지역문학 연구의 후속 작업이 핵심입니다. 2004년『경남·부산 지역문학 연구 1』에 이어『마산 근대문학의 탄생』이 2,『유치환과 이원수의 부왜문학』이 3입니다. 이들 곁에 다시 지역문학 비평 담론『지역문학 비평의 이상과 현실』과 일반 시비평『시의 조건, 시인의 조건』이 놓입니다. 본디는『경남·부산 지역문학 연구 4』도 이어 낼 계획이었는데, 잠시 출판을 뒤로 미루고 숨을 고르기로 했습니다. 결과적으로는 지난 십 년 제 자신과 했던 약속을 제 식으로 점검하는 한 계기였습니다. 아마 앞으로 집중적으로 모아 낼 경우 또한 지역문학 연구와 관련될 터인데, 몇 해 뒤에나 이루어지리라 생각합니다. 한국 지역문학 연구, 북한 지역문학 연구, 1950년대 남북한 문학과 같은 논의들이 중심 뼈대가 될 것 같습니다.

이순욱: 우선, 예상과 달리 늦게 나온 시집을 잠깐 이야기하겠습니다. 제14회 최계락문학상 수상작인『옥비의 달』에서 역시 선생님 특유의 가락과 말맛을 느낄 수 있었습니다. 선생님 시는 먹빛 황강과 의령댁 할머니가 품고 키웠지요. 이번 시집 또한 그러한 그늘이 강하게 느껴집니다. 사람에 대한, 그들의 삶에 대한 그리움과 슬픔의 정서가 바로 그러합니다. 특히 이번 시집에서는 김창식(「12월」), 김상훈(「저녁달」), 장철수(「발해를 꿈꾸며 동해에 지다」), 표문태(「두 딸을 앞세우고」), 이지은(「문산 지나며」), 김종길(「시인의 손」), 김병호(「별나라」) 등 잊고 살았으나, 결코 잊을 수 없는 이들의 삶들로 굽이치고 있습니다. 저도 쉽게 잊고 만 이름들이라 그립고 안타깝기는 마찬가지입니다. 선생님과 학문마당을 함께 일군 이들이거나 지역문학 연구의 현장에서 마주친 사람들이지요. 황강의 흐름

이나 고향 문림 뒷산 호연정 뜰의 휘어진 은행나무 또한 어찌 굴곡이 없으랴마는 이들에 비할까 생각됩니다. 시력(詩歷) 30년을 넘으면 시세계가 변할 법도 한데, 선생님께서는 끈질기게 꿋꿋하고, 또 꿋꿋하게 새벽에 길을 나서 이 땅 곳곳 시의 길을 열어 제칩니다. 7시집 또한 황강에서 시작하여 저 연변의 어느 헌책방을 지나 만주의 고토에 묻힌 기왓장에 숨은 내력으로 출렁일지도 모를 일입니다. 이처럼 변하지 않는 시작(詩作)의 힘과 가락은 어디에서 비롯되는지, 이를 지독하게 고집하는 까닭이 무엇인지 여쭙습니다. 또한 선생님 시를 어렵다 하는 독자들도 적지 않은데, 아마도 끝 간 데 없는 상상력보다는 특유의 언어 사용에서 비롯된다 하겠습니다. 다소 폭력적인 질문입니다만 시인 박태일에게 언어는 도대체 무엇입니까? 시 자체인지, 아니면 특유의 취향에서 비롯되는 부차적인 요소인지요?

박태일: 이번 시집 『옥비의 달』은 2013년 12월에 낸 『달래는 몽골 말로 바다』와 함께 시기적으로 많이 늦어졌습니다. 4시집 『풀나라』를 2002년에 낸 뒤, 다시 2012년에 시집을 한 권 낼 준비를 했습니다. 몽골 기행시와 『옥비의 달』 시편들이 그것입니다. 그런데 출판 사정이 예상과 달랐습니다. 이왕 늦어질 시집을 제 시간 계획에 쫓겨 급하게 내버릴 일이 아니라고 생각을 바꾸었습니다. 두 권으로 나누어 내는 쪽으로 생각을 굳히고, 깁는 작업을 더했습니다. 그리하여 『달래는 몽골 말로 바다』와 『옥비의 달』을 이어서 낸 것입니다. 결과적으로는 색깔이 더 뚜렷해진 두 시집을 얻은 셈입니다. 시집 출판이 잦지는 않았지만 저에게는 그 동안 시도 꾸준히 써왔다는 방증이었습니다.

이제 질문에 대한 답변을 드려야 하겠습니다. 말글이 제 실존 근거라 말하면 너무 큰 과장과 수사가 되겠군요. 그런데 저는 문학으로 업을 삼겠다는 생각을 일찍부터 지녔습니다. 다행스럽게 그 생각을 좇아 아직까지 글밥을 먹고 있으니 참으로 다복을 누리는 셈입니다. 게다가 시쓰기와 아울러 논문/비평 글쓰기를 같이 할 수 있으니 또한 홍복입니다. 제가 꾸준히 시를 쓸 수 있었던 것은 역설적이지만 시 창작에 최선을 다하지 않았던 까닭입니다. 좋게 말하면 당장의 조바심이나 문학적 성취를 들내기 위해 좌고우면하지 않았던. 단기 문학이 아니라 장기 문학이라고나 할까요. 저는 시를 위해 제 삶을 남달리 많이 손해본 사람이 아닙니다. 부끄러운 말이지만 그것이 아마 제가 오래도록 시를 쓰도록 이끄는 힘일 수 있었다 생각합니다. 앞으로 생리적 나이로 80까지만 더 사회 활동을 할 수 있다면 평생 10권 정도의 창작 시집 간행은 가능하리라 생각합니다.

저는 시인이면서 연구자입니다. 공부 방향이나 방법도 사실 시창작과 비슷하게 시적인 상태를 겨냥하곤 합니다. 적어도 남이 차려 놓은 밥상에 숟가락을 얹지는 않겠다, 내가 납득하기 전까지는 세상에 널린 기지의 통념이나 권위에도 쉽게 엎어지지 않겠다……. 그런 생각들입니다. 오롯한 창조적 상태를 즐긴다는 점에서 시쓰기와 논문글 쓰기는 같은 바탕 위에 놓인 다른 두 모습이라 할 수 있습니다. 그리하여 꾸준하라, 눈앞의 뻔한 이해관계에서 벗어나 우직하게 걸어라, 무엇보다 너는 너답게 살아라, 이런 소박한 격언들을 마음에 새기고자 애쓰는 쪽이었습니다. 시로 보자면 1980년 중앙일보 신춘문예로 세상에 나온 지 어느새 35년에 이르렀습니다. 그럼에도 저는 여전히 습작기의 초조함, 오리무중의 고통과 즐거움을 되겪고 있습니다. 아마 그런 긴장은 더 쓰지 못할 나이 때까지 지녀야 할 것입니다.

그리고 제 시는 한편으로 제 삶에 대한 한 알리바이이기도 합니다. 『옥비의 달』에서는 이 선생께서 말씀하신 대로 제가 살아오면서 겪었던 적지 않은 지인이 얼굴을 내놓고 있습니다. 이른바 헌시, 또는 기명시입니다. 이 선생과도 직접, 간접으로 얽힌 이들도 많군요. 그만큼 저와 나누었던 시간의 부름켜가 컸다는 뜻이겠습니다. 여느 시인에게도 기명 헌시는 잦은 편입니다. 보기를 들어 황동규 시인도 기명 헌시를 적지 않게 쓰신 분입니다. 저에게 주신 시가 세 편입니다. 시인께서 생존한 이에게

준 시로서는 아마 가장 많을 축에 들 겁니다. 한 편 한 편을 읽을 때마다 황 시인과 함께 나누었던 짧은 시간의 속살과 장소 풍광이 아련합니다. 그러나 정작 황 시인이 저에게 기명시를 준 본뜻은 그런 회고의 즐거움이 아닐 겁니다. 지역에 묻혀 살면서도 기죽지 말고 열심히 강건하게 살아라는 당부. 그런 점에서 제가 내놓은 기명시들 또한 각별한 이에 대한 추회에 머물지 않고 그들에게 빚진, 그들의 삶까지 일정하게 짐 진 제 자신에게 건네는 격려의 전언이기도 합니다. 마침내 시는 가까웠던 이나 장소의 기억에 관한 추모의 방식, 또는 자신의 묘비명일 수밖에 없습니다.

　이제 다소 폭력적이라는 이 선생의 물음에 폭력적으로 답하겠습니다. 시인은 말글을 남달리 잘 다루는 훈련을 거치고 그런 취향을 키운 사람이라 여겨지는 이들에 지나지 않습니다. 하찮을 따름이지요. 예컨대 직접 생산하는 농사꾼이 아닙니다. 그럼에도 농사꾼들에게 제 말글이 값어치 있는 것인 양, 설득하고 매달려야 할 입장입니다. 그러니 그의 마음가짐과 뱉는 말글이 처음부터 어떠해야 할지는 자명하지 않습니까. 저는 비록 말글로 순교하거나 한 판 야무지게 말놀이하다 갈 만한 그 어느 쪽 재목도 아니지만 글밥 먹고 사는 이가 지닐 나름의 소박한 기본 윤리만은 지키려 애썼습니다. 말 따먹기 하지 않기, 글조차 쓰지 못하고 살아가는 세상에 대한 부끄러움, 그런 점들이 오히려 앞으로도 오래도록 시작을 할 수 있도록 밀어주는 힘이라 생각합니다.

　이순욱: 그동안 선생님께서는 지역의 문학 공동체, 학문 공동체에 대한 쓴소리를 마다하지 않으셨습니다. 지역문화예술의 최전선에서 적극적으로 발언해 왔던 셈입니다. 칼럼이든 비평과 논문의 형식이든 학계나 문학사회에 던지는 반향이 적지 않았습니다. 한 글에서 시인 이응인 형은 선생님의 『지역문학 비평의 이상과 현실』을 인용하면서 밀양 지역문학의 바람직한 길을, 지역에서 시인으로 산다는 일의 엄중함을 고민하기도 했지요. 뜬금없는 질문으로 들릴지 모르겠으나, 산문과 달리 선생님의

시는 당대 우리 삶의 문제에서 비켜 서 있습니다. 세월호 참사나 밀양 송전탑 건설 반대투쟁과 같은 국가 폭력이나 국가 공동체의 위기 속에서 소외된 사람들의 문제를 직접적으로나 즉각적으로 다루지 않는 편입니다. 이상하리만큼 그렇습니다. 시쓰기의 자세나 스타일과 관련된 문제인지 아니면 특별한 이유가 있으신지요? 최근 나온 비평집 『시의 조건, 시인의 조건』에서 백석 시의 명성과 영향관계를 진단하면서 "좋은 시인은 시대와 불화를 꿈꾸는 창조적 인자"(230쪽)라 하셨지요. 그렇다면, 이 시대 시인의 역사적 소명의식이란 어떠해야 하는지요.

박태일: 공적/집단적 시간 장치인 역사와 사적/개별적 시간 장치인 시는 날카롭게 맞서는 것입니다. 역사는 사적 시간에 대한 폭력이고 횡포입니다. 그러나 그 둘이 만나는 밑자리는 말글이라는 점에서는 한가지지요. 그런 뜻에서 역사와 시는 운명적 동질성이 있고, 말로서 말 많은 문자놀이의 특권, 엘리트주의의 산물입니다. 담론이라는 쪽에서 볼 때 다만 시가 말의 기표 놀이에 더 기댄다면 역사는 말의 기의 놀이에 더 기댄다는 차이가 있을 따름입니다. 따라서 시인은 고스란히 믿어 주기를, 사랑해 주기를 강권하는 불가사리 같은 역사와 거리를 띄우거나 맞서지 않는다면 참된 시성(詩性)을 얻기가 어렵다는 게 제 생각입니다. 그런 점에서 시가 손쉬운 현실 재현론의 머슴이 되거나 먹잇감이 되지 않도록 조심해야 합니다. 시는 시일 따름입니다. 그 나머지는 시를 누리거나 활용하는 향유사회의 이해관계, 정치경제의 문제입니다. 그것까지 시인이 떠맡으려 한다면 만용을 부리는 것입니다.

게다가 시는 근본주의자의 산물이 아니라 생각합니다. 현상주의자의 것이지요. 결코 당대적, 일상적 현실을 벗어날 수도 없고 벗어나려는 자세 자체를 늘 경계해야 합니다. 다만 그것을 언어적 현실로 되돌려 줄 수밖에 없다는 확연한 한계와 의의를 늘 잊지 않는 게 중요합니다. 세월호 참사라는 국가적 현안을 본보기로 들어 보겠습니다. 한 개인으로서, 사회

구성원으로서 제가 겪는 참담과 고통이야 어찌 없겠습니까. 그러나 그러한 현실의 사건 경험과 시라는 구성 담론으로서 겪는 것은 엄청나게 다른 일입니다. 경험 가치와 표현 가치가 같을 수 없다는 사실은 글쓰기의 초보라도 알 수 있을 일 아닙니까?

그런 전제 위에서 세월호 참사에 관한 시를 쓴 이들에게 물음을 던질수 있을 것입니다. 모름지기 당신이 쓴 세월호 참사 관련 시가 언론 기사문보다 더 나은 정보력과 공론성을 지녔는가? 유가족의 비통과 울음소리보다 더 깊은 울음과 비통에 젖게 이끄는가? 유가족 둘레를 오가는 정치꾼들의 간지러운 위로의 말보다 더 공교로운 말솜씨를 보여 주고 있는가? 만약 답변이 어느 것 없이 부정적인 쪽으로 기운다면 시로서 표현하고자하는 욕망은 거두는 것이 바람직할 것입니다. 시인이 기자 노릇 넘보고, 유가족 대신하려 하고, 정치꾼 흉내 내서는 곤란합니다. 시답잖은 세월호추모시 한 편 목청 드높이는 일로 참된 현실에 참여한다고 착각하지 말일입니다. 게다가 현실도 역사도 주체의 입장에 따라 한없는 층위와 속살을 지닙니다. 그 밥에 그 나물인 현실 이해, 말재주로 무엇을 하겠다는 것인지요. 섣불리 당대 특정 현실에 복무하여 이익을 탐한다는 점에서 시인이 주류 권력이나 거시 이념의 사냥개가 되거나 비렁뱅이가 되기십상입니다.

그러니 차라리 시인 스스로 비유적으로는 자신이야말로 세월호 선장과같은 놈이 아닌지, 그처럼 살고 있지 않은지 반성해야 합니다. 그리하여 자신의 이름값을 다하는, 공적 역사가 아니라 자신의 마땅한 사적 역사에 제대로 골몰하는 것이 소임을 다하는 길입니다. 죽음을 바쳐 싸울 자신이 없으면 겸손하게 자신이 할 수 있을, 해야 할 바에 최선을 다하고 정명을 실천할 일입니다. 싸움은 여러 범위, 여러 대상, 여러 차원으로 가깝게 멀리, 크게 작게, 숱하게 열려 있습니다. 문제는 그 어느 쪽으로 전선을 단일화해 가면서 총력전을 벌이는가라는 선택의 문제에 있습니다.

이순욱: 연구서로 눈길을 돌려보겠습니다. 『마산 근대문학의 탄생』을 받아들고 제일 먼저 든 생각은 문학의 '탄생'이라 말을 되새김질하듯 음미했습니다. 처음에는 쓴맛이더니 미묘한 맛으로 버무려져 있더군요. 이 즈음 재발굴이니 재발견이니 하는 수사의 과잉과 미망 속에서 선생님의 삶터에 대한 애정, 마산이라는 소지역 문학현실에 대한 영광과 모멸의 기록을 담고 있었습니다. 이전의 감각으로는 '발굴'이나 '발견'을 제목으로 삼았을 터인데, 각별히 '탄생'이라 한 연유가 있으신지요. 지역문학사 서술의 본보기로 삼을 이 책을 통해 무지와 왜곡으로 점철된 지역문학 연구의 현실을 벗어나기 위해서는 어떤 관점과 방향이 필요한지 궁금합니다.

박태일: 『마산 근대문학의 탄생』은 마산 지역 근대문학 백 년을 두고 처음으로 이루어진 연구서입니다. 모두 아홉 편에 이르는 글을 4부로 나누어 실었습니다. 1907년 정미국채보상의거를 대구에서 발의하고 이끌었던 동양자 김광제 지사가 엮은, 마산 근대문학 매체의 효시 『마산문예구락부』를 발굴, 소개하는 글을 처음으로 마산 근대 예술·문학 백 년의 흐름을 개괄한 글에다, 경자마산의거 시의 됨됨이를 따지는 글까지 이어져 있습니다. 책 표사에다 저는 『마산 근대문학의 탄생』이란 두 가지 뜻을 지닌다고 썼습니다. 마산 근대문학지를 향한 바탕을 비로소 마련했다는 안도감이 하나였습니다. 마산 지역에서 생업을 오래 이어온 사람으로서 지역사회로 향한 빚진 느낌을 조금이나마 제 식으로 갚은 셈입니다. 거기다 앞으로 제대로 된 마산문학지, 창원문학지가 머지않아 탄생하기를 바라는 즐거운 바람이 두 번째였습니다. 제 책이 그 일로 나아가는 데 한 든든한 디딤돌이 될 것이라 생각했습니다. 그런 점에서 관변 문인단체 조직지 문단 야사와 다르지 않은 마산 소지역 문학에 관한 본격적인 이해의 뼈대를 갖춘 셈입니다.

몇 가지 중요한 징검돌은 이런 것입니다, 첫째, 제국주의 수탈의 상징

장소 가운데 하나로 자란 마산 근대문학의 첫자리는 의열지사 김광제의 뜻과 문학이 놓인다. 그것을 출발지로 삼아 배재황, 권환, 정진업 들로 이어지는 겨레문학, 현실주의 문학이 있다는 사실이 하나입니다. 지역사회나 우리 문학사는 이들이 개인으로 겪은 집단적 고통과 비통을 향해 추모와 고마움을 제대로 표시해 본 적이 없었습니다. 이들과 맞선 자리에 이은상으로 대표되는 아세 '기녀'문학과 이원수로 대표되는 부왜문학이 놓입니다. 이들은 자신이 세상에 저지른 씻지 못할 허물에도 오히려 문학으로부터, 사회로부터 자신이 이룬 것보다 훨씬 더 많은 보상을 받고 있습니다. 이러한 정신실조와 부조리를 바로잡기 위해 새로운 마산문학, 창원문학의 정신과 흐름을 되살리는 길을 후학들이 제대로 열어나가기를 바라는 뜻을 담았던 셈입니다.

앞으로 『마산 근대문학의 탄생』을 본보기로, 경남·부산의 소지역 문학지 곧 진주문학, 밀양문학, 울산문학과 같은 이름으로 단일 성과물이 이 선생을 비롯한 지역문학 연구자들 손으로 이어서 나오기를 바랍니다. 그런 결과를 바탕으로 경남·부산 지역문학의 특이성과 일반성을 제대로 가늠할 수 있을 것입니다. 그 일은 공장에서 마구 찍어 파는 퍼즐 풀기가 아니라 내가 설계하고 내가 흩었다 다시 짜 맞추는 퍼즐놀이처럼 고통스런 즐거움일 터입니다.

그리고 어떤 대상, 작가, 지역을 문제 삼든 지역문학 연구가는 연구가 지니고 있는 근본적인 혁신성, 대안성, 실천성을 염두에 두어야 할 것입니다. 우리 근대문학의 많은 성과나 통념은 개방적 이해의 결과라기보다 정치적, 이념적, 학문적 억압과 자의 속에서 강화되어 온 인습의 결과물이라는 인식 조건을 잊지 말 일입니다. 바닥부터 의심하고 가로지르면서 현실 정합성을 고심하지 않는 공부는 사회적 낭비일 따름입니다. 거기다 점점 국가 단위의 학문장 관리와 평가의 사슬마저 더욱 두터워지면서 걸음걸이를 막는 형국입니다. 그런 가운데서도 좋아하는 놀이에 빠진 어린 아이처럼 암중모색과 열중을 잊지 맙시다. 그런 모습으로 꾸준히 쌓고 나아가 '지역문학총서' 100권을 내다볼 수 있다면 그것도 아름다운 성취라 생각합니다.

이순욱: 선생님께서는 문학의 실체와 명성의 뿌리를 제대로 파들어 가는 일을 지속적으로 수행해 오셨고, 그것이야말로 근대문학사의 뼈대를 바로 세우는 일이라는 믿음으로 굳건한 분이지요. 그런 점에서『유치환과 이원수의 부왜문학』은 시사하는 바가 적지 않습니다. 익숙하게 알려진 이광수를 제외하고는 특정 문학인을 표제로 내세운 저작이 발간된 적이 없었고, 무엇보다도 이들이 문학제도나 교과서제도에서 작가정전, 작품정전, 해석정전으로서의 지위를 한껏 누리고 있는 까닭입니다. 이전의 장지연과 이은상, 김정한에 대한 논의도 같은 맥락에서 이해할 수 있습니다. 단순히 이들 명망 있는 작가들의 위상이나 작품의 위의(威儀)를 훼손하는 데 목적이 있지 않고 보면, 문학의 바른 자리에 대한 논의는 여전히 부족하다고 봅니다. 청마의 북방행에 대해서는 소상하게 언급하지 않은 부분도 있는 것 같은데, 이와 관련하여 부왜문학 연구의 현실과 이를 가로막는 걸림돌이 있다면 간단하게 짚어 주십시오. 그리고 이들 뿐만 아니라 김소운이나 이주홍을 포함한 경남·부산 지역 부왜문학 연구의 방향 설정, 이제껏 연구 대상에서 비껴나 있는 근대 한문학으로의 갈래 확대 등 부왜문학 연구가 나아갈 바에 대해서도 말씀해 주시지요.

박태일:『유치환과 이원수의 부왜문학』은 개인적으로는 두 가지 뜻이 있습니다. 임종국 선생이『친일문학론』을 낸 뒤 그것을 이어 받아 개인 부왜 작가의 이름을 내세운 첫 번째 낱책이라는 점이 처음입니다. 제 기억에 이경훈의『이광수의 친일문학 연구』(1998)가 있지만, 이광수의 부왜문학을 더 큰 맥락에서 용인하자는 개량적 역사주의의 입장에 서 있습니다. 임종국 선생이『친일문학론』을 통해 당대 문학사회와 날카롭게 맞섰던 정신과는 벗어난 자리에 놓이는 성과입니다.『유치환과 이원수의

부왜문학』은 지난 십 년 이상 이루어지고 있는 경남·부산 지역 예술문화 현장 비판론이라는 당대적 정합성을 지닌 책입니다. 대중적으로는 부왜 문학과 거리가 있다고 알려져 왔던 유치환과 이원수에 관한 문제 제기는 책 발간 자체로 논란을 일으킬 것입니다. 다음은 지역 시민사회건 학문 공동체건 저에게 제대로 된 답신을 주셔야 할 일입니다.

다른 하나는 '부왜'와 '부왜문학'을 책 제목으로 내세운 첫 낱책이라는 점입니다. 짐계 려증동 선생이 부왜를 학술 용어로 널리 공간한 때가 1980년대 초반입니다. 그 뒤로도 바로 잡히지 않았습니다. '국민학교'가 '초등학교'로 바뀌는 작은 변화 밖에 없었습니다. 어쨌든 '부왜'와 '부왜문 학'이 이름으로 제출되었으니, 그에 대한 용어학 문제는 공론을 벗어나기 어려울 것입니다. 물론 우리 사회의 정신실조 현상이 그것을 원할지는 의구심이 들지만. 이른바 조선총독부가 만든, '경성+부산=경부'를 옮긴 '경부선'이라는 얼빠진 말을 아무렇지 않게 광복 뒤 70년 동안이나 잘도 쓰고 있는 어리석은 나라 아닙니까.

이제 유치환으로 말을 옮기자면, 그에 대한 논란은 이번 『유치환과 이원수의 부왜문학』으로 한 단락 지은 셈입니다. 2007년 통영에서 있었 던 유치환의 부왜 논란을 주제로 한 토론회, 그리고 이듬해 경남도민일보 에 실렸던 정과리 교수의 반론을 거치면서 우리 지식사회의 정신실조를 다시 한번 느꼈습니다. 지금은 고인이 된 김열규 씨는 자신이 1940년대 어린 '소학교' 학생이었는데, 이른바 국어인 왜어로 부산일보에 작품을 싣기도 했다고 자랑스레 말하면서 아연 물타기하는 짓거리를 보이기도 했습니다. 우리 지식사회의 정신실조는 너무 오래고 깊었던 셈입니다.

유치환의 경우, 연구자가 아니라도 그의 작품에 조금만 들어서면 이른 바 생명파니 아나키스트니 하는, 그에 대한 명성과 평가에 큰 문제가 있다는 사실을 금방 알 수 있습니다. 그런데도 학문한다는 이들이 아무런 의심이 없었습니다. 시 「수」에서 보이는 증오와 권력 복무는 1950년대 전쟁기 인민군을 향한 것으로 고스란히 확대, 재생산됩니다. 나이 40도 이르기 전에 우리 민족시의 대가라는 우스꽝스러운 정치적 수사를 받으며 명성이 증폭되었던 사람입니다. 생명, 생명하는 데 사람 죽이고 증오하는 일이 생명파의 일입니까, 사람 살리고 생명 섬기는 일이 그러합니까. 참으로 뿌리부터 허깨비 같은 말장난에 허깨비 같은 명성만 막무가내 자라왔던 셈입니다. 그런 가운데 몇 해 전부터 유치환 현양 단체는 국내의 논란을 피해 슬쩍 유치환의 원죄 장소 가운데 하나이기도 한 옛 만주국 고토인 중국 연변 동포사회에 가서 돈을 풀어 놓고 문학상 장난질을 치고 있습니다. 창원의 이원수 현양사업 주체가 이원수를 내걸지 못하다 국제 아동문학축전이니 뭐니 씨나락 까먹는 세금 잔치 벌이는 짓거리와 다를 바 없는 우회 전술입니다. 지역의 정관언 상층부와 거기에 기생하는 예술 문화계 잡식 거간꾼, 머슴들을 물리치지 않는 한 바람직한 지역 가치의 창출과 확대, 전승은 물 건너간 격이라 하겠습니다.

유치환 자리의 중심은 각별히 세 가지 논란에 관한 해명입니다. 첫째, 통영 출향 이유. 지식인 탄압으로 말미암은 지사형 도주가 아니라 개인적인 문제를 저질러 도망치듯 떠났다는 개인형 도주설입니다. 둘째, 만주국 체류의 실상. 만주국의 이른바 개척·협화 이념에 복무했던 그의 반민, 반민족적인 삶을 밝혔습니다. 셋째, 부왜 작품에 대한 온전한 풀이. 부왜 산문 「대동아 전쟁과 문필가의 각오」와 시 「수」를 비롯한 5편을 따져 유치환의 허상을 실증한 점이 마지막입니다. 그 가운데서 제가 제대로 공개하지 않은 자리는 그의 개인형 도주설의 속살입니다. 내용이 너무 참담해서 공론장이 마련되지 않는다면 제가 나서서 공개하기는 어려운 일입니다. 아마 뒷날 문학 작품으로 에둘러 재구성한다면 모를까.

이원수 자리는 나라잃은시대 우리 어린이문학에 끼친 경남·부산 지역 어린이문학인의 활발하고도 고난스러웠던 활동상을 1920~1930년대 대표 어린이 매체를 중심으로 살폈습니다. 그런 바탕 위에서 이원수 문학이 지닌 상대적인 가벼움과 그의 의도적인 기억 훼조 현상을 꼼꼼하게 다루었습니다. 2002년부터 이루어졌던 저의 이원수 부왜문학 발굴, 보고에서 한 단계 더 나아간 성과입니다. 이원수의 부왜문학이 을유광복 이후 그의 변신 활동과 어떻게 얽혀 있는지 그 상관성을 새로 밝혔습니다.

제 생각에 경남·부산 근대 지역문학인 가운데서 유치환과 이원수야말로 나라잃은시대의 민족적 쟁투와 관계없이 한 몸 이득을 꾀하다 광복 뒤 변신에 성공한 대표 인물입니다. 바람직한 지역 가치의 재생산과 전승을 위해 정의롭지도 공정하지도 않은 일입니다. 이들 문학의 실체와 명성의 뿌리를 제대로 파 들어서는 일이야말로 경남·부산 지역문학뿐 아니라 우리 근대문학사의 뼈대를 세우는 일이라 감히 말씀 드릴 수 있습니다.

말이 길어졌습니다. 이제 줄이겠습니다. 오늘날 지역 부왜문학 연구의 큰 걸림돌은 무엇보다 연구자들의 직무유기에 있습니다. 제가 2002년 처음으로 경남·부산 지역문학의 부왜 문제를 개괄했을 때, 거기에 이름을 올린 이는 유무명을 비롯해 40명 남짓이었습니다. 그 뒤 그들에 대한 규명이나 관심을 보여 준 글은 명망가 두세 사람에 그칩니다. 직무유기가 심각한 셈입니다. 저는 일찍부터 대학 과정에 '부왜문학론'이 개설되어야 한다고 믿어온 사람입니다. 지속적인 담론 생산, 보급, 홍보를 위해 필요한 제도 장치인 셈입니다. 그럼에도 부왜문학에 부분적인 관심을 가진 연구자마저 전국적으로 손에 꼽힐 정도입니다.

경남·부산 지역문학을 두고 볼 때, 지역문학 연구 쪽에서 가장 시급한 쪽은 이주홍이나 김소운과 같은, 어느 정도 밝혀진 한글문학 쪽이 아니라 오히려 지역의 근대 한문학 쪽입니다. 거기에 깊게 걸쳐 있는 계층이 불교계와 유교계 지식층입니다. 그 가운데서 유교계의 부왜는 더욱 광범하고 구조적입니다. 뜻있는 한문학 연구가들이 근대 한문학으로 눈을 돌리고, 훈고주석 놀음은 다른 이에게 맡기고, 근대 지역 정신지에 직핍하는 정공법을 보여 주면 좋겠습니다. 그리고 그것은 씨족 집단의 부왜문제와 이어져 있습니다. 파급도나 논란의 정도는 한글문학의 부왜와는 견주기 힘들 만큼 커질 수도 있습니다. 『경남 지역 부왜 한문학과 씨족적 대응』과 같은 논저가 무망하지는 않을 것입니다. 뜻있는 청년 연구자를 기대합니다.

한 어린이문학 연구자가 있습니다. 여자 몸에 그것도 늦깎이 연구자입니다. 제가 개성 지역문학 공부를 하다 만난 어린이문학가 이영철을 두고 맨 처음 논고를 쓴 이였습니다. 개성 지역문학으로 보면 마해송의 후배로서 1930년대부터 본격적으로 작품 활동을 한 작가가 이영철입니다. 광복기에는 윤석중과 나란히 활동했으나 주류 어린이문학사회와 거리를 둔 채 잊힌 이입니다. 그녀가 어렵사리 대학원에 진학하여 학위 논문을 준비하면서 마해송과 이영철을 대상으로 견주며 물었던 적이 있었습니다. 저는 당연히 이영철 쪽으로 격려에 격려를 더했습니다. 그렇건만 그녀는 마해송 쪽으로 학위를 받았습니다. 그것도 작품 개작 과정이라는, 마해송의 본질과는 다소 벗어난 자리의 구명이었습니다. 세상 사람 다 아는 명망가의 문학에 숟가락 더 얹는 글로 자신이 학문 공동체에 용인 받는 길로 간 셈입니다.

왜로 경찰에 짓이겨진 발로 평생 다리를 끌고 살면서도 그 사실을 묻은 채 세상의 어떤 보상도 바라지 않고 살았던 이영철 선생의 문학적 심지를 그녀나 그녀를 둘러싼 학문 공동체가 감당하기는 어려웠을지 모릅니다. 이영철 문학을 제도권 학문에서 복원하는 일이 지니는 무거운 뜻을 헤아릴 연조가 되지 않았을 수도 있습니다. 그럼에도 나는 학위를 잘 받았다는 그녀의 전화 연락을 받는 자리에서 이영철 선생에게 빚진 마음 잊지 마세요라고 웃으며 한 마디 거들 수밖에 없었습니다. 어떤 문학 연구든 그것은 마침내 연구자 개인의 소박한 내면 윤리에 맞물려 있습니다. 누구나 할 수 있을 공부, 보통 사람도 다할 일에 힘과 돈을 쓰면서 학문인 채 나돌지는 않겠다는 자기 다짐과 기개.

이순욱: 지역시단의 현실이나 문화행정, 근대문학 연구에 대한 생산적인 토론이나 논쟁이 부재한 현실에서, 선생님의 몇몇 저작들은 논쟁을 통해 한국문학의 현실을 새롭게 조망해 왔던 결과이기도 하지요. 부왜문

학 연구는 이러한 논쟁이 가장 잘 드러난 자리입니다. 문학행정에 대한 관심이 증대되는 현실에서 통영시가 마련한 공론장을 통해 대중들에게 문학 연구의 학문적 시민권을 강화하는 계기가 되었을 뿐만 아니라 바람직한 지역 가치를 창출하는 데도 일정하게 이바지했다 여깁니다. 어느 학회를 가더라도 발표자와 토론자는 마치 연애하듯 격려와 칭찬으로 너무나 화기애애합니다. 물론 발표자, 토론자, 사회자, 동원된 몇몇 대학원생을 제외하고 발표주제에 관심 있는 일반 대중이 참가하는 경우를 발견할 수 없습니다. 학문 공동체나 문학사회에서 학술적인 논쟁이 필요한 까닭을 지역 학문의 발전 방향과 관련하여 말씀해 주십시오.

박태일: 자기 공부는 하지 않고 남의 공부나 곁눈질로 흉내 내고, 해야할 고민은 하지 않고 다른 곳이나 기웃거리다 보면 제대로 아는 데, 본데, 쌓은 데가 없기 마련입니다. 그렇다 보니 얼마 가지 않아 말문이 막힙니다. 그럼에도 아는 척, 본 척, 있는 척하자니 끼리끼리 부드러운 낯빛으로 말 따먹기로 화기애애한 분위기를 연출할 수밖에 없는 노릇입니다. 저 또한 경계한다고는 하지만 학문인 체 하기 위한 학문, 교수 노릇하기 위한 글쓰기, 시인인 체 나돌기 위한 시쓰기로부터 얼마나 자유로운지 의심스럽습니다.

이즈음 학계의 유유상종을 잘 볼 수 있는 본보기는 제대로 된 연구사 검토가 사라진 일일 겁니다. 그저 필요한 만큼만 깔짝깔짝 대는 수준이 주류입니다. 그만큼 공부하는 이들이 자신의 놓인 자리를 더 큰 학문 생태계 속에서 조망하고 거리를 띄워 검증하고 제대로 된 문제 인식을 갖출 역량이 모자란다는 뜻입니다. 자기 공부가 없으니 남의 것이 제대로 보일 리가 있겠습니까. 다르게 보고 다르게 생각해야만 최소한 나라도 제대로 설 수 있으리라는 쉬운 참을 깨닫기 어렵지요. 그렇듯 공부를 향한 뜻도 힘도 없는 이들이 자리를 고르고 돈을 나누고 울타리를 쳤다 걷었다 하며, 공부를 친교 놀음과 비슷한 것쯤으로만 알고 있는 형국입니다. 문학사회 학문 생태계가 더 나아질 가능성은 없다 하겠습니다.

그렇건만 저는 개인적으로 시끄러워져야 세상이 바뀐다는 참을 오래
전부터 믿어 왔습니다. 다행히 상대가 논란을 좋게 받아들여 자신의 잘못
을 바로잡는 쪽으로 나아간다면 그것이 바로 바른 발전일 것입니다. 그와
달리 상대가 논란을 옳게 받아들이지 않고 고집을 피우다가는 끝내 깡그
리 망하게 되는 이치. 그것도 세상이 변화하는 방법이기도 합니다. 어쨌
든 세상은 더 나은 쪽으로, 더 바른 쪽으로 나아가리라는 사필귀정을
굳게 믿을 일입니다.

이순욱: 선생님께서 지역문학 연구의 마중물 역할을 해 주신 덕분에
저를 비롯하여 많은 이들이 최근까지 지역문학 연구에 전력하고 있습니
다. 선생님께서는 경남의 여러 소지역에서 출발하여 대구, 목포, 광주,
제주 지역문학을, 최근에는 영역을 넓혀 평양과 개성 지역문학으로 방향
을 돌렸습니다. 소지역, 국내지역, 국외지역으로 확장하면서 한국문학사
서술의 새로운 길을 보여 주고 있습니다. 멀지 않은 날에 『한국 지역문학
의 논리』나 『경남·부산 지역문학 연구 1~3』을 잇는 후속편이 출간되겠지
요. 지역 '안'의 문제가 아니라 지역 '밖'으로 동심원을 그리면서 확산되는
선생님의 이러한 작업은 한국문학사뿐만 아니라 동아시아 문학사에 대
한 새로운 도전으로도 읽힙니다. 기존의 방식과는 다른 자리에서 북한
지역문학이나 해외 지역문학에 대한 선생님의 논의가 갖는 차별화된 지
점과 유용한 참조가 될 만한 사항이 있다면 말씀해 주십시오.

박태일: 예, 아마 앞으로 경남·부산 지역문학에 관한 연구서는 4, 5권으
로 이어질 것입니다. 4권은 이미 마무리 된 상태입니다. 계획대로 된다면
북한 지역문학사에 대한 관심을 더욱 넓고 깊게 가져갈 것입니다. 그러니
까 제 지역문학 연구는 경남·부산 지역에서 시작하여, 한국 지역문학으
로, 다시 북한 지역문학으로, 재외 지역문학으로 확장되고 있는 과정입니

다. 재외 지역문학으로서는 1930~1940년대 동경 지역 간행 한글 시집에 관한 연구물을 두 차례 다루었습니다. 첫 번째 작업이 1930년대 초기 동경의 사회적 아나키스트 시인 전한촌과 그의 시집 『무궤열차』를 발굴, 보고한 것입니다. 이제까지 이름뿐이었던 아나키즘 시에 우뚝한 실질을 올려 세울 수 있었습니다. 디아스포라니 뭐니 유식한 척 말 다듬기나 즐기며 남 뒤나 따르는 유행 공부로는 눈에 들기 힘들 우리 문학의 보석입니다.

아마 저의 재외 지역문학 쪽 관심은 중국동포의 것에 집중될 것 같군요. 기존 중국 동포문학사에서 놓쳤던 매체와 사항들을 구상하고 있습니다. 올 2월에 발표한 「북한문학 연구와 중국 번인본」이 그 첫 자리를 열었습니다. 광복기부터 1980년대까지 이어졌던, 북한 출판물의 중국동포 사회 재간물인 150종 남짓 문학 번인본이 지닌 중요성을 따지고 그것의 의제 가능성을 검토한 글입니다. 북한문학과 재중동포 문학 사이의 상관성이 친선 교류 활동 차원에 머물고 있었던 기존 논의의 대상과 수준을 새로 열어젖혔다 하겠습니다.

북한 지역문학 쪽은 소지역 단위의 접근으로 평양과 개성을 중심으로 줄거리를 잡아나가고 있습니다. 두 지역의 밑그림이 마저 그려지면 다른 곳으로 확대할 수 있을 것입니다. 이른바 조선민주주의인민공화국의 문학과 북한 지역의 근대문학을 연속적으로 이해하는 눈길을 확보할 수 있게 된 셈입니다. 그 둘이 만나는 가장 크고 너른 못자리가 1950년대 문학입니다. 1960년대부터 북한문학은 지역문학적 요소가 문학사의 추이에 큰 뜻을 지니지 못합니다. 그런 점에서 1950년대 북한문학의 1차 사료의 대폭적인 확대와 이해 관점의 다채를 통한 온전한 북한문학사 부름켜 확보야말로 다른 연구와 다른 제 공부의 변별점일 것입니다. 먼저 올해 당면 과제는 1950년대 전쟁기 어린이문학 가운데서도 동시 자리입니다.

이순욱: 최근 몇 해 동안 연변 지역 서점과 도서관을 뒤지고 다닌 것으로 알고 있습니다. 역시 자기가 좋아서 하는 학문이야말로 가장 윗길이지요. 3월에는 연구년이라 연변대학교로 가시는 것으로 알고 있습니다. 이러한 행보가 북한문학 연구를 겨냥하고 있음은 분명해 보입니다. 선생님께서는 2010년경부터 북한 지역문학으로 나아가 뜻 깊은 성과를 여럿 내고 있습니다. 백석의『동화시집』만 하더라도『백석 번역시 선집』(정선태 옮김, 소명출판, 2012)에서는 언급되지 않은 마르샤크의 번역시를 갈무리하여 백석 문학연구의 외연을 한껏 넓혀 놓았습니다. 단순히 백석 문학의 총량을 늘리는 것이 아니라 1950년대 북한문학사에서 백석의 문학적 행보와 위상을 살피는 디딤돌을 놓았다 생각합니다. 한국연구재단의 지원으로 수행한 '북한 지역문학사 연구' 4편이나 한국전쟁기 임화에 관한 글들도 같은 맥락에서 이해할 수 있습니다. 이러한 작업을 통해 우리의 북한문학 연구에 대한 재평가, 북한문학과 러시아문학과의 관계를 실증적으로 조망할 수 있었다고 봅니다. 문학사회 형성의 핵심기반인 매체를 중심으로 기존의 북한문학 연구가 지닌 한계가 무엇인지, 향후 선생님의 연구 주제와 방향이 어떠한지 궁금합니다.

박태일: 발품에 견주어 얻은 성과는 많지 않습니다. 그런 가운데 제가 떠맡아야 할 북한 지역문학 연구에 걸맞은 사료는 어느 정도 확보한 상태입니다. 연구년으로 연변을 가게 된 일은 그 점검뿐 아니라 숨을 고르기 위한 걸음입니다. 60대 십 년을 뜻한 대로 달리기 위해 저도 잠시 걸을 생각입니다.

앞에서도 말씀 드린 바와 같이 한국 지역문학 연구의 밑그림을 그려 나가면서 북한 지역문학으로 머리를 둔 지도 몇 해가 지났습니다. 연구사 검토를 하면서 살피니 북한문학 연구는 남쪽 문학에 견주어 1차 사료의 빈곤이 견줄 데 없을 정도였습니다. 어린이문학 담론의 경우, 전쟁기 3년에 걸친 것을 잡지 1권으로 감당하는 현실이었습니다. 게다가 논의 수준이나 방향 또한 북한 학계에서 이미 제출된 성과를 연구자 나름으로 엮는 추수주의 경향에서 벗어나지 못했습니다. 1980년대 후반 북한문학 소개와 연구 열기가 달아오른 뒤부터 오늘날까지 1차 사료 부분은 크게 보아 제 자리를 맴돌고 있었던 셈입니다. 그리하여 북한문학 연구의 사료 확보가 자연스레 제 핵심 과제가 되었고, 그 점을 집중적으로 몇 해에 걸쳐 기웠습니다.

그런데 1차 사료의 태부족을 온몸으로 겪고 있는 자리가 지역문학 연구 관점에서 볼 때 북한문학 형성에서 가장 중요한 고리이기도 한 1950년대였습니다. 이런 사정은 오늘날 북한 학계 또한 마찬가지입니다. 이미 북한에서는 김일성 유일체제 수립 과정에서 숱한 사료에 대한 은닉과 분서, 개작이 국가 단위로 꾸준히 일어났습니다. 게다가 앞에서 말씀드린 바와 같이 북한 지역의 문학이 한 자리에 모이는 못 같은 지점이 1950년대입니다. 따라서 1950년대 북한문학을 향한 매체 발굴과 점검이 더욱 중요 과제가 되었습니다. 1차 문헌을 제대로 검토하지 않았던 탓에 문학사의 실상 접근이 사실상 물에 뜬 기름 같은, 북한의 2차 담론에 기댔던 현실에 새 돌파구 찾기가 그것입니다. 적어도 어린이청소년문학과 시 갈래의 1950년대 자리에 있어서만큼은 북한 쪽 연구자들이 오히려 우리 쪽의 성과를 참조할 수 있도록 이끄는 데 한 몫을 할 생각입니다.

다른 하나는 이웃 소련, 중국과 얽힌 북한문학의 영향 관계 자리입니다. 이번에 발표한 「북한문학 연구와 중국 번인본」에서도 운을 뗐습니다만, 제 조사에 따르면 소련문학의 북한 번역물은 1950년대까지만 하더라도 600여 종에 이릅니다. 중국문학의 영향보다도 더 직접적이고도 대규모로 이루어진 자리가 사회주의의 모국 소련의 것입니다. 러시아어나 소련문학에 관한 이해가 없는 저로서는 접근 한계가 분명하지만, 그럼에도 제 나름의 번역문학 쪽을 향한 이바지가 가능하리라 생각합니다. 당장 지난해 백석이 옮긴 마르샤크의 『동화시집』 소개도 그런 일 가운데 하나입니다.

제 공부는 당분간 북한문학과 중국 동포문학을 떠돌다 다시 경남·부산 지역문학으로 되돌아오는 걸음걸이를 좇을 것이라 생각합니다. 그때는 제가 앞서 나가기보다 이 선생이나 다른 경남·부산 지역문학 연구자들이 이룩한 곳에다 제가 더 기워야 할 일을 떠맡는 후발 형식이 될 것입니다. 이루고 이루지 못하고는 제가 관여할 문제가 아닙니다. 노력하고 나아가다 보면 쌓이는 이치입니다. 이 선생께서도 일신우일신, 앞으로 죽죽 벗어나가시기 바랍니다. 2015년부터 새로운 환경에서 학문적 포부와 보람을 펼치리라 생각합니다. 삶의 길을 몸으로 일깨워 주는 교수로, 좌고우면하지 않는 실천 비평가로 성큼성큼 성장하시길 빌어 드립니다. 사람과 다투지 말고 제도와 다투고, 제도와 다투지 말고 역사와 다투며, 멀리 그리고 꾸준히 이순욱의 삶을 오롯이 태우시길……. 긴 시간 중언부언 즐거웠습니다. 고맙습니다.

　이순욱: 말씀 잘 들었습니다. 이 짧은 지면을 통해 저를 포함한 후학들이 누구든 무디지 않은 학문의 칼날을 벼리며 묵묵히 소걸음으로 걸어 나가야 한다는 것, 이러한 자세야말로 개별 연구자뿐만 아니라 지역의 학문 공동체를 든든하게 다지는 밑거름이라는 생각을 가졌으면 합니다. 고맙습니다.

(2015)

'허풍선이' 근대문학사 솎아내고 역동적 지역연구 집중했다

- '경남·부산 지역문학' 연구, 20년 외길 걸어온 박태일 경남대 교수 -

진행: 최익현

"지역문학은 우리가 살고 있는 장소와 생활세계의 문학, 몸으로 향유했던 구체적인 문학 현실이다. 그럼에도 기존 문학 연구는 그들을 돌아보지 않았다. 고공비행을 거듭하며 학문적 티내기에만 골몰했다 할 수 있다. 그들에 대한 연구 필요성과 당위성에도 이제껏 돌아보지 않았던 자리가 지역문학이다. 따라서 나로서는 지역문학 연구야말로 공부하는 사람으로서 내 노동 생산성이 가장 높고, 앞으로도 가장 높을 자리라 믿고 있다."

1997년부터 '지역문학 연구'를 하나의 방법론으로 밀고 온 박태일 경남대 교수(국어국문학과)가 최근 『경남·부산 지역문학 연구 4』(경진출판)를 내놨다. 그가 『교수신문』과의 인터뷰에서 '지역문학'을 이렇게 정의했다. 20여년에 걸쳐 '지역문학'의 실태를 복원, 복권하는 데 앞장서왔던 그는 『한국 지역문학의 논리』, 『경남·부산 지역문학 연구 1』(2004), 『마산 근대 문학의 탄생』(2014), 『유치환과 이원수의 부왜문학』(2015)을 발표해 일찍부터 '지역문학' 연구자로 남들이 가지 않은 길을 정리해 왔다. 그를 이메일로 만났다.

최익현: 지역문학은 그간 문학사적으로 주변에 머물렀거나, 최악의 경우 완전히 배제돼 오기도 했다. 1997년 『지역문학연구』 창간호에 관련 글을 발표한 이후부터 20년을 지역문학 연구에 매달려 왔다. 지역문학' 연구에 매달린 이유는.

박태일: 이제까지 지역은 '지방' 또는 '향토'로만 이해돼 왔다. 서울중심주의 문학의 하위 열등한 문학으로 이해되는 게 지방문학이다. 그와 달리 서울 중심이 갖지 못한 향토적 우월성을 강조하는 문학이 향토문학이다. 지역문학은 이러한 지역 열등감이나 우월감에서 벗어나 지역과 지역의 수평적 연대에 바탕을 둔 지역구심주의 시각에서 바라보는 문학을 일컫는다. 따라서 오래도록 지역문학은 개념 구성 자체가 이뤄지지 않은 채 지방문학이나 향토문학으로만 존재해 왔다고 할 수 있다. 지역문학은 우리가 살고 있는 장소와 생활세계의 문학, 몸으로 향유했던 구체적인 문학 현실이다. 그럼에도 기존 문학 연구는 그들을 돌아보지 않았다. 고공비행을 거듭하며 학문적 티내기에만 골몰했다 할 수 있다. 그들에 대한 연구 필요성과 당위성에도 이제껏 돌아보지 않았던 자리가 지역문학이다.

최익현: '지역문학 연구'를 하나의 '방법론'으로 밀고 왔다. 무엇에 대한, 어떤 방법론인가?

박태일: 우리가 지금 믿고 떠받들고 있는 기존 문학적 명성이나 지식은 거의 모두 두 가지 틀에 갇혀 있다. 근대 시기 짧은 일국주의 패권 체제에 의해 획일적으로 선택되고 재배치된 결과라는 점이 그 하나다. 거기다 일반 시민사회의 생활세계나 체험 현실과 무관하게 따르고 배워야 할 추상적인 규율 문학, 제도권 문학의 결과라는 점이 그 둘이다. 지역문학 연구는 이러한 파행적인 근대문학 이해에 대한 성찰과 문제 제기를 바탕으로 혁신 문학, 실천 문학을 지향하고자 하는 노력 가운데 하나다. 그를

위해 가장 많이 기대는 방법은 실증적인 것이다. 기존 문학연구에서 오래도록 가장 전통적, 정통적인 것이라 내세우면서도 거꾸로 가장 빈약하고 허술한 자리가 거기다. 따라서 지역문학 연구에서는 실증이 곧 방법이라는 명제가 참이다.

최익현: 문학연구의 최종 목적지는 '문학사 서술'이란 말이 있다. 혹 문학사 서술을 염두에 둔 작업인가? 지역문학 연구라는 관점에서 소망스러운 '문학사'는 어떤 것인지 견해를 듣고 싶다.

박태일: 오늘날 우리가 학습하고 있는 근대문학사는 살찐 문학사, 동어반복의 문학사다. 몸집이 크고 많이 아는 체 떠들지만, 쓸모없는 지식에 힘을 빼는 허풍선이를 보는 듯하다. 게다가 문학사 기술이야말로 살아 있는 문학 현실을 향한 가장 획일적이고도 폭력적인 권력 표시가 아닌가. 지역문학 연구는 그들에 대한 타자적 긴장을 기본 전제로 삼는다. 지역문학 연구 관점에서 소망스러운 문학사는 단위에서는 날렵한 몸매로 움직이는 지역별 문학지, 범위에서는 문학 현상의 구체적이고도 미시적 요소를 다루는 짧으나 예각적인 모습이면 좋겠다. 그들이 모이거나 어울리는 역동적인 자리가 우리 문학사의 진면목으로서 울림을 주리라 본다. 문학사 기술엔 관심이 없다. 그보다 먼저 해야 할 일이 많은 까닭이다.

최익현: 2004년부터 올해까지 내놓은 지역문학 연구 내용을 간략히 시기별로 정리한다면. 또 각기 다른 이 작업을 통일성 있게 묶는 내적 원리가 있다면 무엇인지 궁금하다.

박태일: 처음부터 특정 원리를 따른 것은 아니다. 기존의 지식 정보를 점검하고 받아들일 수 없는 것을 파들면서, 새 것을 채우거나 기워 가며 현실 정합성을 찾는 방식이었다. 1990년대 후반 지역문학 연구를 방법론

으로 내걸면서 경남·부산에서 시작하여 2000년대 중반부터 경북·대구, 제주도, 전남·광주로 권역을 넓혀 나왔다. 2010년대 들어 국외 지역문학과 북한문학으로 눈길을 돌렸다. 앞으로는 이들 지역별 문학의 수평적인 비교, 대조의 눈길을 마련해야 할 것이다.

지역문학 연구 작업을 묶는 통일성 있는 내적 원리는 그렇다 쳐도 내적 동력은 꾸준했다고 할 수 있다. 나는 시인으로 살아온 사람이다. 남들 다 침 묻혀 놓은 언어를 얻어먹기 위해 기웃거리거나, 더 커 보이는 언어에 끼어들기 위해 호들갑 떠는 짓거리를 하지 않겠다는 생각은 한결같았다. 학문 담론에서도 마찬가지다. 현실 정합성이 엷은, 담론을 위한 담론은 피하겠다는 생각을 늘 지녀왔던 셈이다. 시를 쓰는 일이나 공부하는 일이나 시적인 상태, 곧 창의성을 향한 노력이 핵심 동력이라면 동력이겠다.

최익현: 그간 연구를 통해 '지역문학'으로서 경남·부산 문학의 특징을 꼽는다면? 그리고 이들 문학이 '한국 현대문학사'의 값진 자원으로 수렴될 가능성은 있다고 보는가? 예컨대 '서울' 중심의 중앙문단 활동과 비교했을 때, 유의미한 부분이 있다면.

박태일: 아직 공부 중이라 명료하게 특징을 늘어놓을 입장이 아니다. 세 가지 정도는 짚을 수 있겠다. 첫째, 근대 계급주의 문학의 전개와 변모 과정에 끼친 경남·부산 지역문학의 큰 역할이다. 자생적인, 지역 계급주의 문학의 성장과 전개는 이채로운 모습이다. 둘째, 전쟁기 문학에서 떠맡았던 집중적인 이바지다. 셋째, 을유광복 이후 1970년대까지 한국 우파의 주류 문학, 패권 문학의 형성과 전개 과정에서 이득을 많이 본 문학인을 가장 많이 지닌 지역이 경남·부산이다. 자신이 이룬 바와 무관하게 허명을 얻었거나, 남의 영광을 가로챈 얌체 문학인이 많다는 뜻이다. 그런 까닭에 경남·부산 지역문학 연구는 고스란히 우리 근대문학사 전반에 걸친 인습을 향한 성찰과 맞물리는 의의를 지닌다.

최익현: 이번에 출간한 『경남·부산 지역문학 연구 4』는, 어쩌면 다른 지역문학 연구에도 원용할 수 있는 일종의 '모델'로도 보인다. 이번 책에서도 "학계나 시민사회에 처음으로 알려지거나 처음 다뤄진 것"이 있는데, 어떤 성과를 꼽을 수 있나.

박태일: 지역문학은 단위로 볼 때, 국가 지역을 경계로, 안으로는 대지역·중지역·소지역, 그리고 바깥으로는 국가 연합 지역으로 나눌 수 있다. 이번 책에서 다룬 것은 경남·부산(울산 포함) 중지역 안쪽의 군별 소지역 문학 관련 기술이다. 이러한 미시적인 접근은 이뤄진 적도 없고, 가능성조차 의심 받을 만한 것이었다. 이번 책은 그 가능성을 내보인 첫 삽이다. 다른 지역에서 빛나는 성과가 꾸준히 이어지기를 바란다. 이번 저술에 실린 글은 거의 학계에 처음 소개되는 속살로 채워졌다. 그 가운데서 김원봉 장군의 아내인 동래 박차정 열사의 소설, 울산 지역 근대 첫 시조 시인 조순규, 윤동주·심련수와 함께 실국시대 마지막 시기의 요절 시인인 합천의 허민, 창원 설창수의 광복기 민족문학론, 그리고 김수영의 포로 생활지를 거제도가 아니라 부산 거제리 포로수용소로 바로 잡은 글들을 눈여겨 읽어 주기 바란다.

최익현: 그간 지역은 '지방'으로서 정치경제적 나아가 사회적 차별과 배제의 동의어와 다름없었다. 아마도 '지역문학' 연구를 수행하면서 이런 문제점을 거듭 확인했을 것 같다. 연구를 진행하면서 가장 어려웠던 것이 있었다면.

박태일: 처음 '지역문학 연구'라는 용어를 내세웠을 때, 가까이 있는 이들조차 비웃거나 입방아감으로 올렸다. 지금은 그들마저 지역문학을 내세우면서 근처를 어슬렁거리고 있어 격세지감을 느낀다. 지역문학 연구에서 큰 어려움은 근대 한문학에 대한 접근에 있다. 근대 한문학은

한글 중심의 민족 단위 국가문학에서는 전근대문학 또는 주변문학으로 내친다. 게다가 한문학 전공자는 그들을 한문학의 본령이 아니라 보고 버려둔다. 그러다보니 근대문학사는 20세기 초기부터 이뤄진 한글문학 이라는 틀에 갇혀 통합적이거나 더 뜻있는 국면을 읽지 못하고 있다. 한자는 읽되 한문을 읽지 못하는 나 또한 그 점에서는 같다. 지역문학 관점에서 볼 때 근대 시기 내내 지역유지로, 정치경제 지배층으로서 지속 했던 한문교양 세대와 계층의 흐름을 읽지 못한다면 개별 지역문학은 물론 근대문학사 이해의 파행과 왜곡은 벗어나기 힘들 것이다.

최익현: '경남·부산 지역문학 연구' 이후 어떤 구상이 있나?

박태일: 요즈음 준비하고 있는 것은 『한국 지역문학 연구』라는 책이다. 경남·부산에서 시작해 역외 지역으로 나아갔던 논고들을 한 자리에 모으 는 일이다. 경기·인천, 충청·대전, 경북·대구와 같은 지역과 국외 지역인 연변과 동경 동포사회 문학까지 관심을 넓혔다. 한국 지역문학 연구의 가능성과 필요성을 드러낼 수 있으리라 생각한다. 그에 이어 평양·개성 문학을 중심으로 『북한 지역문학 연구』를 선뵐 예정이다. 서너 해 뒤에 이 일들이 끝나면 다시 경남·부산 지역문학으로 되돌아오게 될 것이다.

(2015)

"합천을 고향으로 섬기고 싶은 이가 많게 가꾸어 가자"

진행: 임임분

임임분: 자기소개를 해 달라.

박태일: 반갑습니다. 불러 주셔서 고맙습니다. 저는 1954년 생으로 율곡면 문림에서 태어났습니다. 영전초등학교 문림분교를 2학년까지 마치고 1963년에 합천을 떠났으니 일찍 고향을 벗어난 셈이군요. 아버지께서는 석(碩)자 중(重)자를 쓰셨습니다. 합천중학교에서 교사로 일하시다 부산고등학교로 전근을 가시게 되어 합천을 떠나게 되었습니다. 처음 부산에 내려 바라본 도시의 층층집 풍광은 어린 저에게 꽤나 큰 놀라움과 두려움을 주었습니다. 아마 그게 제가 도시를 향해 지니고 있는 감각의 원형이지 싶습니다. 1960년대 우리 사회가 보여 주었던 이촌향도의 전형은 아니었지만, 그 큰 흐름을 저희 가족도 탄 셈입니다. 그 뒤로 합천은 방학이나 집안 대소사가 있으면 오갈 수 있는 고향으로 자리 잡게 되었습니다. 그리고 그 점은 오늘날까지 계속되고 있군요. 자주 들릴 수는 없지만, 늘 마음이 가 닿아 있는 곳.

저는 문학을 생업으로 살아오고 있습니다. 공부도 그쪽으로 해서 부산대학교에서 박사까지 거쳤습니다. 1980년 중앙일보 신춘문예 시부문에 당선하여 문학사회에 얼굴을 낸 뒤, 지금까지 시쓰기와 문학 가르치기를 본업으로 삼아왔습니다. 잠시 고등학교에서 교사를 지냈으나, 1985년부터 대학으로 옮겨 지금까지 교수로 일해 왔습니다. 재직교인 경남대학교에는 1988년부터 머물렀습니다. 올해로 서른두 해째가 되는군요. 그동안 시집 6권을 비롯해, 문학 연구서, 비평서, 산문집, 편저를 28권 냈고, 논문은 150편 남짓 발표했습니다. 일찍부터 글쓰기에 뜻을 두었고 그 일로 살고 있으니, 이룬 바는 적다 해도 다행스러운 경우라 생각하면서 늘 직분을 놓치지 않으려 애쓰고 있습니다. 현재 문림 집은 작은어머니가 지키고 계시는데, 건강이 예전 같지 않아 걱정입니다. 가족은 아내와 아래에 출가한 아들 딸 1남 1녀를 두었고, 손자가 초등학교에 다니고 있습니다. 영락없는 할아버지 세대입니다. (웃음)

임임분: 대학에서 학생 가르치고 연구하고 시를 쓰고 있다. 요즘 관심 가는 연구 주제나 학생들과 나눈 애기 가운데 기억에 남는 것이 있다면?

박태일: 학자로서 저는 우리 근대문학을 대상으로 지역문학 연구를 핵심 방법론으로 세우고 그 실질을 보이는 글을 꾸준히 써 왔습니다. 처음에는 경남·부산 지역문학을 다루다 경북·대구로, 제주도로, 전라·광주로, 충청·대전으로 점점 범위를 넓혀 왔습니다. 거기다 2010년대부터는 북한 문학으로까지 나아가 한국 지역문학의 밑자리를 더 넓혀 나가는 공부와 그 성과를 보고하고 있습니다. 지금 맞닥뜨리고 있는 연구 의제는 북한 문학예술사 가운데서도 월북한 경남·부산 미술인의 재북 시기 활동을 정리하는 일입니다. 북한 지역에 관한 한은 문학에서 예술까지 범위를 넓힌 셈입니다.

대학에서 제가 맡은 강좌는 주로 현대문학사론이나 비평, 창작론입니다. 강좌마다 얼개는 다르지만 강조점은 한 가지로 모입니다. 시적으로 살고 생각하자. 시적인 것은 창의적인 것이다. 창의적으로 삶을 내다보고 창의적으로 글을 쓰자는 명제가 그것입니다. 오늘날 견디기 힘든 규모에다 너무나 빠른 속도 감각으로 달려오는 욕망의 고속도로는 자칫 자신을 잃어버린 채 5년, 10년, 길지 않은 우리의 삶을 쉽게 소모시키게 만듭니다. 거기서 버텨내기 위한 최소한의 덕목이 창의성 위에서 마련될 것이라는 생각을 지니고 있습니다. 강의 시간에도 그런 점을 강조하는 쪽입니다.

임임분: 몇 년 전 경남 지역문학을 세세히 다룬 연구자료, 시집 등이 한 번에 여러 권 발간되었다. 이후 시집 등 발간 계획이 있는가?

박태일: 시집 발간은 아직 계획이 없고, 연구서가 곧 나올 예정입니다. 『한국 지역문학 연구』라는 이름이 될 터인데, 분량으로는 아마 당분간 나오기 힘들 정도의 두툼한 것이 될 예정입니다. 아까 말씀드린 바와 같이 우리 근대문학을 지역문학 쪽으로 파서 한 권에 묶으려다 보니 경남·부산을 벗어나 충청·대전을 거쳐 경기·인천, 강원도 지역까지 나아가고 거기다 재외 지역문학, 곧 나라잃은시대 동경 지역 한글문학과 중국 연변 겨레문학까지 범위에 넣다보니 그리 되었습니다. 그 뒤로는 북한과 경북·대구 지역문학을 다룬 연구서가 이어질 예정입니다. 아직 계획에는 없으나 아마 다음 시집은 중국 연변 땅을 배경으로 한 것이 되겠군요. 머지않은 시일 안에 선뵐 수 있기를 바랍니다.

임임분: 지난여름 중국 연길에 다녀오셨다. 어떤 연수였는가?

박태일: 지난 2015년 연구년을 한 해 동안 중국 연변동포자치주를 오가며 지냈습니다. 북한과 연변 동포문학을 범위로 삼은 사료 수집과 연구 활동을 위한 일이었습니다. 그 뒤부터 여름방학마다 한 달 정도 연길에 머물며 그 일을 계속해 왔습니다. 지난여름 연길행도 그와 맞물려 있습니

다. 다만 다른 해에는 연구 활동이 중심이어서 여행할 일이 드물었습니다. 올해 여름에는 다행히 짬을 낼 수 있었습니다. 그래서 지난 봄 『합천신문』의 기사를 보고 알게 된, 안도현 신촌 곧 연변의 합천 마을로 알려진 곳을 두 차례 다녀왔습니다. 1938년 합천, 밀양, 거창 분들이 중심이 되어 자리를 잡았던 마을의 내림과 거기 사시는 분들의 오늘을 엿보면서 감개 깊은 시간을 보낼 수 있었습니다. 준비하고 있는 연변 지역 배경의 시집에서 무거운 자리를 차지할 작품의 초고를 얻기도 했습니다. 나라가 먹이고 입혀 주지 않아 대대로 내려왔던 삶터를 버리고 삭풍 부는 만주 들에 내던져진 분들. 지금은 고향 마을 이름도 친인척 가계도 가물가물 다 잊어버린 분들에 그 후손들이 머무는 마을입니다. 저에게는 만주 지역을 새롭고 깊이 있게 이해할 수 있는 중요한 경험이었습니다. 앞으로 합천 지역과 교류가 여러 방면에서 더 잦아지면 좋겠습니다.

임임분: 최근 향파이주홍선생기념사업회 입주작가 작품 합평회에 초대되어 합천에 다녀갔다. 지역문화 활성화 측면에서, 지역에서 문학을 하는 이들(향파이주홍선생기념사업회, 합천문협 등), 문화 활동에 관심 있는 이들, 관계 기관에게 해주고 싶은 얘기가 있다면?

박태일: 예, 모처럼 문학 행사와 관련하여 고향을 찾게 되었군요. 마침 집안 벌초와 겹쳐서 아침나절은 일하고 한낮에 잠시 이주홍어린이문학관에서 시간을 보냈습니다. 대상 작가 네 분 모두 열심히 활동을 하고 있었고, 운영진들이 매끄럽게 진행하기 위해 애를 많이 쓴다는 점을 느꼈습니다. 합천 지역 예술문화 활동과 관련해서는 제가 아는 바가 없어 드릴 말씀은 없습니다. 다만 말씀을 주셨으니 두 가지 원론적인 점만을 짚도록 하겠습니다. 첫째, 민간의 역량만으로는 지역의 예술문화 영역을 이끌어갈 수가 없습니다. 관과 공공의 지원은 필수적입니다. 다만 그 경우 행정 주체에서는 지원하되 간섭하지 않는다는 대원칙을 늘 잊지 않도록 노력해야 합니

다. 자칫하면 예술문화 주체들의 활동과 역량을 손쉽게 자신들의 관리 아래 두고 싶은 욕심을 벗기 힘듭니다. 둘째, 지역 예술문화 종사자들은 어려움이 많겠지만 집단적으로나 개인적으로나 더 도전적이고 진취적인 활동을 겨냥하시면 좋겠습니다. 쉽게 할 수 있는 상식적인 자리를 되풀이 하는 데 버릇 들거나 틀에 박혀 버리면 새로움이나 역동성이 깃들 자리가 없을 것입니다. 지역 예술문화의 수혜자는 당장 눈앞에서 그 행사를 주관 하는 예술문화인들이나 지역민에 그치는 것이 아닙니다. 그것을 즐기고 보고 느끼고 본을 보고 앞날을 꿈꿀 지역의 뒤 세대거나 그 지역을 아끼고 알뜰하게 여길 지역 바깥사람들입니다. 나아가 지역 자체의 지역성이기도 합니다. 따라서 양질의 예술문화 활동 공간과 이벤트를 마련하고 새로운 지역성을 계발하기 위해 지역 예술문화 종사자들은 늘 고통스러운 터널을 지나는 듯한 경험을 뿌리치지 말아야 할 것입니다.

임임분: 합천은 '소멸위기'와 '개발만능주의' 사이에서 갈팡질팡하고 있다. 외지에서 합천을 생각할 때, 주로 어떤 생각을 하는가?

박태일: 사람이 줄었다고 땅이 사라지는 것은 아닐 터입니다. 마찬가지 로 개발한다고 해서 돈이 모이고 사람이 들어오는 것 또한 아닐 터입니다. 무엇보다 그 땅과 환경이 더불어 사람 살 만한 곳인가 아닌가라는 근본 물음에서부터 늘 긍정적이지 않을 때 그 땅과 거기서 살고 있는 이들은 오늘과 앞날은 어두울 수밖에 없습니다. 땅을 건강하게 만들고 그 안에 살아가는 이들이 안정적이면서도 포근한 장소감을 가꾸며 살아갈 수 있 도록 각고를 아끼지 않아야 하겠습니다. 그런 점에서 합천 지역의 바람직 한 정체성, 미래 가치를 향한 정치, 행정, 문화, 교육 행위가 어떠해야 할 것인가를 논하는 담론의 장이 늘 열려 있어야 하고, 활성화되어야 할 것입니다. 작은 독 안에서 멈춘 물처럼 흔들리지 않는 편한 상태를 안정이고 발전이라 생각하면 큰 오산입니다. 4, 5년의 단기적인 이해득실

이나 파당적 이익 배분의 대상으로 지역사회 유무형의 자산과 경관, 정보가 오용되지 않도록 늘 경계하는 눈길이나 기구가 상존해야 하겠습니다. 더 거시적이고 장기적인 수준에서 합천의 장소적 정체성을 창발하고 재구성하기 위한 논의에 지혜가 쌓이기를 바랍니다.

합천 지역은 오랜 세월 떠나는 이들을 더 많이 만들어냈던 곳입니다. 나라잃은시대에는 일찍부터 왜나라로 만주로 어느 지역보다 많은 이들을 떠나보내야 했고, 압축적 근대 산업화 물결 속에서도 그 점은 달라지지 않았습니다. 그러다보니 원폭 피해를 가장 많이 입은 지역, 가뭄과 큰물로 눈물과 한숨이 끊이지 않았던 시골이었습니다. 지난 세월 대구로 신의주로 끌려가듯이 떠났을 연변의 신촌 마을 분들의 고초는 어떠했을까요. 언 땅을 팔 기력도 없이 내던져 놓다시피 했을 그들의 무덤은 이미 남의나라에서 풀섶으로 바뀐 지 오래지만 그 분들이 겪었던 슬픔과 비통을 다음 세대들이 다시 겪도록 만들 수는 없습니다. 합천 지역을 떠나보내는 곳이 아니라 오고 싶은 곳, 오래 머물러 고향으로 섬기고 싶은 사람이 많아지는 땅으로 가꾸어야 하겠습니다.

저 같은 사람은 직접적인 기여를 하기는 어려우나, 제 직분에 따라 글쓰기 방식으로 합천 잘 되는 길에 이바지하는 방안을 늘 생각하고 있습니다. 2000년대 초반에 네 번째 시집을 냈을 때 거기에 황강 연작시를 스무 편 넘게 실었습니다. 그때 이름 높은 모 비평가가 애정 어린 목소리로 저를 나무랐습니다. 왜 더 큰 낙동강, 유장한 낙동강으로 나오지 않고 황강으로 기어드는 꼴이냐고. 그런데 저에게 구체적인 강의 현실은 낙동강이 아니라 황강입니다. 황강이야말로, 먼 위쪽 황지에서 비롯한다고 알려진 낙동강의 곁가지가 아니라 그 본류며 원류라고 생각하고 살아오고 있는 사람입니다. 그런 사실을 마산에서 나서 평생을 서울에서 보낸 그 비평가가 알아채기는 힘들었을 것입니다. 그런 점에서 외지에서 살고 있는 합천 문학인으로서 저에게 주어진 한 과업이 황강 쓰기, 낙동강 쓰기에 있다고 생각하고 있습니다.

임임분: 한가위 연휴가 곧 시작된다. 합천군민들에게 남기고 싶은 얘기가 있다면?

박태일: 집집마다 마을마다 사정은 다르겠지만, 더 너그럽고 더 넉넉한 한가위 보내시길 빌어드립니다. 보기에 따라서 합천은 섬이기도 하면서 든든한 항구입니다. 합천 지역과 합천 분들이 행복스러우면, 직접적인 이해관계 없이도 함께 행복해 하고 즐거워할 사람들이 합천 바깥, 나라 바깥, 물 건너 곳곳에 많이 살고 있다는 사실을 늘 잊지 않으셨으면 좋겠습니다. 임 기자님을 비롯해 합천신문 가족들도 한가위 잘 보내시길 바랍니다. 고맙습니다.

(2019)

박태일의 '지역문학 연구'를 되돌아본다

진행: 이순욱

이순욱: 4년 전 부산 지역 매체의 다른 지면을 통해 선생님과 단란한 대화를 나누었던 적이 있습니다. 제6시집 『옥비의 달』과 경남·부산 지역 문학 연구의 후속 작업으로 발간한 『마산 근대문학의 탄생』을 비롯한 몇몇 연구서를 중심으로 시의 언어와 가락, 시인의 역사의식과 실천, 지역문학 연구의 관점과 방향, 북한문학 연구의 밑그림과 과제를 중심으로 선생님의 학문적 행보를 거칠게나마 짚은 바 있습니다. 당시 저에게도 삶의 길을 몸으로 일깨워 주는 교수로, 좌고우면하지 않는 실천 비평가로서 살며, 사람과 다투지 말고 제도와 다투고 제도와 다투지 말고 역사와 다투라는 말씀을 주셨지요. 그 길로 죽죽 뻗어나갔는지 더 무뎌지지는 않았는지 스스로 성찰하는 가혹한 시간이 필요하다 여깁니다. 그런데 편집진에서 새삼스럽게 거듭 이러한 자리를 마련한 이유도 선생님의 학문적 구상과 실천이 여전히 깊은 울림을 지니고 있기 때문이겠지요. 그런 까닭에 새롭기도 하고 어떤 대화를 나누어야 할지 막막하기도 합니다.

올 여름에도 집필 차 연변에 다녀오셨는지요? 정년을 한 학기 앞둔 시점에서 이제 조금씩 내려놓고 쉬시면 좋으련만, 여전히 끝없이 달리시는군요. 어느덧 자제분들도 죄 가정을 이루었는데, 이제는 곁을 지키는 자상한 남편과 아버지로, 장인어른과 할아버지로 '복무'하라는 가족들의 요구가 빗발치지 않나 모르겠습니다. (웃음) 사모님께서도 쉬이 꺾지 못하는 고집을 누가 감당할 수 있을지 궁금하기도 합니다. 정년을 맞아 축하를 드려야 할지 어떨지 모르겠습니다. 기념문집이나 기획 도서를 준비하는 등 정년과 그 이후를 겨냥하는 또 다른 실천을 예비하고 계시다 들었습니다. 정년을 앞두고 있는 이즈음, 선생님의 소회가 남다를 것이라 여깁니다. 켜켜이 먼지 쌓인 감정들, 고단함이 물씬 묻어나는 회한이야 어찌 적지 않겠습니까. 그만큼 마주해야 할 시간의 진폭이 크겠지요. 교수로서, 시인으로서, 정명을 실천해 온 연구자로서 마라톤 하듯 살아오신 나날들을 들려주는 일은 학문 공동체의 다양한 지점에서 근본적인 변화를 촉발하는 힘을 지니고 있다 여깁니다. 편안하게 말씀하시라는 말씀을 올리고 싶었는데 시작부터 무겁습니다. (웃음) 이 지면으로 못 다할 만큼 가볍지 않은 나날을 살아오셨으니까요.

박태일: 오랜만입니다. 일전에 몸에 불편한 데가 있다고 들었는데, 쾌차하셨는지 궁금하군요. 몸 관리 잘하셔야 합니다. 이저래 올해 내내 저 또한 바쁘게 지내고 있습니다. 지난여름 38일 동안 중국 연길에 머물렀습니다. 여러 해 되풀이한 버릇입니다. 올해에는 공부보다 편한 여행을 더 늘이고 싶었는데, 중국 쪽 사정이 좋지 않았습니다. 아직까지 거듭하고 있는 사드 보복 사태 탓인지 두만강 국경 가까이로는 한국인의 접근을 막고 있어 뜻대로 움직이지 못했습니다. 가다 중간에 막혀 되돌아오곤 했습니다. 정년을 맞아 계획하고 있는 연구서는 오늘 세 번째 교정을 마치고 출판사로 보냈습니다. 『한국 지역문학 연구』라는 이름입니다. 2020년 2월 정년을 앞두고 마무리할 일, 가다듬어야 할 일이 잦아졌지만 될 수 있는 대로 애초 계획 순서에 따라 일을 끌어가기 위해 긴장을 늦추지 않고 있습니다.

이러한 대담 자리는 자기 합리화를 겨냥해 떠드는 행색이라 내키지 않았습니다. 그래도 어찌 보면 뒷사람이 오늘 저에게 나름의 자기비판을 해 보라는 엄정한 요구일 수 있는 일이었습니다. 공인으로서 마냥 피하고 말 일은 아닌 것 같더군요. 바야흐로 인문학 공동체 안쪽에서는 을유광복 뒤부터 꾸준히 쌓인 우리 근대문학사 연구 성과를 두고 연구사 검토조차 제대로 하지 않는, 해낼 힘이 모자라는, 염치없는 논문 글쓰기가 이저곳에 자리 잡힌 것 같습니다. 그만큼 단발 공부를 한다는 뜻일 겝니다. 그 밥에 그 나물일 뿐인 글이 독버섯 자태를 숨기지 않는 이즈음입니다. 1985년부터 대학에 몸담았으니 서른다섯 해에 걸치는 세월 동안 학문 공동체 활동을 해 온, 저와 같은 국어국문학 제4세대의 경험도 어느덧 뒷사람에게 필요한 시점에 들어섰는가 자문하게 됩니다. 기회를 주셨으니 깜냥껏 말씀드리겠습니다. 어차피 글 인연이란 단순한 인과율로 이루어지는 것이 아니지 않습니까. 뒷날 어떤 젊은이가 있어 자신의 발밑 자리, 자기 선 둘레부터 더듬는 공부로 보람을 얻으리라 어금니 깨무는 데 한 도움을 줄 수 있다면 제가 겪었던 공부 경험도 쓸모가 있을 것입니다.

이순욱: 두 해 동안을 허리디스크로 힘들게 버텨왔습니다. 한 해 30여 회를 훌쩍 뛰어넘는 마라톤으로 건강을 다지고 유지하는 선생님을 보면서 건강을 챙겨야 하겠다는 생각만 하고 있습니다. 주력은 곧 학력이라는 옛말에는 자신이 없으니, 부끄럽지만 이제라도 체력을 굳건히 다지겠습니다. (웃음) 그렇지요. 선생님께서 말씀하신 이즈음 학문 공동체의 연구 관행과 버릇은 양적 성과주의만을 지향하는 제도의 결과이기도 하고, 저를 비롯한 연구자 집단이 공통적으로 직면해 있는 현실이기도 합니다. 이러한 토양은 어떤 식으로든지 과감한 균열과 혁명적인 변화가 필요하지요. 바로 그러한 점에서 국어국문학 제4세대라 일컬은 선생님의 경험과 연구 내용을 통해 래디컬한 변화의 열망을 읽어낼 수 있다 여깁니다. 현실 추수보다는 모험을 마다하지 않는 태도, 기존의 견고한 관습에 대한

연구시각의 재조정, 연구영역의 확장, 연구방법의 새로운 탐색 들들을 포함해서 말입니다. 헤아려보니 이제껏 시집 6권, 연구서 7권, 비평집 2권, 산문집 4권, 편저 9권을 내셨습니다. 결코 가볍지 않은 걸음입니다. 이러한 저작들이 구체적으로 가리키는 지점은 무엇인가요? 이제껏 묵직하게 걸어오셨던 나날살이와 학문살이의 어떤 지향과 모색의 과정을 담고 있습니까? 시인이자 연구자, 교육자로서 균형을 생각할 때, 결코 쉽지 않은 일이라 생각합니다.

박태일: 양으로는 대단치 않습니다. 그럼에도 삶이란 건너뛰는 게 아니라 꾸준히 쌓아 가는 일이라는 평소 믿음이 하나하나 끌어다 놓은 결과물입니다. 다행스럽게도 쉽게 지치지 않고 좌고우면하지 않은 덕분이었던가 싶습니다. 앞으로 마무리해야 할 저술만도 몇 차례 더 이어질 것입니다. 죽보기를 들쳐 보니 그동안 제가 거쳐 온 배움과 고심했던 자취가 고스란히 이름에 드러나 있는 것 같군요. 크게 시집과 연구서, 산문집에다 엮은책, 네 부류입니다.

시집은 아직 갈 길이 멀리 남은 형국입니다. 1980년 1월 『중앙일보』 신춘문예를 빌려 문학사회에 얼굴을 내밀었으니, 다음 해면 마흔 해 세월입니다. (웃음) 그런 시력(詩歷)에 여섯 권 시집이라면 시쓰기에서 불성실했다 꾸짖더라도 숨을 구석이 없을 것 같군요. 그러나 제 생각에 처음보다는 두 번째 시집이, 두 번째보다는 세 번째 시집이, 그렇게 한 권 한 권 더할 때마다 조금이라도 더 나아간 자리에 놓일 것을 마련해 왔다는 자부심 아닌 자부심은 갖고 있습니다. 앞으로 나올 일곱 번째, 여덟 번째 시집 또한 어떤 방식으로든 다섯 번째와 여섯 번째보다 더 나아간 상태의 것을 선보이기 위해 공을 들이겠습니다.

연구서 쪽은 지역문학 연구가 중심 뼈대를 이룹니다. 순차적으로 말하기는 힘들지만 크게 세 가지 의제를 중심으로 묶을 수 있습니다. 첫째가 전쟁입니다. 처음 석사, 박사 학위와 같은 제도 과정을 공간 문제로 거친 뒤, 관심은 곧 장소 파괴 현장이자 제가 태어났던 원시대인 1950년 경인년전쟁기와 베트남 전쟁문학으로 내디뎠습니다. 기존 전쟁문학 담론을 더 엄밀한 정훈문학 개념으로 좁혀 논의를 구체화하기도 했습니다. 오늘날 역사학계에서 '정훈'을 독립 의제로 다루게 하는 본을 보인 셈입니다. 정훈문학을 앞세운 성과물은 아직 낱책으로 내놓지 않았습니다. 몇 해 안으로 마무리될 일입니다.

두 번째 연구 의제가 지역문학입니다. 일국주의 근대문학 연구가 지닌 획일적인 거대 기술의 인습을 성찰하고 지역을 단위로 근대문학의 잊힌 전통을 발굴, 그들을 겨레문학사의 자산으로 되돌리고자 하는 걸음이었습니다. 그렇게 지역문학 연구를 하나의 방법론으로서 내세운 뒤 범위를 전쟁기 피란지 경남·부산을 출발로 삼아 경북·대구로, 전라·광주로, 제주와 같은 국내 다른 중지역으로 나아가며 성과를 쌓기 시작했습니다. 눈길을 넓혀 동경·연변 같은 재외 지역까지 더듬고, 국가 경계의 안과 바깥 두 쪽 모두에서 성과를 일구어 왔습니다.

학위 논문을 뼈대로 처음 냈던 연구서『한국 근대시의 공간과 장소』(2000)에서부터 그것을 잇는『한국 근대문학의 실증과 방법』(2004)에 이르는 과정까지 전쟁과 지역, 장소 주제의 공부 결과물이 뒤섞여 있습니다. 그 뒤부터는 지역문학으로 연구서 발간을 단일화할 수 있었습니다. 처음 총론격인『한국 지역문학의 논리』(2004)와『경남·부산 지역문학 연구 1』(2004)에서 시작하여『마산 근대문학의 탄생』(2014),『유치환과 이원수의 부왜문학』(2015)과 그 뒤를 이었던『경남·부산 지역문학 연구 4』(2016)로 나아갔습니다. 이들 가운데서 경남·부산 지역을 이름에 내걸지 않았던 두 권, 곧『유치환과 이원수의 부왜문학』과『마산 근대문학의 탄생』은 '경남·부산 지역문학 연구 2'와 '경남·부산 지역문학 연구 3'에 맞물리는 성과물입니다. 곧 나올 연구서『한국 지역문학 연구』(2019)는 지역문학을 향한 눈길과 범위를 국가 경계 안과 밖에 걸쳐 실질적 접근 성과를 한 자리에 담아내고자 한 첫 성과물입니다. 범위는 중지역 전라·광주, 제주,

충청·대전, 경기·인천, 강원에다 재외지역까지 더한 여섯 권역으로 나누었습니다. 경상 지역 가운데 경북·대구 지역문학 연구물은 따로 한 권으로 내놓을 생각이어서 『한국 지역문학 연구』에서는 **빼**두었습니다.

세 번째 의제가 북한입니다. 1970년부터 학적인 틀을 갖추고 1980년대 후반부터 들불처럼 일었다 오늘에 이른 우리의 북한학 연구와는 관점부터 달리합니다. 북한문학을 지역문학으로 다가가, 김일성 유일체제와 평양중심주의의 그늘 아래 묻힌 지역 전통을 발굴·재구성하여 북한문학의 외연을 크게 키우고자 뜻한 일입니다. 2012년부터 개성과 평양으로 나아가며 성과를 내놓기 시작했습니다. 2015년 한 해 동안 중국 연변을 오가며 연구년을 보내면서부터 1차 문헌 갈무리라는 쪽에서 부쩍 넓어진 자리입니다. 그 결과물은 『북한 지역문학 연구』라는 이름으로 선뵈게 될 것입니다. 중심 지역은 평양과 개성, 그리고 신의주로 잡고 있습니다. 북한이라는 의제는 제 공부 가운데서 가장 늦게 들어선 자리면서 이즈음 활발하게 성과물을 내놓고 있는 곳입니다. 정년 뒤에도 한국연구재단과 같은 바깥의 지원이 원활하게 이루어질지 모르겠군요. 개인적으로 우리 북한학의 수준 갱신은 물론, 북한학에서 남한이 담론 주도권을 갖는 데 이바지할 수 있으면 좋으리라 여기고 있습니다.

그런데 이렇듯 공간과 전쟁, 장소와 지역, 그리고 북한이라는 핵심 의제로 이어진 변이 과정이나 연구서 발간은 마침내 더 높은 수준에서 지역과 지역문학 연구라는 방법으로 모일 수 있습니다. 우리 근대문학에 다가서는 눈길을 기존의 거시/추상 수준에서 미시/구체 수준으로 내려앉혀 겨레문학사의 온전한 발굴, 전승 담론 생산이라는 목표를 숨기지 않은바입니다. 인문학이 지녀야 할 학문적·사회적 정합성이나 정당성이 그로부터 드높아질 것을 겨냥한 셈입니다. 그러다 보니 여기서 **빠**지거나 밀려난 것이 시간 문제, 곧 의식과 깊이였습니다. 제가 이제껏 문학사적 기술을 귀하게 여기지 않고, 굳이 거기에 매달리지 않았던 까닭이 그런 바탕에서 비롯되었을 겁니다. 될 수 있는 대로 시인으로서, 현상론자로서라도 제대로 살다 갈 수 있다면 다행이리라는, 해묵은 마음자리와 맞물린 흐름입니다.

비평집은 두 권입니다. 『지역문학 비평의 이상과 현실』(2014)의 경우에는 오랜 세월 끼일 자리가 없었던 비평문이나 단평, 서평과 같은 것을 묶었습니다. 멀게는 제 대학 학부 재학 무렵 글까지 챙겼습니다. 문학 초년 시절의 의욕과 열정이 잘 묻어나는 글이라 저로서는 버리기 어려웠습니다. 학부 4학년 때 썼던 「부산대학교문학지」와 같은 것이 대표적입니다. 대학원 제도에 들어서 본격적으로 공부를 하기 앞서부터 제 눈길과 걸음이 어디를 향하고 있었던가를 잘 보여 주는 본보기입니다. 『시의 조건, 시인의 조건』(2015)은 제목이 도발적이지만 제가 지녔던 시창작론이나 시론 성격의 글입니다. 『시와 시학』의 계간평이 중심인데, 창작론의 핵심어는 두루 녹여 놓았습니다.

산문집은 띄엄띄엄 오래도록 바깥 사회 언론이나 매체의 요구에 따라 마련했던 글들을 유형별로 묶은 것이 중심입니다. 기행문집 『몽골에서 보낸 네 철』(2010)만큼은 2006년 몽골 연구년을 계기로 처음부터 출판을 마음에 두고 쓰기 시작한 전작 산문집입니다. 제 딴에는 몽골의 속살을 가장 많이 들여다본, 가장 두터운 몽골 기행문집을 겨냥했습니다. 지역사회를 향한 담론 실천, 실천 담론이라는 쪽에서 산문집은 그나마 저와 바깥 시민사회를 이어주는 몫이 컸습니다. 저도 목소리를 높인 경우가 많았습니다. 각별히 가장 이즈음에 낸 『지역 인문학—경남·부산 따져 읽기』(2017)는 다섯 해나 이어진 『국제신문』 인문학 칼럼 자리가 중심입니다. 시민사회 익명의 읽는이를 향해 쓰는 그런 종류의 가벼우나 실용적인 줄글 쓰기는 앞으로도 소중한 경험이 될 것입니다.

엮은 책도 몇 권 이어졌습니다. 거듭 할 일이 널려 있는 영역이 그곳이라 생각하고 있습니다. 그 처음인 『두류산에서 낙동강에서—가려뽑은 경남·부산의 시1』(1997)부터 백석이 옮긴 『동화시집』(2014)까지 꾸준히 이어졌습니다. 해인사 문학의 주요 원천인 허민 문학의 복원을 마음에 두었던 『허민 전집』(2009)이나 울산 언양의 첫 시조시인 조순규를 세상에 알린 『무궁화—근포 조순규 시조 전집』(2013), 1930년대 초반 우리 현실주의 어린이문학 소년소설과 잊힌 작가를 알린 『소년소설육인집』(2013)은 지역문학 차원에서 뜻이 적지 않다 생각합니다.

옛일을 되새기는 경우가 되다 보니 말이 길어졌습니다. 결과적으로 이제까지 제가 걸어왔던 문필 작업은 전반 시창작에서 후반 논문 글쓰기로 점점 무게 중심이 옮겨간 셈입니다. 그런 가운데 한결같은 상위 주제는 지역문학이며 앞으로 공부 중심도 그런 기조를 지켜 가리라 생각합니다.

이순욱: 선생님의 학문적 이력을 죽 보면, 40대 초반까지는 연구보다는 시창작이나 문학실천에 더 주력하고 있다는 생각이 듭니다. 물론 시 속에 담론 생산의 확장이라는 불씨를 충분히 내장하고 있었지요. 지역과 지역 문학에 대한 관심이 한결같았으니까요. 그런데 시쓰기의 불씨를 키워가면서도 문학 연구로 발 빠르게 옮아간 데에는 여건이 무르익을 때를 기다렸거나 일정한 자기의식의 변화가 작용했을 수도 있겠지요. 그즈음 많은 나날을 함께했던 저로서는 충분히 예견되는 지점이었습니다만……

박태일: 제가 가장 잘 이바지할 수 있을 자리를 고르고, 그것을 한길로 특화하는 쪽으로 힘을 쏟은 결과입니다. 그리고 고른 뒤에는 흔들리지 않을 뱃심과 굳은 심지. 그 변곡점은 제4시집 『풀나라』(2002)를 낸 뒤, 제 나이 40대 후반 무렵이었습니다. 그때부터 시창작에서 문학 연구로 활동의 중심 이동이 확연해졌습니다. 결과적으로는 제가 다짐했던 삶의 기획, 곧 40대는 문학사회 실천, 50대부터 오로지 학문이라는 줄거리를 나름으로 지켜낸 덕분이라 생각합니다. 남은 세월 동안 뒤로 밀려 났던 시창작 쪽을 어떻게 가다듬고 마무리하는가라는 문제가 큰 과제가 될 참입니다.

이순욱: 작년 유월경이었지요. 12월에 있을 한국문학회 전국학술발표대회의 기조발표를 의뢰했을 때, 선생님께서는 공식적인 학술 활동의 매듭을 그렇게 짓겠다 하셨지요. 그런데 당혹스러운 기시감이 든 것은 무엇 때문이었을까요. 선생님의 모교에서 진행된 '근대문학과 어린이' 발표를 들으면서 여전히 달리겠구나 하는 생각이 들었지요. 『시는 달린다』는 저서 제목처럼, 박태일은 달리고 또 달려 늘 새로운 실천이 요구되는 자리, 혁신적 모험을 필요로 하는 자리에서 연구와 창작의 어느 길에서든 끝없이 자기갱신을 거듭하겠구나 여겼습니다. 입가심이 아니라 초다짐을 하기 위해 막 수저를 드는 사람처럼 말입니다. 알고 계신지 모르겠습니다만, 오늘도 저는 10월말 오영수문학관에서 있을 선생님의 발표논문 「정훈 매체 『광창(光窓)』과 오영수의 종군기」의 토론문을 작성하고 있습니다. 지금 선생님의 글쓰기는 어디를 향해 달리고 있는지요? 결코 노둔하지 않은 필력을 추동하는 힘은 도대체 어디에서 비롯되는지요.

박태일: 예 그랬지요. 그 일을 기억하고 계시군요. 공식 학회에서 마련한 발표는 그때의 「수원의 어린이문학가 안준식의 삶과 문학」으로 마감하려 했습니다. 저는 언변이 좋은 사람은 아닙니다. 그저 문필로 살겠다는 다짐대로 글로서 할 말 하고 글로서 끝을 볼 수 있으면 다행이리라 생각해 온 사람입니다. 그러니 정년을 앞두고 그런 공개 구두 발표 자리도 매듭을 지어야 될 일이라 마음먹은 것입니다. 그러다 보니 의욕이 앞서서 발표문이 길어졌습니다. 그것을 학회지에 실으려다 보니 둘로 나눌 수밖에 없었지요. 2016년에 내놓았던 「경북·대구 지역의 대중가사 출판」 때도 둘로 나누어 실었으면 하는 학회 편집진의 통보가 있었습니다. 그때는 더 낼 게재비가 얼마든 떠맡겠다고 부탁해 그냥 넘어갔습니다. 학회지 논문 발표 때마다 게재비를 몇 십 만원씩 예사로 더 떠맡아야 했던 성가신 일도 이제 마감할 때가 된 성 싶습니다. 아마 앞으로 특별한 계기가 아니라면 학회 구두 발표장에 나설 기회는 없을 것입니다.

정년을 맞아 제자 둘이 만드는 기념 문집을 위해 지나간 제 연구 논문 죽보기를 만들고, 해적이를 더 다듬을 필요가 생겼습니다. 그것을 챙기면서 보니 채울 거리가 새삼 빈약하더군요. 대학에서 지낸 서른다섯 해 세월에, 교수로서 맡은 학내 행정직이라곤 재직 초년생 때의 학보사 주간과 문과대학 인문학부 학부장이 고작입니다. 거기다 2년짜리 학과장 일을 본 경우가 세 번이었던가? 그 가운데 한 번은 1년 만에 내놓았고. 교내 연구소 소속 연구위원회에 이름을 올린 경우도 온전히 떠오르지 않았습니다. 지산간호보건전문대학(현 부산가톨릭대학교)에서 맡았던 학보사 주간 자리는 교양국어 교수가 저 하나였으니 자연스런 몫이었습니다. 경남대학교 인문학부 학부장 자리도 1999년부터 학과제에서 학부제로 바꾼 뒤 국문, 역사, 철학 세 과가 순번을 정해 돌려 맡는 방식이었습니다. 하필 제가 학과장일 때 순번이 돌아와 어쩔 수 없이 떠맡은 것입니다. 그런 사정이니 해적이에 교수로서 거친 일들을 떠올려 보았댔자 적을 게 있을 리 없지요. 교수가 대학에서 하는 노릇이란 머슴 아니면 선생인데, 머슴 노릇에서는 처음부터 싹수가 노랬던 셈입니다.

　마냥 빈자리로 건너 뛸 수 없어 해적이에다 한국연구재단 연구비 수혜 사실이나 교내 연구중심교수 임명과 같은 것이라도 넣지 않을 수 없었습니다. 저는 경남대학교로 자리를 옮겨, 1988년부터 마산 일터와 부산 집을 오가며 강의를 하고 대학사회 활동을 해 왔습니다. 대학이라는 구성체로 볼 때 이저런 성가심이나 심기를 끓이고 부아가 꼭뒤까지 치민 일들이 왜 없었겠습니까. 마산·창원 지역과는 사회자본도 갖지 못한, 거기다 세상 살아가는 일에 서툰 제가 직업인으로 버틸 수 있는 힘이 어디에 있었겠습니까. 선생된 이로서 해야 할 최소의 중심 역할에 더 충실하려니 논문 글쓰기 쪽에 비중이 실릴 수밖에 없었습니다. 논문 죽보기를 만들다 보니 대학에서 일하면서 150편에 이르는 논문 글을 내놓았음을 알았습니다. 그것도 이즈음 10년 사이 더욱 양을 늘려 2016년 경우에는 한 해 13편, 2015년과 2017년에는 11편까지 발표했습니다. 대학을 떠나면 논문 글쓰기가 지둔해질 수밖에 없을 거라는 조바심도 작용했을 터.

연구중심교수란 학내에서 두 해 주기로 뽑는 방식입니다. 연구 업적이 남다른 교수에게 수업 시수 3시간을 줄여 주는 제도입니다. 인문사회계와 자연예술계에서 분기마다 한 사람 정도 선정됩니다. 제도가 시행된 뒤부터 정년까지, 소급 적용시킨 세 차례 연임 금지 규정에 묶어 한 주기 쉰 경우를 제쳐두곤 네 차례 연구중심교수를 거듭했습니다. 대학 제도에 몸담았던 직업인으로서 제가 저를 다독거려줄 유일한 자랑이자 위안이더군요. (웃음)

어쨌든 나이 들수록 연구에 더 몰두할 수 있었던 힘은 무엇보다 교수된 이로서 지닌 제 자존심이었을 것입니다. 자본주의 사회에서 보통의 사람 살이가 좇는 세 가지 목표, 돈과 명예, 그리고 쾌락……. 그 어느 것 하나 제대로 좇을 환경도, 힘도 갖추지 못한 저입니다. 게다가 모두 다 그걸 좇아 자발적 노예를 자처하는 듯한 세상 아닙니까. 제 삶의 주인으로 살고자 뱃심을 더욱 단단히 갖출 수밖에 없는 노릇이었습니다. 그러니 예사 사람 다 하고자 하는 평범이라는 틀에 갇히지 마라. 예상/기대되는 통상의 경계 안에 머물지 말고 늘 그 너머로 나아가려 애쓰라. 눈앞의 손쉬운 평가나 작은 상처 탓에 오롯한 자기의 가능성을 해치지 마라 들들. 평소 강의실에서 입에 올리며 학습자들에게 강조했던 삶의 방식을 스스로 책임질 수 있는 데까지는 책임지고자 한 결과 가운데 하나일 따름입니다. 직업이 교수인 사람이 자기 방식대로 살고자 애쓴 자존심과 자긍심.

이순욱: 제가 아는 선생님은 늘 그랬지요. 그 때문에 선생님의 눈빛에서 때론 희망과 의지를 발견하기도 했지만, 때로는 신발끈을 몇 차례나 다시 매야 할 만큼 고단하지 않은 적이 없었다 쉽게 말할 수 없습니다. 저도 끈질기게 단련했습니다. (웃음) 그런 까닭에 후학들이 선비 같다며 특별히 선생님에 대한 존경을 표현하기도 하지요. 그런데 시인으로서 학자로서 '박태일'을 규정하는 키워드를 스스로 짚어본다면 무엇일까요? 스스

로 얘기하기 쑥스럽겠지만 말입니다. 선생님의 삶과 학문적 실천에 대한 이해를 한층 드높일 수 있다는 점에서 때론 도발적인 질문도 결코 무용하다 말할 수 없겠지요. 스스로를 가파르게 추동하면서 살아온 세월 속에서 그러한 고민이 없지 않았으리라 여깁니다. 이 대화처럼 멀리 돌아 박태일을 이해하는, 잘 정돈된 방식을 택하기보다는 가장 **빠른** 길, 느닷없이 혹 하고 들어가도 될런지요. (웃음)

박태일: 거 참 어렵군요. 그런데 제 자신을 규정한다는 점에서 볼 때는 이미 이루어 온 것보다 앞으로 나아갈 바, 곧 소망 개념에다 당위론까지 아우르는 뜻으로 넓게 이해해도 될 것 같습니다. 그렇다면 대답이 가능할 듯싶고. 예, 시가 그것입니다. 일찍부터 시인으로서 앞날을 생각했고 그런 마음을 품고 살아온 세월이니까요. 시로서, 제 식의 시를 쓰면서 살다 가겠다는 다짐과 실천.

소망 개념이라면 거기다 '독(獨)'이라는 일컬음이 하나 더 두루마기처럼 덮씌워질 것 같습니다. 사실 저에게 옛 사람이 흔히 지녔던 호라 일컬을 만한 게 하나 있습니다. 오래 앞서 지인이 붙여준 '독옹(獨翁)'이 그것입니다. 처음에는 웃어넘기고자 했는데, 한문을 하는 이답게 제호사(題號辭)까지 마련해 제법 격을 갖춘 것이어서 내치지 못한 것입니다. 거기다 제 제자가 그 이름을 깎아 붙여 '독옹시루(獨翁詩樓)'라 편액을 마련해 주는 바람에 더 버리지도 못하게 되었습니다. 지금 제 연구실을 지키고 있는 그것입니다. 그런데 곰곰 생각해 보니 저에게 깨우침이 적지 않은 이름이어서 받아들이기로 했습니다. 호를 준 지인의 애초 뜻과는 다르게 풀이한 결과지만. 곧 '독불고(獨不孤)', '독'은 외롭지 않다는 새김이 그것입니다. 쓸모가 있어 세상이 결코 홀로 두지 않을 사람. 그런 자기 암시는 매우 긍정적입니다. 제대로 된 독옹이 되기 위해 게을리 하지 말라는 무서운 경계의 말이니까요.

이름에 걸맞은 독옹이 되기 위한 노력이 앞으로 제게 많이 필요할 것입니다. 무리에 끼이기 위해, 세월을 잘 타기 위해 어물쩍 눈꼬리 입꼬리 다듬다 이승을 뜰 수는 없는 노릇입니다. 세상이 알건 모르건 관계없이 제대로 된 시인으로 살다 가기 위해 갖추어야 할 덕목으로 홀로 '독', 한 글자는 제게 넘치고도 넘치는 표징입니다.

이순욱: 그 '독(獨)'다움으로 독하게 선생님의 정체성을 구축해 오셨습니다. 외롭지만 결코 외롭지 않게 말입니다. 외람된 생각입니다만, 그렇듯 선생님께서는 기존의 제도나 학문적 관행에 안주하지 않고 견고한 학문적 맷집과 몸집을 키워 왔다 생각합니다. 이 때문에 지역문학 연구자니 시인이니 하는 사회적 명망이 아니더라도, 자갈밭에 뒹굴더라도 제 길을 기꺼이 걷는 고집불통, 자료주의자, 논점을 회피하지 않는 사람, 학술 게릴라, 세속의 평가에 신경 쓰지 않는 사람이라는 평가도 있습니다. 그만한 내공이 있다는 뜻이거나 열등의식의 또 다른 표현일 수 있겠지요. 또 그만큼 제도로서의 인문학이 생산되고 소비되는 기존의 틀에 대한 선생님만의 도전적인 응답의 방식이라 볼 수도 있겠습니다. 이러한 평가에 대해 어찌 생각하시는지 조심스럽게 여쭙습니다.

박태일: 모르겠습니다, 그러한 평가가 있는지, 또 그러한 일컬음이 제게 될 성부른지도. 그런데 말씀하신 것을 반성적으로 받아들인다면 흥미로운 평가입니다. 저를 향한 정부당성은 두고라도, 이번 기회에 한번 말귀를 틔워 볼까요. 고집불통이란 항산항심(恒産恒心)하려는 이가 지닐 으뜸 덕목 아닙니까. 상처 난 열등감에서 비롯된, 타자를 허용하지 않는 막무가내 반작용이거나 자기 맹신에 휘둘린 영웅주의자의 어처구니없는 칼춤이 아니라면, 고집불통은 배움길을 좇는 이가 갖추어야 할 한 아름다움입니다. 제 고집대로 삶을 끌어나가기 참으로 힘들고도 힘든 세상 길, 곳곳마다 때때마다 가로놓인 걸림돌과 장벽, 그런 것이 파도처럼 쓸어가는 마당에 자기답게 살아가기 위한 최소한의 결기가 '고집' 아닐까요.

'불통'이란 자기류의 영향권에 들지 않는 타자를 향해 뱉는 막연한 비난이거나, 낯선 타자의 삶과 맞닥뜨린 당혹감을 담은 푸념일 수도 있고요. '고집불통'이라는 일컬음이야말로 오히려 격려로 삼아야 할 말이지 싶습니다.

'자료주의자'란 기껏 해서 이저런 자료나 들추면서 그들을 소개하는 데 힘을 다 빼는, 학문 같잖은 학문에 몰두한다고 얕잡아보는 말이겠습니다. 이 또한 제대로 자료를 볼 눈이 없을 뿐 아니라, 자료라고는 본 밑천이 짧은, 자료를 간추려 새롭고도 창의적 의제를 계발할 힘과 경험으로부터 거리가 먼 이들이 학자연하면서 쏘아대는 시기심어린 화살. 아니면 철따라 큰 백화점에서 이른바 수입 명품 옷을 사 걸친 듯이 무슨 큰 이론으로 무장한 양 거들먹거리고 싶은 동네 골목대장들의 허풍 떨기. 본 바가 없으니 알 길이 없고, 알 길이 없다 보니 이미 했던 남들 말을 빌려다 주억거리고 있는 자기 처지를 헤아릴 염치라도 지닌 이가 뱉는 혼잣말, 그런 뜻은 아닐지.

문학은 여느 담론, 곧 역사 담론과는 달리 한 번 정착되면 되풀이 쓰이는 것이 아닙니다. 1차 사료인 원본이나 결정본이 매우 중요한 역할을 하는 까닭입니다. 사관에 따라 거듭 다르게 쓰이는 역사와 완연히 다른 특징입니다. 이것은 단순히 문학 연구를 위한 실증적 터무니라는 측면에만 머무는 일이 아닙니다. 한 편의 새 작품, 한 줄 새로운 풀이가 작품의 뜻과 의의를 완연히 바꿔놓을 수 있는 것이 문학 연구의 특징이란 것은 상식이지요. 이원수가 뒷날까지 알려지지 않았으면 하고 묻었던 자신의 '오점', 「지원병을 보내며」(1942)나 「고도회감(古都懷感)—부여신궁 어조영 봉사작업에 다녀와서」(1943), 또는 한 시절 만주국 협화회 밀정으로 떠돌았던 유치환이 '자료주의자'의 눈에 들까 조마조마했던 「대동아전쟁과 문필가의 각오」(1942)와 같은 은닉 자료가 기존의 작가론 자리에 던진 영향력을 생각해 보시면 금방 그 점을 알 수 있을 것입니다. 실증이 방법이며, 실증이 가치라는 평소 제 지론을 되새겨 주시기 바랍니다. 공부하는 이는, 그것이 지역문학이 아니라 하더라도 작은 하나의 사료나마 얼마나 두텁게, 다르게 읽느냐 하는 눈길이 핵심입니다. 제대로 된 1차 자료 관리야말로 공부하는 이가 갖출 기본 조건이지요. 따라서 '자료주의자'라는 비아냥 또한 마음에 담을 바가 없습니다.

논점을 회피하지 않는 사람이란 학연, 인연, 지연과 같은 사회자본, 상징자본이 이저리 얽힌 좁은 지역 안에서 호불호를 뚜렷이 한 데서 온 평가일 수 있습니다. 이 또한 담론 생산자로서 글쓴이가 갖추어야 할 조건 가운데 하나. 세상이 달라지고 바뀌려면 두루뭉술 넘어가는 수사학이 아니라 문제 중심으로 핍진해 들어가는 자세가 답입니다. 그 과정에서 자신의 잘못이나 무지가 드러나면 금방금방 고치면 될 일입니다. 어리고 늙음에 관계없이 배우고, 자기 잘못을 웃으며 받아들일 수 있을 사람이 아니라면 긴 대화를 이을 상대 또한 아닌 셈입니다. 제가 일찍부터 제자들에게 되풀이하거나 제 자신에게 속다짐했던 진지전 전술, 수류탄 던지기. 몸싸움은 피해야 할 일이지만 말싸움은 글쓰는 이로서 피할 일이 아니다. 지상 논쟁 한 번도 제대로 거쳐 보지 않은 비평가는 비평가라 부를 수 없다. 좋은 비평가는 수류탄 핀을 뽑고 손수 참호 속으로 뛰어드는 전사와 같다. 내 몸 상처를 겁내 참호 바깥에서 깔짝거리면 제대로 된 싸움은 처음부터 글렀다. 싸움에서 내 팔다리 날아가는 손해를 겁내지 마라. 참호 속의 상대는 아예 다시 일어나지 못할 터이니. 아마 정공법이란 그런 과정에 붙이는 이름일 것입니다.

학술 게릴라란 마구 날뛰는 사람이라는 비난을 덧칠한 평가 같군요. 그런데 저는 배우는 자리에서 게릴라라는 용어로 다루어질 만한 무거운 삶을 짊어지고 살아온 사람은 아닙니다. 혹독한 비바람 눈안개, 곡기도 놓친 채 신산을 거칠 게릴라의 의기와 격분. 학문살이를 가다듬어나가는 이가 게릴라 정도의 수준이 된다면 오히려 축복해야 할 일입니다. 저는 교수니 시인이니, 그런 이름을 내걸고 살면서도 게릴라가 겪었을 법한 그러한 고통과 제 한 몸 손해를 받아들인 사람이 아닙니다. 공부하는 이로서 나름의 부끄러움을 놓지 않고 살아가려고 애쓴 바닥이 그런 자리입니다. 저는 규범 틀 안에서 놀이 규칙 안에서, 비록 아슬아슬한 때도 있지만, 그들 방식과 잣대 안에서 살아온 사람입니다. 그런 과정에서 최선을 다하지는 못했다 하더라도 다른 사람이 건드리지 못한 골짜기나 벌까지 들어가 제 식의 논점을 마련하고 기존 담론 체계를 가로지르려는 자세를 지니고자 애쓴 점은 사실입니다. 그것을 더 극단으로 밀어갈 힘은 처음부터 모자란 점이 사실이고.

차라리 제가 납득할 만한 제 됨됨이. 나날살이는 상식에 뿌리를 두려 애쓰되, 공부에서만큼은 바깥에 신경 쓰며 살 만큼 한가하지 않은 잰걸음을 걷는 모난 사람. 그런 정도가 마땅할 것 같습니다. 사람이란 뿌리가 이기적이어서 타자의 깊은 국면 한곳 한곳까지 관심을 기울이지 못합니다. 상호작용 속에서도 타자는 모두 주체의 일면적 바깥, 성찰이나 참조의 작은 이음매일 따름입니다. 그런 속에서도 거꾸로 주체의 삶은 늘 현재적이고 전방위적일 수밖에. 내 실존과 달리 타자는 타자일 따름입니다. 나를 향하는 타자의 평가란 그들 자신이 겪고 있는 문제며 그들이 짊어지고 있는 국면의 다른 표출일 것입니다. 그러니 이리저리 바깥마당 이해타산 놀이에 낑겨 들어 거기서 제대로 된 평가나 위안을 얻겠다는 자세는 처음부터 거짓입니다. 참으로 중요하고 두려운 것은 뒷날 자기가 자신에게 주는 차가운 평가일 듯.

게다가 글쟁이의 운명이란 여느 보통 사람과 다른 자리에 있지 않습니까. 달라지지 않을 그 처음과 끝은 익명의 독자사회로 향한다는 것일 터인데, 그 마당은 제 뜻대로 움직이는 시공간이 전혀 아니지요. 소신을 지키려 애쓰며 한 발 한 발 내딛다 앞으로 엎어지는 삶이면 충분하리라 생각합니다. 잠시 떠도는 이름이나 바깥 평가에 일희일비 마음을 두다가는 아무 것도 이루기 어렵습니다. 그러니 세속의 평가에 신경 쓰지 않는 사람이라는 말은 일면적 진실이 있습니다.

이순욱: 이제 그러한 신념을 놓치지 않고 나아간, 그러한 자세가 응집된 선생님의 시창작과 학문 활동의 실상을 더 세심히 들여다보고자 합니다. 선생님께서는 첫 시집 『그리운 주막』과 그를 이어 『가을 악견산』을 통해 자신만의 탁월한 문학적 거점을 만드셨지요. 그런데 합천 지역에서도 비교적 덜 알려진, 그러니까 가야산이나 황매산이 아닌 왜 악견산을 표제로 내세웠는지 새삼 궁금합니다. 선생님께서는 창작과 연구의 어느 길에서든 소외되거나 배제된 대상에 눈길을 주어 왔습니다. 이즈음에도 지역을, 지역의 삶과 문학을 변두리이거나 주변부로 인식하는 경향이 여전합니다. 선생님께서 애정을 아끼지 않은 '지역'은 무엇이며, 어떤 의미를 지니고 있을까요?

박태일: 제 「가을 악견산」이라는 시가 없었다면, 「가을 악견산」이라는 시집이 없었다면 이 선생께서 어찌 제 고향의 주요 경관 중심 가운데 하나인 악견산을 마음에 담을 수 있었겠습니까? 제가 장소시 창작에서 말해 온 것과 같이 지역문학의 핵심 창작 방법 가운데 하나가 장소 발견과 창조, 장소의 재장소화와 그 전승입니다. 이러한 문학적·문화적 노력은 유흥시설이나 토목 자본의 투자 이익 가치로 매겨지는 경관이나 장소 변동과는 다른 문학적 실천 가운데 하나입니다. 추상 공간이 장소가 되고 내 장소가 더불어 함께 나눌 많은 사람들의 참된 중심으로 되살아 가기를 바라는 작은 소망이 장소시 창작의 전략입니다. 뒷날 이 선생께서도 합천에 가실 양이면 오르지 않더라도 꼭 악견산 밑에서 한번쯤 올려 보시기 바랍니다. 악견산, 허굴산, 황매산 세 산이 둥두렷이 솟은 합천 대병 지역에서도 악견산. 두 차례의 ㄱ 소리와 두 차례의 ㄴ 소리로 마감된 단호한 이름, 그 이름에 걸맞은 장소 상상이 가능할 것이라 생각합니다. 그건 그렇고.

지역은 다른 곳과 맺는 상대적 '관계'며, 아울러 그 자체 고유한 '위치'입니다. 어느 쪽에 서서 지역을 보느냐에 따라 지역의 개념과 속살은 아주 달라집니다. 게다가 다가서는 이의 이해 높낮이나 바라보는 대상, 크기에 따라서도 다양하게 규정되는 범주라는 사실은 잘 아실 것입니다. 흔하기로는 땅값으로 환산되는 부동산 자본의 경계며 넓이. 토호들에게는 그들의 위세와 권력을 확인하고 늘 키울 수 있을 상징자본의 즐거운 놀이터가 지역일 것입니다.

저에게 '지역'이란 적어도 1차 경험 주체로서, 나아가 그것을 담론화하는 시인이라는 2차 체험 주체로서 떠맡을 수 있을 최소의 윤리 바탕, 지나간 옛이나 남의 선험적 경험에서 떨어져 나와 저의 경험적 진실을 웅변할 수 있을 정당성이라 할 수 있습니다. 학문이니, 시인이니, 지식인이니 떠벌이며 어렵사리 이어가는 말놀이, 바깥에서 주어진 명성이나 문화 권력에 짓눌려 개칠만 되풀이하기 십상인 먹물길에서 비록 찢긴 신이라도 끌다 마침내 그마저도 던지고 맨발로 걸어 나가야 할 성성한 터와 길. 갑자기 문학적 수사를 빌려올 수밖에 없었습니다만 아마 그런 것일 듯. 거듭하거니와 제 공부나 창작이 허깨비 같은 추상, 진공의 자리로 튕겨 나가지 않도록 잡아주는 든든한 문고리가 지역입니다. '지방'에서 '지역'으로 '지방문단'에서 '지역문학'으로, '지방(향토) 문단 소개'에서 '지역문학 연구'로 나아가도록 기꺼이 진 제 담론 구성의 가운데와 끝. 문학 창작과 실천의 밑자리며 승부처. 그러한 생각이 창작에서는 장소시로, 공부에서는 지역문학 연구로 진화해 간 것이라 보면 될 것 같습니다.

이순욱: 그렇군요. 선생님에게 지역은 강건한 문학 창작과 실천의 바탕이군요. 그것도 자신의 경험을 넘어 끝없이 확장하면서 진화를 거듭하는 문화 투쟁의 자리지요. 그렇다면, 학자와 교육자로서 지역문학에 투신하게 된 뚜렷한 계기가 있었나요? 이제껏 창작과 연구, 연구와 교육을 나란하게 놓고 실천해 오셨지요. 문학 지리학이나 장소학에 각별히 뜻을 둔 것은 지리교사로 일했던 아버지의 영향이 없었다 말할 수 없겠지요. 의령댁 할머니의 넓은 마음자리는 선생님의 시가 품어내는 길 위에서 만난

사람들과 소외된 물것들에 대한 애정의 바탕이 아니었습니까? 이러한 창작의 근원이 연구와 문학적 실천으로 나란히 이어졌다는 것이 제 판단입니다.

특히 연구와 교육 영역에서 지역문학을 통해 기존의 학풍과 교풍을 쇄신하는 중요한 역할을 담당해 오셨다 생각합니다. 선생님께서 지역문학 연구에 들어설 당시와 지금의 학문 풍토를 비교하면 지역문학에 대한 인식이나 이를 다루는 방식에서 주목할 만한 변화가 있었는지요? 또 이제껏 수행해 왔던 지역문학 연구가 지니고 있는 한계나 위험성은 없었습니까? 만약 있다면 그러한 측면을 어떻게 돌파해 나가려 하셨는지요.

박태일: 어버이의 영향에서 자유로울 수 있는 자식 세대는 없는 법. 제 아버지는 교육자로서 존경 받은 분이셨습니다. 어릴 적부터 둘레에서 손에 눈에 익었던 지리학 도서는 속살은 몰랐더라도 제 마음자리 형성에 적지 않은 영향을 주었을 것입니다. 거기다 보살행을 실천하신 할머니. 제 줄글에서 언뜻 내비친 바이기도 했거니와 어릴 때부터 자라면서 들었던 교육자 집안이라는 말은 제게 권계의 거울이었습니다. 지리학적 상상력, 장소성, 문학 지리학, 지역 가치, 지역문학 들들 제가 거쳐 온 생각의 언저리 곳곳에서 그러한 지리학의 차양막이 길게 보일 것입니다.

그런데 공부를 택한 사람으로서 지역이나 지역문학에 관한 관심의 고임돌은 더 아래쪽에 있을 것 같군요. 곧 시간보다는 공간, 본질보다는 현상, 비순수보다는 순수, 무질서보다는 질서를 좇으려 했던 마음자리와 갈등 해결 방식, 그것의 의식/무의식적인 결과. 그만큼 제 청소년기와 청년기는 팽팽한 격정에 휩싸인 혼돈기였다는 반증입니다.

지역문학 연구 마당의 분위기가 크게 달라졌다고는 생각하지 않습니다. 다만 이제 저부터 정년을 맞아 다음 세대의 일을 지켜봐야 할 자리에 놓였습니다. 개인으로나 집단으로나 단순한 교체가 아닌, 연구 성과와 방향에서 폭발적인 전회를 확인할 수 있는 상태였더라면 하는 아쉬움을 갖습니다. 어쨌든 제 몫이라 겨냥하고자 했던 목표, 곧 학문 공동체에서는 지역문학 연구를 보통명사 수준으로 끌어올리는 일. 그런데 그 일조차 아직 이르지 못했습니다. 보기를 들자면 그 일은 사람들이 막무가내 입에 올리고 떠들어대는 '친일/항일'이라는 얼빠진 말에서 '부왜/항왜'로 용어가 분화·갱신해 나가는 흐름과 나란할 움직임입니다. 그런 까닭에 아직 제가 할 일은 적지 않게 남은 셈입니다.

그런데 학풍이라는 쪽에서 보면 지역문학 연구를 내걸고 대안·대항적 자세를 밀고나가겠다고 생각했던 1990년대 후반 무렵이나 지금이나 쉬 달라지지 않은 환경이 눈에 뜨입니다. 학문의 피식민성. 스스로 외래종 거시 수입 이론의 비렁뱅이, 식민자의 노예처럼 되어 버린 채 학문이니 지식인이니 뜨내기 짓을 일삼는 풍토입니다. '지역', '지역성'이라 말해도 될 자리에 굳이 '로컬', '로컬리티'를 가져다 붙여 무슨 대단한 학문적 개안, 이론 갱신이나 차별화를 이룬 양 호들갑 떠는 모습이 대표 본보기입니다. 글 쓰는 이, 공부하는 이에게는 경제, 정치 민주화보다 언어 민주화가 더 중요한 실천입니다. 더 낮고 넓은 곳으로, 더 쉽게 세상 속에 두루 쓰이도록 만들고 가다듬는 용어학이 그 하나입니다. 대학 구성원, 학문 공동체의 직무유기, 정신실조야 어제 오늘 일이 아니니 어쩔 수 없다며 혀를 차고 말 일은 아닙니다. 지역학, 지역문학 연구라는 출발점은 같아 보이더라도 그 목표에 따라 갈라져 나가는 길과 마지막 끝자리가 엄청나게 달라지리라는 사실은 잘 알지 않습니까.

게다가 또 한 가지, 지역문학 연구 안쪽의 자기비판 차원에서 짚어 둘 일이 있습니다. 실증주의가 빠지기 쉬운 함정. 곧 소모적 오류가 그것입니다. 사료의 희귀성이나 새로움이 그대로 높은 값매김으로 환원되는 위험입니다. 실증주의를 주요 방법으로 밀고 나가고 있는 저의 지역문학 연구에서도 늘 조심하는 바입니다. 이즈음 지역문학 관련 연구 성과물에서는 그 점에 관련한 고심이 얕아 보여 아쉽습니다. 지역은 지역 안쪽으로 다시 높낮이와 무게에 따라 켜와 겹으로 복잡하게 얽혀 이루는 역장이며 맥락입니다. 지역이 지닌 복잡성과 다층성을 꾸러미로 꿸 수 있을 앎과 식견이 모자라다 보니 소모적 오류에 쉽게 빠지는 것입니다. 무엇보다 담론이란, 그것이 문학이든 철학이든 다른 어떤 것이든 주체의 의식/무의식적 정향이 만든 이념 구성물 아닙니까. 값매김의 높낮이를 두고 담론 주체와 1차 사료 사이에 놓인 팽팽한 긴장 관계와 그 가늠쇠에서 눈을 떼지 말아야 합니다.

이순욱: 거듭 새겨들어야 할 말입니다. 그러한 맥락에서 선생님께서 2004년에 발간한 『한국 지역문학의 논리』가 갖는 독자성은 지역문학에 대한 인식과 연구 방법, 실제 적용을 다루었다는 데 있지 않습니다. 이 책은 선생님이 수행한 지역문학 연구의 도착 지점이 아니라 북한을 비롯한 해외 지역문학을 포괄하여 한 나라의 문학사를 쓰기 위한 출발 지점을 보여 주고 있기 때문입니다. 그 결과가 이후 『경남·부산 지역문학 연구 1』, 『마산 근대문학의 탄생』, 『유치환과 이원수의 부왜문학』, 『경남·부산 지역문학 연구 4』로 이어지며 문학사의 중심과 주변부를 꿰뚫고 이랑과 고랑을 넘나들며 국가 문학사와 다른 새로운 길을 만들어 왔습니다. 2004년 지역문학 관련 첫 저서 발간 이후 성취한 부분과 미처 이루지 못한 부분이 있겠지요? 그러한 고심을 내내 겪었으리라 여깁니다.

박태일: 벌써 스무 해를 건너다보는 세월입니다. 제가 지금 서 있는 자리는 우리 근대문학사 가운데서 잊히고 덮이고 뒤틀린 인습과 전통 자산을 지역이라는 범위에서 찾아내고 값어치를 밝히고 마땅하게 자리매길 수 있도록 한다는 목표 아래 걸어왔던 한길 가운데입니다. 그 첫 매듭이 이 선생도 아시다시피 2004년 『한국 지역문학의 논리』와 『경남·부산 지역문학 연구 1』이었습니다. 그 뒤 십 년이 흘러 묶은 두 번째 매듭이 『마산 근대문학의 탄생』과 『유치환과 이원수의 부왜문학』 그리고 『경남·부산 지역문학 연구 4』였습니다. 지금 준비 중인 세 번째 매듭은

『한국 지역문학 연구』입니다. 앞에서 말씀드린 바와 같이 지역 범위를 나라 안 경남·부산에서 역외 지역과 국경 바깥 국외 지역으로 넓혀서 지역문학의 흐름과 전통을 포괄적으로 이해하고자 한, 그리하여 그 성과가 해당 지역에서 뜻있는 전통과 새 담론 창발의 계기로 자리 잡히기를 바라며 마련한 첫 틀거리입니다. 뒷날 이어질 네 번째 매듭의 핵심 과제는 아마 이 『한국 지역문학 연구』를 더 깁는 일이 될 것 같군요.

애초 첫 매듭 출범기, 낱책으로 내놓을 때 제 기획 안에서 재외문학과 북한문학은 1차 관심에서 흐릿했습니다. 공부가 넓어지고 관련 사료 갈무리와 읽기가 깊어지면서 자연스레 범위를 굳히고 넓힐 수 있었습니다. 저 같은 지역문학 연구 1세대가 자지역 경남·부산 안쪽에만 갇혀 올망졸망 누비고 다녔다면 지역문학 연구의 필요성과 정합성을 꾸준히 웅변하기 힘들었을 겁니다. 일찌감치 부산·경남 지역 쪽 성과를 쌓는 일에서 한 걸음 더 나아가 바깥을 더듬었던 까닭입니다. 지난 스무 해를 넘어서는 동안 근대문학사에서 지역문학지 구성에 관련, 밑그림은 그린 셈입니다. 거기다 북한 쪽도 초기 문학 1960년대까지는 1차 문헌에서부터 틀을 잡았습니다. 1980년대 후반에 일었던 우리 북한학 연구 공동체의 사료 수집이나 독해를 가파르게 뛰어 넘는 수준에서 지역문학을 토구하는 길을 겨냥하고 있습니다. 중국 겨레문학 경우에도 그쪽의 연구를 갱신할 정도의 문헌 축적은 이루었으나 북한 쪽과 달리 본격적인 2차 담론은 더 때를 고누어야 할 것 같습니다. 앞으로 제 몫의 자리를 열 수 있을 것입니다.

다음 달 출판을 앞두고 있는 『한국 지역문학 연구』에서 나눈 개별 지역의 문학지 곧 전라·광주문학, 경기·인천문학, 제주문학, 강원문학, 충청·대전문학, 재외문학과 같은 권역 가운데서 제가 한두 곳에서라도 더 깊이 들어서서 소지역문학지를 마련할 수 있다면 지역문학 연구의 앞날을 위해 한 본보기가 되리라 생각합니다. 어떤 계기가 어떻게 주어져 갈라져 나갈지는 모르되 오늘날까지 제가 뜻한 걸음길은 큰 틀에서 잘 따르고 있다 말씀드릴 수 있습니다. 어느 시점부터 경남·부산 지역 바깥으로 나갔던 제 눈길과 걸음이 다시 되돌아올 터인데, 그때 무엇을 이루고 또 무엇에 못 미칠지는 그 무렵 경남·부산 지역문학 연구의 현실과 맞물려 있을 일이어서 저로서도 관심거리입니다. 이 선생 같은 분이 더욱 치고 나가시기 바랍니다. 앞으로 대학에 몸담고 있을 때와는 연구 환경에서부터 크게 달라질 터이니 그 영향으로부터도 자유롭지 못할 것입니다.

이제껏 공부 과정에서 아쉬웠던 점은 크게 두 가지 정도로 줄일 수 있을 것 같습니다. 첫째는 지역별 수평적 비교·대조의 자리를 깊이 있게 나누지 못했다는 사실입니다. 이 점은 고스란히 경남·부산 지역문학의 지역성, 곧 일반성과 개별성을 다른 지역과 관계 위에서 더 확연하게 파드는 역동적인 국면을 열지 못했다는 자책과 닿아 있습니다. 때가 더 무르익어야 할 듯 싶습니다.

둘째는 경남·부산 지역만이라도 지역문학 연구층이 두터워지고 활성화할 것을 바랐는데 결과는 그렇지 못하다는 사실입니다. 역설적이게도 거꾸로 걷고 있는 게 아닌가라는 자책을 갖게 합니다. 연구 성과의 질에서는 그렇지 않다 하더라도 양에서는 경남·부산 지역의 수월성을 말하기 힘든 수준이라 판단됩니다. 충남·대전 지역의 집단 성과나 전라·광주 지역의 거듭하는 양적 확대에 견주어 소홀한 현실입니다. 강원 지역도 성과를 쌓기 위해 나름대로 애쓰는 모습이고, 제주 지역은 지역 특성에 따른 일인지, 지역 어문학 모두에 걸쳐 두터운 성과를 거듭 내놓고 있습니다. 같은 경상 권역이라도 경북·대구의 꾸준한 관심과 집단 성과와도 거리가 있는 곳이 경남·부산 지역입니다. 이러한 흐름으로 볼 때, 우리 지역의 지역문학 연구도 집단적이든 개별적이든 더 큰 충격을 받아야 할 것 같습니다.

이순욱: 옳은 지적입니다. 다만 시의성의 문제가 아니라 선생님 세대가 제기한 문제의식을 이어받아 더 본격적이고 지속적으로 담론을 생산하고, 그러한 바탕 위에서 지역문학 연구자 집단을 조직해 나가야 하겠지요,

지역문학 연구의 본질적인 방법은 실증에 바탕을 둔 문헌학과 매체학이라 생각합니다. 방법적 틀로서 실증의 가치와 의미를 말씀해 주십시오. 더불어 지역문학 연구의 새로운 방법론에 대한 본질적인 고민과 모색은 없으셨는지요.

박태일: 지역문학 연구의 중심 방법론이 실증주의라는 사실은 이 선생부터 몸으로 잘 깨우치고 실천해 오고 있는 바입니다. 그러나 그것이 지역문학 연구의 본질적인 방법이라는 데로 곧장 올라서 버린다면 조심해 디뎌야 할 자리가 있습니다. 알다시피 문학은 바탕에서 시공간적 예술입니다. 눈으로 읽고 마음과 몸으로 느끼고 상상하는 의식 흐름을 뿌리로 갖는다는 점에서는 시간 예술입니다. 아울러 근대 문학이 갖는 근본 조건 곧 인쇄출판 꼴로 생산, 유통, 소비된다는 점에서는 공간 예술입니다. 이러한 시공간적 됨됨이 가운데서 이제까지 전통적인 문학 이해나 연구에서는 시간 국면에 치우쳐 파악하는 방식이 주류였습니다. 그러다 보니 결과물인 작품의 과거 원인으로서 작가나 사회역사를 앞세우거나, 그 뒤에 있는 독자를 수동적으로 끌어오면서 문학사회의 존재 동학을 풀어가고자 한 쪽이었습니다. 근대 문어 문학이 바탕에서부터 갖고 있는 공간적 측면, 곧 제도론/매체론은 등한시되기 일쑤였습니다.

지난 시기 문학 이해가 지닌 그러한 경향에서 벗어나 새롭게 디딤어 나갈 확실한 자리가 매체론입니다. 신생 방법으로서 지역문학 연구가 거기에 기대는 것은 자연스러운 흐름이었던 셈입니다. 그리고 그것은 기존 실증주의 방식에서 다루는 길, 곧 작품 소재지로 파악하는 소극적인 매체론을 넘어서는 문학 공간론, 문학 구성의 본질적 제도로 올려 세우는 적극적인 매체론이라 할 수 있습니다. 널리 알려진 에이브럼즈의 문학 존재의 네 터무니 곧 세계, 작가, 작품, 독자에다 하나 더 없는 정도의 매체/제도가 아닙니다. 그들을 다 싸안는 더 본질 요소로서 매체론/제도론의 상승을 겨냥한 것입니다. 그런 점에서 지역문학 연구가 즐겨 기대는 제도론/매체론은 정태적인 역사적 재구성에 머무는 전통적인 실증주의와는 거리를 둡니다.

사실 지역문학 연구에서 실증주의가 중요한 방법이며 도구로 큰 쓰임새를 마련한 것은 전략·전술적 선택입니다. 기존 근대문학사 연구가 실증주의를 가장 바탕 되는 도구라 내세우면서도 그 실재에서 가장 큰 약점과 잘못을 지니고 있다는 점을 간파했던 까닭입니다. 기존 일국주의 문학의 위세 중앙이 독점적으로 선택/배제/생략한 문학 정치가 저지른 해악이 그로부터 더욱 깊어졌습니다. 그러하니 그들의 잘못을 드러내는 예각적인 방식이 실증적인 잘못을 짚는 일이었습니다. 싸움으로 보자면, 적이 가장 믿고 따르는 방식으로 적의 가장 깊은 데를 친다는 전략·전술이 실증주의 매체학인 셈입니다. 자승자박하게 만드는 꼴이지요. 거기다 제가 이른 시기부터 남들 돌아보지 않았던 지역 문헌과 가장자리 사료를 귀하게 여겨 꾸준히 갈무리하고 챙겼던 버릇이 힘껏 뒷받침을 해주었습니다. 뒷 세대에게서 어떤 관점, 어떤 방법론이 마련될지 알 순 없으나 일국주의 문학 이해의 인습적 틀이 사라지거나 큰 수정이 이루어지지 않는 한, 지역문학 연구는 거듭 실증주의라는 확실한 경험적 칼날을 들이대는 방법을 끌어 쓸 수 있을 것입니다.

그런데 지역문학 연구 1단계에서는 실증주의를 가장 큰 도구로 빌려 쓰고 있지만 그 궁극은 일반학으로 올려 세우기 위한 노력입니다. 전통적인 실증주의든 지역문학 연구가 헤쳐 나가는 해체 전략으로서 새 실증주의든, 실증주의가 안고 있는 과거적 경험에 묶인 현실 수용적 자세, 현상주의적인 태도가 빚어내는 위험을 얼마나 어떻게 벗어날 수 있을지 잘 지켜봐야 할 일입니다. 제2세대 지역문학 연구에서는 더 나아간 보편학, 일반 정신사나 문학민족학까지 겨냥할 수 있기를 바랍니다.

그리고 무엇보다 지역문학 연구가 지닌 방법론적 특성, 곧 마주치는 현실과 대상에 따라 다듬어지고 정교해지면서 날카롭게 벼리어 나가는 과정 이론이며 형성 이론이라는 특성을 잊지 말 것을 주문하고 싶군요.

이론과 실천, 작가와 작품, 문학 제도와 사회 제도가 끈끈하게 얽혀 있을 뿐 아니라 생활세계의 낮은 연결망에 뿌리를 두고 있는 지역문학 현실은 그 연구 방법론에서도 문학 안팎, 문학과 인접 예술문화를 기능적으로 넘나들면서 역동적이고 통합적인 길을 좇게 만듭니다. 지역문학 연구가 지니고 있는 실천적·대항적 됨됨이가 그로부터 더 넓고 기능적일 것은 환한 일입니다. 고심이 얕으면 발밑의 디딤돌이라도 보이지 않고, 그게 보이질 않으면 눈앞에 있는 문고리를 쥘 수 없는 법입니다.

이순욱: 한편으로는 선생님과 함께한 경남·부산지역문학회 활동 경험에서도 볼 수 있듯이, 지역문학 연구를 진작하기 위해서는 매체가 필수적입니다. 지역문학 담론의 활발한 생산과 유통, 소비를 위한 전문매체야말로 지역문학 연구를 추동하고 후속 연구를 지속적으로 촉발하는 매개 역할을 수행할 수 있습니다. 1997년 『지역문학연구』 창간호를 낸 이후 일정한 변화를 거듭하다가 2006년 13집을 끝으로 매체 발간을 중단한 바 있습니다. 지역 매체 발간의 의의가 무엇이며, 매체 발간의 걸림돌은 무엇이라고 생각하십니까? 제가 회장을 맡은 시기에 매체 발간의 전통을 이어가지 못한 터라 궁색한 질문일 수도 있겠습니다. 매체 발간 주체의 소명의식의 부족이나 기획 역량의 부재, 출판자본의 문제보다도 등재/비등재 학술지 제도의 운용으로 양적 물량주의에 기댄 학문 풍토가 지역의 연구 역량을 급격하게 위축시킨 점도 무시할 수 없었습니다. 당시에는 필진을 확보하는 일이 큰 난제였습니다. 학문이 국가 주도로 제도화되면서 지식 생산이 사업의 영역으로 전락한지 오래입니다. 이러한 과정에서 지역문학 담론의 사회적 소통 기회를 상실하고 지역 문학사회에 비판적으로 개입하는 문화적 실천 동력을 급격하게 상실하고 말았지요. 비단 학문적 실천의 영역만이겠습니까. 그래서 '옛과 오늘에 걸친 지역문학 연구와 그 실천을 위해 앞장서고자' 세상에 내놓은 『지역문학연구』와 경남·부산지역문학회의 활동은 아쉽고도 그리운 자리이기도 합니다.

지역 안쪽에서 그러한 한계에 노출되어 초발심과 문제의식을 예리하게 이어가지 못하는 사이, 선생님께서는 『한국지역문학연구』(한국지역문학회)에 일정한 힘을 보태고 계신 줄 압니다. 이제껏 회원들에게 지역문학 연구의 현실과 관련된 직접적인 의제를 표명하거나, 다시 매체를 발간하고 연구 경험을 조직화하라는 쓴소리조차 하지 않으셨지요. 그저 간섭 없이 실천할 수 있도록 내버려 두셨지요. 벌써 10여 년을 헤아립니다. 연대에서 각개전투로 돌아선 그 세월 속에서 지역문학 연구 현실도 꽤 재편되었습니다. 이즈음 경남·부산 지역을 기반으로 하는 새로운 지역문학 연구 매체의 필요성에 대한 생각은 어떠하신지요?

　　박태일: 매체 발간과 지역문학 연구의 활성화, 지속적인 동력의 필요성을 향한 매체의 쇄신이 지닌 중요성까지 이 선생께서 잘 요약해 주셨습니다. 사실 『지역문학연구』 창간 무렵과 지금은 매체 환경이 매우 달라졌습니다. 정보 획득과 유통 회로 또한 그사이 많아지고 빨라져서 지역문학 담론이라고 특정 개별 지역을 텃밭으로 삼은 매체가 굳이 필요한 것인가라는 물음을 던지게 합니다. 중요한 점은 지역문학의 빛나는 성과를 해당 지역 안쪽에 뿌리내리게 하고, 그것을 지역 성찰과 지역 가치 재구성을 향한 쓸모 있는 전통으로 꾸준히 전승·확산시키는 길일 것입니다. 그런 점에서 열 해 가까이 이어졌던 학회지 『지역문학연구』가 나오지 못하게 된 사실을 부끄럽게 여기거나, 직전 회장으로서 책임을 느낄 필요는 없습니다. 어쨌거나 『지역문학연구』가 더 나오지 않음으로써 종이 덜 쓰는 세상, 생태적으로 더 나은 세상을 만드는 데 조금이라도 이바지했다고 웃으며 넘어갈 일입니다. (웃음)

　　오늘날 인문학계에 가로 놓여 있는 한국연구재단의 인증제도와 같은 국가 단위 관리망 아래서는 지역문학 연구를 위한 매체 발간은 거듭 낭떠러지로 내몰릴 수밖에 없습니다. 글쓴이와 매체 발간 비용 감당은 늘 어려웠으니까요. 하는 수 없이 자체 노력만으로 될 성부른 '지역문학총서'로 걸음을 바꾼 일이 마땅했다는 판단에는 지금도 달라짐이 없습니다. 전북대 최명표 선생이 전주 신아출판사 서정환 대표의 두터운 독지로 꾸준히 내고 있는 『한국지역문학연구』의 경우에도 어느새 여덟 해 세월에 10월로 15집 발간에 이르렀습니다. 올해부터는 공공의 학술 누리집, 한국교육학술정보원 자료 찾기 기능으로 볼 수 있도록 소통 회로를 넓혔습니다. 한두 사람의 적공과 손해가 그나마 지역문학 연구 활성화와 매체 발간에 마중물이 되고 있는 셈입니다. 무슨 일이든 그 일에 가장 많은 생각과 시간을 쏟는 이가 그 일에 주인된 이라 본다면, 스스로 주인이라 믿는 이가 그 일로 기꺼이 손해를 볼 수밖에 없습니다. 저로서는 그나마 나오고 있는 『한국지역문학연구』가 더 안정적인 매체로 발전해 나가도록 틈틈이 원고로나마 뒷받침을 할 생각입니다.

경남·부산을 범위로 삼은 지역문학 연구 매체가 나온다면 굳이 마다할 일은 아니지요. 그런 속에서도 제가 맡을 몫은 그것의 실질을 드높이기 위해 거듭하고 있는, 스물일곱 권에 이른 '지역문학총서' 출판에 더 속도를 붙이는 일이라 생각합니다. 중요한 점은 지금 쓰일지, 먼 뒷날에 쓰일지, 차라리 쓰임이 없을지도 모르지만 꾸준하게 준비하고 거듭 본보기를 마련하는 일을 멈추지 않는 자세일 것입니다.

이순욱: 고언을 새겨듣겠습니다. 앞선 질문과 겹치는 부분도 없지 않으나, 한국사회를 균질적으로 이해하는 방법으로서 지역과 연구대상으로서 지역문학은 사회문화사의 관점에서 어떤 의의를 지닌다고 볼 수 있습니까? 또한 학술과 비평의 두 영역에서 지역문학 연구가 이바지하는 측면도 과소평가할 수 없겠지요.

박태일: 예, 앞서 지역의 개념에서 말씀드린 바와 같이 지역을 위치로 보면 우리 사회를 균질적으로 이해하는 방법이 되지요. 그러나 관계로 볼 때 모든 지역은 지역의 개별 특성, 곧 지역성을 갖는 단위로 달라집니

다. 지역문학 또한 마찬가지입니다. 중요한 점은 지역이나 지역문학은 국가라는 일국주의 경계 안에서 마련되고 굳어져 나온 전통/인습의 복합체라는 사실입니다. 전통이라는 측면에서 근대 겨레 삶의 보편성과 일반성을 아로 새기고 있는 하위 단위지만, 인습이라는 측면에서 보자면 근대의 획일적 통제, 국가적 폭력에 허물어지고 뒤틀린 채 가장자리로 밀려난 잉여 가치, 결여 가치입니다.

그런 점에서 근대 반성, 근대 성찰의 한 방식으로서 지역문학 연구가 지역과 지역문학의 인습에 날카로운 눈매를 주지 않을 수 없습니다. 그런데 지역은 추상 공간이 아니고, 생활세계이거나 그에 맞물리는 구체적인 장소감, 장소 상상의 현장입니다. 그것은 소지역이건 중지역이건, 국외지역이건 어슷비슷합니다. 개인의 사회적·심리적·제도적 실천이 쉼 없이 일어나고 있는 통합적·환유적 현실 세계, 한 개인이나 한 사회심리적 집단에게 오늘 이 자리라는 시공간적 현존감으로 채워지는 곳. 따라서 우리의 실제 삶이 그러하듯 지역을 향한 눈길은 그 뿌리에서부터 통합적이며 동적이어야 합니다. 구체적인 삶의 현상에 더 충실한 자세입니다. 지역을 향한 눈길이나 물음이 개인심리 안쪽에서 사회문화 바깥까지 한꺼번에 싸안는 생활세계의 감각으로 뚫고 나가려는 의지를 지니지 않으면 안 되는 까닭이 거기에 있습니다.

극단을 좇아서 말하자면 지역과 나란히 지역문학 또한 생활세계의 문학이라 할 수 있습니다. 마찬가지로 지역문학 연구는 생활세계 문예학입니다. 그러한 나날살이 생활세계 문예학으로서 지역문학 연구는 바탕에서부터 근대 제도의 분업 경계의 틀과 불편한 동거를 하지 않을 수 없습니다. 통섭이니 텍스트상호성이라는 말은 선언적으로만 가능한 일이 아닙니다. 문학과 다른 영역, 문학 양식 안쪽에서 비교/대조, 대화/갈등의 걸음걸이를 빠르게 가져가야 할 것입니다. 주류문학과 가장자리 문학, 상위문학과 하위문학, 근대문학과 전근대, 근대 이후 문학까지 겨냥하며 눈총을 쏠 일. 갈래론/양식론으로 보자면 지역문학에서 고전문학이니 근대(현대)문학이니 하는 오늘날 굳어진 제도적 틀은 오히려 넘어서야 할 인습입니다. 지금의 지역문학 연구가 제 몫을 마땅하게 떠맡아 왔는가라는 물음과 별개로, 지역문학 연구의 역동적·통합적 특성은 거듭 살려나가야 할 당위론입니다.

그런 까닭에 몇 차례 지역문학 연구 방법론에서 짚었지만, 오늘날 지역문학 연구의 큰 문제거리자 곳간 가운데 하나가 근대 한문학입니다. 문자 체계로서는 전근대적이나 사유 체계로서는 근대적인, 이중성을 한 몸에 걸치고 있는 이 자리는 지역의 종교별, 가문별, 계층별, 이념별 동향과 관련하여 예각적이고 풍부한 성과를 예고합니다. 저 스스로 나라잃은시대 경북·대구 지역 부왜문학과 한문 소비층을 짧게 한 차례 훑어 본 데서 더 나아가지 못하고 있는 형국입니다만.

학술과 비평의 경계 짓기 또한 제도권 대학사회/비제도권 재야사회와 같이 물에 기름처럼 분업화된 오늘날 배움 제도의 인습에서 말미암은 것입니다. 자신들의 제도적 정당성을 웅변하기에 바쁜 그 둘의 분업 경계는 쉬 걷기 어려울 것입니다. 그런데 지역문학 연구는 기존 학술 공동체에 대한 대안적·대항적 방법론입니다. 예술문화 행정이나 이론적 엄밀성을 아울러 겨냥하는 실천학이어야 합니다. 지역문학 연구는 이상론이 아니라 현실론을, 명분론이 아니라 실용론을, 자족적인 체계학이 아니라 변화를 향한 사회학을 겨냥합니다. 그런 이원적 경계를 허물고 더 너머에 서고자 하는 개방적 갈등학입니다. 학술과 비평이라는 인습적 경계나 나눔은 큰 뜻이 없지요. 지역문학 연구가 기꺼이 지역 예술문화 행정 전면에 나서서 지도비평을 아끼지 않거나, 대학 제도 안쪽을 향해 쓴소리를 마다하지 않는 일은 그러한 됨됨이가 자연스레 드러난 바일 것입니다. 지역문학 연구 방법이 지닌 통합적 됨됨이, 현실 개방적 됨됨이가 더욱 살아날 수 있도록 비록 몇 사람 되지 않지만 더 힘차게 더욱 멀리 보고 움직일 필요가 있습니다.

며칠 전 조준희라는 분이 엮은 『이극로 전집』(소명출판) 묵직한 4권이

제 연구실에 배달되었습니다. 고맙게도 잊지 않고 저에게까지 보내주셔서 면구스러웠습니다. 이미 그 분이 주해를 붙여 내놓은 이극로 선생의 『지구를 한 바퀴 돈 한글운동가 이극로 자서전—고투사십년』(2014)을 받은 적이 있는 저입니다. 그렇지 않아도 이극로 전집을 준비한다고 후원이 필요하다며, 국어학계에서 보낸 전자편지를 한 차례 받은 적이 있어 그 결과를 궁금하게 여기고 있었던 터라 반갑게 챙겼습니다. 거기 1권 '남한편'에 이극로 선생이 엮은 『한얼 노래』(대종교총본사, 1936)를 영인 꼴로 밝혀 두었습니다. 1990년대 후반 지역문학 연구 초기부터 의령 지역 핵심 문학인으로 그를 고누고 있었고, 그와 관련한 논고를 경남·부산지역문학회 차원에서 마련하기도 했던 분입니다. 『이극로 전집』을 내다보면서 실천적 국어학자, 광복항쟁가 이극로의 문학 작품을 어떤 높낮이에서서 갈무리할까? 묻혀 있는 월북 뒤 재북 시기 활동을 어떻게 다룰까? 두 가지 문제를 머리에 넣어 두고 있었던 바인데 책은 제 예상을 넘어 매우 충실한 검토를 거친 것이었습니다. 월북 뒤 문필 가운데서 이념적 빛깔로 뺀 게 있다는 엮은이의 말이 아쉬웠지만. 국어학계에서는 학문 선조를 향한 제대로 된 추념일 것입니다.

그런데 경남·부산 지역문학 쪽에서 보면 한결같이 남은 문제를 잔뜩 안고 있습니다. 무엇보다 겨레 광복항쟁사와 지역 대종교, 그리고 이극로의 관계, 의령 설뫼 백산 안희제 가문과 이극로의 지연, 선생을 앞뒤로 한 지역 국어학자들 문학 작품의 완전한 복원, 조선어학회 흐름 가운데서 이극로 학파와 그 뒷날 동향, 북한에서 이루어진 문학 활동이 그들입니다. 아직 경남·부산 지역문학 차원에서 마음만 두고 있는 자리입니다. 본보기로 들었지만 문학과 역사, 종교와 동아시아학, 문학과 어학, 월북 예술문화와 지역의 지형학, 통합적으로 다루어 나가지 않으면 밝힐 수 없을 문제가 곳곳에 널려 있습니다.

이순욱: 더불어 문예창작과 지역문학 연구의 관련성 또한 무시할 수

없습니다. 선생님께서 감당해 왔거나 더 증폭시켜 나갈 지역문학 연구의 성과가 선생님의 시쓰기에도 적지 않게 스며들어 있으리라 여깁니다. 또한 지역에서 활동하고 있는 현역 작가들에게 이러한 연구 성과가 어떤 영향을 미칠 수 있으며 도움을 줄 수 있을까요?

박태일: 처음 습작기의 제 시는 젊은 무렵, 성년/미성년의 경계 정서 곧 좌절, 실의, 앞날에 대한 막연한 기대와 불안, 그런 것이 뒤죽박죽 뒤섞인, 청년기의 마음이 중심을 이루었습니다. 첫 시집 『그리운 주막』 1부의 것이 대표하지요. 그들은 제 고교 졸업 뒤 재수생 시절부터 대학 재학 때의 정서에 힘입은 작품입니다. 문학사회 활동, 곧 시인으로서 이름을 내걸고 살아가기 위한 자기규정, 개성을 마련하기 위해 고심하고 이리저리 고투할 때는 이미 장소 경험이나 버릇 든 여행, 그로부터 말미암은 장소 상상력은 그러한 경계 정서에 꼴을 잡아 주는 중심 뼈대 가운데 하나였다 할 수 있습니다. 시간과 공간의 교집합 자리로서 장소, 그런 속에서 제 특유의 자리 찾기가 자연스럽게 물길을 마련할 수 있었던 것이고요. 사실 제 문학 연구, 공부의 목표는 직업인으로서 교수가 아니었습니다. 시를 더 알고 저 자신의 문학을 더 마땅하게 짊어지기 위한 방편으로 대학원 진학을 택했던 것입니다. 제 꿈은 고교 교사였습니다. 방학이 충분히 주어지는……. (웃음)

대학원 학위 논문을 마련하면서 교과서를 빌려 좋은 시라고 받아들이기를 강요했던 정전 작가의 명성, 곧 윤동주, 이육사, 김광균이 주는 강요/억압으로부터 벗어날 수 있었습니다. 그 과정에서 만난 백석 시는 그 일에 날개를 달아준 격이었지요. 제가 걷고자 하는 길이 한쪽으로는 옳다는 믿음을 굳힐 수 있었습니다. 구체성이 그것입니다. 문학 공부를 본격적으로 하면서 지역문학 연구의 핵심어로 입에 올린 장소시니 지역 가치 구성과 재구성, 장소 상상력 들이 다 구체성에 잇대어 있는 방식입니다. 제 시창작 방법론과 공부가 행복하게 결합한 모습이라 할 수 있을 것입니다.

시쓰기를 위해 학문을 택하고, 공부를 빌려 시 자리가 더욱 단단해지는 상승효과를 본 경우입니다. 그리고 거기서 더 들어서 제 논문 글쓰기와 시쓰기 자세는 마침내 서로 다를 바 없는 자리에 하나로 있어야 한다는 동일론에 이르렀습니다. 시는 전문 학자 같이 엄밀하게 쓰고, 연구는 시쓰기와 같이 창의적으로 하기. 바람으로만 남을 일이라 하더라도 제가 제 자신을 납득시킬 수 있는 논법이었습니다. 나만의 시적인 상태를 좇는 문학 연구 방법, 그것이 문학 연구에서 지역문학 연구로 나아가도록 이끈 의식/무의식이라 할 수 있습니다. 뒷날, 제 논문 글이 모두 시적인 상태를 겨냥할 수 없고, 제 시가 나날살이 회로의 교양시나 대중 언론 회로의 대중시와 달리 치밀한 고구가 필요한, 전문시에 이르지 못하더라도 시적인 상태를 향한 노력을 멈추지 않았다는 자위만은 얻을 수 있기를 바랍니다.

이러한 저의 공부와 창작 경험이 지역 안쪽 현실 작가에게 어떤 영향을 줄지? 제 몫이 아니니 가늠하기 어렵군요. 긍정적이든 부정적이든 인연이 닿으면 더 나아가는 쪽으로 끌어다 쓰시면 될 일이고. 다만 어느덧 저도 나이 든 축이니 후배 세대 작가에게 한 조언은 가능합니다. 내 앞 시대 작가가 이미 써놓았을 성 싶은 것 같은, 내 곁 동시대 다른 작가가 다 쓸 수 있을 것 같은, 그런 작품 쓰고 흉내 내는 데 아까운 돈 날리고 시간 낭비하지 말라. 주민등록번호가 하나이듯 자신의 오롯한 작품을 향해 애쓰고 오래 오래 고통 받도록 하라. 아마 글쓰기에 유별난 재미, 넉넉한 보람이 있다면, 그런 쪽에서 얻는 것이 으뜸일 것이다. 각설. (웃음)

이순욱: 이즈음 지역문학연구자들의 인적 네트워크 형성과 연구 공동체의 필요성에 대한 논의들이 다시 제기되고 있습니다. 1980년대 이후 생산적인 논의가 이어져 왔으며, 경남·부산지역문학회 결성 무렵에도 그러했으며, 그 이후 어제도 오늘도 지속적으로 논의되어 왔던 문제이지요. 지역 내부 또는 전국적인 단위에서 이러한 연대를 구축하기 위해서는

어떤 전제가 필요할까요?

박태일: 예전에 견주어 지역문학 연구자들이 꽤나 늘었고, 지역문학 성과물이 심심찮게 보입니다. 나름대로 성과를 연속물로 내놓는 의욕적인 지역도 생기고. 개인이든 집단이든 지역문학 연구의 필요성과 당위성을 두고서는 이제 논란을 벗어났다고 생각합니다. 문제는 개별 지역문학의 개별성과 일반성을 함께 토구할 공동체, 파당이 아니라 붕당, 그들끼리 상호 대조, 비교의 성과 온축을 위한 연대 고리, 이런 것들의 필요성이 점증하는 것인데…….

지역 안쪽 연대라면, 당장 경남·부산 지역만 하더라도 연구자 바깥의 도움을 받거나 추동력을 용인 받으면서 이루어나가고 있는 형편은 아닙니다. 저로서는 가능한 방향을 말하기 힘듭니다. 온나라 연대라면 그 또한 지역문학 연구를 향한 뜻은 뜻으로 두고서라도 자본과 사람에서 이겨야 하는 어려움 탓에 선뜻 나서기 쉽지 않지요. 그래서 지난 시기부터 무엇보다 제가 할 수 있는 일부터 먼저 해두자는 쪽에서 열심을 떨었던 셈입니다. 사실 지역 연대를 위해서는 제 아래 세대들이 애쓰고 결집을 위해 머리를 맞대어 길을 찾아 주시기 바랍니다. 저로서는 현재 활동하고 있는 한국지역문학회만이라도 마땅하게 굴러갈 수 있도록 뒷받침하고자 합니다.

이순욱: 여전히 또 과제를 던져주시는군요. (웃음) 그런 측면에서 교육제도와 환경도 무시할 수 없겠지요. 인문학의 위기는 인문학 교육제도의 붕괴 위기이거나 인문학 연구자의 위기, 사회의 위기와 맞물려 있습니다. 지역 사립대학을 중심으로 국어국문학과가 학부체제로 편입되거나 폐과 절차를 밟는 등 대학이 개편의 격랑에 휩싸여 있습니다. 대학원은 정원을 채우기에 급급하거나 문을 닫는 현실과 직면해 있는 상황이지요. 선생님께서 재직하고 계시는 학교도 사정은 크게 다르지 않다 여깁니다. 지역문

학 연구 활성화와 관련하여, 지역학을 구축하는 새로운 거점으로서 대학의 변화와 관련 학과의 역할에 대해 거듭 여쭙습니다.

박태일: 제 재직교만 하더라도 올해부터 학과 이름을 국어국문학과에서 학부제 아래의 한국어문학과로 바꾸었습니다. 이미 1999년에 학과제에서 학부제로, 다시 2015년에 학과제로 옮겼다 또 학부제로 바뀐 것입니다. 역사어문학부라 이름을 내세웠습니다. 어문역사가 아니라 망발스럽지만…… 이즈음은 제가 맡았던 마지막 석사 과정생이자 저의 대학원에 남아 있었던 마지막 수료생의 학위 청구 논문 심사 기간입니다. 지역문학 연구를 대학원 강좌에 넣어 열심히 답사를 하고 뒷사람에게 공부를 부추겼던 적도 있었습니다. 어느새 대학원 박사 과정이 사라지고, 학부제/학과제 체제 왕래를 거듭하고…… 학문을 향한 선진적 제도 개선이라는 쪽에서 볼 때 격랑에 휩쓸린 모습을 오래 이어온 셈입니다. 지금도 2000년대 초반 대학원 박사 과정을 없애야겠다기에 바로잡을 것을 요구하며 재직 기간 처음이자 마지막으로 '설득'하러 찾아갔던 대학본부 4층과 제가 입을 다물고 걸어 나왔던 그때 광경을 잊지 않았습니다. 공부할 사람이 오도록 마당을 깔고 거름을 주어야지, 공부하는 사람이 당장 몇 되지 않는다고 문을 미리 닫아버리다니…… 모든 책임을 재정 문제, 시장 논리에 떠넘기지만 속내는 꼭 거기에만 있지 않을 것입니다.

한때 지역문학 연구를 위해 대학 연구소, 지역 문학관이 앞장서 주기를 바라며 목소리를 높이기도 했습니다. 어느 데 하나 울림 있는 메아리로 되돌아 온 곳은 없었습니다. 결국 저나 제 둘레 사람들이 해 온 소규모 작업만 끊이지 않고 이어진 셈입니다. 지역학을 향한 학문 뒤 세대 양성이나 활동 무대 마련은 대학의 관련 학과나 연구소 단위에서는 처음부터 이루기 어려운 구조입니다. 마침내 학자 개개인의 몫이거나 대학 바깥의 정책적 도움을 받아야 합니다. 뒤의 경우에도 쏠림이 커서 지역문학의 중심 주체인 지역 작은 대학 연구자가 혜택을 입기란 더 어려운 구조입니다. 거기다 쥐꼬리만 하게 밀어주는 지역 안쪽의 재정 지원이라는 것도 단기적인 나눠먹기식 소액 편성이니, 처음부터 획기적이거나 의욕에 찬 중장기 의제를 내놓을 마당이 아닙니다. 아예 눈 줄 자리가 못됩니다.

마침내 지역문학 연구는 연구 출발부터 지녔던 멸시와 의구심의 막을 천천히 그러나 확실히 헤치고 걷어내며 뚜벅뚜벅 나아가는, 개인의 투쟁 동력과 역량에 기댈 수밖에 없습니다. 그나마 한국연구재단과 같은 지원을 힘껏 활용해 보려는 노력마저 접지 않기를 바라면서.

이 선생을 비롯한 보다 젊은 세대가 드넓게 활동할 수 있을 환경을 만들어 내는 데 이바지하지 못한 자책이 크면 클수록 지역문학 연구를 향한 의욕은 더 엄밀해질 수밖에 없습니다. 예전에도 그랬고 앞으로도 그렇겠지만, 제가 할 수 있을 일은 제 식으로 최선을 다해 풀어나가겠다는 결기를 잃지 않는 일이 중요합니다.

이순욱: 그 길에서 쉼 없이 이어온 지역문학총서(자료총서, 연구총서) 발간을 비롯하여 지역문학의 자산이나 성과를 아카이브하여 사회적으로 확산하는 작업을 진행할 계획이 있으신가요? 이제껏 선생님께서 수행해 온 지역문학 연구에서 축적한 경험과 시각을 지역사회에 환류하는 방법이 있지 않을까요? 앞서 선생님 방식으로 풀어나가겠다는 말씀을 거듭 하신 터라 크게 고려하지 않을 수도 있겠습니다만, 경남지역문학연구소나 한국지역문학연구소를 설립하여 연구 인력을 키우는 일도 하나의 방법일 수 있겠지요.

박태일: 지역문학총서 연속물 간행은 『지역문학연구』가 한 매듭을 짓고 다시 시작한 전술적 선택이었다는 점은 앞에서 말씀드렸습니다. 이것은 앞으로 꾸준하게 이어질 것입니다. 다만 범위와 대상은 더 넓어질 것입니다. 범위를 국내 지역과 국외 지역에 걸쳐 다 간추리고 눈길을 주고자 하니 자연스레 줄거리가 굵어질 터지요. 그런 가운데서 중국 겨레

문학사회의 성과와 북한문학 쪽 결과물이나 문헌 재구성, 공개 작업이 잦아질 거라 생각합니다. 지역문학 자산 축적은 그런 흐름 속에서 자연스러운 결과물이 될 것입니다.

한 개인이 할 수 있는 일이 있고, 지역 사회나 나라의 제도적 도움을 받아야만 할 수 있는 일이 있습니다. 뒤의 경우는 일의 효율이나 진행, 결과 확산이라는 쪽에서는 절대적인 강점을 갖습니다. 그럼에도 그것은 정치적 고려와 사회적 연고망이라는 학문 바깥 문제와 맞물려 있습니다. 앞에서도 말씀 드렸던 한계입니다. 제가 나이 들면서 새삼 제대로 배운 게 있다면 세상은 공정하지도 않고 공평하지도 않다는, 달라짐 없을 참입니다. 그런 가운데서 더불어 함께하기란 더욱 궁색하지 않을까요. 그러니 제가 귀히 여길 것을 틈틈이 역설했던 지역문학 연구니 지역문학 사료에 누가 관심을 갖겠습니까?

제가 할 일은 정년을 맞아 빛 좋은 이름으로 연구소니 뭐니 해 가며 연구실과 다른 놀이터를 다시 마련하는 쪽은 아닐 것입니다. 우리 앞선 세대 몇몇 교수들이 가끔 저질렀던 버릇입니다. 그 허망한 겉치레. 40대, 50대 한참 팔팔할 때도 공부하지 않은 교수들이 퇴임을 맞아 이제부터 참된 무엇을 해볼 것이라느니 뭐니 목청을 가다듬어 내뱉는 말은 믿을 게 없습니다. 공부 버릇은 버릇 가운데서도 어쩌면 가장 크고 무거운 버릇인데, 어찌 뒤늦어 들일 수 있다는 말입니까. 우스꽝스러운 노릇입니다.

저로서는 지금 해 온 마당이라도 제대로 쓸고 다지는 일이 급하다 생각합니다. 한 개인이 할 수 있는 일만이라도 오늘 이 자리에서 지치지 않고 떠맡기. 나머지는 세상에 맡기기. 값어치가 큰 일, 꼭 필요한 일이라면 내가 아니라도 뒷날 누군가 나서게 된다는 믿음을 포기하지 않기.

이순욱: 선생님의 경험을 고스란히 응축하여 지역사회나 학문 공동체의 변화를 추동할 그 무엇을 기대했습니다만 아쉽습니다. 역시 독불고(獨

不孤)를 즐기시는군요. (웃음) 당장은 아니더라도 지역사회나 뜻있는 단체가 그 역할을 하려 할 때, 그러한 기대와 희망이 흔들리지 않을 때 선생님의 경륜과 식견을 귀하게 빌려 쓸 날이 오리라 생각합니다.

창작과 연구와 나란히 고투했던 문학적 실천의 나날도 짚고자 합니다. 이즈음 지역 단위의 문학관이 유행처럼 곳곳에서 건립되고 있습니다만, 부산은 아직까지도 광역지자체에 걸맞은 문학관을 갖추지 못하고 있습니다. 요산문학관, 이주홍문학관, 추리문학관이 있기는 하나 운영의 어려움을 겪고 있습니다. 지역의 문학자산과 문학 문화재를 오롯이 온축한 부산문학관 건립에 대한 선생님의 생각은 어떠신지요? 또한 그 역할은 어떠해야 하나요?

아마도 새천년에 막 들어설 무렵이었던가요. 노산문학관 건립을 둘러싼 지역사회의 논의들 속에서 경남문학관, 마산문학관, 김달진문학관이 잇따라 들어서는 과정을 지켜봤지요. 그 사이 경남·부산지역문학회 주도로 향파 이주홍의 소장 자료 조사에 이은 이주홍문학관 전시기획을 진행하기도 했지요. 노무현 정부 때 추진하다 좌절한 권환민족문학관 건립은 여전히 아쉬움으로 남아 있습니다. 문학관을 설립할 때 지역사회의 높은 문지방과 이해관계의 충돌을 넘을 수 있는 방법과 전략이 있을까요? 권환의 경우를 볼 때 문학에 대한 귀족주의적 취향이나 엘리트주의 관점을 지닌 지역 안쪽의 문화토호들이 여전히 존재할 뿐만 아니라 목소리가 높지 않습니까? 문학이 문화적 장식이거나 자신의 명망을 드러내는 수단이어서는 곤란하겠지요. 문학제도로서 지역 문학관이 반드시 갖추어야 할 공공성에 대한 새로운 요구는 곧 문학의 생산과 유통, 소비에 대한 새로운 변화와 맞물려 있는 것이 아닐까요?

박태일: 이 선생께서 다 말씀 다 하셨군요. 이의가 없습니다. (웃음) 제40대는 문학 실천, 바깥 시민사회 활동을 나름대로 열의를 갖고 거쳤던 시기입니다. 제 식의 현실참여였던 셈이지요. 그 연장선에서 김달진문학

축전 출범과 열 해 뒷바라지, 그와 맞물린 김달진문학관 건립, 그리고 마산문학관, 이주홍문학관과 같은 굵직굵직한 지역 문학 문화재화 구축, 운영 과정과 알게 모르게 일정한 관계를 맺었습니다. 김달진문학관, 마산문학관 때는 건립위원회 부위원장을 맡았고, 물론 단체와 학계를 대표한 일이었지만. 진해에 있는 경남문학관 준비 과정을 두고서는 지역문학 주류 세력과 지상 설전을 벌이기도 했습니다. 권환민족문학관 건립 논의와 경과 중단은 뭐, 좌절이라 표현하기에는 너무 나간 경우고…… 간 보려는 지역사회에 이용당한 정도겠지요. 이주홍문학관 사료 정리와 공간 배치도 즐거웠던 일입니다. 그 뒤 몇 해 지나지도 않아 누군가 뒤죽박죽 얼치기 짓을 해 놓아 다시는 그쪽 걸음을 닫았지만…… 그런 문화시설과 맞물렸던 기억도 어느새 한참 먼 옛일로 물러났습니다. 어쨌든 그 과정에서 직업으로서 문학학예사라는 자리를 만들어, 처음으로 마산문학관에 자리를 틀도록 힘을 보태기도 했습니다.

문학이 갖춘 확실한 물적 토대로서 문학관은 굳이 문화유물론을 들먹이지 않더라도 아주 중요한 일입니다. 그럼에도 문학관 건립이 특정 시기의 나랏돈 배분과 지역 정치사회의 이해타산에 따라 이루어졌습니다. 2000년대를 앞뒤로 유행처럼 일었던 문학관 건립이 파행적인 결과물로 나앉은 데는 한둘 아닙니다. 민족문학사에서 볼 때 숨아내거나 묻어야 할 작가의 것도 들어섰습니다. 대표적인 것이 우리 지역 통영의 청마문학관과 창원 고향의봄도서관(이원수문학관)입니다. 지금이라도 전향적인 해체, 재구축이 필요한 곳입니다.

문학관은 개인의 것이든, 지역 모두의 것이든 순기능이 뚜렷한 문학 문화재임에 틀림없습니다. 한 번 세워지면 손대기 어려운 까닭에 세우기 앞서부터 전문가에게 충분히 시간을 갖고 일을 맡겨야 할 것입니다. 부산문학관 세우는 일은 어느 정도 논의가 이루어지고 진행되어 있는지, 어느 집단이나 개인이 주체로 나서고 있는지? 저로서는 앎이 없어 구체적인 말씀은 드리지 못하겠습니다. 어쨌든 시설공간을 세우는 일는 정치경제학의 문제이니 건립 가능성이 높아지고 공론을 타면 얼굴 내고 명함 낼 사람이 적지 않을 것입니다. 우리 같은 연구자들은 제대로 된 문학관, 지역 형성과 지역 가치 확산에 이바지가 큰 문학관이 마련되기를 바랄 따름. 그 일을 도우기 위해서라도 부산 지역문학 연구에 더욱 힘을 쏟아야 하겠습니다.

이순욱: 부산문학관은 이제껏 소문만 무성했지 공론장에서 구체적으로 논의되었던 적이 없는 줄 압니다. 기대와 우려가 교차하는 지점이지만, 이 자리야말로 선생님의 경험과 안목이 반드시 필요한 실천영역이지요. 이제껏 지역문학 연구에 매진했던 학문사회의 동료들이나 제자들과의 문학적 실천에 대한 회한이 적지 않으리라 여깁니다. 어떠신가요? 들고 난 사람도 적지 않을 뿐만 아니라 이저런 일로 함께하지 못한 경우도 있겠지요. '박태일과 곁 사람들'이라는 표현이 가능하다면, 지역문학 연구자로서 동학들과 함께 감당했거나 좌절한 날들도 중요한 무게를 지닌다고 여깁니다.

박태일: 예사 사람의 경우, 이익이 있으면 모이고 이익이 없으면 흩어집니다. 제가 금과옥조로 삼는 말 가운데 하나입니다. 그러니 둘레에다 무언가 이익을 줄 게 있을 듯이 말꼬리를 흘리는 식의 삶은 살지 않으려 애썼습니다. 줄 게 없는 데 있는 척 하려면 남을 속이거나 거짓말쟁이가 되어야 합니다. 저로서 줄 게 있을 듯한데 찾지 않으면 제 몫만 뚜벅뚜벅 열심히 좇으면 될 일입니다. 실천궁행. 주고받을 게 없으니 깨끗할 수 있고, 빚진 게 없으니 자기 목소리를 높일 수 있는 게지요. 얻을 이익이 있을지 없을지는 오로지 가까이 멀리, 둘레 사람이 판단할 몫입니다. 저는 대학에 몸담은 사람이어서 둘레 사람에게 줄 이익이라 해 보았자 이미 극히 한정되고요. 공부하는 길에 일깨움 정도. 그것도 그들 선택에 따라야 할 일이니 관계 범위가 더욱 좁을 수밖에 없습니다.

대학 제도 안이 아니더라도 세상살이 무리 짓고 나뉘는 일은 흔하고 흔해 빠진 마당 아닙니까. 들고나는 사람에, 일에 다 마음 주고 눈빛 세우다가는 자기 할 일 제대로 하며 살기란 애초부터 틀린 노릇입니다. 따라서 타자와 관계 설정에서 중요한 점은 내가 다른 관계망 중앙에 끼어들거나 그 그늘에 끼어들기 위한 노력이 아닙니다. 반딧불처럼 작더라도 내가 관계 중앙이 되어 살아가겠다는 마음 자세일 것입니다. 어려운 일처럼 보일 터이지만 그렇지만도 않습니다. 곧 보통 사람이 여느 관계에서 흔히 쫓을 법한 욕망에서 될 수 있는 대로 발을 빼거나 무덤덤해지기, 용기가 좀 필요한 일이지만.

제 삶의 줄거리 가운데서는 곁 사람과 '회한'을 남길 만큼 깊은 파국이나 고초로 얽힌 경우는 없었습니다. 학교 안에서 배우고 가르치는 일을 업으로 삼아온 사람이니 그럴 수밖에……. 앞으로도 크게 달라지지 않을 것입니다. 다만 제 곁을 들고 난 사람 가운데서 아쉬웠던 관계 기억은 있습니다. 이미 저승으로 넘어간 안타까운 경우는 그렇다 하더라도. 재주는 있으나 둘레 환경이 받쳐 주지 않아 걸음길을 바꾸거나, 단기 이익에 눈이 멀어 떠나거나, 애초 숨겼던 속셈을 제가 알아챌 재주가 없었던 탓에 끊어지거나……. 뭐, 그런 경우는 몇 있었습니다. 세상살이에 흔히 있을 일. 그런데 그가 누구든 저와 고리가 끊어졌다고는 하나, 저한테 영향 받은 게 있다면 분명 호락호락하게 살고 있지는 않으리라 믿습니다.

이순욱: 앞으로도 성역 없는 연구를 진행할 것이지요. 기다리고 또 기대하며 반드시 그러하리라 믿습니다. '박태일은 오늘도 내일도 달린다'는 말씀을 드렸는데, 성글게나마 향후 계획을 듣는 일로 대화를 마쳤으면 합니다.

박태일: 현재로서는 정년을 맞아 특별히 새로 계획하는 일보다 해 왔던 일을 마무리 짓는 데 더 바쁠 것 같습니다. 앞에서 말씀드린 바와 같이

『한국 지역문학 연구』에서 남겨 두었던『경북·대구 지역문학 연구』, 『북한 지역문학 연구』가 '한국 지역문학 연구 2'와 '3'으로, 『백석 시학』과 『남북한 정훈문학 연구』들이 그 뒤 순서를 기다리고 있습니다. 그 일이 끝나면『경남·부산 지역문학 연구 5』로 내닫을 것입니다. 지역문학 연구 바깥에 놓이는 전쟁기 정훈문학 연구 쪽은 몸집을 키워 남북한 정훈문학 비교·대조의 자리로 올려 세울 예정입니다.『백석 시학』은 재북 시기 백석 문학을 폭넓게 갈무리하는 일이 될 것입니다. 지금은 가명, 필명할 것 없이 흩어져 있는 번역가로서 백석의 이름을 제대로 밝히고 번역문학 모두를 간추리는 글을 준비하고 있습니다. 소문만 무성했거나 막연했던 그의 재북 시기 활동과 관련해 새로운 사실을 적지 않게 보고드릴 수 있을 것입니다.

앞으로 몇 해 안에 출판을 겨냥하고 있는 세목이 이들입니다.『경남·부산 지역문학 연구 5』를 젖혀 두면, 이미 상당 부분 나아가 있어 시간과 다툴 일만 남았습니다. 정년을 맞이한 뒤부터는 굳이 인문학 공동체의 심의, 평가의 제도적 틀 안에 갇혀 있을 필요가 없겠지요. 그 점이 낱책 내는 쪽으로 더 힘을 쏟게 밀어 줄지, 아니면 다른 국면으로 끌어갈지는 두고 봐야 알 일입니다. 그런 과정에서 현재 스물일곱 번까지 붙어 있는 '지역문학총서' 연속물 발간도 더 힘을 받을 것입니다. 빨리 쉰, 일흔 번을 넘어서서 한 시름 놓을 수 있는 단계에 이르기를 바랍니다.

각별히 북한문학, 북한 지역문학 경우에는 지역 월북 문학예술인을 향한 관심을 특화해 나갈 생각입니다. 그들은 북한 안쪽에서도, 우리 쪽에서도 손이 미치지 못한 채 잊힌 꼴입니다. 겨레문학사 복원과 통일문화사의 이음매라는 쪽에서 그들과 관련한 집중은 남한 학계의 학문적 정통성과 주도권을 갖추게 하는 데도 이바지가 적지 있으리라 생각합니다. 올해에는 1950~1960년대 북한의 미술가동맹 기관지『조선 미술』을 중심으로 경남·부산 지역 월북 미술가의 활동에 눈을 두어 들여다보고 있습니다. 그 일이 순조로운 성과물을 얻을 수 있다면, 지역 다른 예술 영역으로 눈길을 넓힐 뿐 아니라 역외 지역 월북 문학예술인으로 벋어나갈 수 있을 것입니다. 이들 월북 문학예술인뿐 아니라 월남한 지역 문학예술인들도 자신의 중심 장소에서 뿌리 뽑힌, 우리 근대가 낳은 뼈아픈 장소 상실자 가운데 대표 부류입니다. 지역문학 연구의 큰 매듭은 그들에 관한 조감도라도 제대로 마련하도록 부추기는 자리가 되지 않을까 생각합니다.

　지역 시민사회를 대상으로 만든 재직교의 평생교육원 초기, 2001년 가을부터 저는 시창작 강좌를 마련해 꾸준히 이어 왔습니다. 대학 안쪽으로는 학과에서 학부제로 바뀌고 대학원 박사 과정이 망가지고 있었던 2000년대 앞뒤 시기, 그 혼란을 소나기 맞듯 참아야 했던 무렵입니다. 대학 바깥으로는 인문학 위기 담론이 유행처럼 드높아져 있었고요. 그나마 조심하고 있었던 문학사회 바깥 활동을 더욱 줄인 뒤, 제가 할 수 있을 최소의 지역사회 봉사, 지역문학 실천 활동이라는 데 뜻을 두고 밀고 나왔던 일입니다. 그러고 보니 그 일도 벌써 스무 해를 내다봅니다. 이제까지 있는 둥 없는 둥 학내에서 조용히 끌어왔습니다. 환경이 허락한다면 그 일은 정년 뒤에도 이어나갈 생각입니다. 그것을 밑받침 삼아 지역문학 연구의 주요 국면, 곧 문학의 지역적 실천, 지역문학 창작 활동을 소규모로나마 겨냥할 수 있으리라는 욕심을 숨기지 않으려 합니다. 변화라면 아마 그게 새 국면을 이룰지 모르겠군요.

　그리고 시쓰기. 일곱 번째와 여덟 번째 시집 출판을 위한 일에 속도를 붙이겠습니다. 틀거리는 잡힌 상태입니다. 시간은 점점 저를 노년과 지둔의 골짜기로 밀어 넣을 것입니다. 그럼에도 저 또한 하찮게 노추나 노탐에 절어 살다 가는 늙은이로 남지 않기 위해 '일신우일신(日新又日新)'을 입술에 새겨야겠지요. 늙는 일은 무엇보다 용납하는 일이고, 용서하는 일일 터. 그런 일이 잦아진다는 뜻이겠습니다. 생각대로 따르지 않을 몸과 마음을 받아들이고 껴안으며, 남은 시간이 많지 않으리라는 조바심에 쉬 지치지 않도록 조심하겠습니다. 마라톤, 42.195킬로미터 달리기로 보자면 어느덧 31킬로미터를 넘어선 자리입니다. 몸 속 산소가 거의 다 빠져

나가고, 다리 힘살이 찢어져 나가는 고통스러운 경계를 막 지나쳤습니다. 이제 두 발을 끌고서라도 결승점에 이를 수 있을 자리입니다. 좋은 쪽으로든 나쁜 쪽으로든 저 같은 사람의 시살이 배움살이도 뒷사람에게 한 본보기가 될 수 있도록 경계를 늦추지 않겠습니다. 무엇보다 개인이 맞닥뜨리는 가장 큰 적은 늘 자기 자신이라는 사실을 잊지 않으면서.

이 선생께서도 어느 세월에 벌써 마흔을 넘겨 쉰둘. 세월, 참! 그러한 감탄사를 뱉지 않을 수 없는 지난날입니다. 건강 제대로 챙기시고, 가족과 단란한 나날살이 더 즐기시고. 이제껏 그랬던 대로 멈추지 말고 죽죽 즐거운 공부의 보람과 결과물을 가끔 선물처럼 제게 던져 주시길.

이미 이룬 지난 일이나 이루었으면 했던 소망적 사고, 그 둘을 나눔 없이 이저리 뒤섞어 말씀드리다 보니 거칠어져버린 자리였습니다. 다소 늘어져도 좋으니 편하게 이야기해 보라 하신 데 용기를 얻어 이저리 비슷한 말길을 맴돌았군요. 넘치면 덜어내고 모자라면 채우면서 기억해 주시기 바랍니다. 고생 많으셨습니다. 긴 시간 고맙습니다. 힘!

이순욱: 오랜 시간 자성 못지않게 힘을 얻는 자리였습니다. 들머리에서 잠깐 언급했듯이, 선생님의 정년을 거듭 축하드립니다. 손녀의 재롱 속에서도 속절없이 무뎌지지 않을 정년 이후, 선생님과 삶의 어느 자리에서 마주할 그때도 지금처럼 "얕은 학문을 해서는 안 된다. 더 분발해야 한다."는 말씀을 아끼지 않겠지요. 이 대화가 소박한 선물이었으면 하는 바람을 감추지 않겠습니다. 학문살이 내내 후배로 동반자로 즐거웠습니다. 고맙습니다.

(2019)

제7부 박태일 문헌 죽보기

낸책

시

논문

비평·서평·단평

줄글

좌담·대담, 기타

낸책

1. 연구서

『한국 근대시의 공간과 장소』, 소명출판, 2000.
『한국 근대문학의 실증과 방법』, 소명출판, 2004.
『한국 지역문학의 논리』, 청동거울, 2004.
『경남·부산 지역문학 연구 1』, 청동거울, 2004.
『마산 근대문학의 탄생』, 경진출판, 2014.
『유치환과 이원수의 부왜문학』, 소명출판, 2015.
『경남·부산 지역문학 연구 4』, 경진출판, 2016.
『한국 지역문학 연구』, 소명출판, 2019.

2. 비평집

『지역문학 비평의 이상과 현실』, 케포이북스, 2014.
『시의 조건, 시인의 조건』, 케포이북스, 2015.

3. 시집

『그리운 주막』, 문학과지성사, 1984.
『가을 악견산』, 문학과지성사, 1989.
『약쑥 개쑥』, 문학과지성사, 1995.
『풀나라』, 문학과지성사, 2002.
『달래는 몽골 말로 바다』, 문학동네, 2013.
『옥비의 달』, 중앙북스, 2014.

4. 산문집

『몽골에서 보낸 네 철—이별의 별자리는 남쪽으로 흐른다』, 경진출판, 2010.
『시는 달린다』, 작가와비평, 2010.
『새벽빛에 서다』, 작가와비평, 2010.
『지역 인문학—경남·부산 따져 읽기』, 작가와비평, 2017

5. 편저

『가려뽑은 경남·부산의 시① 두류산에서 낙동강에서』, 경남대학교출판부, 1997.

『크리스마스 시집』, 양업서원, 1999.

『김상훈 시 전집』, 세종출판사, 2003.

『예술문화와 지역가치』, 경남대학교 출판부, 2004.

『정진업 전집(1) 시』, 세종출판사, 2005.

『허민 전집』, 현대문학, 2009.

『무궁화―근포 조순규 시조 전집』, 경진출판, 2013.

『소년소설육인집』, 경진출판, 2013.

『동화시집』, 경진출판, 2014.

6. 공저

『한국현대작가작품론』(노재찬 외), 제일문화사, 1990.

『한국문학개론』(류탁일 외), 삼지원, 1995.

『시창작 이론과 실제』(김재홍 외), 시와시학사, 1998.

『한국문학과 성』(한정호 외), 불휘, 1998.

『파성 설창수 문학의 이해』(김봉희 외), 경진출판, 2011.

『한국 문학 속의 합천과 향파 이주홍』(이강옥 외), 국학자료원, 2012.

『한국 아동문학사의 재발견』(박금숙 외), 청동거울, 2015.

시

「미성년의 강」, 『중앙일보』, 중앙일보사, 1980. 1. 6.

「오십천곡」·「바람 수업」·「그대의 주막」·「구천동」·「단장」, 『남부문학』 봄호, 남
　　　　부문학사, 1980. 2.

「겨울보행」·「축산항 1」·「축산항 2」·「투망」·「봄비」·「꽃밭에 가서」, 『열린시』 제
　　　　1집, 신한출판사. 1980. 3.

「자갈마당」, 『월간중앙』 6월호, 중앙일보·동양방송, 1980. 6.

「문림리」·「물그림자」·「오십천곡·2」·「야행(夜行)」·「원평리 가는 길」·「낮잠」·
　　　　「창」, 『열린시』 제2집, 신한출판사, 1980. 9.

「오십천곡·1」, 『문학사상』 11월호, 문학사상사, 1980. 11.

「논산시」·「겨울 보행」(5·6), 『남부의 시』 제6집, 부산시인협회, 1980. 11.

「축산항 3」, 『죽순』 제15집, 죽순시사, 1980. 11.

「공일」, 『문학의 고향』, 문예정신사, 1981. 1.

「가덕도」·「공일」·「축산항 3」·「축산항 4」·「바람 타기」·「자정의 술」·「뒷메」, 『열린시』 제3집, 신한출판사, 1981. 9.

「백석리」·「이런 편지」·「잠자는 마을」·「의령댁」·「오산 들녘」, 『열린시』 제4집, 신한출판사, 1981. 9.

「미성년의 강」(재수록), 『전후 신춘문예 당선시집(하)』(조태일·김흥규 엮음), 실천문학사, 1981. 11.

「물그림자」, 『사십한 개의 섬』, 부산시인협회, 1981. 12.

「가락유사」·「민들레」·「우수」, 『열린시』 제5집, 신한출판사, 1982. 4.

「월동집」·「적소에서」·「서해 너의 마량」, 『열린시』 제6집, 부산문예사, 1982. 11.

「다시 제내리」, 『남부의 시』 제8집, 부산시인협회, 1982. 12.

「눈 속의 호랑이, 혹은 설호에게」, 『부산문예』 제1집, 부산시인협회, 1982. 12.

「강포집」(1~9)·「다도해」, 『열린시』 제7집, 시로, 1983. 9.

「선동 저수지」·「수영산 수영강」·「대암산 그늘」, 『문예중앙』 가을호, 중앙일보사, 1984. 9.

「독도법」·「궁궁동」·「고석규비」·「황사」·「처용암」·「구강포에서」·「구형왕에게」·「연산동의 달 1」·「연산동의 달 3」·「연산동의 달 5」, 『열린시』 제8집, 지평, 1984. 9.

「죽지사·4」, 『시와의식』 가을호, 시와의식사, 1984. 10.

「죽지사·1」, 『부산문학』 통권 15호, 부산문인협회, 1984. 11.

「돌바닥에 침 흘리며」, 『백경』 25호, 부산수산대학, 1984. 11.

「가족 1」·「가족 2」·「가족 3」·「가족 4」·「가족 5」·「가족 6」, 『현대시학』 10월호, 현대시학사, 1984. 10.

「연산동의 달 6」, 『오늘 이 땅의 시』, 시로, 1984. 12.

「산정에 올라」, 『부대신문』, 부대학보사, 1985. 1. 1.

「백석리」·「적소에서」, 『학원』 2월호, (주)학원사, 1985. 2.

「산일」, 『샘이 깊은 물』 3월호, 뿌리깊은나무, 1985. 3.

「너희는 말 많은 자식이 되어」·「당금아 애기야」·「빗돌」, 『실천문학』 봄호, 실천문학사, 1985. 4.

「용원리 부인당」, 『부산문화』 3·4월호, 부산문화회, 1985. 4.

「무덤실 가서」·「명지 물끝」, 『현대시학』 6월호, 현대시학사, 1985. 5.

「간월산 돌아」·「경주길」·「거창 노래」·「어부사시가」·「여름 땅끝」·「일지 1」·「일지 2」·「동전을 만지면서 성지곡을」·「산마루 올라」·「모란」·「유월」, 『열린시』 제9집, 시로, 1985. 12.

「그리운 주막 1」·「선동 저수지」(재수록), 『한국인의 애송시·III』, 청하, 1986. 6.

「일지 3」·「일지 4」·「일지 5」, 『전망』 4집, 전망문학회, 1986. 9.

「밤꽃」·「주먹밥」·「하회별신」·「석원경에게」·「하남 지나며」, 『남녘』, 예술시대, 1986. 11.

「가을 악견산」·「남도라 진주」, 『현대문학』 1월호, 현대문학사, 1987. 1.

「대왕바위 탈해바위」, 『부산문화』 6월호, 부산문화회, 1987. 6.

「달개비」·「꿈꾸는 선묘」·「저승꽃」·「달무리」·「명지 물끝 2」·「명지 물끝 3」·「명지 물끝 4」·「나무들은 흔들린다」·「벼슬거리 노래」·「학문거리 노래」·「치산거리 노래」·「문학거리 노래」·「가문거리 노래」·「말씀거리 노래」·「일지 6」·「일지 7」·「일지 8」·「일지 9」·「피라미가 잡히는지」·「이사」·「살구씨」, 『불의 기쁨 밥의 평화—열린시 제10집』, 청하, 1987. 7.

「축산항 1」(재수록), 『서울의 우울』(김광규 엮음), 책세상, 1987. 7.

「저녁에」, 『문학사상』 8월호, 문학사상사, 1987. 8.

「내 마음 먼저 가방에 얹고」, 『문학사상』 7월호, 문학사상사, 1988. 7.

「구만리」·「땅내 맡은 나락처럼」, 『80년대 신춘문예 당선시인 신작시집』, 푸른숲, 1988. 11.

「남들은 가령영감이라 했다지만」·「봄빛」, 『문학정신』 2월호, 문학정신사, 1989. 2.

「그 무슨 력사가 대견했던지」, 『초록으로 북상하고 단풍으로 남하하는 우리들의 꿈』, 푸른숲, 1989. 2.

「구만리」(재수록), 『남부의 시』 제13집, 부산시인협회, 1989. 4.

「설대목」·「감밭」·「김해군 주촌면 내삼 관동댁」, 『문예중앙』 봄호, 중앙일보사, 1990. 3.

「백운산」·「생곡」, 『현대시학』 4월호, 현대시학사, 1990. 4.

「할머니 통일」, 『동서문학』 9월호, 동서문학사, 1990. 9.

「내 서른이 넘고」·「집들이」·「벌노래」, 『현대시세계』 8호, 청하, 1990. 9.

「피라미가 잡히는지」(재수록), 『공단문화』 11월호, (주)공단문화, 1990. 11.

「월동집」(재수록), 『길이 끝난 곳에서 길은 다시 시작되고』(문학과지성시인선 100집), 문학과지성사, 1990. 12.

「내 서른이 넘고」(재수록), 『K에게—제1회 김종삼문학상 수상작품집』, 청하,

1991. 1.

「사슴섬 1」·「사슴섬 2」, 『창작과비평』 59호, 창작과비평사, 1991. 2.

「자굴산」·「사슴섬 3」·「안개비」, 『세계의 문학』, 민음사, 1991. 3.

「김해군 주촌면 내삼 관동댁」(재수록), 『아직은 지워지지 않을 때』(80년대 젊은 시인 18인 대표시집), 해성, 1991. 3.

「백운산」(재수록), 『'91 한국문학작품선』, 한국문화예술진흥원, 1991. 4.

「축산항 1」 외 15편(재수록), 『종이의 뼈』(열린시선집), 열린시, 1991. 6.

「용두산 이순신」·「봄 강의실」, 『시세계』 창간호, 시세계사, 1991. 8.

「달개비」·「공일」(재수록), 『꽃의 교향악 229번』, 문화행동, 1991. 8.

「꿈꾸는 선묘」·「마산역」(재수록), 『사랑의 변주곡 229번』, 문화행동, 1991. 8.

「그리움엔 길이 없어」·「용호농장·1―김아내지묘」·「용호농장·2―장어회를 썹으며」·「바나나」·「벚꽃 배꽃」, 『시와시학』 4호, 시와시학사, 1991. 11.

「용호농장·1―김아내지묘」(재수록), 『우리들의 사랑 우리들의 부산』, 부산시인협회, 1991. 12.

「신어산 미륵불」·「비들기 날다」·「오랑캐꽃」, 『문학정신』 2월호, 문학정신사, 1992. 2.

「안개비」(재수록), 『'92 한국문학작품선』, 한국문화예술진흥원, 1992. 5.

「아버지 누우시다」·「모아산 바라보며―연변 기행·1」·「양꼬지를 구우며―연변 기행·2」·「약쑥 개쑥」·「가포」, 『현대문학』 7월호, 현대문학사, 1992. 7.

「용호농장·1―김아내지묘」(재수록), 『오늘의 시』 상반기호, 현암사, 1992. 7.

「비둘기 날다」, 『눈부신 부활』(남부의 시 20), 빛남, 1992. 11.

「도토리」·「아버지 누우시다」·「젯밥」·「소천」·「초계길」, 『현대시』 10월호, 한국문연, 1992. 10.

「귀향」, 『월간 에세이』 12월호, 월간에세이, 1992. 12.

「젯밥」('올해의 시 100선' 재수록), 『현대시』 12월호, 한국문연, 1992. 12.

「산마루 올라」, 『부대신문』, 부대신문사, 1993. 1. 1.

「찬 바람 언 길」·「대천 가는 길」, 『서정시학』 3집, 깊은샘, 1993. 6.

「도토리」(재수록), 『좋은 시 '93』, 삶과꿈, 1993. 8.

「점골」(재수록), 『한국현대대표시선 Ⅲ』, 창작과비평사, 1993. 3.

「도시통근열차를 기다리며」·「신문지로 발밑 깔고」·「어떤 금서」, 『현대시』 11월호, 한국문연, 1993. 11.

「용호농장·3―다락밭을 올라」·「화악산」·「그대 사는 마을까지」, 『시와반시』 겨울호, 시와반시사, 1993. 11.

「도토리」(재수록), 『'93 한국문학작품선』, 한국문화예술진흥원, 1993. 11.

「가덕 복지원」, 『국제신문』, 국제신문사, 1994. 2. 18.

「여항에서—남녘 기행·1」·「가덕 복지원—남녘 기행·2」·「천성진—남녘 기행·3」·「할미꽃」·「시월」, 『현대문학』 3월호, (주)현대문학, 1994. 3.

「여항에서—남녘 기행·1」·「용호농장 3—다락밭을 올라」(재수록), 『오늘의 시』 하반기호, 현암사, 1994. 7.

「묵방은 멀다」, 『시와시학』 가을호, 시와시학사, 1994. 9.

「당각시」·「도시통근열차를 기다리며」·「상량노래」, 『현대시』 9월호, 한국문연, 1994. 9.

「화악산」(재수록), 『좋은시 '94』, 삶과꿈, 1994. 9.

「폐왕을 위하여 1」·「폐왕을 위하여 2」·「거제 계룡산」, 『세계의 문학』 겨울호, 민음사, 1994. 12.

「박복한 이 아낙은 네 번 절하고」·「낮달—연변기행 4」, 『문학의 세계』 겨울호, 문학의세계사, 1994. 12.

「여항에서—남녘 기행·1」(재수록), 『'94 한국문학작품선』, 한국문화예술진흥원, 1994. 12.

「당각시」('올해의 시 100선' 재수록), 『현대시』 12월호, 한국문연, 1994. 12.

「연화동 블루스」·「용호농장 4—후박나무」·「어둠 너른 방」, 『오늘의 문예비평』 봄호, 책읽는사람, 1995. 3.

「오랑캐꽃」, 『조선일보』, 조선일보사, 1995. 5. 13.

「할미꽃」(재수록), 『문화일보』, 문화일보사, 1995. 5. 16.

「경주김씨인수배고령박씨지묘」·「억만암을 떠나다」, 『서정시학』 5호, 깊은샘, 1995. 6.

「우포」, 『신동아』 8월호, 동아일보사, 1995. 8.

「광음이 흐르는 물과 같아」·「양산천」, 『동서문학』 가을호, 동서문학사, 1995. 9.

「당각시」(재수록), 『좋은 시 95 시』, 삶과꿈, 1995. 9.

「무척산 1」·「무척산 2」·「무척산 3」, 『현대시』 11월호, 한국문연, 1995.

「무척산 4」, 『샘이 깊은 물』 12월호, 뿌리깊은나무, 1995. 12.

「이밥풀」·「눈먼 그대」·「봄치레」, 『시와시학』 12월호, 시와시학사, 1995. 12.

「폐왕을 위하여 1」('올해의 시 100선' 재수록), 『현대시』 12월호, 1995. 12.

「폐왕을 위하여 1」(재수록), 『현장 비평가가 뽑은 올해의 좋은 시』, 현대문학사, 1995. 10.

「두척산에서 비를 만나다」·「천은사」, 『현대문학』 5월호, 현대문학사, 1996. 5.

「어부사시가」·「사슴섬 1」(재수록), 『내 마음의 바다 1』(김명수·최영호 엮음), 엔터, 1996. 5.

「불영사 가는 길」·「풀나라 1」·「풀나라 2」·「풀나라 3」·「풀나라 4」·「죽령 지나며」·「감꽃」·「구름 여자」·「밤밭고개」, 『현대시』 6월호, 한국문연, 1996. 6.

「풀나라 1」(재수록), 『조선일보』, 조선일보사, 1996. 6. 11.

「불영사 가는 길」·「풀나라 1」·「풀나라 2」·「풀나라 3」·「풀나라 4」·「죽령 지나며」·「감꽃」·「구름 여자」·「밤밭고개」(재수록), 『현대시』 7월호(평론가가 뽑은 이 달의 시인), 한국문연, 1996. 7.

「광음이 흐르는 물과 같이」·「양산천」·「눈 먼 그대」·「우포」·「경주김씨인수배고령박씨지묘」, 『제41회 현대문학상수상시집』(재수록), 현대문학사, 1996. 4.

「폐왕을 위하여 1」(재수록), 『좋은 시 96 시』, 삶과꿈, 1996. 8.

「불영사 가는 길」(재수록), 『비평가가 뽑은 올해의 좋은 시』, 현대문학사, 1996. 10.

「그리움엔 길이 없어」(재수록), 『그리움엔 길이 없어』(그림으로 읽는 사랑의 시), 빛남, 1996. 10

「황강 1」·「황강 2」·「어린 소녀 왔습니다」, 『현대시』 5월호, 한국문연, 1997. 5.

「황강 3」·「황강 4」·「황강 5」, 『문학지평』 여름호, 빛남, 1997. 7.

「장륙사 지나며」, 『현대문학』 8월호, 현대문학사, 1997. 8.

「두척산에서 비를 만나다」, 『좋은 시 97』, 삶과꿈, 1997. 8.

「꽃마중」·「인각사」, 『동서문학』 가을호, 동서문학사, 1997. 9.

「봄맞이꽃」·「탑리 아침」, 『시와시학』 가을호, 시와시학사, 1997. 9.

「두척산에서 비를 만나다」·「천은사」·「불영사 가는 길」·「풀나라 1」·「풀나라 2」·「풀나라 3」·「풀나라 4」·「죽령 지나며」·「감꽃」·「구름 여자」, 『세기말을 오르다—제42회 현대문학상수상시집』(재수록), 현대문학사, 1997. 3.

「월명노래」, 『문학과의식』 봄호, 문학과의식사, 1998. 2.

「꽃마중」(재수록), 『'97년 한국문학 작품선집—시·시조』, 한국문화예술진흥원, 1998. 4.

「어머니와 순애」·「가랑비 진주」·「두실」, 『문학도시』 여름호, 부산문인협회, 1998. 6.

「미성년의 강」(재수록), 『신춘문예 당선 우수시 100선』(민병기 엮음), 문예마당, 1998. 7.

「장륙사 지나며」(재수록), 『'97년을 대표하는 문제 시 시조』, 한국문화사, 1998. 7.

「황강 7」, 『문학사상』 10월호, (주)문학사상사, 1998. 10.

「니나노 금정산」·「앵두의 이름」·「통속에 대하여」, 『시와사상』 겨울호, 동남기
　　획, 1998. 11.

「껌」·「월명 옛 고을에 들다」, 『21세기 문학』 봄호, (주)이수, 1999. 2.

「그 여자 꿈꾸지」, 『신생』 창간호, 전망, 1999. 3.

「후리포」, 『해양과 문학』 창간호, 해양문화재단·한겨레신문사, 1999. 3.

「정월」·「까치종합화장품」·「마산의료원」, 『다층』 창간호, 다층, 1999. 3.

「용전 사기골 1」·「용전 사기골 2」·「용전 사기골 3」, 『현대시』 3월호, 한국문연,
　　1999. 3.

「우리는 이제 돌아보지 않겠다―경남신문 쉰세 돌을 기리며」, 『경남신문』, 경남
　　신문사, 1999. 3. 2

「치자가 말하면」·「그 여자 꿈꾸지」·「후리포」·「어머니와 순애」·「두실」·「정월」·
　　「황강 5」·「황강 10」·「황강 11」·「황강12」, 미상, 1998.

「불영사 가는 길」·「풀나라 1」·「가을 악견산」, 『저 소나무가 나뭇잎을 닦아주고
　　가는 것을 보라』(시낭송사랑회 시선 1)(재수록), 웅동, 1999. 5.

「아버지 목마르시다」(재수록), 『아버지, 울 아버지』, 모아드림, 1999. 5.

「눈 먼 그대」, 『당신의 마당』, 문학동네, 1999. 6.

「니나노 금정산」(재수록), 『좋은시 '99』, 삶과꿈, 1999. 8.

「황강 8」·「황강 9」, 「앵두의 이름」, 『시안』 가을호, 시안사, 1999. 9.

「가을 악견산」(재수록), 『즐거웁게 가을은 돌아오고 있었지 1』(20세기 마지막
　　가을 99 시인의 가을 노래), 삼진기획, 1999. 11.

「황강 13」·「황강 14」·「황강 15」, 『문학도시』 겨울호, 부산문인협회, 1999. 11.

「빗방울을 훑다」·「마네킨의 방학」, 『시와사람』 겨울호, 시와사람사, 1999. 12.

「용전 사기골 1」, 『서정시학』 봄호, 웅동, 2000. 3.

「니나노 금정산」·「치자가 말하면」·「서정시학」 하반기호, 웅동, 2000. 6.

「법화사」(재수록), 『국제신문』, 국제신문사, 2000. 6. 19.

「그 여자 꿈꾸지」(재수록), 『좋은 시 2000』, 삶과꿈, 2000. 7.

「빗방울을 훑다」(재수록), 『나보다 더 나를 사랑한 당신』(한영옥·김상미 엮음),
　　오늘의책, 2000. 8.

「가을」·「새벽 구걸」, 『문예연구』 겨울호, 문예연구사, 2000. 12.

「내소사」, 『문학웹진 INSWORDS』 2월호, (주)북토피아, 2001. 2.

「신호리 겨울」·「단풍나무 아래로·1」, 「단풍나무 아래로·2」, 『시와사상』 봄호,
　　동남기획, 2001. 3.

「봄맞이꽃」, 『부산일보』, 부산일보사, 2001. 5. 12.

「황강 17」외, 『시안』여름호, 시안사, 2001. 6.

「치자가 말하면」(재수록), 『가정폭력은 없다』, 불휘, 2001. 6.

「적교에서」·「김해와 시인」, 『문예중앙』가을호, 중앙M&B, 2001. 8.

「집현산 보현사」, 『문예연구』30집, 문예연구사, 2001. 9.

「황덕도」외, 『시와시학』43호, 시와시학사, 2001. 9.

「동행」외, 『현대시』11월호, 한국문연, 2001. 11.

「황강 16」, 『시와사람』겨울호, 시와사람사, 2001. 12.

「적교에서」(재수록), 『2001년을 대표하는 문제 시·시조』, 한국문화사, 2002. 1.

「불영사 가는 길」·「어머니와 순애」·「정월」·「황덕도」·「적교에서」·「용전 사깃골」·
      「집현산 보현사」·「풀나라」·「신행」·「껌」(재수록), 『시와비평』4권, 경
      남시사랑문화인협의회, 2002. 6.

「청사포 이별」, 『문학사상』358호, 문학사상사, 2002. 8.

「시인의 손—김종길 님」, 『한국일보』, 한국일보사, 2002. 8. 18.

「언덕 위에 성당이」외 1편, 『시와정신』9월호, 시와정신사, 2002. 9.

「명지 물끝·1」(재수록), 『아침이야기』여름·가을호, 아침이야기, 2002. 9.

「불영사 가는 길」(재수록), 『한국의 젊은 시인들』, 시와반시, 2002. 9.

「황강 16」, 『2002 좋은시』(재수록), 삶과꿈, 2002. 10.

「언덕 위에 성당이」·「황강 18」, 『시와정신』창간호, 시와정신사, 2002. 9.

「욕지 목욕탕」외 4편, 『문학동네』33집, 문학동네, 2002. 11.

「황강 20」·「황강 21」, 『시와반시』42집, 시와반시사, 2002. 12.

「빗방울을 흩다」, 『보이소』창간호, 출판휘사 벼리, 2002. 12.

「치자가 말하면」(재수록), 『헤어져 있어도 우리는 사랑이다』, 휴먼엔북스, 2002.
      12.

「문산을 지나며」외 2편, 『황해문화』38호, 새얼문화재단, 2003. 3.

「황강 20」, 『문학·선』, 문학·선, 2003. 4.

「별나라」·「기러기」, 『문학수첩』2집, (주)문학수첩, 2003. 5.

「마른 번개」·「새벽빛」, 『문학마당』여름호, 문학마당, 2003. 6.

「어머니의 잠」·「발해를 꿈꾸며 동해에 지다」, 『시와정신』여름호, 시와정신사,
      2003. 7.

「여름」, 『현대문학』7월호, 현대문학사, 2003. 7.

「광음이 흐르는 물과 같이」·「빗방울을 흩다」(재수록), 『즐거운 편지』, 휴먼엔북
      스, 2003. 10.

「그리움엔 길이 없어」(재수록), 『별 하나 나 하나의 고백』(현대시 100년 한국

명시 감상 4)(김재홍 엮음), 문학수첩, 2003. 12.

「치자가 말하면」(재수록), 『헤어져 있어도 우리는 사람이다』, 불휘, 2003. 12.

「황강 18」(재수록), 『좋은시 2003』, 삶과꿈, 2003. 10.

「기러기」(재수록), 『부산일보』, 부산일보사, 2004. 1. 4.

「분강」, 『이육사 추모시집』, 이육사문학관, 2004. 7.

「구름 마을」, 『시평』 18집, 시평사, 2004. 11.

「소껍데기회」 외 1편, 『계간 시작』 11월호, 시작사, 2004. 11.

「가을 악견산」(재수록), 『문학 시간에 시 읽기 3』, 나라말, 2004. 1.

「순천만」·「우포」, 『시와사람』 여름호, 시와사람사, 2005. 6.

「다대포」·「구름 마을」, 『서정시학』 여름호, 서정시학, 2005. 6.

「겨울 정선」·「옥비의 달」, 『시안』 28집, 시안사, 2005. 6.

「저녁달」·「법화사」, 『현대시』 8월호, 한국문연, 2005. 8.

「산해정」, 『문학·선』, 문학·선, 2005. 11.

「레닌의 외투」, 『서정시학』 여름호, 서정시학, 2006. 1.

「우리는 지금 바다로 간다」, 『해사학보』, 해군사관학교, 2006. 2. 1.

「달개비」(재수록), 『추심(秋心)—시와 음악의 만남』(정태준 가곡집), 오늘의문학
　　　사, 2006. 10.

「광음이 흐르는 물과 같이」·「빗방울을 흩다」(재수록), 『즐거운 편지』, 휴먼엔북
　　　스, 2006. 10.

「고죽을 나서며」·「비내리는 품천역」, 『다층』 봄호, 다층, 2007. 3.

「유비비디오에서 알려드립니다」·「그 겨울의 찻집」, 『계간 시작』. 시작사, 2007.
　　　5.

「동행」, 『큰 연꽃 한 송이 피기까지』, 서정시학, 2007. 6.

「높이에 대하여」·「창밖의 여자」, 『시와상상』 가을호, 푸른사상, 2007. 9.

「겨울 날라이호」·「손장난」, 『시로여는세상』 23집, 시로여는세상, 2007. 9.

「이별」·「성묘」, 『불교문예』 37집, 불교문예출판부, 2007. 9.

「새벽 화장을 하는 여자」, 『유심』 가을호, (재)만해사상실천선양회, 2007. 10.

「가을 악견산」·「불영사 가는 길」·「미성년의 강」·「풀나라」(재수록), 『시—문학
　　　과지성사 한국문학선집 1900~2000』, 문학과지성사, 2007. 11.

「목포는 항구다」·「성모병원 난간에 서서」, 『문예연구』 55집, 문예연구사, 2007.
　　　12.

「다리강가」, 『유심』 봄호, (재)만해사상실천선양회, 2008. 3.

「올랑바트르」·「장조림」, 『시인시각』 겨울호, 문학의전당, 2008. 12.

「사이다」, 『남부시』 창간호, 책펴냄 열린시, 2009. 1.

「어뜨겅텡게르를 향하여」, 『유심』 1·2월호, 만해사상실천선양회, 2009. 1.

「처서」, 『시안』 봄호, 시안사, 2009. 6.

「동묘 저녁」, 『시산맥』 하반기호, 시산맥사, 2009. 6.

「구덕포」, 『부산 시인』 봄호, 부산시인협회, 2010. 3.

「사랑을 보내 놓고」·「장례미사」, 『문학·선』 봄호, 문학·선, 2010. 3.

「영락원」, 『남부시』 2집, 책펴냄 열린시, 2010. 5.

「시의 탑차를 타고」, 『실천문학』 여름호, 실천문학사, 2010. 5.

「누부 손금」, 『시와시학』 여름호, 시와시학사, 2010. 6.

「가을은 달린다」, 『서정시학』 여름호, 서정시학, 2010. 6.

「강우물」·「얼음 연꽃」, 『차령문학』 여름호, 차령문학, 2010. 6.

「말」·「수호바트르 광장에 앉아」·「사막」·「장조림」·「상추론」, 『시안』 가을호, 시안사, 2010. 9..

「해당화」·「들」, 『작가사회』 제42호, 작가와사회, 2011. 3.

「북두칠성과 다투지 마라」·「울리아스태는 울지 않는다」·「타르박은 잘 잔다」·「여름」·「낙타 새끼는 양 복숭뼈를 굴린다」, 『시와시학』 여름호, 2011. 6.

「해인사」·「비둘기 운력」, 『시와사람』 여름호, 시와사람사, 2011. 6.

「붉은 여우」, 『서정시학』 여름호, 서정시학, 2011. 6.

「비둘기 눈물」, 『시와정신』 겨울호, 시와정신사, 2011. 12.

「타락을 마시는 저녁」·「밤차를 놓치고」·「고비 알타이」, 『신생』 봄호, 전망, 2012. 3.

「오즐라레 오즐라레」·「떠돌이눈」, 『문예연구』 여름호, 문예연구사, 2012. 7.

「나무들은 흔들린다」·「강포집」·「피라미가 잡히는지」·「조아라를 기억해 주셔요」·「첫눈」·「수호바트르 광장」(재수록), 『80년대 그리고 지금 여기』, 도요, 2012. 7.

「문풍지」, 『근대서지』 제5호, 근대서지학회, 2012. 7.

「안개와 함께」, 『서정시학』 여름호, 서정시학, 2012. 6.

「타락을 마시는 저녁」(재수록)·「안개와 함께」, 『파란 돛』, 서정시학, 2012. 9.

「해인사」(재수록), 『좋은시 2012』, 삶과꿈, 2012. 2.

「구름 마을」·「언덕 위에 성당이」(재수록), 『부산시인』 겨울호, 부산시인협회, 2012. 12.

「석기시대」·「꼬질대」, 『근대서지』 제6호, 근대서지학회, 2012. 12.

「오즐라레 오즐라레」(재수록), 『좋은시 2013』, 삶과꿈, 2013. 1.

「곤달걀」, 『동리목월』 봄호, 동리목월기념사업회, 2913. 3.

「들개 신공」·「타락을 마시는 저녁」, 『시안』 봄호, 시안사, 2013. 3.

「밤기차」, 『님』, 한국현대시박물관·만해학술원, 2013. 5.

「오륜동」·「이별」, 『시와사상』 가을호, 시와사상사, 2013. 9.

「오륜동」(재수록), 『좋은시 2014』, 삶과꿈, 2014. 1.

「또 한 잔」·「여름」, 『용인문학』 상반기호, 용인문학회, 2014. 6.

「두만강 건너온 레닌」·「려산」, 『시와사람』 여름호, 시와사람사, 2014. 6.

「영남식당」, 『유심』 7·8월호, 만해사상실천선양회, 2014. 8.

「은행나무 골목」·「이도백하」, 『생명의 문학 문학의 생명—21세기 시적 전망』, 도요, 2014. 9.

「을숙도」·「나는 김주열이다」, 『그 눈망울의 배후—남부시 3』, 책펴냄 열린시, 2014. 4.

「광한루 가는 길」, 『서정시학』 여름호, 서정시학, 2014. 5.

「의자에 앉은 느티나무」·「나는 마음속 대한사람」·「고욤꽃」, 『시인수첩』 가을호, (주)문학수첩, 2014. 8.

「나일은 흐른다」·「금련산 오르며」, 『시작』 가을호, 2014. 9.

「헌책방」, 『시산맥』 겨울호, 시산맥사, 2014. 11.

「능소화」, 『시와시학』 겨울호, 시와시학사, 2014. 12.

「오서리」, 『동리목월』 겨울호, 동리목월기념사업회, 2014. 12.

「영남식당」(재수록), 『좋은시 2015』, 삶과꿈, 2015. 3.

「개산툰 구월」, 『서정시학』 여름호, 서정시학사, 2016. 6.

「소탕 개탕」·「왕청」, 「시와사람」 여름호, 시와사람사, 2016. 8.

「감기에 몸살」, 『도요』 상반기호, 도요, 2016. 8.

「근들이술」·「오그랑죽」, 『신생』 겨울호, 전망, 2016. 12.

「미성년의 강」·「구천동」(재수록), 『내가 그대를 불렀기 때문에』(오생근·조연정 엮음), 문학과지성사, 2017. 7.

「화룡에서 흰 술을」·「동행」, 『시와사상』 가을호, 시와사상사, 2017. 9.

「근황」·「굼벵이는 굼벵이」, 『시와사람』 겨울호, 시와사람사, 2017. 12.

「점등」, 『서정시학』 여름호, 서정시학, 2018. 6.

「감자전」, 『부산시인』 겨울호, 부산시인협회, 2018. 12.

「팔도에서」, 『신생』 80호, 전망, 2019. 9.

「련화와 제비」, 『시와 희곡』 2집, 홍사용기념사업회, 2019. 10.

논문

「백석 시의 공간 인식」, 『국어국문학』 제21집, 부산대학교 인문대학 국어국문학
　　과, 1983.

「1940년 전후 한국시에 나타난 공간 인식의 문제―이육사, 윤동주, 백석의 시를
　　중심으로」, 부산대학교 대학원 문학석사 학위논문, 1984.

「윤동주 시와 공간 인식의 문제」, 『한국문학논총』 제6・7합호, 한국문학회, 1984.

「이육사 시의 공간 현상」, 『국어국문학』 제22집, 부산대학교 인문대학교 국어국
　　문학과, 1984.

「김광균 시의 회화적 공간과 그 조형성」, 『국어국문학』 제23집, 부산대학교 인
　　문대학 국어국문학과, 1986.

「국민문학파의 시조부흥활동과 그 형성 요인」, 『논문집』 제5집, 지산간호보건
　　전문대학, 1987.

「윤백남 희곡 「운명」의 짜임과 속뜻」, 『우해이병선박사화갑기념논총』, 제일문
　　화사, 1987.

「김광균과 백석 시에 나타난 친족 체험」, 『경남어문논집』 제1집, 경남대학교 국
　　어국문학과, 1988.

「백석 시와 구체성의 미학」, 『경남어문논집』 제2집, 경남대학교 국어국문학과,
　　1989.

「김용호 시의 세계 체험과 그 틀」, 『가라문화』 제7집, 경남대학교 가라문화연구
　　소, 1989.

『한국 근대시의 공간현상학적 연구』, 부산대학교 대학원 문학박사 학위 논문,
　　1991.

「낙동강이 우리시 속에 들앉은 모습」, 『경남어문논집』 제4집, 경남대학교 국어
　　국문학과, 1991.

「1950년대 한국 전쟁시 연구」, 『경남어문논집』 제5집, 경남대학교 국어국문학
　　과, 1992.

「윤동주 시의 내성적 비전과 길의 공간성」(재수록), 『시와반시』 여름호, 시와반
　　시사, 1993.

「김영수 시와 문학지리학」, 『한국문학논총』 제15집, 한국문학회, 1994.

「이순신담론 연구 1―근현대 역사가사를 중심으로」, 『초전장관진교수정년기념
　　국문학논총』, 간행위원회, 1995.

「현대문학과 생태학적 상상력」, 『경남어문논집』 제7・8합집, 경남대학교 국어국

문학과, 1995.

「이동순 시와 패러디의 논리」, 『한국문학논총』 제19집, 한국문학회, 1996.

「백석 시의 공간현상학」, 『백석』(고형진 엮음), 새미, 1996.

「광복열사 박차정의 삶과 문학」, 『지역문학연구』 창간호, 경남지역문학회, 1997.

「지역문학 연구의 방향」, 『지역문학연구』 제2호, 경남지역문학회, 1998.

「한국 당대시의 공간과 그 전망」, 『인문논총』 제11집, 경남학교 인문과학연구소, 1998.

「한국 근대시와 금강산」, 『한국문학논총』 제23집, 한국문학회, 1998.

「백석과 신현중, 그리고 경남문학」, 『지역문학연구』 제4집, 경남지역문학회, 1999.

「전기수 시와 봄의 변주」, 『인문논총』 제12집, 경남대학교 인문과학연구소, 1999.

「근대 통영 지역 시문학의 전통」, 『통영·거제지역 연구』, 경남대학교 경남지역문제연구원, 1999.

「경인전쟁기 간행 시집 문헌지」, 『지역문학연구』 제6집, 경남부산지역문학회, 2000.

「한국 현대시와 베트남 전쟁의 경험」, 『현대문학이론연구』 14집, 현대문학이론학회, 2000.

「백석의 미발굴 시 「병아리 싸움」 변증」, 『한국문학논총』 28집, 한국문학회, 2001.

「대학의 국문학 교육과 영상문화」, 『인문논총』 14집, 경남대학교 인문과학연구소, 2001.

「이주홍의 초기 아동문학과 『신소년』」, 『현대문학이론연구』 18집, 현대문학이론학회, 2002.

「경남 지역문학과 부왜활동」, 『한국문학논총』 30집, 한국문학회, 2002.

「김정한 희곡 「인가지」 연구」, 『우리말글』 25집, 우리말글학회, 2002.

「지역시의 발견과 연구」, 『한국시학연구』 6집, 한국시학회, 2002.

「향파 이주홍의 등단작 시비」, 『인문논총』 16집, 경남대학교 인문과학연구소, 2003.

「지역문학의 현실과 과제」, 『경남지역연구』 8호, 경남대학교 경남지역문제연구원, 2003.

「이원수의 부왜문학 연구」, 『배달말』 32집, 배달말학회, 2003.

「경남 지역 계급주의 시문학 연구」, 『어문학』 제80집, 한국어문학회, 2003.

「교육자로서 걸었던 길—이주홍론」, 『소설시대』 제6권 제1호, 소설시대사, 2003.

「경남 지역 근대 문학문화재 지표 조사」(한정호와 공동), 『경남의 교육과 문화 연구』, 경남대학교 경남지역문제연구원, 2004.

「나라잃은시기 아동잡지로 본 경남·부산지역 아동문학」, 『한국문학논총』 제37집, 한국문학회, 2004.

「디지털문화 환경과 지역문학의 방향」, 『인문논총』 제18집, 경남대학교 인문과학연구소, 2004.

「인문학과 지역문학의 발견」, 『현대문학이론연구』 제21집, 현대문학이론학회, 2004.

「새 발굴 자료로 본 정지용의 광복기 문학」, 『어문학』 83, 한국어문학회, 2004.

「잊혀진 민족시의 지평, 정진업의 공론시」, 『가라문화』 제19집, 경남대학교 가라문화연구소, 2005.

「나라잃은시대 후기 경남·부산지역 아동문학—이원수와 남대우를 중심으로」, 『한국문학논총』 제40집, 한국문학회, 2005.

「경남 지역 부왜문학 연구의 과제」, 『인문논총』 제19집, 경남대학교 인문과학연구소, 2005.

「『여명문예선집(黎明文藝選集)』 연구」, 『어문론총』 43호, 한국문학언어학회, 2005.

「지역문학 연구와 경북·대구 지역」, 『현대문학이론연구』 제24집, 현대문학이론학회, 2005.

「지역문학 연구의 환경과 과제」, 『현대문학의 연구』 27, 한국문학연구학회, 2005.

「1920~1930년대 경북·대구 지역 문예지 연구—『여명(黎明)』과 『무명탄(無名彈)』을 중심으로」, 『한민족어문학』 제47호, 한민족어문학회, 2005.

「합천 지역시의 흐름」, 『합천예술문화연구』 창간호, 향파이주홍선생기념사업회, 2007.

「청마 유치환의 북방시 연구」, 『어문학』 98, 한국어문학회, 2007.

「나라잃은시대 후기 이원수의 아동문학」, 『어문론총』 제47집, 한국문학언어학회, 2007.

「1960년 경자마산의거가 당대시에 들앉은 모습」, 『현대문학이론연구』 31집, 현대문학이론학회, 2007.

「지역인문학이 나아갈 데」, 『인문연구』 53집, 영남대학교 인문과학연구소, 2007.

「권환민족문학관의 건립과 운영」,『권환과 그의 벗들』4권, 권환문학축전운영
　　위원회, 2007.

「『만선일보』와 경남·부산 지역문학」,『현대문학의 연구』36집, 한국문학연구학
　　회, 2008.

「장소사랑과 탈근대의 꿈」,『고전의 반역』(KBS고전아카데미 엮음), 나녹, 2009.

「세계화와 지역문학 연구의 과제」,『어문연구』제62호, 어문연구학회, 2009.

「한국 근대 지역문학의 발견과 파성 설창수」,『로컬리티 인문학』창간호, 부산
　　대학교 한국민족문화연구소, 2009.

「목포 지역 정훈매체『전우』연구―한국전쟁기 정훈문학 연구 1」,『현대문학이
　　론연구』제38집, 현대문학이론학회, 2009.

「1950년대 전쟁기 문학과 제주의 지역성」,『한국언어문학』제71집, 한국언어문
　　학회, 2009.

「김수영과 부산 거제리 포로수용소」,『근대서지』제2호, 근대서지학회, 2010.

「현단계 현대문학 연구의 새 방향」,『현대문학이론연구』제42집, 현대문학이론
　　학회, 2010.

「무궁화 시인 조순규의 삶과 시조」,『근대서지』제4호, 근대서지학회, 2011.

「마산 근대문학의 탄생과『마산문예구락부』」,『인문논총』제28집, 경남대학교
　　인문과학연구소, 2011.

「국방부 정훈매체『국방』의 문예면 연구―한국전쟁기 정훈문학 연구 2」,『어문
　　론총』55호, 한국문학언어학회, 2011.

「1925년 대구 지역 매체『여명(黎明)』창간호」,『근대서지』제3호, 근대서지학
　　회, 2011.

「근대 초기 칭기스항 수용의 두 모습―한국 근대문학과 몽골 1」,『현대문학이론
　　연구』제45집, 현대문학이론학회, 2011.

「전쟁기 광주 지역 문예지『신문학』연구」,『영주어문』제21집, 영주어문학회,
　　2011.

「예술문화 개관」,『마산시사 5권』, 마산시사편찬위원회, 2011.

「문학」,『마산시사 5권』, 마산시사편찬위원회, 2011.

「근대 개성 지역문학의 전개―북한 지역문학사 연구 1」,『국제언어문학』제25
　　집, 국제언어문학회, 2012.

「부산 지역 근대 첫 문예지『종』」,『근대서지』제5호, 근대서지학회, 2012.

「광복기 개성 지역문학의 좌표―북한 지역문학사 연구 2」,『현대문학이론연구』
　　제51집, 현대문학이론학회, 2012.

「1930년대 한국 계급주의 소년소설과 『소년소설 육인집』」, 『현대문학이론연구』
　　제49집, 현대문학이론학회, 2012.

「전쟁기 경북·대구 지역 간행 콩소설—한국전쟁기 정훈문학 연구 3」, 『현대문
　　학의 연구』 48, 한국문학연구학회, 2012.

「1920년대 부산 지역 청소년문학과 항왜의 경험」, 『영주어문』 제25집, 영주어문
　　학회, 2013.

「전쟁기 목포 지역 정훈 매체 『전우』 목차」, 『한국지역문학연구』 제2집, 한국지
　　역문학회, 2013.

「전쟁기 국방부 정훈잡지 『국방』의 정훈문학」, 『근대서지』 제7호, 근대서지학
　　회, 2013.

「아나키스트 시인 전한촌과 시집 『무궤열차』—1930~1940년대 동경 간행 한글
　　시집 연구 1」, 『현대문학이론연구』 제53호, 현대문학이론학회, 2013.

「황순원 소설 「소나기」의 원본 시비와 결정본」, 『어문론총』 59호, 한국문학언어
　　학회, 2013.

「황순원 단편 「소나기」의 변개 과정, 1953~1981」, 『근대서지』 제8호, 근대서지
　　학회, 2013.

「1940년대 전기 평양 지역문학—북한 지역문학사 연구 3」, 『비평문학』 50, 한국
　　비평문학회, 2013.

「권환의 절명작 연구」, 『현대문학이론연구』 제56집, 현대문학이론학회, 2014.

「개성 지역문학과 『고려시보』 그리고 김광균」, 『한국지역문학연구』 제4집, 한국
　　지역문학회, 2014.

「전쟁기 임화의 미발굴 시 이본 두 편」, 『근대서지』 제9호, 근대서지학회, 2014.

「합천 근대 예술문화 백년」, 『합천군사』, 합천군문화원, 2014.

「백석이 옮긴 마르샤크의 『동화시집』」, 『비평문학』 52, 한국비평문학회, 2014.

「전쟁기 임화와 『조쏘친선』의 활동」, 『국제언어문학』 제30집, 국제언어문학회,
　　2014.

「전쟁기 경상북도 기관지 『도정월보』의 콩소설」, 『한국지역문학연구』 제10호,
　　한국지역문학회, 2014.

「오영수의 광복기 미발굴 시 연구」, 『가라문화』 제26집, 경남대학교 가라문화연
　　구소, 2014.

「권환의 절명 평론 두 편」, 『근대서지』 제10호, 근대서지학회, 2014.

「북한문학 연구와 중국 번인본」, 『외국문학연구』 제57집, 한국외국어대학 외국
　　문학연구소, 2015.

「1930년대 평양 지역문학과 『농민생활』—북한 지역문학사 연구 4」, 『영주어문』
　　제29집, 영주어문학회, 2015.

「향수의 민족학—1930~1940년대 동경 간행 한글 시집 연구 2」, 『현대문학이론
　　연구』 제60집, 현대문학이론학회, 2015.

「전쟁기 김상훈의 미발굴 시」, 『인문과학』 제103집, 연세대학교 인문학연구원,
　　2015.

「경북 지역 농민지 『농민』과 이원조의 초기시」, 『한국지역문학연구』 제6집, 한
　　국지역문학회, 2015.

「전쟁기 림화의 줄글 세 편」, 『근대서지』 제11호, 근대서지학회, 2015.

「백석의 새 발굴 작품 셋과 사회주의 교양」, 『비평문학』 57, 한국비평문학회,
　　2015.

「재북 시기 조운 시조의 한 양상」, 『열린정신 인문학 연구』 제16권 2호, 원광대
　　학교 인문과학연구소, 2015.

「백석의 어린이 시론 『아동문학』 연간평」, 『현대문학이론연구』 제63집, 현대문
　　학이론학회, 2015.

「1956년의 백석, 그리고 새 작품 네 마리」, 『근대서지』 제12호, 근대서지학회,
　　2015.

「지역문학 연구와 경북·대구 지역」(재수록), 『영남 어문학의 문화론적 해석』,
　　역락, 2015.

「재북 시기 현덕의 새 작품 둘」, 『국제한인문학연구』 제17집, 국제한인문학회,
　　2016.

「재북 시기 리태준의 문필 활동 실증」, 『외국문학연구』 제61집, 한국외국어대학
　　교 외국문학연구소, 2016.

「리태준이 북한에서 쓴 평론」, 『한국지역문학연구』 제7집, 한국지역문학회,
　　2016.

「북한 당대시로 본 '무자제주참변'」, 『한국언어문학』 제96집, 한국언어문학회,
　　2016.

「북한의 카프 음악에 대한 이해」, 『한국지역문학연구』 제8집, 한국지역문학회,
　　2016.

「동요동시집 『영웅나라 아이들』의 애국주의—전쟁기 북한 어린이문학 연구 1」,
　　『동화와번역』 제31집, 건국대학교 동화와번역연구소, 2016.

「박태원의 북한과 아들의 북한」, 『근대서지』 제13호, 근대서지학회, 2016.

「근대 신유교의 한 모습—나라잃은시대 경북·대구 지역 유림의 부왜 문학」, 『어

　문론총』 68호, 한국문학언어학회, 2016.
「대구 지역과 딱지본 출판의 전통」, 『현대문학이론연구』 제66집, 현대문학이론
　학회, 2016.
「경남·부산 지역문학 연구와 실증」, 『한국지역문학연구』 제9집, 한국지역문학
　회, 2016.
「재북 시기 윤세평 문헌지」, 『근대서지』 제14호, 근대서지학회, 2016.
「삼수 시기 백석의 새 평론과 언어 지향」, 『비평문학』 62, 한국비평문학회, 2016.
「경북·대구 지역의 대중가사 출판」, 『열린정신 인문학연구』 17권 3호, 원광대학
　교 인문학연구소, 2016.
「평양 시기 김학철의 전투실기 「호가장 전투」」, 『국제한인문학연구』 제19집, 국
　제한인문학회, 2017.
「김학철의 조선의용대 이야기와 「항일 영웅」」, 『영주어문』 제35집, 영주어문학
　회, 2017.
「전쟁기 강원 지역 시동인지 『청포도』」, 『현대문학이론연구』 제68집, 현대문학
　이론학회, 2017.
「북한 초기 번역론 실증(1)」, 『한국지역문학연구』 제10집, 한국지역문학회,
　2017.
「백석의 번역론 「번역소설과 우리말」」, 『근대서지』 제15호, 근대서지학회, 2017.
「재북 시기 리기영 문학의 실증적 바탕 1」, 『비평문학』 65, 한국비평문학회,
　2017.
「재북 시기 윤세평 문헌지를 향하여」, 『한국지역문학연구』 제11집, 한국지역문
　학회, 2017.
「새 자료로 본, 재북 시기 오장환」, 『한국시학연구』 제52호, 한국시학회, 2017.
「탄생 100년, 재북 시기 김순남의 문필 6편」, 『근대서지』 제16호, 근대서지학회,
　2017.
「재북 시기 신고송의 문필 활동」, 『열린정신 인문학 연구』 제18권 3호, 원광대학
　교 인문과학연구소, 2017.
「재북 시기 리기영 문학의 실증적 바탕 2」, 『현대문학이론연구』 제71집, 현대문
　학이론학회, 2017.
「광복기 북한 '투쟁기' 속의 리덕구」, 『영주어문』 제38집, 영주어문학회, 2018.
「북한 초기 번역론 실증(2)」, 『한국지역문학연구』 제12집, 한국지역문학회, 2018.
「수필가 조희관과 「흑산수첩」」, 『근대서지』 제17호, 근대서지학회, 2018.
「홍성의 유교 잡지 『인도』 문예면」, 『비평문학』 69, 한국비평문학회, 2018.

「함양 지역문학과 시인 이진언」, 『경남권문화』 제26호, 진주교육대학 경남권문
       화연구소, 2018.
「백석과 중국공산당」, 『근대서지』 제18호, 근대서지학회, 2018.
「정청산이 걸었던 『희망의 길』」, 『영주어문』 제41집, 영주어문학회, 2019.
「수원 지역 어린이문학가 안준식의 삶과 문학」, 『한국문학논총』 제81집, 한국문
       학회, 2019.
「구름결 안준식의 문학」, 『근대서지』 제19호, 근대서지학회, 2019.
「윤세평의 몽골 기행문학」, 『한국지역문학연구』 14집, 한국지역문학회, 2019.
「광복기 밀양 지역문학의 앞과 뒤—시인 박석정을 중심으로」, 『한국지역문학연
       구』 15집, 한국지역문학회, 2019.
「정훈 매체 『광창(光窓)』과 오영수의 종군기」, 『근대서지』 제20호, 근대서지학
       회, 2019.

비평·서평·단평

「부대문학사」, 『효원』 22집, 부산대학교 학도호국단, 1980. 2.
「부산의 동인지 문학」, 『부산외대학보』, 부산외국어대학학보사, 1984. 9. 25.
「열린시」, 『문예중앙』 가을호, 중앙일보사, 1984. 10.
「문학·운동·열림」, 『열린시』 9집, 청하, 1985. 12.
「윤동주 시와 공간인식의 문제」(재수록), 『심상』 10월~11월호, 심상사, 1986.
       10~11.
「김광균론」(상·하), 『현대시학』 8월~9월호, 현대시학사, 1987. 8~9.
「김광균 시에 대한 새로운 읽기」, 『와사등』(김광균 시선), 미래사, 1991. 9.
「허무혼의 논리—오상순론을 위하여」, 『서정시학』 제2호, 나남, 1992. 6.
「윤동주 시의 내성적 비전과 길의 공간성」(재수록), 『시와반시』 여름호, 시와반
       시사, 1993. 6.
「애도시의 논리와 사랑의 방법」, 『우리 이제 가깝다 하나』(정의태 시집), 빛남,
       1994. 11.
「시는 구체적인 데 그 뜻과 힘이 있다」, 『경남문학』 봄호, 경남문인협회, 1996. 3.
「좋은 시와 다르게 씌어질 수 없음」, 『경남문학』 여름호, 경남문인협회, 1996. 6.
「경남시단의 여름나기」, 『경남문학』 가을호, 경남문인협회, 1996. 9.
「지역시가 나아갈 바」, 『경남문학』 겨울호, 경남문인협회, 1996. 12.

「현대시와 낙동강」, 『문학지평』 가을호, 빛남, 1997. 9.

「시와 건축」, 『현대시』 8월호, 한국문연, 1997. 8.

「금강산과 장소 상상력」, 『현대시』 11월호, 한국문연, 1998. 11.

「전기수 시의 자연 서정과 봄의 변주」, 『경남문학』 여름호, 경남문인협회, 1999. 6.

「현대시와 생태학적 상상력」(재수록), 『서정시의 본질과 근대성 비판』(최승호 엮음), 다운샘, 1999. 8.

「남정강 시인, 남정강 노래」, 『남정강』(김해석 시조집), 경북P&P, 1999. 11.

「장소의 시학」, 『오늘의 문예비평』 겨울호, 세종출판사, 1999. 12.

「글쓰기의 운명, 운명의 글쓰기」, 『제주작가』 상반기호, 실천문학사, 2000. 6.

「사랑의 길, 길의 사랑—김미숙과 조연향의 시」, 『경남여류문학』 제10호, 경남 여류문학회, 2000. 8

「백석의 미발굴 번역시 「머리오리」」, 『시와비평』 제2호, 불휘, 2000. 9.

「바다로부터 바다로 가는 그리움」, 『바다와 신발』(김연동 시조선집), 태학사, 2001. 5.

「이자영론—싱싱함의 정체」, 『밤새 빚은 그리움으로』, 제일, 2001. 2.

「지영, 또는 마음의 현상학」, 『그리운 베이커리』, 불휘, 2001. 6.

「정지용의 미발굴 동요 「넘어가는 해」와 「겨울ㅅ밤」」, 『시와비평』 3호, 불휘, 2001. 9.

「지역문화의 해와 지역문화」, 『지역문학연구』 제7집, 경남지역문학회, 2001. 10.

「소지역 문예지와 『합천문학』」, 『합천문학』 제10호, 합천문학회, 2002. 11.

「백석과 『만선일보』, 그리고 우리시의 북극성」, 「시로 여는 세상」 봄호, 시로여 는세상, 2003. 3.

「시인 김상훈과 거창의 지역문학」, 『서정시학』 여름호, 서정시학, 2003. 6.

「시의 운명, 운명의 시」, 『국제신문』, 국제신문사, 2003. 3. 11.

「오독을 넘어선 왜곡?」, 『국제신문』, 국제신문사, 2003. 4. 1.

「논점을 회피하지 말았으면」, 『국제신문』, 국제신문사, 2003. 5. 13.

「지역문학의 현실과 과제」, 『제주작가』 상반기호, 실천문학사, 2003. 6.

「시인 김상훈과 거창의 지역문학」, 『서정시학』 18집, 2003. 6.

「짜깁기 연구와 학문적 자폐—고현철의 김대봉론」, 『시와비평』 7집, 불휘, 2003. 11.

「마산 근대 백 년을 읽는 다섯 가지 고정관념」, 『시와비평』 상반기호, 불휘, 2004. 5.

「생태시의 방법과 미세 상상력」, 『문학과환경』 3집, 문학과환경학회, 2004. 10.

「울산 근대시에 나타난 태화강의 장소 머그림」, 『시와상상』 겨울호, 푸른사상, 2004. 11.

「장소시의 발견과 창작」, 『시와반시』 겨울호, 시와반시시, 2004. 12.(김수복 엮음, 『한국문학 공간과 문화콘텐츠』, 청동거울, 2005)

「하연승의 시, 또는 청동의 순정」, 『경남문학』 겨울호, 경남문인협회, 2004. 12.

「좋은 시와 나쁜 시」, 『파라21』 7집, (주)이수, 2004. 8.

「백석 시와 명성의 사회학」, 『문학사상』 394호, (주)문학사상, 2005. 8.

「백석과 장소사랑의 드라마」, 『백석(한국대표시인 100인선집 8)』, (주)문학사상, 2005. 8.

「성인 학습으로서 시창작과 그 방향」, 『시안』 가을호, 시안사, 2005. 9.

「시의 길손이 지닐 네 가지 덕목」, 『시와정신』 13집, 시와정신사, 2005. 9.(『한국현대 시정신』(김남조 외 72인), 시와정신사, 2012. 9.)

「지역문학과 전집 발간의 뜻」, 『오늘의 문예비평』 가을호, 해성, 2009. 8.

「지역, 참말로 직이주네」, 『시와지역』 가을호, 시와지역, 2010. 9

「시의 조건, 시인의 조건」, 『시와시학』 봄호, 시와시학사, 2012. 3.

「시간지리학으로 가는 길」, 『시와시학』 여름호, 시와시학사, 2012. 6.

「시론시의 자리, 창조와 수사 사이에서」, 『시와시학』 가을호, 시와시학, 2012. 9.

「당대시가 밟아나갈 세 길」, 『시와시학』 겨울호, 시와시학사, 2012. 12.

「당대시의 높낮이와 창의적 서정」, 『시와시학』 봄호, 시와시학사, 2013. 3.

「모멸의 시학」, 『시와시학』 여름호, 시와시학사, 2013. 6.

「우리 바다를 더럽히는 두 가지 길」, 『우리 바다 내 사랑 독도』, 창원역사민속관, 2013. 6.

「시와 언어 경제」, 『시와시학』 가을호, 시와시학사, 2013. 9.

「시라는 괴물과 더불어 살기」, 『시와시학』 겨울호, 시와시학사, 2012. 12.

「지역 문화계의 토호와 끄나풀」, 『오늘의 문예비평』 가을호, 산지니, 2013. 8.

「창원의 문학 전통과 자산, 그리고 문화 정체성 확립」, 경남대학교 인문과학연구소 인문학세미나, 2014. 10. 23.

「한국시의 체험과 탈의 전략성―『가면의 해석학』」, 『지산간호보건전문대학학보』, 지산간호보건전문대학보사, 1985. 4. 18.

「수직성의 자유와 칼날의 온도―『보물섬의 지도』」, 『지산간호보건전문대학학보』, 지산간호보건전문대학, 1985. 6. 1.

「작품 이해의 새로운 지평 열어―『수용의 시론』」, 『지산간호보건전문대학학보』,

지산간호보건전문대학, 1986. 6. 7.

「정지용 시의 체계적 연구」, 『동녘』 9월호, 부산문화회, 1988. 9.

「이름씨 공간과 긴장된 사회 서정—강영환 『쓸쓸한 책상』·정순자 『사철 푸른 세상』」, 『오늘의 문예비평』 가을호, 지평, 1991. 9.

「전쟁 속에 얼어붙은 꽃봉오리—고석규 유고 시집 『청동의 관』」, 『문학정신』 7·8월호, 문학정신사, 1992. 7.

「정신 가치와 실증 가치의 균형—박경수의 『한국 근대문학의 정신사론』」, 『오늘의 문예비평』 10집, 책읽는사람, 1993. 8.

「겨레시의 보석상자—『백석전집』」, 『책소식』 11·12호, 동보서적, 1997. 12.

「바다와 함께 가는 한 마음 두 길—김성춘 시집 『바다와 동행』·김성식 시집, 『이 세상 가장 높은 곳에 바닷가 있네』」, 『시와생명』 창간호, 시와생명사, 1999. 6.

「세상을 녹이는 납물의 언어—허만하 시집 『물은 목마름 쪽으로 흐른다』」, 『현대시』 2월호, 한국문연, 2003. 2.

「그리움은 치욕이다—이영진 「봄밤에 비는 내리고」」, 『시평』 8호, 바다출판사, 2002. 7.

「긴장의 속과 겉, 그 황금빛 어둠—황동규 시집 『우연에 기댈 때도 있었다』」, 『시평』 여름호, 시평사, 2003. 5.

「시의 총알택시를 타고—최영철 시집 『그림자 호수』」, 『시평』 14집, 시평사, 2003. 11.

「지역문학의 전선과 전선—구모룡 『지역문학과 주변부적 시각』」, 『실천문학』 봄호, 실천문학사, 2006. 3.

「조지훈의 「봉황수」」, 『시와시학』 봄호, 시와시학사, 1994. 3.

「백석의 「모닥불」」, 『시와시학』 가을호, 시와시학사, 1994. 9.

「황동규의 「아득타!」」, 『중앙일보』, 중앙일보사, 2001. 8. 16.

「김혜순의 「낙랑공주」」, 『중앙일보』, 중앙일보사, 2001. 8. 30.

「최정례의 「고래횟집」」, 『중앙일보』, 중앙일보사, 2002. 8. 13.

「최승호 「구름들」」, 『중앙일보사』, 중앙일보사, 2002. 8. 22.

줄글

「낙동강 칠백리—부석사에서 안동까지」, 『효원』 22집, 부산대학교 학도호국단, 1980. 2.

「내 눈썹 위의 겨울바다」, 『문예중앙』 겨울호, 중앙일보사, 1981. 12.

「절제와 자유, 혹은 감성의 문법」, 『우리가 있어야 할 자리를 찾아』(우리 세대의 문학 2), 문학과지성사, 1983. 1.

「이 가을엔 생각하는 갈대로 살자」, 『사보 인화』 10월호, 1986. 10. 1.

「강, 그 살과 뼈 그리고 칼」, 『한국인』 7월호, 사회발전연구소, 1987. 7.

「나의 새해 설계」, 『현대문학』 1월호, 현대문학사, 1989. 1.

「저승꽃 겪기」, 『부산시인협회보』 제7호, 부산시인협회, 1990. 7.

「부석사, 또는 선묘 꿈꾸기」, 『월간 에세이』 8월호, 원장문화사, 1990, 8.

「이웃복」, 『부산매일』, 부산매일신문사, 1991. 7. 2.

「그 먼 나라」, 『부산매일』, 부산매일신문사, 1991. 7. 9.

「헌 책방이 사라지고 있다」, 『부산매일』, 부산매일신문사, 1991. 7. 16.

「낡은 책상 하나」, 『부산매일』, 부산매일신문사, 1991. 7. 23.

「어떤 웃음」, 『부산매일』, 부산매일신문사, 1991. 7. 31.

「작고 문인들의 무덤 순례」(젊은 시인·작가 92인의 새해 설계), 『현대문학』 1월호, (주)현대문학, 1992. 1.

「겨울 진달래꽃」, 『문학정신』 64호, 문학정신사, 1992. 2.

「황강 굽이굽이 날개 편 마을—경남 합천」, 『새농민』 12월호, 농민신문사, 1992. 12.

「책과 무덤」, 『현대시』 4월호, 한국문연, 1993. 4.

「인연의 담벼락을 비비적거리며」, 『부산시인』 42호, 부산시인협회, 1993. 7.

「두 십 년의 뒷자리」, 『현대문학』 3월호, 현대문학사, 1994. 3.

「황령산 자락에 몸을 붙이고」(창작노트), 『남촌문예』 제2호, 남구문인회, 1994. 11.

「산을 지고 바다를 품은 의로운 예향 마산」, 『전망』 4월호, 대륙연구소, 1995. 4.

「속 시린 사랑의 꿈」, 『나의 시, 나의 시쓰기』, 토담, 1995. 6.

「홍게가 끌고 다니는 바다 밑 달빛길」, 『서정시학 1996』, 깊은샘, 1996. 6.

「현대사회와 에로티시즘」, 『대동주택 사보』, 대동주택, 1996. 9.

「책읽기를 권하며」, 『으뜸통신』 9·10월호, (주)원진, 1996. 10.

「문학의 해와 문학자본」, 『국제신문』, 국제신문사, 1996. 10. 14.

「원로의 덕목」, 『국제신문』, 국제신문사, 1996. 11. 5.

「문학축전의 개발과 육성」, 『국제신문』, 국제신문사, 1996. 11. 25.

「옛 문헌에 대한 새로운 관심을」, 『도서신문』, 도서신문사, 1997. 1. 20.

「진달래와 구름 사이」, 『월간 에세이』 7월호, 월간에세이사, 1997. 7.

「나의 애장서—『배달겨레 노래말』」, 『국제신문』, 국제신문사, 1997. 8. 29.

「낙동강 들품에서」(내 시 속의 낙동강), 『문학지평』 여름호, 빛남, 1998. 6.

「시인을 꿈꾸는 청소년들에게」, 『다층』 창간호, 다층, 1999. 3.

「지역문화의 밑불이 붙는 소리」, 『제1회 마을문학 백일장 입선작품집』, 경남정
　　보사회연구소, 1999. 4.

「바다문학을 향한 예사롭지 않은 뱃고동」, 『제4회 바다의 날 기념 '99 바다문예
　　집』, 마산항발전협의회 마산지방해양수산청, 1999. 8.

「금정 언덕에서 날렸던 시의 화살」, 『부대신문, 부대학보사, 1999. 8. 23.

「책과 무덤」, 『현대시』 4월호, 한국문연, 1999. 10.

「마을 공동체의 이상을 향하여」, 『제2회 마을문학 백일장 입선작품집』, 경남정
　　보사회연구소, 1999. 10.

「그리 클 까닭이 없을 터인데」, 『경남일보』, 경남일보사, 2000. 1. 7.

「이민을 떠난다는 누이」, 『경남일보』, 경남일보사, 2000. 1. 14.

「경남문학관을 세운다고?」, 『경남일보』, 경남일보사, 2000. 1. 20.

「회고록을 남기는 사회」, 『경남일보』, 경남일보사, 2000. 1. 28.

「너그러운 문화, 너그러운 사회」, 『경남도민일보』, 경남도민일보사, 2000. 4. 13.

「오월 왕벚꽃이 진 자리」, 『경남도민일보』, 경남도민일보사, 2000. 5. 11.

「경상남도는 있는가」, 『경남도민일보』, 경남도민일보사, 2000. 6. 15.

「문화행정의 폭력성」, 『경남도민일보』, 경남도민일보사, 2000. 7. 13.

「노산문학관 건립 시비」, 『경남도민일보』, 경남도민일보사, 2000. 8. 10.

「어떤 머리글」, 『경남도민일보』, 경남도민일보사, 2000. 2000. 9. 7.

「경남문학관 건립 재론」, 『경남도민일보』, 경남도민일보사, 2000. 10. 12.

「경남문학관이 제대로 기능하려면」, 『경남도민일보』, 경남도민일보사, 2000.
　　11. 10.

「12월의 하늘을 꿈꾸며」, 『경남도민일보』, 경남도민일보사, 2000. 12. 7.

「이육사의 기러기」, 『시와반시』 12월호, 시와반시사, 2000. 12. 1.

「시인의 고향」, 『현대시』 1월호, 한국문연, 2001. 1

「모난 사람에게 미래가 있다」, 『경남도민일보』, 2001. 1. 11.

「시인과 풍경」, 『계간 시평』 2호, 바다출판사, 2001. 1.

「지역 가치 제 모습 드러내자」, 『문화도시 문화복지』 98호, 한국문화예술진흥원 한국문화정책개발원, 2001. 3.

「새로운 십 년을 향하여」, 『오늘의 문예비평』 40호, 2001. 3.

「다천(茶泉)의 나날」, 『문창풍아(文昌風雅)』, 불휘, 2001. 4.

「한국문인협회의 뿌리와 지역문단」, 『경남도민일보』, 경남도민일보사, 2001. 10. 9.

「지역신문에 대한 우려와 기대」, 『경남도민일보』, 경남도민일보사, 2001. 11. 12.

「권환의 나날을 향하여」, 『목화와 콩』, 권환문학축전위원회, 2001. 11.

「경남 지역과 한글사랑의 전통」, 『경남도민일보』, 경남도민일보사, 2001. 12. 20.

「지역 만들기의 실질과 역사문화」, 『경남도민일보』, 경남도민일보사, 2002. 1. 20.

「경남의 근대문학과 부왜활동」, 『경남도민일보』, 경남도민일보사, 2002. 2. 20.

「낙동강 들품을 불러들이는 하늘 연꽃—가야산」, 『산』 8월호, 조선일보사, 2002. 8.

「어떤 머리글」, 『시와비평』 제2호, 불휘, 2002. 9.

「미성년의 강에서 성년의 바다로」(내 등단작을 말한다), 『시를 사랑하는 사람들』 창간호, 2002. 11.

「처용암」(현대시에 나타난 삼국유사의 시적 변용), 『시안』 겨울호, 시안사, 2002. 12.

「연구와 창작 사이에서」, 『교수신문』, 교수신문사, 2003. 6. 23.

「바람 속에서 바람 뒤적거리기」, 『푸른시』 5집, 전망, 2003. 11.

「서령, 영상시대의 새로운 전위」, 『존외구신』, 불휘, 2004. 6.

「헌책방, 또는 가라앉은 먼지의 마을」, 『교수신문』, 교수신문사, 2004. 9. 1.

「경부선 또는 서울부산철길」, 『부산일보』, 부산일보사, 2004. 10. 13.

「바자회」, 『부산일보』, 부산일보사, 2004. 10. 14.

「가을 운동회」, 『부산일보』, 부산일보사, 2004. 10. 15.

「노을의 무게」, 『부산일보』, 부산일보사, 2004. 10. 20.

「늦게 배운 운동」, 『부산일보』, 부산일보사, 2004. 10. 21.

「려증동 선생의 『배달겨레문화사』」, 『부산일보』, 부산일보사, 2004. 10. 22.

「시인의 아내」, 『부산일보』, 부산일보사, 2004. 10. 27.

「마중물」, 『부산일보』, 부산일보사, 2004. 10. 28.

「택시 기사와 대학 강사」, 『부산일보』, 부산일보사, 2004. 10. 29.

「하루의 처음과 끝」, 『부산일보』, 부산일보사, 2004. 11. 3.

「환산 이윤재 선생의 길」, 『부산일보』, 부산일보사, 2004. 11. 4.

「골굴암의 달」, 『부산일보』, 부산일보사, 2004. 11. 5.

「용호농장을 떠나 보내며」, 『국제신문』, 국제신문사, 2005. 1. 10.

「이름값 제대로 하기」, 『국제신문』, 국제신문사, 2005. 3. 7.

「시는 복수의 칼」, 『국제신문』, 국제신문사, 2005. 3. 7.

「옥비의 달」, 『국제신문』, 국제신문사, 2005. 4. 4.

「장철수 또는 동해 용오름」, 『국제신문』, 국제신문사, 2005. 5. 1.

「향파의 누이」, 『국제신문』, 국제신문사, 2005. 5. 30.

「성지곡을 드나들며」, 『국제신문』, 국제신문사, 2005. 6. 27.

「송몽규의 알려지지 않은 밤」, 『국제신문』, 국제신문사, 2005. 7. 22.

「안용복 장군의 충혼탑」, 『국제신문』, 국제신문사, 2005. 8. 22.

「이익과 손해—문화사업을 멍들게 하는 독」, 『국제신문』, 국제신문사, 2005. 9.
    26.

「영국사 은행나무」, 『국제신문』, 2005. 10. 24.

「가을을 몰고 다니는 남자들」, 『국제신문』, 국제신문사, 2005. 11. 21.

「12월, 길 안의 길을 걷다」, 『부산일보』, 부산일보사, 2005. 12. 19.

「교만과 아첨」, 『국제신문』, 국제신문사, 2006. 1. 23.

「고촌유물관을 향한 바람」, 『국제신문』, 국제신문사, 2006. 2. 20.

「꽃의 고요, 봄의 소란」, 『국제신문』, 국제신문사, 2006. 3. 20.

「권환의 절명 수필을 읽으며」, 『국제신문』, 국제신문사, 2006. 4. 24.

「부산 사람의 장영실 대접」, 『국제신문』, 국제신문사, 2006. 5. 15.

「바위 어머니」, 『국제신문』, 국제신문사, 2006. 6. 12.

「몽골 대학의 한국어 교육」, 『국제신문』, 국제신문사, 2006. 10. 2.

「나뭇잎 하나의 인연」, 『그리운 우상』, 한강, 2006. 10.

「몽골 대학과 한국어 교육」, 『교수신문』, 교수신문사, 2006. 5. 10.

「몽골에서 보낸 네 철」(시인연구), 『시와사람』 여름호, 시와사람사, 2007. 6.

「내 몸속의 지구」, 『내 몸속의 지구』(정선호 시집 표사), 시와에세이, 2007. 9.

「통영이 시들다, 퇴영이 멍들다—통영의 문학지리학」, 『시와사상』 겨울호, 시와
    사상사, 2007. 12.

「책꽂이 사잇길로 걸어가면」, 『교수신문』, 교수신문사, 2008. 1. 28.

「만주국과 통영 사이」(내가 만난 시 한 편), 『신생』 여름호, 2008. 7.

「유치환, 역사적 허위와 문학적 과장 위에 떠 있는 이름」, 『경남도민일보』, 경남
    도민일보사, 2008. 9. 8.

「새벽빛에 서다」,『교수신문』, 교수신문사, 2009. 1. 1.

「칠 벗겨진 밥상머리의 밥심이나」(내가 그린 자화상),『수필문학』3월호, 수필
　　문학사, 2010. 3.

「몽골몽골몽골」,『시안』가을호, 시안사, 2010. 9.

「추억을 건지다, 몽골 건져먹기」,『땅과 사람들』1월호, 대한지적공사, 1.

「버릇」,『경남신문』, 경남신문사, 2011. 3. 26.

「거짓이여 물러가라」,『경남신문』, 경남신문사, 2011. 4. 30.

「경남 지역자치의 현주소」,『경남신문』, 경남신문사, 2011. 5. 31.

「두척산 이름 바루기」,『경남신문』, 경남신문사, 2011. 7. 5.

「근본이 바로 서야」,『경남신문』, 경남신문사, 2011.8. 5.

「촌놈과 촌사람 사이에서」,『경남신문』, 경남신문사, 2011. 9. 9.

「마산 창동 133번지」,『경남신문』, 경남신문사, 2011. 10. 14.

「알몸으로 외출하는 바다」,『경남신문』, 경남신문사, 2011. 11. 18.

「경상남도 역사 찾기의 원년」,『경남신문』, 경남신문사, 2011. 12. 21.

「시의 길, 예술의 길」,『문화누리』1월호, 창원문화재단, 2012. 1.

「김정일 교시문을 읽으면 북한 사회가 보인다」,『문화누리』2월호, 창원문화재
　　단, 2012. 2.

「상록수역을 나서며」,『경남신문』, 경남신문사, 2012. 2. 9.

「공공언어 부문에 세종 도우미를 두자」,『문화누리』3월호, 창원문화재단, 2012. 3.

「포석 조명희와 부산문학」,『국제신문』, 국제신문사, 2012. 3. 21.

「근대 부산의 첫 장소시 「봉래유가」」,『국제신문』, 국제신문사, 2012. 5. 23.

「봄이 오는 새벽 운동장」,『문화누리』4월호, 창원문화재단, 2012. 4.

「정명의 길」,『문화누리』5월호, 창원문화재단, 2012. 5.

「잊혀진 창원 시인 홍원」,『문화누리』6월호, 창원문화재단, 2012. 6.

「경남공론을 찾습니다」,『문화누리』7월호, 창원문화재단, 2012. 7.

「돋보기를 들고 달리는 기차」,『80년대 그리고 지금 여기』, 도요, 2012. 7.

「이른바 '위안부'는 '수욕녀'로」,『문화누리』8월호, 창원문화재단, 2012. 8.

「보령을 다녀와서」,『문화누리』9월호, 창원문화재단, 2012. 9.

「송도해수욕장 백 돌에 할 일」,『국제신문』, 국제신문사, 2012. 7. 25.

「부산 지역 근대 첫 문예지 「종(鐘)」」,『국제신문』, 국제신문사, 2012. 9. 26.

「바이르떼, 몽골」,『문화누리』10월호, 창원문화재단, 2012. 10.

「국제신문의 기자 문인과 동인지 「이인」」,『국제신문』, 국제신문사, 2012. 11. 21.

「마해송의 색안경」,『문화누리』11월호, 창원문화재단, 2012. 11.

「겨울이 오는 창가」, 『문화누리』 12월호, 창원문화재단, 2012. 12.

「부산의 기독교문화와 송창근」, 『국제신문』, 국제신문사, 2013. 2. 13.

「대마도 환속과 정문기」, 『국제신문』, 국제신문사, 2013. 4. 17.

「고두동이 20세기 부산을 빛낸 사람이라고?」, 『국제신문』, 국제신문사, 2013. 6.
19.

「발해를 꿈꾸며 동해에 지다」, 『해군』 8월호, 해군본부 정훈공보실, 2013. 8.

「배재황, 지역문학지의 첫 디딤돌」, 『국제신문』, 국제신문사, 2013. 8. 21.

「지역 문화계의 토호와 끄나풀」, 『오늘의 문예비평』 가을호, 산지니, 2013. 8.

「악한 덕술이도 문인이었다네」, 『국제신문』, 국제신문사, 2013. 10. 16.

「광복기 부산 첫 종합지 『신조선』」, 『국제신문』, 국제신문사, 2013. 12. 18.

「먼구름과 자유아동극장」, 『국제신문』, 국제신문사, 2014. 2. 5.

「어을빈을 바로 알자」, 『국제신문』, 국제신문사, 2014. 4. 2.

「몽골, 눈길 멀리 둔 그리움」, 『영원한 귓속말』(문학동네시인선 050 기념 자선시
집), 문학동네, 2014. 3.

「광복기 부산의 첫 문예지 『문예조선』」, 『국제신문』, 국제신문사, 2014. 5. 28.

「이주홍문학관 해체의 수순」, 『국제신문』, 국제신문사, 2014. 7. 23.

「『주간 국제』와 황순원의 콩소설」, 『국제신문』, 국제신문사, 2014. 9. 17.

「경남·부산 지역과 한글사랑의 전통」, 『국제신문』, 국제신문사, 2014. 11. 12.

「결핵문학의 보존과 전승」, 『보건세계』 여름호, 대한결핵협회, 2014. 6.

「축산항 1─아침 기상」, 『해군』 9월호, 정훈공보실, 2014. 9.

「권상로의 『조선문학사』와 태야 최동원」, 『근대서지』 제10호, 근대서지학회,
2014. 12.

「목포는 항구다」, 『해군』 12월호, 해군본부 정훈공보실, 2014. 12.

「욕지 목욕탕」, 『해군』 11월호, 해군본부 정훈공보실, 2015. 11.

「시간의 독배를 깨뜨리며」, 『국제신문』, 국제신문사, 2015. 1. 7.

「가야산 해인사와 허민 시비」, 『해인(海印)』 3월호, 해인사, 2015. 3.

「『별나라』 동래지사와 박문하」, 『국제신문』, 국제신문사, 2015. 3. 18.

「골방의 인문학」, 『국제신문』, 국제신문사, 2015. 5. 20.

「유치환의 부왜시(附倭詩) 「수」와 조상지 장군」, 『국제신문』, 국제신문사, 2015.
7. 15.

「연길 헌책가게 정 씨」, 『국제신문』, 국제신문사, 2015. 9. 9.

「나라잃은시대·왕들짬·수욕녀」, 『국제신문』, 국제신문사, 2015. 11. 4.

「내 시의 어룽, 일곱 빛깔」(문학적 자전), 『시와시학』 겨울호, 시와시학사, 2015.

12.

「소월의 묘비」, 『국제신문』, 국제신문사, 2015. 12. 30.

「우리 바다를 더럽히는 두 가지 길」, 『창원역사민속관 개관기념 자료집』, 창원
역사민속관, 2015.

「부산 근대 첫 어린이청소년 잡지 『학생동무』」, 『국제신문』, 국제신문사, 2016.
3. 2.

「초승달 시인 허민」, 『좋은생각』 4월호, (주)좋은생각사람들, 2016. 4.

「윤세주 장군과 「최후의 결전」」, 『국제신문』, 국제신문사, 2016. 5. 4.

「김기명 일기시와 경남.부산 근대 증언」, 『국제신문』, 국제신문사, 2016. 6. 29.

「요절 극작가 박재성과 일본인 아내 방자」, 『국제신문』, 국제신문사, 2016. 8.
31.

「북으로 올라간 경남·부산 지역 월북 문학인」, 『국제신문』, 국제신문사, 2016.
11. 9.

좌담·대담, 기타

「정직한 시를 쓰기 위하여」, 『문예중앙』 봄호, 중앙일보사, 1982. 3.

「오늘의 비평과 지역문학의 전망」 『오늘의 문예비평』 창간호, 1991. 4.

「현단계의 우리 문학(2)—시」, 『오늘의 문예비평』 겨울호, 책읽는사람, 1993. 12.

「잊혀진 시문학사의 빈 틈」, 『오늘의 문예비평』 봄호, 세종출판사, 1998.(『시는
달린다』, 작가와비평, 2010. 재수록)

「지역에서, 지역을 가로질러, 지역 너머를, 꿈꾼다」, 『오늘의 문예비평』 여름호,
오늘의문예비평, 2004.

「지역문학의 오늘과 내일」, 『서정과상상』 창간호, 서정과상상사, 2007. 9.

「시의 나라에는 풀나라가 있다」, 『시와사람』 봄호, 시와사람사, 2012. 3.

「우리는 여전히 진행중이다」, 『우리는 여전히 진행중이다』, 도요, 2013. 7.

「지역에서 지역으로 달리는 무궤열차, 박태일」, 『오늘의 문예비평』 봄호, 산지
니, 2015. 2.

「'허풍선이' 근대문학사 숨아내고 역동적 지역 연구 집중했다」, 『교수신문』, 교
수신문사, 2016. 11. 16.

「시인 박태일, "합천을 고향으로 섬기고 싶은 이가 많게 가꾸어 가자"」, 『합천신
문』, 2019. 9. 5.

「박태일의 '지역문학 연구'를 말한다」, 『작가와사회』 겨울호, 부산작가회의, 2019. 12.

「수상소감」, 『중앙일보』, 중앙일보사, 1980. 1. 6.

「수상소감」(제1회 김달진문학상), 『서정시학 1990』, 시민, 1990. 6.

「수상소감」(제10회 부산시인협회상), 『남부의 시 38』, 부산시인협회, 2002. 11.

「고맙고 따뜻한 봄날」(제24회 편운문학상), 『꿈』 가을호, 사단법인 조병화시인 기념사업회, 2014. 9.

「시의 이상 수준과 현실 수준」(제19회 시와시학상 시인상), 『시와시학』 겨울호, 시와시하사, 2015. 12.

「문학소년 가슴에 살던 최 선생님과 인연」(최계락문학상 수상 소감), 『국제신 문』, 국제신문사, 2014. 11. 6.

박태일 연구 문헌지

1. 비평·단평

김용직·황동규, 「심사평」, 『중앙일보』, 중앙일보사, 1980. 1. 6.

윤재근, 「왕성한 실험정신이 용인되는 현장」, 『소설문학』 11월호, 소설문학사, 1981.

황동규, 「시의 뿌리—박태일의 시세계」, 『그리운 주막』, 문학과지성사, 1984.

김용직, 「새로운 의미의 발견과 가락—「선동 저수지」」, 『문학사상』 11월호, 문학사상사, 1984.(『정명의 미학』, 지학사, 1986.)

황동규, 「이달의 시」, 『중앙일보』, 중앙일보사, 1985. 1. 31.

정과리, 「다양한 과잉의 문학」, 『열린시』 10집, 청하, 1987.

차한수, 「향토적 서정과 생명에 대한 의욕」, 『주간 부산』, 부산일보사, 1987. 2. 8.

이윤택, 「시에 있어서의 다양성과 열림—열린시」, 『해체, 실천, 그 이후』, 청하, 1988.

이윤택, 「백석리」, 『해체, 실천, 그 이후』, 청하, 1988.

남진우, 「화음과 불협화음」, 『바벨탑의 언어』, 문학과지성사, 1989.

남송우, 「80년대 연작시의 문학적 자리」, 『현대시세계』 여름호, 청하, 1989.

김주연, 「농촌시-전원시」, 『가을 악견산』, 문학과지성사, 1989.(『문학과 정신의 힘』, 문학과지성사, 1990.)

최동호, 「이달의 시」, 『중앙일보』, 중앙일보사, 1989. 12. 28.

황동규, 「이야기를 변형시킨 노래시—박태일의 『가을 악견산』」, 『한국일보』, 한국일보사, 1989. 12. 17.

이동순, 「50년 만에 되살린 백석의 호흡」, 『동아일보』, 동아일보사, 1989. 12. 26.

이은봉, 「시적 형상과 진리 탐구」, 『창작과비평』 봄호, 창작과비평사, 1990.

이동순, 「빛깔의 시, 향기의 시」, 『현대시세계』 봄호, 청하, 1990.

민현기, 「김용택·박태일·나태주의 정치의식」, 『겨레문학』 봄호, 지평, 1990.(『한국 현대문학 비평론』, 새문사, 2002.)

김종길, 「실험의 유형과 성과」(제1회 김달진문학상 심사평), 『서정시학 1990』, 시민, 1990. 6.

박덕규, 「우주 환원의 인식적 응시와 균제의 미학」, 『서정시학』 창간호, 시민, 1990. (『문학과 탐색의 정신』, 문학과지성사, 1992.)

김종회, 「서정시의 서사적 공간」, 『서정시학』 창간호, 시민, 1990.

이경호, 「나의 자연으로부터 우리의 자연으로 나아가기」, 『서정시학』 창간호, 시민, 1990.

하재봉, 「죽음에 이르는 물」, 『서정시학』 창간호, 시민, 1990.

「버려진 이웃의 '역사'를 일군다」, 『학원』 6월호, 학원사, 1990. 6.

김경수, 「언어와 자아, 그리고 세계에 대한 두 가지 전망」, 『세계의 문학』 여름호, 민음사, 1990.

홍신선, 「우리 말결의 아름다움 재현」, 『중앙일보』, 중앙일보사, 1994. 3. 29.(『한국시의 논리』, 동학사, 1994.)

김선학, 「불교시, 서경시적 구조, 만드는 시」, 『현대문학』 4월호, 현대문학사, 1994.

하응백, 「너에게 가는 길」, 『약쑥 개쑥』, 문학과지성사, 1995.(『문학으로 가는 길, 문학과지성사, 1996.)

전정구, 「마음의 풍경」, 『창작과비평』 가을호, 창비, 1995, 288~301쪽.

진창영, 「언어의 원형, 음악성과 토속성—박태일의 시」, 『열린시』 8월호, 월간 열린시, 1995.(『한국 현대시의 리얼리즘과 모더니즘적 탐색』, 새미, 1998.)

구모룡, 「한국 시문학사에서 부산시의 위상」, 『문학도시』 여름 창간호, 지평, 1995.

김재홍, 「사람의 평등, 시의 평등」, 『문학사상』 7월호, 문학사상사, 1995.

홍용희, 「꽃의 산조—이승하·박태일·이영진의 근작 시집의 시세계」, 『문학과사회』 가을호, 문학과지성사, 1995.(『꽃과 어둠의 산조』, 문학과지성사, 1999.)

최영호, 「견고한 말의 심연」, 『시와시학』 가을호, 시와시학사, 1995.

신범순, 「옛 정신을 찾아야 할 현대시」, 『문학사상』 3월호, 문학사상사, 1996.

김효곤, 「사람과 사람 사이—길과 틈」, 『귀성』 17집, 귀성문학동인회, 1996. 4.

강은교, 「중심이 없는 시대의 시」, 『문학지평』 봄호, 빛남, 1996.

서석준, 「경계의 미학 혹은 사랑의 만가—박태일론」, 『오늘의 문예비평』 겨울호, 1996.(『어문논집』 9·10합호(경남대학교 국어국문학과, 1998.)

이승하, 「슬픈 배달 겨레, 기쁜 배달 노래—박태일론」, 미상, 1998(『한국 시문학의 빈터를 찾아』, 푸른사상, 2006).

구모룡, 「시의 고고학—박태일의 시세계」, 『현대시』 5월호, 한국문연, 1996.

최동호, 「일상시와 자연시」, 『문학사상』 6월호, 문학사상사, 1996.

정효구, 「'검은 이브'를 만나기 위하여」, 『현대시』 7월호, 한국문연, 1996.

김용희, 「텅 비어 있는 언어의 공간」, 「서정시, 눈부신 아픔」, 웅동, 1998. 6.

맹문재, 「포틀래치의 시학」, 『현대시학』 4월호, 현대시학사, 1999.

황동규, 「신선함의 실체—김달진문학상 10년」, 『현대시와 효용』, 불휘, 1999. 9.

송창우, 「따뜻한 자리에 도돌이표를 찍고 지워나가면서」, 『깊고, 푸른 물 속』, 좋은날, 1999. 10.

하상일, 「역사·소외·죽음을 따라가는 지리학적 상상력—박태일의 시세계」, 『오늘의 문예비평』 제33호, 새종출판사, 1999.

이광호, 「근대시 공간 연구의 역사적 차원」, 『한국 문학평론』 여름호, 아래ㅇ, 2000.

최학림, 「합천 황강이 유장하게 흐르는 저 노래들」, 『부산일보』, 부산일보사, 2001. 6. 19.(『문학을 탐하다』, 산지니, 2017.)

권혁웅, 「기억의 커뮤니티—박태일의 시세계」, 『시와비평』 제4호, 불휘, 2002.

오형엽, 「소리의 음악과 햇살의 광학」, 『풀나라』, 문학과지성사, 2002.(『주름과 기억』, 작가, 2004.)

유재천, 「해체된 농촌, 풀나라의 기억—박태일 시집 『풀나라』」, 『문학마을』 겨울호, (주)문학마을사, 2002.[1]

이승하, 「시어와 운율, 그리고 내용—박태일의 『풀나라』를 읽고」, 미상, 2002.

김윤식, 「매개항으로서의 「황강」 시학—시집 『풀나라』에 부쳐」, 『시와비평』 제5호, 불휘, 2002.(『김윤식의 비평수첩』, 문학수첩, 2004.)

박정선, 「경계 위에서 시쓰기」, 『리토피아』 겨울호, 리토피아, 2002.

강경호, 「영혼의 깊이, 떠도는 말의 서사, 고독과 슬픔의 노래」, 『시와사람』 겨울호, 시와사람사, 2002.

---

1) 3. 25. 재수록 허락 받음, 전화로.

권혁웅, 「풍경의 내력—박태일의 시세계」, 『시와정신』 여름호, 시와정신사, 2003.

이재철, 「이원수 선생의 일제 말기 문필 활동—남쪽에서 들려온 소식」, 『아동문학평론』 3월호, 아동문학평론사, 2003.

이문재, 「지역성, 개별성 그리고 보편성」, 『내가 만난 시와 시인』, 문학동네, 2003.

하상일, 「박태일 시와 장소사랑(topophilia)」, 『영주어문』 제7집, 영주어문학회, 2004.

김윤식, 「대항문학으로서의 지역문학—경남·부산 지역문학의 경우」, 『한겨레신문』, 한겨레신문사, 2004. 9. 25.(『비평가의 사계』, 랜덤하우스, 2007.)

손택수, 「이밥풀 푸른 심줄로 몰려다니는 종소리」, 『현대시』 8월호, 한국문연, 2004.

김용희, 「생태주의 시의 미적 형식에 대한 연구」, 『한국시학연구』 10호, 한국시학회, 2004.(「생태주의 시와 시적 감응력」, 『순결과 숨결』, 문학동네, 2006.)

유재천, 「발굴과 답사로 문학사 재해석」, 『교수신문』, 교수신문사, 2004. 5. 12.

김정완, 「고향이 그리워 봄밤 지새며 봄밤 우는, 박태일 시인」, 『OK시골』 4월호, (주)OK시골, 2005. 4.

강춘진, 「박태일과 합천 황강」, 『국제신문』, 국제신문사, 2005. 6. 22.(「책 속에 갇힌 문학, 책 밖으로 나오다」, 가교출판, 2006.)

김경복, 「반역의 상상력과 역사의식—박태일 엮음, 『정진업 전집(I) 시』」, 『지역문학연구』 제13호, 경남부산지역문학회, 2006.

이희환, 「지역문학의 연대를 위하여」, 『오늘의 문예비평』 봄호, 오늘의문예비평, 2006.

권혁웅, 「그리움의 시학—박태일의 시세계」, 『시와사람』 여름호, 시와사람사, 2007.

강웅식, 「박태일」, 『시』(문학과지성사 한국문학선집 1900~2000), 문학과지성사, 2007.

손진은, 「가난, 기억, 그리고 슬픔의 시적 지형학」, 『시안』 가을호, 시안사, 2010.

구경미, 「박태일 교수님의 『그리운 주막』」, 『시인세계』 33호, 시인세계사, 2010.

권혁웅, 「음악—시의 율격에 관하여」, 『시론』, 문학동네, 2010. 10.

나민애, 「20세기 소년과 21세기 소년」, 『문학사상』 8월호, 문학사상사, 2011.

이동순, 「한국 현대시의 품격과 미학」, 『시와시학』 가을호, 시와시학, 2011.

이경수, 「몽골을 살다」, 『달래는 몽골 말로 바다』, 문학동네, 2013.(『너는 너를 지나 무엇이든 될 수 있고』, 파란, 2017.)

송희복, 「박태일의 두 얼굴—장소시와 지역문학 연구」, 『경남 지역의 문학』, 국학자료원, 2013.

한정호, 「시로 만나는 몽골에서의 삼간(三間)—박태일 시집 『몽골에서 보낸 네 철』」, 『문예연구』 여름호, 문예연구사, 2014.

김윤배, 「미명에 그리다—황강의 시인 박태일에게」, 『월간 에세이』 4월호, (주)월간에세이, 2014.

전동진, 「수시(手詩)의 경지 혹은 수시(隋詩)의 지경」, 『문예연구』 겨울호, 문예연구사, 2014.

장철환, 「굴불굴불, 생의 공간과 시간과 언어의 결」, 『옥비의 달』, 중앙북스, 2014.(『돔덴의 시간』, 파란, 2017.)

최영호, 「시적 선율로 빚은 시계 바깥의 시간, 공간 너머의 장소—박태일론」, 『시와시학』 겨울호, 시와시학사, 2015.

정진경, 「영속성과 정점의 실존적 시학」, 『시와정신』 봄호, 시와정신사, 2015.

김정배, 「질문이면서 대답인 시 혹은 괴물의 조건—박태일 저 『시의 조건, 시인의 조건』」, 『문예연구』 여름호, 신아출판사, 2015.

박일귀, 「소설가 이태준, 정치선전가 리태준으로 거듭나다—박태일 교수의 재북시기 리태준 돌아보기」, 『리뷰 아카이브』(http://www.bookpot.net/news/articleView.html?idxno=749_, 리뷰 아카이브, 2016. 5. 25.

정봉석, 「김정한의 「인가지」를 둘러싼 친일담론 연구」, 『동남어문논집』 제42집, 동남어문학회, 2016.

최명표, 「공간애, 시적 풍경을 구성하는 방식—박태일론」, 『문예연구』 봄호, 문예연구사, 2017.

김봉희, 「문학사랑의 무게와 깊이—박태일이 산문집 『새벽빛에 서다』」, 『문예연구』 봄호, 문예연구사, 2017.

이동순, 「무화된 경계, 깊은 울림의 언어—시집 『옥비의 달』을 중심으로」, 『문예연구』 봄호, 문예연구사, 2017.

신진, 「관점의 차이와 시의 성공」, 『시문학』 6월호, 시문학사, 2018.(『차이 나는 시 쓰기』, 시문학사, 2019.)

송용구, 「서양 철학의 눈으로 읽는 한국시의 생태의식—자크 데리다, 머레이 북친, 마르틴 부버의 철학으로 읽는 이성선, 이준관, 김현승, 박태일의 시」, 『생태시와 생태 사상』, 현대서정사, 2016. 9.

최명표, 「박태일의 지역문학 연구 서설」, 『한국지역문학연구』 14집, 한국지역문학회, 2019. 7.

2. 시읽기

김재홍, 「폐왕을 위하여 1」, 『95 현장 비평가가 뽑은 올해의 좋은 시』, 현대문학, 1995. 10.

김재홍, 「여항에서―남녘 기행 1」, 『94 현장 비평가가 뽑은 올해의 좋은 시』, 현대문학, 1994. 10.

이숭원, 「박태일―불영사 가는 길」, 『현장 비평가가 뽑은 올해의 좋은 시』, 현대문학, 1996.

서석준, 「한국적 모성의 원형―「김해군주촌면내삼관동댁」」, 『김해문학』 10집, 김해문인협회, 1997. 5.

박덕규, 「인각사」, 『조선일보』, 조선일보사, 2000. 10. 20.

강은교, 「점골」, 『동아일보』, 동아일보사, 2002. 6. 6.

김재홍, 「그리움엔 길이 없어」, 『별 하나 나 하나의 고백』(현대시 100년 한국 명시 감상 4)(김재홍 엮음), 문학수첩, 2003. 12.

고성만, 「불영사 가는 길」, 『베롱나무 숲에서 부르는 노래―원탁시 45』, 시와사람, 2002. 12.

강은교, 「그리움엔 길이 없어」, 『동아일보』, 2003. 5. 30.

고인환, 「무심한 풍경에 대한 사족―법화사」, 『현대시』 9월호, 한국문연, 2005.

임영석, 「감꽃」, 2006. 4. 27.
　　　(시메일냉동창고 https://blog.naver.com/imim0123/40023965701)

김승립, 「풀나라」, 『시여, 네게로 가마』, 각, 2006. 8.

이윤옥, 「그리움엔 길이 없어」, 『시를 읽는 즐거움』, 문이당, 2007. 9.

임영석, 「인각사」, 2007. 9. 11.
　　　(시메일냉동창고 https://blog.naver.com/imim0123/40042065861)

배한봉, 「축산항 1」, 『부산일보』, 부산일보사, 2007. 10. 29.

이종암, 「팔조령 지나며」, 『경북매일』, 경북매일신문, 2009. 3. 25.

임영석, 「꽃마중」, 2009. 6. 24.
　　　(시메일냉동창고 https://blog.naver.com/imim0123/40071374544)

이종암, 「탑리 아침」, 『경북매일』, 경북매일신문, 2010. 1. 25.

정호, 「사랑을 보내놓고」, 『시산맥』 상반기호, 2010. 7.

이민아, 「그리움엔 길이 없어」, 『국제신문』, 국제신문사, 2012. 8. 9.

하응백, 「그리움엔 길이 없어」, 『우리가 사랑에 빠졌을 때』, 공감의기쁨, 2012.

김광재, 「풀나라」, 『푸른신문』, 푸른신문사, 2013. 8. 22.

이상국, 「오즐라레 오즐라레」, 『아세아경제』, 아세아경제사, 2013. 12. 14.

김민정, 「달래」, 『중앙일보』, 중앙일보사, 2013. 12. 26.

정호, 「달래」, 『시산맥』 여름호, 시산맥사, 2014. 5.

나기철, 「박태일의 「수흐바트르 광장에 앉아」」, 『제주신문』, 제주신문사, 2014. 5. 29.

황인숙, 「들개 신공」 읽기, 『동아일보』, 동아일보사, 2014. 8. 27.

김광규, 「사막」, 『중앙일보』, 중앙일보사, 2014. 7. 5.

박상익, 「순천만」, 『한국경제』, 한국경제사, 2015. 8. 10.

오정환, 「을숙도」, 『부산일보』, 2015. 10. 13.(『봄비, 겨울밤 그리고 시』, 전망, 2016)

이명수, 「오래 함께 있어주기—「해당화」」, 『내 마음이 지옥일 때』, 해냄, 2017. 2.

임영석, 「두실」, 2017. 4. 17.
(시메일냉동창고 https://blog.naver.com/imim0123/220984939446)

주영헌, 「붉은 여우」, 2017. 4. 25.
(일간 시를 읽는 아침 https://blog.naver.com/yhjoo1/220991339860)

채상우, 「화룡에서 흰술을」, 『아세아경제』, 아세아경제사, 2017. 7. 19.

최원준, 「이별」, 『나이스 중구』 512호, 부산광역시 중구청, 2019. 5. 25.

손택수, 「그리움엔 길이 없어」, 『문학집배원』(https://youtu.be/tzBt6zQY7UM), 2019. 10. 23.

나민애, 「어머니와 순애」, 『동아일보』, 동아일보사, 2019. 11. 23.

3. 신문 보도

박인숙, 「눈길 끄는 박태일 『그리운 주막』, 서정에 담은 절실한 삶의 정신」, 『일간스포츠』, 일간스포츠사, 1985. 3. 8.

임영숙, 「세 젊은 시인 첫 시집 '오늘의 책'에 오르다」, 『서울신문』, 서울신문사, 1985. 3. 20.

이종두, 「'매서운 글'로 문단 청량제 구실—열린시」, 『부산일보』, 부산일보사, 1987. 1. 15.

박창희, 「동인 출범 10년 결산 시집」, 『국제신문』, 국제신문사, 1989. 6. 16.

이종두, 「"상이 짐 되지 않도록 더욱 정진"」, 『부산일보』, 부산일보사, 1990. 6.

21.

강동수, 「낙동강은 한국 시문학의 젖줄—유장미·역사성 영원한 소재」, 『국제신문』, 국제신문사, 1992. 8. 25.

육쌍수, 「정오각형의 균형 잡힌 모임—열린시」, 『국제신문』, 국제신문사, 1994. 9. 14.

최재봉, 「5월은 시인의 계절 새 시집 쏟아진다」, 『한겨레신문』, 한겨레신문사, 1995. 5. 3.

권기태, 「가벼움 가득한 시대 진지함 돋보이는 시집」, 『동아일보』, 동아일보사, 1995. 6. 1.

이광우, 「개성파 40대 4인 시집 나란히」, 『부산일보』, 부산일보사, 1995. 6. 16.

육쌍수, 「토속 시어로 되살린 우리 정서」, 『국제신문』, 1995. 6. 28.

육쌍수, 「'터'를 통해 현실 속 억압된 가치·자아 대면」, 『국제신문』, 1995. 6. 30.

이명용, 「향토시인 작품 너무 추상적이다」, 『경남신문』, 경남신문사, 1996. 3. 1.

이명용, 「도내 문단 비평 내성 길러야」, 『경남신문』, 경남신문사, 1996. 4. 2.

김현익, 「경남시단 가을나기 '곤혹'」, 『경남매일』, 경남매일신문사, 1996. 9. 16.

이광우, 「진해서 '김달진문학축전' 연다」, 『부산일보』, 부산일보사, 1996. 10. 2.

김현익, 「"경남문단 바뀌어야 한다"」, 『경남매일』, 경남매일신문사, 1997. 1. 7.

김현익, 「지역문예 연구 소홀하다」, 『경남매일』, 경남매일신문사, 1997. 1. 13.

김현익, 「소외된 경남문학 제자리 찾는다」, 『경남매일』, 경남매일신문사, 1997. 4. 1.

장병윤, 「박차정 열사 애국혼 담긴 문학작품 '햇빛'」, 『국제신문』, 국제신문사, 1997. 9. 2.

김현익, 「잊혀진 '경남의 시' 재조명」, 『경남매일』, 경남매일신문사, 1997. 9. 30.

김현익, 「지역문단 정실주의 비판」, 『경남매일』, 경남매일신문, 1998. 4. 8.

이상민, 「'변두리 문학' 극복 실천적 방법 제시」, 『부산일보』, 부산일보사, 1998. 4. 13.

이명용, 「'아마추어리즘·정실주의 극복해야'」, 『경남신문』, 경남신문사, 1998. 4. 14.

최학림, 「지식 권력의 변두리서 '문학' '역사'를 되살린다」, 『부산일보』, 부산일보사, 2000. 5. 24.

최학림, 「우리 근대 대중문학 첫 집대성—김창식 전 부산대 강사 유고집 『대중문학을 넘어서』」, 『부산일보』, 부산일보사, 2000. 9. 21.

정종회, 「준학술지 『지역문학연구』」, 『부산일보』, 부산일보사, 2001. 11. 20.

김훤주, 「「고향의 봄」 이원수도 '친일시' 썼다」, 『경남도민일보』, 경남도민일보사, 2002. 3. 4.

김훤주·김해연, 「이원수 친일 산문도 썼다」, 『경남도민일보』, 경남도민일보사, 2002. 4. 12.

조봉권, 「요산 희곡 「인가지」 작품 부왜 논란」, 『국제신문』, 국제신문사, 2002. 4. 21.

「"조연현 가장 적극적"—'부왜 활동' '일부 혐의' 망라 모두 20명선」, 『경남도민일보』, 경남도민일보사, 2002. 4. 12.

임성원, 「풍광도 삶도 모두 '풍경'이더라」, 『부산일보』, 부산일보사, 2002.. 6. 17.

최재봉, 「'치렁출렁' '옴실봉실' 전통 리듬으로 전통 붕괴 노래」, 『한겨레신문』, 한겨레신문사, 2002. 6. 10.

주정화, 「항일운동 이원수 시인 친일詩 발표 행적 논란」, 『국제신문』, 국제신문사, 2002. 3. 4.

우상균, 「요산 김정한 선생의 부왜작품 「인가지」 발굴」, 『중앙일보』, 중앙일보사, 2002. 4. 17.

조봉권, 「요산 희곡 「인가지」 작품 '부왜(附倭)' 논란」, 『국제신문』, 국제신문사, 2002. 4. 21.

김훤주, 「"김정한 희곡 「인가지」는 친일작품"」, 『경남도민일보』, 경남도민일보사, 2002. 4. 30.

조봉권, 「박태일 네번째 시집 『풀나라』 발간」, 『국제신문』, 국제신문사, 2002. 6. 12.

임성원, 「이주홍 초기 문학 대량 발굴 해부」, 『부산일보』, 부산일보사, 2002. 10. 17.

윤성효, 「이원수 친일작품 3점 추가 발굴」, 『오마이뉴스』, (주)오마이뉴스, 2002. 11. 30.

정봉화, 「지역 아동문학 연구 '호기'」, 『경남도민일보』, 경남도민일보사 2003. 1. 8.

임성원, 「학술재단, 경남대 '지역문제연'에 1억 지원」, 『부산일보』, 부산일보사, 2003. 1. 9.

조송현, 「부산시단 비평 새바람」, 『국제신문』, 국제신문사, 2003. 2. 10.

조송현, 「'짜깁기 연구' 정면 비판…파문 예고」, 『국제신문』, 국제신문사, 2003. 6. 17.

최학림, 「혁명 꿈꾸던 좌파 시인 '부활'」, 『부산일보』, 부산일보사, 2003. 8. 14.

배영대, 「정지용 해방 이후 발표작 시 1편, 산문 9편 찾아냈다」, 『중앙일보』, 중앙일보사, 2003. 10. 24.

진영원, 「이지은 시인 유고 1주기 시집 나와」, 『경남도민일보』, 경남도민일보사, 2004. 3. 31.

진영원, 「『한국 근대문학…』 펴낸 박태일 교수 인터뷰」, 『경남도민일보』, 경남도민일보사, 2004. 4. 2.

김지영, 「정지용 동시, 백석 시 새로 발굴 경남대 박태일 교수 공개」, 『한국일보』, 한국일보사, 2004. 4. 6.

최학림, 「박태일 『한국 근대문학의……』」, 「부산일보」, 부산일보사, 2004. 4. 7.

진영원, 「"이은상 명성은 부풀려진 것, 권환 복권해야"」, 『경남도민일보』, 경남도민일보사, 2004. 4. 30.

윤성효, 「「고향의 봄」 작사 이원수, 생계형 친일파 아니다」, 『오마이뉴스』, (주)오마이뉴스, 2004. 6. 8.

진영원, 「"이원수 '생계형 친일' 아니다"」, 『경남도민일보』, 경남도민일보사, 2004. 6. 8.

정천기, 「약산 김원봉 부인 박차정 문학작품 발굴」, 『연합뉴스』, 연합뉴스사, 2004. 6. 11.

최홍렬, 「박태일 교수 "지역문학 연구, 정실주의 물리쳐야"」, 『조선일보』, 조선일보사, 2004. 6. 13.

강춘진, 「지역문학의 현실과 벽을 넘어」, 『국제신문』, 국제신문사, 2004. 6. 15.

이원정, 「"이원수, 1940년에도 창작 활동 활발"」, 『경남도민일보』, 경남도민일보사, 2005. 6. 20.

최학림, 「『정진업 전집』 제1권 시편 나왔다」, 『부산일보』, 부산일보사, 2006. 2. 24.

임채민, 「유치환 친일 '결정적 자료' 나왔다」, 『경남도민일보』, 경남도민일보사, 2007. 10. 22.

연합뉴스, 「청마 유치환 친일산문 첫 발견」, 『국제신문』, 국제신문사, 2007. 10. 19.

임채민, 「"이원수 문학, 부풀려진 신화"」, 『경남도민일보』, 경남도민일보사, 2008. 1. 10.

이일균, 「"반민족·친일 경향 작품활동 광복기 우파 문단 핵심으로"」, 『경남도민일보』, 경남도민일보사, 2008. 7. 11.

이일균, 「유치환 탄생 100주년, 가시지 않은 친일시 논란 작품을 논한다 ①「수

박태일 해적이

1954년 12월 22일, 경상남도 합천군 율곡면 문림리 278번지에서 아버지 박석중
(朴碩重, 1927~1991), 어머니 김정자(金定子, 1927~2003) 사이 3남 1녀
가운데 3남으로 태어나다. 위로 부일(富一), 장일(章一) 아래로 누이 미자
(美姿). 본관은 고령. 사정공파(司正公派) 34대 손. 문림은 상주주문(尙州
周門) 집성촌으로 주세붕이 태어난 전형적인 반촌. 청계봉을 안산으로
바라보는 마을 왼쪽으로는 황강 줄기가 합천읍을 거쳐 돌아 내려오다
깎아지른 듯한 개버리 벼랑에 부딪쳐 물굽이를 꺾어 초계 쪽으로 흘러
나간다. 동쪽으로 나가 살아야 아들을 건질 수 있다는 믿음에 따라 할아
버지와 할머니가 합천읍에서 분가해 터를 잡으신 곳이다. 아버지는 위로
할아버지, 할머니를 모시고 아래로 세 동생을 한 집에서 건사한 대가족
맏이로서 대양, 신반, 초계를 거쳐 합천중학교 교사로 일하시다. 어머니
는 경북 달성군 유가에서 교육자 집안의 맏딸로 1944년 4월 시집 오시다.
1958년 6월, 감꽃이 떨어질 때 할아버지 돌아가시다. 누렁이와 함께 오래 장례
행렬을 지켜보다.
1959년 9월, 사라호 태풍에 황강 둑이 터져 며칠 동안 마을 앞까지 물에 잠기다.
넘치는 누런 황톳물에 떠내려오는 집채와 집짐승을 보러 나다니다. 어린
벗이 물에 빠져 죽은 뒤 거적때기에 덮여 돌아온 것을 보다. 보살행을
실천하시던 할머니의 엄격한 훈육을 받으며 자라다. 어릴 적 집안에서
불렀던 별명은 탱크.
1961년 3월, 집 앞에 세워진 영전초등학교 문림분교에 2회로 입학하다. 2학년까
지 한 학년에 두 반뿐이었던 작은 학교.
1963년 3월, 아버지가 부산고등학교 교사로 전보되어 부산으로 옮기다. 부산고
등학교가 내려다 보이는 산동네 연화동 셋집에 들다. 초량초등학교 3학

년으로 전학하다. 국어 시간 '청개구리의 슬픔'이라는 단원을 읽다 지역어인 '창개구리'로 읽는 바람에 교실 안을 웃음바다로 만들다. 청소 시간을 기다렸다 맞장 뜨기로 반 대표인 급장을 두들겨서 '촌놈' 본때를 보이다. 형제 넷이 한 학교에 다니다.

1964년 7월, 아버지 공저 『사회생활과 총정리 문제집』(친학사) 내시다.

1965년 3월, 5학년 때부터 학교 육상부로 뽑혀 달리기, 멀리뛰기 선수로 활동하다. 점심시간 뒤부터는 운동장에 나가 따로 연습을 했는데, 그 시간을 틈타 조금씩 일탈을 배우다.

1967년 3월, 초량초등학교를 졸업하고 동아중학교에 입학하다. 농구나 배구를 즐겼으나 사춘기를 맞이하면서 학교 도서관에서 무협소설에서부터 시집, 뜻도 모를 철학서에 이르기까지 닥치는 대로 읽기를 즐기다. 『법의정신』, 『존재와 무』와 같은 을유문화사의 세계사상전집, 시 나부랭이를 읽는 아들이 못마땅해 어렵게 산 시집들을 아버지가 찢어서 아궁이에 넣어 태우시다. 아버지로부터 문학쟁이들 못돼 먹은 작태를 여러 차례 듣다. 대표 본보기가 술값을 얻으려 학교 교무실로 오갔던 천상병. 시인 안장현과는 동료로서 친하셔서 가끔 집으로 와 술을 들고 가기도 하다.

1969년 10월, 3학년 담임 교사는 생물 담당 하경주. 수업이 끝난 뒤 교실에 학생들을 남게 해 영어 교과서를 아예 처음부터 우직스럽게 외우게 했는데, 고교 입시에서 그 덕을 톡톡히 보다.

1970년 3월, 동아중학교를 졸업하고 동래고등학교에 입학하다. 문예반에 있으면서 정철교와 같은 미술반 친구와 더 어울리다. 이른바 '좋은' 대학 입학을 목표로 삼은 학교 분위기에 많은 억압을 느끼다. 부산 고등학교 문예반 모임인 전원문학회에 들어가 문학 지망생들과 친교를 맺다.

12월, 전원문학회 작품집 『전원』 창간호에 「지하 17층」을 싣다. 그 무렵 알게 된 이로서 신진·고 최시현·손정란·정진국·최춘식·고 이갑재 들이 있다. 지역 진해군항축전, 진주 개천예술제 백일장을 돌며 이른바 '백일장 사냥'을 즐기다.

1971년 5월, 초량 수정동 셋집을 떠나 아버지 어머니 비로소 자가를 마련해 수영구 광안리로 집을 옮기다. 부산 가까운 곳에 묻혀 있는 고고 역사 유적을 찾아 떠도는 버릇을 시작하다. 교내 신문 『동고학보』나 교우회지 『군봉』 같은 곳에 시를 발표하다.

1972년 5월, 한국사회사업대학교(대구대학교) 학보사 주최 영남지역 고교생 문예현상모집에서 시부문에 가명으로 가작 입선하다. 그 탓으로 대구대학교에서 보낸 상장과 상품은 뒤늦게 졸업식 날 담임으로부터 받다.

10월, 고교생 대입수험지『진학』'작문교실'에 '여행'을 주제로 한 줄글을 보내 가작으로 실리다. 경희대학교 고교생 문예 현상에 시가 당선, 문예장학생 입학 자격을 얻었으나 포기하다.

1973년 1월, 부산대학교 국어국문학과에 응시했으나 낙방, 초량학원에서 재수를 시작하다. 머리를 길게 늘어뜨리던 시절.

2월 25일, 전원문학회에서 만난 정진국을 비롯한 또래들과 '앙뉘'(권태)라는 동인회를 만들어 창립기념 발표회를 남포동 ESS외국어학원에서 열다. 낭송회용 작품집으로 유인본『앙뉘』1집을 내다. 임수생 시인의 초대시「갈꽃」에다 손정란의「하녀」, 이갑재의「아늠」·「비가」, 나는「100행 사화(詞華)」·「고찰분향(古刹焚香)」을 싣다. 1950년대 전쟁 시기 월남해 해양중학교 교사로 일하고 있었던 한찬식 시인을 시낭송회 초청 인사로 만나다. 지병으로 부어오른 그의 발등을 시리게 바라보다.

11월,『진학』에 가명으로 줄글「풍정삼제(風情三題)」를 보냈으나 뽑는 이가 '산문시'로 싣다. '선후평'에서 "우리나라의 가을 하늘을 보듯 맑고 투명한 가락으로 우리 것을 발굴한 아주 참신한 작품이다. 기성시인을 모방하지도 않았고 바람·흙·하늘조차도 전부 한국적인 원초적인 리듬을 추적하고 있다. 산문시로서의 어려움도 잘 뛰어넘고 있다. 격려를 보낸다."라 해 어안이 벙벙해 하다.

1974년 3월, 부산대학교 국어국문학과에 입학하다. 학과에는 1950년대 초반 고석규와 함께 부산 지역에서 청년 문학 활동을 했던 장관진·김영송·한봉옥 교수, 영문과에는 홍기종 교수와 같은 분이 있어 입학을 만족해 하다. 입학 둘째 주에 60행이 넘는 시「타령연습」을『부대신문』에 발표하다.

10월, 국어국문학과 1학년 문집『향(鄕)』창간호에 수상「남(喃)」을 싣다.

12월, 부산 남포동 시민다실에서 7인 시화전을 '겨울 삽화'라는 이름으로 나흘 동안 마련하다. 박태일·변세현·손정란·이갑재·임덕·정성태·정진국이 그 7인. 영남대학교신문사 주최 제7회 영대문화상 시 부문에「고찰분향(古刹焚香)」이 가작 입상하다. 당선은 고정희의「폭풍전야」. 심사위원은 박두진 시인. "장장 170행이나 되는 서정적 표현에 별반 파탄이 없음은 그만한 역량을 인정할 수 있는 것이다. 대체로 평면적이고 내적 변화는 적었으나 여기에 담긴 국제의 저변을 흐르는 사상의 깊이도 상당한 여과의 자취를 인정할 수 있었다. 너무 무리한 수사가 거슬리는 곳이 있으나 그만큼 개성적이라는 의욕으로 보아 입선시킨 것이다"라 심사평에서 짚음. 『교양학부』, 『문리대학예』와 같은 학내 교지에 작품을 싣다.

1975년 5월, 대학 축전 행사 가운데 하나로 시집 123권을 펼치는, 국어국문학과 주최의 '한국 현대시집 전시회'를 마련하다. 그 행사에 간수했던 시집을 내놓고, 이를 도우기하면서 『부대신문』에 「한국 현대시집 전시회를 가지면서(1950년 이전)」를 싣다.

1976년 3월, 논산훈련소에 전투경찰 25기로 입대하다. 입대를 위해 하룻밤 머문 대전역 가까운 헌책방에서 아껴 쓰라고 넣어 주신 용돈으로 헌책을 사 보내 어머니를 두 번 울리다. 그때 산 책 가운데 한 권이 조명희의 『낙동강』(건설출판사, 1946). 훈련병 시절을 마치고 경북경찰국 기동대 소속으로 대구에 머물기 시작하다. 담배를 배우다.

1977년 4월, 경북 영덕군 경찰서로 소속을 옮기다. 정문에서 초병 근무를 서다 축산항 입출항신고소로 나가다. 한적한 동해 항구의 풍광을 한껏 겪으며 반군만민(半軍半民)의 나날살이를 즐기다. 「오십천곡」·「축산항」과 같은 초기 작품의 밑그림이 된 곳.

1978년 8월, 영덕군 축산항 입출항신고소에서 스물아홉 달에 걸친 전투경찰 복무를 마치고 일병으로 만기제대하다.

9월, 대학의 3학년 2학기로 복학하다. 12일, 뒷날 아내가 된, 사범대 체육과 재학생 김경희(金慶姬)를 학과 후배 소개로 만나다.

11월, 부산대학교 국어국문학과 문학 창작 모임 귀성문학동인회 동인지 『귀성(龜聲)』 창간호에 작품을 싣다. '부대문학회'에서 활동하다. 대학 재학 무렵 같이 노닐었던 선후배 가운데는 고 정대영·김대환·고 김창식·이정주·박설호·공옥식 들이 있다. 문과대 학예지를 편집하다. 태야 최동원 교수로부터 학문에 진력할 것을 권유받았으나, 문학 모임이나 교지 편집과 같은 바깥일에 빠져 나돌며 따르지 않다.

1979년 8월, 할머니 돌아가시다.

10월, 이미 문학사회에 얼굴을 내민 엄국현·이윤택·강영환 시인과 구덕산 골짜기에서 만나 동인 활동을 결의하다. 내 미등단이 문제가 되다. 빠른 시일 안에 등단해 보이겠다며 큰소리를 치다.

1980년 1월, 중앙일보 신춘문예에 「미성년의 강」이 당선하다. 심사위원은 김용직·황동규 두 분. 인사차 집에 들른 나에게 황동규 시인의 안댁 고정자 교수가 황 시인은 한 해 100편 이상을 써서 그 가운데서 10편 남짓만 발표한다는 말로 기를 죽이다. 부산대학교 선배로 중앙일보 기자 이달희 시인과 모음사 박지열 시인이 일부러 1월 23일 수상식에 참석해 10년

만에 부산대학교에서 나온 신춘문예 당선이라며 격려를 아끼지 않아 감격하다.

3월, 동인지 『열린시』 1집이 나오다. 엄국현·이윤택·강영환, 나 네 사람. 강유정 시인이 2집부터 동인으로 합류하다. 동인지는 1992년까지 14집을 내다.

8월, 부산대학교 문과대학 국어국문학과를 졸업하다. 9월 초에 후기 졸업식을 갖다. 졸업자는 동기 김욱수와 함께 두 명. 수업 시간을 잠시 빌려 강의실에서 학과장으로부터 졸업장을 받고, 바깥에서 단체사진을 찍는 것으로 졸업식을 마치다.

11월, 계성여자상업고등학교 국어 교사로 처음 교단에 서다.

1981년 9월, 열 달 동안 일했던 계성여자상업고등학교 교사직을 그만두고, 대학원 석사과정 입시 준비를 시작하다.

1982년 3월, 부산대학교 대학원 국어국문학과 석사과정에 입학하다. 부산여자상업고등학교 야간부 국어 교사로 들어가다.

9월 12일, 금산김문(金山金門) 김기수(金基洙)와 김정선(金貞善)의 고명 딸 경희(慶姬)와 혼인하다. 살림집을 일터 부산여자상업고등학교 아래쪽인 연산동에 두다. 그 인연으로 오늘날까지 연산동과 그 곁에 있는 망미동을 맴돌며 살다.

1983년 5월, 1982년 한 해에 둘째 형과 나, 그리고 여동생에 이르는 세 형제 혼사를 차례로 마무리했던 어머니가 쓰러지시다. 「연산동의 달·1」을 쓰다. 그 뒤 스무 해 동안 어머니는 병치레를 하시다.

7월 24일, 아들 지욱(之昱) 태어나다.

12월, 석사 학위의 한 부분이 된 「백석 시의 공간인식」을 논문 형식으로 된 첫 글로 부산대학교 국어국문학과 학술지 『국어국문학』에 발표하다.

1984년 2월, 「1940년 전후 한국시에 나타난 공간인식의 문제―이육사·윤동주·백석의 시를 중심으로」로 석사학위를 받다.

3월, 부산대학교 대학원 국어국문학과 박사과정에 입학하다.

12월, 첫 시집 『그리운 주막』(문학과지성사)을 내다. 풀이는 황동규 시인이 맡다. 시집이 제7차 '오늘의 책'과 문화공보부 추천도서로 뽑히다. 선정위원 최원식(인하대 교수)은 "오랜만에 서정시인이 태어났다. 80년대에 등단한 신인답지 않게 그는 전통적 서정시의 문법을 거의 완벽하게 체득하고 있다. 60여 편의 시를 수록하고 있는 이 시집 어디를 들쳐보아도 이 시인은 빈틈없이 능숙한 솜씨를 보여 주는 것이다. 그러나 그것은 이 암담한 현실로부터 의식적으로 은둔함으로써 얻어진 것임을 주목해야 한다. 때문에 그의 시는 섬섬옥수처럼 아름답지만 대가 약하다. 80년대 시인으로서는 드물게도 의고적인 시풍을 간직하고 있는 이 시인이 앞으로 어떻게 변모해나갈지 주목하고 싶다."고 쓰다.

1985년 3월, 부산여자상업고등학교 교사를 사직하고, 지산간호보건전문대학교(현 부산가톨릭대학교) 교양과 전임강사로 일터를 옮기다. 학보사 주간을 맡다.

1986년 10월, 지도교수의 권고로 학과 논문집에 실었던 「윤동주 시와 공간인식의 문제」를 『심상』 10월호와 11월호에 I과 II로 재수록하다. 문예지에 비평 글을 실은 첫 경우.

1987년 2월, 부산대학교 대학원 국어국문학과 박사과정을 수료하다. 부산외국어대학교·부산대학교에 출강하다. 모교 태야 최동원 교수의 지시로 희곡 관련 논문을 쓰다. 「윤백남 희곡 「운명」의 짜임과 속뜻」 한 편을 쓰고는 다시 그 쪽으로 곁눈을 주지 않다.

1988년 3월, 지산간호보건전문대학교 조교수를 사임하고, 경남대학교 문과대학 국어국문학과 전임강사대우로 일터를 옮기다. 임용을 결정하는 날, 교무처장으로부터 전임강사가 아니라 1년 동안 전임강사대우 신분으로 일해야 한다는 사실을 통보 받다. 마뜩찮았으나 그냥 흐름에 따르다. 1년 뒤 전임강사, 1991년 조교수, 1995년 부교수를 거쳐 2000년부터 교수로 일하다.

11월 27일, 딸 혜리(惠梨) 태어나다.

1989년 3월, 계간 『겨레문학』 편집위원을 1년 남짓 맡다.

11월, 두 번째 시집 『가을 악견산』(문학과지성사)을 내다. 김주연 교수가 풀이를 맡다.

1990년 6월, 「명지 물끝」 연작으로 제1회 김달진문학상을 받다. 심사위원은 정한모·구상·김종길 시인. 서울에서 열렸던 시상식에서 김종길 시인을 처음으로 만나다. 그 뒤 10회까지 서울에서 열린 김달진문학상 시상식에 참석하여 1회 수상자로서 도리를 다하다. 11회 시상식부터 서울 나들이를 그치다.

12월, 시집 『가을 악견산』이 한국문화예술진흥원의 '90 문학작품 창작 지원'을 받다.

1991년 2월, 부산대학교 대학원에서 「한국 근대시의 공간현상학적 연구—김광균·이육사·백석·윤동주 시를 중심으로」로 박사학위를 받다. 「1950년대 한국

전쟁시 연구」(1년)로 태평양장학문화재단의 학술연구비 지원을 받다. 8월, 생애 처음으로 해외 나들이에 나서 홍콩을 거쳐 개방되기 앞인 중국 연변을 여행하며 백두산과 윤동주·송몽규의 무덤을 돌아보다.

12월, 부산고등학교에서 시작하여 부산여자고등학교, 부산시교육청, 감만여자중학교를 거쳐 부산대학교 사대부속고등학교 교장으로 재직하던 아버지가 폐암으로 정년을 석 달 앞두고 돌아가시다. 고향 합천 본천리 선산에 모시다. 우보박석중교장정년기념문집간행위원회에서 낸 아버지 정년 기념문집 『보람과 정을 안고』가 육일문화사에서 나오다. 담배를 끊다.

1993년 5월, 1950년 경인년전쟁으로 불타 오랜 세월 빈 채로 남아 있었던 고향집 안채 자리에 형제들이 양옥을 앉히다. 아버지 호를 따서 '우보재(牛步齋)' 편액을 올리다.

1994년 10월, 『그리운 주막』(문학과지성사) 재판을 내다.

1995년 4월, 세 번째 시집 『약쑥 개쑥』(문학과지성사)을 내다. 평론가 하응백이 해설을 맡다. 교재용으로 낸 공저 『한국문학개론』(삼지원)에 「현대비평」 부분을 맡다. 「현대 미국 이민시 연구」로 한국학술진흥재단에 처음으로 연구비 신청을 했으나 뽑히지 않다. 한 해 뒤 충청 지역 모 교수가 비슷한 제목의 논고를 발표해 놀라다. 재단 연구비 신청에 흥미를 잃다.

1996년 4월, 평론가 최영호(해군사관학교) 교수가 발의하여 불교 교양에 밝았던 월하 김달진 시인을 이음매로 삼은 지역 문학실천 활동으로 진해에서 김달진문학축전을 열기로 결정하다. 김달진문학상 1회 수상자의 인연으로 거절하기 힘든 제안이어서 적극 참여를 결정하다. 문옥영과 같은 지역 젊은 시인과 경남대학교 제자 문학인들이 뜻을 같이하다. 개최 5년 뒤까지 후계 세대를 키우며, 10년 뒤에는 모범적인 문학축전으로 뿌리를 내리게 한 뒤, 진해 지역 구성원에게 넘겨주는 일을 원칙으로 삼다.

12월, 『국제신문』 신춘문예 시부문 심사를 맡다.

1997년 8월, 김창식·최영호·한정호·김봉희·이순욱·송창우·김지은과 같은 지역 문학 연구가와 제자들을 묶어 경남지역문학회를 만들고 학지 『지역문학연구』 창간호를 내다. 여기에 「광복열사 박차정의 삶과 문학」을 발표하면서 본격적으로 지역문학 연구와 관련한 글을 쓰기 시작하다. 이 학회는 2003년부터 경남·부산지역문학회로 이름을 바꾸고, 2006년까지 『지역문학연구』 13집을 내다.

9월, 엮은책 『가려뽑은 경남·부산의 시 ① 두류산에서 낙동강에서』(경남대학교출판부)를 내다. 20세기 초반부터 1962년까지 공공 매체를 빌려 등단하거나 작품 활동을 한 근현대 경남·부산 지역 시인 200명을 가려 뽑아 그들의 대표작을 올리고 해적이를 처음으로 마련하다.

1998년 2월, 강의용 공저 『한국문학과 성』(불휘)을 김창식·한정호·김봉희·김해연·송창우·김지은과 같은 후배, 제자들과 함께 내다.

12월, 「한국 현대시와 베트남 전쟁의 경험」으로 한국연구재단 연구비 지원(1년)을 받다.

1999년 4월, 김달진문학축전의 원만한 운영을 위해 만든 경남시사랑문화인협의회 1대 회장 최영호 교수의 뒤를 이어 2대 회장직을 맡다. 반연간 매체 『시와비평』을 출범시켜 2001년 3호까지 맡다. 그 뒤 『시와비평』은 9호까지 나오다.

10월, 박사학위 논문을 중심으로 문학 지리학과 장소 상상력에 관련한 글을 묶은 첫 연구서 『한국 근대시의 공간과 장소』(소명출판)를 내다.

11월, 엮은 시집 『크리스마스 시집』(양업서원)을 내다.

2000년 1월부터 누리집 '지역문학연구'(regional@regional.co.kr)를 새로 개편해 2005년까지 운영하다.

5월, 한마장학재단으로부터 한마공로상을 받다. 22일, 가장 가까이에 있었던 학문의 벗이자 한 해 후배였던 김창식이 간암으로 유명을 달리하다. 유고집이 된 『대중문학을 넘어서』(청동거울)의 목차와 제목을 영면하기 며칠 앞서 병원 입원실에서 그를 눕힌 채로 의논, 마무리하다. 우리나라에서 처음 나온, 본격 대중문학 연구 낱책. 그의 죽음으로 마음을 많이 다치다. 추모시 「집현산 보현사」를 쓰다. 뒷날 시 「12월」로 그것을 더하다.

8월, 아내 김경희가 1980년 3월 유락여중에서 시작하여 동명여중, 연산여중, 모라여중을 거쳐 다시 연산여중으로 이어졌던 스무 해에 걸친 중등학교 교사직을 명예퇴직으로 마무리하다.

10월 7일, '고김창식선생유저출판기념회'가 부산대학교 상남국제회관 1층에서 열리다.

2001년 1월, 시인 김창근 회장 체제에서 부산시인협회 부회장을 맡다.

4월, 경남시사랑문화인협의회를 3대 회장에게 넘기다. 그동안 상대적으로 소홀했던 문학 연구 쪽으로 더욱 힘을 쏟기 시작하다.

9월, 지역 사회봉사 활동 가운데 하나로 경남대학교 평생교육원에 시창작반을 마련해 지역사회의 교양시 창작 현장을 북돋우기 시작하다.

10월, 「경남 계급주의 시문학 연구」로 한국연구재단 연구비 지원(1년)을 받다.

2002년 1월, 김달진시인생가복원사업추진위원회 부위원장을 맡다. 국어국문학과 학과장으로서 당연직 인문학부장 보직을 2년 동안 맡다.

3월, 규칙적인 운동의 필요에 따라 달리기를 시작하다. 중기 목표를 마라톤 공식 대회 완주 300회로 삼다.

6월, 네 번째 시집 『풀나라』(문학과지성사)를 내다. 오형엽 교수가 풀이를 쓰다.

8월, 여름 방학을 틈타 한정호·김봉희·이순욱과 같은 경남·부산지역문학회 회원들과 이주홍문학관 재개관을 위해 자료 갈무리를 하다. 경남대학교 평생교육원 시창작반에서 '월영시선 1'로 첫 공동시집 『딱새와 봄』(경남대학교 출판부)을 내다.

10월, 『이주홍문학관 소장 도서목록』을 내고 이중홍문학관 자료 갈무리를 마무리하다. 시집 『풀나라』로 제10회 부산시인협회상을 받다. 「경남지역문학과 부왜활동」을 발표해 지역 단위 부왜문학 연구의 필요성을 처음으로 강조해 논란이 일다. 이후 김정한·이원수·유치환에 대한 개별 문인 부왜문학 연구의 결과 보고를 꾸준히 이어 나가다.

12월, 「경남·부산 지역 근대 아동문학의 형성과 전개에 관한 연구」로 한국연구재단의 지원(2년)을 받다. 『부산일보』 신춘문예 시 부문 심사를 맡다.

2003년 3월, (주)중앙교육진흥연구소에서 낸 『고등학교 문학(상)』 교과서에 시 「유월」이 실리다. 허만하 시인의 시집을 두고 『국제신문』에서 평론가 구모룡과 지상 논쟁을 벌이다.

5월 12일, 어머니 돌아가시다. 합천군 율곡면 본천리 선산 '율곡묘원' 아버지 곁에 모시다.

6월, 지역 대학 고현철 교수의 짜깁기 연구 행태를 비판해 『국제신문』에서 지상 논쟁을 벌이다. 모교 후배이자 지인이었던 그가 내 제자 한정호 교수의 글을 표절한 일을 두고, 개인적인 사과를 요구했으나 표절 사실 자체를 부정하는 바람에 공개 해명을 요구하는 방식으로 일을 이끌다. 신문 지상으로 다 펼치지 못한 생각은 『시와비평』 7호에 「짜깁기 연구와 학문적 자폐—고현철의 김대봉론」으로 싣다.

8월, 김상훈시비건립위원회를 발족시켜 시인의 고향인 거창 가조면 일부리 온천 지구에 김상훈시비를 세운 뒤 제막식을 갖다. 시 「종다리」를 새긴 시비는 벗 정철교 화백이, 글씨는 서예가 다천 김종원이 맡다. 이와 때를 같이해 지역문학총서 1로『김상훈 시 전집』(세종출판사)을, 한정호 교수가 엮은『김상훈 시 연구』(지역문학총서 2)와 함께 내 현장에서 헌정하다.

12월,『경남신문』신춘문예 시 부문 심사를 맡다.

2004년 2월, 강의용으로 엮은책『예술문화와 지역가치』(경남대학교출판부)를 내다.

3월, 창원대학교 대학원 출강 때 만나 2001년도부터 경남대학교 박사과정에서 지도를 맡고 있던 가운데 유명을 달리한 제자 이지은의 1주기를 맞아 유시집『설총의 저녁달』을 시와사람사에서 내다. 황동규 시인 서문에 평론가 김양헌의 해설을 얹다. 추모시「문산 지나며」를 표사로 올리다. 두 번째 연구서『한국 근대문학의 실증과 방법』(소명출판)을 내다.

5월, 연구서『한국 지역문학의 논리』와『경남·부산 지역문학 연구 1』을 청동거울에서 나란히 내다. 그동안 지역문학 연구에 대한 이론 탐색이나 경남·부산 지역문학 연구 성과를 두 권에 나누어 싣다. 지역문학 현장에서 논쟁을 일으켰던 글까지 묶다. 15일, 아버지가 지으신 고향「율곡면가」노래비가 율곡면 영전리 율곡면사무소 안에 세워지다. 제24회 이주홍문학상(연구 부문)을 받다. 22일, 제1회 권환문학축전이 시인의 고향인 마산 진전면 오서리에서 열리다. 묘지 표지석을 쓰다.

12월,「1920~30년대 경북·대구 지역 문예지 연구」로 한국연구재단 연구비 지원(1년)을 받다.

2005년 1월, 마산문학관개관준비위원회 부위원장을 맡다.『국제신문』칼럼 위원으로 '아침 숲길'을 2년 동안 쓰다. 현대문학이론학회 부회장을 맡다.

5월, 도시 재개발로 말미암아 터를 옮겨 재개관하게 된 이주홍문학관 전시공간을 기획, 배치를 마치다. 벗 정철교 화백이 만든 이주홍 흉상이 개관식에서 설치되다. 카프 맹원을 기리는 첫 문학관이 제자리를 잡다.

8월, 김달진문학관 개관을 앞두고 경남시사랑문화인협의회 전임 3대 이모 회장이 자신의 관장직 욕심을 고집해 내홍을 일으키다. 그에 대해 제명을 결정한 현임 원은희 4대 회장 체제를 따라 10년 동안 관여했던 김달진문학축전 행사와 김달진문학관 일에서 손을 떼다. 본디 계획대로 되지는 않았지만, 10년만 문학사회 현실 참여를 한다는 처음 생각은 지키다.

12월, 부산일보 신춘문예 시부문 심사를 맡다.

2006년 2월,『정진업 전집』1권 시집을 일곱 번째 지역문학총서로 세종출판사에서 서둘러 내다. 아버지의 전집을 보는 것이 소원이었던 병석의 장남

정홍근에게 건네다. 그 뒤 7월 정홍근 별세 소식을 듣다. 연구년을 맞아 몽골인문대학교 한국어과에 초빙교수로 건너가다. 몽골 서울 올랑바트르 몽골인문대학교에 머물며 한국학과 문학을 강의하다. 틈틈이 몽골의 21개 아이막(도) 가운데서 18개를 떠도는 여행을 즐기다.

2007년 1월, 어머님 별세로 몽골에서 돌아오다. 아내의 슬픔을 위로하기 위해 「장례미사」를 쓰다. 현대문학이론학회 회장을 2008년까지 맡다.

3월, 재직교에서 특별공로 교원 포상을 받다.

7월, 계간 『시와사람』 여름호에서 시인 연구 특집으로 다루어 첫 해적이를 만들어 붙이다.

8월, 향파이주홍선생기념사업회(회장 김해석)의 도움을 받아, 『합천 예술문화 연구』(해성) 창간호를 내다.

12월, 「한국 전쟁기 정훈문학 연구」로 한국연구재단 연구비 지원(3년)을 받다. 『부산일보』, 『경남신문』 신춘문예 시 부문 심사를 맡다.

2008년 5월, 제자 가운데 한 사람이 주무를 맡고 있었던 권환문학축전위원회마저 발을 끊다. 문학사회 바깥 활동은 극력 삼가리라 마음을 더욱 굳히다.

8월, 유치환의 부왜 작품 네 편의 풀이를 두고 『경남도민일보』에서 연세대 정과리 교수와 지상 논쟁을 마련하다. 기획 이름은 '유치환 탄생 100주년, 가시지 않은 친일시 논란 작품을 논한다.' 시 「수」, 「전야」 「북두성」, 그리고 줄글 「대동아 공영과 문필가의 각오」를 두고 내가 이미 썼던 논문 글의 해당 자리를 기자 이일균이 간추리고, 그에 대한 정 교수의 반론을 한 자리에 나란히 싣는 방식을 취하다. 네 차례에 나누어 논쟁 글이 실린 뒤 마무리 '재반론' 형식으로 「유치환, 역사적 허위와 문학적 과장 위에 떠 있는 이름」을 올리다. 조카 혜원의 혼례를 빌미로 첫 미국 여행을 떠나 로스엔젤레스를 비롯한 서부 지역을 다녀오다.

2008년 12월, 『부산일보』 신춘문예 시 부문 심사를 맡다.

2009년 4월 한국예술문화위원회의 작고문인선집 지원으로 『허민 전집』(현대문학)을 내다. 『문장』에 시와 소설이 아울러 당선되기도 했으나, 1943년 합천 해인사에서 29살 나이로 요절한 허민은 김련수·윤동주와 함께 나라 잃은시대 마지막 불꽃과 같은 문인. 재직교에서 2011년까지 2년 주기의 연구중심형교수로 임명되다.

6월, 아들 지욱이 해주오문(海州吳門) 오세광(吳世光)과 신일국(申一國)의 장녀 은주(吳垠周)와 혼례를 올리다.

12월, 마산시사 집필위원으로서 「마산의 근대 예술문화 개관」과 「문학」

영역을 책임지다.

2010년 4월, 해인사 해인승가대학에서 두 학기 동안 '문학연습' 강의를 시작하다. 1주에 토요일 하루. 부산에서 동대구역을 거쳐 해인사를 오가다.

5월, 기행문집 『몽골에서 보낸 네 철―이별의 별자리는 남쪽으로 흐른다』 (경진출판)를 내다. 「북한 지역문학사 연구」로 한국연구재단 연구비 지원 (3년)을 받아, 북한 지역문학에 대한 본격 사료 확보와 연구를 시작하다. 9월, 평생교육원 시창작반을 마산에 이어 창원에서도 마련하다.

10월, 아버님 돌아가시다. 양산 하늘공원 어머님 자리에 함께 모시다.

12월, 산문집 『시는 달린다』(작가와비평)와 『새벽빛에 서다』(작가와비평)를 내다. 『시는 달린다』는 시작 노트와 문학과 관련된 줄글을, 『새벽빛에 서다』는 주로 신문이나 잡지에 실었던 일반 칼럼이나 줄글을 중심으로 엮은 책.

2011년 2월, 해인사 해인승가대학 「문학연습」 강의를 마치다.

3월, 『경남신문』 칼럼을 1년 동안 쓰다.

9월, 공저 『파성 설창수 문학의 이해』(경진출판)를 내다. 한정호·이순욱·김봉희·유경아·문옥영이 뜻을 같이하다. 2008년 여름 진주로 오가며 유품 죽보기를 만들었던 설창수와 인연을 한 매듭짓다. 2013년까지 재직교 연구중심형교수로 임명되다.

12월, 며느리 오은주 포항공과대학교에서 박사학위를 받다. 『경남신문』 신춘문예 시 부문 심사를 맡다.

2012년 1월, 창원문화재단 『문화누리』에 1년 동안 칼럼을 쓰다.

3월 20일, 첫 손녀 채은(採誾) 포항에서 태어나다. 『국제신문』에 인문학 칼럼을 쓰기 시작해 2015년까지 계속하다.

12월, 전북대 최명표 선생이 뜻을 세워 일으킨 한국지역문학회 평의원을 맡다. 공저 『한국 문학 속의 합천과 이주홍』(국학자료원)을 내다. 진창영·이강옥·김재석·노지승·한정호·김봉희 교수와 같은 이들이 뜻을 같이하다.

2013년 2월, 일본 여행 다녀오다.

3월, 울산 근대 첫 시조시인인 근포 조순규의 시조 작품을 발굴해, 엮은책 『무궁화―근포 조순규 시조 전집』(경진출판)을 내다. 김봉희의 『신고송 문학전집』(소명출판, 2008), 한정호의 『서덕출 전집』(경진출판, 2010)에 이어 세 번째로 이루어진 울산 지역 근대문학 전통 발굴 사업.

5월, 1930년대 프롤레타리아 소년소설집 『소년소설육인집』(경진출판)을 내다.

12월, 다섯 번째 시집 『달래는 몽골 말로 바다』(문학동네)를 내다. 해설은 이경수 교수가 쓰다.

2014년 3월, 딸 혜리 일본 동경농공대학교 졸업하다.

9월, 여섯 번째 시집 『옥비의 달』(중앙북스)을 내다. 해설은 평론가 장철환이 맡다. 『풀나라』 뒤부터 쓴 것 가운데서 몽골 기행시를 제쳐 둔 작품을 묶다.

5월, 다섯 번째 시집 『달래는 몽골 말로 바다』로 제24회 편운문학상을 받다. 마산 근대문학 100년을 범위로 삼은 첫 연구서 『마산 근대문학의 탄생』(경진출판), 첫 비평집 『지역문학 비평의 이상과 현실』(케포이북스), 그리고 엮은책 『동화시집』(마르샤크 지음·백석 옮김, 경진출판)을 내다. 11월, 시집 『옥비의 달』로 제14회 최계락문학상을 받다.

12월, 아들 지욱 포항공과대학교에서 박사 학위를 받다. 시집 『달래는 몽골 말로 바다』가 2014년 세종도서 문학나눔 우수도서로 뽑히다. 국제신문 신춘문예 시부문 심사를 맡다.

2015년 1월, 『시와시학』에 두 해 동안 쓴 계간평을 중심으로 두 번째 비평집, 『시의 조건, 시인의 조건』(케포이북스)을 내다.

2월, 연구서 『유치환과 이원수의 부왜문학』(소명출판)을 지역문학총서 23으로 내다. 2002년 들어 첫 문제 제기를 한, 유치환과 이원수의 부왜문학 문제에 관해 한 매듭을 짓다.

3월부터 9월까지는 중국 연변동포사치주 연길시 연변대학교 객원교수로, 10월부터 12월까지는 개인 자격으로 머물며 두 번째 연구년을 보내다. 북한 지역문학과 재중동포 지역문학 연구를 위한 바탕 작업에 속도를 붙이다.

5월, 『한국 지역문학 연구』로 한국연구재단 출판 연구비 지원(3년)을 받다. 7월, 『마산 근대문학의 탄생』이 2015년 세종도서 학술부문 우수도서로 뽑히다. 3연임 불가 규정에 따라 1주기를 쉬었던 재직교 연구중심형 교수로 다시 임명되다.

10월, 시집 『옥비의 달』이 2015년 세종도서 문학나눔 우수도서로 선정되다. 12월, 제19회 시와시학상 시인상을 받다.

2016년 7월, 한 달 동안 중국 연변 연길에 머물다.

2016년 11월, 다섯 번째 지역문학 연구서 『경남·부산 지역문학 연구 4』(경진출판)를 내다.

이종암(시인)

정 호(시인)

이민아(시인)

김광재(푸른신문사 기자)

이상국(시인·아세아경제 편집국장)

김민정(시인·출판인)

나기철(시인)

황인숙(시인)

김광규(시인·한양대학교 명예교수)

박상익(한국경제신문사 기자)

오정환(시인)

이명수(심리기획자)

채상우(시인·도서출판 파란 대표)

최원준(시인)

김정환(시인)

안재찬(시인)

민병욱(문학평론가·부산대학교 교수)

조갑상(소설가·경성대학교 교수)

박명용(문학평론가·대전대학교 교수)

허형만(시인·목포대학교 교수)

엄국현(시인·인제대학교 교수)

강선학(시인·미술평론가)

강영환(시인)

이순욱(문학평론가·부산대학교 교수)

최익현(교수신문사 편집국장)

임임분(합천신문사 기자)

책 끝에

    2020년 2월 나는 교육계에서 정년을 맞는다. 1988년 3월에 경남대학교로 일터를 옮겼으니, 마산에서 서른두 해를 머물렀다. 교직 생활 햇수로 마흔 해 가운데 거의 모두를 마산에서 보낸 셈이다. 정년을 앞두고 연구서 『한국 지역문학 연구』를 펴냈다. 이제 그 뒤에 정년 문집 『박태일의 시살이 배움살이』를 놓는다. 1980년 문학사회에 얼굴을 내밀었으니 오늘날까지 마흔 해에 걸쳤다. 그 동안 내가 발표한 문필 작업을 두고 남들이 다루어준 2차 담론을 한 자리에 묶은 책이다.

    정년을 맞아 알음알음 사람을 모아 기념 문집을 엮는 버릇은 학문 공동체에서 해묵은 일이었다. 그럼에도 이즈음에는 보기 힘든 경우로 밀려났다. 따지고 보면 연고를 빌고 낯을 끌어다 대 자화자찬하는 일과 다르지 않다. 권할 일이 못된다. 세상 속이고 자신을 속이는 짓이기 쉬웠다. 그럼에도 이제 내가 때늦게 그런 버릇을 따르기로 했다. 앞으로 남은 날을 향한 다짐과 경계로 삼기 위한 까닭이다. 뒷날 엮을 기회가 오리라는 기약도 없다. 정년을 명분으로 삼았다. 다행히 성가신 이 일을 맡아 줄 제자 둘이 가까이 한 일터 울 안에 있다.

    보다 젊었을 때는 내 것을 더 갖추기 위해 그들 자리 앞뒤를 살펴 주지 못했다. 나이가 찬 뒤에는 늦지 않으려는 조바심에 쫓겨 내 일에만 빠져 있다 보니 뒷전으로 밀려났던 그들이다. 그럼에도 성정 급하고 실수 잦은 내 곁에서 오랜 세월 잘 참아주었다. 책 펴는 일을 도맡아 준 한정호·김봉희 두 교수에게 학운 번성과 가정 다복을 빈다. 그 옆에 자료 입력을 거들어 준 이예영 양이 있다. 어린 한 시절 내 마음이 가 머물렀던 김해 곳 출신이라는 점만으로도 나를 감동시킨 학부생이다.

이 책에 이름을 올려 준 많은 글쓴이에게 고마움을 전한다. 알음이 있건 없건, 짧건 길건 내가 내놓은 글에 무슨 뜻이 있는 듯이 무겁게 읽어준 분들이다. 문필가로서 지난 날 나는 내가 이룬 일보다 더 많은 사랑을 받고, 격려를 받으며 살아왔다. 그런 사실을 이번에 새삼스럽게 깨닫는다. 작품 죽보기며 문헌지는 그때그때 눈에 드는 대로 적어 두었던 것이다. 빠트린 것은 많지 않을 것이다. 실물로 다시 확인하지 못한 것도 있다. 더 정확한 정보와 기록을 엮는 두 사람에게 건네주지 못해 아쉽다.

이 자리에 실린 글이나 그에 담긴 내 시와 삶은 공인으로서 보여진 모습이다. 허물은 숨기고 그럴 듯한 글발만 남겨 놓은 결과가 아니길 바란다. 독실한 보살행을 실천하셨던 의령댁 내 할머니는 늘 정구업진언을 외셨다. 그럼에도 손자 가운데서 교육계에다 문필을 업으로 삼아 내가 가장 많은 구업을 저지르며 살아왔다. 뜻도 힘도 모자라는 내가 오늘 이 자리까지 이를 수 있도록 배워주고 끌어준, 이 세상 모든 인연에 깊은 고마움을 담는다.

2020년 1월
박태일